【智量译文选】

安娜·卡列宁娜
Анна Каренина

（上）

〔俄〕列夫·托尔斯泰 著　智量 译
Лев Николаевич Толстой

华东师范大学出版社

目 录

译　序 / 1

上册

第一部 / 1

第二部 / 135

第三部 / 274

第四部 / 407

下册

第五部 / 503

第六部 / 633

第七部 / 769

第八部 / 884

译　序

一

列夫·托尔斯泰(1828—1910)是19世纪伟大的思想家和艺术家,是世界批判现实主义文学天地中最后一座也是最为高大的山峰。在对全世界文学有巨大影响的俄国文学中,他是创作时间最长,作品数量最多,影响最深远,地位也最崇高的作家。他是人类文化史上少数的巨人之一。

在托尔斯泰全部作品中,《战争与和平》、《安娜·卡列宁娜》、《复活》是三个里程碑,也是他的三部代表作。《安娜·卡列宁娜》在这三部代表作中有其特殊的重要性,它是三部巨著中艺术上最为完整的一部,并且体现着托氏思想和艺术发展道路的过渡和转变,可以称之为代表作中的代表作。现在,能把这部译本呈献在读者面前,我感到非常快慰。当然也很愿意借这个机会向读者谈一谈我对这位伟大作家和这部伟大作品的粗浅的认识和感受。

二

托尔斯泰1828年8月28日出生在一个贵族地主家庭,他的一生是充满激情、充满矛盾、不断追求、不断探索的一生。他自幼热爱劳动,在与农民和自然接触中初步形成自己世界观中某些重要的基础,18岁时他放弃大学学习,回家致力于改善农民生活,但因他身为地主,主观与客观上均困难重重。19世纪50年代初,他毅然投军,去高加索作战.企图深入生活,进一步了解人民。这时他开始写

1

作,并一举成名。在这时期的《一个地主的早晨》等作品中,他提出了地主阶级与农民的矛盾问题。1857年他赴西欧考察,对西方文明中阶级压迫的一面深感厌恶,这种情绪表现在短篇小说《卢采恩》中。回国后他致力于在他的雅斯纳亚·波良纳庄园内为农民办学,想以此找到社会的出路,后来又为此再次出国考察。1861年农奴制改革时,他因为维护农民利益而遭到宪兵的搜查。在60年代,在他35岁至40岁之间,基于自己对人民在历史中的地位的思考,他写出不朽的《战争与和平》。我们面前这本深刻反映出俄国资本主义制度的形成与发展过程、也反映出作家自身思想的矛盾与发展的《安娜·卡列宁娜》是70年代中期写成的。他的世界观的彻底转变是在80年代写作《复活》的时期,这时,他毅然放弃贵族立场,成为俄国千百万宗法制农民的代言人,誓与政府和教会为敌。这一阶段中除《复活》之外,他还写出了《伊凡·伊里奇之死》、《黑暗的势力》、《教育的果实》等作品,强烈控诉黑暗社会,也表现出他在自己思想深处严肃的探索和深刻的矛盾。这时,他的"托尔斯泰主义"如宗教教义般传遍各地,他已经是一位名扬全球的伟人,但他为贯彻自己的信念,坚持从事种地、制鞋、劈柴等体力劳动,却又不得不生活在一个奢华的贵族地主家庭环境中。他的妻子为他准备素餐的花费,并不比给他吃肉食更省钱,他身着粗布长衫和草鞋坐在宽敞的餐厅中吃蔬菜和米粉团子,而身后侍立的却是穿燕尾服的仆人。他陷于一种难以自拔的苦恼中。这一时期心灵深处痛苦的追求,反映在《克莱采奏鸣曲》、《魔鬼》、《谢尔盖神父》等作品中。这时他的名声与影响日益增长,俄国一位反动文人当时曾说:"我们有两个沙皇,尼古拉二世和托尔斯泰。尼古拉二世对托尔斯泰束毛无策,托尔斯泰则能够动摇尼古拉二世的宝座。"1901年当他73岁时,东正教教会开除了他的教籍,而这只是更加扩大了他的影响。1908年,全俄国对他80诞辰的庆祝活动成为俄国各派政治势力的一场斗争。而声名显赫的托尔斯泰仍在自己内心进行着激烈的斗争和不断的探索。1910年10月28日,在经历长期剧烈的思想矛盾和家庭冲突后,托尔斯泰手执木杖,冒着漫天风雪走出家门,要去寻求思想的出路和灵魂的安宁。然而他力不从心,数日之后,客死在一个小火车站上,终年82岁。这位复杂而又单纯、现实而又浪漫的伟大人物就此结束了他的一生。

三

文学是写人的。通过作品中所描写的人物的行动、情感、心理、命运,以及人与人之间的各种关系,读者了解了社会,也进一步了解了自己。一部好的作品能在它所描写的主人公的喜怒哀乐、悲欢离合之中,表现出人类社会和历史的种种方面,并提出种种问题来。任何生活中的重大问题在文学中如果不是通过写人而提出,都不能深入到读者的心中。我们在分析文学作品时,如果不从分析人的形象入手,也不能让读者深刻地了解到作品的主题思想、时代背景和社会意义等等。

《安娜·卡列宁娜》的中心人物是安娜·卡列宁娜本人。她的丈夫卡列宁、情夫伏伦斯基,是与她相关的两个重要人物;通过她的哥哥奥勃隆斯基这个关系和桥梁,她的生活圈子和另一个生活圈子联系了起来。奥勃隆斯基妻子的妹妹吉蒂,以及吉蒂的丈夫列文,是另一个圈子中的主要人物。这两方面的人物加上与之相关的其他人物,共同组成一个大约一百来个人物的形象体系。作家利用这个庞大的体系所反映的人与人之间的关系,生动而深刻地写出了19世纪中叶俄国资本主义刚刚兴起的时期,也就是作家所谓的"一切都翻了一个身,刚刚有个安排"的时期的社会生活面貌,提出了这个历史时期俄国所存在的政治、经济、社会、宗教、道德、教育、妇女、儿童、城市、农村……等一系列重大问题,表达了他本人的许多观点。

让我们来对几个主要的人物作一些分析。

安娜·卡列宁娜是一个外表美丽、情感真诚、内心世界丰富、充满生命活力的年轻女人。她由家长做主嫁给了比她大许多岁的彼得堡官僚卡列宁为妻,多年来安于贤妻良母的生活。一次偶然的机会,她和风流倜傥的年轻军官伏伦斯基相遇并坠入情网。她因私情怀孕,虽切齿痛悔,又大病一场,但还是弃家出走,依伏伦斯基而生。她所面对的是整个上流社会的敌意,她奋勇反抗,然而好景不长,终与伏伦斯基的感情出现裂隙,最后走上自杀身亡的道路。而杀死安娜的当然是那个她生活在其中的,包括她的丈夫、她的情人和她自己在内的上流社会。安娜的命运是这部作品的主要内容,其他所有情节、关系和人物都与她相关,都为表现或衬托她的形象而服务。安娜的命运是那个历史时代和社会环境下女人的共同命运,即使是书中所写的得到了幸福的吉蒂,她如果有胆量和有必要对社会反抗,也会得到这样的命运。尽管作家力图从宗教的和宿命的角度描写安娜的遭遇和结局,尽管安娜本人性格和教养中也带有她的缺点和弱点(作家丝毫没有把这个人物理想化,而是极其真实地写出了她性格的全部复杂性),但是每位读者都会感到,她是那整个社会制度和观念体系在劫难逃的牺牲品。

托尔斯泰为《安娜·卡列宁娜》所设定的主题是"家庭的主题",他原想要通过这部作品表达一种女人应该只在家庭中做贤妻良母的观点,但是安娜的遭遇实际上却大大超越了这个主题,而提出了一个带有深刻人性意义的妇女解放的问题。对于安娜命运的解释,作家的构思原本局限于一种宗教的宿命论(请读者注意这本书的题词:"伸冤在我,我必报应",以及安娜在作品开始时见到火车压死人而最后自己也死于火车轮下。),然而作品的客观意义却大大超越了作家本人的意愿,变成了对那个不平等的社会的强有力的控诉。

安娜的内在品格在许多方面继承了普希金的塔吉雅娜(托尔斯泰的确是在普希金的直接启发和影响下想到要写这部作品的),但是作家却在安娜身上对塔吉雅娜的品格作了新时代下的新的阐发。塔吉雅娜是要从一而终的,安娜则是要拼死去追求幸福。塔吉雅娜压住自己内心的激情,不得不屈从于上流社会的清规戒律,安娜则宁可遭社会唾弃,也要过上真正的女人的生活。安娜所遇到的社会生活的复杂性远远胜过塔吉雅娜,因此安娜的性格也显得更加丰富多彩。安娜这个形象出现以后,俄国文学中没有出现过比她更丰满的女性形象。在托尔斯泰的全部作品中,安娜的形象也是最丰满、深刻和高大的。她比《战争与和平》中的纳塔莎开阔,比《复活》中的卡秋莎深邃,她毫无疑义是世界文学史上至今尚未被超越的最美的女性形象之一。

作品中许多精美绝伦的场面都是属于安娜的。赛马、安娜探望儿子、安娜出现在剧院中、安娜之死……等等,都是百读不会生厌的篇章。作品中即使没有安娜在场的场面,其真正的主人公仍是安娜,那些事件,那些人物的言语和行动,无不直接间接与安娜相关。

康斯坦丁·列文是这部作品中居第二位的重要人物。作家企图通过这个形象表达他对当时俄国的社会、政治、经济、历史等许多问题的批判性看法。作家在许多方面都达到了他的这个目的。列文这个形象虽是带有作家赋予的表现作家本人思想观念的任务,但作为一个艺术形象,它仍是完整的、真实的、有说服力的。列文为人坦直真诚,他勤劳、朴素、有理想、有追求,力图达到自己个人道德上的自我完善。他和社会在许多方面发生着冲突,是书中最能够体会那个"一切都翻了一个身"的社会和历史时代特点的人,也是一个内心最为苦恼的人。书中所提出的每一个重大问题,几乎都和列文的思考有关。为了寻求解决自己思想中的矛盾,他苦恼到了要自杀的程度。这个形象无疑带有极大的作家的自传性,它反映出作家对那个资本主义刚刚在俄国兴起的时代中所出现的种种问题的深刻的注意和自觉的责任心。在托尔斯泰的全部创作中,有一个探索性的主人公系列,《童年、少年、青年》中的伊尔倩涅夫、《哥萨克人》中的奥列宁、《战争与和平》中的安德烈和别素号夫、《复活》中的聂赫留朵夫都是这样的人物,列文形象是这一系列中的一个重要环节。但是,读者必须注意到列文这个人物所思考的问题以及他的观点和他思考方式的局限性(比如说他处在他的时代却丝毫看不见新生的无产阶级的力量),列文决不是圣人,唯其如此,他才是一个艺术上真实的形象。同时,列文这个人物也不等于托尔斯泰,虽然他带有极大的自传性。托尔斯泰本人的思维世界和情感世界比列文要宽广得多,复杂得多。

作家通过列文形象提出的一系列问题中,对劳动的看法问题是一个最为重要的问题。托尔斯泰认为,劳动是人生一切乐趣的源泉,劳动使人的精神崇高、品质善良、身体健康、生活愉快。这种与托尔斯泰的自然观密切相联系的观点是托尔斯泰思想体系中健康的一面。但是,我们也必须看到作家在这方面的局限性。《安娜·卡列宁娜》中对俄国农村劳动景象的描写带有相当大的理想化成分,并且,他歌颂劳动的快乐,却让劳动者不顾及劳动的成果最终归谁享受,这显然是一种乌托邦式的空想。不过,由于作家忠实地坚持着现实主义,他仍然客观地写出了劳动的艰苦和劳动人民可怜的生活状况,以及地主阶级和农民阶级之间的隔阂。

列文的两个哥哥科兹内舍夫和尼古拉的形象,以及由他们而引出的一系列人物形象使得作品的生活面大大扩展,科兹内舍夫的圈子是知识分子的圈子,尼古拉的圈子是下层人的圈子,他们各自从不同角度展现着那个"翻了一个身,刚刚有个安排"的动荡复杂的现实生活。同时,这两个形象也是在衬托着列文的形象。他们所过的生活和他们所思考的问题,与列文在农村大自然中的生活以及列文所考虑的人生和俄国现实中的许多重大问题相比,都显得浅薄,虽然他们一个是高级知识分子,一个几乎是个乞丐。

列文去看望安娜那场戏在全书中有着突出的重要意义。托尔斯泰所塑造的两个理想人物在长久的隔河相望中终于相遇了。这里迸发出的,是两个美好的灵魂撞击的火花。

伏伦斯基是彼得堡贵族青年的精英,他英俊、大方、有财产、有前程,比起上流社会和他周围的那一伙年轻人来,比起他所接待的那位外国贵族王子来,他的确高出一筹。他是安娜在她的生活圈子里所能找到的最好的、能满足她感情需要的情人。但是他在精神上远比安娜贫乏。可以说,他自始至终未能进入安娜的世界。安娜对于他,说到底只是一个漂亮迷人的、可以满足他情欲需要和上流社会虚荣心的女人。这是他们不能最终融合的根本原因。书中所描写的他们在意大利与画家米哈依罗夫相遇,以及为安娜画像的几节,在艺术上出色地写出了这一点。但是托尔斯泰并没有把伏伦斯基这个人物写成一个漫画式的丑角,而是把他放在了他所应有的内心和外在的位置上。这使这个形象有了最大限度的说服力。在和安娜的相处中,他受到安娜气质品性的影响,被安娜大大地提高,但却仍不能突破自身而达到与安娜并肩而立的地步。但是,如果把安娜之死完全归罪于他,这也不十分公平。他不能把自己全部的生活都交给一个女人,这在他也是理所当然的。他还要在那个社会生存下去,安娜敢于向社会挑战,而他是怎样也不敢彻底这么做的。到头来,他厌倦了安娜如火如荼的爱,他感到这种爱是"沉重"的、"阴沉"的。即使安娜在垂死挣扎时还自以为,"他不敢不爱我,不能不爱我!",但这也不能改变她所面对的现实。作家通过安娜与伏伦斯基这个人物的关系写出了安娜命运和遭遇的主要情节,这是伏伦斯基形象在这本书中的基本地位和作用。同时,作家通过这个形象也暴露和批判了社会。

安娜的丈夫卡列宁在这本书中是一个旧观念、旧制度的代表,也是一个被功名利禄磨去了人性光彩的人。他和安娜之间不仅有着新旧两种社会力量的矛盾,而且也有着人性与非人性的矛盾,这是不可调和的矛盾。因此,即使不出现一个伏伦斯基,他们终究也是要发生裂痕的,但是我们也不应该忽略了这个人物的复杂性。在某些情况下,他也有他自己内心的痛苦和矛盾。当他感情冲动的时候,他的某些人性的残迹也会表现出来,从而让我们感觉到他也是一个实在的人,不是一个官僚机器概念的图解。比如安娜生私生子的那个场面,这些地方显示了作品的艺术真实性。我们在这个人物身上所见到的残酷、虚伪和僵硬,往往正是他的阶级、阶层和他的环境在他身上的体现。从他自己来说,那样想和那样做未必不是出于真诚的人生信念和处世原则。我们这样说,并不是为他为人处世的许多极其恶劣的行为辩护,不妨说,他在许多时候,是一个真心实意的坏人。卡列宁这个形象在这部作品中和伏伦斯基一道起着为安娜形象的展开布置环境的作用,当然也起着暴露社会的作用。

吉蒂这姑娘美丽温柔,天真善良,俄国文学和世界文学中不乏这样的形象。她即使有点平庸和浅薄,也讨人欢喜。托尔斯泰所醉心的"家庭的主题"在安娜身上没能展示出来,倒是由她表现得淋漓尽致。但是,她体现着的毕竟是一个较为狭小的世界。她把全部身心用于生一个孩子,造一个舒适温馨的小窝,连她的丈夫列文(他爱她爱得发狂)都从她婚后热衷于家务的样子里感觉出一种细琐和渺小来。有几个有关吉蒂的场面写得很美,比如她和列文两人用笔交谈,各人只须写出一句话中每个词的第一个字母,便互相心领神会,这时她红着脸承认头一次没答应列文的求婚,是自己的过错……那天黎明时分,在田野中,她坐在马车里,睡眼惺忪地远远望见了列文……当列文穷途潦倒的哥哥临死时,是她给了他最后的人生安慰……她在倾盆大雨中和保姆两人护卫着孩子……托尔斯泰无疑是要把她写得美上加美的,但是却局限于他为她所设定的位置和高度。和安娜相比,如果说她是一株美丽的小树,那么安娜便是一座森林;她是一个宁静的河湾,安娜便是大海;她是一只玲珑的金丝雀,安娜便是一只端庄高贵的天鹅——那鸟中之王。作者让吉蒂这个形象在作品中承担着体现自己妇女观念的任务,做是做到了,但却把自己妇女观的弱点暴露无遗。吉蒂形象的另一个任务是作为安娜形象的陪衬,这一点在艺术上也很好地达到了目的。吉蒂陪衬安娜,而另有一个形象又用来陪衬吉蒂,那就是瓦莲卡。这是一朵失去青春和生命活力的褪了色的小花,和她相比,吉蒂又显得多么光彩照人。

朵丽是吉蒂的姐姐和安娜的嫂嫂,她算得是一个标准的"贤妻良母"了。作家的确通过她尽情地发挥了他构思中的"家庭的主题",写出了母性的崇高、美丽和伟大,但也客观地、越出自己观念界限地表现出一个只会做妻子和母亲的女人,活得多么狭隘和可怜。朵丽认为安娜的生活态度中有"不道德"的因素(比如安娜不要再生孩子),但是她不由自主地要羡慕安娜所享受到的爱情。她去看望安娜途中在马车上的那一段自思自叹,说明了安娜勇敢追求幸福的行动在社会上所产生的深刻影响。

奥勃隆斯基这个人物是托尔斯泰的一大成功。一个形象在一部作品中承担如此众多的功能,这在世界文学史上还不多见。通过他奢靡荒唐的生活方式,我们看见了贵族阶级的没落。他身为贵族,血管里流着留里克王族的血液,却不得不向犹太新贵资本家乞怜,坐在人家办公室门外屈辱地等几个钟头,只为讨得一个钱多点的位置,这一段描写中所暴露的生活本质和时代特征,绝不在巴尔扎克"人间喜剧"之下,说明托尔斯泰到底是托尔斯泰。从作品的艺术结构上,奥勃隆斯基这个居中联系的形象所起的作用得到历来评论家的赞扬,托尔斯泰自己也为此得意过。

在《安娜·卡列宁娜》中的众多形象中,还应该一提的是那个买奥勃隆斯基树林子的商人梁比宁的形象。这个人是契诃夫《樱桃园》中那个洛帕兴形象的先导。今天他用低价买下贵族败家子奥勃隆斯基的树林子,再过几十年,就该由他所繁衍出的子孙洛帕兴举起斧头来砍倒贵族阶级的庄园了。托尔斯泰在梁比宁这个人物身上写出了在征服贵族阶级这个阶段,资本家的贪婪和他们身上人性的扭曲。但是作家却指不出生活前进的更远大的方向来。梁比宁这个形象在许多细节上,是恰如其分地表现了那个历史时代下,新兴资产阶级分子作为"社会关系总和"的人性的。

《安娜·卡列宁娜》通过这个庞大而又精巧的现实主义艺术形象体系,高度真实地反映了生活,并且极其深刻地提出了许多重大的问题。现在,当我们谈过以上这些主要的人物以后,我想,读者朋友们想必已经对《安娜·卡列宁娜》的主题思想,它所反映的时代生活特征以及所提出的许多问题有了个初步的印象。《安娜·卡列宁娜》的主题到底是什么?从上述的人物故事中我们已经知道,托尔斯泰原先所设定的"家庭的主题"已经远远被他自己的作品突破了。《安娜·卡列宁娜》实际上表现的,是一个俄国(以及全人类)在由封建主义制度转向资本主义制度的过渡时期中的历史的、时代的主题,社会的主题,妇女解放的主题,或者说是人性解放的主题。

四

让我们再来简略地谈几个《安娜·卡列宁娜》的艺术上的问题。我想简略谈到的是心理描写、对比手法、艺术细节、风景描写和抽象思维方式的利用等几个方面。

心理描写是形象塑造的必要手段,而托尔斯泰却以他独特的、使人的心理状态与作品内容的深度和广度密切结合并随其发展的描写方式而与众不同。托尔斯泰善于多层面、多角度、全过程地描写人物心灵深处的矛盾、变化、发展和探索。这就是一百多年来人们一再谈论的他的"心灵辩证法"。《童年、少年、青年》中伊尔倩涅夫内心状态的发展,《哥萨克人》中奥列宁对于个人与大自然的关系的考虑,《战争与和平》中安德烈·保尔康斯基躺在战场上的反思,纳塔莎在月下窗前的遐想,《复活》中聂赫留朵夫的痛苦思索和断然转变,都表现了他的这种"辩证法"的特点,都是使形象获得不朽生命的艺术表现手法。假如读者有兴趣,不妨拿这种"辩证法"和其他俄国作家如屠格涅夫那种三言两语隐隐带过的瞬间心理活动描写,或者和陀思妥耶夫斯基那种痉挛而狂乱的变态心理描写做一番比较,将更能体会托尔斯泰心理描写的独特的魅力。

《安娜·卡列宁娜》是作家这种"心灵辩证法"的大展现和大汇合。在这部伟大作品中,我们可以找到每一个主要人物的心理发展和变化的过程。卡列宁从安然平静的家庭生活忽然陷入妻子与他人私通的尴尬境地后,他内心世界的复杂状况;伏伦斯基一旦与安娜相遇,他整个生活、事业、前程、家庭关系和社会关系的变化所带来的心理变化;列文在他追求吉蒂失败,到终于求婚成功,又结婚成家、生儿育子的过程中,在他力图把他的农场办得出类拔萃,而又处处遇到种种和自己理想相左的困难并极力进行斗争的过程中,在他苦思冥想,探索人生真谛的过程中所出现的种种复杂的内心活动;吉蒂从她最初迷恋伏伦斯基到她成为列文爱妻的艰难经历中所体验的心理发展……都是托尔斯泰这种"心灵辩证法"的妙笔。而《安娜·卡列宁娜》中最为激动人心的心理描写,莫过于安娜·卡列宁娜本人的心理发展和变化。

伏伦斯基在安娜生活中的出现给她的心灵世界带来了震荡,随着他们感情的发展,安娜的心理状态出现种种复杂的变化。她体验过偷偷当一个情人的甜美和紧张,品尝过生私生子的痛苦和与死神相见的恐怖,经受过忏悔、认罪、再反悔、再决心私奔的挣扎,享受过与伏伦斯基相伴出国一起旅行的幸福舒畅……到后来,她陷入死路一条的绝望中,不得不投身在火车轮下。而在她临死以前的那一段时间里,她的心理状态达到了空前复杂的程度。在这部作品的第七部最后几节中,托尔斯泰对安娜临死前的变态心理,作了极其详尽、出神入化的描写,这段描写是托尔斯泰"心灵辩证法"的范本,也是世界文学史上难以超越的篇章。

安娜临死以前反常心理的一种主要表现形式是猜测、怀疑和误解。这时,她不信任任何人。她怀疑伏伦斯基和索罗金娜幽会,怀疑对她真心关爱的吉蒂和朵丽看不起她;她的思想行为处处走向极端,觉得她"从来没像恨伏伦斯基这样恨过任何人",决心要用死来报复他,一会儿跟他大吵大闹,一会儿又低三下四地向他认错;她突然有了许多错觉,一会儿好像见到了儿子谢辽沙,一会儿好像伏伦斯基在亲吻她,一会儿又听见伏伦斯基在说粗鲁的话;她忽然梦见一个小老头儿在敲一块铁板;她莫名其妙地恐惧,不敢一个人待在家里;她竟会忘记自己梳过头发没有,忘记自己身在什么地方;她茫然不知所措,烦躁不安,胡思乱想;她忽然想起她十七岁时跟姑妈去朝拜三圣修道院的情景;她一反常态,满怀恶意地对待别人,故意在吉蒂面前说,"你丈夫来找过我,我非常喜欢他",并且明知自己是不怀好意；她忽然热衷于梳妆打扮，心想只要打扮得漂亮了，伏伦斯基就不会丢弃她；她一会儿决心去死，一会儿又自言自语说："不啊，怎么都行，只要能活着！"……安娜就是在这样的混乱心理状态和自我误导下一步步走到那节火车轮下的。托尔斯泰的这些具体入微而又真实细致的描写，真像是一部变态心理学的实验记录，深深地打动了每一个读者的心。实在是世界上最为高超的描写艺术。

此外，《安娜·卡列宁娜》中安娜儿子谢辽沙思念母亲的心理描写，奥勃隆斯基的妻子朵丽回忆自己少女生活的心理描写，科兹内舍夫和瓦莲卡在树林中散步时，两人欲言又止，终于好事难成的那段独特的恋爱心理的描写……都写得极为真实而美妙。

强烈的对比是托尔斯泰创作的艺术特点。也许因为生活现象本身永远是在联系对比中展现的，所以对比便成为这位一向倡导"无技巧"的忠于现实的伟大生活描绘者的特长。《战争与和平》的主题本身便是一种重大的对比，其中又有着两条情节线索和几组人物与两对情人命运的对比；《复活》中有统治阶级与广大人民群众的对比，这些都深刻地揭露了现实的本质。即使在短短数百字的童话故事中，托尔斯泰也总是拿善恶、美丑、真伪来相互对比。《安娜·卡列宁娜》这部作品整个建立在一种多层次、多角度、多方面的对比中。在人物关系上，安娜和吉蒂对比，列文和伏伦斯基对比，伏伦斯基和卡列宁对比，列文、科兹内舍夫和尼古拉对比，伏伦斯基又和雅什文以及那位外国王子对比，安娜又和朵丽对比，吉蒂又和瓦莲卡对比……在情节发展上，安娜和伏伦斯基的这一条线索不断地与列文和吉蒂的另一条线索交替出现，相互对比。正是在这样的对比中，每一个人物都能够随时在一面镜子中见到自己，读者也可以更为突出鲜明地见到生活的实质和每一个人物里里外外的特征。

从对比入手，我们可以比较清晰地看出托尔斯泰这一部伟大作品在布局结构上的特点。《安娜·卡列宁娜》中的拱门式双线条对比结构（中间嵌上一个奥勃隆斯基作为"拱顶石"）是小说结构艺术的精品，而在这个拱门的两边，便陈列着两个互相对比着的人物集团和两条并列的情节线索。《安娜·卡列宁娜》的这种对比式结构在文学史上曾不止一次遭到攻击,当年俄国的一位批评家拉钦斯基、美国的著名作家亨利·詹姆斯、法国的文学评论家布尔热都曾经认为,《安娜·卡列宁娜》是一部结构很差或者说拼拼凑凑的作品,说它在艺术上是不成功的。他们说这部作品"没有建筑技巧"。这些批评都是不正确的。一百多年来这部作品所产生的艺术效果证明,托尔斯泰是成功的。对这些批评,托尔斯泰本人曾给以反驳,他不无自豪地说,他的《安娜·卡列宁娜》的这种结构是天衣无缝的。

没有细节就没有艺术,没有文学作品。"大处着眼,小处着手",充分利用艺术细节,是每一个成功的作家创作中所共有的一个特点和奥秘。《安娜·卡列宁娜》中有关人物和环境、事件的细节描写值得我们在阅读时给以注意。卡列宁手指头的响声、奥勃隆斯基拍电报的习惯、朵丽去伏伦斯基和安娜家做客时内衣上的补丁、尼古拉的情妇身上那件成年不换的连衣裙,这些细节描写都深刻地展示了人物和环境的特征。财大气粗的伏伦斯基对谢尔盖·伊凡诺维奇说话时,不由自主地要显得非常地谨慎而恭敬,因为谢尔盖·伊凡诺维奇是一个知名的教授,伏伦斯基对他在精神上甘败下风;安娜到故事发展的后期忽然多了一个面部的表情:她说起话来往往要眯缝着眼睛,这是因为她的生活态度发生了变化,她变得有些玩世不恭,冷眼看一切事和一切人。这是生活带给她的创伤,也是作家有意对她失去以往那份真诚之心的一种谴责和否定。特别值得留意的是作家对安娜一生最后时刻的许多细节描写。当她向那节火车车厢下扑去的时候,作家描写出了她身上每一个动作,甚至写到了她来不及扔掉的那个手提包在如何摆动。这是为了让读者对她此时此刻的一举一动都留下深刻的印象。凡此种种,都是伟大艺术家精细匠心的表现,都是这部不朽作品的不可或缺的组成部分。

景物描写一向是俄国文学的特点,也是托尔斯泰作品的一大特点。和景物描写相比,俄国文学中对室内陈设布置的描写相对来说是比较少的,《安娜·卡列宁娜》正是这样。托尔斯泰一生热爱大自然,一写到自然风景,他老人家往往会情不自禁。在这部巨著中,许多自然风景的场面是美妙到了极点的。那树林、那草场、那黎明时分的大路和小径、那雨的潇潇、那水的潺潺、那寒风的凛冽、那雪花的飞扬、那小草的生长……托尔斯泰为我们展现了大自然所蕴涵的美和她强大旺盛的生命力。托尔斯泰怀着他对大自然的无比崇拜的心情描写大自然,因此往往带有一种理想主义的色彩,似乎唯有大自然才是人类值得去爱的对象,人类对大自然的任何侵犯都是一种不可饶恕的罪过。他的这些观念和思考往往能够把读者引进一种超越故事情节的,更宏大、更高远的精神世界中。当然,托尔斯泰的风景描写一向都是情景交融的,是为他所描写的人、人的心情、人的处境和人的关系服务的。这些风景描写把读者带入人物生活的环境中,让我们犹如身临其境。请读者特别留意去读一读书中那些关于割草、打猎、采蘑菇的场面,以及列文和吉蒂原野相逢、倾盆大雨中夫妻林中相会的场面。那里,你都能获得一种精神上的特殊的启发。与风景描写相关的是他的动物描写。在托尔斯泰笔下,一只狗一匹马都是人在环境中的心灵相通的同志。列文的猎狗拉斯卡不是一条狗,而是列文的一个知心朋友和忠实的伙伴。他胯下的马也是他整个生活中不可缺少的组成部分。

托尔斯泰高人一筹的艺术本领,往往使他能把深刻的思想直接以思辨的推理的形式水乳交融地容纳在他的形象描绘中。从他的作品里,我们领悟到形象思维和逻辑思维的联系与统一,而不像一般文学教科书中所说的那样彼此难容。《战争与和平》中有动辄数万言的历史观的阐述,《复活》中有占去很大篇幅的详尽的人物自我审查和相互争论,以及法院的案件分析与验尸报告。在《安娜·卡列宁娜》中,作家把这种手法更多地运用在对卡列宁和列文两个人物的描写上。卡列宁那些官场谋划的思考和有关家庭问题的思考,列文对于上帝、命运的思考,尤其是作品结尾部分列文有关宗教哲理与人生的那些长篇累牍的思考,都是作品的重要内容,都构成艺术形象体系不可缺少的组成部分。人是思维的动物,思维能力是人之所以有别于低等动物的特征,要想真实深刻地描写人,最好的途径之一是写他如何思维。托尔斯泰掌握了这一奥秘,而许多作家并不理解这一点。当然,要把抽象思维在文学描写中写得生动,写得和人的情感、行为、动作和谐一致,这是很困难的事。正是因为写出了人的思维,写出了思维中的人,托尔斯泰才能比其他作家更深入地发掘出人的内心世界和灵魂。这种描写手法是托尔斯泰独有的艺术特长。这种特长从某种角度上增加了托尔斯泰作品的深度和重量。屠格涅夫曾经说,托尔斯泰是一位"思想的艺术家",他指的也是托尔斯泰艺术本领的这些方面。

列夫·托尔斯泰是一位文学天地中艰苦卓绝的劳动者。他写作态度谨严,一丝不苟,像《战争与和平》这样的宏篇巨著,他整整写过7次。对一篇晚年所写的短文,他改过一百余遍。他的许多作品的原稿和排好的校样上都满是修改和重写的笔迹。这部《安娜·卡列宁娜》经过了前后5年、多次修改重写的过程。有几部不同的手稿保存至今。《安娜·卡列宁娜》的创作过程已有专著研究,可供大家参考,这里不必详述。有趣的是,在这部巨著的历次修改变化中,主人公的名字也曾多有变化,在有一次的修改稿中,列文的名字不是列文,而是"列宁"。无产阶级伟大领袖列宁十分喜爱这本书,他用"列宁"作为自己参加革命运动的化名,未必不是从这里取来的。

托尔斯泰是世界文学史上的一位巨人。他的这部《安娜·卡列宁娜》和他那些堆积如山的作品,让人叹为观止,他的俄罗斯祖国因他而骄傲。托尔斯泰踏着荷马、塞万提斯、莎士比亚、歌德、普希金、巴尔扎克的足迹,为全人类的文学事业开拓了前进的道路。19世纪是世界文学继往开来的世纪,托尔斯泰肩负着把文学从一个时代引向另一个时代的历史使命。重情节、重典型、重写实、重批判的文学时代,在他的笔下达到顶峰,而新的文学思潮正在他的身边一个又一个诞生,并从他的作品中汲取营养而发展壮大。从后来文学的许多名篇中,比如从高尔基的《海燕之歌》、《母亲》和《克里姆·萨木金的一生》中,从罗曼·罗兰的《约翰·克里斯朵夫》中,甚至从乔伊斯的《尤利西斯》、普鲁斯特的《追忆似水年华》中,以及从中国现代文学的杰作《家》、《春》、《秋》、《子夜》等作品中,我们都能够察觉到托尔斯泰艺术感染力的影响。

五

托尔斯泰作为思想家的名声也是十分巨大的,在他的时代,世界上还有许多人不知道作为文学家的托尔斯泰,但却知道作为宗教家、伦理家、教育家或哲学家的托尔斯泰。作为思想家的托尔斯泰和作为艺术家的托尔斯泰同样博大精深。作为思想家,正如高尔基所说,托尔斯泰是"19世纪所有伟大人物中最为复杂的一个"。托尔斯泰受过良好的教育,曾几次赴西欧考察学习。他是俄国少数拥有高度文化修养的知识分子之一。他的许多观点对19世纪末期以及后来的社会学、宗教学、教育学等学科的发展产生过作用。从这个角度说,《安娜·卡列宁娜》中所直接表达的作家的宗教观、艺术观等等,值得我们加以注意。这些都散见于这部作品的各个章节里,这里我们可以不必一一给以分析和评价。但是我们有必要在这篇序文中对托尔斯泰的思想观点作一个简略的介绍,以便于读者了解作品中的这些内容。

托尔斯泰学贯东西,从古希腊罗马哲学到黑格尔,都是他汲取思想力量的广阔源泉。法国启蒙学派思想家卢梭对托尔斯泰思想体系的形成有巨大影响,卢梭在《爱弥儿》中发挥的自然神论和自然教育论思想,以及卢梭有关社会平等的观念,始终是托尔斯泰思想的组成部分。晚年的托尔斯泰整天都在胸前像挂十字架一样挂着一枚卢梭像章,他把卢梭奉为自己的导师。对于东方文化,托尔斯泰从来十分留意。他研究过孔子的《论语》,翻译过老子的《道德经》。他探讨过人类社会生活中许多重大的问题。他的思想构成一个庞杂而巨大的自我体系。托尔斯泰反对暴力,他是强权政治的不共戴天的仇敌,当19世纪末至20世纪初中国受到帝国主义欺凌时,他曾出来大声疾呼地支援过我国。在他所反对的暴力中也包括革命的暴力,这是他和当时无产阶级革命家在理论上的主要分歧。在对待政权问题的态度上,他往往倾向无政府主义的乌托邦观点,这和19世纪中期以来俄国的社会思潮有密切联系。托尔斯泰是俄国官方所支持的东正教会的强烈反对者,因为他看出官办教会是反动政权的支柱。他主张上帝在人的心中,这"上帝"往往只是"良心"的同义语,因此不妨说,他的宗教观实质上是一种道德观。他在晚年所著的《艺术论》中明确提出,艺术必须真实地再现现实。在写《安娜·卡列宁娜》的时候,他的这种思想体系虽然还没有完全形成,但是已经初具规模。到80年代,他的一整套"托尔斯泰主义"出现了,其内容主要是"勿以暴力抗恶","追求道德上的自我完善"和"提倡全人类普遍的爱"三点,其实这三点可以简略地概括为"爱人、爱己和互爱"。这实际上是企图用一个抽象的"爱"字来解决一切问题,是一种天真的泛爱论。其来源可以从卢梭的政治观和自然神论以及无政府主义等托尔斯泰一生所受的主要西方思想影响中找到,同时也反映了俄国宗法制农民既善良又软弱的幻想和希望。列宁在分析托尔斯泰思想的特点时,曾经指出他的思想从历史的和现实的内容看是一种东方制度、亚洲制度下产生的思想体系,一种俄国社会所特有的从东方向西方过渡的思想体系。了解托尔斯泰的这种思想体系,对于欣赏和理解《安娜·卡列宁娜》这本书是必要的。

在谈到托尔斯泰的思想时,我们必须看到,托尔斯泰无疑是充满矛盾的。他的民主主义与他的无政府主义和泛爱论幻想混合在一起;他反对少数人在物质上、精神上剥削多数人,但又号召人们以非暴力的方式去求取解放,用"人家打你左脸,你把右脸也伸过去"的办法去"感动"敌人;他在实际行动上处处同情和支持着劳动人民的革命事业,许多民粹派和无产阶级革命家是他的亲密好友,他自己身上也充满着一种战斗的叛逆精神,但他却又用一套所谓"道德自我完善"和"全人类的爱"的枷锁来约束自己和别人;他身为一个全人类公认的伟大艺术家,到晚年竟然公开否定艺术、否定诗歌、否定莎士比亚、甚至否定他自己所写的全部作品;他看到并承认科学与文化的进步对人类发展的意义,却又主张回到原始的自然生产方式中去,只因为资本主义制度下掌握在剥削阶级手中的科学成果给人民带来灾难和穷困。托尔斯泰思想的矛盾当他在世时已经成为人们注目的问题。肖伯纳在推崇他的才能的同时,指出他有时像儿童般幼稚;列宁说他是一位天才的艺术家,又是一个"傻头傻脑的地主",这些话所指的都是他思想中那些明显不能自圆的矛盾,但是我们必须注意到,作为艺术家的托尔斯泰往往表现得比作为思想家的托尔斯泰更为正确、完整和统一,这是因为形象思维具有一种使艺术形象超越作家主观思想的力量,这种现象在《安娜·卡列宁娜》中,尤其是在安娜的形象上有显著表现,比如作品的主题在安娜形象上的表现竟和托尔斯泰原先的设想不同,就是一个很好的例证。托尔斯泰终其一生都在苦苦地追索,但他却至死不能求得内心的平衡。托尔斯泰思想的弱点和矛盾是他所代表的俄国宗法制农民阶级的弱点和矛盾。

我们可以从一个更为宏大的角度来寻找托尔斯泰思想矛盾形成的原因。在人类文明发展的进程中,人类思维随物质文明的发展而发展。从古代希腊、埃及、印度和中国的哲学开始,几千年来尽管成果累累,流派纷呈,对客观世界的认识也日益深化,但一直是由一种因果的、纵向的、线性的思维方式占主导地位。它的优点是具有比较严密的逻辑性和清晰的目的性,但却始终难以避免一些机械、狭隘和片面的缺点。自 18、19 世纪以来,随着物理学、化学、生物学、数学等科学的发展,人类思维能力正逐渐表现出一种飞跃的进步。它在继承原先的逻辑性、目的性的同时,表现出更多的辩证性、灵活性、相对性,甚至承认一定程度的模糊性。这种变化正带来人类社会行为中某些更加宽容、温和、协调的趋向。比起活在上一世纪的人,我们今天对这种变化也许体会得更为深切。黑格尔哲学以及在它影响下出现的马克思主义是人类思维方式上的革命,虽然一百多年的历史和今天现实生活中的许多事情证明,马克思主义者有时也会陷入机械狭隘的缺点,这往往是与具体社会环境中陈旧的生产方式和低下的科学水平有关。在我们中国就是这样。对于托尔斯泰思想复杂性的形成原因,我们也应该从这样一个总的背景上去理解。生活在19世纪的伟大的思想家和艺术家托尔斯泰基本上是一个人类思维发展过程中承前启后的人物,是历史和时代使得他在思维方式上既守旧而又求新,因此他往往自相矛盾。我们看到,他是一个严厉与宽厚并存的人;他有时头脑清醒,思维严谨,富于斗争性,也有些主观偏执,但有时又宣传泛爱,提倡容忍,力求全人类在调和与妥协中共存。托尔斯泰的矛盾,从这个意义上说体现着全人类思维在其一定发展阶段上的特征。就《安娜·卡列宁娜》而言,这部作品所反映的历史时代正是人类思维方式变革的时代,它的创作时间也正处于托尔斯泰世界观发生剧烈变化的时期,因此托尔斯泰思维的特点及其矛盾在这部小说中表现得非常明显,值得我们留意。

列夫·托尔斯泰的影响是巨大的。他的思想与艺术的力量在全世界各国的文学上和思想文化上刻下了印记。奥地利著名作家茨威格说得好,他说,托尔斯泰的影响"如激流出自天国的中心……托尔斯泰的思想……孕育着二十世纪的各种精神活动"。《安娜·卡列宁娜》这部作品是产生这种影响的主要的力量。在中国现当代文学中,托尔斯泰的影响也随处可见,比如,在鲁迅《一件小事》中,有托尔斯泰式的自省与忏悔;在冰心的《一个忧郁的青年》中,主人公很像是《少年》里的伊尔倩涅夫;冰心另一著名作品《超人》中的母亲形象,可以说是托尔斯泰式的爱的化身;其他如叶绍钧的《倪焕之》、茅盾的《三人行》、庐隐的《海滨故人》、王统照的《微笑》、许地山的《缀网劳蛛》等中国现代文学优秀作品中,都有托尔斯泰的泛爱论和劳动观、人性观的反映。许多中国作家在谈到自己的文学经历时都曾谈到托尔斯泰对他的影响。《安娜·卡列宁娜》在中国的影响还可以从它的多种译文和多次再版中见到,也可以从大量的中国学者对这部作品的研究论著中见到。它至今仍是我国的畅销书之一,由它改编的电影和电视剧多年来不断在中国上演和播出。

从世界各国大量有关托尔斯泰的比较研究成果中,可以见到这位巨人影响的某些方面。这项工作西方研究家们已经进行了半个多世纪,饶有趣味的是,不止一位学者将列夫·托尔斯泰与美国大资本家洛克菲勒进行对比,从中揭示他们人生观、世界观的对立与冲突。所有这些研究无一不是以《安娜·卡列宁娜》作为主要的根据。

七

最后,说几句关于翻译的话。

世界文学名著的翻译应不同于一般作品的翻译,为了达到尽可能接近原作的目的,需要有不同的译本。许多朋友问我为什么还要花这么大力气再译这部已有几种译本的作品,我的回答是:我觉得这里还有可以努力的余地。以前译本的译者都尽了他们的力量,我愿意把我的一份力量也汇入他们的努力中。我一向认为,名著翻译工作是一场接力跑步,大家不断努力,最后将会产生出一个比较理想的译本来。我只是这场跑步中的一个参与者。

在俄国文学中我最喜爱的三位作家是普希金、屠格涅夫和托尔斯泰,为了向他们表示我诚挚的敬意,我利用退休后的晚年,把他们的重要作品各译一部。普希金的《上尉的女儿》和屠格涅夫的《贵族之家》已经印出,有了这部《安娜·卡列宁娜》,我算向俄国文学,也向我国的读者了却一个心愿。

敬请亲爱的读者朋友给我的译文以批评。

伸冤在我,

我必报应。①

---

① 见《圣经·新约全书·罗马书》十二章末。这一段全文是:"亲爱的兄弟,不要自己伸冤,宁可让步,听凭主怒(或作'让人发怒');因为经上记着:'主说,伸冤在我,我必报应。'所以,'你的仇敌若饿了,就给他吃;若渴了,就给他喝,因为你这样行,就是把炭火堆在他的头上。'你不可为恶所胜,反要以善胜恶。"

第一部

一

　　幸福的家庭都彼此相似,不幸的家庭各有各的不幸。①

　　奥勃隆斯基家里一切都混乱了。妻子知道,丈夫跟家中原先的法国女家庭教师有染,她向丈夫宣布,不能跟他在一个屋子里同住,这种状况已经延续三天,夫妻两人自己,所有家庭成员,以及一家上下、老小全都感到痛苦。所有家庭成员和上下老小都觉得,他们大家生活在一起已毫无意义,每家客店里偶然相聚的人们,也比他们,奥勃隆斯基的家庭成员和一家老小更加亲密无间。妻子不从她的那几间屋子里走出来,丈夫三天不回家;孩子们满屋乱跑,失魂落魄一般;英国女家庭教师跟女管家吵架,还给女友写信,请为她找个新差事;厨师昨天正当开午饭的时候就走了;干粗活的厨娘和车夫都要求辞工算账。

　　吵架后的第三天,斯捷潘·阿尔卡季伊奇·奥勃隆斯基公爵——斯季瓦,社交界都这样叫他,——在通常时间,也就是早上八点,睡醒了,但不是在妻子的卧室里,而是在自己的书房里,在一张精制山羊皮沙发上。他把自己丰满的、精心保养的躯体在有弹性的沙发上翻转过来,仿佛还想再大睡一阵。他紧紧抱住枕头另一端,又把面颊贴上去。然而突然他一跃而起,坐在沙发上,睁开了眼睛。

　　"啊,啊,这是怎么回事儿?"他想,一边回味着梦境。"啊,这是

---

① 这句话本来是全书的题词。下段第一句"奥勃隆斯基家里一切都混乱了"才是这里的第一句。后来作家改用"伸冤在我,我必报应"为题词,把这句话放在这里。

怎么回事儿？对！阿拉宾在达姆什塔特①请客吃饭；不，不是在达姆什塔特，是个美国什么地方。对，可是这个什么达姆什塔特就是在美国的呀。对，阿拉宾在一张张玻璃台子上设宴，对，——连台子都在唱歌：Il mio tesoro②；也不是 Il mio tesoro，是个什么更好听的，还有多么漂亮小巧的长颈玻璃酒瓶，原来它们不是玻璃瓶，是些女人呀。"他在回想着。

斯捷潘·阿尔卡季伊奇的眼睛在快活地闪亮，他微笑地沉思着。"对，真好，非常好。那儿还有好多美妙的东西，可是你没法儿用话说出来，就是想也想不清。"这时，他发觉一线阳光从厚绒窗帘的一侧透进来，这才快活地把脚从沙发上甩下，伸过去寻找拖鞋，那是妻子用金色上等羊皮细心缝制的（去年的生日礼物）。他又按九年来养成的老习惯，不抬身，便把手伸向卧室里挂他晨衣的地方。他这才忽然记起，他是怎样和为什么没有睡在妻子的卧室里，而是睡在书房里；笑容从他脸上消失了，他皱起眉头来。

"唉，唉，唉！唉呀！……"他叹息着，记起所发生的一切。于是他重新又在头脑中描画着跟妻子争吵的全部细节，他全然走投无路的处境，和那尤其令他苦恼的、他自己的罪过。

"是呀！她不会原谅，也不能原谅。最可怕的是，这一切都怪我，——怪我，可我又没有过错呀。整个儿悲剧都在这里，"他想，"唉，唉，唉！"他绝望地一边数落，一边回想着这次争吵中自己最感沉重的那些情景。

最不愉快的是那第一分钟。当时他正从剧院回来，愉快而得意，手里拿着一只给妻子买的大梨。在客厅里没见到妻子；奇怪，书房里也没找到她，最后看见她在卧室里，手里捏着那张倒霉的、暴露了一切的纸条。

---

① 达姆什塔特，法国西部城市。
② 意大利语：我的宝贝。

她,这个操心的、忙碌的、不大聪明的女人,朵丽①,一动不动坐在那里,手里捏着那张纸条,面带恐惧、绝望和愤怒地凝望着他。

"这是什么?"她问,指着那纸条。

每想起这个,让斯捷潘·阿尔卡季伊奇感到难受的,主要不是事件本身,而是他当时如何回答妻子的问话。

那一顷刻间他身上所发生的,是那些干了什么丑事突然被揭发出来的人往往遇到的情况。他站在妻子面前,罪过被揭发了,他又没能事先准备好一副面孔来应付这局面。当时他没有觉得委屈,没有悔恨、辩解、求饶,甚至也没有依然故我无动于衷,而所有这些都比他那时所做的要好!那时他的面孔上全然不由自主地("大脑反射",斯捷潘·阿尔卡季伊奇心想,他是爱好生理学的),忽然全然不由自主地露出一个惯常的、好心的、因此也是愚蠢的微笑来。

他不能原谅自己这个愚蠢的微笑。一看到这个微笑,朵丽浑身一颤,仿佛出于肉体的伤痛,突然怒气大作。生性急躁的她,流水般吐出一连串难听的话语,从房中奔了出去。她从此不愿再见到这个丈夫。

"都怪这个愚蠢的微笑不好。"斯捷潘·阿尔卡季伊奇心想。

"可是怎么办呢?怎么办呢?"他绝望地问他自己,找不到答案。

二

斯捷潘·阿尔卡季伊奇是一个对自己很诚实的人,他不能欺骗自己,硬说他对自己的行为感到后悔。他,一个三十四岁的、英俊多情的男人,他不爱自己的妻子,不爱这个只比他年轻一岁、五个活着的两个死去的孩子的母亲,对此他现在并不感到后悔。他只后悔自己没能更好地瞒过妻子。然而他感受到了自己处境的全部分量,并且也为妻子、孩子和自己感到遗憾。若是他早料到这事会如此激

---

① 朵丽,达丽雅的一种爱称。

怒她,或许他有办法把自己的错事更好地瞒过,不让妻子发觉。显然他从没有考虑过这个问题。不过他已隐隐觉得,妻子早就发现他对她不忠,而又假装没有看见。他甚至觉得,她,一个已经衰老、风韵毫无、普普通通的女人,仅仅是家庭中一个贤良的母亲而已,公平地说,应该谦虚点才是。而结果竟完全相反。

"唉呀,真糟糕!唉,唉,唉!真糟糕!"斯捷潘·阿尔卡季伊奇一筹莫展,反复地自言自语说,"而这以前一切都是多么地顺利,我们日子过得多好啊,她因为有这些孩子,既满足又幸福,我什么也不去妨碍她,让她随意去料理孩子和家务。的确,糟就糟在她是我们家的家庭女教师。真是糟糕!追求自己家里的女教师,这总有点儿庸俗、下流。可这是一个多漂亮的女教师啊!(他生动地回忆着罗兰小姐那双狡黠的黑眼睛和她的笑容。)但是她在我们家的时候,我什么也没让自己干过呀。顶糟糕的是,她已经……这一切可真是的,好像故意跟我过不去!唉,唉,唉!但是怎么、怎么办呢?"

除了生活对一切最复杂最无法解决的问题所能给予的那个答案之外,再没答案了。这个答案是:日子总得过,也就是只好把一切忘却。此刻再用睡梦来忘却已不可能,至少得等到晚上;重新回到那音乐声中,那长颈玻璃瓶女人所唱的歌声中,也不可能;于是,就必须像做梦一样过眼前这日子,好忘却一切。

"走着瞧吧。"斯捷潘·阿尔卡季伊奇对自己说。然后他站起身来,穿上深蓝色绸衬里的灰色晨衣,甩过腰带穗子打了一个结,给自己宽阔的胸腔里满满地吸进一口气,两只向外撇开的脚,那么轻盈地托住他丰满的躯体,迈开习惯了的精神饱满的步子,走向窗前,拉开窗帘,使劲地摇了摇铃。随着铃声,走进来一位老朋友,他的贴身仆人马特维,手里捧着衣服、皮靴和一封电报。跟着马特维又进来一个捧着理发用具的理发师。

"衙门里有公文送来吧?"斯捷潘·阿尔卡季伊奇先接过电报,一边坐在镜前,一边问。

"在桌子上。"马特维回答,他若有所问地望了老爷一眼,目光里带着同情。稍等片刻,又浮起狡猾的微笑添了一句:"出租马车行的老板派人来过。"

斯捷潘·阿尔卡季伊奇什么也没回答,只是在镜子中瞅了马特维一眼;从他们镜中相遇的目光里显然看出,他俩是心照不宣的。斯捷潘·阿尔卡季伊奇的目光仿佛在问:"这你干吗要说?未必你不知道?"

马特维把两手插进他短上衣的口袋里,摆开一只脚,默默地、温厚地、微微含笑地注视着自己的主人。

"我叫他们下个礼拜天再来,这以前别来白麻烦您,也麻烦自己。"他说了这句明明是早就准备好的话。

斯捷潘·阿尔卡季伊奇懂得,马特维是想说句好笑的话,逗引他注意自己。他拆开电报,读过,猜测着更正了几个时常搞错的字,这时,他脸上闪起光来。

"马特维,安娜·阿尔卡季耶芙娜妹妹明天就来啦。"他让理发师那只发亮的胖乎乎的手停住一会,才说。那只手正在他长长的拳曲的络腮胡子当中开出一条红扑扑的道路来。

"谢天谢地。"马特维说,这回答表明他跟主人一样,了解这次来访的意义。也就是说,安娜·阿尔卡季耶芙娜,斯捷潘·阿尔卡季伊奇的这位亲爱的妹妹,能促使夫妻和好。

"一个人来,还是跟姑爷一道?"马特维问。

斯捷潘·阿尔卡季伊奇不好说话,因为理发师正在刮他的上嘴唇,便竖起一个手指头,马特维对镜子点了点头。

"一个人。安排住楼上?"

"你去禀告达丽雅·亚力山德罗芙娜,她会吩咐的。"

"禀告达丽雅·亚力山德罗芙娜?"马特维似乎有所怀疑地重复说。

"对,去禀告。把电报带去。回来告诉我,她怎么说。"

"您是想试探一下呀。"马特维懂了,但他只说:

"遵命。"

斯捷潘·阿尔卡季伊奇已经梳洗完毕,正要穿衣服,这时马特维慢腾腾移动着他吱咯作响的长靴,手里拿着电报,回到屋里来,理发师已经走了。

"达丽雅·亚力山德罗芙娜吩咐禀告您,说她这就要走了。随他,就是说随您,高兴怎么办就怎么办。"他说。他只用眼睛发笑,还把两只手插进衣袋里,歪着个头,盯着主人看。

斯捷潘·阿尔卡季伊奇默不作声,随后他那漂亮的面孔上显出一种温和而又有几分可怜的微笑。

"嗯?马特维?"他说,一边摇着头。

"没关系,老爷,总会有办法的。"马特维说。

"会有办法的吗?"

"总会有的,老爷。"

"你这么想?那儿是谁呀?"斯捷潘·阿尔卡季伊奇听见门外女人衣襟的窸窣声,问道。

"是我,老爷。"一个坚实而又令人愉快的女人声音在回话,接着门外伸进了保姆马特辽娜·菲利莫诺芙娜那张严肃的麻脸。

"哦,什么事,马特辽莎?"斯捷潘·阿尔卡季伊奇问,一边迎着她走向门口。

尽管斯捷潘·阿尔卡季伊奇在妻子面前完全是罪有应得,他自己也感觉到这一点,但家中所有的人,甚至这个保姆,她是达丽雅·亚力山德罗芙娜的主要拥护者,都站在他这一边。

"哦,什么事?"他神情沮丧地说。

"您去呀,老爷,再去认个错儿,或许上帝会赐福的。她好难过哟,瞧着都可怜,再说家里全部乱了套。孩子们,老爷,也该怜惜一下。认个错儿吧,老爷。咋办呢!喜欢滑雪橇……①"

---

① "喜欢"句,引的是俄国谚语:"喜欢滑雪橇,也得喜欢拖雪橇。"雪橇下山时坐着滑下,而上山时则必须拖上去。意为:任何事皆有两面,有利必有弊。这里她想对主人说:"您喜欢干那种事,就得准备受妻子的责骂。"

"可她不肯见我呀……"

"那您做到您该做的呀。上帝是仁慈的,求告上帝吧,老爷,求告上帝吧。"

"唉,好的,您去吧。"斯捷潘·阿尔卡季伊奇说,他忽然脸红了。"唉,来穿衣服吧。"他对马特维说,下了决心似地把晨衣一下子甩掉。

马特维已经像拿着马套子一样把洗净熨平的衬衫提在手里,正在吹去上面的一点看不见是什么的东西,以一种显然的得意神情把衬衫套在老爷那精心保养的躯体上。

三

斯捷潘·阿尔卡季伊奇穿好衣服,在身上喷了些香水,整了整衬衫袖子,再以一种习惯成自然的动作把香烟、皮夹子、火柴、带双重链条和各种小坠子的挂表分别塞进各个衣袋里,又抖了抖手绢,在一种洁净、芳香、健康而且肉体上很是快乐的自我感觉中,把自己的不幸事抛诸脑后,每迈一步身子都轻轻一抖地走进了餐厅,那儿已为他摆好咖啡,咖啡杯边,放着信件和衙门里送来的公文。

他读了信件。有一封信令人很不愉快——是那个要买妻子田产上一片树林子的商人写来的。这片林子势必得卖掉;然而此刻,在跟妻子言和之前,根本谈不上办这件事。这中间最让人不快的是,这事会把金钱利害搅进他跟妻子和好这件事当中。一想到他可能受到这种利害关系的牵制,为能卖掉这片树林,他得设法跟妻子和解——想到这个,他觉得好像受到了羞辱。

读完信件,斯捷潘·阿尔卡季伊奇把衙门的公文拿过来,匆匆翻阅了两份,用粗铅笔作了几个记号,便把这些事推向一边,喝起咖啡来;他一边喝,一边打开油墨未干的晨报,开始读着。

斯捷潘·阿尔卡季伊奇订阅了一份自由派的报纸。不是极端派,而是那种大多数人所支持的派别。虽然对科学、艺术、政治都并不特别感兴趣,他却也对这一切问题牢牢地持有着大多数人和他们的报纸所持有的观点,并且只有在大多数人改变观点时才作改变,或者,不如说,不是他变,而是这些观点不知不觉间在他心中自己改变了。

斯捷潘·阿尔卡季伊奇并不去选择什么派别或观点,而是这些派别、观点自己跑来找上他,恰像他并不选择帽子和上衣的样式,而是采用人们通常都穿戴的那些。人到成年时,通常思维活动都是发达的,他所生活其中的知名社会要求他能进行某些这样的活动,因此他也必须拥有许多见解,就像他必须拥有一顶帽子一样。假如说有什么原因让他选择自由派而不选择他圈子里许多人也都持有的保守派观点的话,这不是由于他发现自由派更加明智,而是因为这种观点更接近他的生活方式。自由党人说,俄国样样事都搞糟了,确实是,斯捷潘·阿尔卡季伊奇负债累累,钱简直就不够用的。自由党人说,婚姻是一种过时的制度,必须改革,确实是,家庭生活给斯捷潘·阿尔卡季伊奇很少满足,迫使他撒谎和作假,这跟他的天性实在是太违背了。自由党人说,或者更确切点,自由党人的意思是说,宗教只是对居民中一部分野蛮人的一种约束,确实是,斯捷潘·阿尔卡季伊奇哪怕是做一次短短的祈祷,两只脚也痛得难以忍受,所有那些有关来世的吓人的辞藻华丽的言语有什么意思呢,如果这辈子能过得非常快活就很好了。斯捷潘·阿尔卡季伊奇还喜欢开开玩笑,有时候他会给一个好脾气的人出个难题,对人家说,你要是夸耀门第,就不该仅限于提到留里克①,而丢开你最初的始祖——猴子。于是斯捷潘·阿尔卡季伊奇便养成了自由派的习惯,他喜欢这份报纸,就像他喜欢饭后一支烟一样,因为这份报纸能使他的脑袋里涌起一阵轻薄的迷雾。他看了社论,其中谈到,当今毫无必要大喊大叫,似乎激进派正威胁要吞没一切保守分子,似乎政府应该采取措施镇压革命的隐患。相反的是,"我们认为,危险不在

---

① 留里克(812—897),俄国留里克王朝的创立者。

于假想的革命隐患,而在于阻碍进步的顽固传统",等等。他又读了另一篇文章,关于财政的,其中提到边沁和穆勒①,把政府的一个部刺了一下。他这人天性机敏,能看懂每一句讽刺话的含义,它是谁搞的,针对谁,动机何在,而这,一向都能给他以某种满足感。但是今天,一想起马特辽娜·菲利莫诺芙娜的劝告,再想起家里的事如此地不顺心,这种满足感便被一扫而尽了。他还看到,别伊斯特伯爵②已赴维斯巴登③的传闻,还看到根治白发、出售轻便马车、某青年人士征婚等等的广告,然而这些报道并没能像从前那样给他带来一种宁静的、讽刺意味的满足。看完报纸,喝完第二杯咖啡,吃了抹黄油的白面包,他站起身来,抖掉背心上的面包屑,把宽阔的前胸高高挺起,快活地微微一笑。并非他心头有什么特别愉快的事,——是那良好的消化让他感到愉快。

但是这个快活的微笑让他立即又想起了一桩桩的心事,于是他沉思起来。

两个孩子的声音(斯捷潘·阿尔卡季伊奇听出这是小儿子格里沙和大女儿丹妮娅的声音)。他们在搬弄什么东西,把东西打翻在地上。

"我说过,顶上不能坐乘客的,"小姑娘用英语嚷嚷着,"你拾起来!"

"全都一团糟,"斯捷潘·阿尔卡季伊奇想,"孩子们也自个儿瞎跑。"他便走向门口,喊他们一声。他们丢掉当火车玩的大匣子,进屋来见父亲。

女儿是父亲的宝贝,她大胆地跑进来,一把抱住他,嘻笑着吊在他的脖颈上,像往常那样,她闻到他胡须上的香水味便感到快乐,最

---

① 边沁(1748—1832),英国法学家、伦理学家,倡导功利主义。穆勒(1806—1873),英国哲学家、经济学家,属边沁学派。
② 别伊斯特伯爵(1809—1886),当时奥匈帝国的首相。
③ 维斯巴登,德国西部温泉疗养地。

后,吻了吻他弯下腰变红了的、闪耀着亲切光辉的面庞,小姑娘这才松开手,又想跑开了,然而父亲留住了她。

"妈妈怎么样?"他问,一只手抚摩着女儿润滑柔嫩的头颈。"你好呀。"他又含笑地招呼了向他问好的男孩。

他知道他不大爱这个男孩子,又老是极力要做得公平;但是小男孩感觉到了这一点,他并不用微笑来回答父亲冷漠的微笑。

"妈妈?起床啦。"小姑娘回答。

斯捷潘·阿尔卡季伊奇叹了一口气。"就是说,又一夜没睡。"他心想。

"怎么,她快活吗?"

小姑娘知道父亲和母亲之间发生过争吵,母亲不可能快活,父亲应该知道这点呀。他立刻了解到她的心思,也脸红了。

"不知道,"她说,"她没叫我们念书,叫我们跟密司①古里去奶奶家。"

"喏,那就去吧,我的丹妮娅宝贝儿,啊,还有,等一下。"他说着,一边还搂住她,抚摩着她柔润的小手。

他从壁炉架上拿下一小盒糖,是他昨天放在那儿的,给了她两块,拣她喜欢的,一块巧克力,一块软糖。

"给格里沙?"小姑娘说,指着那块巧克力。

"对,对。"他又再次抚摩了她小小的肩头,吻了吻她的发根和头颈,才放开她。

"车备好啦。"马特维说。"有个女人求见。"他又说一句。

"她等很久了吗?"斯捷潘·阿尔卡季伊奇问。

"半个多钟头吧。"

"给你说过多少回,马上报告我!"

"也得让您喝完咖啡呀。"马特维说,口气友好而随便,叫你没法生气。

---

① 密司,英语 miss 的俄译音,意为小姐。以下凡是用俄语说的外来语,皆作者译。

"好吧,那就快点叫进来。"奥勃隆斯基恼火地皱皱眉头。

求见者是一个名叫卡里宁的上尉的妻子,她要求的事是没法办也没道理的;然而斯捷潘·阿尔卡季伊奇依他一贯的做法,还是请她坐下,仔细地,不打断她,听她说完,又给她些详尽的建议:去找谁,怎么说,还用他粗大、洒脱、漂亮而且清晰的笔迹干净利落地为她写了一张便函,给一个有可能帮助她的人。斯捷潘·阿尔卡季伊奇拿起帽子,稍停一停,想想,看忘记什么没有。似乎除了想忘记的东西——妻子之外,他什么也没有忘记。

"哎呀!"他低下头,漂亮的面庞上显出一种忧愁的表情。"去,还是不去?"他自言自语。一个他内心的声音对他说,不应该去,这样做除虚伪以外,别无其他。改善和修补他们之间的关系已无可能,因为不可能让她再变得楚楚动人,能激发起爱情,或者把他变成个不能恋爱的老头子。除了虚伪和谎言之外,显然不会有别的结果;而作伪和说谎有悖于他的天性。

"但是总得去一下,不能老这么下去呀。"他说,极力使自己勇敢些。他挺直胸膛,抽出一支香烟,点上,吸两口,抛进螺钿烟灰缸里,才大踏步穿过阴暗的厅堂,打开另一扇房门,走进妻子的卧室。

四

达丽雅·亚力山德罗芙娜穿一件薄绸短上衣,当年那头浓密漂亮的美发,现在已经稀疏了,结成几条发辫,用卡子盘在脑后,面庞又干又瘦,由于脸瘦,一双大大的眼睛突出来,显得惊恐不安。她站在四处乱撇着的衣物当中一只打开的衣橱门前。她正从那橱里把什么东西取出来。听见丈夫的脚步声,她停住了,眼盯住房门,徒然想要装出一副严厉、轻蔑的面容。她感到自己害怕他,害怕马上和他见面。她刚要试图做那三天来已经上十次试图做的事:收拾起孩子们和自己的东西,好带回娘家去,——马上又下不了决心;这会儿她跟前几回一样,告诉自己,不能这么拖下去,她必须采取点什么措施,惩罚他,让他丢丢面子,他给她带来那么多痛苦,她要报复一下,哪怕报复一小点儿也好。她仍在一个劲儿地对自己说,她要离开他,但是又感觉到,这是办不到的事;这是办不到的,因为她无法不把他看作自己的丈夫,她爱他,这已养成习惯,无法改变。此外,她还感到,若是在这里,自己家里,她还照管不过来这五个孩子,那么带他们去别处,他们的日子就更难过了。这三天来,最小的一个孩子由于喂他吃了不干净的肉汤生了病,其余几个昨天几乎没有吃上午饭。她感到,走开是不可能的事;然而,她仍在欺骗自己,仍在不停地收拾东西,装出一副要走的样子。

一看见丈夫,她的手放进衣橱抽斗里,仿佛是在寻找什么东西。直到他走到了她的跟前,她才冲他瞟了一眼,但是她的脸上本想做出严厉而坚决的表情,却显得慌乱而痛苦。

"朵丽!"他轻声地、畏怯地说。他把头缩在肩膀里,想要装得可怜而温顺,但是却仍然容光焕发,精神饱满。

她朝他从头到脚迅速地瞥了一眼,见他容光焕发、精神饱满的样子。"啊,他快活、得意!"她心想,"可我呢……他这副讨人嫌的好脾气,人人都为这个那么喜欢他、夸奖他,我就恨他这副样子。"她心想。她双唇紧闭,苍白的、神经质的脸上,右颊的肌肉在抖动。

"您有什么事?"她急急地说,话音低沉,不像是她的声音。

"朵丽!"他声音发颤地再叫一声,"安娜今天要来了。"

"关我什么事? 我不能接待她!"她大声嚷着。

"可非接待不行呀,朵丽……"

"您走开,您走开,走开。"她望了他一眼,一边叫嚷着,似乎这叫嚷是一种肉体的疼痛引起的。

当斯捷潘·阿尔卡季伊奇想着妻子的时候,他还可以心平气和,可以按照马特维的说法寄希望于**总会有办法的**,也可以心安理得地看报纸,喝咖啡。但是一当他见到她那张受折磨的、痛苦的脸,听见了她这种屈从命运的、绝望的声音,他就感到喘不过气来,有个什么东西堵在他的咽喉上,连眼睛里都闪烁起泪水了。

"我的天啦,我干下了什么事!朵丽!看上帝分上!……要知道……"他说不下去,咽喉里卡住一阵痛哭。

她砰地一声关上橱门,瞅了他一眼。

"朵丽,我能说什么呢?……只有一句话:原谅我,原谅我……你想想,难道说九年生活不能赎取几分钟,几分钟……"

她垂下眼睛在听,她在等着听他会讲出些什么话来,她那副样子,仿佛是在恳求他,求他不管怎么能够说服她,让她不再相信那是真的。

"几分钟的冲动嘛……"他开口了,还想继续说下去。然而一听见这句话,好像出于肉体的伤疼,她的双唇又闭紧了,右边脸颊上的肌肉又在抖动。

"走开,从这儿走开!"她叫嚷得更加尖厉刺耳,"别跟我说您的冲动和您的下流事!"

她想走,但身子一晃,她抓住椅背撑住自己。他面孔发胀,嘴唇突起,眼睛里充满泪水。

"朵丽!"他说话时已经哭出声了,"看上帝分上,为孩子们想想,他们没有罪呀。是我的错,惩罚我,让我去赎罪吧。只要我能做到的,我都愿意做!我错啦,错得没法说!可是,朵丽呀,原谅我吧!"

她坐下了。他听见她沉重的大声的呼吸,他心里对她说不出地怜惜。她几次想要开口讲话,可是讲不出来。他等待着。

"你想着孩子们,只是想跟他们玩玩,可我想着他们,是知道他们这下子全都给毁了呀。"显然,三天来她不止一次在心里说过许多话,现在她是说出了其中的一句。

她对他说了个"你",他感激地瞧她一眼,挨近些,想要握住她的手,而她却厌恶地避开他。

"我想着孩子们,所以我为挽救他们,什么事都肯去干,可我自己也不知道,我怎么才能救他们,是不是把他们带走,离开这个父亲呢,还是留下他们,跟这个道德败坏的父亲住一起,——对,这个道德败坏的父亲……诺,你倒说说,发生过这种事……这以后,未必说我们还能住一起吧?这未必可能吧?你说说看,这未必可能吧?"她提高了嗓音反复说,"在我的丈夫,我孩子的父亲,跟自己孩子的家庭教师搞上不正当恋爱关系之后。"

"可是又怎么办呢?怎么办呢?"他可怜巴巴地说,自己也不知道他在说什么,一边把头愈垂愈低。

"我嫌您讨厌、恶心!"她嚷了起来,愈嚷愈凶。"您的眼泪——不过是几滴水罢了!您从来没爱过我;您既没有人心,也不知羞耻!您让我觉着卑鄙、讨厌、陌生,对,您完全是个陌生人!"她痛苦地也是恶狠狠地说出"陌生人"这个对她自己非常可怕的字眼。

他眼望着她,她脸上显出的恶狠狠神情让他害怕和惊异。他不懂正是他对她的怜悯激怒了她。她看出他打心底里只是可怜她,而不是爱她。"不,她恨我,她不会原谅我的。"他想。

"这太可怕了!太可怕了!"他说道。

这时一个婴儿在另一间屋子里叫起来,大概是跌了跤;达丽雅·亚力山德罗芙娜仔细倾听着,她忽然间脸色变得柔和了。

她,显然是,静下来几秒钟,好像不知道自己是在什么地方,该做什么。接着,她急忙站起,向门口走去。

"可是她还爱着我的孩子呀,"他察觉到听见孩子喊叫声时她面容上的变化,"我的孩子,那她又怎么可能恨我呢?"

"朵丽,还有一句话。"他跟着她,说道。

"您要是跟着我,我就叫人,叫孩子们!让人人都知道,您是个下流坯!我这就走开,您跟您的姘头在这儿住去吧!"

她把门砰地一声拉上,走出去了。

斯捷潘·阿尔卡季伊奇叹一口气,在脸上抹一把,轻手轻脚地从屋里往外走。"马特维说总会有办法的,可是办法在哪儿?我简直看不出有什么办法。哎,哎,多么可怕呀!她喊叫得多么庸俗。"他自言自语说,想起她的喊声和用词:下流坯、姘头。"或许,女儿们也听见了！庸俗得可怕，可怕。"斯捷潘·阿尔卡季伊奇独自站了一小会儿，揉了揉眼睛，叹口气，便挺直胸膛，走出了房间。

这天是星期五，一个德国钟表匠正在餐厅里给钟上发条，斯捷潘·阿尔卡季伊奇想起自己对这位一丝不苟的秃头钟表匠说过一句笑话：德国人为了给钟上发条，自己一辈子都上足了发条。他笑了笑。斯捷潘·阿尔卡季伊奇喜欢说得好的笑话。"或许，总会有办法的！这句话说得好，**总会有办法的**。"他想。"就该这么说。"

"马特维！"他喊一声，"你就跟玛丽娅一块儿在休息室里给安娜·阿尔卡季耶芙娜安排一下。"他对走进屋来的马特维说。

"是，老爷。"

斯捷潘·阿尔卡季伊奇穿上皮大衣，走上门廊。

"您不在家里吃饭啦？"送他出门时马特维说。

"看情况吧。这你拿去开销，"他说着，从皮夹子里取出十卢布给他。"够用吗？"

"够不够的，总得凑合过去吧。"马特维一边关上车门，退回到台阶上，一边说。

这时，达丽雅·亚力山德罗芙娜哄好了孩子，听马车声音知道他走了，才又回到卧室里，这是她躲开家务烦杂的唯一处所，只要一出卧室门，她就被这些烦心事包围了。就是现在，在她走进育儿室的短短一会儿时间里，英国籍家庭女教师和马特辽娜·菲利莫诺芙娜就赶紧问了她几件事，这些事都耽搁不得，都只有她才能决定：孩子们出去散步穿什么衣裳？给不给吃牛奶？要不要派人去找一个新厨子？

"哎呀，饶了我，饶了我吧！"她说着，一转身回到卧室里，还坐在她刚才跟丈夫说话的那个地方，紧扣着两只瘦骨嶙嶙的手，那手上的几只戒指正在从皮包骨头的手指上往下滑。她在回忆中一句句品味着刚才的谈话。"他走了！可是他跟她怎么个**了结法**？"她想。"他莫不是还在跟她见面？我干吗没问他？不，不，没法和解。若是我们还留在一幢房子里——我们也是陌生人，永远是陌生人！"她再把这个对她十分可怕的字眼意味深长地重复一遍。"可我本来多么,我的上帝,我本来多么爱他哟!我多么爱他哟!可现在未必我就不爱他了?我不是,比从前更爱他吗?可怕的,主要是……"她想开了头,却没能想清楚,因为马特辽娜·菲利莫诺芙娜从门口探进头来。

"叫人去把我兄弟喊来吧,"她说,"他好歹会烧个饭,要不,还像昨天,到六点钟孩子们也没吃上饭。"

"喏,好的,我这就出去吩咐。派人去取新鲜牛奶没有?"

于是达丽雅·亚力山德罗芙娜又忙起日常家务来了,把她自己的悲伤暂时淹没在繁忙中。

五

斯捷潘·阿尔卡季伊奇在学校成绩很好,因为他天分高。可是他懒惰,淘气,所以毕业名次排在最后几名里;但虽然一向生活放荡,官阶不高,年龄也不大,他却在莫斯科一个衙门里占有着受人尊敬而且薪俸优厚的长官位置。这位置他是通过妹妹安娜的丈夫,阿历克赛·亚力克山德罗维奇·卡列宁得到的,妹夫是部里的要员,这衙门归他的部管辖;然而若是卡列宁没给自己的大舅子任命这个职位,那么通过上百个其他人,兄弟、姐妹、亲戚、表兄表弟、叔父伯父、姑妈姨妈,斯季瓦·奥勃隆斯基也会得到这个或者另一个类似的职位和六千年薪的,他需要这笔钱,因为尽管有妻子的大宗财产,他的事情还是一塌糊涂。

半个莫斯科和彼德堡都是斯捷潘·阿尔卡季伊奇的亲戚和朋友。他出身于这个世界上的大人物当中,政府里三分之一的人,那些年老的,是他父亲的朋友,从小就认识他;另外三分之一与他以"你"相称;而还有三分之一则是知交。为此,诸如职位、租金、合同以及凡此种种的人世间的好处都是由他的朋友在支配,也就全都少不了他一份;奥勃隆斯基无须特别卖力便可以得到一个肥缺;他只需要不拒绝、不嫉妒、不争吵、不生气就行。而他由于生性善良,从来不这样做。假如有人对他说,他得不到某一个有一笔他所需要的薪金的职位,他会觉得滑稽,何况他所求并不过分,他只想得到他的同辈人都能得到的东西而已,而且这类差事他干起来也并不比其他人差。

所有认识斯捷潘·阿尔卡季伊奇的人都喜欢他,因为他善良,天性愉快,又毫无疑问地忠实可靠。而且在他身上,漂亮的、容光焕发的外貌,闪闪发光的眼睛,黑黑的眉毛和头发,白里透红的面孔,都在生理上发挥着一种友好与快乐的效果,影响着与他打交道的人。"啊哈!斯季瓦!奥勃隆斯基!是他来啦!"当人们与他相遇时,几乎总是笑容可掬地这样说。若是偶尔与他交谈,发现了什么特别值得愉快的事——那么第二天、第三天再遇见他时,大家仍然会这么愉快。

斯捷潘·阿尔卡季伊奇取得莫斯科这个衙门里的长官职位已经三年,这里不仅人人喜欢他,而且同事、下属、上级以及所有与他交往过的人都敬重他。斯捷潘·阿尔卡季伊奇在职位上得到这种普遍的敬重,主要因为他有几个优点:第一,他待人极其宽厚,这是因为他对自己的缺点有自知之明;第二,他有一套彻底的自由主义气派,不是从报纸上看来的,而是与生俱来的气派,由于这个,他对所有人一律平等相待,一视同仁,无论其地位和身份如何;第三,也是最主要的一点,他对自己所经办的事务全然满不在乎,因而他从不认真干,也从不犯错误。

到达他供职的地方,斯捷潘·阿尔卡季伊奇由一个为他挟着公文包的恭敬的看门人陪着,走进自己的小房间,换上制服,才到办公大厅去。这时文书和职员们全都起立,愉快而恭敬地向他鞠躬致意。斯捷潘·阿尔卡季伊奇跟大家握手,迅速走向自己的座位,然后就座。先说个笑话,跟大家聊几句,说得恰如其分,这才开始办公。为了愉快地推进工作,需要怎样一种限度的自由、随便和官腔,再没人能比斯捷潘·阿尔卡季伊奇更能把握其分寸。秘书像所有官员在斯捷潘·阿尔卡季伊奇面前一样,愉快而恭敬地拿着公文走过来,用那种斯捷潘·阿尔卡季伊奇所倡导的亲切而自由的语调说:

"我们到底还是把本萨省府的报告弄到手了。在这儿,您要不要……"

"终于弄到啦?"斯捷潘·阿尔卡季伊奇用一根手指头按在那份公文上,嘴里说道。"喂,诸位……"于是办公就此开始。

"假如他们知道,"他在听取汇报时低垂着头,一副煞有介事的样子,心里却在想,"他们的长官在半个钟头之前多么像个犯了错误的小孩子啊!"于是他一边听,一边眼睛在笑。两点钟以前,要不停地办公,两点钟休息,吃饭。

还不到两点时,办公厅的两扇大玻璃门忽然打开,进来一个人。沙皇像和自省镜①下的全体官员都高兴能松散松散,大家朝门口望去;然而伫立门边的看门人立即把来人赶出门外,随手把玻璃门关上。

听完汇报,斯捷潘·阿尔卡季伊奇站起来伸伸懒腰,并且顺应当时的自由派风气,在大办公室里便取出香烟来,再走进自己的小间。他的两位同事,老资格的公务员尼基金和低级侍从官格里涅维奇随他一同走出大办公厅。

"午餐后咱还来得及办完。"斯捷潘·阿尔卡季伊奇说。

"当然来得及!"尼基金说。

"这个佛明一定是个地地道道的骗子。"格里涅维奇说,这是正在办理的案件中的一个参与者。

斯捷潘·阿尔卡季伊奇什么也没有回答格里涅维奇,只对他的话皱了皱眉头,借此让他感到,过早地下判断是不大合适的。

"刚才进来的是谁?"他问看门人。

"有个人,大人,趁我一转身,不问一声就钻进来。他找您的。

---

① 自省镜,旧时俄国官署中除挂沙皇像外,还悬挂一面镜子,供公务人员对镜自省。

我说:等下班了,再……"

"他在哪儿?"

"大概去门厅里了,刚才还在这儿走呀走的。就是这个人。"门卫说着,指向一个身体健壮,两肩宽阔,蓄着拳曲大胡子的人,这人也不脱下他的羊皮帽子,正踏着石级磨损的台阶迅速而轻捷地向上奔来。正在下楼的人当中有个手执公文包的瘦削的官员,停下来,颇不赞赏地看着这位奔跑者的两只脚,然后又询问似地瞧了奥勃隆斯基一眼。

斯捷潘·阿尔卡季伊奇立在台阶口。他认出了跑上来的人,这时,他绣花制服领子上露出来的那张和颜悦色、容光焕发的面孔更加容光焕发了。

"原来是你呀!列文,你到底来啦!"他面带友好的、略含讥讽似的笑容说,一边上下打量着向他走来的列文。"你怎么会不嫌弃,到这个**鬼地方**来找我?"斯捷潘·阿尔卡季伊奇又说,握手还不够,再吻他朋友一下。"来很久啦?"

"我刚到,非常想见你。"列文回答,他腼腆地、同时也是气呼呼地、神色不安地环顾着四周。

"喏,到我房间去。"斯捷潘·阿尔卡季伊奇说,他了解他朋友这种自尊易怒的腼腆,便抓住他的手臂带着他走,仿佛带他穿越一片危险的地带。

斯捷潘·阿尔卡季伊奇几乎跟所有他认识的人都以"你"相称;跟六十岁的老人、十二岁的孩子,跟演员、部长、商贩、侍从将官都这样,许许多多与他以"你"相称的人如今各自位于社会梯级的两个极端,假如他们一旦知道,通过奥勃隆斯基,他们之间竟有某种共同之处,定会惊讶不止。凡是跟他共饮过一杯香槟的人,他都以"你"相称,而他又跟所有人都共饮香槟,因此,当着下属的面跟自己一些被他戏称为不体面的"你"的朋友们相遇时,他善于凭他天才的机敏冲淡下属不愉快的印象。列文不是一个不体面的"你",然而奥勃隆斯基凭自己的机敏感觉到,列文以为,他在下属们面前可能不愿意表现出他跟自己的亲密关系,这才急匆匆把自己带进小间去。

列文跟奥勃隆斯基差不多同样年纪,跟他以"你"相称并非只因为香槟。列文是他少年时的同伴和朋友。他们彼此喜欢,尽管两人性格和趣味各异,少年时交上的朋友都是这样相亲相爱的,然而,尽管如此,他们在各自谈起对方的职业时,口头上虽也表示赞许,心里却都是瞧不上眼的,在许多选择了不同职业的人们之间,往往都是这样。每个人都觉得,他自己过的那种生活才是唯一真正的生活,而他朋友所过的生活——只不过是一种空虚的幻影。奥勃隆斯基一看见列文,便忍不住露出一种略带讥讽的微笑。他看见列文从乡下到莫斯科来不知多少回了,他是在乡下干点儿什么,但是到底干什么,斯捷潘·阿尔卡季伊奇永远也搞不清,再说也没兴趣搞清。列文每次来莫斯科总是心情激动,行色匆匆,略带拘谨,又为自己的这种拘谨而生气。在很多情况下,他对事物都执有一种全新的出人意料的观点。斯捷潘·阿尔卡季伊奇嘲笑他这种态度,也喜欢这种态度。列文也一样,在心底里瞧不起自己朋友的城市生活方式和他的职务,他认为这全都毫无意义,并加以嘲笑。然而区别在于,奥勃隆斯基是人家怎么做他便怎么做。所以他嘲笑得自信而宽厚,但列文则缺乏自信,并且往往怒气冲冲。

"我们等你好久啦。"斯捷潘·阿尔卡季伊奇说,走进小房间后,松开了列文的手臂,仿佛借以表示:危险到此结束。"非常、非常高兴见到你,"他接着说,"喏,你怎么样?过得好吗?什么时候到的?"

列文没说话,注视着奥勃隆斯基两位同事的陌生面孔,尤其留意那位文质彬彬的格里涅维奇的手,那么又白又长的手指头,那么又长又黄的、尖端弯曲的手指甲,还注视着他衬衫上那么又大又亮的袖扣。显然是这两只手吸引了他的全部的注意力,让他不再想到其他。奥勃隆斯基马上察觉到这个,微微一笑。

"啊,对啦,我来介绍一下,"他说,"我的同事,菲利普·伊凡内奇·尼基金,米海伊尔·斯坦尼斯拉维奇·格里涅维奇,"他又转向列文,"这位是我的朋友,康斯坦丁·德米特里奇·列文,地方自治局①的活动家、一位新派的地方自治界人物、一只手能举得起五普特②的运动家、畜牧家、猎手、谢尔盖·伊凡内奇·科兹内舍夫的弟弟。"

"非常高兴见到您。"小老头儿说。

"我有幸认识令兄,谢尔盖·伊凡内奇。"格里涅维奇说,把他一只长着长指甲的纤细的手伸过去。

列文皱皱眉头,冷淡地握了握这只手,马上就去跟奥勃隆斯基说话。虽然他对自己这位闻名全俄的同母异父的作家哥哥满怀敬意,但他受不了人家不把他当作康斯坦丁·列文,而当作这位知名人物科兹内舍夫的弟弟来看待。

"不,我已经不参加地方自治局的活动了。我跟他们吵翻了,不再去开会啦。"他对奥勃隆斯基说。

"这么快呀!"奥勃隆斯基微笑着说,"是怎么回事?因为什么?"

"说来话长,我找个时间告诉你。"列文说,但是他却马上说开了。"喏,简单说,我已经确信,地方自治局里根本没事干,也不可能有事干。"他说着,那样子好像有谁这时候得罪了他。"从一方面说,玩具而已,他们在玩弄议会的一套,而让我来玩这些吧,我既不够年轻,也不够老;从另一个(他突然停了一下)方面说,这是县里的coterie③搞钱的一种手段。从前有什么监督局、裁判所,而现在又有什么地方自治局,他们拿的虽不是贿赂,也是受之有愧的薪水。"他说得那么激烈,好像在场的人有谁在反对他的意见似的。

"哎嗨!你呀,我看是,又变啦,变成个保守派啦,"斯捷潘·阿尔卡季伊奇说,"不过,这事儿以后再谈吧。"

"对,以后再谈。可是我必须见你。"列文说,又厌烦地冲格里涅

---

① 地方自治局,1864年起俄国设立的机构,在上级政府监督下处理经济事务。
② 普特,俄国重量单位,1普特等于16.38公斤。
③ 法语:一帮子人。这里有贬义。

维奇的手瞟了一眼。

斯捷潘·阿尔卡季伊奇令人不大察觉地微微一笑。

"你不是说你再也不穿欧式衣服了吗?"他望着他那套崭新的、显然是法国裁缝做的服装。"对呀,我看:新变化呀。"

列文忽然脸红了,但不像一般成年人那样,稍微红一点儿,自己也不留意;他是像小孩子那样,感到自己腼腆得让人笑话,觉得不好意思,于是脸就愈红愈厉害,几乎要流出眼泪来。看见这张聪明的男子汉气概的面庞上这种孩子般的表情,真是觉得奇怪,因此,奥勃隆斯基就不再望着他。

"那咱们在哪儿见面呢?我可是非常非常需要跟你谈谈。"列文说。

奥勃隆斯基似乎踌躇不决。

"这么着:我们去古林①吃午饭,在那儿谈。三点钟以前我有空。"

"不,"列文想了想回答说,"我还得去别处走一趟。"

"那么,好吧,就一块儿吃晚饭。"

"吃晚饭?可我倒也没啥特别事,只不过两句话,有点事问问你,以后咱们再聊。"

"那你就现在先说说这两句话,晚饭时再好好儿聊。"

"就是这么两句话嘛,"列文说,"不过也没什么特别事。"

他脸上忽然间有种气恼的表情,因为他极力在克制着自己的腼腆。

"谢尔巴茨基一家人怎么样?还是老样子?"他说。

斯捷潘·阿尔卡季伊奇早就知道列文爱上了他的小姨子吉蒂②,他不令人察觉地微微一笑,眼睛里快活地闪起光芒。

"你说了,只两句话,而我两句话答不上来,因为嘛……对不起,

---

① 古林,这里是一家饭店的字号。
② 吉蒂,卡捷琳娜的一种爱称。

等一会儿……"

秘书进来,一副恭敬如仪的模样,跟所有当秘书的人一样,他对自己在通晓事务方面比长官高明这一点,有某种谦卑的自觉。他拿着几份公文走到奥勃隆斯基跟前,口说请示,实则是向他说明有些什么障碍。斯捷潘·阿尔卡季伊奇没听他说完,便把他一只手温和地放在秘书的衣袖上。

"不,你就照我说过的去办,"他说,用一个微笑把他的话缓和一下,并简略地说明了他是怎么看的,然后把公文推开,说:"就这么办,劳驾啦,就这么办吧,查哈尔·尼基吉奇。"

秘书尴尬地走了。列文在他跟秘书谈话时已完全摆脱了自己的窘态,他两手撑在椅背上站在那儿,脸上是一种嘲笑的、留神注意的表情。

"真搞不懂,搞不懂。"他说。

"什么事你搞不懂?"奥勃隆斯基仍是愉快地微笑着,一边取一支香烟。他等列文说出句什么奇怪的蠢话来。

"我搞不懂,你们在干些什么,"列文说,耸一耸肩头,"你怎么能当回事儿似的干这个?"

"你是说为什么干这个?"

"为什么,闲得无聊吧。"

"你这么认为,可是我们还忙不过来呢。"

"忙于纸上谈兵。喏是的,你有干这种事的才能。"列文又补一句。

"这就是说,你认为,我有个什么缺点?"

"或许是的吧,"列文说,"不过我反正也欣赏你的气派,为能有你这么一位伟大人物做朋友而骄傲。——可是你还没回答我的问题呢。"他再说一句,拼命想要盯住奥勃隆斯基的眼睛看。

"哦,好的,好的,等着瞧吧,你也会到这种地步的。你在卡拉辛县有三千亩①地,还有这一副壮筋骨,气色好得像个十二岁的小

---

① 俄亩,俄国土地面积单位,1俄亩等于1.09公顷。以下所有的"亩"均为俄亩。

丫头,你当然得意喽,——可是你也会到我们这种地步的。啊,你问的那个事嘛:没变化,不过可惜你这么久没来了。"

"怎么啦?"列文惊惶地问。

"哦,没什么,"奥勃隆斯基回答,"我们过后谈吧。可你特别来一趟是为什么呢?"

"啊,咱们也过后谈。"列文说时,脸又红到耳朵根。

"好吧。我明白啦,"斯捷潘·阿尔卡季伊奇说,"你要知道:我本该请你去我家的,可是妻子身体不大好。这么着吧!若是你想见他们,他们,大概是,今天四点到五点在动物园。吉蒂在溜冰,你去那儿,我随后也去,再一块儿去哪儿吃顿饭。"

"好极了,那就再见啦。"

"留神点儿,你这人呀,我了解你,会忘记的,或是会忽然一下子又回乡下去了!"斯捷潘·阿尔卡季伊奇笑着大声说。

"不会的,一定。"

列文走出小房间,已经走到门口了,才想起他忘记向奥勃隆斯基的同事们道别。

"这位先生,一定是精力非常充沛。"格里涅维奇在列文走出房间后说。

"是呀,老兄,"斯捷潘·阿尔卡季伊奇摇摇头说,"他走运得很呢!卡拉辛县有三千亩地,前途似锦,朝气蓬勃!跟咱们不一样。"

"您有什么可以抱怨的,斯捷潘·阿尔卡季伊奇?"

"哦,糟透呀,不好啊。"斯捷潘·阿尔卡季伊奇重重地叹了口气,才说。

六

当奥勃隆斯基问列文他为什么专程来一趟时,列文脸红了,但又为脸红生自己的气,因为他没法回答说:"我是来向你的小姨子求婚的。"虽然他正是为这件事来的。

列文家和谢尔巴茨基家都是莫斯科的贵族世家,彼此一向过从甚密,交情很深。在列文读大学的时期,这种关系更加密切了。他是跟谢尔巴茨基公爵的儿子,朵丽和吉蒂的哥哥一同备考又一同进入大学的,那时候,列文经常去谢尔巴茨基家,也爱上了谢尔巴茨基家。不管这事看来多么奇怪吧,康斯坦丁·列文确实是爱上了谢尔巴茨基家,爱上这个家庭,尤其是爱这家的女人们。列文自己已经记不起他的生母了,唯一的一个姐姐又比他大许多,因此,是在谢尔巴茨基家,他才第一次见到真正的那种古老贵族的、有教养、受尊敬的家庭环境,而自从父母辞世,他就失去了这种环境。这个家庭中的每个成员,特别是女性,让他觉得都蒙有一层神秘的、诗意的帷幕,他不仅没从她们身上看见任何缺点,而且他认为,在这层诗意的、笼罩着她们的帷幕之下,隐藏着一些崇高的情感和应有尽有的完美。为什么这三位小姐一定要隔天讲法语、隔天讲英语;为什么她们到一定时间便轮流弹钢琴,琴声直送进楼上哥哥的房间里,两个大学生在那儿做功课;为什么要请那些法国文学教师、音乐、绘画、舞蹈教师来上课;为什么到一定时间,三位小姐要穿上缎子外套,乘马车上特维尔林荫道去,——朵丽穿一件长的,纳塔丽穿半长的,而吉蒂穿的一件真是短,因此她一双亭亭的小腿,裹在紧紧的红袜子里,完全露在外边;为什么她们要由一个帽子上有金色徽章的仆人陪送着,去特维尔林荫道上散步,——所有这些,以及许许多多她们那神秘世界中所做的其他事他都不了解,但是他知道,那里所做的一切都是美的,他所爱的恰恰就是在这种神秘气氛下所做的一切。

在大学时代,他差一点儿爱上大姐朵丽,但是她很快便嫁给奥勃隆斯基了。后来他爱起了第二个。他似乎觉得,他总该爱上三姐妹当中的一个才是,只不过选不准爱哪一个。而纳塔丽也是刚一进入社交界,就嫁给外交官李沃夫了。列文大学毕业时,吉蒂还是个小姑娘。小谢尔巴茨基进了海军,在波罗的海淹死了,于是列文跟谢尔巴茨基家的来往,虽然有他与奥勃隆斯基的友谊在,也变得愈加稀疏了。而当这一年初冬时分,列文在乡下住过一年之后来到莫斯科,见到谢尔巴茨基一家人时,他明白在三姐妹中他真正命中注定要爱的是哪一个了。

他,一个出身望族、与其说穷不如说富的人,三十二岁年纪的男子,来向谢尔巴茨卡雅公爵小姐求婚,似乎没有比这更简单的事,想必他会立即被认为是个最好的对象的,然而列文是在恋爱,因此他会觉得,吉蒂是那么的十全十美,一个超乎世间一切之上的女人,而他是这么一个凡夫俗子,要让别人和她自己认为他配得上她,他简直不敢想象。

列文在莫斯科仿佛丢魂一般地待了两个月,几乎天天在社交场上见到吉蒂,当他为了能够遇上她,刚开始常去她家走动的时候,他突然断定这是不可能的事,便跑回乡下去了。

列文确信这是不可能的事,根据是:在亲戚们的眼睛里,他对于美妙的吉蒂是一个无利可图的、不能匹配的对象,而吉蒂自己也不可能爱上他。在亲戚们的眼里,他已经三十二岁却在社会上没有任何惯常的、固有的事业和地位,而他的同辈们,如今有的已经是团长、有的是侍从武官、有的是教授、有的是银行和铁路经理,或者是政府部门的首长,像奥勃隆斯基那样;而他(他很清楚在别人眼中他该是个什么样)是个乡下地主,养养牛、打打野鸭子、盖盖房子,也就是说是一个没出息没才能的小人物,他干的都是些社会上认为顶没出息的人所干的事。

神秘而美妙的吉蒂本人也是不可能爱上这样一个如他自认为的不漂亮的人的;而主要的是,她不可能爱上这样一个什么都不杰出的普通人。再说,他从前跟吉蒂的关系,——一种成年人跟孩子的关系,因为他跟她哥哥是朋友,——让他觉得又是爱情的一种新的障碍。他认为自己是一个不漂亮的老好人,这样的人只可能被人家像朋友样地喜欢;而如果被人家用他爱吉蒂的那种爱去爱,那得是一个美男子才行,主要的是:得是一个与众不同的人。

他听说过:女人们往往会爱上不漂亮的普通男人,但是他不相信。因为将心比心，他自己就只会去爱一个漂亮的、神秘的、与众不同的女人。

但是，独自在乡下住了两个月以后，他确信这一次的恋爱跟他青春年少时体验过的那些次恋爱不同；这一次的感受令他分秒也不能平静，如果不决定她会不会成为他的妻子这个问题，他就活不下去；而他的绝望又仅仅来自他自己的想象，他并没有任何证据表明他会遭到拒绝呀。于是他现在来到了莫斯科，下决心来求婚。如果人家接受他，他就娶妻成家……如果……他不能想象如果被拒绝了，他将会怎样。

七

列文乘早班火车到达莫斯科，住在他同母异父的哥哥科兹内舍夫家，换过衣服，走进他的书房，想要马上就告诉他，自己为什么来并且征求他的意见；但是哥哥不是独自一个人。一位从哈尔科夫来的著名哲学教授正坐在他那儿，他们之间为一个极其重要的哲学问题发生了误会，这人是特地来跟他解释清楚的。这位教授正在同唯物主义者们作激烈的论战，而谢尔盖·科兹内舍夫很有兴味地注意着这场论战，他读了教授最近的一篇论文，他写信给他表示反对；他责备教授对唯物主义者让步太大。于是教授立即赶来，想跟他取得一致。他们谈的是一个时髦问题：在人类的活动中，有无心理与生理现象之间的界线？界线何在？

谢尔盖·伊凡诺维奇以他那种通常用于一切人的、既亲切又冷淡的微笑招呼他弟弟，把他介绍给教授之后，便继续谈话。

这位矮小的黄皮肤、戴眼镜、额头狭窄的人片刻间停止谈话，跟列文打个招呼，又继续说下去，不再注意他了。列文坐在那儿，等这位教授离去，但是很快自己也对谈话的题目产生了兴趣。

列文在杂志上见到过他们所谈论的那几篇文章，也看过，他对这些文章感兴趣，认为它们是对自然科学原理的一种发展，大学里他是读自然科学的,熟悉这些原理,但是他从没有把这些关于作为动物的人的起源、反射作用、生物学和社会学等科学结论,与有关生命和死亡对他本人的意义的许多问题联系起来,而这些问题近来正愈来愈频繁地出现在他的头脑里。

听着他哥哥与这位教授的对话,他注意到他们是把科学上的问题与精神上的问题联系起来看的,有好几次话头几乎已经涉及精神问题,然而每一次,一当他们接近了最主要之点,他觉得,他们便立即躲开它,重新又钻进一些细枝末节里去,又回到保留条件、引文、暗示和权威意见的引证之中,他好不容易才听懂他们在说些什么。

"我不能容许,"谢尔盖·伊凡诺维奇以他所惯有的鲜明确切的措词和优雅清晰的语调说,"我怎么也不能同意凯斯的观点。说我的有关外在世界的全部观念都源于印象。**存在**这个最根本的概念我不是从感觉得到的,因为并没有一种专门的器官来传达这种概念。"

"是的,但是他们,伍尔斯特,还有克劳斯特,还有普利帕索夫会回答您说,您对存在的意识源于全部感觉的总和,这种存在意识正是感觉的结果。伍尔斯特甚至直截了当地说,假如没有感觉,也就不会有存在的概念。"

"我要说的正相反,"谢尔盖·伊凡诺维奇开始讲下去……

然而这时列文又感到,他们刚接触到最主要之点,却又闪开了,于是他决定向这位教授提一个问题。

"这么说,如果我的感觉消失了,如果我的身体死亡了,就不可能有任何东西存在了吗?"他问道。

教授恼火地、仿佛因为被打断而感受到精神上的疼痛似的,恼火地冲这个更像是个纤夫而不像个哲学家的奇怪的询问者瞟了一眼,又把目光移向谢尔盖·伊凡诺维奇,仿佛在问他:"对他说什么好呢?"但谢尔盖·伊凡诺维奇说话时并不像这位教授那样吃力和偏激,他头脑里还留有空间来一边回答教授,同时又能留意到列文

对问题的纯朴而自然的观点,他微微一笑,说道:

"这个问题我们还没有权利来解决……"

"我们没有资料,"教授附和一句,又继续讲自己的道理,"不,"他说,"我再指出,假如像普利帕索夫直言不讳的那样,感觉是以印象为基础的话,那么我们就应该严格区分这两个概念。"

列文不再听下去了,他只等教授快走。

八

等教授走了,谢尔盖·伊凡诺维奇对他弟弟说:

"很高兴你又来了。多住些时候?农务怎么样?"

列文知道,农务很少让哥哥感兴趣,他只不过给他面子,才向他问起这个问题,因此他也只回答了关于出售小麦和钱款的事。

列文想对哥哥说他想结婚的打算,问他的意见,他甚至下定了决心要跟他谈;但是一见到哥哥,倾听了他跟那位教授的谈话,后来又听到哥哥在问到农务时无意间流露出的那种保护人的口气(母亲的田产他们没有分,由列文管理着他俩的两份田产),不知怎的,列文感到,他不能跟哥哥开口谈自己结婚的决定。他感到,哥哥看待这件事不会像他所希望的那样。

"啊,你们地方自治局的事儿,怎么样?"谢尔盖·伊凡诺维奇对地方自治局非常感兴趣,认为它有重大的意义。

"这事我真的不知道……"

"怎么?你可是管理局的成员呀?"

"不,已经不是啦;我退出了,"康斯坦丁·列文回答说,"我不再去参加会议了。"

"遗憾!"谢尔盖·伊凡诺维奇皱着眉头哼了一句。

列文为了给自己辩解,便说起在他们县里开会时都干些什么。

"总是这样的嘛!"谢尔盖·伊凡诺维奇打断他的话,"我们俄国人总是这样的呀。或许,这正是我们的优点呢——能够看出自己的不足之处。不过我们往往做得过了头,我们总是拿挂在嘴上的讽刺话来自我安慰。我只需对你说,若是把我们地方自治机关的这些权利给了另一个欧洲民族,——德国人和英国人会就此达到自由,而我们就只会嘲笑。"

"可是又怎么办呢?"列文负疚地说,"这是最后一次体验了。我全心全意地去试过,我干不了,没能力干。"

"没能力干,"谢尔盖·伊凡诺维奇说,"你一向不是这么看问题的。"

"也许吧。"列文沮丧地说。

"你知道吗,尼古拉弟弟又来这儿啦。"

尼古拉是康斯坦丁·列文的亲哥哥,谢尔盖·伊凡诺维奇的同母异父弟弟,一个堕落的人,把大部分自己的财产都荡尽了,与一些最奇怪最糟糕的人鬼混,跟兄弟们都吵翻了。

"你说什么?"列文恐惧地喊起来,"你怎么知道的?"

"普洛科菲在街上看见过他。"

"在这儿,莫斯科?他在哪儿?你知道吗?"列文从椅子上站起来,好像准备马上就走。

"我后悔告诉了你。"谢尔盖·伊凡诺维奇说,看见弟弟激动了,他摇摇头。"我派人去找到了他的住处,把他写给特鲁宾的一张借据送去给他,我替他把钱还了。瞧他给我的回答。"

谢尔盖·伊凡诺维奇从镇纸底下抽出一张条子递给弟弟看。

列文读着这张纸条,那笔迹让他感到奇特又亲切:

  恭请勿予打扰。我所求于亲爱兄弟者,唯此而已。尼古拉·列文。

列文看了这些话,没抬起头来,两手捏着纸条站在谢尔盖·伊凡诺维奇面前。

他此刻真想忘掉这个不幸的哥哥,但又意识到这种想法是卑鄙的,两种思想在他心中斗争着。

"他,显然是想要羞辱我,"谢尔盖·伊凡诺维奇继续说下去,"但是他羞辱不了我,而我原是一心想要帮助他,可我现在明白了,没法儿帮他。"

"是的,是的,"列文连声说,"我了解,也看重你对他的态度;不过我还是要去看他的。"

"要是你想去,就去吧,但是我不劝你去,"谢尔盖·伊凡诺维奇说,"就是说,对于我没什么好怕的,他无法挑唆你跟我吵翻的;可是对于你,我劝你顶好是别去。没法儿帮上忙的。不过,随你意思办吧。"

"也许,没法帮上忙,可是我感觉到,尤其是这会儿,——啊,这是另一回事——我感觉到,我没法平静下来。"

"喏,这我不懂,"谢尔盖·伊凡诺维奇说,"我只懂一点,"他补充说,"这是一次教训,它让我学会容忍。我如今对所谓卑劣的看法,比从前更加宽容了,自从尼古拉弟弟变成他现在这种样子……你知道他做了什么……"

"唉,这真可怕,可怕!"列文连声说。

列文从谢尔盖·伊凡诺维奇的仆人那里拿到哥哥的地址,立刻就要去见他,但是想想,又决定晚上再去。首先,为了得到内心的平静,他必须解决他为之而来莫斯科的那件事。他从哥哥那里来到奥勃隆斯基的衙门,打听到谢尔巴茨基一家的情况,便乘马车到人家告诉他可能遇见吉蒂的地方去了。

九

下午四点钟,列文在动物园下了出租马车,感觉到自己的心在怦怦跳。他沿小路走向群峰间的溜冰场,他有把握在那儿能找到她,因为他看见谢尔巴茨基家的四轮轿式大马车停在公园大门口。

天气晴朗而寒冷,公园门口停着一长列轿式马车、雪橇车、小出租车,还站着几个宪兵。一群群上流人士的帽子在阳光下闪耀发光,在门边和一条条打扫得很清洁的小径上熙熙攘攘地走动,两旁是一些梁柱雕花的俄式小木屋;公园里翁郁苍老的白桦树,枝条全都被雪压得垂下来,仿佛是用新缝制的祭祀法衣装扮着。

他沿小径向溜冰场走去,自言自语地说:"别激动,要镇静。你怎么啦?你怎么回事?别出声,傻东西。"他在对自己的心说话。他愈是极力使自己镇静,就愈是透不过气来。一个熟人碰见他,喊他的名字,但是列文甚至没认出人家是谁。他走到山前,雪橇在山坡上拖上溜下,铁链条发出咔咔的声音,滑下来的雪橇轰隆隆地响,传来人们快乐的话音。他又走了几步,面前便展现出一片溜冰场,他立即从所有溜冰者中认出了她。

他凭袭上心来的欢乐与恐惧知道,她在这里。她站在那儿跟一位太太讲话,在溜冰场的另一端。似乎她的衣着或姿态,都没有什么与众不同之处;然而对列文说来,仍能轻易地从这一群人当中认出她来,如同在荨麻丛中找出一朵月季花一样。一切都因她而生辉,她是照亮着周围一切的微笑。"难道我能从冰上走过去,走到她跟前吗?"他在想。她所在的地方对于他仿佛是不可企及的圣地。片刻间,他差点儿逃开,他一下子变得那么害怕。他必须努力控制住自己,他考虑了一下,她周围正有各种各样的人在走动,他自己也可以穿上溜冰鞋滑到那边去的呀。他走下去,不敢长时间朝她望,好像在望着太阳,然而他即使不望,也像看见太阳一样地看见她。

每个礼拜的这一天,这一时刻,溜冰场上便聚集着同一个圈子里的人,彼此都认识。这里有大显身手的名家,有手扶着椅子,胆怯而笨拙地向前移步的初学者,有为锻炼身体而来的老老少少;列文觉得他们全都是得天独厚的幸运儿,因为他们在这里,在她身旁。而所有溜冰的人似乎都全然漠不关心地在赶上她、超过她,甚至跟她说话时也是这样,他们之所以兴高采烈与她无关,只因为冰好,天气也好。

尼古拉·谢尔巴茨基,吉蒂的堂兄弟,穿着短上衣和紧身裤,脚

上套着冰鞋坐在长凳上,他看见了列文,便喊着招呼他:

"嗳,俄国第一位溜冰家!来好久啦?这冰真棒,快穿上冰鞋吧。"

"我没带冰鞋呢。"列文回答说,他奇怪,这人在她面前还敢如此大胆和放肆。他一秒钟也没从眼里放走她,虽然并没有望着她。他感觉到了,太阳在向他靠近了。她在拐角上,笨拙地迈开长统靴中尖尖的小脚,显然是胆怯地向他滑过来。一个身穿俄式外衣的小男孩拼命地挥着手,腰弯到地上,追过了她。她溜得不怎么稳。她怕摔跤,把两只小手从系在带子上的手筒里拿出来。她望见列文,她认出他了,冲他微微一笑,也是在笑自己的惧怕。她拐过弯,用她富有弹性的小腿向前一蹬,一直向堂兄谢尔巴茨基滑来;一把抓住他,同时向列文点头微笑。她比他想象的还要美得多啊。

每想到她,他都能生动地在自己心目中显现出她整个的身影,特别是她这种孩子般明朗、善良的美,和她那玲珑的、那么自如地安放在端庄的少女肩头上的那浅色鬈发的头。她脸上的孩子气跟她纤秀美丽的身段共同构成她与众不同的美妙。这种美他是铭记在心的;然而永远猝不及防、令人惊倒的是她那一双温柔、宁静、诚实的眼睛中的表情,尤其是她的笑容,总是能把列文带入一个令他销魂的、魔法的世界,好像让他回到了自己幼年时那些难得再有的日子里。

"您来这儿很久啦?"她伸手给他,一边说。"谢谢您。"他拾起她手筒中落出的手帕,她又说了一句。

"我吗?我来不久,我是昨天……就是说今天……到的。"列文回答,由于激动突然间没明白她问什么。"我想去看您。"他说,但又立刻记起,他找她是什么意图,便窘得涨红了脸。"我不知道您会溜冰,溜得真好呢。"

她仔细看了看他,仿佛想要明白他发窘的原因。

"得到您的夸奖可不容易。这儿人一向都说您溜得顶好不过啦。"她说,一边用她一只戴着黑色手套的小手把落在手筒上的霜花拂掉。

"是的,我那时候迷上溜冰了,那时候我想溜得尽善尽美呢。"

"您做每件事好像都非常入迷,"她微笑着说,"我真想看看您是怎么溜的。穿上冰鞋,我们来一块儿溜吧。"

"一块儿溜!真的能这样吗?"列文眼睛望着她,心里在想。

"我这就去穿鞋。"他说。

说着他就去穿冰鞋了。

"您好久没来啦,先生。"冰场管理人说,他扶住他的脚,把鞋后跟往脚上拧。"您一走,这些先生们当中就再没个行家了。这样行了吗?"他问,并拉紧皮带。

"行,行,请你快点儿。"列文回答,他脸上情不自禁流露出幸福的笑容来,好不容易才忍住没笑出来。"对,"他心想,"这就是生活,这就是幸福!**一块儿**,她说的,**我们来一块儿溜**。现在就对她讲?可我现在怕开口,因为我现在是幸福的,哪怕只是因为存在着希望而幸福……那么到时候呢?……可是一定得说呀!一定,一定!叫软弱滚开吧!"

列文站起来,先脱掉大衣,在小屋旁粗糙不平的冰上起步,再溜上光滑的冰面,便毫不费力地溜起来,好像他只要心里一想便可以加快、放慢和转向。他向她滑近时带着胆怯,而她的微笑让他安心了。

她伸手给他,他俩并肩溜着,加快了速度,溜得愈快,她把他的手捏得愈紧。

"跟您一块儿溜,我学得更快,不知为什么,我信任您。"她对他说。

"您依靠我,我也就有了信心。"他说,但立刻对自己说的话害怕了,便脸红起来。的确也是,他刚一说出这句话,忽然,仿佛太阳躲进了乌云,她面容上的亲切表情全部消失了,列文明白她脸上的这种他所熟悉的变化,这表示她在努力地思索,她光润的前额上浮起一条细细的皱纹。

"您没什么不开心的事儿吧?不过,我没权利这样问的。"他急忙地说。

"为什么呢?……不,我没什么不开心的事儿,"她回答得很冷漠,不过马上又添一句:"您没见到 m-lle Linon① 吧?"

"还没有。"

"去见见她,她可喜欢您啦。"

"怎么啦?我惹她生气了。老天爷,帮帮我呀!"列文想着,滑向那个坐在长凳上的、满头灰白鬈发的法国老妇人。她露出自己一口假牙齿微笑着迎接他,好像他是个老朋友。

"啊,瞧,我们都长大啦,"她对他说,眼睛指着吉蒂,"都老啦。Tiny bear② 长成大狗熊啦!"法国老太继续笑着说,她向他提起他从前说过的一个有关三姐妹的笑话,他说她们是一篇英国童话中的三只小狗熊。"记得的吧,您,从前老是这么说的!"

他根本不记得了,可是她已经把这句笑话说上了十年,也喜欢这句笑话。

"喏,去,去溜吧。我们的吉蒂溜得挺好呢,不是吗?"

当列文又滑到吉蒂身边,她的面容已经不再严厉了,眼睛又诚实而亲切地望着他。然而列文觉得,她的亲切之中有一种特殊的、故作镇静的味道。他难过了。她谈了谈她的老家庭女教师,谈这老女人的一些怪癖,然后才问起他过得怎样。

"您冬天待在乡下不闷得慌吗?"她说。

"不,不闷,我很忙呢。"他说,他感到,她用自己镇静的调子控制住他,他没法从中脱出,就跟今年初冬时一样。

"您来住很久吗?"吉蒂问他。

"我也不知道。"他不假思索就顺口回答。他想,如果他被她这种平静的、友好的调子制服,那他又将毫无结果地返回,他想到这里,便决定冲破它。

---

① 法语:林侬小姐。
② 英语:小狗熊。

"您怎么会不知道？"

"我不知道。这决定于您。"他刚说出口，立刻对自己的话感到害怕。

她是没听见他的话呢，还是不想听见？但是她仿佛被人绊了一下，小脚儿顿了两顿，就匆忙地从他身边滑着走开了。她滑到 m-lle Linon 身边，对她说了点什么，便去女宾们换冰鞋的小屋了。

"老大爷，我干了什么！我的老天爷呀，帮帮我吧，教教我该怎么办。"列文祷告着，他觉得自己需要剧烈地运动一下，便大步滑开去，在冰上里里外外地划起圈子来。

这时在场的许多年轻人当中一个最优秀的溜冰新手，嘴里叼着香烟，穿着溜冰鞋从咖啡室里出来，起步便跑，轰隆隆地颠簸着，沿台阶一冲而下，他飞也似的下来，甚至连两手随意的姿势也没变一变，就在冰面上溜了起来。

"啊，这倒是个新玩意儿！"列文说，于是他马上就跑上去，也要弄弄这种新玩意儿。

"您可别摔死啦，要练过才行的！"尼古拉·谢尔巴茨基对他喊着说。

列文走到台阶上，从上面尽可能多地助跑几步，便向下冲去，这动作他不习惯，他保持住两臂的平衡，在最后一级台阶上绊了一下，一只手差点儿要碰到冰面，但是他猛一使劲，便稳住了，他笑嘻嘻向远处溜去。

"他这人真好，真可爱。"这时吉蒂心想，她正跟 m-lle Linon 从小屋走出来，脉脉含情地微笑着望着他，好像望着自己心爱的哥哥。"未必是我错了，未必是我做了什么蠢事情？人家说，这是卖弄风情。我知道，我爱的不是他；可我跟他在一起还是很快活，他是那么好的一个人。只是他干吗要说出那种话？……"她想。

看见吉蒂跟站在台阶上来接她的母亲正要离开，一阵急速运动后正满脸通红的列文站住不动了，他想想，便去脱下冰鞋，在公园门口赶上了这母女二人。

"看见您很高兴,"公爵夫人说,"礼拜四,跟往常一样我们招待客人。"

"那么就是今天?"

"我们非常高兴见到您。"公爵夫人干巴巴地说。

这种干巴巴的口气让吉蒂难过了。她转过头,含着笑说了一句。

"再见啦。"

恰巧这时,斯捷潘·阿尔卡季伊奇歪戴着帽子,容光焕发、两眼闪亮,像一个快乐的胜利者似的走进公园。然而,走到岳母身边,他却带着忧愁和负疚的神情回答她的话。他跟岳母低声而沮丧地谈了几句,才挺直胸膛,挽起列文的手臂。

"喏,怎么,咱们去吧?"他问,"我老是在想你的事儿,真高兴你来了。"他说着,意味深长地瞧了他一眼。

"这就走,就走。"幸福的列文回答着,他耳边还听见那个声音"再见啦",眼睛中还看见她说这句话时脸上的笑容。

"去'英吉利',或是去'爱尔米塔什'①?"

"我随便。"

"哦,去'英吉利'吧。"斯捷潘·阿尔卡季伊奇选择'英吉利',因为他在那儿,在"英吉利"欠的债比"爱尔米塔什"多。所以他认为不大好不去这家饭店。"你有雇下的马车?那好极啦,我把车子打发了。"

一路上两位朋友没谈话。列文想的是,吉蒂脸上表情的变化意味着什么,他一会儿深信大有希望,一会儿又陷入绝望;他明明看出他所抱的希望是不理智的,而同时,他又感到自己跟原先,跟看见她的笑容和听见她说"再见啦"这句话之前,判若两人了。

斯捷潘·阿尔卡季伊奇一路上在拟定晚餐的菜单。

"你爱吃比目鱼的吧?"到了饭店,他对列文说。

---

① 英吉利、爱尔米塔什,这里是两家饭店的字号。

"什么？"列文反问他，"比目鱼？对，我太喜欢比目鱼了。"

十

当列文和奥勃隆斯基一同走进饭店的时候，列文不由得注意到，斯捷潘·阿尔卡季伊奇的脸上和整个姿态上所流露出的某种特殊的神情，仿佛他身上有一种被抑制住不许发挥出来的光亮。奥勃隆斯基脱掉大衣，歪戴着帽子，穿过大厅，对那些身着燕尾服手持餐巾向他围过来的鞑靼侍者吩咐着。他左右不停地向熟人打招呼，在这儿，跟随便在哪儿一样，这些人见到他都很高兴。他走向酒台，就着一片鱼喝了一杯伏特加，跟坐在柜台后边那个浓妆艳抹，全身用缎带、花边和鬈发包裹起来的法国女人说了点不知什么话，连这个法国女人也开怀大笑起来。列文则没去喝酒，只因为他非常讨厌这个法国女人，他觉得她整个人都是用别人的头发，和 poudre de riz[①] 以及 vinaigre de toilette[②] 构成的。他好像躲开一个肮脏地方一样连忙从她的身边走开。他全部心灵中都充满着对吉蒂的回忆，他的眼睛里闪耀着喜悦和幸福的微笑。

"您请这边来，大人，这边没人打扰您，大人。"一个特别黏糊的灰白头发的老鞑靼侍者说，这人的骨盆特别大，把燕尾服的两片后襟在臀部上方撑得很开。"您请，大人。"他又对列文说，为表示他对斯捷潘·阿尔卡季伊奇的尊敬，也对他的客人献上一份殷勤。他一眨眼工夫已经把一块干净台布铺在了青铜壁灯下一张原先已经铺过台布的桌子上，又移过两把天鹅绒椅子来，然后手执餐巾和菜单站在斯捷潘·阿尔卡季伊奇面前，听候他的吩咐。

"要是您欢喜，大人，单间儿这就腾出来：戈里曾公爵跟一位太太在里面。新鲜牡蛎运到啦。"

---

① 法语：香粉。
② 法语：化妆用的醋。

"啊！牡蛎。"

斯捷潘·阿尔卡季伊奇在考虑了。

"要不要改变一下计划呢，列文？"他用手指压住菜单说。脸上显出认真的犹豫。"牡蛎货色怎么样？你可得小心点儿。"

"弗伦斯堡①的，大人，奥斯登特②的没货。"

"弗伦斯堡的就弗伦斯堡的吧，新鲜吗？"

"昨天到的，大人。"

"怎么样，要不要来点儿牡蛎，然后再考虑整个的计划？啊？"

"在我反正一个样，我顶好是吃菜汤和粥；不过这儿没有。"

"罗斯麦片粥，大人喜欢吗？"鞑靼人好像保姆在照料婴儿，他俯身向列文说。

"不，说真的，你选的都好。我刚溜过冰，正想吃东西呢。别以为，"他发觉奥勃隆斯基脸上不大高兴，又补充说，"我不喜欢你点的菜。我会吃得很香的。"

"那还用说！不管怎么的吧，这是人生一大乐事啊。"斯捷潘·阿尔卡季伊奇说。"喏，那就来，老兄，二十只牡蛎，或许少了点儿——三十只吧，还有菜根汤……"

"普林塔尼尔的吧。"鞑靼人马上附和说。但是斯捷潘·阿尔卡季伊奇显然不想让他用法文卖弄菜名。

"菜根汤，知道吗？然后上浓汁比目鱼，然后是……烤牛排；你留点儿神，牛排要好的。哦，再来个阉鸡吧，怎么样，啊，还有什锦果酱。"

鞑靼人记起斯捷潘·阿尔卡季伊奇的习惯了，他是从不照法语菜单点菜的，就不再跟着他重报菜名，但他还是自得其乐地把所点下的菜按菜单又念了一遍："普林塔尼尔汤；博马舍沙司比目鱼；普拉尔德·阿·勒斯特拉贡，马色多安·德·弗留……"马上，他好像

---

① 弗伦斯堡，德国城市，重要渔港。
② 奥斯登特，比利时城市，盛产牡蛎。

装上了弹簧似的,放下一本装订成册的菜单,又拿起另一本,这是一本酒单,递给斯捷潘·阿尔卡季伊奇。

"喝点儿什么?"

"随你便来点儿什么,只是不要多,就香槟吧。"列文说。

"怎么,一开始就喝?啊,不过,真的,也行吧。你喜欢白封的吧?"

"卡舍-布兰①。"鞑靼人附和说。

"好的,就拿这个牌子的,跟牡蛎一块儿上,看看怎么样。"

"遵命,大人。要点儿什么下菜的酒呢?"

"来纽依酒。不,还是上等的沙布里好。"

"遵命,大人。**您的**干酪也来点儿?"

"好的,来帕尔马干酪吧。或者你喜欢别的?"

"不,我反正都一个样。"列文说,他忍不住要发笑。

鞑靼人飘动着燕尾服的两片后襟跑开去,五分钟后又飞步而来,端上一盆摊在珍珠母色贝壳上剥开的牡蛎,手指间夹着一瓶酒。

斯捷潘·阿尔卡季伊奇揉了揉浆硬的餐巾,把它塞进自己的背心里,安然地摆开双臂,大嚼起牡蛎来。

"还不赖呢,"他一边用银叉把滑叽叽的牡蛎从珍珠母色的贝壳里剥出来,一只只吞下肚去,一边说,"不赖。"他再说一次,把他湿润闪亮的眼睛忽而望望列文,忽而望望鞑靼人。

列文吃着牡蛎,虽然白面包夹干酪他更喜欢些。但是他很欣赏奥勃隆斯基吃牡蛎的姿态。甚至那个鞑靼人,他一边开着瓶塞,把起泡的葡萄酒倒进精致的敞口高脚玻璃杯里,脸上挂着明显可见的得意的微笑,用手整一整白领带,也用眼睛去瞥着斯捷潘·阿尔卡季伊奇。

"你不怎么爱吃牡蛎吧?"斯捷潘·阿尔卡季伊奇说,同时把自己的高脚杯一饮而尽,"或者你有心事儿?啊?"

---

① 卡舍-布兰,法语 Cachet blanc(即"白封")的俄语读音。白封的香槟是最好的香槟。

他希望列文快活。不过列文倒不是不快活,他是感到拘束。他心里有事,在这家饭店里,在这些带上太太们来用餐的小房间里,在熙攘嘈杂中,他感到不舒服和难受,这种青铜、玻璃镜子、煤气灯、鞑靼人所构成的环境,事事都让他厌烦。他生怕正充满他心灵的东西会受到玷污。

"我?对,我有心事;不过,除此之外,所有这一切都让我感到拘束,"他说,"你不可能想象,对于我这个乡下人,所有这一切显得多么稀奇古怪,就像我在你那儿见到的那位先生的长指甲一样……"

"是的,我看见了,可怜的格里涅维奇的手指甲让你很感兴趣。"斯捷潘·阿尔卡季伊奇笑着说。

"我没办法呀,"列文回答说,"你试着设身处地站在一个乡下人的观点上想一想,我们在乡下,要尽量让自己的一双手方便干活;所以我们剪掉手指甲,有时候还卷起袖子来。而在这里,人们故意留指甲,留得愈长愈好,还缝上碟子那么大的钮扣,就是要让两只手什么也不能干。"

斯捷潘·阿尔卡季伊奇开心地微笑了。

"对呀,这是一种标志,表明他不需要干粗活。他是用头脑工作的……"

"或许是吧。可是反正我感到奇怪,现在我也同样地感到奇怪:我们乡下人总是尽量吃得快些,好去干活,而我俩现在是尽量吃个没完,所以就吃牡蛎……"

"喏,当然是这样,"斯捷潘·阿尔卡季伊奇接着说,"可是教养之目标恰在于此嘛:就是把一切全都变为人的享受。"

"喏,如果目标在于此,那我宁愿做个野蛮人。"

"所以你这人就是野蛮嘛。你们列文家的人全都野蛮。"

列文叹了一口气,他想起了哥哥尼古拉,于是他感到羞愧和痛苦,他皱起了眉头;但是奥勃隆斯基开始说到的题目立刻吸引住他。

"喏,怎么,你今天晚上去我们那儿,就是说去谢尔巴茨基家吗?"他把一堆粗糙的空牡蛎壳推开,把干酪挪到跟前来,一边意味深长地闪亮着眼睛。

"对,我一定去,"列文回答,"虽然我好像觉得,公爵夫人邀请我的时候不那么乐意。"

"你说什么呀!胡说八道!她就是这么一副派头嘛……喂,老兄,上汤吧……这就是她的派头,grande dame① 嘛,"斯捷潘·阿尔卡季伊奇说,"我也去,不过我得先去巴拉宁伯爵夫人家参加合唱排练。喏,你这人怎么能说不野蛮呢,你怎么解释你突然之间从莫斯科消失不见了?谢尔巴茨基一家人不停地向我问起你,好像我非得知道不可似的。可我只知道一点:你从来都做些别人不做的事情。"

"是的,"列文慢吞吞而又心情激动地说,"你说得对,我是野蛮。可是我的野蛮不在于我上回走掉,而在于我这回又来了。这回我来……"

"啊,你是个多么幸运的人!"斯捷潘·阿尔卡季伊奇注视着列文的眼睛,接着便说。

"为什么这么说?"

"我识骏马凭烙印,我识情人凭眼睛,"② 奥勃隆斯基背诵了两句诗,"你的前程远大着啦。"

"可你难道说就已经落后啦?"

"不,就算不落后吧,可是未来是属于你的呀,而我只有现在——就这样,乱七八糟的。"

"这话怎么说?"

"糟得很啊。喏,我不想谈我自己,再说把一切都解释清楚也不可能,"斯捷潘·阿尔卡季伊奇说,"说说你干吗来莫斯科吧?……嗨,收拾一下!"他呼唤那个鞑靼人。

"你猜到啦?"列文回答时,一双深邃闪亮的眼睛不从斯捷潘·阿尔卡季伊奇身上移开。

---

① 法语:贵夫人。
② "我识"句,原为俄国诗人普希金的诗句,这里的引用与原句有一些差异。

"我猜到啦,可我不能先开口谈。所以说你能看得出,我猜得对还是不对。"斯捷潘·阿尔卡季伊奇含着微妙的笑意注视着列文,回答说。

"那你有什么要对我说的?"列文声音颤抖地回答,他感到自己脸上的肌肉都在颤抖。"你怎么看这件事?"

斯捷潘·阿尔卡季伊奇慢慢地喝下他那杯沙布里酒,眼睛不离开列文。

"我吗?"斯捷潘·阿尔卡季伊奇说,"我再没比这个更加希望的事儿了,再没了。这是天下顶好不过的事情。"

"可是你没有搞错吗? 你知道咱们谈的是什么事?"列文说着,眼睛盯住对方,"你以为这事可能吗?"

"我以为可能。怎么不可能呢?"

"不,你真的以为这事可能吗? 不,你把你想到的都告诉我! 嗳,假如说,假如说我被拒绝了? ……而我简直相信会……"

"你怎么会这么想呢?"斯捷潘·阿尔卡季伊奇见他激动,微微一笑,说。

"我有时候就这么觉得。要知道,这对我对她都太可怕了。"

"啊,无论如何,对于姑娘家,这没什么可怕的呀。有人来求婚,哪个大姑娘都会很得意的。"

"对,哪个大姑娘都会,可不是她。"

斯捷潘·阿尔卡季伊奇微微一笑。他太了解列文这种感情了,他了解,对列文来说,天下的姑娘共分为两类:一类是除她之外的所有的姑娘,这些姑娘们全都具有人类所共有的一切弱点,全都是凡俗之辈;另一类是她一个人,毫无任何弱点,驾乎全人类之上。

"等会儿,你加点儿酱油。"他止住列文正在推开酱油瓶的手说。

列文顺从地给自己加了酱油,但是他不让斯捷潘·阿尔卡季伊奇继续吃。

"不,你等等,等等,"他说,"你懂得,这对我是个生死攸关的问题,我从来没跟谁谈过这事。我跟谁也不能像跟你一样来谈这事。

你知道我俩样样都不相同：趣味、见解，一切都不同，可是我知道你喜欢我，也了解我，因为这，我，我也非常喜欢你。可是，看上帝分上，你可要完完全全实话实说呀。"

"我怎么想，就对你怎么说，"斯捷潘·阿尔卡季伊奇微笑着说，"可是我还得告诉你，我妻子，她是个极其不寻常的女人……"斯捷潘·阿尔卡季伊奇一声长叹，想起了自己跟妻子的关系，沉默了片刻，才继续说："她有先见之明。她能把人看个透，这还不够呢，——她能未卜先知，特别是婚姻这种事。她，比如说，预言过沙霍芙斯卡娅要嫁给勃伦登，当初谁也不肯信这话，可结果就是这样。而她是站在你这一边的。"

"这话怎么说？"

"这么说：她不光是喜欢你这个人呢——她说，吉蒂一定会成为你的妻子的。"

一听这话，列文忽然笑逐颜开，那笑容好像是感动得要流泪似的。

"她这么说呀！"列文大声喊着，"我从来都说，她是个顶好不过的女人，你的妻子。啊，够了、够了，不谈这个了。"他从座位上站起身来说。

"好的，可是你坐下呀。"

但是列文坐不住了。他迈开坚定的步子在鸟笼般的小房间里走了两个来回，眨了眨眼睛，免得人家看出他的泪水来，这才重新又坐在桌旁。

"你要明白，"他说，"这不是爱情。我是在恋爱，可是这不是那个。这不是我的感情，而是一种什么外在的力量在控制我。你要知道，上回我走，是因为我断定这事没有可能，你明白吧，就像是一种人世间不可能出现的幸福；可是我跟自己挣扎过一阵，现在才看出来，没有这就没有活头。一定得决定……"

"那你为什么走掉呢？"

"唉，等一等！唉，思绪万端啊！有多少事该问一问！你听着。

你不可能想象,你刚才说的这些话对我有多大作用啊。我真是幸福呢,幸福得都讨人嫌了;我把什么都忘记了。我今天知道,尼古拉哥哥……你知道吗,他在这儿呢……我连他都给忘记了。我觉得他也是幸福的。这有点儿像发疯。可是有一点很可怕……你结过婚的,你了解这种感情……可怕在于,我们都有了年纪,过去都有过……不是恋爱,而是罪孽……忽然间去接近一个天真纯洁的人儿;这真让人恶心,所以说不可能不觉得自己配不上她。"

"你的罪孽不多嘛。"

"唉,反正呢,"列文说,"反正是:'我回顾一生,我战栗诅咒,我苦苦怨诉……'①就这样。"

"有什么办法呢,世界就这样嘛。"斯捷潘·阿尔卡季伊奇说。

"唯一的安慰是,就像这段祈祷辞里所说的,我一向爱这段话:非因我之功劳,乃是发自善心,请宽恕我吧。只有这样她才能宽恕我啊。"

十一

列文喝干了自己高脚杯里的酒,他俩都没说话。

"还有一件事我得告诉你。你认识伏伦斯基吗?"斯捷潘·阿尔卡季伊奇问列文。

"不,不认识。你干吗问这个?"

"再去拿一瓶来。"斯捷潘·阿尔卡季伊奇对鞑靼人说。他给他们斟了酒,恰恰在不需要他的时候,在他们身边转悠。

"我干吗要认识伏伦斯基?"

"你应该认识伏伦斯基,因为他是你的情敌。"

"伏伦斯基是干什么的?"列文说,他的面孔从方才奥勃隆斯基所欣赏的那种孩子般的兴高采烈忽然间变得凶狠而恼怒。

---

① "我回顾"句,出自普希金的抒情诗《回忆》。

"伏伦斯基嘛,是基里尔·伊凡诺维奇·伏伦斯基伯爵的一个儿子,彼得堡金光闪闪的年轻人当中一个最好不过的标本。我是在特维尔供职的时候认识他的,他常去那儿招募新兵。钱多得吓人,漂亮,有一些很大的背景关系,现任御前侍从武官,同时嘛——也是一个非常讨人喜欢的好小伙子。而且,不仅是个好小伙子。我在这儿对他有了些了解,他还挺有教养,也很聪明;这是一个前程远大的人呢。"

列文皱皱眉头,没说话。

"啊,你刚走,他就来了,据我所知,他爱吉蒂爱得发狂,而你明白,母亲……"

"对不起,我什么也不明白。"列文阴沉地皱起眉头说。顿时他想起了尼古拉哥哥,他想自己真恶劣,竟会把他忘记了。

"你等等,等等,"斯捷潘·阿尔卡季伊奇说,微笑着碰一碰他的手臂,"我把我知道的都告诉你了,或许,在这种微妙而细致的事情上,从所能猜测到的来看,我觉得,机会是在你这一边的。"

列文把椅子向后一推,他面色苍白。

"不过我劝你最好是尽可能快点儿把事情定下来。"奥勃隆斯基给他斟满一杯酒,一边继续说。

"不,谢谢你,我不能再喝了,"列文把他的杯子推开说,"我要醉啦……啊,你过得怎么样?"他接着说,显然是想换一个话题。

"还有一句话:无论如何,我劝你尽快解决问题。今晚我不劝你提,"斯捷潘·阿尔卡季伊奇说,"明天一清早,你按照正统做法去求婚,愿上帝祝福你……"

"你一向想去我那儿打猎的,是吧?那开春就来呀。"列文说。

现在他满心后悔,不该跟斯捷潘·阿尔卡季伊奇开始这场谈话。斯捷潘·阿尔卡季伊奇说他要跟某个彼得堡军官做情敌,还有那些建议和劝告,这些话都亵渎了他的一种**特殊**的感情。

斯捷潘·阿尔卡季伊奇微微一笑,他了解列文的内心活动。

"我哪天会来的。"他说。"对啦,老弟,女人呀,是根螺旋杆儿,一切得围绕着它转。我的事也不好呢,很不好,都是因为女人。你坦白告诉我,"他继续说下去,取出一支雪茄,手扶住酒杯,"你给我出出主意。"

"到底有什么事?"

"这么回事。假如说,你结了婚,你爱你妻子,可是你又爱上另外一个女人。"

"对不起,可我绝对不理解这个,就好像……反正是不理解,就好像我现在,吃饱了,马上走进一家面包店,又去偷一个面包。"

斯捷潘·阿尔卡季伊奇的眼睛比平时更加闪亮。

"为什么?面包有时候香得让你忍不住要伸手呢。

    Himmlisch ist's, wenn ich bezwungen
    Meine irdische Begier;
    Aber noch wenn's nicht gelungen,
    Hatt'ich auch recht hübsch Plaisir!"①

斯捷潘·阿尔卡季伊奇一边说一边隐隐地笑着。列文也忍不住微笑起来。

"对,不过说正经的,"奥勃隆斯基继续说,"你要明白,那女人可是一个可爱的、温柔的、多情的人儿,她可怜、孤单,牺牲了一切。如今,事情已经做下了,——你要明白,——难道能甩掉她不管?假定说:为了能不破坏家庭生活而分手,那难道就不该怜惜她,不去做点儿安排,不去减轻她的痛苦?"

"喏,你就饶了我吧。你知道,在我看来女人可分两类……就是说没有……说得确切些:有一种女人的确有……我没见过什么美好

---

① 德语,意为:"当然神奇美妙,若是能/战胜我的世俗的欲望;/然而即使我力不从心,/毕竟也可以欢乐一场!"据说是奥地利作曲家小斯特劳斯(1825—1899)的歌剧《蝙蝠》中的歌词。

善良的堕落女人①,将来也不会见到;而那一种,像那个柜台边上坐着的五颜六色的法国女人,卷起头发的,——我觉得是一种丑类,所有的堕落女人都是这种料。"

"那么福音书里的那个女人呢?"②

"啊,你别说啦!基督要是知道人家滥用他的话,他就决不会那么说了。整个一部福音书,人们就只记住了这几句。不过我说的这些不是我深思熟虑过,只是我一时感觉到的。我讨厌堕落的女人。你怕蜘蛛,而我怕这些丑类。你,我看,大概没研究过蜘蛛,也不了解它们的习性吧:我也是这样。"

"你说得可是美,活像狄更斯描写的那位先生,把一切难题全都用左手往右边肩头后边一甩了事。但是否认事实不是一种回答。怎么办才好呢,你倒给我说说,怎么办?妻子老了,可你还精力旺盛。你还没来得及看一眼,已经感觉到,你没法拿出爱情去爱你的妻子了,不管你多么尊重她。而这时候爱情突然叫你给遇上了,于是你就完蛋了,完蛋了!"斯捷潘·阿尔卡季伊奇沮丧而绝望地说道。

列文轻轻一笑。

"对呀,你就完蛋了,"奥勃隆斯基继续说,"可是怎么办呢?"

"别去偷面包。"

斯捷潘·阿尔卡季伊奇大声笑起来。

"噢,道学先生!可是你该懂得,现在有两个女人:一个只顾坚持她自己的权利,这权利就是你的爱,而你又没法儿把爱给她;另一个牺牲了自己的一切,什么也不要求。你该怎么办?怎样处理才好?这是一种可怕的悲剧啊。"

"如果你想听我的真心话,那我告诉你,我不相信这是什么戏剧性事件。我来说说我的理由。依我看,爱情……有两种爱情,你记

---

① "我没见"句,出自俄国诗人普希金剧作《瘟疫流行时的宴会》。
② 那个女人,指《圣经·新约·路加福音》中所述的"抹大拉的马利亚",一个改邪归正的妓女。

得吧,柏拉图①在他的《酒宴篇》里下过定义的,这两种爱情是人们的试金石。有些人只懂得其中一种,而另一种人又只懂得另一种。那些只懂得非柏拉图式爱情的人谈论戏剧性事件是在说废话。这种爱情不可能发生什么戏剧性事件。'为所得快乐敬致谢意,恭祝安好,后会有期。'整个就这么一场戏。而对于柏拉图式的爱情,则不可能有戏剧性事件发生,因为在这种爱情中,一切都是明白而纯洁的,因此……"

这一顷刻间,列文想起了自己的种种罪孽和他所经历的内心斗争,又突如其来地添了一句:

"不过,或许,你说得也对。非常可能……可我不知道,真是不知道。"

"瞧你呀,"斯捷潘·阿尔卡季伊奇说,"你这个完整统一的人。这是你的美德,也是你的缺点。你有自己完整统一的性格,你就希望整个生活都是由完整统一的现象构成的,而这种事是没有的。生活中所有的多样性、所有的魅力、所有的美全都是由光和影构成的。"

列文叹了口气,什么也没回答。他在想自己的事,没有听奥勃隆斯基说话。

而突然间他们两人都感觉到,虽然他们一块儿吃饭喝酒,这本应该使他们更加亲近,然而却是各人只想自己的心事,彼此互不相关。奥勃隆斯基已经不止一次体验过饭后发生的这种不是彼此接近,而是极为疏远的情况,他知道这时该怎么做。

"账单!"他大喝一声,便走进隔壁的厅堂去,在那儿立即遇上个侍从武官,跟他聊起一个女演员和养活她的那个情夫来。于是奥勃隆斯基立即便从他跟侍从武官的谈话中获得一种轻松感,让他能有片刻的休息,跟列文谈话从来都令他思想上和精神上过于紧张。

鞑靼人拿来一张二十六卢布零几戈比还外加小费的账单,换个

---

① 柏拉图(前427—前347),古希腊哲学家。

时候列文这个乡下人会吓一跳,他得付十四个卢布,这会儿却没有在意,付了钱便回家去换衣服上谢尔巴茨基家,他的命运将在那里决定。

十二

吉蒂·谢尔巴茨卡雅公爵小姐十八岁了。她这年冬天初进社交界。她在交际场上比两个姐姐更红,红得出乎公爵夫人意料。且不说莫斯科各处舞会上的年轻人几乎个个爱上了吉蒂,这才头一个冬天,已经有两位认真的门当户对的求婚者:列文和他刚一走马上就出现的伏伦斯基。

列文在初冬时出现,他老是来访,向吉蒂明显地表示爱慕,这引起了吉蒂双亲间关于她前途的第一次严肃的谈话,也引起了公爵和夫人之间的一场争吵。公爵站在列文一边,他说,他不认为吉蒂能有比这更好的前途了。公爵夫人呢,女人家生性都喜欢绕弯子说话,她说吉蒂太年轻啦,说列文也没显示他的诚意,说吉蒂对他并不迷恋,以及其他种种理由,可就是不说出主要之点来,那就是:她在为女儿等候一个更好的对象,她对列文没有好感,她摸不清这个人。当列文突然走开后,公爵夫人很是高兴,她洋洋得意地对丈夫说:"你瞧,我是对的吧。"当伏伦斯基出现时,她更是高兴,这证实了她的看法,吉蒂应该得到一个不仅仅是杰出的,而且是卓越超群的对象。

在做母亲的看来,伏伦斯基和列文根本没法相比。母亲不喜欢列文古怪偏激的见解和他在社交场合的笨拙,她认为这是由于他太骄傲了:还有他过的那种乡下人的生活,她认为是野蛮而莫名其妙的,整天价跟牲口和农民打交道;还有一件事让她非常不喜欢:爱上她的女儿,一连一个半月天天来家里,似乎是在期待什么,窥察什么,仿佛是害怕如果他一旦求婚,这家人是否会受宠若惊。他不懂得,常去有年轻姑娘的家,应该表明来意才是。而忽然间他什么话也不讲,便走掉了。"幸好他这么不讨人欢喜,吉蒂没有爱上他。"母亲心想。

伏伦斯基满足了母亲的一切愿望。他非常有钱,聪明,出身好,宫廷武官的前程光辉灿烂,又是个有魅力的男人,不能希望有比他更好的了。

伏伦斯基在舞会上到处公开追求吉蒂,老是跟她跳舞,一次次到家里来,因此他的诚意无可置疑。然而尽管如此,做母亲的整个冬天都处于可怕的不安和激动中。

公爵夫人自己是三十年前出嫁的,姑妈做的媒。未婚夫的情况早已打听清楚,他来了,相过未婚妻,大家也相过了他;媒婆和姑妈了解并传递了彼此的印象;印象很好;然后便定下个日子,一方向父母提出,一方则接受那期待已久的求婚;所有一切进行得非常容易和简单。至少公爵夫人觉得是这样。但是在自己女儿们的事情上,她体验到,这件看来寻常的嫁个女儿的事却并不容易,也不简单。前两个女儿达丽雅和纳塔丽雅出嫁的时候,让她有过多少次担惊受怕,反反复复考虑过多少回,花费了多少钱,跟丈夫冲突多少趟!现在小女儿又该出嫁了,她又再次体验到同样的惧怕,同样的疑虑,比嫁两个年长些的女儿的时候跟丈夫吵得还要厉害些。老公爵呢,跟所有当父亲的一样,在女儿名声和贞操的事情上特别地古板;他在女儿身上嫉妒得不通情理,特别是对吉蒂,他最疼这个女儿,经常跟公爵夫人拌嘴,说她在败坏女儿的名声。公爵夫人对于这一点,从前面两个女儿出嫁起,已经习以为常,然而现在她感到,公爵的古板很有道理。她看见,近来社会风气有很多改变,要想尽到做母亲的责任比以前更加困难。她看见,和吉蒂同年纪的女孩子们中间成立了一个什么团体,她们都去听些什么课程,跟男人随便地交往,自个儿驱车逛街,许多姑娘见人都不行屈膝礼,而且,重要的是,都坚信挑选丈夫是她们自己的事,不是父母的事。"如今出嫁已经跟从前不一样了。"所有这些年轻姑娘,甚至所有上年纪的人都这么想,而且还这么说。但是现在出嫁到底是怎么个做法,公爵夫人却没打听到。法国规矩——由父母决定女儿的命运——不时兴了,受人指责。英国规矩吧——完全由女孩自己作主——在俄国社会上是既行不通也不可能办到的。俄国请媒婆的一套规矩被认为是一种岂有此理的做法,人人都嗤之以鼻,连公爵夫人自己也是这样。可是在出嫁的事情上,女儿和父母该怎样做,却没人知道。公爵夫人无论跟谁谈起这事,人家都对她这么说:"得了吧,这年头,早该甩掉这套老古董啦。成亲的是年轻人,又不是爹妈;所以说,该叫年轻人按他们自己知道的去办。"然而那些没女儿的人这么说说倒是轻巧;而公爵夫人懂得,女儿在跟人接近中,就有可能恋爱,还可能爱上个并不想娶她为妻的人,或者是个配不上她的人。无论公爵夫人听人家说过多少遍,说什么这年头年轻人应该自己安排自己的命运,她还是不肯相信这点,就好像她不肯相信说,到哪个年头,五岁孩子最好的玩具是实弹手枪一样。就因为这个,公爵夫人对吉蒂比对前两个女儿更不放心。

眼前她怕的是,伏伦斯基别只是对女儿献献殷勤而已。她看出,女儿已经爱上了他。不过她尚可自慰的是,他是一个正派人,他不会这样做。但与此同时,她知道,如今这种随便交往的风气很容易让女孩子头脑发昏,而一般来说,男人们也会把这种罪过不当回事情,上礼拜吉蒂把她在跳马祖卡舞①时跟伏伦斯基谈的话告诉了母亲,这次谈话让母亲有点放心了。伏伦斯基对吉蒂说,他们兄弟俩事事都习惯于听命于母亲,不跟她商量从不决定任何重大的事情。"我现在就在等待着一种超乎寻常的幸福,等我母亲从彼得堡来。"他说。

吉蒂把这话告诉母亲时,并没有给它添加什么含义。但是母亲的理解不同。她明白大家天天都在等着那个老太婆的到来,也明白这位老太婆会高兴儿子所作的选择。而他却因为怕触犯母亲就不提出求婚,这让她纳闷;但是因为她太希望这件事成功了,特别是十

---

① 马祖卡,当时俄国流行的一种波兰舞。

分希望赶快让自己消除疑虑、放下心来,所以她也就相信事情定会如此发展了。公爵夫人看见大女儿朵丽正准备跟丈夫离婚,看见她多么不幸,自己心里很是难过,但不管怎样,现在小女儿的命运正待决定,为她操的心占据了这位母亲全部的感情。今天列文又来了,让她又增加了新的不安。她觉得女儿一度对列文钟情过,她怕她别会出于多余的真诚拒绝了伏伦斯基,反正是,别让列文的到来把眼看要成功的事情搅乱了,耽搁了。

"他怎么样,来很久了吗?"她们回到家中时,公爵夫人这么说到列文。

"今天来的,maman。①"

"我想说一句话……"公爵夫人开口说,吉蒂从她严肃而激动的面容猜出她要谈的是什么。

"妈妈,"她一下子脸红了,急忙转向母亲,"请您,请您,什么也别说吧。我知道,我全知道。"

她所期望的也是她母亲所期望的,不过母亲期望的动机让她觉得是受了屈辱。

"我只是想说,一旦让一个人抱了希望……"

"妈妈,好妈妈,看上帝分上,别说啦。这事儿说起来多怕人呀。"

"我不说了,不说了,"母亲说,她看见,女儿眼睛上挂着泪水,"可是有一点,我的宝贝儿:你答应过我的,什么都不瞒我。你不会的吧?"

"永远不,妈妈,绝对不。"吉蒂回答说,她满脸通红,定定地望着母亲的脸。"可我这会儿没什么可告诉您的。我……我……若是想说什么,我也不知道该说什么和怎么说……我不知道……"

"不,这样的眼神,她是不会说谎的。"母亲想,她为女儿的激动和幸福微笑了。公爵夫人笑的是,她以为,女儿会觉得,此刻她心中

---

① 法语:妈妈。

所思所想的事情,对于她,可怜的小宝贝儿,是多么大、多么重要啊。

十三

从饭后到黄昏之前,吉蒂所体验的情感类似于一个年轻人初临战斗之前所体验到的。她的心猛烈地跳动,怎么也无法让思绪稳定下来。

她感觉到,今天晚上,他们两人第一次见面,这对她的命运将有决定性的意义。她不停地想象着他们两个人,时而分开想,时而两人一块儿想。当她想起过去,她回忆到自己跟列文的交往,心头浮起快乐和柔情。她想起童年,想起列文跟她死去的哥哥之间的友谊,这些回忆让她与列文的关系具有一种特殊的诗意的美妙。他爱她,对此她深信不疑,这种爱令她感到得意和快乐。一想到列文,她就觉得轻松愉快,而一想起伏伦斯基,心里总是掺杂着那么点儿尴尬。虽然他是一个极有上流社会风度也极其沉静的人,但似乎这里边总有那么点虚伪,——不是说他,他是非常单纯可爱的,——而是说她自己。跟列文在一起,她觉得自己是完全纯真而开朗的。然而一当她想到将来跟伏伦斯基一同生活,她眼前会出现一幅灿烂而幸福的前景;但是跟列文呢,那未来则朦胧不清。

她上楼去穿衣裳,准备晚上接待客人,她照了照镜子,快乐地注意到,今天是她最美好的日子之一,她也完全能够施展出自己全部的力量,应付眼前的事情,她非常需要自己能够这样;她感到自己拥有一种外在的宁静和从容优雅的风度。

七点半钟,她刚刚走进客厅,仆人便来通报:"康斯坦丁·德米特里奇·列文。"公爵夫人还在自己房间里,公爵也还没有出来。"正是这样。"吉蒂想,一下子全身的血液都涌进了心脏。她照了照镜子,看见自己苍白的脸,吃了一惊。

现在她确切地知道,他来早些,就是为了单独跟她见面,提出求婚。这时,她才生平第一次看出事情的另一个方面,完全不同的方面。这时她才了解事情涉及的不仅是她一个人,——她跟谁在一起才会幸福,她爱的是谁,——而是在这一分钟里,她就不得不委屈一个她所爱的人。并且残酷地委屈他……因为什么?只因为,他,这个可爱的人,爱着她,热恋着她。但是,毫无办法,必须这样,只能这样。

"我的上帝呀,未必非得我亲口对他说不可?"她想,"可我对他说什么好呢?未必我对他说我不爱他?这不是真心话呀。我对他说什么好呢?我说我爱的是另一个人?不,这不行。我要躲开,我要躲开。"

她已经走到门边,这时,她听见了他的脚步声。"不,这样做不诚实。我怕什么?我没做什么坏事情。该怎么就怎么吧,我要说实话。跟他说实话不会尴尬的。瞧他来啦。"她看见了他强壮而又畏缩的身影,一双眼睛直盯住她。她正面望着他的脸,仿佛在祈求他的宽恕,同时把手伸给他。

"我没按时来,好像,来得太早啦。"他环顾空空的客厅说。她看见,他所期待的情况已经出现,没有什么妨碍他把话说出来了,他的脸色变得阴郁了。

"啊,不。"吉蒂说着,去坐在桌边。

"不过我正是想跟您一个人见面。"他说开了,没有坐下,也没有抬眼望她,免得失掉勇气。

"妈妈这就来。她昨天非常累。昨天……"

她在说话,但是自己也不知道嘴里说了些什么,一双充满恳求和怜惜的眼睛一直盯住他。

他望了她一眼;她脸红了,她没再说话。

"我对您说过,我不知道我这次来会住多久……我说这取决于您……"

她把头愈垂愈低,自己也不知道,对他马上要说的话应该怎样回答。

"我说这取决于您,"他重复上一句话,"我是想说……我是想说……我来是为了……为了……请您做我的妻子吧！"他说出来了。自己也不知道说了什么，但是他感到，那最可怕的一句话说出来了，便停下来，眼睛望着她。

她艰难地呼吸着，眼睛不看他。她体验到一阵狂喜，她心头满溢着幸福。她怎么也没料到，他所表白的爱情会让她产生如此强烈的感受。然而这只是一刹那间的感受。这时她想起了伏伦斯基。她向列文抬起了她明亮而诚实的眼睛，看见他一张绝望的面孔，她匆忙地回答了他：

"这不可能啊……请您原谅我。"

一分钟以前她跟他是多么地亲近，她对他的生命是多么重要！而现在她变得多么生疏，离他是多么遥远！

"事情只能是这样的。"他说这话时眼睛没有望着她。

他鞠了一个躬，便想走掉。

十四

而恰在这时，公爵夫人走进了客厅。当她看见他俩单独在一起，又看见他们那副尴尬模样，她脸上马上显露出惧怕的神色。列文向她鞠躬，什么话也没有说。吉蒂沉默着，不抬起眼睛来。"谢天谢地，她拒绝了。"母亲想，于是她脸上便闪现出每礼拜四接待客人时的惯常的笑容来。她坐下，向列文问起他在乡下的生活。他重又坐下，等待客人们来到，好悄悄地溜走。

五分钟后，吉蒂的女友，去年冬天出嫁的诺德斯顿伯爵夫人来了。

这是一个病态的神经质的女人，又干又瘦，面色焦黄，有一双闪亮的黑眼睛。她爱吉蒂，她对她的爱，是出了嫁的女人一向对没出嫁的姑娘所表现的那种爱，总是希望把吉蒂按照她自己的幸福理想嫁出去，因此她希望她嫁给伏伦斯基。初冬时她在这个家里经常遇见列文，她一直不喜欢他。每次见面，她总是喜欢拿他开玩笑。

"我就喜欢看他那副居高临下地瞧着我的样子:要么不跟我把正在谈的那段聪明话讲完,要么是屈尊地来勉强迁就我。我非常喜欢看见他那副屈尊迁就的模样!我真高兴他觉得他受不了我。"她谈起列文从来都是这样。

她说得不错,列文的确是受不了她,瞧不起她的那种神经质,和她对一切日常粗俗事物所持的那种分明的轻蔑态度,尽管她把这些都引以为荣,认为是自己的优越之处。

在诺德斯顿伯爵夫人和列文之间有一种社交界中常见的关系,他们外表上保持友好,而彼此都蔑视到不可能认真相待的程度,他们甚至于彼此都不可能对对方生气。

诺德斯顿伯爵夫人马上向列文发起进攻。

"啊,康斯坦丁·德米特里奇!您又上我们这个腐化堕落的巴比伦①来啦。"她一边把她一只黄皮肤的小手伸给他,一边说,她想起了他初冬时说过的一句话,他说莫斯科就是巴比伦。"怎么,是巴比伦改邪归正了,还是您自己失身堕落了?"她又补充了这样一句,眼睛里含着嘲笑注视着吉蒂。

"我不胜荣幸啊,伯爵夫人,您把我的话记得这么牢。"列文回答她,他已经恢复了常态,立刻便习惯性地进入了他与诺德斯顿伯爵夫人之间的戏谑而敌对的关系。"想必我的话对您威力颇大喽。"

"哎呀,可不是吗!我是一字一句都要写下来的呀。喏,怎么,吉蒂,你又去溜过冰啦?……"

于是她便跟吉蒂谈了起来。不管列文在这个时候离开有多么尴尬,他还是觉得,宁肯这样尴尬一下倒还好受些,免得整个晚上留下来,面对着偶尔瞧他一眼又连忙躲开他目光的吉蒂。他正想站起身来,但是公爵夫人发现他闷声不响,便来找他说话。

"您到莫斯科来打算住很久吗?您不是,好像说,在忙地方自治局的事吗,您怕待不长的吧?"

---

① 巴比伦,古巴比伦王国的都城,是西亚的商业和文化中心,以繁华奢靡闻名。

"不,公爵夫人,我已经不干地方自治局的事啦,"他说,"我这次来这里要住几天的。"

"他有点不大对头,"诺德斯顿伯爵夫人心想,一边注视着他严肃而阴郁的脸,"他今天定是有什么心事,不肯卷进来跟我斗嘴了。我要把他拖进来。我真喜欢让他在吉蒂面前出洋相,我现在就来让他出出洋相。"

"康斯坦丁·德米特里奇,"她对他说,"请您跟我谈谈,这是个什么道理呀,——这些事儿您可是没有不知道的呀,——在我们卡卢加乡下,庄稼汉跟婆娘们把他们的家当全都拿去喝了酒,这会儿什么租子也不交。这是怎么个道理?您可老是一个劲儿地夸庄稼汉们好的呀。"

这时又有一位太太走进屋里,列文站起身来。

"请原谅,伯爵夫人,——不过我,说实话,这些事一点也不知道,不能告诉您什么。"他说,一边向跟在这位太太身后走进来的那个军人望了一眼。

"这人一定是伏伦斯基。"列文心想,为证实这一点,他朝吉蒂望了望。她这时已经瞥过伏伦斯基一眼,又转头看了看列文。她眼睛中情不自禁地发出闪光,仅仅凭她这一瞥,列文就明白了:她爱的是这个人。他确切地明白了,就好像她亲口对他说出来的一样。然而这到底是怎样一个人呢?

现在,——好也罢,歹也罢,——列文不能不留下来;他必须知道,她所爱的这个人到底是怎样一个人。

有些人遇见无论在哪方面跟自己竞争而有幸取胜的对手时,往往立刻丢开人家的优点,只看人家的缺点;有些人则相反,首先要在这位有幸获胜的对手身上找到他据以获胜的独特原因,于是便心怀悻痛地只在人家身上去寻找优点。列文便属于这后一类人。不过要他在伏伦斯基身上找到吸引人的优点并不费力。他一眼便能看到。伏伦斯基是一个身材不高、体格强壮的黑发男子,相貌和蔼而英俊,显得特别安详和坚定,从他剪得短短的黑头发和新剃过的下巴,到他崭新的宽松制服,全都那么朴素而雅致。伏伦斯基给刚进来的太太让了路,便走向公爵夫人,然后走向吉蒂。

走到吉蒂身边时,他一双漂亮的眼睛特别柔和地闪亮着,带着一种隐隐的、幸福的、谦虚而又得意的微笑(列文这样觉得),他恭敬而又小心翼翼地向她鞠了个躬。他把自己一只不大但却宽阔的手伸给了她。

他向所有的人问好,寒暄了几句,这才坐下,并没有朝一直盯住他不放的列文瞧一眼。

"让我来介绍,"公爵夫人说,她指着列文,"这位是康斯坦丁·德米特里奇·列文。这位是阿历克赛·基里洛维奇·伏伦斯基。"

伏伦斯基起立,友好地望了列文一眼,跟他握了握手。

"好像今年冬天我本来有机会跟您一道吃一顿饭的,"伏伦斯基带着自己那种朴实而开朗的笑容说道,"可是您忽然回乡下去啦。"

"康斯坦丁·德米特里奇既看不起而且憎恨城市和我们这些城里人。"诺德斯顿伯爵夫人说。

"一定是,我的话给您的印象太深啦,让您记得那么牢。"列文说,想到刚才自己已经说过一次这句话,他就脸红了。

伏伦斯基朝列文和诺德斯顿伯爵夫人瞅了一眼,微微一笑。

"您常住乡下吗?"他问道,"我想,冬天很寂寞吧?"

"不寂寞,如果有事情做的话,而且乡下生活本身就不寂寞。"列文生硬地回答。

"我喜欢乡下。"伏伦斯基说,他听出了列文的语气,但他假装没察觉。

"不过我以为,伯爵呀,您大概不会愿意老是住在乡下的吧。"诺德斯顿伯爵夫人说。

"不知道,我没有试过住很久。我有一种奇怪的感觉,"伏伦斯基说下去,"我跟我母亲在尼斯住了一个冬天,从那以后,我就比哪儿都更怀念乡下,怀念有树皮鞋和庄稼人的俄国乡下。尼斯那地方本来就寂寞,你们知道。不过那不勒斯和索伦托①也只有住一小段时间才觉得不错。正是在那些地方,你会特别生动地想起俄国,尤其是俄国乡下。那些地方就像是……"

他在对吉蒂也对列文讲话,把他安详而友好的目光在他们两人身上移来移去,他不停地谈着,显然是想到什么就说什么。

他发现诺德斯顿伯爵夫人有话要说,没说完就停住了,仔细地倾听她说起话来。

谈话片刻也没有停息,因此年迈的公爵夫人准备用来变换话题的两门重炮:古典教育与实用教育、普遍义务兵役制,今天都没有机会搬出来,而诺德斯顿伯爵夫人也没机会撩拨列文。

列文想要加入大家的谈话,却插不进嘴;他不停地对自己说:"现在该走了。"但是他没有走,他在等待着什么。

大家谈到扶乩和灵魂的事,诺德斯顿伯爵夫人是相信招魂术的,便大谈其所见到的奇迹来。

"啊,伯爵夫人,看上帝分上,您可一定要带我去、一定要带我去见见!我从来没见过这种稀奇事儿,我到处去找也找不到。"伏伦斯基微笑着说。

"好的,下礼拜六吧。"诺德斯顿伯爵夫人回答。"可是您,康斯坦丁·德米特里奇,您信不信呀?"她问列文。

"您为什么要问我呢?您知道我会说什么的。"

"可是我想听听您的意见呀。"

"我的意见只是,"列文回答,"这种扶乩术证明,所谓有教养的社会并不比庄稼人更高明。他们相信毒眼②,相信中邪,相信蛊术,而我们……"

"怎么,您不相信?"

---

① 索伦托,意大利城市。
② 毒眼,原文为ГЛАЗ,相当于ЛИХОЙ ГЛАЗ,指民间迷信认为看一眼便会中毒的眼睛。

"没法相信,伯爵夫人。"

"可要是我亲眼见过呢?"

"乡下婆娘们也说,她们亲眼看见过家神①。"

"那么您以为我在说假话?"

她不开心地笑起来。

"啊,不是,玛莎,康斯坦丁·德米特里奇说,他没办法相信。"吉蒂说,她在为列文而脸红。列文明白她的意思,便更加气恼,想回一句嘴,然而伏伦斯基马上开朗而愉快地微笑着,插进来帮助进行这场怕要搞得不愉快的谈话。

"您认为这是绝对不可能的吗?"他问,"理由呢? 我们承认电的存在,而电是什么,我们并不了解;那为什么就不可以有一种我们并不了解的新的力量存在着,这种力量……"

"当人们发现电的时候,"列文迅速打断他,"只是揭示出一种现象,并不知道它从哪里来,有什么作用,人们想到应用它,已经是几个世纪以后了。招魂术则相反,它一开头就是桌子写字,灵魂出现,然后才说这是一种未知的力。"

伏伦斯基仔细听列文说话,他一向都是这样听别人讲话的,现在他显然对列文的话感兴趣。

"是的,招魂术师们说:现在我们不了解这是一种什么力,但力是存在的,它就是在这些条件下起着作用。但是可以请科学家们去发现呀,看看这种力到底是由什么东西构成的。不,我看不出为什么这不可能是一种新的力,假如它……"

"那是因为,"列文打断了他,"每一次,当你拿松香摩擦毛皮的时候,电都会引发出一定的现象,而这个却不是每次都会出现,所以说,这不是自然现象。"

伏伦斯基没有反驳他,而是极力在设法改变话题,也许他是觉得在客厅里,这种谈话的性质过于严肃了。他愉快地笑了笑,转过

---

① 家神,俄国民间迷信中的一种神灵,类似中国的灶神爷。

身去和太太们说话。

"咱们现在就来试试看吧,伯爵夫人。"他开始说;但列文想要把他自己的话说完。

"我想,"他说下去,"招魂术师们试图把他们的奇迹解释为某一种新的力,这是根本办不到的。他们明明说的是精神的力,却又想要它经受物质的试验。"

大家都等着听他把话说完,他自己也感觉到了这一点。

"而我认为,由您来扶乩是非常合适的,"诺德斯顿伯爵夫人说,"您身上有点儿灵性。"

列文张嘴想说点什么,却脸一红,什么也没有说出来。

"公爵小姐,咱们这就拿张桌子来做个试验吧,"伏伦斯基说,"公爵夫人,您允许吗?"

说着他便站起来,眼睛在寻找一张小桌子。

吉蒂站起身去搬桌子,她从列文身边走过时跟他的目光相遇,这时她心中充满着对他的怜悯,尤其是怜悯他所遭遇的不幸,这是她造成的。"若是您能原谅我,就请您原谅吧,"她的目光这样对他说,"我是多么幸福啊。"

"我恨所有的人,也恨您,也恨我自己。"他的目光回答说,这时他拿起了他的帽子。但是他命中注定走不掉。大家刚在小桌边聚拢而列文也正要走开的时候,老公爵进来了,他向太太们问好以后,便跟列文说起话来。

"啊!"他很高兴地开口说,"我还不知道你在这儿呢。非常高兴看见您。"

老公爵对列文一会儿称你,一会儿称您。他拥抱了列文,跟他谈话,并没有注意到伏伦斯基,伏伦斯基则站了起来,静静地等待着公爵来跟他说话。

吉蒂感到在刚刚发生的那件事情之后,父亲这样地亲热,列文会觉得沉重。她也看见后来父亲回答伏伦斯基的鞠躬时态度多么地冷淡,而伏伦斯基又是怎样面带一种亲切的惶惑表情注视着父亲,极力想弄明白而又弄不明白,这是怎么回事,为什么吉蒂的父亲会对他没有好感。看到这些,吉蒂脸红了。

"呀,您让康斯坦丁·德米特里奇上我们这儿来吧,"诺德斯顿伯爵夫人说,"我们要做个试验呢。"

"什么试验?扶乩吗?诺,对不起,女士们,先生们,不过嘛,依我看呀,扔铁圈儿比这好玩得多。"老公爵说,一边瞅了伏伦斯基一眼,猜到这是他的主意。"扔铁圈儿还更有意思些。"

伏伦斯基那一双坚定不移的眼睛诧异地望了望公爵,隐隐一笑,便立即去跟诺德斯顿伯爵夫人谈起下礼拜的一场盛大的舞会。

"我想您也要去参加的吧?"他对吉蒂说。

老公爵刚一转身走开,列文便悄悄走出门去。他从今天晚会上带走的最后一个印象是吉蒂回答伏伦斯基那个关于舞会的问题时,那张幸福的含笑的面庞。

十五

晚会结束后,吉蒂向母亲述说了她跟列文的谈话,虽然她对列文满怀怜惜,但是一想起有人向她**求过婚**,她心中还是充满着喜悦。她毫不怀疑,认为自己做得对。她躺在床上,久久不能入睡。一个印象一直在脑中萦绕不去,这是列文那张脸,他眉头紧皱,双眉下阴郁而沮丧地凝聚着一双善良的眼睛。他站在那儿跟父亲说话,一边望着她,望着伏伦斯基。她又在怜惜他了,泪水在她的眼眶里打转。但是马上,她想到她拿他换取的是那一个人,她历历在目地想起了那个人那张坚毅英俊的脸,他高尚的稳静,他处处流露出来的、对待所有人的善良;她想起这个她所爱的人如何地爱她,她心头重新又充满着喜悦,她面带幸福的微笑躺在枕头上。"可怜啊,可怜啊,可是又能怎么办呢?这怪不得我呀。"她对她自己说;然而有一个内在的声音在对她说着另一些话。她在懊悔什么?是懊悔自己让列文动了真情呢,还是懊悔拒绝了他?——她不知道。但是这种思虑把她心头的幸福感损害了。"主啊,怜悯我们,主啊,怜悯我们!"她在喃喃自语中入睡了。

这时在楼下公爵的小书房里,又发生着一场父母亲为女儿经常发生的争吵。

"什么?让我来告诉你是什么!"公爵两手挥舞着,大声喊叫着说,立即又伸手去把自己灰鼠皮长袍的大襟拉住。"就是,您这个人没有自尊心,没有尊严,您攀这门卑鄙愚蠢的亲事是在糟蹋女儿,把女儿毁掉!"

"老天爷呀,看上帝分上,公爵,我做了什么呀?"公爵夫人说,她差点儿没哭出来。

跟女儿谈过话以后,公爵夫人感到幸福而得意,她是和往常一样来跟公爵道晚安的,虽然她无意把列文求过婚而吉蒂已经拒绝的事告诉他,但是她向丈夫暗示说,她好像觉得跟伏伦斯基的事情已经完全办妥了,他母亲一到,事情就会定下来。就是听见她这些话,公爵才突然发了火,喊出些难听的话来。

"您做了什么吗?听我给您说:第一,您勾引年轻人来求婚,整个莫斯科都会这样说,而且说得有道理。要是您开晚会,就该把所有的人都请来,不该只请您挑中的几个年轻小伙子。您把所有那些公子哥儿们(公爵这样称呼莫斯科的青年人)都请来,再请个钢琴师,叫他们都来跳舞,而不该是像今天这样——只请几个求婚的小伙子,还要去拉拉扯扯。我见了就恶心,恶心,您算达到目的啦,把个小姑娘搞得晕头转向。列文比他们好一千倍。而这种彼得堡的花花公子,这种人都是一个机器模子造出来的,他们全都是一个料,全都是坏蛋。哪怕他是个皇太子血统呢,我的女儿不要这种人!"

"可我做了什么呀?"

"可您……"公爵愤怒地大喊。

"我知道,要是听您的,"公爵夫人打断他,"那我们女儿就嫁不成啦。要这样,就该住到乡下去。"

"顶好是住到乡下去。"

"你听着,未必是我巴结人啦!我根本没巴结过谁。年轻人,非常好的年轻人,人家爱上她了,而她呢,好像是……"

"对呀,你好像是!要是她当真爱上了,可他倒像我似的,并不想成亲,那怎么办?……啊,但愿我这双眼睛别看见这个!……'哎呀呀,招魂术呀,哎呀呀,尼斯湖呀,跳舞会呀……'"公爵凭他的想象学着他妻子的模样,每说一句话把膝盖屈一下行一个礼。"那您就瞧着看我们怎么让吉蒂倒霉吧,瞧她的脑袋瓜子怎么着迷上当吧。……"

"可你又根据什么这么想呢?"

"我不是这么想,我知道:对这种事儿我们是有眼光的,可婆娘们就没有。我看出有一个人是有诚意的,那就是列文;我还看出有一只鹌鹑,就是这个耍笔杆子的,他只不过是来寻欢作乐的。"

"得了吧,你倒真是脑袋瓜子着了迷……"

"等你记起我的话,就来不及啦,就像对达申卡①似的。"

"喏,得啦,得啦,咱们不谈啦。"公爵夫人不让他说下去,她想起了不幸的朵丽。

"那好极啦,再见吧!"

于是老两口儿互相画过十字,接过吻,就分手了,但内心里各人还是觉得自己的看法对。

公爵夫人起初坚信今天的晚会已经决定了吉蒂的命运,对伏伦斯基的意图不应该再有怀疑;但是丈夫的一席话让她不安起来。回到自己房中,她跟吉蒂一样,面对不可捉摸的未来,好几次在心中反复说:"主啊,保佑我们!主啊,保佑我们,主啊,保佑我们!"

十六

伏伦斯基从来没过过家庭生活。他母亲年轻时是个光辉闪耀

---

① 达申卡,大女儿朵丽的爱称。

的社交界女人，婚后，特别是居孀以后，有过许多次全社会都知道的罗曼史。父亲他差不多记不得了，他是在贵族子弟军官学校受的教育。

他毕业时成为一个年轻而卓越的军官，立即过起了彼得堡富有的军人圈子的生活。虽然他偶尔也去彼得堡社交界走走，他所有的风流韵事都是在社交界之外发生的。

他经过了彼得堡那段奢侈糜烂的放纵生活，在莫斯科生平第一次体验到，跟一个上流社会的、天真、纯洁、可爱的少女接近是多么的美妙。那姑娘爱上了他。他想都没有想过，在他对吉蒂的态度中会有什么不好的东西。在舞会上他多半都是跟她跳；他经常去她家做客，他跟她谈那些社交场中人们通常谈的话，那些各种各样的废话。但他也不由得给这些废话里添加一些她觉得有特别含义的话。虽然他根本没对她说过什么不能当众说出来的话，而他却感到她一天天更加依恋他，他愈是感到这一点，心中便愈是高兴，于是他对她的感觉也就变得愈加富有情意。他并不知道他对吉蒂的所作所为有一种确定的说法，那就是：勾引姑娘而无意结婚，而这种勾引正是他那样的辉煌青年通常所干的一种恶行。他还觉得他是第一个发现这种乐趣的人呢，他正在享受着自己的发现。

假如他会听见她的父母亲这天夜晚所谈的话，假如他能站到她们一家人的观点上，假如他知道若是他不娶吉蒂为妻她就会陷入不幸，他可能会非常惊讶，不相信事情竟然会是如此，他无法相信，这件事既然给了他，而特别是也给了她如此巨大而美好的乐趣，怎么竟会是一桩坏事情。他尤其不能相信的是，人家说他应该娶妻成家。

他从来就不认为自己有可能结婚。他不仅不爱过家庭生活，而且按照他生活在其中的单身汉圈子的一致观点，他认为成立家庭，特别是当丈夫，是一种他无法接受的、与他格格不入的、甚至还是滑稽可笑的事情。但是，虽然伏伦斯基没有想到她的父母亲之间会有一次那样的谈话，这天晚上，当他走出谢尔巴茨基家时，他也感到，在他和吉蒂之间所存在的那种隐秘的精神联系,到这天晚上已经变得那么强烈而确定,必须要采取点什么措施才是。然而,可能和应该采取什么样的措施,他却想不出来。

"妙的是,"他从谢尔巴茨基家出来往回走时心中在想,像往常一样,他从这个家庭里出来总是带着一种清新愉快的感觉(这有一部分是因为他整个晚上都没有抽烟),同时也带着她对他的爱情所激起的又一层柔情,他心中在想:"妙的是,我和她什么也没有说起过,但是,通过目光和语调之间的无形的交谈,我们彼此是那样地了解,她今天比过去任何时候都更明白地对我讲她爱我。她是多么可爱,多么纯洁,而首先是,多么值得信赖啊!我觉得自己现在也变得更好、更纯洁了。我感到我是一个有真情的人,我身上有许多的优点。那一双含情动人的眼睛哟!当她说:她也非常……"

"啊,那又怎么样呢?啊,没什么。我觉得很好,她也觉得很好嘛。"想到这里,他便开始考虑再去哪个地方消磨这个夜晚。

他想象着一个个可以去的地方。"俱乐部?跟伊格纳托夫玩别吉克①,喝香槟?不,不去。去 château des fleurs② 吧,在那儿能找到奥勃隆斯基,有滑稽歌曲,cancan③。不,厌啦。就为这个我喜欢谢尔巴茨基家,在那儿我就变得好一些了。还是回家去吧。"他一直回到裘索饭店自己的房间里。吩咐给他开晚饭,饭后他脱了衣服,脑袋刚一贴上枕头,便一如往常地深沉而安稳地睡着了。

十七

次日上午十一时,伏伦斯基去彼得堡火车站接他的母亲,他在大台阶的梯级上遇见的第一个人是奥勃隆斯基,他是来接同车到达

---

① 别吉克,一种扑克牌的玩法。
② 法语,可译为花园城、花市、花之都,一家酒店的名字。
③ 法语:意为一种裸体舞。

的妹妹的。

"啊！阁下！"奥勃隆斯基大喊一声，"你来接谁呀？"

"我来接我母亲。"无论谁遇见奥勃隆斯基都会露出笑容，伏伦斯基这时也是这样在回答他，一边和他握手，跟他一同踏着台阶往里走。"她今天该从彼得堡出发的。"

"可我昨天等了你两个钟头呢。你从谢尔巴茨基家出来去哪儿啦？"

"回去了，"伏伦斯基说，"说真话，昨天从谢尔巴茨基家出来我太高兴了，哪儿也不想去。"

"我识骏马凭烙印，我识情郎凭眼睛。"斯捷潘·阿尔卡季伊奇朗诵着，恰像上次在列文面前朗诵的一样。

伏伦斯基的笑容表示他对此并不否认，但立即改变了话题。

"你来接谁呀？"他问道。

"我吗？我接一个漂亮女人呀。"奥勃隆斯基说。

"当真？"

"Honni soit qui mal y pense!① 妹妹安娜呀。"

"呵，是卡列宁娜吗？"伏伦斯基问。

"你，大概知道她吧？"

"好像知道，或者不知道……真的，记不清了。"伏伦斯基心不在焉地回答，听到卡列宁娜这个名字，他模模糊糊想到一种什么古板乏味的东西。

"不过，阿历克赛·亚力克山德洛维奇，我这位大名鼎鼎的妹夫，你大概是知道的吧。全世界都知道他呢。"

"确切地说，我只是知其名，知其貌而已。我知道他这人聪明，有学问，好像还信仰宗教什么的……可是你知道，这些事我不……not in my line.②"伏伦斯基说。

---

① 法语:有恶念者遭罚。
② 英语:我不在行。

"他可是个非常杰出的人物呢。有点儿保守,是个很好的人,"斯捷潘·阿尔卡季伊奇说,"是个很好的人。"

"啊,那就更不错了。"伏伦斯基微笑着说。"啊,你已经来啦。"他朝站在门边的他母亲的那个身材高大的仆人说,"你到这边来。"

斯捷潘·阿尔卡季伊奇这人谁都喜欢,但伏伦斯基近来感到自己特别愿意接近他,这更因为在伏伦斯基心目中,此人与吉蒂相关。

"怎么样,礼拜天咱们请那位**女歌唱家**吃顿晚饭吧?"他微笑着挽起奥勃隆斯基的手臂对他说。

"一定。我来凑人。啊,你昨天跟我的朋友列文认识啦?"斯捷潘·阿尔卡季伊奇问。

"当然喽。可他不知怎么很快就走了。"

"他是个好小伙子,"奥勃隆斯基接着说,"不是吗?"

"我不知道,"伏伦斯基回答,"为什么所有的莫斯科人,当然,除了我正在跟他说话的这位,"他开玩笑地插了一句,"身上都有那么点儿生硬的东西。不知为什么,他们老是像竖起两只前蹄子的马,老是发脾气,好像老是想叫人家晓得点儿厉害似的……"

"有这么回事,对,有的……"斯捷潘·阿尔卡季伊奇快活地笑着说。

"怎么,快到了吧?"伏伦斯基问一个站上的职员。

"火车到达的信号已经发出了。"这个职员回答。

车站上在忙于准备,搬运夫在奔跑,宪兵和铁路人员出现了,接站的人也都来到了,这说明火车已愈驶愈近。透过寒冷的蒸汽可以看见那些身穿羊皮短袄脚登软毡靴的工人在跨越弯弯曲曲的铁轨。可以听见远处铁轨上机车的汽笛声和一种沉重物体的移动声。

"不,"斯捷潘·阿尔卡季伊奇非常想把列文对吉蒂的意图告诉伏伦斯基,他说,"不,你把我的列文没看准。他这人非常神经质,往往不讨人喜欢,这话不假,可是他有时候是非常可爱的。他有那么一种诚实忠厚的天性和一颗金子般的心。但是昨天是别有原因呀,"斯捷潘·阿尔卡季伊奇继续说下去,脸上带着意味深长的微笑,他已经完全忘记了昨天向自己朋友所表示的真挚的同情,现在他也满怀同样的同情心,只不过是对伏伦斯基的,"是的,这是有原因的呀,为什么他会变得要么幸福得很,要么又不幸得很。"

伏伦斯基站住不往前走,直截了当地问他:

"那是怎么回事?难道他昨天向你的 belle soeur① 求婚啦?"

"可能是,"斯捷潘·阿尔卡季伊奇说,"昨天我觉得像是这么回事儿。对,要是他早早儿走掉了,而且不开心,那准是……他爱上她好久了,我真替他难过。"

"是这么回事!……我认为,不过,她可以指望找到个更好些的对象。"伏伦斯基说,他挺直了胸膛,又向前走了。"不过,我并不了解他,"他补充说一句,"是呀,这种情况是不大好受啊,所以说人家都更喜欢去找那些克拉娜之类的女人②。在那种地方,不得手只不过表明你钱不多,而在这儿,人家要掂你的分量。啊,火车到啦。"

的确,火车已经在远处鸣笛了。几分钟后站台颤动了,车头滚滚驶来,它喷出的蒸汽被严寒压得低低的,车轮上的连动杆缓慢而有节奏地伸缩着,司机弯着腰,裹着一件棉衣,满身蒙着霜;煤水车厢后面是装载着行李和一条狗的车厢,列车愈开愈慢,把站台震动得也更厉害;终于客车车厢进站、停住了;停车之前先抖动了一阵。

一个青年列车员不等火车停稳便吹起哨子来,从车上一跃而下,那些等不及的乘客也一个个随他跳下了火车,其中有个近卫军军官,挺胸而立,威严地四处张望着;一个好动的小商贩拎着一只小包,在愉快地微笑;一个农民肩上背着一只口袋。

伏伦斯基站在奥勃隆斯基身边,眼望着一节节车厢和下火车的人,早把他母亲忘记了。方才听说的关于吉蒂的事让他激动和高兴。他的前胸不由得向前挺起,眼睛里放出光芒。他感到自己是一个胜利者。

---

① 法语:小姨子。
② 克拉娜之类的女人,代指妓女。

"伏伦斯卡娅伯爵夫人在这间包房里。"年轻的列车员说,他向伏伦斯基走来。

列车员的话惊醒了他,让他想起了母亲,想起他马上就要见到她。他在内心深处并不尊重他的母亲,也不爱她,只是他没让他自己明确地想过这些事,虽然按照他所生活在其中的社会圈子的概念,按照他的教养,他只可能最大限度地顺从和尊重母亲,而不可能想象有其他对待母亲的态度,然而外表上愈是顺从和尊重母亲,他心底里就愈是不尊重她、不爱她。

十八

伏伦斯基跟随列车员走向车厢,在走进那节包房时他停了一下,给一位正往外走的太太让路。伏伦斯基凭他在社交场中养成的机敏,只对这位太太的外表瞟了一眼,便断定她是属于上流社会的。他说声请原谅,正要往车厢里走,但是又感到必须再看她一眼——并非因为她非常漂亮,并非因为她高雅而和蔼的风姿,而是因为,当她侧身走过时,那张招人喜爱的面孔上,有着某种特别亲切温柔的东西。当他转身一瞥时,她也转过了头。那双灰色的眼睛闪亮着,因睫毛浓密而显得暗淡,友好而殷切地在他脸上停了停,仿佛她认识他似的,她随即转身走向迎面而来的人群,好像在寻找什么人。在这短短的一瞥中,伏伦斯基及时地察觉到一种谨慎克制的盎然生气,这种生气流露在她的脸上,飘移在她闪亮的眼睛和那几乎不可察觉的、只令她嫣红的嘴唇轻轻一翘的微笑之间。仿佛有一种什么从她身上满溢出来的东西正不由自主地时而在那目光的闪耀中,时而在那微微一笑中显现出来。她有意想把她眼睛中的光芒熄灭掉,然而那光芒却事与愿违地又在她隐隐的笑容中闪露出来。

伏伦斯基走进车厢。他母亲,一位黑眼睛鬈头发的老太太,眯着眼睛望一望儿子,薄薄的嘴唇上浮起浅浅的笑容。她从那窄小的软座上立起来,把手袋交给侍女,再把一只干瘪的手伸给她儿子,然后托起他的头,吻了吻他的面颊。

"电报收到啦?身体好吗?谢天谢地。"

"一路上都好吗?"儿子说,坐在她身边,同时又禁不住去倾听门外一个女人说话的声音。他知道这就是他上车时遇见的那位太太的声音。

"我还是不同意您的话。"这位太太的声音说。

"您这是彼得堡的观点吧,太太。"

"不是彼得堡的,只不过是一个女人的观点。"她回答。

"好吧,请让我吻吻您的小手。"

"再见,伊凡·彼得罗维奇。还要请您去看看我哥哥来了没有,让他上我这儿来。"这位太太在车厢门边说,她重又走进了包房。

"怎么,找到哥哥啦?"伏伦斯卡娅对这位太太说。

这时伏伦斯基想起来了,她就是卡列宁娜。

"您哥哥在这儿呢,"他说着便站立起来,"对不起,我没认出您来,我们过去见面的时间太短促啦,"伏伦斯基鞠了个躬说,"您大概记不起我了吧。"

"啊不,"她说,"我是应该认出您来的,我跟您母亲一路上就只谈您。"她说话时,那不禁流露的盎然生气终于在她的微笑中显现出来。"我哥哥还是不见来呀。"

"你去喊喊他,阿辽沙。"老伯爵夫人说。

伏伦斯基下车走到站台上,喊了声:

"奥勃隆斯基!这儿!"

但是卡列宁娜没等她哥哥过来,远远看见他,便果断而轻盈地走出了车厢。一等哥哥走近,她便伸出左手搂住哥哥的头颈,把他一下子拉到身边,重重地吻了他一下,她的果断态度和优美风姿令伏伦斯基大为惊异。伏伦斯基目不转睛地望着她,自己也不知道为什么,微微地笑着。然而他想到母亲还在里面等他,便又走进车厢里。

"她真是很可爱呢,你说是不是?"伯爵夫人说的是卡列宁娜。

"她丈夫让她跟我坐一块儿,我很高兴。我跟她一路上都在聊天。喏,可是你,人家说……Vous filez le parfait amour, Taut mieux, mon cher, taut mieux.①"

"我不知您指的是什么,maman,"儿子冷淡地回答,"怎么,maman,我们走吧。"

这时卡列宁娜又走进车厢,她是来跟伯爵夫人道别的。

"您瞧,伯爵夫人,您见到了儿子,我也见到我哥哥了,"她愉快地说,"我的事儿也都讲完啦;再没什么好讲的啦。"

"哦,不,"伯爵夫人握住她的手说,"跟您在一块儿就是走遍天下也不会寂寞的呀。跟您这种讨人喜欢的女人在一起,说不说话都开心。说起您儿子,您别老是想着他吧;总不能一辈子不离开的呀。"

卡列宁娜一动不动站在那里,身子挺得特别直,眼睛在微笑。

"安娜·阿尔卡季耶芙娜,"伯爵夫人说,她在对儿子解释自己的话,"有个八岁的儿子,好像是她从来没离开过他,为把他留在家里,心里老是难过。"

"是的,我一直在跟伯爵夫人说话,我说我的儿子,她说她的儿子。"卡列宁娜说,微笑又使她满脸生辉,这微笑是亲切的,对他而发的。

"一路上您一定闷得慌吧。"他说,连忙接住她向他抛来的情意脉脉的球,但是她显然是不愿意用这种调子继续谈下去,转过身去向伯爵夫人说:

"非常感谢您,我简直没留意昨天一天是怎样过去的。再见啦,伯爵夫人。"

"让我吻一下您漂亮的小脸蛋儿,我真想说句老太婆说的话,说实在的,我都爱上您啦。"

不管这句话多么像是陈辞滥调,卡列宁娜看来倒是真心相信了,而且为此高兴。她脸红了,微微弯下腰,把自己的脸去贴上伯爵夫人的嘴唇,她直起身来,那同样的微笑荡漾在她的唇边和眉梢,她

---

① 法语:你那理想的恋爱还在慢慢儿进行着,这样更好。

伸手给伏伦斯基。他握住向他伸来的纤手,她用力地、大胆地握了他的手,她这紧紧的一握好像是某种特别的东西,让他非常快乐。她快步走出车厢,那身段多么丰满,步态却又那么地轻盈,真令他惊异。

"她非常可爱。"老太太说。

老太太的儿子心中也是这样想的。他一直目送她裹娜的身姿在人群中消失,一抹微笑一直停留在他的脸上。隔着车窗,他望见她走到哥哥身边,跟他手拉着手,开始兴奋地对他谈着什么,显然是谈着一件跟他伏伦斯基毫不相干的事,这让他觉得若有所失。

"喏,maman,您身体好吗?"他又一次向母亲问候说。

"什么都好,好着啦。Alexandre① 很可爱。Marie② 也非常好。她很讨人喜欢。"

她又谈起她最感兴趣的那件事,孙儿的洗礼,她是为这个去了彼得堡,又谈起皇上对她大女儿的特别的恩宠。

"瞧,拉富连基来啦,"伏伦斯基望着窗外说,"我们这就下车,好吗?"

陪伯爵夫人一道来的老管家走进车厢报告说,都准备好了,于是伯爵夫人站起身往车外走。

"走吧,现在人少。"伏伦斯基说。

侍女拿着手袋,牵着狗,管家和搬运夫提起其他的行李。伏伦斯基搀扶着母亲;然而,当他们已走出车厢时,忽然有几个人面色惊惧地从身边奔过。头戴特别颜色的制服帽的车站站长也跑了过去。

显然是出了什么不寻常的事。刚下车的人也都在往回跑。

"什么?……什么……? 自己扑上去的!……压死啦!……"只听从身边跑过的人们在说。

斯捷潘·阿尔卡季伊奇挽住他妹妹,也面带惊惧地转回来,避开人群,站在车厢门边。

---

① 法语:亚历山大。
② 法语:玛丽。这是她的孙儿孙女。

太太们躲进了车厢,伏伦斯基和斯捷潘·阿尔卡季伊奇跟随人群去了解这不幸事件的详情了。

一个看守,是喝醉了还是天太冷,身子包得过紧,没听见倒车,被压死了。

没等伏伦斯基和奥勃隆斯基回来,管家已经把事情的详细经过说给了两位太太听。

奥勃隆斯基和伏伦斯基两人都看见了血肉模糊的尸体。奥勃隆斯基显然很难过。他皱紧眉头,似乎要哭出来。

"哎呀,多么可怕呀!哎呀,安娜,你要是看见了!哎呀,多么可怕呀!"他反复地说道。

伏伦斯基沉默着,他英俊的面孔是严肃的,但也十分安静。

"哎呀,您要是看见了,伯爵夫人呀,"斯捷潘·阿尔卡季伊奇说,"他妻子也在那儿……看见她真不好受……她扑在尸体上,人家说,他一个人要养活一大家子人。真可怕!"

"不能为她做点什么吗?"卡列宁娜激动地低声说。

伏伦斯基瞟了她一眼,马上走出了车厢。

"我这就回来,maman。"他回过头朝车厢门里说了一声。

几分钟过后他回来时,斯捷潘·阿尔卡季伊奇已经在跟伯爵夫人谈一个新来的女歌唱家的事,伯爵夫人正不耐烦地向门口望着,她在等她儿子回来。

"现在我们走吧。"伏伦斯基进来说。

他们一同下车。伏伦斯基陪母亲走在前面。后面是卡列宁娜和她哥哥。在车站出口,站长赶了上来,找到伏伦斯基。

"您交给我的助手两百个卢布。劳驾您说说,您这是给谁的?"

"给那个寡妇的呀,"伏伦斯基耸耸肩头说,"我不懂您问什么。"

"是您给的?"奥勃隆斯基从后面高声地说,他捏了捏妹妹的手,又添一句:"做得真好,真好!不是吗,一个好小伙子!祝您安好,伯爵夫人。"

于是他跟妹妹停在那里,找她的侍女。

当他们走出车站,伏伦斯基的马车已经走了。往外走的人们还在不停地议论着方才发生的事情

"死得真可怕哟!"一位先生从身边走过时说,"人家说,压成两截啦。"

"我看呀,正相反,他死得顶轻松不过啦,一眨眼的事儿。"另一个人说。

"怎么会不采取些措施呢。"第三个人说。

卡列宁娜坐进马车,斯捷潘·阿尔卡季伊奇惊奇地发现,她的嘴唇在颤抖,她努力忍住不哭出来。

"怎么啦,安娜?"他问道,这时他们离开车站几百个沙绳①。

"不祥之兆啊。"她说。

"胡说八道!"斯捷潘·阿尔卡季伊奇说,"你来了,这是顶顶重要的。你不能想象我多么寄希望于你。"

"你是早就认识伏伦斯基的?"她问。

"是的。你知道吗,我们都想他会娶吉蒂的。"

"是吗?"安娜低声说。"喏,谈谈你吧,"她又说,说话时把头甩一甩,仿佛想要从身上赶走某种多余的、碍事的东西,"谈谈你的事儿吧。收到你的信,瞧,我就来啦。"

"对,全部希望都寄托在你身上。"斯捷潘·阿尔卡季伊奇说。

"喏,全都说给我听听。"

于是斯捷潘·阿尔卡季伊奇便开始叙说。

到家了,斯捷潘·阿尔卡季伊奇扶妹妹下车,叹了口气,跟她握了手,便去办公了。

十九

安娜进屋时,朵丽正跟一个长得已经像他父亲的、浅色头发的、

---

① 沙绳,俄国长度单位,1沙绳为2.134米。

胖乎乎的男孩子坐在小客厅里,在听他读法语读本。小男孩一边读书,一边手里拧着短上衣的一颗眼看要脱落的扣子,尽力要把它拽下来。母亲几次拉开他的手,但是那只胖乎乎的小手又再去把扣子揪住。母亲便把扣子拉掉,放进自己的衣袋里。

"管住你的手,格里沙。"她说,她又在结她那条毛毯了,已经结了很久,每到心情不好时,她就来结它。现在她又心绪不宁地在结它,一只手指不停地动着,在数着针数。虽然她昨天叫人对丈夫说,他妹妹来不来跟她无关,可她仍在为小姑的到来做好准备,并且心情激动地等待着她。

朵丽被她的悲哀打击得一蹶不振,她全身心都沉浸在这场痛苦中。但是她知道,小姑安娜是彼得堡一个大人物的妻子,是彼得堡的一位 grande dame。所以,就为这个,她没像她对丈夫说的那么做,也就是,没有忘记小姑要来的事。"再说安娜并没什么错呀,"朵丽想,"我觉得她这人是再好也没有的了,她对我总是那么亲热友好。"说实话,彼得堡卡列宁的家给她留下的印象不好,她不喜欢他们那个家;他们家庭生活的整个气氛中有点什么虚伪的东西。"可是我又怎么能不接待她呢?只求她别来劝说我!"她想,"劝说呀,教训呀,基督徒的宽恕呀——所有这些我都想过一千遍了,全都不中用。"这些天来,朵丽只跟孩子在一起,她不愿把自己的痛苦讲出来,而心里带着这种痛苦去谈别的事情她又做不到。她知道,无论如何,她会把事情全都说给安娜听的,因此,她一会儿高兴,想起她能把话都说出来,一会儿又气恼,因为自己只能对她,他的妹妹,把自己的屈辱说出来,还得听她说些现成的规劝话。

她,如同往常一样,眼睛看着表,一分钟一分钟地等着她,而却偏偏错过了客人到达的那一会儿,所以没有听见铃声。

听见衣襟的沙沙声和轻轻的脚步声已经到了门口,她回头一瞧,疲惫的脸上不由得显出了惊讶,而不是快乐。她站起来,拥抱了小姑。

"怎么,你已经到啦?"她吻着她说。

"朵丽,见到你我真高兴!"

"我也高兴呢。"朵丽说,她淡淡地一笑,极力想从安娜脸部的表情上看出她是不是全都知道了。"大概是知道的。"她想,她在安娜脸上察觉到同情。"喏,走,我带你到你的房间去。"她继续说,一心想尽可能拖延一会儿再把事情讲出来。

"这是格里沙吗?我的天啊!长这么高了!"安娜说,吻了他一下,眼睛不离开朵丽,她停住不走,脸红着。"不,哪儿也别去。"

她摘下头巾、帽子,一绺黑黑的、卷成一圈圈的头发被帽子勾住了,她摇摇头,把头发甩脱。

"你全身都闪光似的显得幸福和健康!"朵丽几乎是嫉妒地说。

"我?……是的,"安娜说,"我的上帝!是丹妮娅呀!你跟我的谢辽沙一样大呀。"她接着对跑进房间的小女孩说。她抓住她的两只手吻着她。"多漂亮!把孩子们都叫来让我看看。"

安娜能叫出他们的名字,不仅记得他们叫什么,而且记得他们哪年哪月生,性格怎样,生过什么病,朵丽不能不认为这是很了不起的。

"喏,去看看他们吧,"她说,"可惜瓦夏还睡着呢。"

看过了孩子们,她们坐下,已经只有她们两个人了,在客厅里,咖啡摆在面前。安娜拿起托盘,又把它推开。

"朵丽,"她说,"他对我说了。"

朵丽冷冷地望了望安娜。她等着她说出一些假装同情的话,但是安娜一句那样的话都没有说

"朵丽,亲爱的!"她说,"我既不想替他给你说什么,也不想安慰你;不能这样做。可是,亲爱的,我真是为你难过,满心为你难过哟!"

她一双闪亮的眼睛上那浓密的眼睫毛后面忽然显出泪水来。她坐得靠嫂子更近些,用自己一只满溢激情的小小的手抓住她的手。朵丽没有躲开,但是她脸上冷漠的表情没有改变。她说:

"安慰我是没用的。一切都失去了,自那件事以后,一切都落

空了!"

刚一说出这句话,她脸上的表情忽然变得柔和了。安娜握起朵丽一只又干又瘦的手吻了吻,又说:

"可是,朵丽呀,怎么办呢,怎么办呢?遇上这么可怕的事情,怎么做才好呢?——应该想想这个啊。"

"全都完啦,什么也没有啦,"朵丽说,"最糟的是,你了解,我没法甩开他;孩子啊,我被捆住了。而我没法子跟他过,看见他我就痛苦。"

"朵丽,亲爱的,他对我说了,不过我想听你谈谈,全都告诉我吧。"

朵丽疑问地望了望她。

安娜的脸上表现出一种并非假装的同情和爱。

"说就说吧,"她突然说道,"可是我要从头说起。你知道我是怎样出嫁的。在 maman 的教育下,我不光是幼稚,而且还愚蠢。我什么也不懂。人家说,当丈夫的都要给妻子讲自己从前的事情,可是斯季瓦……"她改口说,"斯捷潘·阿尔卡季耶维奇就什么也没对我讲过。说来你不信,可我一直以为他就认识过我一个女人呢。我就这样过了八年。你知道,我不光是不怀疑他对我不忠,而且我以为这是不可能的事,忽然一下子,你想想看,我抱着这样的看法,忽然知道了所有这些可怕的事情,这些肮脏事情……你替我想想,满以为自己幸福极了,而忽然间……"朵丽忍住没放声大哭,继续说下去,"拿到一封信……一封他写给他姘头,我的家庭女教师的信。不啊,这太可怕啦!"她急忙掏出手绢,用它捂住脸。"偶尔风流一回,我也能理解,"她沉默了一会儿,又继续说,"可是他想方设法地、狡猾地在欺骗我……又是跟谁呢?……继续当我的丈夫,同时又跟家庭女教师……这太可怕啦!你没法理解……"

"噢不,我能理解!我理解,亲爱的朵丽,我能理解。"安娜说,一边握住她的手。

"你以为他会懂得我的处境有多么可怕吗?"朵丽说下去,"他正得意呢,心满意足呢。"

"噢,不!"安娜马上打断她,"他好可怜啊,他后悔得要命……"

"他会后悔?"朵丽又打断她的小姑,一边盯住她的脸瞧着。

"他是后悔的,我了解他。瞧着他那样子,我没法不可怜他。我俩都是了解他的。他心是好的,可是他骄傲得很,这下子没脸见人了。最让我动心的是……(这时安娜也猜测到最能让朵丽动心的是什么了)——有两件事让他难过:一是,他没脸见孩子们;再就是,他爱你……是的,是的,这世界上他最爱的人就是你,"她急忙打断想要反驳她的朵丽,"可他又让你痛苦,狠狠地伤害了你。他老是说:'不啊,不啊,她不会原谅的。'"

朵丽若有所思地从小姑脸旁望过去,一边仍在听她讲。

"是的,我知道,他的处境是很可怕;有罪的人比没罪的人日子更难过,"她说,"要是他能感觉到,所有的不幸都是他的罪过造成的。可是我怎么能原谅呢,有了这个女人以后,我怎么能再做他的妻子呢?如今跟他一块儿过日子我会很痛苦,正因为我珍惜自己从前对他的爱……"

一阵哭泣打断了她的话。

但是好像故意似的,每当她的痛苦稍有缓和,她便又开始来说些激怒自己的话。

"她可是年轻呀,她可是漂亮呀,"她接着说下去,"你该了解的吧,安娜,我的青春、美貌都叫谁拿走了?他跟他的孩子啊。我伺候了他一辈子,现在没用了,为伺候他,我的一切全都耗尽了,可他这会儿,当然啦,觉得一个鲜嫩的贱货更让他开心。他俩在一起,一定的,会谈起我,要么更糟的是,根本提也不提我一句,提也不提我一句,——你懂吗?"这时,她的眼睛里又燃起憎恨来,"而这以后他又会来对我说……怎么,我能相信他吗?才不呢。不,我受的苦,对我劳累的报答,这一切已经全都完了……你信不信,我这会儿在教格里沙念书:从前,这是一种快乐,可现在是受罪。干吗我要拼命地做呀,累呀的?要孩子有什么用?真可怕哟,我的心一下子全都翻转过来了,我从前对他的爱呀,情呀的,现在变得只有恨了,对,只有恨了。我真想杀了他……"

"亲爱的,朵丽,我懂,可是你别折磨自己啦。你太委屈、太激动了,所以就把好多事都给看歪了。"

朵丽没出声,她俩有两分钟没有讲话。

"怎么办呢,你帮我想想。我什么都想过,可什么办法也没有。"

安娜什么办法也想不出,不过她的心对嫂子的每一句话,对她脸上的每一个表情都直接做出了反应。

"我只说一点,"安娜开口说,"我是他妹妹,我知道他的脾气,知道他那种把一切的一切都会忘个干干净净(她在前额上做了个手势),一下子鬼迷心窍、一下子又后悔万分的脾气。他现在不相信,也不明白,他怎么就做出了那种事情来。"

"不,他明白,他本来就明白!"朵丽打断她,"可是我……你把我忘记了……未必我就好过些?"

"听我说。当他向我说这件事的时候,说真的,我还真不了解你的处境有多么可怕呢。我只看到他,只看到这个家不像个家了;我本来是可怜他的,可是跟你这一谈,我,一个女人家,看法就变了;我看见了你的苦,我就,真没法对你说,多么为你难过啊!可是,朵丽,亲爱的,我完全理解你的苦,只是,我不知道,我不知道……我不知道你心里对他还有多少爱。这只有你知道,——你还有没有足够的爱来让你原谅他。要是有,就原谅他吧!"

"不。"朵丽开口说话,可是安娜止住她,再一次吻了她的手。

"我比你更懂人情世故,"她说,"我知道这种人,斯季瓦这种人,知道他们怎么看待这种事。你说,他跟她在一起说起过你。没这回事。这些人呀干着不能说的事情,可是自己的妻室家庭——这对他们还是神圣的。这种女人在他们心里多少是被蔑视的,她们也妨碍不了家庭生活。他们是在家庭和这种女人之间划了一条不可逾越的界线的。我不了解这是什么道理,可事情就是这样的。"

"是的,可是他吻过她……"

"朵丽呀,听我说,亲爱的。在斯季瓦爱上你的时候,我看见他的。我记得那时候,每回他上我这儿来,说起你就流眼泪,你对他是多么富有诗意,多么崇高啊,我也知道,他跟你在一起生活得愈久,在他的心目中你就愈是崇高。那时候我还笑他呢,每说一句话都要加一句:朵丽是个了不起的女人。你在他心里是个天仙,过去一直是。现在还是,而这回冲动不是他有心……"

"可要是下回再冲动呢?"

"他不会的,依我看……"

"是的,可是要是换了你,会原谅吗?"

"我不知道,说不准……不,我会原谅的,"安娜说,她考虑了一下,并且在心里设想了这种处境,又在内心的天平上作了衡量,才又说:"不,我会的,我会的,我会的。是的,我会原谅的。可能我会跟原先不一样了,是的,可是我会原谅的,我会像没有这回事、根本没有这回事那样原谅的。"

"喏,当然啦,"朵丽马上接嘴说,好像她嘴里说的是她心里想过不止一次的话,"要不就不叫原谅了。若是原谅,那就完完全全地原谅。喏,咱们去,我带你到你房间去。"朵丽一边站起来一边说,一路上她把安娜搂住。"我的亲爱的,我多么高兴你能来哟。我这会儿好过了,好过多了。"

二十

这一天安娜都待在家里,就是说,待在奥勃隆斯基的家里,谁也没见,虽然有几个熟人已经知道她来了,当天就来拜访她。安娜一个上午都跟朵丽和孩子们在一起。她只给哥哥送去一张便条,让他一定回家吃午饭。"你回来,上帝是仁慈的。"她写道。

奥勃隆斯基在家吃饭了。谈话是一般性的,妻子跟他说了话,又称他为"你",这在前几天是没有的。夫妻之间的关系仍很疏远,但已不提分手的事,斯捷潘·阿尔卡季伊奇看见了解释与和好的可能性。

午饭刚吃过,吉蒂就来了。她认识安娜·阿尔卡季耶芙娜,只是不熟悉,这会儿她来到姐姐家,心中不无惧怕,不知这位人人称赞的彼得堡贵夫人会怎样接待她。然而安娜·阿尔卡季耶芙娜很喜欢她,——这她一眼就看出来了。安娜,显然是欣赏她的美丽和年轻,吉蒂还没定下心来,她已经感觉到自己爱上了她,年轻姑娘们都是这样爱慕那些已婚和年长的妇女的。安娜不像一个社交界的贵夫人,也不像个八岁孩子的母亲,若不是她那令吉蒂惊倒并且为之入迷的、严肃又时而忧郁的眼神,单凭她柔美轻盈的动作,容光焕发的仪态和那常驻在脸上的、时而通过微笑,时而通过目光表现出来的充沛精力,她看来倒更像是个二十岁的少女。吉蒂觉得,安娜十分纯朴,什么也不掩饰,但是也觉得,她身上有那么一个她自己所不能企及的、崇高的、复杂而又富有诗意的世界。

午饭后,朵丽去她自己房间了,安娜迅速站起来,走向哥哥,他正在抽一支雪茄。

"斯季瓦,"她快活地眨了眨眼睛,对他画了个十字,又用眼睛指指门,对他说,"去吧,上帝帮助你。"

他明白了她的意思,扔掉雪茄,就出去了。

斯捷潘·阿尔卡季伊奇走后,她回到沙发上,坐在孩子们当中。是因为孩子们看见妈妈喜欢这个姑姑呢,还是因为他们自己在她身上感觉到一种特殊的魅力呢,反正还在吃饭前他们就缠住这位新来的姑妈,一步也不肯离开她。先是两个大的,后来那些小的就学他们的样,孩子们都是这样的。他们之间好像在玩一种游戏,看谁能坐得离姑妈近些,谁能挨着她,能拉住她小小的手,亲亲她,玩玩她的戒指,或者哪怕是碰碰她衣服的皱边。

"来,来,还像我们原先那样坐。"安娜·阿尔卡季耶芙娜一边坐在她的位子上一边说。

格里沙又把他的头钻到她的手臂下,他把头紧紧贴住她的衣襟,显得骄傲而幸福。

"这阵子什么时候有舞会呀?"她问吉蒂。

"下礼拜,一场非常盛大的舞会呢。在有些舞会上你总是会开心的,这一次就是的。"

"有这种能让人总是开心的舞会吗?"安娜面带一种温柔的讥嘲说。

"说来奇怪,可是真有呢。鲍布利谢夫家的舞会总是让人开心的,尼基金家的也是,可在梅日科夫家就总是沉闷得很。您没注意到吗?"

"没有,我亲爱的,对我来说,已经没有那种可以让人开心的舞会了。"安娜说,这时,吉蒂在她的眼睛中看见了那个把自己拒之于外的特殊的世界。"对我来说,只不过有些舞会比较地不那么难受和沉闷就是了……"

"您怎么会在舞会上觉得沉闷呢?"

"我为什么不会在舞会上觉得沉闷呢?"安娜问她。

吉蒂发觉,安娜知道她将会有怎样的回答。

"因为您总是最美的一个。"

安娜容易脸红。她真的脸红了,她说:

"首先,根本没这回事;而其次呢,就算是这样吧,这对我又有什么意思?"

"这次舞会您去吗?"吉蒂问。

"我想,不去不行吧。你就拿去吧。"这是对丹妮娅说的,她正从姑妈又白又细的手指尖上把一只松松的戒指给捋下来。

"您要是能去,我会非常高兴的。我多想在舞会上看见您呀。"

"至少是,如果非去不可的话,想到能让您满意,我也就算是得到宽慰了……格里沙,别揪啦,求求你,已经够乱的了。"她说,一边理一理格里沙玩着的那绺散开来的头发。

"我想象您在舞会上是穿紫色的衣裳。"

"为什么一定是紫色的?"安娜微笑着问道。"好啦,孩子们,去吧,去吧。听见没有?密司古里在喊你们喝茶呢。"她说着,从孩子堆里脱开,打发他们到餐厅去。

"可我知道,您为什么叫我去参加舞会。您对这次舞会期望很多呢,所以您想要人家都在场,要人家都去参加。"

"您怎么知道的呢?是这样的呀。"

"啊,您现在的时光是多么美好啊,"安娜继续说下去,"我记得,也熟悉这种蔚蓝色的迷雾,就像是瑞士那些山巅上的雾一样。这种雾,它笼罩着那一段幸福时光中的一切,那时候,童年时代眼看就要结束了,那段时光是一个巨大的天地,一个幸福、欢乐的天地,往后路就愈来愈窄了,于是就会愉快地、也是惊惶地走进这条通道,它看起来虽说也是光明的、美丽的……谁没有走过这样一条路呢?"

吉蒂默默地微笑着。"但是她是怎样走过这条路的呢?我多想知道她全部的罗曼史啊。"吉蒂想,这时她也想起了安娜的丈夫阿历克赛·亚力克山德洛维奇那副毫无诗意的外貌。

"我知道一点儿。斯季瓦告诉我的,祝贺您,我很喜欢他,"安娜往下说,"我在火车站遇见伏伦斯基了。"

"啊,他去车站了?"吉蒂脸红了,她问道,"那斯季瓦跟您说什么了?"

"斯季瓦全都说给我听了。我真该非常高兴呢。"

"我昨天跟伏伦斯基的母亲同车来的,"她往下说,"那位母亲不停嘴地跟我说起他;她最爱这个儿子。我知道做母亲的有多么偏心,不过……"

"他母亲都对您说了些什么?"

"啊,可多啦!我知道她是特别喜欢他,不过反正看得出,这是个男子汉……喏,比如说,她告诉我,说他想把所有的财产全都给他哥哥,说他还在童年时候就做过不同一般的事情,他把一个女人从水里救上来了。一句话,是一个英雄。"安娜面带微笑地说着,心里想起他在车站上给人家的那两百卢布。

但是她并没有讲起这两百卢布的事。不知为什么,她想起这件事便感到不愉快。她觉得这里边有点什么东西跟她有关,而这是不应该有的。

"她一再请我去她那儿,"安娜继续说,"我倒也高兴去看看这位老太太,明天我就去看她。哦,感谢上帝,斯季瓦在朵丽房间里待了好久啦。"安娜添了这一句,她改变了话题,站起身来,吉蒂觉得,好像有什么事让她不满意。

"不,我第一!不,是我!"孩子们吃完茶,喊叫着向安娜姑姑跑过来。

"大家一块儿!"安娜说,她笑着跑向孩子们,把这乱跑乱爬、又喊又叫的一群拥抱在怀里,又翻倒在地上。

二十一

快到大人们用茶的时候,朵丽从她房间里出来。斯捷潘·阿尔卡季伊奇没有出来。他大概是从后门出了妻子的房间。

"我怕你在楼上会觉得冷呢,"朵丽对安娜说,"我想把你搬到楼下来,这样咱俩就靠得更近些。"

"啊,你就别为我操心了。"安娜回答说,一边注视着朵丽的面孔,极力想了解是和好了还是没有。

"你住这儿光线会好一点。"嫂子回答说。

"我告诉你吧,我在哪儿都能睡,而且睡得跟个土拨鼠一样。"

"这是在谈什么呀?"斯捷潘·阿尔卡季伊奇从书房走出来,向妻子问道

听他的语气,吉蒂和安娜马上明白,他们已经和解了。

"我想让安娜搬下来,可是得换个窗帘子。没人会做,非自己动手不可。"朵丽回答他。

"天知道,是完全和解啦?"听她冷淡平静的口气,安娜在想。

"哎,得了吧,朵丽,总是找些麻烦,"丈夫说,"喏,你要是想这么办,那都让我来做……"

"对,一定是和解了。"安娜想。

"我可知道你都会怎么个干法,"朵丽回答他,"你会对马特维说一声,叫他去干那些他办不到的事,自己就跑开了,他就把事情全都搞得一团糟。"当朵丽说这话时,她的嘴角边皱起一丝惯常的讥讽的微笑。

"完全、完全和解了,完全。"安娜想,"感谢上帝!"因为这和解是她一手促成的,她很高兴,她走向朵丽,吻了她一下。

"根本不是这样的,你干吗这么瞧不起我跟马特维呢?"斯捷潘·阿尔卡季伊奇隐隐一笑,对妻子说。

整个晚上,朵丽像平时一样,对丈夫是一种略带讥讽的态度,而斯捷潘·阿尔卡季伊奇是满意又快活的,不过他只做到不显出他一得到宽恕就忘掉自己罪过的程度。

九点半钟时,奥勃隆斯基家中茶桌前的这场特别欢乐愉快的家庭谈话被一件看来极其平常的事情破坏了,然而这件平常事不知为什么让人人都觉得奇怪。这时大家正谈到彼得堡的一位熟人,安娜迅速站起身来。

"我照片本里有她的,"她说,"顺便也让你们看看我的谢辽沙,"她面带母亲骄傲的笑容添了一句说。

快十点了,通常这时候她都跟儿子道别,她往往在赴舞会之前亲手给他安顿好睡觉的事,这会儿她感到惆怅,想起自己离他那么遥远;无论大家在谈些什么,她的心老是说着说着就飞回到她的鬈头发的谢辽沙身边。她很想看一眼他的照片,说两句关于他的话。她利用她找到的第一个借口,便站起来,迈着她轻盈、坚定的步子,去取照片簿。通往她房间的楼梯下面正是暖和的大门梯级上的小平台。

恰在她走出客厅的时候,前厅里传来了铃声。

"这会是谁呢?"朵丽说。

"来接我的吧,早了点;来找谁吧,晚了点。"吉蒂说。

"一定是送公文的吧。"斯捷潘·阿尔卡季伊奇接着说,而当安娜走过大门梯级前时,一个仆人从那梯级跑上来通报有客人来,而来客自己正站在灯光下。安娜朝下一望,她立刻认出了伏伦斯基,一种奇异的满足感,同时也是一种对某个东西的恐惧感这时忽然在她的心中漾起。他站在那里,没有脱掉大衣,正从口袋里掏出个什么来。在她走到梯级当中的那一顷刻间,他抬起了眼睛,看见了她,于是他脸上显出了某种羞愧的和惶恐的表情。她,微微低着头,走了过去,随后便听见斯捷潘·阿尔卡季伊奇洪亮的、喊他进去的声音以及伏伦斯基不洪亮的、轻柔、平静的回答声。

当安娜带着照片簿回来,他已经走了,斯捷潘·阿尔卡季伊奇说,他是来打听一下明天他们请一位刚来的名人吃饭的事。

"他怎么也不肯进来。他这人有点儿古怪。"斯捷潘·阿尔卡季伊奇又补充一句。

吉蒂的脸泛红了。她在想,只有她一个人明白他为什么来,又为什么不进来。"他去我们家了,——没见到我,就想着我在这里;可是他不进来,因为他想,太晚了,又有安娜在。"

大家互相瞧了瞧,什么话也没说,就来看安娜的照片簿了。

什么特别的、奇怪的事情也没有发生过。一个人在九点半钟去一个朋友家,打听一下明天请客吃饭的细节,没有进门,如此而已;但是每个人都觉得这件事奇怪。安娜对这件事比所有的人都更加感到奇怪和不安。

二十二

一条宽大的、灯火通明的楼梯,梯级上面摆设着鲜花,两旁侍立着扑过发粉、身穿红色长袍的奴仆,当吉蒂和她母亲登上这条楼梯时,舞会刚刚开始。一间间大厅里传来像是从蜂巢里传来的、均匀的、沙沙的脚步声,她们在楼梯口上,在树木盆花之间的一面镜子前理一理头发和衣装,这时一间大厅里响起小提琴的清晰而有节制的声音,乐队开始演奏第一支华尔兹舞曲了。一个身穿便服的小老头儿在另一面镜子前梳理他两鬓的白发,他满身香水味儿,在楼梯上和她们相遇，给她们让路时，显然是在欣赏着他所不认识的吉蒂。一个没长胡子的年轻人，就是老谢尔巴茨基公爵称之为"公子哥儿"的那种上流社会青年，穿一件领口开得很低的坎肩，边走边整理着他白色的领带，他向她们鞠了个躬，已经跑过她们，又回转身来，请吉蒂跳卡德里尔舞。第一轮卡德里尔舞她已经答应了伏伦斯基，只能跟这位年轻人跳第二轮了。一位军官正在扣他手套上的扣子，他在门边给她们让路，一边摸着小胡子，一边欣赏着玫瑰色的吉蒂。

虽然这衣衫、发式和所有参加舞会的准备花去吉蒂大量的工夫和苦心，而她此刻，穿着她玫瑰色的衬裙，上面罩了件做工考究的网纱外衣，那么轻松自如地步入舞厅，似乎全部这些玫瑰色花结、花边和她衣饰的种种细节没费过她和她家里人片刻的心思，似乎她生来就穿着这些网纱和花边，梳着这高高的发式，头上还戴着一朵缀有两片叶子的玫瑰花。

当公爵夫人在大厅入口处想要给她整一整卷起来的腰带时，吉蒂轻轻闪开去。她感到，她身上的一切应该自然而然是美好而优雅的，根本不需要整理。

今天是吉蒂许多幸福日子当中的一个。外衣没一处不合身，花边披肩没一处滑下来，玫瑰色花结没有揉皱，也没有脱落；玫瑰色的高跟鞋不夹脚，只让她的小脚儿感到愉快。浓密的淡黄色的假发髻像真头发一样贴在她小小的头上。长手套上的三颗纽扣全都扣得紧紧的，没有松开，那手套裹住她的手，而又不改变她手的形状。系着肖像小牌牌的黑色丝绒带子特别轻柔地绕着她的头颈。这条丝绒带子真是美得很，在家里，对着镜子瞧着自己的头颈，吉蒂觉得这条带子会讲话。其他东西都还有可能加以怀疑，但是这条丝绒带子的确美。即使在这儿，舞会上，吉蒂从镜子里望见自己的头颈，也不禁嫣然一笑。裸露的两肩和两手让吉蒂感到一种冰冷的大理石意味，这种感觉她尤其喜欢。她的眼睛在闪亮，那殷红的双唇，由于她意识到自己的魅力，不能不微微含笑。她还来不及走进大厅，走到那群等人来请她们跳舞的、由网纱、丝带、花边和鲜花组成的太太们身边(吉蒂从来不跟这群女人待在一起),已经有几个人来邀请她跳华尔兹了,那位最出色的舞伴,舞会上级别最高的头一名舞伴,著名的舞蹈教练,舞会司仪,已婚的、英俊的、身材匀称的男子,叶哥鲁什卡·科尔松斯基也来邀请她。他把跟他跳过第一轮华尔兹的巴宁伯爵夫人刚刚丢开,环顾一下自己所负责的事务,就是说看了看周围几对开始跳舞的男女,一眼瞧见走进门来的吉蒂,立刻迈着他只有舞蹈教练才有的潇洒快步,甚至不问她愿不愿意,鞠一个躬,便伸出手来搂住她的腰。她回眸一瞥,看把扇子交给谁,于是女主人便冲她一笑,接了过去。

"您准时来了,这多么好啊,"他搂住她的细腰说,"再说,迟到算个什么好习惯。"

她弯起左手,搭在他的肩上,一双穿着玫瑰色皮靴的小脚迅速、轻巧而有节奏地随着音乐的节拍在光滑的拼花地板上移动了。

"跟您跳华尔兹简直是一种休息,"在跳华尔兹的最初几个慢步时,他对她说,"美极了,多么轻快,précision①。"他对她这么说,他对所有他熟悉的好朋友几乎都这么说。

听到他的夸奖,她微微一笑,她仍在越过他的肩头察看整个的大厅。她不是一个初次出来参加舞会的姑娘,不会把舞池中所有人的脸全都溶汇为一种神奇的印象;她也不是一个把舞场都跑腻了的姑娘,不会觉得这里所有的面孔都熟悉得令人生厌;她是居于二者之间的,——她很兴奋,而同时她也能掌握自己,从容观察。她看见,在大厅左边的角落里,聚集着社交界的精华,科尔松斯基的妻子丽达,那个袒露得不能再袒露的美人在那儿,女主人在那儿,克里文也在那儿炫耀着自己的光头,他总是待在社交界精华们所在的地方,年轻人只敢往那儿瞧瞧,不敢走过去;也是在那儿,她的眼睛发现了斯季瓦,后来又看见身穿黑色天鹅绒长裙的安娜,看见她优美的身段和头部。他也在那儿。自从她拒绝了列文的那个傍晚,吉蒂

---

① 法语:准确。

还没见到过他。吉蒂那双看得又远又清楚的眼睛马上就认出了他,甚至还察觉到,他也在看着她。

"怎么,再跳一圈儿?您不累吧?"科尔松斯基微微喘着气说。

"不了,谢谢您。"

"把您送到哪儿去呢?"

"卡列宁娜来了,好像是……带我去她那儿吧。"

"遵命。"

于是科尔松斯基便跳着华尔兹,放慢了舞步,径直向大厅的左角移去,一边不停地说着"pardon, mesdames, pardon, pardon, mesdames",①他在花边、网纱和丝带的海洋中躲闪着穿行,一根羽毛也不会碰上,这时,他把他的舞伴猛地一转,把她穿着透花丝袜的纤细的小脚露了出来,而她的长裙也像扇子似地展开,盖住了克里文的膝头。科尔松斯基鞠了个躬,把他衣襟敞开的前胸挺起来,伸手要把她带到安娜·阿尔卡季耶芙娜身边,吉蒂红着脸把裙子从克里文的膝盖上取下来,稍微觉得有点儿晕眩,她向四周扫了一眼,在寻找安娜,安娜没像吉蒂所一心希望的那样穿一身紫色,而是穿着黑色的、领口很低的天鹅绒连衣长裙,露出秀美的,如老象牙雕刻一般的丰满的肩头和胸部、一双圆圆的臂膀和一对纤柔的小手。连衣裙上镶满威尼斯花边。在她的头上,那头乌黑的、全是天生的、毫不掺假的美发上,有一条三色堇编结的花带,在那衬托于条条花边之间的黑色腰带上,也有这样的一条。她的发式并不引人注目。引人注目的是那些小小的执拗的一圈圈鬈发,老是散乱地出现在她的颈后和鬓边,倒也平添了她的风韵。在她清丽而端庄的颈子上,是一串珍珠项链。

吉蒂每天都看见安娜,她爱慕她,依她的想象,安娜一定会穿紫色的衣裳。而此刻见她着一身黑,她感到自己以前并没有领略到她全部的美。现在她用全新的、使她出乎意料的眼光看她。现在她

---

① 法语:对不起,太太们,对不起,对不起,太太们。

明白了,安娜不能穿紫色,安娜的魅力恰恰在于:她总是从她的衣装中突现出来,而衣装在她身上却从不显眼。这件镶有华丽花边的黑色连衣裙在她身上也并不显眼;衣衫在她,只不过是个框架而已,人们只能看见一个她,一个纯朴、自然、优雅,同时又快乐、活泼的她。

她站在那里,一如她往常,身子挺得笔直,吉蒂走到这堆人跟前时,她正微微侧过头去在跟这家的男主人谈话。

"不,我不责备人家,"她正在回答他一个什么问题,"虽说我不明白。"她耸一耸肩头继续说下去,同时又马上含着温柔的保护人般的微笑向吉蒂转过脸去。她用女人所特有的一瞥而过的目光朝吉蒂的装束扫了一眼,又用她的头做了一个几乎不能被人发觉的动作,对吉蒂的衣服和美表示了赞许,这动作吉蒂是懂得的。"你们连进大厅的门也是在舞着呢。"她添了一句。

"她是我的一个最为忠实的舞伴。"科尔松斯基一边说,一边向安娜·阿尔卡季耶芙娜鞠躬致意,他还没见到过她。"公爵小姐让舞会更加快乐更加美了,安娜·阿尔卡季耶芙娜,跳一支华尔兹吧。"他说,一边弯腰鞠躬邀请她。

"你们认识?"男主人问道。

"我跟谁不认识呀?我和我老婆就像是一对白色的狼,谁都知道我们的。"科尔松斯基回答说。"来一支华尔兹吧,安娜·阿尔卡季耶芙娜。"

"在舞会上我是能不跳就不跳的。"她说。

"可是今天非跳不可。"科尔松斯基回答说。

这时,伏伦斯基走了过来。

"喏,要是说今天非跳不可,那就来吧。"她说,并没有留意伏伦斯基的鞠躬,立即把手搭在了科尔松斯基的肩上。

"她为什么对他不满意?"吉蒂想,她注意到,安娜是故意不回答伏伦斯基的鞠躬的。伏伦斯基走向吉蒂,提醒她第一轮卡德里尔舞的事,并且为这段时间没去看她表示歉意。吉蒂欣赏地观看着安娜的舞姿,同时听他说话。她在等他邀请她跳华尔兹,然而他没有邀她,她惊讶地瞅了他一眼。他脸红了,连忙来请她,但是他刚刚扶住她细细的腰身,才迈出第一步,音乐就突然停止了。吉蒂望着他的脸,这张脸当时离她是那么近。很久以后,过了许多年,她当时望着他的那种充满爱情的目光,那个没有得到他反应的目光,仍在作为一种痛苦的耻辱切割着她的心。

"Pardon, pardon!① 华尔兹,华尔兹!"科尔松斯基从大厅的另一端叫喊着,他抓住第一个遇上的姑娘,就跳了起来。

二十三

伏伦斯基跟吉蒂跳了几支华尔兹。华尔兹以后,吉蒂走到母亲身边,还没来得及和诺德斯顿伯爵夫人说两句话,伏伦斯基已经过来请她跳第一轮卡德里尔舞。在跳卡德里尔舞时,他们没谈什么重要的话,只断断续续地时而谈到科尔松斯基夫妇,他很开心地描述他们,说这是两个四十岁的孩子,时而谈到未来的公共剧场,只有一段谈话触及了她的心事,他问起列文,问他还在这儿吗,他还说他很喜欢他。然而吉蒂对卡德里尔舞没寄多大希望。她心怀悸动地期待着马祖卡舞。她似乎觉得,在跳马祖卡的时候,一切都应该有个决定了。他在跳卡德里尔舞的过程中没有请她跳马祖卡,这并没有让她感到不安。她相信她是要和他跳马祖卡的,从前在其他的舞会上都是如此,所以有五个人请她,她都谢绝了,说她已经答应了别人。整个舞会,直到最后一轮卡德里尔舞,对于吉蒂都像是一场神奇的,由快乐的鲜花、音响和动作构成的美梦。她只在感到自己过于疲倦时,才停下不跳,要求休息一会儿。然而,当她由于无法拒绝,和一位乏味的青年跳最后一轮卡德里尔时,她碰巧跟伏伦斯基

---

① 法语:对不起,对不起!

和安娜成了 vis-a-vis①。从进门以后,她还没和安娜再遇上,这时,她突然见到她,她又觉得她的模样是完全不同的、出人意料的。她在她身上看见了她自己所十分熟悉的那种情场得意的激动神情。她看见,安娜沉醉在别人对她的倾倒之中。吉蒂熟悉这种感觉,知道它的表征,而此刻她在安娜身上看见了它——她看见那一双眼睛中的颤动的、闪露出火花的光芒,看见一种幸福、激动的笑容禁不住令安娜的嘴唇微微地向上翘起,也看见她动作中那种显著的优雅、准确和轻盈。

"谁使得她这样呢?"她问她自己。"是这里所有的人,还是某一个人?"跟她跳舞的青年谈话中丢了话头,窘得厉害,她也不去帮他接上,科尔松斯基在快活而宏亮地喊叫着,指挥人们一会儿站成 grand rond②,一会儿站成。chaîne③,她表面上听从着他的口令,其实只在尽力地观察,她的心缩得愈来愈紧了。"不,不是这些人的欣赏让她沉醉,是由于某一个人对她的倾倒。这个人是谁呢? 未必会是他?"每一次,当他和安娜说话时,安娜的眼睛里都会迸发出快乐的火花,幸福的笑容会让她殷红的嘴唇变得弯曲。似乎她努力在控制自己,不使这些快乐的征象表现出来,然而它们却不由自主地呈现在她的脸上。"但是他怎么样呢?"吉蒂望了他一眼,心中一阵恐惧。吉蒂在安娜的面孔这面镜子上所明显看出的东西,在他脸上也看出了。他平素那种永远是安详、坚定的姿态,和他沉着镇定的面部表情都到哪儿去了? 不对,现在他每对她说话时微微低下他的头,好像他想要俯身在她的裙下,而在他的目光中唯一只有着驯服和畏惧。"我不想羞辱你,"他的目光每一次都好像在这样说,"然而我想要拯救我自己,我也不知道该怎么办。"他脸上的表情是她以前从来也没有见到过的。

---

① 法语:对舞者。
② 法语:大圆圈。
③ 法语:链形。

他们谈着彼此都认识的人,是一场极其无关紧要的谈话,然而吉蒂觉得,他们所谈的任何一句话都在决定着他们和她的命运。奇怪的是,虽然他们的确是在谈着伊凡·伊凡罗维奇的法语多么好笑,谈叶列茨卡本来可以找到个更好些的配偶,然而这些话对于他们却都很有意义,他们像吉蒂一样也感觉到了这一点。在吉蒂心灵中,整个舞会,整个世界全都罩上了一层迷雾。仅仅只是她所受过的严格的教育在支撑着她,迫使她去做那些要求她做的事:跳舞,回答问题,谈话,甚至微笑。然而,在马祖卡舞开始以前,当人们已经在搬动桌椅,有几对舞伴已经从那些小客厅往大厅里移动,这时,一个绝望和恐惧的时刻降临到吉蒂身上。她把请她跳马祖卡的五个人都拒绝了,于是她现在跳不成马祖卡了,现在她甚至毫无受到邀请的希望,恰恰因为,她在社交界名声太大,没有一个人会想到,她到这个时候还未被邀请。应该去对母亲说,她病了,要回家去,但是她没有力量这样做。她感到自己被人击溃了。

她走进一个小客厅的深处,颓然倒在一把扶手椅中。轻飘飘的长裙云朵般扬起,围住她纤细的腰身;一条裸露的、细细的、柔美的少女的手臂无力地下垂着,沉入玫瑰色舞裙的皱褶里;另一只手里拿着一把扇子,她用急速而短促的动作扇着她火辣辣的脸。尽管她外表看来像一只刚刚停留在小草上的蝴蝶,眼看要展开她彩虹般的翅膀飞起来,然而,一种可怕的绝望正在刺伤她的心。

"或许,是我误会了,或许,就没有这回事儿?"而她马上又再次想起她所亲眼看见的种种事情。

"吉蒂,这是怎么回事?"诺德斯顿伯爵夫人踩着地毯悄无声息地走到她身边说,"我真不明白。"

吉蒂的下嘴唇在颤抖;她急忙站立起来。

"吉蒂,你不去跳马祖卡吗?"

"不,不。"吉蒂声音发抖地说。

"他当着我的面请她跳马祖卡,"诺德斯顿伯爵夫人说,她知道吉蒂懂得他和她指的是谁,"她还说,您怎么不跟谢尔巴茨基公爵小姐跳?"

"啊,我无所谓的!"吉蒂回答说。

除了她自己,没有一个人,了解她的处境,没有人知道,她昨天刚刚拒绝了一个人,那个人,或许,正是她所爱的,而她之所以拒绝他,是因为她信任着另一个人。

诺德斯顿伯爵夫人找到跟她跳过马祖卡的科尔松斯基,要他去邀请吉蒂。

吉蒂跳的是第一组,幸好她不用讲话,因为科尔松斯基不停地奔跑着,安排着他所负责的事务。伏伦斯基和安娜几乎就坐在她的面前。她用她一双看得又远又清楚的眼睛看到他们,在近处,当他们两组相遇时,又看到他们,她见到他们的次数愈多,她便愈加相信,她的不幸已成事实。她看见,他们在这间济济一堂的大厅里旁若无人。伏伦斯基的面容一向是坚定自若的,而现在,她看见的是一种令她吃惊的惶惑驯顺的表情,很像是一条做了错事的聪明的小狗。

安娜微笑时,她的微笑也传染给他。她若有所思时,他也就变得严肃起来。某种超自然的力在把吉蒂的眼睛引向安娜的面孔。她那身朴素的黑色长裙是很美的,她戴着手镯的丰满的双臂是很美的,她围着一串珍珠的挺拔的头颈是很美的,她蓬松的发式,拳曲的头发是很美的,她纤巧的手足那轻盈雅致的动作是很美的,她这张正激动着的漂亮的面庞是很美的;然而,在她的美之中,有着某种可怕的、残酷的东西。

吉蒂这时比以往更加欣赏安娜,于是她也就愈来愈痛苦。吉蒂感到自己被人击溃了,这一点她已形之于色。当伏伦斯基在马祖卡舞中和她相遇时见到她,他一下子认不出她了,——她的变化多么大哟。

"这舞会真美!"他对她说,只是为了说点什么。

"是的。"她回答说。

马祖卡舞跳到一半,安娜为复习科尔松斯基新想出的复杂花样,走到圈子中间,拉来两个男舞伴,又把一位太太和吉蒂叫到她身边。吉蒂一边走向她,一边心怀恐惧地眼望着她。

安娜握了握她的手,眯着眼睛看着她,微笑着。然而她注意到吉蒂那张脸只用一种绝望和惊异的表情来回答她的微笑,便转过身去不看她,跟另一位太太快活地谈了起来。"是的,她身上有种异样的、魔鬼似的美的东西。"吉蒂对她自己说。

安娜不想留下吃晚饭,但主人却来挽留她。

"得了,安娜·阿尔卡季耶芙娜,"科尔松斯基把她一只露出的手臂拉住夹在自己燕尾服的袖子下,"我还有多美的科吉隆舞的想法呢! Un bijou!①"

说着他便轻轻地移动了,想极力吸引她。男主人赞许地微笑着。

"不了,我不留下了。"安娜微笑着说;然而,虽然她脸上带着微笑,科尔松斯基和男主人从她回答时坚定的口气中都明白了,她是不会留下的。

"不了,就这样,我在你们莫斯科的舞会上跳的舞,比整个冬天在彼得堡都跳得多呢。"安娜说,眼睛不停地望着站在她身边的伏伦斯基。"动身以前该休息一下才是。"

"那么您明天一定要走吗?"伏伦斯基问道。

"我想是的。"安娜回答时似乎对他问题的大胆感到惊奇;然而当她说这话时,那眼神和微笑中流露的不可抑制的光辉使他的全身都燃烧了。

安娜·阿尔卡季耶芙娜没留下吃晚饭便离开了。

二十四

"是的,我身上有点什么不好的、讨人嫌的东西。"列文从谢尔巴

---

① 法语:美极啦!

茨基家走出来,步行去哥哥家时,心里在想。"我跟人家合不来。人家说我傲慢。不对,我连傲慢也不是呢。如果是傲慢,我不会让自己陷入这样的境地。"于是他想象着伏伦斯基,他幸福、善良、聪明、沉稳。他任何时候,大概,都不会陷入自己今天晚上所陷入的这种可怕的境地。"对,她应该选中他。应该这样,我不能埋怨谁,也没什么好埋怨的。怪我自己不好。我有什么权利认为她愿意把自己的一生跟我连接在一起?我是个什么人?我算个什么?一钱不值的人。谁也不需要,对谁也没有用处。"于是他想起了尼古拉哥哥,愉快地停留在这种回忆里。"他认为世间一切都是卑鄙龌龊的,这话不是很对吗?我们一向对尼古拉哥哥的评价未必是公正的。当然啦,从普洛科菲的观点看,他看见他穿件破大衣,喝得醉醺醺的,认为他是一个可鄙的人;而我知道他不是这样。我知道他的心,也知道我跟他是很相像的。而我,不去找他,倒去吃饭,还到这儿来。"列文走到一盏路灯下,看了看他写在笔记本上的尼古拉哥哥的地址,就喊了一辆出租马车。去尼古拉哥哥家的长长的路途中,列文生动地回忆着他所知道的尼古拉哥哥一生中的许多事。他想起来,哥哥在大学时候和大学毕业那一年,不顾同学们的嘲笑,过着修道士的生活,严格履行一切宗教仪式,做礼拜,吃斋,避免各种各样的享乐,特别是不接近女人;而后来,他突然跟一些极其卑劣的人混在一起,从此荒淫无度。他记起他从乡下领来一个孩子的事,他想要培养他,而又在一时盛怒之下把孩子打成残废,还弄得上了法庭。后来他又回忆起他和一个赌棍的事,他输给了他,给人家开了支票,自己又去告状,说人家欺骗了他。(就是谢尔盖·伊凡内奇付掉的那笔钱。)后来又想起,他怎样因为打架闹事在拘留所关过一夜。又记起他跟谢尔盖·伊凡内奇哥哥打的那场可耻的官司,他竟想起去告哥哥,说哥哥没把母亲遗产中属于他的一份分给他;最近的一件事是,他去西部地区供职,在那里为殴打乡长而受到审判……所有这些都使人十分厌恶,不了解尼古拉·列文,不了解他的全部的历史,不了解他的心的人必定会这样看的,然而列文却完全不像他们那样把他想得那样的恶劣。

列文记得,当尼古拉笃信上帝、斋戒、修道和做礼拜的那个阶段里,当他在宗教中寻求帮助,希望能管住自己热烈的天性的时候,没有一个人支持他,而是所有的人,包括自己在内,全都嘲笑他。大家取笑他,管他叫诺亚①,叫和尚;而当他突然变得放荡起来的时候,却谁也不帮助他,全都又害怕又厌弃地躲开他。

列文感到,尽管尼古拉哥哥日子过得不像个样子,但是在他的心灵上,在他灵魂的深处却并不比那些蔑视他的人坏多少。他生就一副不受羁绊的性格,智力上又有某种局限,这并不是他的罪过。而他是永远都在希望变好的。"我要对他把一切都说出来,也要他把一切都说出来,我要让他知道我是爱他的,因此也是了解他的。"十一点钟,到达地址上所列的那家旅店时,列文下了这样的决心。

"楼上十二和十三号房间。"看门人回答列文的询问。

"在家吗?"

"应该是在家的。"

十二号的房门半开着,从门里射出的光带中,涌出一股劣等淡味烟草的浓烟,听见一个列文不熟悉的声音在说话;但列文马上就知道,哥哥在家,他听见了他的咳嗽声。

当他走进门里时,那个他不熟悉的声音说:

"一切决定于:事情办得有多么合理、多么自觉。"

康斯坦丁·列文往门里望了一眼,看见说话的是一个身穿短上衣、头发密得像顶帽子的年轻人,一个满脸雀斑的年轻女人,穿着一件没领没袖的毛料连衣裙②,坐在沙发上。他没看见他哥哥。康斯坦丁一想起他哥哥跟怎样一伙本来毫无关系的人住在一起,他便感到一阵心头的绞痛。没人听见他进来,康斯坦丁一边脱套鞋,一边听那个穿短上衣的先生说话。他在谈论某一家企业。

---

① 诺亚,《圣经·旧约·创世纪》中诺亚方舟的制作者,当时唯一免于洪水之难的好人。
② 没领没袖的毛料连衣裙,不是当时上流社会的装束。

"哼,见鬼去吧,特权阶级,"是哥哥的声音在边咳边说话,"玛莎!你给我们开晚饭,如果还有剩酒的话,就拿来,没有就叫人去买。"

那女人站起来,走到屏风外面,看见了康斯坦丁。

"有位老爷来了,尼古拉·德米特里奇。"她说。

"你找谁?"尼古拉·列文的声音气呼呼地说。

"是我。"康斯坦丁·列文从暗处走出来回答说。

"我是谁?"尼古拉的声音更加生气地重复说。能听见他急忙起来,绊住个什么东西的声音,于是列文在面前的一扇门口看见了哥哥高大、消瘦、佝偻的身形和他一双大大的、惊恐的眼睛,这身形他是那么熟悉,但那粗野和病态的模样还是令他惊异。

他比三年前康斯坦丁·列文最后一次见他时更加消瘦了。他身上穿一件短外套。那双手和那粗大的骨骼显得更粗大了。头发变得稀疏了,嘴唇上还是那两撇翘直的胡子,还是那两只眼睛在奇怪地和天真地注视着来客。

"啊,考斯加①!"他认出了弟弟,突然叫了一声,连眼睛里也闪耀着快乐。然而就在那一瞬间,他朝那个年轻人瞟了一眼,头和脖子痉挛地一扭,似乎领带勒得太紧了,他这个动作康斯坦丁是那么熟悉;于是他干瘦的脸上便出现了一种粗野、痛苦、冷酷的表情。

"我给您和谢尔盖·伊凡内奇写过信,说我不认识你们也不想认识。你有什么,您有什么事?"

他完全不是康斯坦丁所想象的那样。康斯坦丁·列文在想着他的时候,把他性格中最坏、最令人难以容忍的地方,让人最难和他相处的地方忘记了;此刻,望着他的脸,尤其是见他痉挛地转动着他的头,康斯坦丁记起了这一切。

"我来看看你,并没有什么事情,"他胆怯地回答,"我只不过是来看看你。"

---

① 考斯加,康斯坦丁的一种爱称。

显然是弟弟的胆怯让尼古拉心软下来。他嘴唇颤动了一下。

"啊,是这样吗?"他说,"喏,进来吧,坐。要吃晚饭吗?玛莎,拿三份来。不,慢着。你知道,这位是谁吗?"他指着穿短上衣的先生对弟弟说,"这位是克里茨基先生,还是我在基辅时的朋友,一位非常出色的人。所以呀,他就受到警察的迫害,因为他不是一个恶棍。"

接着他习惯地把屋子里的人扫视一番。看见那个女人正站在门口,想要走出去,他冲她喊了声:"我说你停下。"然后再次环顾了大家,用他那康斯坦丁非常熟悉的、笨拙而颠倒的言辞开始给他弟弟讲述克里茨基的经历:他怎样从大学被赶出来,因为他组织了一个帮助穷学生和主日学校①的团体,后来他怎样去国民学校当教员,怎样又从那里被人赶出来,后来又怎样为一件什么事受过审判。"您是基辅大学的吗?"康斯坦丁·列文对克里茨基说,为了打破屋中别扭的沉默。

"是的,我在基辅大学念过。"克里茨基皱着眉头气呼呼地说。

"这个女人嘛,"尼古拉打断他的话,指着那个女人说,"我的生活伴侣,玛丽娅·尼古拉耶芙娜。我把她从窑子里赎出来的,"他说这话时扭了扭脖子,"但是我爱她,也尊敬她,并且我要求,"他提高声音、皱着眉头补充说,"凡是想跟我认识的人都爱她和尊敬她。她就跟我的妻子一个样,一个样。现在你知道你在跟什么人打交道了。要是你觉得降低了你的身份,那么,当着神的面,请你快滚蛋。"

于是他的眼睛再一次询问似地扫视了所有的人。

"为什么我会降低身份呢,我不明白。"

"那么玛莎,叫他们拿晚饭来:三份儿,伏特加和葡萄酒……不,等会儿……不,不必了……去吧。"

---

① 主日学校,19世纪70年代俄国民粹派革命家为工人、农民所办的学校。

二十五

"你瞧,"尼古拉·列文接着说,他使劲皱着眉头,身子抽搐着。他在考虑怎样说和怎样做,这在他显然是有困难的。"你看见吗……"他指着房间角落里用绳子捆着的一堆不知什么铁条。"你看见这个了吗?这是一项新事业的开端,我们正在着手办起来。这项事业是生产劳动组合……"

康斯坦丁几乎没有听他说话。他反复望着他那病态的、肺病患者的面孔,他愈来愈可怜这个哥哥,他无法迫使自己去倾听哥哥对他说的关于劳动组合的话。他看出,这个劳动组合只不过是他的一个最后的指望,免得他自己会看不起自己。尼古拉·列文接着说下去。

"你知道,资本家压迫工人,我们的工人、农民承担着全部劳动的重担,而不管他们怎样在操劳,他们都不可能摆脱畜生一样的处境。所有劳动报酬的收益他们本来可以用来改善自己的状况,获得空闲时间,于是就可以去受教育,而所有剩余的报酬——都被资本家剥夺了。社会就是这样构成的,他们干得愈多,商人、地主赚的钱就愈多,而他们永远都是些干活的畜生。这种制度必须改变。"他说完了,若有所问地望着他弟弟。

"是的,当然啦。"康斯坦丁说,眼睛瞅着哥哥突出的颧骨下泛出的红晕。

"我们这就要建立起一个钳工劳动组合,在那里所有产品和收益及重要的生产工具,全都归公共所有。"

"劳动组合设在哪里呢?"康斯坦丁·列文问道。

"在喀山省的沃兹德列姆村。"

"干吗放在村子里?我觉得,农村里事情本来就够多的了。干吗把个钳工劳动组合放在村子里?"

"就因为农民现在跟从前一样,仍旧是奴隶,就因为这个,因为他们想要脱离这种奴隶的地位,您跟谢尔盖·伊凡内奇心里不高兴。"尼古拉·列文听见反驳,愤怒地说。

康斯坦丁·列文这时把这间阴暗而肮脏的房间扫了一眼,叹息一声。他这声叹息似乎更加激怒了尼古拉。

"我知道您跟谢尔盖·伊凡内奇的贵族观点。我知道,他把他全部的聪明才智都用来为现存的罪恶辩护。"

"别这样,你干吗要扯到谢尔盖·伊凡内奇呢?"列文含笑地说道。

"谢尔盖·伊凡内奇吗?我告诉你为什么!"听到谢尔盖·伊凡诺维奇的名字,尼古拉·列文突然大声喊叫起来,"我告诉你为什么……可是说有什么用处呢?只是……你干吗要到我这儿来?你瞧不起这个,那好呀,你请滚吧,滚吧!"他从椅子上站起来,喊叫着,"滚吧,滚吧!"

"我一点儿也没瞧不起呀,"康斯坦丁·列文胆怯地说,"我甚至于也没跟你争一句。"

这时玛丽娅·尼古拉耶芙娜回来了。尼古拉·列文气愤地瞅了她一眼。她急忙走到他身边,低声说了点什么。

"我身体不大好,我变得容易发火了,"尼古拉·列文渐渐安静下来,沉重地喘着气,说道,"你以后别再跟我谈谢尔盖·伊凡内奇和他的文章吧。全是胡说八道,撒谎,自欺欺人。一个不知何为正义的人写文章大谈其正义,能写出点什么来?您读过他的文章吗?"他对克里茨基说,一边重新又去坐在桌旁,从桌上推开撒了半桌子的香烟,好腾出个地方来。

"我没读过。"克里茨基面色阴沉地说,他显然不想介入这场谈话。

"为什么不读?"尼古拉·列文这时迁怒于克里茨基了。

"因为我认为没必要为这个浪费时间。"

"那么,请问,根据什么您知道您会浪费时间呢?很多人看不懂那篇文章,对他们说来是太深奥了。可是我,就是另一回事了,我看透了他的思想,也知道,为什么它是站不住的。"

大家都不说话。克里茨基慢慢站起来,拿上他的帽子。

"不吃晚饭啦?喏,再见啦。明天带钳工一块儿来。"

克里茨基刚出门,尼古拉·列文微微一笑,眨了眨眼睛。

"他这人也不好,"他说道,"我看得出来……"

而这时克里茨基在门外叫他。

"还有什么事?"他说着,去走廊里找他了。只留下列文一个人和玛丽娅·尼古拉耶芙娜在屋子里,他便跟她说话:

"您跟我哥哥在一块儿很久了吗?"他对她说。

"已经第二年了。他身体变得很坏了。他喝得很多。"她说。

"那么他怎么个喝法?"

"他喝伏特加,这对他很不好呢。"

"喝得很多吗?"列文低声说。

"是的。"她说,一边胆怯地望了望门,尼古拉·列文正出现在门口。

"你们在谈什么?"他说,皱着个眉头,把一双惊恐的眼睛看看这个又看看那个。"谈些什么呢?"

"什么也没谈。"康斯坦丁回答,他有点窘。

"不愿意说,就不说吧。只不过你跟她没什么好谈的。她是个窑姐儿,你是个老爷。"他扭扭脖子说道。

"你,我能看出来,什么都明白,也都掂量过,你可怜我走错了路。"他提高了声音又说。

"尼古拉·德米特里奇,尼古拉·德米特里奇。"玛丽娅·尼古拉耶芙娜再次走向他身边低声地说。

"喏,好吧,好吧!……晚饭怎么样了?啊,来了。"他说着,已经看见了端着托盘的仆役。"这儿,这儿,放下,"他气呼呼地说道,立刻就拿起了伏特加,倒上一杯,贪馋地喝起来。"要喝一杯吗?"他立刻变得快活了,对弟弟说。

"喏,谢尔盖·伊凡内奇也谈得够了。看见你,我还是很高兴的。不管怎么说,总不是外人。喏,喝一杯吧。说说看,你在干些什么?"他一边继续说话,一边贪馋地嚼一块面包,又倒了一杯酒。"你过得怎么样?"

"一个人住在乡下,跟从前一样过,管管庄稼。"康斯坦丁回答,惊讶地望着哥哥吃喝的馋相,又尽量装作没有注意他。

"你干吗不结婚呀?"

"没机会。"康斯坦丁红着脸回答。

"为什么没有?我——算是完啦!我把自己的一生给糟踢啦。我从前说过,现在还要说,那时候,我正需要钱的时候,若是把我的那一份给了我,我整个的生活就会是另一种样子了。"

康斯坦丁·德米特里奇连忙把话引开去。

"你知道吗?你的小瓦尼亚在帕克罗夫斯科耶我那儿管账呢。"他说。

尼古拉扭扭脖子,沉思着。

"那你给我说说,帕克罗夫斯科耶现在怎么样?怎么,房子还在,还有那些白桦树,还有我们念书的那间屋子?花匠菲利普,他未必还活着?那个小亭子和沙发,我记得多清楚啊!你留点儿心,屋子里什么也别改动,可要快点结婚,把一切再都摆成原先的样子。那时候我就来看你,要是你妻子人也好的话。"

"那就现在上我那儿去,"列文说,"我们会安排得多么好啊!"

"我也许会去你那儿的,要是我知道不会碰见谢尔盖·伊凡内奇的话。"

"你不会碰见他的。我完全不依靠他生活。"

"是的,可不管怎么说,你必须在我和他之间选择一个。"他说,同时胆怯地望着弟弟的眼睛。他这种胆怯让康斯坦丁感动了。

"你要是愿意听我在这件事情上说句真心话,我告诉你,在你跟谢尔盖·伊凡内奇的争吵里,我既不站在这一边,也不站在那一边。你们双方都不对。你不对更多是在外表上,而他更多是在内心里。"

"啊,啊!你明白这一点,你明白这一点?"尼古拉高兴地喊起来。

"而我,就我个人来说,要是你想知道,更看重跟你的情分,因为……"

"因为什么,因为什么?"

康斯坦丁没法说,他看重这个是因为尼古拉是不幸的,他需要情谊。然而尼古拉明白,康斯坦丁想说的正是这句话,他皱起眉头,重又拿起酒杯来

"喝得够多啦,尼古拉·德米特里奇!"玛丽娅·尼古拉耶芙娜说着,伸出她胖胖的光胳膊去拿酒瓶。

"放手!你别来纠缠,我要揍你!"他大喊一声。玛丽娅·尼古拉耶芙娜温存、和蔼地微微一笑,这笑容也感染了尼古拉,于是她拿走了酒瓶。

"你以为,她什么也不懂吗?"尼古拉说,"她比我们所有的人都更懂道理。她身上有那么些善良的、美好的东西,是不是?"

"您以前从来没到莫斯科来过吗?"康斯坦丁对她说,只是为了找点话说说。

"你别跟她称'您'。她害怕这个。除了当初为她想离开窑子盘问她的那个法官,谁也没有,谁也没有称呼她'您'过。天哪,人活在世上多没意思呀!"他忽然喊叫一声,"这些新设立的机构,这些法官,地方自治局,都是些什么玩意儿啊!"

于是他开始谈起他跟那些新设立的机构发生的冲突。

康斯坦丁·列文听着他的话,他跟他一样,对这些社会机构的意义持否定态度,也时常发表这样的意见,这会儿听到从哥哥嘴里说出这些话来,他却觉得很不愉快。

"到了那一个世界,我们就会全都明白了。"他开玩笑地说。

"那一个世界吗?唉,我可不喜欢那一个世界!不喜欢。"他说,一双惊恐的、野性的眼睛停留在弟弟的脸上。"要知道,好像是,摆脱掉一切卑鄙龌龊、乌七八糟的东西,别人的或是自己的,这本来是件好事情,可是我害怕死,非常害怕死。"他身子抖了一下。"来喝点

儿什么吧,要香槟吗?或者咱们到个什么地方去。去找茨冈人吧!你知道,我可是迷上茨冈人和俄国歌儿了。"

他的舌头开始不灵了,东一句、西一句乱扯起来。康斯坦丁靠玛莎帮着,说服他哪儿也不要去,让他躺下睡了,醉得不省人事。

玛莎答应有需要时就写信给康斯坦丁,也答应要说服尼古拉·列文去弟弟家住。

二十六

康斯坦丁·列文清晨离开莫斯科,傍晚前便到了家。一路上在车厢里,他跟邻座们谈政治、谈新修筑的铁路,跟在莫斯科一样,他思路混乱,对自己很不满意,不知为什么觉得有点害臊;然而,当他一踏上自己家乡的车站,认出了翻起长外衣领子的独眼马车夫依格纳特,在车站窗子里射出的朦胧灯光下看见自家的铺了毛毯的雪橇,自家的系着尾巴、笼头上饰着铃铛和穗子的那几匹马,当车夫依格纳特一边放行李,一边给他说起村子里的新闻,说包工的人来了,说巴瓦生了小牛的时候,他感到他的思路渐渐清晰起来,那种害臊和对自己的不满也过去了。这是他一看见依格纳特和那几匹马时的感觉;当他穿上给他带来的羊皮袄,裹住身子坐进雪橇里,雪橇向前驰去的时候,考虑着一些村子里的事务,眼望着那匹原先曾是坐骑现在拉着辕套的、劳累过度却依然矫健的顿河种骏马,他开始对他所遭遇到的事情有了完全不同的理解。他感到自己就是自己,他不想去做另外一个人。此刻他只希望自己能比原先更好一些。首先,他决定,从这一天起,他不再指望结婚会给他带来什么特别的幸福,因此也就不必如此地轻视目前的情况。其次,他决不再让自己沉溺于卑劣的情欲,想起他打算着去求婚的时候自己曾那么地忘乎所以,心里好痛。然后,他想起尼古拉哥哥,他暗自决定,从此决不允许自己再忘记他,要密切注意并随时关心他,如有不测,好立刻给他以帮助。他觉得,那是不久就会发生的事。然后他不由得想起哥哥关于共产主义的谈话,当时他没当回事,而现在却认真地回想起来。他认为经济条件的改革是无稽之谈,然而他总是觉得自己富庶有余,而农民则生活贫困,这是不公平的,他暗自决定,为使自己心安理得,虽然他过去干很多活,生活也并不奢侈,如今还要干得更多,更加不容许自己奢侈浪费。这一切他觉得自己都那么容易做到,于是一路上他沉醉在种种愉快的幻想中。晚上九点钟,他怀着对新的美好生活的一番激情,回到了自己家中。

从老奶娘阿加菲娅·米海依洛芙娜房间的窗子里射出的灯光,照亮了屋前的雪地,她给他管理着账目。她还没有入睡。库兹马被她喊醒,睡眼惺忪地光着脚跑到门廊上来。猎狗拉斯卡也跳出来,汪汪地叫,差点没把库兹马绊一跤。它在列文膝头上磨蹭,两只后蹄立起来,很想而又不敢把两只前蹄搭在他的前胸上。

"这么快呀,老爷,您就回来啦。"阿加菲娅·米海依洛芙娜说。

"想家啦,阿加菲娅·米海依洛芙娜。做客好,可是在家更好呀。"他回答着她,走进了书房。

书房里慢慢亮起了烛光。一件件熟悉的东西显现出来了:鹿角,书架,壁炉上的镜子,壁炉的那个烟囱早就该修理了,父亲留下的沙发,一张大书桌,书桌上一本打开的书,一只破烟灰缸,写满他字迹的笔记本。看到这一切,片刻间他怀疑自己一路上幻想过的新生活是否能建立起来。他生活的这一切印迹仿佛在紧紧抓住他,对他说:"不,你不能离开我们,不能变成另外一个人,你还会跟你从前一个样,老是怀疑,对自己不满,想改变现状又白费气力和总是失败,永远在期待幸福,而又得不到,也不可能得到。"

然而这是那些属于他的东西对他说的话,在他心灵深处还有另外一个声音对他说,不该屈从过去,人可以支配自己。听见这个声音,他走向屋子的一角,那里放着一对两普特重的哑铃,他举起它们做起体操来,尽力使自己精神焕发。门外响起脚步声,他连忙放下哑铃。

管家进来说,感谢上帝,一切进行顺利,但向他报告说,荞麦在新烘房里烘焦了。这个消息激怒了列文。新烘房是列文建造的,其中一部分是他自己的创造。管家一向反对这个烘房,现在他怀着暗暗的得意心情宣称荞麦烘焦了。列文则坚信,如果烘焦,那只可能是因为没有采取他吩咐过千百回的那些措施。他很生气,把管家教训了一顿。但是也有一件令人高兴的大事:巴瓦,那条从展览会上买来的良种贵重奶牛,生小牛了。

"库兹马,拿皮袄来。您再叫人掌灯,我要去看看。"他对管家说。

良种母牛的牛舍就在屋后。他走过丁香树下的雪堆,穿过院子,来到牛舍前。一打开结了冰的门,便冲出一股牛粪的热气来,牛群不习惯这灯光,大吃一惊,一头头在新鲜草料上扭动起来。荷兰母牛光滑的、黑色花斑的、宽宽的脊梁闪了一闪。公牛别尔库特戴着鼻环躺在那里,它本想站起,却又改变了想法,只在他们从身边走过时喷两声响鼻。红毛色的美人儿巴瓦,高大得像一头河马,它转过身子去挡住小牛,不让进来的人看见,还把小牛犊满身地闻着。

列文走进牛圈,仔细地打量过巴瓦,便去把红花斑的牛犊扶起来,让它用自己四条颤悠悠的细腿站立。激动的巴瓦本来要哞哞叫了,但是安静了下来,因为列文把小牛犊给它推到了身边,它重重地叹了口气,开始用它粗糙的舌头去舔小牛了。那小牛犊的鼻子摸索着伸到母亲的乳房下,还摇动着尾巴。

"往这儿照照,费多尔,把灯拿过来,"列文察看着牛犊说,"像它母亲!别看毛色像它爸。非常好。身子又长又宽。华西里·费多罗维奇,不坏吧?"他对管家说,他在喜欢牛犊的愉快心情影响下,关于荞麦的事,已经完全跟他和解了。

"像谁又会不好呢?啊,您走后的第二天,包工人谢明来过。该跟他讲好价钱,康斯坦丁·德米特里奇,"管家说,"我以前给您报告过机器的事情。"

就这一个问题,便把列文引入庞大而复杂的农务上的种种细节中去了,他从牛舍直接去了账房,跟管家和包工人谢明谈过话,便回到家里,一直走进楼上的客厅。

二十七

这是一幢大而古老的住宅,列文虽是一个人住,却也占用了整幢屋子,并且全都生了火。他知道这样做是很傻的,知道这甚至是不好的,跟他目前的新计划相抵触,但是这幢屋子对于列文就是整个的世界。这是他的双亲在其中生活和死去的世界。列文认为他们所过的生活是尽善尽美的理想,他梦想着跟他的妻子和他的家庭重新再过这样的生活。

列文不大记得他的母亲了。关于母亲的概念对于他是一种神圣的回忆,在他的想象中,他未来的妻子必须是他心目中母亲那样的女性,像她那样完美、神圣。

他不但不能想象爱一个女人而不和她结婚,而且,他首先想到的是家庭,然后才是那个让他有了一个家庭的女人。因此他对婚姻的理解跟大多数他所认识的人都不相同,人家认为,结婚是人生活在社会上所要做的许多事情当中的一件;而对列文来说,这是终身大事,他的全部幸福都取决于此。然而现在他却必须把结婚这件事远远地丢开!

他走进他每天在那儿喝茶的小客厅,拿起一本书坐进一把安乐椅中,阿加菲娅·米海依洛芙娜给他把茶端上来,又照例说一句:"我坐下啦,老爷。"便去坐在窗下的一把椅子上,这时候,他感到,不管这有多么奇怪吧,反正他不能和自己的幻想分离,没有这些幻想他就活不下去。跟她结婚也好,跟另一个女人结婚也好,反正将来一定会这样。他读着他的书,想着他所读的东西,时而停下来听阿加菲娅·米海依洛芙娜不住嘴地唠叨;同时农务上和未来家庭生活中的各种场景零乱地出现在他的想象中。他觉得,在他灵魂深处,有个什么东西渐渐停住了,受到了节制,安稳下来了。

他听着阿加菲娅·米海依洛芙娜说,普洛科菲忘记了上帝,把他给他买马的钱拿去拼命地喝酒,还把老婆打得个半死;他一边听她说一边读书,又追索着读书引起的全部的思想过程。这是一本丁铎尔①写的关于热学的书。他记起自己曾经批评丁铎尔对实验技术的熟练过于自满,还批评他缺乏哲学观点。而突然间他心中浮起一个快乐的思想:"再过两年我的牲口里就有两头荷兰牛了,巴瓦自己还可能活着,别尔库特会有十二头女儿,再加上这三头,——那真太美了!"他又拿起了他的书。

"是的,电和热本是同一个东西;但是在解方程式的时候能不能用一个数来代替另一个数呢?不能。那又是怎么回事?一切自然力之间的联系就这样凭本能可以感觉到……特别高兴的是,巴瓦的女儿也会是一头红花斑母牛,整个儿的牛群,再加上这三头……真美哟!跟妻子和客人们一块儿出去迎接牛群……妻子说:'我跟考斯佳像照应孩子一样养着这条小牛犊儿呢。''你们怎么会这么有兴趣呀?'一位客人说。'凡是他感兴趣的我都感兴趣。'可是她是谁呢?"于是他记起来在莫斯科所发生的一切……喏,怎么办呢?我没做错事情。但是一切都要重新开始了。什么生活不允许、过去不允许,这全都是胡说。要想过得好,过得比现在好得多,那就得奋斗……"他抬起头来沉思着。老狗拉斯卡还没品尝够主人返家带来的快乐,它跑到院子里去叫了几声,又回来,摇着尾巴,随身带进来些室外的空气味儿,走到他跟前,把头伸到他的手掌下,乞怜地哼哼着,要求他的抚摩。

"就是不会说话呀。"阿加菲娅·米海依洛芙娜说,"一只狗……它也懂得主人回来了,懂得他心里闷得慌。"

"为什么说我心里闷得慌?"

"可您以为我没看见,老爷?我这把年纪,也能知道老爷们的心思了。我从小就是跟老爷们一起长大的呀。没啥了不起的,老爷。只要身体好,良心好就是了。"

---

① 丁铎尔(1820—1893),英国物理学家。

列文定定地凝视着她,他奇怪,她怎么会知道他的心思呢?

"怎么?再来一杯茶?"她说,拿起茶盘便走出去了。

拉斯卡还把它的头一个劲儿地往他手掌下伸过来。他摸了摸它,它卧在他的脚下,盘成一个圈,把头放在伸长的一只后蹄上。为了显得它如今一切称心如意,它微微张开嘴,抖一抖嘴唇,用它黏糊糊的嘴唇皮把它一口老牙包好,在一种幸福安宁的心情中安静了下来。列文仔细地注视着它最后这个动作。

"我也要这样!"他自言自语说,"我也要这样!没什么……一切都很好。"

二十八

舞会以后,第二天一大早,安娜·阿尔卡季耶芙娜给丈夫发了份电报,说她当天离开莫斯科。

"不,我一定、一定得走,"她用这种口气向嫂子解释她改变了打算,好像她记起了许多许多事,简直数也数不清,"不,还是今天走的好!"

斯捷潘·阿尔卡季伊奇没在家吃饭,他答应七点钟回来送他妹妹。

吉蒂也没来,送来张纸条,说她头痛。朵丽和安娜跟孩子们还有英国籍的家庭女教师一同吃饭。不知是因为孩子们没有常性呢,还是他们非常地敏感,察觉到安娜这天跟他们那么喜欢她的那一天完全不同,她已经不把他们放在心上了,——反正他们忽然不再跟姑妈玩,也不再喜欢她了,她要走他们并不在意。安娜整个上午都在准备动身。她给莫斯科的朋友们写信,记了自己的账目,还收拾了东西。朵丽总觉得,安娜心神不定,处于一种朵丽自己很清楚的心烦意乱的状态,这不会是没有来由的,而且多半隐藏着对自己的不满。饭后安娜去她房中换衣裳,朵丽就跟了进去。

"你今天多古怪哟!"朵丽对她说。

"我？你觉着？我不是古怪，我是犯傻啊。我老是这样的。我总是想哭。这是很蠢的，不过会过去的。"安娜急速地说，把她泛红的脸俯向她精致的小手提包，她正在把睡帽和几条麻纱手绢放进去。她的眼睛特别地闪亮着，频频地忍住泪水不让它流下来。"我就是这样不愿意离开彼得堡的，现在又不愿意离开这儿。"

"你来这儿做了件好事啊。"朵丽定定地凝视着她，说道。

安娜用她那被泪水浸湿的眼睛望着朵丽。

"别这么说，朵丽。我什么也没做，也做不出什么来。我总是奇怪，为什么人家老是商量好了来娇惯我。我做了什么，又能做点儿什么呢？你心里有足够的爱让你能够去原谅……"

"要是没有你，天知道会怎么样！你多么幸福啊，安娜！"朵丽说，"你心里样样事都那么明白、那么好。"

"每个人的心底里都有自己的 skeletons① 的，就像英国人说的。"

"你心里会有些什么 skeletons 呢？你什么事都那么明明白白的。"

"有的哟！"安娜突然说道，她流了一点儿眼泪之后，出乎意料地一个狡黠的、讥讽的微笑让她的唇边显出了一些皱纹。

"喏，那你的 skeletons 一定是滑稽可笑的，不会是阴沉可怕的。"朵丽笑着说。

"不啊，是阴沉可怕的。你知道我为什么非要今天走，而不是明天走吗？我想要给你把这话说说，不说出来我心里压得难受。"安娜像是下了决心，她靠在了一把安乐椅上，直直地望着朵丽的眼睛。

朵丽奇怪地看见，安娜的脸一直红到耳朵根，红到她头颈上乌黑的鬈发边。

"是的，"安娜说下去，"你知道吉蒂为什么不来吃饭吗？她在嫉恨我呢。我破坏了……这场舞会没让她快乐，反倒折磨了她，原因

---

① 英语，可译为隐私，源于英国谚语：skeleton in the capboard。

就在于我。可是,说真的,说真的,我没有过错,或者说,只错了一丁点儿。"她说,用她细细的嗓音把"一丁点儿"拖得很长。

"噢,你说这话的样子多么像斯季瓦哟!"朵丽笑着说道。

安娜感到有些委屈。

"哦不,哦不!我可不是斯季瓦!"她皱着眉头说,"我所以向你说,是因为我一分钟也不能让自己怀疑自己。"安娜说。

然而就在这一分钟,当她说出这句话时,她感到这话是不对的;她不仅是对自己有所怀疑,她一想起伏伦斯基心里便十分激动,她本不想走,却提前走了,只是为了不再和他相遇。

"是的,斯季瓦给我说了,说你跟他跳过马祖卡,说他……"

"你没法想象,事情会弄得这么可笑。我原本只是想撮合人家,可突然变成完全另外一回事儿了。或许是我违反了本意……"

她脸红了,停住没说下去。

"噢,他们马上就感觉到了!"朵丽说。

"假如说从他那边当真有点什么的话,我可真叫没有办法了,"安娜打断朵丽的话,"而我相信,这一切都会被人忘掉的,吉蒂也会不再嫉恨我的。"

"不过,安娜,给你说实话,我并不那么希望吉蒂结这门亲事。顶好是吹了。假如说他,伏伦斯基,在一天里就会爱上你的话。"

"哎呀,我的天啦,怎么这么愚蠢!"安娜说,当她听到萦绕她心头的思想被人家用言语表达出来时,一层浓重的、自觉得意的红晕再一次涌上她的面颊。"这么说,我就是走了,也已经成了吉蒂的冤家了,可我多么爱她哟。哎,她多么可爱哟!不过你会有办法补救的吧,朵丽,是吗?"

朵丽几乎忍不住要笑出来。她爱安娜,然而看见安娜也会有弱点,她觉得好开心。

"冤家吗?这不会的。"

"我多么希望,你们大家都爱我,而我也爱你们大家;而我这会儿更加爱你们了,"她眼中挂着泪水说,"哎,我今天多么蠢呀!"

她拿条手绢擦了擦脸,便开始换衣服了。

斯捷潘·阿尔卡季伊奇只是在妹妹眼看要出门时才迟迟地来到,面孔红彤彤的,非常高兴的样子,一身的酒味儿和烟味儿。

安娜动了感情,这也传染了朵丽,当她最后一次拥抱小姑的时候,她悄悄地说道:

"记住啊,安娜,记住你为我做了什么,我是永远也不会忘记的。还要记住,我一向、永远都是爱你的,你是我最好的朋友!"

"我不明白你为什么说这话。"安娜忍住眼泪吻着她,一边说道。

"你从来都是了解我的啊。再见啦,我亲爱的!"

二十九

"好啦,一切都结束了,感谢上帝!"当安娜·阿尔卡季耶芙娜最后一次跟她那位直到第三声铃响仍然塞在车厢走道上的哥哥道别时,她首先想到的就是这个。她坐在自己的座位上,在卧车的昏暗灯光中向四处观望,身边坐着安奴什卡。"感谢上帝,明天我就能见到谢辽沙和阿历克赛·亚力克山德洛维奇了,我又能照老样子过我安稳、习惯的生活了。"

整个这一天,安娜都处于这种烦恼的心情中,她却也满意地、有条不紊地安排了旅途上的事;她那双灵巧的小手把那只红色小提包打开又锁上,拿出一个小靠垫来,放在自己膝盖上,再把两条腿齐齐地裹住,便安安静静地坐了下来。那位生病的太太已经睡下了。另外两位太太跟她闲聊起来,那位肥胖的老太把自己的腿包着,发表着她对车厢里暖气的意见。安娜向两位太太回答了几句话,但是看不出这交谈有什么意思,便叫安奴什卡拿出一盏小灯来,把它安在座椅的扶手上,又从她的小提包中取出一把裁书刀和一本英国小说来。起初她读不下去。先是车厢里的骚乱和行走妨碍着她;后来火车开动了,又不得不听到种种的声音;后来雪花打着左边的窗子,黏在玻璃上,还看见一个从身边走过的列车员,衣服紧裹着,半边身子都是雪,大家都在谈论外面此刻的风雪有多么可怕,这些都分散了她的注意。这一切接连不断地反复着;同样的轧轧声夹带着撞击声,同样的雪花打在窗子上,同样的车厢暖气由热变冷、又由冷变热的迅速的反复,昏暗中闪动着同样的那些面孔,传来同样的说话的声音,而安娜已开始读书,并且能读得下去了。安奴什卡已经在打盹,两只戴着手套的大手捏住放在膝盖上的红色小提包,她的一只手套已经破了。安娜·阿尔卡季耶芙娜读着、读着,但是她读得并不愉快,因为读书只是在追踪着别人的生活足迹。她太想能够自己去经历一番了。她看到小说中的女主人公在照看病人,她就想自己迈着静悄悄的步子在病房里走动;读到一个国会议员在发表演说,她就想自己去演说;读到玛丽小姐骑马去打猎,捉弄她嫂子,人们都惊异她如何地大胆,她也想自己去试一试。然而她却什么也别想去做,于是她,用自己一双小手玩弄着那把光滑的裁书小刀,勉强地读下去。

　　小说的主人公已开始得到他英国式的幸福,得到男爵爵位和领地了,于是安娜又想着跟他一块儿去这片领地上走走,而突然她感到,他应该羞愧才是,于是她也为此羞愧了。但是他为什么要羞愧呢?"那我又为什么要羞愧?"她委屈而惊异地问她自己。她放下书,往椅背上一靠,两只手紧紧捏住那把裁书刀。没有任何可以羞愧的东西。她把自己在莫斯科的事一一回想了一遍。全都是很好的、愉快的回忆。她想起舞会,想起伏伦斯基和他那张钟情、顺从的面孔,想起自己跟他所有的关连:没有什么可以羞愧的。然而与她的这些回忆并存的,却是一种愈来愈强烈的羞愧感。似乎有某种内在的声音恰在这时候,在她回想起伏伦斯基的时候,对她说:"暖和啊,非常暖和,好热啊。""那有什么呢?"她在椅子上动了动身子,好像是下了决心似地对自己说。"那算什么意思呢?难道说我怕正视这一点?这有什么呢?除了我跟每一个认识的人之间的那种关系之外,未必我跟这个军官小伙子之间会有和可能有别的关系?"她轻蔑地一笑,重新拿起书,但却怎么也读不进去了。她把裁书刀在玻璃窗上刮了刮,又把它光滑冰冷的刀面贴在自己面颊上,差一点儿没有快乐得笑出声来,这快乐突然间没来由地占据了她的心。她感到,她的神经,好像一根弦,在一些拧牢的小柱子上愈绷愈紧。她感到,她的眼睛睁得愈来愈大,手指和脚趾都在痉挛地蠕动,身体内有个什么东西在压迫着她的呼吸,而在这晃动着的昏暗之中,一切的形象、一切的声音都变得特别地鲜亮,令她惊异。她不停地一阵阵在怀疑,火车是在向前开呢,还是向后退,还是根本就没有动。她身边坐的是安奴什卡呢,还是哪个陌生人?"那儿是什么?在椅子扶手上是皮大衣呢,还是一只野兽?我自己又是个什么呢?是我自己,还是别的女人?"如此神情恍惚,她有些害怕了。但是又有个什么东西在把她往这种恍惚中拖去,而她是可以按自己的意思听从它或是拒绝它的。她站起身来,想要清醒一下,她掀掉毛毯,取掉厚长外衣上的披肩。片刻之间她清醒过来,她知道走进车厢的那个瘦瘦的农民,穿了件缺扣子的粗布长大衣的,是个火炉工,知道他在察看温度表,知道风和雪跟着他涌进了车门;然而接着一切又都含混不清了……这个穿长腰身外套的农民去墙上啃着什么东西了,那位老太太把腿伸得有整个车厢长,弄得到处乌云密布;接着有个东西怕人地轧轧响起来、敲打起来,好像在把什么人碾得粉碎;接着一片红色的火光耀得她睁不开眼,接着一切都被一堵墙给挡住了。安娜觉得,她在往下沉。而所有这些并不可怕,反倒很好玩。一个满身是雪、衣服紧裹着的人俯在她耳朵上喊了点什么。她站起身来,她清醒了;她知道,火车到站了,说话的人是个列车员。她叫安奴什卡把脱下来的披肩和一条头巾递给她,她穿戴好便向门口走去。

"您要出去吗?"安奴什卡问她。

"是的,我想换换空气。这里太热啦。"

于是她打开车门。暴雪狂风向她迎面扑来,跟她抢夺车门。她觉得这很好玩。她打开车门便往外走。狂风好像就是在等待着她,欢乐地呼啸着,想要抓住她,把她卷走,然而她一只手抓住一根冰冷的小柱子,捏紧了衣襟,下车走到站台上,站在车厢旁。车门口的小台阶上风大得很,而在站台上,有一节节车厢挡着,就安静多了。她敞开胸怀,像在享受着,把含雪的冰冷的空气吸进身体里去,又去站在车厢的一边,观望着站台和灯火通明的车站。

三十

可怕的暴风雪在列车车轮间、顺着一根根柱子、从车站拐角处冲出来,呼啸着。列车、柱子、人,凡是能看得见的一切,——都半边盖满了雪,而且愈积愈多。刹那间风暴平静下来,然而马上又猛烈地刮来,猛烈得好像不可抵挡。而有些人还是在来回奔跑着,快活地交谈着,把站台的木地板踩得吱嘎地响,还不停地把一扇扇巨大的门打开又关上。一个人弯曲的身影从她脚边一闪而过,听得见榔头敲击铁轨的声音。黑压压的风暴中,从车站另一头传来一个气呼呼的喊声:"把电报拿来!""请这边来!二十八号!"又有几个不同的声音在喊叫,于是几个紧紧裹着身子满身是雪的人便跑了过去。两位叼着香烟的先生打她身边走过。她又深深地、足足地吸了一口气,她已经把手从手笼中伸出来,要抓住车门边那根小柱子上车厢去了,又看见一个穿军大衣的人,紧贴着站在她身边,遮住了她面前摇曳不定的灯光。她回头一望,立刻认出了伏伦斯基的面孔。他把手伸向帽檐,对她鞠了个躬,问她是否需要什么,他能否为她效劳?她好一阵子什么也没有回答,只是凝望着他的脸,虽然他站在阴影中,她仍然看见了,或者是她以为她看见了他面部和眼睛的表情。还是昨天深深打动了她的那副恭敬而倾慕的表情。这几天来,甚至刚才,她不止一次对自己说,伏伦斯基对她来说只是随处可遇、千人一面的许多年轻人当中的一个,她决不会让自己哪怕是去想一想他;然而现在,在和他相遇的一刹那间,她就被一种喜悦的骄矜之情控制着。她并不需要问他为什么会在这里。她十分确切地知道,就好像他对她说过,他之所以在这里,是希望她在哪儿,他也在哪儿。

"我不知道您也走呢,您为什么走啊?"她说,那只本来要抓住车门边的小柱子的手垂了下来。她脸上闪耀着无法抑止的快乐与活跃。

"我为什么走吗?"他重复了她的话,直视着她的眼睛。"您知道,我走是因为您在哪儿,我也要在哪儿,"他说,"我没法不这样。"

恰在这时候,好像要突破障碍似的,狂风把积雪从一节节车厢的车顶上吹塌下来,把不知什么地方的一块破铁皮吹得噼啪直响,前面,火车头浓重的汽笛声在阴郁地吼叫,像是在哭泣。暴风雪的全部可怖之处,此时此刻让她觉得愈加美妙。他说的,正是她的心灵所向往的,然而也是她的理智所惧怕的。她什么也没有回答他,他在她的脸上看见了一种挣扎。

"请您原谅我,要是我说的话让您不高兴了。"他恭顺地说道。

他说得恭敬、谦卑,然而却是那么地坚定而固执,让她好久都答不上话来。

"您说这种话很不好,我要求您,如果您是个好人,把您说的这些都忘掉吧,我也会忘掉的。"她终于说话了。

"您的每一句话,您的一举一动,我都永远不会忘掉的,也忘不掉的……"

"够啦,够啦!"她喊出声来,极力想在自己的脸上做出严厉的表情,但却无法做到,他则贪婪地向她的脸上注视着。于是,她抓住车门边的小柱子,登上台级,急匆匆走进车厢的过道里。但是在这小小的过道里她停住了脚步,把刚才发生的事在自己的想象中重温了一遍。她并没有记起他的或者她自己的哪一句话,然而她凭感觉知道,这片刻间的交谈让他们两人可怕地接近了;她为此感到恐惧,也感到幸福。她在那儿站了几秒钟,便走进车厢,坐在自己的座位上。原先让她难受的紧张状态现在不仅又出现,而且更增强了,强得让她感到害怕,她怕她身上的某种绷得过紧的东西随时都会断裂开。她整夜不能入眠。然而在这种紧张中,在充满她想象的那些梦幻中,并没有任何不愉快的、阴暗的东西;相反地却有着某种快乐的、灼热的、令人心神激荡的东西。黎明时,安娜坐在椅子上打了会儿盹,等她醒来,已经天色大亮了,火车正驶近彼得堡。立刻她想到了家、想到丈夫、想到儿子,想到这一天和往后许多天的杂务,这一切烦心劳神的事涌上了她的心头。

到了彼得堡,火车刚一停住,她下了车,引起她注意的第一张面孔是她丈夫的面孔。"哎呀,我的天啦!他的耳朵怎么变成了这样?"她想着,眼睛正望见他那冷冰冰的、道貌岸然的神情,特别是望见他两只如今令她惊异的、撑住他大礼帽边沿的耳朵。他一看到她,便向她走来,嘴唇上摆出一副他惯于摆出的略含讥讽的微笑,一双大而疲惫的眼睛直望着她。当她和他那固执而疲惫的目光相遇时,一种多么不愉快的感觉压抑着她的心,似乎她所期望见到的他是另一个人。特别让她惊异的是,一见到他,她便体验到一种对自己很不满意的感觉。这种感觉是一种由来已久的、熟悉的感觉,很像是她在她与丈夫的关系中所经常体验到的那种虚情假意的心情;然而从前她并没有注意到这种感觉,现在她却清楚而痛苦地意识到了。

"啊,你瞧呀,一个温柔多情的丈夫,多情得就像是刚结婚才一年似的,在望穿秋水一般等着想看见你呢。"他用他那慢吞吞、细悠悠的声音说,他老是用这种腔调跟她说话,这是一种嘲弄的腔调,倒不妨用来讥讽哪个当真用这种腔调说话的人。

"谢辽沙好吗?"她问道。

"这就是我的满腔热情所得到的报答吗?"他说,"他很好,很好……"

三十一

伏伦斯基这一夜都不想睡觉。他坐在自己的座位上,一会儿两眼直瞪着,一会儿望望进进出出的人,如果说从前他那种俨然不动声色的神气往往令不认识他的人惊异和不安,那么此刻他就显得是更加傲慢和不可一世了。他望着周围的人,好像望着一堆东西。一个在地方法院供职的、神经质的年轻人,正坐在他的对面,就为他这副神气对他不禁恼恨起来。这年轻人又向他借火,又找话跟他说,甚至还去推了推他,为让他感到自己不是一件东西,而是一个人,然而伏伦斯基依然像望着一盏灯似的望着他,这年轻人做了一个鬼脸,他感觉到,这种不把他当人的压力真要让他失去自制了。

伏伦斯基什么东西、什么人都看不见。他觉得自己是一位人间君王,这并非是因为他相信他已经给安娜留下印象,——他还不相信会是这样,——而是因为,她给他留下的印象使他有了一种幸福感和骄傲感。

所有这一切结果将会如何,他不知道,甚至也没有考虑过。他感到,这以前他把精力都分散了、浪费了,现在已集合为一,正以一种可怕的力量向着一个极乐的目标追奔而去。他为此感到幸福。他只知道,他对她说了实话,说她在哪里,他就去哪里,说如今他全部的生活幸福、唯一的生活意义都在于能够看见她,听到她的声音。当他在波洛果沃车站下车去喝矿泉水,看见了安娜,他不由自主地第一句话便对她说出了他心中所想的事。他高兴他对她说了这话,现在她知道了,并且正在想着这话。他整夜没有睡着。回到自己车厢里,他不停地回想着每一次和她相会时的情景,回味着她的每一句话,他在自己的想象中展示着一幅幅可能出现的未来的场景,不禁为之悸动。车到彼得堡,他走出车厢,虽一夜未眠,他感到自己精神饱满,头脑清新,如同洗过一次冷水浴一样。他站在自己车厢旁,等她下车。"让我再看她一眼,"他不由得微微一笑,对自己说,"看看她的步态、她的面容;或许她会说点儿什么,会转一转头,望我一眼,笑一笑。"然而还没有看到她之前,他先看到了她的丈夫,车站的站长正恭敬地陪着他穿过人群。"哦,是的!丈夫!"这时伏伦斯基才第一次明白地认识到,这位丈夫是一个和她密切相关的人。他知道她有个丈夫,但是他并不相信此人的真实存在,只是在他看见了他,看见他的脑袋、肩膀、穿黑色长裤的两条腿;尤其是当他看见这位丈夫带着此物归我所有的神情安然挽起她的手臂时,他这才完完全全地相信了此人的存在。

他看见了阿历克赛·亚力克山德洛维奇,看见他新刮过的彼得堡式的脸,极端富于自信的姿态,圆顶的大礼帽,微微驼起的脊背,这时,他相信他的存在了,于是他体验到一种很不愉快的感觉,比如说,一个人口渴难忍,好不容易找到一处水源,却发现这水源里有一只狗、一只羊,或是一只猪把水给喝过了,搅浑了,这人所体验到的感觉,就跟伏伦斯基这时所体验到的一个样。阿历克赛·亚力克山德洛维奇扭着屁股和两条笨腿的走路姿势特别让伏伦斯基感到委屈。他认为只有他自己才拥有不容置疑的爱她的权利。然而她还是跟原先一样,她的神情依然像原先一样地在肉体上使他的灵魂激动、振奋,充满幸福,并深深地打动着他。他吩咐从二等车厢向他跑过来的德国籍仆人拿着行李先走,自己则向她走去。他看到这对夫妻别后的初次相会,凭一个恋人的敏锐眼光,他察觉她跟丈夫讲话时微微有点儿拘谨。"不,她不爱他,也不可能爱他。"他心里这样断定。

当他还跟在安娜·阿尔卡季耶芙娜身后在向她走近时,他已高兴地发现,她感觉到他的靠近,本来要回头看看的,知道是他,便又去跟丈夫说话了。

"您一夜过得好吗?"他向她同时也向那位丈夫鞠一个躬,让阿历克赛·亚力克山德洛维奇感到这个躬是向他鞠的,他是否认识他,那就随他去了。

"谢谢您,非常好。"她回答说。

她的面色显得很疲倦,没有那种原先时而在微笑中、时而在眼神中闪耀出来的盎然生气;然而刹那间在对他一瞥时,她的眼睛中有个东西忽地一闪,虽然这点儿火花瞬间就熄灭了,但是他却因这一刹那而感到幸福。她瞧了丈夫一眼,想知道他认不认识伏伦斯基,阿历克赛·亚力克山德洛维奇有所不满地望着伏伦斯基,漫不经心地回想着这是个什么人。这时伏伦斯基的平静和自信,碰到阿历克赛·亚力克山德洛维奇的冷淡的自负,就好像镰刀碰到一块石头上。

"伏伦斯基伯爵。"安娜说。

"啊！我们好像认识的。"阿历克赛·亚力克山德洛维奇心不在焉地说,一边伸出手来。"去时跟母亲一道,回来跟儿子一道。"他说,说得清清楚楚,似乎他每说一个字便是给了人家一个卢布。"您大概是,来休假的吧?"他说,没等回答,便用他开玩笑的口吻对妻子说:"怎么,在莫斯科分手时候流了好多眼泪吧?"

他对妻子这样说话,是想让伏伦斯基感觉到,他想要单独跟她在一起,他还转身向他,用手碰了碰帽檐;然而伏伦斯基却转向安娜·阿尔卡季耶芙娜:

"希望能有幸到您府上去拜访。"他说。

阿历克赛·亚力克山德洛维奇用他一双疲惫的眼睛瞅了瞅伏伦斯基。

"非常高兴,"他冷冰冰地说,"我们每逢礼拜一接待。"说完,他便把伏伦斯基完全抛开,对妻子说道:"真好,我刚巧有半个钟头好来接你,让我能向你表现一下我的柔情。"他仍然用那种开玩笑的口吻说。

"你把你的柔情说得太过分了,让我不敢领受呢。"她也用那种开玩笑的口吻说,同时禁不住去倾听走在他们身后的伏伦斯基的脚步声。"可是这跟我有什么相干呢?"她这样一想,便去问丈夫,她不在家时谢辽沙过得怎么样。

"噢,可好呢!Mariette①说,他非常可爱,而且……我得让你伤心了……他可没有想你呢,不像你的丈夫那么想你呢。不过我要再说声merci②,我亲爱的,早回来一天,算你给我的赏赐吧。我们可爱的大茶炊要高兴死啦。(他把大名鼎鼎的莉吉娅·伊凡诺芙娜伯爵夫人叫做大茶炊,因为她一向为每件事情都会兴奋和急躁。)她问过你好多回。你知道,我斗胆奉劝你,你顶好是今天就去看看她。她这人呀什么事心里都放不下。这会儿,除了自己操心的种种事,还

---

① 法语:玛利爱特。人名。
② 法语:谢谢。

在为奥勃隆斯基夫妇俩和解的事操心呢。"

莉吉娅·伊凡诺芙娜伯爵夫人是她丈夫的朋友,彼得堡上流社会里一个圈子的核心人物,因为丈夫的关系,安娜跟这个圈子里的人最为接近。

"我给她写过信了。"

"不过她还是需要知道得更详细些。去吧,要是你不累的话,亲爱的。康德拉吉会给你驾车的,我到委员会去了。我又可以不一个人吃饭了,"阿历克赛·亚力克山德洛维奇已经不是用那种开玩笑的口吻在说话了,"你不会相信,我是多么习惯于……"

于是他把她的手握了很久,带着意味深长的微笑扶她上了马车。

三十二

家里第一个出来迎接安娜的是儿子。他不理睬家庭女教师的呼喊,从楼梯上向她一下子跳过来,他欢喜得不知怎么才好,大叫着:"妈妈,妈妈!"一奔到她面前,便双手吊在她的脖子上。

"我告诉您是妈妈呀!"他向家庭女教师叫喊着,"我知道的!"

儿子,也和丈夫一样,在安娜心中引起一种类似幻灭的感觉。她把他想象得比实际上好得多,她必须让自己降回到现实之中,才能欣赏实际上的他。不过他实际上也是很讨人喜爱的:淡黄色的鬈发,天蓝色的眼睛,裹着紧身长统袜的两条结实挺拔的小腿。安娜在他的亲近和爱抚中感受到一种几乎是肉体上的欣慰,当她和他那率真、信任、亲爱的目光相遇时,听着他天真的问题时,她觉得精神上十分宁静。安娜把朵丽的孩子们送给他的礼物拿给他,还告诉儿子,莫斯科有一个多么好的小姑娘,她叫丹妮娅,这个丹妮娅多么会读书,她还会教别的孩子们读书呢。

"怎么,我不如她呀?"谢辽沙问道。

"依我说呀,你是天下顶好的孩子。"

"这我知道。"谢辽沙微笑着说。

安娜还没喝完咖啡,就通报莉吉娅·伊凡诺芙娜伯爵夫人来访了。莉吉娅·伊凡诺芙娜伯爵夫人是一个高大肥胖的女人,脸色发黄,像是生了病,一双沉思的黑黑的眼睛倒是很漂亮。安娜喜欢她,但是今天她好像第一次看见她有那么多缺点。

"喏,怎么,我亲爱的,采到橄榄枝了吗?"莉吉娅·伊凡诺芙娜伯爵夫人一进房门就问她。

"是的,全都结束了,不过这件事不像我们想的那么大,"安娜回答说,"总的说,我的 belle soeur① 脾气太刚强了点。"

然而这位对一切与她无关的事情都非常关心的莉吉娅·伊凡诺芙娜伯爵夫人却有个习惯:从不肯细听人家谈说她所关心的事情;她打断安娜的话:

"是的呀,世上的苦恼和邪恶真多啊,我今天可烦死啦。"

"怎么回事?"安娜问道,极力忍住笑。

"成天价为真理而战,又毫无结果,我开始觉得疲倦啦,有时候简直要累垮了。姐妹会(这是个从事慈善事业的宗教爱国机构)的事情本来进行得挺好,可是这些先生们一插手就什么事也做不成了,"莉吉娅·伊凡诺芙娜伯爵夫人带着听天由命的讥讽态度接着说,"他们抓住你一个想法,先把它歪曲了,然后再来琐碎无聊地议论它。只有两三个人,有您的丈夫在内,了解这件事的全部的意义,其他人都只会把事情搞糟。昨天普拉夫京给我写信说……"

普拉夫京是一位旅居国外的泛斯拉夫主义②者,莉吉娅·伊凡诺芙娜伯爵夫人谈起他信中的内容来。

然后伯爵夫人又说了些在教会联合这件事上的一些阴谋诡计和不愉快,便匆匆而去,因为她这天还得要参加一个社团的会议并

---

① 法语:嫂子。
② 泛斯拉夫主义,19世纪上半叶的一个政治派别,企图将斯拉夫民族统一在沙皇俄国统治下。

出席斯拉夫委员会。

"从前也都是这样的呀,但是为什么我从前没注意到这些?"安娜自言自语说,"要么是她今天特别地气愤?其实这都是很可笑的:她的目的是行善,她是个基督徒,可她成天在发脾气,她总是树敌,而她的敌人又总是属于基督教和慈善事业方面的。"

莉吉娅·伊凡诺芙娜伯爵夫人走后,又来了一个朋友,是一位长官的妻子,谈了城里的种种新闻。三点钟她走了,说好来吃晚饭。阿历克赛·亚力克山德洛维奇在部里办公。只剩她一个人了,安娜便利用晚饭前的时间亲自看儿子吃饭(他是单独开饭的),收拾收拾东西,把桌上堆着的信件和便条看过,还写了回信。

她在路途中体验到的莫名的羞愧感和激动心情已全然消失。在惯常的生活条件下,她重又感到自己是坚强的,无可指责的。

她怀着惊异的心情回想起自己昨天的情况。"出了什么事呢?什么事也没有。伏伦斯基说了些蠢话,说过就算了,我回答得也很得体。没必要把这事说给丈夫听,也不能说的。把这事说出来——那就小题大做了。"她想起来,有一回在彼得堡,一个她丈夫手下的年轻人,几乎是向她求爱了,她把这事说出来,阿历克赛·亚力克山德洛维奇回答她说,生活在上流社会里,每个女人都有可能碰上这种事,他完全相信她会处理得恰如其分,也决不会把她和自己降低到吃醋的地步。"所以嘛,干吗要说呢?是的,感谢上帝,没什么可说的。"她对自己说。

三十三

阿历克赛·亚力克山德洛维奇四点钟从部里回来,但经常如此,他还没时间进来看安娜。他走进书房,接见几个等在那儿的求见者,签署几份下边管事的人送来的文件。晚饭有几位客人(经常有三两个人在卡列宁家吃饭):阿历克赛·亚力克山德洛维奇的老表姐,一个部门负责人和他的太太,还有一个年轻人,是被推荐到阿历克赛·亚力克山德洛维奇手下任职的。安娜来到客厅里接待客人。五点整,名为彼得大帝的大铜钟还没来得及敲完五下,阿历克赛·亚力克山德洛维奇打一条白领带,身着燕尾服,佩戴两枚勋章走出来,因为吃完饭他就得出去。阿历克赛·亚力克山德洛维奇生活中的每一分钟都有事情,都被预先排定了。为了及时做完每天摆在他面前的事,他极其严格地遵守着时间。他的座右铭是:"既不匆忙,也不休闲。"他走进大厅,向每个人弯腰致意,然后连忙坐下,同时向妻子微微一笑。

"是呀,我的孤独生活结束了。你真不知道,一个人吃饭有多别扭。"(他把别扭这个词说得特别重。)

吃饭时,他跟妻子谈了些莫斯科的事,带着讥讽的微笑问到了斯捷潘·阿尔卡季伊奇;不过谈话多半还是一般性的,谈了彼得堡公务上和社会上的种种事情。饭后他跟客人们待了半个钟头,再次含笑与妻子握手,便出门上议会去了。这一次安娜既没有上培特茜·特薇尔斯卡娅公爵夫人家去(听说安娜回来了,她请她今天晚上去她家里),也没上剧院去,那里有她订好的今天的包厢。她不出门的主要原因是,她为此准备的衣服没有做好。总之,安娜在客人走后理了理衣服,她感到很是烦恼。她一般说来善于少花费而把自己打扮得很好,去莫斯科之前,她拿三件衣服让时装女裁缝给改做。衣服要改得认不出是改过的,而且三天之前就应该做好。结果是,两件根本没做完,而一件又没照安娜所要的样子改。时装女裁缝来解释说,这样要更加好些,安娜大发脾气,发得她自己后来想起便觉得不好意思。为了让心情完全平静下来,她到孩子房间里去,整个晚上都跟儿子在一起,亲自安排他睡觉,给他画了十字,盖好被子。她哪儿也没去,一个晚上过得这么好,她很高兴。她感到多么地轻松和宁静,她多么清楚地看见,她在火车上觉得是那么重大的事情只不过是社交生活中一件平常而微不足道的偶然小事而已,她无论对别人或者对自己都没有什么可羞愧的。安娜拿起那本英国小说坐在壁炉前,等丈夫回来。准九点半钟便听到他的铃声,他走进房里来了。

"你到底回来啦!"她把手伸给他,说道。

他吻了她的手,坐在她的身边。

"一般说来,你这次出门是顺利的啊。"他对她说。

"是的,很顺利呢。"她回答说,于是便开始给他把一切从头说起:她跟伏伦斯卡娅伯爵夫人一路去,她到了莫斯科,铁路上发生的事情。然后又说起她开始怎样怜惜哥哥,后来又怎样怜惜朵丽,讲了这些在她心头留下的印象。

"我不认为可以原谅这样的人,虽然他是你哥哥。"阿历克赛·亚力克山德洛维奇严厉地说。

安娜微微一笑。她明白,他这样说正是为了表示,亲戚关系的考虑不能妨碍他说出自己真实的意见。她了解自己丈夫的这个特点,也喜欢他这一点。

"我很高兴,一切都圆满解决了,你也回来了,"他继续说,"喏,那边关于我在议会里通过的新法案有些什么说法?"

关于这个法案安娜没听人说起什么,她感到很惭愧,她竟然这么轻易地就忘掉了对他说来是如此重大的事。

"这边嘛,正好相反,这项法案引起了很大的反响呢。"他面带得意的微笑说。

她看出阿历克赛·亚力克山德洛维奇想对她说说自己在这件事上的开心的地方,她就用几个问题引他说出来。他面带着同一种得意的微笑谈起由于这项法案的通过,他所赢得的一片赞扬声。

"我非常、非常高兴。这就证明,在这件事情上我们终于开始确立一种理智的、坚定的观点了。"

阿历克赛·亚力克山德洛维奇就着面包和奶油喝了第二杯茶,便站起来走进自己书房里。

"你哪儿也没去;你,一定闷得慌吧?"他说。

"噢,不闷!"她回答说,站起来跟他走,送他穿过厅堂到书房去。"在读什么书?"她问道。

"这一阵我在读 Duc de Lile, Poésie des enfers①,"他回答说,"一本非常出色的书。"

安娜微微一笑,在自己所爱的人的弱点面前,人们往往是这样微笑的,她便挽住他的手臂,把他送到书房门口。她知道晚上看书已经成了他不可缺少的习惯。她知道,尽管公务几乎占去了他全部的时间,他仍认为注意知识界出现的一切杰出成果是自己的责任。她也知道,他实际上感兴趣的是政治、哲学和神学方面的书籍,艺术与他本性是格格不入的,但虽然如此,或者不如说正因为如此,阿历克赛·亚力克山德洛维奇从不放过这一领域里引起反响的任何东西,认为把这些书都读一读是自己的责任。她知道,在政治、哲学、神学领域内,阿历克赛·亚力克山德洛维奇经常在怀疑着、探索着;但是在艺术和诗歌,尤其是在他毫无所知的音乐的问题上,他却有自己极其确切而坚定的意见。他喜欢侈谈莎士比亚、拉斐尔和贝多芬,谈诗歌和音乐中各个新流派的意义,并对这些流派明白而精确地作了分类。

"喏,上帝保佑你。"她在书房门口说,书房里已经为他在蜡烛上放好了灯罩,安乐椅旁还放了一瓶水。"我去给莫斯科写信了。"

他握了握她的手,又吻了吻。

"他毕竟是一个好人,诚实、善良,在自己的领域里也很出色。"安娜回到她房间里,对她自己说,好像有一个人在责难他,说他不值得她爱,她要在这个人面前为他辩护似地。"可是他那两只耳朵怎么凸得那么古怪!是不是他理过发了?"

刚刚十二点,安娜还坐在书桌前,才写完给朵丽的信,便听见穿拖鞋的匀称的脚步声,阿历克赛·亚力克山德洛维奇梳洗完毕,夹着一本书,走到她跟前。

"该睡啦,该睡啦。"他别有意味地微笑着说,走进了卧室。

"他有什么权利那样子看他呢?"安娜想,她回忆起伏伦斯基望

---

① 法语:李尔公爵的《地狱之诗》。

着阿历克赛·亚力克山德洛维奇的那种目光。

她脱了衣服,走进卧室,然而她面容上不仅没有她在莫斯科那几天从她眼神和笑容中不住地迸发出来的那种活跃的生气,相反地,如今她心头的火好像已经熄灭,或是远远地躲到一个什么地方去了。

三十四

离开彼得堡时,伏伦斯基把他在滨海大街的一大套住房留给了他的朋友和要好的同事彼得里茨基。

彼得里茨基是一个年轻的中尉,出身并不特别显贵,不仅不富有,而且负债累累,每天晚上喝得烂醉,经常为了各种各样的可笑事和肮脏事被关禁闭,但是同事们和长官们都很喜欢他。伏伦斯基十二点从火车站到达自己的住处,在大门口看见一辆他熟悉的出租马车。还在按门铃时,他便听见从门里传出的男人们的哄笑声和一个女人的细语声,还有彼得里茨基的叫喊声:"要是来个坏蛋,就别让他进门!"伏伦斯基没叫勤务兵通报,便悄悄地走进第一个房间。彼得里茨基的女友希尔顿男爵夫人,一身亮闪闪的紫缎连衣裙,脸蛋儿鲜红,头发是淡黄色,也都是亮闪闪的,她像只金丝雀一样,满屋子都是她巴黎口音的说话声。她正坐在圆桌前煮着咖啡。彼得里茨基穿件军大衣,骑兵大尉卡梅罗夫斯基穿一身军装,他们大概刚下班回来,两人围坐在她的身边。

"真棒!是伏伦斯基!"彼得里茨基大喊一声,忽地跳起来,把椅子弄得嘎嘎响。"主人回来啦!男爵夫人,拿新咖啡壶给他煮点儿咖啡。真没想到呀!但愿你满意你书房里的这件装饰品,"他指着男爵夫人说,"你们认识的吧?"

"那还用说!"伏伦斯基说道,一边快乐地微笑着,握住男爵夫人的小手。"怎么样!老朋友啦。"

"您远道回家来,"男爵夫人说,"那我该走了。哦,我这就走,要是我碍事儿的话。"

"您到哪儿都跟在家里一样,男爵夫人。"伏伦斯基说。"你好,卡梅罗夫斯基。"他补说一句,冷淡地握了握卡梅罗夫斯基的手。

"您就从来也不会说这么好听的话。"男爵夫人对彼得里茨基说。

"不,怎么不会?等吃完饭我给您说点儿不比这个差的话。"

"吃完饭可就不稀奇了!喏,我来给您煮咖啡,您先去洗洗,收拾收拾。"男爵夫人说,又去坐下仔细地拧着新咖啡壶上的螺钉。"彼埃尔,拿咖啡来。"她对彼得里茨基说,她把他称作彼埃尔,因为他姓彼得里茨基,并不隐瞒自己跟他的关系。"我再加上点儿。"

"那会搞糟的。"

"不,我不会搞糟的!喂,您的老婆呢?"男爵夫人突然打断伏伦斯基跟他同事的谈话对他说道。"我们已经让您去成亲了。把老婆带来了吗?"

"没有呢,男爵夫人。我生就是个茨冈人,到死也是个茨冈人。"

"那才好呢,那才好呢。咱们来握握手吧。"

于是男爵夫人握住伏伦斯基的手不放,对他讲起自己新近在生活上的种种打算,问他意见如何,讲话中不断地夹进许多笑话。

"他老是不肯跟我离婚!您说我该怎么办(这个他是指她的丈夫)?我现在想去打官司了。请问您有什么高见?卡梅罗夫斯基,当心点儿咖啡——已经潽了;您瞧,我有多少事要忙!我想打官司,因为我要我的那一份财产。您明白这种蠢话吗,说我好像对他不忠实,"她轻蔑地说,"就凭这个他想要霸占我的田产呢。"

伏伦斯基饶有兴味地倾听着这位漂亮女人愉快地扯淡,随声附和着她,给她提一些半开玩笑的建议,总之,他马上就采取了自己跟这类女人打交道时所惯用的腔调。在他彼得堡的生活圈子里,所有的人被分为彼此完全相反的两类。一类是低级的人:这是些庸俗的、愚蠢的,而主要是滑稽可笑的人,他们相信一个丈夫只能跟一个与他结为夫妇的妻子共同生活,相信姑娘必须天真纯洁,女人必须有羞耻之心,男人必须有大丈夫气概,善于自制而性格坚强,还必须教养子女,自食其力,偿还债务,——以及其他诸如此类的蠢话。这类人是老派的,滑稽可笑的。但是还有另一类人,真正能算作是人的人,他们这些人都属于这一类,这一类人主要应该是潇洒、英俊、大度、勇敢、快乐的,他们干任何风流事都不脸红,而对其他一切事皆一笑置之。

伏伦斯基从莫斯科带回来许多完全是另一个天地中的印象,因此刚一开头,他不禁愕然;然而马上就好像把脚伸进了一双旧拖鞋一样,他又在自己原先欢乐愉快的世界中得其所哉了。

咖啡并没有煮好,却溅了大家一身,又溢出来,这恰恰产生了应有的效果,就是说,引起了喧闹和欢笑,还弄脏了贵重的地毯和男爵夫人的衣裳。

"好啦,现在告别啦,要不您永远也不会去洗脸了,在我良心上就会留下一个正派人最重大的罪行:不修边幅。您说,我要不要拿把刀子戳他的喉咙?"

"当然要,戳的时候您的小手儿要离他的嘴唇近一点儿。他把您的小手儿吻那么一吻,一切就功德圆满了。"伏伦斯基回答说。

"那么回头在法兰西剧院见!"于是,一阵窸窣的衣襟声,她便消失了。

卡梅罗夫斯基也立起身来,伏伦斯基没等他走掉,跟他握握手,便去盥洗室了。他一边洗浴,彼得里茨基一边简略地向伏伦斯基描述了在他去彼得堡后自己状况的变化。身无分文。父亲宣称,不再给钱,也不为他还债了。裁缝想要叫他去坐牢,还有个人也威胁说一定要送他去坐牢。团长说,如果他不终止这类胡闹,就得离队。男爵夫人讨厌得像只辣萝卜,尤其是她老是想要拿钱给他花;倒是还有个美人儿,美极了,他要把她弄来给伏伦斯基瞧瞧,地道东方味儿的,"女奴利百加① genre② 的,你明白吗?"昨天还跟别尔科吵过一

---

① 女奴利百加,事见《圣经·旧约·创世纪》,她是以撒之妻,以美貌著称。
② 法语:类型,格调。

架,他想派个证人,跟他约个时间去决斗,但是当然啦,毫无结果。不过一般说来,万事如意,十分快乐。彼得里茨基一向不让同事了解自己的底细,便转而对他说些种种有趣的新闻。伏伦斯基在自己居住三年的如此熟悉的环境中,倾听着彼得里茨基说些如此熟悉的事,他感到,回到彼得堡他所习惯了的无忧无虑的生活中,心情是多么地愉快。

"不会有的事!"他正在洗脸盆里冲洗他的通红健壮的脖子,刚把水龙头的踏脚开关松开,便大叫一声。"不会有的事!"一听说罗拉甩掉了费尔丁果夫,跟米列耶夫姘上了,他喊叫着说,"他还是那么蠢、那么自负吗?喏,布祖路科夫怎么样?"

"啊,布祖路科夫闹了个笑话——妙极啦!"彼得里茨基也喊叫着,"你知道,他顶迷的,就是舞会,哪一次宫廷舞会他也不放过。那天他戴一顶新式的头盔形的帽子去参加一个盛大的舞会。你见过新式的头盔形帽子吗?非常好,轻得很。他刚那么一站……不,你听我说呀。"

"我听着呢。"伏伦斯基用粗毛巾擦着身子,回答说。

"正好大公夫人跟一位什么公使走过来,该他倒霉,他们正谈着新式头盔形帽子,大公夫人想让那位公使看看这种帽子……他们正好瞧见咱们这位宝贝站在那儿。(彼得里茨基学他头戴盔形帽站着的样子。)大公夫人要他把盔形帽给她,他不肯给。怎么回事儿?嗨,大家都冲他挤眼睛、点头、皱眉毛。给呀。不给。他愣在那儿。你想得出他那副样子!……嗨,这位……他名叫……已经伸手要去抓他的帽子了……他还是不给!……他就一把给他摘下来,递给了大公夫人。"就是这种新帽子。"大公夫人说。她把帽子翻转过来,这时候,你就想象一下吧,从那帽子里,噗隆一声!落出一只梨,糖果、足有两磅糖果呢!……他搞来存那儿的,这个活宝贝!"

伏伦斯基笑得直不起腰来。过后很久,已经在谈别的事情了,他一想起这件事,又露出他一口整齐结实的牙齿哈哈大笑起来。

听完所有的新闻,伏伦斯基在仆人的伺候下穿好制服,便去报到了。报到以后,他打算去哥哥家,去培特茜家,再拜访几家人,以便今后他能常去有可能遇见卡列宁娜的那个社交圈子。他在彼得堡从来都是一出门非到半夜不回来。

第二部

一

这一年冬末,谢尔巴茨基家举行过一次会诊,医生们必须决定,吉蒂的健康状况到底如何,为恢复她日渐衰弱的体力,要采取些什么措施。她病了,随着春天的临近,她的身体愈来愈不好了。家庭医师给她吃鱼肝油,后来又吃铁剂,又吃硝酸银,因为无论是这种、那种,或是第三种都不能见效,而他又建议开春以后到国外去,于是就请来了一位名医。这位名医是一个年纪不大、颇为英俊的男士,他提出要查看病人全身。他特别得意的似乎是,坚持说姑娘家的羞怯只是一种野蛮态度的残余,一个年纪还不大的男人触摸一个年轻少女裸露的身体,这是极其自然而然的事情。他认为这自然而然,因为他每天都干这个,在他干这种事时,他觉得他不会有任何不好的感觉和想法,所以他把少女的羞怯不仅视为野蛮的残余,而且视为对自己的侮辱。

只好听他的了。因为,虽然所有的医生都是同样学校出身,读的是同一些书本,学的是同一种学问,虽然有人说这位名医是一个庸医,但是,在公爵夫人家里和在她的社交圈子里,不知为什么一致认为只有这位名医才懂点儿特别的东西,只有他才能挽救吉蒂。这位名医做过仔细的检查,在羞怯得恍惚麻木的病人身上敲敲打打了一阵,再尽心尽力地洗过自己的手,这才站在客厅里,跟公爵谈话。公爵皱着个眉头,一边咳嗽一边听医生说着。他这人活过一辈子了,不蠢,也没生病,所以他不相信医学,对这套滑稽剧从心底里感到恼火,尤其是,几乎只有他完全了解吉蒂生病的原因。"真是一条只会叫的狗。"他想,他听着医生关于女儿病况的胡扯,在心里把一个猎人语汇中的名称用在这位名医的身上。而同时这位医生则极力忍住他对这位公爵老爷的蔑视,不让它流露出来,又极力地把自己降低到他低下的理解水平上。他懂了,跟这个老头子没什么好谈的,这个家庭的主要人物是母亲。他打算在她的面前再显出自己的诸多本领来。这时公爵夫人带着家庭医师走进了客厅。公爵便离开了,为的是尽量不让人家发觉他认为这场戏多么可笑。公爵夫人已心慌意乱,不知如何是好。她觉得自己对不起吉蒂。

"啊,医生呀,求您给我们的命运作出个决定吧,"公爵夫人说,"请您对我把话全都说出来。"她想说:"还有希望吗?"但是她的嘴唇在颤抖,她没法说出这个问题来。"噢,怎么样,医生?"

"我这就,公爵夫人,跟我这位同行交换点意见,完了我再把我的看法向您禀告。"

"那我们要回避吗?"

"您请便吧。"

公爵夫人叹了口气走了出去。

只剩下两位医生的时候,家庭医师便开始畏怯地陈述自己的意见,他认为这是早期肺结核症,不过……以及其他等等。名医听他说着,听到一半,看了看自己那只巨大的金挂表。

"啊,"他说,"不过嘛……"

家庭医师话说到一半便恭敬地停了下来。

"要确定地说,您知道的,是早期肺结核嘛,这我们还不能说的;在出现空洞之前嘛,什么都不能断定的。不过嘛,我们是可以这样怀疑的。症状嘛,也是有的:营养不良,神经紧张,以及其他等等。问题在于:如果怀疑是肺结核,应该做些什么来维持营养呢?"

"不过,这您是知道的,这种情况总是隐藏有非身体上的,而是精神上的原因的。"家庭医师带着微妙的笑容大胆插嘴说。

"是的,这是当然的事情。"名医回答说,又看了一次表。"请问:亚乌茨基桥修好了吗?还要不要绕道走?"他问道。"啊!修好啦。

好的,那我二十分钟就能到了。我们刚才说了,问题就这么定了:维持营养,调理神经。两者互相联系,必须双管齐下。"

"但是出国呢?"家庭医师问道。

"我反对到国外去。请注意:如果是早期肺结核,这我们现在还不能知道,那么出国是毫无帮助的。必须有个能够维持营养而不妨害身体的办法。"

于是名医叙说了他的用苏登水①治疗的方案,采取这一方案的主要目的显然是,苏登水不会有什么害处。

家庭医师注意地也是恭恭敬敬地听他说完。

"不过出国的好处我想恐怕是可以改变一下习惯,离开那些容易唤起回忆的环境条件。再说做母亲的想要这样。"他说。

"啊!喏,这么说,那就去吧;只不过嘛,那些德国郎中是败事有余的……要想办法让他们听听意见……喏,那就让他们去吧。"

他又看了看表。

"噢!该走啦。"他走向门边。

名医向公爵夫人说(他感到出于礼貌应该这样做),他还需要再把病人看一遍。

"怎么!再检查一遍!"母亲吓得大叫一声。

"哦不,我只是要再了解几个细节,公爵夫人。"

"请这边来。"

于是母亲陪着医生到客厅去见吉蒂。吉蒂正站在房间的中央,面容消瘦,两颊绯红,由于刚才忍受的羞辱,两眼正放出一种特殊的光。医生进来时,她忽地涨红了脸,眼睛里充满着泪水。她的病,以及这种治疗,让她觉得是一件那么愚蠢甚至滑稽可笑的事!她觉得给她治病,这就像是要把一只打碎的花瓶用残片再拼凑起来一样地荒唐。她的心已经碎了。他们想用些药片药粉来治好她的病,这有什么用呢?可是不能伤母亲的心呀,特别是母亲认为都是自己的

---

① 苏登水,一种德国产的矿泉水。

过错。

"劳您驾请坐下,公爵小姐。"名医说。

他微笑着坐在她对面,按着她的脉搏,重又问起一些枯燥无味的问题。她回答了他。而忽然,她一怒之下站起身来。

"请原谅,医生,但是这实在毫无用处。同样的话您已经问过我三次了。"

名医并不见怪。

"病态的烦躁,"吉蒂出去以后,他对公爵夫人说,"不过我也看完了……"

于是医生对公爵夫人,就像对一个格外聪明的女人,科学地就公爵小姐的病况作了一番阐述,最后又指导她该如何服用那些毫无用处的苏登水。当询及出国与否时,医生凝神沉思,仿佛在解决一个难以解决的问题。终于作出决定:去,但是不要相信那些走方郎中,凡事都要来向他请教。

医生走后好像发生了什么令人开心的事情。母亲高兴地来到女儿身边,而吉蒂也假装她是快乐的。如今她往往,几乎是经常,不得不假装。

"说真的,我没病啦,maman。不过要是您想出国去,那我们就去吧!"她说,尽量表现得她对这次出行是很感兴趣的,还谈到许多出门要做的准备。

二

医生刚走,朵丽就来了。她知道这天要会诊,于是,不顾自己产后刚起床不久(她在冬末又生了一个女孩),也不顾自己心头的许多痛苦和烦恼,把吃奶的孩子和一个生病的小女儿丢在家里,就来探询今天给吉蒂决定了怎样的命运。

"啊,怎么样?"她一进客厅,还没摘下帽子来,就说,"你们都很开心。大概是很好吧?"

他们试着告诉她医生讲了些什么,但是,虽然那位医生有条有理地说了很久,却怎么也无法传达他到底说了些什么。只有一点让人感兴趣,那就是出国的事已经决定了。

朵丽不由得叹了一口气。她最要好的朋友,她的妹妹,要走了。而她的日子仍不好过。和解以后,她跟斯捷潘·阿尔卡季伊奇的关系只是她在委曲求全。安娜所做的弥合看来并不牢靠,家庭的和谐仍在老地方出现破裂。也说不出有什么确凿的事情,只是斯捷潘·阿尔卡季伊奇几乎是从来也不落家,钱也几乎是从来没有,朵丽成天地痛苦,怀疑他并不忠实,她已经不许自己再去这样想,生怕体验那种嫉妒的痛苦滋味。那第一次的嫉妒心的爆发一旦过去,就再也不会重演了,即使是又发现了不忠,也不会像第一次那样对她产生影响了。如今再揭发出这种丑事来,只不过破坏一些她的家庭生活习惯而已,她就让他这样来欺骗自己,心里瞧不起他,而又更加为自己的这个弱点而瞧不起自己。再说,这样大一个家,不停地有些烦心事要来折磨她:一会儿,婴儿没喂好;一会儿,奶妈走了;一会儿,就像现在吧,一个孩子又病了。

"怎么样,你那几个孩子?"母亲问道。

"唉,maman,您自己的事儿就够您操心的了。丽丽病了,我怕她是猩红热。我这会儿出来了解一下,要真是猩红热的话,老天保佑,但愿不是的,那我就得坐在家里不出门了。"

老公爵在医生走后也从自己书房里出来了,他把面颊让朵丽吻过,跟她说了两句话,才对妻子说:

"你们怎么决定的,去不去?喏,你们打算把我怎么办?"

"我想,你还是留下,亚历山大。"他妻子说。

"随你们的便吧。"

"Maman,爸爸干吗不跟我们一道去呢?"吉蒂说,"有他去我们就更开心啦。"

老公爵站起来用他的手抚摩着吉蒂的头发。她抬起头,强颜作笑地望着他。她总是感到,在家里他比其他人更理解她,虽然他跟她谈得不多。她是最小的女儿,父亲最喜欢她,她觉得,他对她的爱使他能够看得更透彻。当此刻她的目光和他那双蔚蓝的、善良的、定定注视着她的眼睛相遇时,她觉得,他把她看透了,他了解她心中一切不好的念头。她红着脸向他探过身去,等他给她一个吻,然而他只是在她的头发上轻轻拍了拍,说道:

"这些混账的假头发!叫人摸不到真正的女儿,只能摸摸那些死婆娘的毛。喔,怎么样?朵琳卡①,"他对大女儿说,"你那个公子哥儿在干些啥?"

"没什么,爸爸,"朵丽回答,她懂得,这是在说她丈夫,"他老是往外跑,我几乎见不到他。"她补充说这句话时禁不住带上一丝讥讽的微笑。

"怎么,他还没去乡下卖树林子?"

"还没呢,一直想着要去的。"

"是这么回事儿!"公爵说道。"那么我也得收拾一下喽?遵命啦。"他坐下来对妻子说。"你呀,这么做,卡佳②,"他又对小女儿说,"什么时候,一个大晴天,你一觉醒来,就对自己说:我可是高高兴兴、没灾没病呀,又可以一清早跟爸爸去冰天雪地里走走啦。啊?"

父亲是说者无意,而吉蒂是闻者有心,她一听这话,就像个被人揭发的罪犯一样,感到心慌意乱、无地自容。"是的,他全都知道,全都了解,他是用这几句话告诉我,虽然这是丢人的,但是也得自己把羞辱挺过去。"鼓起精神回答点什么她办不到。还没开口便哇地一声哭出来,跑出房间去。

"瞧你开的这玩笑!"公爵夫人冲丈夫发起火来。"你老是……"她说了一大堆责备的话。

公爵聆听了公爵夫人好长久的一顿责备,一句话没说,可是他

---

① 朵琳卡,朵丽的爱称。
② 卡佳,吉蒂的爱称。

的面色却愈来愈阴沉了。

"她心里多苦啊,可怜的孩子,多苦啊,可你就感觉不到,只要稍微暗示一下事情的原因,她就会非常难过。唉!真是看错人到这种地步!"公爵夫人说,从她语气的改变上,朵丽和公爵知道,她在说伏伦斯基。"我就不懂,怎么就没有法律来治一治这些卑鄙无耻的人。"

"嗨,我还是不听的好!"公爵一边从安乐椅中站起来,好像要往外走,一边没好气地说,但是他在门口站住不走了。"法律是有的,老太婆,既然你要我出来说话,那我就告诉你,这全都怪谁:怪你,怪你,怪你一个人。对付这种坏家伙的法律从来都有的,现在也有的!是呀,要是没有过那些不该有的事,我是个老头子,可我也会去跟他这个浪荡公子决斗的。对呀,这会儿就来治病吧,把这些江湖郎中往家里请吧。"

公爵好像还有许多话要说,但是公爵夫人一听到他这种口气,她便像往常遇到重大问题时那样,立刻缓和下来,而且后悔了。"Alexandre,Alexandre,①"她低声地说着,向他走来,放声痛哭了。

她一哭,公爵立即也不再说了。他走到她身边。

"喏,好啦,好啦!你也难过的,我知道。怎么办呢?也没啥大不了的。上帝是仁慈的……谢谢啦……"他说着,自己也不知道在说些什么,他感觉到公爵夫人在他手上湿叽叽地吻了一下,他也回吻了她,便走出了房间。

还在吉蒂含泪走出房间的时候,朵丽凭她母性的、家庭生活的习惯立刻发觉,这里有些事该女人来做了,她便做好准备去承担它。她脱下帽子,在心理状态上好像连袖子也挽好了,准备立即行动。当母亲向父亲发起进攻时,她试图在不失孝敬的范围内把母亲挡住。当公爵大发雷霆时,她一言不发;她为母亲感到害羞,父亲一下子就变得那么和善,她心中涌起一阵对他的温情;而父亲一走,她便

---

① 法语:亚历山大,亚历山大。

准备要做一件必须做的主要的事情——到吉蒂房间里去安慰她。

"我早就想告诉您了，maman：您知道不？列文想要向吉蒂求婚的，就是他上回在这儿的时候。他对斯季瓦说的。"

"啊，怎么，我不明白……"

"这么说，或许，吉蒂拒绝了他？……她没告诉过您？"

"没有，不论是这一个，或是那一个，她什么也没说过；她自尊心太强啦。可是我知道，都是因为这一个……"

"是呀，您想想看，要是她拒绝了列文，——而她本来是不会拒绝他的，要不是有这一个的话，我知道……可后来这一个可怕地欺骗了她。"

一想到自己在女儿面前做了多少错事情，公爵夫人觉得太可怕了，她发起脾气来。

"哎呀，我简直不明白！这如今，谁都想事事自作主张，谁都不肯给当娘的说一声，结果是……"

"Maman，我上她那儿去。"

"去吧，我未必不让你去啦？"母亲说。

三

吉蒂的小房间很漂亮，粉红色，摆设着 vieux saxe① 玩偶，白里透红，年轻而愉快，就像两个月前的吉蒂那样。朵丽还记得去年她们姐妹俩怎样一块儿收拾这间房，那时候多么亲热，多么开心。一走进这个小房间，朵丽的心就凉了：她看见吉蒂坐在门边一只低矮的小椅子上，目光呆滞地直视着地毯的一角。吉蒂望了姐姐一眼，她脸上那种冰冷的、略带严峻的表情毫无改变。

"我这次回去，就得待在家里不出门，你也不能来看我。"达丽雅·亚力山德罗芙娜说着，去坐在她身边。"我想要跟你说几

---

① 法语：古老的萨克逊细瓷。

句话。"

"说什么呀?"吉蒂好像被吓着了,她抬起头,急速地问。

"说什么,还不是说说你心里的苦处?"

"我心里没有苦处。"

"得了吧,吉蒂。未必你以为我会不知道? 我全知道的啊。你要听我的话,这没什么了不起……我们都经历过这些的。"

吉蒂默不出声,脸上的表情是严峻的。

"他不值得你为他伤心。"达丽雅·亚力山德罗芙娜单刀直入地说下去。

"是呀,因为他不把我放在眼里,"吉蒂声音发抖地说,"你别说啦! 求求你,别说啦!"

"谁跟你说这个啦? 谁也没说过这个呀。我相信他原先是爱你的,后来还爱着,只不过……"

"哎呀,我顶怕这种同情啦!"吉蒂忽然发作,大喊起来。她在椅子上转了一个身,满脸通红,手指快速地哆嗦着,手里抓着腰带的扣环,两只手倒换着捏住它。朵丽知道妹妹发了火便会有这两手交换着抓东西的习惯;她知道吉蒂在发火时会不顾一切,说出许多不该说的难听话,朵丽想要让她安静下来;但是已经来不及了。

"你想让我感觉到什么,什么,什么?"吉蒂急急地说,"说我爱上了一个男人,他不想理睬我,说我因为爱他要去死? 一个自以为是……是……是……同情我的姐姐来给我说这样的话!……我才不要这种怜悯和做作呢!"

"吉蒂,你说话不公平。"

"你干吗要来折磨我?"

"可我,恰好相反……我看你难过……"

然而吉蒂正在火头上,听不进她的话。

"我没什么可伤心的事,也不需要安慰。我有足够的自尊,决不允许自己去爱一个并不爱我的人。"

"而我也没有说……只有一件事——你给我说实话,"达丽雅·

亚力山德罗芙娜握住她的手说道,"告诉我,列文跟你说过……"

一提起列文,吉蒂好像失去了最后的一点自制;她从椅子上跳了起来,把那只扣环摔在地上,两只手急速地做着手势,说了起来:

"为什么又把个列文扯进来?我不懂你干吗一定要来折磨我?我说过了,我再说一遍,我有自尊心,我决不、决不干你干出的那种事,人家背叛你,爱上了别的女人,你还又回到他的身边去。这我不懂得,不懂得!你做得出来,我做不出来!"

说完这些话,她瞧了姐姐一眼,看见朵丽没有出声,忧愁地低下头去。吉蒂本来想走出房门的,却去坐在门边,用手绢捂住脸,也把头低下。

沉默了两三分钟。朵丽在想着她自己的事。时而想到那总是压在她心头的屈辱,当妹妹向她提起这事时,她心中感到特别地疼痛。她没料到妹妹会这样残酷,她生她的气了。但是忽然间她听见衣襟的窸窣声,又听见突然出现的压抑着的哭泣声,于是一双手从下面伸过来搂住她的头颈。吉蒂跪在她的面前。

"朵琳卡,我多么、多么不幸啊!"她认错似的低声说。

她满是泪水的可爱的面庞埋进达丽雅·亚力山德罗芙娜的裙子里。

似乎泪水是一种不可或缺的润滑剂,少了它姐妹之间相互沟通的机器便无法运转,——两姐妹在一场泪水之后所谈的并不是占据她们心头的事;但是,就是谈着别的事情,她们俩还是互相理解的。吉蒂知道,自己盛怒之下所说的关于朵丽丈夫对她不忠以及她所受到的屈辱等等的话,让可怜的姐姐在心灵深处受到了伤害,但是姐姐已经原谅了她。朵丽也知道了她所想知道的一切;她确信她的猜测是可靠的,吉蒂的痛苦,那不可疗治的痛苦,恰在于,列文向她求过婚,她拒绝了他,而伏伦斯基却欺骗了她,她现在是准备爱列文而恨伏伦斯基了。吉蒂并没有说过一句这样的话;她说的只是自己的心情。"我什么苦恼也没有,"她安静下来了,说道,"可是你能理解吗,我觉得所有的一切都是丑恶的、讨厌的、拙劣的,首先是我自己。

你不能想象,我对每件事情都抱着多么丑恶的想法。"

"你又可能有些什么丑恶的想法呢?"朵丽含笑地说。

"是些顶顶丑恶、顶顶拙劣的想法呢;你想象不到的。这不是苦恼,不是烦闷,比这还要坏得多。好像我心里原先有的好东西全都不见了,只剩下些最丑恶的东西。喏,怎么对你说呢?"她看见姐姐眼里惶惑不解的神情,又继续说,"爸爸一开口跟我说话……我就觉得,他心里想的就是我应该出嫁。妈妈带我去参加舞会:我觉得,她带我去那里,就是为了赶快把我嫁出去,好摆脱我。我知道这样想不对,可是没法丢掉这些想法。我见不得那些所谓的求婚者。我觉得他们老是在量我的尺码。从前穿上参加舞会的衣裳到哪儿去,我真是得意得很,我欣赏我自己;这会儿我觉得可耻,觉得不自在。喏,怎么办呢!医生……唉……"

吉蒂犹豫了一下,她还想说,自从她有了这些变化,她就觉得斯捷潘·阿尔卡季伊奇非常讨厌,让她受不了。她一看见他,就想起那些最粗野最丑恶的东西。

"就这样,我觉得什么东西联系起来看都是最粗野、最丑陋的,"她继续说,"这就是我的病。或许,会好的吧……"

"你别去想嘛……"

"我做不到。只有跟孩子们在一起我才觉得好过些,只有在你家。"

"可惜你不能常在我家里。"

"不,我要去的。我生过猩红热的,我去求 maman 让我去。"

吉蒂坚持要去姐姐家,她就去了,孩子们真是染上了猩红热,她一直照护他们到痊愈。姐妹俩让六个孩子安然过来了,但是吉蒂的身体没有复元,大斋节期间,谢尔巴茨基一家动身去国外了。

四

彼得堡的上流社会其实是一个圈子;大家都彼此相识,甚至也彼此往来。但是在这个大圈子里又有小圈子。安娜·阿尔卡季耶芙娜·卡列宁娜在三个不同的小圈子里有朋友，而且关系亲密。一个是她丈夫公务上的官方的圈子，由他的同僚和下属组成，这些人之间关系错综复杂，又各自分属于不同的社会阶层。安娜起初对这些人怀有一种几乎是虔敬之心，现在她已经很难回想起当时的感情了。现在她了解他们所有的人，就像住在一个小县城里，人人都彼此了解一样；她知道，哪个人有哪些习惯和弱点，谁有难言之隐；知道他们彼此的关系和他们每个人与主要中心人物的关系；知道他们之间谁靠谁，怎样靠，靠些什么，谁跟谁在哪件事情上凑在一起，又在哪件事情上分道扬镳；然而这个政府官员的圈子，与男人们利害攸关的圈子不能让她感兴趣，虽然有莉吉娅·伊凡诺芙娜伯爵夫人的劝诱，她还是避开这些人。

另一个与安娜接近的小圈子，是那个阿历克赛·亚力克山德洛维奇通过它谋到自己前程的圈子。这个圈子的中心人物是莉吉娅·伊凡诺芙娜伯爵夫人。这是一个由年老色衰、慈悲虔诚的女人和聪明博学、抱负不凡的男人组成的圈子。属于这圈子的聪明人之一把它称作"彼得堡社会的良心"。阿历克赛·亚力克山德洛维奇把这个圈子看得很重要，于是极善与人相处的安娜在她初来彼得堡时就跟这个圈子里的人交朋友。而此刻，当她从莫斯科回来，这个圈子变得让她不能忍受了。她觉得，她自己和所有这些人全都在弄姿作态，她感到自己在这个圈子里待着是那么沉闷、那么别扭，所以她就尽可能少去拜访莉吉娅·伊凡诺芙娜伯爵夫人。

这第三个安娜与之有关的圈子其实就是上流社会的交际界，这是一个舞会、宴请和华丽服饰的圈子，这个圈子里的人一只手紧紧拉住宫廷，以免堕入半上流社会的地步，他们自以为瞧不起那个社会，但是这些人的趣味跟半上流社会的人不仅相似，而且简直就是一个样。安娜跟这个圈子的关系是通过培特茜·特薇尔斯卡娅公爵夫人维持的，她是安娜的表嫂，她拥有十二万卢布的收入，安娜刚一在社交界出现，她就特别喜欢她，处处照顾她，把她拉进自己圈子里,还对莉吉娅·伊凡诺芙娜伯爵夫人的那个圈子加以嘲笑。

"等我老了,丑了,我也会这样的,"培特茜说,"可是对你们这些年轻漂亮的女人来说,进这个养老院还嫌早了点儿。"

起初安娜是尽力避开特薇尔斯卡娅公爵夫人这个圈子的,因为花费太大,超过了自己的收入,再说起初她心里也更喜欢第一个;但是去了趟莫斯科之后,事情就反过来了。她躲避自己那些君子之交的道义朋友,而经常出入于盛大的交际场合。她在那些地方能遇见伏伦斯基,每次相遇都让她体验到心神荡漾的快乐。她在培特茜家遇见伏伦斯基的时候特别多,培特茜娘家和伏伦斯基同族,她是他的堂姐。凡是能够遇见安娜的地方伏伦斯基都会出现,一有机会他便向她倾诉自己的爱慕。她并不曾给过他任何借口,但是每次和他相遇,她心头便会燃起像她那一天在火车上第一次和他相遇时同样的激情。她自己感觉到,每次见到他,快乐会让她的眼睛发亮,会使她的嘴唇边浮出笑容来,她没法让这种快乐之情不表露出来。

起初安娜真心相信,她对他如此放肆的追求是有所不满的;但是从莫斯科回来后不久,她去参加一个晚会,原想在那儿可以遇上他,他却并不在场,她便心中怅然。她由此彻悟,原来她是在欺骗自己,原来这种追求不但不令她厌烦,而且正是她生活中全部乐趣之所在。

一位著名歌唱家①在作第二次演唱,整个上流社会都到剧院来了。伏伦斯基看见他的表姐坐在正厅的第一排,便不等幕间休息,就走进她的包厢里。

"您怎么没来吃饭?"她对他说。"恋爱的人眼睛可真尖,简直让我吃惊,"她又微笑着补充一句,说得只让他一个人能够听见:"**她没来**。不过散戏以后您上我家来。"

伏伦斯基若有所问地望她一眼。她点一点头。他用一个微笑感谢她,坐在她身边。

---

① 著名歌唱家,指瑞典女歌唱家尼尔逊(1842—1921),她当时在俄国演出。

"您那些谈笑风生的话我还犹然在耳呢!"培特茜公爵夫人接着说下去,她对这件风流韵事的顺利进展一直密切注意着,这给她带来特殊的乐趣。"您都上哪儿去啦!您让人家给逮住啦,我亲爱的。"

"我正是希望被人家逮住,"伏伦斯基面带镇静而和蔼的微笑回答说,"要让我说实话,我如果还抱怨什么的话,那就是逮得还太不够味儿啦,我已经开始失去希望了。"

"您能有什么希望呢?"培特茜替朋友感到委屈地说,"entendons nous[①]……"不过她的眼睛里闪过几点火花,这说明,她跟他一样清楚他能抱怎样的希望。

"毫无希望啊,"伏伦斯基露出他一排整齐的牙齿笑眯眯地说,"对不起,"他又说,从她手里拿过望远镜,越过她裸露的肩头向对面一排包厢里张望。"我怕我会成为笑柄呢。"

他非常清楚,在培特茜和所有上流社会人士眼中,他不会有落人笑柄的危险。他非常清楚,在这些人眼中,扮演一个少女或无夫之妇的不幸情人的角色可能遭人嘲笑;而扮演一个追求有夫之妇者的角色,不惜性命地加以勾引,与其私通,这种角色倒是有某种漂亮、雄伟之处,决不会遭人嘲笑,因此他在胡髭下隐藏着一种骄傲而快活的微笑,把望远镜放下,瞧了他表姐一眼。

"可您为什么没来吃饭呀?"她一边欣赏着他,一边说。

"这倒是应该给您说说。我在忙呢,忙什么?我就让您猜上一百次、一千次……您也猜不出来。我在给一个做丈夫的跟一个侮辱了他妻子的人做调解呢。是的,真的!"

"怎么,调解好啦?"

"差不多了。"

"这事儿您倒是该说给我听听。"她说着,站了起来。"下次幕间休息到我这儿来。"

---

① 法语:咱俩心里明白。

"不行了,我要到法国大剧院去。"

"不听尼尔逊唱啦?"培特茜惊讶地问,她其实根本分不清尼尔逊和其他女歌唱家有什么不同。

"怎么办呢?我在那儿有约会,都是我这件调解的事。"

"帮人和好,多福多寿啊。"培特茜记起她不知听谁说过一句类似这样的话,便这样说道。"喏,那就请坐下,说说看,怎么回事儿?"

她也坐了下来。

五

"这事儿多少有些不大体面,不过,却很有意思,所以我非常想说给您听听,"伏伦斯基说,两只眼睛笑眯眯地望着她,"我就不提名道姓了。"

"可我会猜到的,那样更好些。"

"那您就听着:有两个年轻小伙子乘车去……"

"当然,是你们团的军官喽?"

"我没说是军官,只是两个刚吃过早饭的年轻小伙子……"

"说明白点儿:喝过酒的。"

"或许吧。他们乘车去一个同事家吃午饭,正是心情最好的时候。看见一个漂亮女人坐在一辆出租马车上赶过了他们,这女人回眸一望,至少他们这样觉得,还冲他们点点头,又嫣然一笑。他们,当然喽,便紧追而去。赶着马儿拼命地跑。他们大吃一惊,这美人儿的车子就停在他们要去的那幢房子大门前。美人儿快步奔上了楼梯。他们只看见短短的面纱下面两片红红的嘴唇和两只小脚儿。"

"您说得这么绘声绘色,让我觉得您就是两个人当中的一个。"

"您刚才对我怎么说的?偌,两个年轻人进了同事家,他这天设宴为他们饯行。在那儿,当然喽,他们就喝酒,或许嘛,就多喝了几杯,饯行宴席上总是这样的嘛。吃饭时候他们问,谁在这幢房子楼上住。没人知道,只有主人的听差回答他们提出的问题:楼上住的有没有'马母赛里'①,这听差说,多得很呢。吃过饭两个年轻人就去主人书房里给那位不相识的女子写了封信。他们写了一封热情洋溢的情书,向她表白爱情,还自己把信送上楼去,信里没讲清楚的地方还可以当面说明一下。"

"您干吗给我说这种肮脏事儿?嗯?"

"他们按了门铃。出来个使女,他们把信给了那使女,还反复对她说,要她相信,他俩都已经堕入情网,马上就要死在门口了。这使女正大感不解地跟他们说着话。忽然出现了一位络腮胡子像腊肠、一张红脸像龙虾的先生,他宣称,这房子里只住着他老婆,没住别人,就把他俩给赶走了。"

"您怎么知道那个男人的络腮胡子,像您说的,跟腊肠一样?"

"您听我说下去呀。我刚才去给他们调解过。"

"哦,怎么样?"

"这就是顶有趣儿的地方了。原来这是一对恩爱夫妻,一位九品文官和他的夫人。这位九品文官告了状,我就当了调解人,而且是一个多么好的调解人啊!……我敢说,达列兰②也没法和我比。"

"困难是什么呢?"

"您听下去呀……我们照规矩赔礼道歉:'我们很抱歉,请原谅这次不幸的误会。'脸上有像腊肠般的络腮胡子的九品文官开始软下来了,但是他也想要表达一些自己的感情,而一当他开始表达感情时他就火气大作,说了些粗话,于是我又得施展一番我的外交才能。'我同意,他们的行为不良,但是请您考虑这是误解,他们又都年轻;再说他们刚吃过饭。您是明白人。他们满心悔恨,请求原谅。'九品文官又心软了:'我同意,伯爵,我愿意原谅他们,可是您知道,我老婆,我老婆,一个正派女人家,遭到了跟踪、侮辱和非礼,被

---

① 马母赛里,法语"小姐"的俄国读音,多指不正经的女人。
② 达列兰(1754—1838),法国一个善于玩弄权术的外交官。

几个小流氓,恶……'而您知道,一个小流氓当时就在场,于是我得让他们别打起来。我便又施展一番外交手腕儿,事情刚要有个了结了,我那位九品文官又发起火来,脸红脖子粗,一根根腊肠翘起来,于是我又使用了一些微妙的外交手腕儿。"

"哎呀,这事儿一定得说给您听听!"培特茜笑着对一个走进她包厢的太太说,"他说得把我要笑死了。"

"哦,bonne chance①。"她又说一句,一边把她一根没拿扇子的手指头伸给伏伦斯基去亲吻,同时用一个肩部的动作让她缩上来的外衣束胸向下滑一滑,这样,当她向前走到舞台脚灯旁,在煤气灯光和众人目光下,她的身体会理所当然地尽量地裸露。

伏伦斯基去法国大剧院,他的确要在那儿和他那位从不错过一场法国大剧院演出的团长见面,跟他谈谈自己的调解工作,这件事他已经干了三天,也让他开心了三天。卷进这件事的人有他所喜欢的彼得里茨基,另一个是不久前才来的好同事,好小伙子,年轻的凯德罗夫公爵。主要的是,这件事对团队很是重要。

这两人都在伏伦斯基的连队里。九品文官温登这个小官员找到团队司令,他控告司令属下的军官侮辱他的妻子。他年轻的妻子,据温登说,结婚刚半年,跟她母亲到教堂去,因有身孕,忽感不适,站立不稳,碰见一辆漂亮的出租马车,便坐上回家来。这时有两个军官对她紧追不舍,她大受惊恐,身体更加不适,沿楼梯奔回家中。温登本人这时已从衙门回来,听见铃声和有人说话声,出来一看,见两个醉醺醺的军官手里拿着一封信,就把他们推出门去了。他要求严厉惩处。

"不,无论您怎么说,"团队司令对伏伦斯基说,他请他坐到自己身边来,"彼得里茨基愈来愈不像话了。没有哪一个星期不搞点事情出来。这个小官员不会罢休的,他还要往上告。"

伏伦斯基知道这件事很不体面,也知道不可能进行决斗,必须

---

① 法语:祝您幸运。

设法让这位九品文官消气,好把事情了结。团队司令知道伏伦斯基是一个高尚而又聪明的人,而且主要的是,他这人是珍惜团队名声的,所以才把他请来。他们谈了一阵,决定彼得里茨基和凯德罗夫随伏伦斯基去找这位九品文官道歉。团队司令和伏伦斯基都清楚,伏伦斯基的名字和他宫廷武官的身份定能大起作用,让九品文官软下来。这两件法宝也确实起了一部分作用;但是正如伏伦斯基所说,结果如何,尚有疑问。

伏伦斯基一到法国大剧院,便和团队司令两人躲进休息室,把自己办得顺利和不顺利之处一一向他叙说。团队司令经一番考虑之后,决定不予追究,而接着又为说说好玩,问起伏伦斯基他们见面的详细情况,听伏伦斯基说,九品文官如何本来已经消了气,忽然想起事情的细节,又发起火来;伏伦斯基如何刚说完最后半句调解的话,便随机应变,把个彼得里茨基向前一推,自己溜之大吉,这位司令忍不住笑了很久。

"这事儿真丑,不过倒挺有趣儿。凯德罗夫是没法跟那位先生打架的!他火气大得怕人吧?"他笑着再问一遍。"今天克列尔表演得怎么样?真妙啊!"他说的是那个新来的法国女演员,"百看不厌,每日不同。只有法国人能做到这一点。"

六

培特茜公爵夫人没等到最后一幕演完便离开剧院了。她刚来得及走进她家的梳妆室,在那张又长又苍白的面孔上扑一层粉,把它抹抹匀,再整一整衣装,便吩咐在大客厅里备茶,这时一辆接一辆的马车已经来到了滨海大街她家的大宅第前。客人们在宽敞的门口下车,为感化过往行人而每天在玻璃门内朗读报纸的肥胖看门人,把那扇巨大的门悄无声息地打开,让来客从他的身边一一走过。

人们差不多是在同一时刻步入大厅:女主人新梳过头,满面春风地从一扇门进来,客人们却从另一扇门进来,这是一间大客厅,有暗色的墙壁,毛茸茸的地毯,和一张耀眼的灯光照耀下的桌子,烛火把雪白的台布照得发亮,茶炊银光闪闪,白瓷的茶具好像透明的一样。

女主人坐在茶炊前,脱掉手套。几个不显眼的仆人帮人们拉开椅子,大家分两堆坐下,一堆人坐在茶炊旁女主人身边;一堆人在大厅的另一头,围绕着一位大使夫人,这位太太穿一身黑色的丝绒,两条黑眉毛线条特别的清晰。像平时一样,两组人的谈话这时仍游移不定,时而被应接、寒暄和献茶打断,仿佛在寻找着话题。

"她作为一个女演员是非常出色的;显然她研究过考尔巴哈①,"大使夫人那个圈子里的一位外交官说,"您看见吗,她是怎么往下倒的……"

"哎呀,劳驾啦,咱们别谈尼尔逊啦!谈她谈不出什么新鲜东西来。"一位穿老式丝绸连衣裙、头发淡黄、没有眉毛、不戴假发的红脸胖太太说。她是米雅禾卡娅公爵夫人,谁都知道她头脑简单,态度粗暴,外号人称 enfant terrible②。米雅禾卡娅公爵夫人坐在两组人当中,她听着两边的谈话,一会儿这边插几句,一会儿那边插几句。"今天已经有三个人对我说过这个关于考尔巴哈的话,好像商量过似的。我不知道为什么这句话这样讨他们欢喜。"

谈话被她这段议论打断了,必须找个新的话题。

"给我们讲点儿什么开心的,可是又不尖刻的。"大使夫人说,她是一位擅长言不及义的闲聊,就是英国人叫做 small-talk③、谈话艺术的大师,她对那位外交官说,这位先生也不知道这会儿该从何谈起。

"据说这是很难的事情,只有尖刻的话才会可笑,"他含笑地说起来,"不过我可以来试试看。您出个题目吧。关键在于题目。有了题目,文章就好做了。我时常想,上个世纪最有名的演说家在今天恐怕也难说出什么聪明话,所有的聪明话都那么让人讨厌……"

---

① 考尔巴哈(1804—1874),德国画家。画过许多名剧插图。
② 法语:可怕的孩子。
③ 英语:闲话。

"你这话也早有人说过了。"大使夫人笑着打断他。

这段话开头开得还讨人喜欢,但是正因为太讨人喜欢了,便又谈不下去了。必须求助于那最可靠的、从不失误的办法——说些尖刻话来挖苦人。

"你们没发现,屠士凯维奇身上有点儿什么 Louis XV① 的东西吗?"他说,用眼睛指着站在桌边的一个浅黄头发的漂亮年轻人。

"噢,是呀!他跟这个客厅是一个味儿,所以他就常到这儿来。"

这个话题就谈下去了,因为它所暗示的正是在这个客厅里不能明说的事,就是屠士凯维奇跟女主人的关系。围着茶炊和女主人那边的谈话也在最近的社会新闻、剧院、说自己所认识的人的坏话三个不可避免的话题间摇摆不定,这时,一触及第三个话题,恶言伤人的话题,便一直谈下去了。

"你们听说了吧,连马尔季谢娃——不是女儿,是母亲——也给自己缝了件 diable rose② 的衣裳呢。"

"不可能的事!不,这真太妙啦!"

"我真奇怪,她这么聪明的人,——她可并不愚蠢呀,——怎么看不出她有多么可笑。"

议论和嘲笑不幸的马尔季谢娃每个人都有话可说,谈话于是便像点着的篝火一样噼里啪啦地、愉快地进行着。

培特茜公爵夫人的丈夫是一个和蔼的胖子,热衷于收集版画,听说妻子有客,在去俱乐部前到客厅来看看。他踩着柔软的地毯悄悄来到米雅禾卡娅公爵夫人的身边。

"您喜欢尼尔逊,觉得她怎么样?"他说。

"哎呀,能这么偷偷地溜到人家身边来吗?您可把我吓坏了,"她回答说,"您可别,劳驾啦,跟我谈歌剧,对音乐您一窍不通。还是我来屈就您,跟您谈谈您的乌釉陶器和版画吧。喏,您这些日子去

---

① 法语:路易十五。
② 法语:鲜艳的玫瑰红色。

旧货摊儿上淘到些什么宝贝呀?"

"要不要我拿给您看看?不过您是外行呀。"

"拿来看看。我在那些,他们叫什么来着,……银行家那里领教过的……他们有好多很美的版画的。他们拿给我们看过。"

"怎么,您到舒兹堡家去过吗?"女主人从茶炊旁问道。

"去过,ma chère①。他们请我们夫妻俩吃饭,还告诉我说,餐桌上的浇汁儿值一千个卢布,"米雅禾卡娅公爵夫人大声地说,她觉得人家都在洗耳恭听着,"非常糟糕的浇汁儿,一种什么绿颜色的东西。得回请他们呀,我就花了八十五个戈比做了份浇汁儿,人人都非常满意。我可做不出一千卢布的浇汁儿来。"

"她可是谁也比不上呢!"女主人说。

"了不起!"有一个人说。

米雅禾卡娅公爵夫人一番话所引起的效果跟往常一样,她之所以能够引起这样的效果,其奥秘在于,虽然她说话并不完全恰如其分,就像今天这样,但是她说的都是些有意思的普通事。在她生活其中的那个社会里,这种话往往能产生最为机智的笑话所产生的效果。米雅禾卡娅公爵夫人并不明白产生这种效果的原因,但是她知道能有这样的效果,于是便来利用它。

米雅禾卡娅公爵夫人讲话的时候大家都在静听,大使夫人身边的谈话便中止下来,女主人于是想到把所有的客人聚集在一起,她对大使夫人说:

"您真的不想用茶吗?您还是到我们这边来吧。"

"不,我们在这边很好。"大使夫人微笑着回答她,继续说她已经开了头的话。

他们谈得非常愉快。正议论着卡列宁夫妇。

"安娜从莫斯科回来以后变了好多。她身上有点儿奇怪的东西。"安娜的一个女友说道。

---

① 法语:我亲爱的。

"主要的变化是,她随身带来了阿历克赛·伏伦斯基的影子。"大使夫人说。

"那又怎么啦?格林①有一篇寓言:一个没有影子的人,一个失去了影子的男人。这是因为一件什么事对他的惩罚。我怎么也搞不懂,惩罚了什么呢。不过嘛,女人家要是没有个影子倒是件不愉快的事儿。"

"是呀,不过嘛,女人有了影子呀往往就没有好结果。"安娜的女友说。

"叫你舌头上长疔疮。"米雅禾卡娅公爵夫人听见这种话,脱口而出地说。"卡列宁娜是个好极了的女人。她丈夫我不喜欢,可是她我很喜欢。"

"您为什么不喜欢那个丈夫呢?他是一个出色的男人,"大使夫人说,"我丈夫说,像他这样的政治家在欧洲也是少有的。"

"我丈夫也对我这么说,可是我不相信,"米雅禾卡娅公爵夫人说,"要是我们的丈夫没这么说过,我们或许就看清真相了,但是阿历克赛·亚力克山德洛维奇呀,依我看,简直蠢得很。我说句悄悄话……不是吗,现在不是一切全都清楚啦?从前,人家教我把他当个聪明人,我就一个劲儿地寻呀,找呀,看不见他的聪明之处,还以为是我自己蠢呢;而我只要一说出口:他蠢,不过是悄悄说的,——事情一下子就全都清楚了,不是这样吗?"

"您今天多么恶毒啊!"

"才不呢。我只能这么说。我跟他两个人中间反正有一个是蠢货。喏,那你们知道,谁也不能这样说自己的。"

"没人满意自己的财产,人人满意自己的智慧。"外交官背了一句法国诗。

"是呀,是呀,"米雅禾卡娅公爵夫人连忙对他说,"可问题是我就是不许你们碰安娜。她是那么好,那么可爱。若是人家都要爱上

---

① 格林兄弟,两位德国童话作家。兄名雅各(1785—1863),弟名威廉(1786—1859)。

她,像影子一样跟着她,她又有什么办法呢?"

"我可是没想要说她坏话呀。"安娜的女友为自己辩解说。

"要是我们自己背后没人像影子样跟着,这并不能证明我们就有权利说人家的坏话。"

米雅禾卡娅公爵夫人把安娜的那个女友够味儿地整治了一下之后,便站起身来,和大使夫人一同参加到桌子周围那一组人里面去了,那里大家正在谈论着普鲁士国王。

"你们在那边说谁的坏话呀?"培特茜问道。

"在谈卡列宁夫妇呢。公爵夫人给阿历克赛·亚力克山德洛维奇做了一番评述。"大使夫人回答她,一边走过去坐在桌前。

"真可惜,我们没听见。"女主人说,她的眼睛望着客厅的入口。"啊,您到底来啦!"她笑眯眯地对走进客厅的伏伦斯基说。

伏伦斯基不仅和这里所有的人相识,而且每天和他在这遇到的人会面,因此他走进房间时安然自若,好像他刚离开这些人,现在又回来了。

"我从哪儿来吗?"他在回答大使夫人的问话,"怎么办呢,只好招认了。从滑稽歌剧院来。我好像看过一百遍了,还是觉得新鲜有味儿。真美极了!我知道,这有失体面;但是看歌剧我打瞌睡,而在滑稽戏院里我可以坐到最后一分钟,还很开心。今天……"

他提起一个法国女演员的名字,想说说她的什么事;但是大使夫人装出一副害怕的样子打断了他。

"请您别讲那种可怕的事儿吧。"

"好吧,我就不讲,其实这些可怕事人人都知道。"

"假如滑稽戏像歌剧一样盛行了,大家也许都会上那儿去的。"米雅禾卡娅公爵夫人附和说。

七

客厅入口的门外传来脚步声,培特茜公爵夫人知道这是卡列宁娜,她朝伏伦斯基望了一眼。他正注视着房门,脸上有一种奇异的、新的表情。他快乐地、凝神地,同时也是胆怯地眼盯着走进来的她,缓缓地欠起身体。安娜走进了客厅。她像往常一样,身子挺得非常直,迈着她与其他社交界女人迥然不同的步伐,走得又快、又稳、又轻盈,她两眼依然直视,几步跨过她和女主人之间的距离,和她握了手,嫣然一笑,并以同样的笑容回过身望了望伏伦斯基。伏伦斯基深深地鞠了个躬,为她把椅子拉开。

她只点了点头回答他,脸红着,眉头一皱。然而她马上跟一个个熟人连忙打着招呼,握着一只只向她伸来的手,便和女主人交谈起来。

"我去莉吉娅伯爵夫人家了,本想早点来,可是坐得久了。约翰爵士在她那儿。这人很有趣的。"

"啊,就是那个传教士吧?"

"是的,他谈起印度的生活,谈得真有意思。"

她进来后中断的谈话这时又像被风吹动的灯火一样摇曳起来。

"约翰爵士!对,约翰爵士。我见过他的。他很会说话。符拉西耶娃简直都爱上他了。"

"符拉西耶娃家那个小妹妹要嫁给托坡夫了,是真的吗?"

"是的,听人家说,已经完全决定了。"

"我佩服这些当父母的。听说是恋爱结合的。"

"恋爱结合的?您的思想倒与众不同嘛!如今哪个人还谈什么爱情呀?"大使夫人说。

"怎么办呢?这种愚蠢的老一套做法还在流行呢。"伏伦斯基说。

"那些坚持要搞这一套的人是要倒霉的。我所知道的幸福婚姻都是全凭理智结合的。"

"是的,不过凭理智结合的幸福往往会像尘埃那样,一阵风就吹散了,因为出现了那种正是他们本来的婚姻不认可的恋情。"

"不过我们所说的凭理智结合的婚姻,是指那些曾经狂热过,后来安分了的人。这就像猩红热似的,要害过一次才行。"

"那么就应该研究出一种人工接种爱情的方法,就像接种牛痘那样。"

"我在年轻时候爱上过一个教堂执事,"米雅禾卡娅公爵夫人说,"我可不知道这对我有没有好处。"

"不,我认为,不是开玩笑,要想了解爱情,必须先犯错误,然后再改正。"培特茜公爵夫人说。

"甚至结婚以后?"大使夫人开玩笑地说。

"悔过从来不会晚。"外交官说了句英国谚语。

"这就对啦,"培特茜接着说,"人必须先犯错误,然后再改正。您怎么看?"她向安娜问道,安娜唇边带着一丝不易察觉而又分明显露的微笑,在一旁默默倾听着这场谈话。

"我认为,"安娜把一只脱下来的手套捏在手里揉弄着,一边说,"我认为……如果说有多少个头脑,就会有多少种想法,那么,有多少颗心,也就会有多少种爱情。"

伏伦斯基注视着安娜,屏住气息等候着听她要说什么。她说出这几句话后,他好像逃过一场大难似的叹出一口气。

安娜突然向他说道:

"哦,我收到莫斯科的一封信。信上说,吉蒂·谢尔巴茨卡雅病得很厉害。"

"真的吗?"伏伦斯基皱着眉头说。

安娜正颜看了他一眼。

"这事您不关心?"

"正相反,我很关心。信里怎么写的,能让我知道吗?"他问道。

安娜站起来,走向培特茜。

"请给我一杯茶。"她站在她的椅子背后说。

当培特茜公爵夫人给她倒茶的时候,伏伦斯基走到她身旁。

"信里怎么说的?"他再问一次。

"我时常想,男人们都并不懂得什么是不高尚,而又成天在谈这种事，"安娜说，并不回答他的问话，"我早就想对您说了。"她又添说一句，走开几步，去坐在屋角里一张放着照相簿的桌子旁。

"我不完全了解您的意思。"他把茶杯递给她，说道。

她望了望身边的沙发，他马上坐下。

"是的，我想给您说，"她说，眼睛不看着他，"您的行为不好，不好，很不好。"

"难道我不知道我的行为不好吗？但是是谁使我这样做的？"

"您为什么说这种话？"她说，两眼严厉地注视着他。

"您知道为什么，"他大胆地也是愉快地说，迎住她的目光，并不避开。

不是他，而是她发窘了。

"这只能证明，您这人无情。"她说。然而她的目光说明，她知道他是有情的，而且正因为他有情，她才害怕他。

"您现在说的这件事是一次错误，不是爱情。"

"请您记住，我说过不许您讲这两个字的，这两个字是肮脏的。"安娜说这话前身子先颤抖了一下；她立刻感觉到，她用了不许这两个字，正表明她承认自己在他身上拥有某种权利，而又正因为这样，她是在鼓励他诉说爱情。"我早就想对您说了，"她接着说下去，断然注视着他的眼睛，脸烧得通红，"我今天是特意来的，知道我会遇见您。我来是为了告诉您，必须到此为止了。我从来在任何人面前也没脸红过，而您迫使我觉得自己做错了什么事。"

他注视着她，她脸上显露的一种新的、精神的美令他惊倒。

"您要我怎么样？"他说得简单而认真。

"我想要您去莫斯科向吉蒂请求原谅。"她说。

"您并不想要这样。"他说。

他看出，她所说的话是她强迫自己说的，而不是她真正想说的。

"假如您真爱我，像您说的那样，"她低声说，"那么请您做得让我心里能够平静。"

他的脸上顿时大放光彩。

"难道您不知道,您对于我就是整个的生命;但是我不能平静,也没法让您平静。我把整个的我,把爱情……是的。我没法把自己和您分开来考虑。您和我在我心里是一体。我也看不出将来无论我,或是您,有什么平静的可能。我看见了绝望的可能,不幸的可能……要不我就是看见了幸福的可能,是怎样的幸福啊!……难道它是不可能的吗?"最后这句话只是他的嘴唇在翕动;但是她听见了。

她鼓足自己全部的心力,想要说出她应该说的话;但是她没有说出来,反而目光凝注在他身上,两眼充满着爱,什么话也没有回答。

"终于来了!"他欣喜若狂地想,"我已经绝望了,以为不会有结果了,——它终于来了! 她爱我。她承认了。"

"那么请您为了我这样做,永远不要给我说这些话,让我们做好朋友。"她的嘴上这样说,然而她的目光却完全说着另一些话。

"我们不会做朋友的,这您自己知道。我们或是做天下最幸福的人,或是做天下最不幸的人,——都由您决定。"

她想说什么,但他打断了她。

"其实我只求一点,只求您让我有权抱希望,有权痛苦,就像现在这样;但是假如连这个都不行,请您吩咐我走开,那我就走开,永远不再出现。假如有我在让您难受,那您就不会再见到我。"

"我并不想把您赶到哪儿去。"

"只求您什么也别去改变。一切听其自然,"他声音颤抖地说,"您丈夫来了。"

果然,恰在这一瞬间,阿历克赛·亚力克山德洛维奇迈着他安然而笨拙的步子走进了客厅。

他朝妻子和伏伦斯基瞟了一眼,然后走向女主人,坐下来端起一杯茶,用他那不紧不慢、一向清晰的话音和他惯常的戏谑口吻取笑着什么人。

"您的伦布里耶①全都到齐啦，"他说，把在座的人都看了一眼，"全都是格瑞斯和缪斯呀②。"

但是培特茜公爵夫人受不了他这种口吻，她称之为 sneering③，这位聪明的女主人立刻便引他谈起普遍兵役制④这个严肃问题。阿历克赛·亚力克山德洛维奇立即全神贯注地谈了起来，并且认真地为新条令辩护，反驳培特茜公爵夫人，因为她攻击了这个条令。

伏伦斯基和安娜仍然坐在那张小桌边。

"这可有点不像话了。"一位太太拿眼睛瞟一瞟伏伦斯基、卡列宁娜和她的丈夫，悄声说道。

"我给您说过什么话？"安娜的那位女友回答说。

但是不仅这两位太太，几乎客厅中所有的人，甚至米雅禾卡娅公爵夫人和培特茜自己，都多次把目光转向远离大家的这两个人，好像他们妨碍了大家。只有阿历克赛·亚力克山德洛维奇一次也没朝那边望过，一直专注于已经开始的谈话。

培特茜公爵夫人发觉了大家不愉快的印象，把另一个人塞到自己位子上来听阿历克赛·亚力克山德洛维奇讲话，走向安娜身边。

"您丈夫说起话来那么明白准确，我从来都佩服得很，"她说，"再深奥的道理经他一说，我就听懂了。"

"哦，是这样！"安娜说，她脸上闪耀着幸福的笑容，培特茜对她说的话她一句也没听进去。她走向大桌子，加入了大家的谈话。

阿历克赛·亚力克山德洛维奇又坐了半个小时，才走到妻子身边，请她一块儿回家去；然而她，眼睛瞧也不瞧他，只回答说，她要留下来吃饭。阿历克赛·亚力克山德洛维奇便鞠了个躬，自己走了。

卡列宁娜的马车夫，身穿光亮皮外套的肥胖老鞑靼人，费劲地

---

① 伦布里耶，巴黎一个文艺沙龙的名称。
② 格瑞斯，希腊神话中的美、雅、喜三女神；缪斯，希腊神话中的九位文艺女神。
③ 英语：讥诮的。
④ 普遍兵役制，指 1874 年俄国的要求贵族也服兵役的新兵役制。

拉住冻得在门口用后腿站起来的左套马。仆人打开车门,然后侍立一旁。看门人扶住大门站在那里。安娜·阿尔卡季耶芙娜正用她敏捷的小手从皮外套的小钩上把被它钩住的衣袖花边解下来,她低垂着头,伏伦斯基送她出来,她悠然神往地倾听着他说的话。

"您什么也没说;就算我什么也不要求,"他说,"但是您知道,我需要的不是友谊,我这一生只可能有一种幸福,就是您那么不喜欢的那个字……是的,爱……"

"爱……"她内心里有一个声音在慢慢地重复着他说的这个字,就在她解开了花边的那一刹那间,她突然又说了句:"我之所以不喜欢这个字,是因为它对我的含义太多了,比您所能够理解的要多得多啊,"于是她向他的脸上注视了一下,"再见!"

她同他握了握手,迅速而有弹性地一步越过看门人,隐没在马车里。

与她的目光和她的手接触让他的全身都燃烧起来。他吻了吻他掌心上她触及的地方,便回家去了,他意识到,今天夜晚比起这两个月来,他更加接近于达到自己的目标,他觉得幸福。

八

阿历克赛·亚力克山德洛维奇并不觉得妻子跟伏伦斯基坐在另外一张桌子上热烈地交谈这件事有什么特别的和有失体面的地方;但是他发现,客厅里的其他人觉得这是特别有失体面的,因此他也就觉得是有失体面的了。他决定,有必要就这件事跟妻子谈一谈。

回家后,阿历克赛·亚力克山德洛维奇像他平时一样走进了自己的书房,坐进安乐椅中,把那本论天主教的书在夹着裁书刀的地方打开,像平时一样看到一点钟;只是今天他时而要去抹一抹他高高的前额,摇一摇头,好像要把什么东西驱除掉。到惯常的时间,他站起来,盥洗一番,准备就寝。安娜·阿尔卡季耶芙娜还没有回来。

他夹起书走上楼去;但是今天晚上他并不像往常那样考虑着公务上的事,而是一心想着妻子和跟她有关的不愉快的事。他一反平素的习惯,没去躺在床上,而是背起双手在房间里来回踱步。他不能去睡,因为他感到他必须首先再次仔细考虑一下所发生的情况。

当阿历克赛·亚力克山德洛维奇在心中作出决定要跟妻子谈话那时,他觉得事情非常容易而简单;但是现在,当他再次考虑着所发生的情况时,他觉得事情是非常困难而复杂的。

阿历克赛·亚力克山德洛维奇并不嫉妒,嫉妒,他认为,是对妻子的一种侮辱,对妻子应该信任。为什么必须有这种信任,就是说完全相信他年轻的妻子会永远爱他,他并没有问一问自己;但是他从来没有不信任过,因为他心中怀有这种信任,并且他总是对他自己说,必须有这种信任。而现在,虽然他仍然相信嫉妒是一种可耻的感情,人必须有信任,他的这种信念并没有改变,他却感到自己是面对着一种不合逻辑也不近情理的事情,又不知道应该怎么办才好。阿历克赛·亚力克山德洛维奇现在所面对的是生活,是妻子有可能爱上他之外的另一个人,他觉得这真是非常不近情理,无法理解,其实这正是生活本身。阿历克赛·亚力克山德洛维奇的一生都是在官场上度过的,干了一辈子的公务,从来都是在跟生活的影子打交道。每一次,当他和生活本身正面相遇时,他便转身躲开。此时此刻他所体验到的感觉,就好像一个人正安安稳稳踩着一座桥跨过悬崖,忽然发现桥断了,脚下是万丈深渊。而这深渊,正是生活本身,那桥,就是阿历克赛·亚力克山德洛维奇所过的虚假的生活。他第一次遇上了妻子有可能爱上别人的问题,于是他在这个问题面前感到惊恐。

他没有宽衣上床,却迈着他平稳的脚步来来回回地走着,他走过餐厅,那里有一盏灯,拼花地板吱吱地响;他踩在客厅的地毯上,那里光线很暗,灯光只照着挂在沙发上面的他那幅不久前刚刚绘制的肖像;他走过她的书房,那里两支蜡烛照亮着她父母亲和女友们的画像,还有她书桌上那些他早已非常熟悉的小摆设。穿过她的房间,他走到睡房门口,又转身往回走。

他每走一趟都要中途停一停,主要是停在明亮的餐厅里的拼花地板上,他每次停下来,便对自己说:"对,这事必须解决,必须制止,必须把自己对这事的观点和自己的决定说出来。"于是他转身往回走。"但是把什么说出来?是什么决定?"他在客厅里对自己说,他找不到回答。"可是说到底,"在转回书房之前他问自己,"究竟出了什么事?什么事也没有呀。她跟他谈了很久。那又怎么样?女人家在社交场合跟随便什么人谈谈话,这有什么稀罕?再说,嫉妒——这意味着把自己和她都看低了。"他在走进她的书房时对自己说;然而这种推论以前对他有过很重的分量,现在却毫无重量也毫无意义。他从睡房门口重新又回到大厅;然而当他刚一回到幽暗的客厅里,有一个声音对他说,不是这样的,假如别人都已经察觉到,那就是说,有点儿什么事情。于是他在餐厅里又对自己说:"对,必须决定,必须制止,必须说出自己的观点来……"而在客厅往回转的时候他又问自己:怎么决定呢?后来又问自己,出了什么事呢?而他回答说:什么事也没有啊,并且想起了那句话:嫉妒是一种贬低妻子的感情,但是一走进客厅他又确信,是出了事情。他的思想,和他的身体一样,兜着大圈子,碰不上一点新东西。他发现这一点,便抹了抹额头,去坐在她的书房里。

他坐在她书房里,看见桌子上放着孔雀石信件夹和一封刚开头没写完的信,他的思想突然改变了。他开始想她,想她如今是在怎样想、怎样感觉。他生平第一次把她当个活人样想象着她的个人生活,她的思想、愿望,一想到她也可能和应该有她自己独自的生活,他便感到自己的思想非常可怕,立刻把它驱除掉。这其实就是那个他不敢对之望上一眼的深渊。在思想和感情上为别人设身处地地考虑,这样的精神活动对于阿历克赛·亚力克山德洛维奇是格格不入的。他认为这种精神活动是一种有害而危险的胡思乱想。

"最糟糕的是,"他想,"现在正是我的事业眼看要大功告成的时候(他想到他此时正在推行的计划),我正需要心平气和、聚精会神的时候,却朝我身上涌来了这种无聊的惊扰。可是又能怎么办呢?我可不是那种人,整天价承受着不安和惊扰,但却无力去正视它们。"

"我必须深思熟虑,作出决定,然后把它丢开。"他说出了声来。

"她的感情问题,她的灵魂里曾经发生和可能发生些什么的问题,这不是我的事,这是她良心上的事,要由宗教去管。"他对自己说,他因为觉得自己弄清了所出现的情况属于什么范围,感到很轻松。

"就这样,"阿历克赛·亚力克山德洛维奇对他自己说,"她的感情之类的问题是她良心上的问题,这我管不着。我的义务是明确的。我是一家之主,我是一个有义务对她加以引导的人,因此在某种程度上也是一个负有责任的人;我必须指出我所看到的危险,提出警告,甚至行使权力。我应该对她把这些话说出来。"

于是在阿历克赛·亚力克山德洛维奇的头脑里便明白地形成了他今晚对妻子要说的话。他反复考虑着他要说的话,为了家务事这样不为人所知地花费精力和时间,他感到可惜;而尽管如此,在他脑子里已经明确而清晰地,像作报告一样,构成了他这次讲话的形式和顺序。"我必须说明和表达的有以下几点:第一,阐述社会舆论与体统之重要;第二,从宗教上阐述婚姻之意义;第三,如果必要,指出对儿子可能造成的不幸;第四,指出她自己的不幸。"于是阿历克赛·亚力克山德洛维奇把两手的手指扣在一起,掌心向下,使劲地伸展了一下,手指上的关节嘎嘎地响着。这个姿势,这个坏习惯——两手相扣,手指嘎嘎作响的姿势和习惯,总是能让他恢复冷静、头脑清醒,他此刻正需要头脑清醒。门外传来马车驶近的声音。阿历克赛·亚力克山德洛维奇在大厅中央站住了。

听见了女人上楼的脚步声。阿历克赛·亚力克山德洛维奇做好说出那番话的准备,站在那里紧扣着自己的手指头,看还会不会有哪里发出嘎的声音来。有一个关节响了一下。

从楼梯上轻盈的脚步声,他已经感觉到她走近了,虽然他对自己那一席话非常满意,他仍是很害怕面临的这番表白……

九

安娜低垂着头,手里抚弄着头巾的穗子走进来。她脸上辉耀着鲜亮的闪光;然而这不是一种快乐的闪光,——它令人想起夜深人静时忽而燃起一把大火时那种可怕的闪光。看见丈夫,安娜抬起了头,仿佛从梦中醒来,微微地一笑。

"你还没睡呀?奇怪!"她说,把头巾解下,停也没有停,便接着走进梳妆室,"该睡啦,阿历克赛·亚力克山德洛维奇。"她隔着一扇门说。

"安娜,我要跟你谈谈。"

"跟我?"安娜感到惊奇,她说,走出梳妆室,眼睛望着他。"到底怎么回事?谈什么呀?"她坐下来问道。"喏,谈就谈吧,既然这么必要。不过顶好是睡觉。"安娜顺嘴说着,她听着自己的话,也惊异自己的说谎本领。她的话说得多么随便,多么自然,多么像是她真的想要睡觉!她觉得自己穿上了一件刀枪不入的谎言的盔甲。她觉得,有一种看不见的力量在帮助她和支持她。

"安娜,我必须事先提醒你。"他说。

"提醒?"她说,"提醒什么?"

她的目光是那么纯朴、那么愉快,若是一个不像她丈夫那样了解她的人,是不可能从她的话音里或者意思里发觉任何不自然的东西的。然而他了解她,他知道,平时他只要晚睡五分钟,她就会发觉,并且问他是什么原因,他知道她无论什么事,欢乐、愉快、苦恼,都会立即告诉他,因此现在他看出,她是不想理会他的心情,不想说出一句关于她自己的话,他感到这里面问题很多。他看见她的心灵深处过去对他一向敞开,而今天他却不得其门而入了。不仅如此,从她的语气里他还看出,她并不为此感到不安,而似乎简直就在对他说:是的,你不能进入我的心灵了,应该这样,将来都要这样。此刻他所体验的感情恰似一个人回自己的家,走到门口,却发现他家的大门锁着。"不过,或许,钥匙还是能找到的。"阿历克赛·亚力克山德洛维奇心想。

"我想提醒你的是,"他声音低低地说,"你由于不小心和欠考虑,可能会让社交界的人有理由来议论你。今天你跟伏伦斯基伯爵(他果断地、一个字一个字地从容说出这个名字来)的那场过于热烈的谈话,让人家都注意你了。"

他说着,望着她那双含笑的眼睛,这双他如今已无法参透的眼睛让他感到可怕,他一边说话,一边就感到自己的话是无用的和徒劳的。

"你老是这样,"她回答说,好像完全不懂他说些什么,而且是故意装作只听懂了他的最后一句话,"我闷得慌,你不高兴,我快活,你也不高兴。今天我不觉得闷呢,这又委屈你啦?"

阿历克赛·亚力克山德洛维奇战栗了一下,弯起两只手,想把关节弄出声音来。

"哎呀,劳驾啦,别弄得嘎巴响,我不喜欢这样。"她说。

"安娜,这还像是你吗?"阿历克赛·亚力克山德洛维奇轻声地说,他努力控制住自己,也不让手再动。

"这到底是怎么回事儿呀?"她面带惊讶地说,她显得很真诚,好像她感到有些滑稽。"你要我怎么样呀?"

阿历克赛·亚力克山德洛维奇不说话了,他用手擦了擦额头和眼睛,他本想事先提醒自己的妻子不要在社交场合犯错误,他发现他并没有这样做,现在他不由得激动起来,因为事情涉及了她的良心,他觉得他面前有一堵墙,他是在跟这堵墙作斗争。

"我打算说这些话,"他冷峻而沉稳地继续说下去,"我要求你听我说完。我承认,这你知道,嫉妒是一种伤人的卑劣的感情,我从来不让自己受这种感情支配;但是有一些人所共知的体统,要是违反了,会受惩罚的。今天不是我注意到,而是,从你给别人留下的印象来看,大家都注意到,你的举止不是十分得当。"

"我根本不懂你都说些什么。"安娜耸耸肩头说。"他倒无所谓,"她想,"不过别人都注意到了,所以他心里不安了。""你不大舒服吧,阿历克赛·亚力山德洛维奇。"她又说了一句,便站起身来,想走出门去;然而他向前移动了一下,似乎想要拦住她。

安娜从来没见过他的面孔是这么阴郁、这么难看。她停住了,把头向后一仰,歪向一边,开始用手急速地把头发上的卡子一个个取下来。

"那么好吧,我就来听,看还有什么,"她安然地、带着嘲笑的口气说道,"我还很有兴趣听听呢,因为我想要知道,是怎么回事儿。"

她在说这番话时自己也奇怪,怎么她能用那样安然自信的口气说话,而且还选择了那样的措辞。

"我没有权力进入你感情的每一个细节,并且一般说来,我也认为这样做没有好处,甚至有害,"阿历克赛·亚力克山德洛维奇开始说了,"我们如果挖一挖自己的灵魂,往往都可以挖掘到一些隐藏而不被注意的东西。你的感情,——这是你的良心问题;但是向你指出你所负的责任却是我在你面前,在自己面前,在上帝面前都承担的责任。我俩的一生是联结在一起了,不是哪些人把我们联在一起的,而是上帝。拆散这种联结的只可能是犯罪,而这一类的犯罪会带来沉重的处罚。"

"我一点儿也不懂。哎呀,老天爷,我多想睡觉呀!"她说,一边急忙地用手捋着头发,寻找剩余的发卡。

"安娜,看在上帝的分上,别这么说话,"他温和地说,"或许是我错了,可是你要相信,我所说的话既是为了我自己,也是为了你。我是你的丈夫,我爱你。"

片刻间她的脸向下垂着,目光中那股嘲笑的火光也熄灭了;然而"爱"这个字又让她很是反感。她想:"爱?难道他会爱?如果他没听别人说过世上有所谓爱,他永远也不会使用这个词儿。他根本不懂什么叫做爱。"

"阿历克赛·亚力克山德洛维奇,真的,我不懂,"她说,"你觉得是什么,就照直说出来……"

"对不起,请你让我把话说完。我爱你。但是我现在说的不是我自己;这件事情里涉及的最主要的人,是我们的儿子和你本人。很可能,我再说一遍,你会觉得我的话是多余的,不恰当的;可能,这是出于我的误会。如果是这样,我请求你原谅我。但是如果你自己感觉到还有哪怕是一点点儿根据的话,那么我要求你想一想,并且,假如你心里有话在对你自己说,那就把它对我说出来……"

阿历克赛·亚力克山德洛维奇自己也没注意到,他所说的完全不是他事先准备好的。

"我没什么好说的。再说……"突然她很快地说,尽力忍住不露出笑容来,"真是该睡觉啦。"

阿历克赛·亚力克山德洛维奇叹了口气,不再说什么,便到卧室去了。

当她走进卧室,他已经躺下了。他的嘴唇紧闭着,眼睛也不看着她。安娜躺在自己床上,她每一分钟都在等待着他再次开口跟她说话。她又怕他开口说话,又想要他开口说话。但是他沉默不语。她一动不动地躺着等了很久,也就把他忘记了。她想到另一个人,她看见了他,感觉到一想到他,她的心头便充满了激动和犯罪似的喜悦。忽然她听见一阵均匀而安稳的鼾声。起初阿历克赛·亚力克山德洛维奇好像被自己的鼾声吓醒了,鼾声也停止了;但是,两三次呼吸之后,那鼾声重新又安稳、均匀地响了起来。

"迟了,迟了,已经迟了。"她含着微笑悄声说。她久久地一动不动地躺在那里,睁大着眼睛,那眼睛里发出的光芒,她好像觉得,她自己在黑暗中也能看得见。

十

从这天夜晚开始,阿历克赛·亚力克山德洛维奇和他的妻子所过的生活和以往不同了。并没有发生什么特别的事情。安娜跟从前一样出入于社交界,特别是常去培特茜公爵夫人家,到处都跟伏伦斯基见面。阿历克赛·亚力克山德洛维奇把这些都看在眼里,但毫无办法。他想要找她彻底谈一谈,但每次她都高高兴兴而又佯作不解,她是用这样一堵刀枪不入的墙壁来把他挡住。外表看来一切照旧,而骨子里他们的关系已经完全改变了。阿历克赛·亚力克山德洛维奇在政界是那么大的一个强人,而在这种事情上却感到自己是软弱无力的。他像一头公牛,驯服地垂下了头,等待一把斧子劈下来,他感到人家已经把这把斧子举在了他的头顶上。每当他想起这些的时候,他感到有必要再试一次,还有希望用善心、温情和规劝来拯救她,使她醒悟,因此他每天都准备跟她谈。然而每次一开始和她谈话,他便感到,那主宰着她的邪恶与欺骗的魔鬼同样也主宰着他,他跟她说的话完全不是他所想要说的,语气也完全不是他所想用的。平时如果有人跟他用戏谑的语气讲话,他也习惯于用戏谑的语气来回报,现在他跟她谈话时不由自主地用上了这种语气。而用这种语气是无法对她说出必须说出的话的。

············

十一

那将近一年来成为伏伦斯基生活中的唯一欲望,代替了他以前一切欲望的;那对于安娜说来是不可能的、可怕的,因而也是她甘愿为之销魂的幸福梦想的事,——这个欲望已经满足了。他面色苍白、下颚颤抖着、站在她面前、恳求她放心,自己也不知道放心什么,怎样放心。

"安娜!安娜!"他声音颤抖着说,"安娜,看上帝分上!……"

然而他说得声音愈大,她那一向骄傲、快乐,如今则无地自容的头便垂得愈低,她缩起了身子,从她坐着的沙发上溜下来,溜到地板上,他的脚边;若不是他把她拉住,她就倒在了地毯上。

"我的上帝呀!饶恕我吧!"她哽咽地说,把他的手紧压在自己胸前。

她感到自己罪过太大、错误太大，只能俯首求饶，别无出路；而在人生途中，如今除他之外，她已经再无亲人，所以她才向他恳求饶恕。眼睛望着他，她从肉体上感觉到自己的屈辱，什么话也说不出来。他则体验到一个凶手看见被他亲手夺去生命的尸体横陈在自己面前时所应该体验的心情。这个被他夺去生命的尸体就是他们的爱情，他们初期的爱情。回想起那件为之付出了这种可怕的羞耻代价的事，便感到一种恐惧和恶心。面对精神上一丝不挂的自己，她痛感羞耻，这感觉也传染了他。但是，无论凶手在被杀者的尸体面前感到如何恐惧，他还是必须把尸体切成碎块，掩藏起来，还是必须去享用一个凶手用谋杀所得到的东西。

于是凶手便会恶狠狠地，像是满怀着激情地向那尸体扑去，掩住它，切割它；他也同样地扑过去在她的脸上、肩头上盖满了热吻。她抓住他的手，一动不动。是的，这些亲吻——这些都是我用那羞耻换来的东西。是的，还有这只手，它将永远属于我所有，——这只我的同谋犯的手。她抬起这只手，吻着它。他跪在地上，想要看一眼她的脸；但是她把脸藏起来，什么话也不说。最后，她好像极力控制住了自己，她站起身来，把他推开。她的脸还是那么美，然而这张脸此时显得多么地可怜。

"一切都完了，"她说，"你要记住我现在除了你，什么也没有了。"

"我不会不记住那就是我生命的东西。为了一分钟这样的幸福……"

"什么样的幸福啊！"她厌恶而恐惧地说，那恐惧不由得也感染了他，"看上帝分上，别说了，再别说了。"

她急速站起来，离开他。

"再别说了。"她又这样说，脸上带着让他觉得奇异的冰冷绝望的表情和他分了手。她感到，在这一分钟里，她无法用言语表达她在如此进入一个新生活之际的那种羞耻、快乐而又恐惧的感情，也不想来说这个，以免用些并不确切的言词亵渎了这种感情。但就是后来,第二天和第三天,她仍是不仅找不到可以用来表达这种感情的复杂性的言词,而且也找不出思路可以让她自己明确地反映出她心灵深处的一切。

她对自己说:"不,现在我还不能想这件事;过些天,等我平静一些了。"然而这种能让她深思熟虑的平静永远也不会到来;每一次,当她一想到她做下的事,想到她会遭遇到什么,她应该怎样做,恐惧便会袭上心头,于是她便把这些思想都驱除掉。

"过些时候,过些时候,"她说,"等我平静一些。"

但是在梦里,当她无力控制自己的思想时,她的处境便会丑态毕露地呈现在她的眼前。有一个梦几乎每夜都会出现。她梦见,两个人都是她的丈夫,两个人都对她热情爱抚,阿历克赛·亚力克山德洛维奇哭着吻她的手,还说:现在多么好啊!而阿历克赛·伏伦斯基也在场,他也是她的丈夫。她觉得奇怪,为什么她以前会认为这是不可能的,她笑着对他们解释说,这样事情就简单多了,现在他们两人都满足了,都幸福了。但是这个美梦却像噩梦一样让她感到沉重,她每次都被吓醒。

十二

刚从莫斯科回来的那些天,每当列文想起遭拒绝的耻辱,他便会发抖和脸红,这时候,他就对自己说:"当我物理得了一分,二年级留级的时候,我也是这样脸红发抖,以为一切都完蛋了;当我把姐姐交给我办的事办糟了的时候,我也认为自己完蛋了。可是又怎么样呢,——现在好几年过去了,想起来我就觉得奇怪,这些事怎么可能让我伤心呢。这一回的伤心事也会是这样的。过些时候,我也就无所谓了。"

但是已经三个月过去了,他还是不能觉得无所谓,他还是跟开头的那几天一样,一想起这事便心里难过。他无法使自己平静下来,因为他梦想着过家庭生活想了那么久,早就觉得自己已经成熟了,可以成家了,可还是没有结婚,而且现在比过去任何时候离结婚成家都更加遥远了。他周围的人们都觉得,像他这样年龄的男子不适宜过独身生活,他自己也痛切地感到的确是如此。他记得,去莫斯科以前,有一次他对养牲口的尼古拉,那个他喜欢跟他聊天的老实庄稼人说:"嘿,尼古拉!我想讨个老婆啦。"尼古拉马上就像讲一件无可怀疑的事情似的回答说:"早就该讨一个啦,康斯坦丁·德米特里奇。"然而如今结婚的事离他比从前任何时候都更遥远。位置已经让一个人给占掉了,而当他现在想象着把他所认识的任何一个姑娘摆在这个位置上的时候,都觉得这是完全不可能的事。再说,一想起他遭到拒绝,想起他在这件事情里所扮演的角色,他就羞愧难当。不管他对自己说过多少次,说在这件事情上他一点过错也没有,但是一想起这事,就像他想起诸如此类的丢人事似的,由不得他不脸红发抖。他从前,跟其他任何人一样,做过一些自己也明知道是愚蠢的事,那都是应该受到良心谴责的;然而回想起那些蠢事时,他心中的苦味却远远少于他回想起这一件微不足道但却十分可耻的事情。那些创伤本来就难以愈合。而现在,除了这些痛苦的回忆之外,又有了这次遭到拒绝和那天夜晚他被迫在别人面前所表现的丑态。然而光阴和劳动发挥了作用。这些沉重的回忆逐渐地被乡村生活中许多他平时视而不见但却是很重要的事件所掩盖。时间一星期一星期地过去,他思念吉蒂也愈来愈少了。他急不可耐地期待着她已经出嫁或是即将出嫁的消息,但愿这样的消息,就像拔掉一颗牙齿一样,彻底治好他的病。

而这时春天来了,非常美好的、一眨眼间就到了的春天,不像往常那样姗姗来迟,且乍暖还寒。这样的春天是罕见的,草木、鸟兽和人类照例都为之皆大欢喜。这美好的春天更加鼓舞了列文,确定了他要抛弃过去的一切,坚强而独立地安排好他单身生活的意愿。虽然他回到乡下时带来的许多计划都还没有实行,然而那最主要的一点,过纯洁的生活,他是认真遵守的。从前他每做错事情之后都受到羞愧之心的折磨,这一次他没有这样,他仍然能够勇敢地正视别人的眼睛。早在二月间他就收到玛丽娅·尼古拉耶芙娜的来信,说尼古拉哥哥身体愈来愈坏了,而他又不肯医治,一收到这封信,列文马上去莫斯科找哥哥,说服他就医,并出国到温泉地去疗养。能够如此成功地说服哥哥,又借钱给他去旅行,而不令他恼怒,列文感到很是满意。除了春天需要特别操心的农务之外,除了读书之外,列文这年冬天开始就在写一本关于农业的著作,他主要的思想是,劳动者在农业中的性质也属于绝对因素,跟气候和土壤是一样的,因此农业科学的一切原理便不能只从土壤、气候这两种因素来推论,而应该从土壤、气候和劳动者的某种不可更改的性质这些因素来推论。所以,尽管他孤独,或者说正由于孤独,他的生活却也特别地充实,他只是偶尔感到不甚满足,想要把他头脑中萦绕的思想说给阿加菲娅·米海依洛芙娜之外的什么人听听,虽说他跟她也时常谈论物理学,农业原理,尤其是哲学;哲学是阿加菲娅·米海依洛芙娜所喜爱的话题。

春天来得还不够畅快。大斋期的最后两个礼拜,天气一直是晴朗而寒冷的。白天阳光下冰化雪消,而夜晚又冷到零下七度;雪面上结了厚厚一层冰,乘马车没有路也能通行。复活节还遍地是雪。后来忽然间,节后的第二天,便刮起一阵暖风来,天空乌云密布,下了一场三天三夜的暖和的暴雨。到礼拜四风平息下来了,又是一场浓密、潮湿的大雾,仿佛要把大自然变化的奥秘都掩盖起来。在大雾下,春潮泛滥了,坚冰碎裂、漂动了,浑浊的、泡沫翻滚的河水流淌得更快了,到复活节后的第七天傍晚,大雾消散,浓云散裂成一朵朵的白云,天晴了,真正的春天也终于露面了。早晨升起了明亮的太阳,水面上的一层薄冰迅速消失,苏醒的土地上蒸腾的热气充满着天空,使得温暖的大气也颤动起来。隔年的旧草泛绿了。新草长出尖尖的嫩芽来;雪球花,醋栗树,和那黏糊糊的、带酒味儿的白桦树都绽出了新芽,在布满金黄色小花的一枝树条上,蜜蜂嗡嗡地绕来绕去。几只看不见的云雀在毛茸茸的绿草地上和仍带薄冰的割过留茬的庄稼地里婉转地歌唱,麦鸡在积满褐色污水的洼地和沼泽上空哭泣一般啼叫,白鹤与大雁高高飞起,咕咕地迎接着春天。牧场上,脱了毛还没全长出来的牲口在阵阵吼叫,弯腿的小羊羔在它们剪过毛的、咩咩叫着的母亲身边蹦跳着,快腿的孩子们在小道上奔跑,他们的光脚丫子把路上的污泥踩得干起来了,农妇们在池塘边上洗着粗麻布衣裳,一边快活地叽叽喳喳交谈着,院子里传来农夫们修整犁耙的斧头声。真正的春天来到了。

十三

列文穿一双大皮靴,第一次换下皮大衣,穿起了呢子短外套,出门去察看农务,他涉过阳光下闪光耀眼的一条条小溪,一会儿踩在冰上,一会儿踩在烂泥里。

一年之计在于春。像春天的树木不知道把它隐藏在饱满胚芽中的幼嫩枝桠往哪儿伸展一样,列文踏上庭院时也不大知道,在他所心爱的农务中现在应该采取些什么措施,然而他感到,他心头充满最好、最好的计划和设想。他首先去看牲口。母牛已经放进围栏里晒太阳,新换的光溜溜的毛闪闪地发亮,它们哞哞叫着,要求到田野中去。列文欣赏着牛身上那些他所熟悉的一点一滴的细节,吩咐把它们赶到野外去,再把小牛犊子放进围栏里。放牛人高兴地跑来准备出发了。管牲口的女人们撩起长裙,一双双白生生的、没被太阳晒黑的光脚噗嗤噗嗤踩在烂泥里,手拿树条子奔跑在牛犊的后面,把它们往院子里赶,小牛犊儿哞哞地叫着,由于春天的到来高兴得活蹦乱跳。

列文又去欣赏了那头今年刚生的小犊子,它的品种格外优良,——早先出生的几条已经有农家母牛那样大,巴瓦生的那条母犊儿,才三个月,已经有一岁犊子那么高了,——他吩咐给它们把食槽搬出来,在围栏里给它们喂干草吃。但是发现秋天修的栏杆一冬天没用,已经坏了。他派人去喊木匠来,按照原先的安排,木匠这时应该在造打谷机了。结果是,他还在修理木耙,那本来应该在谢肉节前就修好的。列文对此非常气恼。他生气是因为,农务上这种从来拖拖拉拉的事现在又露头了,尽管他多少年来都在全力以赴地要改变它。那些栏杆,经他查明,是由于冬天用不着,搬到了耕马的马厩里,在那儿被弄坏了,因为本来是准备给小牛用的,做得就不结实。此外他也弄清楚了,木耙和所有耕地用的农具,他早在冬天就吩咐过要检查和修理的,还特别为这雇了三个木匠,却都没有修好,已经该耙地了,而耙子还在那儿修着。列文派人去找管家,刚说完话,又自己跑去寻找他。管家这天也跟世间万物一样地容光焕发,他穿了件羊羔皮镶边的皮袄从打谷场走来,手里折着一根干草。

"木匠干吗没在做打谷机?"

"啊,我昨天就想来向您报告了:得修耙子呀,要下地啦。"

"那冬天干什么去了?"

"可您现在要木匠干什么呀?"

"牛犊子围场上的栏杆放哪儿啦?"

"我叫他们放在老地方的。你拿这些人有什么办法呀!"管家摇着手说。

"不是拿这些人没办法,是拿这种管家没办法!"列文冒火地说。"我雇你是来干什么的啊!"他大声喊叫着说,但是马上想到这样做并没有用处,话说到一半就不说了,只叹了口气。"那么,能下种了吗?"他一阵子没出声,然后才问道。

"土尔金那边的地,明天或是后天就行了。"

"那么苜蓿呢?"

"我派瓦西里跟米什卡,他俩去种了。只是不晓得,踩得进去吧:地里烂得很。"

"种几亩?"

"六亩。"

"干吗不都种上?"列文大吼一声。

苜蓿只种了六亩,而不是十二亩,这更让列文恼火。种苜蓿,无论是按理论或是按他自己的经验,只有愈早愈好,差不多要在雪还没化时候就要种。而列文从来没法做到这一点。

"没人手呀。你拿这些人怎么办呢?三个人不来上工。还有谢明……"

"喏,您可以把干草的事搁一搁呀。"

"我是搁下啦。"

"那人手呢?"

"五个人在做康波特(他是说康波斯特①)。四个人在翻燕麦;别烂掉了,康斯坦丁·德米特里奇。"

列文非常清楚,"别烂掉了",这话就是说英国燕麦种已经糟蹋了,——又是没照他吩咐的去办。

"我不是在大斋节时候就说过的吗,要装通风管子!"他又大吼着。

"您放心,一切都会按时办好的。"

列文生气地挥一挥手,去谷仓看了看燕麦,又回到马厩里。燕麦还没有坏。但是工人们在用铁锹翻燕麦,本来是可以直接把它装进下面的谷仓去的,列文安排了这件事,从这里抽了两名工人去种苜蓿,他对管家的气也消了。再说天气这么好,是不好生气的。

"伊格纳特!"车夫正卷起袖子在井台上洗车,他喊他一声,"给我套马……"

"您要哪一匹?"

"喏,就科尔比克吧。"

"是,老爷。"

当他们备马的时候,列文又把在他面前晃来晃去的管家叫到跟前,为了缓和一下跟他的关系,和他谈起眼下春天要干的农活和一

---

① 康波特,俄语"糖水煮水果"的音译;"康波斯特",俄语"农家混合堆肥"的音译。这位管家把做肥料说成做糖水煮水果了。

些农务上的计划。

往地里送肥要早点开始,赶在开镰割草前结束。远处的地要用犁头不停地犁,好把它作为秋耕休闲地。收割草料全部不用对分收成①的办法,而用雇工。

管家仔细地听他吩咐,显然是在勉强自己赞成主人的意见;可这位管家仍然是那么一张列文非常熟悉、也总是让他激怒的绝望而又沮丧的面孔。这张面孔说:"你说的都不错,只看老天爷怎么样了。"

没有比他这种腔调更让列文痛心的了。但是不管他换过多少个管家,都是这种腔调。他们对他的意见都采取同一种态度,因此他现在已经不生气了,只是伤心而已,并且感到自己更加心情激奋,要跟这种不知何以名之的自然力作斗争,姑且称之为"听天由命"吧,这种自然力老是在跟他作对。

"要是来得及的话,康斯坦丁·德米特里奇。"管家说。

"怎么会来不及呢?"

"至少还得雇十五个人。人家又不肯来。今天来了几个,一夏天要七十个卢布呢。"

列文没有作声。这种自然力又在与他作对了。他知道,不管他们花多大力气,他们都不可能按公道的价钱再雇到多于四十个,三十七个,三十八个的工人了;已经雇到四十个,再多没有了。但是他仍然不能不斗争。

"打发人到苏里,到切非罗夫卡去雇,要是他们不肯来。得去找呀。"

"打发人去——我就打发人去吧,"瓦西里·费多罗维奇垂头丧气地说,"可是马也都不行啦。"

"咱们去买呀。我知道的啊,"他笑着添了一句,"您总归是小家

---

① 对分收成,当时俄国农村的一种分配制度,地主出土地,农民出劳动力,收成两方平分。

子气的;可我今年不让您自作主张了。我全都要自己来管。"

"我觉着,就这样您也没多睡觉呀。有主人家眼睛盯着,我们更高兴……"

"他们在白桦峪那边种苜蓿吗?我去看看。"他说着便跨上了车夫牵来的那匹栗色小马科尔比克。

"小河过不去的,康斯坦丁·德米特里奇。"车夫喊着说。

"好的,那我就从林子里走。"

这匹长久不活动的小骏马,轻快地遛着步子,在水洼地上打着响鼻,撒着欢,列文骑上它踩着院子里的泥泞,走出大门到田间去了。

列文在牲口院子里已经感到很快活,在田野间他就更加快活了。他随着小马儿的溜蹄步子安稳地左右摇晃着,吸着雪地里和空气中新鲜而温暖的气息,踏上散布着点点脚印的松软的雪穿过树林,看见自己每一棵树的树皮上都生出鲜活的青苔来,嫩芽儿都鼓鼓的,他觉得非常高兴。当他走出了树林,他面前展现出一片平坦的、毛茸茸的、绿色幼苗铺成的地毯,没有秃块,没有水洼,只在几处低凹的地方还有几片正在融化的积雪。看见农民的马匹和马驹践踏他的庄稼他没有生气(他叫他遇见的一个农夫把它们赶开),碰上农夫伊帕特,他问他:"怎么,伊帕特,快该下种了吧?"伊帕特愚蠢地讥笑着回答他说:"先得耕地呀,康斯坦丁·德米特里奇。"他也没有生气。他越往前走,心里越高兴,于是便想起许多一个比一个更好的农务上的计划来:沿南北线在所有的地边种上柳树,这样树下就不会积雪;划出六成耕地来施厩肥,留三成备用,种上牧草;在土地远处的一端建一个牲口棚院,再挖个池塘,做一些活动的牲口栏杆来积肥料。这样就有三百亩小麦,一百亩土豆和一百五十亩苜蓿,一亩地也不荒废。

心里怀着这些梦想,他小心翼翼地让马沿着田塍走,免得践踏了自己的青苗,他来到种苜蓿的工人跟前。一辆装种子的大车没停在地边,而停在地当中,车轮子拔起了许多麦苗,马蹄子还踏坏许多。两个雇工坐在地边上,大概是在合抽一袋烟。车上应该用来拌种的泥土没有揉碎过,压成了或是冻成了硬块。看见主人来了,雇工瓦西里便走向大车,而米什卡才动手去播种。这是不应该的,但是列文很少向雇工发脾气。当瓦西里走到他跟前时,他叫他把马牵到地边去。

"不要紧,老爷,长得出的。"瓦西里回答他。

"别犟嘴啦,"列文说,"照吩咐的去做。"

"是,老爷,"瓦西里回答,便去牵住马头。"瞧我们种的,康斯坦丁·德米特里奇,"他巴结地说,"头等的活儿。只是好难走啊!鞋上拖了有一普特的泥。"

"你们干吗不用筛过的土呀?"列文说。

"我们要揉碎它的。"瓦西里回答,一边抓一把种子,还在手心里搓揉着泥土。

这事不怪瓦西里,人家给他装上的是没筛过的土,但毕竟是让人恼火的事。

列文有一种他所熟悉的方法,可以用来平息自己的恼怒,他不止一次试验过。还能把那些看起来是不好的事又变成好事,这方法行之有效,现在他又在使用这个方法了。他看见米什卡迈步时脚上拖着好大的两块泥,便下了马,从瓦西里手里拿过筛子,自己去撒起来。

"你刚才撒到哪儿啦?"

瓦西里用脚点了点那个地方,列文便使出他全身的本领,把拌好土的种子播下去。地里很难走,像踩在泥沼里一样,列文走过一垄便出汗了,他停下来,把筛子还回去。

"我说,老爷,到夏天可别为这一垄骂我呀。"瓦西里说。

"那又怎么样?"列文快活地说道,他感到他所采用的方法已经在起作用了。

"到夏天您再瞧吧。可不一样呢。您看看我去年春天种的。像一苗一苗栽上的一样!我呀,康斯坦丁·德米特里奇,好像是,就跟给亲爹干活儿一样卖力气。我自个儿不喜欢马虎,也不许别人马虎。主人家高兴,我们也高兴呀。瞧那边儿,"瓦西里手指着地里说,"叫人真开心啊。"

"这春天真不错啊,瓦西里。"

"这样的春天,老一辈人也不记得有过没有啊。那年我在家里,我们老爷子也种了不到一亩地的麦子。长得呀,可说是,跟黑麦都差不离啦。"

"你们家早就种过小麦啦?"

"是您前年教我们种的呀,您还送了我两斗种子呢。卖掉半斗,种了不到一亩地。"

"喏,当心点儿,把土块揉碎,"列文说着向马走去,"把米什卡看着点。要是苗出得好,一亩地我给你五个戈比。"

"太谢谢您啦。就这样我们已经很感激您啦。"

列文骑上马,来到去年种的苜蓿地里,又来到已经翻耕过准备种春小麦的地里。

苜蓿茬上发出的新芽长得好极了。全都返青了,从去年小麦的残茎下冒出来,碧绿碧绿的。马腿陷进烂泥里,一直陷到了踝骨,它每跨一步都发出噗嗤噗嗤的声音,把腿从半融的泥泞中拔出来。在耕过的地里,骑着马根本就走不过去:只在有薄冰的地方才站得住脚,在化了冰的垄沟里,马腿陷到了踝骨以上。地耕得非常好;再过两天耙一遍就可以下种了。样样都顺利,样样都称心。回家时列文从小溪上走,希望水已经退了,他果然涉过了小溪,还惊起了两只野鸭。"水鹬也该有啦。"他想,刚巧在拐弯朝家里走的路上遇见了看林子的,证实他的想法是对的。列文便纵马小步跑回家去,好赶快吃饭,还来得及在傍晚前准备好猎枪。

十四

列文兴致勃勃往回走,快到家时,听见通向他家大门口那边的路上有马车的铃声。

"对,这是从铁路那边来的人。"他想,"莫斯科的火车就这时候到……会是谁呢?怎么,会是尼古拉哥哥吧?他说过的呀:或许去温泉,也或许到你家来。"想到尼古拉哥哥在这儿会搅乱他幸福的春天的心情,最初一瞬间他感到害怕和不愉快。然而他马上为有这种感觉而羞愧,于是他立刻好像是敞开了心灵的怀抱,现在他激动而快乐地满心期待着和盼望着,但愿来的人就是哥哥。他策马向前,跑到一棵金合欢树前面,看见从火车站那边驰来一辆三驾出租雪橇,和一位穿皮大衣的绅士。这人不是哥哥。"啊,要是来一个谈得来的讨人喜欢的人就好了,"他想。

"啊!"列文开心地大叫一声,高高地举起两只手。"真是来了一位让人开心的客人!啊,我多么高兴你来哦!"他一认出斯捷潘·阿尔卡季伊奇,便高喊着。

"我一定能知道她出嫁了没有,或是什么时候出嫁。"他想。

在这样一个明媚的春日里,他觉得想起她也一点儿不伤心。

"怎么,没料到吧?"斯捷潘·阿尔卡季伊奇说,一边从雪橇上下来,他鼻梁上、面颊上、眉毛上都溅着泥,然而却容光焕发,愉快而健康。"来看看你——这是第一,"他说着,拥抱他,吻他,"来打猎——这是第二,还有卖叶尔古绍沃那边的林子——这是第三。"

"太美啦!这春天怎么样?你怎么是坐雪橇来的呀?"

"坐马车还要糟呢,康斯坦丁·德米特里奇。"赶雪橇的人跟他熟,这样说道。

"喏,我非常、非常高兴你能来。"列文说,他发自内心地微笑着,像孩子一般地高兴。

列文把他的客人领进客房里,把斯捷潘·阿尔卡季伊奇的行李也送了过去:一只提包,一支带套子的猎枪,一袋雪茄烟;让他去洗脸换衣服,自己则趁这工夫到账房里,吩咐些耕作和种苜蓿的事。阿加菲娅·米海依洛芙娜是个一向非常关心家庭荣誉的女人,她在前厅里迎着他问了好多有关开饭的问题。

"您瞧着办吧,只是要快点儿。"他说完就去找管家了。

他回来时,斯捷潘·阿尔卡季伊奇已经梳洗干净,笑容满面地从他房间里走出来,他们便一同上楼去了。

"喏,到了你这儿,我多么高兴啊!现在我就能弄明白,你在这儿搞出来的神秘东西都是些什么。啊不,我是在羡慕你呢。多好的房子,所有这一切多美!多舒畅,多愉快。"斯捷潘·阿尔卡季伊奇说,他忘记了,并非一年四季都是眼前这样的春天,都是这样明朗的天气。"你的老保姆多么可爱啊!要是有个穿围裙的漂亮丫鬟伺候着就更舒服了;不过按照你的修道院式的生活来说——现在这样是非常好的了。"

斯捷潘·阿尔卡季伊奇说了许多有趣的新闻,列文特别感兴趣的新闻是,他的哥哥谢尔盖·伊凡诺维奇打算这个夏天到乡下来看他。

斯捷潘·阿尔卡季伊奇关于吉蒂和谢尔巴茨基家的情况一句话也没提起;他只转达了他妻子的问候。难得他想得周到,列文很感激他,也非常高兴这位客人的到来。跟往常一样,在他独自幽居的时间里,心头积下许多的思想情感无法对周围的人表达,现在他可以全都倾诉给斯捷潘·阿尔卡季伊奇听:他谈到春天富有诗意的欢乐心情,谈到农务上不顺心的事和今后的打算,谈到他对一些他所看过的书籍的想法和意见,还特别谈到他那本著作的主要思想。这本书的基本观点,虽然他自己没有注意到,是在对一切有关农业问题的陈旧著作提出批评。斯捷潘·阿尔卡季伊奇这人一向讨人喜欢,任何事只须稍加暗示,他便能心领神会,他这次来访尤其讨人喜欢,列文发觉,他身上又有一种新的令他满意的特点,那就是对他的敬重和一种好像是对他非常温柔体贴的态度。

阿加菲娅·米海依洛芙娜和厨师把这顿晚餐弄得特别地丰盛,然而结果是,两位饿慌了的朋友,不等正菜上来,便大吃其黄油面包,咸鹅腌菌,而且,列文还叫把汤端上来,不等馅饼了,而厨师却是想用他的馅饼来让客人大吃一惊的。不过,虽然斯捷潘·阿尔卡季伊奇习惯于享用的是另一些饭食,他仍然觉得这顿饭非常可口;草浸酒、面包、黄油,特别是咸鹅,还有香菌、荨麻汤、白汁鸡和克里米亚白葡萄酒——一切都好极了,美极了。

"太好了,太好了,"吃过烤肉之后,点起一支粗大的雪茄,他说道,"到你这儿,我就像是从一艘轮船上下来,经过喧闹和颠簸,到达了一处宁静的海岸。你说,劳动者这个因素必须加以研究,必须在选择农业经营方式时起主导作用。我对这个可是外行,不过我觉得,理论和对理论的运用也会对劳动者有所影响的。"

"对,不过你等一等:我不是在谈政治经济学,我谈的是农业科学。它应该跟各种自然科学一样,要观察许多现存的现象,也要观察劳动者,观察他们经济的,民族的……"

这时阿加菲娅·米海依洛芙娜端着果酱进来了。

"喏,阿加菲娅·米海依洛芙娜,"斯捷潘·阿尔卡季伊奇吻着自己胖得发圆的手指上那细细的指尖对她说,"您的咸鹅真美呀,草浸酒真美呀!……""怎么,是时候啦,考斯佳?"他又说。

列文望了望窗外沉落到光秃的树梢后面的太阳。

"是时候啦,是时候啦,"他说,"库兹马,把敞篷车套上!"说着便跑下楼去。

斯捷潘·阿尔卡季伊奇走下楼来,亲手仔细地从漆得锃亮的枪盒上取下帆布套子,打开枪盒,动手装配他那支贵重的新式猎枪。库兹马已经感到会有一大笔酒钱到手,便跟着斯捷潘·阿尔卡季伊奇,给他又穿袜子又穿靴,斯捷潘·阿尔卡季伊奇也乐意让他去做。

"你吩咐一下,考斯佳,要是商人梁比宁来了,——我叫他今天来的,——让他进来等一等……"

"你未必是把树林子卖给梁比宁啦?"

"是呀。这么说你认识他?"

"当然,认识。我跟他打过那种'一言为定,货真价实'的交道的。"

斯捷潘·阿尔卡季伊奇笑起来了。"一言为定,货真价实"是这个商人最爱说的话。

"是呀,他这人说话非常之可笑。"列文说,拉斯卡叽叽哼哼地叫着,缠在列文身边,一会儿舔他的手,一会儿舔他的靴子和猎枪,他把手伸给它,又说:"它知道主人要去哪儿。"

等他们走出来,敞篷马车已经停在门口了。

"我叫他们套车的,虽然路不远,要不还是走着去?"

"不,坐车去好。"斯捷潘·阿尔卡季伊奇说着便走向敞篷马车。他坐上去,用虎皮毯子给自己把腿包好,点起一支雪茄来。"你怎么会不抽烟的呀!雪茄烟——这玩意儿不是享受,而是享受的极致和象征。这就叫做生活!多美哟!我就想过这样的日子!"

"可是谁又不让你过呢?"列文微笑着说。

"不啊,你才是个走运的人呢。一切,只要是你喜欢的,你都有。你喜欢马——就有马,喜欢狗——就有狗,喜欢打猎——就能打猎,喜欢务农——就能务农。"

"或许,就是因为我有的东西,我喜欢,我没有的东西,我也不为它伤心。"列文想到了吉蒂,便这样说。

斯捷潘·阿尔卡季伊奇明白他的意思,瞅了他一眼,不过什么也没说。

奥勃隆斯基是个机灵人,他注意到列文害怕提起谢尔巴茨基家的事,就一句话也不谈到他们,列文心里很感激他;但是这会儿列文已经很想打听一下那件让他那么苦恼的事情,而他又不敢开口。

"喏,我说,你的事情怎么样?"列文感到老是想自己的事不大好,就说。

斯捷潘·阿尔卡季伊奇的眼睛闪着快活的光。

"你是不会同意说,一个人有一份口粮以后,还可以再想吃白面包的,——按你的说法,这就是犯罪;可是我不同意没有爱情的生活也叫做生活。"他是按照他自己的意思在理解列文的问题的,所以他这样说。"怎么办呢,我生来就这么个人。说真的,我这样做无论对谁都没坏处,而自己却有那么些乐趣……"

"怎么,是不是又出了什么新的事情?"他问道。

"有的啊,老弟!你瞧,你知道有一种奥西安型的女人①……那种只在梦中才能见到的女人……这种女人在现实生活里也是有的……而这种女人是非常可怕的。女人,你瞧,是这么一种东西,不管你怎么去研究她,她总归是新鲜的。"

"那就顶好是别去研究。"

"不对。有那么一位数学家说过,乐趣不在于发现真理,而在于探索真理。"

列文默默地听着,他竭尽全力也无法设身处地去体会和理解他朋友的情感和研究这种女人有什么乐趣。

十五

打猎的地方不远,在小白杨树林中,小河边上。来到林边,列文下车带奥勃隆斯基到一片林中小空地的一个角落上,那里已经化雪,长满青苔,潮乎乎的。他回身走向空地另一头的一株根部分叉的桦树前,把猎枪靠在低垂的枯枝树桠上,脱掉长外衣,重新勒上腰带,又试了试两臂是否灵活。

紧跟在他们身后的老灰狗拉斯卡小心地蹲在他对面,耳朵警觉地竖起来。太阳正向一片大树林的后边沉落;霞光掩映中清晰地显出杨树林中夹杂着的几株白桦,它们低垂的枝桠上满是即将绽开的嫩芽。

林中的溪水仍是蜿蜒细流,从残雪未消的密林中,隐隐传来它

---

① 奥西安,又译莪相,英语为 Ossian,传说中的古代爱尔兰民间说唱诗人,爱尔兰的民间口头创作集《奥西安民谣集》(或译《莪相民谣集》)以他的名字命名。17世纪苏格兰诗人麦克菲森(1736—1796)曾假冒奥西安之名出版史诗《芬歌儿》和《帖莫拉》,这两部作品对欧洲早期浪漫主义文学产生巨大影响,奥西安之名也因此大振。《奥西安民谣集》和麦克菲森的作品中的女主人公都有神秘和奇异色彩。

们的潺潺声。几只小小的鸟儿啾啾地叫着,不时地从这棵树飞到那棵树上。

万籁俱寂,间或可以听见泥土化解和青草生长时触动着去年的落叶,发出的沙沙响声。

"多么美妙啊!连青草怎样生长都听得见,看得见!"列文说,他发现一片潮湿的石板色的白杨树叶在一株青草的嫩尖上轻轻移动。他站在那儿,倾听着,眼睛四处张望着,时而向下望望潮湿的、布满青苔的泥地,时而望望竖耳静听的拉斯卡,时而望望他面前群山之下海洋似的一片光秃秃的树梢,时而望望已经转暗的天空中那一朵朵白云。一只苍鹰不慌不忙地扇动着翅膀,从远方森林的上空飞过;又一只苍鹰也一模一样地飞过,飞向同一个方向,消失不见了。鸟儿在丛林里叫得愈来愈响,愈来愈欢。一只猫头鹰在不远处咽声长鸣,拉斯卡猛地一抖,谨慎小心地迈开几步,歪着头倾听。小溪那边有布谷鸟的叫声。它先用平时那种声音咕咕地叫了两声,然后便急忙地,嘎哑地乱叫起来。

"多美呀!布谷鸟都叫了!"斯捷潘·阿尔卡季伊奇说,他从灌木丛中走出来。

"是的,我听见啦。"列文回答说,他用自己听来也不悦耳的声音打破了林中的寂静,觉得很不舒服。"现在快有啦。"

斯捷潘·阿尔卡季伊奇的身影重又没入丛林中,列文只看见火柴的亮光一闪,接着是香烟的红火头和一缕青烟。

咔嚓!咔嚓!斯捷潘·阿尔卡季伊奇扳上枪机的声音。

"这是什么鸟在叫?"奥勃隆斯基问道,他让列文注意听一声拖长的咕咕声,好像一匹小马驹撒欢时的嘶叫声。

"啊,这你不知道?这是公兔子。别说话了!听,飞来啦!"列文差点儿喊起来,一边扳上枪机。

远处传来一声细细的啼鸣,正好是按着猎人所熟悉的节奏,过两秒钟——又传来第二声,第三声,第三声啼鸣之后便听见霍尔霍尔的叫声了。

列文的眼睛左右扫动着，他看见，在他面前，衬着雾蒙蒙的蓝天，在溶成一片的白杨树嫩梢的上空，出现一只飞鸟。它正冲着他飞来：从近处听这霍尔霍尔声，就像是在均匀地扯一块绷紧的布，声音就响在耳边；已经看见鸟儿的长喙和细颈了，就在列文举枪瞄准的一刹那间，奥勃隆斯基站着的灌木丛里闪起一道红光；鸟儿像箭一般落下，又向上飞起。又是一道红光和一声枪响；于是鸟儿拍打着翅膀，仿佛极力要留在空中，停住不动了，停了一眨眼工夫，便重重地啪嗒一声落在烂泥地上。

"难道我没打中？"斯捷潘·阿尔卡季伊奇在大声地喊，他隔一层烟，看不清楚。

"瞧，在这儿呢！"列文说，指着拉斯卡，它抬起一只耳朵，高高地摇晃着毛茸茸的尾巴尖，慢悠悠地迈着步子，似乎想要多开心一会儿，而且好像在微笑着，把打死的鸟儿给主人衔来。"嘿，我真高兴，你打中啦。"列文说着已经心怀嫉妒了，因为这只鹬鸟不是他打下来的。

"右枪筒的一枪打糟了，"斯捷潘·阿尔卡季伊奇一边装子弹一边回答，"嘘……来啦。"

的确听见了响亮的一声接一声的啼叫。两只鹬鸟嬉戏着、追逐着，没有霍尔霍尔地叫嚷，只是低啼着，飞到两位猎人的头顶上。响起了四发枪声，于是鹬鸟便像小燕子似的急速翻一个筋斗，便消失了。

....

这次打猎真漂亮。斯捷潘·阿尔卡季伊奇又打了两只鸭子，列文也打了两只，其中一只没找到。天渐渐暗下来了。明亮的、银光闪烁的金星已经在西方天边透过白桦树林低低地放射出它柔美的光辉，而东方高高的天际，阴沉的大角星已经撒出了它红色的光芒。列文在自己的头顶上找到了北斗星，忽地又找不到了。鹬鸟已不再飞起；然而列文决定再等一等，要等到金星从比白桦树低的地方升到比树更高，到处都能清楚地看见北斗星的时候。金星已经比树枝高了,北斗星的斗和斗柄已经全都清晰地呈现在暗蓝色的天空上,可是他还要等。

"该回去了吧?"斯捷潘·阿尔卡季伊奇说。

林中已经是静悄悄的,连一只鸟儿都不飞动了。

"再待一会儿吧。"列文回答。

"随你吧。"

他俩现在站得彼此相距大约有十五步远。

"斯季瓦!"列文忽然出其不意地说,"你干吗不告诉我,你的小姨子出嫁了没有,或者什么时候出嫁?"

列文觉得他自己这时是非常镇定而平静的,无论什么回答,他想,都不能令他激动。但是对斯捷潘·阿尔卡季伊奇的回答他怎样也没有料到。

"她并没想过要出嫁,现在也不想,她病得厉害,医生让她出国去了。大家还都怕她活不成呢。"

"什么!"列文大喊一声,"病得厉害?她怎么啦?她怎么……"

当他们在谈这些的时候,拉斯卡竖起两只耳朵,抬头仰望天空,又带着责备的目光瞧了瞧他们。

"真会找时候说话,"它想,"可是鸟儿飞来啦……瞧,它飞来啦。他们给错过了……"拉斯卡想。

但是就在这一瞬间,他们两人忽然听见了尖锐的鸟叫声,好像是把他们的耳朵刺了一下,于是两人突然便都抓起了枪,两道火光一闪,在同一刹那间发出了两声枪响。一只飞得很高的鹬鸟忽地合拢了翅膀,落入丛林中,压弯了许多细嫩的枝条。

"真棒!咱俩打的!"列文高叫着带上拉斯卡跑进丛林去寻找鹬鸟。"哎,发生了什么不愉快的事呢?"他在回想。"对了,吉蒂病了……怎么办呢,真让人难过。"他想。

"啊,你找到啦,真聪明。"他说着便从拉斯卡的嘴里把热乎乎的鸟儿取下来,放进几乎已经装满的猎袋。"找到啦,斯季瓦!"他高喊一声。

十六

归途中,列文问了吉蒂的病况和谢尔巴茨基家的打算,问得详细极了,虽然他羞于承认他听了这些话心里非常高兴。他高兴的是,事情还有希望,尤其高兴的是,她让他那么痛苦过,现在她自己也痛苦了。但是,当斯捷潘·阿尔卡季伊奇开始讲起吉蒂生病的原因,又提起伏伦斯基的名字时,列文没让他讲下去。

"我没有任何权利了解人家事情的细节,说真的,我也没兴趣了解。"

列文的脸色刚才还那么快活,一下子就这么阴沉,斯捷潘·阿尔卡季伊奇对列文的这种瞬息变化是非常熟悉的,现在他又发觉了这一点,便隐隐地一笑。

"你跟梁比宁把卖林子的事已经完全谈妥了吗?"列文问。

"是呀,谈妥啦。价钱好着啦,三万八。先付八千,其余的六年以内付清。我为这事忙了很久了。没人肯付更多。"

"这就是说,你把林子白白送给人家了。"列文面色阴郁地说。

"怎么说是白送了呢?"斯捷潘·阿尔卡季伊奇知道,列文这会儿对什么事都不会称心的,便温厚地微笑着说。

"因为林子至少一亩要值五百个卢布。"列文回答说

"哎呀,这些乡下财主让我怎么说才好!"斯捷潘·阿尔卡季伊奇开玩笑地说。"你们对我们城里哥儿们就是用这种瞧不上眼的口气!……说起办事情,我们办得总是更好些。说真的,我全都算过啦,"他说,"林子卖得合算得很呢,我甚至于还怕他会不认账呢。要知道,这不是**用材林**,"斯捷潘·阿尔卡季伊奇说,他希望**用材林**这个词儿能够让列文信服地知道,这是无可怀疑的,"而主要是柴禾林呀。而且每亩地能出的木头也不超过三十个沙绳,可是他给我的是两百个卢布一亩呢。"

列文轻蔑地笑笑。"我知道,"他心里在想,"不是他一个人,而

是所有城里人,他们十年里到乡下来住上一两趟,学会一两句乡下话,就信口乱用,还当真以为他们已经无所不知了呢。什么**用材林**呀,**出三十沙绳木头**呀。说了半天,自己也不知道说些什么。"

"我并不要来教你在你的衙门里怎么写公文,"他说,"如果有必要的话,我还要来求你呢。可你就那么自信,以为有关树林子的所有门道你全都懂了。这门道可难着啦。你数过有多少棵树没有?"

"树怎么个数法?"斯捷潘·阿尔卡季伊奇说着笑了起来,他仍在想着帮这位朋友从他恶劣的情绪中摆脱出来。"数河里的沙,数星星的光,哪怕脑子再聪明……"①

"哦,是呀,梁比宁的脑子就聪明,他就会数的。没有一个商人不是数过才买的,若是人家不像你似的白送给他的话。你的林子我知道。我每年都去那儿打猎的,你的林子值五百卢布的现钞,可他给你的是两百卢布分期付款。就是说,你送给了他三万个卢布。"

"得啦,别空口说白话啦。"斯捷潘·阿尔卡季伊奇不知如何是好地说。"那为什么没人肯要呢?"

"因为他跟他们全都串通好了;他给了他们好处。我跟这些人都打过交道。这些人不是正经买卖人,而是投机商。十分利、十五分利他是不干的,他等着用二十个戈比买进一个卢布的东西。"

"好啦,说够啦!你的心情不好哩。"

"才不是呢。"当他们快到家的时候,列文阴郁地说道。

大门口已经停着一辆紧绷着铁皮和牛皮的马车,套着一匹用宽皮带紧绷着的壮马。车上坐着梁比宁的管家,他给梁比宁赶车来的,他的一张满是血色的面孔紧绷着,腰里一条皮带也紧绷着。梁比宁自己已经在屋子里,他在前厅里迎接这两位朋友。梁比宁是一个高高、瘦瘦的中年人,留着小胡子,剃得光光的下巴向外突起,凸起两只无神的金鱼眼睛。他身穿一件蓝色常礼服,腰部以下也钉着扣子,一双踝部起皱,而腿肚上很平直的长统靴上套了一双大套鞋。

---

① "数河里的沙"句,这是俄国诗人杰尔查文(1743—1816)一首歌颂上帝的颂歌的开头。

他用手帕把他的脸整个儿擦了一遍,把本来就很合身的礼服使劲儿一拉,微笑着迎接他们,他把手伸给斯捷潘·阿尔卡季伊奇,好像要抓住什么东西似的。

"啊,您也来啦,"斯捷潘·阿尔卡季伊奇说道,一边把手也伸给他。"好极了。"

"不敢违抗您阁下的命令呀,尽管路实在是太坏啦。简直一路都是走着来的,不过还是准时到达啦。康斯坦丁·德米特里奇,给您请安啦。"他对列文说,也想握住他的手。但是列文皱一皱眉头,装作没看见,只顾把鹬鸟从猎袋里掏出来。"您二位打猎消遣吗?这叫个什么鸟呀,请问?"梁比宁轻蔑地冲鹬鸟望一眼,又说,"味道,请问,不坏的吧。"然后他不以为然地摇了摇头,似乎很是怀疑干这种事情是否合算。

"要到书房去谈吗?"列文阴沉地皱着眉头,用法语对斯捷潘·阿尔卡季伊奇说,"去书房吧,你们在那儿谈。"

"完全可以,您看在哪儿合适都行。"梁比宁带着一种轻蔑而又自尊的意味说,好像希望别人感觉到,怎样打交道和跟谁打交道,对于其他人可能是一种困难,而对于他,任何时候任何情况下都不会成为问题。

走进书房后,梁比宁习惯地四处打量,似乎是在寻找圣像,但是找到圣像以后,他并没有去画十字。他环顾着装得满满的书柜和书架,目光中充满着像他看见鹬鸟时一样的怀疑,他轻蔑地微笑着,不以为然地摇着头,他怎样也想不通这些东西有什么值得买的。

"怎么,钱带来啦?"奥勃隆斯基问道,"请坐吧。"

"钱我们不在乎的。我来见见面,谈一谈。"

"还谈什么呀?可是您请坐下。"

"行啦,"梁比宁说,一边坐下去,以一种让他自己最难受的姿势把手肘撑在椅背上,"您得让点儿价呀,公爵。要不就罪过啦。钱是一分不差都备妥啦。钱是不会缺的。"

列文这时已经把猎枪放进柜子里,快要走出门了,但是,听见商人的话,他停住不走了。

"就这样你已经把林子白拿走了,"他说,"他上我这儿来得太晚啦,要不我会定出个价钱的。"

梁比宁站起来,一声不响,面带微笑地把列文从下到上打量了一遍。

"康斯坦丁·德米特里奇太小气啦,"他含着笑对斯捷潘·阿尔卡季伊奇说,"你简直买不成他的东西。我买他的麦子,每回都要付大价钱。"

"我为什么要把自己的东西白白送给你?我又不是从地上拾来的或是偷来的。"

"哎哟哟,如今这时光偷东西是绝对不可能的。如今这时光一切全都得公开按法律办事儿,一切如今都是正正派派的;就别说偷了。咱们凭良心说话。林子价太高了,不合算呀。求您哪怕再让一小点儿。"

"我说你们的这笔生意讲定了没有?如果讲定了,就没什么好讨价还价的,如果还没讲定,"列文说,"林子我买啦。"

微笑突然从梁比宁的脸上消失了。那副面孔上此刻出现的是一种鹰隼般的、贪婪而残忍的表情。他用急忙伸出的瘦骨嶙峋的手指头解开他的常礼服,露出没有塞进裤腰里的衬衫、背心上的铜钮扣和挂表链,连忙掏出一大沓旧纸币来。

"请您收下,林子是我的啦,"他急速地画着十字,又伸出手来,嘴里一边说,"把钱收下吧,林子是我的了。瞧梁比宁是怎么做生意的,不在乎几个小钱。"他皱着眉头,挥动着那一沓钞票说。

"我要处在你的位置上,就不着急。"列文说。

"哎呀,"奥勃隆斯基惊讶地说,"你知道我已经答应过啦。"

列文把门砰的一声关上,走出房间去。梁比宁望一望房门,微笑着摇一摇头。

"还是年轻气盛啊,简直是孩子脾气。要知道,我买这林子,老实说,就是呀,只图个名声,就是说,是梁比宁,而不是哪个别的人,买下了奥勃隆斯基的树林子。还要上帝帮忙才能赚到钱呢。相信上帝吧。劳驾请您,在地契上签个字……"

一小时以后,商人掩上衣襟,扣好常礼服上的扣子,衣袋里装着契约,坐进他那紧绷着铁皮的马车里,回家去了。

"噢,这些老爷们啦!"他对管家说,"都一个料。"

"是这么回事儿,"管家回答说,一边把缰绳交给他,扣上皮车篷。"不过这笔买卖嘛,该恭喜您了吧,米哈依·伊格纳季奇?"

"喏,喏……"

十七

斯捷潘·阿尔卡季伊奇口袋里装满商人提前三个月付给他的一大沓钞票走上楼来。林子的事办妥了,钱在口袋里了,这场猎打得又漂亮,于是斯捷潘·阿尔卡季伊奇的情绪便非常之好,因此他特别想要把列文的坏心情给驱散一下。他想在晚饭时把这一天结束得跟它开始时一样愉快。

列文的确情绪不好,尽管他一心想要对自己这位心爱的朋友表现得殷勤亲切,却总是不能控制自己。吉蒂还没出嫁的消息给他带来的一种沉醉感渐渐地令他心乱了。

吉蒂没有出嫁,倒生了病,生病是因为她爱那个人,而那个人冷落了她。这个屈辱好像落在了他的头上。伏伦斯基冷落她,而她又冷落他,列文。这样一来,伏伦斯基便有权利蔑视他列文,因此是他的仇敌。但是所有这一切列文并没有想到。他模糊地感觉到,这中间有点什么对他构成一种侮辱的东西,而现在他并不对令他情绪不佳的事情发火,却对他眼前的事吹毛求疵。奥勃隆斯基把林子卖得这么蠢,让人骗了,这件事发生在他的家里,这便激怒了他。

"怎么,办完啦?"他在楼上遇见奥勃隆斯基,便说,"要吃晚饭吧?"

"好的,那就吃吧。我在乡下胃口多好哟,真奇怪!你干吗不留人家梁比宁吃饭?"

"啊,叫他见鬼去吧!"

"不过,你怎么这样对待人家呀!"奥勃隆斯基说,"你连手都不跟他握一下。干吗不跟他握手呢?"

"因为我从来不跟奴才握手,而奴才比他要好一百倍。"

"你这人真是个老顽固!那么阶级融合的话又怎么说呢?"奥勃隆斯基说。

"谁高兴融合就去融合吧,可是我觉得恶心。"

"你呀,我看是,彻头彻尾的老顽固。"

"说真的,我从没想过我是个什么人。我是康斯坦丁·列文,如此而已。"

"还是一个今天情绪很不好的康斯坦丁·列文呢。"斯捷潘·阿尔卡季伊奇笑着说。

"是的,我情绪不好,你知道为什么吗?因为,恕我直言,你那桩愚蠢的买卖……"

斯捷潘·阿尔卡季伊奇善意地皱起眉头来,就像一个人无缘无故受到羞辱,被弄得很不舒服。

"好啦,不说啦!"他说,"从来都是这样的,一个人卖掉点什么东西,总有人马上就对他说:'这东西要值更多更多钱。'可是在他卖的时候,却没人肯出大价买……不,我看是,你对这位倒霉的梁比宁心怀着**忌恨**。"

"或者是的吧。可是你知道,为了什么?你又会说,我是个老顽固,或者还会说出一句什么可怕的话来;但是,反正我是个贵族,我从四面八方看见贵族阶级在一天天败落,我心里难受,觉得受到了羞辱,而且,不管人家说什么阶级融合,我反正高兴我是个贵族……这种败落不是因为奢侈——如果真是因为奢侈,那倒也罢了;过阔气日子——这本来就是贵族阶级的事情,也只有贵族才会这样过。现在我们身边的农民都在买地,——这我不觉得是我的羞辱。当老爷的什么也不做,农民成天在干活,他们就会把游手好闲的人挤掉。

就应该是这样。我为农民们高兴。但是,看见这种败落是由于一种,我不知道叫它什么才好,就叫它幼稚吧,我觉得我是受到了羞辱。这儿,一个波兰佃户花一半价钱从一个住在尼斯的贵夫人手里买到一份顶好的田产。这儿,把土地一个卢布一亩租给了商人,本来可以值十个卢布。这儿,你又毫无道理地送给了这个骗子三万个卢布。"

"那么怎么办?去把每棵树都数一数?"

"当然要数呀。你不去数,可是梁比宁却去数过了。梁比宁的子孙会有钱过日子、受教育,而你的子孙,恐怕就没有!"

"好啦,你就原谅我吧,这样去数树林子总有那么点儿小家子气吧。我们有我们的事要干,他们有他们的事,他们就是要赚点儿钱嘛。喏,再说,事情已经做了,也就算了。啊,油煎荷包蛋,我最爱吃煎鸡蛋了。阿加菲娅·米海依洛芙娜还要给我们喝那个妙极了的草浸酒啦……"

斯捷潘·阿尔卡季伊奇在桌前坐下,跟阿加菲娅·米海依洛芙娜说起笑话来,一定要她相信,这样好的午餐和晚餐他很久没吃到了。

"瞧您还夸奖一句呢,"阿加菲娅·米海依洛芙娜说,"可是康斯坦丁·德米特里奇,不管你给他吃什么,哪怕是面包皮呢,——他吃了就走。"

无论列文怎样努力克制自己,他仍然是阴郁而沉默的。他需要向斯捷潘·阿尔卡季伊奇提一个问题,但是他下不了决心,也找不到一种形式、一个时间,他不知该在什么时候和怎样提这个问题。斯捷潘·阿尔卡季伊奇已经下楼来到他自己的房间里,脱了衣服,又漱洗过,换上了皱边睡衣躺在床上了,列文还在他的房间里不肯离去,说些各种各样不相干的话,却又不敢问他想要问的问题。

"肥皂这玩意儿做得多奇妙啊。"他说,看见一块香皂,便把它打开,是阿加菲娅·米海依洛芙娜给客人准备的,奥勃隆斯基并没有用它。"你看看,这简直是艺术品呢。"

"是的,现在一切都做得十分考究。"斯捷潘·阿尔卡季伊奇说,他眼睛湿湿地、舒服地打了个呵欠。"戏院啦,比如说,还有那些娱乐的……呵——呵——呵!"他又打一个呵欠,"到处都是电灯……呵——呵!"

"是呀,电灯,"列文说,"是呀。喏,伏伦斯基现在在哪儿?"他问道,忽然把肥皂放下。

"伏伦斯基吗?"斯捷潘·阿尔卡季伊奇先停住不打呵欠,再说,"他在彼得堡。你刚走他就走了,后来就再也没来过莫斯科。你知道吗,考斯佳,我给你说实话,"他继续往下说,手肘撑在桌子上,一张漂亮红润的面庞托在一只手上,他善良的、油一般温润的、惺忪的眼睛像星星样在他脸上闪亮着,"是你自己不好。你害怕你的情敌。而我,就像那时候告诉过你的,——我不知道你们谁的机会更多些。你干吗不冲上去呢?我那时候就告诉你……"他只用下巴打了个呵欠,没有张嘴。

"他知不知道我求过婚呢?"列文眼望着他,心里在想。"对,他脸上有点儿狡猾的、耍手腕儿的表情。"这时,他感到自己脸红了,便默不出声地盯着斯捷潘·阿尔卡季伊奇的眼睛。

"如果说当时从她这边有点儿什么的话,那只是受到他外表的吸引而已,"奥勃隆斯基继续说,"这一位嘛,你知道,他那种地道的贵族气派和他在社会上的前程对她的母亲,而不是对她,起了作用。"

列文皱起眉头。他遭受拒绝的屈辱本来已经被他克服了,现在又像刚刚受到的新的创伤一样灼烧他的心。好在他是在自己家里,家里的这四面围住的墙壁现在正发挥着一种效力。

"等一等,等一等,"他打断奥勃隆斯基的话,说道,"你说:贵族气派。请问你,伏伦斯基的,或者不管什么人的这种贵族气派,这种居然可以看不起我贵族气派,究竟表现在哪里呢?你认为伏伦斯基是贵族,而我不是。一个人,他父亲靠钻营拍马白手起家,他母亲天知道跟谁没发生过关系……不,请你原谅,不过我认为自己才是贵族,还有那些跟我一样的人才是贵族,这些人的家族过去三四代都是荣耀的,都有极好的教养(才能和智力那是另一回事),他们从来没有对谁谄媚过,从来没有依赖过谁,我的父亲,我的祖父就是这样过日子的。我还知道许许多多这样的人。你认为我数树林子里的树是行为低下,而你把三万卢布白送给梁比宁;但是你可以收到地租,还可以收到我所不知道的什么,而我收不到,所以我珍惜我祖上传下来的和我劳动挣来的东西……我们才是贵族,而不是那些人,那些只能靠有钱有势人的赏钱过活的人,花二十个戈比就可以收买的人。"

"可你这是在骂谁呀?我是同意你的看法的。"斯捷潘·阿尔卡季伊奇真诚而快乐地说,虽然他也感觉到,列文说的那些用二十个戈比就可以收买的人,也包括他在内。列文又活跃起来了,这让他真心地高兴。"你这是在骂谁呀?虽然你说的好多关于伏伦斯基的话都是不对的,可是我不是在说这个。我要对你直说的是,我要是处在你的位置上,就跟我到莫斯科去了,而且……"

"不,我不知道你是不是了解,不过对我反正是一样了。我告诉你吧,——我求过婚,被人家拒绝了,现在,卡捷琳娜·亚力山德罗芙娜对于我只是一种痛苦而又可耻的回忆。"

"为什么?一派胡言!"

"但是咱们不谈了。请你原谅我,要是我对你粗暴了。"列文说。现在,把一切都说了出来,他又像早上一样了。"你不生我的气吧,斯季瓦?求你啦,别生气。"他说,微笑着握起他的手。

"不生气啊,一点儿也不,也没道理生气的。我高兴,我们把话都说明白了。你知道的,早上打猎一向都不错。去不去呀?那我就不睡觉了,打完猎直接去火车站。"

"那好极啦。"

十八

虽然伏伦斯基整个的内心生活都被他现在的恋情充满着,他的外在生活依然无可更改、无可阻止地沿着原先的,由社交生活和团队的种种关系和利益构成的轨道在向前滚动,这是他所习以为常的轨道。团队的利益在伏伦斯基的生活中占有重要的位置,这既是因为他爱团队,还更加因为他在团队里为大家所爱。团里人不仅是爱伏伦斯基,而且尊敬他,以他为骄傲,他们骄傲的是,他这人非常有钱,有极好的教养和能力,无论干什么都前程远大,功名利禄,唾手可得,然而他却把这一切都不放在眼里,在他现实生活的所有利益中,最为贴心的是团队和同僚们的利益。伏伦斯基意识到同僚们对自己的这种看法,除了喜欢这种生活之外,他还感到他有义务维持这种已经确立的对他的看法。

他自然不曾对同僚中的任何一个人说起过自己的恋爱,即使在最放纵的酒宴上也不曾泄露过(其实他从来没醉到失去自制的地步),有些轻浮的同僚企图在他面前暗示他的这层关系,他便堵住他们的嘴。但是,尽管如此,全城的人都知道他的恋爱——人人都或多或少准确地猜测到他跟卡列宁娜的来往,——大多数年轻人羡慕他的,正是他这场恋爱中最令他苦恼的一点,——那就是卡列宁崇高的地位,以及因为这一点这场恋爱在社会上特别地引人注目。

大多数羡慕安娜的年轻女人,早已经厌恶人们一向说她正派了,现在,面对她们所猜测的事,一个个都非常高兴,她们只等社会舆论一旦确实转了向,便来把自己的全部轻蔑倾泻到她的身上。她们已经准备好许多块污泥,时机一到,便向她摔去。大多数上年纪的和身居高位的人对于这件酝酿中的社会丑闻则深为不满。

伏伦斯基的母亲知道了他的这个恋爱事件,起初是很满意的——因为按照她的观念,没有什么事情比起上流社会的男女关系更能给一个前途辉煌的年轻人增添光彩了,也因为,那么讨她喜欢的卡列宁娜,这个谈了那么多关于自己的儿子的女人,毕竟还是跟所有的漂亮而品行端正的女人一个样。按照伏伦斯卡娅伯爵夫人的观念,漂亮而品行端正的女人就应该如此。然而近来她听说,儿子拒绝了一份对他前程非常重要的位置,只为了留在团队里可以经常和卡列宁娜见面,又听说,一些上层人士为此对他不满,她便改变了她的看法。她还不喜欢的是,从她对这个恋爱事件所了解的全部情况来看,这并不是那种她所赞赏的、辉煌而优雅的社交界流行的男女关系,而是人家告诉她的一种维特式的①疯狂的激情,这种激情会使他失去理智。自从他突然离开了莫斯科以后她就没见到过他,她通过大儿子叫他来见她。

哥哥对弟弟也不满意。他不管这是怎样的一种恋爱,高尚的或是低下的、热情的或是不热情的、道德的或是不道德的(他自己有孩子,还姘着一个舞女,所以对这件事并不苛求);但是他知道,他们的这场恋爱本该讨得有些人的欢喜,而这些人现在不喜欢它,因此他也就不赞成弟弟的行为。

除了公务和社交之外,伏伦斯基还有一件占着心的事——玩马,他是非常爱马的。

今年预定要举行一次军官的障碍赛马。伏伦斯基报了名,还买了一匹英国血统的纯种牝马,虽然他正在恋爱,但他仍然热烈地不过也是有节制地醉心于即将举行的赛马……

这两种热情并不相互妨碍。相反的是,他需要一种不受他恋爱影响的事务和追求,让他可以摆脱开那些过于激动的感受,使精力得到恢复,也使自己得到休息。

十九

在红村赛马这一天,伏伦斯基比往常更早地来到团队公共食堂吃牛排。他不需要非常严格地节制饮食,因为他的体重正好是合乎规定的四普特半;不过也不能再胖了,所以他不吃淀粉和甜食。他敞开上衣,露出白色的背心来,两手撑在桌上坐在那里,等候他点的

---

① 维特式的,德国作家歌德的小说《少年维特之烦恼》中的主人公维特以身殉情,这里指像他那样的爱情。

牛排,眼睛望着一本摊开在一只碟子里的法国小说。他眼睛望着书,只是为了不跟进进出出的军官们讲话,他在想他的心事。

他在想,安娜答应他今天赛马以后见面。他已经三天没见到她了,由于她丈夫从国外回来,他不知道今天能不能见到她,也不知道怎样了解到情况。他最近一次跟她见面是在他堂姐培特茜的别墅里。卡列宁家的别墅他尽可能地少去。现在他想上那里去一次,正反复考虑着,怎样做到这一点。

"当然,我会说培特茜叫我来问问,她去不去看赛马。当然,我一定要去。"他暗自作了决定,把头从书本上抬起来。并且,因为生动地想象着见到她时是多么幸福,他脸上闪着光。

"派个人到我家去,叫他们赶快把三驾篷车套好。"一个侍役用只热气腾腾的银盘给他端来了牛排,他对这个人说,然后,便把盘子移到面前,开始吃起来。

隔壁台球间里传来撞球声和说笑声。门口走进来两个军官:一个年轻的,面容虚弱清瘦,不久前刚从贵族军官学校到团队来;另一个是位胖胖的年纪大的军官,戴着手镯,长着两只浮肿的小眼睛。

伏伦斯基瞟了他们一眼,皱了皱眉头,假装没看见他们,斜眼对着书,边看边吃。

"怎么?添点儿力气好去干活儿?"胖胖的军官在他旁边坐下说。

"你看见的呀。"伏伦斯基回答,同时皱着眉头,擦着嘴,眼睛不看他。

"你就不怕发胖吗?"胖军官说,一边为年轻军官移过一把椅子来。

"什么?"伏伦斯基不高兴地说,做出厌恶的神气,露出两排整齐的牙齿来。

"你不怕发胖吗?"

"来人啊,一杯赫列斯①!"伏伦斯基说,不去回答他,把书挪到

---

① 赫列斯,一种烈性白葡萄酒。

另一边,继续看着。

胖胖的军官拿起酒单,对年轻军官说话。

"咱们喝什么,你自己来挑吧。"他说着把酒单递给他,眼望着他。

"那就来莱茵葡萄酒吧。"年轻军官说着胆怯地斜眼望了望伏伦斯基,手指头极力地想要摸住自己几乎还没长出来的胡子。见伏伦斯基连身也不回,年轻军官便站了起来。

"咱们打台球去吧。"他说。

胖胖的军官照他说的站起来,他俩向门口走去。

这时身材高大挺拔的骑兵大尉雅什文走进屋来,眼睛朝着天,对那两个军官轻蔑地点一点头,走到伏伦斯基身边。

"啊,你在这儿哪!"他用他的一只大手重重地拍了一下伏伦斯基的肩章,高喊着说。伏伦斯基生气地回头一望,但是他脸上立刻便闪现出他那种安宁镇定的亲切神色来。

"你真聪明,阿辽沙,"大尉用他洪亮的男中音说,"你这会儿是该吃一点儿,再喝上一小杯。"

"其实我并不想吃。"

"真是形影不离。"雅什文又说,嘲笑地冲那两个正往外走的军官望一眼。然后他在伏伦斯基身边坐下,把他绷着紧身马裤的大腿和小腿折成一个锐角,和椅子的高度比,这两条腿是太长了。"你昨天干吗不上克拉斯宁剧场去?——那点儿节目还真不错呢。你去哪儿啦?"

"我在特薇尔斯卡娅家坐下就没走。"伏伦斯基回答说。

"啊!"雅什文应了一声。

雅什文,赌徒,酒鬼,他不仅仅是一个不守任何规矩的人,而且还有他一套不讲道德的规矩,——这个雅什文在团队里是伏伦斯基最要好的朋友。伏伦斯基喜欢他,因为他那异乎寻常的体力,通常表现为纵情狂饮,通宵不眠,而并无倦意;也因为他拥有一种巨大的精神力量,这表现在他对上级和同僚的态度上,他能够引起别人对他的畏惧和尊敬,还表现在赌博上,他一赌就是上万的输赢,哪怕是喝足了酒,也总是那么精明果断,在英国俱乐部里算得上是个第一号赌徒。伏伦斯基敬重这个人,尤其是因为他感到雅什文爱他不是由于他的名气和财富,而是由于他本人。在所有人当中,伏伦斯基只愿意跟他一个人谈起自己的这个恋情。他觉得,只有雅什文一个人,——虽然这个人似乎蔑视一切的感情——只有他一个人,伏伦斯基觉得,能够理解那种如今充满着他生命的强烈激情。此外,他相信雅什文确实是个不以造谣生事为乐的人,他能够真正理解这种感情,就是说,他知道并且相信这场恋爱——不是开玩笑,不是寻欢作乐,而是某种更为严肃、更为重要的事情。伏伦斯基并没有跟雅什文谈过自己的恋爱,但是他知道雅什文全都晓得,全都真正地理解,他从雅什文的眼睛里看出这一点,他很高兴。

"啊,对呀!"听伏伦斯基说他在特薇尔斯卡娅家里,他便这样应声说,他的两只黑眼睛闪着光芒,把左边的胡子捏起来往嘴里送,这是他的一个坏习惯。

"喏,你昨天干什么去啦?赢了吧?"伏伦斯基问。

"八千。不过三千靠不住,未必会付的。"

"喏,那你在我身上也不妨输一点了。"伏伦斯基笑着说。(雅什文在伏伦斯基身上押了一笔大赌注。)

"我决不会输的。只有马霍金让人担心。"

于是谈话转到预测今天的赛马上,现在伏伦斯基心里也只能想着赛马了。

"走吧,我吃完啦。"伏伦斯基说,他站起来,向门口走去。雅什文也站起来,伸直了他的长腿和长脊梁。

"我吃饭还早点儿,不过得喝一杯。我这就来。嗳,拿酒来!"他大喊一声,那厚重的嗓子喊口令是有名的,把窗玻璃都震响了。"不,不要了,"马上他又喊了一声,"你回家,那我跟你一块儿去。"

于是他跟伏伦斯基一起走了。

二十

伏伦斯基住的是一幢宽敞、清洁、隔成两间的芬兰式木屋。在营房里彼得里茨基也跟他同住。彼得里茨基在睡觉,伏伦斯基和雅什文走进来。

"起来吧,你也睡得够了。"雅什文说,他走进里屋,彼得里茨基头发蓬乱、鼻子埋进枕头里睡着,雅什文推了推他的肩头。

彼得里茨基忽地跳起来跪在床上,四处望了望。

"你哥哥来过,"他对伏伦斯基说,"他把我吵醒了,真见鬼,他说他还要来的。"他又拉上毛毯,扑在枕头上。"你别闹啦,雅什文。"雅什文从他身上拉下了毛毯,他生气地对他说。"别闹啦!"他转过脸,睁开了眼睛。"雅什文顶好是告诉我,喝点儿什么才好;嘴巴里好难受……"

"最好是喝伏特加,"雅什文声音低沉地说,"捷列辛科!给你家老爷拿伏特加和黄瓜来。"他大声说,显然是很欣赏自己的嗓音。

"伏特加,你说?啊?"彼得里茨基皱着眉头揉着眼睛问,"那你喝不喝?一块儿喝,那咱就喝起来!伏伦斯基,你喝吗?"彼得里茨基说着下了床,用虎皮毯子裹住身体。

他走到外间门口,抬起双手来,用法语唱着:"屠勒国有个国王呀。"①又说,"伏伦斯基,你喝不喝?"

"滚一边儿去。"伏伦斯基说,他在穿仆人递来的常礼服。

"这是去哪儿呀?"雅什文问他。"瞧马车都来啦。"看见一辆三驾马车驶到门前,他又说。

"去马房,我还得去找布梁斯基谈谈马的事。"伏伦斯基说。

伏伦斯基确实答应过要到离彼得哥夫十里路的布梁斯基那里去,给他送买马的钱;他希望能来得及也去那儿走一趟。但是两位

---

① "屠勒"句,这是德国作家歌德名著《浮士德》中的诗句。

伙伴马上就明白,他不只是去那里。

彼得里茨基还在唱着,他一只眼睛挤了挤,努起嘴唇来,似乎在说:这是怎样的一个布梁斯基,咱们有数。

"当心别迟到啦!"雅什文只说了这样一句,为了改换话题,他才又问道:"我的黑鬃褐色马怎么样,好使唤吗?"这时他眼望着窗外,他说的是套在车上的那匹辕马,是他卖给伏伦斯基的。

"等一等!"彼得里茨基向已经走出门去的伏伦斯基喊叫着,"你哥哥给你留下一封信,还有张纸条。等一等,放哪儿啦?"

伏伦斯基停住了。

"喏,在哪儿?"

"在哪儿?问题就在这里!"彼得里茨基郑重其事地说道,同时把他的食指沿着鼻梁向上推。

"你说呀,这真是胡闹!"伏伦斯基微笑着说。

"我没生过炉子呀,总是在这里的什么地方。"

"得啦,别瞎扯啦!信在哪儿呀?"

"不,我真是忘记了。要么是我在梦里看见的?等一等,等一等!干吗生气呀!要是你,像我昨天似的,每人喝四大瓶,你大概会忘了你睡在哪里的。等一等,我这就能想起来!"

彼得里茨基走到隔板后面,躺在自己床上。

"等一等!我是这么躺着的,他那么站着。对——对——对——对……在这儿啦!"于是彼得里茨基从床垫下面把信掏出来,是他藏在那儿的。

伏伦斯基接过哥哥留下的信和便条。这正是他所意料的,——母亲的信中责备他没有去见她,而哥哥的便条中说,需要跟他谈一谈。伏伦斯基知道,所有这些都是为了一件事。"跟他们有什么关系!"伏伦斯基想,他把信和便条揉在一起,从钮扣间塞进上衣里,准备路上再仔细看看。在木屋的过道里他遇见两个军官:一个他们团的,另一个是其他团的。

伏伦斯基的住房永远是军官们聚集的处所。

"去哪儿?"

"要到彼得哥夫走一趟。"

"马从皇村送到了吗?"

"送到了。我还没看见呢。"

"人家说,马霍金的'斗士'腿瘸了。"

"胡说! 不过你们怎么能在这样的烂泥地上赛马呢?"另一个说。

"瞧我的救星来啦!"彼得里茨基看见走进来的两个人便高喊着,他的勤务兵用托盘端来伏特加和腌黄瓜站在他面前。"雅什文叫我喝点酒提提精神。"

"啊,您昨天可把我们害苦了,"来人当中的一个说,"整夜不让人睡觉。"

"不啊,我们结束得该有多好哇!"彼得里茨基说起昨天的事来,"沃尔科夫爬到屋顶上,说他很忧伤。我说,来段儿音乐,葬礼进行曲! 他就那么在葬礼进行曲的伴奏下在屋顶上睡着了。"

"喝吧,一定得喝,喝伏特加,然后再喝矿泉水,加很多的柠檬汁,"雅什文说,他站在彼得里茨基的上方,好像一个母亲在给小孩子喂药似的,"然后再喝点儿香槟,——就喝一小瓶吧。"

"说得有道理。等一等,伏伦斯基,咱们一块儿喝。"

"不啦,再见,诸位,今天我不喝酒。"

"怎么,会发胖是吗? 好吧,那我们就自己来喝。拿矿泉水和柠檬来。"

"伏伦斯基!"他已经走进过道里,不知谁叫了他一声。

"什么?"

"你顶好是把头发剃了,要不太重啦,特别是在秃头上。"

伏伦斯基的确过早地开始脱发了。他愉快地笑起来,露出他一口整齐的牙齿,把帽子拉一拉盖住秃顶,走出门去,坐进马车里。

"去马房!"他说,然后掏出信和便条来要看,但是接着又改变了主意,免得在看马之前分心。"以后再看吧!"……

二十一

　　临时马房是一个板棚,就搭在跑马场边上,他的马应该在昨天运到这里来。他还没见到过它。这些日子他没有亲自骑练,委托驯马师去办了,因此他一点也不知道他的马来时情况怎样,现在又怎样。他还没下车,那个给他当马夫(随马跟班)的小伙子老远就认出了他的车,已经把驯马师喊出来了。一个干瘦的英国人,穿一双高统皮靴,上衣很短,除了下巴上留着的一小片胡子之外,头上毛发精光,迈着骑师的笨拙的步伐,两肘向外撑开,身体摇晃着,迎面向他走来。

　　"啊,佛鲁—佛鲁怎么样?"伏伦斯基用英语问道。

　　"All right, sir①——一切都好,老爷。"英国人从嗓子眼儿里一个什么地方发出声音来说话。"最好别进去,"他掀掀帽子,又说,"我套上了笼头,马现在很兴奋。最好别进去,马要惊的。"

　　"不,我要进去。我想看一眼。"

　　"来吧。"英国人还像刚才那样皱着眉头不张嘴地说,他挥动着手肘,迈着他摇摇晃晃的步子走在前边。

　　他们走进棚子前面的小院。值班人,一个穿着干净短上衣的漂亮年轻小伙子,手里拿一把扫帚,迎接了他们,便跟在他们身后。马棚里有五匹马,分别系在单间马房里,伏伦斯基知道,今天这里也应该送来他的主要对手,马霍金那匹高头大马②,红褐色的"斗士"。比起看见自己的马,伏伦斯基更想看见斗士,他还从来没见过这匹马;但是伏伦斯基知道,按赛马的规矩,不仅不能去看它,就是打听一下也是不合适的。当他从走廊穿过时,值班小伙子把左边第二个

---

① 英语:很好,先生。
② 高头大马,原文为"五俄寸高的马",当时俄国民间惯例是,凡是人或马高过二俄尺时,便只说其寸数,所以实为"两俄尺五俄寸"高,合1.628米。

单间的门打开,伏伦斯基便看见了一匹红褐色大马和它的四只白蹄子。他知道这就是斗士,他怀着转脸不看别人私信的心情转过身去,走向佛鲁—佛鲁的单间。

"这就是马——克……马克……我怎么也说不出这个名字来。"英国人在他的肩后说,还用他指甲很脏的大大的手指头指着斗士的单间。

"马霍金的马?对,这是我的一个劲敌。"伏伦斯基说。

"您要是骑它,"英国人说,"我就会把赌注下在您身上。"

"佛鲁—佛鲁神经紧张些,而马霍金的马强壮些。"伏伦斯基说,听见人家夸他的骑术,脸上显出微笑来。

"障碍赛马全靠骑术和 pluck①。"英国人说。

pluck 就是毅力和胆量,伏伦斯基不仅感到自己有足够的 pluck,而且更重要的是他坚信,世界上不可能有谁比他的这种 pluck 更多。

"您确定不需要**再训练**啦?"

"不需要了。"英国人回答。"请别大声说话。马兴奋了。"他朝关着的单间马房门点一点头说,他们正站在那门前,听见了马蹄在干草上踢踏的声音。

他打开门。伏伦斯基走进只有一个小窗户的光线微弱的单间马房。马房里是一匹套着笼头的黑褐色马,正在新鲜干草上倒换着蹄子。伏伦斯基把昏暗的马房环顾了一下,又情不自禁地全身上下看了看他心爱的马儿的整个体形。佛鲁—佛鲁是一匹中等身材的马,论体形不是无可挑剔的。它全身骨骼细小;虽然胸骨很为突出,胸部却是狭窄的。臀部微有下垂,四条腿,尤其后腿都有相当程度的内翻。前腿后腿的肌肉都不是特别粗壮;不过马肚子前部特别地宽阔,这一点此刻尤其让人感到惊异,因为它伫立不动,腹部显得消瘦。它膝盖以下的腿骨好像不比人的手指粗,这是从正面看,而从

---

① 英语:精神,勇气,毅力,胆量。

侧面看却又好像特别地宽。它整个的身体,除了肋骨之外,好像都被从两边夹紧抻长了。然而它却在最大程度上拥有一个令你忘掉它一切缺点的品质,这就是**血统**,用英国人的说法,这是**真正起作用**的东西。它的皮肤很薄,反应灵敏,像缎子一样光滑,皮下血管网络包裹着的肌肉显眼地突露出来,似乎像骨头一样坚硬。它消瘦的头上长着一双凸出的、闪亮的、快乐的眼睛,马头从鼻梁前部鼻孔突起的地方放宽了,鼻孔里的黏膜充着血。它全身上下,尤其是头部,有着一种刚毅而同时又很温柔的神情。有一些动物之所以不能说话,好像只是因为它们口腔的构造不是用来说话的,这匹马就是这样的一个动物。

至少伏伦斯基觉得,他此时此刻眼睛望着它时心中的感受,它全都懂得。

伏伦斯基刚一进马房向它走来,它便深吸一口气,把它凸起的眼睛斜转来,眼白都充了血,从正对面注视着来人,摇摆着笼头,富有弹性地倒换着蹄子。

"喏,您瞧,它多么兴奋。"英国人说。

"噢,宝贝儿!噢!"伏伦斯基走近它,说着话想让它安静下来。但是他越走近马越兴奋。而当他一靠近它的头部,它便忽然安静了下来,浑身的肌肉在它细薄柔润的毛皮下颤抖着。伏伦斯基摸了摸它结实的脖子,它细长的脖颈上有一绺鬃毛倒向了另一边,他替它理齐,又把自己的脸贴在它灵敏的、像蝙蝠翅膀一样张开的鼻孔上。马儿用它紧张的鼻孔吸了口气,又呼出来,它先抖一抖身子,再抿起尖尖的耳朵,把它结实的黑嘴唇向伏伦斯基伸过来,好像想要咬住他的衣袖。但是马上想起自己还套着笼头,便猛地一甩,重新又倒换起它的四条细腿来。

"安静点儿,宝贝儿,安静点儿!"他又用手摸了摸马的臀部,高兴地看出马的情况是再好不过的,说了这样两句话,便走出马房。

马的兴奋也传染给了伏伦斯基;他感到血液在涌向心脏,感到他也像马儿一样想要动,想要咬点什么;他感到又害怕、又欢喜。

"喏,我可就指望您啦,"他对英国人说,"六点半到场。"

"全都没问题。"英国人说。"您去哪儿,阁下?"他突然这样问,用了他几乎从来不用的 my Lord① 这个称呼。

伏伦斯基诧异地抬起头来,极力不去望英国人的眼睛,而望着他的额头,他诧异的是,这人竟敢问出这样的问题。但是当他明白了英国人这样提问是没把他当作主人,而是当作骑手来看待时,便回答他说:

"我得上布梁斯基那儿去一次,一小时以后回家。"

"这个问题今天人家问过我多少遍了!"他暗自在心中说,并且脸红了,这在他是很少有的。英国人目不转睛地注视着他。而且,好像他知道伏伦斯基要上哪儿去似的,又补充说了句:

"赛马前最要紧的是保持安静,"他说,"不要情绪不佳,不要为任何事情不愉快。"

"All right②."伏伦斯基微笑着回答他,便一跃而入地上了马车,吩咐去彼得哥夫。

他还没走上几步,一大早就像要下雨的天忽然浓云密布,大雨倾盆而下。

"糟了!"伏伦斯基想,一边拉起车篷,"本来就有烂泥,现在会全都是水塘了。"一个人坐在蒙上车篷的马车里,他掏出母亲的信和哥哥的便条来看。

对,说来说去总是老一套。所有的人,他母亲,他哥哥,所有的人都认为必须插手来干预他恋爱的事。这种干预在他心中引起一种愤恨——一种他很少体验到的感情。"跟他们有什么关系?为什么人人都认为有责任来关心我?他们干吗老是揪住我不放?是因为他们发现,这是一种他们所不能理解的事。假如这是一桩平常的、庸俗的、上流社会的男女关系,他们也许就不会来烦我了。他们

---

① 英语:阁下。
② 英语:好的。

感觉到这是一件与众不同的事,这不是儿戏。这个女人对我比生命更加宝贵。正因为不理解这一点,所以他们会感到恼火。不管我们的命运现在和将来会是怎么样,是我们自己造成的,我们不会去抱怨它。"他说,在用"**我们**"这个词时,他是把自己跟安娜联在一起的。"要他们来教我们怎么生活吗?不。他们根本就不懂什么叫幸福,他们不知道,没有这个恋爱我们就既没有幸福也没有不幸——就等于没有活着。"他想。

他对所有人的干预生气正是因为他在内心深处感觉到,他们,所有这些人,都是正确的。他感觉到,把他和安娜联系在一起的这个爱情不是一种暂时的迷恋,像上流社会的那些男女关系一样转瞬即逝,除了愉快的或是不愉快的回忆之外,不会在彼此的生活中留下任何痕迹。他完全能感觉到他和她的处境是多么痛苦,他们两人在社交界都处于非常显眼的地位,隐瞒他们的爱情,说谎,欺骗,是多么困难;而且,把他们两人联系在一起的这种激情是那么地强烈,他们把其他的一切全都忘记了,心里只有他们的爱情,在这种时刻却要他们说谎,欺骗,耍手段,还要时时刻刻想到别人。

他历历在目地回想着自己经常不得不违背本性说谎和欺骗的种种情景;尤其是回想起他不止一次注意到,为这种不得已的欺骗和说谎,她所流露出的那种羞愧之情,这些也全都历历在目。于是他又再次体验到自从和安娜有了关系之后他所经常体验到的那种奇异的感觉。这是一种对某个什么的厌恶之情:是对阿历克赛·亚力克山德洛维奇吗?是对他自己吗?是对整个的上流社会吗?——他说不清楚。但他又老是在从自己心里驱除这样的感觉。于是现在,他又抖一抖精神,继续沿着自己的思路想下去。

"是的,她从前是不幸福的,但却是高傲的、平静的;而现在她不可能平静、不可能保持尊严了,虽然她并没有流露出这一点来。是的,必须结束这种状况。"他暗自下决心说。

于是他第一次清楚地想到,必须终止这种虚伪状态,愈快愈好。

"把属于她和我的一切都抛掉,只带着我们的爱情,躲藏到一个什么地方去。"他自言自语地说。

二十二

大雨没下多久,当伏伦斯基的辕马拖着已经松开缰绳的两匹边套马在泥泞中全速飞奔,到达目的地的时候,太阳又露出来,别墅的屋顶上,大街两旁花园里的老菩提树上,闪耀着湿湿的光芒,雨水从树枝上快活地滴落,从屋顶上倾流下来。他已经不去想这场雨怎样破坏了跑马场了,现在一心只感到高兴,有了这场雨,他一定能在家里遇见她,而且是一个人,因为他知道阿历克赛·亚力克山德洛维奇不久前刚从温泉疗养地回国,还没有从彼得堡住到这里来。

伏伦斯基想和她单独见面,便像他往常一样,为了尽量不引起别人对他的注意,没过小桥就下了车,步行走过去。他没从街上登正门的台阶,而是从院子里走。

"老爷来了吗?"他问花匠。

"没有哪。太太在家。您还是请走正门的台阶吧;那儿有人,他们会开门的。"花匠回答说。

"不啦,我从花园穿过去。"

他没说过他今天会来,她大概也没想到他在赛马前还会来看她;确知她是一个人在家,他想要让她惊喜一下,便按住军刀,小心翼翼地踏着两旁种满花草的小径上的砂砾向面向花园里的凉台走去。伏伦斯基现在把他一路上所想到的自己处境的艰难全都忘掉了。他只想着一点,想着马上就可以见到她,不是在想象中见到,而是活生生地、整个地、实实在在地见到她。为了不出声音,他蹑手蹑脚地踩着凉台缓斜的台阶向前走,已经走进凉台了,他才忽然记起,他老是把他和她关系中最令他痛苦的一个方面忘记了,那就是她的儿子,还有这孩子的那种疑问的、他觉得也是带有敌意的目光。

这孩子比其他任何人都更加经常地妨碍着他们的来往。当有他在场时,无论是伏伦斯基或是安娜,都不仅不让自己说任何他们不能在别人面前再说一次的话,甚至也不容许自己通过暗示来说什么孩子也许不会懂的话。他俩并没有为此商量过,但也就自然而然地这样做了。他们认为,欺骗这孩子是对自己的一种侮辱。有他在的时候,他们就像一般熟人一样地交谈。然而,尽管如此谨慎小心,伏伦斯基仍然时常看见这孩子凝聚在他身上的注意和怀疑的目光,还有这孩子在他面前的那种奇怪的胆怯和游移不定,他有时对伏伦斯基很亲切,有时却冷淡而拘谨。仿佛这孩子感到在这个人和他的母亲之间有某种重要的、他还不能理解其意义的关系。

确实,这孩子感觉到,他不能理解这种关系,他尽力想要弄明白他应该对这个人有怎样的感情,但是他无法弄明白。孩子对于情感的表露是敏感的,他清楚地看见,父亲、家庭教师、保姆——大家都不仅是不喜欢伏伦斯基,而且还用厌恶和恐惧的眼光看待他,虽然他们从来也不谈起他,而母亲却把他当作最要好的朋友。

"这到底是怎么回事儿?他是个什么人?应该怎么去爱他?要是我不懂,那是我不好,我要么笨,要么是个坏小孩。"这孩子想;由此便有了他的那种考验式、询问式,并且带有一些不友好成分的表情,他让伏伦斯基感到那么不舒服的胆怯和游移不定也是由此而来的。有这孩子在场时,伏伦斯基近来所一再体验到的那种奇怪的、没来由的厌恶感便总是一定会出现。有这孩子在场时,伏伦斯基和安娜心中便会产生一种感觉,好像自己是一个在大海中航行的人,从罗盘上看见自己快速行进的方向已经远离了航线,但是停止前进又力所难及,每一分钟都使自己离开正确的方向更远一些,而承认自己走错了路——那就等于是承认自己的毁灭。

这孩子有他对人生的天真纯朴的看法,因此他就好像是一个罗盘,在给他们指出偏离正路的程度,他们知道正路是什么,但是却又不愿意知道。

这一次谢辽沙没有在家,她真正是独自一个人,她坐在凉台上,等儿子回来,儿子出去玩,遇上雨了。她派一个男仆和一个侍女去找他,自己正坐在这里等候。她穿了件镶着绣花宽边的白衣服坐在凉台角落里的一丛鲜花后边,没听见他来。她低垂着她黑色鬈发的头,把前额贴住放在栏杆上的一把喷水壶上,那两只漂亮的手,戴着那几只他那么熟悉的戒指,正把水壶捧住。她的形体、头、颈、手,都那么美,他每次看见都会像忽然遇见她一样地为之倾倒。他停住脚步,心醉神迷地凝视着她。然而他刚想要迈步走近她时,她已经感觉到他在身边,她把水壶推向一旁,一张已经激动了的脸向他转过来。

"你怎么啦？你不舒服？"他走近她,一边用法语说。他想要向她奔去；然而,又想到可能旁边有人,便回头朝凉台门瞟了一眼,而且脸红了,每当他感觉到应该有所顾忌并且回头张望时,他都是这样脸红的。

"不,我好的,"她说,站起来紧紧握住他伸过来的手,"我没想到……你会来。"

"我的天哪,多冷的两只手！"他说。

"你吓坏我了,"她说,"我一个人,在等谢辽沙,他去玩了；他们会从这边来的。"

然而,尽管她力求镇静,她的嘴唇还是在发抖。

"原谅我又来了,可是看不见你,这一天就过不下去。"他继续用法语说话,他总是这样的,为了避免用俄语时"**您**"冷淡得受不了,而"**你**"却亲密到危险的地步。

"为什么要原谅呢？我太高兴啦！"

"可是你身体不好,要么有什么苦恼,"他继续说,没有放开她的手,向她弯下身子去,"你在想什么？"

"老是想着一件事。"她微微含笑地说。

她说的是真话。无论什么时候问她在想什么,她都一定会回答：想着一件事,想着自己的幸福和自己的不幸。此刻,当他看见她在独自沉思时,她所想的正是：为什么对于别人,比如对于培特茜（她知道她和屠士凯维奇的私情）这些事全都算不了什么,而对于她却如此地磨人？今天这个想法,因为她心中还有着某些打算,便特别地折磨着她。她向他问起赛马的事。他回答了她,看见她情绪激动,想要分散她的心思,他在答话时便用一种极其通常的语气详细地叙说了有关赛马的准备。

"说呢还是不说?"她注视着他平静亲切的眼睛,心里在想,"他现在那么开心,那么全神贯注,只想着赛马,他不会真正理解这件事,不会理解这件事对我们两人的全部意义的。"

"可是你还没说,我进来的时候你在想什么,"他打断了自己的讲述说道,"请你告诉我吧!"

她没有作答,稍稍低下了头,紧锁着双眉,长长的睫毛下两只闪亮的眼睛若有所问地凝视着他。她的一只手揉弄着一片摘下的树叶,不停地战栗着。这些他都看在眼里,于是他脸上表现出了他那种令她那么动心的驯服,那种奴隶般的忠诚。

"我看出,有什么事情发生了。我明知你有苦,又没能分担,你说,我会有一分钟的安宁吗?看上帝的分上,说出来吧!"他又恳求地说。

"是的,他要是不能理解这件事全部的意义,我也不能原谅他。最好是不说,何必要去试验他呢?"她想着,但仍是注视着他,还感觉到,她自己拿着一片树叶的手越来越抖。

"看在上帝的分上!"他握住她的手又说。

"要我说?"

"说,说,说,⋯⋯"

"我怀孕了。"她轻轻地、慢慢地说。

她手中的树叶抖动得更加厉害了,但是她不移开凝注着他的眼睛,她要看到他怎样接受这件事。他面色忽地发白了,想要说点什么,但却停住没有说,只是放开她的手,垂下了头。"是的,他理解这件事的全部意义。"她想,同时感激地又把他的手握住。

然而她错了,错在她不知道,他并不像作为一个女人的她那样理解这个消息的意义。一听到这消息,他十倍强烈地感觉到,他心中常驻的那种奇特的、对某个什么的厌恶感又猛然向他袭来;然而同时他也了解到,他所一向期待着的那个转折时刻现在来到了,不能再把她丈夫瞒下去,无论如何必须尽快结束这种不自然的状态了。但除此之外她的激动也在肉体上传染了他。他用一种充满柔情的、驯顺的目光注视着她,吻她的手,站起来默默地在凉台上踱步。

"是的,"他说,断然地走近她,"无论我,无论你,都没有把我们的关系视为儿戏,而现在我们的命运已经决定了。必须结束,"他向四周张望一下,说,"我们成天所过的这种说假话的日子了。"

"结束?怎么结束呢,阿历克赛?"她低声地说。

她现在放心了,脸上闪现出温柔的微笑。

"离开你丈夫,把我们的生命结合在一起。"

"其实这样已经结合了。"她几乎听不见地说。

"是的,但是还要完全结合,完全结合。"

"可是怎么结合呢,阿历克赛,教教我,怎么结合呢?"她对自己无路可走的处境忧愁地自嘲说,"难道有什么别的出路吗?难道我不是自己丈夫的妻子吗?"

"任何事都有个出路的。要下决心才是,"他说,"无论怎么,都比你现在的处境好。我看见的呀,所有这一切,社会、儿子、丈夫,让你多么受罪哟。"

"唉,只不过不包括丈夫在内,"她淡淡一笑说,"我不知道有他,我没有想到他。他并不存在。"

"你说的不是真心话。我了解你。你也在为他受折磨。"

"可是他还根本不知道呢。"她说,忽然间,她的脸变得通红通红;面颊、头颈、前额,都红了,眼睛里涌出羞愧的泪水来。"我们别谈他了吧。"

二十三

伏伦斯基想要引导她考虑自己的处境已经好几次了,虽然都没有像现在这样坚决,而每次听到的都是像她现在回答他要求时一样的肤浅、轻率的意见。似乎这中间有些什么东西她自己不想也无力去弄清楚,好像每当她一开始谈起这件事,她,真正的安娜,便退隐到她自己内心深处的某个地方去了,而另一个古怪的,他所陌生的女人,他所不爱的、害怕的,与他势不两立的女人便出现了。但是今天他决心把一切都说出来。

"他知道也好,不知道也好,"伏伦斯基说话的语气还像他平时一样地坚定而镇静,"他知道也好,不知道也好,这与我们无关。我们不能……你不能就这样下去,尤其是现在。"

"依尊意该怎么办呢?"她仍用那种轻率的嘲笑口吻说。她本来是怕他把自己的怀孕不当作一回事,而现在却又因为他由此得出必须采取什么措施的结论而烦恼。

"把事情都给他明说了,然后离开他。"

"很好;假定说,我就这么做,"她说,"您知道,结果会怎么样?我可以事先都说给您听。"这时她那片刻前还是充满柔情的眼睛里燃起一股充满恶意的火光。"'啊,您爱上了另一个人,跟他发生了犯罪的男女关系?(她学着丈夫的腔调,跟阿历克赛·亚力克山德洛维奇一样地把**犯罪**这个词说得特别响。)我警告过您,这种事在宗教的、非宗教的和家庭的各个方面将会产生的后果。您不听我的话。现在我不能让您玷污我的名声……'她还想说:"'也不能让您玷污我儿子的名声。'"但是她不能拿儿子来说着玩……便又说:"'玷污我的名声',以及诸如此类的什么话。"她又接着说,"反正他会用他那种公事公办的腔调,直截了当地说,他不会放过我,但是要采取由他决定的种种手段来制止这件丑事。还会把他所说的安安稳稳、仔仔细细地全都做到。事情就会是这样。这不是一个人,而是一架机器,而且,一旦发作起来,还会是一架凶恶的机器。"她补充说了这一些,一边说,一边详尽地回想着阿历克赛·亚力克山德洛维奇说话的种种形态和姿势,以及他的性格等等,她把她在他身上所能找到的一切不好的东西都当作他的罪过,决不因为自己在他面前犯下的这件可怕的罪过而丝毫地放过他。

"可是,安娜,"伏伦斯基用一种温和而又有说服力的语气说,极力想安慰她,"无论如何还是必须告诉他,然后看他采取什么措施,再决定怎么做。"

"怎么,逃走吗?"

"干吗不能逃走呢?我看不出有什么可能性再这样继续下去。这不是为我自己,——我看得出来,你很痛苦。"

"对,逃走,叫我做您的情妇?"她恶狠狠地说。

"安娜!"他温柔地也是责备地说。

"对,"她继续说,"做您的情妇,把一切都毁掉……"

她又想说:把儿子毁掉,但是她说不出"儿子"这两个字来。

伏伦斯基不能理解,凭她坚强、诚实的天性,怎么能够忍受这种欺骗的处境而不想摆脱它;但是他没有料到,主要的原因是她说不出口的儿子这两个字。每当她想起儿子,想起将来他对他离父私奔的母亲会抱怎样的态度,这时,她就会为她所做下的事情感到非常的恐惧,于是她便不去认真地思考,而像一个妇道人家那样,极力地只顾用一些虚假的理由和言词来安慰自己,目的只是让一切维持原状,让她可以忘掉她儿子将会怎样这个可怕的问题。

"我请求你,我恳求你,"她忽然抓住他的一只手,用一种全然不同的,真诚而温柔的语气说,"永远不要跟我谈这个!"

"可是,安娜……"

"永远不要谈。你由我去吧。我的处境有多么卑贱、多么可怕我全知道;但是,这并不像所想象的那样容易决定啊。你就让我去吧,就听我的吧。永远不要跟我谈这个。你答应我这一点吗?……不,不啊,你要答应我!……"

"我什么都答应,可是我没法安心,尤其是听你说过那些话之后,在你不能够安心的时候,我不可能安心……"

"我!"她再次说,"是的,有时候我很痛苦;不过这都会过去的,假如你永远不再跟我谈起这件事的话。只要你一跟我谈这件事,我就会很痛苦。"

"我不明白。"他说。

"我知道,"她打断他,"让你这样诚实的人去说谎有多难受,我真可怜你啊。我时常在想,为了我,你把你的生活毁成什么样子了。"

"我这会儿也在想,"他说,"你怎么可以为了我把一切都牺牲了?我没法原谅我自己,让你这么不幸。"

"我不幸?"她说,走到他身边,两眼洋溢着爱的微笑注视着他,"我——像一个饥饿的人得到了食物。也许这个人很冷,衣衫破烂,也觉得羞愧,但是没有不幸。我不幸吗?不啊,瞧我的幸福……"

她听见了儿子回来说话的声音,朝凉台匆匆一瞥,猛地站起来。她目光中燃起那他所熟悉的火焰,她急速抬起她漂亮的、满是戒指的手,抱住他的头,久久地凝视着他,然后把她的脸和她张开的、含笑的双唇移近他,在他的嘴上、眼睛上都吻了一下,便把他推开。她要走开,但是他拉住她不放。

"什么时候?"他悄声说,异常兴奋地眼望着她。

"今天,半夜一点。"她低声说,先重重地叹了口气,然后便迈出她轻盈而迅速的步子向儿子迎面走去。

谢辽沙在大花园里遇了雨,就跟保姆在亭子里坐了一阵。

"那么,再见啦,"她对伏伦斯基说,"马上就要去看赛马了。培特茜答应来接我的。"

伏伦斯基看了看表,匆匆地走了。

二十四

当伏伦斯基在卡列宁家的凉台上看表的时候,他心神不定,只顾想自己的心事,眼睛望着表盘上的指针,却看不清是几点钟。他走出来,踏上大路,小心翼翼地踩着烂泥向他的马车走去。对安娜的感情把他整个身心都占据了,他甚至没有想到现在几点钟了,他还有没有时间去找布梁斯基。像他经常的那样,他此刻只有一种表面上的记忆能力,只记得一件事做完之后再做哪一件。他走到车夫身旁,车夫正坐在赶车位子上打瞌睡,浓密的菩提树倾斜的阴影遮蔽着他,伏伦斯基欣赏了一会那像柱子一样聚集在汗湿的马身体上空的闪闪烁烁的小蚊虫,然后才把车夫唤醒,跳上车去,吩咐他上布梁斯基家去。只是在走了七八里路之后,他才恍然醒悟,看了看表,知道已经是五点半钟,他来不及了。

这天有几场比赛:骑兵比赛,然后是军官二里赛,军官四里赛,和他要参加的比赛。自己那场比赛他是能赶上的,但如果他去布梁斯基家,那么他只能在宫里的人全都到场之后才到达。这样不大好。但是他又答应了布梁斯基说他要来,因此便决定继续向前走,叫车夫别顾惜那几匹马。

他赶到布梁斯基家,在那儿停了五分钟,便连忙往回奔。这一场快奔让他的心平静了下来。他跟安娜关系中所有的沉重感,他们谈话之后留下的茫然不知所措的心情,全都从他的头脑中忽地消失了;现在,他满意而兴奋地想着赛马,想着他到底还是赶上了,偶尔,他头脑里也如明亮的火光般一闪而过地想到今晚幸福的幽会。

他超越过一辆辆从别墅和彼得堡赶来看赛马的车子,赛马的气氛愈来愈浓,他的心情也就愈来愈深地沉浸在即将进行的这场赛马中。

他宿舍里已经没有人:全都去看赛马了,他的跟班仆人在门前等候他。在他换衣服时,仆人告诉他,第二场比赛已经开始,好多位老爷来问过他,马夫也从马棚里来过两次了。

他不慌不忙地换了衣裳(他从来不慌不忙,不会失去自制),吩咐驱车去马棚。从马棚那边他已经看见车辆、行人、士兵围在赛马场四周,一个个小亭子里挤满了人。大概正进行着第二场比赛,因为在他走进马棚时听见了铃声。当他穿过马厩时,他遇见了马霍金那匹白蹄子的红褐色的斗士,披着蓝边橘黄色马衣,两只青色的耳朵边上镶着的装饰显得很大,正往赛马场上牵。

"科尔德呢?"他问马夫。

"在马厩里,正在上鞍子。"

佛鲁—佛鲁站在打开的单间马房里,已经备好鞍鞴。科尔德正要把它牵出来。

"没迟到吧?"

"All right! All right! 一切正常,一切正常,"英国人说,"您别紧张。"

伏伦斯基又向他浑身战栗着的马那一副漂亮可爱的形体瞥了一眼,真舍不得不看看它,这才走出马棚。他在一个最有利的时刻向小亭子走去,免得引起任何人的注意。二里赛马正要结束,全场的目光都集中在最前面的近卫重骑兵军官和他身后的近卫骠骑兵军官身上,两人都竭尽全力驱马向终点冲去。人们都从赛场的中间和外围涌向终点,一群近卫重骑兵团的士兵和军官大声呼叫着,欢庆他们的军官和同伴即将获胜。伏伦斯基恰好在比赛结束的铃声响起时走入人群,这时第一个跑到的高个子近卫重骑兵军官,满身泥浆地伏在马鞍上,正松开缰绳,他那匹灰色公马汗湿得皮色发黑,大喘着气。

那匹公马费力地收住脚步,它庞大身躯的急速动作在缓慢下来,那位近卫重骑兵军官如大梦初醒一般,向四周扫了一眼,吃力地笑笑。一群朋友和生人把他团团围住。

小亭子前面是一群上流社会的上等人士,他们正在既稳重又自由地活动着和交谈着,伏伦斯基有意地避开他们。他认出,卡列宁娜和培特茜,还有他的嫂子都在那里,他故意不走近她们,免得分心。但是他不停地遇上熟人,拦住他,给他说前两场比赛的细节,还问他为什么迟到。

当骑手们被召到亭子前面去领奖,人们都望着那里的时候,伏伦斯基的哥哥向他走来。他哥哥亚历山大是一个佩戴金边肩章的上校,身材高大,跟阿历克赛一样的结实,不过更加英俊,面色也更红润,鼻子是红的,开朗的面孔上带着醉意。

"你收到我的便条啦?"他说,"成天都找不到你。"

亚历山大·伏伦斯基尽管生活放荡,而且是个人所共知的酒鬼,在宫廷里却是一个很红的人。

他现在虽然和他弟弟谈一件让他非常不愉快的事,但是他知道许多人的眼睛可能都在盯着他们,便装出一副微微含笑的面容,仿佛他在跟弟弟讨论着一件无关紧要的事情。

"我收到了,说真的,我不明白,**你**在为什么事操心。"阿历克赛说。

"我操心的是,刚才我发现你不在,还有礼拜一人家看见你在彼得哥夫。"

"有些事情只能让那些直接有关的人去谈论,你所那么关心的事情嘛,就是……"

"是的,不过如果不担任军职,那就不……"

"我请求你别来干涉。如此而已。"

阿历克赛·伏伦斯基阴沉的脸色一下子变得苍白了,他向外凸起的下巴颤抖了一下,这在他是很少有的。他是一个心肠很好的人,平时很少发脾气,而一旦发了脾气,下巴就会抖动,人也就变得不大好惹,亚历山大·伏伦斯基知道这一点。这位哥哥就快活地笑了笑。

"我只是想把妈妈的信交给你。给她个回信吧,赛马前别有情绪。Bonne chance[①]。"他又说了一句,便微笑着走开了。

但是他刚走开又有一个人友好地过来打招呼,拦住了伏伦斯基。

"你连朋友都不想认啦!你好吗,mon cher[②]?"斯捷潘·阿尔卡季伊奇说,他面色红润,容光焕发,络腮胡子梳得又亮又整齐,在彼得堡这群贵人中间,一点儿不比他在莫斯科气派更差。"我昨天到

[①] 法语:祝你成功。
[②] 法语:亲爱的,朋友,老兄。

的,真高兴,能看见你赢。什么时候见面呢?"

"你明天到宿舍来吧。"伏伦斯基说,拉了拉他的大衣袖子,表示抱歉,然后便走向赛马场的中央,这时人们已经把参加障碍大赛的马往场里牵了。

刚退场的马受尽折磨,浑身大汗,由马夫牵着往回走,同时下一场比赛的新马又一匹匹牵上来了,它们一个个精神抖擞,大多数都是英国种,头戴风帽,腰勒肚带,像是一种奇怪的大鸟。身材细长而强壮的美人儿佛鲁—佛鲁从右边牵了上来,它那长长的有弹性的腕骨走起路来好像是装上了弹簧。离它不远的地方,人家正在给奔拉着一双大耳朵的斗士卸掉马衣。这匹骏马那漂亮的、完全匀称的体形,它极其出色的臀部,它紧接在四条蹄子上的短得异常的腕骨,不由得吸引了伏伦斯基的注意。他正想往自己的马身旁走,但是又有一个熟人叫住了他。

"啊,瞧,卡列宁!"跟他说话的这个熟人说,"他在找妻子,她在那个亭子里呢。您没看见她吗?"

"没有,没看见。"伏伦斯基回答,他甚至没有朝人家指给他看的那个亭子望一眼,便向自己的马走去。

伏伦斯基还没来得及看一看马鞍,他本来是要吩咐他们再弄弄好的,已经在召唤赛马者到亭子里去抽签决定号码和出发点了。十七位军官个个庄重严肃,有些还面色发白,都到亭子里去抽签了。伏伦斯基抽到第七号。一声号令:"上马!"

伏伦斯基感到他和另外几个骑手是所有眼睛注意的中心,他是很紧张的,通常在这种时刻,他都在动作上显得缓慢而沉着,他走向自己的马。科尔德为了这场隆重的比赛穿上他节日的衣装,黑色的扣紧纽扣的礼服,浆得笔挺夹住他面颊的硬领,黑色的圆礼帽,长统靴。他一如往常,威严而镇静,亲手牵住两根缰绳,站在马前。佛鲁—佛鲁还在颤抖着,好像害了热病。它两只充火的眼睛斜视着向它走来的伏伦斯基。伏伦斯基用一个手指伸进马肚带下面。马儿使劲地斜瞟他一眼,龇一龇牙,竖起一只耳朵来。英国人噘起嘴唇,想要露出点笑容,居然有人要来检查他装的马鞍。

"骑上去,就不那么紧张了。"

伏伦斯基向他的敌手们望了最后一眼。他知道,一跑起来就看不见他们了。有两个人已经向前走近出发地点了。伏伦斯基的朋友加利曾,也是他的一个危险的敌手,正围着他那匹栗色牝马转,这马不让他骑上去。一个身材矮小的近卫骠骑军官纵马而过,他穿条紧身马裤,像只猫一样趴在马屁股上,他是想模仿英国人。库索夫列夫公爵面色苍白地坐在他那匹戈拉波夫养马场出产的纯种牝马上,一个英国人为他牵着马笼头。伏伦斯基和他所有的同僚们都了解库索夫列夫,知道他有神经"衰弱"和虚荣得要命的特点。他们都知道他这什么都怕,骑战马也怕;但是现在,正是因为这件事可怕,因为有人折断过脖子,因为每一处障碍旁都站着医生,停着红十字标志的救护车,还有护士小姐,所以他才决心要参加。他们的目光相遇了,伏伦斯基亲切地向他挤一挤眼睛来鼓励他。然而他却没有看见他最主要的敌手马霍金和他的斗士。

"您别性急,"科尔德对伏伦斯基说,"记住一点:在障碍面前不要勒马,也不要抽打它,让它随自己意思去选择。"

"好的,好的。"伏伦斯基说,一边接过缰绳。

"可能的话,就跑在最前面;但要是您落后了,到最后一分钟也不要泄气。"

马儿还没来得及动一下,伏伦斯基便以他矫健而有力的动作踏上钢制的带齿的马镫,又轻又稳地把他结实的身躯骑在了吱吱作响的皮马鞍上。右脚一踩住马镫,他便用一个习惯成自然的姿态在手指之间把两条马缰理顺,于是科尔德便松开了手。好像不知道它先迈哪一步才好,佛鲁——佛鲁伸长脖子把缰绳拉紧,移步向前走,仿佛装了弹簧一样把骑手在它柔软的脊背上轻轻摇晃着。科尔德加快脚步跟在它身后。马儿兴奋了,它忽左忽右地拽紧缰绳,想要迷惑骑手,伏伦斯基又喊又拉地力图使它安静,都没有用。

他们已经走近那条用堤坝堵住的小河,那里就是出发点。伏伦斯基的前前后后有好几个参赛的骑手,忽然他听见身后烂泥路上有急速的马蹄声,马霍金骑着他白蹄子、耳朵耷拉着的斗士赶过了他。马霍金露出他一排长牙微微一笑,但伏伦斯基却气呼呼地瞅了他一眼。他一向不喜欢这个人,现在则把他视为最危险的对手,马霍金疾驰而过时惊了伏伦斯基的马,伏伦斯基对他非常恼恨。佛鲁—佛鲁猛地迈开左腿奔起来,又跳了两跳,它生气了,嫌主人把缰绳拉得太紧,换成摇摇晃晃的碎步,把骑手上下颠簸着。科尔德也皱起了眉头,他几乎像是马遛蹄子似的跟在伏伦斯基后边跑。

二十五

共有十七名军官参赛。比赛要在亭子前面周长四里的椭圆形场子上进行。圆周上设置了九道障碍:一条河,一道两阿尔申①高的密闭的栅栏,就在亭子前面,一条干沟,一条水沟,一道斜坡,一道爱尔兰式土埝(最难越过的障碍之一),它是一个土筑的堤坝,上面插满树枝,它后面,马看不见的地方,还有一条沟,这样马就必须把两重障碍一跃而过,否则便可能摔死;然后还有两条水沟和一条干沟,终点设在亭子的对面。起点不在圆周上,而在离它一百沙绳以外的地方,在这段距离上设有第一个障碍——一条有堤坝的三阿尔申宽的河,骑手可以随意跳过或是涉过它。骑手们排了三次队,但每次都有谁的马先冲出去,必须重新开始。发令的老行家谢斯特林已经要冒火了,终于第四次,他一声大喊:"出发!"骑手们便跑了起来。

当骑手们排成一列的时候,场上所有的眼睛,所有的望远镜都已经对准了他们这五颜六色的一群。

"出发了!起跑了!"一阵静静的等待之后,四面八方响起这样的喊声。为了看得更清楚,人们成群地或是单独地跑来跑去。一开

---

① 阿尔申,俄国长度单位,1阿尔申为0.71米。

头聚成一堆的骑手们拉开了距离,可以看见他们三三两两一个接一个走近了小河。观众们觉得他们是同时一块儿跑的;但是对于骑手们来说,几秒钟的差别对他们都有巨大的意义。

佛鲁—佛鲁兴奋而且过于紧张,它丢失了最初的时机,有几匹马比它先启动,然而还没跑到小河,伏伦斯基便尽力勒住绷紧了缰绳的马,轻而易举地越过了三个人,他前方只剩两匹马:马霍金那匹褐色的斗士,它在他眼前均匀而轻快地摆动着屁股;再前面是跑在众马之前的那匹驮着半死不活的库索夫列夫的漂亮的狄安娜。

起初伏伦斯基控制不住自己,也控制不住马。他在第一道障碍小河之前还不能操纵马的动作。

斗士和狄安娜一块儿,也几乎是在同一刹那间到达河边:它们纵身一跃,已凌空飞向对岸去;这时佛鲁—佛鲁也在不知不觉间插翅一般随它们一跃而起,可是,当伏伦斯基感觉到自己身在空中的时候,他忽然看见,几乎就在自己马的脚下,库索夫列夫跟狄安娜正在河的那边伸手伸脚地挣扎着(库索夫列夫在跃起之后松开了缰绳,于是马便跟他一同飞着翻了个跟头)。详情伏伦斯基是后来才知道的,此刻他只能看见自己脚下的东西,他看见,佛鲁—佛鲁应该落脚的地方正好是狄安娜的蹄子或是马头。但是佛鲁—佛鲁,恰似一只俯冲而下的猫一样,在跳跃中四条腿和脊背一用力,便躲过了那匹马,向前飞驰而去。

"噢,宝贝儿!"伏伦斯基心想。

过河以后伏伦斯基完全能控制住他的马了,他拉紧缰绳,企图紧跟在马霍金的后面越过大栅栏,然后在接下来的没有障碍的大约二百沙绳的距离上超越他。

大栅栏正设在皇室的亭子前。当伏伦斯基和在他前面一匹马距离的马霍金驰近魔鬼(密闭的大栅栏叫这个名字)的时候,皇上、宫廷全体官员和一群老百姓全都注视着他们。伏伦斯基感觉到四面八方射向他的目光,但他却什么也看不见,只看见自己这匹马的耳朵和脖子、迎面奔来的地面和斗士的臀部跟四条白腿,那匹马迅速而有节奏地始终保持同样的距离跑在他前面。斗士身子一抬,没有撞击任何东西,短短的尾巴一摇,从伏伦斯基的眼前消失了。

"好哇!"一个人的声音说。

恰在这一瞬间,在伏伦斯基的眼前,就在他身体前面,闪现出了大栅栏的木板。他的马没有丝毫的动作变化便飞跃而过了;木板不见了,只听见身后发出砰的一声响。这是他的马被跑在前面的斗士激怒了,飞跃时抬身过早,后蹄碰上了栅栏。但是它的步子并没有改变,伏伦斯基脸上溅到一块污泥,他明白他跟斗士又在原先的距离上了。他又看见自己面前出现了它的臀部和短尾巴,又看见了那四只迅速移动而并未远离的白蹄子。

在伏伦斯基想到立刻要超越马霍金的一刹那间,佛鲁—佛鲁就领悟到他心里在想什么。这马儿无须任何激励,它大大加快速度,从最有利的一边,即围绳的一边向马霍金靠近。马霍金不肯让开围绳。伏伦斯基刚想到可以从外边绕过去,佛鲁—佛鲁便改变脚步,正像他所想的那样绕过去了。佛鲁—佛鲁那汗湿得也在变黑的肩膀跟斗士的臀部平齐了。他们并排跑了几步。前方是一道障碍,他们已经靠近,这时,为了不兜大圈子,伏伦斯基便拉动缰绳,于是,就在斜坡上迅速超过了马霍金,他看见马霍金溅满污泥的脸从眼前一掠而过。伏伦斯基甚至还好像看见他微微一笑。他超过了马霍金,但是他感到马霍金还紧紧跟在身后,他还不断地听见背后斗士均匀的踢踏声和它急促的、依然精神饱满的呼吸声。

下两个障碍,一条沟,一道栅栏,轻易就越过了,但是伏伦斯基听见斗士的鼻息声和马蹄声离他更近了。他给马加了一鞭,高兴地感到它轻松地加快了脚步,斗士的蹄声又在原先的距离上了。

伏伦斯基现在跑在最前面——这正是他所向往的,也是科尔德要他做的,此刻他对胜利充满信心。他越来越激动,越来越快乐,越来越觉得他的佛鲁—佛鲁可亲可爱。他真想回头望一眼,但他不敢这样做,只极力地使自己安静下来,也不用鞭子抽马,让它能像斗士一样保持点余力,他觉得斗士是保持着这种余力的。只剩下最后的也是最困难的一道障碍了；若是他能在别人前面越过它，那他就第一个到达了。他向爱尔兰式土埝驰去。他跟佛鲁—佛鲁同时在老远就看见了这道土埝，他俩——他和这匹马，也是在同时迟疑了一下。他从马耳朵上看出它在犹豫，便扬起了马鞭，但他立即觉得，迟疑是没有理由的：马知道它该怎么做。只见马儿加快了速度，恰如他所期望地那样，稳稳地离开地面，凌空而起，便依靠惯性远远地飞跃到沟的那一边；并且，依然是原先的节奏，原先的步伐，佛鲁—佛鲁毫不费力地继续向前奔驰着。

"好哇，伏伦斯基！"他听见人群中发出这样的喊声——他知道这是他团队的同僚和朋友们的喊声，他们站在这道障碍的旁边；他一下子就听出了雅什文的声音，但是他没看见他。

"噢，我的好宝贝儿！"他这样想着佛鲁—佛鲁，一边倾听着身后的动静。"它也跳过了！"他听见后面斗士的蹄声，心中这样一闪。只剩下最后一条两阿尔申宽的水沟了。伏伦斯基望也没望它一眼，而又一心想要远远地跑在最前面，便把缰绳划圆圈似的拉动着，依着奔跑的节奏让马头一起一落。他感到，马儿已经使出了它最后的气力；不仅是颈部和肩部湿淋淋的，而且鬃毛上、头上、尖尖的耳朵上都大滴大滴地流出汗水来，它的呼吸剧烈而短促。但是他知道，它的力气跑完最后这二百沙绳还是绰绰有余的。他感到自己更接近地面了，感到马儿的动作变得特别灵巧，单凭这个伏伦斯基便知道他的马怎样地加快了速度。它从水沟上飞腾而过，好像连望也没有望一眼。它像一只鸟儿一样飞过了水沟；然而就在这一顷刻间，伏伦斯基恐惧地感觉到，他没有跟马的动作配合，自己也不知是怎么回事，做了一个恶劣的、不可饶恕的动作，竟然一屁股坐在了马鞍上。他的情况忽然间改变了，他明白，发生了可怕的事情。他还没能弄清到底出了什么事，那只红褐色骏马的四只白蹄子已经贴着他身体一闪而过，马霍金从他旁边飞驰向前了。伏伦斯基的一只脚接触到地面，于是他的马便向他这只脚的一边倒了下去。他刚刚抽出那只脚，马就横在地上了，它沉重地喘息着，它细长的、汗湿的脖颈极力地扭动,想要抬起身子来,但是它做不到,它躺在他的脚下抽搐着,像一只被击落的鸟。伏伦斯基那个笨拙的动作折断了它的脊背。不过这是他过后很久才知道的。此时此刻,他只看见,马霍金疾驰而去,而他,则独自一人摇摇晃晃地呆立在这片一动不动的烂泥地上,他面前躺着佛鲁—佛鲁,它沉重地喘息着,向他弯过头来,用那一双美极了的眼睛注视着他。伏伦斯基这时还没明白出了什么事,还在拉着马缰绳。马儿再次像一条鱼似的全身抖动着,把马鞍的两侧磨得沙沙作响,它伸出两只前腿,但却无法把后半身抬起来,立刻身子一晃,又横倒下去。伏伦斯基的脸激动得变了模样,他面色苍白,下颚颤抖着,他用脚跟踢了踢马肚子,又去拽马缰绳。但是马没有动,只把鼻子杵在地上,眼睛好像在说话似的望着主人。

"哎呀呀!"伏伦斯基咕噜一声,双手抱着头。"哎呀呀!我这是怎么啦!"他大声说,"输了这场赛马!是我的错,错得可耻,错得不可饶恕!还有这匹不幸的、可爱的、叫我给毁了的马哟!——哎呀呀!我这是怎么啦!"

人群,医生和助手,他团里的军官们,都向他跑来。难过的是,他感到自己倒是好好的,一点没伤。马折断了脊梁,只能开枪打死它。伏伦斯基不能回答问题,不能跟任何人说话。他转过身去,也不拾起从头上落下的帽子,就离开了赛场,自己也不知道去哪里。他觉得自己太不幸了。他生平第一次品尝到最沉重的不幸、无可挽回的不幸、错在自己的不幸是什么滋味。

雅什文拿着帽子赶上他,送他回家去,半小时以后伏伦斯基才清醒过来。但是关于这场赛马的回忆长期留在他的心灵中,成了他一生中最沉重、最痛苦的回忆。

二十六

阿历克赛·亚力克山德洛维奇跟妻子的关系在外表上和从前一样。唯一不同的是,他比从前更忙了。像前几年一样,他一开春便出国到温泉疗养地去,恢复他每年冬天在繁重的工作中损坏的健康,像往常一样,七月份回来,立即以更加充沛的精力投入他日常的工作。也像往常一样,他妻子去别墅住,而他留在彼得堡。

自那天从特薇尔斯卡娅公爵夫人的晚会上回来他们谈过一次之后,他再没有跟安娜说起过自己的怀疑和嫉妒,那种他惯于采用的模仿别人说话的腔调,用在他和妻子现在的关系上是再方便不过了。他对妻子稍显更冷淡一些。他只是好像对她略有不满,因为那天夜晚第一次谈话时她有意回避他。他在对她的态度上流露出了一小点儿不愉快,不过如此而已。"你不愿意跟我说清楚,"他仿佛在自己心里对她说,"这样对你更不利。现在就是你来求我,我也不想说清楚了。这样对你更不利。"他自己在心里说,就好像一个人,救火没救成,为自己白花了力气而生气,便这样说:"那你就烧吧,你就烧个干净吧!"

他这个在公务上既聪明又细致的人,竟然不理解,用这种态度对待妻子是非常不理智的。他不理解这一点,因为理解自己目前的处境对他说来实在是太可怕了,于是他便在自己心灵深处把那个抽屉关上、锁住,还贴了封条,那个抽屉里装着的,正是他对家庭,也就是对妻儿的感情。他,一位关心备至的父亲,从这个冬末开始变得对儿子特别冷淡,对他也像对妻子一样,采取一种取笑的态度。"啊,年轻人!"他对他这样说话。

阿历克赛·亚力克山德洛维奇觉得他今年要处理的公务比以往哪一年都多,他这样想,也这样对人说;但是他却没有意识到,今年的许多事务都是他自己给自己凭空找来的,这只是让他别去打开那只抽屉的一种手段,那只抽屉里装着他对妻子和家庭的感情,以及他对他们的思虑,而这些感情和思虑在那里放得愈久,就愈是可怕。假如有一个人有权利问阿历克赛·亚力克山德洛维奇,他对自己妻子的行为有何想法,那么,这位温文尔雅的阿历克赛·亚力克山德洛维奇可能什么也不回答,而只是对这个人非常之生气,因为他向他问了这样的问题。正是由于这个原因,每当有人向阿历克赛·亚力克山德洛维奇问起他妻子身体可好的时候,他脸上便会有一种高傲而严厉的表情。阿历克赛·亚力克山德洛维奇一点儿也不愿意去思考他妻子的行为和感情,事实上他也确实一点也没去思考这些。

阿历克赛·亚力克山德洛维奇一家常住的别墅在彼得哥夫,通常莉吉娅·伊凡诺芙娜伯爵夫人夏天也住在那里,与安娜为邻,和她经常来往。而今年莉吉娅·伊凡诺芙娜伯爵夫人不肯去彼得哥夫住了,她一次也没去看望过安娜·阿尔卡季耶芙娜,她还暗示阿历克赛·亚力克山德洛维奇,安娜不宜跟培特茜和伏伦斯基接近。阿历克赛·亚力克山德洛维奇严厉地止住她,不让她说下去。他表示他的妻子不容怀疑,并从此对莉吉娅·伊凡诺芙娜伯爵夫人避而不见。他不想看见也没有看见,社交界许多人已经对他的妻子侧目而视了,他不想明白也不明白,为什么他妻子特别坚持要搬到皇村去住,培特茜住在那里,那里离伏伦斯基团队的营房不远。他不让自己思考这些,也没有去思考过;尽管他从来没对自己承认过这件事,尽管没有任何证据,也没有任何的可疑之处,但他在自己的内心深处却毫无疑问地知道,他是一个被欺骗的丈夫,因此他感到非常不幸。

在他和妻子共度的八年幸福生活中,曾经有多少次,当他看到其他不忠实的妻子和被欺骗的丈夫的时候,阿历克赛·亚力克山德洛维奇自言自语地说:"这怎么受得了?为什么不结束这种丑恶的局面?"然而现在,灾祸落到了他自己头上,他不仅没有去想怎样结束这种局面,而且根本不愿意了解真情,他不愿意了解真情恰恰是因为,这真情是太可怕、太不合情理了。从国外回来以后,阿历克赛·亚力克山德洛维奇来过别墅两次。一次吃了一顿饭,一次陪客人坐了一个傍晚,都没留下来过夜,他往年也一向是这样。

赛马这天阿历克赛·亚力克山德洛维奇是非常忙的;但是他在一清早便安排了这一天的日程,决定早早吃过午饭,立即驱车去别墅看望妻子,从那里直接去看赛马,全体宫廷官员都去看的,所以他必须在场。他要去妻子那里，因为他决定每礼拜去她那儿一次以保持体面。此外，这天他还要照例给妻子送去十五号以前的家庭开支。

他一向善于控制自己的思想，在考虑了有关妻子的这些事之后，他不允许他的思想再扩展开去，再多想与她有关的事情。

阿历克赛·亚力克山德洛维奇早上很忙了一阵。头天夜晚莉吉娅·伊凡诺芙娜伯爵夫人给他送来一本小册子，是一位现在在彼得堡的、到过中国的旅行家写的，还附了一封信，要求他接见这位旅行家，她说从各方面看，这都是一个很有意思也很有用处的人。阿历克赛·亚力克山德洛维奇夜里没来得及看完这本小册子，早上才看了它。然后来了几个求告者，接着便是报告、接见、任命、免职、赏赐年金和俸禄的分配、来往函件等等——都是些阿历克赛·亚力克山德洛维奇所谓的例行公事，这要占去他许多时间。然后又有些私事，医生和家务主管人来访。家务主管人没占多少时间。他只交来阿历克赛·亚力克山德洛维奇所需要的钱，又简单报告了一下情况，情况不太好，因为这一年出行次数多，用度大，入不敷出。然而医生是彼得堡的一位名医，他跟阿历克赛·亚力克山德洛维奇是好朋友，待了很长时间。阿历克赛·亚力克山德洛维奇今天并没有准备会他，见他来很是惊奇，尤其是，这位医生还非常仔细地询问了阿历克赛·亚力克山德洛维奇的身体状况，听了他的胸部，敲了敲又摸了摸他的肝脏。阿历克赛·亚力克山德洛维奇不知道，是他的朋友莉吉娅·伊凡诺芙娜发现他今年健康情况不佳，请医生来给他看病的。"请您为了我这样做吧。"莉吉娅·伊凡诺芙娜伯爵夫人对医生说。

"我为了俄罗斯这样做，伯爵夫人。"医生回答说。

"这人是一个无价之宝！"莉吉娅·伊凡诺芙娜伯爵夫人说。

医生对阿历克赛·亚力克山德洛维奇的健康情况非常不满。他发现他的肝脏肿得相当大，营养不良，温泉疗养毫无效果。他嘱咐他要尽可能多做些体力活动，尽可能减少一些精神紧张，而最主

233

要的是，不能有任何焦虑，也就是说，他所盼咐的恰恰是阿历克赛·亚力克山德洛维奇所不能做到的，就像让他不要呼吸一样；医生走了，他在阿历克赛·亚力克山德洛维奇心中留下的是一种不愉快的感觉，让他觉得他身上有个什么病，而且是个无法医治的病。

从阿历克赛·亚力克山德洛维奇那里出来，医生在门廊里遇见他的好朋友，阿历克赛·亚力克山德洛维奇的公务主管人斯留金。他们是大学同学，虽不常见面，却相互敬重，而且是知交，因此医生对谁都不会像对斯留金这样说出他关于病人的坦率意见。

"您来看看他，我真高兴，"斯留金说，"他身体是不太好，我觉得……喏，怎么样？"

"是这样，"医生说，一边越过斯留金的头向自己的车夫招手，叫他把车子赶过来，"是这样，"医生两只白净的手捏住皮手套的一只手指头，一边把它拉上，一边说。"假如不把弦拉紧，要想弄断它，——这是很困难的；但是假如把它绷紧到最大限度，只需要拿一根手指头往弦上一按，——它就断了。而他那样地尽心尽力、埋头苦干，——他的弦已经绷到最大限度了；可是另外还有从其他方面来的压力，而且是很重的压力。"医生意味深长地抬一抬眉毛，最后说。"您去看赛马吗？"他一边下台阶向马车走去，一边再说一句。"是的，是的，当然啦，这要花很多时间。"医生对斯留金说的话做了类似这样的回答，并没有听清他说些什么。

医生占用了很多时间之后走了，那位著名的旅行家又来了，阿历克赛·亚力克山德洛维奇刚刚看过那本小册子，再借助他原先在这方面的知识，显得精通此行，而且学识渊博，让这位旅行家大为叹服。

和旅行家同时通报的还有一位来彼得堡公干的某省首席贵族，阿历克赛·亚力克山德洛维奇有必要跟他谈几句。这人走后，还要和公务主管人一同了结一些日常事务，还得去拜见一位大人物谈一件严肃而重大的事。阿历克赛·亚力克山德洛维奇刚刚来得及在五点钟前回到家里，这是他用餐的时间，他跟公务主管人一同吃了饭,便邀他一同驱车去别墅和看赛马。

阿历克赛·亚力克山德洛维奇自己并没有清楚地意识到,他现在跟妻子会面总是要找一个有第三者在场的机会。

二十七

听见大门口车轮轧过铺路碎石的声音时,安娜正站在楼上的镜子前,安奴什卡在帮她缝着连衣裙上的最后一个蝴蝶结。

"培特茜来还不到时候呀。"她想着,往窗外一望,看见了马车,和车里露出来的黑礼帽,还有阿历克赛·亚力克山德洛维奇那两只她那么熟悉的耳朵。"真不是时候啊;未必要过夜?"她这么一想,由此可能出现的一切让她觉得太恐怖太可怕了,于是她便不假思索地满脸堆笑、容光焕发地走出去迎接他,这时,她感觉到,那个她已经视为知己的谎言与欺骗的精灵又来到了她的心中,她立即听从了这个精灵的摆布,开始说起一些她自己也不知所云的话。

"啊,这该有多好呀!"她说,同时伸手给丈夫,又微笑着向家里的常客斯留金问好。"你在这儿过夜吧,好吗?"这是那个欺骗的精灵给她提示的第一句台词,"这会儿我们就一道去看赛马。只可惜我答应了培特茜。她就要来接我。"

阿历克赛·亚力克山德洛维奇听见培特茜的名字便皱起了眉头。

"哦,我不来拆散你们这两个拆不散的人了,"他用他通常的戏谑口气说,"我跟米海依尔·瓦西里耶维奇一道去。医生也叫我多走走。我就一路走过去,就当我还在温泉疗养呢。"

"急着走干吗,"安娜说,"要茶吗?"她打铃叫仆人来。

"上茶,再告诉谢辽沙,说阿历克赛·亚力克山德洛维奇来了。喏,怎么,身体好吗? 米海依尔·瓦西里耶维奇,您还没来过我这个地方呢;您瞧瞧,我这个阳台多么好。"她一会儿对这个说,一会儿对那个说。

她说得很坦诚也很自然,但是说得太多,也太快。她自己感觉到了这一点,而且,从米海依尔·瓦西里耶维奇向她忽而一瞥的那种追究似的目光中,她发觉他在观察她。

米海依尔·瓦西里耶维奇立即到露台上去了。

她去坐在丈夫的身边。

"你脸色不大好呢。"她说。

"是啊,"他说,"今天医生去我那儿了,占掉一个小时。我觉得是我的哪一个朋友派他来的:我的健康就这么值钱……"

"别这么说话,医生讲什么啦?"

她一再地问了他身体和工作的情况,反复地劝说他要好好休息,叫他搬到她这儿来住。

所有这些话她都说得很快,很开心,眼睛里闪出异样的光辉;然而如今阿历克赛·亚力克山德洛维奇并不认为她这种语气有什么值得看重的地方。他只是听见了她在说话,说什么他就听什么,并不去推敲弦外之音。他只简单地回答她,但是仍用开玩笑的口气。所有这些谈话中没有任何特别的东西,然而后来,每当安娜回想起这个短短的场景,她都羞愧得痛苦难言。

家庭女教师带着谢辽沙来了。假如阿历克赛·亚力克山德洛维奇能够让他自己做一点观察的话,他定会发现,谢辽沙在用怎样一种畏怯而茫然的目光望了望父亲,然后又望了望母亲。但是他什么都不想去观察,也什么都没有看见。

"啊,年轻人!他长大啦。真的,简直变成个男子汉了。你好呀,年轻人。"

他把手伸给吓坏了的谢辽沙。

谢辽沙对父亲本来就怯生生的,现在,在阿历克赛·亚力克山德洛维奇开始叫他年轻人以后,也是在他头脑里开始猜想伏伦斯基这个人到底是朋友或者是敌人以后,他就一直躲着父亲。他好像寻求保护似的回头朝母亲望了一眼。只有跟母亲在一起他才开心。这时,阿历克赛·亚力克山德洛维奇搂住儿子的肩膀跟女教师说话,谢辽沙别扭得实在难受,安娜看见,他这就要哭出声来了。

儿子一进来安娜就脸红了,现在发现谢辽沙很别扭,她连忙一跃而起,把阿历克赛·亚力克山德洛维奇的手从儿子肩头上移开,亲了儿子一下,把他领到露台上去,马上自己又走回来。

"不过已经该去了,"她看了看表说,"培特茜怎么还不来!……"

"对了,"阿历克赛·亚力克山德洛维奇站起来,两手交握住,把手指捏得嘎嘎地响,他说,"我还给你送钱来了,夜莺也不能靠童话充饥呀,"他又说,"你需要的,我想。"

"不,不需要……对,需要的。"她说,眼睛不看着他,脸红到了头发根。"那你,我想,看完赛马就到这儿来吧。"

"噢,是啊!"阿历克赛·亚力克山德洛维奇回答。"瞧她来啦,彼得哥夫的美人儿,特薇尔斯卡娅公爵夫人。"他朝窗外一辆刚驶到的马车望了一眼,又说。那是一辆英国马车,全副皮马套,小小的车厢位置特别高。"多阔气呀!真漂亮!喏,那么我们也走吧。"

特薇尔斯卡娅公爵夫人没有下车,只有她那个套着鞋罩、披着件短斗篷、戴顶黑礼帽的家仆在门前跳下车来。

"我去啦,再见!"安娜说,她先吻了吻儿子,又走到阿历克赛·亚力克山德洛维奇跟前,把手伸给他。"你真好,来看我了。"

阿历克赛·亚力克山德洛维奇吻了吻她的手。

"喏,那么就再见啦。你回头来喝茶,真好!"她说,高高兴兴、容光焕发地走了出去。然而,一等到看不见他了,她便感到她手上那块他嘴唇接触过的地方好不舒服,厌恶地颤抖了一下。

二十八

当阿历克赛·亚力克山德洛维奇来到赛马场时,安娜已经坐在一个亭子里了,她跟培特茜并排坐着,所有的上流社会人士都集中在那个亭子里。她老远就看见她丈夫了。这两个人,一个丈夫,一个情夫,是她生活的两个中心,无需借助外在的感觉,她便可以察觉他们近在身旁。她老远就察觉到丈夫在向她走来,不由得在他移动其间的人潮中留神地注视着他。她看见,他怎样走近亭子,时而屈尊地回答着谄媚的鞠躬,时而友好而又漫不经心地向与他身份相当的人打招呼,时而摘下他那顶压住耳朵尖的圆顶大礼帽,用心良苦地等待着权贵们的顾盼,她熟悉他这一套做法,对他的这一套也非常反感。"功名利禄,升官发财——他一心所想的就是这些,"她想,"而那些高尚思想,对教育的热爱,宗教,所有这些——只不过是他升官发财的手段而已。"

他朝太太们的亭子这边张望(他眼睛直望着安娜,但是在这片薄纱、缎带、羽毛、阳伞和鲜花的海洋中他没有认出她来),安娜从他的眼神上看出他是在找她;但她假装没有看见他。

"阿历克赛·亚力克山德洛维奇!"培特茜公爵夫人喊了他一声,"您大概没看见您夫人吧,她不在这儿吗!"

他脸上露出一点儿他那种冷冷的微笑。

"这儿五光十色的,眼睛都看花啦。"他说,便向亭子走来。他对妻子淡淡一笑,做丈夫的见到刚刚见过面的妻子时是这样淡淡一笑的;他又跟公爵夫人和其他熟人打招呼,对女士们说点笑话,跟男人们寒暄几句,让他们各得其所。在下面,亭子边上,站着一位阿历克赛·亚力克山德洛维奇所敬重的侍从武官,此人以聪明和教养闻名,阿历克赛·亚力克山德洛维奇便跟他攀谈起来。

正是比赛间隙,谈话毫无妨碍。侍从武官说赛马不好。阿历克赛·亚力克山德洛维奇不同意这种意见,他为赛马辩护。安娜倾听着他尖细平稳的声音,一字不漏地听着,她觉得他说的每一个字都是虚伪的,刺得她耳朵发痛。

四里障碍赛开始了,她探身向前,目不转睛地注视着伏伦斯基走到马跟前,又骑上去,同时耳朵里听着丈夫那令人作呕的喋喋不休的声音。她为伏伦斯基提心吊胆已经很难受了,但是丈夫尖细的、调子十分熟悉的、她觉得是没完没了的话音让她更加难受。

"我是一个坏女人,一个堕落的女人,"她这时想,"但是我不爱撒谎,我受不了谎言,而他(丈夫)是靠谎言活着的。他全都知道,全都看得很清楚;那么他的感受如何呢,假如他还能这么平心静气地讲话?要是他杀了我,杀了伏伦斯基,我也许倒会敬重他。可是不啊,他所需要的只是谎言和体面。"安娜对她自己说,她在这样说的时候并没有想一想,她究竟想要丈夫怎么样,究竟希望看见丈夫是个怎样的人;她也不了解,阿历克赛·亚力克山德洛维奇今天这样多话,多得让她如此地激怒,这只不过是他内心惊恐和不安的一种表现而已。就像一个受了伤的小孩子,蹦跳一下,让自己的肌肉活动活动,以驱除疼痛,阿历克赛·亚力克山德洛维奇现在也必须活动活动脑子,以驱除那些关于妻子的思想,现在有她在场,有伏伦斯基在场,又反复听见别人提起伏伦斯基的名字,这些思想便忍不住要让他分心。而正像小孩子会自然而然地蹦跳,他也自然而然地把话说得既漂亮又聪明。他说:

"军人赛马,骑兵赛马,这都有危险,但危险是赛马必不可少的条件。如果说英国在军事史上可以夸耀最为显赫的骑兵业绩的话,那么这只能归功于英国在历史上一向注意发展人和马的这种能力。运动,我认为,有巨大的意义,而从来,我们却都只看见最表面的东西。"

"不是表面的,"特薇尔斯卡娅公爵夫人说,"有一个军官,人家说,摔断了两条肋骨呢。"

阿历克赛·亚力克山德洛维奇用他那种笑容微微一笑,只露出了牙齿,再没有其他表示。

"就算,公爵夫人,这不是表面的,"他说,"而是内在的吧。但是问题不在这里,"他又转向跟他认真交谈的那位将军,"请别忘记,参加赛马的都是一些选择了这项职业的军人,您还得要同意说,任何事业都有它欠缺的一面。这就直接涉及军人的职责了。像拳击或者西班牙斗牛之类的不堪入目的运动是野蛮的象征。而这种专门设置的运动却是一种文化发展的象征。"

"不,我下次再也不来看了;这太让我激动了,"培特茜公爵夫人说,"是不是,安娜?"

"是让人激动,可不看又舍不得呀,"另一位太太说,"我要是活在古罗马时候啊,我会一场角斗也不放过看的。"

安娜什么话也没说,她一直拿着望远镜朝一个地方盯着。

这时一位身材高大的将军从亭子前面走过。阿历克赛·亚力克山德洛维奇连忙停止讲话,郑重其事地站起身来,向这位过路的军人鞠了个躬。

"您不参加比赛吗?"这位军人跟他开玩笑。

"我参加的比赛比这要困难得多呢。"阿历克赛·亚力克山德洛维奇恭而敬之地回答。

虽然这回答毫无意义,这位军人却显出一副从一个聪明人嘴里听到一句聪明话的神气,以示自己完全理解 la pointe de la sauce①。

"有两个方面,"阿历克赛·亚力克山德洛维奇又继续说下去,"表演者的一面和观众的一面;从观众一面说,喜欢看这种场面无疑是一种文化程度低下的表征,我同意这个意见,但是……"

"公爵夫人,来打个赌吧!"下面传来斯捷潘·阿尔卡季伊奇的声音,是对培特茜说的,"您赌谁会赢?"

"安娜跟我赌库索夫列夫公爵。"培特茜回答说。

"我赌伏伦斯基。赌一副手套吧。"

"说定了!"

"多好看呀,不是吗?"

阿历克赛·亚力克山德洛维奇在旁边有人说话的时候沉默不语,但马上又开始说话。

"我同意,不过有些勇敢的竞赛……"他本来要继续说下去。

但这时骑手们出发了,所有的谈话全都停止了,阿历克赛·亚力克山德洛维奇便也闭口不言,大家都踮起脚尖来朝小河望去。阿历克赛·亚力克山德洛维奇对赛马不感兴趣,所以没有望着骑马的人,而是用他一双疲倦的眼睛漫不经心地环顾着观众。他的目光停

---

① 法语:话中的俏皮之处。

在了安娜身上。

她面色苍白而严峻。显然她除了一个人之外什么也看不见,谁也看不见。她的手痉挛地捏住扇子,她气也不喘。他望了她一眼便连忙转过身去,看了看四周别人的面孔。

"这些太太们和别的人也都很兴奋啊,这很自然嘛。"阿历克赛·亚力克山德洛维奇对他自己说。他想不看安娜,但是他的目光不由得被她吸引过去。他又再次注视着这张面孔,极力不看见这张面孔上所明显流露的东西,而事与愿违,他在这张面孔上恐惧地见到了那他所不想知道的东西。

库索夫列夫第一个在河边倒下,这时全场人都激动了,然而阿历克赛·亚力克山德洛维奇却明明在安娜那张苍白的、得意的面孔上看出,她所注视的那个人并没有倒下。当马霍金和伏伦斯基越过大栅栏,下一个军官紧接着一头撞在地上,摔得昏死过去时,所有观众中响起一阵惊恐的骚动,阿历克赛·亚力克山德洛维奇看见,安娜甚至没注意到这个,她好不容易才明白周围的人在说些什么,但是阿历克赛·亚力克山德洛维奇愈来愈专心也愈加固执地注视着她。安娜尽管全神贯注地盯着纵马飞驰的伏伦斯基,仍感觉到自己丈夫一双冰冷的眼睛从一旁目不转睛地盯着自己。

她在一刹那间回头一望,询问似的瞧了丈夫一眼,微微皱起眉头,又转过头去。

"唉,对我反正都一样了。"她好像对丈夫这样说,然后就再也不看他一眼了。

这场赛马很不幸,十七个人当中一半以上都跌倒受伤了。比赛快结束时,大家都很激动,因为皇上对比赛不满意,大家就更是激动了。

二十九

人人都大声地表示着自己的不满,人人都重复着不知谁说的一句话:"简直像在杂技场上斗狮子一样。"人人都觉得非常可怕,因此,当伏伦斯基跌倒在地而安娜哎呀一声大叫的时候,并没有显出什么特别的地方。然而紧接着安娜脸上出现了变化,这变化就的确有失体统了。她完全忘乎所以了。她开始浑身颤抖,好像一只被人抓住的鸟儿:她一会儿想站起来走到哪儿去,一会儿又跟培特茜说话。

"我们走吧,走吧。"她说。

但是培特茜没有听见。她正俯下身去跟一位向她走来的将军讲话。

阿历克赛·亚力克山德洛维奇来到安娜身边,恭敬地把手臂伸给她。

"我们走吧,要是您愿意的话。"他用法语说;但是安娜正在倾听那位将军说话,没有注意到丈夫。

"他也把腿摔断了,人家说,"这位将军说,"这真太不像样了。"

安娜没有回答丈夫的话,只顾举起望远镜注视着伏伦斯基跌倒的地方;但是实在太远了,那儿又聚集着许多人,什么也看不清。她放下望远镜,想要走开;而这时一个军官骑马奔来,向皇上报告了什么。安娜探出身子去,仔细在听。

"斯季瓦!斯季瓦!"她朝哥哥喊起来。

但是她哥哥没听见她喊。她又想要走出亭子去。

"我再一次把我的手臂伸给您,假如您想走的话。"阿历克赛·亚力克山德洛维奇说,同时触一触她的手臂。

她厌恶地闪开他,没有看他的脸,回答说:

"不,不,别管我,我不走。"

这时她看见,有一个军官从伏伦斯基跌倒的地方越过赛场向亭子跑来。培特茜向这人挥动着手绢。这位军官带来了消息,说骑手没有受伤,但是马的脊梁折断了。

一听这话,安娜立刻坐下,用扇子遮住脸。阿历克赛·亚力克山德洛维奇看见她在哭,她不仅忍不住眼泪,连号啕声也忍不住了,哭得胸脯起伏着。阿历克赛·亚力克山德洛维奇用身子挡住她,让她有时间恢复常态。

"我第三次把手伸给您。"过了会儿他又对她说。安娜眼睛望着他,不知他说什么。培特茜公爵夫人来给她解围。

"不啊,阿历克赛·亚力克山德洛维奇,是我把安娜接来的,我答应要送她回去。"培特茜插进来说。

"请原谅,公爵夫人,"他说,彬彬有礼地微笑着,但却定定地注视着她的眼睛,"但是我看,安娜不太舒服,我想,还是我陪她回去吧。"

安娜畏惧地回头一望,顺从地站起来,把手臂搭在丈夫的手臂上。

"我差个人去他那儿,问清楚了再派人告诉你。"培特茜悄悄对她说。

从亭子里出来的时候,阿历克赛·亚力克山德洛维奇还像往常一样和遇见的人说话,安娜也不得不像往常一样与人应答交谈;但是她神情恍惚,像做梦一般挽住丈夫的手臂走着。

"他摔死了还是没摔死?这是真的吗?他来还是不来?我今天能见到他吗?"她想着。她默默地坐进阿历克赛·亚力克山德洛维奇的马车,默默地从一大堆马车中驶出来。尽管有他所亲眼见到的一切,阿历克赛·亚力克山德洛维奇仍是不让他自己去想一想他妻子的真实的状况。他只看见了一些外表的迹象。他看见她举止有失体面,他认为自己有责任对她指出这一点。但是更多的话不说,只说这件事,他又觉得很困难。他张开嘴,本想告诉她:她举止有失体面,但却不由自主地说了完全不相干的话。

"不过,我们全都多么喜欢看这种残酷的景象啊,"他说,"我注意到……"

"什么?我不明白。"安娜轻蔑地说。

他感到委屈,于是马上便说起他本来想要说的话。

"我必须告诉您。"他说开了。

"好了,要把事情都摊开来了。"她这样一想,立刻感到恐惧。

"我必须告诉您,今天您的举止有失体面。"他用法语说。

"我怎么有失体面了?"她大声地说,急速地把头向他转去,直视着他的眼睛,但却全然不像从前那样显出一种有所隐藏的快意,而是态度坚定,她好不容易才借助这种态度掩盖了所体验到的恐惧。

"您别忘记了。"他指着车夫背后的窗口对她说。

他抬身把玻璃窗推上。

"您发现什么事不体面了?"她再次问道。

"那种绝望的样子,在有一位骑手落马的时候,您没有能把这种态度隐藏住。"

他在等着听她的反驳;但是她一声不响,眼睛朝前方张望着。

"我已经对您说过,要您在社交场合注意点,让那些恶毒的舌头没机会说您任何的闲话。以前,我谈的是那些有关内心的事,现在我不谈这些了。现在我只谈外表上的事。您的举止是有失体面的,我希望这种事以后不要再发生。"

丈夫的话她一半也没有听进去,她只觉得她怕他,她心里想着的是,伏伦斯基真的没有摔死吗?人家说,他没有受伤,只是马摔断了脊梁,他们说的真是伏伦斯基吗?当丈夫把话说完时,她只是故作嘲弄地微微一笑,什么也没有回答,因为她根本就没听见他说些什么。阿历克赛·亚力克山德洛维奇开始说话时倒是勇气十足,然而等他明白地理解了自己在说些什么的时候,安娜所体验到的那种恐惧感也传染给他了。看见妻子的这种笑容,他感到一阵奇异的迷惘。

"她在嘲笑我的猜疑。对,她马上就会对我说那句她上回说过的话:我的猜疑是毫无根据的,这太可笑了。"

现在他面临着一切真相都要全部揭露出来的时刻,他最希望的是,她,像从前一样,嘲笑地回答他,说他的猜疑是可笑的,毫无根据的。他所知道的事情是太可怕了,因此他现在什么都愿意相信。然而她脸上的表情,那张惊恐又阴沉的脸上的表情,此时此刻甚至连想要欺骗的样子也没有。

"也许,是我错了,"他说,"那么我请求您原谅我。"

"不,您没有错,"她缓慢地说,无所顾忌地朝他冰冷的面孔瞟了一眼,"您没有错。我已经无所顾忌了,现在也只能无所顾忌。我在听您说话,可是心里却在想着他。我爱他,我是他的情妇,我受不了您,怕您,恨您……随您想把我怎么样吧。"

于是她往马车的角落里一靠,双手捂住脸,失声痛哭了。阿历克赛·亚力克山德洛维奇一动不动,也没有改变他目光朝前直视的方向。但是他整个脸上忽然显出一种死人般的庄严的呆滞,这种表情一路上直到别墅都没有改变。车到门前,他转头向她,表情依旧。

"好吧!但是我要求您遵守维持外表体面所必需的一切条件,直到……"他的声音在颤抖,"直到我采取措施保护我名誉的时候,我会把这些措施通知您的。"

他先下车,然后扶她下来。当着仆人的面,他默默地握了握她的手,再坐进车中,上彼得堡去了。

他刚走,培特茜公爵夫人派来的仆人就到了,带来了给安娜的便条:

> 我派人去阿历克赛那里问过他的身体情况,他回信告诉我,他很好,没有伤,但是很苦恼。

"这么说他会来了!"她想,"我把一切都对他说了,我做得多好啊。"

她看了看表。还有三个钟头,回想起上次见面时的种种细节,她的血液像火一样地燃烧起来。

"我的上帝,我心里多亮堂哟!这是可怕的,但是我爱看见他的脸,我爱这个神奇的亲爱的人……丈夫!唉,是的……好吧,谢天谢地,跟他一切全都结束啦。"

三十

在谢尔巴茨基一家人来到的这个德国温泉疗养地,像在所有五方杂处的地方一样,进行着一种例行的类似社会结晶的过程,给其中每一个成员指派一个确定不移的位置。就好像一滴水在严寒中会确定不移地获得某种雪状结晶一样,每一个新到温泉的人马上就会被安排在一个他所应有的位置上。

弗尔斯特·谢尔巴茨基-扎姆特-格玛林-乌恩德多-赫特尔①,既由于他们租用的房子,也由于他们的名望,还由于他们的交往,马上就被这种结晶过程派定在一个安排给他们的位置上。

这一年,温泉上来了一位真正的德国弗尔斯金②,于是这种社会结晶的过程便进行得愈加果断。谢尔巴茨基公爵夫人一心想要把自己的女儿引荐给这位德国公爵夫人,一到那里,第二天就举行了这个仪式。吉蒂穿上她从巴黎定制的,**非常朴素**,也就是说非常漂亮的夏季连衣裙,深深地、仪态娴雅地行了个屈膝礼。德国公爵夫人说:"但愿玫瑰花很快就会回到这张漂亮的小脸蛋儿上。"于是谢尔巴茨基一家人的生活轨道便立即被牢牢固定,无法摆脱。他们结识了一位英国勋爵夫人一家人,一位德国的伯爵夫人和她在上次战争中受伤的儿子,一位瑞士学者,还有 M. Canut③ 和他的妹妹。但谢尔巴茨基家来往最多的仍不得不是一位莫斯科的太太玛丽娅·叶甫盖尼耶芙娜·列基谢娃,她带着一个女儿,吉蒂不喜欢这姑娘,因为她跟她一样是由于恋爱生的病;还有一位莫斯科的上校,这人吉蒂从小就见过,熟悉他穿制服戴肩章的样子,这人天生一双

---

① 这句话的原文中除谢尔巴茨基这个名字以外,都是用俄语拼写的德语,意为:谢尔巴茨基公爵与夫人及小姐。
② 弗尔斯金,原文是用俄语拼写的德语,意为:公爵夫人。
③ 英语:坎纳特先生。

小眼睛,领口敞开,打一条花领带,在温泉上显得特别的可笑,而且还讨人嫌,因为他老是缠着你,没法摆脱他。当这一切都安排停当、各得其所的时候,吉蒂感到非常的无聊,尤其是公爵又去卡尔斯巴德①了,只留下她一个人跟母亲在一起。她对这些她所认识的人并不感兴趣,觉得他们都是老一套,毫无任何新鲜感。现在她在温泉上最热心于做的主要的事情,是观察和猜测那些她所不认识的人。出于天性,吉蒂总是设想人们身上有着一切世间最为美好的东西,尤其是在那些她不认识的人身上。于是现在她就猜测着这些人谁是谁,他们之间有着怎样的关系,他们又是些怎样的人。当她这样猜测的时候,她想象着这都是些天下最奇妙、最美好的人,并且在自己的观察中加以证实。

这些人中间最吸引吉蒂注意的,是一个俄国姑娘,她是陪一位生病的、大家称之为斯塔尔夫人的俄国太太到温泉来的。斯塔尔夫人属于上层社会,不过她病得连路也不能走,只是在罕见的晴朗日子里才坐轮椅到温泉边上来。但正如谢尔巴茨基公爵夫人所说,斯塔尔夫人与其说是生病,不如说是傲慢,才不跟任何俄国人交往。这个俄国姑娘侍候着斯塔尔夫人,此外,吉蒂还注意到,她跟所有重病人都相处得很好,这样的病人在温泉上是很多的,她也以一种极其自然的方式照顾着这些人。这个俄国姑娘,据吉蒂观察,不是斯塔尔夫人的亲戚,也不是雇来的帮手。斯塔尔夫人叫她瓦莲卡,而别人则称她为"m-lle② 瓦莲卡"。且不说吉蒂热衷于观察这姑娘跟斯塔尔夫人和其他熟人的关系,像往常一样,吉蒂还对这位 m-lle 瓦莲卡抱有一种说不出的好感,并且她从两人相遇的目光中感到,这姑娘也喜欢她。

这位 m-lle 瓦莲卡不能说是青春已过,而简直就像是不曾有过青春:可以说她是十九岁,也不妨说她是三十岁。若是仔细来品评

---

① 卡尔斯巴德,捷克的一个温泉疗养地。
② 法语:小姐。译作汉语时,应放在人名的后面,读为"瓦莲卡小姐"。下同。

一下她的相貌,她尽管面带病容,却不能说丑,倒应该说她是漂亮的。若不是身体过于消瘦,并且和她中等的身材相比那颗头显得太大的话,她本来也是个亭亭玉立的人儿;然而她大概是对男人没有什么吸引力的。她好像是一朵美丽而且盛开的、但却已香消色褪的小花。除此之外,她不能吸引男人还因为,她缺少着那种在吉蒂身上太多的东西——被抑制的生命之火和对自己魅力的自觉。

她好像成天在忙,这是毫无疑问的,因此她似乎对任何其他事都不感兴趣。这一点和吉蒂恰恰相反,也正是这一点让她特别地吸引吉蒂。吉蒂觉得,在这个姑娘身上,在她的生活方式上,完美地体现着自己如今正梦寐以求的东西。吉蒂如今所梦寐以求的,是生活的意义和生活的价值——超乎她如今厌恶已极的那种女孩子对男人的世俗关系之上的意义和价值,现在她觉得那种关系就像是不知羞耻地把货物摆出来,待价而沽。吉蒂愈是观察她这位素不相识的朋友,便愈是相信,这姑娘正是她所想象的十全十美的人,于是她便愈是想要认识她。

两个女孩每天都要遇见许多次,每次相遇时,吉蒂的眼睛都在说:"您是谁呀?您是做什么的?您真是像我所想象的那样,是一个美极了的人吗?不过您千万别以为,"她的目光又说,"我会让自己缠着您,非跟您交朋友不可。我只不过是欣赏您,喜欢您。"那个素昧平生的姑娘用她的目光回答说:"我也喜欢您呢,您是非常、非常可爱的呀。我还会更加更加喜欢您,假如我有时间的话。"确实,吉蒂看见她老是在忙:要么是把一家俄国人的孩子从浴场带走,要么给个女病人拿条毛毯,还给她盖在身上,要么在想方设法给一个发脾气的病人散心,要么在给一个什么人选购喝咖啡的点心。

谢尔巴茨基一家人来到不久,一天早晨,温泉上又出现两个人,大家都用一种不友好的眼光注视着他们。这两个人是:一个个子很高有点驼背的男人,一双手特别的大,穿件短得不合身的旧大衣,两只眼睛黑黑的,很朴实,又非常可怕;一个满脸雀斑的和颜悦色的女人,穿戴得非常粗俗,毫无风韵。吉蒂认出他们是俄国人,便开始在自己的想象中为他们编造着一部美丽动人的罗曼史。但是公爵夫人从 Kurliste① 上知道,他们是尼古拉·列文和玛丽娅·尼古拉耶芙娜,便对吉蒂说这个列文是个多么不像样的人,于是一切关于这两个人的幻想便全都烟消云散了。倒不是因为母亲对她说了什么话,而是因为这人是康斯坦丁的哥哥,对吉蒂来说,就因为这个,这两个人便突然间显得极其不能容忍。此时此刻,这一个列文以他那扭动脑袋的习惯动作在吉蒂心中引起一种难以克制的反感。

她觉得,在他那双固执地盯住她看的又大又可怕的眼睛中,流露着一种仇恨和嘲笑的感情,因此她极力避免遇见他。

三十一

天气很坏,一上午不停地落雨,病人们都带着伞聚集在回廊下。

吉蒂跟母亲和莫斯科的上校一块儿走着,上校的礼服是一件法兰克福②制作的时髦的欧式成衣,他得意地穿上它向人们炫耀着。他们在回廊的一头散步,极力避开在另一头走着的列文。瓦莲卡穿的是她那件深色连衣裙,戴一顶宽边下垂的黑帽子,她正陪一位瞎眼的法国女人沿整个回廊走着,每次和吉蒂遇上,她们都交换着友好的目光。

"妈妈,我能跟她说句话吗?"吉蒂说,她的眼睛随这位不相识的朋友而去,看见这姑娘正走向浴场,她们可以在温泉边上相遇。

"啊,要是你这么想跟她说话,让我先了解一下她的情况,我亲自去。"母亲回答说。"你发现她身上有什么特别的地方?一个陪病人的女孩子吧,大概是的。你要是想这样,我先去结识一下斯塔尔夫人。我跟她 belle-soeur③ 认识。"公爵夫人又说,一边傲然地昂起

---

① 德语:旅客登记簿。
② 法兰克福,德国重要城市。
③ 法语:弟媳。下同。

了头。

吉蒂知道,她母亲因为斯塔尔夫人似乎在躲着不想结识她,心里有气。吉蒂便没有坚持要她这样做。

"她真好啊,多么可爱呀!"吉蒂说,她两眼注视着正拿一杯水递给法国女人的瓦莲卡。"您瞧呀,她处处都那么纯朴,可爱。"

"你的这种 engouements① 让我觉得很滑稽,"公爵夫人说,"不,我们还是往回走吧。"她接着又说,因为看见列文和他的女人跟一个德国医生正迎面走来,列文对那位医生高声地、气呼呼地在说着什么。

她们转过身去要往回走,忽然听见身后不是在高声说话,而是在叫嚷了。列文停住不走,喊叫着,医生也发火了。一群人向他们围拢来。公爵夫人和吉蒂连忙躲开,而上校却挤进人群去,想知道是怎么回事儿。

几分钟后上校又追上她们。

"出了什么事?"公爵夫人问道。

"真是丢丑现眼!"上校回答,"就怕在国外遇见俄国人。那位高个子的先生在责骂医生,对人家讲了许多粗话,说是那一位没给他好好治病,还挥了一下手杖呢。简直是丢人!"

"哎呀,真讨厌!"公爵夫人说,"喏,怎么收场的?"

"幸亏那个……那个戴蘑菇形帽子的姑娘出来调解。好像是个俄国姑娘。"上校说。

"M-lle 瓦莲卡?"吉蒂高兴地问道。

"对,对。她比别人都先站出来,她扶住那位先生的手臂,把他带走了。"

"您瞧呀,妈妈,"吉蒂对母亲说,"您还奇怪,我为什么赞赏她呢。"

从第二天起,吉蒂在观察她这位不相识的朋友时便发现,m-lle

---

① 法语:迷恋。下同。

瓦莲卡跟列文和他的女人也已经有了像她和她的其他那些protégés[1]一样的关系。她常常走到他们跟前，跟他们谈话，替这个任何外语也不会说的女人当翻译。

吉蒂更加恳求母亲准许她认识瓦莲卡了。不管公爵夫人感到多么不愉快，好像是她先迈出第一步，表示了想要和斯塔尔夫人结交的愿望，让这位夫人可以借以自豪一下，她还是去打听了瓦莲卡的情况，了解了她的底细，结果认为，认识认识不会有什么坏处，虽然好处也不多，便自己先去找到瓦莲卡，跟她结识了。

女儿去温泉了，瓦莲卡正站在面包店对面，公爵夫人便选中这个时间走向她身边。

"我们认识一下好吗，"她面带她那恰如其分的笑容说，"我女儿爱上您啦，"她说，"您，大概，不认识我。我是……"

"我更加想要跟您认识呢，公爵夫人。"瓦莲卡连忙回答。

"昨天您为我们那位可怜的同胞做了件多么好的事啊！"公爵夫人说。

瓦莲卡脸红了。

"我记不得了，我，好像，什么也没做过。"她说。

"怎么没有呀，您让那位列文躲过了一场难堪呢。"

"啊，是的，sa compagne[2] 来喊我去的，我尽力安慰了他：他的病很重，对医生不满意。我照顾这种病人都习惯了。"

"是呀，我听说，您跟您的姑妈，好像是您姑妈吧，m-me[3] 斯塔尔，住在蒙通[4]。我认识她的 belle-soeur。"

"不是，她不是我姑妈。我把她叫 maman，可我不是她的亲戚；我是她养大的。"瓦莲卡先红了脸，才回答说。

---

[1] 法语：被保护者。
[2] 法语：她的女伴。
[3] 法语：夫人。译作汉语时，应放在人名的后面，读为"斯塔尔夫人"。
[4] 蒙通，法国著名疗养地。

这些话说得那么坦诚,她脸上真挚而开朗的表情是那么可爱,于是公爵夫人明白她女儿吉蒂为什么会爱上这个瓦莲卡了。

"喏,那位列文现在怎么样?"公爵夫人问道。

"他就要走了。"瓦莲卡回答。

这时,吉蒂从温泉向这里走来,她满脸闪耀着喜悦,因为她母亲跟她这位不相识的朋友认识了。

"瞧呀,吉蒂,你那么想认识 m-lle……"

"瓦莲卡,"瓦莲卡立即含笑地接着说,"人家都这么叫我。"

吉蒂高兴得满脸通红,默默地把她这位新朋友的手久久地握住不放,这只手没有握住她的手,只是一动不动地放在她的手心里。这只手没有回答她的紧握,但是 m-lle 瓦莲卡的脸闪亮了,显出了安详的、快乐的,虽然也是带着几分忧郁的笑容,露出了她大大的但却漂亮的牙齿。

"我也早就想这样了。"她说。

"可您老是那么忙……"

"啊,才不是呢,我什么事也没做。"瓦莲卡回答,但是恰在这一顷刻间她就必须丢下她的这两位新朋友了,因为两个俄国小姑娘,一位病人的两个女儿,向她跑了过来。

"瓦莲卡,妈妈叫你呢!"两个小姑娘喊道。

于是瓦莲卡便跟她们走了。

三十二

关于瓦莲卡的过去,她和斯塔尔夫人的关系,以及斯塔尔夫人本人,公爵夫人所了解到的情况是这样的:

斯塔尔夫人是一个病态而热情洋溢的女人,有人说,她一向折磨她的丈夫,而另一些人说,是她行为放荡的丈夫折磨她。她生第一个孩子时已经跟丈夫离了婚,这孩子一落地就死了,斯塔尔夫人的亲属们知道她多愁善感,怕她知道了会受不了,就给她另换了一个孩子,是一个宫廷厨师的女儿,同一天晚上在彼得堡的同一幢房子里生下来的。这女孩就是瓦莲卡。斯塔尔夫人后来知道瓦莲卡不是她的女儿,但还是继续养育她,再说这以后不久,瓦莲卡家里的人也都一个不剩了。

斯塔尔夫人在国外南方已经深居简出地住了十多年,从来没起过床。有人说,斯塔尔夫人想方设法要为自己赢得一种慈善家和笃信宗教者的社会地位;还有些人说,她在心灵上就是那样一个极其高尚的人,她活着就是为了给别人做好事,只要她认为是好事的,她就去做。没人知道她属哪个教派——天主教,新教,或是正教;但有一点是无可置疑的:她跟所有教会和各种教派的最上层人士都有交情。

瓦莲卡经常跟她住在国外,凡是认识斯塔尔夫人的,都认识和喜欢这位 m-lle 瓦莲卡,大家都是这么称呼她的。

了解这些详情之后,公爵夫人没有发现女儿跟瓦莲卡接近有什么不体面的地方,再说瓦莲卡的仪态和教养都是极好的:她说得一口漂亮的法语和英语,而主要的是,瓦莲卡还转达了斯塔尔夫人的话,说自己因病不能跟公爵夫人结识,深表遗憾。

跟瓦莲卡做朋友以后,吉蒂愈来愈被这个姑娘迷住了,每天都会在她的身上发现新的优点。

公爵夫人听说瓦莲卡歌唱得很好,便邀请她晚上到她们的住处来唱。

"吉蒂会弹琴,我们这儿有一架钢琴,琴不是顶好,真的,但是您会让我们非常开心的。"公爵夫人做作地面带笑容说,吉蒂此刻特别不喜欢母亲的这种笑容,因为她注意到,瓦莲卡并不想唱歌。然而瓦莲卡晚上还是来了,而且带来了乐谱。公爵夫人又邀请了玛丽娅·叶甫盖尼耶芙娜和她女儿,以及那位上校。

瓦莲卡对于有生人在场似乎毫不在意,马上就走到钢琴旁边。她不会自己伴奏,但是照谱子唱得很好。吉蒂弹得一手很好的钢琴,便为她伴奏。

"您有不同一般的才能。"瓦莲卡美妙地唱过第一支歌以后,公爵夫人对她说。

玛丽娅·叶甫盖尼耶芙娜和她女儿也感谢和夸奖瓦莲卡。

"你们瞧,"上校朝窗外一望,说道,"多少人聚在这儿听您唱歌啊。"的确,窗外聚集了好大的一群人。

"我非常高兴,能让你们开心。"瓦莲卡只这样说了一句。

吉蒂得意地望着自己的朋友。瓦莲卡的技艺,她的嗓音,她的容貌都令吉蒂赞赏,然而她最为赞赏的,还是瓦莲卡的仪态,这姑娘显然不把自己的歌唱当一回事,别人的赞扬她毫不放在心上,她好像只是在问:还要我再唱吗,或者够了?

"这要是我的话,"吉蒂暗自想着,"我看见窗子外边聚了这么多的人会感到多么自豪啊!可她根本不放在心上。她只不过是想不拒绝我 maman,让她开心。她心里是怎么想的呢?她怎么会有这种漠视一切、超然物外的力量?我多么想知道,想跟她学会啊。"吉蒂眼望着那张安详的面庞,心中这样想。公爵夫人要求瓦莲卡再唱一支歌,瓦莲卡便又唱了一支,唱得还是那么平稳、清晰、优美,直立在钢琴旁边,一只瘦瘦的、被太阳晒黑的手在钢琴上打着拍子。

乐谱里接下来的是一支意大利歌。吉蒂弹了序曲,望了瓦莲卡一眼。

"我们跳过这首吧。"瓦莲卡红着脸说。

吉蒂愣了一下,两眼询问似地盯住瓦莲卡的脸。

"好吧,换一首。"吉蒂连忙说,一边翻着乐谱,她立即懂得,这支歌跟一件什么事有关。

"不啦,"瓦莲卡把她的手按在乐谱上,微笑着说,"不啦,我们就唱这首吧。"于是她还像原先那样安然、冷静、优美地唱了这支歌。

她唱完了,大家再次感谢她,然后去喝茶。吉蒂跟瓦莲卡两人到屋边的小花园里去。

"这支歌跟您的一个什么回忆有关系,是吗?"吉蒂说。"您别说话,"她连忙又补充说,"您只要说一句——是不是?"

"不,干吗不能说?我来告诉您,"瓦莲卡坦然地说,没等吉蒂回答,便说下去,"是的,这是一个回忆,它还很沉重呢。从前,我爱过一个人,这歌儿我唱给他听过。"

吉蒂睁着一双大大的眼睛,默默地动情地注视着瓦莲卡。

"我爱他,他也爱我;可是他母亲不愿意,他就娶了另一个姑娘。他现在住得离我们不远,我有时候会见到他。您没想到我也会有恋爱故事吧?"她说,她那漂亮的面孔上闪过一丝火光,吉蒂觉得,就是那种曾几何时照亮过自己全身的那种火光。

"怎么没想到呢?我要是个男人,一旦认识了您,就不可能再爱上别人了。我只是不懂得,他怎么会为了迎合母亲就忘了您,还让您不幸;他这人没有心肝。"

"啊不,他是一个很好的人啊,我也不是不幸福的;相反,我非常幸福呢。喏,那么我们今天不再唱歌了吗?"她往屋里走去,一边又说。

"您多么好呀,您多么好呀!"吉蒂大声喊着,并且把她留住,吻了她一下。"我要是能够哪怕有一丁点儿像您就好了!"

"您干吗要像什么人呢?您是怎么样就怎么样,您这就很好。"瓦莲卡以她那种温顺、疲倦的笑容微微地一笑,说。

"不,我根本就不好。喏,您给我说说……我们再待一会儿,再坐一会儿。"吉蒂说,把瓦莲卡又重按在自己身边的花园椅子上坐下。"您说说,当您想起一个人,他看不起您的爱,他不想要……难道您不会觉得自己受了侮辱吗?……"

"可他不是看不起;我相信他是爱我的,但是他是一个孝顺儿子……"

"对呀,可是如果他不是因为母亲的意愿,而就是,自己不肯呢?……"吉蒂说,这时她感到她泄漏了自己的秘密,也感到她羞得通红的脸已经把自己暴露无遗了。

"要是这样,是他做得不对,那我也就不去怜惜他。"瓦莲卡回答说,显然她明白,这已经不是在谈她,而是在谈吉蒂了。

"但是侮辱呢?"吉蒂说,"侮辱是不能忘记、不能忘记的啊。"她说这话时心里正记起在那最后一次舞会上,当音乐停止的时候,她自己的目光。

"有什么侮辱呢? 您有没有做了不对的事情?"

"比做了不对的事情还要糟呢,——可耻啊。"

瓦莲卡摇摇头,把自己的手放在吉蒂的手上。

"有什么可耻的呢?"她说,"您不可能对一个不把您放在眼里的人说您爱他的吧?"

"当然,不可能;我从来也没说过一句话,可是他知道的呀。不啊,不啊,眼神呀,举止呀。我就是活一百岁,也不会忘记啊。"

"那又怎么样呢? 我不明白。问题在于,您现在爱他,还是不爱。"瓦莲卡说,她说得直截了当。

"我恨他,我不能原谅我自己。"

"那是为什么?"

"羞耻,侮辱。"

"哎呀,要是所有的人都像您这样多情,那还了得,"瓦莲卡说,"没有哪个女孩子没经历过这种事情。这都不重要的呀。"

"那什么才是重要的?"吉蒂问道,她好奇而惊异地望着瓦莲卡的脸。

"哎呀,重要的事情多得很呢。"瓦莲卡微笑着说。

"都是些什么呢?"

"哎呀,好多事要重要得多呢,"瓦莲卡回答说,她不知道说什么好了。然而这时候窗内传来公爵夫人的声音:

"吉蒂,天凉啦! 要么拿条披肩去,要么进屋来。"

"真的,该去啦!"瓦莲卡说着立起身来。"我还得上 m-me Berthe[①]那儿去一趟,她要我去的。"

吉蒂拉住她的手,怀着热烈的好奇和恳求,用目光向她询问着:

[①] 法语:伯尔特夫人。

"这个最重要的东西,能够让人这么平静自处的东西,是什么呢,是什么呢?您知道的呀,告诉我吧!"然而瓦莲卡甚至没有明白吉蒂的目光在向她询问什么。她只记得,她现在还应该上 m-me Berthe 那儿去一趟,然后,在十二点钟以前,maman 喝茶的时间以前赶回家去。她走进屋里,收拾了乐谱,跟大家告别后,就准备离去。

"让我送送您吧。"上校说。

"是呀,这会儿深更半夜的,一个人怎么走?"公爵夫人也跟着说,"我哪怕派帕拉莎送您呢。"

吉蒂看见,瓦莲卡一听说让人家来送她,忍不住要笑起来。

"不,我老是一个人走,从来没发生过什么事。"她拿起了帽子,然后说。她再一次吻过吉蒂,也就这样终于没有说出什么东西是重要的,便迈开大步,夹着乐谱,消失在夏夜的昏暗中,什么东西重要?什么东西给了她这种令人羡慕的平静和庄重?——她把她的这个奥秘带走了。

三十三

吉蒂和斯塔尔夫人结识了,结识斯塔尔夫人,又跟瓦莲卡做朋友,这不仅对她产生了巨大的影响,而且在她痛苦的时刻给了她安慰。她得到这种安慰,因为她发现,由于这种结识,在她面前展现了一个全新的世界,这世界和她的过去毫无共同之处,这是一个崇高的世界,美丽的世界,站在它的顶端,可以平心静气地来看一看自己的过去。她生平第一次懂得,除了她所一向沉湎其中的、凭人的本能来过的那种生活之外,还有一种精神上的生活。这种精神生活是宗教为她展现出来的,吉蒂从小就熟悉一种宗教,那就是到一个可以遇见许多熟人的寡妇院里做弥撒和通宵不眠地做礼拜,再就是跟神父一道把斯拉夫经文背得烂熟,然而现在的这种宗教与那个宗教毫无共同之处;这是一种崇高的、神秘的、与许许多多美好的思想和感情相联系的宗教,对这种宗教,不仅可以因为人家叫你相信你就相信它,而且可以爱上它。

吉蒂不是通过语言了解到这些。斯塔尔夫人跟吉蒂说话,就像是跟一个讨人喜欢的、可爱的孩子说话一样,就像她是在藉以回忆自己的童年,只有一次她说到,人类的悲哀有各种各样,而只有爱和信仰能给人以安慰,基督对我们的痛苦,有无微不至的怜悯,然后马上就改变了话题去谈别的。然而,从她的每一个动作中,每一句话中,每一个吉蒂称之为圣洁的目光中,尤其是从瓦莲卡说给她听的这位夫人的身世中,吉蒂全部无遗地了解了"什么东西是重要的",而这些都是她迄今为止并不知道的。

但是,无论斯塔尔夫人的性格多么崇高,无论她的故事多么动人,她的话语多么高尚而柔美,吉蒂仍能不由自主地在她身上发现一些令她惶惑不解的特点。她发现,每当你问起她家里的人,斯塔尔夫人便会轻蔑地一笑,这和基督的善心是相矛盾的,她还发现,当她遇见有天主教神父在斯塔尔夫人那里的时候,夫人总是极力把自己的脸藏在灯罩的阴影下,而且笑得很特别。无论这两个发现是多么地无关紧要,仍然让吉蒂感到困惑,因此她对斯塔尔夫人产生了怀疑。然而说到瓦莲卡,她孤身一人,无亲无故,忧愁失望,无所希冀,也无所惋惜,她却正是吉蒂所能幻想到的一个完美无缺的人儿。从瓦莲卡身上她了解到,只须忘却自己,去爱别人,你就会平静、幸福而美好。而吉蒂正希望自己这样。如今一旦明白了什么是**最为重要的**,吉蒂便不能满足于只是在一旁赞赏瓦莲卡,而是立即全神贯注地投入了这种展现在她面前的全新的生活中去。依照瓦莲卡所讲述的斯塔尔夫人以及瓦莲卡提到的其他人的所做所为,吉蒂为自己未来的生活拟定了一个计划。她也要像瓦莲卡多次向她讲述的斯塔尔夫人的侄女儿 Aline[①] 一样,无论住在哪儿,都去寻找不幸的人,尽可能地帮助他们,去散发福音书,给病人、罪犯和临终的人读福音书。一想到给罪犯们读福音书,像 Aline 所做的那样,吉蒂就

---

① 法语:阿琳(人名)。

特别地为之神往。然而所有这些都是吉蒂心中暗自的幻想,她既没说给母亲、也没说给瓦莲卡听。

再说,吉蒂既然是在期待时机来实现自己的宏大计划,那么就是现在,在这个有着那许多病人和不幸者的温泉疗养地,她便很容易找到模仿瓦莲卡来实行新准则的机会。

吉蒂有一种对斯塔尔夫人,特别是对瓦莲卡的,她母亲称之为engouement①的情感,并且受到这种情感的强烈影响。公爵夫人起初只注意到这一点。她看见,吉蒂不仅模仿瓦莲卡的行为,而且还不由自主地模仿着她走路、说话和眨眼睛的姿势。而后来公爵夫人还注意到,在女儿身上,除了如此着迷之外,还发生着某种严肃的精神上的转变。

公爵夫人看见,吉蒂每天晚上都看一本斯塔尔夫人送给她的法文福音书,这是她以前不做的事;她避免和社交界的熟人见面,而跟那些受瓦莲卡照料的病人接近,特别是接近生病的画家彼得罗夫那穷困的一家人。吉蒂显然很自豪,她能在这个家庭中尽到一个护士所能尽的责任。

这一切都是好事,公爵夫人一点也不反对,况且彼得罗夫的妻子是一个十分正派的女人,而且那位德国公爵夫人注意到吉蒂的行为,很夸奖她,称她是一个给人带来安慰的天使。所有这一切,假如没有什么过分的话,都是很好的事。但公爵夫人看到,她女儿在走极端,于是便跟她谈了。

"Il ne faut jamais rien outrer②."她对女儿说。

然而女儿什么也不回答她;吉蒂只是心里这样想:按基督教义办事是说不上过分不过分的。基督教义吩咐说,人家打你的右脸,你要把左脸也伸过去让他打,人家脱去你的外衣,你就把里边的衣裳也脱给他,按照这种教义,有什么事会是过分的呢?然而公爵夫

---

① 见250页注①。
② 法语:什么事都别做过分了。或:凡事皆不可走极端。

人不喜欢这种过分,尤其不喜欢的是,她感到,吉蒂不愿意把心里的事全都说给她听。确实,吉蒂是把自己的新看法和新感情隐瞒着不让母亲知道。她隐瞒这些不是因为她不尊敬或不爱自己的母亲,而只是因为,她是她的母亲。她可以随便对谁坦述这些想法,可就是不能告诉母亲。

"安娜·巴夫洛芙娜怎么好久没上我们这儿来啦,"公爵夫人有一天谈起彼得罗夫的妻子时说道,"我请过她。可是她好像有什么不满意似的。"

"不会的,我没发现这个,maman。"吉蒂的脸一下子红了,她说。
"你好久没去他们那儿啦?"
"我们明天准备去山里走走。"吉蒂回答说。
"好的,那就去吧。"公爵夫人回答说,她望了望女儿发窘的脸,极力想猜出她发窘的原因。

就在这一天,瓦莲卡来吃午饭,她告知,安娜·巴夫洛芙娜改变了主意,明天不去山里玩了。而公爵夫人发觉,吉蒂的脸又红了。

"吉蒂,你跟彼得罗夫一家人没什么不愉快的事吧?"只剩下她们两人时,公爵夫人说,"为什么她不再送孩子过来,她自己也不上我们家来了?"

吉蒂回答说,她们之间没什么事情,说她根本不明白,为什么安娜·巴夫洛芙娜似乎对她不满意。吉蒂回答的完全是真话。她并不知道安娜·巴夫洛芙娜对她态度变化的原因,但是她心里猜到了。她猜到的那种事是不能告诉母亲的,也不能说给自己听。这是那样的一种事情,这种事只能意会,不能言传,给自己说也不行;万一弄错,就太可怕太不好意思了。

她一遍又一遍地在回忆中琢磨着她跟这一家人所发生的种种关系。她回想起,当她们每次见面时,安娜·巴夫洛芙娜那张圆圆的和善的脸上所表现出的淳朴的喜悦;回想起她俩悄悄地谈论病人,商量好带他去玩,让他别工作,他是不允许工作的;回想起那个最小的男孩对她的依恋,把她叫作"我的吉蒂",她不在就不肯躺下睡觉。所有这些有多么好啊！然后她回想起彼得罗夫那瘦筋筋的样子，脖子长长的，穿着他那件褐色上衣；他那稀疏的鬈发，一双若有所问的、起初让吉蒂觉得害怕的蓝眼睛，还有他在她面前极力要显得自己有精神有活力的病态的挣扎。她回想起，最初她怎样努力克服自己对他像对所有肺痨病人一样的厌恶感，她怎样想方设法地找话跟他谈。她回想起他凝视她时那种怯懦而含情的目光，以及她这时所体验到的那种又怜悯又不自在，而过后又觉得自己是在做好事的奇怪的感情。这一切都有多好啊！然而这一切都只是在最初那段时间里。而现在，几天以前，忽然一切都被搞糟了。安娜·巴夫洛芙娜假装殷勤地接待吉蒂，同时却不停地注意着她和自己的丈夫。

难道说他在她接近时所表现出的那种动情的喜悦，就是安娜·巴夫洛芙娜态度冷淡的原因？

"是的，"她回想着，"前天安娜·巴夫洛芙娜不高兴地说：'瞧呀，他老是等着您，您不来他咖啡也不肯喝，尽管身体衰弱得怕人。'她的话里有点儿不自然的东西，完全不像她善良的本性。"

"是的，或许，我给他递毛毯的时候，她也是不开心的。本来这是很平常的事，可是他那么尴尬地接过去，感谢了那么久，弄得我也尴尬了。还有我那幅肖像，他画得那么好。尤其是——他那种目光，那种困窘的、柔情的目光！是的，是的，是这么回事！"吉蒂恐惧地在心中重复着这句话。"不啊，这不可能，不应该是这样的！他是那么可怜呀！"她接着这样对自己说。

这种怀疑损害了她的新生活的魅力。

三十四

谢尔巴茨基公爵回到家人身边时，温泉疗养期已经快要结束了，他从卡尔斯巴德又去了巴登和基兴根，像他所说的，去找些俄国朋友，给自己添加点俄国味儿。

公爵和公爵夫人对于国外生活的看法是完全对立的。公爵夫人发觉国外什么都好,因此,尽管自己在俄国社会上拥有牢固的地位,她在国外仍是极力装得像是个欧洲太太,而其实她又不是,因为她原本就是个俄罗斯贵族夫人,所以她就得假装,装得她多少有些儿不大自在。公爵则相反,认为国外一切都是糟糕的,欧洲的生活他觉得难受,他保持着自己种种的俄国习惯,故意地在国外表现得比他实际的样子更不像个欧洲人。

公爵回来变瘦了,两颊的皮肤松软了,但是情绪非常之好。看见吉蒂已完全康复,他的情绪就更好了。听说吉蒂跟斯塔尔夫人和瓦莲卡交了朋友,又听公爵夫人说起她所观察到的吉蒂身上发生的变化,公爵感到不安,他一向的嫉妒心又因此出现了,凡是会把女儿从他身边引开的东西他都不喜欢,他还担心女儿不要脱离了他的影响,为某种他力所难及的境况所支配。但是这些不愉快的消息全都在他心中那片善良欢乐的海洋中淹没了,他这人从来如此,卡尔斯巴德的温泉使得他更加如此。

回来的第二天,公爵便穿上他的长大衣,带着他脸上的俄国式的皱纹和一副由浆硬的领子撑起来的鼓胀的双颊,高高兴兴地跟女儿一块儿上浴场去。

这是一个美丽的清晨;一排排整洁愉快的、带小花园的住房,许多红面孔、红手臂的、喝足了啤酒的德国侍女在快活地工作,这些景象,还有艳丽的阳光,一切都使人心情舒畅;然而,他们走得离浴场愈近,遇见的病人便愈多,在这种井然有序的德国日常生活条件的包围中,他们的样子显得愈加凄惨。这种强烈的对比已经不让吉蒂感到惊异了。她觉得,明亮的太阳,绿荫葱茏中愉快的闪光和音乐的声音共同构成了一种背景,自然而然地衬托出她所关心的所有这些熟悉的面孔和他们病情的好好坏坏的变化;然而对于公爵来说,这六月清晨的光彩,演奏着流行的快乐华尔兹舞曲的乐队,尤其是那些健美侍女的模样,跟这些从欧洲各地汇集而来的、愁眉苦脸、蠢蠢欲动的半死不活的人凑合在一起,不知为什么显得畸形而荒谬。

由自己所爱的女儿挽着手臂一块儿走,公爵感到很骄傲,好像又回到了青春时代,但是此刻他却似乎因为自己的步履矫健,四肢粗壮而感到别扭,觉得很不好意思,他的感受几乎就好像是一个人没穿衣裳出现在众人面前。

"快把你的新朋友都让我见见,让我见见吧,"他对女儿说,还用手肘夹了夹女儿的手,"我连你这个讨厌的索登温泉都爱上啦,因为它把你治疗得这么好。只是在你们这儿,人觉得忧郁得很,忧郁得很啊。这个人是谁?"

吉蒂把他们一路遇见的认识和不认识的人的名字告诉他。在公园门口他们遇见瞎眼的 m-me Berthe① 和给她带路的姑娘,这位法国老妇人听见吉蒂的声音时脸上那种动情的样子,让公爵很高兴。这妇人马上以法国人过分的殷勤跟他谈起话来,称赞他有这样一个好女儿,当面把吉蒂捧上了天,说她是宝贝儿,是珍珠,是安慰人的天使。

"这么说,她算是个第二号天使喽,"公爵笑着说,"她把 m-lle 瓦莲卡称为第一号天使呢。"

"哦!m-lle 瓦莲卡,——她是真正的天使,allez,② " m-me Berthe 立刻接着说。

在回廊上他们遇见了瓦莲卡本人。她提着个漂亮手提包,连忙向他们走过来。

"瞧我爸爸来啦!"吉蒂对她说。

瓦莲卡大方而自然地,像她做每件事情一样,做了个介于鞠躬与屈膝之间的动作,立刻就和公爵交谈起来,像她跟每个人谈话一样,自然而大方。

"当然啦,我是了解您的,了解得很多呢。"公爵微笑着对瓦莲卡说,从他的笑容上吉蒂高兴地知道,父亲喜欢她的朋友。"您忙着上哪儿去呀?"

---

① 见 256 页注①。
② 法语:的确是的。或:没话可说。

"Maman在这儿,"她说,是对吉蒂说的,"她一夜都没睡,医生劝她出来走走。我拿针线活给她。"

"这就是第一号天使喽!"瓦莲卡走后,公爵说。

吉蒂看出,他想要取笑一下瓦莲卡,但是瓦莲卡很讨他喜欢,他不能够这样做。

"我们这就能见到你所有的朋友啦,"他接着说,"还能见到斯塔尔夫人,假如她屈尊能认出我的话。"

"未必您从前认识她,爸爸?"吉蒂有些害怕地问道,她发现公爵在提到斯塔尔夫人时眼睛里燃起了嘲笑的火光。

"认识她丈夫,也多少有点认识她,那还是从前,在她还没有加入虔诚教派的时候。"

"什么叫虔诚教派呀,爸爸?"吉蒂问道,她已经被吓住了,因为斯塔尔夫人身上那种她所非常看重的东西居然还有个名称。

"我自己也不很清楚。我只知道,她凡事都感谢上帝,不论遇上什么不幸都感谢上帝,连她丈夫死了也感谢上帝。唔,说来也很滑稽,他们日子过得糟透了。"

"这个人是谁? 这张面孔多么可怜啊!!"他问道,看见一个身材不高的病人坐在一条长凳上,这人穿一件褐色大衣,一条白裤子,那裤子在他皮包骨头的腿上显出奇怪的皱褶来。

这位先生把他的草帽举到他稀疏的鬈发上,露出了他高高的、被帽子勒得发红的额头。

"这是彼得罗夫,画家,"吉蒂红着脸说,"那是他的妻子。"她又指着安娜·巴夫洛芙娜说。那女人好像故意似的,恰好在他们走近时,去追一个从小路上跑开的孩子了。

"他多么可怜,他那张脸又多么讨人喜欢啊!"公爵说,"你干吗不过去? 他好像有话要对你说?"

"好吧,那就过去吧。"吉蒂说,毅然转身向那里走去。"您今天身体怎么样?"她问彼得罗夫。

彼得罗夫撑着手杖站起来,怯生生地望了望公爵。

"这是我女儿,"公爵说,"咱们也认识认识吧。"

画家鞠了个躬,微微一笑,露出他一口特别光亮的白牙齿。

"我们昨天等您来着,公爵小姐。"他对吉蒂说。

他说这话时身子摇晃了一下,接着他又把这个动作重复了一次,极力想要显得他是故意在摇晃身子的。

"我想着要来的,可是瓦莲卡说,安娜·巴夫洛芙娜派人来说,你们不去了。"

"我们怎么会不去呢?"彼得罗夫的脸红了,马上就咳嗽起来。他一边说,一边用眼睛寻找着妻子。"安奈塔,安奈塔!①他大声地叫着,在他又细又白的脖颈上暴起几条绳子一样的青筋来。

安娜·巴夫洛芙娜走了过来。

"你怎么叫人去对公爵小姐说我们不去了!"他发不出声音来,便气呼呼地低声说。

"您好,公爵小姐!"安娜·巴夫洛芙娜虚情假意地微笑着说话,跟她以前的态度大不相同。"很高兴认识您,"她对公爵说,"早就盼您来啦,公爵。"

"你怎么叫人去对公爵小姐说我们不去了?"画家再一次嘶哑地低声说,他更加生气了,显然是因为嗓子不听使唤,让他辞不达意。

"啊,我的上帝呀,我以为我们不会去了呢。"他妻子不高兴地回答说。

"怎么,几时……"他咳嗽起来,摆一摆手不说下去了。

公爵举一举帽子,跟女儿走开了。

"啊,啊呀!"他重重地叹了口气。"啊,这些不幸的人!"

"是的,爸爸,"吉蒂回答,"但是要知道,他们有三个孩子,没有佣人,也几乎没一点生活费。他从学院领一点什么。"她生动地述说着,极力想要去除安娜·巴夫洛芙娜对她态度的奇怪变化在她心头引起的激动。

---

① 安奈塔,安娜的爱称。

"瞧,那就是斯塔尔夫人。"吉蒂说,指着一辆轮椅,里面躺着一个什么东西,用些大枕头围着,裹在一堆灰色和蓝色的物体里,上边遮了一顶阳伞。

这就是斯塔尔夫人。她身后站着一个面色阴沉、身体健壮的德国人,是雇来给她推车的。她旁边站着一位淡黄头发的瑞典伯爵,吉蒂知道他的名字。有几个病人在轮椅旁慢慢地走着,望着这位夫人,好像在观赏一件什么不平常的东西。

公爵走到她跟前。吉蒂立刻就在他的眼睛中发现了那种令她困惑的、嘲笑的火光。他走到斯塔尔夫人身旁,用现在已经很少有人会讲的非常漂亮的法语说话,说得特别恭敬而亲切。

"我不知道您是否还记得我,但是为了感谢您对我女儿的厚爱,我应该提起我自己。"他对她说,先脱下了帽子,没有再戴上。

"亚历山大·谢尔巴茨基公爵。"斯塔尔夫人说,抬起她圣洁的眼睛望着他,吉蒂在这目光中发现一种不满的神色。"幸会。我真是很喜欢您的女儿。"

"贵体一直不适吗?"

"不过我也习惯啦。"斯塔尔夫人说,然后给公爵介绍了瑞典伯爵。

"可您的变化很小呢,"公爵对她说,"我没有能荣幸地见到您已经十年或者十一年了吧。"

"是啊,上帝给了人十字架,也给了人力量来背它。你时常会奇怪,干吗拖着这条命……从那边盖上!"她恼怒地对瓦莲卡说,姑娘用毯子没把她的腿盖好。

"想必是为了积德行善呀。"公爵说,两只眼睛在笑着。

"这不由我们来判断。"斯塔尔夫人说,她已经发现了公爵脸上微妙的表情了。"那么,您会把这本书给我送来的是吗,亲爱的伯爵?非常感谢您。"她对年轻的瑞典人说。

"啊!"公爵看见站在近旁的莫斯科的上校,喊了一声,便向斯塔尔夫人鞠了个躬,带着女儿随着向他走过来的莫斯科的上校一同走开了。

"这就是我们的贵族啊,公爵!"莫斯科的上校存心讥讽地说,他对斯塔尔夫人有气,因为她没有和他结识。

"她一向这样。"公爵回答。

"那么您是早在她生病之前,公爵,就是说在她躺倒之前,就认识她的?"

"是的。我眼看着她躺倒的。"公爵说。

"人家说,她十年没起过床了。"

"她不起床,是因为她的两条腿太短了。她的身材很难看……"

"爸爸,不会的!"吉蒂大声喊起来。

"爱说闲话的人都这么说,我的宝贝儿。可你的瓦莲卡真是够受的了,"他又说,"唉,这些生病的太太们啊!"

"噢,不,爸爸!"吉蒂激动地反驳说,"瓦莲卡崇拜她的。再说她做了多少好事啊!你不管去问谁!她和 Aline·斯塔尔是人人都知道的。"

"或许吧,"他说,用肘部夹了夹她的手臂,"不过顶好是做得你不管去问谁,都没人知道。"

吉蒂没再说话,不是因为她没话可说;但她即使对父亲也不愿把自己秘密的思想说出来。然而,事情真奇怪,尽管她存心不依从父亲的看法,不让他涉入自己内心的圣殿,她却感到,整整一个月来在她心中奉为神圣的斯塔尔夫人的形象一去不复返了,就好像是一堆破衣服构成的一个形体,一旦知道那只不过是一堆破衣服而已,那形体也就从此消失了。如今只剩下一个两条腿太短的女人,她因为自己身材丑陋,就躺着不肯起床,还要去折磨任劳任怨的瓦莲卡,只因为姑娘没按她的心意把毯子给她盖好。于是,无论吉蒂怎样努力去想象,她都不可能让从前那个斯塔尔夫人的形象再回到她的心目中了。

三十五

公爵把他愉快的心情传给了家人、朋友,甚至也传给了谢尔巴茨基一家下榻的德国房东。

跟吉蒂一同从浴场回来,公爵把上校,玛丽娅·叶甫盖尼耶芙娜,还有瓦莲卡都请来喝咖啡,他吩咐把桌椅搬到小花园里的栗树下,在那儿吃早饭。房东和仆人全都在他愉快心情的影响下活跃起来。他们知道他慷慨大方,于是半小时以后,楼上住的那位生病的汉堡医生便从窗口上羡慕地观望着栗树下聚集的这群健康快乐的俄国人了。在一圈圈摇曳不定的树叶阴影下,在铺上白台布、摆好咖啡壶、面包、奶油、干酪、野味冷盘的桌子前,坐着公爵夫人,她戴一顶系紫色缎带的帽子,给大家递去一杯杯咖啡,和一块块面包。公爵坐在桌子的另一头,大口大口地吃着,声音洪亮地、快活地谈说着。他把自己买来的东西在面前摊开,有雕花小盒子,小玩具,各种裁书小刀,他每到一处温泉疗养地便买一大堆这种东西,把它们分发给大家,侍女丽丝亨和房东也有一份,他还跟房东用他那滑稽的蹩脚德语说笑话,要人家相信,说治好吉蒂的并不是温泉,而是房东出色的饭食,尤其是黑李子汤。公爵夫人嘲笑丈夫的俄国习惯,但是她也非常活跃和快乐,她来温泉以后还不曾这样过。上校跟往常一样,含着笑听公爵说笑话;然而话说到欧洲,他认为自己对此深有研究,站在了公爵夫人这一边。心地善良的玛丽娅·叶甫盖尼耶芙娜听到公爵说的每一句可笑的话,都笑得前仰后合,连瓦莲卡也被公爵的笑话逗得不禁发出轻轻的、令人感染的笑声,这种情况是吉蒂从来没有见过的。

这一切都在让吉蒂快活,然而她不能摆脱思虑。父亲对她的朋友和她如此热爱的生活所表示的快活观点,无意中向她提出了一个她无法解答的问题。这问题之外,又加上她跟彼得罗夫一家人关系的变化,这变化今天那么明显而不愉快地表现了出来。人人都很快活,吉蒂却快活不起来,而这就使她更加痛苦。她的心情就好像小时候受处罚被关在自己房间里,听见姐姐们在外面嬉笑时一样。

"嗨,你买这么多这种东西干吗呀?"公爵夫人含笑地说,她正递一杯咖啡给她丈夫。

"你走过去,喏,走近一个小摊子,人家就要你买:'爱尔劳赫特,爱克赛林兹,独尔赫劳赫特。'①你瞧,人家一说'独尔赫劳赫特',我就忍不住了:十个塔勒②就没有了。"

"只因为你闲着无聊。"公爵夫人说。

"当然,是因为闲着无聊嘛。那种无聊啊,亲爱的,你真不知道怎么打发才好啊。"

"怎么会无聊呢,公爵?现在在德国,有趣的东西多着呢。"玛丽娅·叶甫盖尼耶芙娜说。

"那些有趣的东西我全晓得啦:黑李子汤我晓得,豌豆灌肠我晓得。我什么都晓得。"

"不啊,不管怎么说吧,公爵,他们的那些规章制度倒是挺有趣的。"上校说。

"那有什么有趣的?他们一个个都好像一枚枚小铜钱似的那么洋洋得意,他们把所有的人全都征服了。喏,可我有什么好得意呢?我谁也没征服过,我得自己给自己脱靴子,还得自己去把它放在门外边。我得一大早起床,马上穿衣裳,去餐厅喝那恶劣透顶的茶。在家里可就不同啦!你可以不慌不忙地醒过来,找个事儿发发脾气,嘟囔几句,好好儿定一定神,把样样事都考虑过,你不用着急的。"

"可是时间就是金钱呀,您忘记这个了。"上校说。

"要看是什么时间啊!有时候一个月只值半卢布,有时候花再多钱也买不来半个小时。是这样吗,卡锦卡③?瞧你多不开心,你怎么啦?"

"我没什么。"

"您去哪儿?再坐一会儿呀。"他对瓦莲卡说。

---

① 这三个词都是德语的俄语拼读。意为:大人,阁下,殿下。
② 塔勒,德国银币。
③ 卡锦卡,吉蒂的另一种爱称。

"我得回家了。"瓦莲卡说着站起来,又连声地笑着。

笑过以后,她跟大家告别,去屋子里取帽子。吉蒂随她进去。现在连瓦莲卡她也觉得是完全改变了。瓦莲卡没有变坏,然而却和她原先心目中所想象的瓦莲卡不一样了。

"啊,我好久没这么笑过了!"瓦莲卡说,拿起了她的雨伞和提包。"他多好啊,您的爸爸!"

吉蒂没说话。

"我们什么时候见?"瓦莲卡问道。

"Maman想去彼得罗夫家。您不去那儿吗?"吉蒂试探着瓦莲卡。

"我去的,"瓦莲卡回答,"他们准备走了,所以我答应帮他们收拾行李。"

"喏,那我也去。"

"不,您去干吗?"

"为什么?为什么?为什么?"吉蒂睁大眼睛说,她把瓦莲卡的伞抓住,不放她走。"不,您等一等,为什么您这么说?"

"是这么着,您爸爸来了,再说有您在他们会拘束的。"

"不,您要告诉我,为什么您不想要我常到彼得罗夫家去?您是不想要我常去那儿吧?为什么呢?"

"我没这么说过。"瓦莲卡平静地说。

"不啊,请您告诉我吧!"

"全都告诉您?"瓦莲卡问。

"全都告诉我,告诉我!"

"也没什么大不了的事儿,只不过,米海依·阿列克塞耶维奇(这是画家的名字)原先是想早点走的,可现在又不想走了。"瓦莲卡微笑着说。

"说下去!说下去!"吉蒂催促着,阴沉地注视着瓦莲卡。

"喏,不知为什么,安娜·巴夫洛芙娜说,他不肯走,是因为有您在这儿。当然啦,这话也说得不对,不过就为这个,就为您,发生了争吵。您也知道,这些有病的人多么容易生气。"

吉蒂的眉头皱得更紧了,还是一声不响,瓦莲卡一个人在说话,她见吉蒂马上就要发作,不知会怎样,是哭呢,还是说出什么话,便极力想要宽慰吉蒂,让吉蒂心里平静。

"所以说您顶好是别去……您明白,您别生气……"

"是我活该,是我活该啊!"吉蒂说得很快,一边说话,一边从瓦莲卡手中把伞抓过去,还避开她朋友的眼睛。

看她的朋友耍小孩子脾气,瓦莲卡想笑,但是她怕伤害吉蒂的感情。

"怎么说活该呢?我不明白。"她说。

"说活该,是因为所有这些都是假装出来的,因为这都是空想,不是出于真心的。别人的事跟我有什么关系?结果是,我成了争吵的原因,我做了谁也没请我去做的事。所以说这一切全都是假装的!假装的!假装的!……"

"那又是为了什么目的去假装呢?"瓦莲卡轻轻地说。

"哎呀,多么愚蠢、丑恶啊!我根本就不需要这样……全都是假装的!"她说,一边把雨伞撑开又合拢。

"又是为了什么目的呢?"

"为了在别人面前,在自己面前,在上帝面前显得自己好一点,为了欺骗众人。不啊,现在我再也不干这种事了!我宁可傻,但是至少不是个伪君子,女骗子!"

"那谁是女骗子呢?"瓦莲卡用责备的口吻说,"您说起来,好像……"

但是吉蒂正在气头上。她没让瓦莲卡说完。

"我不是说您,根本不是说您。您是个十全十美的人。对,对,我知道,您什么都是十全十美的;可是我很坏,这怎么办呢?要不是我坏,这件事本来就不会发生的。以后我是怎么样就怎么样,可我决不再假装啦。安娜·巴夫洛芙娜跟我有什么关系!他们想怎么过就怎么过,我也照我想的过。我只能是我自己,不能变成另外一个人……这一切全都不对头,不对头啊!……"

"那什么事不对头呢?"瓦莲卡莫名其妙地说。

"样样事都不对头。我只能按我心里想的那么过日子,可您是按条条框框过日子。我喜欢您就是喜欢您,简单得很,可您,大概,完全是为了要来挽救我,开导我才喜欢我!"

"您这话不公平。"瓦莲卡说。

"可我没说别人呀,我说的全是我自己。"

"吉蒂!"是母亲的声音,"你来,把你的珊瑚项链拿给爸爸看看。"

吉蒂没有跟她的朋友谈得彼此都心平气和,便面色倔强地从桌上拿起放在盒子里的珊瑚项链,到母亲那儿去了。

"你怎么啦?怎么你的脸这么红?"母亲和父亲异口同声对她说。

"没什么,"她回答,"我这就来。"便跑回去了。

"她还没走吧!"她想,"我该对她怎么说呢?我的天啦!我怎么搞的哟,我说了些什么话啊!我为什么要委屈她?我怎么办才好呢?我对她说什么好呢?"吉蒂想着,在门口站住了。

瓦莲卡戴好帽子坐在桌前,手里拿着雨伞,在察看被吉蒂弄坏的弹簧。她抬起头来。

"瓦莲卡,原谅我吧,原谅我!"吉蒂走到她跟前,低声地说,"我记不得我说了些什么。我……"

"我,真的,是不想让您伤心。"瓦莲卡含笑地说。

她俩言归于好了。然而父亲这一来,吉蒂生活其中的整个世界都改变了。她并没有和自己所了解、所认识的一切从此断绝,然而她明白了,她想要变成自己所想变成的样子,那只是自我欺骗……她好像从梦中醒来;感觉到要保持在自己所想要攀登的高度上而又不作假、不吹嘘是多么困难;另外,她还感觉到了这个她所生活于其中的痛苦、疾病和垂死者的环境是多么地难以忍受;她曾努力去要求自己爱所有这些,而现在她感到这种努力是多么苦的事情,她倒宁可去呼吸点新鲜空气,宁可回俄国去,回叶尔古绍沃去,她从信里知道,姐姐朵丽带上孩子们已经上那儿去了。

但是她对瓦莲卡的爱并没有减弱。告别的时候,吉蒂一再地要求瓦莲卡,回俄国以后要上他们家去。

"我会去的,等您出嫁的时候。"瓦莲卡说。

"我永远也不出嫁。"

"喏,那我就永远也不去。"

"喏,那我就为了这个也要去嫁人。您留点神,记住自己的诺言!"吉蒂说。

医生的预言证实了。吉蒂回到家里,回到俄国时,已经完全康复了。她不像原先那样无忧无虑、那样快活,但是她心里平静了。莫斯科的那些伤心事已经成为过去的回忆。

第三部

一

　　谢尔盖·伊凡诺维奇·科兹内舍夫想要丢开脑力劳动休息一下，他没有像往常一样到国外去，而是在五月底到乡下来找他弟弟了。他一向认为最美好的生活是乡村生活。现在，他来找他弟弟享受这种生活了。康斯坦丁·列文非常高兴他来，尤其是他已经知道今年夏天尼古拉哥哥不会来了。但是，虽然康斯坦丁·列文对谢尔盖·伊凡诺维奇敬爱而尊重，他觉得，跟哥哥一块儿在乡下住很不自在。看见哥哥对农村的那种态度，他就觉得不舒服，甚至不愉快。对康斯坦丁·列文来说，农村是他生活之所在，也就是他的欢乐、痛苦和劳动之所在；对于谢尔盖·伊凡诺维奇来说，农村一方面是摆脱劳动的休息场所，另一方面，也是一种清除腐败生活影响的有益消毒剂，他很乐意服用它，也承认它的功效。对康斯坦丁·列文来说，农村的好处在于它能够提供劳动的天地，而劳动无疑是有益的事；而对谢尔盖·伊凡诺维奇来说，农村的特殊好处在于那儿可以也应该什么事都不干。此外，谢尔盖·伊凡诺维奇对老百姓的态度也有几分令康斯坦丁恼怒。谢尔盖·伊凡诺维奇说，他是喜欢也了解老百姓的，他常常跟庄稼汉们聊天，这一点他可以做得很好，不装腔作势，不摆架子，而且通过每次这样的谈话，他都得出一些有利于老百姓的一般性结论，并且证明他是个了解俄国人民的人。康斯坦丁·列文不喜欢他这种对待老百姓的态度。对康斯坦丁来说，老百姓只是共同劳动的主要参与者，而且，尽管他对庄稼人极其尊重，对他们怀有一种类乎血缘关系的感情，这种感情，如他自己所说，是和奶妈的乳汁一同吸入体内的,但是他,作为一个和他们一同参与一项共同事业的人,虽然有时也赞赏这些人的气力、温顺和公正,而当共同的事业需要人们有另外一些品质时,他却经常会对这些人的粗心、懒散、酗酒和撒谎十分恼火。假如你问康斯坦丁·列文,他爱不爱老百姓,他很可能简直不知道怎样回答你。他对这些老百姓,就好像他对一般人一样,又爱,又不爱。当然,作为一个心地善良的人,他更多是爱别人而不是不爱,对老百姓也是如此。然而他不能把老百姓当作个什么特殊的东西去爱或者不爱,因为他不仅是和老百姓生活在一起,不仅他所有的利益都和老百姓连在一起,而且他把自己就算作老百姓当中的一个,他看不出自己身上和老百姓身上有什么特别的品质或缺点,也不会拿自己跟老百姓放在对立的位置上去作比较。此外,虽然他作为东家和调解人,而主要是作为一个能够提供好意见的人(农民们都很信任他,他们会走三四十里路来向他求教)跟农民们长时期亲密相处,他对老百姓却并没有任何确定不移的看法,若是问他了解不了解老百姓,很可能就像问他爱不爱老百姓一样,让他觉得难以作答。说他了解老百姓,那跟说他了解一般的人是一回事情。他经常都在观察和了解各种各样的人,其中也包括庄稼人,他认为庄稼人都是好人,都很有趣,他还不断地在他们身上发现新的特点,不断改变着自己原先对他们的看法,而形成新的看法。谢尔盖·伊凡诺维奇则正好相反。恰像他拿他所不喜欢的那种生活和农村生活相对比,他便喜欢和赞赏农村生活一样,恰像他拿他所不喜欢的那个阶级的人和老百姓相对比,他便喜欢老百姓一样,他是把老百姓当做某种和一般的人相对立的东西,这样来认识老百姓的。在他那有条不紊的头脑里,早已清晰地构成了一些有关老百姓生活的确定不变的方式,其中一部分是来自老百姓生活本身,但绝大多数来自对比的推论。他这种对老百姓的看法和他对老百姓抱有的同情态度从来没有改变过。

每当兄弟二人对老百姓的意见发生分歧时,谢尔盖·伊凡诺维奇总是说得他弟弟哑口无言,就因为谢尔盖·伊凡诺维奇有一套他对老百姓的性格、特点和趣味的确定的概念,而康斯坦丁·列文却任何确定不变的概念也没有,所以在这些争论中康斯坦丁老是自相矛盾。

谢尔盖·伊凡诺维奇觉得,这个小弟弟是一个很好的年轻人,他的一颗心**放得很端正**(谢尔盖·伊凡诺维奇用法语这样表达),但是他这人虽然思维还算敏捷,却容易为一时的印象所左右,因此思想中充满矛盾。有时谢尔盖·伊凡诺维奇以一个哥哥的谦虚态度给他解释一些事理,但却无法从跟他的争论中得到满足,因为他太容易被击溃了。

康斯坦丁·列文一向把哥哥看成是个非常聪明、非常有教养、极其高尚,而又具有从事公益活动天赋的人。然而在内心深处,他年龄愈大、对哥哥的了解愈多,他便愈是经常地想到,哥哥这种他觉得自己毫不具备的公益活动能力或许不是一种长处,倒反而是一种什么缺点——不是说缺少善良、诚实、高尚的意愿和趣味,而是缺少生活的力量,缺少所谓的心灵,缺少一种志向,这种志向可以让人从摆在面前的所有数不清的生活道路中选中一条,并且只企求这一条。他了解哥哥愈多,便愈是发现,谢尔盖·伊凡诺维奇以及其他许多公益活动家并非从心灵上全神贯注地在热爱公益事业,而是从理智上判断出,致力于这种事业是很好的行为,他们只因为这个才从事这种事业。使列文对这一看法确信不疑的,还在于他注意到,他哥哥对于社会公益问题和灵魂不灭问题,一点儿也不比他对一局象棋或是一部新机器的精巧构造更关心。

此外,康斯坦丁·列文觉得跟哥哥一块儿在乡下很不自在还有一个原因,在乡下,特别是夏天,列文成天都忙于农务,要做完所有要做的事情,夏天的日子虽长他也不够用的,而谢尔盖·伊凡诺维奇却是在休息。但是,虽然他现在是在休息,也就是说不写他的论文,他却因为太习惯于动脑筋了,便喜欢把他所想到的东西用优美简练的形式表达出来,还喜欢有个人听他表达。最经常的也最自然的听他作这些表达的人正是他的弟弟。因此,虽然他们的关系亲密而淳朴,康斯坦丁总觉得不好意思把他一个人丢下。谢尔盖·伊凡诺维奇喜欢躺在草地上晒太阳,躺在那儿,晒得热乎乎地,懒洋洋地扯闲话。

"你怕不会相信呢,"他对弟弟说,"这种霍霍儿式①的懒散对我是一种多么好的享受。头脑里什么也不想,简直是空无所有。"

然而康斯坦丁·列文坐在这里听哥哥说话实在感到无聊,特别是因为,他知道,他不在场,那些人就会把粪肥送到还没有犁过的地里,如果他不看着,还不知道会撒到哪里去;他们还会不把犁头上的铧刀拧紧,而是任其脱落,然后就会说,铁犁这玩意儿是瞎胡闹,还是安德列耶夫式的木犁好,等等,等等。

"大热天的,也够你跑的啦。"谢尔盖·伊凡诺维奇对弟弟说。

"不,我只去账房跑一趟。"列文说,却跑到地里去了。

二

六月初,保姆兼管家阿加菲娅·米海依洛芙娜把一罐她刚腌下的蘑菇送进地窖去,忽然滑了一跤,她跌倒了,伤了手腕。当地的医生,一个刚从学校毕业的爱说话的年轻人来给她医治。他把那只手检查过,说没有脱臼,给她伤口上敷几块纱布,便留下来吃饭,显然很高兴能和大名鼎鼎的谢尔盖·伊凡诺维奇·科兹内舍夫谈话,为了表现他对事物的开明见解,向谢尔盖·伊凡诺维奇讲述了县里的种种流言,抱怨说地方自治局的事情办得很糟。谢尔盖·伊凡诺维奇对他的话洗耳恭听,提了几个问题,因为有这个新来的人听他说话,心情激奋起来,便和他交谈,说了一些切中要害又颇有分量的意见,让这位年轻医生大为敬佩,于是谢尔盖·伊凡诺维奇进入了一种他弟弟非常熟悉的、活跃的精神状态,通常在一场精彩生动的谈话之后他都会进入这种状态的。医生走后,谢尔盖·伊凡诺维奇想

---

① 霍霍儿,旧时俄国人对乌克兰人的蔑称。这里指像乌克兰人一样的懒散。

拿上钓竿上河边去。他喜欢钓鱼,并且因为自己竟会喜欢这种愚蠢的玩意儿而好像颇为得意。

康斯坦丁·列文要到耕地和草场去,便提出他自己用两轮轻便马车把哥哥带去。

这是夏季的转折时期,一年中的这个时节里,当年的收成已成定局,要开始操心来年播种的事,草料也该收获了;这时节,黑麦都抽了穗,一片灰绿色,没有灌浆的、分量很轻的麦穗迎风波动着;这时节,绿油油的燕麦夹杂着一簇簇黄色的野草,参差不齐地散布在一片片晚播地上;这时节,早荞麦已经长得密密匝匝,把地面都盖满了;这时节,被牲口踩得石头一样硬的休耕地,已经翻耕到一半,只留下一条条不需下犁的道路;这时节,已经送进地里的粪肥一堆堆都放干了,每天清晨散发出的气味和青草的蜜样的香味混在一起,而在洼地里,精心护养的草场像一片海洋似的,等待着收割,被拔掉的酸模草茎一堆堆夹在中间;这时节,眼看要开镰收割,这是每年一次的大事,每年老百姓都要全力以赴。收成好极了,一连好些个晴朗炎热的夏日,夜晚很短,露水也多。

两兄弟要去草场必须先穿过树林。谢尔盖·伊凡诺维奇一路上欣赏着枝叶茂密的林中美景,他时而指着那背阴一面颜色黝黯、托叶闪出点点黄色、正含苞待放的老菩提树,时而指着当年幼树翡翠般光亮的嫩芽,要弟弟和他一同欣赏。康斯坦丁·列文不喜欢在嘴上谈说大自然如何的美,也不喜欢听别人谈说。语言会使他所看到的事物失去它们的美。他随声附和着哥哥,却不由得去想些别的事情。穿过树林以后,他全部的注意力都被坡上那片休耕地的景色吸引了,那儿有地方野草已在泛黄;有地方被人践踏过,还划成了一块块的;有的地方堆着一簇簇的粪土;有的地方已经犁过。大车排成一行在田野上往前走。列文数了数大车有几辆,知道要运的东西全都运出来了,心里很满意,于是,当眼睛看到草地的时候,思想便转到割草的事情上去了。

在割草这件事情上,列文总是体验到一种特别令他心驰神往的东西,他觉得这是一件最为生动活跃和富有现实意义的事情。车子驶到草地边上,列文勒住了马。

朝露还留在下层的矮草上,为了不湿鞋,谢尔盖·伊凡诺维奇要求把他用马车送过草地,送到柳树丛边钓鲈鱼的地方。踩了自己的草,康斯坦丁·列文非常地心痛,但他还是把车子赶过草地了。长长的草柔软地缠绕着车轮和马腿,把种子留在了车辐和车毂上。

哥哥理好钓竿,坐在柳树丛下,列文卸下马儿,把它拴好,便踏进了那风也吹不动的一片广阔的灰绿色的草海之中。在积过水的地方,丝绸般光亮柔软的草,挂着已经成熟的种子,几乎有齐腰深。

康斯坦丁·列文横穿过草地走上大路,遇见一个肿着一只眼睛的老头儿,夹着一个满是蜜蜂的蜂箱。

"怎么?是捉来的吗,佛明?"他问。

"咋是捉来的呀,康斯坦丁·德米特里奇!保住自家的就不错啦。这都逃过两次啦……亏得娃娃们给追上啦。他们在给您犁地。卸下马,骑上就追回来啦……"

"喏,你说咋样好,佛明,——是割草呢,还是再等几天?"

"行啦!照我们的规矩,要等到圣彼得节①。可您总是割得早些的。行啦,上帝保佑,草好得很喽。有牲口吃的。"

"那天气呢,你觉得怎么样?"

"那是老天爷的事儿。或许嘛,天气也不会差的。"

列文走到哥哥那儿。谢尔盖·伊凡诺维奇什么也没钓到,却并不觉寂寞,而且心情好极了。列文看出,跟医生的那场谈话让他意犹未尽,他还想找个人谈谈。而列文却相反,他想早点儿回家去,好安排一下找人明天割草的事,还要解决有关割草的一些问题,这些事让他非常操心。

"好吧,那我们就回去吧。"列文说。

"急什么呀?再坐一会儿嘛。可你怎么都湿透啦!虽说没有钓

---

① 圣彼得节,东正教的节日,俄历六月十九日。

到,不过也很开心。任何一种渔猎的好处都在于接触大自然。喏,这蓝莹莹的水面多美哟!"哥哥说。"这草场连片的河岸,"他继续说下去,"老是让我想起一个谜语来,——你知道吗?草儿对河水说:我们摇呀摇,摇呀摇。"

"我不知道这个谜语。"列文沮丧地说。

三

"知道吗,我在想你的事呢,"谢尔盖·伊凡诺维奇说,"你们县里的事情简直不像个样子,那个医生说给我听的;他是个很不赖的小伙子。我给你说过,现在还要说:这不好啊,你不去开会,地方自治局的事都躲开不管。要是正派人全都躲在一边,情况当然会是天知道怎么样的。我们付了钱,这钱是用来发工资的,可是却没有学校,没有医士,没有接生婆,没有药房,什么也没有。"

"你知道我试过了,"列文不大乐意地低声回答,"我无能为力!怎么办呢!"

"你有什么无能为力的?我,老实说,不明白你的意思。不关心,没能力,我看都不是;难道就是因为懒惰?"

"统统都不是。我试过了,我看出来,我什么事也没法做到。"列文说。

他没有怎么留意哥哥说的话。他眼望着河那边的耕地,看见一个黑黑的东西,但是看不清是一匹马,还是管家骑在马上。

"为什么你什么事也做不到?你试着去做过,照你说的你没有把事情办成,于是你就丧气了。怎么这样没有自尊心?"

"自尊心,"列文说,哥哥的话刺伤了他,"我不懂得。要是在大学里,人家对我说,别人懂得微积分,而我不懂,——这是自尊心问题。可是在这儿,首先必须认定,干这种事需要一定的才能,而且,主要的是,必须认定这些事都是非常重要的。"

"怎么!难道这些事不重要吗?"谢尔盖·伊凡诺维奇说,他有些伤心了,因为弟弟认为他所关心的事是并不重要的,尤其是因为,弟弟显然是几乎没有听他说话。

"我不觉得它重要,也不感兴趣,你说怎么办呢?"列文回答说,这时他已经弄清楚,他看见的那个黑点就是管家,也看出,管家大概是在让耕地的人回去。那些人正在卸犁头。"未必已经犁完啦?"他想。

"喏,你听我说呀,不过,"哥哥沉下他那张漂亮聪明的脸说,"凡事都有个限度。做一个不惹闲事的人,真心真意的人,不喜欢说假话,这是很好的,——这我都明白;可是要知道你所说的话,要么是毫无意义,要么是含义不良。你怎么会认为不重要呢?你所爱的这些老百姓,像你所一再声称的那样……"

"我从来没有一再声称过。"康斯坦丁·列文心想。

"……正在得不到帮助的情况下死去啊。那些愚蠢的村妇正在把孩子们活活弄死,老百姓常年处于无知守旧的状态中,听凭那些掌管笔墨的小人去摆布,而你有办法帮助他们,可是你不去帮助,因为照你的看法,这并不重要。"

于是谢尔盖·伊凡诺维奇让列文处于一种两难的境地:要么是你智力低下,看不出你能够去做些什么,要么是你想维护自己的安宁生活和面子,二者必居其一,我不知道你为什么要这样。

康斯坦丁·列文感到,他要么只好屈服,要么承认自己对公益事业缺少爱心。这让他觉得屈辱,让他很伤心。

"二者兼而有之,"他断然说,"我看不出,有什么可能……"

"怎么?这做不到吗,把钱好好安排一下,提供些医疗帮助?"

"做不到,我觉得是这样……我们县有四千平方里,路上积水、下暴风雪,人都要下地干活,我看不出有什么给每个地方都提供医疗帮助的可能。再说我根本就不相信医药。"

"哦,对不起;这话是不公平的……我可以给你举出成千上万个例子来……喏,那么学校呢?"

"要学校干吗?"

"你说什么话？难道可以怀疑教育的作用吗？假如说教育对你有好处，那么它对任何人也都会有好处。"

康斯坦丁·列文觉得自己理屈辞穷，就冒起火来，不由得说出了他对公益事业态度淡漠的主要原因。

"或许，这都是好事情；可是我干吗要去关心设立医疗站的事，既然我永远也不会上那儿去看病？还有学校，我不会把自己的孩子送到那儿去念书的，农民们也不会把孩子送去的，而且我还不能确信，有没有必要把孩子送进学校去。"他说。

片刻间，谢尔盖·伊凡诺维奇对这种突如其来的观点感到惊异，然而他立即有了一套新的进攻方案。

他沉默了一会儿，拉起一根钓竿来，又甩下水去，然后微笑着向弟弟说：

"喏，对不起……首先，医疗站是需要的。我们不就给阿加菲娅·米海依洛芙娜请来了地方上的医生吗？"

"喏，我看呀，那条胳膊一辈子都得歪着啦。"

"这现在还不能说……其次，会读书认字的农民和工匠对你会更有用、更值钱些。"

"不对，你不管去问问谁，"康斯坦丁·列文断然回答说，"会读书认字的工匠要糟糕得多。那就别想把路修好了；桥刚刚架好，就被他们偷走了。"

"不过，"谢尔盖·伊凡诺维奇皱着眉头说，他不喜欢人家自相矛盾，尤其是，不停地从一点跳到另一点，毫无任何联系地提出新的论据，让人没法知道该怎么回答，"不过，问题不在这里。对不起，你承不承认，教育对于老百姓是一种福利？"

"我承认是的。"列文随口说，说完马上就想到，他说的不是他所想的。他已经感觉到，如果他承认了这个，哥哥就会向他证明说，他是在说些毫无意义的废话。哥哥将怎样向他证明这一点他不知道，但是他知道无疑是要从逻辑上来向他证明这一点，他等着哥哥拿出这个证明来。

那论证比康斯坦丁·列文所预期的要简单得多。

"假如你承认这是一种福利,"谢尔盖·伊凡诺维奇说,"那么你,作为一个正派人,就不可能不热爱和同情这个事业,因此也就不可能不愿意为它效力。"

"但是我还没有承认这件事是好事情。"康斯坦丁·列文脸红了,他说。

"怎么?你刚才还说……"

"就是说我不承认它是好事情,可以行得通的事情。"

"这你不先花力气去做,是不可能知道的呀。"

"喏,就算是这样吧,"列文说,虽然他根本不认为是这样,"就算是这样吧;但是我还是不知道为什么我要去为它操心。"

"你这是什么意思?"

"不,既然我们谈起了这个问题,那就请你从哲学的观点上给我解释解释吧。"列文说。

"我不明白,这跟哲学有什么关系。"谢尔盖·伊凡诺维奇说,他那种口气让列文觉得似乎他不认为弟弟有权利谈论哲学。这激怒了列文。

"有关系的!"列文激动地说,"我认为,我们一切行为的动力说来说去都只是个人的幸福。现在,在地方自治机构里,我,作为一个贵族,看不出任何可以促进我个人福利的地方。道路不比从前好,也不可能比从前好;就是在那些坏路上我的马也会拉着我跑的。医生和医疗站我不需要,调解官我不需要,——我从来也不去找他,以后也不会去找。学校我不光是不需要,而且对我还有害处,像我给你说过的那样。对我来说,地方自治机构只不过就是要我每亩地付出十八个戈比,要我进城去,跟臭虫一块儿过夜,还要听那些各种各样的胡说八道,而我的个人利益并不鼓励我去这样做。"

"对不起,"谢尔盖·伊凡诺维奇微笑着打断他的话,"个人利益不曾鼓励我们为解放农民而效力,可是我们这样做了。"

"不对!"康斯坦丁更加激动了,他打断哥哥的话,"解放农民那是另一回事情。这里边有个人利益。是想要从自己身上甩掉那个压迫着我们,压迫着所有善良人的枷锁。但是当一个地方自治局的议员,就得去讨论什么城里需要多少个清道夫,怎么修下水道,我又不在城里住;当个陪审员,就得去审问那个偷了一块咸肉的农民,一连六个钟头去听辩护人和检察官的胡扯,听那个审判长问那个傻老头儿阿列什卡:'被告先生,您是否承认偷窃一块咸肉的事实呀?'——'您说什么呀?'"

康斯坦丁·列文说得走了神,开始学起审判长跟那个傻子阿列什卡的样子来;他觉得这都是些对题的话。

但是谢尔盖·伊凡诺维奇却耸耸肩头。

"喏,你到底想说点什么呀?"

"我只是想说,那些……那些涉及我的利益的权利,我永远都要全力以赴地去捍卫它;当宪兵搜查我们大学生,检查我们信件的时候,我是准备全力以赴捍卫这些权利,捍卫我的受教育权、自由权的。我理解义务兵役制,因为它涉及我的子女、兄弟和我个人的命运;我愿意讨论那些跟我有关的事情;但是去决定地方上的四万卢布怎么花,或者是审问傻子阿列什卡,——我不懂这是干什么,也没法懂。"

康斯坦丁·列文的话好像决了堤的水一样滔滔不绝。谢尔盖·伊凡诺维奇微微一笑。

"要是明天你受到审判:怎么,让老的那个刑事法庭审判你,你觉得更舒服些?"

"我不会受审判的。我从不会去杀人,我也不需要去杀人。这不结了!"他继续说下去,又再一次扯到完全不相干的事情上,"我们的地方自治机构和所有这一切——就好像是我们在三一节①上插的那些桦树条一样,只不过是为了让它看起来好像是欧洲生长的树林子,我不可能真心实意地去给它浇水,以为它真的就是那些白

---

① 三一节,又称圣灵降临节,即复活节后的第五十天。

桦树!"

谢尔盖·伊凡诺维奇只是耸耸肩头,用这个姿势表示在他的争论中怎么冒出了这些白桦树来,虽然他立刻就明白了他弟弟这么说是想表明什么。

"对不起,这样子是没法讨论问题的呀。"他指出。

但是康斯坦丁·列文还是想为他自己的那个他颇有自知之明的缺点,为他的不关心公益事业作一番辩解,他便继续说下去:

"我想,"康斯坦丁说,"任何一种行为,假如它不是以个人利益为基础的话,就不可能是持久的。这是一个普遍的道理,一个哲学上的道理。"他说,把**哲学**这两个字断然地重复了一次,好像是想要表明,他也有权利,像所有的人一样,谈论哲学。

谢尔盖·伊凡诺维奇再次微微一笑。"他也有一套为他自己的倾向服务的哲学呢。"他想。

"喏,你就甭侈谈哲学啦,"他说,"古往今来,哲学的主要任务从来都在于寻找个人利益与公共利益间所存在的必不可少的联系。不过这不是我要说的,我要说的是,我只是必须把你的比喻纠正一下。白桦树不是插的,而是种的,而是靠播种才能发芽生根的,必须小心翼翼地对待它们才行。只有那些对于他们的现存机构中重要的和有意义的东西有所感受,并且加以重视的民族,才拥有未来,只有这样的民族才可以称得起是有历史地位的民族。"

于是谢尔盖·伊凡诺维奇把问题扯到哲学历史的领域内,这是康斯坦丁·列文所外行的,他向康斯坦丁指出了他观点中所有站不住脚的地方。

"至于说,这些东西你全都不喜欢嘛,那么,对不起,——这是我们的一种俄国人的懒散和贵族老爷习气,我相信,这在你,只不过是一时的迷误而已,会过去的。"

康斯坦丁没有说话,他感到自己在各个方面都被击溃了,同时他也感到,他所想说的东西是他哥哥所不能理解的。他只是不知道,为什么哥哥不能理解他:是因为他不善于把自己想说的东西清楚地表达出来吗,是因为哥哥不愿意理解这些吗,或者是哥哥无法理解他?但是他不去深究这些了,也不去反驳哥哥,而去一心想着完全无关的另一件自己个人的事情。

谢尔盖·伊凡诺维奇收起最后一根钓竿,去解开马,他们便驾车回家了。

四

跟哥哥讲话时列文所想的个人的事情是这样:去年有一回他去看割草,对管家生了气,他便用他自己那套平息怒气的方法——从一个农民手里拿过镰刀,割起草来。

当时这件农活让他非常喜欢,他一连割过好几回;他把房子前面的一大块草地都割光了,于是今年一开春他就作好打算,要整天整天地跟庄稼人一同割草。哥哥来了以后他一直在考虑:是去割呢还是不割?他不好意思把哥哥一个人成天丢下不管,还怕哥哥会笑话他干这种事儿。但是,从草地上走过一趟,回想起去年割草的印象,他差不多已经决定了他要去割。在跟哥哥这场激烈的谈话之后,他又想起了这个打算。

"必须干些体力活,要不我的性情一定要变坏了。"他想,便决定了参加割草,不管在哥哥面前和在老百姓面前这会让他感到多么地别扭。

一到傍晚,康斯坦丁·列文便走进账房,对农活作了安排,派人到各村去喊人明天来割草,明天要割卡林诺夫草地,那是最大最好的一块。

"劳驾把我的镰刀拿去交给基特,让他磨好明天带上;我,或许,自己也要割一割。"他说,极力不使自己觉得尴尬。

管家笑笑,说:

"是,老爷。"

晚上喝茶的时候列文也对哥哥说了。

"看来天气要晴一阵子,"他说,"明天我就开始割草。"

"我非常喜欢这项庄稼活儿。"谢尔盖·伊凡诺维奇说。

"我喜欢得要命呢。有时候我自己也跟庄稼人一道割,明天我就想去割它一整天。"

谢尔盖·伊凡诺维奇抬起头好奇地望望他弟弟。

"你这是怎么说?跟庄稼人一道干,干一整天?"

"是的,这是非常开心的呀。"列文说。

"作为一种体力的锻炼,这是好极了,只是你未必能撑得下来。"谢尔盖·伊凡诺维奇毫无任何讥笑意味地说。

"我试过的。开头很吃力,后来也就干下去了。我想,我不会落后的……"

"是这么回事!可是你说说,庄稼人会怎么看这件事?大概,他们会笑话你的吧,他们会说老爷在作怪。"

"不,我看不会的。干这种活儿多开心,又多辛苦,没时间去想什么的。"

"可是你怎么跟他们一起吃饭呢?总不好把红葡萄酒和烤火鸡给你送到那儿去吧?"

"不用,我只要跟他们一块儿休息,到时候回家就是了。"

第二天早晨,康斯坦丁·列文起得比平时早些,但是安排农务耽搁了他的时间,等他到割草的地方时,人家已经割到第二行了。

他还在山坡上便一眼望见山下背阴处那块已经割过的草地,一行行灰色的是草,一堆堆褐色的是割草人脱下的外衣,放在他们开始割第一行的地方。

他渐渐走近,看见一个接一个的长长的一串割草人,大家此起彼落地挥舞着镰刀,有人穿着长外衣,有人只穿一件衬衫。他数了数,一共四十二个人。

他们在草场上一块高低不平的洼地里缓慢地向前移动着,那儿原先是一座拦水的土坝。有几个自己人,列文认识他们。这里有叶尔米尔老头儿,他穿了件非常长大的白衬衫,弯着腰在挥动着镰刀;

这里有年轻小伙子瓦斯卡,他以前是列文的车夫,正在抡起胳膊使劲地割着每一行。这里还有基特,在割草这件事上他是列文的师傅,是个又矮又瘦的庄稼人。他腰都不弯地走在最前面,好像是玩镰刀似的,一割就是宽宽的一行。

列文下了马,把它拴在路边,走到基特跟前,基特从草丛中拿出另一把镰刀来递给他。

"磨好啦,老爷,像刮胡子刀似的,快得很呢。"基特说,他笑着脱下帽子来,把镰刀交给列文。

列文接过镰刀试了试。割草的农民们一个个割完了自己的一行,走到大路上,笑眯眯地跟老爷问好。他们全都眼睛盯着他,谁也不说一句话。一个老头儿,高个子,满脸皱纹,没有留胡须,穿一件羊皮短袄,他第一个向老爷说话:

"瞧着点儿,老爷,干上手了,就别落后哟!"他说,这时列文听见割草的人们中间发出一阵悄悄的笑声。

"我尽力不落后吧。"他说,便去站在基特的身后,等大家开始。

基特让出一块地方来,列文跟在他后边割。长在路边的草很矮,列文又好久没割了,大家的眼睛都盯着他,好难为情,所以开头一小会儿割得很糟,力气倒用得很大。他听见身后说话的声音:

"镰刀没装好呀,柄装得太高啦,瞧他怎么弯着腰。"一个人说。

"刀后根儿上多使点劲儿呀。"另一个人说。

"没关系,行啦,割割就好啦,"老头儿接着说,"瞧,顺手啦……割得太宽啦,要累坏的……主人啊,可不能这样,为自己干活儿太卖力气啦!可你瞧呀,没割干净呀!这要是我们,就得挨骂啦。"

前面草柔软一些了,列文只听他们说,并不答话,尽量努力地割得好些,紧跟在基特身后。他们向前走了大约一百来步了。基特只顾向前走,一步也不停,一点儿也不显累;但是列文已经害怕自己会撑不下去了:他多么累哟。

他觉得他是在用最后一点儿力气挥动他的镰刀,他决定请求基特停一停。但恰在这时,基特自己停下来了,他弯下腰,抓一把草擦一擦镰刀,便磨起来。列文伸直了腰,舒了口气,向四边望望。他后面跟着一个农民,显然也累了,因为他没等走到列文身边便立刻也停下来,开始磨镰刀。基特磨好了自己的和列文的镰刀,他们又朝前走。

第二趟还是这样。基特一镰刀一镰刀地割着,不停,也不累。列文跟在他身后,尽力不停下来,他感到越来越艰难,越来越艰难:已经到了他觉得自己一丁点儿力气也没有了的时候,而恰在这时基特又停下来磨镰刀了。

他们就这样割完了第一行。这长长的一行列文觉得特别地吃力,所以,割到地头时,当基特把镰刀往肩上一扛,迈着缓慢的步子,踩着自己鞋后跟在割过的泥地上留下的脚印往回走,列文便也一模一样地学着他踩着自己割过的泥地慢慢往回走。尽管汗水大滴大滴地在脸上滚,从鼻子尖上往下落,脊背全都湿透了,好像浸过水似的,他倒觉得非常地舒畅。特别令他开心的是,他现在知道,他能顶得下去了。

美中不足的只是,他的那一行割得不漂亮。"我挥动镰刀的时候要手上少使劲儿,整个身子多使劲儿。"他在想,同时拿并排的两行做比较,笔直的一行是基特割的,自己割的一行到处撒着草,又参差不齐。

列文发觉,割第一行时基特走得特别快,大概是想要考验一下老爷吧,而且那一行又很长。接下来的几行要轻松得多,但是列文还是得鼓足全身的力气,才不落在庄稼人的后面。

他什么也不想,什么也不要,只求不落在庄稼人的后面,并且尽可能地把活干好些。他耳朵听见的只是镰刀的飒飒声,眼睛看到的只有面前逐渐远去的基特挺直的身躯、一片半圆形的割过的草地、迎着他的刀刃慢慢地起伏着倒下去的草和野花小小的花朵,再就是自己前方这一行的尽头,到那里就可以休息了。

在干活的中间,他突然觉得,热汗淋漓的脊背上有一种愉快的清凉感,他不明白这感觉是从哪儿来的。磨镰刀的时候,他抬头向天空望了一眼。一片黑压压的乌云正涌上头顶,落起大滴的雨点来。有几个农民走过去把外衣拿来穿上;别的人都跟列文一样,享受着愉快的清凉,只快活地耸一耸肩膀。

他们一行一行地割下去。有的行长些,有的行短些,有的草好些,有的草坏些。列文已没有任何的时间感,根本不知道现在是迟是早。此刻他身上正开始发生着一种变化,他感到干活给自己带来巨大的快乐。当他正干得起劲的时候,有几分钟他会忘记了自己是在做什么,这时他顿觉轻松,也正是在这几分钟里,他割的那一行几乎像基特那一行一样地平直干净。然而,一当他想起自己是在做什么,开始存心干得好一些的时候,马上他便体验到这劳动全部的艰辛,他的一行也就割得不好了。

又割了一行,列文本想再往前走,但是基特停下来了,他走到老头儿身边,悄悄地说了点什么话。他们两人都望了望太阳。"他们在说什么呀,他干吗不换一行割?"列文想,他不知道这些庄稼人已经一口气割了四个多钟头,他们该吃早饭了。

"吃早饭吧,老爷。"老头儿说。

"已经该吃早饭啦?喏,吃早饭吧。"

列文把镰刀交给基特,跟着去放衣服的地方拿面包的农民,穿过被雨微微打湿的长长一片开阔的、割过的草地,向他的马走去。这时他才想起他没看准天气,雨打湿了他的草料。

"草要糟蹋啦。"他说。

"没关系,老爷,雨天割下晴天耙嘛!"老头儿说。

列文解开马,骑上回家去喝咖啡了。

谢尔盖·伊凡诺维奇才刚刚起床。列文喝过咖啡又去割草了,这时谢尔盖·伊凡诺维奇还没来得及穿好衣服到餐厅来。

五

早饭后列文割的那一行已经不在原先的地方,而是在一个好说笑话的老人和一个年轻农民中间,是老人请列文站在他旁边的;年轻人去年秋天刚娶亲,夏天头一回出来干活,参加割草。

老人挺直腰走在前面,均匀而开阔地迈开两只八字脚,他的动作准确而平稳,看来好像不比他走路时甩胳膊更费力,他像玩似的把一行长得一式一样的高高的草割倒在地。真好像不是他,而是那把锋利的镰刀自己在多汁的肥草上割着。

年轻人米什卡走在列文的后边。他用一把青草把头发围着脸扎起来,那张年轻好看的脸上老是显出很使劲儿的样子;可是人家一瞧他,他就笑。他显然是存了心,哪怕死掉,也不肯承认他很吃力。

列文走在他们中间,天热得厉害,而他觉得割草并不那么苦。浑身的汗水让他感到凉爽,太阳把脊背、头和挽到肘部的手臂烤得火热,倒使他干得更加坚毅,更加顽强;那种不知不觉、无思无虑的时刻出现得更加频繁了,在这种时刻里,可以不必思考你在做什么。是镰刀自己在那里割着。这是非常幸福的时刻。然而每当走到一行尽头的小河边,老人家抓一把湿漉漉的茂密的青草擦一擦镰刀,把镰刀的钢刃在清凉的河水里涮涮,用装磨刀石的盒子舀起河水来请列文喝,这时候他觉得还要更加开心。

"尝一口吧,我的克瓦斯①哟!啊,好喝吧?"老人家说,还眨了眨眼睛。

而确实,列文从来没喝过这样的饮料,这种热乎乎的河水,上面浮着绿藻,还有一股子磨刀石盒子的铁锈味儿。紧接着就可以一只手放在镰刀上慢腾腾地走一会儿了,这时候还可以擦一把汗,深深地喘一口气,冲那长长的一串割草人望一眼,再看看周围,看看树林子里和田野上的种种情景。

列文割得时间愈长,他便愈是频繁地感受到那种忘情的时刻,在这种时刻里,已经不是他的手在舞动镰刀,而是镰刀在带动着一

---

① 克瓦斯,俄国的一种民间饮料,用黑面包发酵制成。

个愈来愈自觉的、充满着生命力的身体向前走,而且,好像是出于一种魔力,你根本不必去想什么,活儿便会有规有矩地,清清楚楚地自己完成了。这是人生中最为幸福的时刻啊。

当他不得不停止这种已经成为下意识的动作去思考的时候,当遇上一个小土堆,要割掉上面的草,或是要割那些难割的酸模草的时候,他才会感到有些困难。老人家干起这个来却很轻松。遇上一个土堆时,他便改换了动作,有时用镰刀根有时用镰刀尖,从两边下手,嚓嚓几下子,就把个土堆割净了。而且,他一边这样割着,一边还老是察看和观望着他前面有些什么;他有时摘下一个公鸡果①,自己吃掉,或是给列文吃掉,有时用镰刀尖挑开一根树枝,有时去窥探一只鹌鹑的小窠,看母鹌鹑钻出窠来从他镰刀刃下逃掉,有时捉住路上的一条蛇,用镰刀当叉子把它举起来给列文看,再把它甩掉。

他身后的列文和那个年轻小伙子要这样改变动作都很难办到。他们两人调整好一种动作便紧张地干着,干得心急火燎,没力气去又改变动作同时又观察前方。

列文没注意时间在怎样过去。假如问他割了多少时间了,他或许会说半个小时,——但是却已经到了快吃午饭的时候。开始割新的一行时,老人指给列文看,一群男女小孩子正从四面八方,隐隐约约地,穿过高高的草丛,沿着大路,向割草的人们走来,孩子们小小的手上提着重重的袋子,里面是面包,还有装在瓦罐里的克瓦斯,罐口用一块破布堵着。

"瞧呀,小东西们爬过来啦!"他说,一只手指着孩子们,一只手遮住太阳向远处望着。

又割了两行,老人家便停下来。

"喏,老爷,吃午饭吧!"他断然地说。于是,割到河边这些人便穿过那一行行割过的草地向放衣服的地方走去,孩子们正拿着他们的午饭坐在那里等候他们。庄稼人聚拢在一起,远一点的,坐在大

---

① 公鸡果,俄国的一种野生草本小果实。

车底下,近一点的,在柳树丛下,那儿铺了一些青草。

列文走过去坐在他们旁边,他不想回家去。

在老爷面前的任何拘束感早就全都消失了。庄稼人都在准备吃午饭。有些人在洗脸,年轻小伙子在河里洗澡,另一些人收拾出一块地方来准备休息,他们打开装面包的口袋,把克瓦斯罐口上的破布扯开。那个老人家把面包掰开放在碗里,又用匙柄压碎,倒上磨刀石盒子里的水,再掰一些面包放进去,撒过盐以后,开始面向东方作祷告。

"请吧,老爷,尝尝我的面包渣汤呀。"他说,盘起腿坐在碗前面。

面包渣汤实在太香了,列文不想回家去吃饭了。他跟老人家一同吃午饭,跟他谈家常,谈得很有味道,他把自己所有的事情以及老人家可能感兴趣的情况都对他说了。他觉得自己跟这位老人比跟哥哥还贴近,他不禁亲切地微笑了,他觉得这位老人家跟自己很亲。当老人又站起来,作过祷告,在柳树丛下就地一躺,拿一把草当枕头,列文便也照着他的样子做,尽管太阳底下苍蝇一个劲儿地叮住他不放,小虫子在他汗湿的脸上和身上爬动着,他马上就睡着了,到太阳落向树丛的另一边,开始照到他身上的时候才醒过来。老人家早就醒了,他在给年轻人磨镰刀。

列文朝四面一望,他都不认得这片地方了:一切都变了样。好大一片草地都割光了,夕阳斜照下,一行行割倒在地的草已经在散发芳香,草地上闪烁着一种特别的、新鲜的色彩。小河边一丛丛的草被割掉了,从前看不见的小河现在蜿蜒地闪着青钢色的光芒,有些人在走动,有些人正在抬起身子来,没割过的草地那边像有一堵壁立的墙,一只苍鹰在光秃秃的草地上空飞旋,——所有这一切都跟原先全然不同了。列文这时已经完全清醒,他开始在考虑,已经割了多少,今天还可以干多少活。

这四十二个人干的活特别多。整个这片大草地,在劳役制[①]的

[①] 劳役制,俄国农奴制时代农民无偿为主人劳动的一种制度。

时候三十把镰刀要两天才能割完的,今天已经割光了。只剩下几个长着短短几行草的角落。然而列文想要在这一天尽可能地多割些,看见太阳那么快地往下沉,真觉得可惜。他一点儿也不觉得累;他只想要快点,再快点,尽可能地多干出一些活来。

"啊,怎么样,咱们再去,你说呢,割那块马什金高地吧?"他对那位老人说。

"干着瞧吧,太阳不高啦。给伙计们喝点伏特加啥的?"

午后休息吃东西的时候,当大家又都坐下,抽烟的人也点起了烟来,老人便向伙计们宣布说:"把马什金高地割了,有伏特加喝的。"

"哎嗨,谁说不割呀!去割吧,基特!咱们加把劲儿!晚上有你吃的哟。去割吧!"大家都在这么说,于是,吃完了面包,他们便干起来了。

"喏,伙计们,要干就干到底呀!"基特说,他像跑步似的走到最前面。

"去吧,去吧!"那位老人说,紧跟在基特身后,一下子就赶上了他,"我可要你好看啦!你当心点儿!"

于是这一群老老少少像竞赛一般割起来。但是,不管干得多么急,他们一点儿也不伤了草,一行行摆得仍然是非常干净和整齐。角落里剩下的那几行五分钟就割光了。后边的人刚走到这几行跟前。前面的人已经把外衣往肩上一甩,越过大路向马什金高地走去。

太阳已经落到树梢上,这时,他们随着一阵磨刀石盒子的叮当声,走进了马什金高地下长满树木的那段小峡谷。谷地中央的草有齐腰深,又嫩、又软、叶片又宽,野生的三色堇在林中四处开着色彩绚丽的小花。

先商量了一小会儿,直割呢,还是横割,那个身材高大,皮肤黑油油的庄稼人普罗霍尔·叶尔米林,他也是个有名气的割草能手,便带头干起来。他先在前面割开一行,再回过身,动手大干起来,于是大家一齐跟上他,沿着山坡下的峡谷往前割,再上坡直割到林子的边沿。太阳落到树林背后了。已经有了露水,割草的人们只有在山坡上才晒得到太阳,坡下面雾气蒸腾,坡那边也没有太阳,可以在阴凉里干活。他们割得正欢。

从那割倒时的声音知道,草是液汁饱满的,还散发着浓烈的香味,割倒的草一行行摞得高高的。割草人从各个地点汇聚在这短短的几行里,大家挤在一起,磨刀石盒子碰得叮当响,一会儿镰刀磕着镰刀,一会儿镰刀在磨石上呼呼地打磨。大家开心地大声喊叫,发出一片声响,你追我赶地割着。

列文依旧在那个年轻小伙子和那位老人中间割着。老人把他的羊皮短袄披上了,还是那么快活,有说有笑,动作自如。林子里老是会遇见几朵藏在肥草下的胖乎乎的桦树蘑菇,镰刀会把它们顺带割下来。而老人家每次遇见,都会弯下腰去捡出来,揣进怀里去。"又好给老太婆送个礼啦。"他一边往怀里揣,一边说。

不管又湿又嫩的草有多么好割,可是在峡谷的陡坡上爬上爬下却是很困难的。然而这难不住老人家。他还是那样动作自如地挥舞着镰刀,慢慢地、稳稳地、步子小小地迈开他穿着一双大草鞋的脚在陡坡上爬,虽然整个身子和拖在衬衣下面的短裤腿都在晃动,他却一根草一个蘑菇也不会沿路丢下,还照样跟别的庄稼人和列文有说有笑。列文走在他身后,老是想着他一定会跌跤的,在这么陡的坡上爬,手里还拿一把镰刀,就是不拿镰刀也难得爬上去;但是他爬上去了,还把该做的事都做了。列文觉得,有某种外面来的力量在推动着他。

六

马什金高地割完了,大家割完最后的几行,穿上外衣,高高兴兴回家了。列文骑上马,恋恋不舍地跟庄稼人告别后,也回家了。他从山坡上回头一望,他们已经隐没在洼地里腾起的雾气中,只听见快活的、粗鲁的说话声,哈哈大笑声和镰刀的碰击声。

谢尔盖·伊凡诺维奇早就吃过了饭,在自己屋子里喝着加冰块的柠檬水,翻着刚从邮局取来的报纸和杂志,这时,列文冲进屋来,汗叽叽的头发乱贴在前额上,脊背又黑又湿,嘴里快活地说着:

"我们把整个的草地都割光啦!啊,多好呀,真太棒啦!可你怎么过的这一天?"列文说,他完全忘记了昨天那场不愉快的谈话。

"老天爷呀!你像个什么样子啊!"谢尔盖·伊凡诺维奇一看见弟弟就不满意地打量他,一边说。"快把门关上,把门关上!"他大叫起来,"一定放进来了整整十个。"

谢尔盖·伊凡诺维奇受不了苍蝇,他的房间只是到夜间才开窗子,门仍然要小心地关上。

"真的,一只也没放进来。要是放进来了,我会捉。你真不知道,这是多大的享受啊!你这一天是怎么过的?"

"我挺好。可是你未必割了一整天的草?你呀,我想是,饿得跟狼一样了吧。库兹马全给你准备好啦。"

"不,我一点也不想吃。我在那边吃过东西了。我要去洗洗。"

"喏,去吧,去吧,我这就上你那边去,"谢尔盖·伊凡诺维奇摇着头,眼睛望着弟弟说,"你快去呀,"他又微笑着说了句,还把自己的书收拾在一起,准备走了。而这时他自己忽然也快活起来,不想离开弟弟了。"嘿,下雨的时候你在哪儿?"

"那叫什么雨呀?只洒了几滴啊。那我这就来。这么说你这一天过得很好喽?那就好极啦。"列文便去换衣服了。

五分钟后兄弟俩在餐室里会面。虽然列文觉得好像他并不想吃饭,他坐下来吃,只是为了不让库兹马觉得委屈,但是一吃上嘴,他马上觉得这顿饭特别的香。谢尔盖·伊凡诺维奇含笑地看着他吃。

"啊,对了,有你一封信,"谢尔盖·伊凡诺维奇说,"库兹马,请你去楼下拿来。当心把门关好。"

信是奥勃隆斯基寄来的。列文把它念出声来。奥勃隆斯基是从彼得堡写来的:"我收到朵丽的信,她在叶尔古绍沃,她事事都不顺利,请你上她那儿去一趟,帮她出出主意,你什么都知道。她看见你一定很高兴。她孤零零一个人,怪可怜的。岳母跟大伙儿还在国外。"

"那好极啦!我一定去他们那儿,"列文说,"要不我们一块儿去。她这人可真好。不是吗?"

"他们住得离这儿不远吧?"

"三十来里路,或许,有四十里。不过路好得很。坐车去很方便。"

"好呀。"谢尔盖·伊凡诺维奇说,他一直微笑着。

就弟弟那副样子也让他开心。

"瞧你,胃口真好!"他望着弟弟俯在盘子上的晒得通红的面孔和头颈说。

"太好啦!你不会相信的,这是一种治疗各种各样怪毛病的多好的办法。我要给医学上增加一个新名词儿:Arbeitscur①。"

"我看呀,你好像不需要这个吧。"

"对,不过各种各样神经上有毛病的人都需要它。"

"不过,这还要经过试验。我今天本来想去草场上看看你的,可是天热得实在受不了,我走到树林子那儿就没走了。我在那儿坐了会儿,穿过林子往村子里走,遇见你奶娘,就问了问她庄稼人对你的看法。依我看,他们并不赞赏你这样做。她说:'这不是老爷们该做的事儿。'反正我觉得,在老百姓心目中,对于那个他们所谓的'老爷们'该做的事有一种非常确切固定的看法。他们认为,老爷们的行为不应该超出他们所想象的那个早已确定的范围。"

"或许吧;可是你知道,这多舒服啊,我一辈子也没体验过。一点儿坏处也没有。不是吗?"列文回答说,"要是他们不喜欢那又有什么办法呢。不过,我看嘛,这也没啥。你说呢?"

---

① 德语:劳动疗法。

"总之,"谢尔盖·伊凡诺维奇接着说,"你,我看呀,这一天过得很高兴。"

"非常高兴。我们把整个草地都割了。我在那儿还跟一个多好的老人家交上了朋友!这你是没法想象的,多好啊!"

"喏,你这一天过得这么高兴。我也是。第一,我解了两道象棋上的难题,其中的一个是非常妙的,用卒来开局。回头我摆给你看。其次嘛,我考虑了我们昨天的谈话。"

"什么?考虑了昨天的谈话?"列文说,他傻乎乎地眯缝着眼睛,刚吃完一顿饱饭,深深地喘了口气,根本想不起来昨天都谈了些什么话。

"我发现,你有一部分是对的。我们的分歧在于,你把个人利益当作推动力,而我认为,每一个有一定教养的人都应该关心公共的福利。也许你是对的,说物质上有所裨益的活动更加合乎人们的心愿。一般说,你的天性是过于 Primesautière① 了,像法国人说的那样;要么是又激动又热情地去干,要么什么也不干。"

列文听着哥哥说话,但却简直什么也不明白,也不想明白。他只是害怕,哥哥别向他提个这方面的问题,那就会看出,他什么也没听进去。

"就这么回事,老弟。"谢尔盖·伊凡诺维奇说,拍拍他的肩膀。

"是的,当然喽。有什么关系!我并不坚持自己的意见。"列文回答说,他像个做错了事的孩子似地笑笑。"我到底争论过什么呀?"他想,"当然啦,我也对,他也对,一切都很好。我该去账房里安排事情了。"他站起来,伸伸懒腰,笑一笑。

谢尔盖·伊凡诺维奇也微微一笑。

"你想出去走走,咱们一块儿去。"他说,看着弟弟容光焕发、精力充沛的样子,他不愿意跟弟弟分手。"走吧,咱们都去账房,假如你非去不可。"

---

① 法语:容易冲动。

"哎呀,老天爷!"列文大叫一声,把谢尔盖·伊凡诺维奇吓了一跳。

"你怎么啦,怎么?"

"阿加菲娅·米海依洛芙娜的手怎么样啦?"列文拍着自己的脑袋说,"我连她都给忘记啦。"

"好多啦。"

"喏,我还是得去她那儿跑一趟。不等你戴好你的帽子,我就回来了。"

于是他像个哗啷棒似的,鞋后跟劈里啪啦地响着,从楼梯上跑下去。

<h2 style="text-align:center">七</h2>

斯捷潘·阿尔卡季伊奇来彼得堡办一件极其必须、非办不可的事,对于官场中人,此事乃自然而然、众所周知,虽然非官场中人对此无法理解,而不办好这件事,你就别想在官场中混下去,这件事就是——让部里的人还记得你。为了办好这件非办不可的大事,他把家中的钱几乎搜刮干净,自己去赛马场上和别墅外宅里舒舒服服、快快活活度光阴,而同时,朵丽却带上孩子们搬到乡下去住,以便尽可能减少开支。她来到她陪嫁的庄园叶尔古绍沃,就是那个离列文的帕克罗夫斯科耶庄园五十里路的、春天里卖掉了树林子的村庄。

叶尔古绍沃那幢巨大的老屋早已朽坏,还是在公爵手下便已翻造扩建了厢房。二十年前,当朵丽还是个小孩子的时候,这厢房是宽敞舒适的,不过也像所有的厢房一样,是侧面向南的,那一面朝着出入必经的林荫道。但如今这座厢房也老朽了。斯捷潘·阿尔卡季伊奇春天来卖树林的时候,朵丽求他把房子四处看看,把该修的地方叫人修一修。跟所有做过错事的丈夫一个样,斯捷潘·阿尔卡季伊奇这时是非常关心妻子的,很想要让她过得方便而舒服,他亲自检查了房屋的状况,对每件他认为非做不可的事作了安排。他认为，必须用家具面料专用的厚重印花布把家具重新包过，要挂上窗帘，要把花园收拾干净，要在水池边造一座小桥，还要种上鲜花；只是他却把许多其他必不可少的东西忘记了，缺了这些东西，让达丽雅·亚力山德罗芙娜后来真是受了罪。

无论斯捷潘·阿尔卡季伊奇怎样极力想要做一个关怀备至的丈夫和父亲，他却怎么也记不住他是一个已经有妻室儿女的人。他的兴趣口味全都像个单身汉，他一切全按照这种趣味行事。回到莫斯科，他得意地向妻子宣布，说已经万事齐备，说那房子真是漂亮极了，说他建议她务必要去住一住。妻子住到乡下去，这对斯捷潘·阿尔卡季伊奇来说，在许多方面都是一件很愉快的事：孩子们可以更健康些，开支可以更少些，他自己也可以更自由些。而达丽雅·亚力山德罗芙娜认为，夏天去乡下住一阵对孩子们是很必要的，特别是对于小女儿，她生猩红热之后还没能复原，而最后，也是为了躲开一些小小的有失身份的麻烦，欠下那些卖木柴的、卖鱼的、修鞋的一些小债，这些事老是让她不舒服。除开所有这些之外，她喜欢去乡下还因为，她希望能把妹妹吉蒂邀来庄园里跟自己待一段时间，吉蒂应该是在仲夏时候从国外回来，并且医生嘱咐说她必须在河水里沐浴，藉以治疗。吉蒂从温泉来信说，她最指望的事情就是跟朵丽一块儿在叶尔古绍沃过夏天，那儿对她们姐妹俩来说，处处都是童年生活的回忆。

乡下生活的最初几天朵丽是非常难受的。她幼年时住在乡下，她的印象是，在乡下可以避开城里一切不愉快的事情，乡下的日子虽说不花哨（这一点朵丽很容易忍受），却也省钱，方便；什么都有，什么都便宜，要什么都办得到，对孩子们也很好。但是现在，身为家庭主妇，来到乡下她才发现，根本不是她所想象的那样。

他们到达的第二天下了一场暴雨，夜里，走廊上、孩子房间里都漏水，只得把床铺都搬到客厅里。找不到厨娘；一共九只母牛，据看牛的女人说，有的怀着小牛，有的刚生下头胎，有的老了，还有的是奶少的；连给孩子们吃的黄油和牛奶都不够。鸡蛋没有；母鸡也弄不到;拿来炸和煮的,都是些又老又瘦,毛色发紫的公鸡;找不到一个擦地板的老婆子,——全都下地挖土豆了;乘车出门也不行,因为唯一的一匹马不听驾驭,一上套就想挣开;没地方洗澡,——河岸全让牲口给踩得稀烂,又暴露在大道边上;就连散散步也寸步难行,因为篱笆破了,牲口可以钻进花园来,有一头可怕的公牛,它大声吼叫,看样子一定也会顶人;没有橱柜挂衣服,现有的几只衣橱门都关不上,人从旁边走过,它就会自动打开来;没有铁锅和瓦盆、瓦罐;洗衣服用的锅炉,甚至使女用的烫衣板也都没有。

开头几天,达丽雅·亚力山德罗芙娜没有得到安静和休息,而是遇上这些可怕的情况,依她看来这简直是灾难,她真是不知该怎么办了:她竭力张罗,感到走投无路,泪珠子成天在眼睛里打转。管家是个退役的骑兵司务长,斯捷潘·阿尔卡季伊奇喜欢他面孔漂亮,态度恭敬,便从看门人当中把他提拔上来,他对达丽雅·亚力山德罗芙娜的灾难没有一点儿同情心,只会恭而敬之地说,"毫无办法,这种老百姓都是该死的",便什么也不帮她做。

这种情况看来是毫无希望了。然而在奥勃隆斯基家里,就像所有人家一样,有一位不被注意但却极其重要、极其有用的人物,那就是马特辽娜·菲利莫诺芙娜。她安慰太太,对她说,一切都**总会有办法的**(这本是她的话,马特维也学了去),便自己去不慌不忙地操办起来。

马特辽娜马上就和女管家搞好了关系,头一天便跟她和男管家一起在槐树下喝茶,把事情都商量过。不几天,槐树底下成了马特辽娜·菲利莫诺芙娜的俱乐部,就在这儿,通过这个由女管家、村长和账房组成的俱乐部,生活中的困难一点点得到解决,一个礼拜之后,真的样样事都**有办法了**。屋顶修好了,厨娘找到了——就是村长的干亲家,母鸡买来了,牛也开始出奶了,花园用些细木杆子围住了,压衣裳用的木滚子也由木匠做好了,橱里装上了挂衣钩,橱门也不会自动打开了,包了粗布的烫衣板搭在椅子扶手和五斗橱上,下房里于是便有了一股烙铁味儿。

"您瞧呀！还老是灰心丧气呢。"马特辽娜·菲利莫诺芙娜指着那块烫衣板说。

他们甚至还用干草编成草帘子，围出一个洗澡棚子来。莉莉先去那儿洗了澡，于是达丽雅·亚力山德罗芙娜的愿望虽然只是部分地实现了，虽然这乡下日子还不算安宁，不过也够方便了。有这六个孩子，达丽雅·亚力山德罗芙娜就别想安宁日子：一个生病了，另一个可能要生病，第三个有点不对头，第四个脾气好像变坏了，如此等等，如此等等。她难得又难得能过上短短几天的太平日子。然而这些操劳和牵挂却是达丽雅·亚力山德罗芙娜唯一可能得到的幸福。若是没有这些，她就只能一个人去独自思念她那个并不爱她的丈夫了。尽管担心孩子们生病、孩子们当真生病、看见孩子们身上有了坏脾气的苗头，这些事都会在她心中引起苦恼，这一切对一个做母亲的都是一种沉重的负担，——但是孩子们自己现在已经在用一些微小的欢乐来报答她的痛苦了。这些欢乐是那么微小，就像沙里的黄金一样不可察觉，而且每当不愉快的时刻，她就只能看见苦恼，看见沙子；然而确也有愉快的时刻，这时她就只看见欢乐，只看见黄金了。

此时，在僻静的乡村里，她愈来愈多地感受到这种欢乐。往往，眼望着这群孩子，她会枉费心机地尽力去说服自己，说自己做得不对，说自己身为母亲对孩子太偏爱了；但说来说去她仍然不得不对自己说，她有几个非常可爱的孩子，他们一共六个，六个人六个模样，但却一个个都是天下少有的啊，——于是她便因他们而幸福，为他们而骄傲了。

八

五月底间，样样事全都多多少少安排停当了，她才接到丈夫的回信，答复她对乡下种种混乱情况的怨诉。他在信里说，他考虑欠周，请她原谅，答应一有可能，立即前来。但是这种可能性一直没有出现,于是直到六月初,达丽雅·亚力山德罗芙娜仍是一个人住在乡下。

圣彼得节前的礼拜天,达丽雅·亚力山德罗芙娜带上所有的孩子去做弥撒,领圣餐。在跟妹妹们、跟母亲、跟朋友们倾心相谈,讨论些哲学问题时,达丽雅·亚力山德罗芙娜有关宗教的自由思想往往令她们吃惊。她有自己一套有关来生转世的奇特的宗教信念,并且对此深信不疑,但是她却不大注意教会的规条。不过在家里,她——不光是为了给别人做个榜样,而是完全出于真心——却是严格履行教会的一切要求的,所以,想到孩子们有将近一年没领过圣餐,这使她很是不安,于是,在马特辽娜·菲利莫诺芙娜的充分鼓励和同情下,她决定此时,就在夏天,去办好这件事。

达丽雅·亚力山德罗芙娜几天以前便考虑过怎样给孩子们打扮。衣服有的缝好了,有的改做了,有的洗过了,贴边皱折放过了,扣子钉上了,缎带配好了。唯有丹妮娅穿的那件连衣裙,英国家庭女教师拿去缝的那一件,让达丽雅·亚力山德罗芙娜费了许多的心血。这个英国女人在改这件衣裳时,几条缝没开对地方,袖口开得太大,把衣裳全给弄糟了。丹妮娅穿起来肩头那么窄,看着真难受。还是马特辽娜·菲利莫诺芙娜想到嵌上一块三角布,再加一条小披肩。事情算是办妥了,但是达丽雅·亚力山德罗芙娜差一点跟那个英国女人吵一架。不过第二天一早,一切都已齐备,于是在九点钟之前——他们要求神父在九点钟之前等候他们来做弥撒,孩子们便都穿得花花绿绿,喜笑颜开地站在门口的马车旁等着母亲了。

凭马特辽娜·菲利莫诺芙娜的面子,没有套那匹难驾驭的黑马,而用了管家那匹棕色马,达丽雅·亚力山德罗芙娜为操心自己的装束费了点时间,终于穿一件白纱连衣裙出来坐进了马车。

达丽雅·亚力山德罗芙娜无论梳头或穿衣都很费心思,又情绪激动。从前她穿衣打扮是为了她自己,为了让自己漂亮,讨人喜欢;后来,年纪愈来愈大,她就愈是不喜欢打扮了;她发现自己已经不那么漂亮了。然而现在她重新又愉快而激动地打扮起来。现在她打扮不是为了她自己,不是为了让自己漂亮,而是作为这群漂亮孩子的母亲,不要破坏了整个的印象。她最后再照了照镜子,觉得很满意。她今天的确很美。不是往常在舞会上她希望自己所具有的那种美,而是合乎她此时此刻心中所怀目的的那样一种美。

教堂里除了庄稼人、男仆们,以及他们家的女佣人之外,再没有别人。但是达丽雅·亚力山德罗芙娜发现,或者是她觉得她发现,她和她的孩子们引起了别人的赞叹。孩子们不仅因为穿了漂亮衣裳显得非常可爱,他们的行为举止也很讨人喜欢。阿辽沙的站相的确不大好看:他一个劲儿地回头,想要看见自己上衣的背后;不过他还是异乎寻常地可爱。丹妮娅像个大人似的站着,还照看着弟弟妹妹们。而最小的一个,莉莉,她那副样子真太美了,她对每件事都表现出天真的惊讶,她领过圣餐后,又说:"Please, some more."①叫人很难不微微一笑。

回家的路上,孩子们觉得完成了一件什么庄严的大事,一个个都很安静。

回家后一切也都顺利;可是吃早饭的时候,格里沙吹起口哨来,顶糟糕的是,他还不听英国家庭女教师的话,因而被罚不准吃甜饼。假如达丽雅·亚力山德罗芙娜在场的话,她是不会让孩子在这样的日子里受处罚的;可是又必须支持英国家庭教师已经作出的安排,她便同意教师的决定,格里沙不能吃甜饼。这多少破坏了大家的快乐气氛。

格里沙哭了,说尼科林卡也吹了,他就没受处罚,说自己不是为甜饼哭,——他才不在乎这个呢,——而是因为对他不公平。这实在未免太让人伤心了,于是达丽雅·亚力山德罗芙娜决定跟英国教师再谈一谈,要她原谅格里沙,便过去找她。然而这时,当这位母亲走过大厅时,她看见了一个场面,让她心中充满了快乐,泪水忍不住地从眼眶里涌出来,她便自己饶恕了这个罪人。

---

① 英语:请再给一点儿。

受罚的孩子坐在客厅角落里的窗台上,丹妮娅拿一只盘子站在他身边。她假装说要给洋娃娃吃饭过家家,要求英国教师准她把自己的一份甜饼带回孩子们的房间去,可是却拿去给弟弟吃了。格里沙一边哭着叙说对他的处罚多么不公平,一边吃着拿给他的饼,还哭哭啼啼地反复说:"你自己也吃呀,我们一块儿吃……一块儿吃。"

起初丹妮娅是可怜格里沙,后来她又意识到自己是在做一件高尚的事,于是她的眼睛里也涌出了泪水;但是她并不拒绝吃她的一份。

看见母亲,他们吓坏了,然而,瞧瞧她的脸,明白自己做得很好,他们便笑了起来,满嘴的甜饼,却用手去抹他们笑嘻嘻的嘴唇,把自己满脸涂得尽是眼泪和果酱。

"我的妈呀!! 新做的白衣裳呀! 丹妮娅! 格里沙!"母亲一心想要保住那件衣裳,她嘴里这样说,但却幸福而快乐地微笑着,眼睛里噙着泪水。

新衣服都给脱下来,吩咐给女孩子都穿上短衫,男孩子都穿上旧的短上衣,又吩咐套车——还把那匹棕色马套上,让管家好不伤心,——要带他们去采蘑菇,去洗澡。孩子们的房间里掀起一阵欢天喜地的尖叫声,直到出发去洗澡时才停下来。

蘑菇采了满满一篮子,就连莉莉也找到一只桦树蘑菇。从前总是古里小姐找到以后指给她看;可是今天好大的一只桦树蘑菇是她自己找到的,所以大家都快活地喊叫着:"莉莉找到蘑菇啦!"

然后乘车来到小河边,把马停在白桦树下,便去洗澡了。车夫捷连基把马儿拴在树下,马儿不停地甩打着马蝇,捷连基把青草踩倒,躺在树荫下,抽起烟斗来,他听见孩子们在洗澡的地方不停地、快活地尖叫着。

虽然看住这些孩子不许他们淘气是很费神的,虽然记住从各人脚上脱下来的所有这些袜子呀、短裤呀、鞋子呀,给他们解鞋带呀、解扣子呀、系鞋带呀是很麻烦的,但是达丽雅·亚力山德罗芙娜自己一向就喜欢下河洗澡,她认为这对孩子们非常有益,所以她觉得再没有比跟孩子们一起洗澡更加开心的事了。挨个儿地摸着这一双双胖乎乎的小脚,给它们穿上袜子,把这些光溜溜的小身体托在手上,浸在水里,听着那一会儿快活、一会儿害怕的尖叫;眼望着这些气喘吁吁的、睁着一双双又害怕又开心的大眼睛的面孔,望着自己这些满身溅着水花的小天使,她觉得这是一种巨大的享受。

当一半的孩子都已经穿好了衣裳,有几个打扮得漂漂亮亮出来采羊角芹和拿牛奶罐的乡下女人走到他们洗澡的地方,她们有点儿胆怯地停住不走了。马特辽娜·菲利莫诺芙娜喊住她们当中的一个,叫她把掉进水里的一条被单和一件衬衣拿去晾干,于是达丽雅·亚力山德罗芙娜便和这些女人们谈起话来,女人们开头只是捂着嘴笑,不懂问的是什么,过一会儿胆子就大了,开始谈起话来,她们对孩子表示了真心的赞赏,立刻便博得达丽雅·亚力山德罗芙娜的欢心。

"瞧你这个美人儿呀,白得哟,像糖似的,"一个女人欣赏着小丹妮娅,一边摇着头一边说,"可就是瘦……"

"是呀,生过病的呀。"

"瞧你,他们也给你洗澡了吗?"另一个女人对怀抱的婴儿说。

"没给他洗,他才三个月呢。"达丽雅·亚力山德罗芙娜得意地回答说。

"是吗!"

"你有孩子吗?"

"有过四个,两个养活啦:一个小子,一个丫头。丫头上个斋期①刚断的奶。"

"她多大啦?"

"两岁啦。"

"你怎么喂得这么久啊?"

---

① 斋期,东正教一年四季都有斋期,斋期中禁食或禁食肉类。俄国农民实际上用它来代替季度的概念。

"我们这儿兴这样:三个斋期……"

于是开始了一场达丽雅·亚力山德罗芙娜最感兴趣的谈话:孩子怎么生的?得过什么病?丈夫在哪儿?他常回家吗?

达丽雅·亚力山德罗芙娜舍不得离开这些乡下女人,跟她们谈话多有意思,她们感兴趣的事跟她简直是完全一样的。尤其让达丽雅·亚力山德罗芙娜开心的是,她明显地看出,这些女人们最欣赏的是她有这么多孩子,他们又全都这么好。这些乡下女人让达丽雅·亚力山德罗芙娜高兴地笑了,但是她们却得罪了英国籍的家庭女教师,她不懂她们笑什么,而她却是这场笑声的原因。一个年轻女人眼睛盯着最后穿衣服的英国女人看,当看见她穿第三条裙子的时候,忍不住地评论起来:"瞧你呀,一条又一条,一条又一条,穿个没完啦!"她说,于是大家全都哈哈大笑起来。

九

达丽雅·亚力山德罗芙娜头上包着一块手巾坐在马车上,在她那些刚洗过澡的、脑袋湿叽叽的孩子们的簇拥下回家去,已经快要到家了,车夫说:

"来了一位老爷,好像是波克罗夫斯科耶的那一位。"

达丽雅·亚力山德罗芙娜向前面一望,看见列文那熟悉的身影,她好高兴哟,列文戴顶灰帽子,穿件灰风衣,正迎面向她走来。她一向都高兴见到列文,这会儿尤其高兴,因为列文是现在,在她最光彩的时刻,见到她的。没有谁能比列文更了解她有多么了不起了。

一看见达丽雅·亚力山德罗芙娜,列文觉得,好像是不知不觉忽然间面前出现了自己想象中的一幅未来家庭生活的图景。

"您简直像一只抱窝鸡①呀,达丽雅·亚力山德罗芙娜。"

---

① 抱窝鸡,正在孵小鸡的母鸡。

"啊,我多么高兴啊!"她说着便向他伸过手去。

"您说是高兴,可您又不让人家知道您来了。我哥哥在我那儿住着呢。我是收到斯季瓦的一张纸条,说您在这儿。"

"斯季瓦的纸条?"达丽雅·亚力山德罗芙娜诧异地问道。

"是呀,他说您搬来了,我想,您会让我帮您做点儿什么吧。"列文说完这句话,忽然觉得窘得慌,就不再说下去,闷声不响地走在马车旁,顺手扯下几片菩提树的嫩叶来,放在嘴里嚼着。他觉得有些窘,因为他以为,达丽雅·亚力山德罗芙娜会不喜欢旁人来帮她做那些原本是她丈夫应该做的事。达丽雅·亚力山德罗芙娜的确不喜欢斯捷潘·阿尔卡季伊奇的这种气派,把自己家里的事情推给别人去做。而她马上就明白,列文是了解这一点的。就是因为列文能这样细致入微地了解人,这样通情达理,达丽雅·亚力山德罗芙娜才喜欢他的。

"我明白的,当然啦,"列文说,"这只不过是说您想要见到我,所以我很高兴。当然啦,我想着,您,一位城里的当家人,会觉得这儿太荒凉啦,所以说,如果有什么要我做的事,我会尽力为您效劳的。"

"噢,没什么!"朵丽说。"刚来的几天觉着不大方便,可这会儿全都安排妥贴啦,这都多亏了我的老保姆呀。"达丽雅·亚力山德罗芙娜指着马特辽娜·菲利莫诺芙娜说,马特辽娜·菲利莫诺芙娜知道说的是她,便又开心又和善地冲列文笑笑。她认识列文,也知道这位老爷是家里一位小姐的佳偶,盼望着这事情能够成功。

"您请上车吧,我们往这边挤挤。"达丽雅·亚力山德罗芙娜对列文说。

"不必啦,我走过去。孩子们,哪一个和我一块儿来跟马儿赛跑呀?"

孩子们对列文知道得很少,他们不记得什么时候见过他,但是他们对他并没有表现出那种既拘束又讨厌的奇怪感情,这些孩子在那些装腔作势的成年人面前便会有这种体验,他们也往往为此感到心里非常不舒服。无论怎样的装腔作势,可以骗得过一个聪明绝顶、明察秋毫的成年人,然而这种行为掩盖得再巧妙,也会被一个智力极其有限的幼儿识破,并且感到厌恶的。不管列文身上有哪些缺点,他却一点儿也不装腔作势,因此孩子们对他很亲热,他们看见,妈妈脸上也有这种亲热的表情。列文一招呼,两个大孩子马上从马车上跳下来,走到他身边,跟他一块儿跑起来,就好像他们跟保姆,跟古里小姐,跟母亲跑一样地无拘无束。莉莉也要跟列文去,母亲便把她交给列文,他让莉莉坐在自己肩头上,带她一块儿跑。

"您别怕,别怕,达丽雅·亚力山德罗芙娜!"列文快活地笑着对这位母亲说,"我不会摔跤的,也不会让她跌下来的。"

看见列文的动作那么敏捷、矫健、仔细、小心,又那么过分地紧张,做母亲的放心了,她眼睛望着他,快活而赞许地微笑着。

在这儿,在乡下,跟这群孩子和他所欣赏的达丽雅·亚力山德罗芙娜在一起,列文情绪很好,快活得像个孩子一样,他这人往往会有这样的情绪,达丽雅·亚力山德罗芙娜也特别喜欢他身上的这一点。列文跟孩子们一同奔跑着,教他们做体操,还用他那讲得很糟的英语让密司①古里发笑,又把他自己村子里的事情说给达丽雅·亚力山德罗芙娜听。

午饭后,达丽雅·亚力山德罗芙娜跟列文两人坐在阳台上,她说起了吉蒂。

"您知道吗,吉蒂要上这儿来跟我一块儿过夏天。"

"真的?"列文的脸一下子红了,为了改变话题,他又说,"那么就给您送两头母牛来?要是您非跟我算账,就每月付我五个卢布吧,假如您好意思的话。"

"不啦,谢谢您。我们都安排好啦。"

"喏,那么让我看看您的母牛,您要是允许,我来吩咐他们怎么喂母牛。问题全在于饲料。"

于是列文只是为了把话题引开,对达丽雅·亚力山德罗芙娜大

---

① 密司,英语小姐的俄语拼读。

谈其一套养奶牛的理论,他说牛只不过是一种把饲料转化为牛奶的机器,如此等等。

他嘴里说着这些,心里却热烈地想要听到关于吉蒂的详情,而同时又害怕听到。他之所以害怕,是因为这会打破他心头好不容易才获得的平静。

"是啊,但是,不过嘛,这些事儿都得有人去经管,可哪儿有人呢?"达丽雅·亚力山德罗芙娜勉强地应答着他的这些话。

她现在靠了马特辽娜·菲利莫诺芙娜才把家务事料理好了,不想再做什么变动;再说她也对列文在农务方面的知识不大信任。说母牛是一种造奶机器,她认为值得怀疑。她认为这种说法只会对农务有所妨害。在她看来,这些事儿都简单得很:只需要像马特辽娜·菲利莫诺芙娜所说的那样,给那两条名字叫花斑儿和白肚皮的母牛多喂点儿草料,别让厨子把厨房里的泔脚水拿去喂了洗衣服女人的母牛就行了。这是明明白白的事情。列文说的那些粮食饲料和草饲料的话全都靠不住,而且听不明白。不过,最主要的是,她一心想要说一说吉蒂的事。

十

"吉蒂给我写信说,她现在最想要的,就是一个人安安静静待着。"朵丽沉默了一会儿才说。

"怎么,她身体好些啦?"列文激动地问道。

"感谢上帝,她完全康复了。我从来就不相信她有肺病。"

"啊,我太高兴了!"列文说,朵丽发觉,列文一边说着这样的话,一边默默地注视着她,脸上有一种令人感动的、无可奈何的表情。

"请您听我说,康斯坦丁·德米特里奇,"达丽雅·亚力山德罗芙娜说,像她平时那样善良地微笑着,这笑容中多少带点儿嘲笑的意味,"您干吗要生吉蒂的气呢?"

"我?我没生气呀。"列文说。

"不对,您生气了。您干吗到了莫斯科,不来看我们,也不去看他们?"

"达丽雅·亚力山德罗芙娜,"列文说,脸红得直到头发根,"我也奇怪,为什么您心肠这么好,就没发觉这一点。您怎么就一点儿也不可怜我呀,既然您知道……"

"我知道什么呀?"

"您知道我求过婚,人家拒绝了我。"列文这样说着,于是一分钟前他心中对吉蒂所怀的那份柔情,全都被屈辱所带来的愤恨取代了。

"您为什么以为我知道呢?"

"因为这事儿人人都知道。"

"这您就错啦;这事儿我不知道,虽然我也这么猜测过。"

"啊!那么您现在知道啦。"

"我当初只知道,出了点儿什么事,她心里痛苦得很,她还要我永远也别再提这事儿。而她假如不对我说,那她对谁也不会说的。可是你们到底出了什么事儿呀?告诉我吧。"

"我已经告诉您是怎么回事儿了。"

"什么时候?"

"我最后一次去你们家的时候。"

"我对您说的话您可要记住,"达丽雅·亚力山德罗芙娜说,"我实在太可怜、太可怜她了。您痛苦只不过是出于自尊……"

"或许是这样,"列文说,"可是……"

达丽雅·亚力山德罗芙娜打断他的话:

"而她呢,可怜的,我实在太可怜、太可怜她了。现在我全都明白啦。"

"喏,达丽雅·亚力山德罗芙娜,请您原谅我吧。"列文说着站了起来。"再见啦!达丽雅·亚力山德罗芙娜,回头见。"

"不,您别忙走,"她说着便伸手拉住列文的衣袖,"您别忙走,请坐下。"

"求您啦,求您啦,咱们不谈这个啦。"列文说着便又坐下来,而同时他感到,一个他认为是早已被埋葬的希望这时正在他心头苏醒和颤动。

"若是我不喜欢您这个人,"达丽雅·亚力山德罗芙娜说,同时泪水涌入了她的眼帘,"若是我不像现在这样了解您……"

那份好像已经死去的感情愈来愈活跃了,它苏醒过来,并且占据了列文的心。

"是的,我现在全都明白了,"达丽雅·亚力山德罗芙娜继续说下去,"这一点您是不会理解的;对于你们这些男人,自由的人,可以随意选择的人来说,你们总是很清楚你们喜欢谁。可是一个待嫁的姑娘,她天生就有这种女性的、姑娘家的羞怯,她远远地望着你们这些男人,一切都只能听凭你们嘴上讲——她当然往往会有这样的感觉:不知道说什么才好。"

"是的,要是她不吐露真情……"

"不,她是要吐露真情的,但是请您想一想:你们男人们,对一个姑娘有了意思,你们就去人家家里,去跟人家接近,去察颜观色,等着看你们是不是找到了你们所爱的人,然后,当你们确实知道你们爱上了,你们就提出求婚……"

"啊,并不完全是这样。"

"反正都一样,等你们的爱情在自己心里成熟了,或者是等你们在两个被选择的姑娘当中掂好分量挑中了,你们就提出求婚。可是就没人来问姑娘是怎么想的。人们也希望姑娘能自己选择,可是她不可能选择,她只能回答:愿意或者不愿意。"

"是呀,在我跟伏伦斯基当中选择。"列文想,于是他心中那个复活了的东西重新又死去了,这会儿只是痛苦地压在他的心坎上。

"达丽雅·亚力山德罗芙娜,"他说,"人家是这样挑选衣裳或者别的随便什么要买的东西的,但是不能这样挑选爱情啊。一旦挑中了,那顶好……再挑一次是不可以的。"

"哎呀,自尊心啊,自尊心!"达丽雅·亚力山德罗芙娜说。有一种感情是只有女人才懂得的,和那种感情相比,列文现在的这种感情显得是太低下了,她说话的口气似乎正是因为列文有着这样的感情而看不起他。"在您向吉蒂求婚的时候,她恰恰是处于这种情况下,所以她没法回答您。那时候她在犹豫不决。她决定不了的是:您呢,还是伏伦斯基。伏伦斯基她天天都看见,而您却很久没见到了。比如说吧,如果她年龄大一点,——要是我,打个比方,处在她的位置上,就不会犹豫不决了。那个人我从来就讨厌,那不就了结啦。"

列文想起了吉蒂的回答。那天她说:"不啊,这是不可能的……"

"达丽雅·亚力山德罗芙娜,"他干巴巴地说,"我看重您对我的信任;我认为您错了。但是,不管我对还是不对,您所那么看不起的这种自尊心已经让我不可能对卡捷琳娜·亚力山德罗芙娜有任何想法了,——您会理解的,完全不可能了。"

"我只再说一句话:您明白,我现在谈的是我的妹妹,我像爱我自己的孩子一样爱这个妹妹。我并没有说她那时候爱着您,我只是想说,她在那一分钟里所表示的拒绝并不说明任何问题。"

"我可不知道!"列文一跃而起,同时说,"要是您知道您让我多么痛苦就好了!这就好比,您的一个孩子死了,而人家却来对您说:这孩子要是活着会是多么好的一个孩子呀,多么好呀,他本来会活着的呀,那您就该为他多么开心呀。可是他已经死了,死了,死了……"

"您这人真可笑啊。"达丽雅·亚力山德罗芙娜面带忧愁的微笑说,她并不管列文此时此刻有多么激动。"是的,我现在越来越明白了,"她若有所思地继续往下说,"这么说,吉蒂来了您就不上我们这儿来啦?"

"是的,不来了。当然啦,我不会故意躲着卡捷琳娜·亚力山德罗芙娜,不过,只要有可能,我就尽量避免让她因为有我在场而不愉快。"

"您真是非常、非常可笑啊,"达丽雅·亚力山德罗芙娜满含柔情地望着列文的脸,再一次这样说,"喏,好啦,就算咱们根本没谈这件事。""你来这干吗,丹妮娅?"达丽雅·亚力山德罗芙娜用法语对走进来的小女孩说。

"我的小铲子在哪儿呀,妈妈?"

"我讲法语,你也要讲法语。"

小女孩想说,可是她忘记了法语铲子怎么说;母亲给她提示了一下,然后再用法语告诉她去哪儿找铲子。这给了列文一种很不愉快的印象。

于是他觉得,达丽雅·亚力山德罗芙娜家里的一切以及她的孩子们现在全都不像原先那么可爱了。

"她干吗要跟孩子们讲法语?"列文想,"这多么不自然,多么虚伪呀!孩子们也感觉到这一点了。教会了法语,却教丢了真诚。"他在自己心里这样想,而他不知道,达丽雅·亚力山德罗芙娜把所有这些早已反复想过二十遍,最后还是认为,宁可损害真诚,也必须用这种方法教自己的孩子。

"可您这会儿还要去哪儿呀?再坐坐吧。"

列文留下来喝茶,然而他已兴致全无,感到非常地别扭。

喝过了茶,列文到前厅去吩咐套马,回来看见达丽雅·亚力山德罗芙娜面带愁容,眼里噙着泪。在列文出去的那段时间里,发生了一件达丽雅·亚力山德罗芙娜很看重的事,一下子把她今天全部的幸福和她因孩子而有的自豪感都给破坏了。格里沙和丹妮娅为一只皮球打架了。达丽雅·亚力山德罗芙娜听见孩子的房间里有喊叫声,她奔过去便看见他们那副可怕的样子。丹妮娅抓住格里沙的头发,而格里沙则凶得脸都变了形,用拳头在丹妮娅的身上乱砸。看见这种场面,达丽雅·亚力山德罗芙娜的心都要碎了。好像她的生活中忽地涌起了一团乌云:她这下子明白了,她的这些她为之如此自豪的孩子,不仅是些最最平常的孩子,而且甚至还是些坏孩子、教养很差的孩子,是一些具有粗野癖性的恶劣的孩子。

她现在什么别的事都无法谈、无法想了,也无法忍住不向列文诉说自己的不幸。

列文看见她很不幸,尽力安慰她,说这并不能证明什么不好的事情,说孩子都要打架的;但是,他嘴里虽然这样说,心里想的却是:"不,我才不会装腔作势跟自己的孩子说法语呢,但是我的孩子不会是这样的;只要别去糟蹋孩子,摧残孩子,孩子就会是很可爱的。是的,我的孩子不会是这样的。"

列文告辞了,达丽雅·亚力山德罗芙娜也没有留他。

七月中,离帕克罗夫斯科耶二十里路的列文姐姐那个村庄的村长来见他,向他报告农事的进展和割草的情况。姐姐地产的主要收入来自河滩的草地。往年都是以每亩二十卢布的价钱让给庄稼人去割的。列文掌管这份田产后,他察看了割草的情况,发现还值更多的钱,便把价钱定为二十五卢布一亩。庄稼人不肯出这个价钱,列文还怀疑,他们把别的买主都给挡开了。当时列文亲自去那里作了安排,他把一部分草雇工割,一部分用收获分成的办法割。村里的农民千方百计阻挠这个新办法,但还是推行了,于是第一年从草地上就得到几乎是两倍的收入。前年和去年,农民们还在继续阻挠,但仍然按这个办法收割了。今年农民们按三分之一分成的办法拿下了全部要割的草,而现在村长来报告说,草都割完了,因为怕下雨,他把账房先生请了去,当着那人的面把草分掉了,已经给老爷家堆起了十一个草垛子。当问起他那片最大的草地上割出了多少草时,这位村长回答得含含糊糊。他问也不来问一声,就急急忙忙把草分掉,根据这些,也根据这个庄稼人说话的整个口气,列文明白这次分草中一定有点什么不干净的东西,便决定亲自去察看这件事。

列文在午饭时到达那个村子,他把马留在哥哥奶妈的丈夫家,这老汉是他的朋友,然后便去养蜂场找这位老汉,他是想从老汉这里了解一下割草的详情。帕尔梅内奇老汉相貌堂堂,很喜欢说话,他高兴地接待了列文,把自己全部的家业都摊给列文看,关于他的蜜蜂和今年分群的情况他说得十分详尽;然而当列文问起他割草的事,他却吞吞吐吐,含糊其辞。这就让列文更加以为自己猜得对。列文到草场上去看了那些草垛子,每垛草不可能有五十车,为了揭穿这些庄稼人,列文吩咐马上把运草的车子喊来,掀掉一个垛子,把草运到棚屋里去。这垛草结果只有三十二车。尽管村长极力要他相信,说草是松的,垛起来就压实了,这人还赌咒发誓地说,样样事都对得起上帝。列文坚持自己的意见,说草是他没有发话就分掉的,因此他不能按每垛五十车来接受。争了半天才定下来,庄稼人按每垛五十车把这十一垛草收下,算自己那一份,再给老爷另外分一份。这场分草的谈判直拖到下午,最后一些草分完以后,列文把余下的事情交给账房先生照管,自己去坐在插了柳枝标记的草堆上,观赏着人声鼎沸的草场。

他的前方,沼泽那边的河湾里,一长列穿得花花绿绿的婆娘们正在割草,她们快活地大声谈笑着向前移动,于是散乱的割倒的草很快就在碧绿的再生嫩草上堆成一条条弯曲的灰色的墙。男人们手拿叉子跟在婆娘们后边,这些墙便都撂成了许多个又高又宽又松的草垛子。大车在割过的草地上从左边滚滚而来,于是草垛子又一个接一个地消失了,被人们用巨大的叉子叉到车上去了,原先垛草的地方又是一车车芳香的草,车上的草满得直垂到马的屁股上。

"真是割草的好天气啊!这草一定好得很呀!"坐在列文身边的一个老汉说。"这简直就不是草,是茶叶哟!瞧他们,就像给小鸭子撒了一把食似的,抢着干啊!"他指着人们正用叉子装车的草垛说。"从午饭到这会儿已经运走一大半了。"

"这是最后一车了,是吧?"一个小伙子站在车厢前面甩动着缰绳头儿,这年轻人从列文身边经过,列文便大声地向他喊着。

"最后一车啦,老爷!"小伙子勒住马微笑着大声地回答,回过头朝车厢里坐着的女人望了一眼,又向前赶去,那女人两颊绯红,笑眯眯的,好快活的样子。

"这是谁呀？你儿子？"列文问。

"我顶小的儿子。"老汉亲切地微笑着说。

"多好的小伙子啊！"

"这小家伙还不赖。"

"娶亲啦？"

"娶啦，到今年圣菲力浦节①就整整两年啦。"

"怎么，有娃娃啦？"

"啥个娃娃呀！整整一年啥事儿也不懂，还害臊呢。"老汉回答说。"喏，多好的草哟！简直就是茶叶呀！"他又这么说，是想变一变话题。

　　列文更加留神地望着瓦尼卡②·帕尔敏诺夫和他的妻子。他俩在离他不远的地方用叉子把草装在大车上。依凡·帕尔敏诺夫站在车上，他年轻漂亮的妻子先把草一抱一抱地移过来，再用叉子灵巧地递给他，他每接过一大叉草，便把它摊开，踩实。那年轻女人干得轻松、快活而灵巧。大捆压实的草一下子叉不起来。她先把草耙松，把叉子插进去，然后用一个迅速而富有弹性的动作，把全身的重量向上一压，紧接着把她系着红色宽腰带的背脊向下一弯，身子一挺，耸起她白围裙下一对丰满的乳房，两只手灵巧地把叉子向上一甩，一叉子草便高高地扔到车上去了。依凡显然是极力不要她白费一点儿力气，他把两臂大大地张开，一下子接住递上来的草，便把它摊在车上。那年轻女人用耙子把最后一点儿草递到车上，掸掉落进她脖子的草屑，整了整滑到尚未晒黑的白额头上的红头巾，便爬到大车底下去拴绳子了。依凡教她怎样把绳子拴在横木上，听那女人说了句什么话，他哈哈大笑起来。在这两张面孔的表情中，洋溢着一种强烈的、刚刚觉醒的、青春的情爱。

---

① 圣菲力浦节，圣诞节前的第四个星期日，为圣诞节前的斋戒日。
② 瓦尼卡，依凡的一种别称。

十二

车捆好了。依凡一跃而下,牵住那匹肥壮的好马。那女人把耙子往车上一甩,迈开大步,挥动着两只手,找那群聚集在一起围成圆圈又唱又跳的婆娘们去了。依凡把车赶到大路上,加入到运草的车队中。婆娘们扛起耙子,晃动着五颜六色的衣衫,叽里喳啦地、快乐地大声说笑着,走在车队的后面。一个粗犷的女人嗓音唱起一支歌来,唱到反复的地方,便有四五十个健壮有力的不同的嗓音,有粗也有细,马上齐声接上去,从这支歌开头的地方重新唱起来。

这群婆娘们唱着歌走近列文,他仿佛觉得是一团乌云夹着欢乐的雷鸣在向他涌来。这团乌云涌上来了,把他包围了,在这片夹杂着喊叫声、口哨声和打嗝似的咯咯声的、野性的、欢乐歌声的节拍中,列文躺着的那个草堆、别的草堆、大车,和整个的草场连同远方的田野全都在颤抖着、震动着。列文羡慕起这种健康的欢欣了,他想要参与到这种倾吐生命之乐的欢欣中。然而他却无能为力,只能躺在那儿,一旁观望着、倾听着。当人群和这歌声看不见听不见了,由于自己的孤独,由于自己饱食终日而四体不勤,由于自己和这个欢乐世界的敌对关系,列文感到一阵沉重的忧伤攫住了自己的心。

有些农民为分草的事跟列文争得最凶,他们当中的几个人,就是他得罪过的或者是想要欺骗他的那几个人,这会儿都快活地向他鞠躬,显然没有也不可能对他怀有任何的恶意,他们既没有也不可能有任何的悔恨,也根本记不得他们想要欺骗过他。所有这一切全都淹没在这片欢乐的共同劳动的海洋之中了。上帝赐与岁月,上帝赐与力量。岁月与力量全都奉献给了劳动,劳动本身就是奖赏。而为谁劳动?劳动的结果如何?都是些无关紧要、微不足道的考虑了。

列文往往欣赏这种生活,往往对过着这种生活的人怀有一种羡慕之情,然而今天是第一次,特别是在看见依凡·帕尔敏诺夫对他年轻妻子的种种态度之后,列文第一次清楚地意识到,他能否把他所过的那种如此沉重、无聊、虚假的,闭锁在个人小天地里的生活改变成眼前这种劳动的、纯洁的、共同享有一切的美好生活,全都取决于他自己。

跟他一块儿坐着的老汉早已回家去了,人们都已走散了。住得近些的回家了,远些的在准备吃晚饭和在草地上过夜。人们没留意到列文,他仍然躺在草堆里,观望着、倾听着、思考着。在草地上留下不走的人们在这短短的夏夜中几乎整晚都不睡觉。先是听见晚饭时大家快乐的谈话声和哈哈声,接着便又是歌声和笑声。

这漫长的劳累的一天在他们身上除欢乐外没有留下别的痕迹。朝霞升起之前,一切都安静下来。只听见沼泽里不眠的青蛙无休止的夜鸣,和马儿在黎明前草地上腾起的雾气中打响鼻的声音。列文睡醒了,从草堆中站起身来,抬头望一望星光,才知道,黑夜已经过去。

"啊,那么我该做什么呢?我怎么才能做到这一步呢?"他自言自语说,极力想要把他在这个短短的夜晚所反复思考、反复感受到的东西全都表达出来。他所反复思考、反复感受到的东西可以划分为三条不同的思路。一条思路是——放弃自己原先的生活,放弃自己那些无益的知识,放弃自己所受的毫无用处的教育。这种放弃会给他带来快乐,这对他来说是简单的,容易做到的。另一条思路和设想涉及他现在所想要过的那种生活。他清楚地感觉到了那种生活的单纯、洁净和正当,他确信他能在其中找到他现在痛感缺少的那种满足、宁静和问心无愧的感受。而第三条思路里的种种考虑都是围绕着一个问题:怎样才能从旧生活转到新生活上去。这方面他一点儿明确的思想也没有。"要有个妻子吗?要有份工作,而且必须工作吗?离开帕克罗夫斯科耶?买些地?加入农民公社?娶一个农家姑娘?我怎么才能做到这一步呢?"他又问自己,还是得不到回答。"不过,我一夜都没睡觉,我没法给自己一个清楚的回答,"他对自己说,"我以后会搞清楚的。有一点是确信无疑的,这一夜已经决定了我的命运。我从前有关家庭生活的一切幻想都是胡扯,不是那么回事儿,"他对自己说,"所有这些事要来得简单得多,美好得多……"

"多美呀!"他仰望着停留在他头顶上空、天庭中央的,仿佛是由珠母色的奇形怪状的贝壳构成的一团团白云,"在这个美好的夜晚里,一切都是多么地美好啊!这贝壳似的云是什么时候形成的?我刚刚仰望过天空,那上面什么也没有呀——只有白白的两条呀。是啊,我对人生的看法也就是像这样不知不觉间发生了变化!"

他走出草地,沿着通往村子的大道走去。吹起一阵阵微风,天色变得灰暗了,四周黑沉沉的。黎明之前,光明完全战胜黑暗之前,通常都会出现的那种阴郁的时刻现在来到了。

列文冷得缩起身子来,他快步走着,眼望着地面。"这是什么声音?是谁在赶路吧。"他听见车铃的叮当声,这样想着,便抬起头来。在离他四十步开外的地方,沿着他所走的这条野草丛生的大道,有一辆顶上堆着行李的四驾马车正向他迎面驶来。辕马想要避开脚下的车辙,身子紧贴着辕杆,然而斜坐在驾车位置上的熟练的车夫却使辕杆对准一条车辙,这样车轮就可以在平坦的地方滚动了。

列文只注意到这些,并没有去想车里坐的可能是谁,他漫不经心地朝马车里望了一眼。

车子里,一位老太太偎在角落里打盹,而在窗前,坐着一个看得出是刚刚醒来的年轻姑娘,两只手拉住她白色睡帽的绸带。她容光焕发,若有所思,她全身上下充满着美妙的、复杂的、内在的、列文所不了解的生命的活力,她的目光越过了列文正注视着东方日出的霞光。

恰当这一景象已在开始消隐的那一刹那,那双真挚的眼睛朝他望了一下。她认出他了,于是,一种惊异的喜悦使她的面容放射出光辉。

他不会看错的。世界上只有一双眼睛是这样的。世界上只有一个人能为他把全部生命的光彩和意义汇聚在一起。这个人就是她。这个人就是吉蒂。他明白了,她是从火车站到叶尔古绍沃去的。于是在这个不眠之夜里列文心中翻腾激荡过的一切,他所作出的一切决定,全都忽然间无影无踪了。回忆起自己要去娶一个乡下女人的幻想,他觉得恶心。只有在这辆滚滚驶去奔向大路另一端的马车里,只有在那里,才有可能解开这段时间以来令他如此苦恼的、他的人生之谜。

她没有向车外再望一眼,马车弹簧的颤动声听不见了,叮当的铃声也只是隐隐可闻。犬吠声表明,车子已经驶进了村庄,——于是只剩下四周空无所有的田野、前方的村庄和他自己了,他孤零零一个人,和周遭的一切全都格格不入,独自沿着荒凉的大路向前走去。

他望一眼天空,希望能找到那片贝壳状的、那片他所欣赏的贝壳状的、那片体现了他在这一夜中所思所想所感的整个过程的贝壳状的云。天空中再没有什么像是贝壳的东西了。在那儿,那不可企及的高处,已经发生了一场神秘莫测的变化。连一丝儿贝壳的痕迹也没有了,有的只是铺满了整整半边天空的,由一团团越变越小、越变越小的白云构成的一张平平的地毯。天空渐渐变成蔚蓝色,放射出光芒,仍是那么充满着柔情,但也仍是那么不可企及地回答着他询问的目光。

"不啊,"他自言自语地说,"无论这种生活,这种淳朴的劳动的生活有多么美好,我不可能再回去了。我爱她。"

十三

除了和阿历克赛·亚力克山德洛维奇最接近的人之外,没有人知道,这位外表看来极其冷峻、极其理智的人却有着一个与其性格气质正相矛盾的弱点。阿历克赛·亚力克山德洛维奇每听到小孩和女人的哭泣,看见他们的眼泪,便不能无动于衷。他一看见眼泪便会不知所措,完全失去了思考的能力。他的办公室主任和秘书知道这一点,总是对前来有所求的人预先提醒说,假如他们不想把事情搞糟的话,千万别哭。"他会生气的,您再说什么他就不听了。"他们这样说。确实,在这种场合下,眼泪在阿历克赛·亚力克山德洛维奇心头所引起的精神上的混乱会表现为一种突如其来的愤懑。"我什么、什么办法也没有,请您出去!"这种时候他通常都会大声地喊叫着这样说。

从赛马场回来时,安娜对他宣布了自己和伏伦斯基的关系,接着马上就两手捂住脸哭了起来。阿历克赛·亚力克山德洛维奇尽管心中已对她非常之愤懑,却同时感觉到那种精神混乱如潮水般涌来,这是他一见到眼泪便必定会产生的情况。他知道这一点,也知道在这一顷刻间流露感情是不合时宜的,他竭尽全力克制自己,不让任何显得他还是个活人的东西表现出来,因此他一动不动,也不望她一眼。就是因为这个,他脸上才会有那种死人一般的奇怪表情,让安娜大吃一惊。

他们到达家门口,他扶她下车,极力控制住自己,像平时一样彬彬有礼地和她告别,还说了那句对他没有任何约束的话,他说,明天把自己的决定通知她。

妻子这番话证实了他最坏的猜疑,阿历克赛·亚力克山德洛维奇心中感到一阵酷烈的疼痛。她的眼泪使他对她产生了一种奇特的生理上的怜悯之情,而这种感情又使他心头的疼痛更加猛烈。然而,当车里只剩下他一个人的时候,阿历克赛·亚力克山德洛维奇又惊又喜地发现,他感到自己已经完全摆脱了这种对她的怜悯,也摆脱了最近以来令他苦恼万分的猜疑和嫉妒的痛苦。

他所体验到的感觉就像是一个人拔掉一颗痛了很久的牙齿。一阵可怕的疼痛,感到有个比头还大的巨大的东西从颔骨上被拔了出来,这以后,病人突然觉得,那长期败坏他生活,占据他全部注意力的东西不再存在了,他又可以不单单为了一颗牙齿而活着,只想到它,只关心它了。他还不相信自己已经得到了这样的幸福呢。阿历克赛·亚力克山德洛维奇此刻所体验的就是这种感觉。那疼痛是奇特的、可怕的,然而现在它已经过去了;他感到,他可以好好生活,不必一心只考虑妻子的事了。

"不知羞耻,没有心肝,没有信仰,一个堕落的女人!这我一向就知道。一向都能看出来,只不过因为可怜她,极力在欺骗自己。"他自言自语说。于是他确实好像觉得,他一向都能看出这件事情来;他回想起他们过去生活中的一些细节,这些事从前并不让他觉得有什么不好之处,——而现在这些细节显然证明,她从来就是一个堕落的女人。"我跟她结合在一起,这是个错误;但是在我所犯的错误中,我并没有做下什么不好的事情,因此我不会不幸。错不在我,"他对自己说,"而在她,但是她跟我不相干。对我来说她并不存在……"

对儿子,跟对她一样,他的感情已经变化了,她和儿子两人不管将有怎样的遭遇,他都不再关心了。现在他只关心一件事,那就是,怎样能够让他最好、最体面、最方便,因此也是最合理地甩掉她的堕落行为给他身上溅上的污泥,继续沿自己积极活跃、诚实有益的生活道路走下去。

"我不会因为一个下贱女人犯下的罪行而不幸;我只是应该从她让我陷入的困境中找到一条最好的出路。我会找到的。"他对自己说,眉头皱得越来越紧了。"发生这种事情我又不是第一个,也不是最后一个。"于是,阿历克赛·亚力克山德洛维奇没有从人们记忆犹新的墨涅拉俄斯的**美丽的海伦**说起,去侈谈那些历史上的事例,他心中浮现出当今上流社会中一大串妻子对丈夫不忠的情况。"达里亚诺夫、坡尔塔夫斯基、卡里班诺夫公爵、帕斯库金伯爵、德拉姆……对,还有德拉姆……这么一个正直有为的人……谢妙诺夫、恰根、西戈宁,"阿历克赛·亚力克山德洛维奇回想着,"就算这些人会受到别人某种不恰当的 ridicule①,可是,除了不幸之外,我从来不认为这有什么了不起,我也从来都是同情这种不幸的。"阿历克赛·

---

① 法语:滑稽,可笑。

亚力克山德洛维奇对他自己这样说。虽然这不是事实,他从来就没同情过这一类的不幸,而且他听到的妻子背叛丈夫的事情越多,他对自己的评价就越高。"这是一种可能落到任何一个人头上的不幸。现在这种不幸落到我的头上了。问题仅仅在于,怎样采取最为妥善的办法对待这种境况。"于是他开始仔细地分析思考,处于跟他同样情况之下的人们,会采取些什么行动。

"达里亚诺夫是去决斗……"

决斗这件事阿历克赛·亚力克山德洛维奇年轻时候特别喜欢考虑它,就因为他是个胆怯的人,并且他自己对此颇有自知之明。阿历克赛·亚力克山德洛维奇一想到一支手枪对准着自己就心惊肉跳,他一生中从来没使用过任何武器。这种恐惧感使他从小就经常想到决斗,设想自己如果处于这种有杀身之虑的情况下,该会是怎样。后来他功成名就,有了牢固的地位,早已把这种感觉抛诸脑后,然而这种感觉现在又习惯成自然地冒了出来,于是此时此刻阿历克赛·亚力克山德洛维奇是那么强烈地为自己的怯懦而感到害怕,所以他便久久地,从各个方面反复考虑着关于决斗的问题,虽然他早就知道,他无论怎样也不会去决斗的。

"毫无疑问,我们的社会还非常野蛮(跟英国不一样),所以会有很多人,"其中也有阿历克赛·亚力克山德洛维奇对他们的意见特别看重的人,"都从好的方面来看待决斗;但是后果将会如何呢?"阿历克赛·亚力克山德洛维奇继续思考着,他生动地想象着在挑战之后他将要度过的那一个夜晚,想象着瞄准他的手枪,他吓得发抖了,他明白,他是决不会去干这种事情的,"假如说,我找他决斗。假如说,有人教会我怎样开枪,"他继续想着,"他们叫我站在那个位置上,我扳动枪机。"他闭上眼睛想象着。"结果是我把他打死了。"阿历克赛·亚力克山德洛维奇自言自语说,他摇了摇头,想把这种可怕的思想驱除掉。"为了确定自己跟一个犯了罪的妻子和儿子的关系而去杀害一个人,这有什么意义呢?就算这样做了,我还是得决定,应该拿她怎么办。然而,更有可能是这样,毫无疑问会这样,——

我被杀死,或者受了伤。我,一个无辜的人,成了牺牲品,——无论是被杀死或者受了伤。这就更加荒谬了。然而还不仅如此:由我这方面来挑起决斗,这种行为是不老实的。难道我事先会不知道我的朋友们决不会允许我去决斗吗?——他们不会允许一个俄国所不可或缺的政界要人去冒生命危险的。结果会怎么样?结果会是,我,事先知道事情决不会发展到有危险的地步,只不过想用这种挑战给自己增加一点儿虚假的光彩。这是不老实的,这是虚伪的,这是自欺欺人。决斗是没有意义的事。谁也不会想到我会去决斗。我的目的在于保护自己的名誉,这种名誉对于我不受阻碍地继续从事公务是很需要的。"公务在阿历克赛·亚力克山德洛维奇心目中从前一向具有重大的意义,现在对他则意义更大。

　　阿历克赛·亚力克山德洛维奇考虑再三,放弃了决斗这个办法,他想到离婚——他刚才想起的那些丈夫们当中有几个就选择了这个办法。他逐一考虑了他所知道的所有离婚事例(这种事在他所熟知的上流社会中是不胜枚举的)。阿历克赛·亚力克山德洛维奇找不到哪一个例子的离婚目的跟他现在的目的相同。在所有这些情况下,丈夫都是把一个不忠实的妻子让给了或是卖给了别人,而妻子那一方面则因为自己的罪行无权再婚,便跟一个新男人建立了虚假的貌似合法的关系。阿历克赛·亚力克山德洛维奇看出,在这种情况下达到合法的,也就是这样的一种离婚,只不过是休掉了一个有罪的妻子而已,他是不可能这样做的。他看出,他所处于其中的复杂的生活环境不可能让那些法律所要求的揭露妻子罪行的丑恶证据公之于众;他看出,即使有了这些证据,这种生活中有些心照不宣的东西不会容忍也不会准许使用这些证据,如果用了这些证据,那么,他在社会舆论中所受到的贬斥会比她所受到的还要大。

　　企图离婚只可能引出一场对簿公堂的丑闻,他的敌人们会得到一个千载难逢的机会来诽谤他,贬低他在社会上的崇高地位。而他的主要目的——稳住地位,尽可能少地引起风波——通过离婚也是达不到的。除此之外,一提到离婚,甚至一有离婚的企图,显然,妻子就会和丈夫断绝关系,并且去跟自己的情夫结合在一起。然而,虽然阿历克赛·亚力克山德洛维奇觉得自己现在对妻子极其蔑视,她的事与他毫无瓜葛,在他内心深处却仍然保留着一种对她的感情——不希望她毫无障碍地和伏伦斯基结合,如果那样,她的罪行反而给她带来了好处。单单这一个念头便会使阿历克赛·亚力克山德洛维奇十分地恼火,一想到这个,他便心痛得禁不住像只老牛样发出哞哞的叫声来。他在车子里抬一抬身子,换了个位置,然后好一阵子紧皱着眉头,用毛茸茸的车毯裹住他两条怕冷的瘦腿。

"除了正式离婚之外,还可以像卡里班诺夫、帕斯库金,和那位好心肠的德拉姆那样,那就是和妻子分居。"他定下心来,继续思考着;但是这办法也不好,跟离婚一样,会出丑的,而主要的是——这办法跟正式离婚一样,会把他妻子抛向伏伦斯基的怀抱。"不,这不行,这不行!"他又用车毯裹自己的腿了,一边大声地说,"我不可以得不到幸福,而她和他也不应该得到幸福。"

当他不明真相时,嫉妒之情曾让他苦恼万分,而当妻子的话让他忍痛拔掉了那颗病牙时,这种嫉妒之情却烟消云散了。不过这种感情换成了另一种感情:希望她不仅不会洋洋得意,而且还要为自己的罪行受到惩罚。他不承认自己有这种感情,然而在他的灵魂深处,他是想要妻子为破坏他的安宁和荣誉而吃点苦头的。于是,阿历克赛·亚力克山德洛维奇把决斗、离婚、分居等办法重新一一思考过,又重新否定了这些办法,他确信,出路只有一条——把她留在自己身边,已经发生的事情瞒住不让人知道,并采取一切有关措施切断这种关系,而主要的是——这一点他自己也不肯承认——要让她受到惩罚。"我应当宣布自己的决定,说我考虑了她使家庭所陷入的困境,任何其他出路对双方都是不利的,最好的办法是外表上status quo①,我同意维持这种局面,但有一个严格的条件:从她那方面必须依我的意思行事,那就是跟情夫断绝往来。"当这一决定已经

---

① 拉丁语:维持现状。

做出时,为了证实它是正确的,阿历克赛·亚力克山德洛维奇又有了一个重要的想法。"只有如此决定,我的所作所为才是符合宗教教义的,"他对自己说,"只有如此决定,我才没有把一个犯了罪的妻子拒之门外,而是给了她重新做人的机会,我甚至于——不管这样做我会多么痛苦——是把自己一部分精力奉献出来改变她和拯救她。"虽然阿历克赛·亚力克山德洛维奇知道,他不可能对妻子有任何道德上的影响,所有这些改变她的企图除了虚伪之外不会有任何结果;虽然他在经受这些痛苦时根本没有想到过要寻求宗教的引导,——而现在,当他的决定跟教义要求在他看来是不约而同时,他觉得宗教认可了他的决定,这使他得到一种充分的满足,也使他内心里多少得到了一些宽慰。他非常高兴地想到,在人生如此重大的问题上,谁也不能说他的所作所为与教规不合,如今世人对宗教皆态度冷淡,漠不关心,唯独他从来都是高举宗教的旗帜的。当阿历克赛·亚力克山德洛维奇对今后可能发生的种种细节作出周密考虑的时候,他甚至看不出,他和妻子有什么理由不可以保持和原先几乎一样的关系。毫无疑问,他永远也不可能再像从前那样尊重她了;但是,没有也不可能有任何理由让她去打乱自己的生活,并且因为她是一个不忠实的坏妻子而使自己受苦。"是的,时间会过去的,时间会把一切都安排好的,原来的种种关系又会恢复的,"阿历克赛·亚力克山德洛维奇对自己说,"就是说,恢复到那样的程度,恢复到让我不觉得自己的生活曾被打乱的程度。她理所当然应该是不幸的,然而我没有错,因此我不可以不幸。"

十四

到达彼得堡时,阿历克赛·亚力克山德洛维奇不仅完全采取了这个决定,并且在脑子里想好了那封他要写给妻子的信。走进门房,阿历克赛·亚力克山德洛维奇瞥了一眼部里送来的信件和公文,吩咐给他送到书房去。

"把车卸了,什么人都不接待。"他回答看门人说,口气中颇有几分得意,显得他情绪很好,还特别着重地说了"不接待"这几个字。

阿历克赛·亚力克山德洛维奇在书房里踱了两个来回,在那张巨大的写字台前停下来,那儿他的随身侍仆已经进来为他事先点起了六支蜡烛,他把手指头嘎嘎地捏了捏,便坐下,摆好了墨水和纸笔。他两手放在桌上,把头侧向一边,稍微想了想,就开始一发而不可止地写起来。他在信中没有写对她的称呼,并且用的是法语,还用了代词"您",这个词在法语里不像在俄语里那样显得冷淡。

上次谈话时我曾向您表示我有意就所谈之事告知您我的决定。在仔细考虑过一切情况之后,我此刻写信给您,目的是实现我的诺言。我的决定如下:无论您行为如何,我不认为自己有权中断上帝以其威严使我们联系在一起的关系。家庭不可以因配偶一方之任性、专横或乃至犯罪而遭破坏,我们的生活应该一如既往,照旧进行。这对我、对您、对我们的孩子都是必要的。我完全确信,您对于促使我写出此信之动因已经悔悟,并正在悔悟,您将与我采取共同行动以根除我们不和之原由,并忘却过去。否则您自己可以预知您和您儿子之遭遇将会如何。我希望在我们单独见面时能就所有这些作进一步之详谈。鉴于避暑季节即将结束,我要求您尽快迁回彼得堡来,勿迟于星期二。我将为您返回作出一切必要之安排。请注意,我对我这一要求之执行赋以特殊重要之意义。

阿·卡列宁

P. S. [①]信中附有您开销所可能需要之现款。

---

① 英语:附言。

他把信再读一遍,觉得满意,特别满意的是,他还想起了附上一笔钱;没有一句厉害话,没有责备,但是也没有纵容姑息。而主要的是为她的返回铺下一座无可挑剔的桥梁。他把信叠好,用他又大又沉的象牙裁书刀压平,连钱一块放进信封里,每当使用他摆设精美的文具时,他都会有一种心满意足的感觉,现在他也是在这种心情下打了打铃。

"交给信差,明天送到别墅去交给安娜·阿尔卡季耶芙娜。"他说着站起身来。

"遵命,大人。茶送到书房里来吗?"

阿历克赛·亚力克山德洛维奇吩咐把茶送到书房来,他手里把玩着那把沉甸甸的裁书刀,走到安乐椅边,那里已经为他准备好了一盏灯和一本他已开始阅读的关于古埃及象形铭文的法语书。安乐椅的上方挂着一幅安娜的画像,椭圆形,围着金色镜框,是一位知名画家精心绘制的。阿历克赛·亚力克山德洛维奇冲这幅画像望了望。一双莫测其深浅的眼睛含着嘲笑,放肆地注视着他,恰像是在他们最后一次交谈的那个夜晚一样。画家妙笔生辉地画出了她头上黑色的网状饰带,乌黑的头发,和雪白漂亮的手,无名指上戴着几枚指环,这容貌让阿历克赛·亚力克山德洛维奇感到难以容忍地放肆,好像在向他挑战。阿历克赛·亚力克山德洛维奇朝那幅画像看了一小会儿,他浑身一颤,连嘴唇也抖动起来,发出了"噗鲁鲁鲁"的声音,便转过身去。他连忙坐进安乐椅中,把书打开。他试着读书,但却怎样也无法恢复他原先对古埃及象形铭文的生动兴趣。他眼睛望着书,心里却想着别的事情。他想的不是妻子,而是他政务中最近发生的一桩复杂事件,这是近来他所最为关心的一件公事。他觉得此时此刻他比任何其他时间里都更加深入地理解了这个事件,他的头脑里产生了一个——他可以毫不自夸地说——一个极有价值的思想,一定能够把这件事彻底理顺,并在官场中提高自己的地位,挫败政敌,从而为国家带来巨大的利益。给他端茶的仆人刚出房门,阿历克赛·亚力克山德洛维奇便站起来,向写字台走去。他把夹着待办事务文件的公文夹往台子中央移了移,面带隐隐的得意的微笑,从笔架上取下一支铅笔,专心地看起他所找出的有关这复杂事件的各种复杂案卷来。这件复杂事件是这样一回事:阿历克赛·亚力克山德洛维奇作为一位政界人士的独特之点,那种他所特有的也是每个平步青云的官吏所必备的性格特征,除了他顽强地追逐功名利禄、沉着冷静、诚实正直和充满自信之外,还在于那种促使他官运亨通的性格特征,即在于他对官样文章的蔑视,在于他能简缩公文往返,尽可能直接接触实际事务,并节约开支。碰巧有人在那个著名的"六月二日委员会"上提出了扎拉依斯克省的农田灌溉问题,这件事属于阿历克赛·亚力克山德洛维奇这个部的管辖范围之内,而且也正是一个花钱不办事,只顾纸上谈兵的突出事例。阿历克赛·亚力克山德洛维奇知道这个问题的提出是公正的。扎拉依斯克省的农田灌溉事项是阿历克赛·亚力克山德洛维奇前任的前任着手创办的。这件事也确实一向花费大量财力而全无成效,并且显然这件事是不会有什么结果的。阿历克赛·亚力克山德洛维奇一上任当即就了解到这一点,本想制止这件事;然而最初他觉得自己根基欠稳,他知道这样做会触犯太多人的利益,因而是不大明智的;后来又忙于其他事务,就把这件事给忘记了。这件事也就像其他一切事一样,陈陈相因,任其自流了。(有很多人靠这件事吃饭,特别是一个道德极其高尚的音乐界人士一家人;这家的每个女儿都会演奏弦乐器。阿历克赛·亚力克山德洛维奇认识这家人,还给他们的大女儿当过主婚人。)这个问题现在由一个敌对的部提了出来,依阿历克赛·亚力克山德洛维奇看来,这是不怀好意的,因为在哪一个部里都有些甚至比这更坏的事情,而出于大家都明白的官场面子的原因,没有人会去提出来。现在,既然人家已经向他提出了挑战,那么他便勇敢地出来应战,他要求任命一个特别委员会来研究和检查扎拉依斯克省农田灌溉委员会的工作;而同时他也决不放过那些向他提出了问题的先生们。他要求再任命一个特别委员会,来掌管安置异族人①的事务。异族人安置问题是偶然在"六月二日委员会"上被提出来的,阿历克赛·亚力克山德洛维奇对此给以热烈的支持,他认为,从异族人目前所处的悲惨状况看,这是一个刻不容缓的问题。在委员会里这件事引起了几个部之间的争吵。与阿历克赛·亚力克山德洛维奇态度敌对的那个部一再证明,说异族人的状况十分美好,所建议进行的改革可能会扼杀他们的繁荣,如果说他们的情况有什么不好的话,那只是由于阿历克赛·亚力克山德洛维奇所在的部没有实行法律规定应该实行的措施而已。现在阿历克赛·亚力克山德洛维奇打算提出这样的要求:第一,成立一个新的委员会,实地调查异族人的状况;第二,假如异族人的处境确如委员会所掌握的官方材料中所写的那样,则要求再任命另一个委员会,一个新的学术委员会,负责调查异族人这种悲惨状况的起因。调查应从以下几种观点上进行:一、政治观点;二、行政观点;三、经济观点;四、民族学观点;五、物质观点;六、宗教观点;第三,要求持敌对态度的部就该部近十年来为防止异族人沦于其目前所处的不良状况所采取的措施提出报告;第四,最后要求该部说明以下情况:从1863年12月5日和1864年6月7日递交委员会的第一七○一五号和一八三○八号报告中可以明显看出,该部所作所为直接与根本法和组织法某卷第十八条和第三十六条附款的涵义相违背,其原因何在。当阿历克赛·亚力克山德洛维奇提笔疾书,写下他这些想法的大意时,他激动得满脸通红。写完满满一张纸,他站起来,打一打铃,交人送一张便条给办公室主任,要求为他查些必要的资料。他站起来在房间里踱步的时候,又冲那幅画像瞅了一眼,皱了皱眉头,轻蔑地微微一笑。阿历克赛·亚力克山德洛维奇再去读那本关于古埃及象形铭文的书时,对它的兴趣又恢复了,到十一点钟他去睡觉,当他躺在床上想起跟妻子之间所发生的事件,他觉得这事现在已经完全不那么阴沉可怕了。

---

① 异族人,指当时居住在俄国东部边境地区的非俄罗斯族人。

十五

当伏伦斯基对安娜说,她的处境是无法忍受的,劝她把一切都对丈夫说出来,安娜当时固执而且愤怒地反驳过他,尽管如此,在内心深处,她知道自己的处境的确是虚假的、不诚实的,她一心一意想要改变这种情况。跟丈夫从赛马场回来的那天,她一时激动,对丈夫把一切都说了出来;虽然在说这些的时候她很痛苦,她却高兴她这样做了。当丈夫丢下她走掉以后,她对自己说,她很高兴,现在一切都确定了,至少不必再作伪和说谎了。她觉得,现在她的处境是永远确定了,这一点毫无疑问。她的新的处境可能是很不好的,但它是确定的,其中将不会有什么不明白不真实的东西。她想她给自己和丈夫所造成的痛苦,在说出这些话以后,也就会因为事情已经确定而得到补偿。当天晚上她就见到了伏伦斯基,但是她没有把她跟丈夫之间发生的事情告诉他,虽然为了使情况确定下来,本来是应该告诉他的。

当她第二天一早醒来时,她首先想到的便是她对丈夫所讲的那番话,这番话现在让她觉得是那么地可怕,她无法理解自己怎么就下了决心把这些奇怪而粗鄙的话说出口来,她也不能想象,这样做的后果将会如何,但是话已经说出口了,而阿历克赛·亚力克山德洛维奇什么也没说就走开了。"我见到伏伦斯基也没告诉他。他临走时我本想叫他回来告诉他的,可是又改了主意,因为我奇怪为什么自己没有在他一来的时候就告诉他。为什么我想告诉他,可又没有告诉他?"作为这个问题的回答,她脸上泛起一阵羞愧的热辣辣的红晕。她明白了是什么止住她把话说出来;她明白她是感到羞愧了。昨天夜晚她还觉得自己的处境已经是明明白白,现在她突然又感到不仅是不明不白,而且是走投无路了。一种羞耻感让她觉得可怕,这一点她从前连想也不曾想到过。一当她想起她丈夫将会做什么,就会有一些极其可怕的思想浮上心头。她想到,管家这就会来把她赶出这幢房子,她的耻辱将会让全世界的人都知道。她问自己,要是被赶出门,上哪儿去呢,她找不到答案。

当她想到伏伦斯基的时候,她好像觉得,他并不爱她,他已经开始把她看作是一个累赘了,她不能把自己交托给他,于是她因此而对他感到一种敌意。她觉得,她对丈夫所说的那些话,也就是她在自己心里反复不停地说过的那些话,好像已经对所有的人都说过了,所有人都听见这些话。她不敢正视家里的人。她不敢召唤使女,更不敢下楼去见儿子和家庭女教师。

使女早就站在她的门口倾听了,现在自己走进屋里来。安娜见她像有话问她似的望了她一眼,便吓得满脸通红。使女请求原谅,说自己走进来了,她说她好像觉得听见了铃声。她带来了一件连衣裙和一张便条。便条是培特茜送来的。培特茜提醒安娜说,今天早上丽莎·梅尔卡洛娃和施托尔兹男爵夫人要带她们的崇拜者卡鲁日斯基和斯特列莫夫老头儿来自己家玩槌球。"您哪怕是来看看呢,就算是研究风俗习惯吧。我等着您。"培特茜在便条的结尾写道。

安娜看了便条,重重地叹了口气。

"什么都不需要,不需要,"她对正在梳妆台前收拾香水瓶和小刷子的安奴什卡说,"你去吧,我这就穿衣服出门了。什么都不需要,不需要。"

安奴什卡出去了,然而安娜并没有开始穿衣裳,而是照原样子坐着,把头和两手垂下来,时而浑身哆嗦一下,似乎想要做个什么手势,说点什么,却又呆呆地一动不动。她老是不停地重复一句话:"我的上帝!我的上帝!"然而无论是"上帝"或者"我的",对她都毫无任何含义。尽管她受的是宗教教育,她从不怀疑宗教,但是向宗教寻求帮助让自己摆脱眼前困境的想法,对她来说,也是缘木而求鱼,就好像去找阿历克赛·亚力克山德洛维奇寻求帮助一样。她事先知道,只有在她抛弃构成她全部生活意义的东西这个条件下,宗教才有可能帮助她。现在她不仅感到心情沉重,而且已开始体验到一种恐惧,因为自己正面临着一种新的、不曾体验过的精神状态。她觉得她心里的一切都开始变成双重的了,就好像眼睛疲劳时看到的物体有时会变成双重一样。有时她不知道她怕的是什么,想要的又是什么。她害怕或者想要那曾经有过的东西呢,还是那将来会有的东西,她到底想要什么,她并不知道。

"唉,我在做什么哟!"她自言自语说。忽然觉得两边太阳穴发痛,等她清醒过来,她看见她是在用两只手抓住自己两鬓的头发,紧压住鬓角。她跳起来,来回走动着。

"咖啡煮好了,老师和谢辽沙在等着。"安奴什卡说,她又回到屋里来,又看到安娜仍是原先的姿势坐在那里。

"谢辽沙?谢辽沙怎么啦?"安娜突然兴奋了,她问道,整个上午这是她第一次想到她还有个儿子。

"好像他做错事了。"安奴什卡笑着回答说。

"怎么做错事了?"

"您角屋里放着桃子,他就,好像是,悄悄儿地吃了一个。"

一提起孩子,就使安娜忽然从她所陷入的困境中摆脱出来。她想起这几年来她让自己担当着的是这样一个角色:一个为儿子而活着的母亲,她这种想法有一部分是真心实意的,虽然夸大了很多,于是她高兴地感觉到,在她目前所处的困境中,她还拥有一个自己的独立的王国,无论她在丈夫和在伏伦斯基面前处于怎样的地位,这个王国是不受影响的。这个王国——就是她的儿子。无论她陷于怎样的境地,她都不可能舍弃儿子。就算丈夫会羞辱她,把她赶出家门,就算伏伦斯基会对她冷淡,仍旧去过自己放荡无羁的生活(她怀着怨恨和责备的心情想到他),她都不可能舍弃儿子。她有自己的生活目标。因此她必须行动,行动,保住她跟儿子在一起的地位,不能让人家把儿子从她手里夺走。甚至还要快些,尽可能快些行动起来,趁他们还没有把儿子从她身边夺走。应该带上儿子远走高飞。这才是她眼前唯一应该做的事。她必须定下心来,必须从这种痛苦处境中脱身。想到这直接和孩子有关的事,想到现在就应该把儿子带到一个什么地方去,倒真是让她定下心来了。

她迅速穿好衣裳,走下楼去,迈着坚定的步子走进客厅,那里,像往常一样,咖啡、儿子和家庭女教师都在等候着她。谢辽沙穿着一身白衣服,站在镜子下方一张桌子边,弯着腰,低着头,摆弄着他采来的几朵鲜花,一副聚精会神的表情,她熟悉他这种表情,这一点很像他的父亲。

家庭教师脸色特别地严厉。谢辽沙,他老是这样的,忽然一声尖叫:"啊,妈妈!"接着便犹豫不决地停下来:是把花儿丢下,过去向母亲问安呢,还是先把花环做好,带着花儿一块儿去?

家庭教师向安娜问好以后,便没完没了、详详细细地说起谢辽沙的过错来,但是安娜并没有听她说些什么;安娜在想,是不是带上她一起走?"不,不带,"她决定了,"我一个人带上儿子走。"

"是啊,这很不好呢。"安娜说,搂住儿子的肩膀,用一种不是严厉而是羞怯的目光,让这个小男孩感到困惑、感到欢欣的目光望了望他,又吻了他一下。"把他留在我这儿吧。"她对表示惊讶的家庭教师说,然后,并不松开儿子的手,坐到摆好咖啡的桌边。

"妈妈!我……我……没有……"儿子说,他极力想从妈妈的表情上知道,他会受到怎样的责备。

"谢辽沙,"家庭教师一走出房门,安娜就说,"这样不好,不过你不会再这样做了吧?你爱我吗?"

她感到,泪水在她的眼睛里涌着。"难道我能不爱他吗?"她对自己说,两眼凝视着儿子又害怕又高兴的目光。"未必他会跟父亲站在一起来惩罚我?未必他就不会怜惜我?"眼泪已经流上她的面颊,为了不让孩子看见,她忽地站起来,几乎像跑步一样冲到阳台上。

几天雷雨之后,天气寒冷而晴朗。阳光透过冲洗干净的树叶明丽地照耀着,空气冷丝丝的。

安娜因为冷,也是因为内心的恐惧,身子一颤,沐浴着这清新的空气,她觉得更加冷、更加恐惧了。

"去吧,去找 Mariette①吧。"她对本来要跟她出来的谢辽沙说,自己在阳台的草毯上踱起步来。"未必他们就不能原谅我,就不理解这一切都是只能如此的吗?"她对自己说。

她停住脚步,朝那迎风婆娑的白杨树梢上被雨水冲洗过在阳光下闪亮着的树叶望了一眼,她明白了,他们不会原谅她,一切东西,一切人,现在都会像这天空,这绿树一样,对她无动于衷,毫不怜惜。于是她再度感到她的心开始变成双重的了。"别想了,别想了,"她对自己说,"该收拾动身了。去哪儿,什么时候?带上谁去?对,去莫斯科,坐夜班火车。带上安奴什卡和谢辽沙,只带最必需的东西。不过先得给他们两个写封信。"她快步走进屋内,进了自己的书房,坐在桌前给丈夫写信。

> 发生了这些事情以后,我不能再留在您的家里。我带上儿子走了。我不懂法律,因此不知道儿子应该跟父母中的哪一方;但是我要带他走,因为没有他我就活不下去。求您宽宏大量,把他留给我吧。

写到这里,她一直是信笔疾书,自然而然,但是,她在要求他宽宏大量,她又并不认为他会宽宏大量,还得在信的结尾写点什么能打动人的话,她写不下去了。

> 要谈自己的过错和自己的悔悟我还做不到,因为……

她又写不下去了,觉得自己思路乱了。"不,"她对自己说,"什么也不必写。"她把信撕了,重写过,不提什么宽宏大量,便把信封起来。

另一封信是要写给伏伦斯基的。"我对丈夫都说了,"她写道,

---

① 法语:玛丽埃特。这里是家庭女教师的名字。

然后又呆坐了很久,没法继续写下去。干这种事真是太粗鲁了,太不像个女人了。"再说,我怎么给他写呢?"她自言自语说。她想起了伏伦斯基的镇静自若,脸上重新又泛起羞愧的红晕,于是,一种对伏伦斯基的恼恨情绪让她把已经写上那句话的小纸片撕得粉碎。"什么也不用写。"她对自己说,便合上信笺本,上了楼,对家庭教师和家里的人宣布说,她今天到莫斯科去,并马上动手收拾行李。

十六

那幢别墅房子的每间屋子里都有看门人、园丁、奴仆在走来走去,往外搬行李。衣橱和五斗橱都敞开着;两次派人去小店里买绳子;地板上乱撒着报纸。两只箱子,几只行李袋和捆起来的毛毯都拿到前厅去。一辆轿式马车和两辆出租马车停在大门口。安娜在忙于收拾东西,把她内心的惊惶也忘记了,她正站在自己书房一张桌子前整理她路上用的手提袋,安奴什卡让她注意听门外的车轮声。安娜朝窗外一望,看见阿历克赛·亚力克山德洛维奇的信差正在台阶上拉大门的门铃。

"你去看看是怎么回事。"她说,并且去坐在安乐椅中,两手放在膝盖上,静静地准备应付一切。仆人递上一只阿历克赛·亚力克山德洛维奇亲笔写的大信封。

"信差奉命要等回话。"仆人说。

"好的。"她说,那人一出房门,她便哆嗦着手指头扯开了信。一沓用纸条扎住没有折过的纸币从信封里掉出来。她抽出信,从结尾看起。"我将为您返回作出一切必要之安排。请注意,我对我这一要求之执行赋以特殊重要之意义。"她读到这两句话,便匆匆看下去,从后往前看,看完后再从头把信又看一遍。看过以后,她感到她浑身发冷,感到有一场她没有料到的可怕的灾难降临到她的头上。

早晨她后悔对丈夫说了那些话,恨不得自己没有说过才好。她希望这封信算是认定了那些话她没有说,给她带来了她所期望的东西。但是现在,这封信让她觉得比任何她所能想象到的东西都更加可怕。

"正确!正确!"她说道,"当然啦,他永远正确,他是基督徒,他宽宏大量!是啊,这个卑鄙无耻的小人!这一点除了我谁也不了解,将来也不会了解;而我又不能向人家讲清楚。他们说:这是一个笃信宗教的人,道德高尚的人,正直的人,聪明的人;但是我所见到的,他们并没有见到。他们不知道,他八年来怎样窒息了我的生命,把我身上一切有生气有活力的东西都扼杀了,他们不知道,他从来也没想到过我是一个活人,一个女人,一个需要爱情的女人。他们不知道,他怎样处处凌辱我,而自己洋洋得意。我难道没有尽力,尽我一切的努力,让我的生活过得无可指责吗?难道我没有想方设法去爱他?当我已经不可能再爱丈夫的时候,难道我没有想方设法去爱儿子?但是我明白,我不能再欺骗我自己了,我明白我是一个活人,明白我并没有过错,明白我需要爱情,需要生活。可是现在怎样呢?他可以杀了我,他可以杀了他,这些我都能忍受,这些我都能原谅,但是不,他……

"我怎么没有料到他会做什么呢?他所能做的事都是符合他卑劣的性格的。他永远都是正确的,而我,已经被他毁了,他还要把我更坏、更凶地摧残下去……""您自己可以预知您和您儿子之遭遇将会如何。"安娜想起那封信中的话。"这是威胁,说他要把儿子夺走,照他们愚蠢的法律,这或许是能办到的。但是难道我不明白他为什么这样说吗?他甚至于不相信我爱儿子,或者是他蔑视(所以他老是在嘲笑),蔑视我的这种感情,但是他知道,我不会丢下儿子的,我不能丢下儿子,因为没有儿子我就不能活着,哪怕是跟我所爱的人在一起,他也知道要是我丢下儿子从他身边逃走,我的行为就会像一个无耻的下贱女人,——这些他全都知道,他还知道我是没有力量这样做的。

"我们的生活应该一如既往,照旧进行,"她想起他信里的另一句话,"这种生活会比过去更苦啊,最近这段时间里,那日子已经够可怕的了。今后又会怎样呢?这些他全都知道,他知道我不可能因为我要呼吸、要爱而悔过;知道这样下去除了谎言和欺骗之外不会有其他结果;但是他需要继续折磨我。我了解他,我知道,他在谎言里过日子,优哉游哉,如鱼得水。但是,我不让他这样自得其乐,我要撕破他的这张谎言的罗网,他就是想要把我捂在这张罗网里;该怎么样就怎么样吧,什么都比谎言和欺骗强啊!

"可是怎么办呢?我的天哪!我的天哪!什么时候有过哪个女人像我这样不幸吗?……"

"不,我要撕破它,撕破它!"她跳起来,强忍住眼泪,大声喊叫着。她走到写字台前,要给他再写一封信。然而她在自己的心灵深处已经感觉到,她没有力量撕破任何东西,没有力量挣脱原先的处境,不管它是多么虚伪,多么不公正。

她坐在写字台前,但是她并没有写信,她叠起两臂放在桌子上,把头往上一枕,便放声痛哭了,她抽泣呜咽,胸部起伏着,像孩子似的痛哭。她痛哭是因为,她曾经幻想要使自己的地位确定,处境明朗,而现在,这种幻想永远破灭了。她已经事先知道,一切仍将保持原状,甚至比保持原状更糟。她感到,早上她觉得一钱不值的她在上流社会里所拥有的地位,对她是宝贵的,她没有能力抛弃它,而去换取一个离夫舍子、与情夫姘居的女人那种人所不齿的地位;她感到,无论她做出怎样的努力,她都不可能超越自己而变得更加坚强。她永远得不到爱情上的自由,而将永远成为一个有罪的妻子,时刻处于被揭发的威胁之下,永远成为一个欺骗丈夫的妻子,只想跟一个不相干的、放荡不羁的、不可能与她共同生活的男人发生可耻的关系。她知道,事情就会是这样的,而这的确是太可怕了,她甚至无法想象结果将会如何。所以她哭了,哭得想止也止不住,像一个受到惩罚的孩子那样放声地痛哭。

仆人的脚步声让她清醒过来,她把脸转过去不让仆人看见,假装在写信。

"信差说要个回话。"仆人禀告说。

"回话吗？啊，"安娜说，"叫他等着。我会打铃的。"

"我能写点什么呢？"她想，"我一个人能决定什么呢？我知道什么？我想要什么？我爱的是什么？"她再次感到，她心里开始了那种两重性的变化。她再次因这种感觉而惧怕，于是她便抓住她所想到的第一个理由采取行动，这样她就可以避免再去想到自己。"我应该见见阿历克赛（她在心里这样称呼伏伦斯基），只有他一个人能够告诉我应该做什么。我要去找培特茜；或许，在她那儿，我能见到他。"她对自己说，她完全忘记了，刚刚在昨天晚上，她说自己不去特薇尔斯卡娅公爵夫人家，他说，因为她不去，他也不去了。她走到桌前，给丈夫写道："来信收到。安。"便打铃，交给了仆人。

"我们不走了，"她对走进屋里的安奴什卡说。

"再也不走了吗？"

"不是的，行李放到明天，先别解开，马车也留下。我去公爵夫人那儿。"

"给您准备哪件衣裳呢？"

十七

特薇尔斯卡娅公爵夫人请安娜参加打槌球的聚会，比赛的是两位贵夫人和她们的崇拜者。这两位夫人是彼得堡上流社会一个新团体的主要代表，这团体的名称是模仿别人的，而别人的那个名称又是对另一个不知其为何物的模仿。这名称叫做 Les sept merveilles du monde①。这两位夫人所属的这个团体的确是上流的，但却跟安娜经常出入的那个团体持敌对态度。此外，丽莎·梅尔卡洛娃的崇拜者，彼得堡有影响的人物之一，那个斯特列莫夫老头儿，由于职务关系，是阿历克赛·亚力克山德洛维奇的政敌。出于这些考虑，安娜原是不想去参加的，也就是想到她可能拒绝，特薇尔斯卡

---

① 法语：世界七大奇观。

娅公爵夫人的便条里才作了那样的暗示。而现在,安娜因为希望见到伏伦斯基,又想要去参加了。

安娜比别的客人到特薇尔斯卡娅公爵夫人家的时间都早。

当安娜进门时,伏伦斯基的仆人也在往里走,这人的一脸络腮胡子梳理得整整齐齐,颇像是一位宫廷侍从。这仆人停在门边,脱下帽子,让安娜先走。安娜认出了他,她这才想起,伏伦斯基昨天说好不来的。或者他就是为这个派人送张纸条来的吧。

在前厅脱外衣的时候,她听见那个发卷舌音也像个宫廷侍从的仆人说:"伯爵给公爵夫人的,"又见他把纸条递过去。

她很想问这个仆人一句他家老爷在哪里。她还想转身回去,给他送封信,叫他来她家,或者自己去找他。但是这几个办法都行不通:通报她到来的铃声已经响过了,特薇尔斯卡娅公爵夫人的家仆已经侧身站在打开的门前,等候她走进里面的房间了。

"公爵夫人在花园里,这就去通报。您高兴到花园里去吗?"另一个房间里的一个仆人报告说。

她仍然像在家里一样,处于犹豫不定、不知所措的情况下;还要更糟些,因为她不能预先采取任何措施,不能见到伏伦斯基,而却必须留在这里,留在这些与她的情绪格格不入而且令她如此反感的人中间;然而,她的衣着,她知道,是非常合身的;她也并不孤独,周围是一派她所习惯的富丽堂皇、无所事事的气氛,她觉得比在家里心情更轻松些;她不必去考虑她该做什么。一切都在自己运行着。看见培特茜穿一件美得让她大吃一惊的白色外衣,安娜对她像往常一样微微一笑,特薇尔斯卡娅公爵夫人是跟屠什凯维奇和一位小姐一同走进来的,这位小姐是她家的亲戚,能在赫赫有名的公爵夫人家里过一个夏天,她外省的父母认为是非常荣幸的。

大概安娜身上有点什么显得特别,因此培特茜一下子就发觉了。

"我睡得不好。"安娜回答说,她眼睛望着向她们迎面走来的仆人。她想他一定是拿来了伏伦斯基的便条。

"您来了我多么开心，"培特茜说，"我累了，正想着趁他们没来喝上一杯茶。您去吧，"她对屠什凯维奇说，"您去跟玛莎试试球场子，就是割过草的那片地方。咱俩可以趁喝茶时候好好儿谈谈心，We'll have a cosy chat①，您说是不是？"她又微笑着对安娜说，还握住安娜拿阳伞的那只手。

"好呀，再说我也待不久，我非得去看看福列达她老人家了。我都答应人家一百年啦。"安娜说，说谎本来是违背安娜天性的，但是在社交场合她的谎话说得不仅朴素而自然，而且甚至还让她觉得是一种享受。

她为什么这样说，一秒钟前她也没有这个想法，她自己大概怎样也无法解释。她这样说只是出于一种考虑：既然伏伦斯基不会来，她必须保持自己的行动自由，再想别的什么办法见到他。但是为什么她恰恰说到宫廷女官老福列达，她大概仍是无法解释的，她是该去看望福列达，可是还有许多别人她也该去看望呀。不过，后来证明，她是想出了一个最妙不过的和伏伦斯基见面的办法，再也想不出比这更好的办法了。

"不，我怎么也不放您走。"培特茜回答说，两眼仔细地注视着安娜的面孔。"说真的，要不是我喜欢您，我就生气了。好像您怕跟我来往会损害您的名声似的。请把茶给我们送到小客厅去。"她对仆人说话老是眯缝着眼睛。她从仆人手里接过便条看了。"阿历克赛跟我们耍花招啦，"她用法语说，"他在便条里写，说他不能来。"她又说，口气是那么自然而随便，似乎她根本不可能想到，伏伦斯基对于安娜除了一块儿打槌球之外还有什么其他的意义。

安娜知道，培特茜什么都晓得，但是每次听她在自己面前说起伏伦斯基，一时之间她总是相信培特茜什么也不晓得。

"噯！"安娜淡然地说，似乎她对伏伦斯基来不来不感兴趣，她仍在微微地笑着，"跟您来往怎么会损害谁的名声呢？"这种玩弄词句，

---

① 英语：我们来谈谈心。

这种言不由衷、把真话藏在心里的做法，像对所有的女人一样，对安娜有很大的魅力。并非一定要隐藏不可，也不是为了什么，而是这种躲躲藏藏的过程本身，对她具有吸引力。"我不可能比教皇更是个天主教徒吧，"她说，"斯特列莫夫和丽莎·梅尔卡洛娃他们是社会精华当中的精华。再说他们走到哪儿都受欢迎，而**我**，"她把个**我**字说得特别重，"从来也不是个死板的容不得人的人，我只不过是没时间呀。"

"不，您也许是不想见到斯特列莫夫吧？让他跟阿历克赛·亚力克山德洛维奇在委员会里去拼个你死我活的，这跟我们没关系。但是在社交界，这可是个顶顶讨人喜欢的人啦，我还没见过有谁像他这样呢，他还特别爱玩槌球。您就会看见的。那么大年纪了，还迷上个丽莎，他那种处境真有点儿滑稽，不过您倒是应该看看，他多么善于让自己不陷入这种滑稽处境里。他是个非常有意思的人。萨佛·施托尔兹您不认识吗？这是个新派的，完全新派的人物。"

培特茜嘴里面说着这些话，而从她那聪明快活的目光中安娜感觉到，她多少是了解自己的处境的，正在想点儿什么办法帮助她。她俩在小房间里坐着。

"我得给阿历克赛写回信了。"培特茜去坐在桌旁，写了几行，放进一只信封里。"我写的是，叫他来吃饭。我这儿有位太太来吃饭，缺一个男伴。您看看，能说服他吗？对不起，我失陪一会儿，劳驾，您给封上，叫人送走，"她在门边说，"我得去安排些事情。"

安娜毫不思索，拿起培特茜的信坐在桌边，并不去看它，便在信的下面写道："我必须见到您。到福列达的花园里来。我六点钟到。"她把信口封上，等培特茜回来时，便当她面把信派人送去了。

茶给她们送来摆在凉爽的小客厅里一张小茶几上，两个女人真是像特薇尔斯卡娅公爵夫人说的，在客人到来之前，一边喝茶，一边作了 a cosy chat①，她们议论着那几个就要来的人，谈到丽莎·梅尔

---

① 英语：一阵舒适的闲谈。

343

卡洛娃,就一直说下去。

"她很可爱,我一向很喜欢她。"安娜说。

"您是应该喜欢她的呀。她老是在念叨您。昨天赛马以后她上我这儿来,没有遇到您,很不开心哟。她说,您是一个真正的罗曼史里面的女主角儿,她要是个男人呀,会为您干出一千桩蠢事来。斯特列莫夫对她说,就这样她也做得够蠢了。"

"可是,请您说说看,我怎么也弄不懂。"安娜沉默了一会儿才说,那口气显然表示她是随便问问的,但是她所问的事情实际上要重要得多。"请您说说,她跟卡鲁日斯基公爵,人家叫他米什卡的,到底是什么关系?我很少见到他们。到底是什么关系呀?"

培特茜两只眼睛微笑着,仔细地注视着安娜。

"新派头呀,"培特茜说,"这些人全都喜欢这种新派头。他们是随心所欲,无所禁忌的。只不过派头有各种各样,各人做法不同。"

"是的,可她跟卡鲁日斯基到底是什么关系呀?"

培特茜忽然开心地、忍不住地大笑起来,这在她是很少有的。

"这您就侵犯了米雅禾卡娅公爵夫人的领域啦。这个问题问得像个可怕的小孩子。"培特茜显然想止住不笑,可是止不住,于是便爆发出一阵富有感染力的大笑来,只有平时很少笑的人才会这样大声笑。"您该去问问他们自己呀。"培特茜含着笑出来的眼泪说。

"不,您笑就笑吧,"安娜说,她也不由得被这笑声感染了,"可我怎么也不懂。我不懂丈夫在这里是做什么的。"

"丈夫吗?丽莎·梅尔卡洛娃的丈夫跟在她后边给她拿毛毯,随时准备为她效劳呀。至于那里边到底还干了点儿什么,谁也不想去打听。您知道,就是穿衣打扮这类事情上的一些细小处,在有修养的社会里也是不去议论不去思索的。这件事也是这样的。"

"罗兰达克家的庆典您参加吗?"安娜问道,只是为了改变话题。

"我不想去。"培特茜回答,眼睛不看她的朋友,只顾小心地往透明的小茶杯里倒喷香的茶。她把茶杯推给安娜,便拿出一支女人抽的玉米叶细烟卷,插在银质烟嘴上吸起来。

"您瞧,我处的位置是很幸运的,"她已经不笑了,一只手端起茶杯来,开始说,"我了解您,也了解丽莎。丽莎是那种性情天真的人,这种人像小孩子一样,不知好歹的。至少她年轻时候不知道。现在她晓得,这种不知好歹对她倒正合适。现在她,或许是,故意装作不知好歹,"培特茜面带微妙的笑容说,"但是反正这对她是合适的。您瞧,同一件事情,可以看得很悲观,让它折磨自己,也可以看得很简单,甚至于看得很愉快。或许您是倾向于把事情看得过于悲观的。"

"我多么想了解别人就像了解我自己似的,"安娜认真地、若有所思地说,"我比别人坏些呢,还是比别人好些?我看,是坏些吧。"

"可怕的小孩子,可怕的小孩子啊,"培特茜一连说了两遍,"瞧他们来啦。"

十八

先是听见脚步声和男人的说话声,随后听见女人的说话声和笑声,接着她们等的客人便进门了:萨佛·施托尔兹和一个叫做瓦斯卡的红光满面、精力过分充沛的年轻人。显然可以看出,带血的鲜牛排、地菇和布尔冈红葡萄酒①的营养对这个年轻人大有裨益。瓦斯卡向两位太太鞠躬致意,冲她们望了望,不过只望了一秒钟。他跟着萨佛走进客厅,在客厅里也紧随在她的身后,好像用绳子系在她身上似的,两只炯炯发光的眼睛盯住她不放,似乎要把她吞下肚去。萨佛·施托尔兹是一个黑眼金发女郎。她穿着一双后跟老高的鞋,迈着矫健的碎步走进来,像个男人一样紧紧握住两位太太的手。

安娜还从来没有见到过这位新近出名的人物,她的美貌、她时髦到极点的衣着、她举止之大胆,莫不令安娜惊倒。她头上那堆她自己的和别人的柔软金发,梳成那么高的一个台状物,让她的头跟她身体前方那高高挺起又非常袒露的胸部几乎一样大小。她的动

---

① 布尔冈红葡萄酒,法国布尔冈地方出产的葡萄酒。

作是那么地疾速,每走一步,膝盖和大腿的形状便从她外衣的下部暴露出来。人们不禁会产生这样的问题:在这座精心构造、晃动不停的大山中,她真正的、娇小的、苗条的、上部如此裸露而下部和背部如此隐蔽的身体,如果从这身体的后方来看,到底结束在哪里呢。

培特茜连忙把她介绍给安娜。

"你们想想看吧,我们刚才差点儿没压死两个当兵的。"她马上便说了起来,眼睛挤弄着,嘴角微笑着,伸手向后拉扯着她一下子甩到一边去的裙子下摆。"我跟瓦斯卡坐在车子里……啊,对啦,你们还不认识哪。"于是她说了他的姓名,把这个年轻人介绍给大家,又红着脸大声为自己的错误发笑,笑她在不认识的人面前称他瓦斯卡①。

瓦斯卡再次向安娜鞠躬,但却什么也没跟她谈。他转身向萨佛说:

"您输啦。是我们先到。付钱吧。"他笑眯眯地说。

萨佛笑得更开心。

"现在别讨吧。"她说。

"反正一个样,我以后再拿。"

"好呀,好呀。哎呀,对啦!"她忽然对女主人说,"我这个人可真是的……我就会忘记啦……我给您带来个客人呢,就是他。"

萨佛带来而又忘记了的这位年轻的不速之客却是一位重要的贵宾,他尽管年轻,两位太太都站起身来欢迎他。

这是萨佛的一个新崇拜者。他这阵子正像瓦斯卡一样,寸步不离地跟着她。

不一会儿,卡鲁日斯基公爵还有丽莎·梅尔卡洛娃和斯特列莫夫都来了。丽莎·梅尔卡洛娃是一个消瘦的黑头发女人,东方人那种懒洋洋的脸型,两只美极了的,人人都说是难以参透的眼睛。她一身深色服饰的气韵(安娜立即注意到,并且很赏识)跟她的美是相

---

① 瓦斯卡,瓦西里的别称,是一种亲昵的称呼。

得益彰的。萨佛有多么专断和挺拔,丽莎就有多么温柔和松弛。

然而就安娜的口味来说,丽莎要迷人得多。培特茜对安娜谈到她时,说她装得像个不谙世事的孩子,而当安娜看见她时,觉得这话说得并不对。她的的确确就是一个不谙世事的、被娇纵坏了的女人,不过也是一个讨人喜爱的、温顺柔和的女人。不错,她的格调也就是萨佛的格调;跟萨佛一样,也有那么两个崇拜者好像缝在她身上一样,成天跟着她,四只眼睛全都恨不得吞掉她:一个是年轻人,一个是老头儿。然而丽莎身上却有那么点儿高于她周围那些人之上的地方,——她好比一堆玻璃当中的一粒宝石,闪耀出一种真正优美的光泽。这种光泽来自她那双美极了的、确实是难以参透的眼睛。这双眼圈儿幽暗的眼睛里放射出来的慵困而又热情的目光以其十分的真挚而动人心魄。每个人,只需望一望这双眼睛,都会觉得他洞察了她的一切,而既已洞察,便不能不爱上她。丽莎一见到安娜,脸上便忽然间闪现出光辉,她在快活地微笑。

"哎呀,见到您我多高兴啊!"丽莎说,她向安娜走去。"我昨天在赛马场上刚想要到您身边去,可是您走了。恰恰是昨天,我多么想见到您啊。那情景真太可怕了,不是吗?"她说,眼睛注视着安娜,那目光似乎剖露了她全部的心灵。

"是呀,我也没有料到,那么让人激动。"安娜红着脸说。

这时大家站起身来,准备到花园去。

"我不去了,"丽莎说,她含着笑坐在了安娜身边,"您也不去的吧?玩槌球有什么意思!"

"不,我喜欢。"安娜说。

"是呀,是呀,您是怎么做的,能让自己不觉得无聊?不管什么时候看见您总是快快活活的。您是真正在生活,而我成天都觉着无聊。"

"您怎么会无聊呢?你们是彼得堡顶开心的一伙人啦。"安娜说。

"也许我们这个圈子以外的人还要更觉得无聊吧,可是我们,我大概就是的,并不开心呀,倒是觉得非常、非常地无聊。"

萨佛抽完一支烟便带上两个年轻人去花园了。培特茜和斯特列莫夫留下来喝茶。

"怎么,无聊吗?"培特茜说,"萨佛说,他们昨天在你家里非常开心呢。"

"哎呀,昨天多难过哟!"丽莎·梅尔卡洛娃说,"看过赛马我们全都上我家去了。老是那些人,老是那些人!老是那么一套。整个晚上大家都瘫在沙发上。这有什么开心的?不,您说说,您是怎么做到让自己不觉得无聊的?"她又对安娜说:"只消望您一眼,就能看出来——这才是一个可以幸福、可以不幸,但是却不会感到无聊的女人。教教我,您怎么做到这一点的?"

"我没做什么呀。"安娜被她缠住不放的问题搞得脸红了,便回答说。

"这才真叫有气派呢。"斯特列莫夫插进来说。

斯特列莫夫是一个五十岁左右的人,头发灰白,人还精神,长得很丑,但是面相很聪明,也很有性格。丽莎·梅尔卡洛娃是他妻子的侄女儿,他所有的空闲时间都是跟她在一起。他因为自己在公务上跟阿克赛·亚力克山德洛维奇立场敌对,见到安娜·卡列宁娜后,这个社交界的聪明人便极力对她,自己敌人的妻子,表示出特别的殷勤。

"'没做什么',"他含蓄地微笑着说,"这才是最好的做法。我早就给您说过,"他对丽莎·梅尔卡洛娃说,"要不觉得无聊,就别老想着您会无聊。这就好比您如果怕失眠,就别怕睡不着觉一样。安娜·阿尔卡季耶芙娜给您说的也就是这个道理。"

"这话要是我说的,那我就太高兴啦,因为这不光是句聪明话,而且也真是这个道理。"安娜微笑着说。

"不,您倒说说看,人为什么会睡不着觉,又为什么不能不感觉到无聊呢?"

"要能睡着觉,就必须工作,要过得开心,也必须工作。"

"干吗我要去工作,既然谁也不需要我工作?故意去装模作样嘛,我不会,也不高兴。"

"您可真是无可救药啦。"斯特列莫夫说,眼睛并不朝她看,又跟安娜说话去了。

他因为很少见到安娜,除了几句俗气的客套话以外,什么也说不出,但是当他说着这些俗气话,比如她什么时候来彼得堡的,莉吉娅·伊凡诺芙娜伯爵夫人多么欢喜她,等等,他的表情显出,他满心希望讨好她,向她表示自己的敬意,甚至还不止是敬意。

屠什凯维奇进来说,大家都在等他们去玩槌球。

"不,您别走,请您别走。"丽莎·梅尔卡洛娃听说安娜要走,便求她留下来。斯特列莫夫也这么说。

"这种对比过于强烈啦,"斯特列莫夫说,"有过这样的聚会,再去福列达老太婆那儿。再说对于她,您去了只会给她机会说说别人的坏话,而在这里,您会唤起另一些感情,一些最美好的感情,跟说别人坏话完全不同的感情。"他对安娜说。

安娜犹豫不决地沉思了一会儿。这个聪明人的奉承话,丽莎·梅尔卡洛娃对她表示的天真无邪的孩子似的好感,以及这种她如鱼得水般习惯的社交环境——所有这些都那么轻松愉快,而等着她去办的事情又是那么地困难,所以她顷刻间便犹豫起来:要不要留在这里,要不要把向伏伦斯基说明一切的痛苦时刻再往后拖一拖。然而,她想到,假如不作出任何决断,她一个人回到家里将会遭遇到什么,她又记起了自己那个双手抓住头发的姿势,就是回想一下也是可怕的,她便告别离去了。

十九

伏伦斯基虽然外表看来过着一种轻浮的社交生活,他却厌恶人家做事没条理。年轻时在贵族军官学校里,有一次他手头拮据,向别人借钱遭到拒绝,他觉得是受到了羞辱,从此他再也不让自己陷于这样的境地。

为了使自己的事务永远都有条不紊,他或多或少,视情况而定,每年大约四五次,一个人关起门来对自己的一切事务做一番清理。他把这叫做结账,或者是 faire la lessive①。

赛马的第二天伏伦斯基很迟才起床,他不刮脸,不洗澡,披一件制服,把现钞、账单、信件都摊在桌上,便工作起来。彼得里茨基知道伏伦斯基在这种时候脾气总是不好的,一觉醒来,看见这位老兄坐在书桌前,就悄悄穿好衣服出去了,不去妨碍他。

每一个详细了解自己身边所有复杂情况的人都会不由得认为,这种复杂性,及其清理之困难,只是他个人偶然遇到的特殊情况,他怎么也想不到,别人的个人事务中也照样有一套跟他相同的复杂性。伏伦斯基这时候就是这样的心情。他不无一种内心的骄傲,也不无根据地想,不论是谁,如果处于他这样困难的境地,早就狼狈不堪,并且被迫而行为不轨了。然而伏伦斯基感觉到,恰恰是在这种时候他必须算个明白,弄清自己的境况,以免陷入狼狈境地。

伏伦斯基着手办的第一件事,是钱财方面的事,他认为这是最容易处理的。他用自己细小的笔迹在一张信纸上列出全部的债务,他发现,他总共欠人家一万七千零几百卢布,为计算时清楚,他把几百卢布的零头丢开。把手边的现钱和银行存款加起来,他发现他还剩一千八百卢布,而在新年到来之前不可能有进项。伏伦斯基把债务再看一遍,把它们分成三类抄出来。第一类是那些必须马上就付的,或者无论如何必须备好现钱,人家一讨就可以立即付出,毫不拖延的。这类债务有大约四千:一千五百是买马的钱,两千五百是为年轻的同僚维涅夫斯基担保用的,这人当着伏伦斯基的面把这笔钱输给了一个赌徒。伏伦斯基当时就打算付掉这笔钱(他那时带着这笔钱的),可是维涅夫斯基和雅什文坚持说,应该由他们而不应该由伏伦斯基付,因为伏伦斯基并没有参加赌钱。这当然很好,但是伏

---

① 法语:洗涤。

伦斯基知道,他在这件肮脏事情里虽然只是为维涅夫斯基做过口头担保,他还是必须备妥这两千五,以便随时甩给那个骗子,而不必跟他多费口舌。这样,为偿付这最重要的第一类债务,就必须有四千卢布。第二类,八千,是些比较不那么重要的债务。这主要是欠赛马场马房的,燕麦和草料供应商的,那个英国人的,马具商的等等。这些债务也得付出两千左右,才能完全定心。最后一类债务是商店里、旅馆里欠下的,和该付给裁缝的,这些钱倒不必放在心上。这样一来,至少必须有六千卢布作眼前的开销,可是手头只有一千八,对于一个像伏伦斯基那样被认为一年有十万收入的人,这点债务好像不可能有什么难处;但是问题在于,他远远没有这十万卢布。父亲的大宗家产,单这一项每年就有二十万进款,兄弟俩没有分过。哥哥结婚时有一大堆债务,他娶的是瓦丽娅·契尔科娃公爵小姐,一个十二月党人的女儿,没有任何财产的,阿历克赛便把从父亲田产上的收入全都让给了哥哥,只给自己留下一年两万五千。那时阿历克赛对哥哥说,这些钱他够用了,因为他还没有结婚,而他大概是永远也不会结婚的。而哥哥统率的是一个最奢华的团队,又是刚刚结婚,不得不收下这笔赠予。母亲有自己另外的产业,除了他留的那两万五,她每年还再给阿历克赛两万,而阿历克赛把这些钱全都花光。最近母亲为他的艳事跟他吵了一架,上莫斯科去了,不再拿钱给他。因此,已经过惯了一年四万五的日子,这一年里却只得到两万五,这下子伏伦斯基便作难了。他又不能向母亲讨钱来摆脱困境。头天晚上刚刚收到的母亲的来信特别让他恼火,信中暗示说,她愿意帮助他在社交和公务上进取,而不愿帮助他过那种让整个上流社会都觉得丢脸的生活。母亲想要用钱收买他,这种意图深深地刺伤了他的心,使得他对母亲更加冷淡。但是他又不能收回已经说出的大方话,虽然他现在,隐隐预见到他和卡列宁娜的事情很可能出现些意外,感到这些大方话说得过于轻率,他虽是没有结婚也可能需要这十万卢布的收入,但是一言既出,不能收回了。他只需想一想他那位嫂子,就明白他不可能收回那笔赠款了。这位讨人喜欢的可爱的瓦丽娅,她一有机会便让阿历克赛知道,她是把他的慷慨铭记在心的,而且是非常看重的。要他收回这笔钱,这就好像让他去殴打妇女,去偷窃说谎一样。只有一件事可能做也必须做,于是伏伦斯基便毫不犹豫地决定下来:向放高利贷的人借一万卢布,这不会有什么困难,缩减一些自己的开支,再把那几匹比赛用的马卖掉。决定以后,他立刻写了张便条给罗兰达卡,这人已经几次提出想买他的马了。然后派人去叫那个英国人和放高利贷的人来,又把手边有的现钱按账单分配了一下。办完这些事,他写了一封态度冷淡、措辞生硬的信给他的母亲。接着,他从皮夹子里拿出三张安娜的纸条,又看了一遍,把它们烧掉;他想起昨天和安娜的谈话,便沉思起来。

二十

伏伦斯基的日子之所以过得特别美满,因为他有自己的一套规矩,什么事该做,什么事不该做,都明确地规定出来。这套规矩涉及范围有限,但却非常明确,无可置疑,伏伦斯基从不越出这范围一步,对于照规矩他应该做的事,他毫无片刻的犹豫。这些规矩无疑规定了:赌账是要付的,而裁缝的钱是不必付的;对男人不可以说谎,对女人则是可以的;不可以欺骗别人,而欺骗做丈夫的是可以的;不能饶恕别人的侮辱,而侮辱别人是可以的,如此等等。所有这些规矩可以是不合理、不像样的,但却是无可置疑的,照它们办事,伏伦斯基觉得他心安理得,可以高高地抬起头来。直到最近,由于他和安娜的关系,伏伦斯基开始感到,他的这一套规矩并非处处适用,将来会出现一些让他无所适从的困难和疑问。

他目前跟安娜和她丈夫的关系在他看来是简单明了的。在他据以行事的那套规矩里,这种事有它明白准确的规定。

她是一个把自己的爱给予了他的正派女人,他也爱她,因此对他来说,她是一个值得像合法妻子一样给予尊敬,甚至应该比对合法妻子更加尊敬的女人。他宁可先把自己的一只手砍掉，也不能允许自己用言语或暗示去侮辱她，不给她以那种女人所能期望得到的最大的尊敬。

他对社会的态度也是很明确的。人人都可以知道、怀疑这件事，但是谁也不可以斗胆把它说出来。否则他便会让那个说话的人把嘴闭上，以示他很尊重他所爱的女人那并不存在的好名声。

他对那个做丈夫的人的态度是最明确不过了。从安娜爱上伏伦斯基的那一分钟开始，他便认为自己对她的权利是不可剥夺的。丈夫只是一个多余的和碍事的人物。毫无疑问，他的处境很可怜，但是这有什么办法呢？丈夫唯一的权利是拿起一件武器来要求决斗，而对此伏伦斯基从第一分钟起便做好了准备。

然而近来在他和她之间新出现了一些别人不知道的关系，这些关系有些捉摸不定，很让伏伦斯基害怕。只是在昨天她才向他宣布，说她怀孕了。他感到，这个消息以及她期望他做的事，向他提出了一些要求，而这是他一向奉为生活准则的那些规条中完全没有明确规定的。他的确是不知所措了，在她刚一说出她怀孕了的时候，他心里有过一个想法，要她离开丈夫。他就把这话说了出来，然而现在，反复考虑一下，他便看得很清楚了，顶好是不这样做便能把事情应付过去，并且，当他暗自想到这件事的时候，便觉得害怕——这样是否不好呢？

"如果我说了叫她离开丈夫，那意思就是跟我结合。我有这个准备吗？我现在身边没有钱，怎么把她带走呢？就算这我能作出安排……但是我现在正在服役，怎么带她走呢？如果我这样说了，我就应该做好这样干的准备，就是说，要有钱，要退役。"

于是他陷入了沉思。退役或是不退役的问题引出了另一个问题，这是一个隐秘的，只有他一个人知道的问题，虽然他暗藏在心里，但却几乎是他一生中最为关心的一件大事。

功名心是他在幼年和少年时代便早已有之的一个梦想，这个梦想他就连对自己都一向不肯承认，然而却非常强烈，现在，这种强烈的欲望和他的爱情发生了冲突。他在社交界和在军中最初几步是很成功的,但是两年前他犯了一个大错误。他想要表现一下自己不依靠别人的力量也能步步高升,拒绝了人家向他提供的一个位置,他希望这一拒绝会更加抬高自己的身价;然而结果证明,他做得太过分了,人家把他丢下不管了;他有意无意把自己置于一种独立不羁的地位之后,就保持着这样的地位,每件事都做得极其细心而聪明,让人觉得,好像他既不怨天,也不尤人,只希望人家别来管他的事,因为这样他日子过得开心。实际上早从去年他去莫斯科的时候开始,他就不再过得开心了。他感到,他这种独来独往的,好像自己无所不能,也无所求于人的架势,已经不大引起人们的注意了,许多人开始认为,他这人很可能一无所长,只不过是一个心肠不坏的好小伙子罢了。他跟卡列宁娜的艳事掀动了如此一场风波,引起人人注目,给他平添了一种新的光彩,暂时稳住了他像只小虫子似的蠢蠢欲动的功名心,但是一星期之前,这种心思又像只小虫子一样再度苏醒了,而且来势更猛。他童年时的伙伴,出身于同一个圈子,同一社会阶层,又是他军官学校的同学,而且同期毕业的谢尔普霍夫斯科依,这个他在学习上,在体操上,在惹是生非和求取功名上的竞争者,最近从中亚细亚回来了,在那边连升两级,还得到了一枚勋章,这种勋章是很少授予像他这样年轻的将军的。

谢尔普霍夫斯科依一到彼得堡,人们就像谈论一颗再度升起的一级明星一样谈论他。他是伏伦斯基的同学,两人又是同年,他现在已是将军,正在等待接受一个可以影响国家大局的任命,而伏伦斯基呢,虽说是无拘无束,春风得意,被一个美人儿热爱着,但却只是一个随心所欲、自由自在的骑兵大尉而已。"当然,我并不羡慕谢尔普霍夫斯科依,也不可能羡慕他;但是他的飞黄腾达向我表明,只须假以时日,像我这样的人也是可以平步青云的。三年前他的地位跟我一个样。我若是退役,那就是自毁前程。而留在军中,我就什么也不会丢失。她自己说过的,说她不想改变现状。而我呢,有她爱着我,我也不羡慕谢尔普霍夫斯科依。"想到这里,他慢慢地用手捻着他的小胡子,从桌边站起来,在房中踱步。他的眼睛这时显得特别地明亮,他感到他的心情是既坚定,又平静,而且愉快,每次当他对自己的情况做过清理之后,他总是有这样的感受。他刮了胡子,洗过冷水澡,穿好衣服,就出门去了。

二十一

"我是来喊你的,你今天清理了好长时间呀,"彼得里茨基说,"怎么,结束啦?"

"结束啦。"伏伦斯基回答,他只是眼睛里有点笑意,还那么小心翼翼地捻着胡子尖,仿佛在他把事务清理得井井有条之后,任何过于鲁莽或急速的动作都会重新打乱它。

"你每回这样干过以后都像洗过一次澡一样,"彼得里茨基说,"我是从格里茨基那里来的(他们这样称呼团长),大家在等你。"

伏伦斯基没有回答,只用眼睛望着他的同伴,心里想着别的事。

"这音乐就是他那儿的吗?"他说,一边倾听着远处传来的低音管乐声和波尔卡与华尔兹舞曲声,"庆祝什么呀?"

"谢尔普霍夫斯科依来啦。"

"啊!"伏伦斯基说,"我还不知道呢。"

他的眼睛笑得更加明亮了。

既然伏伦斯基自己认定要为爱情牺牲功名,认为他有了爱情也就是有了幸福,——至少他是让自己扮演了这样一个角色,——他就既不会对谢尔普霍夫斯科依感到嫉妒,也不会因为谢尔普霍夫斯科依到团队没有先来看他而生气。谢尔普霍夫斯科依是他的好朋友,伏伦斯基很高兴他来了。

"啊,我非常高兴。"

团长杰明住的是一座地主家的大房子。一伙人全都聚集在楼下宽敞的阳台上。院子里,伏伦斯基第一眼看见的是一队歌手,身穿白制服,站在一只盛伏特加的大酒桶旁,还有团长健康愉快的身影,一群军官围绕着他;团长走上阳台的第一个台阶,声音响得压倒了正演奏着奥芬巴赫①的卡德里尔舞曲的音乐声,他在命令着什么,向站在一旁的几个士兵挥着手。一堆士兵,一个司务长和几个下士跟伏伦斯基一同走到阳台边。团长回身走到桌前,手拿一杯酒,又从阳台上走到阶前,他举杯祝酒:"为我们的老同事,英勇的将军谢尔普霍夫斯科依干杯,乌拉!"

谢尔普霍夫斯科依也手执酒杯,面带笑容,随团长走了出来。

"你是越活越年轻啦,邦达连科。"谢尔普霍夫斯科依向站在他正前方的一个司务长说,这人已经在服第二期兵役了,仍旧面色红润,像个年轻人。

伏伦斯基三年没见谢尔普霍夫斯科依了,他更结实了,蓄了胡子,不过还是那么英俊,他的令人叹服之处与其说是他漂亮的面孔,不如说是他容貌和身材上所显示的温和与高贵。伏伦斯基在他身上所发现的一个变化,是他那沉静稳重、容光焕发的气度,这种气度在那些有所成就而且确信其成就为众所公认的人们面孔上,是经常可以见到的。伏伦斯基是很了解这种气度的,所以他马上就从谢尔普霍夫斯科依身上看出这一点。

谢尔普霍夫斯科依从台阶上走下时看见了伏伦斯基。他脸上如阳光般泛起愉快的微笑。他向上扬了扬头,举起酒杯来招呼伏伦斯基,他用这个姿势表示,他不得不先走向一个司务长,这人已经挺直身子,噘起嘴唇等着他去接吻了。

"喏,他来啦!"团长大喊一声,"雅什文告诉我说,你在闹情绪呢。"

谢尔普霍夫斯科依吻过年轻司务长潮湿红润的嘴唇,用手绢擦了嘴,走到伏伦斯基身边来。

"嘿,我多么高兴呀!"谢尔普霍夫斯科依说着,握住伏伦斯基的手把他拉向一边。

---

① 奥芬巴赫(1819—1880),法国作曲家,古典轻歌剧的奠基人。

"您招呼他一下!"团长指着伏伦斯基向雅什文喊一声,便向台阶下的士兵们走去。

"你昨天为什么没来看赛马?我以为在那儿会见到你的。"伏伦斯基望着谢尔普霍夫斯科依说。

"我去了,不过去迟了。对不起,"说过对不起,他转身向副官说,"请您替我按人头平分给大家。"

他连忙从皮夹里拿出三张一百卢布的票子,还脸红了一下。

"伏伦斯基!要吃点儿什么或是喝点儿什么?"雅什文问道,"喂,给伯爵送点儿吃的来!你就喝这个吧。"

团长家的宴会持续了很久。

酒喝了很多,把谢尔普霍夫斯科依抬起来摇晃,又往空中抛。然后又抬团长。然后是团长和彼得里茨基在歌手们前面跳舞。然后是团长(他已经有点吃不消了)坐在院子里的一条长凳上,对雅什文大谈其俄国比普鲁士的优越之处,尤其是在骑兵攻击方面,这时宴会的欢闹暂时休止了。谢尔普霍夫斯科依进屋去到盥洗室洗手,在那儿碰见伏伦斯基;伏伦斯基在用水冲洗,他脱去了制服,把他满是茸毛的红脖子伸到龙头底下,用手搓洗着脖子和头。洗过以后,伏伦斯基去坐在谢尔普霍夫斯科依旁边。两人就在盥洗室里,坐在一张长沙发上聊起来,聊得很起劲。

"我从妻子信里知道你所有的事情,"谢尔普霍夫斯科依说,"你常常见到她,我很高兴。"

"她跟瓦丽娅是好朋友,我喜欢看见的彼得堡女人就这两个。"伏伦斯基微笑着回答。他所以微微一笑,是因为知道接下去要谈什么了,他很高兴谈这个题目。

"就这两个吗?"谢尔普霍夫斯科依也微笑着反问他。

"你的情况我也了解呢,不过不光是从你妻子那儿,"伏伦斯基用他脸上严峻的表情来制止对方的暗示,同时说,"你的成就让我很高兴,但是一点儿也不惊奇。我期望的还要更多些。"

谢尔普霍夫斯科依笑了笑。他显然喜欢听这种意见,他也不认为有必要掩饰。

"我可跟你相反,坦白说,原先期望的要少一些。不过我很高兴,非常高兴。我是个有功名心的人,这是我的弱点,我承认。"

"也许,要是你没这些成就,就不会承认了吧。"伏伦斯基说。

"我不这么想,"谢尔普霍夫斯科依又微微一笑说,"我倒不是说,没有这些成就就活不下去,不过那太没意思了。当然啦,我也可能错了,不过我觉得,在我所选择的事业上我是有一些才能的,权力,不管是什么权力吧,要是掌握在我的手里,那会比掌握在我所知道的许多人手里好一些,"谢尔普霍夫斯科依意识到自己的成就,容光焕发地说,"所以,越是接近这一点,我就越满意。"

"也许,对你是这样,可是并非对每个人都是这样。我以前也这么想,而过着过着就发现,不值得光为这个活着。"伏伦斯基说。

"对呀!对呀!"谢尔普霍夫斯科依笑着说,"我开头就说起我听别人说到的你的事情,你拒绝任职……当然啦,我赞成你的意见。不过凡事都有个做法。我认为,你行为本身是好的,但是你没有像你应该做的那样做。"

"事情做了就做了,你知道,我对做过的事情从不反悔。再说,我也过得很好。"

"过得很好——那是暂时的。你是不会这样就满足的。我对你的哥哥就不这么说。他是个好小子,就像这儿的主人似的。你瞧瞧他!"谢尔普霍夫斯科依倾听着人们的"乌拉!"声,又加一句,"他很开心,而你是不会这样就满足的。"

"我没说我满足呀。"

"还不仅如此。像你这样的人,是很需要的。"

"谁需要呢?"

"谁需要吗?社会呀。俄国需要人才,需要一个政党,要不一切都会一塌糊涂的。"

"你这是什么意思?是说别尔捷涅夫的反对共产主义者的政党吗?"

"不对，"谢尔普霍夫斯科依气得皱起眉头来，竟然怀疑他会这样蠢，"Tout çaest une blague.①事情从来都是这样的。根本没有什么共产主义者。但是那些耍阴谋的人总是需要捏造出一个有害的可怕的政党来。这是他们的惯技。不，需要的是一个由独立不羁的人们，就像你和我，组成的掌握权力的政党。"

"可是为什么？"伏伦斯基提到几个掌权者的名字，"为什么他们不是独立不羁的人呢？"

"这只是因为，这些人没有或者自从出生以来就没有过独立的财产，没有名望，没有那种我们生而有之的接近太阳的机会。他们是可以用金钱或是用几句好话收买的。他们为了能够站得住，就得想出一种理论上的派别来，连他们自己都不相信，而这是有害无益的；整个这一套派别只不过是获得一幢官邸和若干俸禄的手段。cela n'est pas plus fin que ça.②你只要看看他们玩的那一套把戏就知道了。也许我不如他们，我比他们更蠢，虽然我看不出为什么我就一定会比他们差一些。但是我有一个大概是很重要的优点，那就是，想收买我们这样的人要困难得多。而这样的人现在比从前任何时候都更需要。"

伏伦斯基仔细地倾听着，然而引起他注意的，与其说是这番话的内容，不如说是谢尔普霍夫斯科依对待事情的态度，谢尔普霍夫斯科依已经在考虑怎样跟当权者作斗争了，并且在这方面有了自己的好恶和取舍，而他伏伦斯基在公务上所关心的利益还只限于一个骑兵连。伏伦斯基也明白，谢尔普霍夫斯科依在思考问题，了解事物方面有他毫无疑问的特长，他聪明，有口才，这在他所生活其中的环境里是很少见的，他因此会成为一个强有力的人物。不管伏伦斯基觉得自己有多么惭愧，他还是嫉妒谢尔普霍夫斯科依的。

"不过在这方面我仍然缺少一个主要的东西，"他回答说，"没有

---

① 法语：那全是胡说。
② 法语：如此而已。

掌握权力的欲望。从前有过,后来没有了。"

"请原谅,这不是真话。"谢尔普霍夫斯科依微笑着说。

"不,是真话,是真话!……现在。"伏伦斯基为了表示自己是真诚的,加了"现在"两个字。

"是的,**现在**是真话,这就是另一回事了;不过不会永远都是这个**现在**吧。"

"也许吧。"伏伦斯基回答。

"你说,**也许**,"谢尔普霍夫斯科依继续说下去,好像猜透了伏伦斯基心里想什么,"可是我要给你说:肯定。也就是为这个我要跟你见面。你的所作所为都是合乎情理的。这我明白,但是你不应该**故步自封**。我只要求你给我一个 carte blanche①,我不是要来庇护你……虽然我又干吗不可以来庇护你一下呢?你从前庇护过我多少回!我希望,我们的友情高于所有这一切。是这样,"他像个女人样满含柔情地说,冲伏伦斯基笑笑,"你就给我一个 carte blanche,离开团队,我来不声不响地提拔你。"

"可是你要明白,我什么也不需要,"伏伦斯基说,"我只求一切保持原状。"

谢尔普霍夫斯科依立起来站在他对面。

"你说,要一切保持原状。我明白你的意思。不过你听我说:我俩同年,也许你认识的女人在数目上比我多。"谢尔普霍夫斯科依的笑容和手势表示,他让伏伦斯基不要害怕,他会轻轻地非常小心地触及伏伦斯基的痛处的。"但是我结了婚,我要你相信,你只要了解了一个你所爱的自己的妻子(就像有个人在书里写的),你就比认识几千个女人更了解天下所有的女人。"

"我们这就过来!"一个军官伸头朝屋里张望,叫他们去团长那儿,伏伦斯基对他喊着说。

现在伏伦斯基很想听他把话说完,想知道谢尔普霍夫斯科依还

---

① 法语:全权委托书。这里可理解为:随便我怎么做。

要对他说什么。

"我要给你说的意见是:女人——这是男人事业上主要的绊脚石。要想爱一个女人同时又能做点儿什么事是很困难的。有一个方便的办法可以去爱女人而又不觉得妨碍——那就是结婚。我怎么,怎么把我的想法对你说呢,"谢尔普霍夫斯科依说,他这人喜欢打比方,"等一等,等一等!对了,就好像是手里拿着一个 fardeau①,只有把这个 fardeau 捆在背上,两只手才能做出点事情来,——而这就是结婚。我结了婚,就有这种感觉。我的两只手忽然空出来了。可是不结婚,抓住这个 fardeau——两只手占得满满的,什么也做不成。你瞧瞧马赞科夫,克鲁坡夫。他们就是为女人把自己的前程毁了。"

"那是些什么样的女人啊!"伏伦斯基说,他想起这两个人的情妇,一个是法国女人,一个是女戏子。

"女人在社会上的地位越牢固就越糟糕。这就好像是,不光是用两只手捧着个 fardeau,而且是要从人家手里把它抢过来。"

"你从来就没有恋爱过。"伏伦斯基轻声地说,两眼直视,心里想着安娜。

"也许是的。不过你要记住我给你说的话。再说,女人们比起男人来要更讲求实用。我们把爱情看成一种什么伟大的东西,而她们则总是 terre-a-terre②。"

"这就来,这就来!"谢尔普霍夫斯科依对进来的一个仆人说。然而这仆人不是像他想的那样,又来喊他们的。这仆人给伏伦斯基送来一封信。

"特薇尔斯卡娅公爵夫人派人给您送来的。"

伏伦斯基打开信,脸一下子就红了。

"我头痛,我得回家去了。"他对谢尔普霍夫斯科依说。

"喏,那就再见吧。你给我那个 carte blanche 吗?"

---

① 法语:包袱,负担。
② 法语:讲求实际。

"回头再谈,在彼得堡我找得到你的。"

二十二

已经五点多了,为了及时赶到,又不愿意用自己那几匹人家都认识的马,伏伦斯基坐了雅什文的出租马车,他吩咐车夫尽可能走快些。这辆老旧的四轮出租马车很宽敞。他坐在角落里,两只脚放在前面的座位上,沉思起来。

模糊地意识到他的事务已清理就绪;模糊地回想着谢尔普霍夫斯科依的友谊和奉承(谢尔普霍夫斯科依说,现在正需要他这样的人);而主要的是,对幽会的期待——所有这些共同构成了一个总的印象,让伏伦斯基感到人生是非常快乐的。这种感觉是如此地强烈,让他不由自主地微笑起来。他把腿放下,一条腿架在另一条的膝盖上,用手把这条腿扶住,摸了摸昨天跌下马时擦伤的富有弹性的腿肚子,然后,向后一仰,深深地舒了几口气。

"好啊,真好啊!"他自言自语说。从前他也是一想到自己的身体便往往会体验到一种快乐之情,然而他却从来没像此时此刻这样爱过他自己和他的身体。在他强壮的腿部有一种轻轻的疼痛感,他觉得这很舒服,他呼吸时胸部肌肉的动感,他也觉得很舒服。同是这一个晴朗而寒冷的八月的日子,它让安娜感到那么地绝望,却让伏伦斯基感到精神振奋,让他用冷水冲过的热乎乎的面孔和头颈感到凉爽。在这清新的空气中,他胡子上的润发油的香味让他感到特别地舒适。他从马车车窗里所看到的一切,日落残照下沐浴着这清新空气的一切,也都是那么地清新、愉快而健壮,就像他自己一样:那夕阳斜辉中闪闪发亮的屋顶,那篱墙、屋角、远处走来的行人和车马的身影,那一动不动的绿树、青草,那整齐的、种着一垄垄马铃薯的田野,那从房屋、树木、丛林上,也从那些马铃薯的田垄上投下的斜斜的阴影,都好像是清晰地勾勒出来的一样。一切都是那么美,像是一幅刚刚画完、上光的美丽的风景画。

"快点,快点!"他把头探到窗外对车夫说,又从衣袋里摸出一张三卢布的纸币,塞给回头看他的车夫。车夫的一只手在车灯旁边摸索了一下,就听见马鞭子的呼啸声,于是马车在平坦的大路上奔驰而去。

"除了这幸福,我什么、什么也不需要。"他目光停留在两个车窗之间的一个骨制的拉铃坠子上,心中描画着最近一次见到安娜时她的模样。"我越来越爱她了。前面就是福列达的官邸别墅。她在哪儿？哪儿？怎么回事？她为什么约我在这里见面,还写在培特茜的信上？"他直到现在才想到这个问题；但是已经没时间去考虑了。不等到达门前的林荫道,他便叫车夫停车,他拉开车门,车没停稳便跳了下来,走上通往那座房子的林荫道。这条道上一个人也没有；但是,他往右边一望,便看见了她。她脸上蒙着面纱,但是他欣喜的目光立刻抓住了那特殊的、只有她才有的步态,那肩头的斜度,那头的姿势,于是立刻好像有一股电流穿过他的全身。他从两腿富有弹性的动作到肺部呼吸的起伏,都更加强烈地感觉到自己的存在,有个什么东西让他的嘴唇颤抖了。

两人走到一起时,她紧紧握住他的手。

"你不生气吧,我把你叫出来？我非见到你不可。"她说；他透过面纱看见她嘴唇那副严肃端正的样子,心情一下子就变了。

"我,生气？可是你怎么到这里来的,要上哪儿去？"

"去哪儿都一样,"她说,一边挽住他的手臂,"走,我们需要谈一谈。"

他明白,一定是出了什么事,这次幽会不会是开心的了。他在她的面前没有了主意：他不知道她为什么惊慌,但是他已经感到,他自己也不由自主地惊慌起来。

"到底什么事？什么事？"他连声地问道,用肘部夹紧她的手,力求从她面部的表情上看出她心里在想什么。

她默默地走了几步,是在鼓起自己的勇气,忽然她停住不走了。

"我昨天没告诉你,"她开始说话了,呼吸又急又重,"跟阿历克赛·亚力克山德洛维奇回家的时候,我把一切都对他明说了……我给他说,我不能再做他的妻子了,我说……我什么都说了。"

他听她说着,不由得把整个身子向她倾斜,好像要借此减轻她处境的困苦。然而她一说出这些话,他突然挺直了,脸上是一种高傲而严峻的表情。

"是的,是的,这样更好些,好一千倍!我明白这让你多么苦恼。"他说。

但是她并没有听他说,她想从他的表情上看出他在想什么。她不可能知道,伏伦斯基脸上的表情反映着他心头浮起的第一个思想——现在是难免一场决斗了。她心里从来没有过决斗的念头,所以她把伏伦斯基脸上一闪而过的严峻表情理解错了。

收到丈夫的信以后,她便从心底里知道,一切都会照旧,她没有力量忽视自己的处境,不可能扔掉孩子去跟这位情夫在一起。在特薇尔斯卡娅公爵夫人家里度过的一个上午让她更加相信是这样。但是这次约会对她依然是非常重要的。她希望这次约会能改变她的处境,能拯救她。假如他听到这个消息立刻断然地、热情地、毫不犹豫地对她说:"抛弃一切,跟我走!"她便丢掉孩子跟他走掉。但是这消息并没有在他身上引起她所期待的效果:他只是好像受到了什么侮辱。

"我一点儿也不难过。这是自然会发生的事,"她激怒地说,"你瞧……"她从手套里拿出了丈夫的信。

"我明白,我明白,"他打断她的话,接过那封信,但是并没有看它,还在极力抚慰她,"我只望一件事,我只求一件事——打破这种局面,为你的幸福奉献我的一生。"

"你为什么对我说这话?"她说,"难道我会怀疑这一点?假如我怀疑……"

"谁走过来了?"伏伦斯基突然说,一边指着两个迎面走来的太太。"或许认识我们。"于是他连忙带安娜走上旁边的一条小路。

"哎,我反正无所谓了!"她说。她的嘴唇在颤抖。伏伦斯基似乎觉得,安娜的眼睛带着一种奇异的愤恨从面纱下向他望着。"我是说,问题不在这里,我不可能怀疑这一点;可是你瞧他给我的信里写的。你看呀。"她又停住不走了。

又像刚刚听到她和丈夫闹翻的消息一样,伏伦斯基一边看着那封信,一边不由得沉浸于一种自然产生的感受中,他和这个被侮辱的丈夫之间的关系将会如何?是这个问题引起了他心头的这种感受。现在,手里拿着这位丈夫的这封信,伏伦斯基不由得想象着大概今天或者明天他就会收到的决斗挑战书,还想象着决斗的情景,想象着他仍然面带他此刻脸上的这种冷漠而傲慢的表情,朝天空放一枪,然后便挺着身子让这位被侮辱的丈夫朝他开枪。恰在这时,他脑子里一闪而过地想到谢尔普霍夫斯科依刚刚对他说过的话,和他自己今天上午的想法——还是别让自己被束缚住为好,——他心里明白,他不能把他的这种思想告诉她。

看过那封信,他抬眼望着安娜,目光并不坚决。安娜立刻就明白了,他自己早已经考虑过这件事。她知道,不管伏伦斯基会对她说些什么,他说的决不会是他心里全部的心思。于是安娜明白了,她最后的一线希望落空了。这结果不是她所期待的。

"你看他算个怎么样的人,"她声音颤抖地说,"他……"

"请你原谅,不过这样我倒很高兴。"伏伦斯基打断她。"看在上帝的分上,让我把话说完,"他又说,目光在请求她给他时间解释,"我高兴的是,事情不可能,怎么也不可能像他所设想的那样继续维持下去。"

"为什么不可能呢?"安娜忍住眼泪说,显然已经不期望他说的话会有什么意义。她感到,她的命运已经决定了。

伏伦斯基原想说,在一场依他看来是不可避免的决斗之后,这种情况是不可能延续下去的,但是他嘴里说的却是另一句话。

"不会这样下去的。我希望你现在就离开他。我希望,"他有些窘,脸也红了,"你能允许我来安排和考虑我们的生活。明天……"他开始说下去。

她没让他把话说完。

"那么儿子呢?"她大声地说,"你看见他怎么写的了吗?要把儿子丢下,而我不能也不愿意这样做。"

"可是,看在上帝的分上,你说说,怎样更好些呢?丢下儿子,还是继续保持这种屈辱的状态?"

"这对谁说是屈辱的?"

"对我俩,尤其是对你。"

"你说屈辱……别这么说吧。这种话对我没有任何意义。"安娜说,话音是颤抖的。她不希望听见伏伦斯基现在说假话。她现在所剩下的只有他的爱了,她也想要爱他。"你要明白,对我来说,自从我爱上你的那一天,一切都改变了。对于我来说,唯一所有的——就是你的爱了。如果这个爱还是属于我的,那么我会觉得自己那样的崇高,那样的坚强,任何事对我都不可能是屈辱的。我为我的处境而骄傲,因为……我骄傲的是……骄傲的是……"她没有把话说完,没有说出她引为骄傲的到底是什么。羞耻和绝望的泪水让她哽咽难言。她停住脚步,号啕大哭了。

伏伦斯基也感觉到有个什么东西哽在喉咙里,让他鼻子酸酸的,他生平第一次感到自己想要哭了。他说不出究竟是什么让他这样感动;他觉得安娜很可怜,他感到自己想帮她而无能为力,同时他也知道,她的不幸是自己的过错造成的,是他做了一件什么不好的事情。

"难道不可能离婚吗?"他畏怯地说。安娜没有回答,只摇了摇头。"难道不可以带上儿子而最后还是离开他?"

"对,不过这全都取决于他。我现在要到他那里去了。"安娜冷冷地说。她本来就预感到,一切都会照旧,果然如此。

"是的,"她说,"不过我们再也别谈这个问题了。"

安娜打发她的马车离开时,吩咐到福列达花园的篱墙边来接她,现在车来了。安娜告别伏伦斯基,便乘车回家了。

二十三

星期一是"六月二日委员会"的例会,阿历克赛·亚力克山德洛维奇走进会议厅,跟委员们和会议主席都打过招呼,神情一如往常,然后把一只手放在面前事先准备好的文件上,安然就坐。这些文件中包括他所需要的一些材料,和他打算在会上宣读的一份声明的简略提纲。其实他并不需要什么材料。一切他都已牢记在心,他并不认为有必要把自己准备在会上说的话在脑子里重复一遍。他知道,到那时候,当他看见对手那张徒然强作镇静的面孔对着自己,他的言词便会自动地如行云流水般一涌而出,比他此刻所能准备的要漂亮得多。他感到,他要讲的这番话真可谓字字珠玑,非常了不起。在听别人作例行的报告时,他保持着一副毫无害人之心的、与世无争的神气。这会儿,瞧着他一双青筋凸露的手,正伸出那长长的手指头温文尔雅地抚摸着面前一张白纸的边沿,头侧向一旁,面容倦怠的样子,谁都不会想到,从他那张嘴巴里马上就要有一篇演说滔滔不绝、倾泻而出,掀起一场可怕的风暴,迫使这些委员先生们大呼大喊,争相叫嚷,也迫使会议主席不得不要求大家遵守秩序。当例行报告结束,阿历克赛·亚力克山德洛维奇便用他安然的细细的嗓子宣布说,关于如何安顿异族人的问题,他也想谈一些自己的意见。全场洗耳恭听。阿历克赛·亚力克山德洛维奇咳嗽一声,清了清喉咙,眼睛并不看着自己的那个对手,而是像他平时每次发表演说时那样,选中坐在他面前的第一个人,今天是选中了一个在委员会里从来没有过任何意见的温良恭俭的小老头儿,便开始陈述起自己的见解来。当他谈到根本法和组织法的时候,他的那位对手先生便跳了起来,开始反驳他。斯特列莫夫也是这个委员会的成员,这会儿也按捺不住了,开始进行辩解,于是会议便卷入了一场狂风暴雨之中;但是阿历克赛·亚力克山德洛维奇大获全胜,他的提议得到通过;任命了三个新的委员会,于是第二天在彼得堡的一个圈子里这次会议便成了唯一的话题。阿历克赛·亚力克山德洛维奇所获得的成功超出他的意料。

次日,星期二,阿历克赛·亚力克山德洛维奇一早醒来,正踌躇满志地回味着昨天的胜利,那个想要讨好他的办公室主任前来向他报告自己听到的有关委员会情况的传闻,阿历克赛·亚力克山德洛维奇虽然想要表现得若无其事,也忍不住微微一笑。

跟办公室主任一起忙着工作,阿历克赛·亚力克山德洛维奇完全忘记了今天是星期二,是他指定要安娜·阿尔卡季耶芙娜回来的日子,听人来向他报告说她已到达时,他感到惊讶,心里不大高兴。

安娜一清早便到了彼得堡,是她先打来电报,要派车去接她来的,因此阿历克赛·亚力克山德洛维奇应该知道她要来。然而她到达时,他并没有去迎接。家里人说,他还没有出门,在跟办公室主任一起忙着。安娜吩咐给她的丈夫传话,说她来了,便走进自己的书房收拾东西,等着他上她这儿来。但是一个钟头过去了,他没有来。她走进餐厅,借口安排家务,故意大声地说话,心想他会过来;但是他没有走出书房,虽然她听见,他送办公室主任时走到了书房门口。她知道平常这时候他马上就要去上班了,她想要在他上班之前见到他,以便明确他们之间的关系。

她走过大厅,断然向他那里走去。她走进他书房时,见他已经穿好文官制服,显然就要出门了,正坐在那张小桌子前,撑着双臂,两眼郁郁地凝视着前方。他还没看见她时,她已经先看见了他,她明白,他在想她的事情。

一看见她,他想要站起来的,又改变了想法,接着他的脸刷地红了,这是安娜从来没见过的情况,然后他又迅速地站起,向她迎面走来,不看着她的眼睛,而是目光朝上,望着她的前额和梳妆整齐的头发。他走到她面前,拉住她的手,请她坐下。

"您回来了,我很高兴。"他说,去坐在她身边,显然想要说什么,却又讷讷于言。好几次要开口了,又停下来……虽然在准备和他见面时她早已想好要怎样蔑视他和谴责他,她现在却不知对他说什么好,她觉得他好可怜。就这样两人很长一段时间里相对无言。"谢辽沙好吗?"他说,不等回答,又说,"我今天不回家吃饭了,我这就得走。"

"我想上莫斯科去。"她说。

"不,您回来了,这您做得非常好,非常好。"他说,又不响了。

发现他无法先开口,她便自己先说了。

"阿历克赛·亚力克山德洛维奇,"她说,眼睛盯住他不放,任他的目光凝注着她的梳妆整齐的头发,"我是一个有罪的女人,我是一个坏女人,可是我还是我,我还跟那天和您说话的时候一样,我是来告诉您,我是不可能有什么改变的。"

"我并没有问您这个问题,"他说,忽然坚决而面带愤怒地直视着她的眼睛,"我料到会是这样的。"盛怒之下,他显然又施展出他全套的本领来。"但是,就像我那时候对您说的,和我信里写的,"他用那又尖又细的嗓音说起来,"我现在再说一遍,我不必知道这事儿,我对此不予理睬。并非所有的妻子都这样善良,像您似的,忙着把这么**愉快**的消息让丈夫知道。"他把"愉快"这个词说得特别重。"在社会上不知道这件事以前,在我的名声没有受到玷污以前,我对这件事可以不予理睬。所以说,我现在只是在预先警告您,我们的关系必须一如往常,只是,在这种情况下,假如您自己来**损害**自己的**名誉**,那我就得要采取措施来保全我的名誉了。"

"但是我们的关系不可能再像从前一样了。"安娜用胆怯的声音说,恐惧地望着他。

当她再一次看见他那若无其事的姿态,听见他刺耳的、小孩子的童音似的嘲笑的声音,对他的厌恶之情让她心中原先对他的那种可怜荡然无存了,她只是感到害怕,然而无论怎样她还是想要弄清楚自己的处境到底如何。

"我不可能再做您的妻子了,既然我……"她正要开始说下去。

他发出一阵恶毒而冷酷的笑声。

"大概是,您所选择的那种生活,影响了您对事物的理解吧。对

369

此二者，我都是尊重的，或者说是蔑视的……我尊重您的过去，也蔑视您的现在……所以我跟您对我的话的解释相距很远。"

安娜叹息一声，垂下了头。

"再说，我也不明白，像您这样一个特立独行的人，"他情绪激昂地说下去，"怎么就能直截了当地给丈夫宣布自己的不贞，而不认为这里边有什么应该受到谴责的东西呢，让人觉得，似乎您是认为，对丈夫尽一个妻子所应尽的义务，倒是应该受到谴责的。"

"阿历克赛·亚力克山德洛维奇！您想要我怎么样呢？"

"我要的是，要您别让我在这里遇见那个人，要您一言一行都不会让**社会**上、不会让**家里的仆人**有可能说您是在犯罪……要您不再跟他见面。这要求，似乎不高吧。做到这几点，您就可以不履行一个忠实的妻子所应履行的义务而享受一个忠实的妻子所能享受的权利。我要告诉您的就是这些。现在我该走了。我不在家吃饭了。"

他站起来向门边走去。安娜也站起来。他默默地弯了弯腰，让她先走。

二十四

列文在草堆上过的那一夜对他来说不是白费的；他所经营的农业让他觉得反感了，他对此已经毫无兴趣。尽管收成好得不能再好，而却从来没有过，至少他觉得是从来没有过像今年这样多的挫折，在他和农民们之间也从来没有过这许多敌对的关系，挫折和这种敌对关系的原因，他现在算是完全明白了。他在这种劳动中所体验到的美妙，由此而来的他跟农民的接近，他对他们、对他们的生活所产生的那种羡慕之情，他想要转而去过这种生活的愿望（这种愿望在这天夜晚对他来说已经不是幻想，而是一种真正的意图，他已经仔细考虑过实现这种意图的许多细节），所有这些大大地改变了他对他所经营的农业的看法，让他已经不能在其中发现从前的那种乐趣，不能不看见他跟劳动者之间的那种不愉快的关系了，而这种关系正是整个事情的根本所在。一群像巴瓦一样的改良品种的母牛；所有的土地都施过肥，用犁铧翻耕过；九块围了柳条丛子的平坦的良田，其中九十亩都深深地埋足了底肥，好几架条播机，以及其他等等——假如所有这些全都是由他自己，或者由一伙志同道合的人，跟他观点一致的人来干，那该有多美。但是他现在清楚地看到（他正在写一本论农业经营的书，其中谈到农业的主要因素应该是劳动者，这项工作对他认识这一点大有帮助），——他现在清楚地看到，他所经营的农业只是他和这群劳动者之间所进行的一场残酷而顽强的斗争，在这场斗争中，一方面，他的这方面，总是一心一意要把一切都改造得像十全十美的范例一样好，而在另一个方面呢，——则是听天由命，顺其自然。在这场斗争中，他看见，他这方面是极尽其紧张努力之能事，而另一方面则是毫不努力甚至毫无打算，结果是，谁也不能从这份事业中得到好处，那么好的农具，那么好的牲口和土地全都白白地糟蹋了。而最主要的是——不仅花费在这件事情上的精力完全白费了，而且让他如今，当他一旦明白了他的事业的意义时，不得不感觉到，他所为之殚精竭虑的事情是完全不值得的。实质上，这斗争意义何在呢？他拼命去争每一个小钱（他也不能不争，因为只要他稍有松懈，他就没有足够的钱来付工资），而他们则只争干活时可以轻松愉快，像他们一向习惯了的那样。按照他的利益，要每一个干活的人尽可能多干些，还不要忘记尽量不损坏播种机，马拉耙子，打谷机，要干活的人对他所干的活处处用心，处处留意；而那些干活的人则希望干得尽可能快活些，边干边歇，而且主要的是，要能不操心，不费神，不动脑筋。今年夏天列文随时随地都看见这种情况。他派人去割苜蓿，是当草料用的，选的是几亩长满野草和蒿子的不能留种的坏地，他们却一口气给他把几亩最好的留种的地割掉了，还辩解说，是管家这样吩咐的，又安慰他说，草料可是顶好不过的；但是他明白，这是因为这几亩地割起来轻松些。他派一架翻草机去翻割下的草料，——没翻几行就把机器搞坏了，因为那个开机器的农民坐在驾驶台上，机翼在他的头顶上晃来晃去,他觉得闷气。他们却对列文说:"老爷您别烦心,婆娘们翻得可好着呢。"几张犁都不能用了,因为干活的人到地边上没想到把竖起的犁铧松开放倒,而是死用力气去掉头,折磨了马,还犁坏了地;他们还叫他放心。马匹老是被放进麦田里,因为谁也不肯去守夜,尽管列文吩咐了不许轮流守夜,他们还是这样干,那个瓦尼卡干过一整天的活,晚上就睡着了,他认了错,说:"随您怎么处治吧。"三头顶好的牛犊子吃得过饱撑死了,因为不给它们饮水就放进再生的苜蓿地里去,他们怎么也不肯承认是吃苜蓿撑死的,反而给老爷宽心说,有个邻居三天就糟蹋了一百一十二头牲口呢。所有这些事情之发生,并非因为有谁存心对列文或是对他的庄稼使坏;相反地,他知道他们都是喜欢他的,认为他是一个实实在在的老爷(这是最高不过的夸奖);而只是因为,他们想要快快活活、无忧无虑地干活,他们不仅是不关心不理解列文的利益,而且归根到底是跟他们自身最公正合理的利益相对立的。列文早就已经对自己的经营态度感到不满了。他看出,他的船漏水了,可是他没有发现是哪里漏水,也没有去查找过,这或许是他在故意欺骗自己。但是现在他不能再欺骗自己了。他对自己所经营的农务不仅是失去了兴趣,而且非常厌恶,他不能再经营下去了。

再加上,他想见而又见不到的吉蒂·谢尔巴茨卡雅就在离他三十里路之外。他去达丽雅·亚力山德罗芙娜·奥勃隆斯卡娅那儿的时候,她请他下次再去,再去的目的是,再一次向她的妹妹求婚,她暗示说,现在她妹妹会答应他的。列文自己呢,那天看见吉蒂·谢尔巴茨卡雅以后,他明白他并没有停止爱她;但是现在既然明知道她在奥勃隆斯基家里,他就不能上那儿去。他向她求过婚,她拒绝了他,这件事在他们之间设下了一层不可逾越的障碍。"我不能只是因为她不能够给她想要的那个男人做妻子,便要求她做我的妻子。"他自己在心里这样说。这种想法使得他对她冷淡而且带有敌意。"让我现在跟她说话又不带责备的心情,眼睛望着她又不生气,这我做不到,而这样她就只可能更加恨我,这是一定的。再说,现在,在达丽雅·亚力山德罗芙娜给我说过那些话之后,我怎么能够再上他们家去呢?难道我能装得好像我不知道那些她给我说过的话?现在要我宽宏大量地去——去原谅她,饶恕她。要我去在她面前扮演一个不计前嫌的、把自己的爱赏赐给她的角色!……达丽雅·亚力山德罗芙娜干吗要对我说这些呢?我或许会不期而遇地见到她,那时候一切或许会自然而然地解决,可是现在不行,现在不行啊!"

达丽雅·亚力山德罗芙娜派人给他送来一张纸条,向他借一副女式马鞍给吉蒂用。"人家说您有马鞍子,"她在信里写道,"我希望您自己把它带来。"

这简直让他受不了。一个聪明伶俐的女人怎么可以如此贬低自己的妹妹!他写了上十张纸条,又全都撕掉了,就没写回信把马鞍子送去了。写他要来吧,——不行,因为他不能够去;写他不能来,因为有事走不开,或者说要上别处去吧,——那还要更糟。他没写回信送去了马鞍子,觉得自己做了件什么可耻的事情,于是第二天就把让他厌烦的农务全都交托给管家,去一个遥远的小县里找他的朋友斯维雅日斯基了,斯维雅日斯基家附近有一些绝好的打鹬鸟的沼泽地,这人不久前刚来信说,请他去那儿住几天,这是列文早就想要做的事。苏洛夫斯基县的那几片打鹬鸟的沼泽地列文是垂涎已久了,可是因为一件又一件的农务上的事,把这次出行拖延了下来。这会儿,他乐得远远地躲开谢尔巴茨基家的人,而且,主要的是,也躲开了庄稼上的事。这是去打猎呀,当他心事重重、苦恼万分的时候,打猎是他最好的安慰。

二十五

去苏洛夫斯基县既没有火车,也没有驿车可乘,列文是坐自家的三驾四轮大马车去的。

列文半路上停下来在一个富裕农户家喂马。一个秃顶的精神很好的老汉,满脸棕色的胡子,两颊胡子已经发白了,他把门打开,身子贴在门框上,让车子进去。老汉给车夫指了个遮阳棚子下面的地方,就请列文去正房里坐。院子又大又宽敞,刚刚收拾过,那里放着几架用火燎过的木犁。一个穿得干干净净的年轻女人,光脚穿一双套鞋,弯着腰在新修的过道里擦地板。跟着列文跑进屋的狗把她吓了一跳,她喊出声来,但是一听说这狗不咬人,马上又为自己的害怕发笑了。她用挽着袖子的手给列文指了指正房的门,又俯下身去把她那张漂亮的脸藏起来,继续擦地板。

"怎么,要个茶炊吗?"她问道。

"好的,麻烦你了。"

正房很大,有荷兰式的壁炉和隔板。神龛下面是一张描花桌子,一条长凳,两把椅子。门边有一个不大的餐具橱。百叶窗关着,苍蝇很少,太干净了,让列文有些担心,怕拉斯卡一路跑来,又在泥塘里滚过,别弄脏了地板,便让它卧在门边的屋角里。列文在正房里观察过,又来到后院,那个好看的穿套鞋的年轻女人摇摇晃晃挑着一担空水桶,快步走在他前面,去井上挑水。

"你给我快点儿呀!"老汉快活地朝她喊了声,向列文走来。"怎么,老爷,去尼古拉·伊凡诺维奇·斯维雅日斯基那儿?那位老爷也常上我们这儿来的。"他很爱说话,把手肘撑在台阶栏杆上,便聊了起来。

老汉正谈着他跟斯维雅日斯基的交情,大门又轧轧地响了,干活的人们带着犁头和耙子从地里回来了。套着犁耙的马匹都很肥壮。几个干活的显然是自家人:两个很年轻,穿着花布衬衣,戴着便帽,另外两个是雇工,穿麻布衬衣,一个老人,一个年轻小伙子。老汉离开台阶,走到马跟前,给马卸套子。

"这犁的是什么地呀?"列文问。

"犁的是土豆地。我们也租下一小块地啦。你,费多特,别把骟马放了,牵到槽上去,换一匹别的马套上。"

"啊,爹,我叫他们把犁头拿来,怎么,有了吗?"那个高个子的健壮小伙子问道,看得出,是老汉的儿子。

"在……在过道里放着。"老汉回答,他正把卸下的缰绳绕起来,扔在地上,"趁他们吃饭的时候,把它装好。"

长得很好看的那个年轻女人挑着满满两只压在她肩头上的水桶走进过道来。不知从哪儿又出来几个婆娘——有年轻漂亮的,有中年的,也有又老又丑的,有的带着孩子,有的没带。

茶炊上的烟囱呜呜响了;干活的人和家里的人把马安顿好,就去吃饭了。列文从车上拿来自己带的食物,请老汉跟他一块儿喝杯茶。

"哦,我们今天已经喝过啦,"老汉说,显然很高兴地接受了邀请,"就陪您再喝一杯吧。"

喝茶时候,列文了解了老汉的整个发家史。十年前老汉从一个女地主手里租了一百二十亩地,去年把这些地都买下了,还从邻近一个地主那里又租了三百亩。其中一小部分地,顶不好的那一块,他租出去了。自己一家人种了四十亩,还雇了两个人。老汉抱怨说日子不好过。但是列文明白,他只是客气才这么抱怨的,他的家业兴旺得很呢。要是不好过,他不会花一百零五个卢布一亩去买地,不会给三个儿子和一个侄儿都娶了媳妇,也不会两次遭天火又重新把房子盖起来,而且一次比一次盖得好。尽管老汉在抱怨,看得出他为他的家境,他的几个儿子、侄儿、媳妇,他的马、牛,特别是他能撑起这份家业的本领而得意,他得意是有道理的。在跟老汉的谈话中列文知道,他这人并不排斥新办法。他种了许多土豆,列文从地里走过时看见,他的土豆已经开过花,开始结果实了,而列文的土豆才刚刚开花呢。他的土豆地是用他从一个地主那里借来的新式步犁耕种的,他称这种犁是"普鲁嘎"。他还种小麦。老汉在锄黑麦的时候把锄下来的黑麦苗拿去喂马,这一个小事情让列文特别地惊异。列文好多次看见这种顶好的饲料白白糟蹋了,想要收集起来;可是他却总是办不到。而在这个庄稼人这里却办到了,列文对这种饲料赞不绝口。

"娘们儿是干什么的？她们把锄下来的麦苗抱去堆在路边上，大车来了就拉走。"

"可是我们这些地主，靠雇工总是搞不好。"列文说，一边给老汉递了杯茶。

"谢谢您。"老汉接过茶杯回答说，他指着他没啃完的一小块糖，谢绝了列文又递给他的一块。"靠雇工怎么搞得好呢？"他说，"只会是一团糟啊。就说斯维雅日斯基吧。这我们都知道的，多好的地哟，——黑油油的，鸦片烟膏子似的，可收成嘛就没啥好夸口的。就是没照管好哟！"

"你也雇人种地的呀？"

"我们是庄稼人。我们什么都能自己动手干。不行，就请走：我们用自己人就干得了。"

"爹，菲诺根要点柏油。"一个穿套鞋的女人进来说。

"就是这样，老爷！"老汉说着站起来，一个十字画了好长时间，又谢过列文，才走出去。

列文走进下屋去喊自己的车夫，他看见全家男人正坐在桌上吃饭。女人们站在一旁伺候着。那个年轻健壮的儿子，满口含着粥，正在说一件什么好笑的事，全都哈哈大笑了，那个穿套鞋的女人特别地开心，她正在把菜汤往碗里舀。

非常可能，是那个穿套鞋的、面孔好看的媳妇，让列文对这个农民家庭的富裕留下了很深的印象，但是这印象实在太强烈了，让列文怎么也丢不开它。从这个老汉家到斯维雅日斯基家的一路上，他老是记得这家人的这份家业，眼看忘了，忘了，又马上想起来。似乎在这个印象中有点什么要他特别留意的东西。

二十六

斯维雅日斯基是这个县的贵族长。他比列文大五岁，也早就结婚了。他的小姨子住在他家里，列文对这姑娘颇有些好感。列文也知道,斯维雅日斯基和他妻子非常想要把这个姑娘嫁给他。他毫无疑问地明白这一点,就好像所有那些年轻人,那些所谓的未婚男子全都明白这种事一样,虽然他从来也没想着要把这事说给谁听。他也明白,尽管他是想娶妻子的,尽管从各方面看,这位非常迷人的姑娘一定会是一个出色的妻子,他仍然像是要他平步登天一样地不大可能娶她,哪怕他没有爱上吉蒂·谢尔巴茨卡雅,这也是不可能的。因为明白这一点,他去斯维雅日斯基家所预期得到的乐趣大大地减少了。

接到斯维雅日斯基邀请他去打猎的信,列文马上就想到了这一层,但是,虽然他那样想了,他还是作出了这个判断:认为斯维雅日斯基对他有这种看法,只不过是他自己毫无根据的猜想。所以他还是去了。除此之外,在内心深处他也想检验一下自己,再试试看他到底是不是喜欢这个姑娘。斯维雅日斯基一家人的家庭生活是极其愉快的,对斯维雅日斯基本人列文也从来都非常感兴趣,他是列文所知道的最优秀的地方自治活动家的典型。

斯维雅日斯基是那种经常让列文感到惊讶的人物之一,这种人发起议论来,虽然从不独到,却也非常精辟;但议论归议论,而生活归生活,他们所过的生活自有其异常坚定不移的方向,与他们的议论全然无关,并且几乎总是与其议论背道而驰的。斯维雅日斯基是一个极端的自由派。他蔑视贵族,认为绝大多数贵族暗地里都是拥护农奴制度的,只不过出于怯懦嘴里不说就是了。他认为俄国已无可救药,有点像土耳其,俄国的政府真是糟糕透顶,所以他甚至从不认真地去批评这个政府的所作所为,但同时,他又在这个政府中供职,而且是一个模范的贵族长,每次出行他都要戴上那顶镶有帽徽和红色帽箍的贵族长的制服帽。他以为,只有在国外才有可能过上像人过的日子,因此一有机会他就到国外去住,但同时他又在俄国经营一个非常复杂、经过改良的农庄,还极其感兴趣地注视着俄国所发生的一切,并且对俄国的事情了如指掌。他认为俄国的农民正处于从猿到人的发展阶段上,但同时在地方自治局的选举会上,他比任何人都更乐意跟农民握手，更乐意倾听他们的意见。他既不迷信鬼神，也不相信人死后会下地狱或者进天堂，但是他又非常关心神职人员生活的改善和教区的缩减问题，还特别张罗过一番，把教堂保留在他的村子里。

在妇女问题上，斯维雅日斯基站在极端派一边，主张给妇女以完全的自由，特别是妇女应该有劳动权，但是，他跟妻子所过的日子是那么美满，人人都羡慕他们那恩恩爱爱的没有孩子的家庭生活，他给自己妻子所安排的生活方式是，让她什么也不要做，也不可能做，她唯一能做的，便是和丈夫一同操心怎样更舒适、更快活地消磨时光。

列文生来就具有一个特点：总是从最好的方面看人，若不是因为这个，了解斯维雅日斯基的性格对他并不存在任何困难和问题；他会对自己说一句：这人不是傻瓜，就是坏蛋，于是一切也就一清二楚了。但是他说不出**傻瓜**二字，因为斯维雅日斯基这人无疑是不仅非常聪明，而且非常有教养的，他把自己的教养又看得异乎寻常地平淡，从不炫耀。没有什么事情是斯维雅日斯基所不知道的；但是只有在迫不得已的时候，他才会表露出自己的学识来。列文更少可能说他是一个坏蛋，因为斯维雅日斯基毋庸置疑是一个诚实、善良、聪明的人，他办起事来一向心情愉快，生气勃勃，坚持不懈，他的所作所为一向受到他周围所有人士的高度评价，可以十分有把握地说，他从来没有存心做过、也不可能存心去做任何坏事情。

列文力图理解他，理解他的生活，但却不能理解，总是把他和他的生活看成一个莫大的谜。

斯维雅日斯基对列文很是友好，因此列文总是设法要探究其深浅，了解他人生观之根底何在；而却又总是徒劳。每一次，当列文到达斯维雅日斯基那对所有人都敞开的、心灵的门口，想要前进一步，而登堂入室时，列文便会发觉，斯维雅日斯基总有点儿窘态；他目光中会显出一种隐约可辨的惊慌，他似乎害怕列文会参透他的底蕴，立刻给以温和愉快的拒绝。

现在，列文对自己经营的农事感到悲观失望，他特别愿意去斯维雅日斯基家待上几天。且不说见到这一对幸福快乐的、对自己对别人都心满意足的恩爱夫妻，见到他们的小安乐窝儿时，列文会觉得十分愉快，此时此刻，因为列文对自己的生活如此不满，他还很想要探寻一下，斯维雅日斯基之所以能生活得如此爽朗、明确、快乐的秘密何在。除此之外，列文知道，他在斯维雅日斯基家还能见到邻近的一些地主，他现在特别有兴趣找人聊聊，听听有关农务上的事，那些关于收成呀，雇工呀等等的谈话本身，列文知道，一向都被认为是不登大雅之堂的，然而这些东西此刻对于列文却似乎是唯一重要的。"这些事，或许，在农奴制度下是不重要的，或者在英国是不重要的。在那两种情况下，各种章法已经确定；而现在，在我们这里，当一切都翻了一个身，刚刚有个安排，这些章法将怎样确定下来，就成了俄国的一个唯一重要的问题。"列文这样想着。

打猎的事比列文预期的要糟。沼泽地都干了，鹬鸟根本见不到，他转悠了整整一天，才打回三只来，但是，就像每次打猎回来时那样，他胃口好得很，情绪也好得很，精神状态也很振奋，他在每次剧烈的体力活动之后都是这样。打猎中，当他好像脑子里什么也没想的时候，忽然他又记起了那位老汉和那一家人，他们给他留下的印象似乎不仅要求他给以注意，而且要求他解决一个什么和他自己密切相关的问题。

晚上喝茶时来了两位地主，是来谈什么产业托管的事，大家便开展了一场列文所正想要听的有趣的谈话。

列文坐在茶桌边女主人身旁，他非跟女主人和那位坐在对面的小姨子谈话不可了。女主人是个圆脸蛋儿、浅黄色头发、身材不高的女人，两个酒窝儿和一副笑容一直挂在脸上。列文极力想要通过她解开她丈夫身上那个对列文来说非常重要的谜，但是他无法充分自由地思索，因为他感到不自在得难受。他不自在得难受，是因为他对面坐着的那位小姨子穿着一件他似乎觉得是特别为他才穿的连衣裙，领口开成一个与众不同的梯形，露出雪白的胸部来；就是这一个梯形的领口，尽管那露出的胸部是非常之白，或者说，恰恰是因为这胸部非常之白，便剥夺了列文的思维自由。列文心想，他认为这领口是为他而开的，也许是想错了吧，于是他认为自己无权去注视它，因此也就尽量不去注视它；但是他又感到，这领口如此一开，他就罪责难逃了。列文觉得他好像在欺骗什么人，他应该对某件事加以说明，然而又觉得怎么也办不到，因此他不停地脸红，心中不安，好不自在。他这样不自在，惹得那位漂亮的小姨子也不自在了。但是女主人好像并不察觉，还是故意地要把小姨子拖进来一同谈话。

"您说，"女主人接着已经开始的话题谈下去，"我丈夫对一切俄国的事情都不感兴趣。才不是呢，他在国外是很开心，但是怎么也比不上在这儿开心。在这儿他觉得是在自己人中间。他有那么多事情好做，而他又天生地对一切都感兴趣。啊，您还没上我们的学校去看过吧？"

"我看见了……是那座爬满长春藤的房子吧？"

"是的，那是娜斯佳的事儿。"她说，指了指她妹妹。

"您自己教学生吗？"列文问道，他极力把目光躲过那个领口，但是又感觉到，不管他朝她那边的什么地方看，他都会看见那个领口。

"是的，我原先是自己教的，现在还教，不过我们有一位非常好的女教师。我们还开设了体操课呢。"

"不啦，我谢谢啦，我不想再要茶了。"列文说，他感觉到自己有失礼貌，但是他实在没法继续这样谈下去，便红着脸站了起来。"我听见他们谈得非常有趣呢。"他又说了一句，便走向茶桌的另一端，男主人和两位地主坐在那里。斯维雅日斯基侧身坐在桌前，一只手臂搁在桌上，手里转动着一只茶杯，另一只手攥着自己的一把大胡须，送到鼻子前面停一停，再放开，好像是闻了闻。他用两只乌黑油亮的眼睛直视着那位正在发火的灰白胡子的地主，显然他是觉得这人的话很好玩。这位地主在抱怨农民。列文明白，斯维雅日斯基知道怎样回答地主的抱怨,他只要一开口,就能让这位老爷的话变得毫无意义,但是处在他的地位上他不能这样回答,于是便不无几分欣赏地倾听着这位地主的可笑的言词。

灰白胡子的地主看得出是一个顽固不化的农奴主义者和多年住在乡下的土财主,也是个充满激情的农业主。列文从他的衣着上——一件老式破旧的常礼服,显然他不常穿它,——同时也从他一双聪明的、眉头紧皱的眼睛上,从他流畅的俄国口语上,从他日久成性,显然是习惯使然的命令口吻上,还从他被太阳晒黑的又大又好看的两只手的果断动作上,看出了这些特点,他的无名指上还戴着一只老式的订婚戒指。

二十七

"要不是舍不得把已经经营的东西丢掉……花了好多力气啊……我真是什么也不管了,全都卖掉,一走了事,像尼古拉·伊凡内奇那样……去听听**爱伦娜**,"那位地主说,他快活地笑着,笑容使他一张聪明的老脸容光焕发了。

"可是您就没丢呀,"尼古拉·伊凡诺维奇·斯维雅日斯基说,"可见,好处还是有的呀。"

"好处就一点,住在自己家里,不仰人鼻息,不受人差遣。可还是一个劲儿地盼望着,但愿这些农民们有一天会变得清醒点儿。要不呀,您信不信的吧,——就只会这样酗酒呀,放荡胡闹呀!老是一次次地割业分家,搞得连一匹瘦马一条小牛也没有。饿得只剩一口气了,您去雇他来干活吧——他给您一个劲儿地捣蛋,还要去治安法官那儿告您的状。"

"您也可以去治安法官那儿告状的呀。"斯维雅日斯基说。

"我去告状?我怎么也不会这样做!会惹出那么多闲话来,所以没人喜欢去申诉的!就拿良种养殖场来说——他们拿了定钱,就跑了。治安法官又能怎么办?宣告无罪。全都得依靠地方裁判所和乡长。这一位就按老规矩用鞭子抽他。要不是这样,——你就全都扔掉吧!你就跑到天边上去吧!"

很明显,这位地主是在嘲笑斯维雅日斯基,但是斯维雅日斯基不仅不生气,而且,看起来,还很开心。

"可是您瞧,我们经营自己的产业并没用这种办法,"他微笑着说,"我,列文,还有他。"

他指着另一位地主。

"是的,米海依尔·彼得罗维奇也在干,可是您问问他怎么个干法?这难道是合理的经营方法?"这位地主说,明显地炫耀着"合理"这个词儿。

"我的经营办法很简单,"米海依尔·彼得罗维奇说,"谢天谢地。我的经营办法不过是,秋天纳税前把钱准备好。庄稼人会跑来说:老子呀,亲爹呀,帮一把吧!喏,都是乡亲庄稼人,怪可怜的。喏,给他们先付三分之一,只是要说这句话:记住啊,伙计,我帮了你们,我有难处的时候,你们也要帮帮我——种燕麦呀,割草呀,收粮食呀,还要先说定每户摊多少工。他们里头也有没良心的,这是老实话。"

列文早就熟悉这种家长制的办法,他跟斯维雅日斯基交换了一个眼色,打断了米海依尔·彼得罗维奇的话,又跟那个灰白胡子的地主说话。

"您以为怎么样呢?"他问,"现在应该怎么来经营才好呢?"

"就像米海依尔·彼得罗维奇这么办嘛:要么对半分,要么向农民收租子;这都行得通,可是这种办法把国家总的财富都给搞光啦。在我的土地上,用农奴制劳动和良好经营的办法本来可以收获种子的九倍,用对半分的办法就只能收三倍。农奴解放把俄国给毁啦!"

斯维雅日斯基用微笑的目光瞧了瞧列文,甚至给他隐隐做了一个嘲笑的手势;但是列文并不觉得这位地主的话有什么可笑,——他对这些人比对斯维雅日斯基更了解。这位地主接着说的许多话,证明俄国被农奴解放毁掉了,这些话让列文甚至觉得都是非常可靠的,前所未闻的,无可辩驳的。这位地主说的是他自己的思想,这是不多见的,他有这些想法并非因为脑子闲着没事干,找点儿东西来想一想,这些思想是从他的生活条件里产生的,是他一个人待在与世隔绝的穷乡僻壤里深思熟虑得到的。

"请注意,问题在于,任何一种进步都是依靠权力来实现的,"这位地主说,他显然希望表现一下,让人家知道他并非是没受过教育的,"就拿彼得大帝,叶卡捷琳娜,亚历山大他们的改革来说吧,就拿欧洲的历史来说吧。农业方面的进步更是这样。哪怕是土豆吧,——也是用强制手段才引进到我们国家来的。就连木犁也不是常用的。它也是引进的,或许,是在封建时代吧,不过一定是强迫引进的,现在,在我们的时代,我们这些地主们在农奴制度下就采用了各种改良手段经营我们的农业;又是烘干机,又是扬谷机,又是施肥车,还有各式各样的农具——所有这些我们都是运用我们的权力才引进的,庄稼人开始都是反对的,后来便学我们的样。而现在,农奴法废除了,我们的权力被人剥夺了,于是我们的农业,它已经提高到了很高的水平上,又只好下降到最野蛮、最原始的状态了。我就是这样看的。"

"那是为什么呢?如果说您的办法是合理的,那您可以用雇工的办法来推行它呀。"斯维雅日斯基说。

"权力没有啦。我靠谁去推行呢?请问。"

"就是这个——就是劳动力,它才是农业的首要因素。"列文想。

"靠雇工呀。"

"雇工不肯好好儿干,也不肯用好的农具干。我们的雇工只知道一件事——喝酒,像头猪一样地喝酒,喝醉了酒,就把你给他的东西统统搞坏。饮马时候把马胀死,上好的马具都搞断,装在车上的轮胎卸下来,拿去换酒喝,把铁片放进打谷机里把机器搞坏。凡是不合他口味的,他见了就恶心。所以整个农业水平就下降了。土地荒废了,长满了蒿草,要不就分给了庄稼人,原先一块地上能出产一百万的,现在只能出几十万了;总的财富减少了。同一件事做起来,若是好好算一算……"

于是他开始阐述他的一套解放农奴的方案,照他的办法,这些缺点就都避免了。

这些话不让列文感兴趣,等他说完,列文又提起他最初的话题,并且是对斯维雅日斯基说的,极力想要引这位主人说出自己真正的看法来。

"说农业的水平在降低,在当前我们和雇工的关系下,没有可能进行有益的合理经营,这话是完全正确的。"列文说。

"我不这样认为,"斯维雅日斯基已经在认真地反驳了,"我只看见,我们不善于经营农业,相反的是,我们在农奴制度下所经营的农业,水平不是太高,而是太低了。我们没有机器,没有好的耕畜,没有真正的管理制度,我们连算账都不会。您去找个当家的问问,——他就不知道什么对他有利,什么对他没有利。"

"意大利式的记账法,"这位地主讥笑地说,"不管你怎么算吧,把您的所有东西都糟蹋光了,也就不会有盈利了。"

"为什么会糟蹋光呢?一架破破烂烂的打谷机,你那种俄国造的压榨机,是会弄坏的,而我的那架蒸汽机是不会弄坏的。一匹俄国种的劣马,怎么说来着?叫做拽尾巴种的,要你拽着尾巴才肯走的那种马,是会给您糟蹋掉的,可要是养法国诺曼第的贝雪马或者哪怕就是俄国的比秋格马吧,就没法糟蹋。就这么回事儿。我们应该把农业提高一步。"

"要是有本钱就好啦,尼古拉·伊凡内奇!这对您倒是不错,可我得供一个儿子上大学,几个小的要上中学,——我就买不起贝雪马。"

"可是银行可以贷款呀。"

"是要把我最后一点东西都拿去拍卖掉吗?不,谢谢啦!"

"我不同意说需要并且可能再提高农业的水平,"列文说,"我就是这样做的,我也有条件,可是我什么也做不成。我不知道银行到底对谁有好处。至少我无论在农业上花什么钱,全都得折本:牲口——折本了,机器——折本了。"

"这话是不假的。"灰白胡子的地主马上证明说,他甚至满意得笑出声来。

"不是我一个人,"列文说下去,"我可以举出所有进行合理经营的农业主来作证:除了极少数的例外,全都经营得折了本。喏,您说说,您的农业怎么样——赚钱吗?"列文说,于是列文马上在斯维雅日斯基的目光中察觉到那种一闪而过的惊慌表情,每当他想要从斯维雅日斯基心灵的门口向里深入一步时,他都会察觉到这样的表情。

此外,从列文这方面来说,这个问题问得并非是全然与人为善。女主人在喝茶时刚刚告诉他,他们今年夏天从莫斯科请来一位德国人,一个会计专家,以五百卢布的报酬,对他们的经营做了核算,发现他们亏损了三千多卢布。她记不得究竟亏了多少,但是好像那个德国人是一分一厘都算清了的。

那个地主一听到斯维雅日斯基经营的盈亏便微微笑了笑,他明明知道他这位邻居和贵族长会有多少盈利。

"或许是,没有盈利吧,"斯维雅日斯基回答说,"这只不过证明,要么我不善经营,要么是我把资金用在提高经济效益上了。"

"啊,土地收益!"列文吓人地喊叫了一声,"或许在欧洲是有经济效益的,在那里土地由于投入劳动而变得愈来愈好了,可是在我们这里所有的土地都因为投入劳动而愈变愈坏了,也就是说,土地被人种坏了,——所以说,就没有经济效益了。"

"怎么会没有经济效益呢?这是规律呀。"

"那么我们就是例外:经济效益的说法在我们这儿什么也解释不了,而相反,还把问题搞糊涂了。不,您倒说说看,土地收益的理论怎么可能是……"

"诸位要点酸牛奶吗?玛莎,给我们拿点儿酸牛奶或者草莓来,"他对妻子说,"今年草莓结得晚多了。"

斯维雅日斯基情绪非常好地站起来走开了,显然他是认为,谈话到此结束,而列文觉得才刚刚开头呢。

列文失去了谈话的对手,便跟那位地主继续谈下去,极力想要向这位老爷证明,一切困难都是由于我们不愿意了解我们那些雇工的特点和习惯;但是这位地主老爷,跟所有自成一格又离群索居的人们的思想方式一个样,很难理解别人的想法,又特别固执己见。他坚持说,俄国农民是猪,爱过猪的日子,要让他不过猪的日子,需要有权力,而我们没有权力,就得有根棍子,而我们又变得太自由了,把几千年来用惯了的棍子忽然换成了辩护律师呀,拘留所呀,在拘留所里还要给这些下贱的臭烘烘的庄稼汉喂可口的汤,计算他们一个人能享有多少立方英尺的空气。

"为什么您认为,"列文说,他很想回头再谈原先的问题,"不可能和劳动者之间建立一种让工作产生成效的关系呢?"

"跟俄国老百姓是怎么也办不到这一点的!没有权力呀。"这位地主回答说。

"怎样才能找到新的条件呢?"斯维雅日斯基说,他吃过酸牛奶,抽起一支烟,又来到两个争论着的人身边。"对待劳动力的一切可能的关系都是有定规的,经过研究的,"他说,"野蛮时代的残余,原始公社和连坐法,自然是解体了,农奴制度消灭了,留下的只有自由劳动,而自由劳动的形式也是有定规的,现成的,应该加以采用。长工,日工,佃农——也不外乎这些。"

"但是欧洲就不满足于这几种形式。"

"不满足就再找新的嘛。大概会找到的。"

"我说的也就是这个意思,"列文回答说,"为什么我们自己不能去找呢?"

"因为这就跟再去想出一种建造铁路的方法一个样。方法都是现成的,人家想好了的。"

"可是如果这些方法对我们并不适用呢,如果这是些愚蠢的方法呢?"列文说。

于是他又在斯维雅日斯基的眼睛里察觉到那种惊慌的表情。

"对,这就是说:我们可以轻而易举地达到目的,我们找到了欧洲正在寻找的东西!这我全知道,但是,请原谅,您知道欧洲在劳动制度问题上做到了一些什么吗?"

"不,不大知道。"

"现在欧洲一些最聪明的人都在研究这个问题。舒尔兹·捷里奇那一派人①……再就是,最富自由主义色彩的拉萨尔派②,那一大堆有关工人问题的文献……米尔豪森制度③——这些都是现有的事实,您大概都知道。"

"我有一点概念,但是很模糊。"

"不,您不过是这样说;您大概对这些知道得不比我少。我,当然啦,不是个社会学教授,可是这些东西让我感兴趣,说真的,要是您也感兴趣的话,请您来研究研究。"

"可是他们能得出什么结论呢?"

"对不起……"

两位地主站起来,于是斯维雅日斯基再次制止了列文想要窥探他心灵奥秘的令人不愉快的习惯,出去送客了。

二十八

这天晚上列文感到,跟斯维雅日斯基的太太和小姨子在一起实在闷得受不了:他从来没有像今天这样地心情激动,因为他想到,他如今所体验的那种对农业的不满,并非他自己的个别情况,而是俄国农业一般的现状,他想到,不管劳动者在哪里劳动,都应该建立某种类乎他在半路上那位老人家里见到的关系,这不是幻想,而是一

---

① 舒尔兹·捷里奇(1808—1883),德国经济学家,主张调和工人和资本家的利益。
② 拉萨尔(1825—1864),德国社会主义一个派别的创始人,主张与政府合作。
③ 米尔豪森制度,一个工厂主在法国阿尔萨斯省的米尔豪森城推行的工人协会制度。目的是改善工人生活,调和矛盾。

个课题,一个必须解决的课题。他觉得这个课题是可以解决的,应该试着去解决它。

列文向两位女士道了晚安,答应明天再待一整天,跟她们一块儿骑马去看公家森林里的一个有趣的大陷坑,临睡前,他到主人的书房去取一本关于劳动者问题的书,是斯维雅日斯基建议他看一看的。斯维雅日斯基的书房是一间很宽敞的大房间,四边是书柜,有两张桌子——一张巨大的写字台,摆在屋中央,另一张是圆桌,中间一盏灯,周围呈星状陈列着各种语言的最新报刊。写字台旁是一只抽屉架,每只抽屉上都贴着金色签条,放着各类事务文件。

斯维雅日斯基找到那本书,在摇椅上坐下。

"您在看什么?"他对站在圆桌旁翻看杂志的列文说。

"啊,对了,这儿有一篇非常有意思的文章,"斯维雅日斯基说的是列文手里拿着的那本杂志,"原来,"他又快活又兴奋地接着说,"瓜分波兰的罪魁祸首根本不是腓特烈。原来……"

于是他简单明了地说了说这个非常重要而有趣的新发现,这是他特有的说话本领。虽然列文这时候心里所想的主要是农业的事,听着主人的谈话,他不禁自问:"他脑子里到底藏了些什么?他为什么,为什么要对瓜分波兰的事感兴趣?"等斯维雅日斯基说完了,列文不由得问道:"那又怎么样呢?"但是什么也不怎么样。让人感兴趣的只是那个"原来"而已。不过,为什么他对这个感兴趣,斯维雅日斯基未做解释,他也不认为有必要解释。

"哦,不过我倒是对那位爱生气的地主很感兴趣呢,"列文叹了口气说,"他很聪明,说了好多真话。"

"哎呀,得了吧!一个彻头彻尾的暗藏的农奴主,他们都是这样的!"斯维雅日斯基说。

"而您是他们的首领……"

"对,只不过我是要把他们领往另一个方向的。"斯维雅日斯基笑着说。

"让我很感兴趣的是,"列文说,"他说得很对,我们的做法,就是说合理的农业经营,是行不通的,行得通的只有放债式的经营,就像那位文静的地主所做的那样,要不就用最普通的方法去经营。这怪谁呢?"

"当然,怪我们自己。不过,要说行不通,那也不对。在瓦西里奇科夫那儿就行得通。"

"工厂……"

"可我还是不明白您为什么惊讶。老百姓处于如此低下的物质和精神发展阶段上,显然他们会反对一切他们所不熟悉的东西。在欧洲合理经营行得通,因为老百姓受过教育;所以说,我们应该教育老百姓,——问题就在这里。"

"但是怎么教育老百姓呢?"

"要教育老百姓,需要三件东西:学校,学校,和学校。"

"可是您自己刚才说,老百姓处于低下的物质发展阶段上。学校又能起什么作用呢?"

"您知道吗,您让我想起了一个给病人出主意的笑话:'您不妨试试泻药。''试过啦:结果更糟。''那么试试蚂蟥疗法吧。''试过啦:结果更糟。''喏,那就只有祷告上帝了。''试过啦:结果更糟。'咱们现在就这样。我说政治经济学,您说——结果更糟。我说社会主义——结果更糟。教育——结果更糟。"

"学校能起什么作用呢?"

"能让他们产生其他的需求呀。"

"这我就怎么也搞不懂了,"列文激动地反驳说,"学校怎么来帮助老百姓改善他们的物质状况呢?您说,学校和教育会让他产生新的需求。那就更糟糕了,因为他们不会有能力去满足这些需求。而加法、减法、教义问答这些知识怎么来帮助他们改善自己的物质状况呢?这我怎么也搞不懂。我前天晚上遇见一个婆娘抱着个吃奶的孩子,我问她去哪儿。她说:'去找个巫婆,哭鬼把娃娃缠住啦,抱去治一治。'我问她巫婆怎么治哭鬼。'让孩子骑在鸡窝里的横木上,嘴里再念点什么'。"

"喏,这可是您自己说的! 要她不把孩子骑在横木上去治哭病,就需要……"斯维雅日斯基快活地微笑着说。

"啊,不对!"列文恼火地说,"我觉得这种治病方法就跟用学校来给老百姓治病一个样。老百姓贫穷,没受过教育——这我们看得很清楚,就好像那个婆娘看见哭鬼一个样,因为孩子在哭呀。但是为什么学校能够帮助他们摆脱贫穷和没有受教育所带来的苦难,还是搞不明白。就好像为什么横木上的母鸡能治哭鬼一样地搞不明白。要帮助解决的是,老百姓贫穷的根源问题。"

"喏,您至少在这一点上跟您那么不喜欢的斯宾塞①走到一块儿去了;他也说,教养可能是生活上更大程度的富足和舒适所带来的结果,用他的话说,是经常洗涤带来的结果,而不是会读书算账带来的……"

"喏,是这样,我非常高兴,或者说,正相反,我非常不高兴跟斯宾塞不谋而合;只是这一点我早就知道了。学校是起不了作用的,能起作用的是那种老百姓在其中能够变得更富有、更有闲暇的经济制度,——到那时候学校也会有的。"

"然而在全欧洲现在学校教育都是义务的。"

"您怎么自己在这个问题上也同意了斯宾塞?"列文问道。

但是在斯维雅日斯基的眼睛里又一闪而过地出现了那种惊慌的表情,他微微一笑说:

"不啊,这个哭鬼的故事真太好啦! 真是您亲耳听到的吗?"

列文看出,自己是不会找到这个人的生活与他的思想之间的联系了。显而易见的是,这个人的议论会达到怎样的结论,他完全不在乎;他所需要的只是议论过程本身。如果这议论过程把他带进了死胡同,他会不开心的。他不喜欢的就是这个,逃避的也就是这个,所以他便把话题引到不管什么只要是快活有趣的事情上。

这一天里所得到的种种印象,从半路上的那个农民留下的印象

---

① 斯宾塞(1820—1903),英国哲学家、社会学家。

开始,让列文非常激动,那个农民留下的印象似乎成了列文今天所有印象和思想的基础。这位可爱的斯维雅日斯基,他保有某些思想只是为了在社交应酬中使用,他显然还有另外一些对列文秘而不宣的生活原则,而同时当他和不计其数的普通老百姓在一起,他又用这些他自己并不知其然的思想去领导社会舆论;这一位满腹牢骚的地主,他的那些被生活逼出来的议论都是完全公正的,但是他把牢骚发在整个一个阶级,而且是俄国最优秀的阶级身上,那就不公正了;同时列文还对自己所从事的工作不满,模糊地希望能找到一个纠正这一切的办法,——所有这些印象和思想便汇合为一种内心不安的情绪,和一种迅速解决的期待。

列文独自待在为他准备的房间里,躺在手脚一动便会突然弹起来的弹簧软垫上,很久都睡不着。斯维雅日斯基虽然说了许许多多聪明话,但是他们的交谈列文一点儿也不感兴趣;那位地主所摆的道理倒是需要考虑一下的。列文不由得把他的话全都回想了一遍,还在心里修改了自己给他的回答。

"是的,我应该对他说:您说我们的经营办法行不通,因为农民憎恨一切的改良办法,说必须用权力来推行改良;但是,假如没有这些改良我们的经营本来就完全行不通的话,您的话或许是对的;但是它是行得通的呀,只要是在劳动者可以按照他们自己的习惯办事的地方,它就是行得通的,就像在半路上的那个老汉家里那样。您、我、大家都对我们的经营方法不满意,这说明,不是我们错了,就是干活的农民们错了。我们早就已经在这样自以为是地按照欧洲人的办法拼命干了,也不问一问劳动力本身有什么自己的特性。让我们姑且承认,我们的劳动力不是理想的**劳动力**,而是带有其与生俱来的种种本能的**俄罗斯的庄稼汉**,那我们就得按照他们的这种特性来安排一切。假如说,我真该这样对他说的,您的农事是像那位老人家一样经营的,您能有办法让干活的人关心劳动的成效,您还能找到一种让他们能够认可的折中的改良途径,那么您就不必耗尽地力而能获得比以往多一倍、两倍的收成。您把收成对半分,一半给劳动者；您所留下的一份还是会比从前多，而劳动者得到的也更多。而为了做到这一点，就必须降低现在的经营方式的水平，让干活的人也能关心经营的成效。怎样做到这一点呢，这是个细节问题，但是毫无疑问，这是办得到的。"

这些思想让列文非常激动。他直到半夜还没有睡着，反复地思索了把这种想法付诸实施的种种细节。他本来没准备第二天走的，但是现在他决定一大早就回家去。除此之外，还因为那位连衣裙上开了个大领口的小姨子让他有一种好像做了坏事的羞耻感和悔罪感。主要的是——他必须毫不耽搁地回家去：必须赶在冬小麦播种之前把新方案向庄稼人提出来，要让这次播种就在这些新原理的基础上进行。他决定要把从前的经营方式彻底翻一个身。

二十九

列文计划的实行遇到许多困难；但他尽力奋斗，虽然没有达到他所预期的目标，然而他做到了他所能做到的，他不欺骗自己，他相信为这事花这些力气是值得的。一个主要的困难是，农事一直在运转着，不可能把一切停下来从头开始，而必须在行进中调整这部机器。

当天晚上一到家，他就把自己的一套计划告诉了管家，管家显然很满意地同意了他的一部分话，那就是，迄今为止，以前所做的一切都是胡闹，都不会带来好处。管家说，他早就讲过这话了，只是列文不肯听。至于列文所作的建议，——作为股东跟劳动者一起参加，一起来办理农业上所有的事情，——管家听了只显得垂头丧气，不表示任何明确的意见，却马上说，明天必须把剩余的黑麦运走，派人耕第二遍地，让列文感到，他认为现在还不是谈这件事的时候。

他跟农民们谈起这事，建议他们按新的条件承租土地，他所遇见的主要困难也是一样的，他们当天的农活已忙不过来，没工夫考虑哪些事有利，哪些事没利。

管牲口的依凡是个淳朴老实的庄稼人,他好像完全理解列文的提议——牲口院子的收益他一家人也能分享——所以他完全赞成这个办法。但是当列文把将来的种种好处向他一一细说时,依凡的面孔上便露出惊恐的神色,他表示抱歉,说他没工夫再听下去,连忙去找点赶急要做的事情;不是拿把叉子把干草叉到牲口棚外去,就是去打水,或是去清扫牛粪。

另外一个困难是,农民无论如何不能相信,地主除了想要尽可能多地掠夺他们之外,还会有什么其他的目的。他们都坚信不疑的是,列文真正的目的(不管他怎么对他们解释)是永远不会说给他们听的。而他们自己呢,话也说了许多,却绝对不肯说出他们真正的目的来。除此之外(列文感到那个肝火很旺的地主是正确的),不管要订个什么协议,农民们总是提出一个首要的和不可更改的条件,那就是,不能强迫他们采取任何新的耕作方法和使用新农具。他们承认新式犁是好一些,快速犁干活来更快些,但是他们能找到几千种理由说,这两者他们都不能使用,虽然列文确信必须降低现在的经营水平,但是他又觉得放弃改良实在可惜,因为改良的好处是显而易见的。不过,尽管存在着所有这些困难,他还是达到了他的目标,秋天以前事情能顺利进行了,或者至少他觉得是这样。

起初列文想要把全部他所经营的农业原封不动地按照新的合作条件租给农民,也就是租给雇工们和管家,但是他很快发现,这是不可能的,便决定把产业分成几份。牲口院子,果园,菜园,草场,划成几块的大田,都要分别立项。列文觉得管牲口的淳朴的依凡比别人都更明白事理,他拉了一个劳动合作组,主要是他自己家里的人,成了牲口院子的合伙人。远处一块荒了八年的休耕地,在聪明的木匠菲多尔·列松诺夫的帮助下由六家农户按照新的合作办法租下来,庄稼汉舒拉耶夫以同样的条件承租了全部菜园。余下的仍按老办法做,但是这三项便是新体制的开端,列文全力以赴。

的确,在牲口院子里,事情直到现在进行得并不比原先好多少,依凡强烈反对把母牛安置在暖和的牛棚里,也反对用新鲜奶酪做奶油,他断定把母牛放在冷处饲料可以少用些,酸奶油也更合算些,他还要求像从前一样付给他工资,对于他领到的钱不是工资,而是预付的利润分成这一点,他丝毫不感兴趣。

的确,菲多尔·列松诺夫那组人没有照事先说好的那样在下种之前把地再翻耕一次,还用时间太短来辩解。的确,这个组的庄稼人,虽说讲好要按新章程办事,却把土地不看作是共有的,只看作是按对分办法承租的,这一组的庄稼人,还有列松诺夫自己,不止一次地对列文说:"您还是收钱租地吧,您省心,我们也自在。"此外,这些庄稼人还老是用各种借口拖延,不肯按合同在这块地上盖牲口棚和干草棚,一直拖到冬天。

的确,舒拉耶夫想把他租下的菜园子分成小块再分租给别的庄稼人。他显然是完全曲解了,并且似乎是故意曲解了他承租土地的条件。

的确,当列文跟农民们谈话,向他们解释这些办法的种种好处时,他往往感到,农民们听他说话时,只当是听他唱山歌,他们拿定主意,无论他说什么,他们都决不上当受骗。当他跟庄稼汉当中顶聪明的一个,跟列松诺夫交谈时,他特别有这种感觉,他在列松诺夫的眼睛里发现一种光芒,这明明表现了他对列文的嘲笑,也表现了他的坚定不移的信心,他相信,假如说有人上当受骗的话,那怎么也不会是他列松诺夫。

然而,尽管有所有这些情况。列文还是认为,事情是在向前推行着,只要严格核算,并坚持下去,他会在将来向他们证明这种体制的各种好处的,那时候事情就会自然而然地进行下去了。

这些事,还有手头其余的产业,加上案头自己那本书的写作,让列文整个夏天都不得空闲,以致他几乎没去打过猎。八月底他听说奥勃隆斯基一家人去莫斯科了,派一个人把马鞍子送了回来。他感到,他没有给达丽雅·亚力山德罗芙娜写回信这件事是自己失了礼,他一想起这个就不能不羞愧得脸红,他算是破釜沉舟了,以后再也不去找他们了。他对斯维雅日斯基也是一样,来了个不辞而别。

但是他也决定再也不上斯维雅日斯基家去了。现在这些对他都无所谓了。他在自己农业经营上推行的新体制占据了他全部的心思,他一生中任何时候也不曾有过什么事情让他如此地全神贯注。他把斯维雅日斯基给他的几本书看了又看,把自己没有的资料抄下来,又反复阅读了有关这个问题的政治经济学和社会学书籍,不出他所料,涉及他所着手进行的事情的资料他一点也没有找到。在那些政治经济学书籍里,比如在密勒①的著作里,他每时每刻都希望能够找到对他心头问题的解答,密勒的书他是最先满腔热情地拿来研究的,他找到了一些人家根据欧洲农业状况所得出的规律;然而他怎样也无法理解,为什么这些在俄国完全行不通的规律要被认为是放之四海而皆准的。在社会主义的论著中他所发现的情况也是一样:要么是一些言词美妙而无法实行的空想,这些东西早在他当学生的时候就为之神往过,要么是一些改良或修补欧洲状况的办法,跟在俄国种地的事毫无瓜葛。那些政治经济学书籍中说,欧洲财富过去和现在所据以发展的规律,是普遍的和无可置疑的规律。社会主义的学说则说,按这些规律发展只会导致灭亡。无论他们哪一家,都不仅不能给出一个回答,让他,列文,和全体俄国的庄稼汉与土地所有人,以及让这千百万只手和千百万亩土地发挥作用,拿出最大的产量来,以促进公共的福利,而且连一个暗示也给不出。

既已着手来干这件事,他便勤勤恳恳地翻阅所有与他的问题有关的资料,他打算秋天出国一次,对此进行实地的考察,在许多问题上,从前,当他刚开始理解谈话对方的思想,并叙说自己的思想时,人家往往会忽然对他说:"而考夫曼呢,而琼斯呢,而久布阿呢,而米切里呢?② 您没读过他们的书。去看一看吧:他们都研究过这个问题。"

列文现在很清楚地看到,考夫曼和米切里并没有什么东西可以

---

① 密勒(1806—1873),英国哲学家、社会学家。
② 考夫曼、琼斯、久布阿、米切里,这些都是虚构的人名。

告诉他。他知道他想要的是什么。他看见,俄国有出色的土地、出色的劳动者,在有些情况下,就像在到斯维雅日斯基家去的半路上遇到的那个庄稼人那里,劳动者和土地能够生产出很多东西,而在大多数情况下,当资本像在欧洲那样投入的时候,却生产得很少,这只是因为,只有用劳动者自己所特有的方式去劳动,他们才会心甘情愿地劳动,才会劳动得好,这种抗拒心不是偶然的,而是永远存在的,是植根于老百姓的精神状态之中的。他想,俄国老百姓自觉地负有一种在广袤的荒地上播种和开垦的使命,他们要一直干到把所有的荒地全都开垦出来为止,他们拥有达到这个目的所需要的他们自己的方法,这些方法并不像人们通常所认为的那样坏。列文想要在他的书里从理论上,也在他所经营的农业中从实践上证明这一点。

三十

九月底,在分给劳动组的土地上修造牲口棚所需的木料运来了,母牛所出产的奶油卖掉了,盈利也分配了。他经营的农业在实践上进行得很顺利,或者至少列文觉得很顺利。为了在理论上对这一切加以阐述并完成自己的著作(按照列文所想象的,这本书不仅要让政治经济学翻一个身,而且要彻底消灭这门科学,为一门新的科学——人民与土地关系的科学——奠定基础),只需要出国一次,实地考察一下那边在这方面做了些什么,并且找到有说服力的证据来证明他们所做的一切都是不符合实际需要的。列文只等把小麦卖掉,拿到钱,就可以出国了。但是天开始下起雨来,留在地里的粮食和土豆不能收回来,所有的工作,甚至卖小麦的事全都停了下来。道路泥泞,无法通行;两座磨房也让洪水给冲走了,天气正变得愈来愈坏。

九月三十日这天一清早就出了太阳,列文寄希望于天气的好转,开始下决心准备出行了。他吩咐把小麦装车,派管家去买主那儿取钱,自己又坐上马车在农庄上跑了一圈,作了出行前最后的安排。

然而,办完了所有的事,他已经全身湿透,雨水沿着皮外衣一会儿流进脖子里,一会儿流进靴筒里,但是列文晚上回到家里时,心情是非常振奋的。到晚上天气变得更坏了:雪霰子重重地打在马背上,马儿把头和耳朵不停地摇晃着,侧着身子向前走;列文头戴风帽,觉得很舒服,他愉快地向四周观望着,望望车辙里流着的浑浊的雨水,望望光秃的树枝上挂着的点点水珠,望望桥板上没有融化的雪霰子留下的一团团白点,再望望赤裸裸的榆树周围厚厚一层铺着的湿漉漉软叽叽的落叶。虽然四周的大自然显得那么阴沉,他仍然感到特别地兴奋。在远处一个村子里跟农民所作的几次谈话表明他们已开始习惯这些新的关系了。他去那个看院子的人那里烘衣服,这老头儿显然赞赏他的计划,自己要求入伙买牲口。

"只要坚持向自己的目标走去,我会达到的,"列文想,"工作,操劳,全都是值得的。这不是我个人的事情,这是关系到公共福利的问题。所有的农业经营,主要的是,全体人民的生活状况,必须彻底改变。不要贫穷——要共同的富裕和满足;不要敌对——要利益的互相调谐和联系。总而言之,一场不流血的革命,但却是最伟大的革命,从我们这个县的小范围开始,然后是全省,全俄国,全世界。因为一种合乎正义的思想是不应该不能带来成果的。是的,这是一个值得为之努力的目标。至于这一切都是我干的,是考斯佳·列文,这个打上黑领带去参加舞会的人,这个遭遇到谢尔巴茨基家的小姐拒绝的人,这个自己觉得是那么可怜那么渺小的人干的,——这并不说明什么。我相信,当年富兰克林①想起自己一切的时候,也会感到自己很渺小,也会不信任自己的。这并不说明任何问题。富兰克林当年一定也有一个可以对之倾吐自己计划的,他的阿加菲娅·米海依洛芙娜的。"

---

① 富兰克林(1706—1790),美国政治家、科学家,《独立宣言》起草人之一。

列文怀着这些思想到家时,天已经黑了。

去见买主的管家带回一部分小麦的钱款。跟管院子的人所谈的条件说妥了,管家一路回来时看见,到处都有粮食堆在地里没有收回去,跟别人比一比,一百六十垛麦子没有收,也算不了什么。

晚饭后,列文像平时一样拿一本书去坐在安乐椅中,一边看,一边继续思考着为写书马上要出国的事,今天他特别清楚地想到了他的事业的全部意义,并且自己在头脑里形成了几大段足以表达他思想实质的文章。"这些都要记下来,"他想,"这应该构成一篇简明的序言,原先我以为不需要序言的。"他站起来向写字台走去,卧在他脚下的拉斯卡伸了个懒腰,也站了起来,它眼睛望着列文,好像在问他,现在去哪儿。但是列文没有时间记了,因为几个领工的农民来找他派工了,于是他去前厅里接待他们。

派完工,也就是安排好明天的工作,又接待了几个有事找他的庄稼人,列文到书房去,坐下来写作,拉斯卡卧在桌下,阿加菲娅·米海依洛芙娜拿了只袜子坐在她的老地方。

刚写了一会儿,列文忽然分外真切地想起了吉蒂,想起了他们最后一次见面,她那时怎样拒绝了他。他站了起来,在屋子里来回地走动。

"干吗心烦呀,"阿加菲娅·米海依洛芙娜对他说,"喏,您何必老是蹲在家里?到温泉去走走吧,您不都收拾好了准备走的吗?"

"我后天是要走了,阿加菲娅·米海依洛芙娜。得把事情结束一下呀。"

"喏,瞧您都在干些什么呀!您赏给庄稼人的好处还嫌少吗!人们已经在说了:你们老爷为这个会得到沙皇的恩典的。真奇怪,您干吗要为这些庄稼人操心?"

"我不是为他们操心,我做这些是为我自己。"

阿加菲娅·米海依洛芙娜知道列文农业计划的一切细节。列文时常详尽地向她叙说自己的思想,还曾多次和她争论,不同意她的解释。但是现在她把列文对她所说的话完全理解错了。

"为自己的灵魂,那还用说吗,是该多想想呀,"她叹了声气说,"就拿帕尔芬·捷尼塞奇来说吧,虽说他一个大字不识,死得可也清清白白,"她说起那个不久前死去的看院子的人,"给他授了圣餐,涂了圣油。"

"我不是说这个,"列文说,"我说的是,我是为了自己的利益才做的。要是农民们活干得更好些,对我会更有利的。"

"可是不管您怎么做,他要是个懒鬼呀,那他干什么都只会马马虎虎、拖拖拉拉的。他要是有良心呀,就会好好儿干,要是没有呀,你也拿他没办法。"

"可是您自己不也说,依凡把牲口院子照料得好多啦。"

"我要说的只有一件事,"阿加菲娅·米海依洛芙娜回答他,显然不是随口说出来的,而是在心里严格透彻地思考过,"您该娶亲啦,就这个!"

阿加菲娅·米海依洛芙娜所提起的事,正是他刚才自己所想到的事,这让列文又伤心,又难过。他皱起眉头,没有回答她的话,又坐下来写作,把这项工作的意义重新又想了一遍。只是偶尔,在一片沉静中,倾听一下阿加菲娅·米海依洛芙娜织针的声音,于是又想起那件他所不愿意想起的事情,便又皱起了眉头。

九点钟的时候,门外传来马车的铃铛声和重浊的车厢在泥泞中的摇晃声。

"喏,有客人来找您啦,这您不会闷得慌啦。"阿加菲娅·米海依洛芙娜说着便站起身来向门边走去。但是列文赶在了她的前面。他的工作现在正不顺手,真高兴有个客人上门来,不管是谁。

三十一

列文从楼梯上跑下来,跑到一半,听见前厅里他所熟悉的咳嗽声;但是因为自己的脚步声,他听得不很清楚,他希望自己听错了;接着他看见了整个那个他所熟悉的、高高的、瘦骨嶙峋的身影,似乎已经不可能再认错了,然而他仍然还在希望他是认错了,希望这个高个子的、脱掉皮大衣、正在咳嗽的人不是尼古拉哥哥。

列文爱他的哥哥,但是跟这个哥哥在一起从来都让他感到痛苦。这会儿,当列文正想着自己的心思,又经阿加菲娅·米海依洛芙娜那么一提醒,正觉得脑子里朦胧而混乱,要他跟哥哥见面,这让他特别地不好受。他要见到的不是一位快活、健康、生疏的,他希望能够帮他把心头莫名的思绪排遣一下的客人,而是这个哥哥,哥哥对他了解得非常透彻,哥哥会唤起他心头所有秘密的思想,还会迫使他把这些全都说出来,而这是他所不情愿的。

列文为这种丑恶的情绪生自己的气,他快步奔到前厅里。他刚刚在近处看见哥哥的样子,那种暗自失望的情绪马上消失了,变成为一种怜悯。尼古拉哥哥从前的瘦相和病容已经很怕人,而现在他比从前还要瘦得多,病重得多。这是一副披着一张皮的骨头架子。

哥哥站在前厅里,扭着他又长又瘦的脖子,把围巾从脖子上扯下来,怪模怪样地、可怜地微笑着。看到他这种笑容,这种温和、驯顺的笑容,列文感到喉头在抽搐,说不出话来。

"瞧我来找你啦,"尼古拉声音喑哑地说,两眼一直盯在弟弟的脸上不移开,"我早想来了,身体老是不好。这会儿我好多啦。"他一边说,一边用他两只又大又瘦的手掌抹着自己的一把大胡子。

"是啊,是啊!"列文回答。当他吻着哥哥的时候,双唇感觉到哥哥身体的枯槁,又从近处看见了哥哥那双巨大的、闪着奇异光彩的眼睛,他感到更加害怕了。

几个星期之前,列文给哥哥写信说,家里至今未分的那一小点儿产业卖掉了,哥哥现在可以拿到他的那一份,大约两千卢布左右。

尼古拉说,他现在就是来取这笔钱的,而主要的是,来自己的老窝儿里住几天,接触一下大地,像古时候的勇士那样汲取一点儿力量,好去从事当前的工作。尽管他比从前更加腰弯背驼,尽管跟他的身材比他瘦得令人惊异,他的动作还像往常一样敏捷而急促。列文把他领进了书房。

哥哥非常专心地换了衣服,从前他是不会这样的,还梳了梳他那几根又稀又直的头发,含着笑走上楼来。

哥哥的心情非常之亲切、愉快,列文记得,他小时候总是这样的。他甚至还毫无怨恨地提到谢尔盖·伊凡诺维奇。看见阿加菲娅·米海依洛芙娜,他跟她说笑话,还向她问起那些老仆人。说到帕尔芬·捷尼塞奇的死,他很难过。他脸上显出恐惧来;不过他马上恢复了常态。

"他也确实老了哟。"他说,便改变了话题。"啊,我在你这儿住上一个月、两个月的,然后去莫斯科。你知道,米雅赫科夫答应给我个差事,我要去上班啦。我现在要把生活完全改变一下,"他说下去,"你知道,我把那个女人甩了。"

"玛丽娅·尼古拉耶芙娜?怎么,为什么呢?"

"哎呀,她这个坏女人呀!给我找了那么一大堆麻烦。"但是他没有说到底是些什么样的麻烦。他没法说,他赶走玛丽娅·尼古拉耶芙娜是因为茶太淡了,主要原因其实是,她把他像个病人那样照看着。"再说我现在是要完全改变我的生活啦。我,当然啦,跟所有的人一样,做过蠢事情,但是财产嘛,这是顶不重要的东西,我不吝惜这个。只要身体好,而身体嘛,谢天谢地,是完全好啦。"

列文倾听着,想着自己该说些什么,可是却想不出该说些什么。尼古拉一定也是这样感觉的;他问起弟弟的事情,列文也高兴谈谈自己,因为这样他就可以不必说假话。他对哥哥谈了自己的计划和活动。

哥哥听着,但是显然不感兴趣。

这两人彼此之间是太亲、太近了,对他们说来,一个最微小的动作,说话的一个语调所表达的东西,比他们用言词所能说出的东西要多得多。

此时此刻在他们两人心中,有一个思想压倒了一切,那就是尼古拉的死。但是他们当中无论谁都没有勇气把这个字说出来,因此,不管他们嘴里说什么,都不是在表达他们真正的心事,——他们所说的全都是谎话。一晚上过去了,该睡觉了,这时候列文比什么都高兴。随便什么,跟随便一个外人在一起,在任何一次正式的访问中,他都没像现在这样不自然,这样虚伪。意识到自己的这种不自然,觉得很后悔,这种感觉又让他变得更加不自然。他真想俯在自己这个眼看就要死去的亲爱的哥哥身上痛哭一场,而他又必须听哥哥说自己以后将怎样生活,而且还要陪哥哥谈下去。

因为房子里很潮湿,又只有一间屋生火,列文便把哥哥安排在自己卧室里睡觉,用一扇屏风隔开。

哥哥躺下了,不知睡着了没有,但是他是个病人,不停地翻身,咳嗽,咳不出来的时候,就咕咕哝哝地不知在说什么。一会儿呼吸困难了,他就说:"哎呀,我的上帝!"一会儿被痰堵住了,他就生气地说:"哎!活见鬼!"列文听着他的声音,很久不能入睡。列文心里翻腾着各种各样的思想,想来想去,到最后只想着一件事:死。

死,这世间万物所不可避免的归宿,生平第一次以其不可抗拒的力量出现在列文的面前。这死,它此刻就在眼前,在这个亲爱的哥哥的身体里,它根本不像列文从前想象的那么遥远,哥哥此刻正在昏睡中呻吟,他出于习惯,不加区别地一会儿呼叫上帝,一会儿呼叫魔鬼。列文还感觉到,这死现在也正在他自己的身体里。不是今天,就是明天,不是明天,就是三十年之后,难道还不都是一个样?然而这不可逃避的死到底是个什么,他不仅不知道,不仅是从来没有想象过,而且是不能想象,不敢想象的。

"我在工作,我想要做出点事情来,可是我却忘记了,到头来一切都要结束的,我把死忘记了。"

他在黑暗中坐在床上,蜷曲着身子,两手抱着膝盖,紧张的思索让他屏住了呼吸,他在想。然而他愈是紧张地思想,他心里就愈明白,的确是这样,他在生活中确实忘记了,忽略了一个小小的情况——死是会来到的,一切都会结束的,着手去做任何事都是不值得的,这是无法改变的事。是的,这是可怕的,然而事情就是这样的。

"可是我还活着呀。那么现在我该怎么办,我该怎么办呢?"他绝望地说着。他点燃蜡烛,小心翼翼地下了床,走到镜子前面,看看自己的面孔和头发。是的,两鬓已经染白了。他张开嘴,臼齿已经开始坏了。他露出肌肉发达的两臂,是的,力气还有不少。但是尼科林卡①,他现在靠残存的肺在呼吸着,他当年身体也很健康呀。于是忽然间,列文想起小时候他们怎样睡在一起,一等菲道尔·波格丹尼奇走出房门,马上就互相甩枕头,还哈哈大笑,忍不住地哈哈大笑,甚至于对菲道尔·波格丹尼奇的惧怕也无法阻止他们认为,这满溢的、沸腾的生活是多么的幸福。"而现在,哥哥那变了形的、已经烂成空洞的胸部……而我,也不知道为什么活下去,将来会是怎样……"

"咯!咯!啊,真见鬼!你干吗老折腾,干吗不睡觉呀?"哥哥的声音在对他喊道。

"没什么,我不知道怎么,失眠了。"

"我睡得倒挺好,我这会儿已经不出汗了。你看看,摸摸我的衬衣看。没汗吧?"

列文去摸了摸,退回到屏风这边,吹熄了蜡烛,但还是很久不能入睡。他刚刚有点儿弄明白了怎样生活的问题,却又遇到了一个新的无法解决的问题——死。

"喏,他正在死去,春天以前他就要死掉了,喏,怎么帮助他呢?我能对他说什么呢?关于这个,我又知道些什么呢?我都忘记这是怎么回事了。"

三十二

列文早就发现,若是有些人对你过分地谦让和恭顺,搞得你好不自在,那么他们很快就会变得过分地苛求和挑剔,让你无法忍受。他觉得哥哥现在就正是这样。的确,尼古拉哥哥的温顺没维持多久。他第二天早晨便发起脾气来,对弟弟横加挑剔,刺到弟弟心里

---

① 尼科林卡,尼古拉的一种爱称。

最痛的地方。

列文觉得是自己错了,却又无法改过。他觉得,要是他们彼此都不做假,把心里的话都说出来,也就是,把他们确实想到和感觉到的东西都说出来,那么他们就只能面面相觑地对坐着,康斯坦丁就只能说:"你要死了,你要死了,你要死了!"而尼古拉就只能回答:"我知道我要死了;可是我害怕,我害怕,我害怕!"其他就什么也不会说了,假如他们是只说真心话的话。但是这样人就没法活下去,所以康斯坦丁便试着去做那他学了一辈子却始终学不会的事,那据他观察是许多人所十分擅长,而且无此则无法生活的事:他试着去说些口是心非的话,但却老是觉得这些话听起来非常虚伪,觉得哥哥看出了这一点,并为此而生气

第三天,尼古拉叫弟弟再说说他的计划,这时尼古拉不仅是责备这计划,而且故意拿它和共产主义相混淆。

"你不过是拾他人之牙慧,再加以歪曲,拿来用在一个根本用不上的地方。"

"我告诉你,这是毫无共同之处的。共产主义者否认私有财产、资本和遗产的合理性,而我并不否定这些主要的刺激因素(列文从前自己也讨厌使用这一类词汇,而自从他专心著述以来,他不由得把这些非俄语的外来词用得愈来愈频繁了),我只想要对劳动加以调节。"

"是呀,是呀,你取了别人的思想,阉割了人家最有力量的地方,再当作一种什么新货色来兜售。"尼古拉说着,一边气呼呼地扭动着打了领带的脖子。

"可是我的思想是完全不一样的,跟那些……"

"人家呀,"尼古拉·列文两眼恶狠狠地闪亮着,面带嘲笑地说,"人家那儿至少还有一种美,就说是几何学上的那种美吧,——清晰,明确。或许,那是乌托邦。但是要真能够把过去的一切都变成 tabula rasa①;没有私有财产,没有家庭,那么劳动也就自得其所了。

---

① 拉丁语:光板,一无所有。

但是你这里却什么也没有……"

"你干吗要混淆黑白呀？我从来就不是一个共产主义者。"

"可是我从前倒是个共产主义者的，现在我发现，这玩意儿来得太早啦，不过它是合理的，是有前途的，就像世纪初的基督教一样。"

"我只是认为，对于劳动力，应该从自然科学的观点上来看待它，也就是说，要研究它，承认它的特性，并且……"

"而这完全是白费气力。这种力量随着自己的发展会找到它一定的活动方式的。从前到处都是奴隶，后来是 metayers[①]；在我们这里有对分制劳动，有地租，有雇佣劳动，——你要找的是什么？"

列文一听这些话忽然大为恼火，因为在灵魂深处他害怕这些话都是真的，——的确，他是想要在共产主义和某些形式之间进行调节，而这未必是可能做到的。

"我要找到一种让我自己和让干活的人都能够提高产量的劳动方式。我想要建立……"他激动地回答。

"你什么也不想建立；只不过，你一辈子都是这样的，你想要标新立异，想要表现你不是简单地在剥削庄稼人，而是有一番理想地在剥削他们。"

"好，你是这么想的，——你别管我啦！"列文回答说，他感到他左边面颊上的肌肉在忍不住地抽搐。

"你从前没有，现在也没有什么信仰，你只不过是要满足自己的虚荣心罢了。"

"喏，那好极啦，你别管我啦！"

"我是不要管你啦！早就该这样了，见你的鬼去吧！我真后悔我来了！"

不管事后列文怎样极力地劝慰哥哥，尼古拉一句也听不进去，他说，还是分手的好，康斯坦丁看出来，这只是因为，活着让哥哥实在难以忍受。

[①] 英语：佃农。

尼古拉已经收拾好要动身了，康斯坦丁再次来到他面前，很不自然地请求他原谅，假如自己有什么得罪了他的地方。

"啊，宽宏大量呀！"尼古拉说，然后笑了笑，"假如你想要人家说你正确，我可以给你这份满足。你是正确的，不过我还是要走！"

只是在临动身之前，尼古拉跟弟弟亲吻，忽然严肃得奇怪地望了他一眼，说：

"不管怎么，求你不要记恨我，考斯佳！"说这话时他的声音颤抖了一下。

这是唯一的一句真心话。列文明白，这句话的意思是："你看见，你也知道，我不行了，或许，我们再也不能相见了。"列文明白这一层，于是泪水从他的眼中一涌而出。他又吻了哥哥一次，可是什么也没对哥哥说，也不知怎样说。

哥哥走后的第三天，列文出国去了。火车上遇见吉蒂的堂兄谢尔巴茨基，列文阴郁的神情让谢尔巴茨基非常惊奇。

"你怎么啦？"谢尔巴茨基问他。

"没什么，就这样吧，世上快活事本来就不多嘛。"

"怎么不多呢？别去什么牟罗兹①了，跟我去巴黎吧。你去瞧瞧，有多么快活！"

"不，我已经完了。我该死了。"

"是这么回事儿！"谢尔巴茨基笑着说，"我才刚准备去活呢。"

"我不久以前也是这么想的，可是现在我知道，我快要死了。"

列文说的是他最近真正的想法。他在一切事情上都只看见死，或是死的临近。不过现在，他所着手要干的事业更加让他念念不忘了。在死亡到来之前，总要想法儿活下去才是。他眼前一片黑暗；但正是由于有这片黑暗，他感到，在这片黑暗之中，唯一的一条引路的线索是他的事业，于是他竭尽全力抓住它，决不松手。

---

① 牟罗兹，法国东部城市。

第四部

一

卡列宁夫妇仍然住在一幢房子里,每天相见,彼此却视同陌路。阿历克赛·亚力克山德洛维奇定下一条规矩:每天都和妻子见面,以防仆人们猜疑,但却避免在家里吃饭。伏伦斯基再也不到阿历克赛·亚力克山德洛维奇的家里来了,但是安娜在外边跟他约会,这些事丈夫全知道。

这种状况让他们三个人都很痛苦,若是他们不指望情况发生变化,不认为这只是一段早晚会过去的暂时的不幸和困窘,他们当中的任何一个这样的日子连一天都过不下去。阿历克赛·亚力克山德洛维奇期望这段恋情会时过境迁而自生自灭,因为凡事都是这样的,那时人们便会忘记这件事,他的名声也就不会受到玷污。安娜是这种状况的起因,她也比另外两人更加为此而痛苦,她所以能够忍受,是因为,她不仅期待,而且坚信,一切事都很快会谈个明白,会有一个结束。她根本不知道事情会怎样结束,但却坚信现在马上就要有个什么事情发生了。伏伦斯基不由得受制于她,也在期待着有个什么非他力所能及的事情出现,能扫清这一切窘态。

隆冬时节,伏伦斯基有一个星期过得好不沉闷。他被安排去陪伴一位外国的亲王,要带这人去参观彼得堡的名胜。伏伦斯基是一个颇有风度的人;此外,他还有一套不卑不亢的待人接物本领,惯于跟这类人物打交道;因此才派他去陪同。然而这件差事真让他难受。这位亲王不愿放过任何一样东西,只怕回国后人家会问他在俄国见到过这个没有;他本人也想尽情体验一番俄国的种种乐趣。伏伦斯基不得不在这两个方面都做他的向导。每天上午他们去访问名胜古迹,晚上则去寻找各种俄国风味的享受。这位亲王比其他亲王们来得更加健壮;他爱好体操,且摄生有术,因此精力十分旺盛,虽是纵情欢乐,依然精神饱满,像根新鲜荷兰大黄瓜似的绿莹莹的油光锃亮。这位亲王曾周游各地,他发现,当今世界交通便利,其主要好处之一在于,可以让他品尝到各个不同民族的乐趣。他去过西班牙,在那里跟一个弹奏曼陀铃的西班牙姑娘亲热过一阵,还向她献过几支小夜曲。在瑞士猎过小羚羊,在英国身穿红色燕尾服骑马跳篱笆,还打赌射杀过两百只野鸡。在土耳其,他进过后宫,在印度骑过大象,如今来到俄国,也希望能尽情享受俄罗斯所特有的种种欢乐。

伏伦斯基似乎成了接待他的主要官员,各种各样的人向这位亲王推荐了许多俄国的赏心乐事,伏伦斯基得要花费巨大的精力陪伴他。跑马,俄罗斯薄饼,猎熊,三驾马车,茨冈人,砸碎杯盘的俄国式狂饮等等,不一而足。这位亲王掌握起俄罗斯精神来异常地轻而易举,他会把整个一托盘的餐具砸个粉碎,把茨冈女人搂抱在膝盖上,他好像还在问道:还有什么新花样吗,全部俄罗斯精神难道不过如此?

其实在所有俄国式吃喝玩乐中,亲王最欣赏的是法国女演员,芭蕾舞女和白封香槟酒①。伏伦斯基跟这种亲王之类的人是打惯了交道的,但不知是因为他近来有所变化,或是因为跟这位亲王过于亲密,这一个星期他觉得特别难过。在整个这一星期里他一直感到,好像自己是被派来照料一个可怕的疯子,既怕这个疯子,又怕跟他太接近了,自己也会丧失理性。伏伦斯基不断地觉得,他有必要毫不懈怠地保持一种严格的公事公办、敬而远之的态度,以免有失身份。伏伦斯基惊讶地发现,这位亲王以一种非常轻蔑的态度对待那些拼命给他提供种种俄国享乐的人士。他很想研究一下俄国女

---

① 白封香槟酒,一种名贵的法国香槟酒。

人,而他议论起俄国女人来,那些字句言词不止一次地让伏伦斯基愤怒得面红耳赤。然而这位亲王让伏伦斯基觉得特别难以容忍的主要原因是,伏伦斯基不由得在他身上看到了自己。而他从这面镜子里面见到的自己的尊容,并不能让他的自尊心得到满足。这位亲王只是一个非常愚蠢、非常自信、非常健壮、又非常清洁的人罢了。他是一个绅士,这话不假,这一点伏伦斯基不能否认。他跟比他地位高些的人相处也待之以礼,并不阿谀奉承,跟平辈来往态度随意而直率,对下面的人则轻蔑而宽容。伏伦斯基也是这样,并且认为这是一种很大的优点;然而在和这位亲王的关系上,他的地位比较低一些,于是那种轻蔑而宽容的态度便引起了他的愤怒。

"蠢货!难道我就是这样一个人?"他想。

无论如何,第七天,当这位亲王去莫斯科以前向伏伦斯基致谢并握手告别时,他由于摆脱了这种难受处境和这面不愉快的镜子而感到高兴。他跟这人整夜去猎熊,体验了一番俄罗斯式的豪勇,然后在车站上与他分手。

二

伏伦斯基回到家中,看见一张安娜写来的纸条。她写道:"我病了,心里很烦。我出不来,可又不能再见不到您。您晚上来吧。阿历克赛·亚力克山德洛维奇七点钟去委员会开会,十点才回来。"她不顾丈夫不许她接待伏伦斯基的要求,叫他去她家里,他觉得奇怪,想了想,还是决定去。

这年冬天伏伦斯基晋升上校,离开团队独自居住。吃过早饭,他马上躺在沙发上,用五分钟时间回想了他这几天里所见所闻的各种各样乱七八糟的事情,他想到安娜,又想到和他们一同围猎狗熊时起了重要作用的那个农民,两种印象搅和在一起,混淆不清;伏伦斯基就这样睡着了。醒来时天色已暗,他吓得一抖,连忙点燃了蜡烛。"怎么回事?怎么?我梦见什么可怕东西了?对,对。那个围猎的庄稼汉,好像是的,矮矮的,脏兮兮的,胡子往上翘着,他弯着腰在做什么事,忽然用法语说了些稀奇古怪的话。对,没梦见别的什么,"他自言自语说,"可是为什么这么吓人呀?"他又生动地回想了那个庄稼汉和那些听不懂的法国话,吓得脊背掠过一股寒气。

"真荒唐!"伏伦斯基想,他看了看表。

已经八点半钟。他打铃叫人,赶忙穿好衣服走出门去,他把那个梦全忘记了,一心想着怕会迟到。到达卡列宁家门前时他看了看表,差十分九点。一辆又高又窄的马车,套着两匹灰色马停在门前。他认出是安娜的车。"她这是要上我那儿去,"伏伦斯基想,"那倒更好些,走进这幢房子我真不好受。不过反正就那么回事儿了,我又不能躲起来。"伏伦斯基这样想着,便以一种他自幼养成的干什么都不觉问心有愧的态度下了雪橇,向大门口走去。这时门开了,一个看门人正手捧一条毛毯在招呼马车。伏伦斯基平时是不习惯留意细节的,而这时却注意到看门人看他那种惊奇的表情。就在两扇大门之间,伏伦斯基几乎和阿历克赛·亚力克山德洛维奇撞了个满怀。煤气灯照亮了卡列宁黑色大礼帽下那张苍白消瘦的脸,和海狸皮大衣领子里露出的耀眼的白领带。卡列宁呆滞浑浊的眼睛直视着伏伦斯基的脸,伏伦斯基鞠了个躬,阿历克赛·亚力克山德洛维奇咬了咬嘴唇,把手向帽檐上抬了抬,便走了过去。伏伦斯基看见他头也不回一下便坐进了车中,从窗口接过毛毯和望远镜,便在车厢中隐没。伏伦斯基走进前厅。他的眉毛紧皱着,眼睛里闪出恶狠狠的傲慢的光芒。

"竟是这样一种局面!"他想,"他要是肯出来跟我决斗,捍卫自己的荣誉,我倒也可以有所作为,可以表达一下自己的感情;可是他这样懦弱,或者说是卑鄙……他把我置于一种骗子的地位,而我从来就不想当骗子。"

自从伏伦斯基跟安娜在福列达的花园里把事情摊开以后,他的思想发生了很大变化。安娜虽是软弱,他也甘心顺从了,因为她已经把自己完全交给了他,只等他来决定自己的命运,他既已听天由命,便早已不再考虑结束这种关系,虽然他曾经这样考虑过。他那些谋求功名的设想如今又已退居次位,他觉得自己已经从那个万事俱备的活动圈子里退出来,已经完全听命于自己的感情了,而这种感情正把他和她愈来愈紧密地捆绑在一起。

还在前厅里,他已经听到她越走越远的脚步声。他知道,她是在等他的,在留神地倾听着,马上就会再回到客厅里来。

"不啊!"她一看见伏伦斯基便大喊一声,刚一开口泪水便夺眶而出,"不啊,要是老这样下去,那么事情就会来得更快,更快啦!"

"什么事?亲爱的?"

"什么事?我等呀,苦苦地等呀,一个钟头,两个钟头……不啊!我再不能这样下去了!……我不要跟你吵架。你一定也是没办法来。不啊,我再不能这样下去了!"

她把两只手搭在他的肩上,用她深情的、热烈的、同时也是探询的目光久久地凝视着他。在没有见到他的这段时间里,她在心中研究过他的面貌。像每次和他相会时一样,她又在把她心目中的他(那个无比优越,超乎现实的他)跟实际上的他融为一体了。

三

"你碰上他了?"他在桌边灯旁坐下时,她问道,"这是惩罚你,你来晚了。"

"啊,怎么回事?他该去开会的呀?"

"他去过回来了,又要上哪儿去。不过这没什么。别谈这个了。你都在哪里呀?一直跟那个亲王在一起?"

她知道他生活中的一切细节。他本想说,因为整夜没睡觉,就睡着了,但是望一望她那张激动而幸福的脸,他不好意思这样说。于是他说,他得去报告一下,说亲王走了。

"那么现在没事啦?他走啦?"

"谢天谢地,没事啦。你简直不能相信,这差事让我多么受不了。"

"怎么会呢？你们这些年轻男人成天过的就是这种日子呀。"她说着，皱起了眉头，顺手拿起桌上的一件毛线活，瞧也不瞧伏伦斯基一眼，把插在那上边的钩针抽出来。

"我早就不过这种日子了。"他说，心中奇怪她脸上的表情为什么发生了变化，极力想要搞个明白。"我承认，"他说，露出两排整齐的白牙齿来微笑着，"这一个礼拜我就像在照镜子一样，看见这种生活我也觉得讨厌。"

她把毛线活拿在手里，但是并没有去织，而是用一种奇特的、闪闪烁烁的、不友好的目光注视着他。

"今天早上丽莎上我这儿来过——尽管莉吉娅·伊凡诺芙娜伯爵夫人会不开心，她们还是不怕来找我，"她插了这么一句，"她给我说了你们那天晚上寻欢作乐的事。真下流！"

"我正想告诉你……"

她打断他的话。

"那就是你从前认识的那个女人 Thérèse[①] 吗？"

"我想告诉你……"

"你们，男人们，有多下流哟！你们怎么就不想一想，女人是不会忘记这种事情的，"她说着便火气越来越大，这样也就向他表明了她气愤的原因，"尤其是一个没法知道你每天怎么过的女人。我知道点什么呢？我从前又知道点什么呢？"她说，"还不就是你说给我听的那些。而我又怎么知道你说的是不是真话……"

"安娜！你这是在委屈我。未必你不信任我？未必我没给你说过，我没有什么不可以对你敞开的心扉吗？"

"是的，是的，"她说，显然是在竭力驱除自己的妒忌心，"我相信你……你刚才要说什么啦。"

然而他一下子想不起来他刚才想说什么了。这种嫉妒的发作

---

① 法语：泰莱赛（人名）。

近来在她身上出现得愈来愈频繁,这让他觉得可怕,而且,这也使得他对她的感情变得有些冷淡了,他怎样掩饰也掩饰不住,尽管他明白,她嫉妒是因为爱他。他曾经多次对自己说过,她的爱是他的福气;而现在,她正热爱着他,这个女人,她把爱情看得重于人生其他的一切幸福,她就是这样在热爱着他,——然而他却觉得,比起当初紧紧跟随她从莫斯科出来的时候,他现在离开幸福要远得多了。那时他觉得自己是幸福的,然而幸福还未可企及,而现在他却感到,那美好的幸福已经是明日黄花了。她已经完全不是他第一次看见时的模样。无论在精神上或是在身体上,她都已经变得比以前差多了。她的身子长胖了,而她的脸上,当她说起那个女演员的时候,那种恶狠狠的表情,让她的容貌显得丑陋。他注视她的那种目光就像是一个人注视着一朵被他摘下来又已经蔫掉的花,他已经很难在这朵花上见到当初的美了,而当初他正是因为这一点美才把它摘下、毁掉的。并且,尽管他感到,当初他心中的爱比现在要强烈得多,而那时,如果他非常想要那样做的话,他还是可以把这份爱从心头连根拔除的,但现在,在这一分钟里,当他发现他已经感觉不到自己对她的爱的时候,他却明白,他跟她的关系已经无法切断。

"喏,喏,你是想给我说说那位亲王的吧?我已经把魔鬼赶跑了,赶跑了,"她接着说。魔鬼是他俩之间对嫉妒的一种说法,"哦,你要说那个亲王的什么事来着?为什么你觉得跟他在一起那么难过?"

"哎呀,真是受不了!"他说,竭力想要抓住被打断的思路。"他这人不能深交。要是给他下一个评语的话,那么,他是一头养得很好的畜生,放在展览会上可以得头奖,如此而已,没有更多。"他说得有些恼火,这倒让她感兴趣。

"不,怎么会呢?"她不同意地说,"怎么说他也是个见过世面的,有教养的人吧?"

"这完全是另外一种教养——他们的教养。他,显然是,教养的目的在于蔑视教养,他们什么都蔑视,只除了那些肉体的享受。"

"你们全都喜欢那些肉体享受的呀。"她说,于是他又发觉她目光是阴郁的,而且在躲避着他。

"你干吗这样为他辩护呢?"他微笑着说。

"我没有辩护,这跟我没关系;不过我以为,要是你自己并不喜欢这些享受,你可以拒绝不干呀。可是你,看着泰莱赛穿着夏娃式的衣裳……"

"魔鬼又来啦,又来啦!"伏伦斯基拿起她放在桌上的手吻了吻说。

"是的,可是我忍不住!你不知道我等你等得多苦啊!我认为不是我嫉妒。我没有嫉妒;你在这儿,在我身边的时候,我信任你;可是你一个人上哪儿去过你那种我不了解的生活的时候……"

她从他身边闪开,终于把钩针从正在织的东西上抽出,靠食指的帮助,把灯光下闪闪发亮的白毛线一针针急速地编织起来,她那只纤细的手也在绣花的袖口里神经质地急速转动着。

"啊,怎么样?你在哪儿碰上阿历克赛·亚力克山德洛维奇的?"

"我们在门口撞上了。"

"他还是那样向你鞠躬吗?"

她板起脸,眼睛半闭着,马上改变了表情,两手也停下来,这时伏伦斯基在她漂亮的面庞上忽然看见了阿历克赛·亚力克山德洛维奇向他鞠躬时的那同一种表情。他微微一笑,而她也快活地笑了,她那讨人喜欢的发自内心的笑声是她最具魅力之处。

"我简直弄不懂他,"伏伦斯基说,"如果那天在别墅里你向他把话说明白以后他跟你一刀两断了,如果他向我提出决斗……可是现在这样子我实在弄不懂:他怎么可以忍受这种情况?他很痛苦,这看得出来。"

"他?"她冷笑一声说,"他得意得很呢。"

"既然事情有可能处理得很好,我们大家又何必受苦呢?"

"只是他并没有受苦。难道我不了解他,不了解浸透他全身的那种虚伪吗？一个人只要稍微有点儿知觉，能够像他跟我这样过日子吗？他什么也不理解，他什么也感觉不到。难道一个稍微有点儿知觉的人能够跟自己犯了罪的妻子在一幢房子里住下去吗？难道还可以跟她谈话吗？还可以称她'**你**'吗？①"

于是她又不由得学起他的样子来。"你，ma chère②，你，安娜！"

"这不是一个男人，这不是人，这是一个木偶！没有人知道这个，但是我知道。噢，要是我处在他的位置上，我早就把这个妻子，这个像我这样的妻子，杀掉了，把她撕成一片片的了，我才不会说什么：你呀，ma chère，安娜。这不是一个人，这是一架做官的机器。他不能理解，我是你的妻子，而他是个外人，他是多余的……咱们不谈了，不谈了！……"

"你说得不对，不对，我亲爱的，"伏伦斯基说，极力想让安娜平静下来，"不过反正我们不去谈他了。告诉我，你都做了些什么？你好吗？这病是怎么回事，医生又怎么说？"

她面带一种嘲笑似的喜悦注视着他。显然她又在丈夫身上找到一些可笑和丑陋之处，在等机会说出来。

但是他接着说下去：

"我猜到了，这不是病，是因为你怀孕。产期在什么时候？"

她眼睛里嘲笑的光芒熄灭了，然而另一种笑容取代了她原先的表情，这笑容表明她知道点什么他所不知道的事，她心头正有着一种悄悄的忧愁。

"快啦，快啦。你说过，我们的处境太痛苦，应该有个结束了。我要付出我的一切，那我就可以自由自在地爱你，大胆地爱你了，而这对我是多么地艰难啊，你要是能明白这些就好了！那我就可以不再受罪了，你也不会因为嫉妒而痛苦了……这很快就会实现了，不过事情不会像我们想象的那样。"

---

① 你，俄语中"你"是亲近的称呼。
② 法语：我亲爱的。

一想到下一步会是怎样,她觉得自己是那么可怜,于是泪水涌出了她的眼帘。她说不下去了。她把那只灯光下闪耀着戒指光芒的雪白的手放在他的衣袖上。

"事情不会像我们所想象的那样。我本来不想跟你谈这个的,可是你逼着我谈。一切很快、很快就都结束了,我们大家、大家也全都可以安心了,不会再痛苦了。"

"我不懂你说些什么。"他说,其实他懂得她的意思。

"你问我,什么时候。快啦。我过不了这一关的。你别打断我!"她连忙接着说下去,"我知道这个,我知道得一清二楚。我要死了,我很高兴我要死了,把你,把我自己都解脱出来。"

泪水从她的眼睛里流下来;他俯向她的手,吻她的手,竭力想要掩盖住自己的激动,他知道这种激动是没有任何来由的,但是他也无法克制住自己。

"就这样吧,这样更好些,"她说,用力捏住他的手,"给我们留下的,就只有这一条路,这一条路了。"

他清醒过来,抬起了头。

"你胡扯些什么!——你瞎说些什么!"

"不,这都是实话。"

"什么,什么实话?"

"我要死了。我做了一个梦。"

"梦?"伏伦斯基也说了一声,一刹那间他想起了他梦里的那个庄稼汉。

"是的,一个梦,"她说,"我早就做过这个梦了。我看见,我跑进自己睡房里,我要去那儿拿个什么,去找点什么;你知道,梦里常有这样的事情,"她说,吓得眼睛睁得大大的,"我睡房里的墙角上站着个什么东西。"

"哎呀,真是胡说八道!怎么可以相信……"

但是她不许他打断自己的话。她所要说的话对她是太重要了。

"这个不知道是什么的东西转过身子来,我就看见,这是一个庄稼汉,胡子翘起来,又小,又可怕。我想跑,可是他弯下腰去俯在一个口袋上,用手在那里面乱摸……"

她做出那个人摸口袋的样子。脸上带着恐惧。这时伏伦斯基记起了他自己的那个梦,感到同样的恐惧充满着他的心灵。

"他在口袋里摸呀摸,还又急又快地说着法语,你知道,他大着个舌头说:'Il faut le battre le fer, le broyer, le pétrir……'①我吓得只想赶快醒过来,我醒来了……可是是在梦里醒来。我就问自己,这是什么意思呀。这时候考尔涅依②就来给我说:'您要死了,生孩子生死,生孩子生死,生孩子生死,妈呀……'我就醒过来了……"

"真是胡说八道,真是胡说八道!"伏伦斯基说,但是他自己感觉到,他的声音没有任何说服力。

"不过我们不谈这个了。你打一打铃,我叫人送茶来。你等着吧,现在不要多久我就会……"

但是她忽然停住不说了。她脸上的表情顷刻间改变了。恐惧和激动忽然变成一种安详、严肃、欢乐、专注的神情。他不能理解她这种变化的意义。她感到自己身体内部有一个新的生命在踊动。

四

阿历克赛·亚力克山德洛维奇在家门口碰上伏伦斯基之后,仍按原先的计划去看意大利歌剧了。他在剧场里坐到两幕戏演完,见到了所有他需要见到的人。回到家中,他仔细察看了衣架,注意到那件军大衣已经不在了,才按老习惯走进自己房间里。然而他今天又和老习惯不同,没有躺下睡觉,而是在房间里来回踱步,直到半夜三点钟。对妻子的愤怒之情让他不能平静,她不肯顾及体面,也不肯遵守向她提出的唯一要求——不在家中接待她的情夫。她不按

---

① 法语:要打铁,砸碎它,揉揉它。
② 考尔涅依,一个仆人的名字。

他的要求办,他就应该惩罚她,并且实行自己的威胁,那就是提出离婚,并把孩子夺走。他了解与此相关的一切困难,但是他说过要这样做的,现在他必须把这个威胁付诸实行。莉吉娅·伊凡诺芙娜伯爵夫人曾经暗示过他,这是他摆脱目前困境的最佳途径,而且因为近来离婚案件很多,已使这种事办起来手续十分完善,因此阿历克赛·亚力克山德洛维奇感到有可能克服那些形式上的困难。另外,还有一件不称心的事,安置异族人和扎列斯基省的农田灌溉问题在公务上给阿历克赛·亚力克山德洛维奇带来许多的不愉快,所以这些日子他一直极度地烦躁。

他整夜未眠,怒火中烧,到天亮时这股怒气已经增大到忍无可忍的地步。一听说妻子已经起床,他匆匆穿好衣服,好像捧着一只盛满怒气的杯子,生怕打翻它,生怕撒掉了这股怒气也就撒掉了他跟妻子谈判时所需的那份能量,他就这样地走进了她的房间。

安娜一向以为她非常了解自己的丈夫,而今天,当他走进房间时,她却被他那副神气吓住了。他额头深皱,两眼直视,目光阴沉,避开她的眼睛;他嘴唇紧闭,显示着轻蔑。他的步态、动作和话音里都表现出断然和坚决,这是这位妻子在他身上从来不曾见到过的。他走进屋来,并不跟她招呼,直向她的写字台奔去,抓起钥匙便开抽屉。

"您要干什么?"她大喊一声。

"我要拿您情夫写的信。"他说。

"这里没有那些信。"她说着便把抽屉关上;但是从她的举动里,他明白他找对地方了,便粗暴地推开她的手,迅速抓住一只文件夹,他知道她最紧要的东西都是放在那里边的。她想把文件夹夺回来,但是他推开了她。

"坐下!我要跟您谈一谈。"他说,先把文件夹放在腋下,用手肘紧紧夹住,他的肩头因此也耸了起来。

她又惊奇又害怕地默默注视着他。

"我对您说过,我不允许您在家里接待您的情夫。"

"我必须见到他,为了……"

她没说下去,因为一时想不出任何借口。

"我不要详细知道一个女人为什么想跟她情夫见面。"

"我想要,我只不过……"她涨红了脸说。是他的粗暴激怒了她,给了她说话的勇气。"您难道没感觉到,要想侮辱我对您是多么容易的事吗?"她说。

"侮辱只可能是对一个正派的男人和一个正派的女人,对一个贼说他是贼,这只是 la constatation d'un fait。①"

"您这么残忍,这我以前还不知道。"

"一个丈夫给妻子自由,只要她顾及体面就保护她有一个清白的名声,您把这叫做残忍。这是残忍吗?"

"这比残忍还要坏,这是卑鄙,我可以老实告诉您!"安娜怒不可遏地大声喊道,然后她站起来,想走出去。

"您别走!"他用他尖细的嗓音喊道,这嗓音比他平时要高出一个音符,又用他粗大的手指抓住她的手臂,他抓得太紧了,让她手腕上留下了几条手镯压出的红印,他是在强迫她坐下来。"卑鄙吗?如果您想要使用一下这个词儿,那么,为了一个情夫抛弃丈夫,抛弃儿子,还要吃丈夫的面包——这才叫卑鄙呢!"

她低垂着头。昨天她曾经对她的情人说,他才是她的丈夫,而这个丈夫是多余的,现在她不仅没有这样说,她连想都没有想到这句话。她感到丈夫所说的话完全是正确的,于是她只是轻声地说:

"您不可能把我的处境形容得比我自己所理解的更坏,但是您又为什么要说这些呢?"

"我为什么要说这些吗?为什么要说吗?"他仍然那样气愤地继续说,"为了让您知道,既然您不遵照我要求您顾及体面的意愿,我就要采取措施来结束这种状况。"

"就这样也马上、马上就要结束了。"她说着,一想到她现在所盼

---

① 法语:确认事实。

望的死即将来临,泪水便涌出了她的眼帘。

"它结束得要比您跟您的情夫两人所预先设想的快得多!你们所需要的是兽欲的满足……"

"阿历克赛·亚力克山德洛维奇!我不说这是不厚道的,但是这并不是高尚的行为——打一个不能还手的人。"

"是的,您只记得您自己,但是有一个人,他是您的丈夫,他的痛苦您不感兴趣。他的一生全被毁掉了,他受庆……受幸……受庆了痛苦,这你反正无所谓。"

阿历克赛·亚力克山德洛维奇话说得太快了,舌头转不过来,怎么也说不出受尽痛苦的这个"尽"字来。到最后说成"受庆了痛苦"。她听见觉得好笑,但马上感到可耻,在这种时刻她怎么还会觉得什么事好笑。于是在一刹那间她第一次为他而心有所动,设身处地地为他在想,并且在心里可怜他。但是她又能说什么,又能做什么呢?她低垂下头,默不作声。他也沉默了一会儿,他再开始说话时,已经不那么细声细气,声音也不那么冷淡了,只强调着一些随意挑选的没有任何特殊重要意义的字眼。

"我是来告诉您……"他说。

她对他望了一眼。"不,这只是我的想象,"她心中想着,回想起他在说"受庆痛苦"这句话的时候转不过舌头来,脸上那种表情,"不,一个眼睛这么浑浊,这么自命不凡、无动于衷的人,难道能够对什么事有所感觉吗?"

"我什么也没法改变。"她喃喃地说。

"我是来告诉您,我明天就上莫斯科去,不再回到这幢房子里来了,您会通过一位律师知道我的决定,我委托他办理离婚的事。我的儿子要住到我姐姐那儿去。"阿历克赛·亚力克山德洛维奇说,他好不容易记起了他要说关于儿子的事。

"您要谢辽沙,只是为了让我痛苦,"她这样说道,同时皱着眉头望着他,"您并不爱他……把谢辽沙留下吧!"

"是的,我甚至也失去了我对儿子的爱,是我对您的厌恶连累了他。可我还是要把他带走。再见啦!"

于是他想要走了,但这时她拦住他。

"阿历克赛·亚力克山德洛维奇,把谢辽沙留下吧!"她再一次轻声地说,"我再没有什么可说的了。把谢辽沙留下,留到我……我马上要生产了,把他留下吧!"

阿历克赛·亚力克山德洛维奇脸涨得通红,挣脱被她拉住的手,从房间里默默地走出去。

五

阿历克赛·亚力克山德洛维奇走进彼得堡那位著名律师的接待室,那里边坐满了人。三位太太:一个老太婆,一个年轻女人,一个做生意的;三位绅士:一个是德国人,银行家,手上带着戒指,另一个是商人,留着大胡子,第三个是个怒气冲冲的文官,穿着制服,脖子上挂着一只十字架,这些人显然已经等了很久。两个助手在写字台前写着什么,羽毛笔沙沙地响。他们用的那些文具特别讲究,阿历克赛·亚力克山德洛维奇对文具是非常爱好的,他不能不留意到这个。一个助手眯缝着眼睛,站也不站起来,气呼呼地向阿历克赛·亚力克山德洛维奇问话。

"您有何贵干?"

"我有事找律师。"

"律师正忙着。"助手生硬地回答,用羽毛笔指了指那些等着的人,又继续写字了。

"他不可能抽点时间吗?"阿历克赛·亚力克山德洛维奇说。

"他没有空,他永远都是忙的。您就请等着吧。"

"那么劳驾您把我的名片递给他。"阿历克赛·亚力克山德洛维奇看见不能隐瞒自己的身份了,便气派十足地说。

助手拿了名片,显然那上面的字样并没让他觉得了不起,便走进屋去。

阿历克赛·亚力克山德洛维奇在原则上是赞成公开审判的,不过,由于他熟悉那些上层官场的人际关系,他不完全赞成这种制度在俄国运用时的某些具体做法,他对于最高当局所制定的任何事都敢于批评,但往往适可而止。他一生都在官场上度过,因此,每当他对什么东西有所不满时,他便想,错误在所难免,任何事都能改正,于是他的不满也就逐渐缓和了。对于新审判制度,他不赞赏的是那些设置律师辩护制度的条款。但是他从来不曾和律师打过交道,所以仅只是从理论上不予赞赏而已;然而现在,有了这些他在律师接待室里得到的不愉快印象,他的不赞赏态度便大大地加强了。

"这就出来了。"助手说,确实,两分钟后,来跟律师商量事情的那位高个子老法学家在门口出现了,律师本人也出现了。

律师是一个矮小、结实、秃顶的人,黑褐色的大胡子,浅色的长眉毛,突出的前额。他衣冠楚楚,从领带到双重表链到漆皮靴子,全都像个新郎。长相聪明,但是像个庄稼人,那副打扮确是极其讲究,但很俗气。

"您请。"律师对阿历克赛·亚力克山德洛维奇说。煞有介事地让卡列宁从他面前走进房间里,然后他关上房门。

"请坐!"他指着写字台前的一把圈椅说。那张台子上堆满文件,他自己坐到当中,搓着他短短的指头上长满白毛的两只小小的手,把脑袋歪向一边。但是他刚刚摆好姿势,写字台上方飞来一只蛾子。律师的两只手忽地分开,你怎么也想不到他会如此之敏捷,一把抓住了飞蛾,再把原先的姿势摆好。

"在我开始谈我的事情之前,"阿历克赛·亚力克山德洛维奇先是惊讶地注视了律师的动作,然后才说,"我必须指出,我跟您谈的事,必须保守秘密。"

律师隐隐一笑,两撇下垂的褐色小胡子向两边分开。

"我如果不能保守人家托付给我的秘密,我就不是个律师了。不过假如您需要证实……"

阿历克赛·亚力克山德洛维奇望了一望他的脸,他看见,那双灰色的聪明眼睛在发笑,似乎他什么都知道。

"您知道我的名字吗?"阿历克赛·亚力克山德洛维奇接着说下去。

"我知道您的尊姓大名,也知道您,"他又抓了一只蛾子,"所做的有益于公众的工作,这每个俄国人都知道。"律师躬了躬身子说。

阿历克赛·亚力克山德洛维奇嘘了口气,让自己打起精神来。但是一旦胸有成竹,他便用他那尖细的嗓音继续说下去,既不怯懦,也不口吃,对有些话还特别地加以着重。

"我不幸,"阿历克赛·亚力克山德洛维奇说,"成了一个被欺骗的丈夫,希望合法地解除和妻子的关系,也就是,离婚,但是希望儿子能够不留在母亲那边。"

律师灰色的眼睛竭力不露出笑容来,但是这两只眼睛仍然忍不住地闪耀出喜悦的光彩,阿历克赛·亚力克山德洛维奇看见,这不仅是一个人获得一份有利可图的订单时所表现的喜悦,——这双眼睛里有着一种洋洋得意和欣喜若狂的表情,有一种类似他在他妻子眼睛里所见到的那种含有恶意的闪光。

"您想要我帮助您办理离婚吗?"

"对,正是这样,但是我应该事先奉告,我有可能让您白费一番心意。我今天来只是为了预先向您求教。我要离婚,但是对于我,做到这一点所采取的形式是很重要的。非常可能,如果形式不符合我的要求,我就会拒绝从法律上寻找解决途径。"

"哦,事情总是这样的,"律师说,"也总是要按您的意思办的。"

律师感到他表情中那种忍不住的喜悦有可能触犯当事人,便垂下眼睛望着阿历克赛·亚力克山德洛维奇的脚。他朝一只飞在他鼻子面前的蛾子望了一眼,一只手动了动,但出于对阿历克赛·亚力克山德洛维奇地位的尊重而没有去捉它。

"虽然我国有关这类事件的法律我大致也略有所知,"阿历克赛·亚力克山德洛维奇继续说,"我还是很想知道实际办理这类案件时,一般都采取哪些形式。"

"您是想要,"律师回答时没有抬起眼睛来,他不无几分得意地模仿着当事人说话的语气,"我跟您谈谈实现您的愿望所可能采取的几种途径。"

阿历克赛·亚力克山德洛维奇点头表示同意,于是律师继续说下去,只偶尔对阿历克赛·亚力克山德洛维奇面孔上一片片红斑瞟上一眼。

"根据我国法律,离婚嘛,"他说话的口气似乎有点儿不大赞赏我国法律,"您知道,在下列情况下,是可能的……等一会儿!"他对把头伸进屋里来的助手说,但还是站起身来,跟那人说了几句话,然后再坐下。"在下列情况下:配偶有生理缺陷,再就是无音信分离五年,"他弯起长满白毛的短手指头说,"再就是通奸(他显然是很得意地说出这个词来)。细分如下(他还在一根根地弯着他粗大的手指头,虽然这些情况和分类明显地不能放在一起计算):夫妻一方有生理缺陷,再就是夫妻一方有通奸行为。"因为五个指头都用光了,他便把它们都再伸直,继续说下去:"这是理论上的观点,但是我认为,承蒙垂问,您是想知道实际上的运用。所以,根据先例,我必须奉告,离婚情况不外以下几种:不是生理缺陷。我可以这样理解吧?也不是无音信分离吧?……"

阿历克赛·亚力克山德洛维奇肯定地点点头。

"那就是以下这些情况:夫妻一方与人通奸,犯罪一方的罪证为双方所共认,或者,没有这种共认,属于非自愿性罪证。应该说,后一种情况实际上很少遇见。"律师说到这里,朝阿历克赛·亚力克山德洛维奇瞟了一眼,便不出声了,好像一个卖手枪的商人,把几种枪支的优点各自描述一番之后,在等待顾主的挑选。但是阿历克赛·亚力克山德洛维奇没有说话,于是律师继续说下去:"最普通、最简单、最合乎情理的情况,我认为是双方共认的通奸。若是跟一个没教养的人说话,我是不会这样表达的,"律师说,"但是我觉得,这对我们是很明白的。"

然而阿历克赛·亚力克山德洛维奇这时心绪非常烦乱,他没有一下子弄明白双方共认的通奸其合乎情理性究竟在哪里,他的目光中也表现出这种困惑来,而律师马上就来帮他弄明白了。

"两个人无法再共同生活下去——这是事实。如果双方同意这一点,那么细节和做法就无所谓了。这也就是最简单最可靠的办法。"

阿历克赛·亚力克山德洛维奇现在算完全明白了。但是他有一些宗教上的要求,不能采取这种办法。

"目前情况下谈不到这种办法,"他说,"只有一种情况是可能的:我有几封信,能提供非自愿性罪证。"

一提起有几封信,律师抿起嘴唇,发出一种尖细的、同情而又鄙夷的声音。

"请留意,"他开始说下去,"这一类的事情,您知道,是要由教会方面来作出决定的;大司祭神父这些人对这种事情是很喜欢追究细枝末节的。"他微微一笑地说,表示他跟那些大司祭们有同样的品味。"这些信嘛,当然啦,可以证明一部分事情;但是证据必须是直接取得的,也就是通过证人取得的。总之,如果承蒙您信任,就请允许我选择所应该使用的办法。要想取得结果,就要不择手段。"

"如果是这样……"阿历克赛·亚力克山德洛维奇突然脸色发白地说起来,但是这时,律师站了起来,又走向门边去见那个进来打断他们谈话的助手。

"请您告诉她,我们这儿是不卖便宜货的!"他说了这句话,又回来和阿历克赛·亚力克山德洛维奇交谈。

他回到原先的座位上,又不声不响地抓了一只飞蛾。"到夏天我就会有上好的条纹布来装饰房间了!"他皱着眉头想。

"啊,您刚才说……"他说。

"我会把我的决定书面通知您,"阿历克赛·亚力克山德洛维奇站起来说,手扶着桌子,他默然地站了一小会儿,又说:"从您的话里我可以得出结论,这么说,离婚是办得到的。我还要求您把您的条件告知我。"

"什么都是能够办到的,如果您给我充分的行动自由的话。"律师没有回答他的问题,而这样说。"我什么时候可以得到您的回话呢?"律师问,他在向门边走去,两只眼睛和一双皮靴都在闪闪发光。

"一星期以后。您是否承办这件事,条件如何,也请费神通知我。"

"很好,阁下。"

律师恭敬地鞠了个躬,送他的当事人出了房门,留下他一个人时,他快活得忘乎所以了。他因为太高兴了,甚至一反常态地给那个讨价还价的太太作了让步,也不再去捉蛾子了,并且终于决定冬天以前要把家具全都换上天鹅绒面子,就像席哥宁家一样。

六

阿历克赛·亚力克山德洛维奇在8月17日委员会的会议上获得了辉煌的胜利,但这次胜利的结果却让他大受其害。在阿历克赛·亚力克山德洛维奇的激励下,一个全面调查异族人生活状况的新委员会异常迅速和干劲十足地组成了,并已派往当地。三个月后,一份报告呈交上来。异族人的生活状况被从政治、行政、经济、人种、物质、宗教等各个方面进行了调查。对一切问题都非常漂亮地给出了答案,这些答案都是无庸置疑的,因为它们不是那些经常要犯错误的活人思想的产物,而全都是公事公办的产物。这些答案都是根据省长和主教所提供的官方资料和报告给出的,他们的资料和报告是根据县长和监督司祭的报告,而县长和监督司祭的报告又是根据乡公所和地方教士的报告;因此所有这些答案都是无庸置疑的。所有那些问题,比如,为什么经常歉收,为什么当地居民坚持自己原先的信仰等等,所有这些问题若非有一整套官僚机器提供便利,是不可能得到答案的,今后几百年也不会得到答案,现在却获得明确的、无庸置疑的解答。而这些解答是对阿历克赛·亚力克山德洛维奇有利的。但是斯特列莫夫发觉自己在上一次的会议上大失面子,一接到委员会的报告便马上采取了一个阿历克赛·亚力克山德洛维奇始料不及的策略。斯特列莫夫拉了另外的几个委员,忽然间站在了阿历克赛·亚力克山德洛维奇这一边,他不仅热烈地支持推行卡列宁所建议的各项措施,而且还以同样的精神提出了另一些大走极端的措施。这些与阿历克赛·亚力克山德洛维奇的基本思想大相径庭的措施全都获得通过,而这时便看出了斯特列莫夫的巨测用心。这些极端措施忽然被证明是那么愚蠢,以致一时之间政界人士、社会舆论、聪明的太太们,以及各家报纸都一拥而上,对之大肆攻击,并深表愤怒,他们不仅反对这些措施本身,而且也反对其始作俑者——阿历克赛·亚力克山德洛维奇。而斯特列莫夫这时却躲在一边,装出一副似乎他只是盲从了卡列宁的计划的样子来,如今连他自己也对事情的结果大惑不解,并痛心疾首。这便使得阿历克赛·亚力克山德洛维奇大受其害。然而,尽管家门不幸且健康日差,阿历克赛·亚力克山德洛维奇并不认输。委员会里发生了分裂。以斯特列莫夫为首的一伙委员为自己的错误辩解,说他们是相信了阿历克赛·亚力克山德洛维奇所领导的调查委员会的报告,并且说这个委员会的报告是胡说八道,是一纸空文,有一帮人看出了如此断然否定公文的态度是非常危险的事,阿历克赛·亚力克山德洛维奇便和他们一道继续支持调查委员会所提供的材料。为此,上层人士之间甚至在社会上都陷入一片混乱,而尽管人人对此都极其关怀,却没有一个人明白异族人到底是趋于贫困、走向灭亡呢,还是日益繁荣昌盛。阿历克赛·亚力克山德洛维奇的地位因为这件事,也部分地是因为妻子不贞招来的轻蔑,变得岌岌可危。这种情况下,阿历克赛·亚力克山德洛维奇作出一个重要决定。他令委员会的委员们大吃一惊地宣布,说他将请求批准,亲自去实地调查那些事件。一得到许可,阿历克赛·亚力克山德洛维奇便动身到边远的省份去。

阿历克赛·亚力克山德洛维奇此行引起一场轰动,特别是他在启程之前正式以一封公文退还了拨发给他前往目的地所需的十二匹驿马费。

"我认为这是很高尚的行为,"培特茜对米雅禾卡娅公爵夫人说,"干吗还要发什么驿马费呢?谁都知道现在到处都有铁路的。"

但是米雅禾卡娅公爵夫人不同意她的话,特薇尔斯卡娅公爵夫人的话甚至让她恼火。

"您说得轻巧,"她说,"您有数不清的万贯家财,可我倒真喜欢丈夫夏天去调查调查。他出门跑跑,身体健康,心情愉快,而我打算好了,要用这笔钱来开销我的马车和车夫呢。"

在去边远省份的途中,阿历克赛·亚力克山德洛维奇在莫斯科停留了三天。

到莫斯科的第二天,他去拜会总督。在老是塞车的报馆胡同旁的十字路口,阿历克赛·亚力克山德洛维奇忽然听见有人那么大声又那么快活地喊他的名字,他不得不回头看看。在人行道的拐角处站着一个人,他披一件时髦短大衣,歪戴一顶时髦的低顶帽子,皓齿红唇,微微含笑,快活、年轻、容光焕发。这是斯捷潘·阿尔卡季伊奇,他坚决而固执地喊着,一定要车子停下来。他一只手扶住停在拐角上的一辆马车的车窗,从那车子里探出一个戴天鹅绒帽子的女人和两个小孩子的头来,斯捷潘·阿尔卡季伊奇正在含着笑向他的妹夫招手。那位夫人和蔼地微笑着,也在向阿历克赛·亚力克山德洛维奇招手。这是朵丽和她的两个孩子。

阿历克赛·亚力克山德洛维奇不想在莫斯科见到任何人,尤其不想见到妻子的哥哥。他抬了抬帽子,想驱车而过,但是斯捷潘·阿尔卡季伊奇叫他的车夫停住,踩着雪向他跑来。

"怎么可以不派人来说一声!来很久啦?昨天我在秋莎饭店看见牌子上写着'卡列宁',我就没想到是你!"斯捷潘·阿尔卡季伊奇把头伸进车窗里说。"要不我就进去找你了。真高兴看见你!"他说,两只脚互相碰撞着,抖掉鞋上的雪。"怎么可以不告诉一声!"他又说。

"我没时间,我非常忙。"阿历克赛·亚力克山德洛维奇干巴巴地回答。

"去见见我老婆,她多想见到你呀。"

阿历克赛·亚力克山德洛维奇掀开毛毯,毛毯下包着的是他那两条易受风寒的腿,他从车厢里出来,穿过雪地走向达丽雅·亚力山德罗芙娜。

"这是怎么啦,阿历克赛·亚力克山德洛维奇,干吗您这么躲着我们呀?"朵丽微笑着说。

"我太忙了。非常高兴见到您。"他说,那语气却分明在说见到她好不苦恼。"您身体好吗?"

"喏,我亲爱的安娜好吗?"

阿历克赛·亚力克山德洛维奇咕哝了一句什么便想要走开。但是斯捷潘·阿尔卡季伊奇留住了他。

"咱们明天这样吧,朵丽,叫他来家里吃饭!把科兹内舍夫和别斯佐夫也喊来,让他领略一下莫斯科知识分子的气派。"

"那么,请您一定来呀,"朵丽说,"我们在五六点钟时候等您,怎么样。喏,我亲爱的安娜好吗?多久没有……"

"她很好。"阿历克赛·亚力克山德洛维奇皱着眉头咕哝着。"我非常高兴!"他说着便向自己的马车走去。

"您会来的吧?"朵丽大声地说道。

阿历克赛·亚力克山德洛维奇不知说了点什么,在车马的喧闹声中朵丽听不清楚。

"我明天来找你!"斯捷潘·阿尔卡季伊奇向他喊了声。

阿历克赛·亚力克山德洛维奇坐进马车,深藏在里边,他看不见外面,外面也看不见他。

"怪人!"斯捷潘·阿尔卡季伊奇对妻子说,然后看一看表,一只手在脸面前做了个动作,以示对妻子和孩子的爱意,便精神抖擞地沿着人行道走去了。

"斯季瓦!斯季瓦!"朵丽红着脸喊道。

他回过头来。

"我得给格里沙还有丹妮娅买大衣。你给我钱呀!"

"没关系,你就说,我会付的。"他向一个过路的熟人快活地点一点头,便不知去向了。

七

第二天是星期日。斯捷潘·阿尔卡季伊奇去大剧院看一场芭蕾舞彩排,给那个在他的庇护下新近当上舞蹈演员的、漂亮的玛莎·契比索娃送去一条珊瑚项链,这是他头天夜晚答应要给她的,又在侧幕后边,在剧场白日的幽暗光线下,趁机吻了吻她漂亮的、因为得到礼物而容光焕发的小脸蛋儿。除了送珊瑚项链之外,他还必须跟她约好散戏后怎样见面。他向她解释,说他不能在开场时到达,他答应在最后一幕前赶来,带她去吃晚餐。从剧场出来,斯捷潘·阿尔卡季伊奇去猎人市场,亲自为午餐挑选了鱼和芦笋,到十二点钟他已经在秋莎饭店了,在那里他要去找三个人,真凑巧,他们全都住在一家旅馆里:列文刚从国外回来,住在这里;斯捷潘·阿尔卡季伊奇的新任上司刚登上这个高级职位,来莫斯科视察,住在这里;还有他一定要接回去吃饭的妹夫卡列宁。

斯捷潘·阿尔卡季伊奇喜欢请客吃饭,但尤其喜欢把宴会办得小而精,无论是菜肴、饮料或是客人的挑选都是如此。今天午餐的安排他非常满意:有活鲈鱼,芦笋,而 la pièce de résistance① 则是精美而又不显奇特的烤牛排,还有与之相称的各色好酒:这是说菜肴和饮料。客人当中有吉蒂和列文,为遮人耳目,还请了一位堂妹和谢尔巴茨基家的少爷,而客人中的 la pièce de résistance 则是谢尔盖·科兹内舍夫和阿历克赛·亚力克山德洛维奇。谢尔盖·伊凡诺维奇是莫斯科人,哲学家;而阿历克赛·亚力克山德洛维奇是彼得堡人,实干家;还请了一位远近闻名的热情怪人别斯佐夫,一个自由派,健谈家,音乐家,历史学家,并且是一个可爱的五十岁的老青年,他可以当作科兹内舍夫和卡列宁的调料和配菜。由他来挑动这

---
① 法语:主菜。

两个人,使他们斗将起来。

卖林子的第二期付款已经收到,尚未花完。这些时朵丽待他也非常之亲爱而和善,并且这次宴请在各方面的考虑都让斯捷潘·阿尔卡季伊奇开心。他的情绪好极了。只有两件事稍有不快;然而这两件小事早已淹没在斯捷潘·阿尔卡季伊奇一片善意的欢乐海洋中,这种欢乐情绪正令他心神激荡。这两件事情是:第一,昨天他在大街上遇见阿历克赛·亚力克山德洛维奇,发现他态度冷淡而生硬,把阿历克赛·亚力克山德洛维奇面部的表情和他不登门看望,也不通知一声这件事,跟斯捷潘·阿尔卡季伊奇听到的有关安娜与伏伦斯基的传闻联系起来,他猜想,这夫妻二人之间有点什么不对头的事。

这是不愉快的情况之一。另一个稍有不快的情况是,这位新上任的上级首长,跟所有新上任的首长一个样,都要来点儿下马威。他早上六点钟起床,干起活来像头牲口一样,并且要求下属们跟他一样干。此外,这位新首长待人处世态度像只狗熊,而且据说他跟前任首长属于完全相反的两派,而斯捷潘·阿尔卡季伊奇迄今为止仍属于老首长的那一派。昨天斯捷潘·阿尔卡季伊奇穿了制服去上班,新首长对他非常亲切,跟他像老朋友似的聊天;因此斯捷潘·阿尔卡季伊奇认为自己义不容辞地应该穿上礼服去拜见他一次。想到这位新首长有可能会不那么热情地接待他,这便成了他心头第二件不愉快的事。但是斯捷潘·阿尔卡季伊奇本能地感觉到,事情**总会有办法**搞好的。"大家都是人,何必龇牙咧嘴,争来吵去的?"他这样想着,走进了旅馆。

"你好呀,华西里,"他歪戴着帽子沿走廊走过,向一个熟识的茶房说,"你留起络腮胡子来啦?列文住七号,是吧?带我去,劳驾。再去问问,阿尼奇金伯爵(这就是那位新首长)见不见客?"

"是的,老爷,"华西里微笑着回答,"您长远不来这儿啦。"

"我昨天还来的,走的另一扇门。这是七号吧?"

列文正跟一个特维尔省的庄稼人站在屋子中央用尺子量一张

新剥的熊皮,这时斯捷潘·阿尔卡季伊奇走进来。

"啊,是你们打的?"斯捷潘·阿尔卡季伊奇大声说,"这皮真美!母熊吧?你好呀,阿尔希普!"

他跟那个庄稼人握了手,便坐在椅子上,没脱大衣和帽子。

"脱掉吧,多坐一会儿!"列文帮他脱下帽子,一边说。

"不行,我没时间,我只坐一小会儿。"斯捷潘·阿尔卡季伊奇回答。他把大衣敞开,但是后来又脱掉它,坐了整整一小时,跟列文大谈其打猎的事,和一些两人彼此知心的事。

"喏,你说说,劳驾啦,你在国外都干些什么?都去过哪儿?"那个庄稼人走后,斯捷潘·阿尔卡季伊奇说。

"我到过德国,到过普鲁士,到过法国,到过英国,不过没去那些首都,只在工业城市里,见了好多新东西。我很高兴走了这一趟。"

"是的,我知道你那一套劳工制度的思想。"

"根本不对,在俄国不可能有劳工问题。俄国有的,是劳动人民和土地的关系问题;这个问题他们那边也有,不过那边的问题在于把搞坏了的事情修补一下,而在我们这里……"

斯捷潘·阿尔卡季伊奇留意地听列文说。

"是的,是的!"他说。"很可能你是正确的,"他又说,"不过我很高兴你情绪这样好:又猎熊,又工作,干得津津有味。可是谢尔巴茨基还对我说,——他遇到过你的——说你消沉得很,老是谈到死……"

"那又怎么,我还在考虑死的事情,"列文说,"说真的,也该死啦。这乱七八糟的一切算得了什么。我给你说句实话:我是非常看重我的思想和我的工作的,但是实际上——你想想看吧:我们整个的世界只不过是一个小小的行星上的一个小小的霉点而已。可是我们还以为我们能有些什么伟大之处,——什么思想呀,事业呀!全都只是些尘埃而已啊。"

"这些话,老弟,人家说过不知几百年啦!"

"是几百年的老话,可是你知道,一旦想穿了,一切就全都无所谓了。一旦你想穿了,知道不是今天就是明天你非死不可,一了百了,那么一切也就全都无所谓了!我把我的思想看得非常之重要,但是哪怕就是把它付诸实行了,就像猎住了这头熊似的,它也不过是一件可有可无的事。所以说,就这么过日子吧,打打猎,干点儿工作,消遣消遣,——免得老是想到死。"

斯捷潘·阿尔卡季伊奇倾听着列文的话,微妙而亲切地笑笑。

"喏,当然是这样啦!瞧你也向我靠拢了。记得吗,你攻击我,说我成天寻欢作乐?

"求求你,道德家,别这么严厉!"①

"不,无论如何人生还是有它美好的东西……"列文心里也乱了,"不过我不知道。我只知道,我们很快都会死掉的。"

"为什么是很快?"

"你要知道,一想到死,你会觉得人生不那么美好了,——但是心里却平静得多了。"

"正好相反,越到最后越是活得开心。喏,我可是得走了。"斯捷潘·阿尔卡季伊奇说,他已经站起来上十次了。

"啊,不,再坐一会儿!"列文说,想留住他,"什么时候再见面?我明天就走了。"

"瞧我这个人哪!我是特地来……今天一定上我家吃饭。你哥哥也在,还有卡列宁,我的妹夫。"

"他会在这儿?"列文说,他想要问问吉蒂来不来。他听说,初冬时她在彼得堡她那个外交官妻子的姐姐家里,不知道她回来没有,但是他想想又不问了。"她来不来的——反正都一样。"

"那么你来的喽?"

"喏,当然来啦。"

---

① 借用俄国诗人费特(1820—1892)的一行诗。

"那就五点钟,穿上礼服。"

于是斯捷潘·阿尔卡季伊奇站起来,下楼去见那位新首长了。斯捷潘·阿尔卡季伊奇的本能没有欺骗他,这位威风凛然的新首长原来是一个非常和蔼可亲的人,斯捷潘·阿尔卡季伊奇跟他一同用了早餐,一直坐到快四点才去找阿历克赛·亚力克山德洛维奇。

八

阿历克赛·亚力克山德洛维奇做过日祷回来,整个上午没出门。这天上午他有两件事要做:第一,接见一个派往彼得堡而目前在莫斯科停留的异族人代表团,并给他们一些开导;第二,给律师写那封说好要写的信。这个代表团虽是由阿历克赛·亚力克山德洛维奇倡议组成的,却遇到许多不便,甚至危险,阿历克赛·亚力克山德洛维奇很高兴能在莫斯科碰上他们。代表团的成员对他们自己的任务和要办的事毫无任何概念。他们天真地相信,他们要做的只是陈述自己的需要和实际状况,要求政府给予帮助,却根本不了解,他们的某些声明和要求是支持了敌对的一派,因此会把事情全都搞糟。阿历克赛·亚力克山德洛维奇跟他们忙了半天,为他们拟了一份提纲,要他们严格遵守,把他们放走以后,又给彼得堡写了封信,找人引导代表团的活动。他在这件事上的主要帮手应该是莉吉娅·伊凡诺芙娜伯爵夫人。她是一个代表团事务的专家,没有谁比她更善于促进和指导代表团的工作。做完这件事,阿历克赛·亚力克山德洛维奇又给律师写了那封信。他毫无任何犹豫地允许律师斟酌情况,自作如何行动的决定。还在信中附上了那三封伏伦斯基写给安娜的短信,是在那个抢来的文件夹里找到的。

自从阿历克赛·亚力克山德洛维奇从家中走出并存心不再回去,自从他找过律师,尽管他只给这一个人说过自己的意图,特别是自从他把这件活生生的事变成一件纸上书写的事,他便对自己的意图愈来愈得心应手了,现在他对实现这个意图的可能性了如指掌。

他正在封他写给律师的信,听见斯捷潘·阿尔卡季伊奇洪亮的声音。斯捷潘·阿尔卡季伊奇在跟阿历克赛·亚力克山德洛维奇的仆人争执,坚持要他通报。

"反正一回事,"阿历克赛·亚力克山德洛维奇想,"这样倒更好些:我这就向他宣布在跟他妹妹的关系中我目前的处境,并且说明为什么我不能去他家吃饭。"

"请进!"他大声地说,一边收拾起文件,放进夹子里。

"你看见没有,你在骗人,他在家呀!"是斯捷潘·阿尔卡季伊奇的声音,他在回答那个不放他进来的仆人,一边走一边脱大衣。奥勃隆斯基走进屋里来。"喏,我真开心,把你给找到啦!我多么希望……"斯捷潘·阿尔卡季伊奇快活地说开来。

"我不能去。"阿历克赛·亚力克山德洛维奇站在那里,并不请客人坐下,冷淡地说。

阿历克赛·亚力克山德洛维奇既已开始跟妻子办理离婚,他想他应该对妻子的哥哥立即采取冷淡的态度;但是他没有料到斯捷潘·阿尔卡季伊奇心中的深情厚意恰似汹涌澎湃的海洋。

斯捷潘·阿尔卡季伊奇圆睁着他一双闪闪发光的明亮的眼睛。

"为什么你不能去?你想说什么?"他大惑不解地用法语说,"不行,已经说好啦。我们都盼着你去呢。"

"我想要说的是,我不能上您家去,因为我们之间的亲戚关系必须结束了。"

"怎么?这是怎么回事儿?为什么?"斯捷潘·阿尔卡季伊奇面带笑容说。

"因为我在办理跟您妹妹,也就是我妻子离婚的事。我必须……"

但是阿历克赛·亚力克山德洛维奇还没来得及说完他的话,斯捷潘·阿尔卡季伊奇的做法已经完全出乎他的意料了。斯捷潘·阿尔卡季伊奇"哎呀"一声,一屁股坐进扶手椅里。"不,阿历克赛·亚力克山德洛维奇,你说些什么呀!"奥勃隆斯基大声地说了一句,脸上的表情非常痛苦。

"是这样的。"

"对不起,我不能、不能相信……"

阿历克赛·亚力克山德洛维奇坐下了,他感到,他的话没有起到他所预期的效果,他还必须作一番解释,他还感到,无论他怎样解释,他跟这位内兄的关系都改变不了。

"是的,我是万不得已才要求离婚的。"他说。

"我只说一句,阿历克赛·亚力克山德洛维奇。我知道你是一个杰出的正派人,我也知道安娜——对不起,我不能改变对她的看法——是一个漂亮的、杰出的女人,所以说,对不起,我没法相信这件事。这里面有误会。"他说。

"是的,假如这只不过是一场误会的话……"

"对不起,我明白啦,"斯捷潘·阿尔卡季伊奇打断他的话,"但是,当然啦……一句话:不能操之过急。不能,不能操之过急呀!"

"我没有操之过急,"阿历克赛·亚力克山德洛维奇冷淡地说,"但是这种事又不能跟谁去商量。我已经拿定主意了。"

"真可怕!"斯捷潘·阿尔卡季伊奇说,重重地叹了口气。"我要求你做一件事,阿历克赛·亚力克山德洛维奇。我求你啦,就这样办吧!"他说,"事情还没开始吧,我看。在你开始办这件事以前,去见见我老婆,跟她谈谈。她像爱一个妹妹一样爱安娜,她也爱你,她是一个了不起的女人。看上帝分上,跟她谈一谈!就算给我个面子吧,我求你啦!"

阿历克赛·亚力克山德洛维奇在考虑,斯捷潘·阿尔卡季伊奇关切地注视着他,并不打断他的沉默。

"你去见她吗?"

"我还不知道。所以我就没上您家去。我认为,我们的关系应该有所改变。"

"为什么呢?我看不出为什么得这样。对不起,我是想,除了我们的亲戚关系之外,你跟我,还多少有些交情,我对你也一向是这样的……我是真心敬重你,"斯捷潘·阿尔卡季伊奇说,一边握住他的手,"就算你的那些最坏不过的推测是对的,我永远也不会去谴责你们任何一方,也看不出为什么我们的关系应该改变。不过这会儿先这么做,去见我老婆。"

"哦,我们对这件事的看法不同,"阿历克赛·亚力克山德洛维奇冷冷地说,"不过,我们不谈这个了。"

"不,为什么你不能去?哪怕今天先去吃饭呢?我老婆在等着你。劳驾啦,来吧。重要的是,去跟她谈谈。她是个了不起的女人。看上帝分上,我跪下求你啦!"

"如果你这么想要我去——那我就去吧。"阿历克赛·亚力克山德洛维奇叹了口气说。

为把谈话改变一下,他问了一些他们彼此都有兴趣的事情,——问到斯捷潘·阿尔卡季伊奇的那位新首长,这人年岁还不大,忽然得到这么高的位子。

阿历克赛·亚力克山德洛维奇本来就不喜欢阿尼奇金伯爵这个人,跟他从来意见不合,现在更是无法克制对他的厌恨。一个官场失意的人对一个加官晋级的人有这种情绪,这在官场中是可以理解的。

"喏,怎么,你见到他啦?"

"怎么没见到,他昨天还来办公的。他,好像是,很内行,也很积极。"

"可是他的积极性都用在哪里啦?"阿历克赛·亚力克山德洛维奇说,"用在做成点儿什么事情呢,还是用在把人家已经做成的事情再重做一遍?我们国家的不幸就在于这种公文来往的管理方式,而这方面他是一个够格儿的代表。"

"说真的,我不知道他有什么可以非难之处。他怎么个积极法,我不知道,不过有一点——他这人挺不错的,"斯捷潘·阿尔卡季伊奇回答,"我刚上他那儿去过,说真的,这人挺不错。我们一块儿吃了早饭,我还教他做了,你知道吧,这种饮料,橘子酒。这玩意儿很清凉。真奇怪,他连这个也不知道。他很喜欢。不,说真的,他这人不错。"

斯捷潘·阿尔卡季伊奇看了看表。

"哎呀,老天爷,已经五点啦。可我还得上多哥乌申那儿去!就这样,请啦,来吃饭吧。你不能想象,你若是不来,我和我老婆会多伤心。"

阿历克赛·亚力克山德洛维奇把妹夫送走时,态度已经和跟他见面时完全不同了。

"我答应了就会来的。"他情绪低沉地说。

"相信我,你来不来我是看得很重的,我希望你别又懊悔。"斯捷潘·阿尔卡季伊奇微笑着回答。

他边走边穿大衣,还拍了拍仆人的头,笑着走出门去。

"请你五点钟,穿礼服来!"他又回到门边再喊一声。

九

已经六点钟,也已经来了几位客人,这时主人自己才姗姗来迟。他跟谢尔盖·伊凡诺维奇·科兹内舍夫和别斯佐夫一同进门,这两人是在门口同时碰上的。这两个人,如奥勃隆斯基所说,是莫斯科知识分子的代表。两人在性格和才智上都是受人尊敬的。他们也相互敬重,但却几乎是在一切事情上完完全全、彻头彻尾地彼此不合——不是因为他们属于两个敌对的派别,而恰恰因为是同在一个阵营中(他们的论敌就把他们混为一谈),但是在这个阵营里,他们又各有千秋。因为在那些说抽象不抽象的问题上各人想法不同,这就最难取得一致,所以他们不仅是从来没有彼此同意过,而且早已经习惯于心平气和,只不过彼此嘲笑一下对方的顽固不化而已。

他们一边谈论着天气,一边走进门,这时斯捷潘·阿尔卡季伊奇从后面赶了上来。奥勃隆斯基的岳父亚历山大·德米特里耶维奇公爵,谢尔巴茨基家的小少爷,屠罗夫金,吉蒂,和卡列宁已经坐在客厅里。

斯捷潘·阿尔卡季伊奇马上发现,客厅里因为没有他,气氛很别扭。达丽雅·亚力山德罗芙娜身穿她那件华贵的灰绸连衣裙,显然是两头在操心:孩子们要在育儿室另外开饭,丈夫到现在也没回家,他不在场,她不知如何把在座的一伙人融洽地捏合在一起。大家呆坐着,好像出门做客的牧师老婆(就像老公爵所形容的),显然都莫名其妙,他们到这儿来干什么,一边还要挤出一两句话来,以免过于沉默。好心肠的屠罗夫金看得出是很不自在,他看见斯捷潘·阿尔卡季伊奇时两片厚嘴唇上挂着微笑,仿佛在说,"喂,老兄,你把我跟这些聪明人硬凑在一起!还不如让我去 Chateau des fleurs① 喝一杯——那才合我的胃口呢。"老公爵一言不发地坐着,把一双亮闪闪的小眼睛斜盯着卡列宁,斯捷潘·阿尔卡季伊奇知道他又想起一句什么俏皮话来形容卡列宁了,客人们是被请来像享用一条鲟鱼一样享用这位政府要员的。吉蒂眼睛盯着门,使劲儿不让自己在康斯坦丁·列文进门的时候脸红。年轻的谢尔巴茨基没有被介绍给卡列宁,他竭力表现出对此满不在乎的样子。按彼得堡的习惯,陪夫人们入席要穿燕尾服,打白领带,卡列宁便也入境随俗。斯捷潘·阿尔卡季伊奇从他的面部表情上知道他来只不过是履行诺言而已,跟这群人坐在一起,他是在尽一次沉重的义务。在斯捷潘·阿尔卡季伊奇到来之前,客人们都被一股冷气冻僵了,他就是那个罪魁祸首。

斯捷潘·阿尔卡季伊奇一走进客厅便向客人们道歉,说他被那个公爵拖住了,他每次迟到和早退都拿这位公爵当作替罪羊,他在片刻之间给大家彼此都作了介绍,他把阿历克赛·亚力克山德洛维奇和谢尔盖·科兹内舍夫拉在一起,让他们去谈波兰的俄罗斯化问题,这两人马上就跟别斯佐夫一同抓住这个题目说起来,他拍了拍屠罗夫金的肩头,对他小声地说了句什么笑话,便把他放在妻子和公爵身边坐下。然后去对吉蒂说,她今天非常漂亮,再把谢尔巴茨基介绍给卡列宁。片刻之间他已经把这伙人在客厅里像块面团一

---

① 法语:花的世界。这里是一家游乐场的名字。

样揉得服服帖帖,于是大家便活跃地交谈起来。唯有康斯坦丁·列文一个人还没有到。不过这样更好,因为一走进餐厅,斯捷潘·阿尔卡季伊奇便大惊失色地发现,波特酒和雪利酒不是从列维而是从德普列①拿来的,他吩咐派车夫尽快赶到列维去,才回到客厅来。

他在餐厅遇见了康斯坦丁·列文。

"我没迟到吧?"

"你这个人还会不迟到!"斯捷潘·阿尔卡季伊奇握起他的手说。

"你请了好多客人?都是些谁呀?"列文问,他不由得脸红了,一边用手套拍打帽子上的雪。

"都是自家人。吉蒂在。走,我给你介绍卡列宁。"

斯捷潘·阿尔卡季伊奇虽说是个自由派,他却是知道,跟卡列宁认识一下不能不说是一份荣耀,所以便用这个来款待他的好友。但是此时此刻康斯坦丁·列文却无心高攀。自从那个让他难以忘怀的遇见伏伦斯基的晚上以后,他就没见过吉蒂,如果不算他在大路边上看见她的那一分钟的话。他从心底里知道他今天晚上在这里会见到她。然而他,为了让自己的思想不受拘束,便竭力使自己相信他不知道这一点。而现在,当听说她在这里,他忽然觉得是那么地高兴,同时又那么害怕,他气都喘不过来了,他说不出他想要说的话。

"她是什么样子,什么样子?是像她从前那样吗,还是像她在马车里那样?要是达丽雅·亚力山德罗芙娜说的都是真话,那该怎么办?可为什么会不是真话呢?"他想。

"啊,请吧,你就给我介绍一下卡列宁吧。"他好不容易说出这句话,便下定决心迈开脚步走进客厅去,马上便看见了她。

她既不像从前那样,也不像在马车里那样;她完全是另一个样子。

---

① 列维、德普列,两家餐馆的名字。

她惊惶、胆怯、羞愧，因此也就更加可爱。她也是在他走进客厅的那一刹那间看见他的。她在等他。她非常高兴，高兴得心神不安，以至于顷刻之间，就是在他走向女主人身边又再次望她一眼的那一顷刻间，她，他，还有把一切全都看在眼里的朵丽都觉得，她忍不住要哭出声来了。她脸上一阵红，一阵白，又一阵红，然后便呆住了，嘴唇微微地颤抖着，等他走到自己的身边来。他向她走过来了，鞠了个躬，默默地伸出手。若不是双唇上那微微的抖动，若不是眼睛上那层让目光更加闪亮的湿润，她说话时脸上的笑容几乎可以说是安详平静的，她说：

"我们多久没有见面啦！"她也下定决心伸出自己冰凉的手来握了他的手。

"您没看见我，可我看见过您的，"列文说，脸上闪耀着幸福的微笑，"我看见您的，在您从火车站去叶尔古绍沃的时候。"

"什么时候？"她惊讶地问道。

"您乘车去叶尔古绍沃。"列文说，他感到自己幸福得气也喘不过来了，幸福正注满着他的心灵。"我怎么敢把任何一点稍有恶意的念头跟这个动人心弦的人儿联系在一起呢！啊，好像是，达丽雅·亚力山德罗芙娜说的全都是真话。"他想。

斯捷潘·阿尔卡季伊奇拉起他的手把他引到卡列宁面前。

"让我来给你们介绍。"他说了两个人的名字。

"又遇见您真是高兴，"阿历克赛·亚力克山德洛维奇冷淡地说，握了握列文的手。

"你们认识？"斯捷潘·阿尔卡季伊奇奇怪地问。

"我们在火车里一块儿过了三个小时呢，"列文含笑地说，"离开以后，就像离开一次化装舞会，心里还好奇地念叨着，至少我是这样。"

"原来是这样！请吧。"斯捷潘·阿尔卡季伊奇说，指着餐厅的方向。

男宾们进了餐厅，走到一张桌子前，那里摆着开胃的小菜，有六种伏特加和六种奶酪,有的上面放着小银匙,有的没有;还有鱼子酱,鲱鱼,各种罐头和一碟碟法国面包片。

男宾们围立在喷香的伏特加和开胃小吃前,谢尔盖·伊凡诺维奇·科兹内舍夫、卡列宁和别斯佐夫之间关于波兰的俄罗斯化问题的谈话也停止了,大家在等待进餐。

谢尔盖·伊凡诺维奇最善于忽然来两句风趣的笑话用以结束一场最为抽象和严肃的争论,并借此改变一下交谈者的情绪,他现在便这样做了。

阿历克赛·亚力克山德洛维奇引经据典地说,波兰的俄罗斯化只有在一些最高原则的指导下才得以完成,而这些原则必须由俄国行政当局来推行。

别斯佐夫则坚持说,一个民族只有在它人口密度比人家更大的时候才能够同化另一个民族。

科兹内舍夫两者都同意,又都有所保留。在他们走出客厅时,为了结束谈话,科兹内舍夫笑着说:

"所以为了让异族人俄罗斯化,只有一个办法:尽可能地多生孩子。在这方面我们哥俩干得比诸位差多了。而你们,结过婚的各位先生们,特别是您,斯捷潘·阿尔卡季伊奇,干得全都完全合乎爱国主义;您有几个啦?"他亲切地微笑着对男主人说,还把一只小小的酒杯伸向他面前。

大家全都大笑起来,斯捷潘·阿尔卡季伊奇特别开心。

"对,这才是最好的办法!"他说,嚼着一块奶酪,又在他面前的那只小酒杯中斟了一杯特别品种的伏特加。原先的谈话真的就在这个笑话中停止了。

"这种奶酪不坏呢。来点儿吗?"男主人说。"你真的又在练体操了吗?"他对列文说,用左手摸着列文的肌肉。列文微笑着把手臂用力弯起来,于是在斯捷潘·阿尔卡季伊奇的手指下,隔着薄薄一层上衣的毛料,像一团圆圆的奶酪似的,鼓起棒硬的一块肌肉。

"瞧这二头肌！简直是参孙①啊！"

"我想，要猎狗熊得有很大的力气才行吧。"阿历克赛·亚力克山德洛维奇说，他对打猎几乎是一窍不通，他正撕下一小片薄得像蛛网似的面包，往上面涂奶酪。

列文微微一笑。

"才不是呢。正相反，小孩都能打死一头熊。"他说，一边微微鞠着躬给太太们让路，她们在女主人的陪伴下也来到开胃小吃的桌前。

"人家对我说，您打死过一头熊，是吗？"吉蒂说，她在用叉子取一块滑溜溜不听话的蘑菇，怎么也叉不住，袖口的花边抖动着，她雪白的小手从那下面露出来。"你们那儿真的有熊吗？"她半侧着身子，把她漂亮的小小的头向他转过来，面带微笑。

她的话里没有任何不平常的东西，但是在她说这话的时候，她嘴唇、眼睛、手的每一个动作，她的每一个声音对他都有着何等不可言喻的意义啊！

这里有宽恕的请求，有对他的信任，有柔情——温存、羞怯的柔情，还有许诺，有希望，有对他的爱，他无法不相信这爱，这爱让他幸福得透不过气来。

"我们那儿没有，我们上特维尔省去打的。我这次从那儿回来，在火车上遇见您的姐夫②，或者说是您姐夫的妹夫③了，"他微笑着说，"这次见面可真有意思。"

于是他便快活而有趣地说起他怎样一夜没睡觉，穿一件短羊皮袄钻进了阿历克赛·亚力克山德洛维奇的车厢。

"列车员违反了那句格言④，想根据我的衣裳把我赶出去；可我这时候马上就用一种高雅的腔调说起话来，还有……您也，"他对卡

---

① 参孙，《圣经·旧约》中记载的一位以色列大力士。
②③ 您的姐夫、您姐夫的妹夫，这两个词他是用俄语拼读法语来说的。
④ 格言，大约是"勿从衣装看人"之类的话。

列宁说,却忘记了人家的名字,"您也是一开头看见我的短皮袄就想把我赶出去的,可是后来您护着我了,为这我非常感激您。"

"一般说,乘客选择座位的权利规定得太不明确。"阿历克赛·亚力克山德洛维奇说,一边用一块手绢擦着他的指头尖。

"我看出来,您对我到底是个什么人拿不定主意,"列文好心地微笑着说,"而我马上就开始说些聪明话,来纠正我的短皮袄造成的印象。"

谢尔盖·伊凡诺维奇一边继续跟女主人交谈,一边用一只耳朵听弟弟说话,这时斜瞟了他一眼。"他今天怎么啦?这么一副得意的样子。"谢尔盖·伊凡诺维奇想着。他不知道列文觉得自己好像是平添了一对翅膀。列文知道她在听他说话,并且她喜欢听他说话。此刻他心里只有这一件事。不仅是在这一间房子里,就是在全世界,对他来说,此刻存在着的,也只有这一个自认为获得巨大意义和重要性的他,再就是她。他觉得自己此刻是站在一个令他头昏目眩的高处,而这些善良可爱的卡列宁们、奥勃隆斯基们以及整个世界,都远远地在他的脚下。

完全不引人注意地,眼睛也不望他们一下,好像是再没个别的地方安置他了,斯捷潘·阿尔卡季伊奇让列文坐在吉蒂的身边。

"喏,你就坐这儿吧。"他对列文说。

筵席与餐具同样精美,斯捷潘·阿尔卡季伊奇是一位爱好餐具的行家。玛丽-路易式的汤堪称美味;小馅饼入口即化,无可挑剔。两个家仆和马特维系着白领带,悄然、安静、利索地一同伺候着酒食。筵席在物质方面是成功的,而在非物质的方面也毫不逊色。共同的和个别人之间的谈话此起彼伏,气氛极其活跃,男宾们离开餐桌时还在不停地交谈,就连阿历克赛·亚力克山德洛维奇也活跃起来。

十

别斯佐夫喜欢追根究底地辩论,他不满意谢尔盖·伊凡诺维奇的话,特别是他觉得他的意见不正确,便更加不满。

"我从来就不认为,"他一边喝汤一边对阿历克赛·亚力克山德洛维奇说,"只是一个人口密度问题,而是要和基本理论联系起来,不能只谈几条原则。"

"我觉得,"阿历克赛·亚力克山德洛维奇不慌不忙语气呆板地回答,"这是一回事情。依我看,能够对另一个民族产生影响的只有那种拥有高度发展的民族,这种民族……"

"但是问题就在这里,"别斯佐夫用他的男低音打断卡列宁的话,他这人总是急急忙忙地说话,一说起话来总好像是全神贯注的,"高度发展指的是什么?英国人,法国人,德国人——他们哪一个是高度发展的?将来又是谁来同化别的民族呢?我们看见,莱茵地区已经法国化了,可是德国人的发展并不更慢一些!"他高喊道:"这里还有另一种规律!"

"我觉得,影响力总是在真正受过教育的民族一边。"阿历克赛·亚力克山德洛维奇微微抬了抬眉毛说。

"但是我们把什么看作是真正受过教育的标志呢?"别斯佐夫说。

"我认为这些标志是人所共知的。"阿历克赛·亚力克山德洛维奇说。

"是人人都完全知道吗?"谢尔盖·伊凡诺维奇微妙地笑着插进来说,"现在大家都认为,切实的教育只可能是纯粹古典的教育;不过我们看见,争论的双方都剑拔弩张,却谁都不能否认敌对阵营也拥有许多强有力的有利论据。"

"您是个古典派,谢尔盖·伊凡诺维奇。来点儿红葡萄酒?"斯捷潘·阿尔卡季伊奇说。

"我就不对这一种或者另一种教育发表我的意见了,"谢尔盖·伊凡诺维奇举起他的酒杯来,好像跟一个小孩子说话似地、屈尊地微笑着,"我只想说,双方都有其强有力的论据,"他对阿历克赛·亚力克山德洛维奇继续说下去,"从我所受的教育来看,我是个古典派，但是在这场争论当中我个人不知道站在哪一边才好。我看不出有什么明显的理由说，古典的学问就一定比现实的那些学问优越。"

"自然科学的学问也同样具有教化启迪的功效，"别斯佐夫马上跟着说，"就拿天文学，拿植物学，拿动物学和它那一套共同规律的体系来说吧！"

"我不能完全同意这一点，"阿历克赛·亚力克山德洛维奇回答说，"我觉得不能不承认，对语言形式进行研究的过程本身就能对精神的发展产生有益的影响。除此之外，也不能否认许多古典著作家所产生的影响是极其富有道德意义的，而不幸的是，给我们这个时代带来祸患的那些有害的和虚假的学问，都跟传授自然科学知识有关。"

谢尔盖·伊凡诺维奇想说点什么，但是别斯佐夫用浓重的男低音打断了他。别斯佐夫开始激烈地论证卡列宁的意见是不正确的。谢尔盖·伊凡诺维奇静静地等他把话说完，显然胸有成竹，认为自己一定能驳倒他。

"但是，"谢尔盖·伊凡诺维奇微妙地笑着对卡列宁说，"不能不承认，充分权衡这种或那种学问的利弊是很困难的，并且，到底采取哪一些学问的问题也不会那么迅速而彻底地就得到解决，假如古典教育不具有您方才所说的那种优越性——富有道德意义，disons le mot①，——有反虚无主义的作用的话。"

"这毫无疑问。"

"假如古典的学问不具有这种反虚无主义作用的优越性，那我们也许会再考虑考虑，再权衡权衡双方面的利弊了，"谢尔盖·伊凡诺维奇微妙地笑着说，"我们也许会让两派都得到充分的发展。但是现在我们知道，在这些古典教育的药丸里含有反虚无主义的疗效，所以我们就大胆地把它推荐给我们的病人……可是万一没有疗效，那怎么办呢？"他又说了一个风趣的笑话来作结束。

---

① 法语：坦率地说。

谢尔盖·伊凡诺维奇一说到药丸,大家都笑了起来,屠罗夫金笑得声音特别大,特别开心,他终于等到了一句可笑的话,他在听这场谈话的时候,心里就等着这个。

斯捷潘·阿尔卡季伊奇把别斯佐夫请来没有做错。有别斯佐夫在场,就一直会有这种聪明的交谈,不会中断。谢尔盖·伊凡诺维奇刚刚用一个笑话结束了一场谈话,别斯佐夫马上又提出了新的话题。

"我甚至不能同意说,"他说,"政府也要以此为目标。政府显然是要服从一些全局性的考虑,而不能为一些措施可能发生的影响所左右。比如,妇女教育问题应该被认为是有害无益的吧,但是政府却要开设女子学校和女子大学。"

于是谈话马上便跳到了妇女教育这个新题目上。

阿历克赛·亚力克山德洛维奇表示了这样的思想:妇女教育通常和妇女自由的问题混为一谈了,只是从这一点说它才被认为是有害处的。

"我,正相反,认为这两个问题是不可分割地联系在一起的,"别斯佐夫说,"这是个恶性循环,女人因为没有受到教育而被剥夺权利,而没有受到教育的原因又正是没有权利。——不要忘记了,对妇女的奴役是那么严重,那么久远,因此我们往往不愿意去了解一下把她们和我们分隔开来的那条鸿沟。"他说。

"您在说权利,"谢尔盖·伊凡诺维奇等别斯佐夫一住口便说,"那些担任陪审员、地方自治局议员、参议会主席的权利,担任公职和国会议员的权利……"

"那毫无疑问。"

"但是假如说有的女人,作为罕见的例外,可以担任这些职位,那么我觉得,您用'权利'这个词是用错了。倒不如说是:'义务'。谁都会同意说,担任某种陪审员、议员、电报局官员的差事,我们觉得,是在尽一种义务。所以倒不如说女人们是在寻求义务,而且这完全是合法的事。她们这种想要对男性的共同劳动给以帮助的意愿我们是不能不同情的。"

"完全正确,"阿历克赛·亚力克山德洛维奇赞同地说,"我想问题只在于她们是否有能力承担这些义务。"

"一定是很有能力的,"斯捷潘·阿尔卡季伊奇插进来说,"只要教育能够在她们中间普及开来。这我们能看见……"

"可是那句成语呢?"公爵说,他早就在倾听这场谈话了,不停地闪动着他一双小小的嘲笑似的眼睛,"在女儿们面前也不妨说说:头发长①……"

"在黑奴解放以前人们也是这样看待黑人的!"别斯佐夫气呼呼地说。

"我只觉得奇怪,为什么女人们在寻求新的义务,"谢尔盖·伊凡诺维奇说,"而我们,很不幸,都看见的,男人们却通常都在逃避义务。"

"尽了义务就能享受权利嘛;有权,有钱,还受人尊敬:女人们寻求的就是这些,"别斯佐夫说。

"这就好比,如果我去寻求当奶妈的权利,人家雇那些女人家而不愿意要我,我就生气。"老公爵说。

屠罗夫金放声大笑,谢尔盖·伊凡诺维奇很惋惜这句话不是他说的。连阿历克赛·亚力克山德洛维奇都笑了。

"是的,不过男人不能喂奶,"别斯佐夫说,"而女人……"

"不对,有个英国人就在船上把自己的孩子喂大了。"老公爵说,他也觉得在女儿们面前说这种话有点儿放肆。

"有多少这种英国人,也就有多少会当官的女人。"谢尔盖·伊凡诺维奇连忙说。

"对,不过一个没有成家的姑娘该怎么办呢?"斯捷潘·阿尔卡季伊奇插进来说,他想起了契比索娃,他心里老是想着她。斯捷潘·阿尔卡季伊奇是赞成和支持别斯佐夫的意见的。

---

① 头发长,即民间俗语"头发长,见识短"。

"如果把这个姑娘的经历分析一下,您就会发现,这个姑娘是抛弃了家庭,或是抛弃了她自己的家,或是姐妹们的家,在家里她是有女人家的事情可做的。"达丽雅·亚力山德罗芙娜突然气愤地插进来说,她一定是猜到了斯捷潘·阿尔卡季伊奇指的是哪个姑娘。

"但是我们要维护原则,维护理想!"别斯佐夫那响亮的男低音在反驳,"女人想要有独立的权利和受教育的权利。她们觉得委屈、压抑,因为她们意识到这是不可能的。"

"而我觉得委屈、压抑是因为他们不许我去育婴堂里当奶妈。"老公爵又说,说得屠罗夫金好不开心,他笑得把芦笋粗大的一头掉进了酱油里。

十一

大家都在一块儿谈话,只有吉蒂和列文没有参加。起初他们谈到一个民族对另一个民族的影响时,列文不由得想到在这个题目上他有点什么可说;但是这些从前对他是那么重要的思想,现在却只像梦幻一般在他脑子里一闪而过,丝毫引不起他的兴趣。他甚至觉得奇怪,为什么他们要这么起劲地谈这些对谁也没有用处的事情。吉蒂也是这样,她似乎应该对他们所谈的妇女的权利和教育问题感兴趣,她以前好多次考虑过这个问题,她想起她在国外的女友瓦莲卡,想起这姑娘寄人篱下的痛苦,她还好多次考虑到自己,她想,假如她不嫁人,将会怎么样,她跟姐姐争论这个问题不知有多少次!但此刻这却丝毫也不能引起她的兴趣。她正和列文在谈他们自己的话,这不是谈话,而是某种彼此间隐秘的许诺,这种许诺正在一分钟一分钟地把他们两人愈来愈亲密地联系在一起,并在他们各自的心中引出一种又喜又怕的感觉,他俩都感到,他们正在一步步踏入一个未知的天地。

起初吉蒂问起,列文怎么会在去年冬天看见她坐在马车里,列文告诉她,他自己怎样割草回来,在大路上走着,便遇上了她。

"是在那天很早、很早的时候。您,大概是刚睡醒吧。您maman睡在她自己的角落里。那个早晨多美哟。我走着,心想:这四驾大马车里坐的是谁呀?四匹系着铃铛的马真漂亮,而忽地一下您就闪出来了,我看见,马车窗口上——您就那么坐在那儿,两只手捏住睡帽的带子,出神地在想着什么事儿,"他含笑地说,"我多想知道您那时候在想些什么啊。很重要的事情吧?"

"我那时不是披头散发的吧?"她心里想;但是,看见他回忆起这些细节时不禁露出了兴奋的笑容,她感到,正相反,她给他留下的印象是非常好的。她脸红了,又快活地笑了。

"真的,记不得了。"

"屠罗夫金笑得多么开心啊!"列文说,他在欣赏屠罗夫金那双笑得泪汪汪的眼睛和直打哆嗦的身体。

"您早就认识他啦?"吉蒂问。

"谁不认识他呀!"

"我看您一定觉得他是一个坏人吧?"

"不是坏人,是个微不足道的可怜人!"

"不对呀!赶快再别这么想啦!"吉蒂说,"我从前也把他看得非常之低下,可是,这,这——这是一个非常可爱的、善良极了的人啊。他的心是金子做的。"

"您怎么会知道他的心的呀?"

"我跟他是老朋友了。我非常了解他。去年冬天,就在……就在您刚刚去过我们那儿以后不久,"她面带歉疚的同时也带着信赖的微笑说,"朵丽的孩子全都发了猩红热,他碰巧上她那儿了。您就想象一下吧,"她悄声地说,"他太可怜朵丽了,就留了下来,帮她照料孩子们。是呀,一连三个礼拜住在他们家里,像个保姆似的照料孩子们。"

"我在给康斯坦丁·德米特里奇说猩红热那时候屠罗夫金的事儿。"她俯过身去对姐姐说。

"是呀,真了不起,实在太好了!"朵丽说时望了屠罗夫金一眼,屠罗夫金感到他们在谈他，便对列文温和地笑笑。列文再看屠罗夫金一眼，他很惊讶，以前怎么不了解这个人有那么多优点。

"罪过，罪过，我以后再也不把人想得那么坏了！"他高兴地说，真诚地说出了他此刻的感受。

<h2 style="text-align:center">十二</h2>

在已经展开的关于妇女权利的谈话中，谈到几个当太太们的面不便谈论的、关于夫妻间权利不平等的问题。别斯佐夫在席上几次忽然扯到这些问题，但谢尔盖·伊凡诺维奇和斯捷潘·阿尔卡季伊奇都小心地躲开，没跟他谈。

当大家离席时，太太们先走了，别斯佐夫没有跟她们走，却对阿历克赛·亚力克山德洛维奇谈起这种不平等的原因来。他认为，夫妻间的不平等在于：法律和社会两方面都对妻子的不贞和丈夫的不贞惩罚得不平等。

斯捷潘·阿尔卡季伊奇连忙走到阿历克赛·亚力克山德洛维奇身边，请他抽一支烟。

"不，我不抽烟，"阿历克赛·亚力克山德洛维奇安然地回答，好像是故意要显得他并不害怕谈这个问题，他对别斯佐夫冷淡地笑笑，便说：

"我认为，这种观点的根据来自事情本来的性质，"他说过便想走向客厅，但是这时候屠罗夫金突然出其不意地对他说：

"请问您听说过普里亚奇尼科夫的事情没有？"屠罗夫金说，他香槟喝多了，有点兴奋，也早就想找机会打破让他难以忍受的沉默。"瓦夏·普里亚奇尼科夫，"他又红又润的嘴唇上挂着善意的微笑，主要在对阿历克赛·亚力克山德洛维奇这位贵客说话，"我今天听说，他在特维尔省跟科维特斯基决斗，把那个家伙打死了。"

事情从来是这样：你哪里痛，人家就偏偏戳哪里，斯捷潘·阿尔卡季伊奇这会儿便觉得，今天真糟糕，每一分钟里，谈话都要触及阿

历克赛·亚力克山德洛维奇的痛处。他想再次把妹夫引开,但是阿历克赛·亚力克山德洛维奇自己却颇为好奇地问道:

"普里亚奇尼科夫为什么决斗?"

"为老婆呀,他真是个男子汉!他去挑战,还把那个人给打死了!"

"啊!"阿历克赛·亚力克山德洛维奇漠然地说了声,便扬起眉毛走进客厅里。

"您来了,我多高兴哟,"朵丽在客厅的过道里迎住他,面带惊惶的微笑说,"我想要跟您谈一谈。我们在这儿坐坐吧。"

阿历克赛·亚力克山德洛维奇还是那副眉毛扬起的漠然表情,坐在达丽雅·亚力山德罗芙娜身边,假装出笑容。

"我也是,"他说,"想来向您请求原谅的,我这就得告辞了。我明天要离开这里。"

达丽雅·亚力山德罗芙娜坚决相信安娜是清白的,她脸色发白,双唇因愤怒而颤抖,她对这个冷冰冰没知觉的人非常不满,他竟能如此心安理得地存心要毁掉她那无辜的好朋友。

"阿历克赛·亚力克山德洛维奇,"她极其坚定地注视着他的眼睛说,"我向您问起过安娜,您还没回答我。她怎么样?"

"她,好像,身体不坏,达丽雅·亚力山德罗芙娜。"阿历克赛·亚力克山德洛维奇回答时眼睛并不朝她看。

"阿历克赛·亚力克山德洛维奇,请您原谅我,我没有权利……但是我,作为姐姐,我爱安娜,也敬重安娜;我要求,我恳求您告诉我,你们中间发生了什么事?您指责她什么?"

阿历克赛·亚力克山德洛维奇皱起眉头,两眼几乎紧闭着,头垂下来。

"我以为您丈夫已经告诉您,我为什么认为必须改变我和安娜·阿尔卡季耶芙娜之间原有的关系。"他说,并不看着她的眼睛,但却不满意地望了望从客厅里走过的谢尔巴茨基。

"我不信,我不信,我没法相信这个!"朵丽把她那双瘦骨嶙峋的手紧捏住放在胸前,做出一种坚决的姿势说。她迅速地站起身来,把自己的一只手搭在阿历克赛·亚力克山德洛维奇的袖子上。"这儿不好谈,请您跟我来。"

朵丽的激动也影响了阿历克赛·亚力克山德洛维奇。他站起来顺从地跟她走进孩子们上课的房间。他们在一张桌子旁坐下,桌上铺了一块满是铅笔刀印子的漆布。

"我不信,我不信会有这种事!"朵丽说,极力想要捉住阿历克赛·亚力克山德洛维奇躲避的目光。

"不能不相信事实啊,达丽雅·亚力山德罗芙娜。"他说,在**事实**两个字上声音特别着重。

"可是她做了什么呢?"达丽雅·亚力山德罗芙娜说,"她到底做了什么呢?"

"她蔑视自己应尽的义务,背叛了自己的丈夫。这就是她所做的事。"他说。

"不,不,不可能!不,看上帝分上,您弄错啦!"朵丽双手摸住鬓角,闭上眼睛说。

阿历克赛·亚力克山德洛维奇唇边挂着冷笑,他希望向她也向自己表示一下自己的信心有多么坚定;然而她的这种热烈的辩护,虽不能动摇他,却刺痛了他的伤口。他非常激动地了起来。

"这是非常难以弄错的事,既然做妻子的自己已经亲口对丈夫宣布了这一点。她宣布说,八年来的生活和有了一个儿子——全都是一场错误,说她想要重新开始生活。"他一边吸着鼻子一边气愤地说。

"安娜跟罪恶——我没法把这两件事联系起来,这事我不能相信。"

"达丽雅·亚力山德罗芙娜!"他说,现在他直视着朵丽善良而激动的面孔,他觉得,自己的舌头不由得松动了。"如果还可能有怀疑的余地,我真愿意付出高昂的代价。当我处于怀疑状况下的时候,我是痛苦的,但是比现在还要轻松些。当我怀疑的时候,那还有所希望;但是现在希望没有了,可是我仍然在怀疑着一切。我在怀疑着一切,怀疑得连儿子都恨起来了,有时候还不相信这是我的儿子。我非常不幸啊。"

他并不需要把这话说出来。他一抬头望着她的眼睛,达丽雅·亚力山德罗芙娜就全都明白了;她开始可怜他了,而她的朋友是清白的这个信念也在她的心中开始动摇了。

"哎!这多可怕哟,多可怕哟!可是您真的决定要离婚了吗?"

"我决定采取最后的一步。我再没有别的办法了。"

"没别的办法,没别的办法……"她含着泪不停地说。"不对,不是没有别的办法!"她说。

"这一类的痛苦之所以可怕,就在于,你不能像遇上其他任何痛苦那样——像损失、死亡那样,背上十字架去忍受就行,而现在你必须行动,"他说,似乎猜到了她的思想,"必须走出这种人家让你陷进去的屈辱境地,不能三个人在一起过日子呀。"

"我懂,这我非常懂。"朵丽说,垂下了她的头。她不说话了,她在想她自己,想她自己家里的伤心事,而突然她猛地抬起了头,两手握紧做出恳求的样子。"可是您先别忙呀!您是基督徒。替她想想吧!她将来会怎么样呢,假如您抛弃了她?"

"我想过的,达丽雅·亚力山德罗芙娜,我想过很多。"阿历克赛·亚力克山德洛维奇说。他脸上泛起一块块红斑,他的蒙眬的眼睛直望着她。达丽雅·亚力山德罗芙娜这时已是全心全意地在可怜他了。"我就是这样做的,而且是在她亲口对我宣布了我的耻辱之后;我把一切都保持原样。我给了她改过的机会,我尽力挽救过她。可是怎么样呢?她连一个最低的要求——保持体面——也不能做到。"他激动地说。"只可能挽救一个自己不愿意毁灭的人;但是如果整个的品性都已经败坏了,那有什么办法?"

"怎么都行,只是不要离婚!"达丽雅·亚力山德罗芙娜回答。

"什么叫怎么都行?"

"不啊,这太可怕啦。她会变得谁的妻子也不是,她要毁了!"

"我又能怎么办呢?"阿历克赛·亚力克山德洛维奇耸了耸肩膀

和扬起眉毛说。这时他想起妻子最近的那次行为,不禁火上心头,于是他又变得像在谈话开始时那样冷酷了。"我非常感谢您的同情,不过我该走了。"他站起来说。

"不,您等一等!您不可以毁了她。您等一等,我要给您说说我自己。我嫁了人,可是我丈夫欺骗了我;愤恨、嫉妒,我想要抛弃一切,我想自己去……可是我清醒过来了,是谁帮了我呢?是安娜她救了我。瞧我还活着。孩子们都长大了,丈夫回到家里了,认了错,变干净了,变好了,而我也活着……我原谅过,您也应该原谅!"

阿历克赛·亚力克山德洛维奇听着她的话,但是这些话对他已经不起作用了。他在决定离婚那天所感受的愤恨,现在又全都涌上心头了。他抖了抖身子,用尖锐响亮的声音说:

"原谅是做不到的,我不想原谅,也认为原谅是不公正的。我为这个女人已经做到了一切,而她把我所做的一切都践踏在她与生俱来的一堆污泥里。我不是一个恶人,我以前从来没有憎恨过谁,而我要拿出我灵魂里全部的力量来憎恨她,我甚至无法原谅她,因为她给予我这么多伤害,我实在太恨她了!"他恶狠狠地声泪俱下地说。

"您要爱那些恨您的人……"达丽雅·亚力山德罗芙娜羞怯地说。

阿历克赛·亚力克山德洛维奇轻蔑地笑笑。这他早就知道,但是这对他的情况并不适用。

"是要爱那些恨您的人,可是爱那些你所恨的人,办不到。对不起,我让您心情不好了。各人的苦恼就够自己受的啦!"于是,阿历克赛·亚力克山德洛维奇控制住自己,平静地告别,然后走掉。

十三

离开餐桌时,列文想跟着吉蒂走进客厅去;但是他怕因为自己追她追得太显眼,她会不高兴。他便留在男宾一群里,跟大家一起谈话,他虽然眼睛没朝吉蒂看,却能感觉到她的动作,她的眼神,和她在客厅中的位置。

他马上就毫不费力地实践了他对她所作的诺言——把每个人都往好处想,并且永远爱每一个人。大家谈到农村公社,别斯佐夫认为其中有一种什么特别的定律,他称之为合唱定律。列文既不同意别斯佐夫,也不同意他哥哥的意见,他哥哥有自己的一套,对俄国农村公社的意义他又承认,又不承认。但是列文跟他们谈,只为竭力让他们平息,缓和他们的争论。他对他自己所说的话丝毫不感兴趣,对他们的话则更不感兴趣,他只希望一点——要他们和大家皆大欢喜。他现在知道世界上唯一重要的是什么了。这唯一重要的那个,开始是在客厅里,后来移动了位置,停在门边了。他没有回头便感觉到那向他投来的目光和微笑,他不能不回头了,她和谢尔巴茨基两人站在门口,眼睛正望着他。

"我以为您要去弹琴呢,是吗?"他说着,向她身边走去。"我在乡下所缺的就是这个:音乐。"

"不,我们只是来找您,我来谢谢您,"她说,好像送给他一份礼物似的,奖赏他一个微笑,"谢谢您今天来。干吗这样争吵?反正谁也说不服谁的。"

"是的,您说的对,"列文说,"往往是争得面红耳赤,只因为怎么也弄不懂对方究竟想说明什么。"

列文常常发现,在两个聪明人互相争论的时候,费了好大力气,说了一大堆话,用了许多精巧的逻辑手法,到头来争论双方都恍然大悟,原来他们彼此费尽力气要向对方证明的东西,自己和对方早在争论开始时就一清二楚了,但是他们却各有所好,又都不肯把自己所喜欢的东西明说出来,怕被对方驳倒。他常有这样的体验:往往在争论中你知道了对方喜欢的是什么,而忽然自己也喜欢上这一点,马上就同意了对方的意见,于是你的一切论据全都完蛋了,没有用处了;而有时候又有相反的体验:你终于说出了你所喜欢的东西,说出你论据的来由,若是你表达得很好,态度又诚恳,对方会忽然同意你的意见,而不再争论。列文想要说的就是这些。

她皱起额头,极力想明白他的意思。不过他刚一开始解释,她就已经明白了。

"我明白:要弄清楚他为什么争论,他喜欢的是什么,那就可以……"

她把他说不清楚的意思完全猜到并且表达了。列文高兴地微微一笑;他跟别斯佐夫和哥哥的这场混乱的争论,费了许多口舌,结果让她简单明了地,几乎没说什么话,便把一堆极其复杂的思想传达出来了,他感到非常惊奇。

谢尔巴茨基从他们身边走开了,吉蒂走到摊开的牌桌前坐下,拿起一支粉笔,用它在新铺的绿呢台布上画着一个个逐渐散开的圆圈。

他们又谈起餐桌上谈到的话题:妇女的自由和就业问题。列文同意达丽雅·亚力山德罗芙娜的意见,认为没出嫁的姑娘可以在家里做些女人家该做的事。他的理由是,没有一个家庭离得开女性的帮手,穷家富家都少不了要有保姆,或是雇来的,或是自家人。

"不,"吉蒂没说话先红了脸,但却更加大胆地用她那双诚挚的眼睛望着他,"没出嫁的姑娘可能是这样的处境:在家庭里多少要受些委屈,但是她自己……"

他从这句话的暗示里了解了她的意思。

"噢!是的!"他说,"是的,是的,是的,您说得对,您说得对!"

他看见了吉蒂心中存在的畏惧,这畏惧来自她作为一个待嫁姑娘的身份和她所受到的委屈,于是他明白了别斯佐夫在餐桌上关于妇女自由所说的那些话,因为他爱她,他能够感受到这种畏惧和委屈,他立刻就放弃了自己的那些论点。

接着是一阵沉默。她不停地用粉笔在桌上画着。她的眼睛宁静地放射出光辉。在她的情绪的影响下,他感到自己浑身上下有一种愈来愈紧张的幸福滋味。

"哎呀!我把一张桌子都给画脏了!"她说着放下了粉笔,做了一个好像要站起来似的动作。

"我怎么能让她走掉,只剩下我一人呢?"他一想,心里好怕,便拾起粉笔来。"您等等,"他说,在桌旁坐下,"我早就想问您一件事。"

他直视着她一双含情的,但也是惊恐的眼睛。

"请问吧。"

"您瞧,"他说,便写下了每个词的这些开头的字母:К,В,М,О:Э,Н,М,Б,З,Л,Э,Н,И,Т? 这些字母的意思是:"当初您回答我:这不可能,是说永远不可能呢,还是那时候不可能?"很难希望她会领悟这句复杂句子的意思;然而他注视着她的那种目光表示,他的一生都取决于她能否看懂这句话。

她认真地看了他一眼,然后把她皱紧的额头撑在一只手上,开始去看。她间或望一望他,用目光询问他:"是我想的这样吗?"

"我懂了。"她红着脸说。

"这是个什么词?"他指着 Н 这个字母说,这个字母的意思是**永远**。

"这个词的意思是**永远**,"她说,"可是这不对!"

他迅速擦掉了他写的,把粉笔递给她,站了起来。她便写下了这些字母:Т,Я,Н,М,И,О。

朵丽看见这两个人的样子,她跟阿历克赛·亚力克山德洛维奇谈话时引起的烦恼全都消解了:吉蒂手拿粉笔,羞怯而幸福地微笑着,抬头望着列文,望着他英俊的形象,列文这时正俯在桌上,两只火热的眼睛时而凝视着桌子,时而凝视着她。忽然他脸色开朗了:他懂了,这些字母的意思是:"那时候我只能这样回答。"

他询问般地、胆怯地望了她一眼。

"只是那时候吗?"

"是的。"她的笑容回答了他。

"那么现……那么现在呢?"他问。

"啊,那您就念念这个吧!我说的是我想要说的,非常想要说的!"她写下了这些开头的字母:Ч,В,М,З,И,П,Ч,Б。意思是:

"希望您能忘记和原谅过去的事情。"

他的手指紧张地颤抖着,一把抓住粉笔,把它折断,用开头字母写了这句话:"我没什么要忘记和原谅的,我一直爱您。"

他的笑容留驻在脸上,眼睛望着她。

"我懂啦。"她悄声说。

他坐下写了一个很长的句子。她全都懂,并不问他:是这样吗?拿起粉笔便马上回答。

他好半天看不懂她写的话,老是去望她的眼睛。他幸福得头晕目眩了。他怎么也想不出她写的那些字母是什么意思;但是从她一双闪耀着幸福光芒的、美丽的眼睛里,他明白了他所要知道的一切。于是他写了三个字母。但是他还没来得及结束,她已经跟着他的手在读了,并且自己来把他的话写完,又写下一个回答:是的。

"你们在扮演 secrétaire①吗?"老公爵说着走了过来。"喏,咱们走吧,要是你不想看戏迟到的话。"

列文站起来送吉蒂到门口。

他俩在交谈中把一切都说了,她说了她爱他,说她马上就告诉父亲和母亲,他说了他明天一大早就来。

十四

吉蒂走后,留下列文一个人,没有她,他感到那么心神不安,那么难以忍受地希望明天早晨赶快、赶快到来,他好能再看见她,并从此永远跟她在一起,他害怕他要单独度过的这十四个小时,像害怕死亡一样。为了不要自己一个人待着,为了消磨光阴,他觉得自己非和一个随便什么人待在一起并且谈点什么不可,对他来说,最开心的是跟斯捷潘·阿尔卡季伊奇谈谈,但是斯捷潘·阿尔卡季伊奇走了,他自己说是去参加一个晚会,其实是上芭蕾舞剧场去了。列

---

① 法语:猜字谜游戏。

文只来得及对他说自己很幸福,爱他,并且永远、永远忘不了他为自己所做的事。斯捷潘·阿尔卡季伊奇的眼神和笑容让列文感到他的确理解了自己的这种心情。

"怎么,不是要死了吗?"斯捷潘·阿尔卡季伊奇非常感动地握住列文的手说。

"波—乌——不。"列文说。

达丽雅·亚力山德罗芙娜在送他走时,也像祝贺他似的说:

"您又跟吉蒂见面了,我真高兴,友情为重啊。"

但是达丽雅·亚力山德罗芙娜的这句话让列文不太愉快。所有这些都是多么崇高的事,是她所难以企及的事,她不可能理解这一点的。她不应该拥有提起这一点的权利。

列文跟他们夫妇告别,但是为了不留下他单独一个人,他把自己的哥哥拖住不放。

"你上哪儿?"

"我去开会。"

"喏,那我跟你一块儿去。行吗?"

"怎么不行呢?去吧,"谢尔盖·伊凡诺维奇微笑着说,"你今天是怎么啦?"

"我?我幸福啊!"列文说,他把他们马车的车窗环扣解开,打开窗子。"你不怕凉吧?要不太闷啦。我幸福啊!你干吗老是不结婚呀?"

谢尔盖·伊凡诺维奇微微一笑。

"我非常高兴,她,看来,是一个好姑……"谢尔盖·伊凡诺维奇话没说完。

"你别说,别说,别说!"列文喊叫着,双手抓起哥哥皮大衣的领子,把哥哥脸捂住。"她是一个好姑娘"这句话多么普通,多么俗气,跟他的情感太不相称了。

谢尔盖·伊凡诺维奇发出快活的笑声来,他这人很少这样。

"喏,反正可以这么说:我为这事非常高兴。"

"这话明天再说,明天再说,现在什么也别讲了!什么也别讲,别讲,不许说话!"列文说,再用皮大衣把哥哥捂住,又说:"我非常爱你呀!怎么,我可以去参加那个会吗?"

"当然,可以。"

"今天谈些什么?"列文问道,他还在不停地微笑着。

他们来到会场上。列文听着会议秘书显然自己也不知所云地在结结巴巴地宣读会议记录;但是列文从这位秘书脸上看出,他是一个多么可爱,多么善良的好人。这从他宣读记录时那种不知所措的窘态上便能看得出来。然后开始发言。他们在争论有几笔款子要不要拨,有几条水管要不要铺的事,谢尔盖·伊凡诺维奇把两个参加会议的人挖苦了一番,洋洋得意地说了好长一段话;另一个会上的人先在一张小纸片上写了点什么才发言,他开头有些怯场,但是后来也对谢尔盖·伊凡诺维奇作出了非常恶毒又非常好听的回答。接着斯维雅日斯基(他也在场)也精彩而有气派地说了些什么。列文听着他们的发言,他清楚地看出,这些拨款啦,水管啦,都不是什么实在的事情,他们也根本没有生气发火,他们都是些多么善良多么出色的人,他们之间的一切都是那么亲切、融洽。他们谁也没妨碍谁,大家都很愉快。列文觉得特别值得注意的是,今天他把他们一个个都看得那么透彻,从一些他平时没发现的小特点上他看清了他们每个人的心灵,并且明白地看出,他们全都是非常善良的人。尤其是,他们今天全都很喜欢他,列文。从他们跟他谈话的态度上,从所有那些并不认识的人注视他的亲切友好的眼神上,他都清楚地看见这一点。

"喏,怎么,你满意吗?"谢尔盖·伊凡诺维奇问他。

"非常满意。我怎么也想不到会这样有意思!真好,真美!"

斯维雅日斯基走到列文跟前,请列文去他那儿喝茶。列文怎么也弄不懂,怎么也想不起来,自己对斯维雅日斯基有什么不满意,他这人有什么缺点。他是一个聪明而又极其善良的人啊。

"非常高兴。"列文说,又问候了斯维雅日斯基的妻子和姨妹。由于一种奇怪的思路,在列文的想象中斯维雅日斯基的姨妹总是和结婚这件事联系在一起的,于是他便想到,把自己的幸福说给斯维雅日斯基的妻子和姨妹听,是再合适不过了,所以他很高兴去看望他们。

斯维雅日斯基向列文问起乡下农务上的事情,还跟往常一样,他认为欧洲没有的东西在俄国也是不可能有的,而这话此刻一点儿也不让列文感到不愉快。相反地,列文觉得斯维雅日斯基是对的,自己在农务上所做的事都是不值一提的,列文还看出,斯维雅日斯基避免说出自己的正确意见,显得异常地温和宽厚。斯维雅日斯基家的两位女眷特别亲切可爱。列文觉得他们什么都知道,也很理解他的感情,只是出于礼貌才没有说出来。他在他们的住处坐了一个钟头,两个钟头,三个钟头,谈着各种各样的事,但却总是暗示着充满他心灵的那一件事情,竟没有发现人家已经非常讨厌他,人家早就该睡觉了。斯维雅日斯基送他到前厅,一边打哈欠,一边心里奇怪,他这位朋友今天怎么有些异样。这时是半夜两点。列文回到旅馆,一想,还有十个钟头,如此难挨,他独自一人怎样度过,不禁害怕起来。夜班茶房没有睡觉,来给他点燃蜡烛,正想走开,列文把他留住。这个名叫叶戈尔的茶房列文以前没留意,原来是一个非常聪明的好人,而主要的是,这是一个非常善良的人。

"怎么,难过吧,叶戈尔,不睡觉?"

"没法子呀!我们就是干这个的。在老爷们家里干活清闲些;可是在这里进项多些。"

原来叶戈尔有家室,三个儿子,一个当裁缝的女儿,他想把她嫁给一个马具店的伙计。

列文趁这机会把他的想法告诉叶戈尔,婚姻中最主要的是爱情,有爱就总会幸福的,因为幸福与否全在于一个人本身。

叶戈尔仔细地听列文说完,他显然完全了解了列文的意思,但是,为了证实列文说得对,他却说了些让列文意想不到的话,他说,他从前在几个好老爷家里干活,他对自己的老爷一向都是满意的,现在他也完全满意自己的东家,虽然这是个法国人。

"真是个心肠好极了的人。"列文想。

"啊,我说你,叶戈尔,什么时候娶亲的呀,你爱你老婆吗?"

"怎么不爱呢。"叶戈尔回答。

于是列文发现,叶戈尔也很兴奋,也想把自己藏之肺腑的感情都说出来。

"我的一辈子也真怪。我自打小时候……"叶戈尔说开了,两眼闪着光,显然是被列文的兴奋情绪传染了,就好像打哈欠会传染上别人一样。

可是这时候有人打铃;叶戈尔走了,留下列文一个人。他在筵席上几乎什么也没有吃,斯维雅日斯基家的茶和晚饭他都谢绝了,但是他还是不想吃饭。昨夜他一宿没睡,可是仍毫无睡意。房间里很清凉,然而他感到闷热难受。他打开两扇气窗,坐在正对气窗的桌边。在一片积雪的屋顶后面,他看见一只装饰着链条的十字架,十字架的上空,是正在升起的御夫星座和黄灿灿的五车二星构成的三角形。他望望十字架,望望星空,吸了口均匀地流入房间的新鲜寒冷的空气,像做梦一般追逐着在想象中出现的一个个形象和回忆。三点多钟时,他听见走廊里有脚步声,他朝门外一望。这是他认识的赌徒米亚斯金从俱乐部回来。这人面色阴沉,眉头紧皱,一边咳嗽着。"可怜的,不幸的人!"列文想,由于对这个人的怜悯和爱心,他眼睛里涌出了泪水。他想要跟这人说两句话,安慰安慰他,但是记起自己只穿了一件衬衣,便没有去,又对着气窗坐下,沐浴在冷空气中,凝视着那形状美丽的,静默无声的,但却让他感到是充满含义的十字架,和那高高升起的黄灿灿的星星。六点多钟时,传来擦地板的声音和不知哪里在做晨祷的钟声,于是列文开始觉得冷起来了。他关上气窗,洗过脸,穿好衣服,走到大街上。

十五

街上还空无人迹。列文走到谢尔巴茨基家的屋前。两扇大门紧闭着,一切都在沉睡中。他返回去,再回到房间里,要了一杯咖啡。白天当差的茶房,已经不是叶戈尔了,给他把咖啡端来。列文想跟他谈谈,但是有人打铃喊他,他便走了。列文试着喝了点儿咖啡,又放一小块面包在嘴里,但是他的嘴简直不知道把面包怎么办才好。列文把面包吐掉,穿上大衣,又走了出去。十点钟,他第二次来到谢尔巴茨基家的门前。屋里的人才刚刚起身,厨子正出门去买菜。至少还要再等两个钟头。

这整个一夜和一个早晨列文都在全然无知无觉中度过,他感到自己已经超脱于物质生活的一切条件之外。他整整一天没有吃饭,两夜没有睡觉,几个钟头不穿衣服待在严寒中,而却感到自己从来没像现在这样清新健康,甚至觉得自己已完全摆脱了肉体的约束:举手投足均无须肌肉费力,觉得自己无所不能。他相信,如果必要,他可以破墙出室或飞上青天。他在街上走来走去,打发掉余下的时间,不停地看表,东张西望。

他这时眼中所见的东西以后再也不会看见。特别是那些上学去的孩子,从屋顶飞落到人行道上的瓦灰色的鸽子,一只看不见的手摆出来的那些上边撒满面粉的梭子面包,让他好不动情。这些面包、鸽子和两个小学生都非人间所有。这一切都是同时发生的:一个小男孩跑去追一只鸽子,还微笑着朝列文望一眼;那鸽子抖抖翅膀飞开了,羽毛迎着阳光在雪粉飞扬的空中闪亮,从一个小窗口里飘出烤面包的香味,还摆出了那些梭子面包来。这一切合在一起显得异乎寻常的美妙,列文不觉笑出声来,高兴得哭了。他在报馆胡同和基斯洛夫街兜了一大圈,又回到旅馆里,把表摆在面前,等候十二点钟的到来。隔壁房间里有人在谈机器和上当受骗的事,还有几声清晨的咳嗽。这些人不知道,时针已经指向十二点钟了。时针指到十二点了。列文出了旅馆的大门。那些马车夫显然是什么都知道了。他们面带幸福的笑容围住列文,争着要他坐自己的车。列文尽量不得罪别的车夫,答应下次雇他们,才乘上一辆车去谢尔巴茨基家。这车夫很漂亮,衬衫的白领子从长袍里伸出来,裹住他丰满结实的红脖子。他的雪橇车又高大又轻巧,列文后来再没坐上过这样的车,一匹马也很棒,跑起来像没挪窝儿似的稳。车夫知道谢尔巴茨基家的屋子,在门口停车的时候,他弯起两只手臂来,嘴里还"普噜噜"一声,向这位乘客表示特别的敬意。谢尔巴茨基家的看门人一定什么全知道,这从他眼睛的笑容上和他说话的神情上看得出来:

"啊,您很久没来啦,康斯坦丁·德米特里奇!"

他不仅什么全知道,而且显然是欣喜万分,又使尽力气在掩盖他的喜悦。望一望这位老人亲切的眼睛,列文甚至在自己的幸福中又发觉到某种新的东西。

"都起来啦?"

"请吧!就放这儿得了。"列文想要回转身去拿上他的帽子,看门人微笑着说。这也意味着什么。

"请问向哪位通报?"一个仆人说。

这仆人虽是新来的,又很年轻,穿得太花哨,但也是个亲切善良的人,也是什么全知道。

"公爵夫人……公爵……公爵小姐……"列文说。

他看见的第一个人是 mademoiselle Linon[①]。她从大厅走过,鬓发上和脸上都焕发着光彩。他刚要跟她说话,忽然门外传来穿长裙走路的沙沙声,于是 mademoiselle Linon 一下子从列文的眼睛里消失了,幸福的临近让他感受到一种欢乐的恐惧。mademoiselle Linon 离开他,匆匆走向另一扇门。她刚一出去,便响起一阵踩在拼花地板上的急速而又急速的轻盈的脚步声,于是他的幸福,他的生命,他自身——那个比他自身更美好的东西,他寻求已久、渴望已久的东西急速而又急速地向他靠拢了。她不是走过来,而是被某种看不见的力送到了他的身边。

他只看见她一双明亮的、诚挚的眼睛,充满他心灵的那同一种

[①] 法语:林侬小姐。法籍家庭教师的名字。下同。

爱的欢乐使这双眼睛也满含着恐惧。这双眼睛闪耀得愈来愈近了,正以其爱的光芒让他两目昏眩。她紧贴着停在他的跟前了,身子挨着他了。她的手臂抬起来了,落在他的双肩上了。

她做了她所能做的一切,——她跑到他身边,羞怯地、快乐地、把整个自己交给了他。他拥抱住她,把双唇贴在了她那寻求他亲吻的嘴上。

她也是一宿没睡,整个上午都在等候他。母亲和父亲都一口答应了,都像她一样觉得幸福。她在等候着他。她想要第一个对他把自己的和他的幸福用嘴说出来。她准备好要单独迎住他,为这个想法,她又高兴,又胆怯,又羞涩,自己也不知道该怎么办才好。她听到他的脚步声和说话声,躲在门外等 mademoiselle Linon 走开。mademoiselle Linon 走开了。她想也不想,问也不问自己该怎么做和做什么,便来到他的身边,做了她所做的那一切。

"我们去见妈妈!"她拉起他的手说。他好久说不出话来,他害怕说话会损伤他此刻的崇高感情,但主要不是为此,而是因为,他一想说什么,他感到喷涌欲出的不是话语,而是幸福的泪水。他抓住她的手吻着。

"这会是真的吗?"他终于哑着嗓子说。"我不能相信你会爱我!"

这一声"你"和他望着她时眼睛中的畏怯引出她嫣然的一笑。

"是真的!"她意味深长地、缓缓地说道,"我多么幸福啊。"

她没有松开他的手,走进了客厅。公爵夫人一看见他们便不住地喘气,马上哭起来又马上笑出声来,列文真没想到,她会迈开那么有力的步子向他们跑过来,一把抱住列文的头,吻他,沾他一脸的泪水。

"一切都决定啦!我高兴啊。你可要爱她呀。我高兴啊⋯⋯吉蒂!"

"一下子就都办妥啦!"老公爵说,他还极力要显得镇静;但列文注意到,在他向他说话时,他的眼睛是湿的。

"我早就,我从来就盼着这样啦!"他握住列文的手说,把列文拉向身边。"我还在那时候,当这个疯丫头想着要……"

"爸爸!"吉蒂大叫着用手捂住他的嘴。

"好吧,我就不说!"他说,"我非常、非常……高……哎呀!我多么蠢呀……"

他拥抱吉蒂,吻她的脸、手,再吻她的脸,给她画十字。

当列文看见吉蒂那么长久、那么温情地吻着老公爵肥厚的手时,他心头也涌起一股对这位以前他所不熟悉的老人的眷恋之情。

十六

公爵夫人坐在安乐椅中默不出声地微笑;公爵坐在她身边。吉蒂站在父亲的椅子旁,仍拉住他的手不放。大家都没有说话。

是公爵夫人第一个把一切用话表达出来,把所有的思想和感情转化为现实的问题。然而她刚这样说出来的时候,大家甚至都觉得奇怪而且不大好受。

"什么时候办事情呢?还得举行祝福仪式,通知亲友。婚礼什么时候举行呢?你说呢,亚历山大?"

"有他在这儿,"老公爵指着列文说,"这事他是主角。"

"什么时候吗?"列文红着脸说,"明天。您要是问我的话,那么,依我说,今天祝福,明天结婚。"

"咳,得了吧,mon cher①,尽说傻话!"

"喏,那就过一个礼拜。"

"他好像发了疯似的。"

"没有,怎么会呢?"

"哪能这样呢!"对这种迫不及待,做母亲的快活地笑笑。"那嫁妆怎么办?"

---

① 法语:我亲爱的。

"难道还要什么嫁妆之类的这一套吗?"列文想,觉得好可怕。"不过,难道说,嫁妆呀、祝福呀的这一套——难道这些事能够损害我的幸福吗?什么也损害不了啊!"他朝吉蒂望了一眼,发现有关嫁妆的想法一丁点儿、一丁点儿也没让她不开心。"那么是应该这么办的喽。"他想。

"其实我什么也不懂,我只是说说自己心里想要说的。"他抱歉地说。

"那么我们来商量一下。祝福礼和通知亲友们的事现在就能做的。这些就这样办吧。"

公爵夫人走到她丈夫身边,吻了吻他,便想走开了;但是他留住她,把她搂在怀里,充满柔情地、一连几次地、笑眯眯地、像个年轻的情人一样地吻她。这两位老人家显然是刹那间犯了迷糊,弄不清是他俩又在恋爱呢,还是只有他们的女儿在恋爱。等公爵和公爵夫人出去了,列文走到自己的未婚妻身边,拉住她的手。他现在已经控制住自己,可以说话了,他有好多话必须说给她听。但是他嘴里说出来的完全不是他想要说的。

"我早就知道,事情会是这样的!我从来没敢盼望过;可是在我心底里我总相信会是这样的,"他说,"我相信这都是命里注定的。"

"我吗?"她说,"就是那时候……"她停了停又继续说,用她一双诚挚的眼睛坚决地注视着他,"就是那时候,我把自己的幸福推开的时候也是这样的。我从来就只爱您一个人,可是我那时候迷了心窍。我应该说……您能够忘记这件事吗?"

"或许这样还更好些呢。您要原谅我的事情还多着呢。我必须告诉您……"

这是他下决心要告诉她的事情之一。他决心一开头就告诉她两件事——一件是,他不像她那么纯洁清白,另一件是,他不信教。说出这些是很苦恼的,但是他认为应该把两件事都说出来。

"不,现在不说,以后吧!"他说。

"好的,以后吧,但是一定要说啊。我什么也不怕。我要知道一切事。现在一切都定啦。"

他把到嘴的话说完：

"这些都定了：您能够接受我，不管我从前是怎样一个人，您不会拒绝我了？是吗？"

"是的，是的。"

他们的谈话被 mademoiselle Linon 打断了，这位女士虽是装腔作势，却也笑得亲热，她来祝贺她可爱的学生。她还没走开，仆人们便也都来道喜了。随后来的是众多的亲戚们，于是一场幸福的手忙脚乱便开了头，直到婚后的次日，列文才得以脱身。列文一直感到好不自在，心中烦闷，然而也一直处于一种不断增长的幸福的紧张状态中。他总是感到，人家要求他做的许多事他都不知所措，只好叫做什么就做什么，这一切都给他带来幸福。他原以为他的提亲方式与众不同，通常那些提亲办法会损害他特殊的幸福；而结果是，他所做的一切跟别人完全一样，而他由此所得到的幸福只有更多，而且越来越不同于一般，无论是原先或是现在，都跟别人毫无相似之处。

"现在我们有糖吃了，"m-lle Linon 说，于是列文便坐车去买糖。

"啊，我太高兴啦。"斯维雅日斯基说，"我建议您买鲜花要上佛明店里去。"

"是吗？"于是他便到佛明的花店去。

哥哥告诉他，要借点钱，因为会有许多花销，要买很多的礼品……

"要礼品吗？"于是他连忙跑到富利达珠宝店去。

在糖果店里，佛明的花店里，富利达店里，他发现，跟这些天和他打交道的所有人一样，这些人都在恭候他的光临，高兴见到他，为他的幸福而欢欣鼓舞。奇怪的是，不仅是所有人全都喜欢他，就是那些原先对他并无好感的、态度冷淡的、漠不关心的人，现在也全都对他表示赞叹，处处言听计从，对他的心情体贴入微，并且跟他同样地坚信不疑，认为他是天下第一幸福的人，因为他的未婚妻是超乎完美之上的。吉蒂的感受也一样。诺德斯顿伯爵夫人竟然向她暗示,说她原先所能期望的比现在这个要更好,这时吉蒂大为恼火,她信心十足地证明说,世界上的一切都比不上列文好,弄得诺德斯顿伯爵夫人不得不承认这一点,而且当着吉蒂的面见到列文,就总面带笑容,以示赞赏。

他俩说好要作的一次坦白相谈是当时唯一一件难办的事。列文先跟老公爵商量过,征得他的同意,把自己的日记拿去给吉蒂看,那里边写的都是些令他痛苦的事。他从前记这本日记就是为了将来给未婚妻看的。有两件事让列文感到痛苦:他不是个纯洁的人,他也不信教。不信教这件事一提也就通过了。她是信教的,对教义真理从来深信不疑,但是他在外在形式上不信宗教这一点丝毫不令她有动于衷。她凭自己对他的爱而深知他整个的心灵,在他的心灵之中她见到了她所想要的东西,至于说,这样的心灵状态就是所谓的缺少信仰,这她倒全无所谓。而另一件他所坦白的事却让她伤心地痛哭了一场。

列文在拿日记给她看时心中便不无斗争。他知道在他和她之间不能有也不应该有任何隐瞒,因此他决定必须这样做;但是他没有考虑到这样做会产生怎样的后果,他没有替她设身处地想一想。这天晚上他在去剧院前来到她家,走进她房间,看见她那张又可怜又可爱的小脸上泪痕斑斑,痛苦万状,都是他带来的那些无法挽回的烦恼造成的,他才恍然大悟地明白,在自己可耻的过去和她的小鸽子一般的纯洁之间,横着多么深的一条鸿沟,他因为自己做了这件事,感到十分惊恐。

"拿走,拿走,您把这些可怕的本子拿走!"她说,一边把她面前桌子上的那几个日记本推开。"您干吗拿它们给我看呀!……不啊,看总比不看好些,"见他一脸的绝望,她又心疼他了,这样加上一句,"可是这多吓人哟,多吓人哟!"

他低头不语。他无话可说。

"您不能原谅我的。"他嗫嗫嚅嚅地说。

"不,我已经原谅了,可是这是吓人的哟!"

然而他的幸福是如此巨大,这次坦白不仅不能损伤它,反而只能给它增添些新的色调。她原谅他了;但是从此以后他更加觉得自己配不上她,精神上更加拜倒在她的面前,也更加珍惜自己这份受之有愧的幸福。

十七

阿历克赛·亚力克山德洛维奇在回到他冷清的旅馆房间时,反复地回味着席上和餐后那些谈话给他留下的印象。达丽雅·亚力山德罗芙娜说的关于原谅之类的话只能令他恼怒。在他这件事情上基督教的准则是否适用,是一个过于困难、无法解决的问题,不是可以轻易谈论的,而且对这个问题阿历克赛·亚力克山德洛维奇早就已经有了一个否定的回答。所有那些谈话中他最难忘记的是那位愚蠢而善良的屠罗夫金的话:**要做得像个男子汉,跟他决斗,杀掉他。**显然大家都赞成他的意见,只是出于礼貌嘴里没说出来。

"不过这件事已经结束了,没有什么可想了。"阿历克赛·亚力克山德洛维奇对自己说。于是他便只去考虑马上要动身的事和有关调查工作的事,他走进他的房间,问那个送他进来的看门人他的仆人在哪里;看门人说仆人刚刚出去。阿历克赛·亚力克山德洛维奇吩咐给他送茶来,他在桌前坐下,拿起旅行计划,开始考虑行程。

"有两份电报,"仆人回来,进屋便告诉他,"请大人原谅,我刚才出去了一会儿。"

阿历克赛·亚力克山德洛维奇拿过电报,拆开一看:第一封电报传来的消息是,斯特列莫夫被任命了卡列宁很想得到的那个位子。阿历克赛·亚力克山德洛维奇把电报一扔,脸上有些发红,站起来在屋子里走动。"Quos vult perdere de-mentat.①"他说,这里的

---

① 拉丁语:上帝要毁灭谁,就先让他疯狂。

quos① 指的是那些促成了这项任命的人。他心中恼怒,不是因为这个位子没让他得到,人家明明是故意把他绕开了,而是因为他奇怪,他不理解,这些人怎么就看不见,这个专会夸夸其谈说空话的斯特列莫夫是顶顶不合适的人选。他们怎么就没有看见,这样做是在害他们自己,是在毁坏他们自己的 prestige!②

"又是这一类的什么事情吧。"他气呼呼地自言自语说,一边把第二封电报拆开。这封电报是妻子发来的。蓝色铅笔书写的她的署名,"安娜"二字,首先跃入他的眼中。"我将死,求速返。能得宽恕,死亦瞑目。"他读了电报。他轻蔑地笑笑,把电报扔在一边。这是欺骗,是诡计,最初一分钟里他觉得,这是毫无疑问的。

"她什么欺骗手段都用得出来。她该生产了。或许是生产上的什么病症。可是他们的目的何在?让孩子合法化,损害我的名声,阻碍离婚,"他想,"可是电报里说的是:'我将死'……"他把电报又读了一遍;忽然间这句话的直接的含义惊动了他。"可如果这是真话呢?"他对自己说,"如果真是她在痛苦和死亡临近的时候说了真心话,而我却把这当作欺骗,拒绝回去?这不仅是残酷的,人人都会指责我,而且从我自己来说,也是很蠢的事。"

"彼得,去叫辆马车。我要回彼得堡。"他对仆人说。

阿历克赛·亚力克山德洛维奇决定回彼得堡去见妻子。如果她的病是一场欺骗,他不说什么,转身就走。如果她真是病了,真是要死了,想在临终前见到他,那么,如果到家时她还活着,就宽恕她,如果没来得及,就尽一尽最后的责任。

一路上他没有再考虑他应该做什么。

阿历克赛·亚力克山德洛维奇在火车里坐了一夜,感到非常疲劳和浑身不清爽,他在彼得堡的蒙蒙晨雾中,在空寂的涅瓦大街上乘一辆马车辚辚而行,两眼直视前方,并不去思索下一步的事情。

---

① 拉丁语,即上句中的"谁"。
② 法语:威望。

他不能去想这事情,因为一想到下一步,他便无法驱除心头的一个设想:她的死将使他一下子摆脱全部的困境。一间间面包房,一家家关着门的店铺,一辆辆夜行的马车,一个个清扫人行道的守夜人,都从他眼前一闪而过,他眼望着这一切,竭力想要掩盖心头的思绪,不去想那即将发生的事情,和那他不该期望却又仍在期望的事情。他来到家门口。一辆出租马车和一辆四轮轿式马车停在门前,轿车的车夫在车上睡觉。阿历克赛·亚力克山德洛维奇走进门廊,他仿佛从自己大脑中一个深深的角落里搜出了一个办法,他决定就这么办。这办法是:"若是欺骗,安然蔑视,一走了之。若是真情,则顾全体面。"

阿历克赛·亚力克山德洛维奇还没打铃,看门人已经开了大门。看门人彼得罗夫,又叫拉皮托内奇,穿了件旧礼服,没打领带,脚上是一双拖鞋,样子好古怪。

"太太怎么样?"

"昨天平安地生产了。"

阿历克赛·亚力克山德洛维奇停住不动,脸色苍白。他现在完全明白了,他是多么强烈地希望她死啊。

"身体好吗?"

考尔涅伊系着早上用的围裙从楼梯上奔下来。

"很不好,"他回答,"昨天医生会诊过,现在医生还在。"

"把行李拿进来。"阿历克赛·亚力克山德洛维奇说,听说还有死的希望,稍觉轻松,他走进前厅。

阿历克赛·亚力克山德洛维奇注意到衣架上有一件军人大衣,便问:

"谁在这儿?"

"医生,护士,还有伏伦斯基伯爵。"

阿历克赛·亚力克山德洛维奇向里面房间走去。

客厅里没有人;听见他的脚步声,一个护士戴了顶系着紫色缎带的小帽从他妻子的书房里走出来。

她走到阿历克赛·亚力克山德洛维奇跟前,眼看要死人了,便不拘礼节,她拉起他的手,带他走进卧室。

"感谢上帝,您来啦!她只是一遍一遍地问您。"这护士说。

"快拿冰来!"从卧室里传来医生命令式的说话声。

阿历克赛·亚力克山德洛维奇走进妻子的书房。她的书桌旁一只矮椅子上侧身坐着伏伦斯基,双手捂住脸在哭。听见医生的声音,他一跃而起,两手从脸上移开,看见了阿历克赛·亚力克山德洛维奇。一看见这位丈夫,他窘极了,又坐了下去,头往肩膀里直缩,好像要找个地方藏身;但是他竭力控制住自己,站了起来,说:

"她要死了。医生们都说没希望了。我听凭您的吩咐,但是请您准许我留在这里……不过,我听凭您的处置,我……"

一看见伏伦斯基的眼泪,阿历克赛·亚力克山德洛维奇便乱了方寸,他每看见别人伤心落泪时都是这样,他转过脸去,不听伏伦斯基讲完,连忙走向房门。卧室里传来安娜的声音,她在说点什么。她的声音是快活的、兴奋的,特别有腔有调。阿历克赛·亚力克山德洛维奇走进卧室,走到床前。她转身脸朝着他,躺在那里。她两颊火红,两眼闪亮,一双白白的小手从内衣的袖口里伸出来,捏着被子的一角,把它揉来揉去。看来她似乎不光是身体很好,精神焕发,而且情绪极佳。她说起话来又快又响亮,语调特别地准确,富有感情。

"因为阿历克赛,我是说阿历克赛·亚力克山德洛维奇(命运是多么奇特而可怕啊,竟然两个人都叫阿历克赛,难道不是吗?),阿历克赛他不会拒绝我的。我会忘记的,他会宽恕的……可他为什么还不来呀?他是善良的,他自己也不知道他有多善良。哎哟!我的天哪,多苦恼呀!快给我一点儿水!哎呀,这对她,对我的小女儿,可不好哟!喏,好吧,喏,就把她交给奶妈吧。喏,我同意了,这样还更好些。他就要来了,他看见她会难过的。把她给奶妈抱去吧。"

"安娜·阿尔卡季耶芙娜,他来啦。瞧他在这儿!"护士说,极力让她注意到阿历克赛·亚力克山德洛维奇。

"哎呀,胡说什么哟!"安娜并没看见丈夫,她继续说下去,"把她给我呀!把小女儿给我呀!他还没来呀。你们说他不会宽恕我,那是因为你们不了解他呀。没有人了解他,只有我,所以我心里难受。要知道,他的眼睛,谢辽沙也有那样一双眼睛,所以我就不能看见谢辽沙那双眼睛。给谢辽沙吃饭了没有?我就知道都会把他忘掉的。他就不会忘。要把谢辽沙搬到拐角的屋子里去,请 Mariette① 陪他睡。"

忽然她缩成一团,不再出声,吓得把双手举到脸上,好像在等着挨打,好像在护着自己。她看见了丈夫。

"不,不啊,"她又说开来,"我不怕他,我怕死。阿历克赛,你过来。我着急,因为我没时间了,我活不了多久了,马上又要发烧了,我就什么也不清楚了。现在我明白,我什么都明白,我什么都看得清。"

阿历克赛·亚力克山德洛维奇双眉紧锁的脸上显出痛苦的表情;他拉起她的手,想说点什么,但是怎么也说不出来;他的下嘴唇在颤抖,他仍在竭力克制自己的激动,只偶尔望一望她。每次望着她,他便看见她那双眼睛,那双眼睛那么动情地、那么热烈而温柔地注视着他,这是他从来没有见到过的。

"你等等,你不知道……您别走,您别走……"她停住不说了,好像在竭力思索。"是的,"她又开始说了,"是的,是的,是的。我想说的就是这个。别觉得我奇怪。我还是老样子。可是我身上有另外一个女人呀,我怕她——她爱上了那个人,所以我想恨你,又忘不了从前那个女人。那个女人不是我。现在的我是真正的我。是整个儿的我。这会儿我要死了,我知道我要死了,你去问他吧。我现在还感觉到的,瞧他们在这儿,我手上、脚上、手指头上,好重啊。瞧这些手指头成什么样子啦——这么肥!不过这些马上都要结束了……我只需要一件事:你原谅我吧,完全地原谅!我坏透了,可是

---

① 法语:玛丽爱特。这里是法籍家庭教师的名字。

保姆告诉我:有个受难的女圣徒——她叫什么来着?——她还要更坏呢。所以我就上罗马去了,那儿是一片荒野,那我就不会妨碍任何人了,我只要带上谢辽沙跟小女儿……不啊,你不会原谅的!我知道,这种事是不能原谅的!不啊,不啊,你走开吧,你好得过分啦!"她用一只滚烫的手拉住他不放,另一只手却在推开他。

方寸已乱的阿历克赛·亚力克山德洛维奇这会儿更是不知所措了,他已经心慌意乱到不再去克制自己的地步;他忽然感到,他认为这是心慌意乱,其实相反,这是一种非常安宁快乐的心灵状态,让他忽然间得到一种新的、他从未体验过的幸福。他这时并没有想到那些他毕生力求遵循的、要求他宽恕和爱自己敌人的基督教规;但是一种爱敌人、宽恕敌人的快乐情感正充满他的灵魂。他跪在地上,把头贴在她肘部,她的手透过睡衣火一样地烫着他,他像个孩子一般失声痛哭了。她抱住他光秃的头,身子向他挪过来,两眼向上抬起,目光中闪耀着高傲的召唤。

"这是他啊,我认识的!现在宽恕一切吧,宽恕吧!……他们又都来啦,他们干吗不走开呀?……把我身上这些皮衣裳拿开!"

医生移开她的手,小心地让她躺在枕头上,盖住她的肩头。她顺从地仰面躺下,目光炯炯地望着前方。

"你记住一点,我要的只是宽恕,别的什么也不要……**他为什么不过来?**"她冲着房门向伏伦斯基说,"你过来,过来,把手伸给他。"

伏伦斯基走到床边,一看见她,又用双手捂住脸。

"把脸露出来,看着他。他是个圣人啊,"她说。"露出脸来,露出来!"她生气地说,"阿历克赛·亚力克山德洛维奇,你把他的手拉开!我要看看他。"

阿历克赛·亚力克山德洛维奇抓住伏伦斯基的手,把它们从他的脸上移开,这张可怕的脸上是一种痛苦和羞愧的表情。

"把你的手给他。你要原谅他。"

阿历克赛·亚力克山德洛维奇把手伸给伏伦斯基,他忍不住泪水长流。

"谢天谢地，谢天谢地，"她说着，"现在一切都准备好了。只要稍微把腿伸伸直就可以了。就这样，这就好极了。这些花画得多俗气，一点儿也不像紫罗兰，"她指着墙纸说，"我的天哪！我的天哪。什么时候才有个结束啊？给我点吗啡吧，医生！给我点吗啡吧，嗷，我的天哪，我的天哪！"

她在床上来回翻滚着。

这位医生和别的医生们都说，这是产褥热，染上这种病，百分之九十九是要死的。她整天发热，说胡话，昏迷不醒。半夜时病人没知觉地躺着，脉搏几乎是没有了。

大家觉得她随时会死。

伏伦斯基回家去了，但是一大早他又来探问情况，阿历克赛·亚力克山德洛维奇在前厅遇见他，对他说：

"请您留下吧，也许她会要见您。"他自己把伏伦斯基带进妻子的书房里。

天亮前她又开始激动、兴奋，思想和言语不停地急速变化着，结果又是昏迷不醒。而第三天情况还是如此，医生们便说有活的希望了。这一天阿历克赛·亚力克山德洛维奇走进伏伦斯基坐着的那个房间，他把门插上，在伏伦斯基的对面坐下。

"阿历克赛·亚力克山德洛维奇，"伏伦斯基说，他感到摊牌的时刻临近了，"我什么也说不出，什么也不明白。求您宽恕我吧！不管您有多么痛苦，请您相信，我比您要痛苦得多啊。"

他想要站起来。但是阿历克赛·亚力克山德洛维奇握住他的手说：

"我要求您听我把话说完，这很有必要。我应该向您说明自己的感情，过去，将来，我都是受这些感情支配的，我说这些，为的是让您不会误解我。您知道，我已经决定离婚，并且已经开始办这件事了。不瞒您说，开始这样做的时候，我是犹豫不决的，我非常痛苦；我向您承认，我一直想要报复您和报复她。当我收到电报的时候，我是带着这样的感情到这儿来的,再说明白些:我是希望她死的。但是……"他停住不说了,他在考虑要不要对他把自己的心思都袒露出来。"但是我一看见她,我就原谅她了。原谅让我感到幸福,这种幸福感又向我启示了我所应负的责任。我就完完全全地原谅了。我要把另一边脸也给人去打,人家拿走我的袍子,我要把衬衣也送给他们,我只恳求上帝不要夺走我的这种原谅的幸福!"他眼中挂着泪,那双眼睛中的明亮、安宁的目光令伏伦斯基慑服。"我的情况就是这样。您可以把我踩进污泥里,可以把我变成全社会嘲笑的对象,而我决不抛弃她,也永远不对您说一句谴责的话,"他继续说下去,"我非常明白我的责任:我应该跟她在一起,今后也应该这样。如果她想要见您,我会通知您的,但是现在,我认为,您最好还是远远地走开。"

他站起身,失声痛哭让他不能把话说完。伏伦斯基也站起身来,但是弯着腰,身子没有直起,只能皱着眉头仰望着阿历克赛·亚力克山德洛维奇。他不能理解阿历克赛·亚力克山德洛维奇的感情。但是他感觉到,这是一种崇高的精神,对于有着像他那种世界观的人来说,这甚至是不可企及的。

十八

跟阿历克赛·亚力克山德洛维奇谈话以后,伏伦斯基走到卡列宁家门口的台阶上,他停在那里,他简直弄不清他身在何处,该去哪里,是步行,还是乘车。他感到自己可耻、卑劣、有罪,并且没有可能洗刷掉这种卑劣感。他觉得自己被甩出那条他一向傲然而轻松地沿它走去的轨道。他的一切生活习惯和准则,从前是那么坚定而不可移,忽然间似乎都虚假而行不通了。一个戴绿帽子的丈夫,从来都被看作是个可怜虫,只能偶尔小丑似的给他的幸福制造点障碍,却忽然被她自己召唤来,摆得高高在上,他只能对之低三下四,而这位高高在上的丈夫不凶恶,不虚伪,不可笑,并且是一个善良的、朴实的、堂堂正正的人。这些伏伦斯基都不可能不感觉到。角色突然转换了。伏伦斯基感到这个人的崇高和自己的卑劣,这个人的正确和自己的错误。他感到,这位丈夫即使心中痛苦,仍然宽宏大量,而他自己则因为欺骗了人而显得卑鄙、猥琐。他过去不公正地蔑视过这个人,现在面对这人他认识到自己的卑劣,然而这只是他此刻痛苦的一个部分。此刻他感到自己说不出地不幸,是因为他对安娜的热烈的爱。这份感情近来他觉得已经变冷了,但是此刻,当他明白他已从此永远失掉了她的时候,却又变得比过去任何时候都更加强烈。在她病倒的这段时间里,他彻底了解了她,看清了她的心灵,他觉得在这以前他从来没有真正爱过她。而现在,当他完全地看清了她,他才像他应该爱她那样地爱上了她,但是却正在这个时候,他在她面前显得卑劣,永远失去了她,只给她留下一个可耻的回忆。最可怕的是当阿历克赛·亚力克山德洛维奇把他的手从他羞愧的脸上拽下来时,他那副可笑而又可耻的模样。此刻他站在卡列宁家门口的台阶上,茫然若失,不知做什么好。

"您要叫辆车吗?"看门人问道。

"好,叫辆车。"

三夜不眠,伏伦斯基回到家里,在沙发上和衣而卧,脸朝下,两手合拢,把额头放在上面。他的头沉甸甸的。一个个稀奇古怪的想象、回忆和思绪极其急速而又明晰地在头脑中变换:一会儿他给病人倒药水,药水溢出茶匙,一会儿是女护士那双雪白的手,一会儿是阿历克赛·亚力克山德洛维奇跪在床前地板上的怪模样。

"睡着!忘掉这些!"他对自己说,就像个健康人一样地安然而有信心,他以为如果他累了,想睡觉,马上就会睡着。的确,刹那间他的头脑里混乱起来,他开始沉入遗忘的深渊。他好像陷进一片无意识的海洋中,那滚滚波涛已经在淹没他的头顶了,忽然,——仿佛一股极其强大的电流击中他的全身,——他猛地一抖,整个身子在沙发弹簧上弹了起来,他撑起两手,吓得一跃而起,跪在沙发上。他的两只眼睛圆睁着,似乎他根本就没有睡觉。一分钟前他那种头昏脑涨、四肢无力的感觉突然消失了。

"您可以把我踩进污泥里。"他听见了阿历克赛·亚力克山德洛维奇说话的声音,看见他站在自己的面前,他又看见了安娜那火红的面颊和闪亮的眼睛,安娜脸上有柔情,有爱,但是她没注视他,而是注视着阿历克赛·亚力克山德洛维奇;他觉得他还看见,当阿历克赛·亚力克山德洛维奇把手从他脸上拉开时,他自己那一副愚蠢而可笑的尊容。他又把两腿一伸,照原先的样子倒在沙发上,闭住眼睛。

"睡着!睡着!"他反复地想。但是他的两眼大睁着,他更加清楚地看见了安娜的面孔,就是在赛马前那个他铭记不忘的夜里她那张面孔。

"这些现在没有了,也不会再有了,她现在想把这些从她的记忆里抹掉。而我没有这些就不能活啊。我们怎样才能和好呢,我们怎样才能和好呢?"他把这句话说出声来,又不知不觉地反复说着这句话。他感到他的头脑里挤满一些新涌出的形象和回忆,而反复说着这句话,那些形象和回忆就不会再出现了。但是重复这句话不让自己胡思乱想抑制不了多久,过去那些最美好的时光,以及随之而来的那刚刚有过的卑劣感,重新又一个接一个地异常急速地在他的头脑中出现。"你把手拿开。"安娜的声音在说。他把手移开了,而马上就感觉到自己脸上的那种羞耻而愚蠢的表情。

他仍然躺着,极力想要睡着,虽然他感觉到,他丝毫没有睡着的希望,他便不停地喃喃重复着随便想到的任何话,希望以此抑制住头脑中新形象的出现。他仔细倾听——听见了这样的奇特的、疯子似的、喃喃的反复说话声:"不会珍惜啊,不会享用啊;不会珍惜啊,不会享用啊。"

"怎么啦?我是不是发了疯?"他想。"可能是吧。人们为什么会发疯呢,为什么会开枪自杀呢?"他自己给自己作了回答,便睁开眼睛,奇怪地看见头边放着嫂嫂瓦丽娅绣的靠枕。他动了动靠枕上的穗子,试着去想瓦丽娅,想他最后一次见到她时的样子。但是想任何事情都是很痛苦的。"不,一定要睡着!"他把靠枕移了移,把头贴上去,但是又必须使劲让眼睛闭上。他跳起来,坐在那里。"我算完啦,"他在心里说,"应该好好想一想,该怎么办。还有什么事要做?"他急速地回顾了他和安娜恋爱之外的自己的生活。

"功名?谢尔普霍夫斯科依?社交?宫廷?"哪一个他也想不下去。所有这些从前都有意义,而现在已经没有什么意思了。他从沙发上起来,脱掉上衣,松开皮带,露出毛茸茸的胸脯,想呼吸得畅快些,一边在房间里来回走动。"人们都是这样发疯的,"他反复说着,"都是这样开枪自杀的……为了不感到羞愧。"他又补说一句。

他走到门边,把门插上;然后目光呆滞、牙关咬紧,走到桌前,拿起手枪,对它望了望,转上装好子弹的弹膛,然后沉思起来。一两分钟里他低垂着头,脸上是紧张思索的表情,握着手枪一动不动地站着、思考着。"当然啦,"他对自己说,似乎一条合乎逻辑的、有延续性的、明白的思路把他引向了一个毋庸置疑的结论。其实他这个信心十足的"当然啦"只不过是他回忆和想象又一次兜圈子的结果罢了,他在这一个钟头的时间里已经兜过几十个这样的圈子了。还是对那一去不返的幸福情景的回忆,还是想到今后生活中的一切将会多么空虚无聊,还是觉得自己是多么的卑劣。还是那同一些想象和感觉一个接一个地出现,连顺序都没有改变。

"当然啦,"当他的思路第三次再回到那同一个回忆和思索的魔圈中时,他又这样说了一句,然后,他把手枪戳在左边胸膛上,他那只手猛地抖动了一下,好像是突然攥紧了拳头,他扳动了枪机。他没有听见子弹射出的声音,但是胸部猛烈的一击打得他无法站稳。他想抓住桌子的边沿,手枪滑落了,他身子一晃,坐在了地上,他莫名其妙地朝四周望望。他认不得自己的房间了,因为他是从下向上望着那长长的四条桌腿,那字纸篓,和那张虎皮毯子。一个仆人匆忙地穿过客厅嘎嘎地跑来,脚步声让他清醒了。他努力思索,明白他是倒在了地上,看见虎皮毯上和自己手上的血,他才明白他对自己开过枪了。

"蠢啊!没打中。"他说了一句,伸手去摸手枪。枪就在他身边,——他却在往远处摸。他继续摸索,身子伸向另一个方向,由于他无力保持平衡,便倒了下去,血仍在流淌。

那个留络腮胡子的温文尔雅的仆人,他不止一次对自己的朋友们说他神经脆弱,看见老爷躺倒在地上,吓得拔腿就跑,去找人求助,竟把伏伦斯基丢在那里,任他鲜血长流。一小时以后,他嫂嫂瓦丽娅来了,又来了三个医生帮忙,这是她派人四处请来的,他们在同一个时间到达了。她把受伤的人放在床上,自己留下来照护他。

十九

阿历克赛·亚力克山德洛维奇的错误在于,他准备好去和妻子见面,却没有想到会事出偶然,她的悔过竟是真诚的,他又原谅了她,而她也没有死,——这个错误在他回到莫斯科的两个月之后才让他充分地尝到了滋味。他所犯的这个错误不仅是由于他没有周到地考虑到这种意外情况,也是由于他在跟垂危的妻子见面这一天以前并不了解自己的心。在生病的妻子床前,他生平第一次不禁产生了那种令人动情的恻隐之心,是别人的痛苦在他的心中引发了这种感情,而从前,他是把这当成一种有害的弱点而羞于承认的;可怜她,后悔自己曾希望她死,而主要的是,宽恕别人以后自己所得到的快乐本身,让他忽然感到,不仅痛苦缓解了,而且内心也平静了,他以前从来没有体验过这种平静。他忽然觉得,原本是他痛苦源泉的东西,现在变成他精神欢乐的源泉了,那些原先在他谴责、非难、憎恨的时候似乎不可解决的问题,现在,当他宽恕别人、爱别人的时候,都变得简单而明了了。

他原谅了妻子,为她的痛苦和悔恨而怜惜她。他原谅了伏伦斯基,也很怜惜他,尤其是听人们说到他的那个绝望的举动之后。他也比以前更加怜惜儿子,如今他责备自己过去关心儿子实在太少了。然而对这个新诞生的小姑娘,他所体验到的更是一种特殊的情感,不仅是怜惜,而且是温情。起初他只是出于同情关心一下这个新出世的虚弱的小女孩,她不是他的女儿,在母亲病倒的期间被丢在一边没有人管,若不是有他关心,一定已经死掉了,——而他自己也没发觉,他是怎样爱上她的。他每天几次到育儿室去,一坐就坐很久,奶妈和保姆开始时有些怕他,后来也习惯见他了。他有时一连半个钟头默默注视着婴儿那张红得像朵番红花似的、毛茸茸的、锁住眉头的小脸蛋儿,观察着她额头上一皱一皱的动作,和她胖嘟嘟的小胳膊,手指弯起来,用手背揉着小眼睛和小鼻梁。特别在这种时刻,阿历克赛·亚力克山德洛维奇感到自己是完全平静的,内心和谐的,看不出自己处境有什么异常的、需要改变的地方。

然而时间愈长,他愈是清楚地看见,无论这种状况现在对他是多么自然,他不能老是这样下去。他感到,除了引导他心灵的美好的精神力量之外,还存在着另一种粗暴的、同样强大或者更加具有支配性的力量在引导着他的日常生活,而这种力量不让他得到那种他所想望的宁静。他感到,人人都用一种疑问似的诧异目光看着他,都不理解他,都向他期望着什么。他特别觉得,他跟妻子的关系是不稳固的和不自然的。

安娜由于死亡的临近曾一度变得温和,但这很快就过去了,阿历克赛·亚力克山德洛维奇渐渐留意到,安娜怕他,见到他就难受,不能正视他的眼睛。她似乎有什么话想对他说,又下不了决心,好像她也同样地预感到他们的关系不能这样继续下去,她也在向他期望着什么。

二月底,安娜新生的女儿,她也叫安娜,生病了。阿历克赛·亚力克山德洛维奇早晨到育儿室去,安排了派人去请医生的事,才上部里去。下午四点钟他下班回来。走进前厅,他看见一个身穿嵌金丝的华贵制服,头戴熊皮小帽的漂亮男仆,手里捧着件雪白的美洲貂皮女斗篷。

"谁来啦?"

"叶丽莎维塔·菲多罗芙娜·特薇尔斯卡娅公爵夫人。"这仆人回答,阿历克赛·亚力克山德洛维奇觉得他说话时似乎在发笑。

在整个这段艰难时期里,阿历克赛·亚力克山德洛维奇一直发觉,上流社会的熟人们,尤其是女人们,对他和他的妻子都特别注意。他发觉这些人全都在竭力掩饰一种开心的情绪,就是那种他在律师眼睛里见到过,现在又在这个仆人眼睛里见到的喜悦。似乎人人都兴高采烈,都好像是在给谁办出嫁的事。人们每遇见他,都会掩饰不住这种开心的情绪,问他安娜身体好不好。

这时阿历克赛·亚力克山德洛维奇心里很不高兴,因为特薇尔斯卡娅公爵夫人的到来,因为回想到那些与她有关的事情,也因为他根本就不喜欢这个女人,于是他就直接到育儿室去了。在第一间孩子们的房间里,谢辽沙两腿放在椅子上,胸部贴着桌子在画什么,一边快活地说着话。英国籍的家庭女教师,安娜生病时请来替换法国教师的,坐在孩子身旁织一条披肩,连忙站起来,行了屈膝礼,拉了拉谢辽沙。

阿历克赛·亚力克山德洛维奇伸手抚摩孩子的头发,回答了家庭教师关于安娜健康的问候,又问医生关于 baby① 说了些什么。

"医生说,没什么危险,说要给她洗洗澡,老爷。"

"可是她老是不舒服呀。"阿历克赛·亚力克山德洛维奇说,他听见隔壁房间里婴儿的哭声。

"我想是奶妈不合适,老爷。"英国女人肯定地说。

"您为什么这么想呢?"他停住脚步问她。

"保罗伯爵夫人家就是这样的,老爷。他们给孩子看病,结果知道孩子就是饿:奶妈没奶,老爷。"

阿历克赛·亚力克山德洛维奇想了想,又站了一小会儿,便走进另一间屋子了。小女孩仰头躺在奶妈怀里,不停地蠕动着,不肯衔住伸给她的胀大的乳房,也不肯不出声音,尽管奶妈和保姆两人哄着她,俯在她面前。

"还是不见好吗?"阿历克赛·亚力克山德洛维奇说。

---

① 英语:婴儿。

"很不安静。"保姆悄悄地说。

"爱德华小姐说,也许是奶妈没有奶。"他说。

"我也这么想,阿历克赛·亚力克山德洛维奇。"

"那您为什么不说?"

"向谁说呀?安娜·阿尔卡季耶芙娜一直病着。"保姆抱怨说。

保姆是家里的老佣人。阿历克赛·亚力克山德洛维奇觉得这句简单的话也是在暗示他的处境。

孩子哭得更响了,翻动着,呼哧着。保姆把手一挥,走到她身边,从奶妈手里把她接过来,一边走一边摇她。

"该请医生给奶妈检查一下。"阿历克赛·亚力克山德洛维奇说。

奶妈外表很健康,衣着也整齐,她害怕被辞退,低声咕噜着什么,把她丰满的奶头遮起来,对他们怀疑她没奶轻蔑地笑笑。在她的这种笑容里,阿历克赛·亚力克山德洛维奇也发现了对自己处境的嘲笑。

"可怜的孩子!"保姆说,她哄着孩子,不停地走动着。

阿历克赛·亚力克山德洛维奇在椅子上坐下,面色痛苦而颓丧,眼望着来回走动的保姆。

孩子终于不哭了,保姆把她放进那张深深的小床里,给她放好了枕头,走到一边,阿历克赛·亚力克山德洛维奇站起来,吃力地踮着脚走到床前。片刻间,他默不出声,还是那样颓丧地望着她;但是,忽然他额头上的头发和皱纹轻轻一动,脸上显出笑容来,于是他仍然悄悄地走了出去。

在餐厅里,他打了铃,吩咐进来的仆人再去请医生来。他对妻子不满,怪她不关心这个讨人爱的婴儿,由于这不满的心情,他不想进去见她,他也不想见到公爵夫人培特茜;但是妻子会奇怪他为什么不像平时一样到她房里来,于是他竭力克制自己,向卧室走去。他踩着柔软的地毯走到她房间门口,听见了一场他并不想听见的谈话。

"若是他不去远处的话,我也许会理解您也理解他为什么要拒绝。但是您的丈夫应该站得比这更高些。"培特茜说。

"我不是为丈夫,而是为我自己才不想这样做的。您别说这件事了!"安娜激动的声音在说。

"好吧,可是您不会不愿意跟一个为您自杀过的人说一声再见吧……"

"就是因为这个我才不愿意。"

阿历克赛·亚力克山德洛维奇带着一种惶恐的和负疚的表情停下来,他想趁没人看见他时悄悄走开。但是他觉得这样做不对,有失自己的尊严,便转回身去,咳嗽一声,向卧室里走去。谈话声没有了,他走进卧室。

安娜穿一件灰色晨衣,圆圆的头顶上是剪得很短的、像刷子似的再长出来的浓密的黑发,她坐在沙发床上。像每次见到她丈夫时那样,她脸上活泼的表情马上便消失了;她垂下头,不安地望了望培特茜。培特茜的穿着时髦到了极点,一顶帽子高悬在头顶上,像个灯罩似的,灰蓝色的连衣裙上显眼的斜条花纹一半在上半身的这一边,一半在下半身的那一边,她坐在安娜旁边,把她又高又扁平的身体挺得直直的,低着头,以一种讥讽似的笑容招呼阿历克赛·亚力克山德洛维奇。

"啊!"她故作惊奇地说。"我真高兴您在家里呀。您哪儿也不去啦,自从安娜生了病,我就没见过您。我全听人说啦——您操的那些心呀。是啊,您可真是一个了不起的丈夫!"她说,带着一副意味深长而又亲切可爱的样子,好像是由于他对待妻子的作为奖给他一枚宽宏大度勋章似的。

阿历克赛·亚力克山德洛维奇冷淡地弯了弯腰,便去吻妻子的手,问她身体如何。

"我觉得好些了。"她回答时躲开他的目光。

"可是您好像脸色潮红,像发烧似的。"他说,特别着重"发烧"两个字。

"我跟她说话说得太多啦,"培特茜说,"我发现这是我自私的表现,我这就走。"

她站起来,但是安娜忽然脸红了,急忙抓住她的手。

"不,再待会儿,求您啦。我要跟您说……不,是要跟您说,"她朝着阿历克赛·亚力克山德洛维奇,一下子头颈和前额都红了,"我不想也不能有什么事瞒着您。"她说。

阿历克赛·亚力克山德洛维奇把手指捏得嘎嘎地响,把头垂下来。

"培特茜说,伏伦斯基伯爵想来我们家,他要去塔什干,想来辞行。"她眼睛不望着丈夫,显然是急着想把话都说出来,不管她觉得有多么困难。"我说,我不能接待他。"

"您是说,亲爱的,这要由阿历克赛·亚力克山德洛维奇来决定。"培特茜纠正她说。

"啊,不,我不能接待他,这怎么也不……"她忽然停住不说了,询问似的望她丈夫一眼(他并没有望着她)。"一句话,我不想要……"

阿历克赛·亚力克山德洛维奇走上去,想拉住她的手。

他把手伸给她,那只手湿叽叽的,暴出一条条粗大的青筋来,她的第一个动作是把她的手躲开,在明显地努力克制了自己后,才握住他的手。

"我非常感谢您对我的信任,但是……"他说,同时又困窘又愤懑地感到,一件他可以简单而明了地自己解决的事,却因为有特薇尔斯卡娅公爵夫人在场,不能好好地考虑,他认为这个女人就是那种粗暴势力的化身,这种势力定要支配他在世人面前的生活,并且妨碍他听凭自己的爱心和宽恕心去行事。他停住不说了,眼望着特薇尔斯卡娅公爵夫人。

"喏,再见啦,宝贝儿。"培特茜说着便站了起来。她吻过安娜,走了出去。阿历克赛·亚力克山德洛维奇去送她。

"阿历克赛·亚力克山德洛维奇!我知道您是一位真正宽宏大

量的人,"培特茜说,她在小客厅里停住不走了,再一次特别用力地握住他的手,"我是外人,但是我太爱她了,也太尊敬您了,所以我才冒昧地奉劝您:接待他吧,阿历克赛·伏伦斯基是一个非常看重荣誉的人,他要到塔什干去了。"

"谢谢您的关心和劝告,公爵夫人,但是我妻子是否接待什么人的问题,由她自己做决定。"

他说这话时习惯地扬起眉头,显出一种尊严来,但却马上想到,不管他说什么,在目前的处境下,他是不会有什么尊严的。这一点他从培特茜听他说完之后望他一眼时,脸上那种谨慎的、恶意的、讥讽的笑容中看了出来。

二十

阿历克赛·亚力克山德洛维奇在大厅里向培特茜鞠躬道别,回到妻子那里。她躺着,但一听见他的脚步声,便连忙起来像原先一样坐着,畏惧地眼望着他。他看见她在哭。

"我非常感谢你对我的信任。"他把用法语对培特茜说过的那句话用俄语对她温和地又说一遍,坐在她身边。当他讲俄语,并且称她为"你"时,这个"你"让安娜忍不住想要发怒。"我也很感谢你的决定。我也认为,既然伏伦斯基伯爵要走了,他就没有任何必要再上这儿来。其实……"

"我已经说过啦,干吗再提?"安娜突然恼怒地打断他,她忍不住地发火了。"没有任何必要,"她心里在想,"一个人来跟他所爱的女人告别,为这个女人他情愿去死,而且已经死过一回了,这个女人没有他也活不下去。没有任何必要!"她咬紧嘴唇,垂下闪亮的眼睛,望着他一双青筋凸露的手,那两只手正在互相摩擦着。

"我们再也别谈这事了。"她又说,显得平静多了。

"我让你来决定这个问题,我也非常高兴地看见……"阿历克赛·亚力克山德洛维奇还要说下去。

"看见我的愿望跟您的一样。"她很快替他把话说完,他那么慢腾腾地说,让她很恼火,而且她先就知道他要说什么。

"是的,"他承认,"特薇尔斯卡娅公爵夫人极其不恰当地干预了人家最难办的家务事。特别是她……"

"人家说她的那些话我一句也不相信,"安娜急忙说,"我知道她是真心爱我的。"

阿历克赛·亚力克山德洛维奇叹了一口气,不再说话了。她惶惑地玩弄着晨衣上的穗子,她眼望着他,心里怀着一种对他的生理上的厌恶,这是一种令她痛苦的感情,她为自己怀有这种感情而自责,但却又克服不了。她现在只希望一点——赶快摆脱他,他实在太讨厌了。

"我刚才派人去请医生了。"阿历克赛·亚力克山德洛维奇说。

"我身体很好,给我请医生干吗?"

"不是,小丫头老是哭,他们说,奶妈的奶不够。"

"你为什么不许我自己喂奶呢?我那时候求过你要我来喂她的。不管怎么吧(阿历克赛·亚力克山德洛维奇明白这个"不管怎么吧"是什么意思),她是个婴儿,会把她折磨死的。"她打了铃,叫人把孩子抱来。"我要求喂奶的,不许我喂,可这会儿又来责怪我。"

"我没有责怪……"

"不,您责怪了!我的天哪,为什么我没死掉呀!"说着她便痛哭起来。"原谅我吧,我太激动了,是我不对,"她清醒过来,说道,"不过,你走吧……"

"不,不能这样下去。"阿历克赛·亚力克山德洛维奇从妻子房间里走出来时,断然地对自己说。

他从来没有像今天这样明显地看到,在世人眼中他处境之难堪,他妻子对他之厌恨,那股神秘的粗暴势力如此之强大,这股势力与他的精神状态相违背,支配着他的生活,要求他服从它的意志,改变他对妻子的态度。现在他清楚地看见,整个社会和妻子都在要求他采取点什么行动,但是到底要他做什么,他无法知道。他感到,因为这个,他心灵深处正升起一种愤恨的感情,这种感情破坏了他的平静和他伟大行为的功绩。他认为,对安娜来说,最好是断绝和伏伦斯基的关系,但是假如他们都发现这是不可能的,那么他甚至准备再次容忍这种关系,只要不让孩子们蒙受羞辱,不失去他们,也不改变自己的地位就行。这种状况无论多糟,总比破裂好,如果破裂,她将陷入走投无路的可耻境地,而他自己也将失去他所爱的一切。然而他觉得自己无能为力;他事先就知道,大家都会反对他,不会容许他做他现在认为是合情合理的好事,而要迫使他去做那些他们认为是应该做的坏事。

二十一

培特茜还没有走出大厅,斯捷潘·阿尔卡季伊奇在门边遇上了她,他刚从叶丽谢耶夫饭店出来,那里到了一批新鲜的牡蛎。

"啊!公爵夫人!真高兴和您见面!"他说,"我去拜访过您的。"

"一分钟的见面,因为我要走了。"培特茜说,微笑着在戴她的手套。

"别忙着戴手套呀,公爵夫人,让我吻吻您的手。就古风之复归而言,我最感激的要算是吻手礼了。"他吻了培特茜的手。"我们什么时候约会呀?"

"您不配啊。"培特茜笑眯眯地回答说。

"不对,我才配呢,因为我变成一个最为严肃的人了。我不仅能料理好自己家里的事情,还能管好别家的事情呢。"他脸上带着意味深长的表情说。

"啊,我非常高兴!"培特茜回答,马上就明白他说的是安娜。于是他俩返回大厅,站在角落里谈起来。"他会把她折磨死的,"培特茜意味深长地悄声说,"这可不行,可不行……"

"您这样想我非常高兴,"斯捷潘·阿尔卡季伊奇说,他摇着脑袋,带着一副煞有介事的、受苦受难的,而且是极富同情心的表情,

"我就是为这个到彼得堡来的。"

"已经满城风雨啦,"她说,"不能再这样下去了。她越来越瘦。他不了解,她这种女人不会拿自己的感情开玩笑的。二者必择其一:要么他把她带走,做得爽气点,要么让她离婚。而现在这样要憋死她的。"

"对,对……正是这样……"奥勃隆斯基叹了口气说,"我就是为这事来的。也不是专门为这事……任命我当了宫廷的高级侍从官,喏,总得来谢一声呀。不过,主要的是,这件事得要安排好。"

"唉,上帝保佑您吧!"培特茜说。

斯捷潘·阿尔卡季伊奇把培特茜公爵夫人送到门廊里,再次吻了她的手,吻在手套以上脉搏跳动的地方,又对她扯了几句胡说八道的话,弄得她不知是笑好还是气好,然后他才去看他妹妹。他见她正在流泪。

尽管斯捷潘·阿尔卡季伊奇正是心情愉快,兴高采烈,他马上自然而然地转为一种表现同情的、诗意盎然的腔调,以适合她此时此刻的情绪。他问她身体好吗,早上过得怎样。

"非常、非常糟糕啊。白天也罢,早上也罢,过去也罢,今后也罢。"她说。

"我觉得,你太忧郁了。要振作起来,要正视人生。我知道,这很难受,不过……"

"我听说,女人甚至会因为男人的一些缺点而爱上他们,"安娜突然说起来,"但是我就是恨他的这种仁义道德。我没法跟他过下去。你要明白,看见他那副样子我从生理上就受不了,我就要发疯。我没法、没法跟他过下去。我怎么办呢?我一向倒霉,我以为不可能更倒霉了,可是我现在所处的这种可怕的状态,我从前连想也不敢想。你信不信吧,我,明知道他是一个善良的、好极了的人,我连他的一个手指甲也比不上,可我还是恨他。我恨他的宽宏大量。我再没有别的路可走了,只有……"

她想说死,但是斯捷潘·阿尔卡季伊奇没让她说下去。

"你在生病,容易发脾气,"他说,"听我说,你太夸张啦。根本没这么可怕呀。"

于是斯捷潘·阿尔卡季伊奇微微一笑。任何人处在斯捷潘·阿尔卡季伊奇的位置上,面对如此难以解决的问题,都不会笑出来(这种笑会显得很无礼),但是他的笑容是那么和善,简直温柔得像个女人一样,因此,这笑容并不让人感觉难堪,反而使人心软,令人宽慰。他几句低声说出的安慰话和他的微笑像杏仁油似的起着镇静缓解的作用。安娜马上就感觉到这一点。

"不啊,斯季瓦,"她说,"我完啦,我完啦!比完了还糟啊。我现在还没有完,我还不能说一切都结束了;正相反,我觉得事情还没有结束。我——好像一根绷紧的弦,非断不可了。但是事情还没有到结束……到结束的时候是很可怕的啊。"

"没关系,可以把弦慢慢放松嘛。天无绝人之路啊。"

"我想了又想。只有一条路……"

他再次从她恐惧的目光中发觉,这唯一的一条路,依她看,就是去死,于是他没让她把话说完。

"才不是呢,"他说,"你听我说。你不可能像我一样看清楚你的情况。让我把我的看法坦率地说说。"他再一次小心翼翼地笑了笑,还是像杏仁油似的。"我来从头说起:你嫁了一个比你大二十岁的人。你是在没有爱情或者说不懂爱情的情况下嫁人的。这是一个错误,我们姑且这么说。"

"一个可怕的错误啊!"安娜说。

"但是我再说一次:这是既成事实。然后你,我们说,不幸爱上了一个不是你丈夫的人。这是一种不幸;但是这也是既成事实。而你的丈夫发现了这件事,又原谅了你。"他每说一句便停一停,等她反驳,但是她一点也没回嘴。"就这样。现在问题在于:你能跟自己的丈夫继续生活下去吗?你愿意这样吗?他愿意这样吗?"

"我什么也不知道,不知道。"

"但是你自己说过,你受不了他。"

"不,我没说过。我不承认。我什么也不知道,什么也不明白。"

"好吧,你听我说……"

"你不能理解。我觉得我是头朝下跌进一个深渊里,可是我不应该得救。我也不能够得救。"

"不要紧,让我们从下面铺上东西,把你接住。我了解你,你没法把你的愿望、你的感情全部说出来。"

"我什么也,什么也不想要……只希望一切都结束了。"

"可是他是看见这一点、知道这一点的。难道你以为这些事让他痛苦得比你少些吗?你苦,他也苦,这又有什么好处呢?而离婚能解决一切。"斯捷潘·阿尔卡季伊奇不是没有费一番力气才把他的这个主要想法说出来,然后他意味深长地望着她。

她什么也没有回答,只否定地摇了摇她留着短发的头。但是,她脸上忽然闪耀出她昔日的美貌来,从这个表情中他看出,她不希望离婚,仅仅是因为她觉得这样的幸福是不可能得到的。

"我非常可怜你们两个人啊!要是我能把这件事办妥,我该多高兴哟!"斯捷潘·阿尔卡季伊奇说,他的笑容已经比先前大胆多了。"你别说话,什么也别说!但愿上帝让我能把我感觉到的东西全都对他说出来。我这就去找他。"

安娜的眼睛闪亮着,她在沉思,她望了望他,什么也没有说。

二十二

斯捷潘·阿尔卡季伊奇走进阿历克赛·亚力克山德洛维奇的办公室,面孔上颇有几分庄重,他坐在自己那把领导人的交椅上处理公务时就是这副面孔。阿历克赛·亚力克山德洛维奇这时正背着两只手在房间里踱步,心里想的也是斯捷潘·阿尔卡季伊奇跟他妻子所谈的同一件事。

"我不打扰你吧?"斯捷潘·阿尔卡季伊奇说,在妹夫面前他忽然觉得有种很不习惯的困惑感。为了掩盖这种困惑,他掏出刚买来的新式开法的烟盒,闻了闻那股皮革味,取出一支香烟来。

"不,你有什么事情找我吗?"阿历克赛·亚力克山德洛维奇不乐意地回答说。

"啊,我是想……我想要……啊,我要跟你谈谈,"斯捷潘·阿尔卡季伊奇说,他惊奇地感觉到自己出现了平时没有的胆怯心情。

这种感觉来得太突然也太奇特了,所以斯捷潘·阿尔卡季伊奇并不认为这是他的良心在告诉他,他现在打算做的事情不是好事情。斯捷潘·阿尔卡季伊奇竭力克制自己,压抑住他全身上下表现出来的胆怯。

"我希望,你是相信我爱我妹妹,并且真心仰慕你,尊敬你的。"他红着脸说。

阿历克赛·亚力克山德洛维奇停住不走,也不回答,但是他脸上那种逆来顺受、甘作牺牲的表情令斯捷潘·阿尔卡季伊奇大为惊异。

"我是打算,我是想谈谈妹妹的事,谈谈你们彼此之间的情况。"斯捷潘·阿尔卡季伊奇说,仍在极力克服他颇不习惯的羞怯。

阿历克赛·亚力克山德洛维奇忧郁地笑笑,望了望这位内兄,没有回答什么,他走到桌边,拿起一封刚开了个头的信,递给内兄。

"我也在不停地思考这件事。你看这就是我刚开始写的,我觉得,顶好是用书面来谈,她看见我就生气。"他说着,把信递过去。

斯捷潘·阿尔卡季伊奇接过信,惶惑不解地望了望那双一动不动停在他身上的呆滞的眼睛,便看起来。

> 我看出,我在场时您很不舒适。我确信如此,虽然我极其难过,我看出,这已无可改变。我不责怪您,上帝为我作证,我见您病倒时,我真心决定忘掉我们之间过去的一切,重新生活。我所做的事我决不后悔,也永不后悔;而我唯一的愿望是您得到幸福,您灵魂得到幸福,现在我看出,这一点尚未做到。请您亲口告诉我,怎样才能使您获得真正的幸福,使您的灵魂获得

安宁。我完全信赖您的意愿和您真实的情感。"

斯捷潘·阿尔卡季伊奇把信还给妹夫,仍然那么惶惑不解地望着他,不知说什么好。这场沉默让他们两人都很不好受,斯捷潘·阿尔卡季伊奇憋得嘴唇发抖,好像生了病,两眼不停地注视着卡列宁的面孔。

"这就是我想告诉她的话。"阿历克赛·亚力克山德洛维奇转过脸去说。

"是的,是的……"斯捷潘·阿尔卡季伊奇说,他没法回答了,因为泪水噎住了他的喉咙。"是的,是的。我懂您的意思。"他终于说出这句话。

"我希望知道她想要什么。"阿历克赛·亚力克山德洛维奇说。

"恐怕她自己也不了解自己的处境。她不能作出判断,"斯捷潘·阿尔卡季伊奇镇静下来说,"她被制服了,就是被您的宽宏大度制服了。如果她读到这封信,她就什么话也说不出了,她只能把头垂得更低。"

"对,但是这种情况下怎么办才好呢?怎么说清楚……怎么能知道她的愿望?"

"假如你允许我谈谈自己的意见,那么我想,得由你来直率地指出,你认为必须采取些什么措施来结束这种状态。"

"这么说,你认为这种状态必须结束?"阿历克赛·亚力克山德洛维奇打断他的话。"可是怎么结束呢?"他又说,先做了一个他不常有的两手蒙住眼睛的姿势,"我看不到任何可能的出路。"

"任何境况都会有个出路的,"斯捷潘·阿尔卡季伊奇说着变得活跃起来了,他站起身来,"有段时间你想过要分开……假如现在你确实以为,你们不能让彼此幸福……"

"幸福可以有不同的理解。但是就算我一切都同意,我什么也不要求。我们的处境又有什么出路呢?"

"如果你想知道我的意见的话,"斯捷潘·阿尔卡季伊奇面带他跟安娜谈话时那同一种令人心软的、柔和得像杏仁油似的微笑。这种善良的微笑说服力实在是大,连阿历克赛·亚力克山德洛维奇也不禁感到自己无力招架,只得屈从于它,准备相信斯捷潘·阿尔卡季伊奇下面要对他说出的话了。"这话她永远也说不出口的。但是有一件事是可能办到的,有一件事可能是她所希望的,"斯捷潘·阿尔卡季伊奇继续说下去,"那就是,把这些关系,以及与此有关的一切回忆全都断绝了。依我看,在你们的处境中,必须明确一些新的关系。而这些关系只有在你们双方都得到自由的时候才可能建立。"

"离婚。"阿历克赛·亚力克山德洛维奇厌恶地插进来说。

"是的,我认为就是离婚。是的,离婚,"斯捷潘·阿尔卡季伊奇脸红着再说一遍,"夫妻之间处于像你们这样的情况下,无论从哪点上说,这都是最理智的出路。假如夫妻两人都发现他们无法共同生活下去,那该怎么办呢?这是经常都会发生的事情。"阿历克赛·亚力克山德洛维奇重重地叹了口气,闭上了眼睛。"这时候只须弄清楚一点:是否夫妻当中有一方想要另结良缘?如果不是这样,那这就很简单了。"斯捷潘·阿尔卡季伊奇说得愈来愈不受拘束了。

阿历克赛·亚力克山德洛维奇激动得皱起眉头,自言自语地说了点什么,没有回答。所有这些斯捷潘·阿尔卡季伊奇认为很简单的事,阿历克赛·亚力克山德洛维奇已经反复考虑过成千上万次了。而所有这些在他看来都不仅是并不简单,而且是完全办不到的。有关离婚的详细办法他已经了解过,现在他觉得这是不可能的,因为他自己的尊严感和他对宗教的敬重不允许他查无实据地控告人家通奸,更不可以让已经得到宽恕的也是他所爱的妻子遭到揭发,没脸见人。他觉得离婚不可能,还有另外一些更加重要的原因。

如果离婚,儿子怎么办?把他留给母亲是不行的。离了婚的母亲将会有她不合法的家庭,在这样的家庭里,前夫儿子的处境和教育必定是很糟的。留在自己身边呢?他知道,这就会成了他的一种报复手段,而他并不想这样做。除此之外,阿历克赛·亚力克山德洛维奇认为离婚最不可行的原因是,他觉得一旦自己同意离婚,那他就是在用这种办法让安娜毁灭。达丽雅·亚力山德罗芙娜在莫斯科所说的话他至今记忆犹新,她说,决定离婚,是他只考虑自己,而没有考虑他这样做就会把安娜无可挽回地毁掉。现在他把这些话和他对她的宽恕,和他对两个孩子的感情联系在一起考虑,对这件事又有了自己的理解。同意离婚,给她自由,他认为这就意味着剥夺自己一生中最后的联系——对这两个孩子的依恋,而他是爱这两个孩子的;对她来说,是剥夺了她弃恶从善的最后立足点,使她陷入深渊而不可自拔。如果她成了一个离异之妇,他知道,她一定会和伏伦斯基结合在一起,而这种关系是非法的,犯罪的,因为根据教规,只要丈夫活着,妻子不能与他人结成夫妻。"她会跟他结合,过一两年,不是他抛弃她,就是她又搞上新的关系,"阿历克赛·亚力克山德洛维奇想着,"而我呢,一旦同意非法的离婚,就将成为毁灭她的罪人。"他把这些反复考虑过千百遍,最后确信,离婚的事不仅不像他内兄所说的那么容易,而且是根本办不到的。斯捷潘·阿尔卡季伊奇说的话他一句也不相信,这个人所说的每一句话都可以用一千种方式来加以驳斥,但是他仍然要洗耳恭听,因为他感到,斯捷潘·阿尔卡季伊奇的话代表了那种支配他生活的强大的粗暴势力,对之他只能乖乖听从。

"问题只在于,你同意怎样离婚,在怎样的条件下离婚。她什么也不想要,她不敢向你要求什么,她一切都听凭你的宽大。"

"我的天哪!我的天哪!为了什么啊?"阿历克赛·亚力克山德洛维奇想着,他回想起如果由丈夫一方承担罪责,离婚将有哪些手续上的细节,于是他羞愧地用双手捂住脸,就和伏伦斯基那天捂脸的姿势一样。

"你很激动,这我理解。可是如果你考虑……"

"要是人家打你的右脸,就把左脸也伸过去,人家剥你的袍子,就把衬衣也脱给他。"阿历克赛·亚力克山德洛维奇想着这句话。

"是的,是的!"他用他尖细的嗓音大声说,"我愿意蒙受耻辱,甚至愿意把儿子也给她,可是……可是不这样做不是更好吗?不过,你想怎么办就怎么办吧……"

于是他转过脸去,不让内兄看见他,坐在窗下的一把椅子上。他痛苦,他羞愧;但是在痛苦和羞愧的同时,他在自己谦卑的崇高精神面前体验到一种欢乐和感动。

斯捷潘·阿尔卡季伊奇也动了感情。他沉默了一会儿。

"阿历克赛·亚力克山德洛维奇,请你相信我,她是很看重你的宽宏大量的。"他说。"可是,这明明是上帝的旨意。"他又说,说了这句话,他觉得说得很蠢,竭力克制住自己不笑出来,他是想嘲笑一下自己的愚蠢。

阿历克赛·亚力克山德洛维奇想回答一句什么话,但是泪水让他没能说出来。

"这是命中注定的不幸啊,只好认命了。我把这种不幸看作是一个既成的事实,尽力帮助她也帮助你。"斯捷潘·阿尔卡季伊奇说。

当斯捷潘·阿尔卡季伊奇从他妹夫的房间里出来时,他很感动,但是这并不妨碍他感到非常之得意,他觉得他已经成功地办好了这件事,他相信阿历克赛·亚力克山德洛维奇是不会食言自肥的。这种得意心情中还掺杂着另一些想法,他在想,等这件事办妥了,他就要向他老婆和亲朋厚友们提一个问题:"我跟一个皇帝之间有什么差别?——皇帝调遣兵将——这对谁都没有好处,而我调遣夫妻,让他们离婚,三个人都因此受益……或者这样问:我跟一个皇帝之间有什么相似之处?到时候……不过,我还能想出点更妙的话来。"他满脸含笑地自言自语说。

二十三

伏伦斯基的伤势很危险,虽说没击中心脏。有好几天他都处于可生可死之间。当他第一次能说话时,只有瓦丽娅,他的嫂嫂,一个人在他房间里。

"瓦丽娅!"他说,严肃地望着她,"我失手打伤了自己。我求你再别跟我提起这事,也就这样对别人说。要不真太蠢啦!"

瓦丽娅没有回答他的话,只俯身向着他,高兴地微笑着盯住他的脸。他的眼睛是明亮的,不像发热的样子,但是眼睛中的表情是严肃的。

"啊,谢天谢地!"她说,"你不痛了吧?"

"这儿还有一点。"他指着胸部。

"那让我来给你包扎一下。"

她给他包扎的时候,他咬着他宽阔的牙关,一句话也不说。等她包扎结束,才说:

"我不是说胡话。请你想办法别让人家说我是故意对自己开枪的。"

"谁也不会说什么的。只是我希望,你以后不要再失手开枪了。"她说,微笑中带着疑问的神情。

"应该不会了吧,不过最好还是……"

他阴郁地笑笑。

虽然这些话和这个笑容让瓦丽娅非常害怕,等他的炎症过去并开始恢复时,他感到他已经完全摆脱了自己的一部分痛苦。他好像是用这个行动洗刷掉了自己的羞耻和屈辱。现在他可以平静地考虑关于阿历克赛·亚力克山德洛维奇的事了。他完全承认他是宽宏大度的,但是已经不觉得自己是卑劣的了。而且,他重新又回到了原先的生活轨道上。他看见,他是可以问心无愧地正视别人的眼睛的,也可以按照自己的习惯来生活。只有一件事他无法从心中排除,虽然他不停地在和这种感情作斗争,这是一种达到绝望程度的遗憾,他觉得他永远失去了她。他在自己心中断然地决定,既然已经在那个丈夫面前赎取了罪愆,现在就应该丢开她,决不挡在悔悟了的她和她的丈夫中间;但是他无法从心中驱除失去她爱情的遗憾,无法从记忆中抹去他跟她一同度过的那些幸福时光,当时他并不很珍惜这些,而现在却以其全部的美妙萦绕在他的心头。

谢尔普霍夫斯科依设法让伏伦斯基去塔什干供职,他毫不犹豫地便同意了这个建议。但是,行期愈近,他愈是感到,他认为自己义不容辞而作出的牺牲是多么的沉重。

他的伤已经痊愈,他已经时常出门去做些赴塔什干的准备。

"再见她一面,然后隐身而去,一死了之。"他想,于是在他去培特茜家登门告别时,便把这个想法告诉了她。培特茜便身负这项使命去见安娜,给他带回一个否定的回答。

"这样更好些,"听到这个消息,伏伦斯基想,"这是我软弱的表现,假如见了面会毁掉我最后的一点努力的。"

第二天,培特茜一大早又亲自来见他,说她从奥勃隆斯基那里得到了可靠的消息,阿历克赛·亚力克山德洛维奇同意离婚,因此他可以和安娜见面了。

伏伦斯基甚至不关心送培特茜从自己家出去的事,他忘掉了他决定了的一切,也不问一问什么时候合适,她丈夫在哪里,马上就坐车到卡列宁家去。他沿楼梯向上奔,谁也没看见,什么也没看见,他急速地迈着步,极力忍住不跑,进了她的房间。房间里有没有别人,这他连想也不想,睬也不睬,他一把搂住她,就把一个个的吻盖满了她的脸、手和头颈。

安娜为这次见面作了准备,考虑过要对他说些什么话,但是她一句也没有来得及说出来:他的激情把她整个儿地支配了。她想让他安静下来,也想让自己安静下来,但是已经晚了。他的感情传染给了她。她的嘴唇抖得半天都说不出一句话来。

"是的,我属于你了,我是你的人了。"她终于说出这句话,她把他的手拉住贴在自己胸前。

"就应该是这样!"他说,"只要我们活着,就应该是这样。现在我知道了。"

"是这样的,"她说,脸色愈来愈苍白了,把他的头紧紧搂住,"但是发生了那么多事情以后,我总觉得有点可怕。"

"都会过去的,都会过去的,我们会多么幸福啊!我们的爱,要是说它会变得越来越强烈的话,就是因为其中有点什么可怕的东西。"他说,抬起了头,笑容使他露出两排结实的牙齿来。

而她也不能不用笑容来回答了,——不是回答他的话,而是回答他脉脉含情的眼睛。她拿起他的手,让他抚摩自己冰冷的面颊和剪得短短的头发。

"这么短的头发,我简直认不出你来了。你变得多么美哟。小男孩儿。可是你多么苍白呀!"

"是的,我虚弱得很。"她微笑着说。她的嘴唇又在战栗了。

"我们到意大利去,你会恢复的。"他说。

"这未必是可能的吧?——我俩做夫妻,在一起,跟你有个自己的家?"她说,眼睛贴近地注视着他的眼睛。

"我只是奇怪,从前怎么就会不是这样。"

"斯季瓦说,**他**什么都同意,但是我不能接受**他的**宽宏,"她说,眼睛若有所思地躲开伏伦斯基的脸,"我不想办离婚,我现在反正都无所谓了。我只是不知道,对谢辽沙他怎么决定。"

他怎么也不能理解,她怎么会在今天这个约会的时刻想到并提起儿子和离婚。难道不全都无所谓了吗?

"别说这些,别去想这些。"他说,把她的手在自己手里翻转着,竭力引她注意自己;但是她仍不朝他看。

"唉,我干吗没死掉呀,那该多好哟!"她说,没有哭声,泪水却在两边面颊上流淌;但是她强颜作笑,不想让他难过。

按照伏伦斯基以前的想法,放弃这项既荣耀又冒险的塔什干任命是可耻的、行不通的事,然而现在呢,他不假思索地便放弃了它,他发现上级对他的做法不满,便立即退役不干。

一个月之后,阿历克赛·亚力克山德洛维奇独自和儿子留在家里,而安娜跟伏伦斯基出国去了,她并没有办好离婚手续,也断然拒绝这样办。

【智量译文选】

安娜·卡列宁娜
Анна Каренина
（下）

〔俄〕列夫·托尔斯泰 著　智量 译
Лев Николаевич Толстой

华东师范大学出版社

第五部

一

谢尔巴茨基公爵夫人发现,离大斋期只有五个礼拜了,这以前办好婚事是不可能的,因为有一半的嫁妆不能在大斋期前备办停当;但是她又不能不同意列文的意见:过了大斋期就未免太迟了,因为谢尔巴茨基公爵年迈的姑母病得很重,有可能即将去世,一旦服丧,婚事就会再拖延下去。于是公爵夫人决定把嫁妆分为两个部分,一份大的,一份小的,并同意在大斋期前举行婚礼。她的决定是:小的一份嫁妆她现在就备好,而大的一份以后再送过去,她问列文同意不同意这样办,他怎么也不能认真地给她一个回答,让她好不气恼。新人一结婚马上就要去乡下,在那里大的一份嫁妆所包括的东西是用不上的,因此这个想法也就更加合适了。

列文依然处于那种神魂颠倒的状态中,他觉得,他和他的幸福构成了世间万物生存的主要的和唯一的目的,他如今不必去考虑和操心任何事情,别人会为他把一切全都办得妥妥帖帖。他甚至对将来的生活也毫无安排和打算;他把这些全都交给别人去决定,他知道,事情全都会办得漂漂亮亮的。他该做什么不该做什么自有他哥哥谢尔盖·伊凡诺维奇、斯捷潘·阿尔卡季伊奇,还有公爵夫人指点他。他只须完全同意他们所建议的事情就行了。哥哥为他筹钱,公爵夫人劝他婚后离开莫斯科。斯捷潘·阿尔卡季伊奇劝他出国。这些他全都同意。"你们想怎么办就怎么办吧,只要你们开心。我现在很幸福,我的幸福不会因为你们做什么或不做什么而有所增减。"他心里这样想。他把斯捷潘·阿尔卡季伊奇要他们出国去的

503

建议告诉吉蒂时,她不同意,她对他们往后的生活有自己的一套业已确定的要求,这一点让列文大为惊讶。她知道,乡下有列文所喜爱的事业。依列文看,吉蒂不光是不了解这种事业,而且也不想了解它。但是这并没有妨碍吉蒂把这事业当成一种非常重要的事业。因此她知道,他们的家要安在乡下,也因此她不想出国,她不想去外国过日子,她要到他们的家所在的地方去。她的这个明确表达出来的意愿让列文大为惊奇。然而因为无论去哪儿对列文反正一样,他马上便要斯捷潘·阿尔卡季伊奇到乡下去一趟,好像这是斯捷潘·阿尔卡季伊奇应尽的义务似的,要他去那儿把一切都安排好,他知道该安排些什么,要安排得富有情趣,而这一点斯捷潘·阿尔卡季伊奇是很拿手的。

"可是你听我说,"斯捷潘·阿尔卡季伊奇为新人的到来做好一切准备后从乡下回来,有一天他问列文,"你有没有做过忏悔的证书?"

"没有,怎么啦?"

"没有这个不能结婚。"

"哎呀,哎呀,哎呀!"列文叫道,"我,恐怕,已经有九年没斋戒过,没领过圣餐了。我连想也没想到过。"

"好呀!"斯捷潘·阿尔卡季伊奇笑着说,"你还把我叫做虚无主义者呢!可是这不行。你必须斋戒。"

"什么时候去:只剩四天啦。"

斯捷潘·阿尔卡季伊奇把这件事也给他安排了。于是列文开始斋戒。对于像列文这样一个不信教而又尊重他人信仰的人来说,出席和参加任何宗教仪式都是件很难受的事。此时此刻,列文正处于一种对一切多情善感,心境温和的状态下,他不得不去装模作样一番,这对他就不仅是难受而已,而且简直是根本不可能的事。此时此刻,他觉得自己荣耀无比,心花怒放,而他又不得不要么说谎要么亵渎神灵。他感到自己既不能这样做也不能那样做。但是不管他问斯捷潘·阿尔卡季伊奇多少次,能不能不经过斋戒就取得证明,斯捷潘·阿尔卡季伊奇都向他宣称这是不可能的。

"这在你又算得了什么呢——两天工夫?他又是个非常可爱、非常聪明的小老头儿。他会在你不知不觉间就把你的这颗牙齿给拔掉的。"

做第一次礼拜时,列文力图在自己心头回忆起年轻时那种强烈的宗教感情,他十六七岁时体验过的那种感情。然而他立即确信,现在这在他是完全不可能有了。他试图把这一切看作是一种毫无意义的无聊习俗,就如同拜客访友的习俗一样;但是他觉得就这他也怎样都无法做到。列文对待宗教的态度跟他同时代的大多数人一样,处于一种非常不确定的状态。信教他办不到,而同时他又不能坚定地确认这一切全都毫无道理。于是,他一方面不能相信他所做的这些事是有意义的,另一方面又不能漠然视之,只把这当作一种空洞的形式。在整个这次斋戒过程中,他感到尴尬而羞愧,因为他做的是他自己并不理解的事情,正如他内心的声音对他所说的,是某种虚假的和不好的事情。

在仪式过程中,他有时倾听着祈祷,力图给祷词加上一种与自己观点不相违背的意义,有时则感到他无法理解,必须加以谴责,他极力不去听这些祈祷,只去胡思乱想,左顾右盼,和回忆往事,当他这样无所事事地呆在教堂里的时候,往事便特别生动活跃地一幕幕在他的头脑里荡漾。

他坚持做完了日祷、晚祷和夜祷,第二天又起得比往常都早,没有喝茶,八点钟便赶到教堂,去做早祷和忏悔。

教堂里除了一个求乞的士兵、两个老太婆,和几个教堂执事以外再没有别人。

一个年轻的助祭,穿一件轻薄的法衣,硕长的脊背上左右两边明显地向上突起,他迎接了列文,马上便走到墙边的一张小桌旁,开始读起诫条来。他读诫条的时候,特别是当他一再急速地反复读出"上帝怜悯吧"这句话的时候,听起来好像他是在说"怜悯咱,怜悯咱",列文觉得,他的思想被人家锁住了,贴了封条,现在不可以去触动它,要不就会变得乱七八糟,于是他便站在助祭的背后,不听,也不琢磨那些戒条的含义,继续想着自己的心事。"她手上的表情真是太丰富了,"他回忆着昨天他俩坐在屋角里一张桌子前的情景。两人间没有什么话说,这些日子几乎都是这样,她把一只手放在桌上,一会儿合住,一会儿张开,自己又忽地笑了起来,眼睛注视着他的一举一动。他回想着他怎样吻了这只手,后来又怎样审视着那玫瑰色的手掌上纵横交错的掌纹。"还在那儿'怜悯咱'。"列文想,一边画着十字,鞠着躬,眼睛望着正在弯腰行礼的助祭背部柔软的动作。"后来她抓住我的手,仔细看着我的掌纹:'你的手相好得很。'她说。"这时他看了看自己的手,又看了看助祭那只短短的手。"对,这就要结束了,"他想,"不对,好像是,又从头开始了,"他想着,倾听着祷词,"不对,是要结束了;瞧他已经一躬到地了,结束以前总是这样的。"

助祭用他藏在绒布翻边袖口里的手悄悄接过一张三个卢布的纸币,说他要登记入册的,然后便踩着空荡荡的教堂里的石板地,一双新皮靴噔噔地响着,迅速走向祭坛。过一小会儿,他从那里伸出头来张望,招呼列文过去。闭锁到现在的思想在列文头脑中蠢蠢欲动了,列文连忙把它赶开。"总会有个结束的。"他想,便向讲经台走去。他踩着台阶往里走,向右一转,看见了司祭的神父。这神父是个小老头儿,颔下有几根稀疏半白的胡须,眼睛疲倦而善良,正站在讲经台上翻阅着圣礼书。神父向列文微微地鞠了个躬,立刻开始用一种惯常的音调读起祷词来。读完以后,他一躬到地,这才转身把脸向着列文。

"基督在这里隐形降临了,他来接受您的忏悔。"神父说,手指着十字架上的耶稣像。"您相信不相信圣徒教会所教导我们的一切?"神父继续说着,眼睛从列文的脸上移开,两手插进圣带里。

"我怀疑过这一切,现在也怀疑。"列文说,那声音他自己听了都不愉快,说完便不出声了。

神父等了几秒钟,看他是不是还要说什么,然后闭上眼睛,用伏拉季米尔地方的方言，把个"O"音发得特别重地说：

"怀疑是人类天生的弱点造成的，但是我们必须祈祷，恳求慈悲的主巩固我们的信仰。您有什么特别的罪过吗？"他毫不间歇地接着说下去，似乎是竭力在抓紧时间。

"我最主要的罪过就是怀疑。我什么都怀疑，大多数时间都处在怀疑当中。"

"怀疑是人类天生的弱点造成的，"神父重复了那同一句话，"您主要都怀疑些什么呢？"

"我什么都怀疑。我有时候甚至怀疑上帝的存在。"列文不由自主地说了出来，又害怕了，怕他说得有失体统。但是好像列文的话并没有给这位神父留下什么印象。

"怎么可以怀疑上帝的存在呢？"神父连忙隐约地笑一笑说。

列文没有说话。

"当您眼睛看到造物主所创造的万物的时候，您怎么还能怀疑他的存在呢？"神父继续用他惯常的语调快速地说，"是谁用日月星辰装饰了天空？是谁把大地打扮得这样美丽？没有造物主怎么行呢？"他说时先询问似的望了列文一眼。

列文觉得，跟神父作哲学上的争论是不合适的，所以就只回答与问题直接有关的话。

"我不知道。"他说。

"不知道？那么您怎么能怀疑上帝创造了一切呢？"神父带着快活的不解神情说道。

"我什么也不明白。"列文说，他脸红了，感到自己的话很蠢，而在这种情况下又不可能不说蠢话。

"向上帝祷告吧，恳求他吧。就是神父们也有过怀疑，他们就恳请上帝坚定他们的信仰。魔鬼的力量大得很，我们不应该被它制服。向上帝祷告吧，恳求他吧。向上帝祷告吧。"神父急忙又说了一遍。

神父沉默了一会儿，好像在思索。

"您,我听说,要跟我教区的对我做忏悔的教民,谢尔巴茨基公爵的女儿结婚,是吗?"他又微笑着说,"一个多好的姑娘啊!"

"是的。"列文回答说,因为神父说这样的话而为他脸红了。"他怎么会在忏悔的时候问这个?"列文想。

好像是在回答他的想法,神父对他说:

"您准备结婚,那么上帝,或许,会赐给您子孙后代,不是吗?那么,您会给您的孩子们怎样的教育呢,要是您在自己心中不能战胜魔鬼让您不信上帝的诱惑的话?"神父带着温和的责备口气说。"假如您爱您的子女,那么您,作为一个善良的父亲,就不仅希望您的孩子得到荣华富贵;您将希望他得到拯救,希望真理之光照亮他的心灵。不是这样吗?当您天真无邪的孩子问您:'爸爸呀!这世界上迷惑着我的一切——大地,江河,太阳,花朵,青草,都是谁创造出来的?'您将怎样回答他呢?难道您会对他说'我不知道'?既然造物主上帝凭他伟大的慈悲把这些展示给您,您就不可能不知道。或者您的孩子会这样问您:'我死了以后的生活会是怎样的呢?'若是您什么也不知道,您对他说什么呢?您怎么回答他呢?就任凭他去受尘世和魔鬼的诱惑吗?这可不好啊!"神父说着停了下来,把头侧向一边,一双善良而温和的眼睛注视着列文。

列文这时什么也没有回答——不是因为他不想跟神父争辩,而是因为谁也不曾向他提出过这样的问题,而等到他的孩子们向他提出这些问题时,他还有时间考虑怎样回答他们。

"您现在进入了人生的这样一个时期,"神父继续说下去,"应该选择一条路,并且沿着它往下走了。祷告上帝吧,求他凭他的仁爱之心帮助您,怜悯您,"神父最后说,"我主上帝,耶稣基督,大慈大悲,饶恕这个孩子吧……"结束了这段赦罪的祷词,神父又为他祝福,便放他走了。

这天回到家里,列文感到很快活,因为他结束了这种尴尬的处境,而且不必说谎就结束了。此外,他还模模糊糊地记得,这个善良可爱的小老头儿所说的话完全不是他一开头所感到的那样愚蠢,其中有些道理是需要弄明白的。

"当然,不是现在就去弄明白,"列文想着,"而是以后再找个时间去想它。"列文现在比从前更加感到在他心灵中存在着某种不明确、不干净的地方,他感到,在对待宗教的态度上,他的态度跟别人是完全一样的,而从前他把别人看得那么透,并且不喜欢人家的态度,他还因此责备过自己的朋友斯维雅日斯基。

这天晚上列文跟他的未婚妻一道在朵丽家度过,他的心情特别愉快,在向斯捷潘·阿尔卡季伊奇说到他的兴奋心情时,他说,他高兴得很,他就好像一只人家教它钻圈圈的狗,这只狗终于领会了要求并且做到了人家要它做的事,快活得汪汪地叫,摇着尾巴,直往桌子上和窗台上跳。

二

举行婚礼的这一天,按规矩(公爵夫人和达丽雅·亚力山德罗芙娜严格坚持要一切照老规矩办)不能和自己的未婚妻见面,列文便在旅馆里跟三个在他那儿偶然相聚的单身汉一同用餐。这三个人是:谢尔盖·伊凡诺维奇,卡塔瓦索夫,他大学的同学,现在是自然科学教授,是列文在街上碰见拖回家来的,还有契里阔夫,他的伴郎,莫斯科调解法院的法官,也是列文猎熊的伙伴。这顿饭吃得非常开心。谢尔盖·伊凡诺维奇情绪好极了,卡塔瓦索夫别出心裁的笑话让他很快活。卡塔瓦索夫感到有人看重而且理解自己的笑话,便大肆显摆。契里阔夫则愉快而和善地不管谈什么都随声附和。

"你们瞧,"卡塔瓦索夫在讲台上养成了这种拖长声音说话的习惯,"我们的朋友康斯坦丁·德米特里奇是一个多么能干的小伙子呀。我说的并非是我们眼前这一位,因为那个人现在已经完全不同了。那时候,刚离开大学,他热爱科学,富有人生情趣;而现在呢,他拿一半的才能用来欺骗自己,而另一半——则用来为他的欺骗作辩护。"

"比您更坚决的反对结婚的人,我还没见到过。"谢尔盖·伊凡诺维奇说。

"不,我不是反对结婚。我是赞成劳动分工的。有些人什么事也干不了,那就应该叫他们去造人,而其余的人则负责对这些人的教育和促进他们的幸福。我就是这样理解的。混淆这两种行当者大有人在,我可不在其中。"①

"有一天,等我听说您恋爱了,我会多么高兴啊!"列文说,"可要请我去参加婚礼哟。"

"我已经在谈恋爱啦。"

"是呀,爱上乌贼鱼啦。你知道吗,"列文对他哥哥说,"米哈依尔·谢苗内奇在写一本著作,谈的是营养和……"

"喏,别瞎扯啦!写什么还不都一个样。问题在于,我恰恰就是喜欢乌贼鱼。"

"不过乌贼鱼并不妨碍您爱老婆呀。"

"乌贼鱼倒不妨碍,可是老婆妨碍呀。"

"为什么呢?"

"您以后会明白的。您现在喜欢务农,喜欢打猎,——喏,走着瞧吧!"

"可今天阿尔希普来过,他说,普鲁德诺依那儿驼鹿多得很,还有两只熊呢。"契里阔夫说。

"喏,那我就不去了,您自己去打吧。"

"这就对啦,"谢尔盖·伊凡诺维奇说,"往后你就跟猎熊的事分手告别啦,——老婆不让去呀!"

列文微微一笑。一想到妻子不让他去的情景,他觉得那么开心,以致准备好要把发现狗熊的乐趣永远抛弃了。

"不过这反正是很可惜的,他们打到这两只熊,可您却没参加。记不记得最近那一回在哈皮罗夫?那回打猎打得多美呀。"契里阔

---

① "混淆"句,这是俄国著名喜剧《聪明误》中主人公恰茨基的话。

夫说。

他是认为列文没有吉蒂,随便在哪儿、随便做点什么也会过得挺不错,列文不想扫他的兴,便什么话也不说。

"难怪人家要定下个跟单身生活告别的规矩,"谢尔盖·伊凡诺维奇说,"不管你会多幸福,你总还是要为失去自由而惋惜的。"

"您说老实话,有这种感觉吗,就像果戈理描写的那个新郎倌①,直想从窗口上跳下去?"

"一定是有的,可就是不承认!"卡塔瓦索夫哈哈大笑着说。

"那有什么,窗子不是开着吗……咱们这就上特维尔去吧!那儿有一只母熊,可以去熊窝里打它。说真的,坐五点钟这趟车走!这儿的事儿随他们去吧。"契里阔夫说着微微一笑。

"说实在的,"列文微笑着说,"我在我心里找不到这种失去自由的惋惜感觉!"

"您现在心里一团乱麻,自然不会有这种感觉,"卡塔瓦索夫说,"过一阵,稍微清醒点儿,就有感觉了!"

"不,如果真是您说的这样,虽然有了感情(他不想在他们面前说'爱情')……和幸福,我总会对失去自由有所惋惜的吧……可事实正相反,我还对这种失去自由觉得很高兴呢。"

"真糟糕!一个不可救药的家伙!"卡塔瓦索夫说,"喏,咱们来干上一杯,祝他把毛病治好,或者祝他哪怕有百分之一的幻想成真。那就是普天之下空前绝后的幸福啦!"

饭后不久客人们便都走了,好让他来得及更换衣服去举行婚礼。

剩下他独自一人,回想起这些单身汉的谈话,列文再一次问他自己:他心中到底有没有他们所说的惋惜失去自由的感觉?面对这个问题,他微微一笑。"自由?要自由干吗?幸福唯在于爱,在于想

---

① 那个新郎倌,指俄国作家果戈理剧作《结婚》中的主人公波德科列辛,这人在马上要结婚时跳窗逃跑。

她之所想,求她之所求,就是说,什么自由也不要——这就是幸福!"

"可是我了解不了解她的思想、她的愿望、她的感情呢?"忽然间有一个声音对他悄悄地说。他脸上的笑容消失了,他陷入沉思之中。忽然他有了一种奇异的感觉。他感到恐惧和怀疑,他在怀疑一切。

"她要是并不爱我那怎么办呢? 她要是只为了要嫁个男人才跟我结婚那怎么办呢? 她要是自己都不知道她在做什么那怎么办呢?"他问他自己。"她会清醒过来的,一结婚,她就会明白,她并不爱我,也不可能爱我。"于是他心中出现了一些关于她的奇怪的、最坏的想法。他像一年前那样嫉妒她和伏伦斯基的关系,似乎他看见她跟伏伦斯基在一起的那个晚上就是昨天晚上。他怀疑她并没有把一切全告诉他。

他忽地跳起来。"不,不能这样!"他绝望地对自己说,"我要去找她,我要问她,我要最后说一次:现在我们都还是自由的,是不是顶好到此为止? 这样总比一辈子不幸、受侮辱、不忠实要好得多!!"他心中怀着绝望和愤恨一切人、愤恨自己、愤恨她的心情走出旅馆,乘车去找她。

他在后边房间里找到她。她正坐在一只大箱子上,跟一个使女在收拾着什么,在一堆搭在椅背上和摊在地板上的花花绿绿的衣服里挑拣着。

"哎呀!"她一看见他便高兴得满脸放光,呼叫了一声。"怎么你,您怎么啦(最近她对他有时说"你",有时说"您")? 我没料到呀!我在收拾我做姑娘时候的衣裳呢,看哪一件给谁……"

"啊,这很好嘛!"他说,阴沉地注视着那个使女。

"你去吧,杜尼娅莎,有事我叫你。"吉蒂说。"你怎么啦?"她问道,使女一走,她便断然地对他说"你"。她注意到他那张奇怪的面孔,又激动,又阴沉,她害怕了。

"吉蒂! 我好痛苦啊。我一个人受不了。"他说,话音里带着绝望,站在她面前,祈求般地望着她的眼睛。他已经从她一张显现着爱的真挚的面孔上看出,他要说的话不会有任何结果,但是他仍然需要她亲自来为他消除疑虑。"我是来说,现在还来得及。这一切还可以取消和改变。"

"什么?我一点儿也不明白。你怎么啦?"

"我说过一千遍,我不能不想到的是……是我配不上你。你不可能会同意嫁给我的。你想一想。你做错啦。你好好想一想。你是不可能爱上我的……假如……那你顶好说出来,"他说,眼睛不望着她,"我会很不幸的。让人家想说什么就说什么吧:总比不幸福要好一些……趁还有时间,现在说出来总是好的……"

"我不明白,"她畏惧地回答说,"就是说你想要拒绝……不打算结婚了?"

"是的,假如你不爱我的话。"

"你疯啦!"她大喊一声,脸都气红了。但是他的面容是那么可怜,让她忍住了气恼,把衣裳从椅子上扔掉,去坐在他的身边。"你想了些什么?全都告诉我。"

"我想,你是不可能爱我的。你凭哪一点会爱我呢?"

"我的天哪!为什么我会爱你吗?……"她说,便哭起来了。

"哎呀,我做了什么呀!"他大声地说道,便去跪在她的面前,吻着她的手。

五分钟后公爵夫人走进这间屋子的时候,她发现他俩已经完全和解了。吉蒂不仅是说服了他,让他相信她是爱他的,而且还回答了他的问题,向他说清楚了她为什么爱他。她告诉他说,她爱他是因为她了解他的一切,因为她知道,他一定会爱的是什么,也知道他所爱的一切都是好的。这番话让他觉得什么都清楚了。当公爵夫人来到时,他俩并排坐在箱子上挑选衣裳,还在争论着,原来吉蒂想把那件咖啡色的连衣裙送给杜尼娅莎,就是列文向她求婚时她穿的那件,而列文坚持这一件谁也不给,可以给杜尼娅莎那件蓝颜色的。

"你怎么不懂呀?她头发是黑的,蓝色跟她不相称……这我全都考虑过的。"

公爵夫人知道他为什么来以后,半开玩笑半认真地发了脾气,让他回家去换衣服,别妨碍吉蒂梳头,沙尔里①马上就要来了。

"就这样她这些天已经什么都不吃了,瘦了好多,而你还说些蠢话来惹她生气,"公爵夫人对他说,"去吧,去吧,亲爱的。"

列文又愧又疚,但是心却定了下来,回到了自己的旅馆里。他哥哥,达丽雅·亚力山德罗芙娜和斯捷潘·阿尔卡季伊奇全都穿戴整齐,早已在等候他,要用圣像给他祝福。没时间再拖了。达丽雅·亚力山德罗芙娜还得回家一次,把她那个卷了头发抹了发油的儿子带来,这孩子是要捧着圣像陪伴新娘的。然后要派一辆车去接伴郎,派另一辆车送走谢尔盖·伊凡诺维奇,再转回来……总之事情复杂得很,也多得很。有一点则毫无疑问,不能再搁延了,因为已经六点半钟了。

用圣像祝福的事搞得很不像样。斯捷潘·阿尔卡季伊奇摆出一副又滑稽又严肃的姿态跟妻子并排站着,手里捧着圣像,他先让列文一躬到地,面带好心的也是嘲弄似的微笑祝福了他,再吻了他三次;达丽雅·亚力山德罗芙娜也照样做过,然后立即赶忙上了车,在安排车辆的事情上又搞得手忙脚乱。

"喏,我们就这样办:你坐我们的车去接他,再劳驾谢尔盖·伊凡诺维奇到达以后,打发车子回来。"

"那有什么,遵命就是。"

"我们这就去接他过来。东西都送过去了吗?"斯捷潘·阿尔卡季伊奇说。

"送过去了。"列文回答,便吩咐库兹马把要换的衣服拿来。

三

一大群人,其中女人特别多,围在举行婚礼的灯火通明的教堂

---

① 沙尔里,一个理发师。

四周。那些没来得及钻到中间去的人全都蜂拥在窗前,推挤着,争吵着,透过窗子栏杆向里面窥望。

已经有二十多辆马车在宪兵们的指挥下停靠在街道两旁。一个警官不畏严寒,穿着那身闪闪发亮的制服,站立在教堂门口。还有许多车辆不停地驶来,一会儿来些戴花儿的手提着裙摆的太太们,一会儿来些男宾,军帽或黑礼帽都脱下来拿在手上,大家走进教堂。教堂内已经燃起一对枝形大吊灯,四面悬挂的许多圣像前都燃起了蜡烛。圣像红色背景上的金色光环,圣像身上的金色雕花,枝形灯架和烛台上的银饰,铺地的石板,一块块地毯,唱诗班头顶上的神幡,讲经台的台阶,一本本发黑的旧书,神父们的法衣,——所有的一切全都一片辉煌。暖和的教堂里,人群聚集在右侧一边,燕尾服,白领带,制服,花缎,天鹅绒,丝绸,头发,花朵,裸露的肩、臂,长长的手套,从中发出的压低而又活跃的话音在高高的拱顶下奇异地回响着。每当大门被人吱地一声推开,人群中的说话声便静止下来,人们都抬头张望,想要看见走进来的新郎新娘。可是大门已经打开过不止十次,每次不是走入右侧来宾席的迟到的宾客,便是骗过或是说通了那位警官的、加入到左侧那群生人当中的看客。无论是亲友或是外人,都早已等得忍耐不住了。

起初大家以为,新郎新娘这就会来的,对他们的迟到并不在意。后来人们向门口张望的次数越来越多了,便互相谈说,是不是出了什么事情。后来这种迟迟拖延的情况已经显得不大自然了,亲友和来客一个个极力装作他们并没有想着新郎的事,只是彼此交谈着。

那位大辅祭似乎想让人家知道他的时间有多么宝贵,不耐烦地咳嗽了几声,把窗子上的玻璃震得颤抖起来。唱诗台上的歌手们实在闷得慌,他们一会儿试试嗓子,一会儿擤擤鼻涕。司祭神父不停地派教堂执事或是派助祭去询问新郎来了没有,他自己也身穿紫色法衣,腰围绣花腰带,一个劲儿地走到几扇侧门边上去等候新郎。终于,有一位太太看了看表,说出这句话:"这可奇怪啦!"于是所有宾客全都不安起来,大声地表达出他们的惊异和不满。一位伴郎乘车去了解出了什么事。吉蒂早已准备停当,雪白的连衣裙,长长的婚纱,头戴一顶香橙花编织的花冠,这时正跟女主婚人和她的姐姐李沃夫夫人站立在谢尔巴茨基家的大厅里,凝望着窗外,她们派一位伴郎去打听新郎到教堂没有,已经空等了半个多小时。

而列文这时却只穿一条长裤,没穿背心,也没穿燕尾服,在自己的旅馆房间里来回地踱步,不停地把头伸出门外向走廊里张望。而走廊里并没有他所等待的人,他又绝望地返回屋中,双手一挥,对悠悠然抽着雪茄烟的斯捷潘·阿尔卡季伊奇说话。

"有谁体验过这种可怕的尴尬局面!"他说。

"是呀,真够糟的,"斯捷潘·阿尔卡季伊奇温和地笑笑,同意地说,"不过你放心,这就会送到的。"

"不啊,怎么搞的!"列文压制住怒火说。"还有这种愚蠢的敞胸背心!真不可思议!"他望着衬衫被揉皱了的前襟说。"要是行李都运到火车站了,那怎么办!"他绝望地大声说。

"那你就穿我这件好啦。"

"早就该这样了。"

"让人家看笑话可不好呀……别着急,**总会有办法的**。"

事情是这样:当列文说要更衣时,他的老仆库兹马给他拿来了燕尾服,背心和所有要穿的衣服。

"衬衫呢!"列文高声说了一句。

"衬衫您身上穿着呀。"库兹马安然地微笑着回答说。

库兹马没想到要留下一件干净的衬衫,他受命把东西都收拾好,送到谢尔巴茨基家,新婚夫妇今天晚上要从那里出发,他照办了,收拾了东西,只留下一套礼服。而列文身上的那件衬衫是早晨穿上的,已经皱了,配这件时髦的敞胸背心是万万不行的。派人去谢尔巴茨基家取,路太远了。就派人去买一件。仆人回来说:店都不开门——今天是星期天。派人去斯捷潘·阿尔卡季伊奇家拿来了一件衬衫;又肥又短,简直没法穿。最后还是派人去谢尔巴茨基家把行李打开。大家在教堂里等着新郎,他这里却像是一头关在笼子里的野兽,来来回回地在屋子里走动,探头往走廊里张望,心里又害怕又绝望地想到他今天对吉蒂说过的话,不知她这会儿会怎么想。

终于,罪有应得的库兹马,上气不接下气地手捧着衬衫奔进了房门。

"刚好赶上。已经在往货车上搬了。"库兹马说。

三分钟后,为了不触及痛处,连表也不敢看,列文沿走廊飞奔而去。

"这么奔也没用呀。"斯捷潘·阿尔卡季伊奇微笑着说,他不慌不忙地跟在后边走。"**总会有办法的,总会有办法的……**"他自言自语说。

四

"来啦!""瞧那就是他!""哪一个呀?""年轻点儿了,是吧。""瞧她,我的妈呀,半死不活的!"当列文在阶前迎住新娘,跟她一同往教堂里走时,人群中这样议论着。

斯捷潘·阿尔卡季伊奇向妻子叙说了拖延的缘由,客人们笑嘻嘻地彼此窃窃私语着。列文谁的话也听不见,谁也不注意去看;他目不转睛地盯着自己的新娘。

人人都说,她这些日子消瘦得多了,戴着花冠还远没有平时漂亮;但是列文并没发现这一点。她披着白色长纱,高高的发髻上簪着白色的花朵,那高耸的带褶的衣领从两侧遮住她长长的头颈,只露出前面的一部分来,特别富有一种少女的韵味儿,还有她那细得惊人的腰身,看到这一切,他觉得,她今天比任何时候都美,——并不是因为这些鲜花、这件婚纱、这套从巴黎定制的衣裙给她的美增添了什么,而是因为,尽管有这些精心准备的衣装,她可爱的脸庞上、她的眼神中、她的嘴唇上所流露的表情,依然是她的那种纯洁真挚的、与众不同的表情。

"我已经在想,你是打算逃走了呢。"她说,对他微微一笑。

"真是太蠢了,我遇上的事儿真不好意思讲出来!"他红着脸说,谢尔盖·伊凡诺维奇这时正向他走来,他不得不去招呼他。

"你这件衬衫的事儿真是太妙啦!"谢尔盖·伊凡诺维奇摇着头微笑着说。

"喏,考斯佳,现在你得解决一个重大的问题。"斯捷潘·阿尔卡季伊奇故作惊慌地说。"你正是在现在这种时候才能估量它全部的重要性。他们问我:是用已经点过的蜡烛呢,还是用没有点过的?差十个卢布。"他顺带说,嘴唇做出要笑的样子。"我已经解决了,但是怕你不同意。"

列文明白这是开玩笑,可是他笑不出来。

"那么怎么办?用点过的还是没点过的?问题就在这里。"

"好,好!用没点过的。"

"喏,我很高兴,问题解决了!"斯捷潘·阿尔卡季伊奇笑着说。"不过人到这种时候会变得多蠢呀。"他对契里阔夫说,这时候列文正手足无措地瞧了他一眼,向新娘身边靠了靠。

"留点儿神,吉蒂,你要先一步踏在毯子上。"①诺德斯顿伯爵夫人走近一步说。"您今天真得意呀!"她又对列文说。

"怎么,不害怕吧?"老姑妈玛丽娅·德米特里耶芙娜说。

"你不觉得冷吧?你脸色苍白得很。等一等,把头低下来!"吉蒂的姐姐李沃夫太太说,弯起她丰满漂亮的两只手臂,含着笑给吉蒂理了理头上的鲜花。

朵丽走过来,想说点什么的,可是说不出来,却哭起来了,又很不自然地笑了。

吉蒂像列文一样,用心不在焉的目光望着大家。对人家说给她听的话,她全都只能用一种幸福的微笑来回答,这种笑容这会儿在她是那么的自然。

---

① 先一步踏在毯子上,俄国人迷信,结婚谁先踏上毯子,将来家庭生活即由谁做主。

这时教堂的神职人员都穿上了法衣,司祭的神父和助祭从里面出来,走到教堂入口处的讲经台前。神父转身对列文说了句什么话。列文没听清他对他说的是什么。

"您把新娘的手拉住,领着她走。"伴郎对列文说。

列文好半天都没搞清楚人家要他做什么。大家纠正了他好长时间,已经都想不去管他了,——因为他老是伸错了手,要不就是拉住不是该拉的那只手,——他最后才明白,应该用他的右手,并不改变站立的位置,去拉住她的右手。他终于拉住了新娘的那只应该拉的手,这时候,神父在他们前边走了几步,站在讲经台前。一群亲友窃窃私语着,衣裙沙沙地响着,跟在他们身后。有个人弯下腰给新娘把长长的裙摆拽了拽。教堂里一下子静得连蜡烛滴油的声音也听得见。

司祭神父是个小老头儿,他身穿法衣,银光闪闪的白发在耳后分成两绺,他从背后带有金色十字架的厚重的银色法衣下伸出两只干瘪的老手来,在讲经台边翻阅着什么。

斯捷潘·阿尔卡季伊奇小心翼翼地走向他身边,悄悄说了点什么,然后向列文挤了挤眼睛,又退回去。神父点燃两支装饰着花朵的蜡烛,左手斜拿着,只见蜡油一滴滴从上面慢慢滴下来,他这才转过身去面对着一对新人。这就是那个听取列文忏悔的神父。他用疲惫而忧郁的目光望了望新郎新娘,还叹了口气,再从法衣下伸出右手来为新郎祝福,又同样地,不过带点儿小心的温和神情,把他叠起的手指放在了吉蒂低垂着的头上。然后他把蜡烛给了他们,再捧起小香炉,慢慢地从他们身边走开。

"这难道都是真的?"列文想着,转过眼去望新娘。他稍稍向下俯视,看见了她的侧面,从她嘴唇和眼睫毛上几乎察觉不到的轻微动作上他知道,她感觉到了他的目光。她没有转过脸来望他,但是那带褶的高领子抖了抖,向上耸起,碰到了她一只粉红色的小耳朵。他看见,她胸中憋着一口气没吐出来,握着蜡烛的那只戴长手套的小手也抖了起来。

衬衫和迟到带来的所有麻烦、跟亲友们谈过的话、他们的抱怨、自己那尴尬的处境——这一切忽然全都消失了,他感到又快乐又害怕。

英俊魁梧的大辅祭身穿银色的法衣,一头鬈发整齐地向两边分开,他敏捷地一步跨到前面,两个手指头用一种习惯了的动作提起了肩衣,站在司祭神父的对面。

"我——主——赐——福!——"他缓慢地,一声接一声地,发出一个个庄严的音节,把空气都震得颤动起来。

"我主神恩浩荡,千秋万代,永世长存。"主祭神父小老头儿像唱歌一般温顺地应和着,一边继续在讲经台前翻阅着什么。于是,那隐而不见的唱诗班齐声的大合唱从窗户到穹窿,充满了整个教堂,歌声和谐而奔放,越来越响亮,留驻片刻,然后才轻轻地停息。

大家依照惯例为上天所赐的和平与拯救,为东正教最高会议,为皇上祈祷;也为今天成婚的上帝的奴仆康斯坦丁和叶卡捷琳娜祈祷。

"为赐予他们完美平安的情爱和帮助,我们祈祷上帝。"好像整个教堂都弥漫着大辅祭这句话的声音。

列文听见了这句话,这句话让他震惊。"他们怎么会猜到,我需要的是帮助,正是帮助呢?"他想,心头浮起了他不久前有过的全部的恐惧和疑虑。"我知道什么呢?若是没人帮助我的话,"他想,"在这样可怕的事情面前,我能怎么办呢?我现在需要的正是帮助啊。"

当助祭念完祷词,主祭神父便手捧圣书向新婚夫妇读着:

"永恒的上帝,你把两个分离的人合为一体,"他用柔和的唱歌一般的声音读着,"永结同心;你曾赐福于以撒和利百加①,并对他们的后代实现你的诺言:请你也赐福给你的这两个奴仆,康斯坦丁和叶卡捷琳娜,让他们诸事从善。你仁慈而爱人,光荣归于你,归于

---

① 赐福,《圣经·旧约·创世纪》第二十六章记载,以撒娶利百加为妻,多年不孕,后上帝赐福,以撒六十岁时利百加生子以扫和雅各。

圣父、圣子、圣灵,从此永远,永无穷尽。——阿——阿门。"这时,那看不见的合唱声重又在空中响起。

"'把两个分离的人合为一体,永结同心'——这话的含义多么深刻啊,跟我这一分钟里的所思所想是多么地吻合啊!"列文想着,"她的感觉是不是跟我一样呢?"

转头一望,他遇上了她的目光。

从这眼神里他得出结论:她所理解到的东西跟他一样。然而事实并非如此;祷词里的话她几乎一句也不懂,在行礼的时候,她甚至听也没听这些话。她没法去听这些、理解这些:因为有一种感情是那么的强烈,它充满了她的心灵,而且愈来愈强烈。这是一种快乐的感情,一个半月来萦绕她心头的事,这六个礼拜里让她快乐又给她折磨的事,现在完全实现了。在她的心灵中,从那一天起,当她穿着自己那件咖啡色连衣裙在阿尔巴特街家中的大厅里默默地走到他身边许身给他的时候,——在她的心灵中,从这一天这一个时辰起,她跟自己过去的生活就完全断绝了,另一种全新的,她全然不了解的生活就开始了,而实际呢,她还是在过着原先的生活。这六个礼拜对她来说是最幸福也最难受的时间。她整个的生活,所有的希冀、愿望全都集中在这一个她还并不了解的人身上,使她跟这个人联系在一起的,是某一种比这个人让她更加不了解的、时而那么接近,时而又那么疏远的感情,而同时,她又继续待在原先的环境中。她过着原先的生活,却对自己感到可怕,她觉得她对自己原先的一切都变得无法克制地全然淡漠了,对各种物品用具,对各种习惯,对那些爱她的和她所爱的人,对因为她这种态度而伤心的母亲,对亲爱的,世上她所最爱最亲的父亲都变得淡漠了。有时她为这种淡漠而感到可怕,有时又为令她产生这种淡漠的原因而高兴。除了跟这个人在一起过日子以外,她什么也不企求,什么也不向往了;然而这新的生活还没有到来,她甚至还不能清晰地想象出它将是什么样子的。唯一的只有对那新的未知的东西的等待——这既是恐惧又是快乐。而此刻呢,眼看那等待呀,那未知的一切呀,那离弃旧生活的惋惜之情呀,——全都马上要结束了,新的一切马上就要开始了。这新的东西,由于自己对它的一无所知,她不能不感到可怕;但是可怕也好,不可怕也好,——它已经早在六个礼拜前便在她的心灵中形成了;现在只不过是把她心灵中早已做到的事情给以神圣的认可罢了。

神父再回到讲经台前,好不容易才把吉蒂那枚小小的戒指拿在手中,便让列文伸出手来,给他套在手指的第一个关节上。"上帝的奴仆康斯坦丁和上帝的奴仆叶卡捷琳娜结为夫妻。"然后神父又把那只大大的戒指去套在吉蒂那粉红色的、细小的、纤巧得可怜的手指上,说了同样的话。

一对新人一连几次想要猜到他们该做什么,而每次都错了,于是神父便悄悄纠正他们。最后,该做的都做完了,神父用两只戒指对他们画过十字,再把大的一只交给吉蒂,小的交给列文;他俩又再一次摸不清该做什么,把戒指来回地传递了两次,可还是做得不合乎要求。

朵丽、契里阔夫和斯捷潘·阿尔卡季伊奇走向前去纠正他们的动作。引起了一场忙乱、低语和窃笑,然而结婚人脸上那既庄严又感动的表情并没有改变;相反地,手上虽不知所措,他们的眼神却比原先更严肃更庄重了,斯捷潘·阿尔卡季伊奇本来含着微笑低声地提醒他们现在该各人戴上自己的戒指,这时他的这笑容不觉地在他的唇边消失了。他觉得这时候任何一种笑都会有损于举行婚礼的人的自尊。

"你从太初以来便创造了男女,"神父在交换戒指以后接着便读下去,"你把妻子配与丈夫,让他们互相帮助,生儿育女。主啊,我们的上帝,你依你的遗旨和诺言,把真理赐给你所选中的奴仆,我们的祖先,世世代代,永无终结;请你照应你的奴仆康斯坦丁和你的奴仆叶卡捷琳娜,让他们以信仰、以同心、以真理、以爱情结为一体……"

列文越来越感到,他的有关婚姻的种种思索,他的有关如何安排自己生活的梦幻,所有这些全都是孩子气的胡思乱想,结婚是某种他至今尚不理解、此刻更不理解的事情,虽然这事情现在正发生在他的身上;他的胸部颤动得越来越厉害了,难以抑制的泪水涌上了他的眼帘。

五

所有在莫斯科的亲戚和朋友,全都到教堂来了。婚礼仪式进行时,教堂辉煌的灯火里,女人们,姑娘们一个个衣着华丽,男人们打着白领带,身穿燕尾服、制服,大家挤作一团。不停地有人在彬彬有礼地轻轻交谈,这些谈话大多是由男人们开头,女人们都在全神贯注地观察着种种细节,一个也不漏过,宗教仪式的这些详情总是非常能够打动女人的心。

在最靠近新娘的那一小堆人当中,有她的两个姐姐:朵丽和大姐李沃夫太太,她是个娴静的美人儿,专程从国外赶回来参加婚礼的。

"这个玛丽真是的,怎么穿件紫衣服,就像黑色的一样,这样来参加婚礼吗?"科尔松斯卡娅说。

"她那张面孔上的颜色呀,也只有这样来补救啦……"德鲁别茨卡娅应答着,"我奇怪,他们干吗晚上举行婚礼呢。这是商人的做法……"

"这样更美些啊。我也是晚上结婚的。"科尔松斯卡娅回答说,她叹了一口气,因为回想起当年这一天她曾是多么迷人,她的丈夫那时爱她爱到多么令人觉得可笑的程度,而如今一切又是怎样地大不相同了。

"人家说,当过十次以上伴郎的人,就不会再娶妻了;我倒想来干这第十回,好让自己保个险,可是位置让人家占掉了。"辛雅文伯爵对挺漂亮的恰尔斯卡娅公爵小姐说,这位小姐对他是有意思的。

恰尔斯卡娅只微微一笑回答他。她眼睛望着吉蒂,心里想的是:有朝一日,她将站在吉蒂那个位置上,跟辛雅文伯爵并肩而立,那时将会是怎样,那时她又将怎样提醒他记起他今天说的这个笑话。

谢尔巴茨基对年迈的宫廷女官尼古拉耶娃说,他打算把花冠给吉蒂扣在假发上,好让她得到幸福。

"不该戴假发的呀。"尼古拉耶娃回答说,她早就下定决心,若是她一心捕捉的那位老鳏夫娶她为妻,那就举行个极其简单的婚礼。"我不喜欢这种排场。"

谢尔盖·伊凡诺维奇在跟达丽雅·德米特里耶芙娜谈话,他开玩笑地要她相信,结婚以后马上出外去游荡,这种风俗盖出于新婚夫妇总归多少有些不大好意思。

"令弟是可以自豪了。她真是可爱极了。我看,您羡慕了吧?"

"我已经过了这种年纪啦。达丽雅·德米特里耶芙娜。"他回答说,他脸上突然有了一种忧愁而严肃的表情。

斯捷潘·阿尔卡季伊奇正在反复对他的姨妹说一句关于离婚的俏皮话,那是他自己利用同音异义词编造的。

"该把花冠给她整一整。"她没听他的话,却这样回答他。

"好可怜啊,她瘦成这样,"诺德斯顿伯爵夫人对李沃夫太太说,"可反正他连她的一个手指头也配不上,不是这样吗?"

"不是这样的,我很喜欢他呢。并不是因为他是我未来的 beau-frère,①李沃夫太太回答,"瞧他的举止多么得体!在这种情况下想做到举止得体,不显得滑稽可笑,是很难的啊。而他并不显得可笑,也不紧张,看得出,他很激动的。"

"您好像,盼着这一天?"

"差不多吧。她一直就是爱他的。"

"喏,咱们来瞧瞧,他俩谁先踩到那块毯子上。我给吉蒂出过这个主意的。"

"反正都一样,"李沃夫太太回答,"我们都是温良恭顺的妻子,

---

① 法语:妹夫。

我们生来就是这样的。"

"可我跟华西里结婚那一天我就故意要抢在他前头。您呢，朵丽？"

朵丽站在她们的身旁，听见她们说的话，但是没有作答。她正感动得要命。她眼睛里噙满了泪水。一说话就会哭出声音来。她为吉蒂和列文而高兴；她的思绪回到了当年自己的婚礼上，她眼睛朝容光焕发的斯捷潘·阿尔卡季伊奇瞟了几次，把眼前的一切都忘记了，只记得自己那纯情的初恋。她不仅是想到了自己，而且想到了所有她所亲近的和熟悉的女人；她想到，在这种对她们来说是可一而不可再的庄严时刻，当她们，跟吉蒂一样，头戴花冠，心怀爱情、希望和恐惧，跟过去诀别，踏入神秘的未来的时候，都会是怎样的。在所有这些她一时想起的新娘当中，她也想到了她的可爱的安娜，她不久前刚刚听说到安娜将会离婚的详情。安娜也曾经一尘不染地戴一顶香橙花冠，披一件婚纱站在这里哟。而如今又是怎样？——"这真是太奇怪了啊。"她不禁说出声来。

眼睛紧盯着这场宗教仪式中每一个细节的不光是姐姐们、朋友们、亲人们；那些一旁观看的女人们也都激动地屏住气息仔细观察着，唯恐漏掉新郎新娘的每一个动作和脸上的每一个表情，有些态度漠然的男人在说些笑话或是不相干的言语，她们都气得不予理睬，而且往往听不见他们在说些什么。

"她怎么眼泪汪汪呀？是不是不情愿嫁给他？"

"嫁给这样的小伙子有啥不情愿的？是个公爵吧，是不是？"

"那个穿白缎子衣裳的是她姐姐吗？喏，你听，司祭神父扯着嗓子喊呢：'要怕自己的丈夫呀。'"

"是楚多夫斯基教堂的唱诗班吗？"

"是西诺达尔教堂的。"

"我问过一个当差。那个人说，他这就把她带回到自己庄子上去。听说有钱得很呢。所以她才嫁给他。"

"不对，是挺好的一对儿。"

"瞧您还非要说,玛丽娅·符拉西耶娃,人家裙子不用裙箍呢。你瞧那个穿深褐色裙子的,听说是个公使的太太,鞋后跟高高的那一个……那裙子往这边一甩,再往那边一甩。"

"这个新娘子多么讨人欢喜哟,就像一只打扮得漂漂亮亮的小羊羔儿!不管怎么说吧,总是该心疼我们女人家。"

挤进了教堂的那一群旁观的女人们在这样议论着。

六

婚礼仪式的这一部分结束了,教堂助祭在讲经台前教堂的正中央铺上一块玫瑰色的丝绸织物,唱诗班唱起一首精心编写、内容复杂的赞美诗,歌声中,男低音和男高音相互呼应着,于是神父转过身来,向两个结婚的人指了指那块铺开的玫瑰色的织物。虽然两人以前都经常和多次听说过,哪一个先踏上这块垫子,就会成为家庭的主宰,人家说,这是一种预兆,然而在他们抬脚走这几步路的时候,无论列文或是吉蒂都记不起来了。有人在大声地评议,有人在争论,说一些人看见,是他先踏上,而另一些人则认为,是两个人同时踏上的。

在照例询问过他们是否愿意结为夫妻,是否与他人有过婚约,并且在他们作了自己听来觉得奇怪的回答之后,开始了下一步的仪式。吉蒂听到祈祷词,很想听懂它的意思,但是她听不懂。兴奋喜悦和幸福快乐的情绪随着仪式的进程愈来愈充满她的心灵,满得都溢了出来,让她不可能注意到这些。

人们祈祷着"愿主赐他们节操,让他们繁衍后代,儿女满堂,多子多孙"。还说到上帝用亚当的肋骨为他造出妻子的事,又说,"为此男人离开父母,依恋妻子,二人合为一体"以及"此秘密极其伟大"等等;人们祈求上帝赐他们以儿孙和福祉,如同赐福给以撒和百利加,约瑟、摩西和稷普拉一样,让他们能看到自己的子子孙孙。"这一切全都多么美妙哟,"听着这些话,吉蒂想,"一切都只能是这样的哟。"于是她容光焕发的脸上闪亮着快乐的微笑,这微笑不由得感染了所有注视着她的人。

"稳稳地给她戴上!"听见有人在出这样的主意,这时神父正把花冠给他们往头上送,而谢尔巴茨基抖动着他那包在有三颗纽扣的长手套里的手,把花冠高高地举在吉蒂的头顶上。

"戴上吧!"她微笑着喃喃地说。

列文转头望了望她,她脸上那快乐的光辉让他惊异了;于是这种心情也传染给了他。他也和她一样地心花怒放。

他们听见在读《使徒行传》了,大辅祭洪亮的声音在读最后一行诗了,他们心中是多么高兴,而那些一旁观看的人们也早已迫不及待了。他们快活地从一只浅杯子里喝了温热的掺水红葡萄酒,当神父脱掉法衣,握起他们两人的手,在一阵阵"荣耀归于我主"的男低音歌声中带领他们绕讲经台走一圈的时候,他们心中更是十分的喜悦。谢尔巴茨基和契里阔夫两人手捧着两顶花冠,时时踩住新娘的长裙,他们也微笑着,很高兴,不知在想什么,神父每次停步,他们便或是落在后边,或是撞到新郎新娘的身上。吉蒂心头燃起的欢乐的火花似乎传给了教堂里所有的人。列文觉得,司祭的神父和助祭也跟他一样,想要露出笑容来。

神父从他们头上取下花冠,读了最后一道祈祷文,便向新人贺喜。列文把吉蒂瞧了一眼,这以前,他从来没见过她竟是这样的美。是她脸上那种新增的幸福光彩使得她这般无比动人的。列文想对她说点什么,但是他不知道仪式结束没有。神父帮他解脱了困惑。他那慈祥的嘴上挂着微笑轻轻地说道:"请您吻您的妻子吧,您也吻您的丈夫吧。"并从他们手中接过了蜡烛。

列文小心翼翼地在她盈盈含笑的嘴唇上吻了一下,把手臂伸给她,于是,怀着一种新的、奇异的亲密感,从教堂里走出来。他不相信,他不能相信,这竟然会是真的。只是在他俩惊奇而怯懦的目光相遇的时候,他才相信了这一点,因为这时他感觉到,他们已经结为一体了。

当天晚餐过后,一对新人便动身去了乡下。

七

伏伦斯基和安娜已经一块儿在欧洲各地周游了三个月。他们到过威尼斯、罗马、那不勒斯,刚刚到达一个意大利的小城,想在那里住一段时间。

一个漂亮的领班茶房,浓密的头发从颈部向上分开,抹满了油,穿件燕尾礼服,胸部露出一大片白麻布衬衫来,圆滚滚的肚皮上挂着一只带链条的小玩意儿,两手插在衣袋里,轻蔑地眯缝着眼睛,一本正经地给一位站在那边的先生回答着什么。听见门口另一边传来上楼梯的脚步声,这领班回过身去,看是那位住在他们饭店最好房间的俄国伯爵,便恭敬地把手从衣袋中抽出来,再鞠了个躬,禀告说,来过一个信差,租用一幢大宅邸的事已经谈妥。总管准备签合同了。

"啊!好极啦,"伏伦斯基说,"太太在不在家?"

"太太出去散过步,不过这会儿回来啦。"领班回话。

伏伦斯基从头上摘下宽边软礼帽,用手帕擦了汗湿的前额和拖下来遮住半只耳朵的头发,他的头发是向后梳的,盖住了他已经谢发的头顶。他向依旧站在那里朝他瞧着的那位先生漫不经心地望一眼,便想走过去了。

"这位先生是俄国人,他也问起您呢。"领班茶房说。

伏伦斯基的心情是复杂的,哪儿也躲不开,总会遇上熟人,这令他气恼,而却又希望找到点儿什么事,调剂一下自己单调的生活,他再次瞧了瞧那位已经走开几步又停下来的先生;于是两个人的眼睛同时都亮起来了。

"高列尼谢夫!"

"伏伦斯基!"

这人真是高列尼谢夫,伏伦斯基在贵族子弟军官学校的同学。

高列尼谢夫在学校时属于自由派,以文职官衔毕业,不曾在任何地方供职过。两人虽是同学,离校则各奔东西,后来只见过一次面。

那次见面时伏伦斯基知道,高列尼谢夫选择了某种莫测高深的自由主义工作,因此他颇想对伏伦斯基的工作和头衔表示轻蔑。为此伏伦斯基那次和高列尼谢夫相遇时,用一种冷淡而高傲的态度回敬他,他是善于用这种办法来对付一些人的,那意思是说:"您可以喜欢或者不喜欢我的生活方式,这对我完全无所谓;但您必须尊重我,假如您想跟我结交的话。"然而高列尼谢夫对伏伦斯基的这种腔调视若无睹,根本不放在心上。那一次的相会似乎应该是让他们二人更合不来。但是此刻,他们彼此一认出来,却都眉开眼笑地高兴得呼叫起来。伏伦斯基怎么也没料到他会这么喜欢见到高列尼谢夫,但是,或许,他自己也不知道他是多么寂寞。他已把上次见面时留下的不愉快印象抛诸脑后,笑逐颜开地向这位过去的同学伸出手去。同样的快乐表情也取代了高列尼谢夫脸上原先惶惶然的表情。

"我多么高兴见到你!"伏伦斯基说,友好的笑容使他露出了一口结实的白牙。

"我听说来了一位伏伦斯基,哪个伏伦斯基却不知道。非常、非常之高兴啊!"

"咱们进去吧。喏,你在干什么呀?"

"我在这儿已经住了一年多了。我在工作。"

"啊!"伏伦斯基很感兴趣地说,"咱们进去吧。"

这时,按照俄国人的习惯,不愿意让仆人知道的事情就不用俄语说,他用法语说话了。

"你认识卡列宁娜吗?我们在一块儿旅行。我这是上她那儿去。"他用法语说,眼睛仔细地注视着他同学的脸色。

"啊!我还不知道呢(其实他知道)。"高列尼谢夫毫不在意地回答。"你来很久啦?"他又问。

"我吗?才第四天。"伏伦斯基回答,再一次仔细地注视他同学的脸色。

"是的,他是个正派人,会实事求是地看待这件事情的。"伏伦斯基明白了高列尼谢夫脸上表情的含义和他为什么改变话题。"可以让他跟安娜认识,他会实事求是地看待事情的。"

伏伦斯基跟安娜在国外旅行的这三个月里,每遇见生人,他总要问问自己,这人会怎样看待他跟安娜的关系,而绝大多数情况下,他发现男人都能**实事求是**地理解这件事。然而如果问他,也问那些能够"实事求是"予以理解的人,到底是怎样理解的,他和他们很可能大为困惑,不知如何回答。

其实,伏伦斯基认为他们能够"实事求是"理解事情的那些人是怎么也无法理解这件事的,这些人只不过逢场作戏而已,大凡有良好教养的人对待生活中四面八方各式各样复杂而无法解决的问题都是这样加以处理的,——他们的态度彬彬有礼,不暗示,也不提任何不愉快的问题。他们作出一副完全理解这种处境的意义和内涵的姿态,不仅承认,而且还表示赞赏,然而又认为对这一切给以解释是不适当的和多余的。伏伦斯基马上看出,高列尼谢夫就属于这样一种人,因此对他倍加欢迎。的确,高列尼谢夫被引见给卡列宁娜时,他对她的态度正是伏伦斯基所希望的。他毫不费力地便躲过了一切可能引起不快的谈话。

他以前不认识安娜,她的美令他惊异,而她对待自己处境的那种落落大方的态度更是令他赞叹不已。当伏伦斯基把高列尼谢夫带进来时,她的脸红了一下,她开朗而美丽的面庞上泛出的这层孩子般的红晕让他非常地欣赏。而他特别欣赏的是,她好像为了不在外人面前显得他们之间有所隔阂,马上有意地把伏伦斯基只称作阿历克赛,并且说,她这就要跟他搬进那所他们新租的、这里人称作"帕里佐"的豪华宅邸里去。这种对待自己处境的坦诚朴素的态度很让高列尼谢夫喜欢。高列尼谢夫是了解阿历克赛·亚力克山德洛维奇,也了解伏伦斯基的,看见安娜这种和善愉快,精神舒畅的样子,他觉得,他现在完全能够理解她。他觉得,有一件事情她自己怎样也不能理解,而他此刻却是理解的,那就是:为什么她,给自己的丈夫带来不幸,抛弃了丈夫和他们的儿子,又毁了自己的名声,却又能感到精神舒畅,心情愉快,并且感到幸福。

"这幢房子在旅行指南里有的,"高列尼谢夫谈起伏伦斯基租下的那座著名的宫殿式府邸,"那里藏有非常美的丁托列托①的作品。是他晚期的。"

"你说怎么样? 天气好极了,咱们上那儿去吧,再去瞧一瞧。"伏伦斯基对安娜说。

"好得很,我这就去戴帽子,您说今天热吗?"她说,站在门边若有所问地眼望着伏伦斯基。她脸上又有了那层红晕。

伏伦斯基从她目光中了解了她的意思,她是说,她不知道他希望她用怎样的态度对待高列尼谢夫,她担心她的做法合不合他的心意。

他含情地、目不转睛地望了她一会儿。

"不,不怎么热。"他说。

于是从她的表情里可以看出,她全都明白了,首先她明白他对她是满意的;她对他嫣然一笑,快步走出门去。

两位朋友彼此望了望,两人的脸上都显得不知说什么好,似乎高列尼谢夫明明在欣赏安娜,想说点什么关于她的话,又不知怎样说,而伏伦斯基则希望他说,却又怕他说。

"这么说,"伏伦斯基谈起来,只是为了随便起个话头,"这么说你是在这儿住下喽? 你还是在干那件事吗?"他说下去,想起人家说高列尼谢夫在写本什么书……

"是的,我在写**两大原理**的第二部,"高列尼谢夫说,一提起这个问题他便得意非常,激动得满脸通红,"就是说,说得确切些,我还没有写,而是在做准备,在搜集材料。这本书内容要广泛得多,几乎囊括了一切的问题。在我们俄国,没人愿意去搞清楚我们原是拜占

---

① 丁托列托(1518—1594),意大利画家。

庭的后裔。"他开始冗长而热烈地解说起来。

起初伏伦斯基很有些不好意思,他连《两大原理》的第一部也不知道,而这位作者对他谈起这部书来,就像是在谈一部人尽皆知的著作。但后来,当高列尼谢夫开始陈述自己的思想时,伏伦斯基却也能听得明白,于是,虽然没读过《两大原理》,他仍不无兴味地洗耳恭听,因为高列尼谢夫讲得很生动。然而,高列尼谢夫谈起他所从事的这项研究时那种愤然而激动的神情让伏伦斯基感到惊讶,心里不大痛快。高列尼谢夫越往下说他的一双眼睛便越红,他便也越是急于反驳那假想的论敌,他面部的表情于是便越发令人不安,好像他受了多大的委屈似的。回想当年,高列尼谢夫曾是一个瘦小、活泼、善良的、出身高贵的小男孩,在学校总是考第一名,伏伦斯基不明白他为什么会这样忿忿不平,心中颇不以为然。他尤其不喜欢的是,高列尼谢夫这样一个上流社会的人,跟那些惹他激怒的无聊文人一般见识,对他们如此生气,这样做值得吗?伏伦斯基因而心中不快,但是尽管如此,他觉得高列尼谢夫是很不幸的,对他颇有怜惜之情。高列尼谢夫继续在那里匆忙而热切地陈述自己的思想,甚至没留意安娜已经走进这间屋子来,这时候,在他那张看来相当漂亮,而又脸色变幻无常的面孔上,正呈现出一种不幸的,几乎可以说是精神不正常的神态。

当安娜戴好帽子,披上斗篷,一只漂亮的小手急速地把弄着那把阳伞站在伏伦斯基身旁的时候,他才如释重负般摆脱了高列尼谢夫那双紧紧盯住他的如怨如诉的眼睛,重又脉脉含情地望着他魅力无穷、充满生气和欢乐的情人。高列尼谢夫好不容易才定下神来,开头他仍然忧愁而阴郁,然而安娜,她对谁都这么亲切和愿意接近(在这段时间里她便是这样),马上就快活地跟他随便聊着,让他活跃起来了。她试着谈了几个不同的话题,便跟他谈起绘画来,高列尼谢夫谈得非常精彩,安娜留意地倾听着。他们步行到达那所租下的房子,观看了一番。

"有一点我很高兴,"他们已经往回走了,安娜对高列尼谢夫说,

"阿历克赛可以有一间很好的 atelier① 了。你一定要把那间房子用起来。"她用俄语对伏伦斯基说,而且称他为"你",因为她已经清楚,在他们与世隔绝的生活中,高列尼谢夫将会成为一个跟他们十分接近的人,没必要在他面前遮遮掩掩。

"未必你在画画儿?"高列尼谢夫立即转身对伏伦斯基说。

"是的,我早先画过,这会儿又开始画一点儿。"伏伦斯基红着脸说。

"他很有才气,"安娜快活地微笑着说,"我,当然啦,不是行家。不过那些内行的评论家们也这么说。"

八

在她获得自由并迅速恢复了健康的这最初一段时期里,安娜感到自己实在太幸福了,全身充满着生之欢乐。她有时也会想起丈夫的不幸,但这并不能令她在享受自己的幸福时感到扫兴。一方面,想这个问题真是太可怕了,她宁可不去想它。另一方面,丈夫的不幸给她带来了多么巨大的幸福,她无法去后悔。回想起她病后所发生的一件件事:跟丈夫和解、又决裂、听说到伏伦斯基受了伤、他又来见她、准备办离婚、从丈夫家里出走、跟儿子诀别——所有这些让她觉得都是一场火热的梦,而一朝醒来,她已经跟伏伦斯基一同身在国外了。回想起她对丈夫所作下的恶,她心头涌起一种类似厌恶的感觉,就像一个失足落水的人甩开另一个紧紧抓住他的人时那样的感觉。那个人淹死了。当然,这是很不好的,但是唯有这样她自己才能得救啊,最好还是不去回想这些可怕的详情细节吧。

在家庭破裂的最初时刻,她曾有一番关于自己所作所为的聊以自慰的思索,此刻当她回忆起一切往事时,她想起了这一番思索。"我无可避免地给这个人造成了不幸,"她想,"但是我不想去利用这

---

① 法语:画室。

种不幸；我也要受苦，而且将来还要苦下去：我被剥夺了我所最最珍爱的东西，——我被剥夺了名声和儿子。我做了不道德的事，因此我并不想得到幸福，不想离婚，我宁愿今后承受羞辱和跟儿子分离带来的痛苦。"然而，无论安娜是多么真心实意地想要痛苦，她却并不痛苦。羞辱是根本不存在的。他们两人都知道待人接物该有怎样的分寸，他们在国外，一向躲开俄国太太们，不和她们见面，以免让自己陷入尴尬的境地，到处遇见的人全都装作完全理解他们之间的关系，比他们自己还要理解得多。跟她所钟爱的儿子分离这件事，在最初时刻甚至也不令她感到痛苦。女儿是他的孩子，是那么的可爱，自从安娜身边只剩下这一个小女孩以来，这孩子跟她是那么亲，因此安娜也就不常想起儿子了。

随健康恢复而增长的生之欲望是那么的强烈，生活条件是那么新鲜而愉快，因此安娜感到自己实在是太幸福了。她对伏伦斯基的事情知道得愈多，便愈是爱他。她爱他，因为她爱他这个人，也因为他对她的爱。她无时无刻不快乐地感到，她是完全地占有着他。他的亲近总是让她觉得十分愉快。她愈来愈了解他性格上的所有特点，这些特点对她说来都是难以形容的可亲可爱。他穿上便服后外表改变了，那样子非常吸引她，她像个年轻的情人一般为之入迷。他所说、所想、所做的一切，在她眼中都是特别的尊贵而高尚。她对他那种五体投地的赞赏之情往往令她自己感到害怕：她在他身上寻找过不美之处，但是她找不到。她在他面前自惭形秽，又不敢对他表现出这种想法来。她觉得，他一旦知道，便会马上不再爱她；现在她比什么都怕的，是失去他的爱，虽然不存在任何让她害怕的理由。然而，他对她的态度让她不能不对他深怀感激，也不能不表现出她是多么看重这一点。他，依她看，是显然赋有很高的政治才能的，他在这方面理当有一番作为，——他为她牺牲了功名利禄，却从不表现出一丁点儿遗憾。他对她比从前愈加爱而且顺从，他每时每刻都铭记在心的是，决不能让她在任何时候感到自己的地位尴尬。他是那么一个有英雄气概的男人，在她面前却不仅毫无违抗，而且是唯命是从，心甘情愿，好像他活着就只是为了极力揣摩并满足她的心意。于是她便不能不珍视这一点，虽然他对她的这种用心良苦的殷勤、他在她周围所布置的这种关怀备至的气氛，有时令她感到是一种负担。

而伏伦斯基呢，尽管他长期以来一心企求的事情是完全办到了，然而他却并不感到自己是完全得到了幸福。他很快便觉得，愿望的实现给他带来的，只是他所期待的那座幸福大山上的一粒砂石。愿望是实现了，但却也让他认识到，他犯了一个人们通常都会犯的永恒的错误，那就是：认为实现了某种愿望就是得到了幸福。在他跟她结合并穿上便服以后的最初一段时间里，他充分感受到那种处处事事自由自在的优美滋味，这是他从前所没有尝到的，他还尝到了自由恋爱的美味，他觉得很是得意，但是并没有得意多久。他很快便感到，从他内心深处的许多愿望中又涌起了一些新的愿望来，也涌起一种苦恼。他不由自主地抓住每个一闪而过、变幻无常的念头，把这当作自己的愿望和目标。每天十六个钟头里总得有点事干，因为他们是全然无拘无束地住在国外，脱离了彼得堡那种可以消磨时光的社交圈子。从前伏伦斯基出国时所过的，都是一种单身汉生活，个中乐趣他现在是连想也别想了，因为他只这样尝试过一次，跟几个朋友一顿饭吃得晚了，便在安娜心中引起一场突如其来的跟这顿饭毫不相干的不快。跟当地人士和俄国侨民交往吧，由于他们处境的暧昧，也是无法进行的。参观名胜古迹吧，且不说全都看过了，伏伦斯基这位俄罗斯人和聪明人，也不像英国人那样把这种事看得那么神乎其神。

就像一头饥饿的野兽，抓住每一件它所遇上的东西，想从中找到可吃之物，伏伦斯基也不由得一会儿抓住政治，一会儿抓住几本新书，一会儿抓住绘画。

他从小就有绘画的才能，又不知道把自己的钱往哪儿花，他便开始收集版画，他选中了绘画，便画将起来，把他需要加以满足的过剩欲望都放在这件事上。

他有了解艺术的才能,也善于模仿他人的作品,模仿得准确而颇具美感,他以为,他拥有作为一个艺术家所必不可少的东西,于是,他稍作犹豫,考虑选哪一种绘画更好:宗教画,历史画,风俗画,或是写实画,然后便画了起来。他能鉴赏各类绘画,善于从其中任何一种中汲取灵感;但是他不能想象的是,一个人可以完全不知道绘画有多少种类,却能够直接从自己心灵中得到灵感,而不必关心他所画的东西属于哪一种已知的画派。因为他不懂这一点,并且他不是直接从现实生活中,而是间接地,从已经由别人体现在艺术作品里的生活中获得灵感,所以他的灵感来得非常迅速而轻易,他并且可以迅速而轻易地达到这样的成绩:他所画出来的东西跟他所想模仿的那种风格非常相像。

比起其他各类绘画来,他更喜欢法国人那种优雅而富于视觉效果的绘画,他便按这种风格给安娜画了一幅穿着意大利服装的肖像,他自己,以及见到这幅肖像的人都觉得,他画得非常成功。

九

这幢古老的、空置已久的宫殿式豪华宅邸天花板极高,装饰着花纹,墙上是一幅幅壁画,地板也是拼花的,高大的窗户上挂着厚重的黄色窗帘,托架和壁炉上摆设着花瓶,门上都雕着花,一间间大厅非常阴暗,里面悬挂着绘画,——这座府邸,自从他们迁进来,仅仅它的外表便能使伏伦斯基心中维持一种赏心悦目的错觉,让他以为自己与其说是一位俄国地主老爷,一个退职的宫廷武官,毋宁说是一位开明的艺术爱好者和保护人,而他本人也正是一位为了自己心爱的女人远离尘嚣、弃世诀名、虚怀若谷的艺术家。

迁入这座府邸,伏伦斯基为自己所选择扮演的角色是完全达到了目的,并且,通过高列尼谢夫,他结识了几个趣味不俗的人物,于是开始一段时间里,他颇为心安理得。在一位意大利教授指导下,他画了一些写生的习作,还对中世纪意大利生活作了一番研究。近来伏伦斯基对中世纪意大利生活非常入迷,他甚至按照中世纪的样子戴帽子,还把一件斗篷搭在肩膀上,这种打扮对他倒也相称。

"我们活在世上竟然孤陋寡闻。"有一次伏伦斯基对一大早便来看他的高列尼谢夫说。"你见过米哈依罗夫的一幅画吗?"他说着把一份早上刚收到的俄国报纸递过去,指着那上面的一篇文章,写的是一位俄国画家,就住在这座城市里,这位画家新近的一幅作品已蜚声四处,并且没画完就被人买走。文章里指责政府和研究院对这位杰出的艺术家毫无任何奖励和帮助。

"见过啦,"高列尼谢夫回答,"当然,他不无才能,但是他路子走得不对。老是那一套伊凡诺夫—斯特劳斯—列南①式的对待基督和宗教画的态度。"

"那幅画画的是什么?"安娜问道。

"彼拉多②面前的基督。基督被表现为一个犹太人,完全是新派现实主义的一套。"

关于那幅画的内容的谈话,把高列尼谢夫引上了一个他所最为喜爱的话题,他便开始讲述下去:

"我真不懂,他们怎么会犯下那么粗率的错误。基督在那些伟大的前辈作品中已经有了他自己特定的体现。所以说,假如他们想要描绘的不是上帝,而是一位圣人或者革命家,那么他们尽可从历史中去找苏格拉底,福兰克林,夏洛特·科尔德③好了,就是别找上基督。他们偏偏找上一个不能用来作为艺术题材的人物,再说……"

"怎么,说真的,这位米哈依罗夫真是那么穷吗?"伏伦斯基问,他在想,他,作为俄国的艺术保护人,不管这位画家的作品是好是

---

① 伊凡诺夫(1806—1858),俄国画家。斯特劳斯(1808—1878),德国神学家。列南(1823—1892),法国宗教史研究家。
② 彼拉多,《圣经·新约》中审判耶稣的罗马总督。
③ 苏格拉底(前469—前399),古希腊哲学家。福兰克林(1706—1790),美国政治家、科学家。夏洛特·科尔德(1768—1793),法国女子,刺杀政治家马拉的人。

坏,都应该给他以帮助。

"未必吧。他是个出色的肖像画家。你们见过他画的瓦西里齐科娃的肖像吗?不过他好像不想再画肖像了,所以有可能他真是缺钱花。我是说……"

"能不能请他给安娜·阿尔卡季耶芙娜画一幅肖像呢?"伏伦斯基说。

"干吗给我画呢?"安娜说。"有你画的这幅,我谁的也不想要了,顶好是给安妮画(她把她的小女儿叫安妮)。瞧她来啦。"她又说,望见了窗外那个漂亮的意大利奶妈,正抱着孩子往花园里去,接着她便回头不经意地瞧了伏伦斯基一眼。伏伦斯基给这个漂亮的美人儿奶妈画过一幅头像,这女人现在是安娜生活中唯一的隐忧。伏伦斯基给她画过像以后,一直欣赏着她的美貌和她的中世纪风韵,安娜不敢对自己承认,她正是因为害怕自己嫉妒这个奶妈,才对她和她的那个小女儿特别地亲切和宠爱。

伏伦斯基也向窗外望了望,又望了望安娜的眼睛,马上就转身去跟高列尼谢夫说话,他说:

"你认识这位米哈依罗夫吗?"

"我跟他见过面。不过他是个怪物,毫无教养。你们知道,他就是现今经常会遇上的那些野蛮新人物当中的一个;你们知道,就是那些在无信仰、否定一切和唯物主义概念中 d'emblée[①] 培养出来的自由思想家当中的一个,从前往往是这样,"高列尼谢夫说,他没有留意到或者是不想去留意安娜和伏伦斯基两人都想说话,"从前往往是这样:自由思想家是在宗教、法律、道德的概念中培养出来的,他自己也是通过奋斗和努力才达到那种自由思想的境界的;而现在出现了一种新型的天生的自由思想家,这些人有生以来甚至就没听说过世上还有所谓道德和宗教的规范,还有所谓权威,他们是直接从否定一切的概念当中生长出来的,也就是说,像野蛮人一样生长

---

① 法语:忽地一下子。

出来的。他就是这样一个人。他好像是莫斯科一个宫廷奴仆头目的儿子,没受过任何教育,等他进了艺术研究院,给自己挣来了名气的时候,他这人倒也不蠢,想到要受点儿教育了。于是读起各种各样的杂志来,他觉得那就是教育的源泉。你们明白的,古时候一个人要是想受教育,比方说,一个法国人想要受教育,那他就会先去读各种经典著作:读神学,读悲剧,读历史,读哲学,你们明白的,读他所能得到的所有智慧结晶的著作。可是现在在我们这儿呀,他就一下子跳进主张否定一切的书籍里,非常迅速地掌握了否定主义这门科学的全部精华,于是乎,便功成名就了。还不仅如此呢:二十年前他或许会在那些书籍里找到跟权威作斗争、跟好多世纪以来的见解作斗争的表征,他或许会从这种斗争里了解到,世界上还有点什么别的东西存在;可是现在呢,他一下子跳进这种书籍里,甚至认为,根本不值得跟那些古老的见解争论,直截了当地说:什么也没有,évolution①,淘汰,生存竞争,——如此而已。我在我的文章里……"

"我说呀,"安娜说,她早就跟伏伦斯基谨慎地交换过眼色,知道伏伦斯基对这位画家的教育状况并不感兴趣,只是想到要给他点帮助,所以要向他定购一幅肖像,"要听我说吗?"她下决心打断了滔滔不绝的高列尼谢夫,"我们这就上他那儿去!"

高列尼谢夫镇静下来,欣然同意了。但是因为画家住在很远的一个街区里,他们便决定雇一辆马车。

一小时以后,安娜跟高列尼谢夫并坐,伏伦斯基坐在马车前座上,一同来到远处那个街区的一幢漂亮新房子门前。出来迎接他们的是看门人的妻子,她说,米哈依罗夫通常是在画室里会客,不过他这会儿在几步路以外的他的寓所里,他们让她把名片送去,请求允许看看他的作品。

---

① 法语:进化。

十

画家米哈依罗夫像平时一样在工作,家人给他送来伏伦斯基伯爵和高列尼谢夫的名片。早晨他在画室里画一幅巨大的画。回到家里,他对妻子大发脾气,怨她不会对付前来讨房钱的房东太太。

"我给你说过二十遍,叫你不要去作什么解释。你已经够蠢的了,还要用意大利话去解释,结果是蠢上加蠢。"两人争了好久以后,他对妻子说。

"那你就别拖着不给人家嘛,我又没有错。我要是有钱的话……"

"你别来烦我啦,看在上帝的分上!"米哈依罗夫大喊着,声音里含着眼泪,他捂住耳朵走进隔壁的工作室,随手把门插上。"蠢婆娘!"他自言自语说,在桌边坐下,打开画夹,立刻格外起劲地画起一幅开了头的素描。

他从来没像他日子过得不好时,特别是跟妻子吵架时工作得这样起劲和顺利。"哎!要能躲到个什么地方去就好了!"他想着,一边继续工作。他在画一幅盛怒之下的人像。这幅画以前画过;但是他不满意。"不,那一幅更好一些……在哪儿呢?"他去找妻子,皱着眉头,眼睛不看她,却问他的大女儿,他给过她们的一张纸放哪儿了。那张纸连同他丢弃的那幅画找到了,但是已经弄脏,沾了蜡烛油。他还是拿了这幅画,放在自己桌子上,后退几步,眯缝着眼睛看它。忽然他微笑了,高兴地双手挥舞起来。

"对呀,对呀!"他马上说,抓起一支铅笔便疾速地画了起来。蜡烛油的污迹让这人具有了一种新的姿势。

他便画着这个新姿势,忽然他想起,他买雪茄的那个商店里,店主人有一张精力旺盛的面孔,那面孔上有一个突出的下巴。他高兴得笑了起来。一个无生命的虚构的形象忽然间变活了,变得无可更改了。这个形象已经获得生命,已经轮廓分明,它已经毫无疑问地定型了。还可以根据这个形象的需要把画稿修改一下，可以甚至应该把两条腿另外摆一摆，叉开些，左臂的位置完全变一下，把头发向后撩。然而，作这些修改并不为改变形象，只是去除了掩盖形象的东西。他好像是从这个形象上掀掉了一层层令它不能充分显现的遮掩；每添上一笔，都使这整个形象更加表现出它全部旺盛的精力，就像蜡烛油的污迹把这个形象忽然之间显现在他的眼前那样。当家人给他拿来名片时，他正在小心翼翼地把这个形象改完。

"这就来，这就来！"

他来到妻子身边。

"喏，得啦，萨莎，别生气啦！"他对她说道，畏怯而亲热地微微一笑，"你有错。我也有错。我会把事情都弄好的。"于是，跟妻子和解以后，他穿上天鹅绒领子的橄榄色外套，戴上帽子，到画室去。他已经忘掉了那个已经画成功的人像。这会儿他高兴而激动的是，有这几位坐大马车来的俄国大人物访问他的画室。

对那幅现在正摆在他画架上的作品，他心底里有一个评价——像这样的画从来没有哪一个人画出来过。他并不认为他的画比拉斐尔所有的画都好，但是他知道他要在这幅画中表现而且已经表现出来的东西，是从来没有哪一个人表现过的。对此他坚信不疑，并且是在他一开始作这幅画时便早已知道了的；然而人们的批评意见，不管是怎样的意见，对他仍然有着巨大意义，能在他灵魂深处激起波澜。任何意见，即使是极其微不足道的意见，评论者所见到的只是他本人在这幅画中所见到的很少一部分，也能在他的灵魂深处激起波澜。他总是认为，评论者比他自己理解得更深刻，因此他总是期望着从他们那里得到一些他从自己的画中所没看出的东西。而往往，从参观者们的意见中他觉得他发现了这种东西。

他快步走向他画室的门口，安娜正站在过道的背阴处倾听高列尼谢夫对她热烈地说着什么，同时显然想要回过头来望一望这位画家，这时，她体态的轮廓表现出一种柔和的明暗光线的配置，令画家不禁震惊，尽管他这时内心正在激动。他自己也没发觉，当他向他们走近时,怎样一下子便抓住了这个印象,并且把它,就像那个雪茄店主的下巴似的,立即贪馋地吸入心中,并把它藏在了某个地方,一旦用着,他便会从那里把它取出来。这两位来客已经事先对高列尼谢夫所讲的有关画家的故事感到失望,一见他这副尊容便更加失望了。米哈依罗夫中等身材,结实强健,走起路来摇摇晃晃,戴着他那顶咖啡色帽子,穿着那件橄榄色外套,别人早就都在穿又宽又肥的裤子了,他还穿一条窄裤腿长裤,特别是他那张平凡无奇的扁脸,和那种既心怀畏怯又很想保持自尊的混杂表情,给人一种颇不愉快的印象。

"恭请大驾。"他说,极力想要表现出一副无所谓的神气,走进门廊,从口袋里掏出钥匙来,打开了房门。

十一

走进画室后,画家米哈依罗夫把客人们又打量一番,在他的想象中记下了伏伦斯基的面部表情,特别是那颧骨的样子。虽然他的艺术直感在不停地工作着,收集着材料,虽然马上就要有人来评价他的作品,他感到自己愈来愈兴奋,他还是对这三幅面孔迅速而精细地从许多别人不会注意到的特征中在心头形成了自己的看法。那一个(高列尼谢夫)是住在这里的俄国人。米哈依罗夫不知道他的姓名,也不记得在哪里遇见过他,或是跟他谈过些什么话。米哈依罗夫只记得这张脸,他不管什么时候看见什么人都会记住人家的脸,不过他还记得,这是他想象中所存放的许多张煞有介事而又表情贫乏的面孔当中的一个。浓密的头发和非常宽阔的前额让这张面孔外表上看起来很了不起,那上面有一点儿孩子般的坐立不安的表情,集中表现在那个窄窄的鼻梁上。伏伦斯基和卡列宁娜,米哈依罗夫觉得,一定是俄国的显贵,而且很有钱,但是跟所有的俄国有钱人一样,对艺术一窍不通,却又要装出一副爱好者和鉴赏家的神气。"他们大概已经看过了所有的旧玩意儿,现在来这些新人的画室里一家家走走,德国的江湖骗子啦,英国的拉斐尔前派傻瓜啦,都想看看,到我这儿来只不过是凑个数罢了。"他这样想着。他非常了解这些半瓶子醋的人的做派(这种人越是聪明就越糟糕),他们来参观当代艺术家的画室,其目的仅仅是获得一种让他们往后可以大肆评论的权利而已,说什么艺术已经衰落啦,新人的作品看得愈多,愈觉得古代伟大巨匠们依然无可企及啦等等。他知道一定会是这样的,他从这些人的脸上全都看出来了,从他们彼此之间谈话时,他们观看人体模型和半身塑像时,他们随意地走来走去,等着他把作品上的盖布掀开时那种漫不经心的神态上看出来了。然而,尽管如此,当他一幅幅地翻开自己的画稿,拉开窗帘,掀开盖布时,他还是感到一种强烈的激动,虽然在他心目中,所有那些显贵富有的俄国人必定全都是畜生和混蛋,而伏伦斯基,特别是安娜,这两个人却让他觉得喜欢,因此他就更加地激动。

"瞧这个,愿意看看吗?"他说,迈着一摇一晃的步子退向一边,指着一幅画。"这是彼拉多的训诫。马太福音第二十七章。"他说,这时他感到自己的嘴唇开始激动得发抖。他走开几步,站在他们的身后。

在几位参观者默默观赏这幅作品的那短短几秒钟里,米哈依罗夫也望着自己的这幅作品,用一种淡漠的旁观者的目光望着它。在这短短几秒钟里,他未卜先知地相信,正是这几个人,这几个他几分钟前还那么瞧不起的来访者,将会对它作出一种最高的、公正的评价。从前,在他作这幅画的那三个年头里,他对自己这幅画曾有过许多想法,而此刻他全都忘记了;他忘记了这幅画的所有那些他认为是毋庸置疑的优点,——现在他在用他们的淡漠、旁观、全新的眼光看着这幅画,于是他发现其中一无是处。他看见画的前景中彼拉多怒气冲冲的脸,和基督安详的脸,看见背景中彼拉多几个仆从者的形体,和约翰那副一旁观望的面容。他对这每一副面容都曾经作过那样艰苦的探索,有过那么多失误,经过那么多修改,这才能够以其特有的性格在他心目中成长起来,这每一副面容都曾经给他带来过多少痛苦,多少欢乐,所有这些面容都曾经为了全局的协调变换过多少次位置,所有的色彩明暗和浓淡又是他花费多少气力才终于达到的,——而所有这些配置在一起,如今用他们的目光来一看,他觉得都只是庸俗不堪的、千篇一律的东西。他最珍视的那副面容,基督的面容,这是全画的中心点,当他画出它来时,它曾经给他带来多大的喜悦,而现在,所有这些,当他用他们的目光来审视这幅画时,全都荡然无存了。他看到的只是那些提香、拉斐尔、鲁本斯①的无数基督像和那些兵士以及彼拉多像的很不错的摹制品而已(就是摹制品也不能说好,——此刻他清楚地看见了一大堆缺点)。所有这些都是平庸的、贫乏的、陈旧的,甚至是画得很糟的——花花绿绿,缺乏力度。他们如果当着画家的面说几句虚假的恭维话,而背后又可怜他和嘲笑他,那也是没有错的。

这种沉默让米哈依罗夫觉得太难受了(虽然也不过是几分钟)。为了打破它,并且表现自己并不激动,他竭力控制住自己,对高列尼谢夫说话。

"我,好像,有幸见到过您。"他对高列尼谢夫说,一边惴惴不安地一会儿用眼睛瞟安娜,一会儿瞟伏伦斯基,不放过他们面部表情的任何一个特点。

"自然啦!我们在罗西那儿见过面,记得吧,那个晚会上,那位意大利小姐朗诵来着——她可又是一个拉舍尔②呀。"高列尼谢夫毫不留恋地把目光从那幅画上移开,随意地对画家说。

然而他发现米哈依罗夫正等着听他对这幅画的意见,他便说:

"您这幅画比我上次看见它的时候有很大进展。上一次,还有今天,我都觉得彼拉多的形象特别让我叹赏。你是了解这个人的。一个善良的好人,但又是一个彻头彻尾的小官吏,不知道他干下了

---

① 提香(约1489—1576),意大利画家。拉斐尔(1483—1520),意大利画家。鲁本斯(1577—1640),佛兰德斯画家。
② 拉舍尔(1820—1858),法国著名悲剧演员。

什么。不过我觉得……"

米哈依罗夫那张活跃的脸忽然间开朗起来：两眼放着光。他想说什么，但是激动得说不出来，便假装在咳嗽。尽管他对高列尼谢夫的艺术理解力评价很低，尽管小官吏彼拉多的面部表情很真实这种公正的评论一钱不值，尽管高列尼谢夫一开口只说些这种不值钱的话，没谈到那些最为重要之点，这很可能令他心里不痛快，米哈依罗夫还是为这个意见而十分喜悦。他自己对彼拉多这个形象的看法跟高列尼谢夫说的一样。这种意见只是千千万万种意见当中的一个，米哈依罗夫深知它们都是正确无误的，但是这并没有降低高列尼谢夫的评论对他的意义。他因为这个意见而喜欢高列尼谢夫了，于是便一下子从抑郁而转为狂喜。瞬息之间，整个这幅画在他面前变活了，呈现出一切有生命的东西所具有的全部难以形容的复杂性。米哈依罗夫再一次企图把他对彼拉多这个人物的理解说出来；然而他的嘴唇禁不住地颤抖着，说不出话来。伏伦斯基和安娜也在低声地说着什么，他们压低了声音，既是为了不让画家的感情受到伤害，也是为了不要大声地说出什么蠢话来，人们通常在绘画展览会上谈论艺术时，很容易会说出这样的话。米哈依罗夫觉得，这幅画对他们也产生了印象。他便走向他们。

"基督的表情多么奇妙啊！"安娜说。在她所看到的所有东西中，她最喜欢这个表情，她觉得，这正是这幅画的中心所在，因此赞扬这一点会让画家感到高兴。"看得出，他是很可怜彼拉多的。"

这仍是那千千万万种正确意见当中的一个，谁都能从他的这幅画中和从基督的形象上发现这一点。她说，基督在可怜彼拉多。在基督的面部表情中是应该也包含有怜悯的，因为其中有爱的表情，隐伏的宁静表情，死而无悔的表情，和不必多言的表情。当然，彼拉多脸上要有小官吏的表情，基督脸上要有怜悯的表情，因为他们当中一个体现着肉体的生命而另一个体现着精神的生命。所有这些想法和其他许多想法在米哈依罗夫的头脑中一闪而过。于是他的脸上再一次显出狂喜的光辉来。

"是啊,这个形象是怎么画出来的哟,多有立体感啊。真可以走到他后边去。"高列尼谢夫说,显然他是想用这个意见来表示,他不欣赏这个形象的内涵和其中蕴藏的思想。

"是的,惊人的技巧!"伏伦斯基说,"背景上的这些人物多么突出啊!这就是技术。"他对高列尼谢夫说,这话是暗指他们之间的一次谈话,伏伦斯基那时说,他认为自己没有希望掌握这种技术。

"是的,是的,是惊人的!"高列尼谢夫和安娜都同意地说。尽管米哈依罗夫这时正心情激动,关于技术的意见却伤了他的心,于是他忿然瞧了伏伦斯基一眼,忽然沉下脸来。他时常听到技术这两个字,断然不能理解它到底是什么意思。他知道,这两个字指的是与内容全然无关的一种机械的描画能力。他常常发现,从眼前的这句赞美话中也发现,技术是跟内在的价值相反的,似乎只要有技术便可以把原本是不美的东西画得很美似的。他知道,要想排除表面的东西而又不伤害作品本身,必须非常注意、非常小心,这样做也正是为了把一切表面的东西全都去除掉;但是这里根本没有什么描画的技艺和技术。假如一个小孩子或者是他的厨娘也发现了他所看见的东西,她也是能够把她之所见去除外壳、由表及里地表现出来的。而一个最有经验最有技术的画匠,假如他不能先发现大致的内容,单凭机械式的本领,便什么也画不出来。此外,他看出来,要说技术的话,他是不能因为有什么好的技术而受赞扬的。在他过去和现在所画的所有作品中,他看见许多刺眼的缺点,都是他在剥开外壳时不小心造成的,这些缺点他现在已经无法改正,除非是损伤整个的作品。几乎在所有这些人物形象上和面容上,他都仍然看见未能尽除的外壳的残迹,它们都给这幅画带来损伤。

"有一点可以谈谈,如果您允许我如此评论的话……"高列尼谢夫说。

"啊,我太高兴了,请说吧。"米哈依罗夫装出笑容说。

"这就是,这个形象在您的笔下是一个作为人来画的神,而不是作为神来画的人。不过,我知道,您就想这样画的。"

"我不可能画出一个我心中没有的基督来。"米哈依罗夫面色阴沉地说。

"是的,但是,这样的话,如果您允许我谈谈自己的想法……您的画实在太美了,我的意见并不能对它有所损伤,再说我这也只是个人的看法。在您那就不同了。动机本身就不相同嘛。不过咱们拿伊凡诺夫来谈谈吧。我认为,假如把基督降低到一个历史人物的水平上,那么伊凡诺夫①还不如去选择另一个历史题材,选一个新鲜点儿的,别人没画过的题材。"

"但是假如这是摆在艺术面前的极其伟大的题材呢?"

"如果去找一找的话,还是能找到其他题材的。但是问题在于,艺术不能容忍争辩和议论。在伊凡诺夫的画面前,信神的人和不信神的人都会出现一个问题:这是神呢,或者不是神呢?这就破坏了印象的统一。"

"这怎么会呢?我觉得,对于那些有教养的人来说,"米哈依罗夫说,"已经不可能存在争议了。"

高列尼谢夫不同意这样说,他坚持自己最初的关于艺术必须印象统一的想法,他把米哈依罗夫驳得无言以对。

米哈依罗夫很激动,但是他说不出一句话来为自己的思想辩护。

十二

安娜和伏伦斯基早就在互相使眼色,为他们这位朋友聪明的饶舌而抱憾,终于,伏伦斯基不再等候主人的陪伴,自己向另一幅不大的画走过去。

"哎呀,多美呀,真是美极啦!奇迹啊!多美呀!"他们异口同声地喊起来。

---

① 伊凡诺夫,见 536 页注①。此处指他的绘画《基督显灵》。

"哪幅画让他们这么喜欢?"米哈依罗夫在想。他已经把这幅三年前画的画忘记了,他忘记了当这幅画一连几个月日日夜夜占着他的心时,他所体验过的那一切痛苦和欢乐,他的确忘记了,他总是把画一画好就忘记了。他甚至不喜欢看它一眼,把它挂出来,只是为了等一个有意买它的英国人,让他来看。

"这个吗,早先的一幅画稿啊。"他说。

"多好哇!"高列尼谢夫说,他显然也是真诚地拜倒在这幅画的魅力之前了。

两个小男孩在柳荫下钓鱼。大的一个刚把钓钩甩出去,正全神贯注地想方设法把浮子从树丛里往外拖;另一个年纪还小些,躺在草地上,手肘支撑着,双手托住他长着乱蓬蓬的淡黄色头发的头,两只若有所思的蓝眼睛凝视着水面。他在想什么?

他们对这幅画的赞叹在米哈依罗夫心头触发了当年的激情,但是他害怕这种徒劳无益的怀旧情感,也不喜欢它,因此,虽然这些夸奖也让他高兴,他仍想把这几位访客带到另一幅画前。

然而伏伦斯基问他这幅画卖不卖。这会儿米哈依罗夫正因有客来访而心情激动,谈起钱的事令他极不愉快。

"挂出来就是为了卖的。"他阴郁地皱着眉头说。

客人们走后,米哈依罗夫坐在彼拉多和基督那幅画前,心中重温着这几位客人说过以及虽然没说但却暗示过的话。奇怪:他们在这儿的时候,他用他们的观点来思考的时候,那些话是有很大分量的,而现在忽然之间失去了任何意义。他开始以自己全部的纯粹艺术的眼光来看待自己的这幅作品,于是他进入了一种充满自信的状态,他完全相信自己的作品是完美无缺的,因此也是极有价值的,为了保持一种排除一切其他趣味的集中精神,他需要这种充满自信的心理状态,只有在这样的状态下他才能够工作。

基督的一只脚因为透视的需要画得小了,他总是不大称心。他拿起调色板工作起来。在修改这只脚时,他不住地审视着背景上约翰的形象,几位客人没留意到它,然而米哈依罗夫知道,这个形象是超乎完美之上的。改完那只脚,他想要着手再画画这个形象,然而感到自己过于激动,不能做这件事。他在冷静的时候和心中感触太多,把一切看得太清楚的时候同样地不能工作。他只有在从冷静到灵感这样的过渡阶段里才可以工作。而今天他是太激动了。他想把画盖上,但是却停住不动了,一只手拿住盖布,心旷神怡地微笑着,久久地望着约翰的形象。最后,他好像是满怀忧伤地丢开了这幅画,把盖布盖上,疲劳地,但却怀着幸福心情回家去了。

伏伦斯基、安娜和高列尼谢夫在回家的路上格外活跃而愉快。他们谈着米哈依罗夫和他的画。在他们的谈话中,**天才**这个词出现得特别多,他们指的是一种与心灵和智慧无关的、天生的、几乎是生理上的能力,他们用这个词,是想拿它来表示一位艺术家所体验到的一切,他们很需要这个词,为的是用它来表示那些他们一窍不通而又想谈论一番的东西。他们说,不能否认他有天才,但是他的天才得不到发展,因为他缺乏教养——这是我们俄国艺术家们共同的不幸。但是那幅小男孩的画的确令他们难以忘怀,说着说着便又谈到了这幅画。

"真是美极啦!他画得多好啊,又多么朴素自然!他自己还不懂得这有多好呢,对,不能错过,要把它买下。"伏伦斯基说。

十三

米哈依罗夫把自己的画卖给了伏伦斯基,还同意为安娜画像。在约好的日子里,他来了,开始画像。

画到第五次,便让大家震惊了,尤其是伏伦斯基,不仅因为画得像,而且因为画出了安娜所特有的美。真奇怪,米哈依罗夫怎么就发现了她那种特有的美呢。"必须是一个了解她而又像我这样爱她的人,才能发现她这种最为美好的心灵的外在流露。"伏伦斯基想,虽然他是从这幅画上才认识到她这种最为美好的心灵流露的。但是这种流露被画家表现得那么真切,让伏伦斯基和别的人都觉得他们是早就认识到了的。

"我花了多少时间,费了多大力气,什么也没画出来,"他说到自己画的那幅像,"而他瞧上一眼就画出来了。这就叫做技术呀。"

"您画得出来的。"高列尼谢夫安慰伏伦斯基说,他认为伏伦斯基也是有天才的,而首要的是,还有教养,有教养他就能对艺术拥有高超的见解。高列尼谢夫确信伏伦斯基有天才,其原因还在于,他自己也需要伏伦斯基赞同和夸奖他写的文章和他的想法,他觉得,夸奖和支持应该是相互的。

在别人家里,特别是在伏伦斯基这所豪华住宅里,米哈依罗夫完全不像他在自己的画室里,他简直变了一个人。他显得恭敬而不甚友好,好像害怕接近这些他并不尊重的人。他称呼伏伦斯基为"阁下",即便安娜和伏伦斯基邀请,他也不留下来吃一顿饭,而且不在约定作画的时间决不到来。安娜比别的人对他更为亲切,很感激他为自己画像。伏伦斯基对他殷勤有加,显然是想听这位画家对他的画的评论。高列尼谢夫则抓紧机会向米哈依罗夫灌输自己对艺术的真知灼见。但是米哈依罗夫对他们全都同样地态度冷淡。安娜从他的眼神上感到,他喜欢注视她;但是他避免跟她交谈。当伏伦斯基跟他谈起自己的作品时,他顽固地一声不响,他们拿伏伦斯基的画给他看,他仍然顽固地一声不响,并且显然厌烦高列尼谢夫的夸夸其谈,但也不去反驳他。

总之,在他们对他进一步了解之后,米哈依罗夫这种拘谨的、不友好的、似乎是敌对的态度,使他们很不喜欢。等画像完工,他们手中有了那幅美丽的肖像,而米哈依罗夫也不再来时,他们觉得很高兴。

高列尼谢夫第一个说出了他们大家共有的想法,那就是,米哈依罗夫不过是嫉妒伏伦斯基罢了。

"就算他有**天才**,所以他并不嫉妒吧;但是他心里是很恼火的,一位宫廷人士,有钱人,还是个伯爵(要知道他们老是痛恨这一点),无须多费气力,便干起同样的事来,跟他这个干了一辈子的人比,就算没超过吧,也不相上下。而首要的是,教养,这一点他是没有的。"

伏伦斯基为米哈依罗夫辩护,但在心灵深处,他是相信高列尼谢夫这番话的,因为依他看,一个属于其他低下些的社会圈子的人当然是会嫉妒他的。

同是安娜的写生肖像,他画了,米哈依罗夫也画了,应该能够让伏伦斯基看出他跟米哈依罗夫之间的差别;但是他没看出来。只是他在米哈依罗夫画过以后便不再画自己那幅安娜的肖像了,他说现在这已多余了。而关于中世纪生活的那幅画他仍然继续画下去。他自己,高列尼谢夫,特别是安娜都发现这幅画画得非常好,因为它比米哈依罗夫的画更像那些名画,而且像得多得多。

至于米哈依罗夫,他虽是非常入迷地为安娜画像,而约期一旦结束,他却比他们几个更高兴,他不必再听高列尼谢夫关于艺术的宏论了,也可以把伏伦斯基的绘画抛诸脑后了。他知道,要禁止伏伦斯基拿画画当消遣是不可能的;他知道所有那些半瓶子醋都有充分的权利去画那些他们高兴画的东西,不过这让他很不愉快。不能禁止一个人给自己做一个大蜡人儿,抱着它亲嘴。但是假如这个人抱着他的蜡人儿去坐在一位恋人面前,像恋人跟他所爱的女人亲热一样地跟他的蜡人儿亲亲热热,那么这位恋人一定也会不愉快的。米哈依罗夫看到伏伦斯基的画时所体验到的不愉快感觉就正是这样;他感到既可笑,可气,又可怜,还觉得自己是受了侮辱。

伏伦斯基对于绘画和中世纪生活的热衷没持续多久。他对绘画确是有些鉴赏力,所以他没法把自己的画画下去了。这幅画便半途而止。他隐约地感到,这幅画的一些缺点在开始时还不甚明显,如果继续画下去,便会令人觉得刺眼了。他的情况跟高列尼谢夫一样,高列尼谢夫感到他实在无话可写,而又老是在欺骗自己,说他的思想尚未成熟,他是在构思酝酿,准备材料。然而高列尼谢夫为此懊恼、痛苦,伏伦斯基则不会欺骗自己,折磨自己,特别是不会令自己懊恼。他出于与生俱来的性格上的果断,既不解释,也不辩白,搁笔不画就是。

但是不干这个以后,他和对他的灰心感到诧异的安娜在这个意大利小城里的日子便让他觉得太枯燥乏味了,这座宫殿式的豪华府邸忽然间变得那么明显的破旧和肮脏,窗帘上的污迹,地板上的裂缝,檐板上剥落的灰泥是那么难看,老是这同一个高列尼谢夫,同一个意大利教授,同一个德国旅行家,真是无聊,应该把生活改变一下。他们便决定回俄国,到乡下去。伏伦斯基打算在彼得堡跟哥哥把家产分开,而安娜想去看看儿子。夏天他们打算住在伏伦斯基家的大庄园里。

十四

列文结婚已第三个月了。他很幸福,但是却全然不像他所预期的那样。每走一步路他都会发觉过去的幻想破灭了,又都会遇见新的意想不到的魅力。列文是幸福的,但是进入家庭生活后,他每走一步路都看见,这跟他从前所想象的完全不同。他现在每走一步路所体验到的心情,恰好像一个人一向欣赏小船儿在湖面上轻盈舒畅地划行,而现在自己坐进了小船,他发现,不能只是稳稳当当、不摇不晃地坐在那里,还必须动脑筋,一分钟也不能忘记你要划到哪儿去,要想到脚下就是深水,必须划船,一双不习惯的手划得好痛。这种事看起来轻巧,而做起来,虽然也很快活,却非常艰难。

从前单身的时候,看着人家夫妻间所过的日子,那些烦人的琐事、争吵、嫉妒,他只在心中轻蔑地一笑。他坚决相信,他以后结了婚,不仅决不会有这样的事情发生,而且他觉得,甚至一切外在的形式都一定跟别人家在各方面完全不同。而突然之间,事与愿违,他跟妻子所过的日子不仅并非与众不同,而且恰恰相反,完完全全是由他从前所瞧不起的琐事构成的,而如今这些琐事都出乎意料地具有非常重大和无可争辩的意义。列文看见,所有这些琐事若要安排停当决不像他原先所想象的那么容易。虽然列文以为他对于家庭生活拥有最为正确的概念,但是他仍然跟所有的男人一样,不由得把家庭生活设想为仅仅是享受爱情,不受任何干扰,更不为琐事分心。依照他的想法,他应该是每天做自己的工作,而在爱情的幸福中得到休息。她则应该为他所疼爱,如此而已。然而他跟所有的男人一样,忘记了她也必须有事可做。于是他大为惊讶,她,这个充满诗意的、美妙绝伦的吉蒂,怎么竟会在家庭生活的不是头几周而是头几天便想到、记起,并且操心那些桌布呀,家具呀,客人睡房的床垫呀,托盘呀,厨子呀,午餐呀等等。还在举行婚礼前,他就已经为她而大吃一惊,她竟会断然拒绝出国,决定住到乡下来,仿佛她知道有些什么事该做,仿佛除爱情之外她还会想到些其他的事情。当时他就为这事有点伤心,而现在她的这些琐碎的操劳和烦神又一再地让他伤心。而他也看出来,这对她是必不可少的。于是他,出于对她的爱,虽是莫名其妙,虽是嘲笑这些操心事,也禁不住欣赏起这些事情来。他嘲笑她怎样布置那些从莫斯科运来的家具,怎样重新收拾她自己的房间和他的房间,怎样挂窗帘,怎样为客人们和朵丽安排他们来时要住的地方,怎样为她新雇的使女准备住处,怎样向老厨师吩咐做饭,怎样跟阿加菲娅·米海依洛芙娜争吵,不让老人家再管伙食的事。他看见老厨师微笑着欣赏她,听她发那些并不高明也无法办到的命令;看见阿加菲娅·米海依洛芙娜对年轻的女主人在储藏室里所作的新布置沉思地也亲切地摇头,看见吉蒂又哭又笑地跑来向他诉苦,说使女玛莎还是把她当小姐看待,因此谁也不肯听她的话,这种时候的吉蒂特别惹人爱怜。他觉得这是可爱的,然而也是不可思议的,于是他想,要是没有这种事就更好了。

　　他不知道她所体验的那种感情上的变化,从前她在家里有时想吃酸白菜,或是糖果,可是什么也得不到,而现在她想要什么就可以叫人去买,糖果买上一大堆,想花多少钱就花多少钱,想买什么点心就买什么点心。

　　她现在快活地盼望着朵丽跟孩子们到来,特别因为她可以吩咐为孩子们做他们每个人所爱吃的点心,而朵丽也定会说她新布置的一切都非常好。她自己也不知道是因为什么和为了什么,但是家务事总是在不可抗拒地吸引她。她本能地感觉到春天即将来临,知道将会有阴天下雨的日子,便尽她所能地筑造着她的小巢,并且一边忙着筑巢,一边学着怎样筑。

吉蒂这种为细微琐事操心的表现跟列文原先崇高幸福的理想真是太不相同了,这是他的一种失望;而这种他不理解其意义却又不能不喜欢的可爱的操心表现,也是一种新的魅力。

另一种失望和魅力是吵架。列文以前从来不能想象,在他和妻子之间除了相亲相敬相爱之外还会有其他关系,而突然间结婚才几天他俩便争吵起来,因为她对他说,他并不爱她,他只爱他自己,她哭了起来,还挥动着两只手臂。

第一回争吵是因为,列文到一个新庄子上去,晚回来半个钟头,他想走一条近道,却迷了路。他一路往回走,心中只想着她,想着她的爱,想着自己的幸福,离家愈近,心头愈是燃烧起对她的一股柔情。他冲进房间去的时候,心怀着他当初去谢尔巴茨基家求婚时的那种感情,并且比那还要强烈得多。而突然他遇到的是一副他在她脸上从来没见过的阴沉表情。他想亲吻她,她却一把推开了他。

"你怎么啦?"

"你倒开心呀……"她开始说话时想要显得冷静而恶毒。

但是她一开口,许多毫无意义的嫉妒性的责备话,所有那些在她一动不动独坐窗前的这半小时之内折磨着她的痛苦,全都一涌而出了。只是在这个时刻,他才第一次清楚地了解到他在婚礼后领她走出教堂时所没有了解的东西。他现在懂得,她跟他不仅是亲近而已,而是如今他已不知他和她两个人的分界线到底在哪里了,他在这一分钟里体验到,当他们两人一分为二各为一方时,各自是多么的痛苦,他从这里懂得了这一点。最初的顷刻间他有些委屈,然而就在这同一瞬间,他感到,他不可能因她而受委屈,因为她就是他自己。在最初的顷刻间,他的感受类似于一个人突然从背后遭到猛击,他愤然转身,想要报复,要找到那个罪魁祸首,而终于明白这是他自己失手打中了自己,明白他不能对别的什么人生气,只能忍住疼痛,以减轻疼痛。

后来他从未再次如此强烈地感受到这种心情,但是这最初一次,却令他久久不能释然。一种出乎自然的感觉要求他为自己辩解,证明是她的错;但是证明她错只能更加令她激怒,扩大那个本是所有痛苦原因的裂缝。一种出于习惯的感觉要他去推卸责任,把过错归之于她;而另一种感觉,一种更加强烈的感觉,要他赶快地,尽可能赶快地让这个裂缝弥合,不让它扩大。遭到这样不公正的指责是很难受的,然而为自己辩解,让她去痛苦,那就更糟。恰似一个人半醒半睡中感到疼痛,想要把那痛处从自己身上去除,甩掉,而当他清醒过来,他感到,痛的是他的全身。应该做的只是把痛处竭力忍受过去,于是他便这样去做。

他俩和好了。她知道自己错了,但是嘴里不说,对他更亲热了,于是他们体验到一种新的加倍的爱情幸福的滋味。但是这并不妨碍这类的冲突一再发生,甚至还来得特别频繁,都为些极其偶然和微不足道的事由。这类冲突经常发生还因为,他们尚不知道,对于另一方什么东西最重要,还因为在这最初的一段时间里,他们两人往往都情绪不好。有时候一个情绪好,另一个不好,还吵不起来,但是当两人情绪都不好时,那就会为一些莫名其妙的小事发生冲突,过后他们怎么也想不起为什么吵起来。的确,当他们两人情绪都好的时候,他们的生活是加倍的快乐。但是这最初的一段时间对他们毕竟是很难受的。

在这段最初的时间里,他们特别深切地感觉到,日子过得太紧张,似乎那根把他们二人连在一起的链条两头都被拽得紧紧的。总而言之,蜜月,也就是婚后的第一个月,列文照老规矩对之期望很多,而它却不仅不甜不蜜,反而在他们的记忆中成为一生里最为难过和最感委屈的时间。后来他们两人都同样竭力要把这段不正常的时间中一切畸形的、想起来便会害臊的事情从自己的记忆中抹去,在那段时间里他们两人都很少情绪正常,很少表现得像他们自己。

只是在婚后的第三个月,在他们去莫斯科住了一个月再回来之后,他们的生活才过得平静一些。

十五

他们刚从莫斯科回来,很高兴又可以两个人单独在一起了。他坐在书房里写字台前写东西。她坐在沙发上绣 broderie anglaise①,那件婚后头几天穿的深紫色的连衣裙今天她又穿上了,这件衣裳他认为特别有纪念意义,也特别珍贵,这只老式的皮沙发从列文祖父和父亲以来就一直摆在书房里。他边想边写,不停地感觉到有她在身旁,心里很高兴。他并没放弃他的农务和写作,在这本书里他要阐述新农业的基本原理;然而从前,拿这些工作和思想跟覆盖着他整个生活的阴影比,他觉得它们太渺小太没价值了,现在呢,还是一样,拿它们跟眼前这阳光明媚的幸福生活比,也是一样地无关紧要而且渺小。他继续做他的工作,但却感到,现在他注意的重心已经转移,因此他对事情的看法已经完全不同了,更加清晰了。从前这工作是他逃避生活的手段。从前他觉得,不做这些事他的生活就太阴暗了。而现在这些工作对他之所以必不可少,是因为有了它们,生活便不会明媚得过于单调。他重新拿起他的文章,把早先写下的东西重看一遍,他满意地发现,这些事是值得他去做的。这是新颖而有益的事业。当他把整个事情重新回想一遍时,他觉得许多从前的想法是多余的和走极端的,但许多从前没想好的地方他现在都想清楚了。他此刻正在写新的一章,谈俄国农业不景气状况的原因。他论证说,俄国的贫困不仅来源于土地所有权不公正的分配和错误的方针政策,而且,近期以来,外来文明在俄国的非正常引进,特别是交通、铁路,带来了城市人口的集中,奢侈成风,从而引起工业、信贷以及随之而来的交易所投机事业的发展,这些都损害了农业。他

---

① 法语:英国刺绣。下同。

认为,在国家财富正常发展的情况下,只有当大量劳动力已经投入农业,当农业已获得一些正确的,至少是确定不移的发展条件时,才可以出现所有的这些现象;国家财富必须均匀地发展,特别是财富的其他门类不能够超过农业;随着农业的发展,应该有相应的交通道路的发展,而在我们这种土地使用不当的情况下,并非由于经济的需要而是由于政治的需要建设起来的铁路是为时过早的东西,它不仅不能如预期那样促进农业的发展,反而因为它超越了农业,引起工业和信贷的发展而造成农业的停滞,恰如动物的某一器官片面而过早地发展可能影响它整体的发展一样,对俄国财富的整体发展来说,信贷,交通,工业活动的努力这些在欧洲无疑是必须的、及时的东西,在我们这里却只能带来危害,因为它们挤掉了农业建设这个日程上的首要问题。

当他在写自己的文章时,她心里想的是,离开莫斯科的头天晚上,年轻的恰尔斯基公爵非常不知分寸地向她献殷勤,她丈夫注视人家的样子多么不自然。"他在吃醋呢,"她想,"我的天哪!他多么可爱,又多么蠢啊。要是他知道,他们所有这些人在我眼里都跟厨子彼得一个样,"她想着,一边用一种自己也觉得奇怪的情感望着他的后脑勺和红脖子,"不忍心打断他写作(但是他来得及的呀!),可一定要看看他的脸;他感觉到我在看他了吗?我真想他回过头来……我真想啊,哎!"于是她把眼睛睁得更大些,想借此加强她目光的作用。

"是的,他们在敲骨吸髓,制造虚假的繁荣。"他喃喃地说,停下不写了,他感觉到她在看他了,微微一笑,回头望望她。

"怎么?"他问道,一边微笑着站起来。

"他回过头看我了。"她想着。

"没什么,我想着,要你回过头看我一眼。"她说,眼睛瞧着他,想要猜到她打断了他的写作,他是不是不高兴。

"喏,就咱俩在一起有多好啊!我觉得,我是说。"他说,脸上闪耀着幸福的光辉,走向她身边。

"我也觉得好极啦!我哪儿也不去了,特别是不去莫斯科。"

"那你心里在想什么?"

"我吗?我想……不,不,你去,去写吧,别分心啦,"她噘着嘴唇说,"我这会儿要开这几个小洞眼儿,看见吗?"

她拿起剪刀剪起来。

"不,给我说说呀,你在想什么?"他说,坐在她身边,眼盯着用小剪刀挖洞的动作。

"哎,我在想什么吗?我在想莫斯科呢,想你的后脑勺儿呢。"

"为什么偏偏我会这么幸福呢?这不正常呀。幸福得过分啦。"他吻着她的手说。

"我觉得,正好相反,越是幸福,就越是正常。"

"瞧你这绺头发,"他说,小心地把她的头转过来,"这一绺。你瞧,在这儿呢。不,不,我们在忙着干活儿呢。"

他们不再工作了,当库兹马进来报告说茶已摆好时,他俩好像做错了什么事,猛地一跳彼此分开了。

"他们从城里回来了吗?"列文问库兹马。

"刚到,正在解东西。"

"你快来呀,"她从书房走出来时对他说,"要不我不等你就自己看信了。等会儿咱俩合奏吧。"

他一个人留下把笔记本收拾好放进她买的新文件夹里,他在新脸盆架上洗了手,那上面有新的随她的出现而出现的精美花饰。列文心头有许多想法,他微微发笑了,不以为然地对这些想法摇摇头;有一种类似懊悔的感觉让他心里不舒服。他现在的生活中有某种有愧于心的、娇生惯养的、他称之为卡普亚式的东西。"这样过日子是不好的,"他想,"眼看三个月了,可我几乎什么事也没做。今天我才算第一次认真地工作,可又怎样呢?刚开了个头,又丢下了。就连日常要做的事情——就这我也差不多全丢开了。庄稼上的事——我也几乎没去看过,没走去,也没乘车去过。有时候我舍不得丢下她自己走开,有时候是看她一个人太寂寞。我原以为,结婚前生活马马虎虎,随便混混吧,就不去说它了,而结婚以后就要开始真正过日子了。可眼看三个月一晃而过,我却从来没像这样懒散地虚度过时光。不,这样是不行的,要干起来。当然,不是她的错。一点也怪不了她。我自己应该坚定些,保持我男子汉的独立性。要不我自己就会养成这样的习惯,而她也会学得这样……当然啦,不是她的错。"他在心里对自己说。

不过,一个有所不满的人要他不怪罪别人,尤其是不怪罪他身边的人,那是很困难的事。于是列文隐隐地想到,虽不是她自己的过错(她无论怎样也是不会错的),但是错在她所受的教育,太浅薄,太轻浮了("这个混蛋恰尔斯基!她,我知道,是想制止他的,可是没办法。")。"是的,除了关心家务事(对这她是有兴趣的),除了穿衣打扮,除了 broderie anglaise①,她再没有什么认真的兴趣了。对我的事业,对农务,对庄稼人,对她所相当擅长的音乐,对看书,她都没兴趣。她成天无所事事,却也非常满足。"列文在心里谴责这些,而他却不了解,她已经做好准备要进入一个她即将面临的生活阶段,那时她将同时既做丈夫的妻子,又做家庭的主妇,将生儿育女,抚养和教育孩子。他没有想到,她已凭直觉知道这一点,并且正准备着去承受这个可怕的负担,她无须责备自己现在享受了这暂时的无忧无虑和幸福美满的爱情,而且她同时还在快活地筑造着自己未来的小巢呢。

十六

列文上了楼,他妻子正坐在新的银茶炊边,面前摆着一套新茶具,她把老保姆阿加菲娅·米海依洛芙娜安置在小茶桌前,给她倒了杯茶,便去看朵丽的来信,他们跟朵丽经常不断地有书信来往。

"瞧呀,您太太让我坐这儿,叫我陪陪她。"阿加菲娅·米海依洛

---

① 见495页注①。

芙娜向吉蒂亲切地微笑着说。

阿加菲娅·米海依洛芙娜的这几句话让列文知道,阿加菲娅·米海依洛芙娜跟吉蒂之间近来的一场戏已经到此结束了。他看出,尽管这位新主妇让阿加菲娅·米海依洛芙娜大为伤心,因为剥夺了她管理家务的行政大权,吉蒂还是征服了她,让她不得不喜欢自己。

"瞧我把你的信看了。"吉蒂说,一边递给他一封文理不通的信。"这好像,是你哥哥的那个女人写来的……"她说,"我还没看完。这是我家里人跟朵丽写来的。你想想看吧!朵丽把格里沙和丹妮娅带去参加萨尔马特斯基家的儿童舞会;丹妮娅还当侯爵小姐呢。"

但是列文没听她说话;他红着脸接过哥哥尼古拉原先的情妇玛丽娅·尼古拉耶芙娜的信读起来。这已经是玛丽娅·尼古拉耶芙娜的第二封来信了。在第一封信中玛丽娅·尼古拉耶芙娜写道,哥哥把她赶走了,她并没做错什么事,她以动人的朴实态度补充说,虽然她又一无所有了,但是她并不要求什么,也不期望得到什么,只是想起来就非常难过,尼古拉·德米特里耶维奇身体太坏了,没有她在身边,他会垮掉的,她请求他弟弟照顾他。现在她写的不同了。她又找到了尼古拉·德米特里耶维奇,又在莫斯科跟他同居,还跟他一起到了一个外省的城市,他在那里谋得一个职位。可是在那儿他跟首长吵了架,又回莫斯科去,而在途中病倒,病得很重,怕是不能起床了,她写道:"我们都想着您,再说钱也没有了。"

"你来看看,朵丽提到你。"吉蒂正要笑眯眯地说下去,但却突然停住,她发现丈夫的脸上表情变了。

"你怎么啦?怎么回事情?"

"她信里说尼古拉哥哥要死了,我要去一趟。"

吉蒂的脸色也突然变了。丹妮娅当侯爵夫人的事,朵丽的事,全都忽地消失了。

"你什么时候动身?"她问。

"明天。"

"我跟你去,行吗?"她说。

"吉蒂呀！哎,这是干吗呢?"他用责备的口吻说。

"怎么是干吗?"他好像不情愿也不高兴听见她这个建议,她有些伤心。"我为什么不去？我不会妨碍你的。我……"

"我去,是因为我的哥哥要死了,"列文说,"你又为什么……"

"为什么？你为什么我就为什么呀。"

"在对我是如此重要的时刻里,她只想到她一个人留在家里会闷得慌。"列文想。在这么重要的事情上还找这样的借口,这让他生气了。

"这不行。"他厉声地说。

阿加菲娅·米海依洛芙娜看见再下去要吵架了,便轻轻放下茶杯走出去。吉蒂甚至没察觉她走。丈夫说最后一句话的口气让她觉得委屈,特别是他明明不相信她说的是真话。

"我给你说的是,你如果要去,我就跟你去,我一定要去,"她又急又气地说起来,"为什么不行呢？为什么你说这不行呢？"

"因为天知道这是上什么地方去,走什么样的路,住什么样的旅馆。你会给我添麻烦的。"列文竭力冷静地说。

"一点儿也不会的。我什么也不需要。你能去的地方我也……"

"喏,就说这一点吧,有这个女人在那儿,跟她你是不好接近的。"

"我根本不知道那儿有谁,有什么,也不要知道。我只知道我丈夫的哥哥要死啦,我丈夫去看他,我就跟我丈夫去,为的是……"

"吉蒂！你别生气呀。可是你想想看,事情这么重要,可是你还把些软弱的、把你不愿意一个人留在家里的感情,搅和在一起,叫我想起来就心里难过。喏,你一个人在家闷得慌,喏,那你就去莫斯科吧。"

"好呀,你**老是**把些恶劣的、卑鄙龌龊的想法强加在我身上,"她挂着委屈而愤怒的眼泪说起来,"我才不是,才不是软弱,才不是……我觉得,丈夫有难,跟他在一起是我的责任,可是你想故意伤我的心,你故意想不理解……"

"不啊,这太可怕了!我成为这样一种奴隶了!"列文大声地喊着说,他站了起来,已经没法忍住他的怒气了。但是就在这一瞬间他感到,他是在自己打击自己。

"那你干吗要结婚呢?你本来不是自由的吗?干吗你要结婚呢,既然你现在后悔了?"她说完,跳起来,跑进客厅去。

等他赶到她跟前,她在哽咽地流泪。

他开始说起来,想找到一些,倒不是想能说服她,只是想让她静下来的安慰话。可是她不听他的,说什么也不理睬。他向她俯下身去,拉住她想要挣脱的手。他吻她的手,吻她的头发,再吻她的手,——她反正一声不吭。可是等他两只手捧住她的脸,并且喊了声"吉蒂!"时,她突然醒悟过来,哇地放声大哭,就这样和解了。

他们决定明天两人一块儿走。列文对妻子说,他相信她想要去,只是为了帮忙做事情,他也同意说,有玛丽娅·尼古拉耶芙娜在哥哥身边并没有什么见不得人的;可是在心底里,他去是去了,却对她对自己都不满意。他不满意她的是,事情非办不可,她就是不肯放他走(他想起来觉得真奇怪,不久以前他还不敢相信自己有这个福气,她竟然会爱上他,这会儿却感到她爱他爱得太过分,让他不称心了!),不满意自己的是,他没有坚持到底。他心里尤其不能同意的是,她竟然对哥哥身边那个女人毫不在乎,而他一想到她们之间很可能发生各种各样的冲突,便感到可怕。只要一想到他的妻子,他的吉蒂,要跟一个妓女待在一间房子里,便令他厌恶和害怕得战栗起来。

十七

尼古拉·列文病倒在一家省城旅馆里,这些省城旅馆都是按照改良的新模式布置的,它们大都竭力想做得清洁、舒适,甚至优雅,原先的用心是极好的,但是由于过往旅客的缘故,它们很快就变成一个个虚有其先进完善之名的肮脏小酒店,并且,因为有过这样的一番追求,结果比那些仅仅肮脏而已的老旧旅馆更加糟糕。这家旅馆便已经进入了这样的状况;那身穿肮脏制服,在门口抽着白杆烟卷权充看门人的大兵,那生铁铸造的、阴暗的、令人不愉快的穿堂楼梯,那身穿肮脏燕尾服的态度松懈的茶房,那桌上摆着蒙满灰尘的蜡制假花的大厅,那随处都是的肮脏、灰尘、邋遢,以及那种新派的,当代铁路沿线常见的,自以为是的忙碌混乱——所有这些都给新婚的列文夫妇一种极其难受的感觉,尤其是,这家旅馆给人的虚假浮夸的印象跟他们来这儿所要办的事情怎样也无法调和。

好像总是这样,问过他们要住什么价钱的房间之后,才知道一间好房间也没有了:一间好房间让铁路视察官占去了,另一间由莫斯科来的律师住着,还有一间则住着乡下来的阿斯塔菲耶娃公爵夫人。只剩下一间肮脏的房间,答应他们隔壁的一间到晚上可以空出来。列文心中对妻子很是不满,真叫他料到了,刚一到达,他便满心激动地想到哥哥的病情,却不得不操心妻子的事,而不能立刻跑去看哥哥,必须先把她领到他们租下的房间里。

"你去吧,去吧!"她说,眼睛怯懦地、愧疚地望着他。

他一声不吭走出门去,马上就撞见玛丽娅·尼古拉耶芙娜,她知道他来了,不敢进屋来见他。她还是他在莫斯科见到时的样子;还是那件毛料连衣裙,手臂和头颈裸露着,还是那张善良而呆滞的有麻点的脸,稍微胖了一点。

"哎,怎么?他怎么样?怎么?"

"很不好呢。起不来床了。他老是在盼您来。他……您……跟太太一道来的。"

最初一小会儿列文不懂她为什么发窘,不过她马上就对他说明了:

"我这就走开,我到厨房去,"她说出这句话,"他会高兴的。他听见了,他认识她,记得在国外见过她。"

列文明白了,她指的是他妻子,他不知怎样回答才好。

"我们去吧,我们去吧!"

但是他刚一抬脚,他的那个房间门开了,吉蒂探出头来。列文满脸通红,他又羞又气,气的是他的妻子,是她让她自己和他陷于这种难堪的境地;然而玛丽娅·尼古拉耶芙娜脸红得更加厉害。她缩起身子,脸红得要哭出来了,两只手捏住头巾的两端,在她通红的手指上绕来绕去,不知该说什么和做什么。

最初一瞬间,列文看见,在吉蒂望着这个她认为不可理解的可怕女人时,目光中有一种急切的好奇表情;但是这只持续了一眨眼工夫。

"啊,怎么?他怎么样?"她先是对丈夫说,后来又对着这个女人说。

"总不能在走廊里说话呀!"列文说,气呼呼地望着一位恰在这时晃着两条腿在走廊里走动的先生,这人好像有他自己的事情。

"那就进屋来吧,"吉蒂对玛丽娅·尼古拉耶芙娜说。她也恢复了常态,但是吉蒂注意到丈夫脸上愕然的神情,又说:"要不就去吧,去吧,回头再派人来叫我。"便回到房间里去了。列文便去看他的哥哥。

他在哥哥那里所看到和感受到的,完全出乎他预料。他想他会看见哥哥仍是处于那种自我欺骗的状态,他听说生肺病的人往往都是如此,秋天哥哥来时,那样子曾让他大为吃惊。他预料,他会发现一些更加确定的临近死亡的征兆,身体更虚弱,更消瘦,但大体上总还跟原先差不多。他预料,他自己会体验到跟上次一样的感觉,对亲爱的哥哥行将死去感到怜惜,面对死亡感到可怕,只不过程度上更大一些而已。他做好这样的准备;但是他看到的却完全是另一种情况。

在一间又小又脏的房间里,四壁彩绘的护墙板上满是痰迹,透过薄薄的墙板,能听见隔壁说话的声音,在充满恶臭的肮脏空气中,一张没有靠墙的床上躺着一个用被子盖着的躯体。这躯体的一只手放在被子上,这只手的骨骼像一把搂草的笆子,不知怎样地连接在那细细的、从顶端到中间一般粗的、长长的马胫骨一样的手臂骨头上。他的头侧着搁在枕头上。列文看得见他鬓角上汗湿稀疏的头发,和他皮包骨头的、仿佛透明的前额。

"不可能啊,这个可怕的躯体会是我的尼古拉哥哥。"列文想。但是他走近一些,看清那张脸,便不容他怀疑了。列文只须朝那双向着走进屋的人抬起来的活跃的眼睛望一下,只须看到那黏在一起的胡须下嘴唇的轻微动作,便明白了一个可怕的事实:这具僵死的躯体就是他的依然活着的哥哥。

那双闪亮的眼睛严厉地、好像谴责似地朝进来的弟弟望了望。于是这一个目光马上便使两个活人之间建立了一种活的关系。列文马上在那射向他的目光中感觉到责备的意味,于是他马上产生了一种因自己的幸福而愧疚之情。

康斯坦丁拉起尼古拉的手,尼古拉微微地笑了。这笑容是很淡的,几乎不能看见,而且,虽然有这种笑容,眼睛中严厉的表情并没有改变。

"你没想到我会是这样吧。"他艰难地说。

"是的……没想到,"列文言语混乱地说,"你为什么不早点让我知道,我是说,在我结婚那时候?我到处找过你。"

必须说话,才不会沉默,而他不知道说什么好,哥哥又不作任何回答,只是目不转睛地注视着,显然是在揣摩他每句话的意思。列文告诉哥哥,他妻子也一道来了。尼古拉显得很高兴,但是又说怕自己的样子吓坏了她。又一阵沉默。忽然尼古拉动了动身子,开始在说什么。从他的表情上,列文以为他要说什么特别紧要和重大的事情,但是尼古拉说起的是他的病情。他埋怨医生,说可惜没有一个莫斯科的名医在这里,列文明白了,他还抱着希望。

列文趁话音一落便站了起来,他是想摆脱这种难受的感觉,哪怕一小会儿也好,他说他去把妻子叫来。

"啊,好吧,那我叫人把这儿打扫一下。我想,这儿太脏了,气味大得很。玛莎!把这儿收拾一下。"病人艰难地说。"收拾好了,你就走开去。"他又添了一句,眼睛询问般地望着弟弟。

列文没回答什么。到了走廊里,他停住脚步。他说他是去喊妻子来的,但是现在,想一想自己所体验到的感觉,他决定不仅不要她来,还要极力说服她不要走近病人的身边。"干吗要她跟我一样去受罪?"他想。

"嗳,怎么?怎么样?"吉蒂面带惧色地问道。

"哎呀,太可怕了,太可怕了!你上这儿来干吗呀?"列文说。

吉蒂几秒钟里没说话,胆怯地、满带怜悯之情地注视着丈夫;然后她走过来,双手捏住丈夫的臂肘。

"考斯佳!带我去他那儿吧,咱俩在一块儿会好受一些。你只要带我过去,带我过去,求你啦,然后你就走开,"她说,"你要知道,看见你这样,又见不到他,我心里更加难受。我去那儿,或许能,帮帮你跟他。求求你,让我去吧!"她恳请丈夫允许她,好像唯有这样她这一生才算有幸福似的。

列文只好答应她,他定住神,完全忘了玛丽娅·尼古拉耶芙娜的事,带上吉蒂又去哥哥那里了。

她轻轻地移动脚步,不停地望着丈夫的脸色,让他看见自己勇敢的和同情的面容,走进了病人的房间,不慌不忙地转过身,悄悄关紧了房门。她不出声地快步走到床前,绕过去,让他不必转过头来,立即把他一把骨头的粗大的手捏在自己富有青春活力的手中,握了握那只手,便用那种只有女人才有的、轻柔活泼的、满怀着同情又不令人感到委屈的口气跟病人谈起话来。

"我们见过面的,可是不认识,在索登,"她说,"您那时候没想到,我会成了您的弟媳妇吧?"

"您大概认不出我了吧?"他微笑着说,她一进门他脸上就闪耀出这样的微笑。

"不,我认得出的。您做得真好,让我们知道了情况!没有哪一天考斯佳不想到您,不挂念您。"

而病人的活跃没能持续多久。

她的话还没说完,他脸上便重新显出一个垂死的人对活着的人那种出于嫉妒的严厉的责备表情。

"我担心您住这儿不够舒服。"她避开他凝注的目光,对房间四处看看,一边说。"得要店主人给换个房间,"她对丈夫说,"还要跟我们的房间近一些。"

十八

列文不能平心静气看着他哥哥,在他面前不能做到自然和平静。一走到病人身边,他的眼睛和注意力便不知不觉模糊了,他看不见也摸不清哥哥的详细情况。他闻到可怕的气味,看见肮脏、混乱、痛苦,听见呻吟,感到束手无策。他根本没有想到要把病人的详情仔细了解一下,考虑一下这躯体是怎样在那张被子下面躺着的,那缩成一团的只剩一把骨头的膝盖、大腿、脊背是怎样摆在那里的,能不能让他稍微躺舒服点,做点什么事,让他即使不能更好些,至少不要这样糟。他一想到所有这些细节便脊背发冷。他毫无疑问地相信,要想延续生命或减轻痛苦都是毫无办法的。但病人感觉到弟弟认为他已经无可救药,便大为激怒。因此列文便更加难过。待在哥哥房间里他觉得非常痛苦,而不待在那里又更是难受。所以他不断地找种种借口走出去,又因为无法一个人待在外边再走进来。

然而吉蒂想到的,感觉的和所做的全都不是这样。一看见病人的情况,她顿起怜悯之心。这怜悯在她女性的心灵中所唤起的,完全不像她丈夫心中那种畏惧和厌恶的感情,而是要求她采取行动,了解病人的详情,并且帮助他。她应该帮助他,对此她没有丝毫怀疑,她也毫不怀疑这是她力所能及的,于是她立即着手干起来。正是那些她丈夫一想到便大为恐惧的琐事马上便引起了她的注意。她派人去请医生,派人去买药,让她随身带来的使女和玛丽娅·尼古拉耶芙娜扫地,擦灰尘,洗刷物品,有的东西她自己洗,自己擦,又在被子下面垫了些东西。有些东西她吩咐拿进病人屋里来,有些拿出去。几次三番地回到她自己房间里,把床单、枕套、毛巾、衬衣拿来,毫不理睬那些迎面走过来的先生们。

茶房正在餐厅里为几位工程师开饭,好几回满脸不高兴地被她叫来,却又不得不照她吩咐的去办,因为她命令他做事时态度是那么温和,而又十分坚决,没法避开她。列文不赞成这一切;他不相信这样做对病人有什么用处。他尤其害怕病人别因此发起火来。但病人虽然看起来对这些态度淡漠,却也没有生气,而只是有点不好意思,总的说来,他好像对她在他身上所做的一切都很感兴趣。吉蒂派列文去请医生,他回来,一开门,正碰上病人照吉蒂的安排在更换内衣。又长又白的脊梁骨,还有突起的巨大的肩胛骨、一根根凸露的肋骨和椎骨全都裸着,玛丽娅·尼古拉耶芙娜和那个仆役在给他穿衬衫时不知所措了,没法把那只软搭搭的长手臂伸进袖子去。列文进来后吉蒂连忙关上房门,她不朝病人那个方向看;但是病人呻吟起来,她急速向他奔过去。

"穿快一点呀。"她说。

"您别过来,"病人气呼呼地说,"我自己……"

"您说啥?"玛丽娅·尼古拉耶芙娜问道。

但是吉蒂听见了,也明白了,他是害羞了,也不高兴了,因为在她面前赤身露体。

"我不看,我不看!"她说,一边纠正着他那只手。"玛丽娅·尼古拉耶芙娜,您上那边去,给他摆摆好,"她又说。

"请你去一下,我的小手提袋里有个小玻璃瓶子,"她对丈夫说,"知道吧,在边上那个小口袋里,去拿来,请吧,等你回来这儿就全收拾好啦。"

拿来小瓶子,列文看到病人已经安顿好,他身边的一切全都变了样子。难闻的臭味变成了香喷喷的醋味,是吉蒂噘着小嘴唇,鼓起红红的腮帮子用一个小管子喷出来的,灰尘一点儿也看不见了,床下铺了一块地毯。桌上整整齐齐地摆着药瓶和水瓶,还放着替换用的衬衣和吉蒂的 broderie anglaise,病人床前的另一张桌子上放着饮料、蜡烛和药粉。病人自己已经被梳洗干净,躺在清洁的被单上,垫着高高的枕头,穿一件干净的衬衫,雪白的领子围着那细得不像样子的头颈,表情也不同了,像是满怀着希望,正定定注视着吉蒂。

列文在俱乐部找到个医生,把他请了来,不是原先给尼古拉·列文治病而他不喜欢的那一个。这位新医生拿起听诊器,给病人听了听,摇摇头,开了药方,再特别仔细地先说了怎样服药,又说怎样注意饮食。他建议吃生鸡蛋或是稍稍煮一下的鸡蛋,喝微温的矿泉水,掺一些鲜牛奶。医生走后,病人对他弟弟说了点什么;但是列文只听清最后几个字:"你的卡佳",不过从他注视吉蒂的目光上,列文懂了,他是在夸奖她。他还把他称作"卡佳"的吉蒂也喊到床前。

"我已经好得多了,"他说,"要是跟你们在一起我的病或许早就好了。多舒服啊!"他握住吉蒂的手,把它拉向自己的唇边,但是,好像是害怕她会不高兴,就放开了,只在那手上抚摸了一下。吉蒂双手拉住他的那只手,又握了握它。

"现在帮我翻到左边,你们就去睡觉。"他说。

没人听清他说的是什么,只有吉蒂听懂了。她所以能懂,因为她心里不停地关注着他需要什么。

"把他翻到另一边,"她对丈夫说,"他一直朝那边躺的。你给他翻一翻。不高兴喊茶房了。我翻不动。您也翻不动吗?"她对玛丽娅·尼古拉耶芙娜说。

"我怕。"玛丽娅·尼古拉耶芙娜回答。

列文双手抱住哥哥吓人的身体,接触到被子下面那些他想都不敢想的部位,尽管这样做让他觉得非常可怕,但是,在妻子的影响下,他摆出一副他妻子很熟悉的果断神色,伸手去抱了。然而,虽然他力气很大,还是大吃一惊,这副早已没有一点儿生机的肢体竟是这样的沉重。他在为哥哥翻身时,感觉到一只巨大的干瘦的手臂搂住自己的脖子。吉蒂迅速地、没有声响地翻了翻枕头,再拍拍松,又扶了扶病人的头,掠开他再次粘到鬓角上的稀疏的头发。

病人把弟弟的手捏在自己的手中,列文感到,哥哥想要拿他这只手去做点什么,把这只手往不知哪儿拉,列文愣愣地任他摆布。啊,他是把这只手拉向自己的嘴边,又吻了吻它。列文失声痛哭了,全身都在颤抖,什么也说不出来,便走出了房间。

十九

"你将这些事,向聪明通达人,就藏起来,向婴孩,就显出来。"①这天晚上列文在跟妻子谈话时,就是这样想她的。

列文想到福音书里的话并不是因为他把自己看作一个聪明通达的人。他并不认为自己聪明通达,但是他不会不知道他比妻子和阿加菲娅·米海依洛芙娜要聪明些,也不会不知道,当他考虑到死的问题时,他是用尽全副的心力在考虑的。他还知道,有许多大智大慧的男人,他看过记录他们思想的著作,都曾经考虑过这个问题,然而他们所知道的,还不及他妻子和阿加菲娅·米海依洛芙娜的百分之一。不管这两个女人,阿加菲娅·米海依洛芙娜和卡佳——尼古拉哥哥叫她卡佳,列文现在也特别喜欢这样叫她——之间有多么大的不同,她们在这方面却是完全相像的。她们这两个女人毫无疑问地知道,什么是生,什么是死,虽然她们怎样也回答不出列文心里所思考的那些问题,也不会理解那些问题,但是她们两人毫不怀疑这种现象的意义,并且不仅她们彼此之间对这种现象的看法完全一致,而且也跟千百万人的看法相同。她们确切不移地知道什么是死,证明就在于,她们片刻也不迟疑地知道怎样对待临终的人,并且不害怕这样的人。而列文和其他人,虽然都会大谈其死是如何如何,却显然不知道在有人要死的时候应该做什么。假如这会儿是列文一个人跟尼古拉哥哥在一起,他很可能是恐惧万分地注视着哥哥,同时更加恐惧地等着他死去,其他什么也不会做。

---

① 语出《圣经·新约·马太福音》第十一章二十五节。

不仅如此,他也不知道该说什么,眼睛该往哪儿看,该怎么走动。说点别的什么事他觉得会伤害人家,不行;说死的事吧——也不行。沉默吧——也不行。"看着他,——怕他会以为我在揣摩他;不看他——他会以为我在想别的事。踮着脚尖走,——他会不高兴;放开步子走——又于心不忍。"而她显然没有也没有时间想到她自己;她想的是病人,因为她心中有数,一切事也就办得顺手。她对病人谈起她自己的事,谈起她的婚礼,微笑着,怜惜他,抚慰他,还谈到别人生病康复的情况,于是一切进行得都顺手;可见,她是心中有数的。她和阿加菲娅·米海依洛芙娜两人的一举一动都并非单凭本能,像动物一样,非理性的,可以证明这一点的是:除了照料他的身体,减轻他的痛苦之外,阿加菲娅·米海依洛芙娜和吉蒂两人,为了临终者的好处,还想到要做些比身体上的照料更加重要的、跟身体状况毫无关系的事。阿加菲娅·米海依洛芙娜谈起一个死去的老人时,曾经说:"挺好呀,感谢上帝,人家给他领了圣餐,行了涂油礼,但愿人人都能像这样死就好了。""卡佳"也是一样,除了关心那些内衣、褥疮、饮料的事,她头一天就说服了病人一定要领圣餐和行涂油礼。

离开病人回到他们自己那两间房间里去过夜时,列文低垂着头坐在那里,不知做什么才好。就别说吃晚饭、收拾就寝、考虑还有什么事要办了,他甚至跟妻子说句话都做不到:他觉得有愧于心。但是吉蒂却跟他相反,她比平时更加能干。她甚至比平时更加活跃。她吩咐送晚饭来,自己动手收拾东西,自己帮忙铺床,还没忘记给床撒上杀虫药粉。她情绪激奋,思维敏捷,就好像男人们在面临一场厮拼、一场搏斗时,在一生中最为危险和决定性关头时,当他认为过去的一生都只不过是在为这几分钟作准备,现在他要一举而表现出自己的价值时,往往都是这样的。

她事事得心应手,还不到十二点,每件东西都收拾得干净而整齐,这间旅馆房间简直就像是在她家中,跟她自己家里的那些房间一个样:床铺好了。刷子、梳子、镜子都各得其所,连桌布也铺上了。

列文发现,这会儿哪怕是吃饭、睡觉、说话都是罪过的,他觉得他的一举一动都是不得体的。而她却在那里摆弄着那些小刷子,不过这些事她做起来一点儿也不让人感到不快。

然而他们什么也吃不下,很久都无法入眠,甚至很久都没有去躺在床上。

"我真高兴,说服了他明天行涂油礼。"她说,只穿一件短衫坐在自己梳妆盒的镜子前,用她随身带来的梳子梳理着她柔软芳香的头发。"这些事我从来没见过,不过我知道的,妈妈给我说起过,她说可以祷告把病治好的。"

"你未必真的以为他的病会好?"列文说,望着她圆圆的后脑勺上窄窄的一绺头发,平时是遮住看不见的,这时她正把梳子往前梳。

"我问过医生了:他说他活不了三天。可是他们难道真的就知道?反正我很高兴,因为我说服了他。"她说着从头发下面斜眼望着她丈夫。"什么事都可能发生的。"她再说一句,脸上是她那种特殊的、带几分狡黠的表情,每当她谈起有关宗教的事情时,都是这样的。

他俩在婚礼前有过一次关于宗教的谈话,那以后无论他或她都再没有提起过这个话题,但是她依然心安理得地去教堂,做祈祷,履行自己的宗教仪式,认为这些都是必须要做的。尽管他的信仰相反,她却坚决相信,他是一个跟她那样的基督徒,而且甚至于比她更加虔笃,他那些有关宗教的言论只不过是他的一种男人的可笑的狂妄而已,就像他对 broderie anglaise 所说的那些话一样,他说:好心人都在补窟窿,而她偏偏故意挖窟窿,等等。

"是呀,瞧这个女人,玛丽娜·尼古拉耶芙娜,这些事一样也不会安排,"列文说,"而且……我应该承认,我非常、非常高兴你来了。你是多么纯洁啊,简直……"他拉起她的手,却没有吻(他觉得跟死亡这么靠近,吻她的手是不恰当的),只是带着抱歉的表情握了握,同时注视着她一双明亮的眼睛。

"你要是一个人来一定好难过啊。"她说,同时高举起双臂,把头发挽在脑后,用发针卡住,她的手臂遮住了她高兴得发红的面颊。"是的,"她接着说,"她不懂该怎么做……我呢,多亏在索登学到了很多。"

"那里未必有像这样的病人?"

"还有比他更糟的呢。"

"对我来说可怕的是,我眼睛里没法不看见他年轻时候的样子……你真不能相信,他那时候是一个多么好的青年啊,可是我当时不了解他。"

"我非常、非常相信啊。我现在多么深切地觉得,我们以前**本应该**跟他好好相处的呀。"她说,她竟说了这样的话,她感到害怕起来,望了丈夫一眼,泪水便涌出了她的眼帘。

"是的,我们**本应该**这样,"他伤心地说,"他正是那样一个人,人家说,这种人不是为这个世界而生的。"

"可是我们还得在这儿待些日子呢,该睡觉啦。"吉蒂看了看她那只小小的怀表,然后说。

二十

次日他们给病人领了圣餐,行了涂油礼。在举行仪式的时候,尼古拉·列文热烈地祈祷着。他一双大大的眼睛紧盯住摆在铺了花台布的折叠小方桌上的圣像,表露出那么急切的祈求和希望,让列文看了觉得可怕。列文知道,这急切的祈求和希望只会让他跟生命告别时更加难过,他是那样地热爱着他的生命啊。列文了解哥哥,了解他的思路;他知道,他不信上帝并非因为没有这种信仰他能活得更轻松,而是因为现代科学对世界上各种现象的解释一步一步排除了他对宗教的信仰,所以列文也知道,此时此刻他重又相信上帝,这并不是一件合乎规律的事,不是循着他的那一条思路而得来的结论,只不过是一种暂时的、出于利己之心的表现,因为他怀着想要把病治好的疯狂的愿望。列文也知道,吉蒂在给他说那些她道听途说而来的异乎寻常的治好病的事情时,就已经大大增强了他的这种愿望。这些列文全知道,所以,当他看见那满怀希望的祈求的目光,那艰难地举起来在皮肤绷紧的额头上画着十字的骨瘦如柴的手,那突起的肩胛,那喘息不停的、干瘪的、已经不能容纳病人所乞求的生命的胸腔,他感到非常难过。在进行领圣餐仪式时,列文也祈祷着,做着他这个不信上帝的人做过千百遍的事。他说,是说给上帝听的:"请你,假如世上真有你存在,让这个人把病治好吧(这同一句话已经被重复说过许多遍啦),请你拯救他,也拯救我吧。"

在行过涂油礼以后,病人忽然感觉好多了。一个钟头里他一声也没有咳,他微笑着,还吻吉蒂的手,含着眼泪感谢她,还说他觉得很好,哪儿也不痛,觉得他有胃口、有力气了。给他端汤来时他甚至自己抬起身子来,还说要吃一块肉饼。虽然他已是无药可救,虽然只须瞧他一眼便知道他是不可能康复了,但列文和吉蒂两人在这一个钟头里都同样地高兴,也同样地担心,只怕他们错了,他们就这样兴奋地激动着。

"他好些啦?""是呀,好多啦。""真奇怪。""一点儿也不奇怪。""反正是好多啦。"他俩悄声低语着,含笑对视着。

这迷惑没持续多久。病人安静地睡了一阵,但半小时过后咳嗽把他咳醒了。于是忽然间围着他的人和他自己心中的希望全都烟消云散了。摆在面前的痛苦的事实无可置疑地令列文、吉蒂以及病人自己心头的希望破灭了,甚至原先这些希望连想也不去回想了。

病人甚至不再提起半小时前他所信以为真的事,似乎想起这些便不好意思,他要他们把那个上面蒙着一张纸,纸上有个小洞眼的碘酒瓶递给他,让他嗅一嗅,列文递瓶子给他,他眼中的光就像他领圣餐时那样,充满热切的希望,这时正凝注在弟弟身上,他是要弟弟给他证实医生说的吸碘酒能产生奇迹的话。

"怎么,吉蒂不在?"列文勉强地证实了医生的话,这时病人向四周望望,嗓音嘶哑地说。"她不在,那就可以说了……我是为了她才演这场滑稽戏的。她是那么可爱,不过咱们也不能欺骗自己。我相信的是这个。"他说,用他皮包骨头的手紧捏住瓶子,开始对瓶口吸气。

晚上八点钟,列文正和妻子在他们的房间里喝茶,玛丽娅·尼古拉耶芙娜喘着气跑来找他们。她面色苍白,嘴唇颤抖着。

"他要死啦!"她悄声说,"我怕他这会儿就要死了。"

他们奔向病人房中。他抬起身来,手臂支撑着坐在床上,把他长长的脊背弯下去,头低低地向下垂。

"你感觉怎么样?"片刻沉默后,列文小声地问。

"我感觉,我要走了。"尼古拉艰难地,但也是非常明确地,一个字一个字地吐着这样说。他没抬起头,只翻起眼睛,并没看弟弟的脸。"卡佳,你走开!"

列文一跃而起,用下命令的口吻悄声要吉蒂出去。

"我要走了。"他再说一次。

"为什么你这么想?"列文说,只不过为了找一句话说。

"因为我要走了,"好像他喜欢这个措辞似的,又说了一遍,"结束了。"

玛丽娅·尼古拉耶芙娜走到他身边。

"您还是躺下吧,您会舒服点。"她说。

"马上我就安安静静躺下了,"他说道,"死了,"他嘲笑地、气呼呼地说,"喏,扶我躺下吧,要是你们想这样。"

列文把哥哥放下,让他躺平,坐在他身边,屏住气息望着他的脸。垂死的人闭眼躺着,但是他额头上的肌肉时而会颤动一下,人在深刻而紧张地思索时都是这样的。列文不由得跟随哥哥一起思索起来,他所想的是,这会儿在哥哥心中所进行的活动到底是什么,然而,尽管列文竭尽全力在思索,想要跟上哥哥的思路,他从这张安详严峻的脸的表情上,从眉头肌肉的颤动上看出,那对他至今依旧茫然的东西,对这垂死的人却是逐渐、逐渐清晰明白了。

"是的,是的,是这样。"垂死的人一字一顿地缓慢地说。"等一等。"他又不说了。"是这样啊!"他忽然安宁地拖长声音说,好像他把一切问题全都解决了。"啊,主啊!"他说了声,重重叹了一口气。

玛丽娅·尼古拉耶芙娜摸了摸他的脚。"变凉了。"她悄声说。

病人一动不动地躺了很久,列文觉得这段时间很长很长。但是病人仍活着,还不时地吁一口气。列文一直在紧张地思索,已经感到疲倦了。他觉得,尽管他这样紧张地思索了这么久,他还是不能理解"**是这样**"到底是怎么样。他觉得,跟这个垂死的人比,自己早已经落后了。他已经不能思考死亡这个问题本身,但是又不由自主地要想到,现在,此时此刻,他应该做的事情:给病人合上眼睛,穿衣服,订购棺材。而奇怪的是,他觉得自己已经完全麻木了,既不觉得痛苦,也不觉得自己在失去什么,更少体验到对哥哥的怜惜。如果说他此刻对哥哥还有什么感触的话,那么顶多也就是羡慕这垂死的人知道那些他所不能知道的事情。

他又这样在哥哥身边坐了很久,一直在等待结束。然而一直没有个结束。房门开了,吉蒂走进来。列文站起来想要阻止她。然而在他正站起身来时,他听到那像死了一样的人在动。

"别走开。"尼古拉说,还伸出他的手。列文把自己的手伸给他握着,生气地向妻子挥另一只手,叫她走开。

他把死人的手握在手中坐了半个小时,一个小时,又一个小时。他现在已经完全不去想死的事情了。他想的是,吉蒂这会儿在做什么,隔壁房间住的什么人,医生家的房子是不是他自己的。他想吃东西,想睡觉。他小心翼翼地把手抽出来,摸了摸病人的脚。那脚是冷的,但是病人还有气。列文又踮起脚想要走出房间去,然而病人又动了,还说:

"别走开。"

…………

天亮了;病人的情况还是那样。列文悄悄抽出手来,眼睛不望着垂死的人,回到自己房间睡觉了。一觉醒来,原想听到哥哥死去的消息,却听说病人又恢复到原先的状态。他又坐起来,咳嗽,又吃东西,说话,又不再谈死,又说他想要把病治好,变得比原先更加易怒,更加阴沉。弟弟也好,吉蒂也好,都不能使他安静下来。他对每个人生气,对每个人说难听的话,责怪大家让他受了苦,要求从莫斯科给他请一位名医来。无论谁问到他感觉怎样,他全都面带恶意和谴责地回答:

"我好难受啊,受不了啦!"

病人越来越痛苦了,特别是由于已经无法医治的褥疮;他对四周的人也越来越生气,为每件事指责他们,特别是因为没有给他从莫斯科请一位医生来。吉蒂千方百计设法帮助他,安慰他;然而全是徒劳,列文看见,她体力上、精神上都疲惫不堪了,虽然她自己不承认。那天晚上他把弟弟喊来所作的诀别在每个人心中引起的面对死亡的感情,现在全被破坏了。大家都知道,他是一定要死了,马上要死了,他已经是一个死掉一半的人了。人人都只在期望着一件事情,想要他赶快死掉,而大家又全都隐瞒着这一点,给他从瓶子里拿药,给他找药,找医生,欺骗他,欺骗自己,也互相欺骗。所有这些全都是虚伪,丑恶的、侮辱人的、亵渎神明的虚伪。而这种虚伪列文感受得特别痛切,因为这种虚伪的性质,也因为他比别的人都更加爱这个垂死的人。

列文早就想要让两兄弟和解了,哪怕是临死前能和解也好,他给谢尔盖·伊凡诺维奇哥哥写了一封信,收到谢尔盖·伊凡诺维奇的回信后,便读给病人听。谢尔盖·伊凡诺维奇在信中说,他不能亲自来,但是用了些很为动人的话语请求这个弟弟的原谅。

病人什么话也没有说。

"我写信给他怎么讲?"列文问道,"我想,你不生他的气了吧?"

"不啊,一点儿也不!"听到这个问题,尼古拉恼怒地回答,"你给他写信,叫他给我派个医生来。"

又过了三天痛苦的日子;病人一直是这种状况。凡是见到他的人,全都怀有一种想要他死去的心情:旅馆的茶房,店主人,住客,医生,玛丽娅·尼古拉耶芙娜,列文,吉蒂,全都这样想。只有病人一个人没表示他想要死,相反地,他还在为没有给他请医生来而生气,还在一个劲儿地服药,说他要活下去。只是偶尔有几分钟,当他服了鸦片,暂时忘掉那止不住的痛苦时,他在昏迷之中有时会说出那句他心中比所有别的人都感受得更加强烈的话:"哎呀,一下子完结就好啦!"或者:"什么时候才完结啊!"

痛苦在均匀地一点点地增加着,并且起了它应有的作用,为他做好死亡的准备。无论怎样躺着他都是痛苦的,无论哪一分钟他都忘不掉痛苦,他的四肢,他的身体,没有一处不痛,都让他受尽折磨。甚至有关这个身体的回忆、印象和想法现在都像这个身体本身一样,在他的心中引起厌恶。看见别的人,听见别人说话,回想起自己过去的事情——所有这一切都只能让他痛苦难忍。周围的人都感觉到了这一点,都下意识地不许自己当他的面随便走动,都不说话,不表示自己心里在想着什么。他整个的生命现在都溶汇为一种痛苦的感觉和摆脱这种痛苦的愿望。

显然,他心中正进行着一个转变,这转变将迫使他将死亡视为他所有愿望的满足,视为一种幸福。从前,因痛苦或匮乏而引起的每种个别的欲望,诸如饥饿、疲劳、口渴,都是由身体上能带来快慰的机能来给以满足的;然而现在匮乏和痛苦没有得到满足,而试图满足却引起新的痛苦。因此所有的愿望都汇合为——但愿能摆脱这一切痛苦以及这些痛苦的根源,也就是这个身体。然而他没有话语可以表达这种解脱的愿望,所以他并不说起,只是习惯地要求满足他那些已经是不可能满足的愿望。"给我翻个身。"他说,但马上便要人家把他再翻回去。"给我喝肉汤。把肉汤拿走。给我讲点什么,您干吗不说话。"而人家刚一开口,他便合上眼睛,显得疲乏、冷淡和厌恶。

吉蒂在她来到这个小城的第十天生病了。她头痛,恶心,整个上午都不能起床。

医生说,是因为太累、太激动而生病的,要她静下心来。

但是午饭后吉蒂下了床,还跟前些天一样拿起刺绣活儿向病人房间走去。她进门时,病人板着脸瞧瞧她,她说她病了,他轻蔑地笑笑。这一天里,他不停地擤鼻涕,抱怨地呻吟。

"您感觉怎么样?"她问他。

"更糟了,"他很吃力地说,"痛啊!"

"哪儿痛?"

"到处都痛。"

"他今天就会完结的,您瞧着吧。"玛丽娅·尼古拉耶芙娜说,她虽是小声在说,但是病人敏感得很,列文注意到,他应该是听见她讲什么了,列文嘘了她一声,又望了望病人。尼古拉听见了,但是这句话他根本没有在意。他的目光仍然是紧张的,好像在责备谁。

"您为什么这么想?"列文问她,这时她已随列文来到走廊里。

"他开始在自己身上抓了。"玛丽娅·尼古拉耶芙娜说。

"怎么在自己身上抓?"

"就这样。"她说,用手撕着她毛料连衣裙的皱褶比画着。的确,列文注意到,这一整天病人都在抓他自己,仿佛想要把什么东西扯下来。

玛丽娅·尼古拉耶芙娜说对了。傍晚以前,病人已经举不起手臂来,唯有一副双目直视、眼神呆滞的表情。甚至当弟弟或吉蒂俯在他面前想让他看见他们时,他仍是这样直视着。吉蒂叫人去请神父,来为他做临终祈祷。

神父做临终祈祷时,垂死的人没显出一点儿活的迹象;他两眼紧闭着。列文、吉蒂、玛丽娅·尼古拉耶芙娜站在床前。神父还没把祷词念完,垂死的人挺了挺身子,叹了口气,睁开了眼睛。神父读完祷词,把十字架在冰冷的额头上贴了贴,然后把十字架包在圣带中,又默默地站立了两三分钟,碰了碰那只变冷了的、没有血色的巨大的手。

"死了。"神父说,他想要走开了;但是忽然间死人那粘在一起的胡子动了动,于是,在一片沉静中,清晰地听见从他胸腔深处发出明白的尖细的声音：

"没有完全……快了。"

过一分钟，那张脸豁然开朗了，胡须下边显出了笑容，于是周围的几个女人便忙着为死者收拾起来。

哥哥的模样和死前的情景在列文心中再次引发了那种当死亡临近，无可逃避，而又莫测其高深时的恐惧感，那个秋天的傍晚，当哥哥来到他家时，他就曾经有过这样的感觉。现在这种感觉比那时更加强烈了；他感到自己比从前更加不能理解死亡的意义了，而死亡之不可逃避也让他觉得更加可怕了；然而现在，幸亏有妻子在身边，这种感觉没有令他陷入绝望：尽管死亡摆在眼前，他感到必须生活，必须爱。他感到，是爱拯救了他，使他免于绝望；这爱，在绝望的威胁之下，愈来愈强烈、愈来愈纯净了。

依旧没解开的死的奥秘在他的眼前还没来得及消失，另一个同样是无法解开的奥秘又出现了，这是一个召唤他去爱、去生活的奥秘。

医生证实了他对吉蒂的初步诊断。她不舒服是因为她怀孕了。

二十一

跟培特茜和斯捷潘·阿尔卡季伊奇谈过话以后，阿历克赛·亚力克山德洛维奇马上就懂了，要求他做的只是，别去打扰妻子，别在她面前露面，别给她添麻烦，而且是妻子自己希望他这样做的。他感到六神无主，什么事也拿不定主意，自己也不知道自己此刻想要什么，于是他便听凭那些乐于干预他事情的人们去处理，人家怎么做他都说同意。只是在安娜已经从他家离去，英国籍的家庭女教师派人来问他，她该跟他一起吃饭呢，还是单独吃，他才生平第一次地明白了自己的处境，一下子害怕起来。

这种处境下他感到最难办的是，他怎样也无法把自己的过去和目前情况联系起来，无法使二者调谐。令他心烦意乱的倒不是他和妻子一起幸福地生活的那个过去。从这个过去到他获知妻子的不忠，这一段过渡时期他已经痛苦地经历过了；这种状况是难受的，但是他尚能理解。假如说妻子在那时候，一跟他说出了自己的不贞，便离他而去，他或许会伤心，会觉得自己不幸，但是他不会陷入一种走投无路、莫名其妙的境地，而此时此刻他觉得自己正是这样。现在他心中怎样也不能达到调谐和平衡，曾几何时，他对生病的妻子和别人的孩子是那么充满柔情、充满爱，而现在呢，似乎这就是对他所做一切的报偿，他现在落得个形单影只，受尽屈辱，遭人嘲笑，谁也不需要他，人人都蔑视他。

妻子走后的最初两天，阿历克赛·亚力克山德洛维奇照常接待那些求情的人和办公室的主管，出席委员会会议，去餐厅吃饭。这两天里，他鼓起全部精神和心力，只为了外表上显得安然平静，甚至无动于衷，他自己也不明白为什么要这样做。家里人来请示怎样收拾安娜·阿尔卡季耶芙娜房间里的东西，在回答这个问题时，他作出极大的努力控制住自己，装出好像事情并不出他所料、也并非异乎寻常的样子。他达到了自己的目的：谁也不能从他身上发现绝望的形迹。然而，在安娜出走的第二天，考尔涅伊送来一张安娜忘记付的时装店的账单，还报告说店里的伙计自己在这里，阿历克赛·亚力克山德洛维奇便吩咐把那人叫来。

"大人，恕我冒昧打扰您。您要是吩咐我去向夫人取钱的话，能不能请您劳驾告诉我夫人的地址。"

那店里的伙计觉得，阿历克赛·亚力克山德洛维奇陷入了沉思，忽然他转过身去，坐在桌前。他把头低垂着撑在手上，就这样坐了很久，好几次想要说话，又停住没说。

考尔涅伊明白老爷的心情，他叫那个伙计下次再来。又留下他独自一人了，阿历克赛·亚力克山德洛维奇明白，他已经再也没有力气硬撑下去，扮演一个坚强和镇定的角色了。他吩咐把等他出门的马车卸掉，不接待任何来客，也不出去吃饭了。

他感觉到，人人都在轻蔑而残酷地羞辱他，他从这个商店伙计和考尔涅伊的脸上看出这一点,这两天来他所遇见的每一个人全都毫无例外地这样对待他,他已经忍受不住了。他觉得他无力摆脱人们对他的厌恶,因为这种厌恶并非由于他是一个愚蠢的人(那样的话他可以尽力使自己变得聪明些),而是由于他是一个蒙受羞辱的、令人不齿的、倒霉的人。他知道,因为,正是因为他的心已经被别人撕得粉碎,他们才会毫不怜悯地来对待他。他感到,人们想要消灭他,就像一群狗想要咬死一只肝肠寸断、痛声嘶叫的狗一样。他知道,唯一能够躲开众人保全性命的办法便是不让他们看见自己的伤处,而这个他已经下意识地试做两天了,现在他觉得自己已经没有力气继续进行这场寡不敌众的斗争了。

他意识到他完全是孤立无告的,只能独自忍受自己的痛苦,他因此更加绝望。他身边没有一个可以让他对之诉说所有他这些体验的人,没有一个人会把他不当做一个达官贵人、一个社会人士而仅仅只当做一个受苦的人来怜惜,彼得堡没有,哪儿也没有。

阿历克赛·亚力克山德洛维奇从小便是孤儿。他们是兄弟二人。父亲他们早记不得了,母亲死了,那是在阿历克赛·亚力克山德洛维奇才十岁的时候。财产很少。叔叔卡列宁身居要职,一度是先皇的宠臣,他把他们抚养成人。

阿历克赛·亚力克山德洛维奇在中学和大学毕业时都获得成绩优异的奖章,这以后,有叔父助一臂之力,他马上平步青云,从此便热衷于功名利禄。无论是在中学里,大学里,或是后来供职的时候,阿历克赛·亚力克山德洛维奇从来没有跟谁深交过。哥哥是他最为贴近的知心人,但是这个哥哥在外交部供职,长年居住国外,阿历克赛·亚力克山德洛维奇结婚后不久,他就死在国外了。

在他当省长时,安娜的姑母,省城一位有钱的贵族太太,让他这个虽说并不年轻,但作为省长却很年轻的人跟自己的侄女儿交上了朋友,把他置于这样一种境地:他要么提出求婚,要么就得从这个城市里走开。阿历克赛·亚力克山德洛维奇犹豫了很久。当时迈出这一步是有足够的理由的,但是不迈出这一步也有足够的理由,然而要他改变自己举棋不定、三思而行的原则,却没有什么断然的根据;而这时安娜的姑母通过一个熟人向他示意,他已经危及了姑娘的名声,他若是对自己的荣誉负责,就该提出求婚。于是他求婚了,并且把他所能有的感情全部给予了他当时的未婚妻和后来的妻子。

他对安娜是够钟情的了,他心中从此也就不再有跟别人知心相交的需要。如今他所有的熟人中没有一个是他亲密的朋友。要说交往他倒也有很多,但是没有友谊。有许多人,阿历克赛·亚力克山德洛维奇可以把他们请到家里吃饭,请他们参与他所关注的事务,为某个求助的人向他们求情,也可以跟他们坦诚相见,议论一番别人的或是政府的事情;然而他跟这些人的关系限于严格的礼仪和习惯所确定的范围之内,不可能越出一步。有一个大学同学,他后来跟这人很是接近,原本是可以跟他谈一谈个人的伤心事的,但这位同学在一个远处的学区里当督学。在彼得堡这些人当中,较为接近并较有可能谈谈的,是办公室的主任和医生二人。

办公室主任米海依尔·瓦西里耶维奇·斯留金是一个朴实、聪明、善良而且有道德的人,阿历克赛·亚力克山德洛维奇觉得这人对他是怀有好感的;然而共事五年,他们之间已经形成一道障碍,不能再倾心相谈了。

阿历克赛·亚力克山德洛维奇在几张公文上签好了字,很久没有出声,目光停留在米海依尔·瓦西里耶维奇身上,几次想要说话,但却难以启齿。他已经要说出这句话了:"您听人家说到我的不幸的事吗?"然而说出口的却是这样一句例行公事的话:"那就请您给我办一办吧。"说罢便让他走开。

另一个或可一谈的人是医生,这人对他也颇有好感;但是他们之间已早有默契,彼此都并非闲人,还是各自奔忙吧。

阿历克赛·亚力克山德洛维奇并没有想到他那些女性朋友们,首先是莉吉娅·伊凡诺芙娜伯爵夫人。所有的女人,从她们作为女人这一点来说,他现在都怕,都讨厌。

二十二

阿历克赛·亚力克山德洛维奇把莉吉娅·伊凡诺芙娜伯爵夫人忘记了,但是她却没有忘记他。当此极度痛苦、孤独绝望的时刻,她来看望他了,无须通报便走进了他的书房。她正好看见他两手撑住头坐在那里。

"J'ai forcé la Cousigue."①她一边快步走进屋里,一边说,由于心情激动和走得太快,重重地喘着气。"我全都听说啦!阿历克赛·亚力克山德洛维奇!我的朋友啊!"她继续说下去,同时用两只手握住他的一只手,一双美丽的、幽思深沉的眼睛凝视着他的眼睛。

阿历克赛·亚力克山德洛维奇皱着眉头站起来,从她手中抽出手来,移一把椅子给她坐。

"请坐吧,伯爵夫人。我今天不会客的,因为我身体不好,伯爵夫人。"他说,而他的嘴唇在发抖。

"我的朋友啊!"莉吉娅·伊凡诺芙娜伯爵夫人再说一句,两只眼睛依旧盯住他,忽然她的两撇眉毛从中间向上耸起,在她的额头上构成一个三角形;她那张并不漂亮的黄脸变得更不漂亮了;然而阿历克赛·亚力克山德洛维奇觉得她这是在为他而难过,是一副准备要哭的样子。于是他动了感情:他抓住她一只肥嘟嘟的手便吻了起来。

"我的朋友啊!"她激动得断断续续地说,"您可不应该只顾去伤心呀。您的伤心事是够大的,可是您应该能想得开的呀。"

"我让人家给毁啦,我被人家打垮啦,我再也没法做人啦!"阿历克赛·亚力克山德洛维奇说,同时放开她的手,但是眼睛仍旧继续盯住她充满泪水的眼睛。"我无论在哪儿,就是在我自己身上,都找不到个支持,所以说,我的处境实在太可怕了。"

---

① 法语:我破坏了禁律。

"您能找到支持的,不是说在我身上找,虽然我要您相信我对您的友谊。"她叹了口气说。"我们的支持在于爱,上帝赐予我们的爱。上帝做这个是轻而易举的,"她说这话时那兴奋若狂的目光阿历克赛·亚力克山德洛维奇非常熟悉,"上帝会支持您,会帮助您的。"

尽管她这些话里包含有她深深陶醉于自己崇高感情的成分,包含有阿历克赛·亚力克山德洛维奇认为是多余的那种不久前刚在彼得堡流传的、时新的、狂热的神秘主义情绪,此时此刻,阿历克赛·亚力克山德洛维奇听来还是觉得很舒服的。

"我无能为力。我一钱不值。我什么也没能事先料到,现在也什么都不理解。"

"我的朋友啊。"莉吉娅·伊凡诺芙娜伯爵夫人再次这样说。

"不是为失掉那现在已经没有了的东西,不是为这个,"阿历克赛·亚力克山德洛维奇继续说,"我不是为这个难过。可是我现在是这样的处境,在众人面前我不能不觉得羞耻。这是让人很不好受的,可是我没办法,我没办法。"

"我赞赏您那种高尚的宽恕行为,人人都赞赏,但是这不是您做出的,这是您心中的上帝做出的。"莉吉娅·伊凡诺芙娜伯爵夫人说,她激动地一边说一边抬起她的眼睛,"所以说,您不会为自己的行为感到羞耻的。"

阿历克赛·亚力克山德洛维奇皱了皱眉头,弯起手臂,把手指捏得嘎嘎地响。

"样样琐碎的事都得过问,"他细声细气地说,"一个人的精力是有限的,伯爵夫人,我已经筋疲力尽了。现在我得去安排种种的事情,安排那些家务,这都是我这种新的单身情况带来的麻烦(他把**带来**这个词说得特别重)。佣人,家庭女教师,账单……这些琐事像火一样把我烧得心力交瘁了,我已经没有力气支撑下去。吃饭时候……我昨天差一点从饭桌上逃掉。我儿子望我的那种眼光我真忍受不了。他没有问我所有这些是怎么回事,可是他是想问的,我真受不住他这种眼光。他害怕用眼睛看我,可是这还不够呢……"

585

阿历克赛·亚力克山德洛维奇想要谈到人家给他送来的那份账单,但是他的声音在颤抖,他就停住不说了。一提起这份账单,这份写在一张蓝色纸上的、帽子和缎带的账单,他不由得要可怜起他自己来。

"我明白啊,我的朋友,"莉吉娅·伊凡诺芙娜伯爵夫人说,"我全都明白啊。您要找到的帮助和安慰不是在我身上,可我上这儿来反正就是为了帮助您,如果我能做到的话。要是我能让您摆脱所有这些琐碎的、降低您身份的操心事……我明白,需要有一个女人来说话,需要女人家来安排。您肯交给我来办吗?"

阿历克赛·亚力克山德洛维奇默默地、感激地握住她的一只手。

"我们一块儿来照顾谢辽沙吧。做实际事务我是很不在行的,可是我要着手做起来,我来当您的管家。您不必谢我。我这样做并不是我自己……"

"我不能不感激您啊。"

"可是我的朋友,别老是陷在您所说的这种感情里——别为您拥有至高无上的基督精神感到可耻:'**心里谦逊的,必得尊荣**。'①您也不用感谢我。应该感谢上帝,向上帝祈求帮助。只有在上帝身上我们才能找到安宁、宽慰、拯救和爱,"她说,抬眼望着天空,开始做起祷告来,阿历克赛·亚力克山德洛维奇看她静默不语,知道她是在祷告。

阿历克赛·亚力克山德洛维奇现在倾听着她的话,那些言辞他从前听起来觉得虽不厌恶,却也多余,现在倒觉得很自然、很能令他宽慰。阿历克赛·亚力克山德洛维奇不喜欢这种新派的狂热精神。他是个信奉宗教的人,他关心宗教主要是从政治的意义上,而新派允许人们对教义作出某些新的解释,于是便为争议和分辩打开了大门,这一点他从原则上是不喜欢的。从前他对这种新派的教义态度冷淡,甚至敌对,跟热衷于此的莉吉娅·伊凡诺芙娜伯爵夫人却从

---

① 语出《圣经·旧约·箴言》第二十九章二十三节。

未争论过,只是极力用沉默来避开她的挑衅。而现在,他是生平第一次愉快地倾听她说这些话,内心里也没有反感。

"我非常、非常感激您所做的事和您所说的这些话。"等她祷告完了,他说。

莉吉娅·伊凡诺芙娜伯爵夫人再次握住她朋友的两只手。

"我现在就要动手做事情了。"她面带笑容说,默默地从脸上抹去了残留的泪水。"我去看谢辽沙。只有万不得已的时候我再来麻烦您。"她站起身来走出房间去。

莉吉娅·伊凡诺芙娜伯爵夫人到谢辽沙那边去,在那儿,她给这个吓坏了的孩子面颊上洒满了眼泪,她对孩子说,他的父亲是一个圣人,而他的母亲已经死了。

莉吉娅·伊凡诺芙娜伯爵夫人说话算数。她当真承担起张罗和管理阿历克赛·亚力克山德洛维奇家中一切事务的责任。但是,她说她不善于做实际事务这话并非夸张。她所作的所有的安排全都得加以改变,因为它们全都行不通,于是阿历克赛·亚力克山德洛维奇的侍仆考尔涅伊便来改变它们,这人现在暗暗地掌管着卡列宁整个的家,并利用给老爷更衣的机会不露声色、小心翼翼地把必须要报告的事向他报告。然而莉吉娅·伊凡诺芙娜的帮助毕竟是在极大的程度上发挥了作用:她在精神上支撑了阿历克赛·亚力克山德洛维奇,她使阿历克赛·亚力克山德洛维奇意识到她对他的爱和敬,特别是,她几乎已经把他转变得皈依了基督精神,就是说,把他从一个淡漠而疏懒的信教者,转变为一个对近来流传于彼得堡的、基督教义新解释的热烈而坚决的拥护者,这一点她想起来便觉得十分快慰。要阿历克赛·亚力克山德洛维奇相信这一套也是件容易的事。阿历克赛·亚力克山德洛维奇跟莉吉娅·伊凡诺芙娜,以及其他那些与他们持有共同观点的人一个样,根本没有任何深刻的想象力,想象力是一种人的精神能力,有了它,凭想象而产生的概念才会发挥作用,从而跟其他的概念和现实相调协。死这件事对于不信教的人是存在的,现在对于阿历克赛·亚力克山德洛维奇却不存在;因为他现在拥有完整无缺的信仰,他自己又能判断这种信仰,所以他的灵魂里便不再有罪恶,他在这个世界上已经完全获得了拯救——阿历克赛·亚力克山德洛维奇现在看不出这种概念里有什么不可能和不恰当的地方。

的确,阿历克赛·亚力克山德洛维奇也模糊地感觉到,关于自己信仰的这种概念有其轻率和错误之处,他知道,当他根本没有想到他的宽恕是神力的驱使,而直接凭情感行事时,他所体验到的幸福比现在更大,他每一分钟都想着,基督活在他的心中,他签署一份公文也是在执行基督的意志;然而阿历克赛·亚力克山德洛维奇现在非这样想不可,处于自己的屈辱之中,他必须有这样一个哪怕是虚构的崇高的立足点,从这里,他这个遭众人蔑视的人也可以来蔑视一下别的人,于是他便抓住他这个虚假的救星不放手,似乎他已经真的得到拯救。

二十三

莉吉娅·伊凡诺芙娜伯爵夫人还是一个年轻热情的姑娘时,便嫁给了一个有钱又有名、好心而又耽于酒色的花花公子。结婚才一个月,丈夫便抛弃了她,对她那誓言温柔的热烈的爱情保证,只报以嘲笑,甚至敌意,这件事,凡是了解这位伯爵的善良心肠和看不出热情的莉吉娅有什么缺点的人,都大惑不解。从此他们虽未离异,却分居两处,每当丈夫遇见妻子时,照例是恶毒地嘲笑一番,原因何在,无从知晓。

莉吉娅·伊凡诺芙娜伯爵夫人早已不再爱那位丈夫了,但是自那以后,她从未中止过爱一个什么人。她曾一下子爱上好几个人,有男人,也有女人;凡是有点什么与众不同之处的人,她几乎都爱。她爱过所有刚跟皇家结亲的新的亲王和王妃,爱过一个总主教,一个助理主教,一个神父;爱过一个新闻记者,三个斯拉夫主义者,爱过康米萨罗夫①;爱过一个部长,一个医生,一个英国传教士,现在她又在爱卡列宁。她所有这些时强时弱的爱情都不会妨碍她和宫廷以及上流社会进行广泛而复杂的交往。然而自从卡列宁遭此不幸,她对他特别加以庇护以来,自从她在卡列宁家中操劳,关怀他的福利以来,她感到,其余所有的那些爱情全都不是真实的爱情,如今她真心所爱的只有一个卡列宁。她觉得,如今她对他所倾注的感情,比一切从前的感情都更强烈。她分析自己的这份感情并拿它跟从前的那些感情相比较,她清楚地看见,如果康米萨罗夫不是救过皇上的命,她不会爱上他,如果没有那个斯拉夫问题,她不会爱上里斯基奇·库德瑞茨基②,但是她爱卡列宁,是爱他本人,爱他那崇高的、别人所不了解的心灵,爱他那她所喜欢的拖长调子的细细的嗓音,爱他疲倦的目光,爱他的性格和他那双青筋凸露的白手。她不仅喜欢跟他见面,她还在他的脸上寻找着迹象,看她给他留下了怎样的印象。她想要讨他欢喜,不光是用她的话语,还要使出她全身的解数。为了他,如今她比从前任何时候都注意打扮。她往往令自己沉于幻想:假如她没嫁过人,而他也没有娶妻的话,那将会是怎样。他一走进屋里,她便激动得满脸通红,他对她说句什么好听的话,她便忍不住欣喜若狂地露出笑容。

莉吉娅·伊凡诺芙娜伯爵夫人心旌激荡已经好几天了。她知道安娜和伏伦斯基在彼得堡。必须设法保护阿历克赛·亚力克山德洛维奇,让他别跟这女人见面,必须使他甚至不要知道这个可怕的女人跟他同在一个城市里,他随时都有可能遇见她,这样他将会非常痛苦。

莉吉娅·伊凡诺芙娜通过她的熟人反复打听这两个**令人不齿的人**——她是这样称呼安娜和伏伦斯基的——打算做些什么,极力

---

① 康米萨罗夫(1803—1892),俄国农民,因打落凶手的枪,救了沙皇亚历山大二世的命,被封为贵族。
② 里斯基奇·库德瑞茨基(1831—1899),塞尔维亚政治家。

在这几天里控制她朋友的一切行动,好让他别遇见这两个人。一个年轻的副官,他是伏伦斯基的朋友,莉吉娅·伊凡诺芙娜伯爵夫人通过他得到消息,而他希望通过她得到一份国有企业的租让合同,这人告诉她,安娜和伏伦斯基已经办完他们的事情,第二天就要走了。莉吉娅·伊凡诺芙娜已经觉得心安理得,忽然次日早晨她收到一张便笺,她大惊失色地认出了那上面的笔迹。这是安娜·卡列宁娜的笔迹。信封是用厚得像树皮一样的纸做的;在那长方形的黄纸袋上有很大一个姓名字母组成的花体字图案,这封信上散发出一种很好闻的香气。

"谁送来的?"

"旅馆里的听差。"

莉吉娅·伊凡诺芙娜伯爵夫人好半天都不能坐下来看这封信。她激动得又犯了气喘的老毛病。等她定下心来,她看了这样一封用法文写的信:

> Madame la Comtesse①,——您心中充满基督徒的感情,这使我斗胆给您写信,我知道这是很冒昧的。跟儿子分离让我非常不幸。我恳求能允许我在我离开前见他一面。请原谅我打扰您。我写信给您而不写给阿历克赛·亚力克山德洛维奇,只是因为我不想让这位宽宏大量的人由于想起我而难过。您对他有深厚的友情,想必您能理解我。是您把谢辽沙送来见我,或是我在一个指定的时间到家里来,或是由您通知我,我什么时间什么地点可以在家里以外见到我儿子?我想我是不会遭到拒绝的,因为我知道能做主决定这件事的人是多么宽宏大量。您不能想象我是多么渴望和儿子见面,所以您也不能想象您的帮助在我心中将会激起怎样的感激之情。
>
> 安娜

---

① 法语:伯爵夫人。

这封信里的一切都让莉吉娅·伊凡诺芙娜伯爵夫人激怒,信的内容,宽宏大量的暗示,特别是那种她觉得是非常放肆的语气。

"你去说,没有回话。"莉吉娅·伊凡诺芙娜伯爵夫人说,马上打开信笺夹,给阿历克赛·亚力克山德洛维奇写了封信,说她希望在十二点到一点之间在宫廷庆祝会上见到他。

"我需要跟您谈一件重要而讨厌的事。我们在那儿约定去哪里谈。最好是到我家,我吩咐准备好**您的**茶。请务必来。上帝给人以十字架,也给人以力量。"她最后添上这一句,让他哪怕多少有一点思想准备。

莉吉娅·伊凡诺芙娜伯爵夫人通常每天给阿历克赛·亚力克山德洛维奇写两三张便条。她喜欢这种跟他之间的联络方式,既风雅,又神秘,她跟别人的当面交往都没有这种味道。

二十四

庆祝会结束。出来的人见了面,相互交谈着这一天的新闻,新获得的奖赏,重要官员的升迁。

"要是让玛丽娅·波里索夫娜伯爵夫人当陆军部长,而瓦特科芙斯卡娅公爵夫人当参谋长的话,那就好了。"一个身穿金边制服的白头发小老头对一个身材高大的漂亮女官说,她在问他对那些升迁的看法。

"那就让我去当个副官吧。"这位女官含笑地回答。

"您已经另有任命了。您管教会部,叫卡列宁给您当副手。"

"您好,公爵!"小老头说着,跟一个走过来的人握手。

"您说卡列宁什么?"那位公爵问道。

"他跟普佳科夫都得了亚历山大·涅夫斯基勋章。"

"我以为他已经有了呢。"

"没有。您瞧瞧他,"小老头说着用他的金边帽子指一指身穿朝服、肩上挂着红色新绶带的卡列宁,卡列宁这时正跟一位有势力的国务会议成员站在大厅的门口,"他好得意哟。"小老头又说,站住跟一位体格魁梧面孔漂亮的宫廷侍从握手。

"不啊,他老多啦。"宫廷侍从说。

"他操劳过度了。他现在什么方案计划都在写。他现在不把所有东西一条条写清楚是不会放过的,可怜的人啊。"

"怎么老多啦？Il fait des passions①。我看呀,莉吉娅·伊凡诺芙娜伯爵夫人这会儿正吃他老婆的醋呢。"

"嗐,得了吧！请别说莉吉娅·伊凡诺芙娜伯爵夫人的坏话吧。"

"她爱上了卡列宁,这有什么不好？"

"听说卡列宁娜在这里,是真的吗？"

"就是说,不是在这儿,不是在宫廷里,是在彼得堡。我昨天在滨海大街遇见过他们,她跟阿历克赛·伏伦斯基,bras dessus, bras dessous②。"

"C'est un homme qui n'a pas……③"宫廷侍从刚开口说话,却停住了,为了给一位皇家人物让路和鞠躬。

他们就这样不停地谈说着阿历克赛·亚力克山德洛维奇,议论他,嘲笑他,而他这时正拦住那位被他抓住的国务会议成员,向这人逐条叙说一个财政方案,一刻不停地说着,不肯放过人家。

差不多就在妻子离阿历克赛·亚力克山德洛维奇而去的同时,他遇上了那官场上最让人伤心的事——升迁之路从此中断。他的前程就此结束,这是既成的事实,人人都清楚地看在眼里,唯独阿历克赛·亚力克山德洛维奇自己尚未意识到这一点。不知是因为他跟斯特列莫夫的冲突,还是因为他和妻子间的不幸,或者仅仅就是阿历克赛·亚力克山德洛维奇的官运已尽,反正这一年中人人都明

---

① 法语:他在谈恋爱。
② 法语:手牵着手。
③ 法语:那种人没有……

显看出,他的仕途已到此为止。他仍然居于高位,还是许多会议和委员会的成员;但是他这人已经完全过时了,人家已经不对他再抱什么希望。无论他说什么,建议什么,别人听起来似乎全都是老生常谈,毫无用处。

然而阿历克赛·亚力克山德洛维奇却并不察觉,与此相反,如今他被排除于政府活动之外,不直接参与,倒让他更加清楚地看见了别人所作所为中的缺点和错误,他便以指出纠正错误的办法为己任。跟妻子分手后,他马上开始写第一份有关新审判法的报告,这是他定下来要写的关于政府各部门的那些数不清的,谁也不要看的报告之一。

阿历克赛·亚力克山德洛维奇不仅没察觉到自己在官场中的毫无希望的处境,不仅不为这种处境所困扰,反而比过去任何时候都更加满意于自己的作为。

"没有娶妻的,是为主的事挂虑,想怎样叫主喜悦;娶了妻的,是为世上的事挂虑,想怎样叫妻子喜悦。"① 使徒保罗这样说,阿历克赛·亚力克山德洛维奇如今事事都按《圣经》的教导办,他时常记起这段话。他觉得自从他没有了妻子以来,就是在用这些方案计划比以前更加虔诚地侍奉上帝。

那位国务会议成员显然很不耐烦,想要摆脱他走掉,而阿历克赛·亚力克山德洛维奇却并不介意;只是在这位成员利用一个皇室人士从旁走过的机会溜之大吉时,他才停住不说下去。

剩下他独自一人,阿历克赛·亚力克山德洛维奇低垂着头,收拢思绪,然后心不在焉地向四边望望,一边朝门口走去,想在那儿遇见莉吉娅·伊凡诺芙娜伯爵夫人。

"他们一个个都那么身强力壮。"阿历克赛·亚力克山德洛维奇想着,眼睛望着那位魁梧的、留着梳理整齐、香味四散的络腮胡子的宫廷侍从,望着那位身穿制服的公爵通红的脖子,他得从他们的身

---

① 语出《圣经·新约·哥林多前书》第七章三十二节。

边走过。"世间万事皆邪恶,这话说得对啊。"他想着,眼睛又一次斜着瞟了瞟那位宫廷侍从的小腿肚子。

阿历克赛·亚力克山德洛维奇并不匆忙地移步向前走,他面容困倦,尊严十足,一如往常,朝这些议论着他的先生们弯了弯腰,眼睛向门口望去,搜寻着莉吉娅·伊凡诺芙娜伯爵夫人的那双眼睛。

"啊!阿历克赛·亚力克山德洛维奇!"卡列宁走到跟那个小老头并排的地方,并向他冷淡地点一点头时,这个小老头说。"我还没祝贺您呢。"他说话时手指着卡列宁身上刚刚获得的绶带。

"谢谢您。"阿历克赛·亚力克山德洛维奇回答。"**今天天气真好哇**。"他又说,习惯地特别着重那个"好"字。

他们在嘲笑他,这他是知道的,除敌意之外,他并不向这些人指望什么,对此他早就习以为常。

莉吉娅·伊凡诺芙娜今天的打扮颇费她一番工夫,这些时候,她每次打扮都是很花心思的。如今她梳妆打扮的目的跟她三十年前所追求的迥然不同。那时候,她是想用个什么方式让自己更美一点,越美越好。现在则相反,过分修饰与她的年龄和形体不大相称,她便只关心让这些装扮跟她外表间的反差别太吓人了。从阿历克赛·亚力克山德洛维奇这方面来说,她是达到了这个目的的,他觉得她很有魅力。对于他,在一片敌意与嘲笑的汪洋大海包围中,她是一个唯一可以让他有立足之地的岛屿,不仅是对他好心相待,而且还有爱情。

他从嘲笑的目光的行列下走过,自然而然要被她脉脉含情的目光所吸引,就好像植物被阳光吸引一样。

"祝贺您。"她对他说,眼睛指着他的绶带。

他忍住得意的微笑,先闭上眼睛,再耸一耸肩头,仿佛在说,这没什么可以让他高兴的。莉吉娅·伊凡诺芙娜伯爵夫人非常明白,这正是他的一个主要的赏心乐事,虽然他从来也不肯承认。

"咱们的小天使怎么样?"莉吉娅·伊凡诺芙娜伯爵夫人说,她指的是谢辽沙。

"我不能说我对他十分满意,"阿历克赛·亚力克山德洛维奇扬起眉毛睁开眼睛说,"连西特尼科夫也不满意他。(西特尼科夫是教师,教谢辽沙的世俗教育课程。)我对您说过,他对任何一个大人和任何一个孩子都会触动心灵的那些最为重大的问题,都抱着一种说不出的冷漠态度。"阿历克赛·亚力克山德洛维奇开始在陈述他的思想,谈这个除公务以外他唯一关心的问题——儿子的教育问题。

当阿历克赛·亚力克山德洛维奇在莉吉娅·伊凡诺芙娜的帮助下重新面对生活和事业时,他感到,既然把儿子留给了他,教育儿子便是他义不容辞的责任。阿历克赛·亚力克山德洛维奇从来没有研究过教育问题,现在他要花些时间对这个问题进行一些理论上的探讨。阿历克赛·亚力克山德洛维奇看了几本人类学、教育学和教学法的书,自己订了个教育计划,请了彼得堡最好的教育学家作指导,便动手做起来。这件事一直占着他的心。

"是啊,可是他的心肠呢?我看出他的心肠跟他父亲的一样,一个有这种心肠的孩子不会是个坏孩子的。"莉吉娅·伊凡诺芙娜伯爵夫人极其快活地说。

"是的,也许是的……至于我,我是在尽我的责任。我所能做的不过如此。"

"您上我家来吧,"莉吉娅·伊凡诺芙娜伯爵夫人沉默了一小会儿才说,"我们得谈一件让您烦心的事。为了让您摆脱对某些往事的回忆,我做什么都肯,可是别人不这么想呢。我收到她的一封信。她在这儿,在彼得堡。"

想起妻子,阿历克赛·亚力克山德洛维奇身子一抖,但是他脸上立即呈现出一种死一般凝滞的表情,这表示在这件事上他完全无能为力。

"我早就料到了。"他说。

莉吉娅·伊凡诺芙娜伯爵夫人心神荡漾地注视着他,他心灵之宏大令她热泪盈眶。

二十五

阿历克赛·亚力克山德洛维奇走进莉吉娅·伊凡诺芙娜伯爵夫人那间小小的,摆设着古代瓷器、挂满许多肖像的舒适的书房,这时女主人自己还没出来。她在更衣。

圆桌上铺了台布,摆着中国茶具和一只烧酒精的银茶壶。阿历克赛·亚力克山德洛维奇漫不经心地望了望那些装点书房的数不清的肖像,都是些他认识的人,然后去坐在桌前,桌上有一本打开的《新约》。伯爵夫人绸衣的窸窣声分散了他的注意力。

"喏,您瞧,咱们现在可以安安静静坐下啦,"莉吉娅·伊凡诺芙娜伯爵夫人说,她面带兴奋的笑容,正忙着挤到桌子和沙发中间,"咱们边喝茶,边聊。"

几句开场白之后,莉吉娅·伊凡诺芙娜伯爵夫人重重地出着气,脸涨红着,把她收到的信递到阿历克赛·亚力克山德洛维奇手中。

他看着信,很久没有说话。

"我不认为我有权利拒绝她。"他抬起眼睛,怯懦地说。

"我的朋友啊!您在无论谁身上都看不见邪恶!"

"我吗,正相反呢,我看见一切都是邪恶。可是这样看是不是公平?……"

他脸上显出,他拿不定主意,他在寻求忠告、支持和指点,这件事他不知该怎么办。

"不,"莉吉娅·伊凡诺芙娜伯爵夫人打断他的话,"凡事都有个限度。我了解什么叫做不道德,"她这话说得不完全真诚,因为她根本不可能理解女人为什么会做出不道德的事,"但是我不能理解人为什么要残酷,是对谁呢?对您呀!她怎么可以留在您所在的这个城市里呢?不啊,真叫做'活到老,学到老'哟。我正在学会理解您的高尚和她的卑劣。"

"可是由谁来扔石头呢?"①阿历克赛·亚力克山德洛维奇说,他显然很满意自己扮演的角色。"我一切都原谅了,所以我也不能剥夺她这个要求,这对她是一种出于爱心的要求——我是说她对儿子的爱心……"

"可是这真就是爱心吗,我的朋友?这种爱真诚吗?就算您以前宽恕了,现在也在宽恕……可是我们有权利去影响这个小天使的心灵吗?他认为她已经死了。他为她祈祷,请求上帝饶恕她的罪恶……这样倒更好些。可现在他会怎么想呢?"

"我没想到这个。"阿历克赛·亚力克山德洛维奇显然同意地说。

莉吉娅·伊凡诺芙娜伯爵夫人双手捂住脸不作声,她在祷告。

"如果您问我的意见,"祷告过后,她把脸露出来说,"那么我不劝您这样做。难道我没看见您现在有多痛苦吗?没看见这件事揭开您的伤疤,让您多疼吗?哦,就算您跟往常一样,把您自己忘记了。可是这会带来什么后果呢?不是给您带来些新的痛苦,给孩子带来折磨吗?假如她还有一点儿人味儿的话,她自己就不应该想要这个。不,我坚决不劝您答应她,并且,要是您允许的话,我就来给她写一封信。"

阿历克赛·亚力克山德洛维奇同意了,莉吉娅·伊凡诺芙娜伯爵夫人便写了这样一封法语信:

宽厚的夫人:

您的儿子一旦再想到您便有可能在他心中产生种种问题,要回答这些问题,必然会给孩子心灵注入一种对他所视为神圣的东西的谴责,为此我请求您理解您丈夫出于基督之爱的拒

---

① 扔石头,典出《圣经·新约·约翰福音》第八章。一个女人犯了奸淫罪,耶稣说,谁没有犯过罪,便可以用石头扔她,结果没人敢扔。

绝。我祈求上帝以仁慈之心待您。

莉吉娅伯爵夫人

这封信达到了那个莉吉娅·伊凡诺芙娜伯爵夫人对她自己也讳莫如深的暗藏的目的。它侮辱安娜侮辱到了心灵的深处。

在阿历克赛·亚力克山德洛维奇这方面呢,他从莉吉娅·伊凡诺芙娜家里回来后,这一整天都不能专心做他日常的事情,也找不到他原先所感到的那种作为信徒和被拯救者的内心的平静。

妻子在他面前犯下那么多的罪,他在妻子面前表现得多么神圣,这些事莉吉娅·伊凡诺芙娜伯爵夫人全都公正地对他说起过,因此想起妻子的事不应该让他心烦意乱;可是他却无法平静:他在看书,却不知书里说些什么,他无法赶走那些痛苦的思索,他想起跟她的关系,想起自己关于她所做的那些他现在觉得是错误的事。想起那天从赛马场回来,他是怎样接受她承认自己不贞的自白的(特别是,他当时只要求她保持外表的体面,并不想提出决斗)。这回忆好像是一种悔恨,让他好不痛苦。想起那封他写给她的信,这也让他痛苦;特别想起的是他那种谁也不需要的宽恕,和他对别人的孩子的那些关切,他感到又羞又悔,心里像火烧一样。

现在,回忆起一件件他跟她的往事,想到当年他在长久犹豫之后向她求婚时所说的那些笨拙的话,他也体验到一种同样又羞又悔的感情。

"可是我到底错在哪里呢?"他对他自己说。而这个问题总是在他心里引起另一个问题——这些其他的人,这些伏伦斯基们,奥勃隆斯基们……这些小腿肚子发胖的宫廷侍从们,他们是怎样感觉,怎样恋爱,怎样结婚的?是不是都跟我不一样呢?于是他想起一大串这类心广体胖、精力十足、又满怀信心的人,这些人随时随地都不由得要引起他的好奇心。他把这些思想从头脑里赶走,他竭力让自己相信,他并非为眼前短暂的生命,而是为一种永恒的生命而活着,他心中自有一种平静和仁爱。但是,他在这个暂时的一钱不值的生命中犯了一些他觉得是一钱不值的错误,这却让他痛苦得好像他根本没得到过他所相信的永恒拯救一样。然而这种诱惑没持续多久,阿历克赛·亚力克山德洛维奇心中很快便重新恢复了一种平静和崇高的境界,多亏这种境界,让他能忘却那些他所不想记住的事情。

二十六

"怎么,卡彼托内奇?"谢辽沙说,他面孔红彤彤的,高高兴兴地从外边玩过回来,这是他过生日的前一天,身材高大的老看门人向这个小人儿微笑着俯下身去,他便把自己带褶的外套顺手递给了老头儿。"怎么,那个缠绷带的小官今天来过没有?爸爸见他啦?"

"见啦。办公室主任一走,我就去通报啦,"看门人快活地眨眨眼睛说,"让我来给您脱呀。"

"谢辽沙!"斯拉夫家庭教师站在通向内室的门边,他说,"衣服要自己脱。"

谢辽沙虽然听见了教师微弱的声音,但却没理睬他。他站在那儿,一只手抓住看门人的肩带,眼睛盯住老人的脸。

"怎么,爸爸给他做了要做的事吗?"

看门人肯定地点了点头。

那个缠绷带的小官员已经来过七次,求阿历克赛·亚力克山德洛维奇一件什么事,谢辽沙和看门人对他都很关心。有一回谢辽沙在门厅里碰见他,听见他可怜巴巴地求看门人给他通报,说他跟几个孩子都快活不下去了。

后来谢辽沙又在门厅里碰上他一次,从此就对他关心起来了。

"怎么,他很开心吧?"他问。

"怎么能不开心呢!差点儿没从这儿跳着走出去。"

"有人送什么东西来吗?"谢辽沙停了一会儿,又问。

"噢,少爷,"看门人把头摇了摇,悄悄地说,"是伯爵夫人送来的东西。"

谢辽沙马上就明白看门人指的什么了,是莉吉娅·伊凡诺芙娜伯爵夫人给他的生日礼物。

"你说什么?在哪儿?"

"考尔涅伊拿去交给爸爸了。准是件好东西!"

"有多大?这么大吗?"

"小一点儿,不过很好呢。"

"是一本书吧?"

"不对,是一件东西。去吧,去吧,华西里·卢基奇喊您呢。"看门人说,他听见家庭教师走过来的脚步声,便轻轻拉开那只抓住他肩带的、手套脱下一半的小手,一边向伏尼奇①点头眨眼示意。

"华西里·卢基奇,我这就过来!"谢辽沙回答时脸上那快活亲切的微笑总是能征服忠于职守的华西里·卢基奇。

谢辽沙实在太高兴了,一切事都太美满了,他简直没法不跟看门人再谈谈家里的开心事,让他的这个朋友也分享分享,这事他是早上在夏园散步时听莉吉娅·伊凡诺芙娜伯爵夫人的侄女儿说的。他觉得这件开心事特别重要,因为它跟那个小官员的开心事和他自己得到玩具的开心事凑在一起了。谢辽沙觉得,今天是一个人人都应该快乐开心的日子。

"你知道吗,爸爸得了亚历山大·涅夫斯基勋章?"

"怎么不知道呢!好多人都来祝贺啦。"

"怎么,他高兴吗?"

"皇上的恩典,怎么能不高兴呢?这就是说,他有功劳嘛。"看门人认真而严肃地说。

谢辽沙沉思着,注视着看门人那张他每一个细节都熟悉的脸,特别注视着那个垂在灰色络腮胡子中间的下巴,除了谢辽沙谁也没

---

① 伏尼奇,就是华西里·卢基奇。

看见过那个下巴,因为他总是从下边看这个看门人的。

"喏,你女儿早就回家了吗?"

看门人的女儿是一个芭蕾舞演员。

"平常日子怎么能回来呢?她们也有功课的呀。您也有功课的,少爷,去吧。"

谢辽沙走进屋里,他没有坐下念书,却对教师说,他猜人家送来的一定是一辆火车。"您以为呢?"他问道。

但是华西里·卢基奇只想着要教他语法课,因为下午两点钟有个老师要来。

"不嘛,您只要给我说一句,华西里·卢基奇,"他已经坐在课桌前,书拿在手里了,忽然又问,"什么勋章比亚历山大·涅夫斯基更高?您知道吗?爸爸得了亚历山大·涅夫斯基勋章啦!"

华西里·卢基奇回答说,比亚历山大·涅夫斯基勋章更高的是伏拉季米尔勋章。

"再高呢?"

"最高是安德烈大勋章。"

"比安德烈大勋章再高呢?"

"我不知道啦。"

"怎么,连您也不知道啦?"于是谢辽沙两手撑着头沉思默想起来。

谢辽沙默默思索的东西是极其复杂极其多种多样的。他想象着,他父亲忽然一下子又得到伏拉季米尔勋章又得到安德烈大勋章,这样父亲今天上课的时候就会和善得多,而他自己,等他长大了,要得到所有的勋章,还要得到人家会想出来的比安德烈大勋章更高的勋章。人家一想出来,他马上就得到。他们又想出更高的来,他马上又得到。

时间在这样的胡思乱想中过去,而老师来了,关于时间、地点和行为方式状语的功课还没准备好,老师不光是不满意而已,而且很难过。老师这一难过,让谢辽沙感动了。他觉得没学好功课不是他的过错;不管他怎样使劲儿,他却怎么也没法学会:老师给他讲解的时候,他信老师的话,也好像听懂了,可是,一等到只剩下他一个人,他简直就想不起也弄不懂,为什么这个短短的一看就懂的词儿"忽然"是个**行为方式状语**。可是他伤了老师的心,他觉得过意不去,便想要安慰老师一下。

他选择了老师在默默看书的时候。

"米海伊尔·伊凡内奇,您的命名日是哪一天呀?"他忽然问道。

"您最好还是想想您的功课吧,对于一个有头脑的人来说,命名日是毫无意义的。那一天跟别的日子一样,应该好好工作。"

谢辽沙定定地注视着老师,注视着他稀疏的胡须,他滑到鼻梁下边的眼镜,便沉思冥想起来,专心得一句也没听见老师给他讲解的东西。他知道老师嘴里讲的并不是自己心里所想的,他是从老师说话的语调里听出来的。"可是为什么他们都商量好了老是要用这同一种口气说这些话?这些顶无聊顶没用的话?他为什么不让我亲近他,他为什么不喜欢我?"他伤心地自己问自己,想不出一个回答。

二十七

这位老师的语法课以后是父亲的课。父亲还没来,谢辽沙坐在桌前,手里玩着小刀,想起心事来。谢辽沙最喜欢做的事情中有一件就是在他去散步时寻找母亲。他不相信人会死,尤其不相信母亲会死,尽管莉吉娅·伊凡诺芙娜对他这样说了,父亲也说她的话是真的。所以,在他们告诉他说母亲已经死了以后,他还是要在散步的时候寻找她。随便哪个身材丰满、体态优雅的黑头发女人都是他的母亲。一看见这样的女人,他心中便涌起一股亲切的柔情,他会为此呼吸急促,泪水夺眶而出。于是他老是瞪着眼睛等待着,瞧着她这就要走到他的面前了,这就要把面纱掀开了。她整个面孔马上就要看见了,她要露出笑容了,要来把他拥抱在怀里了。他就要闻到她的气息,感觉到她手上传递的温情,他就要幸福地放声大哭一场,就像有一天晚上那样幸福,那天他躺在她脚下,她呵他的痒,他哈哈地笑着,还咬她那戴着好些戒指的雪白的手。后来,他偶然从保姆那里知道他母亲并没有死,于是父亲和莉吉娅·伊凡诺芙娜向他解释说,对他来说她是死了,因为她不是一个好母亲(对此他怎么也不会相信的,因为他爱她),他便依然不停地在寻找母亲,等待母亲的到来。今天在夏园里有一个戴紫色面纱的太太,他心慌意乱地注视着人家,等人家走过来,他以为这就是她,这女人这时正沿小道向他走来。这位太太没走到他身边就不知去哪儿了。今天谢辽沙比以往任何时候都更加强烈地感到,有一股股的对母亲的爱的热流在他胸中涌动,这会儿,他一边等父亲来,一边拿一把小刀刻划着整个的一条桌沿,两眼闪耀着光芒,直视着前方,悠然神往地想念着她。

"爸爸来啦!"华西里·卢基奇提醒了他。

谢辽沙一跃而起,走到父亲身旁,吻了他的手,仔细地盯住他看,想看看他得了亚历山大·涅夫斯基勋章有多么高兴。

"你去散步玩得好吗?"阿历克赛·亚力克山德洛维奇说着坐进了自己的圈椅里,把《圣经·旧约》移到跟前,打开了它。虽然阿历克赛·亚力克山德洛维奇不止一次地对谢辽沙说,每一个基督徒都必须牢记圣史,可是他自己却常常要查《圣经·旧约》的本子,谢辽沙注意到了这一点。

"是的,玩得很快活,爸爸。"谢辽沙说,一边歪坐在椅子上,摇晃着椅子,这是不允许的。"我见到了纳金卡(纳金卡是莉吉娅·伊凡诺芙娜抚养的一个侄女儿)。她对我说,您又得了一枚新的勋章。您高兴吗,爸爸?"

"第一点,请你别摇晃,"阿历克赛·亚力克山德洛维奇说,"而第二点嘛,可贵的不是奖赏,而是劳动。我希望你能懂得这个道理。假如你劳动、学习都只是为了得到奖赏,那么你会觉得劳动是件很苦的事;但是假如你在劳动的时候(阿历克赛·亚力克山德洛维奇说这话时想到,今天上午他干得好苦,签署了一百一十八份公文,就是因为责任感在支持他),热爱这种劳动,那你就会在劳动中为自己找到奖赏。"

谢辽沙那双闪耀着柔情和快乐的眼睛一下子便失去了光彩,在父亲的目光注视之下低垂下去。这就是那种他早已熟悉的父亲老是用来对他说话的腔调,谢辽沙已经学会怎样迎合它了。父亲跟他说话时——谢辽沙这样感觉——总好像是在跟某一个他想象中的小男孩说话,就是那种书本里常见的,可是跟谢辽沙完全不一样的小男孩。谢辽沙跟父亲在一起的时候也总是竭力装作这样一个书本里的小男孩。

"你明白这个道理吧,我想?"父亲说。

"明白,爸爸。"谢辽沙回答说,装成那个想象中的小男孩的样子。

今天的功课是背诵福音书里的几行诗和复习《旧约》的开头部分。福音书里的诗谢辽沙背得很熟,当他背的时候,眼睛望着父亲前额上的骨头,那骨头在鬓角地方一下子弯下来,他只顾看这个,就背错了,把一行诗结尾的一个词背到另一行开头去了,因为这是两个同样的词。阿历克赛·亚力克山德洛维奇认为他显然是不知所云,便大为恼火。

他皱起眉头来,开始讲解那些谢辽沙听过不知多少遍却怎么也记不住的东西,就因为太明白了,所以记不住——就像"忽然"这个词是行为方式状语一个样。谢辽沙用恐惧的目光注视着父亲,心里只想着一点:父亲会不会要他复述所讲解的那些话,从前有时候会这样的。这个想法让他好不害怕,于是他就什么也听不明白了。但是父亲没有要他复述,便接着讲《旧约》的课。谢辽沙把那些事件本身讲述得很好,但是,要他回答有些事件所根据的原型是哪些故事,他就一无所知了,虽然为这一课书,他已经受过惩罚。他一句话也说不出来的地方是关于洪水前人类始祖的故事,问到这里,他便坐立不安,又用小刀刻桌子,又摇椅子。那些始祖当中他只知道一个活着被带进天堂的以诺。以前他记得好些名字的,可是现在全都忘记了,这特别是因为,以诺是他在《圣经·旧约》中最喜欢的一个人物,他头脑里有一连串的思索跟把以诺活着送进天堂这件事联系起来,这会儿,他两眼定定地注视着父亲的表链子和父亲背心上扣了一半的扣子,心里还在思索着。

人家时常给谢辽沙讲起死的事,他根本就不相信。他不相信他所爱的那些人会死,尤其不相信他自己会死。他认为这是完全不可能和不可理解的事。但是人家对他说,人都要死的;他甚至去问那些他所相信的人,那些人也这么说;保姆也这么说,虽然她说的时候好像很不情愿。可是以诺就没死呀,这就是说,并不是每个人都会死。"为什么不是每个人都能蒙受上帝的恩宠,都能活着进天堂呢?"谢辽沙想。那些坏人,就是那些谢辽沙不喜欢的人,他们会死的,可是好人都像以诺一样,是不会死的。

"喏,都有哪些始祖呀?"

"以诺,以诺斯。"

"这你全讲过啦。不好,谢辽沙,非常不好。假如你不努力记住那些一个基督徒所最需要记住的东西,"父亲说着站起来,"那么你最关心的东西是什么呢?我对你不满意,彼得·伊格纳季奇(这是首席教师)对你也不满意……我必须惩罚你。"

父亲和老师两人都对谢辽沙不满,他的确也学习得很不好。可是决不能说他是一个没有能力的孩子。相反地,谢辽沙比那些教师拿来给他做榜样的孩子能力要强得多。从父亲的观点看,他是不想学那些他们教给他的东西。其实他是没法把这些东西学进去,因为他心中有许多要求,他认为这些要求比父亲和老师要他学的那些东西更迫切。两种要求相矛盾,他便跟教育他的人对着干。

他现在九岁,他还是个孩子;但是他知道自己有一颗怎样的心,他珍惜自己这颗心,他保护这颗心,就像眼皮保护眼珠一样,没有一把爱的钥匙,他是不会让任何人进入他心中的。教育他的这些人抱怨说他不愿意学习,但是他心中充满着求知的欲望。于是他跟卡彼托内奇学习,跟保姆学习,跟纳金卡学习,跟华西里·卢基奇学习,可就是不跟教师学习。父亲和教师期望那股水流进他们水磨上的轮子里,可是这股水早就漏掉了,流到别处去发挥作用了。

父亲惩罚了谢辽沙,不许他跟莉吉娅·伊凡诺芙娜的侄女儿出去玩;可是这个惩罚谢辽沙正求之不得。华西里·卢基奇情绪很好,他教谢辽沙怎样做风磨上的风车。他整个晚上都在做风车,一心幻想着他怎么能做出一只风车来,让他骑在上面转:两只手抓住风叶,或是把自己捆在风叶上——就转起来啦。母亲他整个晚上都没想,可是,临上床时,他忽然想起了她,他便用自己的话祈祷着,但愿他的母亲明天,他过生日的时候,不要再藏起来,会来见他。

"华西里·卢基奇,您知道吗?我另外又祈祷了什么?"

"要学习好一些?"

"不对。"

"要一个玩具?"

"不对。您猜不着的呀。一件顶好的事情,可是这是个秘密!等它变成真的了,我就告诉您。您没猜到吧?"

"是的,我猜不到。您说说吧,"华西里·卢基奇微笑着说,这在他是很少见的,"喏,躺下吧,我要吹蜡烛啦。"

"可是没有蜡烛对我来说,我所祈祷的东西还要看得更清楚些呢。瞧我差点儿没把秘密说出来啦!"谢辽沙快活地笑出声来说。

蜡烛拿走后,谢辽沙听见了,还感觉到了他的母亲。她站在他床头,正用她亲热的目光抚爱着他。但是风磨、小刀出现了,一切都混在了一起,于是他睡着了。

二十八

伏伦斯基和安娜到彼得堡以后住在一家最好的旅馆里。伏伦斯基一个人住在底层,安娜跟孩子、奶妈和使女住楼上的一个四间房的大套间。

到达的头一天伏伦斯基便去见他哥哥。他在那儿遇见从莫斯科来办事情的母亲。母亲和嫂嫂像平时一样接待他;她们问起他在国外旅行的情况,谈到大家都认识的熟人,但是却一句话也没提到他跟安娜的关系。而哥哥则在第二天上午来到伏伦斯基这里,他问起安娜的事。于是阿历克赛·伏伦斯基便直话直说,告诉哥哥他把他跟安娜的关系看作是夫妻关系;他希望能办好离婚的事,那时就娶她为妻;在她没离婚以前,他把她就当作自己的妻子,跟任何别人的妻子一样,他要求哥哥这样转告母亲和嫂嫂。

"假如社会不赞成,我反正无所谓,"伏伦斯基说,"但是假如我的亲人们希望跟我保持亲人的关系,那么他们也必须同样对待我的妻子。"

哥哥一向尊重弟弟的见解,但是在社会没能回答这个问题以前,他不是很清楚,弟弟这样做到底对不对;他本人呢,从他这方面说,一点儿也不反对这种事,他跟阿历克赛一块儿去见安娜。

伏伦斯基当着哥哥也像在别人面前一样,把安娜称作"**您**",对她的态度就像对一个亲密的朋友那样,但是哥哥了解他们的关系,这是心照不宣的,于是他们便谈起安娜要住到伏伦斯基庄园去的事。

伏伦斯基虽然是个社会经验丰富的人,但是他所陷入其中的这种新处境,让他犯了个奇怪的错误。他似乎应该明白社交界是不会接纳他和安娜的;但是这会儿他头脑里产生了一些模糊的想法,以为那只不过是过去的事情,而现在,社会这样飞快地进步(如今他不知不觉成了一个拥护一切进步的人),现在人们的看法已经改变,社会是否接纳他们的问题是在两可之间的。"当然啦,"他想,"宫廷周围的社交界是不会接纳她的,但是一些亲密朋友是可以而且应该实事求是地了解这件事情的。"

一个人可以两条腿盘着一动不动坐上几个钟头,假如他知道如果他想要改变一下姿势的话,不会有任何东西阻碍他;但是如果他知道,他就是非这样盘腿坐着不可,那么他就会全身痉挛,两腿抽搐,极力想要把脚伸到他想伸的地方去。伏伦斯基对于社交界的体验就是如此。虽然他心底里非常明白社交界是把他们拒之于门外的,他还是想试探试探,看现在社交界是否有所变化,是否有可能接纳他们。然而他很快便发现,虽然社交界对他个人是开放的,但是对安娜却是关闭的。就好像在玩猫捉老鼠的游戏,为他抬起的手一遇见安娜马上便会落下来。

彼得堡上流社会的贵夫人当中,伏伦斯基第一个见到的,是他的堂姐培特茜。

"到底回来啦!"她快活地迎接他。"可是安娜呢?我多么高兴啊!你们都去过哪些地方?我能想象,有过这样美的一次旅行,我们的彼得堡一定让你们觉得非常可怕;我想象着你们在罗马度蜜月的日子。离婚的事怎么样?都办好啦?"

伏伦斯基注意到,一听说安娜还没有离婚,培特茜的喜悦心情就减低了。

"人家会朝我扔石头的,我知道,"她说,"但是我要去看安娜的;是的,我一定要去看她。你们在这儿待不了多久吧?"

当真,她当天就来看望安娜了;然而她说话的口气跟从前却大不相同了。她显然在炫耀自己的侠胆义肠,希望安娜看重她对友情的忠实。她待了不到十分钟,扯了些社交界的新闻,临走时她说:

"您还没告诉我您什么时候办离婚呢。就算我不顾忌这些吧,可是另外那些正人君子们,在你们没结婚以前,还会对你们冷淡的。办这事儿现在不简单得很吗?Ça se fait.①这么说你们礼拜五走喽?可惜咱们没机会再见面啦。"

伏伦斯基应该能从培特茜的口气上了解到社交界会怎样对待他,但是他仍然在自己家里又试探了一次。对他的母亲他不抱什么希望。他知道,他这位当时初次相识便对安娜赞赏不已的母亲,现在将对她铁面无情,因为她是断送儿子前程的祸根。但是他对哥哥

---

① 法语:这很普通。

的妻子瓦丽娅怀着很大的希望。他觉得她不会打击他们的，她定会坦然而且毅然地去看望安娜，并且在家里接待安娜。

到达彼得堡的第二天，伏伦斯基便去找他嫂嫂，正好她一个人在家，他就直率地说出他的希望。

"你知道，阿历克赛，"她听完他的话，便说，"我是多么爱你，为你我什么都肯做；可是我不能说什么，因为我知道我对你和安娜·阿尔卡季耶芙娜不可能有什么帮助。"她说出"安娜·阿尔卡季耶芙娜"这个名字时特别地表示她是多么地诚心。"请你别以为我在谴责她，决不是的；或许，我处在她的位置上也会这样做。详细的事情我不想谈，也不能多谈，"她说，一边胆怯地望着伏伦斯基那张阴沉的脸，"可是话该怎么说就得怎么说。你希望我能去看望她，希望我在家里接待她，借这个办法让她在社会上恢复名声；可是你明白，**我不能**这样做。我有几个正在长大的女儿，为了我丈夫我还必须在社会上混下去。喏，我就去看看安娜·阿尔卡季耶芙娜吧；她会明白我不能请她到我家来，就是来，也得设法让她别碰见那些跟她看法不同的人；那会让她受委屈的。我没法抬高她……"

"而我并不认为，她比成百上千的那些您所接待的女人更堕落！"伏伦斯基打断她的话，脸色更阴沉了，他知道嫂嫂的决定已经无可改变，便一声不响地站起来。

"阿历克赛！别生我的气。求您理解我，我没有过错。"瓦丽娅说，胆怯地微笑着，眼睛望着他。

"我不生您的气，"他仍然那样阴沉地说，"可是我感到加倍地难过。我还难过的是，这破坏了我们的友谊。就算没破坏吧，可也是受到损害了。您明白，我也只能这样做了。"

说完这话，他便从她家走出来。

伏伦斯基现在明白了，再作努力已无济于事，这几天在彼得堡待着，就应该像是待在一座完全陌生的城市里，别去跟从前认识的人有任何来往，以免遇上什么不愉快和遭羞辱的事，这些事让他实在太痛苦了。在彼得堡的这种处境中最不愉快的一点是，好像到处都是阿历克赛·亚力克山德洛维奇这个人和他的这个名字。不管谈什么,一下子就会谈到阿历克赛·亚力克山德洛维奇头上;不管去哪儿,都会遇见他。至少伏伦斯基是这样感觉的,就好像一个手指头受了伤的人,动不动就会碰着那个受伤的指头。

在彼得堡停留让伏伦斯基还觉得更加难过的是,他老是看见,安娜心里有着某种新出现的、他所不能了解的情绪。她时而对他一往情深,时而又变得冷淡、易怒,而且让人摸不透心思。有个什么事情在让她痛苦,她有件什么事瞒着他,并且,她似乎不曾留意到那些给他的生活带来毒害的屈辱,这些屈辱,凭她的细致敏感,应该令她更加痛苦才对。

二十九

安娜回俄国的目的之一是见她的儿子。从她离开意大利的那天起,和儿子见面的念头一直让她心情激动。离彼得堡愈近,她愈是感觉到这次见面将多么快乐,意义将多么重大。她甚至没有向自己提起过这样的问题:怎样安排这次见面呢?她觉得,既然跟儿子在一个城市里了,见到儿子是自然而然的、简单不过的事;但是到达彼得堡以后,她突然清楚地看到她现在在社会上的处境,她这才明白,安排一次见面原是很困难的。

她在彼得堡已经住了两天。她每一分钟都在想念着她的儿子,可是她还没有能够跟儿子见面。直接到家里去吧,在那儿有可能碰上阿历克赛·亚力克山德洛维奇,她觉得她没这个权利。人家可能不让她进门,还可能羞辱她。跟丈夫建立联系,给他写封信吧,她感到连这样想都很痛苦:她只有在不想到丈夫的时候才可能心情平静。事先打听到儿子什么时候出来散步,去哪儿散步,趁这机会看他一眼吧,她觉得这太不够了:这次见面她盼望了多久啊,她有多少话要对儿子说啊,她多么想要拥抱他、亲吻他啊。谢辽沙的老保姆可能会帮助她教她怎么办。但是保姆已经不在阿历克赛·亚力克山德洛维奇家了。她这样犹豫不决,又因为寻找老保姆,就耽误了两天。

安娜知道阿历克赛·亚力克山德洛维奇跟莉吉娅·伊凡诺芙娜伯爵夫人的关系密切,第三天,她决定给这位夫人写那封让她好不费力才写出来的信,她在信中故意说,她能否见到儿子取决于丈夫的宽宏大量。她知道,假如信让丈夫看见,他还会扮演那种宽宏大量的角色,而不拒绝她的要求。派去送信的人给她带来一个极其残酷也完全出乎意料的答复,那就是没有回信。她把送信的人叫来听他详细叙说他怎样在那儿等待,后来人家怎样对他说:"没有任何回信。"这时,她感到自己有生以来没有受到过如此的屈辱。安娜感到自己受委屈,遭欺辱,但是她知道,从人家那方面来说,莉吉娅·伊凡诺芙娜伯爵夫人做得也对。她只能独自承受她的痛苦,因而她便更加痛苦。她不能也不愿意让伏伦斯基分担这痛苦。她知道,虽然他是她不幸的主要原因,她跟儿子见面的问题对他来说似乎只是一件极不重要的事情;她知道,他任何时候也不可能理解她的痛苦有多么深;她知道,提起这事时他若是语气冷淡,她便会对他产生憎恨。而这是她所最最害怕的事情,因此,她便把所有有关儿子的事全都瞒着他。

在家里坐了整整一天,她反复考虑着怎样才能跟儿子见面,最后她决定给丈夫写信。她已经打好这封信的稿子了,送来了莉吉娅·伊凡诺芙娜的那封信。伯爵夫人原先不给回话倒让她心平气和、让她感到折服,但是这封信,她从这字里行间所读出的一切,却让她十分地激怒,她对儿子的深情是完全合法的,而却遭到如此恶意的对待,相比之下实在令她愤恨,于是她对别人充满怒气,而不再责备她自己。

"这种冷酷无情全是假意的做作,"她对自己说,"他们只是想羞辱我,想折磨孩子,以为那样我就会对他们屈服!休想!她比我要坏得多。我至少还不说谎话。"于是她立刻决定,就是明天,就在谢辽沙过生日的时候,她要直接走进丈夫的家中,她要买通一些人,她要用瞒哄的办法,反正无论如何要见到儿子,要把他们蒙蔽这可怜孩子的丑恶的欺骗手段彻底粉碎。

她到玩具商店去买了几件玩具,考虑了行动方案。她要在一清早,八点钟就去,那时候阿历克赛·亚力克山德洛维奇大概还没有起床。她手里要拿上钱,准备给看门人和仆人,好让他们放她往里走,她不掀起面纱来,就说她是谢辽沙的教父派来祝贺生日的,她得把玩具亲手放在儿子的床上。她只是没准备好要给儿子说些什么话。不管她怎么想,都什么话也想不出来。

第二天,早上八点钟,安娜从一辆出租马车里下来,在她自己原先的家门口打了门铃。

"你去看看什么事。是一位太太。"卡彼托内奇说,他还没穿衣服,披件大衣,拖着套鞋,从窗口望着站在门口蒙了面纱的那位太太。

看门人的帮手是个安娜不认识的年轻小伙子,他刚给她把门打开,她已一步跨进门里,从手笼中摸出一张三卢布的钞票,连忙塞进他手中。

"谢辽沙……谢尔盖·阿历克赛耶维奇。"她这样说一声便想朝前走。看门人的帮手看了看钞票,在另一扇玻璃门前拦住了她。

"您找谁?"他问。

她没听见他的话,什么也没回答。

卡彼托内奇注意到这位不认识的太太神情慌张,便自己走出来见她,放她进了门,问她有什么事情。

"斯科罗杜莫夫公爵派我来见谢尔盖·阿历克赛耶维奇的。"她这样说。

"少爷还没起床呢。"看门人一边说一边仔细地打量着她。

安娜怎么也没料到,她住过九年的这幢房子,这门厅里依然如旧的陈设,会如此令她触景生情。一个接一个的回忆,快乐的回忆,痛苦的回忆,在她的心头涌起,刹那间她竟然忘记了她为什么来到这里。

"请您等一会儿好吗?"卡彼托内奇一边帮她脱大衣,一边说。

大衣脱下后卡彼托内奇才望了一眼她的脸,他认出了她,便默不出声地向她低低地鞠躬。

"夫人,请。"他对她说。

她本想说句什么话,可是却发不出任何声音来;她用愧疚的恳求的目光朝老人望了一眼,便快步轻轻地走上楼梯。卡彼托内奇身子向前倾俯,套鞋绊着梯级,跟在她后面跑着,竭力想赶上她。

"教师在那儿呢,或许,还没穿衣服。我去通报。"

安娜没留意老头儿说些什么,继续沿她熟悉的楼梯向前走。

"这边,请朝左。对不起,没收拾干净。少爷现在睡在原先的会客室那一间里。"看门人气喘吁吁地说。"请您稍等,夫人,我瞧瞧。"他说,赶在了她的前面,推开一扇高大的门,钻进门里去。安娜停在那儿等候。"少爷刚醒来。"看门人从里边出来说。

在看门人说这句话时,安娜听见了孩子打呵欠的声音。只须听见这一声呵欠,她便认出他儿子来了,好像他已经活生生站在她的眼前。

"放我进去,放我进去,你走吧!"她说罢,便进了那扇高大的门。门右手是一张床,孩子只穿一件衬衣,扣子没有扣,抬起身子坐在床上,小身体向前弯着在伸懒腰,呵欠还没打完。他嘴唇刚一合拢,唇边浮起幸福的睡意矇眬的微笑,他便带着这笑容向后一仰,又慢慢地、甜甜地躺下去了。

"谢辽沙!"她悄声地说,轻轻向他身边走去。

在跟他离开的这段时间里,在最近以来她一再体验到的爱思汹涌的时刻,在她的想象中,他还是一个四岁大的孩子,她觉得他四岁大时最讨人喜欢。现在他甚至不是她离开他那时的样子了;他和四岁时候更不一样了,他长大了,变瘦了。这怎么啦!他的脸多瘦啊,他的头发多短啊!两只胳膊多长啊!从她离开他以来,他变了多少啊!然而这就是他,这就是他头的模样,他嘴唇的模样,那软软的头颈,宽宽的小肩膀,他就是这个模样。

"谢辽沙!"她凑在孩子的耳边又喊一声。

他又撑起手肘来,蓬乱的头向两边转了转,好像在寻找什么,眼睛也睁开了。他静静地、询问似的朝一动不动站在他面前的母亲望了几秒钟,然后忽然幸福地微微一笑,又合上他睡意矇眬的眼睛,身子倒了下来,但不是向后倒,而是向她,向她的手臂中倒过来。

"谢辽沙!我心爱的孩子!"她说着便用两只臂膀抱住他胖乎乎的身体,气也喘不过来了。

"妈妈!"他说,身子在她的怀抱中扭动,好让各个地方都能接触到妈妈的手臂。

他懵懵懂懂地微笑着,眼睛依然没有睁开,两只胖乎乎的小手从床头边伸过来抓住她的肩头,他贴在她身上,让她浸润在一股唯独孩子才有的那种讨人喜欢的、睡意矇眬的香味和热气中,接着他便用面孔在她的头颈上和肩头上摩擦。

"我知道,"他睁开眼睛时这样说,"今天是我的生日。我知道,你会来的。我这就起来。"

说着说着,他又睡着了。

安娜贪婪地反复上下观察他;她看见,她不在的时候,他长高了,样子也变了。那双从被子里伸出来的光脚,现在是这么大了,她又认识,又不认识,她认识这有些消瘦了的面颊、她从前老是吻的后脑勺上剪得短短的头发。她浑身上下地抚摩着这每一个地方,什么话也说不出来;是泪水噎住了她。

"你干吗哭呀,妈妈?"他说,这时他已经完全清醒过来了。"妈妈,你干吗哭呀?"他哽咽地喊道。

"我?我不哭。……我是高兴得哭了。我多久没见你了啊。我不哭啦,不哭啦。"她说,一边吞咽着泪水,并且转过脸去。"喏,你现在应该穿衣裳了。"她定下神来,又说一句,再沉默了一会儿,便去坐在他床头的椅子上,并没有松开他的手,椅子上放着他要穿的衣服。

"我不在,你是怎么穿衣裳的?怎么……"她想要把话说得随便些,快活些,可是做不到,便又转过脸去。

"我不用冷水洗澡啦,爸爸不许。可你没看见华西里·卢基奇吗?他就要来了。可你坐在我衣服上啦!"

于是谢辽沙哈哈大笑起来。她望望他,微微一笑。

"妈妈,心肝妈妈,宝贝妈妈!"他喊叫着,再次扑进她怀里,拥抱着她。仿佛他现在,看见了妈妈脸上的笑容,才明白是怎么回事情。"别戴啦。"他说,给她把帽子摘下来。然后,见她没戴帽子的样子,好像重新又看见了她,他又再一次扑过来亲吻她。

"可是你是怎么想我的呢?你没想过我死了吧?"

"我从来也没相信过。"

"不相信吗,亲爱的?"

"我知道的,我知道的!"他把自己喜欢的这个句子说了两遍,抓住她正在抚摩他头发的手,把手心贴在自己嘴上,吻着这只手。

三十

华西里·卢基奇开头不知道这位太太是谁,他从他们的话里明白,这就是那位抛弃了丈夫的母亲,他因为是在她以后来的,所以不认识,这时他不知该怎么办,是进屋去呢还是不进屋去?要不要去通知阿历克赛·亚力克山德洛维奇?最后他想到,他的职责是在规定的时间叫醒谢辽沙,因此他不必去管是谁坐在那儿,是母亲,还是别的什么人,而是应该去尽自己的责任,他便穿好衣服,走到门前,把门打开。

然而,这母子俩的亲情,他们说话的声音,和他们所说的那些话,——所有这些都让他改变了主意。他摇摇头,叹了口气,又把门关上。"再等十分钟吧。"他对自己说,一边说,一边咳嗽,擦眼泪。

家里的仆人中间这时掀起了轩然大波。人人都知道是太太回来了,知道是卡彼托内奇放她进来的,知道她现在在孩子房间里,人人都明白,这两口子是不能见面的,必须设法不让他们见面。考尔涅伊,就是那个侍仆,到门房间去询问是谁,又是怎样放她进来的,知道是卡彼托内奇放她进门并且领她往里走的,便训斥了老人。看门人固执地一言不发,而当考尔涅伊对他说,为了这事应该把他赶走时,卡彼托内奇一下子跳到他跟前,两只手在考尔涅伊面前挥舞,说了起来:

"是呀,要是你就不会放她进来的呀!伺候了十年,除了恩德我不知道有别的什么,可你这会儿倒想走过去说:喂,请你走开!你倒是挺懂道理的呀!就这样!你自己该记得你怎么搜刮老爷的钱财吧,你还偷老爷的皮大衣呢!"

"蠢货!"考尔涅伊轻蔑地说,转过身去对着刚进来的保姆。"您评评这个理吧,玛丽娅·耶菲莫芙娜:他给放进来了,对谁也不说一声,"考尔涅伊对保姆说,"阿历克赛·亚力克山德洛维奇这就出来啦,这就要去孩子房间啦。"

"糟糕啦,糟糕啦!"保姆说,"您呀,考尔涅伊·瓦西里耶维奇,顶好是无论如何拖住他,就是说拖住老爷,我这就跑过去,想个办法把她带走。糟糕啦,糟糕啦!"

保姆走进孩子房间时,谢辽沙正在对母亲说他怎么跟纳金卡去滑雪,怎么一块儿跌倒了,一连翻了三个大跟头。她听到他说话的声音,看见他的脸,和那脸上表情的变化,还摸着他的手,但是却不明白他说的是什么。非走不可了,非丢下他不可了,——她心里只想到这个,只感觉到这点。她听见华西里·卢基奇走到门前的脚步声,听见他咳嗽,也听见保姆走来的脚步声;但是她坐在那里,好像化作了一块石头,没力气开口说话,也没力气站起来。

"太太,我的好太太!"保姆走到安娜身边,吻着她的手和肩头说,"这是上帝给咱们过生日的孩子带来快乐啊。您一点儿也没变啊。"

"哎呀,保姆呀,亲爱的,我不知道您还在这个家里啊。"安娜暂时清醒过来,她说。

"我不住这儿,我跟我女儿住,我是来贺喜的,安娜·阿尔卡季耶芙娜,我的好太太!"

保姆忽然放声大哭,又吻起安娜的手来。

谢辽沙两眼放着光,含着微笑,一手拉住母亲,一手拉住保姆,两只肥肥的光脚丫儿在地毯上直跺。他所爱的保姆对母亲的深情让他多么的开心。

"妈妈!她老来看我,每回来都……"他正开始说话,发现保姆悄悄地在对母亲讲什么,还发现母亲脸上显露出跟她很不相称的畏惧和某种类似羞愧的表情,便停住不说了。

她走到他身边。

"我的亲爱的!"她说。

她想说再见,却说不出口,但是她的表情说出了这句话,他也明白了。"亲爱的,亲爱的库季克!"她说的是他小时候她叫他所用的名字,"你不会忘记我吧?你……"可是她再也说不下去了。

而后来她又想起了多少她可以对他说的话哟!但此刻她什么也不会说,什么也说不出来。但是谢辽沙明白了她想要对他说的一切。他明白,她是不幸的,明白她爱他。他甚至也明白保姆悄悄说的是些什么话。他听见这几个字:"总是在八点钟",他明白,这是在说父亲,明白母亲和父亲是不能见面的。这些他都明白了,但是有一点他不明白:为什么她脸上会显出畏惧和羞愧来?……她没有过错,可是她怕父亲,还为个什么事感到羞愧。他想问一个问题,可以给他解决这个疑难,但是他不敢这样问:他看见,母亲非常痛苦,他为她难过。他默不作声地贴在她身上,轻轻地说:

"你别忙走。他不会马上来。"

母亲把他从身边推开一点,想弄明白他说的是不是他心里所想的,而从他脸上恐惧的表情中她看出来,他不仅在说父亲,而且他似乎还在问她,他应该怎样看待父亲才是。

"谢辽沙,我亲爱的,"她说,"你要爱他,他比我好,比我有良心,我对他做了错事。等你长大了,你会明白的。"

"没人比你更好!……"他透过眼泪绝望地喊叫着说,紧紧抓住她的肩头,两只紧张得发抖的手用尽全力把她跟自己贴在一起。

"宝贝儿,我的小宝贝儿!"安娜说,她也像个孩子似的,像他那样轻轻地哭了。

这时房门开了,华西里·卢基奇走进来。从另一扇门口传来脚步声,保姆惊恐地悄悄说了声"他来啦",把帽子递给安娜。

谢辽沙扑在床上痛哭起来,双手捂住脸。安娜把他的两只手松开,再一次吻了他湿湿的脸,快步向门外走去。阿历克赛·亚力克山德洛维奇正迎面向她走来。他看见她,便停住了,把头低低地垂下。

尽管她刚才还说,他比她好,比她有良心,而朝他全身上下每一个细小之处匆匆扫过这一眼,她立即充满着对他的厌恶和憎恨,以及因为儿子嫉妒起他来。她连忙放下面纱,加快脚步,几乎像跑一样离开了那个房间。

她昨天在小店里怀着那样深的爱和愁挑选的那几件玩具,根本就没来得及拿出来,就这样又带了回来。

三十一

虽然安娜是那么热切地想要跟儿子见面,虽然她早就在盼望着这件事,准备这件事,她却怎样也没有料到,这次见面竟如此强烈地影响了她。回到旅馆里自己那个单独的房间中,她很长时间都不能理解,她怎么会在这个地方。"是的,一切都结束了,我又是孤单一个人了。"她对自己说。她帽子也没脱,便去坐进壁炉旁的一把圈椅里。两眼定定地凝视着两扇窗子之间一张桌子上的青铜台钟,她陷入沉思。

从国外带来的法国使女进来请她更衣。她惊讶地望望她,说道:

"过一会儿。"

仆人请她用咖啡。

"过一会儿。"她说。

意大利奶妈给小女儿打扮好,抱来交给安娜。那胖嘟嘟的、喂养得很好的小丫头,像往常一样,一看见母亲,便伸出她像扎着一圈圈细绳儿似的光光的小胳膊,手心向下,没牙的小嘴微笑着,两只小手鱼儿划水一般,在浆硬的绣花裙子的皱褶上磨蹭。不能不笑逐颜开,不能不亲吻这个小丫头,不能不把手指头伸给她让她又哼又叫、全身跳动地抓住;不能不把嘴唇递给她,让她像接吻似地嘬进那张小嘴里。安娜把这些都做了,又抱住她,又让她蹦跳,又吻她鲜嫩的脸颊和光光的小肘子;然而一看见这个婴儿,她心里更明白了,她对这个孩子的感情,跟她对谢辽沙的感情比,简直就说不上是爱。这小丫头身上处处可爱,但是不知为什么这一切都抓不住她的心。她已经把全部的爱心倾注在第一个孩子、跟自己不爱的人所生的孩子身上,而这并未能让她得到快慰;这丫头出生在极其艰难的情况下,而她在她身上所倾注的关怀还不及第一个孩子的百分之一。并且,这丫头以后将会怎样,尚难预卜,但谢辽沙已经差不多长大成人了,已经是一个讨人喜欢的人了;他心中已经有他的思想感情在翻腾;他理解她,他爱她,他会评判她,思念她。回忆起谢辽沙所说的话和他的眼神,安娜便是这样想的。然而她却永远地,不仅身体上,而且精神上,跟他分离了,再也不能挽回了。

　　她把小女儿交给了奶妈,放走这孩子后,她打开挂在项链上的小盒子,那里面有谢辽沙跟这个女儿差不多同样年龄时的照片。她站起来,脱掉帽子,从小桌上拿起照相簿,那里边有谢辽沙其他年龄时的许多照片。她想把这些照片对比一下,便把它们从本子上抽出来。她全都抽出来了,只留下最后一张,那是一张最好的。谢辽沙穿件白衬衫,骑在一把椅子上。眯缝着眼睛,嘴上挂着微笑。这是他最漂亮、最有特点的表情。她灵巧细小的手上又白又嫩的手指头今天特别地紧张,她几次去捏照片的角都捏不住,她没法取到它。桌上没有裁纸刀,于是她就把旁边的一张照片(是伏伦斯基在罗马拍的,圆帽子,长头发)抽出来,用它顶出儿子的一张。"是的,是他!"她说,朝伏伦斯基的照片望了一眼,她便忽然想起自己现在的痛苦是谁造成的。整个这天早晨她一次也没想到过他。可是现在突然间,一看见这张英俊、高贵、如此熟悉又如此可爱的脸,她觉得心头涌起一股突如其来的爱的激流。

"可是他这会儿在哪里?他怎么可以让我一个人在这儿痛苦呢?"她忽然这样责备地想着,忘记了是她自己把有关儿子的事都瞒着他。她叫人去请他马上到她这儿来;她心怀悸动地考虑着她要怎样把一切都告诉他,还预想着他将会用些怎样的爱的表白来安慰她,她等着他来。派去的人回来了,他的答复是,他有客人,这就来,还叫人问她,她能不能接待他和从彼得堡来的雅什文公爵。"他不是一个人来,而他从昨天午饭起就没见到过我,"她想,"他不是自己来,而是跟雅什文一起来,来了我也没法把事情都告诉他。"于是突然间她有了一个奇怪的念头:要是他不爱她了,怎么办呢?

于是,她把这几天来的事情一件件回想过,她觉得,处处都能看见她这个奇怪的念头是有根有据的:他昨天没在家吃午饭,这是一件;他坚持他们在彼得堡要分开住,这是一件;甚至这会儿也不肯一个人来见她,似乎逃避跟她单独见面,这又是一件。

"可是他应该对我讲明白。我必须知道这一点。若是我知道了,那我就知道我该怎么办。"她对自己说,她不敢想象,一旦证实他的心冷了,她的处境将会是怎样。她想着,他已经不再爱她了,她感到自己已濒临绝望,因此她便也感到格外地激动不安。她打铃叫来使女,便走进盥洗室。穿衣服的时候,她比这些天更加着意地打扮,似乎他,即使已经不爱她,也会因为她穿了那件更合身的衣裳,梳了那种更配称的头发,而重新再爱上她似的。

她还没打扮好,就听见了铃声。

当她来到客厅时,不是伏伦斯基,而是雅什文的目光在迎接她。伏伦斯基在仔细翻看她忘在桌上的儿子的照片,并没有立刻抬起头来看她。

"我们认识的,"她说,把自己的小手伸进雅什文那只巨大的手中,雅什文这时显得很窘(跟他五大三粗的样子很不相称),"我们去年就认识了,在赛马场上。这给我吧。"她说着便用一个急速的动作从伏伦斯基手中把他正在看着的儿子的照片夺过来,还意味深长地用一双闪亮的眼睛反复地瞧他。"今年的赛马好看吗?我没看到,倒是在罗马的科尔索看到了。不过,您不喜欢国外的生活,"她妩媚地微笑着说,"我知道您,还知道您都喜欢些什么,虽然我们很少见面。"

"这让我很不好意思,因为我喜欢的东西多半都是很不像样的。"雅什文说,一边把他左边的胡须放在嘴里嚼。

他们谈了一小会儿,雅什文注意到伏伦斯基看了一下表,便问她,在彼得堡要待很久吗,说着,挺起他那粗大的身子,拿起了便帽。

"好像不会住多久。"她看了伏伦斯基一眼,惶惶不安地说。

"那么我们不再见面啦?"雅什文说着站起来,又对伏伦斯基说,"你在哪儿吃午饭?"

"请您上我们这儿来吃饭。"安娜断然地说,她好像在生自己的气,怪自己为什么发窘,但是她又脸红了,每当她在生人面前暴露自己的处境时,她都会这样。"这儿的饭菜不好,不过,至少,您可以跟他见见面。在团队的朋友们当中阿历克赛对谁都没有像对您这样喜欢。"

"非常高兴。"雅什文说,伏伦斯基从他脸上的笑容看出,他很喜欢安娜。

雅什文鞠了一个躬,走出去了,伏伦斯基留在后面。

"你也要走吗?"她对他说。

"我已经迟啦,"他回答说。"你先走!我这就赶上你,"他对雅什文喊了一声。

她拉起他的手,眼睛定定地望着他,心里在思索,说句什么话,好把他留住。

"等等,我有句话要说,"她拿起他粗短的手,贴在自己的头颈上,"哦,我叫他来吃饭,这没关系吧?"

"你做得太好啦。"他平静地微笑着说,露出他结实平整的牙齿来,又吻了她的手。

"阿历克赛,你对我没变心吧?"她说,两只手捏住他的一只手。"阿历克赛,我在这儿很难受。我们什么时候走?"

"快啦,快啦。你真不会相信,咱们在这儿的日子对我也是多么不好受啊。"他说,把自己的手抽了回去。

"喏,你走吧,走吧!"她委屈地说了一句,便急忙离开了他。

三十二

伏伦斯基回来时,安娜还没有回来。仆人告诉他,她刚走,有一位太太来找她,她就跟她一块儿走了。她没说去哪儿,她到现在没回来,她早上还去了个什么地方,什么也没对他说,——这几件事,还有今天上午她脸上异常激动的表情,再想起她当着雅什文的面从他手里夺走儿子照片时那种敌对的口气,他不由得沉思起来。他决定,必须跟她谈一谈。他便在她房间的客厅里等她。但是安娜不是一个人回来的,而是带来了她的姑妈,那个没出嫁的老公爵小姐奥勃隆斯卡娅。早上来跟安娜一块儿去买东西的也是她。安娜好像没注意到伏伦斯基脸上那种有心事的、疑问似的表情,只顾一个劲儿地开心地对他说今天早上都买了些什么。他看出,她心里有点什么特殊的事情发生:那双闪亮的眼睛对他匆匆一瞥时,含有一种紧张留意的表情,言谈举止中显出一种神经质的急速和妩媚,她的这些神态在他们最初接近时曾非常迷惑他,而现在却让他感到惊恐和害怕。

四个人用餐的饭桌已经摆好。人已经到齐,正要走进小餐厅去,这时,屠什凯维奇受培特茜公爵夫人之托来找安娜。培特茜公爵夫人说她不来送行了,请安娜原谅;她说她不舒服,但是请安娜在八点半和九点之间上她那儿去一趟。一听说这个限定的时间,伏伦斯基朝安娜望了一眼,这明明是采取了措施,好让她碰不见别的人;但是安娜好像没留意到这个。

"非常抱歉,我正好在八点半到九点中间不能去。"她轻轻一笑说。

"公爵夫人会很遗憾的。"

"我也是。"

"您,大概是,要去听帕蒂①的歌剧吧?"屠什凯维奇说。

"帕蒂?您倒让我有了个想法。我要去的,如果能弄到包厢票子的话。"

"我能弄到的。"屠什凯维奇自告奋勇地说。

"那我真会非常、非常感激您,"安娜说,"愿不愿意跟我们一道吃午饭?"

伏伦斯基几乎让人注意不到地耸了耸肩头。他简直不能理解安娜在干什么。她干吗要带回来这么一个老公爵小姐,干吗要留屠什凯维奇吃饭,尤其让人奇怪的是,干吗要叫他去弄包厢票子?处在她这种境况下,去听帕蒂的歌剧,她的那些熟人全都会在剧院里,这难道可以想象吗?他目光严肃地望了她一眼,但是她还是用那种带有挑衅性的,又像高兴又像绝望的目光回答他,那里边的含义是他所不能理解的。吃饭时,安娜仿佛在发动一场进攻,显得很快活:她好像在跟屠什凯维奇和雅什文两人调情似的。饭后,屠什凯维奇去弄包厢票子了,雅什文要抽一支烟,伏伦斯基便跟他一同去了自己的房间。他坐了一小会儿就跑上楼来。安娜已经穿好她在巴黎定做的丝绒镶边的浅色绸连衣裙,胸部袒露着,头上扎一条贵重的白色钩花丝带,把脸蛋框住,这特别有利地显示出她光艳照人的美。

"您真是要去剧院吗?"他说,竭力不看着她。

"您干吗这么害怕地问我呀?"他眼睛不看着她,让她感到屈辱,便又说,"我为什么不可以去呢?"

她似乎不理解他话里的意思。

"当然啦,没有任何理由不可以去呀。"他皱着眉头说。

"我也是这么说嘛。"她说,假装不懂得他语气中的讽刺意味,悠

---

① 帕蒂(1840—1889),意大利歌唱家,当时在俄国演出。

悠然卷起她撒过香水的长手套。

"安娜,看在上帝的分上,您这是怎么啦?"他说,是想提醒她,那口气跟从前她丈夫对她说话时完全一样。

"我不明白您问的是什么事。"

"您知道,不能去的呀。"

"为什么不能去?我不是一个人去。瓦尔瓦拉公爵小姐去换衣服了,她跟我一块儿去。"

他带着一副大惑不解的和绝望的神气耸了耸肩头。

"可是未必您不知道……"他正要说下去。

"可是我不想知道!"她几乎是喊叫着说,"我不要知道。我后悔我所做的事情吗?不,不,决不。要是再从头来一次,还会是一个样。对于我们,对于我,对于您,只有一件事重要:我们彼此相爱吗?别的一切都不必考虑。干吗我们在这儿要分开住,不能见面?为什么我不能去?我爱你,别的什么我都不在乎,"她目光中有一种特殊的,他所不能理解的光彩,她这样望了他一眼,然后用俄语说,"要是你没有变心的话,你干吗眼睛不看着我?"

他看了看她。他看见了她的容貌和她那身跟她总是那么相称的衣服所共同构成的全部的美。然而此时此刻,正是她的美和她那楚楚动人的风度令他激怒。

"我的感情是不可能改变的,这您知道,可是我要求您别去,我求您啦。"他再一次用法语说,声音里带着温柔的恳求,但目光中却显出一种冷漠。

她没听见他说的话,却看见了这目光中的冷漠,于是便怒气冲冲地回答:

"可我要您解释,为什么我不应该去。"

"因为,这样做会对您造成……"他说不下去了。

"我什么也不明白。雅什文 n'est pas compromettant①,而瓦尔

---

① 法语:不会对我有什么损害。

瓦拉公爵小姐哪点儿也不比别人更差。瞧她来啦。"

三十三

伏伦斯基第一次体验到他对安娜恼怒甚至怨恨的情绪,因为她故意不肯理解自己的处境。他无法向她说出恼怒的原因,这种情绪因此愈来愈强烈。假如他能对她坦率地说出他心里所想的事,那么他就会对她说:"穿上这套衣裳,跟人人都认识的公爵小姐一起在剧院里露面,——这意味着你不仅是承认了自己作为一个堕落女人的地位,而且是在向上流社会挑战,也就等于是永远自绝于上流社会。"

他不能对她这样讲。"但是她怎么会不理解这一点呢?她心里到底是怎么想的?"他对自己说。他感到,他对她的敬重减少了,但却更加意识到了她的美,而这两点是在同一个时间里发生的。

他皱着眉头回到自己房间里,雅什文把两条长腿伸直放在椅子上,正喝着白兰地掺矿泉水,他去坐在他身旁,叫人也给他拿一份来。

"你说起兰科夫斯基的'大力士'。这可是匹好马,我劝你买下,"雅什文朝他同伴那阴沉的面孔瞧了一眼说,"它臀部有点下垂,可是那腿部和头部——再别想找到更好的啦。"

"我想我会买下的。"伏伦斯基回答。

谈谈马的事倒也引起了他的兴趣,可是他一刻也没有忘记安娜,他忍不住地老是倾听着走廊里的脚步声,还不住地看壁炉架上的时钟。

"安娜·阿尔卡季耶芙娜吩咐我向您报告,她们上剧院去了。"

雅什文给起泡的矿泉水里又倒进一杯白兰地,一饮而尽,他一边扣扣子,一边站起来。

"怎么样?咱们也去吧。"他说,小胡子底下露出隐约的笑容,这笑容表示,他知道伏伦斯基为什么面色阴沉,但是他并不认为这有什么了不起。

"我不去。"伏伦斯基阴沉地回答。

"可我非去不可,我答应了。喏,再见啦。要不你就到池座来,就坐克拉辛斯基的池座位子。"雅什文走到门口又说一句。

"不,我有事。"

"有个老婆麻烦多,不是老婆更麻烦。"雅什文走出客厅时心里这样想。

剩下伏伦斯基一个人,他从椅子上站起来,开始在房中踱步。

"今天演什么?第四场了……叶戈尔跟他老婆,还有我母亲一定也在那里。这就是说——全彼得堡都在那里。这会儿她走进去了,脱掉大衣了,走到灯光下面了。屠什凯维奇,雅什文,瓦尔瓦拉公爵小姐……"他想象着,"我这是怎么啦?我是害怕了,还是把对她的保护权让给屠什凯维奇了?不管怎么的——蠢啊,蠢啊……而她为什么要把我置于这样的境地?"他把手一挥,说道。

他这个动作碰着了小桌子,那上面放着矿泉水和白兰地瓶子,他差点儿没把桌子撞倒。他想去扶住,却弄翻了,气得冲桌子踢了一脚,便打铃叫人。

"你要是想在我这儿干,"他对走进来的侍仆说,"那你就记住自己该做些什么。可不能这样。你该收拾收拾。"

仆人觉得自己并没有过错,想辩白几句,可是他望了望老爷,从他的脸上明白,还是不吭声为妙,便连忙弯下腰去,趴在地毯上收拾那些打碎的和没打碎的杯子和酒瓶。

"这不是你的事,叫茶房来收拾,去给我把燕尾服准备好。"

伏伦斯基八点半钟走进剧院。戏正演到精彩的地方。伺候包厢的老头儿给伏伦斯基脱掉皮大衣,认出是他,称呼一声"大人",便请他别拿取衣服的牌子了,叫一声菲多尔就行。明亮的走廊里除了这个包厢侍者和两个拿着皮大衣在门口听戏的家仆之外,一个人也没有。从虚掩着的门里传出乐队小心谨慎的断音伴奏和一个吐词清晰的女声独唱声。门开了,包厢侍者一溜而入,伏伦斯基忽然清楚地听见那最后一句歌词的声音。但是那门马上又关上了,伏伦斯基没听见那句歌词的结尾和音乐的尾声,不过从门里雷鸣般的掌声知道,乐曲已经结束。当他走进被枝形吊灯和青铜煤气灯照耀得明亮夺目的剧院正厅时,喧哗声仍在继续。歌手裸露的两肩和浑身上下的宝石闪闪放光,她正弯着腰,微笑着,在跟她手牵手的男高音歌手的帮助下,拾起飞过脚灯乱扔上来的花束,又走向一位光滑油亮的头发从中间分开的男士,那人正伸长手臂越过脚灯递给她一件什么东西,——整个正厅里的观众,还有包厢里的,都骚动起来,身子向前探着,喊叫着,鼓掌不停。乐队长坐在他高高的位子上,传递着花束,整理着自己的白领带。伏伦斯基走到正厅的中央,停在那里向四边张望。比起平时来,他今天不大留意这熟悉的,早已看惯了的陈设、舞台、喧闹声,这些涌在挤得水泄不通的剧院里的熟识的、乏味的、五光十色的观众。

包厢里照例是一些太太们,身后坐着一些军官;照例是一些天知道是干什么的五颜六色的女人,和一些穿军服的、穿燕尾服的男人;顶楼上照例是那些肮脏的人群,在所有这些人当中,在包厢里,头几排里,有那么四十来个**像样点**的男人和女人。伏伦斯基立刻注意到这些沙漠中的绿洲,并且跟他们打起招呼来。

他进场时一幕戏刚刚结束,所以他没有走进哥哥的包厢,先走到正厅的第一排,站在脚灯旁谢尔普霍夫斯科依身边,谢尔普霍夫斯科依弯着一条腿,脚后跟敲打着脚灯,远远看见他,微微一笑把他招引过来。

伏伦斯基还没看见安娜,他故意不朝她那边看。但是他从人们目光的指向知道她坐在哪里。他不动声色地观望着,但没找见她。他睁大眼睛寻找阿历克赛·亚力克山德洛维奇。算他走运,阿历克赛·亚力克山德洛维奇这一回没到剧院来。

"你身上剩下的军人气味怎么这么少!"谢尔普霍夫斯科依对他说,"外交官,演员,你就像这么一个人。"

"是的,我一回家,就穿上燕尾服了。"伏伦斯基回答,他微笑着慢慢拿出望远镜来。

"在这一点上,说实话,我真羡慕你。我从国外回来穿上这个的时候,"他摸了摸他的肩章,"真舍不得我的自由。"

谢尔普霍夫斯科依对伏伦斯基的前程早已不抱什么希望,但是还像从前一样喜欢他,这会儿对他尤其亲切。

"你没赶上第一幕,真可惜。"

伏伦斯基用一只耳朵听他说话,一边把望远镜从楼下座位移到二楼,向包厢里张望。在一位梳高发髻缠发带的太太,和一个扭动着望远镜气呼呼地观看着的秃顶小老头儿旁边,伏伦斯基忽然看见了安娜的头,她傲然高坐,美丽得惊人,围在钩花丝带中的脸微微含着笑。她坐在第五号包厢,离他二十步远。她坐在前面,稍稍转过身去在对雅什文说点什么。她美丽宽阔的两肩托住她的头,眼睛和整个的脸部放射出一种雍容矜持而又激动的光辉,他在莫斯科那次舞会上见到她时就是这副模样。然而此刻他对她这种美的感受却全然不同。现在他对她的感情中已经没有一丝儿神秘,因此她的美,虽然比以前更强烈地吸引着他,却同时也让他感到有些厌烦。她没有朝他这边看,但是伏伦斯基感觉到,她已经看见了他。

当伏伦斯基再次朝那个方向举起望远镜时,他注意到,瓦尔瓦拉公爵小姐的脸特别地红,她很不自然地笑着,还不停地向隔壁的包厢张望;安娜则收拢了扇子,用它轻轻敲击着包红色丝绒的栏杆,眼睛凝视着什么地方,但却没有望着隔壁,也显然不想看见隔壁包厢里的事情。雅什文脸上是那种他平常赌赢了钱时惯有的表情。他眉头皱起,把左面的小胡子往嘴里嘬,越嘬越深,眼睛也斜着往隔壁包厢里瞟。

左边包厢里坐的是卡尔塔索夫夫妇,伏伦斯基知道他们,也知道安娜跟他们相识。卡尔塔索夫太太,那个瘦瘦的矮小的女人,站在自己的包厢里,背对着安娜,正在把丈夫递给她的披肩披在身上。她脸色苍白,怒气冲冲,嘴里还激动地说着什么话。卡尔塔索夫是个肥胖秃顶男人,他不停地向安娜这边望,竭力想让他妻子安静。等这位妻子走出去了,这位丈夫还拖延了很久,他的眼睛在寻找安娜的目光,看样子,是想向她鞠躬致意。然而安娜显然是故意不看他,她向后面转过身去,雅什文向她伸过头发剪得很短的头,她在对他说句什么话。卡尔塔索夫没能鞠一个躬便走出去了,留下一个空包厢。

伏伦斯基不了解卡尔塔索夫夫妇跟安娜之间到底出了什么事,但是他明白,一定发生了让安娜受到侮辱的事情。他从他所看见的情况中明白了,尤其是从安娜的脸色上明白了这一点。他知道,安娜正拿出自己最后的力量来把自己所扮演的角色支撑到底。而这种外表上若无其事、处之泰然的角色,她扮演得十分成功。剧场里有些人不认识她和她所在的社会圈子,这些人不会听到那些女人们所说的怜悯、愤怒和惊讶的话,说她竟敢在社交界抛头露面,如此明目张胆地炫耀自己的钩花头饰和自己的美貌,凡是这些人,都对她的娴静和美丽赞赏不已,这些人也不会想到,她正体验着的心情,恰像是一个人被钉在了耻辱柱上一样。

伏伦斯基知道出了事,而又不知道到底出了什么事,他感到一种痛苦的惊慌,他走进哥哥的包厢,希望从那里知道点什么。他故意走安娜包厢对面的过道,他往外走时,碰上原先团队的司令正在跟两个熟人说话。伏伦斯基听见他们说到卡列宁夫妇的名字,还注意到司令先对他谈话的同伴丢了个眼色,再连忙大声地喊伏伦斯基。

"啊,伏伦斯基!什么时候回团里来?我们总不能不请你吃一顿就放你走呀。你是我们的老伙计啦。"团队司令说。

"我没工夫啊,非常抱歉,下次吧。"伏伦斯基说,随即跑上楼进了哥哥的包厢。

伏伦斯基的母亲,满头灰白头发的伯爵夫人,坐在他哥哥的包厢里,瓦丽娅跟索罗金娜公爵小姐在二楼走廊上遇见他。

瓦丽娅把公爵小姐送到母亲那里,把手伸给她的小叔子,马上便跟他谈起他所关心的事。他难得看见她这样激动。

"我觉得这是卑鄙的、丑恶的，madame① 卡尔塔索娃没有任何权利可以这样做。Madame 卡列宁娜……"她开始说了。

"怎么回事？我不知道。"

"怎么，你还没听说？"

"你该知道，我总是最后一个才会听到的。"

"世上还有比这个卡尔塔索娃更恶毒的人吗？"

"可她到底做了什么呀？"

"我丈夫告诉我……她侮辱了卡列宁娜。她丈夫隔着包厢跟卡列宁娜讲话，卡尔塔索娃就跟他吵起来。她，据说是，大声地说了些欺侮人的话，说完就走了。"

"伯爵，您 maman 喊您。"索罗金娜公爵小姐从包厢里探出头来说。

"我一直在等你啦，"母亲讥讽似的对他微笑着说，"老是见不到你这个人。"

儿子看出来她忍不住在高兴地发笑。

"您好，maman. 看过您的。"他冷冷地说。

"你干吗不去 faire la cour à mamade Karenine②？"等索罗金娜公爵小姐出去了，她又说，"Elle fait sensation. On oublie la Patti pour elle."③

"Maman,我求过您，别跟我谈这件事。"他皱着眉头回答。

"我说的是大家都在说的话。"

伏伦斯基什么也没回答她，只跟索罗金娜公爵小姐谈了几句，便出去了。他在门边遇见了哥哥。

"啊，阿历克赛！"哥哥说，"太可恶啦！一个蠢婆娘，不过如此而

---

① 法语：夫人。
② 法语：向卡列宁夫人讨好。
③ 法语：她引得全场轰动，为了她大家把帕蒂都忘了。

已……我想这就去看她。我们一块儿去吧。"

伏伦斯基没有听他说。他快步走下楼去:他感到他必须做点什么,可是不知道该做什么。他很激动,对她很恼怒,因为她使得他和她自己陷于如此尴尬的境地,同时也很可怜她,觉得她太痛苦了。他下楼走到正厅里,一直向安娜的包厢走去,斯特列莫夫站在那个包厢边上,正跟她谈话:

"再好的男高音是没有啦,Le moule en est brisé."①

伏伦斯基对她鞠了个躬,又向斯特列莫夫问好。

"您好像是来迟啦,没听到最精彩的咏叹调呢。"安娜对伏伦斯基说,嘲笑地,他觉得是这样,看了他一眼。

"我对音乐是外行。"他说,眼睛严厉地望着她。

"就跟雅什文公爵一个样,"她含笑地说,"他发现,帕蒂唱的声音太大了。"

"谢谢您。"她说,用她戴长手套的小手接过伏伦斯基拾起来的节目单,忽然在这一刹那间,她美丽的脸庞颤抖了一下。她站起来,走进包厢里边去。

伏伦斯基注意到,演下一幕戏的时候,她的包厢空了,剧场里正在屏息静听一支抒情短曲,他从正厅走出时引起一阵嘘声,他坐车回到家中。

安娜已经在家了。伏伦斯基进她房间时,她是独自一个人,还穿着在剧院里的那套衣裳。她坐在靠墙的第一把圈椅中,眼睛直视前方。她看了他一眼,立刻恢复到原先的姿势。

"安娜。"他说。

"你,都是你不好!"她喊叫着,话音中掺和着绝望和怨恨的泪水,一边站立起来。

"我求过你,恳求你别去,我知道,你会不开心的……"

"不开心!"她大喊起来,"太可怕啦! 我这一辈子也忘不了这

---

① 法语:没人比他更好了。

个。她说,她坐在我旁边是一种耻辱。"

"一个蠢婆娘的一句话而已,"他说,"可是你又何必去做出格的事情,去招惹……"

"我恨你的冷静。你不应该把我弄到这种地步。要是你真爱我的话……"

"安娜!这跟我的爱有什么相干……"

"啊,要是你爱我,像我爱你一样,要是你也痛苦,像我一样……"她说,眼睛里带着一种恐惧的表情望着他。

他觉得她很可怜,但仍然生她的气。他再三向她表白自己的爱情,要她相信对她的爱,因为他看出,现在只有这一点才能给她以安慰,他嘴里没有责备她,但是心里却在责备着。

他一再地向她表白自己的爱情,连他都觉得太庸俗,实在不好意思说出口,而她却把这些话如饥似渴地吸入了心头,这才一点点地安静了下来。这件事过后的第二天,他俩完全和好,动身到乡下去了。

第六部

一

达丽雅·亚力山德罗芙娜带着孩子们在波克罗夫斯科耶,她妹妹吉蒂·列文家过夏天,她自己庄园的那座房子完全坍塌了,列文跟妻子劝她来跟他们一同消暑。斯捷潘·阿尔卡季伊奇非常赞赏这个安排。他说,实在太可惜了,职务在身,他无法跟全家人一道在乡下过一个夏天,如果他能来,这对他本来可算是天大的福气。于是他留在莫斯科,偶尔来乡下住上一两天。除了奥勃隆斯基一家连同孩子们和一位家庭女教师,这年夏天在列文家做客的,还有老公爵夫人,她觉得她有责任来照看**处于这种情况下**的没经验的女儿。此外,瓦莲卡,吉蒂在国外交的朋友,她说过等吉蒂出嫁后要来看望的,现在也实践诺言,来吉蒂家做客了。所有这些人全都是列文妻子一边的亲戚和朋友。虽然这些人列文全都喜欢,他仍然多少有点儿遗憾,自己这个列文家的天地和生活秩序全被这种一涌而来的"谢尔巴茨基因素"淹没了,这话是他自己在心里说的。他自己的亲戚这年夏天来做客的只有一个谢尔盖·伊凡诺维奇,但就是他,在气质上也不是列文家的人,而是科兹内舍夫家的人,这样一来,就没一点儿列文家的味道了。

列文家空关很久的房子现在住上这许多人,几乎所有房间都用上了,而且差不多每天,老公爵夫人一坐上餐桌就得数一数人数。如果是十三个,便叫一个小孙子或是孙女儿坐到一个另外的小桌上去吃。①吉蒂尽心尽力把家务事安排好,夏天里客人和孩子们胃口都

---

① 十三个,西方人认为十三是个不吉利的数字。

大,要弄到所需的许多母鸡呀,火鸡呀,鸭子呀,她真费了不少事。

一家人正坐下吃饭。朵丽的孩子们跟家庭女教师还有瓦莲卡商量着去哪儿采蘑菇。在全体客人当中,谢尔盖·伊凡诺维奇是唯一一个又聪明又有学问的人,大家全都尊敬他,简直到了崇拜的地步,他今天也跟这些人谈起蘑菇来,令大家不胜惊讶。

"你们也要把我带上呀。我非常喜欢去采蘑菇呢,"他说这话时眼睛瞟了瞟瓦莲卡,"我发现这是一件非常有意思的事。"

"好呀,我们很高兴。"瓦莲卡脸红了,她回答说。吉蒂意味深长地跟朵丽交换了一个眼色。博学又聪明的谢尔盖·伊凡诺维奇说他要跟瓦莲卡去采蘑菇,这证实了吉蒂近来一再想到的某些猜测。她连忙跟母亲去说话,好让人家不注意她刚才的目光。饭后,谢尔盖·伊凡诺维奇端上他的一杯咖啡去坐在客厅窗前,跟弟弟继续一场已经开头的谈话,同时眼睛不时地朝门口张望,去采蘑菇的孩子们要从那扇门里往外走。列文坐在哥哥旁边的窗台上。

吉蒂站在丈夫的身边,显然在等他们这场乏味的谈话结束,好对他说句什么话。

"你结婚以来很多方面都变了,变得好多了,"谢尔盖·伊凡诺维奇说,一边对吉蒂微笑着,他显然对这场已经开始的谈话兴趣不大,"不过你的老脾气还是没变,喜欢发些怪论。"

"卡佳,你不好老是站着。"丈夫对她说,推一把椅子给她,还意味深长地望望她。

"喏,对了,瞧,没时间谈啦。"谢尔盖·伊凡诺维奇看见孩子们在朝门外跑,便说。

丹妮娅大步冲在最前面,穿着她的长统袜,手中挥舞着小篮子和谢尔盖·伊凡诺维奇的帽子,一直向他奔来。

她大胆地跑到谢尔盖·伊凡诺维奇跟前,闪着两只跟她爸爸的漂亮眼睛一模一样的眼睛,把帽子递给谢尔盖·伊凡诺维奇,做出一副想要给他扣在头上的样子,一边怯懦又温柔地微笑着,让自己的放肆显得不那么冒犯人家。

"瓦莲卡等着呢。"她说,从谢尔盖·伊凡诺维奇的笑容上她看出可以这样做,便把帽子给他扣上。

瓦莲卡站在门边,她换上一件黄色印花布连衣裙,头上包了一方白头巾。

"我来啦,我来啦,瓦尔瓦拉·安德列耶夫娜。"谢尔盖·伊凡诺维奇说着把杯子里的咖啡喝完,又把手绢和烟盒分别放进衣袋里。

"可我的瓦莲卡有多美哟!呃?"吉蒂对丈夫说,这时谢尔盖·伊凡诺维奇刚刚站起来。吉蒂把这句话说得让谢尔盖·伊凡诺维奇也能听得见,显然她就想这样。"瞧她多漂亮啊,漂亮得多么有气派!瓦莲卡!"吉蒂喊着,"你们去磨房那边的树林子里吗?我们来找你们。"

"你简直就把自己的身子忘记啦,吉蒂呀,"老公爵夫人连忙从门里走出来说道,"你不可以这样喊叫的呀。"

瓦莲卡听见吉蒂的声音又听见她母亲的责备,便迈着轻盈的步子连忙向吉蒂走来。她动作的急速,活跃的面孔上涌起的红晕都表示出,她心中正有一件什么不平常的事。吉蒂知道这件不平常的事情是什么,所以她留神地注意着瓦莲卡。她这会儿喊一声瓦莲卡,只是为了在心里为她祝福,吉蒂以为今天午饭后,在树林子里,会要发生那件重要的事情。

"瓦莲卡,我会非常幸福的,要是有一件事情发生了。"她悄悄地说,又吻了吻瓦莲卡。

"那您跟我们一块儿去吗?"瓦莲卡好窘,她对列文说,装作没听见吉蒂对她说的话。

"我要去的,不过只到打谷场,我就留在那儿。"

"你去那儿干什么呀?"吉蒂说。

"要去看看那几辆新买的大车,还要算算账。"列文说。"你去哪儿?"

"去阳台上。"

二

女人们聚集在阳台上。她们平时饭后都喜欢坐在这里,不过今天这儿还有一件事要做。除了大家都忙着做婴儿的衣裳、编织束婴儿包被的带子以外,今天还要在这里用一种阿加菲娅·米海依洛芙娜不知道的办法来煮果酱,就是不加水煮。吉蒂把娘家的这个办法带了过来。这件事从前都是交给阿加菲娅·米海依洛芙娜做的,她认为列文家的办法是不会错的,便照样往草莓和马林果里加水,坚持说非这样不可;她这样做被察觉了,现在就当着大家的面来煮马林果酱,要让阿加菲娅·米海依洛芙娜信服,不加水也能把果酱煮好。

阿加菲娅·米海依洛芙娜红着面孔,很不高兴的神气,头发乱蓬蓬的,袖子挽到胳膊肘,两只精瘦的手把个小盆子在炭炉上不住地转,眼睛阴沉沉地注视着马林果,但愿它凝成一团,熬不出果酱来。公爵夫人感觉到阿加菲娅·米海依洛芙娜的怒气一定是冲着她这个煮马林果酱的头号顾问而发的,一边尽力装作她是在忙别的事,对马林果酱并不感兴趣,一边嘴里说着闲话,但是眼睛却不停地斜着朝炭炉上瞟。

"我总是自己去给女佣人买便宜料子做衣裳,"公爵夫人接着刚才的话题说,"现在该撇沫子了吧,亲爱的?"她又对阿加菲娅·米海依洛芙娜说。"这根本用不着你自己做,也太热了。"她挡住吉蒂别走过去。

"我来做吧。"朵丽站起来说,她仔细地用勺子在起泡的糖汁上撇过,时而把勺子在一只碟子上敲敲,把粘住勺子的泡沫抖掉,那碟子里已经有一层血红色的糖浆,五光十色,有黄有红。"他们喝茶时候舔着这果酱会多开心哟!"她在想着自己的孩子们,她记得,自己小时候曾经奇怪过,大人们竟会不吃那顶好的东西——撇下来的沫子。

"斯季瓦说,顶好是给她们钱,"朵丽一边继续说起刚才那个有兴趣的话题:给佣人们赏什么最好,"不过……"

"怎么可以给钱呢!"公爵夫人和吉蒂同声地说,"她们看重衣裳料子呀。"

"喏,我呀,比方说,旧年给我们的马特辽娜·西妙诺芙娜买了一块不是府绸,但是像那一类的料子。"公爵夫人说。

"我记得的,她在您命名日那天穿过。"

"花样好得很呢,又朴素又大方。要是她没有的话,我自己还想做一件呢。有点像瓦莲卡身上的那件。多漂亮,多便宜。"

"喏,这会儿,好像是,行啦。"朵丽说,一边从勺子上把糖浆往下甩。

"能拉出丝来就行啦。再煮一会儿,阿加菲娅·米海依洛芙娜。"

"这些苍蝇呀!"阿加菲娅·米海依洛芙娜气呼呼地说。"再煮也一个样。"她又说。

"啊,它多讨人喜欢呀,别吓坏了它!"吉蒂看见一只麻雀歇在栏杆上拨弄一根马林果的梗子,用嘴在啄,她便突然地说。

"是呀,可你还是离炉子远点儿吧。"母亲说。

"可是我们来 propos de① 瓦莲卡吧,"吉蒂用法语说,为了不让阿加菲娅·米海依洛芙娜听懂她们说什么,她们总是用法语,"您知道,maman,我今天不知为什么以为事情会定下来。您明白是怎么回事。那该有多好哟!"

"她可是个了不起的媒婆儿啊!"朵丽说,"瞧她多么小心谨慎地,又是多么巧妙地把他们两个拉在一起……"

"不,您说说,maman,您是怎么想的?"

"我还会怎么想呢? 他(这个**他**指的是谢尔盖·伊凡诺维奇)在俄国什么时候都能找到个最好的对象;现在他已经不那么年轻了,

---

① 法语:顺便谈谈。

不过,我知道,就现在也还是有好多姑娘愿意嫁给他……她的心肠是很好的,可是他或许……"

"不啊,您要明白,妈妈,为什么不论对于他或对她,都想象不出有更美满的婚姻了。第一,她有多美啊!"吉蒂说,弯下一个手指头。

"她很讨他欢喜,这是肯定的。"朵丽也这么说。

"再说,他的社会地位已经那么高,根本不需要他妻子有什么财产和地位。他只需要一点——一个好的、可爱的妻子,安安静静过日子的妻子。"

"对的,跟她在一起能过上安静日子的。"朵丽又这么说。

"第三,得要她爱他。可她正是这样呀……就是说这该是一件多么好的事哟!……我等着呢,他们从林子里一走出来,就全都决定啦。我马上就能从他们的眼睛上看出来。我该多高兴哟!你觉得呢,朵丽?"

"可你别激动呀。你根本没必要激动嘛。"母亲说。

"我没激动呀,妈妈。我觉得,他今天会向她求婚的。"

"哎呀,男人们怎么求婚,什么时候求婚,这可真是件怪事情……好像有个什么东西挡着似的,忽然一下子就挡不住啦。"朵丽说,她若有所思地微笑着,回想起自己跟斯捷潘·阿尔卡季伊奇的往事。

"妈妈,爸爸那时候是怎么向您求婚的?"吉蒂突然问。

"没什么特别的,简单得很。"公爵夫人回答说,但是她的脸却因这个回忆而大放光彩。

"不,到底是怎么样的呀?在人家让您开口之前,您心里总是爱他的吧?"

吉蒂体验到一种特别的美好心情,因为她现在可以跟母亲平等地来谈论这些女人一生中最为重大的问题了。

"当然啦,我爱他;他老是到乡下来找我们。"

"可是怎么定下来的呢?妈妈?"

"你以为,大概,你们现在发明了一些什么新花样吧?还不全是老一套:用眼睛啦,微笑啦,来决定的……"

"您说得多好啊,妈妈!一点不错,就是用眼睛、微笑。"朵丽也这么说。

"可是他说了些什么话呀?"

"考斯佳给你说了些什么呢?"

"他是用粉笔写的。那真妙极啦……现在想起来,好像是很久以前的事了!"吉蒂说。

于是三个女人想着同一种心思。吉蒂第一个打破沉默。她想起了出嫁前那整个冬天,和她对伏伦斯基的迷恋。

"有一点……那就是瓦莲卡从前的情人。"她说,她是自然而然地联想到了这点。"我打算想个办法告诉谢尔盖·伊凡诺维奇,让他有个准备。他们,所有那些男人们,"她又添了一句,"对于我们过去的事都嫉妒得要命。"

"不是所有的,"朵丽说,"你这是拿自己的丈夫来看别的人。他直到现在一想起伏伦斯基就心里难受。是吗?这话对不对?"

"对。"吉蒂说,一双眼睛微笑着,像在想什么。

"只是我不明白,"身为母亲的公爵夫人出于母亲对女儿的关注辩解说,"你以前有什么事值得他担惊受怕的?是说伏伦斯基追求过你吗?哪个女孩子都有过这种事情的。"

"就算是这样吧,可我们不是谈这个呀。"吉蒂红着脸说。

"不,你让我说,"母亲继续说下去,"后来是你自己不让我去跟伏伦斯基交涉的呀。你记得吗?"

"哎呀,妈妈!"吉蒂显得很痛苦地说。

"如今谁管得住你们……你们当时的关系也不可能发展到过分的地步;要不我会亲自把他叫来说说的。不过嘛,我的宝贝儿,你可不好激动的呀。记住这一点,心平气和些。"

"我心里平静得很呢,maman."

"结果对吉蒂说该有多走运啊,来了个安娜,"朵丽说,"而她又是多么倒霉哟。真叫做适得其反。"她又说,自己也惊奇怎么会这样想。"那时候安娜是那么幸福,而吉蒂认为自己是不幸的。完全颠倒过来了!我老是想到安娜。"

"亏你还想得到她!一个丑恶的、让人作呕的、没心肝的女人。"母亲说,她不能忘记吉蒂嫁的不是伏伦斯基,而是列文。

"谈这些干吗呀,"吉蒂恼怒地说,"我不去想这个,也不愿意想……也不愿意想。"听见阳台阶梯上丈夫熟悉的脚步声,她把后一句话再说一遍。

"这是在说什么:也不愿意想?"列文走上阳台,问道。

可是谁也没回答他,他也没有再问。

"对不起,我搅乱了你们女人的天下。"他说,先不由自主地把她们都瞧了一眼,明白她们是在谈点什么不会当他面谈的事。

顷刻之间他觉得,他跟阿加菲娅·米海依洛芙娜深有同感,都对煮马林果酱不加水,以及一般说对这种外来的谢尔巴茨基家的影响有所不满。但是他还是微笑着,向吉蒂身边走去。

"喏,你好吗?"他问她,他瞧着她时眼睛中的表情跟现在每个人对待她的表情一个样。

"没什么,我很好,"吉蒂微笑着说,"你那边怎么样?"

"新车比旧车要多装两倍的东西。去接孩子们回来吧?我吩咐套车了。"

"怎么,你想要叫吉蒂坐那种大敞篷车吗?"母亲带着责备的口吻说。

"慢慢儿走呀,公爵夫人。"

列文从来没像个女婿那样把公爵夫人叫作maman,这一点公爵夫人心里很不高兴。列文虽是很爱公爵夫人,也敬重她,但是他不能这样称呼她,因为这会损伤他对已故母亲的感情。

"跟我们一块儿去吧,maman。"吉蒂说。

"我不愿意看你们这样乱来。"

"那么我就走着去吧。我走走也挺好呀。"吉蒂站起来走到丈夫跟前,挽住他的手臂。

"走走是挺好,可凡事都有个限度。"公爵夫人说。

"怎么,阿加菲娅·米海依洛芙娜,果酱煮好啦?"列文微笑着对阿加菲娅·米海依洛芙娜说,想要让她快活起来。"新办法好不好?"

"应该说,好。照我们的办法,这样就煮过头了。"

"这办法是好些,阿加菲娅·米海依洛芙娜,不会变酸,要不我们的冰现在已经化了,就没地方藏了。"吉蒂马上明白了丈夫的用意,怀着同样的心情对老保姆说。"不过您腌的咸菜真好,妈妈说,她在哪儿也没吃到过这样好吃的咸菜。"她一边理她的头巾,一边微笑着又说。

阿加菲娅·米海依洛芙娜气呼呼地瞅吉蒂一眼。

"您别来给我消气啦,少奶奶。只要瞧着您跟他在一起,我就开心啦。"阿加菲娅·米海依洛芙娜说,她在提到列文时没有用尊称,这看来不敬,却让吉蒂很是感动。

"您跟我们一块儿去采蘑菇吧,您给我们指指地方。"

阿加菲娅·米海依洛芙娜微微一笑,摇摇头,似乎是说:"真想跟你生气,可是办不到。"

"请您就照我说的做吧,"老公爵夫人说,"在果酱上盖一张纸,用朗姆酒把纸浸湿了:就是不用冰也绝不会发霉的。"

三

吉蒂特别高兴能有机会跟丈夫单独在一起,因为她注意到,当他走上阳台,问她们在谈什么的时候,她们没回答他,顷刻间他脸上就掠过一层不开心的阴影,他这人是喜怒哀乐皆形于色的。

他俩步行着,走在别人前面,走上那条被脚踩平了的,积着灰尘,撒满黑麦穗和麦粒的大道,已经看不见他们的房子了,她牢牢地靠在他手臂上,让这只手臂紧贴住自己。他已经忘记了刚才那顷刻间的不愉快印象,现在,跟她单独在一起,时时想到她的身孕,他体验到一种他觉得是更加新奇的、快乐的享受,一种完全纯洁的、超乎七情六欲之上的享受,跟一个他所爱的女人紧紧贴近的享受。没有什么话好说,但是他又想听见她说话的声音,也想看见她这会儿由于怀孕而有所变化的目光。在她的声音和目光中都含着一种温柔和严肃,全神贯注于一件自己所爱做的事情的人,往往都是这样既温柔又严肃的。

"那么你不累吗?再往我身上靠靠。"他说。

"不累,我多高兴能跟你单独在一起,说真的,不管我跟他们在一起有多快活,总是留恋我俩在一起的那些个冬天的夜晚。"

"那样是很好,可这样还要更好。两个都好,"他说,一边夹紧她的手。

"你走上阳台的时候,你知道我们在谈什么吗?"

"谈果酱吗?"

"对,是谈果酱了;可是后来又谈起怎么求婚了。"

"啊!"列文说,他与其说是在听她说什么,不如说是在听她说话的声音,同时还老是留意着脚下这条通往树林子的路,绕过那些她或许会踩不踏实的地方。

"我们还谈谢尔盖·伊凡诺维奇跟瓦莲卡。你看出来了吗?……我非常盼望能这样,"她继续说,"这事你怎么想?"她朝他脸上望了一眼。

"我不知道该怎么想,"列文微笑着说,"我觉得谢尔盖在这方面古怪得很。我不是告诉过你……"

"是的,说他爱过一个女孩子,她已经死了……"

"这还是我小时候的事;我是听别人说的。我记得他那时候的样子。他那时候真是非常讨人欢喜。可是自那以后,我注意到他对女人的态度:他彬彬有礼,他也喜欢过有些女人,可是总让你觉得,她们在他心里只不过是人而已,并不是女人。"

"对,不过现在跟瓦莲卡……似乎是,有那么点儿……"

"也许有吧……可是要了解他这个人……他是一个特别的、奇怪的人。他所过的纯粹是精神生活。他是一个过于纯洁的、灵魂高尚的人。"

"怎么,难道这会降低他?"

"不会,但是他已经习惯于过一种纯粹的精神上的生活,没法跟现实调谐,而瓦莲卡毕竟是一个现实中的人。"

列文现在已经习惯于大胆地谈出自己的思想,不必费力去斟酌字句;他知道,妻子在像现在这样的浓情蜜意的时刻,只须稍作暗示,就明白他想说什么,她也确实明白他的意思了。

"是的,不过她身上那种讲求实际的东西还不如我多;我明白,他是怎么也不会喜欢上我的。而她整个儿是一个精神生活中的女人……"

"啊不对,他是那么地喜欢你,这一点总是让我非常开心,我家的人都喜欢你……"

"是的,他对我很亲切,不过……"

"不过这不像你跟死了的尼科林卡①那样……你们是相互喜欢的。"列文把她的话说完。"为什么不说下去?"他又说。"我有时候责备自己:到头来全都忘记了。哎,他是一个多么可怕又多么好的人啊……是呀,我们都谈了些什么?"列文沉默了一会儿才说。

"你认为他不可能恋爱。"吉蒂说,用自己的话表达出他的思想。

"不是说他这人不可能恋爱,"列文微笑着说,"但是他身上缺少一种必不可少的弱点……我老是羡慕他,就是现在,我都这么幸福了,还是羡慕。"

"你羡慕他不可能恋爱吗?"

"我羡慕他比我强,"列文微笑着说,"他不是为自己活着。他把整个的生命都奉献给了一种义务。所以他能做到心安理得。"

"那你呢?"吉蒂含着嘲笑的、充满爱意的微笑说。

她怎样也无法说清她为什么想着想着会笑起来;但是她最后得

---

① 尼科林卡,尼古拉的爱称。

到这样的结论:她丈夫称赞哥哥,在哥哥面前贬低他自己并不是出于真心。吉蒂知道他的这种言不由衷是出于对哥哥的爱,出于一种惭愧的感情,觉得自己太幸福了,还特别是出于他的那种永远保持着的欲望——想要自己过得更好些,她就喜欢他的这一点,所以她微笑了。

"那你呢?你有什么不满意的?"她含着同样的微笑问。

她不相信他对自己的不满,这让他很高兴,于是他便下意识地去引她说出不相信的原因来。

"我幸福,可是我对自己不满意……"他说。

"那么既然你是幸福的,你怎么还可能不满意呢?"

"那就是,怎么对你说呢?……我这会儿从心底里什么也不希望,只希望你别摔跤。哎呀,你不能这样跳的呀!"他打断自己的话去责备吉蒂,因为她跨过路上横倒的一条树枝时动作太快。"但是当我扪心自问,拿自己跟别人比一比,我就觉得我不好。"

"不好在哪里呀?"吉蒂依然那样微笑着继续说,"你不也在为别人做事吗?你的村子,你的农务,还有你的书?……"

"不啊,我觉得,尤其是现在:这都怪你,"他紧握住她的手说,"因为你,这些全都不是那么回事了。这些事我只不过顺便做做。假如我能像爱你一样爱这些事业的话……可是我这段时间里做起事来就像是完成人家布置下来的任务一样。"

"那么,你觉得爸爸这人怎么样?"吉蒂问道,"是不是他也不好,因为他什么公益上的事也不做呢?"

"他吗?——不对。做人就应该像你爸爸那样的单纯,开朗,善良,可是这些品质我有吗?我不做事情,而又觉得痛苦。这都是你造成的。从前没有你也没有**这个**,"他说时眼睛望着她的肚子,她明白他的意思,"我把全部的精力投到事业上;可是现在不行了,我觉得惭愧;我真是像在完成人家交给的任务,我假装……"

"那么,你愿意马上就跟谢尔盖·伊凡内奇[①]换个位置吗?"吉

[①] 伊凡内奇,即伊凡诺维奇。

蒂说,"你愿意像他一样去干那些公共的事业,去爱那些人家交给你的任务,而且只干这个,只爱这个吗?"

"当然啦,我不愿意,"列文说,"不过我是太幸福了,幸福得晕头转向,什么也不知道啦。""那你是以为,他今天会求婚的吗?"他沉默了一会儿,又说了这最后一句。

"我也以为,也不以为。只不过我太希望能这样了。你等会儿。"她弯下腰去,从路边摘了一朵小小的野菊花。"喏,你来数数:求婚,不求婚,"她说着把小花递给了他。

"求婚,不求婚。"列文一边说,一边把那白色的、窄窄的、意义重大的小花瓣往下拽。

"不对,不对!"吉蒂抓住他的手,不让他继续拽下去,她激动地注视着他的手指头,"你拽了两片儿。"

"喏,这片小的不算数,"列文说,一边把一个小小的没长好的小花瓣扯下来,"瞧马车赶上我们啦。"

"你累不累呀,吉蒂?"公爵夫人喊着说。

"一点儿也不。"

"那你就坐上来吧,既然马这么乖,又是一步步走。"

但是不值得坐上去了。已经快到了,于是大家都下来走。

四

瓦莲卡的黑发上包一条白头巾,围在一群孩子中间,亲热而快活地跟他们玩着,她显然很激动,因为一个她所喜欢的男子有可能要向她求婚了,她的样子非常之迷人。谢尔盖·伊凡诺维奇走在她身边,不停地欣赏着她。他眼睛望着她,心里想着他从她那里听到的许多令人动心的话语,和他所知道的她所有的美好之处,于是他愈来愈意识到,他对她的一份感情是某种特殊的感情,是他很久很久以前曾经体验过的那种感情,而且他也只是在他很年轻的时候体验过一次。跟她接近所产生的快乐的感觉愈来愈增强了,以至于,当他把自己找到的一只细茎卷边大桦树蘑菇放进她篮子里的时候，他冲着她的眼睛瞧了一瞧，发现她满脸是快活的、惊恐而激动的红晕，他自己也窘起来了，便对她默默地微微一笑，那笑容里所表达的东西实在太多了。

"要是这样的话，"他想着，"我必须深思熟虑，并且作出个决定，而不能像个小孩子似的，凭一阵热情就忘乎所以了。"

"现在我要离开大伙自己去采些蘑菇，要不我的成绩就显不出来了。"他说，便一个人从树林边沿走开，这时他们正踏在稀疏的老白桦树下一片柔软如丝的低矮的小草上，他走向树林深处，那儿一株株白色的桦树树干间夹杂着一些灰色的白杨树干，还有一丛丛的黑乎乎的榛子林。谢尔盖·伊凡诺维奇走开大约四十步，走到一处挂满浅红色花絮的卫矛花丛后面，知道没人会看见他了，便停了下来。四周寂静无声。只有他站在下面的那棵白杨树顶上，苍蝇像一窝蜜蜂似的发出嗡嗡的声音，偶尔也传来孩子们的说话声。忽然从不远处树林边沿上传来瓦莲卡的女低音，她在喊格里沙，于是谢尔盖·伊凡诺维奇的脸上浮起了快乐的笑容。发觉自己的这种笑容，谢尔盖·伊凡诺维奇对自己的心情不以为然地摇了摇头，他拿出一支雪茄来，他想抽抽烟。他在白杨树干上划火柴，半天都划不着。白色树皮上柔嫩的黏膜粘住了黄磷，火就熄灭了。终于有一支火柴点燃了，于是雪茄香喷喷的烟雾像一张晃晃悠悠的宽宽的台布似的，不移不散地向前伸展着，漂浮在桦树低垂的枝桠下和矮矮的丛林上。谢尔盖·伊凡诺维奇的眼睛注视着这片烟雾，轻轻地走动着，考虑着自己的情况。

"又干吗不呢？"他想，"假如这是一时兴起，或者说是一股激情，假如我所体验到的只是一种迷恋———一种相互的迷恋（我可以说这是**相互的**），但是我会感觉到，它跟我整个的生活方式并不相合，假如我觉得这样迷恋下去的话，我会背离我的使命和责任……但是又不是这样。我唯一能说出来反对的是，当我失去 Marie① 以后，我对

---

① 法语：玛丽（人名）。

自己说过,我要永远忠实于对她的怀念。唯有这一点我能说出来反对我现在这种感情……这一点是很重要的。"谢尔盖·伊凡诺维奇一边这样想,一边觉得,这种想法对他个人不会有任何的意义,大概也不过就是在别人眼里损伤一点他的诗人气质的形象罢了。"但是,除此之外,不管我怎么搜寻,我也找不到什么能够说出来反对我这种感情的话。假如我单凭理智来作选择的话,我不可能找到比她更好的了。"

他无论回想起多少他所认识的女人和姑娘,他都想不起有哪一个能够把他冷静考虑时所希望在他妻子身上见到的全部品质像她这样集中地体现了出来。她具有青春年华的美妙和鲜艳,而她又不是个小孩子,假如她爱他,那是有意识地爱,一个女人该怎么爱一个男人她就会怎么爱:这是一。其次是:她不仅远离上流社会的习气,而且,显然是,厌恶上流社会,而同时她又熟悉上流社会,并拥有良家妇女全部的气度,没有这一点,谢尔盖·伊凡诺维奇也不能想象可以选来做他生活的伴侣。第三点:她信奉宗教,而又不像个小孩子似的莫名其妙的虔诚和善良,比如说,吉蒂就是那样一个女人;不过她的生活是以宗教信仰为基础而安排的。甚至在许多细枝末节上,谢尔盖·伊凡诺维奇都发现,她身上具备他所期望于一个妻子的一切:她很穷,又是孤身一人,那么她就不会把一大堆亲戚以及他们的影响带到丈夫家里来,就像他所见到的吉蒂的情况,而会事事依赖丈夫,这一点也是他一向期望于自己未来家庭生活的。这个姑娘,她集所有这些品质于一身,她现在爱着他。他是一个谦虚的人,但是他不可能看不到这一点。而他也爱她。唯一一个相反的考虑是他的年龄。然而他的家族是长寿的,他头上一根白发也没有,谁也不以为他有四十岁,他还记得瓦莲卡说过,只有在俄国,人们到五十岁就认为自己老了,在法国五十岁的人认为自己是 dans la force del'âge,①而四十岁

---

① 法语:年富力强。

则还是 un jeune homme①。而且,他觉得自己心灵上还年轻得很,就像二十年前一个样,那么年龄又有什么关系呢? 当他从树林的另一头走出来,又来到林子边上,看见夕阳斜照的灿烂辉光中瓦莲卡那优雅动人的身段——她穿件黄色连衣裙,挎个小篮子,步态轻盈地从一株老白桦树边走过的时候,当瓦莲卡的身影给他留下的印象跟眼前的这片令他惊异的美景——黄灿灿的燕麦田沐浴着斜阳,远方苍翠的老树林点点黄叶,在蔚蓝色的天边若隐若现——融合为一的时候,此时此刻他所体验到的情感,难道不是一种青春之情吗? 这时他的心快乐地抽紧了。一股柔情涌上心来。他觉得,事情已经决定了。瓦莲卡这时刚刚蹲下去采一只蘑菇,她轻巧地抬起身来,回眸一望。谢尔盖·伊凡诺维奇把雪茄一扔,迈开坚定的步子向她走去。

五

"瓦莲卡·安德列耶芙娜,当我还年轻的时候,我给自己定下一个理想的女人形象,这样的我才会爱,我才会幸福地把她称做自己的妻子。我经历了漫长的岁月,现在我在您的身上第一次见到了我所寻求的。我爱您,我向您求婚。"

谢尔盖·伊凡诺维奇在他离瓦莲卡只有十来步远的时候,这样在心里对自己说。她正跪在地上,两手护着一只蘑菇不让格里沙采到,她喊着玛莎。

"上这儿来,上这儿来! 小家伙们! 多得很啦!"她用她那可爱的发自胸腔的声音说。

看见向她走来的谢尔盖·伊凡诺维奇,她没有站起来,也没改变姿势;但是她整个的体态都向他表现出,她感觉到他在走近,而且很高兴他走过来。

---

① 法语:年轻人。

"怎么,您找到什么吗?"她问道,从白头巾下面向他转过漂亮的、轻轻含笑的脸。

"一个也没找到,"谢尔盖·伊凡诺维奇说,"您呢?"

她没回答,孩子们围着她,她顾不上。

"这儿还有一个,树枝子旁边。"她给小玛莎指一个小小的红蘑菇,一枝干草茎横着划破了它有弹性的粉红色的小帽子,它就是从那根草茎下挤着长出来的。她站起来了,这时玛莎把小红蘑菇掰成白色的两小瓣,拾了起来。"这让我回想起童年。"她跟谢尔盖·伊凡诺维奇并肩从孩子们身旁走开时才又说。

他俩默默地走了几步。瓦莲卡看出他想要说话;她猜到他要说什么,由于欢喜和害怕,她激动得气都喘不过来。他们走得好远,已经没人能听见他们说什么了,可是他还是不开口说话。瓦莲卡最好是保持沉默。沉默之后比谈过蘑菇以后再说那些他们想说的话要方便些;但是事与愿违,好像是无意之间,瓦莲卡说道:

"这么说您什么也没找到吗? 不过,树林子中间蘑菇总是少的。"

谢尔盖·伊凡诺维奇叹了一口气,什么也没回答她。他感到遗憾,她竟然谈起了蘑菇。他想要引她再谈她刚才说到的她童年时代的话题;但是,好像违背着他自己的心愿似的,他沉默了一会儿,却接着她最后的那句话谈论起来。

"我只听说白蘑菇多半都长在林子边上,虽然我连白蘑菇也认不出来。"

又过了几分钟,他们走得离孩子们更远了,已经只有他们两个人。瓦莲卡的心跳得她都能听见声音了,她感觉到自己脸上一阵红一阵白,又一阵红。

在斯塔尔夫人家那一段境遇之后,能给科兹内舍夫这样的人做妻子,对她来说是幸福得登峰造极了。再说,她几乎是有信心地认为她是爱上了他。而现在必须有所决定。她非常害怕。她害怕他说,又害怕他不说。

现在就该说出来,要么就永远也不会说出来了;谢尔盖·伊凡诺维奇也感到这一点。瓦莲卡的每一种表情里,她的目光、她脸上的红晕、她低垂的眼睛,都一再表示出一种痛苦的期待。谢尔盖·伊凡诺维奇看出来了,很可怜她。他甚至感到,现在什么话也不说就是在侮辱她。他迅速地在头脑中反复回想着那些有利于他作出决定的理由。他还把那一番他打算用来提出求婚的话在心里复述了一遍;但是,出于某种突然在他脑子里出现的想法,他没有说出这番话来,而是忽然问道:

"白蘑菇和桦树蘑菇的区别究竟在哪里?"

瓦莲卡回答的时候嘴唇激动得抖起来:

"帽子上几乎没什么不同,区别在根子上。"

这句话一出口,他和她都明白了,事情已经结束,那些本应该说出来的话不会再说出来了,于是在这以前达到最高峰的他俩的激动心情开始平静下来。

"桦树蘑菇嘛——那根好像是男人家两天没刮脸的胡子。"谢尔盖·伊凡诺维奇已经是非常平静地在说这句话了。

"对,是这样的。"瓦莲卡微笑着回答,于是他们散步的方向不由得改变了。他们开始向孩子们身边走去。瓦莲卡感到既难过,又羞愧,不过同时她也体验到一种轻松感。

回到家里,谢尔盖·伊凡诺维奇把那一个个理由再思索一遍,他发现,他考虑得不正确。他没法改变对 Marie 的怀念。

"安静点儿,孩子们,安静点儿!"列文简直是生气地对孩子们喊叫着,他站在妻子前面护着她,一群孩子正开心地呼叫着向他们飞奔而来。

在孩子们后面,谢尔盖·伊凡诺维奇跟瓦莲卡也从林子里走出来。吉蒂不需要问瓦莲卡;他从两个人安静的和多少有些惭愧的表情上明白,她的计划并没有实现。

"喂,怎么样?"当他们回到家里时,丈夫问她。

"不行呀。"吉蒂说,她的笑容和说话的神气都像她父亲,列文经常在她身上满意地发现这一点。

"怎么个不行法?"

"就这样,"她说,先拿起丈夫的手,抬到嘴边上,嘴唇不张开地碰了碰,"就像人家吻大主教的手似的。"

"是哪一个不行?"他笑着说。

"两个都不行。应该是这样的……"

"庄稼人走过来啦……"

"不,他们看不见的。"

六

孩子们喝茶的时候,大人们坐在阳台上聊天,好像什么事也没有发生过,虽然大家,特别是谢尔盖·伊凡诺维奇和瓦莲卡都非常清楚地知道,发生了一件虽说并非不好但却非常重要的事。他俩的心情是一样的,就好像一个小学生考试不及格,留了级或者被学校开除时的那种心情。所有在场的人也都感觉到出了点什么事情,活跃地谈着些不相干的事。列文和吉蒂在这个黄昏时分感到他俩特别地幸福,特别地相亲相爱。而他俩因自己的爱情而幸福,这便对那两个也希望如此却不能得到的人是一种不愉快的暗示,——于是他们觉得很过意不去。

"你们记住我的话:Alexandre①不会来的。"老公爵夫人说。

这天晚上他们在等斯捷潘·阿尔卡季伊奇坐火车来,老公爵写信说或许他也会来。

"我还知道他为什么不来,"公爵夫人继续说下去,"他常说,要让新婚夫妇开头的一段日子里单独在一起。"

"爸爸就这样把我们丢下不管啦。我们见不到他这个人,"吉蒂

---

① 法语:亚历山大(人名)。这里指老公爵。

说,"我们算什么新婚夫妇呢?——我们已经是老夫老妻了。"

"只是如果他不来,那我就要跟你们告别了,孩子们。"公爵夫人伤心地叹了一口气说。

"嗳,您怎么啦,妈妈!"两个女儿都责怪她。

"你想想,他会是怎么个心情?要知道,这会儿……"

忽然完全出乎意料地,老公爵夫人说话的声音颤抖了。两个女儿都闭上嘴,互相递着眼色。"Maman老是让自己不开心。"她们的这种目光说。她们哪里晓得,不管公爵夫人在女儿家里过得多么好,不管她在这儿觉得自己多么有用处,自从嫁掉这最小的一个女儿以后,家里那只窝巢空荡荡的,她就一直为自己也为丈夫感到非常地伤心。

"您有什么事,阿加菲娅·米海依洛芙娜?"阿加菲娅·米海依洛芙娜站在一旁,一副神秘的样子,脸色很是郑重,吉蒂忽然问她。

"晚饭的事。"

"喏,好极啦,"朵丽说,"你去张罗吧,那我就去跟格里沙复习他的功课。他今天什么功课也没做过。"

"功课是我的事儿!不,朵丽,我去。"列文说着便一跃而起。

格里沙已经上中学了,暑假应该温习功课。达丽雅·亚力山德罗芙娜在莫斯科便跟儿子一道在学习拉丁语,来到列文家,她照例哪怕每天一次,也要跟他一同复习一下数学和拉丁语里最难的几课书。列文提出要替她做;但是这位母亲有一回听见列文上课,她发现那辅导方法跟莫斯科老师的不同,尽管难为情并极力不得罪列文,她还是坚决地对他明说,必须像学校的老师那样按照课本教,说她顶好还是自己来做这件事。列文本来就对斯捷潘·阿尔卡季伊奇不满,他不把这事放在心上,所以才会这样,不是由他而是由做母亲的来教孩子读书,而她又对此一无所知;列文也对那些教师不满,因为他们把孩子教得这么糟;但是他还是答应妻子的姐姐照她所想要的方法来教。他放弃了自己的教格里沙读书的办法,而是照本宣科,因此也就教得不心甘情愿,往往忘记了上课的时间。今天就是这样。

"不,我去,朵丽,你坐下,"他说,"我们全都照规矩做,照书本做。只是斯季瓦来了我们要去打猎,那就要耽误几天。"

于是列文到格里沙那儿去了。

瓦莲卡对吉蒂也说了同样的话。瓦莲卡即使是在列文这个幸福美满的家庭里也能让自己派上用场。

"我去安排晚饭,您就坐着别动啦。"她说,便站起身来向阿加菲娅·米海依洛芙娜走去。

"好的,好的,大概,他们没买到鸡。那就用自己家里的吧……"吉蒂说。

"我会跟阿加菲娅·米海依洛芙娜商量的,"于是瓦莲卡跟阿加菲娅·米海依洛芙娜走开了。

"多么讨人爱的姑娘啊!"公爵夫人说。

"不是讨人爱,maman,而是美极了,世上像她这样美的再也没有了。"

"那么你们今天是在等斯捷潘·阿尔卡季伊奇喽?"谢尔盖·伊凡诺维奇说,他显然不想接着再谈瓦莲卡。"很难找到哪两个连襟比他们两个更不相像的了,"他含蓄地笑一笑说,"一个活泼好动,在交际场上如鱼得水;另一个,我们的考斯佳,机灵、敏捷、对一切反应迅速,但是,一到交际场上,就像条上了岸的鱼,要么憋死,要么乱蹦乱跳。"

"是啊,他真是粗心大意,"公爵夫人对谢尔盖·伊凡诺维奇说,"我正想求您跟他谈谈,她(公爵夫人指的是吉蒂)不可以留在这里,必须到莫斯科去。他说是写信请一个医生……"

"Maman,他都会做的,他什么都同意的呀。"吉蒂说,她不满意母亲在这件事上让谢尔盖·伊凡诺维奇来评个理。

他们正谈着的时候,林荫道上传来马的喷鼻声和碎石路上车轮的滚动声。

朵丽还没来得及站起来迎着丈夫走过去,从下面格里沙念书的那间屋子窗户里,列文一跃而出,还把格里沙也抱了下去。

"这是斯季瓦!"列文在阳台下边喊了一声。"我们教完啦,朵丽,你别担心!"他又说了一句,便像个孩子似的向马车迎面奔去。

"Is, ea, id, ejus, ejus, ejus。"[1]格里沙在林荫道上蹦跳着,一边这样喊叫。

"还有个什么人。大概,是爸爸!"列文喊了一句,停在林荫道口上,"吉蒂,你别从那么陡的台阶上走,绕着过来。"

列文把车上坐的人当做老公爵,但是他错了。当他靠近马车时,他看见,跟斯捷潘·阿尔卡季伊奇并排坐着的不是公爵,而是一个漂亮的、胖胖的年轻人,戴一顶苏格兰小帽子,后面有长长的飘带。这是瓦辛卡·维斯洛夫斯基,谢尔巴茨基家的表兄弟,一个在彼得堡和莫斯科都很有名气的年轻人,一个"顶好不过的小伙子和嗜猎如命的家伙",斯捷潘·阿尔卡季伊奇就是这样给他做介绍的。

大家盼望的是老公爵,却来了个他,都大为失望,但是他本人对此却满不在乎,维斯洛夫斯基快活地跟列文打招呼,说他们以前认识的,又把格里沙越过斯捷潘·阿尔卡季伊奇带来的猎狗背上,拖过去抱进车里。

列文没坐进车里,他在后面跟着走。他多少有点儿不开心,他对老公爵愈是了解便愈是喜爱,而老公爵却没有来,来了这个瓦辛卡·维斯洛夫斯基,一个完全不相干的多余人。当列文走到门廊前,大人小孩一群人热热闹闹聚集在那里,他看见瓦辛卡·维斯洛夫斯基带着特别多情和殷勤的神气在吻吉蒂的手,他更加觉得这是一个不相干的多余人。

"我跟您太太是 cousins[2],我们是老相识啦。"瓦辛卡·维斯洛夫斯基说,再一次紧而又紧地握住列文的手。

"啊,怎么,有野物吗?"斯捷潘·阿尔卡季伊奇刚刚来得及跟每个人打过招呼,便向列文问道。"我跟他两人野心可大着呢。——

---

[1] 拉丁语:他,她,它;他的,她的,它的。这是孩子在背拉丁语的代词变化。
[2] 法语:表兄妹。

哦,maman,他们从那以后就没到莫斯科来过。——喏,丹妮娅,这个给你!——请你到车后边去拿吧。"他面面俱到地说着。"你精神多好啊,朵琳卡①。"他对妻子说,再一次吻了她的手,把妻子的手握在自己手中,用另一只手去抚摩着。

列文在一分钟前兴致还高极了,现在却阴沉沉地注视着大家,他样样事都不开心。

"他用这两片嘴唇昨天亲过哪个女人呢?"他想,眼睛望着斯捷潘·阿尔卡季伊奇对妻子的那股亲热劲儿。他望了朵丽一眼,他连朵丽也不喜欢了。

"她又不相信他的爱。那她为什么那么高兴?令人作呕!"列文想。

他望了望公爵夫人,一分钟前他还觉得她是那么可爱,他也不喜欢她欢迎这个头上有飘带的瓦辛卡的神气,就好像她是在自己家里似的。

他甚至觉得,这时也站在门廊里的谢尔盖·伊凡诺维奇也让他不愉快,谢尔盖·伊凡诺维奇装出一副友好的模样欢迎斯捷潘·阿尔卡季伊奇,而列文明明知道他哥哥既不喜欢也不尊重奥勃隆斯基。

还有瓦莲卡,她也令他反感,她带着她那种 sainte nitouche② 的神气跟这两位先生结识,心里想着的只是,她怎样能找个男人嫁出去。

而令他最为反感的是吉蒂,她跟这位自以为到乡下来对己对人都是件大喜事的先生谈笑风生,特别让他不愉快的是,她对他的笑容竟然报以那样一种特殊的微笑。

大家闹哄哄地交谈着走进屋子里;他们刚一坐下。列文转身便走出门去。

---

① 朵琳卡,朵丽的爱称。
② 法语:假正经。

吉蒂看见丈夫有点不对头。她想找个机会跟他单独谈谈,可是他说他要到账房去,说完便急匆匆走开了。他已经很久没把农务上的事像今天这样看得那么重要了。"他们老是像在过节日,"他想,"而我要干的事可不是过节,这些事不能放着不做,不做这些事就没法生活。"

七

列文直到派人叫他吃晚饭时才回到家里。吉蒂跟阿加菲娅·米海依洛芙娜站在楼梯上,商量着晚饭喝什么酒。

"你们干吗这么 fuss①？平常喝什么就喝什么呗。"

"不行,斯季瓦不喝……考斯佳,等等,你怎么啦？"吉蒂说,连忙跟着他走去,但是他竟忍心等也不等她,便大踏步走进餐厅,马上加入大家热烈的交谈,主要是瓦辛卡·维斯洛夫斯基和斯捷潘·阿尔卡季伊奇两人在谈。

"怎么,明天去打猎吗？"斯捷潘·阿尔卡季伊奇说。

"好的,咱们去吧。"维斯洛夫斯基说,这时,他移到另一把椅子上,侧身坐着,盘起一只肥肥的腿来。

"我很高兴,我们明天去吧。您今年出来打过猎了吗？"列文对维斯洛夫斯基说,一边目不转睛地注视着人家那条腿,他那副愉快的样子是装出来的,这一点吉蒂太了解了,跟他实在不相称。"大鹬不知能不能找到,不过山鹬是很多的。只是得很早就走。您不累吗？你累不累？斯季瓦？"

"我累？我还从来没累过呢。咱们今儿晚上不睡觉啦！出去逛吧。"

"真的,就别睡觉啦！太棒啦!"维斯洛夫斯基赞成地说。

"噢,这我们相信,你可以自己不睡觉,也不让别人睡觉。"朵丽

---

① 法语:大惊小怪。

对她的丈夫说,话中带着明显的讥刺,她如今跟丈夫说话几乎总是这样。"依我看啊,现在就正是时候……我走啦,我不吃晚饭了。"

"不,你再坐一会儿,朵琳卡,"斯捷潘·阿尔卡季伊奇说,走到大餐台她坐的那一边,"我还有好多话要向你说呢!"

"大概,没什么好说的吧。"

"你知道吗,维斯洛夫斯基上安娜那儿去过。他还要去看他们的。他们住的离我们只有七十里路。我也一定要去一趟。维斯洛夫斯基,你过来!"

瓦辛卡来到太太们这边,坐在吉蒂身旁。

"啊,请您说说,您上她那儿去过?她怎么样?"达丽雅·亚力山德罗芙娜对他说。

列文留在餐台的另一端,他不停地跟公爵夫人和瓦莲卡说话,他看见斯捷潘·阿尔卡季伊奇、朵丽、吉蒂和维斯洛夫斯基他们正谈得热烈而又神秘。不光是谈得神秘,他还看见他妻子脸上的表情非常认真,她两眼动也不动地注视着瓦辛卡那张漂亮的面孔,瓦辛卡正在绘声绘色地讲述着什么。

"他们那儿过得非常好,"瓦辛卡在说伏伦斯基和安娜,"我,当然啦,不会去妄加品评,但是在他们那幢房子里你觉得像在自己家里一样。"

"他们打算做些什么事?"

"好像是,冬天他们打算去莫斯科。"

"咱们一块儿去他们那里该多好哇!你什么时候去?"斯捷潘·阿尔卡季伊奇问瓦辛卡。

"我去他们那儿过七月。"

"你去不去?"斯捷潘·阿尔卡季伊奇对他妻子说。

"我早想去了,一定要去的,"朵丽说,"我觉得她好可怜,我了解她。她是一个好极了的女人。等你走了我一个人去,我谁也不会妨碍。而且你不在甚至更好些。"

"好极了,"斯捷潘·阿尔卡季伊奇说,"那你呢,吉蒂?"

"我吗？我干吗去？"吉蒂说话时脸全都红了。她朝丈夫那边望了一眼。

"您跟安娜·阿尔卡季耶芙娜认识吗？"维斯洛夫斯基问她，"她是一个非常吸引人的女人。"

"认识。"吉蒂回答维斯洛夫斯基时脸红得更厉害了，她站起身来向丈夫身边走去。

"这么说你明天要去打猎啦？"她说。

在这几分钟里，特别是由于她跟维斯洛夫斯基说话时面颊上那一层绯红，他的嫉妒之情已经发展到不可收拾的地步。现在，听她说这句话时，他已经是在按他自己的意思理解了。不管过后回想起这件事时他觉得多么奇怪，这会儿他却明明感到，她问他去不去打猎，她所关心的只是想知道，他肯不肯给瓦辛卡·维斯洛夫斯基提供这种满足，依他看，她已经爱上这个人了。

"是的，我去的。"他用很不自然地、自己都觉得很讨厌的声音回答她。

"不，最好明天在家待一天，要不朵丽就没时间见到丈夫了，后天再去打猎吧。"吉蒂说。

吉蒂这话的意思现在已经被列文歪曲成这样："你别让我跟他分开呀。你要走就走吧，我不在乎，可是就让我跟这个漂亮极了的年轻小伙子在一块儿享受享受吧。"

"啊，要是你想这样，那我们明天就待一天。"列文做出特别愉快的样子回答说。

而瓦辛卡却一点儿也没想到他来这里给人家造成的这种痛苦，吉蒂从餐台前站起来，他也跟着站起来，殷勤含笑的目光紧紧盯住她，跟在她身后走着。

列文看见了瓦辛卡这种目光。他脸色变得苍白，顷刻之间气都喘不过来。"竟敢这样望着我的老婆！"他已怒火中烧。

"那么就明天喽？咱们去吧，好吗。"瓦辛卡说，一边坐在一只椅子上，习惯地盘起一条腿。

列文的炉火燃烧得更旺了。他发现自己是一个戴绿帽子的丈夫,老婆和情夫需要他,只是为了给他们提供方便的生活条件和满足……但是,尽管如此,他依然殷勤好客地向瓦辛卡问起他以前打猎的事,还谈起猎枪、皮靴来,又同意明天跟他一块儿去。

幸亏有老公爵夫人,列文才免于如此地痛苦下去,她自己站起身,劝吉蒂也去睡觉。但是列文还是会有新的痛苦的。瓦辛卡在跟女主人道别时又想要吻她的手,但是吉蒂脸红起来,她把手躲开,以一种天真的粗率态度(为这个母亲后来还责备她)说:

"我们这里不兴这个。"

在列文眼睛里,这是她的过错,因为是她容许有这种关系,她而且错上加错,如此笨拙地做出一副她不喜欢这种关系的样子。

"喏,睡什么觉呀!"斯捷潘·阿尔卡季伊奇说,他晚饭时喝了几大杯葡萄酒,这会儿正情绪美好,诗兴大作。"你瞧,吉蒂,"他说,指着菩提树后升起的月亮,"多美哟!维斯洛夫斯基,这正是唱小夜曲的时候。你知道,他嗓子好得很,我俩一路上都在唱。他带来几首美极了的浪漫曲,两首是新出的。可以跟瓦尔瓦拉·安德耶列芙娜一块儿唱。"

大家都散了,斯捷潘·阿尔卡季伊奇还跟维斯洛夫斯基两人在林荫道上溜达了好久,听得见他们在唱一首新浪漫曲的声音。

听见这些歌声,列文皱着眉头坐在妻子卧室里一把安乐椅中,她问他是怎么啦,他固执地沉默着不肯回答;到后来,她主动畏畏缩缩地微笑着问他:"莫不是维斯洛夫斯基让你有什么不喜欢的地方?"这使他突然发作,把一切都说了出来;他所说的这些他自己都不好意思,因此也就更使他自己激怒。

他站在她面前,两只眼睛在皱紧的眉毛下可怕地闪着光,一双强壮有力的手压在胸前,似乎是用尽了全身的力气在克制自己。他脸上的表情简直可以说是严厉的,甚至于是残酷的,假如这表情中不同时流露出痛苦的话,他这种痛苦表情令她感动。他的下颚抖动着,声音断断续续的。

"你明白,我不是吃醋:这是个下流字眼。我不会吃醋,我不相信……我说不出我的感觉是什么,但是这很可怕……我不会吃醋,可是我觉得我受了委屈和侮辱,居然有人敢于胡思乱想,敢于用这种眼光来望着你……"

"怎么样的眼光呢?"吉蒂说,尽量仔细地回忆这天晚上所有的谈话和举动,以及其中所有的意味。

她在内心深处发现,在那一分钟里,当维斯洛夫斯基跟着她走到餐桌另一端时,的确是有点什么的,但是她即使对自己也不敢承认这点,更不敢把这告诉他,怕增加他的痛苦。

"我身上还有什么可以吸引人的地方呢?我这副模样……"

"哎呀!"他大叫一声,双手抱住头,"你不说这话该多好!……你的意思是,假如你能吸引人的话……"

"啊,不,考斯佳,等等,你听我说呀!"她说,两眼含着痛苦的同情注视着他。"喏,你心里还能想些什么呢?对我来说别的人都不存在,不存在,不存在!……那你是想要我谁也不见吗?"

起初她觉得他的嫉妒侮辱了她,她很不高兴,连这一点小而又小的乐趣,还是最最无可非议的,都不许她得到;然而现在她心甘情愿牺牲一切,更别说这些无谓的小事情了,只要他放心,只要他能够摆脱他现在心中的痛苦。

"你要理解我的处境多么可怕而又可笑啊,"他用那种绝望的声音悄悄说下去,"他是在我的家里,他除了举止随便些,盘着个腿以外没有,没有做任何特别不成体统的事呀。他认为这些都是最优美的姿态,所以我也应该客客气气地对待他。"

"可是,考斯佳,你把事情夸大啦。"吉蒂说,在灵魂深处,她却在为他此刻的嫉妒中所表现出来的对她强烈的爱而高兴。

"特别可怕的是,你——跟往常一个样,你现在对我是多么地神圣,我们是这么幸福,幸福得不同一般,而忽然来了这么个坏蛋……不是坏蛋,我为什么要骂人家?他是好是坏跟我无关。但是我的、你的幸福怎么办呢?……"

"你知道吗,我明白这是怎么引起的。"吉蒂开始要说下去。

"怎么引起的? 怎么引起的?"

"我看见晚饭以后我们说话的时候你怎么瞧着我们了。"

"啊,是呀,啊,是呀!"

她把他们谈些什么都告诉了他。讲着这些的时候,她激动得喘不过气来。列文沉默了一会儿,然后便凝视着她苍白、恐惧的面庞,忽然他抱住自己的头。

"卡佳,我把你折磨得好苦啊!宝贝儿,原谅我吧!这简直是发疯啊!卡佳,这全是我的错。怎么可以为这种蠢事自寻烦恼呢?"

"是不可以这样嘛,我真为你难过。"

"为我?为我?我怎么啦?我是个疯子啊!可是我为什么要折磨你呢?这真是可怕,居然会以为我们的幸福能够被随便一个什么外人破坏掉。"

"当然啦,所以说这让人觉得是受了侮辱……"

"啊,那我倒要特意留他在我们这儿过一个夏天,要好好儿款待他一下,"列文说,吻了她的手,"你瞧着吧。明天……好的,对,明天我们就打猎去。"

八

次日,女眷们尚未起床,出门打猎的马车,一辆四轮的,一辆双轮的,已在大门前停妥,拉斯卡一大早便知道要去打猎了,叽叽哼哼、蹦蹦跳跳地闹了个够,才去坐在四轮马车车夫的身边,眼睛向门那边张望,猎手们还不见从门里出来,它很激动,对他们如此之拖拉颇不以为然。第一个出来的是瓦辛卡·维斯洛夫斯基,他脚踩有他肥胖的腿肚子一半高的崭新大皮靴,身穿绿色上装,腰围一条散发出皮革气味的新子弹带,头戴那顶拖飘带的苏格兰小帽子,手提一支没有背带的英国造的新猎枪。拉斯卡向他奔去,表示欢迎,它一跃而起,用它的方式向他询问,那些人是否马上出来,但是没有得到瓦辛卡的回答,它便又回到自己的岗位上等待,歪起脑袋,竖起一只耳朵来,又一声不吭。终于大门轰隆隆地打开,斯捷潘·阿尔卡季伊奇那条黄斑猎狗克拉克飞奔而出,它兜着圈子,凌空翻转着,于是斯捷潘·阿尔卡季伊奇亲自登场了,嘴里叼着雪茄,猎枪提在手上。"停住。停住,克拉克!"他对狗儿亲切地叫着,狗儿则把爪子伸到他的肚皮上和胸膛上,钩住了他的猎袋。斯捷潘·阿尔卡季伊奇裹着包脚布,穿一双软皮靴,一条破裤子,一件短外衣。他头上随便地扣上了一顶帽子,但是他的新式猎枪却像玩具样精致,猎袋和子弹袋虽是旧的,却都是上等货色。

瓦辛卡·维斯洛夫斯基以前并不懂得这种真正的猎人气派——衣服要穿得破烂,但是猎具却是最讲究的。看见斯捷潘·阿尔卡季伊奇这身风度优雅的破衣烂衫,和这种保养良好、心情愉快的老爷体态,他现在明白了,他决定,下次打猎他一定这样安排。

"喏,我们的主人怎么啦?"他问道。

"老婆年轻嘛。"斯捷潘·阿尔卡季伊奇笑着说。

"是呀,又那么漂亮。"

"他已经穿好衣裳啦。大概是,又跑到她那儿去了吧。"

斯捷潘·阿尔卡季伊奇猜对了。列文又跑到妻子那里,再一次问她,是否原谅了他昨天做的蠢事,也是要去叮咛她千万当心点。主要的是,要离孩子们远些,他们老是要撞着她。再说还必须再一次取得她的保证,她不会因为他走开两天而生气,还要请她明天一早务必派人骑马给他送张纸条来,哪怕只写两个字,只是让他知道,她平安无事。

吉蒂跟平时一样,舍不得跟丈夫分别两天;但是看见他生气勃勃的身姿,穿一双猎靴和一件白上装,显得特别高大强壮,又看见他容光焕发的模样,这是由于打猎前的兴奋,是她所不能理解的,见他这样开心,她便把自己的愁闷抛诸脑后,快活地跟他告别。

"对不起,两位!"列文跑到门口说,"早饭带上了吗?干吗把枣红马套在右边？诺，反正一个样。拉斯卡，安静点儿，卧下！"

"放进骟过的牲口群里去吧，"他对管牲口的人说，这人站在门边等着请示他怎样处理骟过的绵羊，"对不起，又来一个恶棍。"

列文已经坐进四轮马车了，又跳下来，向手拿量尺来到门边的木匠走去。

"昨天你不到账房来，这会儿又把我拖住。喏，什么事？"

"让我再做一个拐角吧。再加三级台阶就行啦。这回我们一定做好它。那要稳当得多。"

"你早该听我的话，"列文不高兴地回答说，"我说过，先装侧板，再配楼梯。这下子没法改动啦。照我吩咐的去做吧，——楼梯重新做过。"

事情是这样，新造的厢房里木匠把楼梯做坏了，他把楼梯先做好，却没算准高度，结果一级一级装上去都是倾斜的。现在木匠还想要利用这个楼梯，再加上三个梯级。

"那会好得多的。"

"再加上三级，你那个楼梯会成个什么样子啦？"

"请您听我说一下，老爷，"木匠不以为然地轻笑着说，"那就正正好啦。就是说，从下面走起，"他做着很有把握的手势说，"一级，一级，就到啦。"

"要知道加上三级，长度就增加了……那它通哪儿去啦？"

"就是说，从下边往上走，就上去啦。"木匠固执地又很肯定地说。

"那它就顶到天花板，钻到墙壁里去啦。"

"请您听我说呀。是从下边往上走呀。一级，一级，就上去啦。"

列文把猎枪的通条抽出来，在地上给他画出楼梯的样子来。

"喏，看见啦？"

"就照您吩咐的办吧，"木匠说，他忽然间两眼放光，显然终于明白了是怎么回事情，"看样子，非重做过不可喽。"

"喏，那就照我吩咐的去做吧！"列文大喊一句，坐上了四轮马车。"走吧！把狗拉住，菲利普！"

抛开家里的和农务上的一切操心事，列文现在体验到一种多么强烈的充满生命和期望的欢乐感，他连话都不想说了。此外，他还体验到一种聚精会神的激动心情，每一个猎人在他临近猎场时都会有这样的感觉。如果说现在还有什么心事的话，那就只是这几个问题：他们在科尔坪沼泽地里能不能找到什么可猎的野物，拉斯卡跟克拉克比会怎么样，他自己今天的枪法会不会很准。在这个新来的人面前他怎么才会不丢人？怎么才能让奥勃隆斯基不胜过他？——这个问题他也想到了。

奥勃隆斯基也有类似的感觉，所以他的话也不多。只有一个瓦辛卡·维斯洛夫斯基不住嘴地快活地说着。这时，列文一边听他说话，一边想起自己昨天对他多不公平，心里很不好意思。瓦辛卡的确是一个好小伙子，他平易近人，心地善良，而且愉快活泼。列文如果没结婚以前跟他遇上，或许会跟他成为亲密的朋友。他游戏人生，翩翩风度之中多少带一些放肆，这些列文本来都不大喜欢，他留着长长的手指甲，戴上那么一顶小帽子，以及他身上那一套与之相配的打扮，他好像还因此而自命不凡；不过他这人心肠好，也很正派，所以这些事也未尝不可以原谅。列文喜欢他的是：他有良好的教养，会说一口漂亮的法语和英语，还因为他们原是同一个生活圈子里的人。

瓦辛卡特别爱那匹套在左边的顿河种草原骏马。一路上不停地夸奖它。

"胯下一匹草原马，纵身飞驰草原上，这是多么美的事情啊。呃？不对吗？"他说。

他把骑上一匹草原马想象为一种富有野趣和诗意的事情，其实根本不是那么一回事；不过他的天真无邪，尤其是再加上他漂亮的相貌，亲切的笑容和优雅的举止，确实非常吸引人。是他的天性博得了列文的好感呢，还是列文极力想要赎取昨天的罪过，列文发现他这人处处都好，跟他在一起觉得愉快。

走出有三里路了。维斯洛夫斯基掏他的雪茄烟和皮夹子,却忽然不知是丢掉了还是忘在了桌子上。皮夹子里有三百七十卢布,因此不能丢下不管。

"我说,列文,我骑上这匹顿河马奔回去一趟。这该有多美呀。呃?"他说着已经要往马背上爬了。

"不,何必呢?"列文回答说,他算算,瓦辛卡大概至少有六普特重。"我派车夫去。"

车夫骑着一匹拉套的马去了,而列文便自己来驾剩下的两匹马。

九

"喏,我们到底走哪条路? 你好好儿讲讲看。"斯捷潘·阿尔卡季伊奇说。

"计划是这样:现在我们去格沃兹杰夫。格沃兹杰夫这一边的沼泽地里有山鹬,而过了格沃兹杰夫有几片沼泽里田鹬多极了,有时候也常有山鹬。这会儿天热,我们傍晚前(有二十里路)能到,晚上去打猎;住上一夜,明天上那些大沼泽地去。"

"这一路上未必什么都没有?"

"有的,可是要耽搁时间,天又热。有两个小地方很不错,不过也不一定会有什么。"

列文自己也想去那两个小地方,但是那两处离家很近,他随时都可以去,地方又小,——容不下三个人打。所以他违心地说,不一定会有什么。车子驰到一个小沼泽地跟前,列文想要越过去,可是斯捷潘·阿尔卡季伊奇那双有经验的猎人眼睛一看便知路旁的沼泽地是个好地方。

"咱们不去那儿?"他指着小沼泽地说。

"列文,去吧,多好的地方!"瓦辛卡·维斯洛夫斯基在求他,列文没法不同意了。

他们还没来得及停车,两只狗已经你追我赶地向沼泽地奔去。

"克拉克!拉斯卡!……"

狗儿回来了。

"三个人会挤的。我在这儿待着。"列文说,希望他们除了几只麦鸡外什么也找不到,那些麦鸡已经被狗惊动了,摇摇晃晃地飞起来,在沼泽地上空哀泣着。

"不!咱们去,列文,咱们一块儿去!"维斯洛夫斯基喊他。

"真的,太挤啦。拉斯卡,回来!拉斯卡!你们不需要两只狗吧?"

列文留在车旁,羡慕地望着那两个去打猎的人。两个猎手走遍整个这片小沼泽地。里面除了野鸡和麦鸡什么也没有,瓦辛卡打了一只麦鸡。

"喏,你们瞧,不是我舍不得这片沼泽地吧,"列文说,"浪费时间而已。"

"不,反正也挺开心。您瞧见啦?"瓦辛卡·维斯洛夫斯基手提着猎枪和那只麦鸡笨拙地爬上了车,一边说,"我这只打得多漂亮!不是吗?喏,我们快到真正的猎场了吧?"

忽然,马儿猛地一冲,列文的头撞在了不知是谁的枪筒上,接着枪声响了。枪其实是先响的,但是列文觉得是他先撞上才响。事情是这样:瓦辛卡·维斯洛夫斯基在扳双筒猎枪的枪机时只按下一只扳头,另一只扳头还翘着。子弹飞进了泥土,谁也没伤着。斯捷潘·阿尔卡季伊奇摇摇头,责备似的冲维斯洛夫斯基笑笑。但是列文没心思数说他。第一,不管责备他什么话,都好像是为了刚才的那场虚惊和列文额头上突起的疙瘩;第二,维斯洛大斯基起初是那么真挚地难过,后来,见大家一片惊慌,又那么一副好心肠地笑起来,笑得那么讨人喜欢,弄得列文自己也不由得笑了起来。

他们来到第二片沼泽地,这片相当大,要花很多时间,列文一再劝他们不要下车。但是维斯洛夫斯基还是要求他同意。因为这片沼泽地很窄小,列文这个殷勤好客的主人便再一次留在马车里。

克拉克一到那里便向一个个的草墩子上猛冲。瓦辛卡·维斯洛夫斯基第一个跟着狗跑去。还没等斯捷潘·阿尔卡季伊奇到达,已经有一只大鹬飞出草丛,维斯洛夫斯基一枪没打中,大鹬飞进没割过的草地里了。这只大鹬命该死在维斯洛夫斯基手下。克拉克又把它给找到了,于是,维斯洛夫斯基打死了它,便回到马车旁边来。

"现在您去打吧,我来照管马。"他说。

列文作为一个猎人的嫉妒心发作了。他便把缰绳交给维斯洛夫斯基,走进了沼泽。

拉斯卡早就在叽叽哼哼地抱怨了,嫌对它不公平,这会儿便朝一处草墩子直冲而去,那是列文熟悉的地方,有希望找到猎物,而克拉克还没有钻进去过。

"你干吗不喊它停住?"斯捷潘·阿尔卡季伊奇大声叫喊着说。

"他不会把鸟儿吓跑的。"列文回答说,他为自己的狗感到高兴,连忙跟它走去。

拉斯卡在搜索中越是接近那些它所熟悉的草墩便越是态度严肃。沼泽地上空的小鸟儿只在一刹那间分散了它的注意力。它在那些草墩前打过一个转,刚要打第二个,忽然间浑身一抖,停住一动不动。

"来呀,来呀,斯季瓦!"列文喊道。他觉得自己的心开始在剧烈地跳动,仿佛他的听觉中有个什么障碍被去除了,一切的声音不分远近、漫无顺序地,但却又是清晰响亮地惊扰着他。他听见斯捷潘·阿尔卡季伊奇的脚步声,却当做了远处的马蹄声,听见脚下草墩的一角连根裂开的清脆声,却以为是飞起了一只大鹬。他还听见背后不远的水面上噼噼啪啪地响,不知道是什么声音。

他寻找着可以落脚的地方,向他的狗走去。

"追呀!"

从狗儿脚下脱身逃走的不是一只大鹬,而是一只山鹬。列文举起猎枪,而正当他瞄准的时候,噼噼啪啪的拍水声越来越大,也越来越近了,还夹杂着维斯洛夫斯基的大声怪叫着的说话声。列文看见,他举枪晚了,那只山鹬已经飞开,但是他还是放了一枪。

知道自己没打中,列文才回过头去,他看见,马儿拉着那辆四轮大马车开进了沼泽地,而不是停在大路上。

维斯洛夫斯基想要看他们放枪,把车子赶进了沼泽,马儿陷在泥沼里了。

"他真是见鬼了!"列文自言自语地说,便向陷在泥里的马车走去。"您把车赶到这里来干吗呢?"他没好气地对维斯洛夫斯基说,便喊车夫过来,着手卸马。

列文气恼的原因是妨碍了他开枪,又因为陷住了他的马,而主要的是,无论斯捷潘·阿尔卡季伊奇或是维斯洛夫斯基都不会帮他和车夫卸下马套把马从泥沼里拉出来。因为他们两人当中的哪一个也不懂套马是怎么回事。瓦辛卡非说地是完全干的,列文对这话一句也不去回答,只顾跟车夫默默地干活,把马解脱出来,但是后来,干得起劲了,又看见维斯洛夫斯基尽心尽力地抓住挡泥板把车子往外拖,甚至把泥板都拉断了。列文责备自己对维斯洛夫斯基过于冷淡,是昨天的情绪还在影响他,便极力格外殷勤地来弥补自己的冷淡。等一切恢复正常,车子也拖到了大路上,列文吩咐把早饭取出来。

"Bon appétit——bonne conscience! Ce poulet va tomber jusqu'au fond de mes bottes."①维斯洛夫斯基又开心了,他吃完第二只小鸡以后,说了这一大段法国俏皮话。"喏,这会儿咱们的灾难结束啦;这会儿咱们该万事如意啦。只不过我罪有应得,应该去驾车。不对吗?呃?不,不,我是个欧托米东②。瞧着吧,看我怎么把你们运过去!"列文要他让车夫赶车,他拉住缰绳不放,这样回答说:"不,我得要赎我的罪过才是,再说我坐在驭座上觉着美极啦。"于是他把车赶着走起来。

---

① 法语:胃口好的人良心好!这只小鸡钻进了我的肚子里。
② 欧托米东,古希腊诗人荷马的史诗《伊里亚德》中,英雄阿喀琉斯的车夫。

列文有点儿担心,怕他把马折磨坏了,特别是左边那匹枣红马,他驾驭不住的;但他不由得被维斯洛夫斯基的快乐情绪感染了,听维斯洛夫斯基坐在驭座上一路唱着浪漫曲,或是看他边讲边表演英国人怎样驾驭 four in hand①,就这样,他们吃饱一顿早饭后,心情十分愉快地到达了格沃兹杰夫沼泽地。

十

瓦辛卡把马儿赶得太猛,他们到达那片沼泽地太早了,天还热得很。

到达这片正正经经的大沼泽地,他们此行的主要目的地,列文不由得盘算着,他怎样可以摆脱瓦辛卡,打猎时不被他干扰。斯捷潘·阿尔卡季伊奇显然也想要这样做,列文在他脸上察觉到一种担心的表情,这是一个真正的猎人在开始打猎之前往往都有的,还察觉到几分他所特有的那种温厚的狡猾。

"咱们怎么走法?这块沼泽地棒极啦,我看见,还有老鹰呢,"斯捷潘·阿尔卡季伊奇说,他指着盘旋在一片苔草上空的两只大鸟,"哪儿有老鹰,哪儿就一定有野物。"

"喏,看见没有,两位,"列文说,他脸色有点阴沉,说话时拽一拽他的靴子,又查看着子弹上的发火帽,"看见这片苔草啦?"他指着河右岸一大片割过一半的湿漉漉的草地中暗绿色的黑油油的一小块。"沼泽地打这儿开始,就在我们眼前,看见吗——就是那片绿一些的地方。从这儿往右直到有马群的地方都是沼泽地;那边有草墩子,大鹬常去那儿;围着这片苔草,一直到那边的赤杨树林子,到磨房跟前,都是沼泽地。瞧那边,有个河湾的。这是最好的地方。我有一回在那儿打了十七只田鹬。我们带上两只狗分两头走,到磨房会合。"

---

① 英语:四匹马拉的车。

"喏,谁在右边,谁在左边呢?"斯捷潘·阿尔卡季伊奇问。"右边宽阔些,你俩去,我去左边。"他似乎是毫不在意地说。

"那好极啦!咱们一定打得超过他。喏,走吧,走吧!"瓦辛卡立即同意。

列文没法不同意了,他们便兵分两路。

他们刚一走进沼泽地,两只狗便一同搜索起来,向一片锈铁色的洼地冲去。列文知道拉斯卡这种搜索方法,仔仔细细,犹犹豫豫;他也了解这地方,想着会有一群山鹬的。

"维斯洛夫斯基,并排走,跟我并排走!"他压低声音对跟在后边哗啦哗啦溅着水的同伴说,自从在科尔坪走火以后,他的枪筒子不管朝哪儿举列文都不得不非常留意。

"不,我不会挤着您的,您别老是想着我。"

但是列文禁不住要想,他还记起吉蒂放他走时说的话:"当心,别一个开枪打着另一个。"两只狗走得离目标越来越近,相互避开,各走各的路线;列文一心盼望着山鹬,把自己从水塘里拔出脚来的叽咕声也当作了山鹬的叫声,他握起枪托,捏得紧紧的。

砰!砰!他耳边响起枪声。这是瓦辛卡在射一群野鸭,鸭群在沼泽地上空盘旋,这时正朝猎人们飞过来,距离尚远,还不在射程之内。列文还没来得及回头张望,就听见一只山鹬扑地一声飞起来,又一只,又一只,还有八九只一个个接着飞起来。

一只山鹬刚开始要绕着飞,被斯捷潘·阿尔卡季伊奇一枪打中了,山鹬像一只小毛球样落进了泥沼。奥勃隆斯基不慌不忙去打另一只向苔草地上低低飞来的鸟儿,一声枪响,这只山鹬也应声落地;能看见这只鸟儿从割过的苔草地上蹦出来,扑打着一只没受伤的,下面羽毛发白的翅膀。

列文没那么走运:他朝一只飞得太近的山鹬开枪,没有打中;这只山鹬已经飞高了,列文正在瞄准它,这时脚下又飞出一只来,分散了他的注意力,他一枪又没有打中。

他们装子弹时,又飞起一只山鹬,维斯洛夫斯基已经装好了子弹,他朝水面上打了两枪霰弹。斯捷潘·阿尔卡季伊奇拾起他打的那几只山鹬,两眼闪闪发光地瞅了瞅列文。

"喏,现在咱们分开走。"斯捷潘·阿尔卡季伊奇说,他左腿一瘸一瘸地,端起猎枪,对狗吹了吹口哨,向一边走去了。列文和维斯洛夫斯基走向另一边。

列文老是这样,头几枪没打好,他就难过,生气,于是整天都打不好。今天也是这样。山鹬多得很。从狗脚下,从猎手脚下不停地有山鹬飞起来,列文本来可以打好的;但是他开枪越多,在维斯洛夫斯基面前丢丑也越厉害,维斯洛夫斯基则不管瞄准没瞄准,快活地乱打一气,什么也没打到,却也并不难为情。列文手忙脚乱,沉不住气了,火气越来越大,以至于只管开枪,不管打中打不中。拉斯卡好像也了解这一点。它愈来愈不肯去寻找,眼睛不停地向两个猎人张望,似乎莫名其妙,又似乎在责备他们。枪声一阵又一阵。猎人的四周硝烟弥漫,但是在那只又大又空的猎袋里只有三只没分量的小小的山鹬。就这还有一只是维斯洛夫斯基打的,一只是两人一同打的。而这时,沼泽的另一端传来的斯捷潘·阿尔卡季伊奇的枪声虽不密集,列文却觉得都很有分量,而且几乎每响一枪都听见说:"克拉克,克拉克,叼过来!"

这使得列文越加激动。山鹬不停地在苔草地上空飞旋。四面八方不停地传来地上的扑腾声和空中的叽嘎声;原先飞起来的山鹬在空中盘旋一阵落在猎人们的眼前。现在沼泽地上空不是两只老鹰,而是几十只,它们盘旋着,尖叫着。

列文和维斯洛夫斯基走过一大半沼泽地,来到农民们的割草地上,一家家的草地间有脚踩的印迹,也有割过的空行,一条条长长地直通到苔草地上。一半的草场都已经割过。

虽然在没割过的草地上找到猎物的希望并不比割过的草地上更多,列文答应过斯捷潘·阿尔卡季伊奇跟他会合,他便跟他的同伴沿一条条割过和没割过的草地向前走去。

"嗳,打猎的!"一个农民坐在卸掉马的大车旁对他们喊着,"来跟我们一块儿吃点儿！喝口酒吧！"

列文回头一望。

"来吧，没关系！"一个大胡子红面孔的农民高兴地喊叫着说，龇出雪白的牙齿，举起一只绿莹莹的阳光下闪闪发亮的酒瓶子。

"Qu'est ce qu'ils disent?"①维斯洛夫斯基问道。

"他们叫你去喝伏特加。他们大概把草地分好了。我倒想去喝一杯。"列文不无几分狡猾地说，他希望维斯洛夫斯基被酒吸引住，离开他到农民那里去。

"他们干吗要请我们喝酒呢？"

"没什么，开开心呀。真的，您去他们那儿吧。您会觉得很有意思的。"

"Allons, c'est curieux."②

"您去吧，您去吧，您能找到去磨房的路的！"列文大声说，他回头一瞧，满意地看见，维斯洛夫斯基弯着腰，两条疲倦的腿摇摇晃晃地，一只手举起枪，从沼泽里往外走，到农民那儿去了。

"你也来呀！"一个农民向列文喊道，"怕啥呢，来吃块馅儿饼吧！"

列文非常想喝点伏特加，吃一块面包。他很累，感到两条腿从泥沼里拔出来非常吃力，所以片刻间他有点犹豫。但是这时狗站住不动了。于是马上疲倦便无影无踪，他轻快地在泥泞中向狗走去。他脚下飞起一只山鹬来；他一枪打中了，——狗儿还是站住不动。"叼过来！"狗的脚下又飞起另一只山鹬。列文再放一枪。但是今天不走运；他没打中，去找那只打中的，也没找到。他把整个苔草地都走遍了，但是拉斯卡不相信他打中了，他让它去找，它假装找一阵，还是没找到。

列文怪瓦辛卡让他没打好，可是瓦辛卡不在还是不行。这儿山

---

① 法语：他们在说什么？
② 法语：来呀，这很有意思。

鹬多得很,但是列文一枪接一枪都打不中。

太阳西斜了,但依旧很热;衣服湿透了,贴在身体上;左脚的靴子进满了水,又重又叽嘎地响;粘满火药的脸上淌着大滴大滴的汗水;嘴里干得冒火,鼻子里满是火药和铁锈味,耳朵里尽是山鹬的啼叫声;枪筒碰也不敢碰,滚烫滚烫;心跳得又快又急;两只手激动得发抖,两条疲倦的腿在草墩和泥泞里磕磕绊绊;可是他仍然在向前走,仍然在放枪。最后,他再空放一枪,把枪和帽子都扔在了地上。

"不行,要定定心才好!"他对自己说。他拾起猎枪和帽子,把拉斯卡叫到身边来,走出了沼泽地。来到干地方,他坐在一个小土堆上,脱掉靴子,把里边的水倒出来,再走向沼泽,喝了两口带铁锈味的水,把滚烫的枪筒在水里浸了浸,又洗洗脸和手。觉得清爽一些了,他再向山鹬飞落的地方走去,下决心不再急躁。

他想要安静下来,可还是老样子。还没瞄准鸟儿,手就扳动了枪机。真是愈来愈糟了。

他的猎袋里只有五只鸟儿,他走出沼泽,来到应该和斯捷潘·阿尔卡季伊奇会合的赤杨林边。

还没看见斯捷潘·阿尔卡季伊奇,先看见了他的狗。克拉克从赤杨树裸露的树根下一跃而出,浑身乌黑,满是臭泥浆,一副胜利者的姿态,跟拉斯卡互相闻了闻。紧跟着克拉克,斯捷潘·阿尔卡季伊奇高大的身材出现在赤杨树的阴影里。他迎面走来,满脸通红,汗流浃背,领子敞开,腿还是瘸着。

"喏,怎么样? 你们打了好多吧!"斯捷潘·阿尔卡季伊奇快活地微笑着说。

"你怎么样?"列文问道。但是并不需要问的,因为他已经看见那只满载而归的猎袋。

"还好。"

斯捷潘·阿尔卡季伊奇打了十四只。

"这块沼泽真美呀! 你,大概是,让维斯洛夫斯基给搅和啦。两个人一只狗很不方便。"斯捷潘·阿尔卡季伊奇说,为的是冲淡一下自己的得意神气。

<h2 style="text-align:center">十一</h2>

列文跟斯捷潘·阿尔卡季伊奇到达列文常去歇脚的那个农家茅屋时,维斯洛夫斯基已经在那儿了。他坐在屋子当中,两只手抓住长凳,让一个当兵的,女主人的兄弟,给他把满是泥浆的靴子拽下来,像他平时那样富有感染力地快活地笑着。

"我刚刚到。Ils ont été charmants.①你们想想看吧,人家又给我喝酒,又给我吃东西。多香的面包啊,太美啦!Délicieux!② 还有伏特加——我从没喝过那么香的酒!怎么也不肯收钱。他们都一个劲儿说'别见怪呀',不知为什么。"

"干吗要收钱?人家,就是说,在款待您啦。难道他们的伏特加是卖钱的吗?"

那个当兵的说,他到底把湿透了的靴子连同发了黑的袜子一起拽下来了。

猎人们泥污的靴子和两条肮脏的、浑身乱舔的狗把茅屋弄得很脏,屋子里满是沼泽的气味和火药味,又没有刀叉,尽管如此,猎人们却喝足了茶,饭吃得很香,只有打猎时才能尝到这样的滋味。他们洗过,收拾了,便到打扫干净的干草房里去睡觉,车夫已经在那里给三位老爷备好了床铺。

虽然天色已晚,猎人当中谁也不想睡觉。

他们谈枪法,谈狗,谈从前的出猎,一会儿回忆过去,一会儿谈今天的事,后来便谈着大家都感兴趣的题目。瓦辛卡已经一连几次地称赞这种过夜办法多么美,干草多么香,这辆用作床铺的破马车(他觉得是辆破车,因为把前轮卸掉了)多么够味儿,请他喝伏特加

---

① 法语:他们真有趣儿。
② 法语:香极了。

的农民们的心肠多么好,还称赞那两只躺在各自主人脚下的狗,于是奥勃隆斯基便说起他去年在马尔图斯家打猎的事,说那真是美极了。马尔图斯是有名的铁路富豪。斯捷潘·阿尔卡季伊奇谈到这位马尔图斯在特维尔省租下的几块沼泽地有多么好,保护得多么周全,还说到猎人坐的车和运狗的车多么讲究,沼泽边上搭下的备有早餐的帐篷多么漂亮。

"我不明白你是怎么啦,"列文说着从他的干草床铺上坐起来,"这些人你怎么不讨厌啦。早饭时候喝一杯法国红葡萄酒是很舒服的事,这我明白,可是你难道对这样的奢侈浪费不觉得反感?这些家伙们,跟从前咱们那些酒类专卖商一样,他们凭着让人瞧不起的那一套办法赚钱,人家瞧不起他们,他们满不在乎,然后就用他们赚来的昧心钱去收买那些从前瞧不起他们的人。"

"完全正确!"瓦辛卡·维斯洛夫斯基应声说,"完全正确!当然啦,奥勃隆斯基这样做是出于 bonhomie①,可是别的人会说:'连奥勃隆斯基都常去啦,'……"

"根本不是那么回事儿,"列文听见奥勃隆斯基在微笑着说,"我就不认为他比那些富商贵族当中哪一个更没良心。这些人和那些人都同样是靠劳动和头脑发财的。"

"是啊,可是靠什么样的劳动?难道投机倒把也是劳动吗?"

"当然是劳动啦。假如没有他或是别的像他这样的人,就没有铁路,在这个意义上说,是劳动。"

"可是这种劳动跟农民或者学者的劳动不一样。"

"就算吧,但是他的活动产生了结果——铁路。可是你居然发现,铁路是没用处的东西。"

"不对。这是另一个问题;我愿意承认铁路是有用的东西。但是任何一种收益,如果不符合所付出的劳动,都是不正当的。"

"那么由谁来判断符合不符合呢?"

---

① 法语:好心。

"用不正当手段,用狡猾办法得来的收益,"列文说,他感到自己不能明确地说出正当和不正当都有哪些特征,"就比如说银行的赢利吧,"他继续说下去,"都是罪恶,都是不花劳动而得到大量的财富,这就跟酒类专卖一个样,只不过换了个形式而已。Le roi est mort, vive le roi!① 人们刚刚来得及取消了酒类专卖,就又出现了铁路、银行,仍然是不劳而获。"

"是的,你这些话很可能说得都很正确,很俏皮……躺下,克拉克!"斯捷潘·阿尔卡季伊奇对那只在干草堆里搔痒,乱翻乱动的狗儿大喝一声,他显然确信自己的说法正确无误,因此表现得安静而镇定。"但是你没有把正当不正当的特征讲清楚。比如说,我拿的薪水比我的科长多,虽然他比我更会办事情,——这叫不正当吗?"

"我不知道。"

"喏,那么我来告诉你:你搞农业,得到,比如说吧,五千卢布的赢余,可是我们这个做农民的主人,不管怎么拼命干,不会得到比五十个卢布更多,这也是不正当的,就跟我拿的比科长多,马尔图斯拿的比铁路工匠多一个样。反过来,我看见社会上对这些人抱一种毫无根据的敌对态度,我觉得这是嫉妒……"

"不对,这样说不公平,"维斯洛夫斯基说,"嫉妒是不可能的,不过这里边有点什么不干净的东西。"

"不,你听我说,"列文继续说下去,"你说这不公平,我得五千,可是农民得五十卢布,是这样。这是不公平的,我感觉到了这个,可是……"

"问题就在这里嘛。凭什么我们吃呀,喝呀,打猎呀,可什么事也不干,而他却要成年到头一辈子地劳动呢?"瓦辛卡·维斯洛夫斯基显然是生平第一次明白地想到这个问题,因此态度完全是真诚的。

"是呀,你感觉到了这一点,可是你不会把你的田产庄园拿去给

---

① 法语:国王死了,国王万岁!

他吧。"斯捷潘·阿尔卡季伊奇说,仿佛是故意在刺激列文。

近来这两位连襟之间出现了一种似乎是暗中的敌对关系:好像他们自从娶了两姐妹为妻,他们之间便比赛着看谁能让自己的日子过得更好些,现在这种敌对情绪便在这场带有个人意气的谈话中表现出来。

"我没有给别人,是因为谁也没有向我讨过,而且即使我想给,也不能给,"列文回答说,"没人可给呀。"

"那就给这个农民吧;他不会不要的。"

"好的,可是我怎么给他呢?跟他去办个买卖契约吗?"

"我不知道;可是假如你确信你没有权利……"

"我一点也不认为是这样。我,正相反,觉得我没有权利把它给别人,无论对土地或是对我的家我都负有责任。"

"不,听我说;既然你认为这种不平等是不公正的,那么你为什么不采取这样的行动……"

"我是在采取行动呀,只不过是从相反的方面,就是说,我不会极力去扩大我跟他们之间存在的这种地位的差别。"

"不,请原谅,这是奇谈怪论。"

"这是有点儿诡辩。"维斯洛夫斯基附和说。"啊!东家,"他对推开门走进茅屋的农民说,"怎么,还没睡?"

"没有啊,哪里睡得着!我以为老爷们睡着啦,可是一听,还在说话哪,我来取一把钩镰。这狗不咬人吧?"他又说,小心翼翼地光着脚走进来。

"那你睡哪儿呀?"

"我们夜里要去放牲口。"

"哎呀,多美的夜晚呀!"维斯洛夫斯基说,他从敞开的门框里借朦胧晚霞望见茅屋的一侧和卸掉马的车辆。"你们听,女人家在唱,真的,唱得不坏呢。这是谁在唱呀,东家?"

"是丫头们在唱,就在附近。"

"咱们去玩玩吧!反正睡不着。奥勃隆斯基,走吧!"

"又能躺下又能出去该多好,"奥勃隆斯基伸个懒腰说,"躺着真舒服呀。"

"喏,那我一个人去啦,"维斯洛夫斯基马上起来穿鞋子,一边说,"再见啦,两位。要是玩得开心,我来喊你们。你们拿野物款待我,我也不会忘记了你们。"

"我说的不错吧,一个好小伙子啊?"

"是的,人挺不错的。"列文回答,心里还想着刚才的话题。他觉得他已经尽力把自己的想法和感觉讲明白了,而他们两个,都是并不愚蠢的人,也都很诚恳,却异口同声地说他玩弄诡辩。这让他惶惑不解。

"就这么回事儿,老弟。二者必居其一:要么你承认现存社会制度是合理的,这你就得维护自己的权利;要么你就承认你是在享受不合理的特权,就跟我一样,心安理得地去享受。"

"不,如果说这是不合理的,那你就不能心安理得地去享受这些好处,至少我不能。对我来说,最主要的是,我必须觉得我是无辜的。"

"怎么,说真的,不出去走走?"斯捷潘·阿尔卡季伊奇说,显然是不想再这样紧张地动脑筋了。"反正睡不着。真的,走吧!"

列文没有回答。他还在想着刚才他们说的话:他只是从相反的意义上采取着公正的行动。"难道说只是从相反的方面看,我才是公正的?"他问他自己。

"新鲜的草料气味多好闻哟!"斯捷潘·阿尔卡季伊奇说着抬起身来。"怎么也睡不着。瓦辛卡在那边不知搞些什么。你听见笑声和他的说话声了吗? 去不去呀? 咱们走吧!"

"不,我不去。"列文回答。

"未必你这也是出于一种原则吗?"斯捷潘·阿尔卡季伊奇微笑着说,一边在黑暗中摸索着自己的帽子。

"这不是出于原则,可我去干什么呢?"

"要知道,你这是自讨苦吃。"斯捷潘·阿尔卡季伊奇说,他找到了帽子,站起身来。

"为什么?"

"难道我没看见你跟老婆是怎么相处的吗?我听见啦,你们讨论的头等重大的问题是——你可不可以出门去打两天猎。所有这一切,作为一首田园诗倒是不错,可是作为整个的生活就不够啦。男人应该独立,男人有男人自己要关心的事。男人就应该有男人味儿。"奥勃隆斯基说着开门往外走。

"这是什么意思?去跟那些丫头下人们调情吗?"列文问道。

"如果开心,干吗不去呢。Ca ne tire pas à conséquence.①我老婆不会因此受到什么损害,而我可以很快活。主要的是——维护家庭的神圣地位。家里别出事情就行啦。但也别捆住自己的手脚。"

"或许吧,"列文干巴巴地说了一句,便转过身去,"明天一大早要动身,我谁也不喊,天一亮就走。"

"Messieurs, venez vite!"②听见了维斯洛夫斯基的声音,他回来了,"Charmante!③ 这是我发现的啊。Charmante,一个十全十美的甘泪卿④,我跟她已经认识啦。真的,一个美极了的美人儿!"他那副赞不绝口的神气,似乎那姑娘的美貌完全是为他所造,因此他对给他造就了这个尤物的造物主非常之满意。

列文假装睡着,而奥勃隆斯基穿上一双便鞋,点起一支雪茄烟,从茅屋里走出去,马上便听不见他们的声音了。

列文久久不能入睡。他听见他的马在嚼草料,后来房主人带着大儿子出去放马;后来又听见,那个当兵的和他外甥,主人的小儿子,在茅屋的另一头安顿睡觉;听见那孩子细声细气地对舅舅说,他觉得两只狗很可怕,而且很大;后来那孩子又问,这两只狗要去抓什

---

① 法语:这不会有什么后果的。
② 法语:先生们,快来呀!
③ 法语:真迷人!
④ 甘泪卿,德国作家歌德诗剧《浮士德》中的女主人公。

么,那个当兵的哑着嗓子睡意矇眬地告诉他,明天打猎的人要到沼泽地里去放枪,后来,为了摆脱孩子的问题,他说:"睡吧,瓦斯卡,睡吧,当心我揍你。"自己便打起呼噜来,于是什么声音也没有了。"难道就只是从相反的方面吗?"他再一次问自己,"可那又怎么样呢?我没有过错呀。"于是他便去考虑明天的事情了。

"明天一早就走,我一定不急躁。山鹬多得很呢,大鹬也有。等我回来,就能见到吉蒂写来的条子了。对,或许斯季瓦是对的:我在她面前没有男子气,婆婆妈妈的……可是怎么办呢!又是在从相反的方面看了。"

他在睡梦中听见维斯洛夫斯基和斯捷潘·阿尔卡季伊奇快活的笑声。他把眼睛睁开一小会儿:月亮出来了,门口月光明亮,他们站在敞开的门边交谈着。斯捷潘·阿尔卡季伊奇在说一个姑娘多么鲜嫩之类的话,拿她跟刚刚剥出来的核桃肉相比,维斯洛夫斯基发出他那令人感染的笑声,重复着大概是一个农民对他说的话:"你还是赶快讨一个自己的老婆吧!"列文在半睡半醒中说了一句:

"先生们,明天不等天亮就出发!"马上又睡着了。

十二

列文清晨醒来,试着把同伴叫醒。瓦辛卡脸朝下趴着,伸出一只穿袜子的脚,睡得非常熟,根本没法让他回答一句话。奥勃隆斯基懵懵懂懂地说他不肯这样早就走。拉斯卡盘成一个圈睡在干草堆边上,甚至它也很不情愿地才站起来,懒洋洋一只接一只地伸展着后腿。列文穿上靴子,拿起猎枪,非常当心地打开吱嘎发响的茅屋门,走到街上。车夫睡在马车里,马儿还在打盹。只有一匹马醒着,它慢腾腾嚼着燕麦,喷出的鼻息把麦粒撒得满食槽都是。院子里还是昏暗的。

"干吗起这么早呀,年轻人?"房东老太太从木屋里走出来,亲热地对他说,就好像在跟一个很要好的老朋友说话。

"去打猎呀,大娘。这条路能到沼泽吗?"

"从后面一直走;穿过我们的打谷场,好人儿,再穿过大麻地;那儿有条小路。"

老人家步步小心地迈着她晒黑的光脚领列文走去,为他打开打谷场的栅栏门。

"一直走你就到沼泽地里啦。我们家的人夜里在那儿放牲口。"

拉斯卡在前面快活地沿小路奔跑着;列文跟在它后边,走得很轻快,一边不住地观察着天色。他希望在他到达沼泽地前太阳别出来。可是太阳也不会偷懒。他出门时月亮还亮灿灿的,这会儿却像一块水银似的闪着光;启明星原先看得清清楚楚,现在要找才找得见;原先只见远处的田野上有些斑斑点点,现在能看清是什么了,那是一堆堆的黑麦。在一片高高的、芳香的、已经剔除过雄株的大麻地里,太阳没出来以前还看不见的露珠儿把列文的脚打湿了,衣服也一直湿到腰间。了无遮掩的清晨静寂中,最细微的声音也能听得见。一只小蜜蜂像颗子弹似的从列文耳边嚯地飞过。他仔细一看,又看见第二只,第三只。这些蜜蜂都是从养蜂场的篱笆缝里飞出来的,它们飞过大麻地上面,在朝着沼泽地的方向上隐没不见了。这条小路一直通向沼泽地。从那蒸腾而起的阵阵雾气上可以认出远处的沼泽地来,雾气有些地方浓密,有些地方稀薄,因为小岛般的苔草地和一簇簇柳丛在这茫茫雾海中浮沉。沼泽边和大路上躺着一些夜间放牧的孩子和农民,盖着衣服,天亮前睡得正香。离他们不远处,有三匹绊住脚的马。其中的一匹把脚上的链子弄得叮当直响。拉斯卡跟主人并排走着,它想要主人准它向前跑,东张西望着。走过睡着的农民身边,来到第一个水塘边上,列文检查了子弹上的发火帽,放开了狗。几匹马当中那匹肥壮的栗色三岁马看见了狗,猛地一惊,抬起尾巴,喷一个响鼻。其余的几匹也惊动了,从沼泽地里往外跳,绊住的马腿在水上啪嗒着,它们的蹄子从烂泥浆里拔起时,发出好像噼啪般的响声。拉斯卡停住不走了,嘲笑似的望望那些马,又询问似的望望列文。列文摸摸拉斯卡,吹一声口哨,表示它可以开始行动了。

拉斯卡又快活又担心地在脚下颤悠悠的泥地上奔跑着。

一跑进沼泽地,拉斯卡马上便从它所熟悉的树根气、水草气、铁锈气,以及它不熟悉的马粪气当中察觉出这里到处都有的鸟腥气,正是那种最能够让它心情激动的鸟腥气。在苔藓和沼泽酸模草中间的某个地方,这种气味特别地强烈,但是吃不准它在哪个方向上强些,哪个方向上弱些。为了摸清方向,必须顺风向前跑一段。拉斯卡使劲奔跑着,连自己四只腿的动作都感觉不到,它保持紧张状态,以便每次跳跃时,如果必要,随时可以停住,它向右边跑去,躲开一股细微的黎明前的东风,再迎风跑开。它张大鼻孔吸一口气,马上感觉到,这里不仅有鸟的踪迹,而且**它们**恰恰就在这里,就在它面前,不是一只,而是许许多多。拉斯卡跑得慢了点。它们就在这里,但是到底在哪里,它还不能确定,为了找到这个准确位置,它已经要开始兜圈子了,忽然主人的声音分了它的心。"拉斯卡!这儿!"主人说,他给它指着另一个方向。它站住了似乎在问他,是不是还像它开始做的那样更好些呢。但是主人气呼呼地把命令重复了一遍,给它指着一个水淹住的小草墩,那儿什么也不会有的。它听从主人的话,假装搜了搜,好让他满意,它绕着那个草墩跑一圈,又回到原先的位置,马上便又察觉到鸟儿的气味。现在主人不妨碍它了,它知道该怎么办,它眼睛没有望着脚下,在高高隆起的土堆上绊了几下,跌进水里,这使它有些懊恼,但是又用它那灵巧有力的腿站稳了,开始兜起圈子来,这一兜,便什么都清楚了。**鸟儿**的气味愈来愈强烈、愈来愈准确地惊醒了它,忽然它完全清楚了,它们当中的一只就在这里,就在这个土堆的后面,离它只有五步远,于是它停下来,全身一动不动。它的腿太短,前面什么也看不见,但是它凭气味知道,鸟儿离它不会超过五步。它停住不动,愈来愈感觉到鸟儿就在面前,心中满是期待的喜悦。它的尾巴绷得直挺挺的,只有尾巴尖在轻轻颤动。它的嘴微微张开,耳朵竖起来。一只耳朵在它奔跑时就已经转向后边。它重重地,但却是小心翼翼地喘着气,更加留意地向后望一望主人,但只是转动眼睛,而不转过头去。它主人带着它所熟悉的面孔和那双总是那么吓人的眼睛向前走着,磕碰着小土墩,它觉得他走得慢极了。它觉得他走得很慢,而其实他是在跑。

拉斯卡整个身子贴在地上,仿佛用两条后腿划水似的大步向前爬,嘴巴微微张开。列文注意到它的这个独特的姿势,知道它是在慢慢地向大鹬靠近,他在心中向上帝祈祷,但愿成功,特别是这第一只鸟,然后便跑到狗身边。到了狗跟前,他从自己的高度上用自己的眼睛向前方观望,看见了狗用鼻子闻到的东西。在两个草墩之间,一个草墩边上隐隐约约露出来一只大鹬。这家伙转过头在仔细地倾听。然后它轻轻张开翅膀又收拢来,笨拙地把屁股一甩,躲进一个角落里。

"抓住,抓住。"列文把拉斯卡的屁股推一推,喊了一声。

"可是我不能走开呀,"拉斯卡想,"我往哪儿走?我从这儿能感觉到它们,而我向前一动,就不知道它们在哪里了,也不知道它们是什么。"但是这时候列文又用膝盖顶一顶它,激动地悄悄对它说:"去抓呀,拉斯卡乖乖,抓呀!"

"喏,既然他想要我抓,我就抓吧,可是这就不能怪我啦。"它想了想,于是便两腿伸直向前方草墩间冲去。现在它已经什么也闻不到了,只能靠眼睛看和耳朵听,它什么也不明白。

在原先那地方的十步开外,一只山鹬浓重地"霍尔、霍尔"地叫了两下,还发出鹬鸟所特有的明显的扑翼声,一飞而起。一声枪响,它那雪白的胸脯便落进了湿漉漉的泥沼里。另一只没等他们搜寻,连狗也没去赶它,便从列文身后飞起来。

等列文转过身向着这只鸟,它已经飞远了。但是它逃不脱枪弹。刚飞开二十来步,这第二只山鹬向上一飞又倒栽下来,像一只抛出的皮球,重重地落在了一块干地上。

"这才像回事儿!"列文把热乎乎的肥肥的山鹬塞进猎袋时这样想着。"呃,拉斯卡乖乖,像回事儿吗?"

当列文装好子弹向前移动时,太阳虽然还被云遮着,但已经升起了。月亮失去了全部的光辉,像一朵小小的云,泛着白色挂在天空上;已经一颗星星也看不见了。一块块沼泽地上原先闪烁着银色的露珠,现在是一片金色。锈黄色的水塘变成了一片琥珀色。草色的青蓝换成了绿黄。沼泽中的各种小鸟儿在露滴闪闪、影儿长长的河边丛林中忙个不停。一只老鹰从梦中苏醒,蹲在一堆干草上,把脑袋晃来晃去,踌躇满志地注视着沼泽。一群寒鸦向田野飞去,一个赤脚小男孩已经在把马儿赶向老汉身边,老汉已经掀开盖着的衣裳,在那儿搔痒。猎枪的硝烟像牛奶似的,把青青的草色抹白了。

有一个小男孩向列文跑过来。

"叔叔,昨天这儿有野鸭子呢!"他对列文喊着说,然后便远远地跟在列文的身后。

列文立刻当着这个羡慕他的孩子的面接连打下了三只大鹬,感到加倍的快活。

十三

猎人有一种说法:如果你没放走头一只飞禽或走兽,那你今天就会交好运,这话看来有道理。

疲劳、饥饿、愉快的列文在早上十点钟回到了住地,他走了三十里路程,打了十九只血淋淋的野物,还有一只野鸭子,这一只他捆在腰带上,因为猎袋里已经装不下了。他的两个伙伴早已起身,已经饿了,吃过了早饭。

"别忙。别忙。我有数的,是十九只。"列文说,他把猎物又数了一遍,那些大鹬和山鹬已经失去它们翱翔天空时的风采了,一个个缩成一团,干瘪瘪地,身上凝结着血块,脑袋歪向一边。

数目没错,斯捷潘·阿尔卡季伊奇那羡慕的神情真让列文高兴。让他高兴的事情还有呢,回到住处,他便看见了吉蒂派人送来的信。

我身体十分好,十分快活。你若为我担心,那现在可以比原先更加放心了。我有了一个新的护身人,玛丽娅·符拉西耶芙娜(这是个接生婆,是列文家庭生活中新来的一个重要人物)。她来看望我。她发现我十分健康,我们留她等你回来再走。大家都很快活,都很健康,你就别着急了,打猎顺利的话,就多待上一天。

这两件喜事、打猎顺利、妻子来信,实在太好了,所以后来发生的两个小小的不愉快列文也就轻轻放过。一件是,拉边套的那匹枣红马,显然是昨天累过了头,不吃草料,也没有精神。车夫说是累坏了。

"昨天赶过头啦,康斯坦丁·德米特里奇,"车夫说,"还不是吗,没命地赶了十里路!"

另一件不愉快的事一开头也破坏了列文的好情绪,但是过后他一再地觉得好笑,事情是这样:吉蒂给他们带上的食物那么多,好像一星期也吃不完,现在却一点不剩了。列文打猎归来,又累又饿,满以为一回来就能有馅饼吃,还没走进屋里,他已经闻到气味,嘴里已经有饼香了,就像拉斯卡闻到野物一样,他立刻吩咐菲利普给他拿来。结果是,不光是没有馅饼,连小鸡也没有了。

"真是好胃口啊!"斯捷潘·阿尔卡季伊奇笑着说,手指着瓦辛卡·维斯洛夫斯基,"我的胃口也不赖,可是真让人吃惊……"

"嗐,怎么办呢!"列文说,没好气地望着维斯洛夫斯基,"菲利普,那就给我牛肉吧。"

"牛肉吃光啦,我把骨头喂狗了。"菲利普回答。

列文很不高兴,懊恼地说:

"哪怕给我随便留点儿什么也好呀!"他真想哭了。

"那就搞点野物吃吧,"他声音发抖地对菲利普说,竭力不望瓦辛卡,"放上点荨麻。再去给我讨点牛奶来。"

后来,等他喝足了牛奶,觉得不好意思了,竟对外人说出了那些不满的话,他笑自己饿成了那样一副凶相。

晚上又去打了一次猎,这一回连维斯洛夫斯基也打了几只,当夜他们便回家了。

回程的路上跟来时一样地开心。维斯洛夫斯基一会儿唱歌,一会儿兴味十足地回忆他的奇遇,农民们请他喝伏特加,还对他说"别见怪";一会儿又想起晚上跟那个嫩核桃肉丫头的风流事,还想起那个农民问他娶亲了没有,听说他还没有,便对他说:"你可别瞧着人家的老婆眼馋,赶快拼命想法讨一个自己的吧。"这句话特别让维斯洛夫斯基觉得好笑。

"总而言之我太满意我们的这次旅行了。您呢,列文?"

"我满意得很。"列文由衷地说,尤其高兴的是,他不仅不像在家里那样对瓦辛卡·维斯洛夫斯基怀有敌意,相反地对他极其友好。

十四

第二天十点钟,列文已经把庄稼查看了一遍,走进瓦辛卡睡的那间屋子。

"Entrez①,"维斯洛夫斯基对他大声说,"请原谅,我刚才结束了ablutions②。"维斯洛夫斯基微笑着对他说,只穿一件内衣站在他面前。

"您请随意。"列文坐在窗前。"您睡得好吗?"

"跟死人一样。今天这天气打猎多好啊!"

"您喜欢喝什么,茶还是咖啡?"

"茶也不要,咖啡也不要。我吃早饭。我,真的,不好意思啦。太太们,我想,都已经起床了吧?现在去散散步多好。您让我看看您的马吧。"

列文跟他的客人在花园里转转,去马厩里呆了会儿,还一块儿

---

① 法语:请进。
② 法语:净水。本是宗教用语,这里指淋浴。

练了双杠,然后回到家中,又一同走进客厅。

"我们打猎打得美极啦,印象真深!"维斯洛夫斯基走到吉蒂身边说,吉蒂坐在茶炊前。"真可惜,太太们享受不到这个!"

"喏,这有什么,他总得跟女主人应酬几句呀。"列文对自己说。从客人对吉蒂讲话时的微笑上,从他那洋洋得意的表情上,列文又觉得好像有点儿什么……

公爵夫人跟玛丽娅·符拉西耶芙娜和斯捷潘·阿尔卡季伊奇坐在桌子的另一头,她把列文叫到身边来,跟他谈为吉蒂生产搬到莫斯科去的事,以及准备住处的事。对列文来说,当初结婚时所做的一切准备他都认为是太不值得,有损于正在进行的大事的庄严神圣,现在又要为即将临盆而大做准备了,大家都在数着手指头计算时日,这让他更加觉得不痛快。当她们谈论着即将诞生的婴儿该怎样包裹时,他总是尽量躲开不听,尽量避免看到那些神秘的、没完没了的编织的带子,那些朵丽认为事关重大的三角形麻布片,以及诸如此类的东西。人家告诉他就要有个儿子(他相信一定是儿子)了,但是他还是不能相信,——因为他觉得这实在太不寻常了,——这件事在他看来,一方面是莫大的,因而也是不可能得到的幸福,另一方面,又是一种极其神圣隐秘的事件,而这些人却自以为是,无所不知,把它当做一件寻常的人力所能及的事来大肆准备,这让他感到痛苦和屈辱。

但是公爵夫人不理解他这些感情,把他不愿想也不愿谈这件事的态度说成是轻率和冷漠,因此便老是来麻烦他,不让他安静。她曾托付斯捷潘·阿尔卡季伊奇去看过住处,现在她把列文叫到身边。

"我什么也不懂。您想怎么办就怎么办吧。"他说。

"要决定一下,你们什么时候搬过去。"

"我,说真的,不知道。我只知道千千万万的孩子没去莫斯科、没找医生也都生下来了……干吗要……"

"这么说的话……"

"啊不,照吉蒂的意思办吧。"

"跟吉蒂怎么可以谈这个!你想怎么,要我把她吓死吗?今年春天纳塔丽·高利曾娜,就死在一个不好的接生婆手里。"

"您怎么说,我就怎么做吧。"他面色阴沉地说。

公爵夫人便对他说将起来,但是他并没有听见她说些什么。虽然跟公爵夫人谈话让他心神不宁,但是他面色阴沉却不是因为这场谈话,而是因为他看见了茶炊旁的情景。

"不,这不可能。"他想。他不时地朝瓦辛卡望望,只见他向吉蒂俯身过去,面带他那漂亮的笑容对她说着什么话,又望望吉蒂,她脸红着,那么地激动。

瓦辛卡的那种姿势,他的目光,他的笑容,里边都有着某种不干净的东西。列文甚至在吉蒂的姿势和目光中也看见了某种不干净的东西。于是他又变得两眼无光了。他又像昨天一样,突然一下子觉得自己被人家从幸福、安宁、尊严的顶峰抛入了绝望、恶毒和羞辱的深渊。一切的一切又都让他觉得不可容忍了。

"那就照您的意思办吧,公爵夫人。"他说,眼睛又在张望着。

"皇冠是沉重的啊!"①斯捷潘·阿尔卡季伊奇开玩笑地跟他说,显然不仅是暗指他跟公爵夫人谈话这件事,也指列文这时心情激动的原因,这些斯捷潘·阿尔卡季伊奇都看在眼里。"你今天怎么这么晚,朵丽!"

大家都站起来迎接达丽雅·亚力山德罗芙娜。瓦辛卡也站了站,现在年轻人都这样,对妇女缺少礼貌,瓦辛卡也只对她微微弯一弯腰,又去接着谈他的话,不知为什么事在哈哈地笑。

"玛莎磨得我好苦。她不好好睡觉,今天脾气坏透了。"朵丽说。

瓦辛卡和吉蒂两人又谈起昨天的话题,谈到安娜,谈到爱情是否可以超越社会条件。吉蒂并不喜欢这个话题,这种内容本身,以及谈话的调子,都让她心中不安,特别是她已经知道这会对丈夫产

---

① 引自俄国诗人普希金的长诗《鲍里斯·戈东诺夫》。

生怎样的作用。但是她这人实在太单纯太天真了,不知道怎样才能不跟他谈下去,甚至也不知道怎样把这个年轻人露骨的殷勤使她流露出来的得意心情掩盖起来。她不想跟他谈下去,但是她不知怎样办才好。她知道她所做的一切丈夫都会留意,都会作出不好的解释。的确,当她问朵丽玛莎怎么样时,瓦辛卡在一旁等待,希望她们赶快结束这种他觉得无味的谈话,两眼漠然地注视着朵丽,列文觉得她这个问得极不自然,狡猾得令人作呕。

"怎么,今天去采蘑菇吗?"朵丽说。

"咱们去吧,我也去。"吉蒂说时,脸红起来。她想出于礼貌问瓦辛卡一声他去不去,但没有问。"你上哪儿去,考斯佳?"当丈夫迈着坚定的步子从她身边走过时,她面带羞愧地问他。她这种羞愧的表情让他觉得,自己所有的怀疑都是有根有据的。

"我不在的时候来了个机器匠,我还没见过他。"他说,眼睛不看着她。

他向楼下走去,但是还没出书房,就听见妻子熟悉的脚步声,她正匆匆向他走来。

"你有什么事?"他干巴巴地对她说,"我们正忙着。"

"对不起,"她对那个德国机器匠说,"我要跟丈夫说几句话。"

德国人想要走开,但是列文对他说:

"您别在意。"

"三点钟的火车吗?"德国人问,"可别赶不上。"

列文没回答他,跟妻子走出去了。

"喏,您想跟我说什么?"他用法语说。

他不看着她的脸,他不想看见她怀着身孕还脸上发抖的那副可怜的窘相。

"我……我想说,不能这样过下去,这多难受……"她说着。

"饭厅里有人,"他气呼呼地说,"别吵吵闹闹。"

"好吧,我们上那边去!"

他俩站在过道里。吉蒂想走进旁边的一间房间里,但是英国家庭女教师在那儿给丹妮娅上课。

"好吧,到花园去!"

他们在花园里碰上一个清扫小路的农民。他们已经顾不得想到,这个农民会看见她脸上的哭相和他的激动,也顾不得他们的神气活像两个逃难的人,他们疾步向前走,心里只觉得必须把话全都说出来,必须说得对方心服口服,他们要两人单独在一起待一会儿,只有这样才能使他们摆脱两人此刻都体验到的痛苦。

"不能这样过下去!这是受罪!我苦,你也苦。为什么呀?"她说,这时他们终于走到菩提树林荫道的拐角处一条没人看得见的长凳前。

"可是你要告诉我一件事:他的举止上有没有什么不像样的、不干净的、下流可怕的东西?"他说,又像那天夜晚站在她面前的那个姿势,两手捏成拳头压在胸前。

"有的,"她声音颤抖地说,"可是,考斯佳,你没看见这不怪我吗?我从一大早就想要他改变这种举止,可是这种人……他干吗要来呢?我们原先多幸福啊!"她上气不接下气地说,哭得整个发胖的身子都哆嗦起来。

花匠惊奇地看见,尽管没什么东西追赶他们,也没什么需要他们逃避的,而且在那条长凳上他们也不会找到什么特别值得开心的东西,——花匠看见,他们从他身旁走过回家去时脸色是安宁的,是眉开眼笑的。

十五

把妻子送上楼,列文便到朵丽住的那边去。达丽雅·亚力山德罗芙娜这一天也苦恼得很。她在房间里走来走去,气呼呼地对站在墙角里哭号的小女儿讲话:

"你要站一整天墙角,一个人吃饭,一个洋娃娃也不准玩,我也不给你缝新衣裳了。"她说,已经不知道怎样惩罚这个女儿才好了。

"哎呀,这个坏丫头呀!"她对列文说,"她这些讨厌的毛病都是从哪儿来的呀?"

"她到底做了什么呢?"列文满不在乎地说,他是想来跟她商量自己的事情,所以懊悔来得不是时候。

"她跟格里沙两个去采马林果,在那里……她做的事我说都说不出口来。多少次了,Miss Elliot① 总是叫人遗憾。这位小姐什么事也不管,像个机器一样……Figurez vous, que la petite②……"

于是达丽雅·亚力山德罗芙娜说了玛莎所做的错事。

"这算什么,这根本不是什么坏毛病,这只不过是淘气而已。"列文安慰她说。

"可是你怎么情绪这么不好? 你来有什么事情?"朵丽问,"那边出了什么事?"

从这问题的口气里列文听出,他可以把他想说的话说出来,不会有难处。

"我没在那边,我一个人跟吉蒂在花园里。我们吵过两次了,自从……斯季瓦来了以后。"

朵丽那双聪明的善解人意的眼睛注视着他。

"那你凭良心说说,有没有……不是说吉蒂,是说这位先生,举止上有没有什么让丈夫不愉快的,不是不愉快,而是可怕的,觉得受了侮辱的东西?"

"怎么对你说才好呢……站好,站在墙角里!"她这是对玛莎说,这丫头在母亲脸上发现一丝笑意,便想转过身来,"上流社会的人会说,年轻人都是这样的,他没什么特别。Il fait la cour a une jeune et jolie femme③,一个上流社会的丈夫只会是引以为荣啦。"

"是的,是的,"列文面色阴沉地说,"那你发觉啦?"

---

① 英语:爱丽奥特小姐。
② 法语:你想想看,一个小女孩。
③ 法语:他在向年轻漂亮的女人献殷勤。

"不光是我,斯季瓦也发觉了。喝过茶的时候他干脆就对我说:je crois que 维斯洛夫斯基 fait un petit brin de cour à 吉蒂。"①

"那好极了,现在我安心了。我把他赶走。"列文说。

"你怎么啦,发疯啦?"朵丽吓得喊起来。"你怎么啦,考斯佳,冷静点!"她笑着说。"喏,你现在可以去芳尼那儿了。"她对玛莎说。"别这样,你真要这么做的话,我去给斯季瓦说。他会把他带走的。就说你家里要来客人。总之他待在我们家里不合适。"

"不,不,我自己去说。"

"那你会吵架?……"

"绝对不会。这样做我会很快活的。"列文说这话时,的确两眼放出快活的光芒。"喏,朵丽,饶了她吧,她下次不会了。"他是说那个小犯人,这丫头没有去找芳尼,她迟迟疑疑地站在母亲对面,愁眉苦脸地等待着,只想妈妈瞧她一眼。

母亲瞧了她一眼。小姑娘哇地一声哭出来,把脸埋在母亲的膝盖上,朵丽把自己那只瘦筋筋的、温柔的手放在她头上。

"我们跟他之间有什么共同之处呢?"列文想着,便去寻找维斯洛夫斯基了。

走过前厅时,他吩咐把轿式马车备好,要去火车站。

"昨天弹簧断了。"仆人回答说。

"那就套轻便马车吧,可是要快点。客人在哪里?"

"他回自己房间了。"

列文找到瓦辛卡的时候,他刚取出箱子里的东西在收拾,把新的浪漫曲曲谱放好,试打他的绑腿,准备去骑马。

是列文的脸色有些异样呢,或是瓦辛卡自己感觉到,他搞的 ce petitgrin de cour② 在这个家庭里不大合适,列文一走进来,他就有些(在上流社会的人所能有的程度上)发窘。

---

① 法语:我想,维斯洛夫斯基在向吉蒂献殷勤啦。
② 法语:那种小殷勤。

"您打上绑腿去骑马吗?"

"对,这样要干净多了。"瓦辛卡说,把他那条肥腿放在椅子上,搭上绑腿最下面的钩子,快活地和善地微笑着。

他的确是个好小伙子,列文在瓦辛卡的目光里发现一种羞怯,自己身为主人,他感到不好意思,也为瓦辛卡觉得难过。

桌上放着半截手杖,是今天早上他们一块儿锻炼身体,试着把倾斜的双杠抬起来时折断的。列文拿起那半根手杖,把断头上劈裂的碎片一点点往下拽,不知如何开口。

"我想要……"他本来不想再说下去了,但是突然间想起吉蒂和所发生的那些事情,便毅然直视着瓦辛卡的眼睛,说:"我吩咐给您套车了。"

"这是什么意思?"瓦辛卡开始是觉得奇怪,"上哪儿去?"

"送您去火车站。"列文面色阴沉地说,扯着手杖上的碎片。

"是您要出门还是出了什么事?"

"碰巧我家有客人要来,"列文说,他那力气很大的手指头把手杖上的碎片扯得越来越快,"我家没有客人来,什么事也没有发生。但是我要求您离开。我这样不讲礼貌,您高兴怎么解释就怎么解释吧。"

瓦辛卡挺直了身子。

"我要求您对我作出解释……"他终于明白了,郑重其事地说。

"我不能给您解释,"列文说话时声音又轻又慢,竭力掩饰他下颚的颤抖,"您最好是别问。"

断头上的碎片已经全被他扯下来了,列文便用手指抓住手杖粗大的两端,把它一折两半,尽力把落下去的那一半抓在手中。

大概是列文的这副模样,这双紧张用力的手,今早锻炼身体时摸到过的列文那一身肌肉,列文这对闪闪放光的眼睛,低沉的声音和颤抖的下颚,所有这些都比语言更加让瓦辛卡信服。他耸了耸肩头,轻蔑地笑笑,鞠了一个躬。

"我能不能见见奥勃隆斯基?"

他耸肩头和他那样的笑法并没有激怒列文。"他还想干什么?"列文想。

"我这就请他来见您。"

"这真是太荒唐了!"斯捷潘·阿尔卡季伊奇说,听这位朋友说人家要把他赶走,斯捷潘·阿尔卡季伊奇去花园里找到列文,列文正在那里踱步,等这位客人走掉。"Mais c'est ridicule!① 是什么苍蝇把你给叮啦? Mais c'est du dernierridicule!② 你怎么会以为,一个年轻人……"

但是可以看得出,列文被苍蝇叮过的地方痛犹未消,因为当斯捷潘·阿尔卡季伊奇想要对他解释一下时,他的脸又苍白了,他连忙打断斯捷潘·阿尔卡季伊奇的话:

"请你别给我解释什么!我只能这样做!我在你面前和他面前觉得很惭愧。可是,我想,他走开不会有多大的苦恼,而我和我妻子有他在心里就不舒服。"

"可是他觉得受了侮辱! Et puis c'est ridicule。"③

"可是我觉得又受侮辱又痛苦!而我没有任何过错,没有任何道理应该让我痛苦!"

"唉,真没想到你会这样! On peut être jaloux, mais à ce point, c'est du dernierridicule!"④

列文迅速转过身去,离开斯捷潘·阿尔卡季伊奇走进林荫深处,继续一个人走来走去。过一会儿,他听见轻便马车的轧轧声,透过树丛他看见瓦辛卡坐在一捆干草上(倒霉的是这种车子里不装座位),头戴那顶苏格兰小帽子,一颠一颠地打林荫道上走过去。

"又怎么啦?"一个仆人从屋子里奔出来叫马车停住,列文想。

---

① 法语:真可笑!
② 法语:简直太可笑了!
③ 法语:再说这实在太可笑了。
④ 法语:嫉妒也可以,但是嫉妒到这种程度,真太可笑了。

原来这人是那个机器匠,列文把他完全忘记了。机器匠向维斯洛夫斯基行一个礼,说了句什么话,然后便爬上马车,两人一块儿走了。

斯捷潘·阿尔卡季伊奇和公爵夫人都对列文的做法感到气愤。列文自己也觉得不仅是非常 ridicule①,而且错到极点,丢人不过;但是一想起他跟他妻子可以不再痛苦,他便自己问自己,如果再有这种事他会怎么办,他回答自己,还这样办。

尽管发生过这些事情,这天晚上,除了对列文的做法仍耿耿于怀的公爵夫人以外,大家都变得异常活跃和愉快,就好像孩子受过了惩罚,或是大人们结束了一场难受的官场应酬一样,于是晚间当公爵夫人不在场时,大家谈起赶走瓦辛卡的事,就好像是在谈一桩多年前的往事。朵丽从父亲那里得来说笑话的才能,把个瓦莲卡笑得俯倒下去,朵丽说,她因为有这位贵客在场,正准备戴上新的蝴蝶结,已经走进客厅了,忽然听见马车轮子轰隆隆地响。车上坐的是谁呀?——原来是瓦辛卡,头上戴着苏格兰帽子,手里捏着浪漫曲,腿上打着绑腿,坐在一捆干草上。她一连说了三四遍,每次都添上些新的笑料。

"你哪怕是给人家套一辆轿车呢!没有呀,后来我就听见:'停一停!'喏,我心想,他们可怜这家伙啦。一看呀,一个肥肥的德国佬往他身边一坐,就拉上走啦……我的蝴蝶结也白系啦!……"

十六

达丽雅·亚力山德罗芙娜了却了自己的心愿,她去看望了安娜。为这事让妹妹伤心,让妹夫不愉快了,她觉得很过意不去;她明白列文不想跟伏伦斯基有任何瓜葛,这在他是很有道理的;但是她认为自己有责任去看看安娜。让安娜知道她的感情是不会改变的,虽然安娜的地位有了变化。

---

① 法语:可笑。

为了让这次出行不依靠列文,达丽雅·亚力山德罗芙娜派人到村子里去雇几匹马;但是列文知道了这事,便来找她谈。

"你为什么要这样想:以为你去我会不高兴呢?就算你去我会不高兴吧,那么你不用我的马就让我更不高兴了。"他说,"你从没对我说过你一定要去的。去村子里租马,这首先就让我不高兴,而主要的是,他们会租给你,但是不会把你送到地方的,我有的是马。你要是不想让我伤心的话,那就用我的马吧。"

达丽雅·亚力山德罗芙娜只能同意,到那一天,列文给姨姐准备了四匹大马,还有轮换用的马,是从干活和乘骑的马匹里凑起来的,这些马样子不好看,但是能让达丽雅·亚力山德罗芙娜一天打个来回。这时要送公爵夫人上路,还要送接生婆,需要好多马,这样安排对列文来说有些困难,但是出于殷勤待客的责任,他不能让达丽雅·亚力山德罗芙娜住在他家里而到外边去租马,再说他知道,走这一趟那些人要她付二十个卢布,这在达丽雅·亚力山德罗芙娜是一件大事情;达丽雅·亚力山德罗芙娜在钱的事情上很拮据,列文夫妇俩把她的难处当自己的难处一样看待。

达丽雅·亚力山德罗芙娜照列文说的,天不亮就动身。道路很好,车子稳得很,马儿跑得也欢,驭座上除了车夫,还坐着个账房先生,列文没派一个男仆而派他来护送。达丽雅·亚力山德罗芙娜一路打着盹,直到半路上那个该换马的客店才醒过来。

达丽雅·亚力山德罗芙娜在列文上次去斯维雅日斯基家时停留过的那个富裕农民家里喝够了茶,跟农妇们谈了孩子的事,还跟老头儿谈了他赞不绝口的伏伦斯基伯爵,到十点钟再继续赶路。在家里,她成天忙着照顾孩子,没时间思考。这会儿呢,四小时的路程里,从前压在心头的想法一下子都涌了出来,于是她从各个方面回顾了自己的一生,她从前从来没这样做过。她自己也奇怪她怎么会想起这些事。她最先想到的是孩子们,虽然公爵夫人,而主要是吉蒂(她更信得过吉蒂)答应照料他们的,可她还是放心不下。"玛莎可别又淘气,格里沙可别让马踢着,莉莉可别再闹肚子。"然而后来,一些不久的将来的问题便取代了这些眼前的问题。她开始想,今年冬天得在莫斯科租一处新房子,要换客厅的家具,要给大女儿做件皮大衣。后来她便去想那些更远一些的问题:她怎样才能把这些孩子养大成人。"女孩子倒没什么,——可是男孩子怎么办?"

"还算好,我现在自己来教格里沙,可这只不过因为我自己现在闲着,没怀孩子呀。对斯季瓦,当然,什么也别指望。我可以依靠一些好心人的帮助把他们养大成人;可要是我再生孩子怎么办?……"于是她想到这话多不公平,说生孩子受罪,是老天爷给女人的诅咒。"生产倒没啥,可是怀孕——真难受啊。"她想,回忆起自己最后一次怀孕和这最小一个婴儿的死。于是她想起在半路的客店里跟那个年轻女人的谈话。她问她有没有孩子,那个漂亮的年轻女人快活地回答说:

"有过一个女娃,可是上帝给解救了。去年大斋期时候埋掉啦。"

"怎么,你好难过吧,舍不得她?"达丽雅·亚力山德罗芙娜问。

"有啥舍不得的?老头子有那么多孙子了。只不过多操心就是了。叫你什么活儿也干不成。只是个累赘。"

虽然这年轻的农妇亲切可爱,她的这个回答却让达丽雅·亚力山德罗芙娜非常反感,但是现在她不由得又想起那句话来。那句带有犬儒哲学意味的话也有几分道理。

"总的说,"达丽雅·亚力山德罗芙娜回顾自己结婚以来这二十年全部的生活,她这样想,"怀孕,呕吐,头脑迟钝,什么都不放在心上,尤其是,人变得很丑。连吉蒂,多年轻、多漂亮的吉蒂,也变得这么难看了。我一怀孕就丑得不像样子,我知道。分娩,疼痛,痛得人不像个样子,那最后的一分钟……接着就是喂奶,多少天晚上不能睡,那吓人的疼痛……"

达丽雅·亚力山德罗芙娜只要一回想起她生每个孩子时几乎都会犯的奶疮,便吓得打起哆嗦来。"然后是孩子生病,这种恐惧是没完没了的;然后是教育,那些坏毛病(她想起玛莎在马林果丛里做的坏事),学习,拉丁语,——所有这些都不知是怎么回事,都那么难办。而最可怕的是——孩子的夭折。"于是她又陷入那永远揪着她做母亲的心的惨痛回忆:她最后那个吃奶的孩子,生喉炎死了,埋他那一天,大家对那口小粉红色棺材都冷漠得很,人家把带金边十字架的粉红色棺材盖盖上的时候,她看见棺材里那苍白的小额头,鬈曲的头发,微微张开的好像在诧异的小嘴。

"所有这些都是为了什么哟?这一切都会有什么结果呢?那就是,我得不到一分钟的安宁,一会儿怀孕了,一会儿要喂奶,老是生气,唠叨,折磨自己,也折磨别人,让丈夫讨厌,我就这样过一辈子,养出一堆不幸的、缺乏教养的、叫化子似的孩子来。眼前,要不是来列文家过夏天,我不知道我们一家子怎么办才好。当然啦,考斯佳和吉蒂会体贴人,让你感觉不到,可是不能老这样下去。他们也会有自己的孩子,以后他们不可能帮助我们;就现在他们也不宽裕。爸爸呢,他自己几乎什么也不剩了,能帮助我们什么呢?我自己连孩子都没能力养大,还要低三下四去求别人帮助。喏,就算顶幸运了:孩子不会再死,我能马马虎虎把他们养大。那他们最好也不过是不变成流氓坏蛋而已。这就是我所能期望的一切了。可为了这个,要吃多少苦,受多少罪哟……我这一辈子算完啦!"她又想起了那个年轻农妇说的话,想起这个她又觉得恶心;但是她不能不同意说,人家的话里也有几分道理,虽然说起来不大好听。

"怎么,不远了吧,米哈依拉?"达丽雅·亚力山德罗芙娜问那个账房,只是为了摆脱这些让她害怕的思想。

"离这个村子,听说,还有七里路。"

马车在村子里的街道上过一座桥。一群快活的乡下女人,肩上扛着一捆捆的草绳,大声地、快活地说着话,打桥上经过。那些女人停在桥上好奇地注视着马车,一张张朝她看的脸让达丽雅·亚力山德罗芙娜觉得都那么健康、愉快,充满着令她感到刺激的、生命的欢乐。"人人都在生活着,人人都在享受生命,"达丽雅·亚力山德罗芙娜继续在想她的心事,马车从农妇们身边驶过,奔向山间,又向前飞驰,老式马车柔软的弹簧一摇一晃地,让人觉得很舒服,"而我,就像从监牢里放出来的,成天烦得要死,这才清醒了一小会儿。人人都在生活:这些乡下女人,妹妹纳塔丽,瓦莲卡,还有我正去见的安娜,她们都在生活,唯独我不是。

"可是他们还说安娜不好,为什么?怎么,难道我就比她强?我至少还有一个我所爱的丈夫呀。不像我想要爱的那么爱,可我还是爱他的,但是安娜不爱她的丈夫。她到底错在哪里呢?她想要生活。是上帝把这种欲望放进我们心里的。我要是她,很可能我也会像她那样做的。在那段可怕的日子里,她到莫斯科来看我,我听从了她的话,我到现在也不知道我当时做得对不对。我那时候就应该抛弃这个丈夫从头开始生活。那我或许会恋爱,会真正地被人家爱。而现在未必就更好些?我并不尊重他。我是需要他,"她想的是她丈夫,"所以我容忍他。未必这样就更好些?我那时候还能讨别人喜欢,那时候我还是漂亮的。"达丽雅·亚力山德罗芙娜继续思考下去,她想到要照一照镜子。她的手提包里有一块路上用的小镜子,她想把它取出来;可是看看车夫的后背和那个摇晃着身子的账房,她感到假如他们当中哪一个回头望一眼的话,她会不好意思的,就没把镜子取出来。

但是虽然不照镜子,她想,就现在也还不晚,她想起了谢尔盖·伊凡诺维奇,他对她特别地殷勤,想起了斯季瓦的朋友,那个好心肠的屠罗夫金,孩子们生猩红热的时候跟她一块儿照料过的,他那时爱上了她。还有一个简直年轻得很的人,这人,丈夫有一回开玩笑地告诉她,发现她是姐妹几个里顶漂亮的。于是达丽雅·亚力山德罗芙娜心头想象着一桩桩最热烈最荒唐的风流事。"安娜做得好极了,我才不会去责备她呢。她幸福,还让另一个人也幸福,不像我这样受尽摧残,她一定还像往常一样有精神,聪明,事事都很开朗。"达丽雅·亚力山德罗芙娜这样想着,她的嘴角上浮起一丝诡秘的笑容,特别是,想起安娜的风流韵事,达丽雅·亚力山德罗芙娜也为自己构想了一桩几乎同样的美梦,她想象着一位各种优点皆备的男士爱上了她。她,跟安娜的做法一样,把一切都向丈夫承认了。斯捷潘·阿尔卡季伊奇听见这话时那惊慌失措的样子让她笑了起来。

她这样胡思乱想的时候,车子离开了大路,弯向沃兹德维任斯克村。

十七

车夫止住四匹大马,他扭头向右一望,看见黑麦地里的一辆大车旁坐着几个庄稼人。账房本想跳下车,但是后来改变了想法,他命令式地朝一个农民大喝一声,招手叫这人过来。马奔跑时还有点微风,一停下来便没了;汗淋淋的马背上落满了马蝇子,马儿怒气冲冲地在把它们赶走。大车旁敲打镰刀的叮当声停息了。一个庄稼人站起身向轿车走来。

"瞧你,叫太阳给晒蔫啦!"那农民赤着脚踩着路上凸凹不平的土墩一步步慢慢走来,他脚下干硬的路面上一个车辙也没有,账房朝他气吼吼地喊叫着。"你走快点行不行!"

这个鬅头发的老头儿头发用树皮绳子扎住,佝偻的脊背汗湿得变成了黑色,他加快脚步,来到马车前,一只被太阳晒得黑油油的手扶住车轮上的挡泥板。

"沃兹德维任斯克村,去老爷家?找伯爵?"老汉反复地说,"那就走这条坡路,往左拐。沿着大路一直走,就到啦。你们找谁呀?找老爷本人吗?"

"怎么,他们在家吗,老大爷?"达丽雅·亚力山德罗芙娜含糊其词地说,她不知道怎样向这个庄稼人打听安娜的情况。

"该是在家的,"庄稼人说,他的两只光脚不停地替换着抬起来,在尘土上留下有五个脚指头的清楚的脚印,"该是在家的。"他又说一遍,看来他很想多说几句话。"昨儿个还来客人的。客人呀——多着啦……你干啥?"他转身向一个在大车旁对他喊叫的小伙子说。"对啦!刚才几个人还骑着马打这儿过去,去看收割机。这会儿该是在家的。你们是谁家的人呀?"

"我们是远道来的,"车夫说,一边爬上驭座,"这么说不远啦?"

"我说的,这就到啦。你一转过弯……"老汉说着用手敲打着挡泥板。

那个年轻、健康、结实的小伙子也过来了。

"怎么,有没有收割的活要人干?"他问。

"我不知道,小伙子。"

"就是说,你们往左一拐,就到啦。"那个庄稼人说,看来他是不想放这几个过路人走。还想谈几句。

车夫赶车走了,可是他们刚转过弯,那个庄稼汉就喊叫着说:

"站住!嗳,老兄,站住!"两个声音在喊。

车夫停住了。

"他们来啦!瞧那就是他们!"那个庄稼汉大声说。"你瞧呀,来了一大堆人!"他说,指着大路上四个骑马的人和两个坐在敞篷马车里的人。

这是伏伦斯基和一个骑师,维斯洛夫斯基,还有安娜,他们骑着马,瓦尔瓦拉公爵小姐跟斯维雅日斯基坐在敞篷马车里。他们坐车出来兜风,看看刚运到的收割机怎样收割。

马车停住,几个骑马的人也缓步骑过来。安娜跟维斯洛夫斯基并排走在前面。安娜骑在那匹鬃毛剪过、尾巴很短、身材不高但很精壮的英国种矮脚马上,安安稳稳走过来。她美丽的头上一绺黑色的鬈发从高高的帽子下露出,丰满的肩膀,黑色骑装里那细细的腰身,和她整个一副恬静优雅的骑在马背上的姿态,让朵丽感到好不惊讶。

最初的片刻间,朵丽觉得安娜骑在马上的样子有点不成体统。在朵丽心目中,骑马的女人总是那些年幼轻佻、卖弄风情的女人,她觉得,这种样子跟安娜的地位不大相称;但是走近一看,她马上便觉得安娜骑在马上也是很美的,并无可厚非。不仅是风度翩翩,而且安娜的姿势、衣装、动作都那么朴素、安详、大方,显得最自然不过。

瓦辛卡·维斯洛夫斯基跟安娜并排走着,他骑一匹烈性的军马,两条肥腿直直地伸在前面,头戴那顶有飘带的苏格兰小帽,显然在自我欣赏,一看出是他,达丽雅·亚力山德罗芙娜忍不住快活地笑起来。伏伦斯基的马走在他们后边。他骑的是一匹纯种深色枣红马,显然是跑得烈性大发。伏伦斯基在用缰绳勒住它。

伏伦斯基身后是个身穿骑装的矮小的人。斯维雅日斯基和公爵小姐坐一辆崭新的敞篷车,套一匹肥壮的青色马,跟在骑马的人后面。

安娜一眼认出了那辆老式马车角落里的朵丽,面色忽地开朗了,露出快乐的笑容。她高喊一声,在鞍座上抖了抖身子,便纵马跑来,跑到轿式马车前,无须人搀扶便一跃而下,手提起骑装,向朵丽奔来。

"我想是你吧,可又不敢这么想。多高兴啊!你想象不到我有多么高兴!"她说,一会儿把脸贴住朵丽,亲吻她,一会儿又离她远点,含笑望着她。

"多开心啊,阿历克赛!"她说,回头望一眼伏伦斯基,他下了马,向她们走来。

"您想象不到,您来我们多高兴!"他说,让自己这句话带有一种特别的含意,并且露出他结实的白牙微笑着。

瓦辛卡·维斯洛夫斯基没下马,只脱掉他的小帽子向来客表示欢迎,在头顶上愉快地摇晃着帽子上的飘带。

"这位是瓦尔瓦拉公爵小姐。"敞篷马车驰来时,安娜回答朵丽询问的目光。

"啊!"达丽雅·亚力山德罗芙娜说,她脸上不由得露出不满的神色。

瓦尔瓦拉公爵小姐是她丈夫的姑妈,她早就认识,也不敬重,她知道,瓦尔瓦拉公爵小姐一辈子在有钱的亲戚家里吃白食;而现在,她竟住在跟她没关系的伏伦斯基的家里,而她又是自己丈夫的亲戚,达丽雅·亚力山德罗芙娜为此感到羞辱。安娜察觉到朵丽脸上的表情,有些困窘,脸一下子红起来,手里拿着的骑装滑落下去,把她绊了一下。

达丽雅·亚力山德罗芙娜走向停住的敞篷车,冷冷地招呼了瓦尔瓦拉公爵小姐。斯维雅日斯基也是熟人。他问道,他那个怪朋友跟他的年轻妻子过得怎么样,在向那几匹杂凑的不配套的马和那辆挡泥板上打满补丁的轿式马车瞟一眼之后,他建议太太们坐这辆敞篷车。

"我来坐这辆老古董车,"他说,"那匹马很驯顺,公爵小姐驾得也很好。"

"不啦,你们还照原先那样坐着吧,"安娜走过来说,"我们去坐轿式马车。"她拉起朵丽的手走开了。

望着这辆她从没见过的雅致漂亮的敞篷车,这几匹漂亮的骏马,她周围这几张优雅光彩的面孔,达丽雅·亚力山德罗芙娜的眼睛都看花了。然而让她最为惊异的,是她所熟悉所爱的安娜身上发生的变化。换一个不这么有心的,从前不认识安娜的,特别是不像达丽雅·亚力山德罗芙娜这样一路上想过那么多心事的女人,或许不会从安娜身上发现什么不寻常之处。然而此刻朵丽被安娜脸上那暂时的美,那种只有当女人在热恋的瞬间才会表露出来的美惊倒了。她脸上的一切;那双颊和下巴上轮廓清晰的酒窝,嘴唇的线条,仿佛在整个面孔上飞扬的微笑,眼睛里的光芒,优雅而敏捷的动作,饱满的说话声音,甚至于当维斯洛夫斯基要她去骑在马上,教一教那匹马用右脚起步时,她回答他时那种又嗔又娇的姿态,——所有这些都是非常迷人的;似乎她自己知道这些,也为此而得意。

当这两个女人坐进轿车时,两人忽然都窘起来了。安娜被朵丽那双仔细盯住她的询问似的目光望窘了;而朵丽呢——在斯维雅日斯基说了那句老古董车的话以后,不由得为这辆她和安娜坐着的又脏又旧的轿车不好意思起来。车夫菲利普和那位账房也有同样的感受。账房为了掩饰自己的窘态,手忙脚乱地扶太太们上车,而车夫菲利普则黑着脸,作好准备不对这种外表上的优势屈服。他冷冷地一笑,瞧了瞧那匹青色大马,心里已经作出了判断,认为这匹拉敞篷车的牲口只配**拉着敞篷车子兜兜风**,决不能在大热天里一口气跑上四十里路。

那些庄稼人都从大车旁站起身来,饶有兴味地、快活地观望着这个迎客的场面,纷纷议论着:

"都很高兴啦,好久没见面啦。"头上扎着树皮绳子的鬈发老头儿说。

"你瞧,盖拉西姆大叔,要是拿那匹大青马来运麦子,有多美!"

"瞧呀,那个穿马裤的是个女人吧?"他们当中的一个说,手指着骑在女用马鞍上的瓦辛卡·维斯洛夫斯基。

"不对,是个男的,瞧,他上马多利索!"

"怎么,伙计们,咱们今天不睡觉啦?"

"这会儿还睡什么!"那老头儿说,斜着眼睛望了望日头。"瞧呀,晌午都过啦!拿起镰刀来,干吧!"

十八

安娜看着朵丽那张消瘦、憔悴、皱纹里落满灰尘的脸,想要说出她心里想起的话,就是说,朵丽瘦了;但是一想到她自己变得更美了,朵丽的目光也告诉她这一点,她便叹了一口气,谈起了自己。

"你眼睛望着我,"她说,"心里在想,我处在我的这种情况下会幸福吗?喏,我就说说吧!真不好意思承认;可是我……我幸福得不知怎么办才好。我身上发生了神奇的变化,好像一场噩梦,又可怕,又难受,忽然一下子醒过来,觉得所有这些恐惧全都没有了。我已经从梦里醒来了。我经过了那些痛苦的、可怕的事,而现在已经,特别是我们来这儿以后,已经幸福了好久好久了!……"她说,一边含着询问似的、羞怯的微笑注视着朵丽。

"我多么高兴啊!"朵丽微笑着说,那表情不由得比她想要表现的冷淡了一些。"我非常为你高兴。你为什么不给我写信呢?"

"为什么吗?……因为我不敢……你忘了我现在的地位啦……"

"给我写信?你不敢?你要是知道,我……我以为……"

达丽雅·亚力山德罗芙娜想把她这天早晨的那些思想说出来,但是不知道为什么她现在觉得不合时宜。

"不过,以后再谈吧。这些房子是做什么用的?"她问道,想要改变一下话题,指着洋槐和丁香树丛构成的绿色天然围篱那边红红绿绿的房顶。"真像一座小城似的。"

但是安娜没接她的话。

"不,不!你对我的地位到底怎么看,你到底怎么想的,呢?"她问。

"我以为……"达丽雅·亚力山德罗芙娜本来要说下去的,可是这时瓦辛卡·维斯洛夫斯基刚教会那匹马用右脚起步,穿着他那件短而又短的上衣,在女式马鞍的皮座上笨重地摇晃着身子,从她们身边奔驰而过。

"行啦,安娜·阿尔卡季耶芙娜!"他大喊道。

安娜甚至连望也没望他一眼;但是这时达丽雅·亚力山德罗芙娜仍觉得,在马车里作这样的长谈很不方便,于是她把自己的思想压缩了一下。

"我什么看法也没有,"她说,"我永远都是爱你的,既然是爱,那就爱整个这个人,是怎么样就怎么样,不是爱一个我所想要的人,非要人家是我所想要的样子。"

安娜把目光从她朋友的脸上移开,眯缝起眼睛来(这是她的一个朵丽所不知道的新习惯),思索着,想要完全领会这番话的意思。而她显然是完全领会了,她这才望了朵丽一眼。

"假如你这个人有什么过错的话,"她说,"你这次来,又说了这些话,那人家就什么都可以原谅你了。"

于是朵丽看见她眼睛里涌起了泪水。朵丽默默地握住她的手。

"那些房子是做什么用的呀?有好多间哟!"片刻沉默后,她又这样问。

"这些房子是下人的住房,养马场,马房,"安娜回答说,"从这里起就是花园。原先全都荒芜了,可是阿历克赛又全都重新修葺一新。他非常喜欢这个庄园,我没有料到他经营起农务来会那么一心一意。不过他这人天分多高啊!不管做什么,他都能做得很出色。他不但不觉得乏味,而且干得非常之有劲。他现在呀——就我所知——变成一个会精打细算的好当家了,在农务上他甚至是很吝啬的。不过只是在农务上。在那些几十万卢布的大事情上,他却不去算计了。"她说这话时带着一种高兴的狡黠的笑容,女人们在谈到她们所爱的人的那些只有她们才知道的秘密特点时,往往都是这样的。"你看见这幢大房子了吗?这是新盖的医院。——我想这总得花上十多万卢布吧。现在这是他的 dada①。你知道这是怎么搞起来的吗?农民们要他把草地租得便宜些,好像是,他拒绝了,我还骂他小气呢。当然啦,不光是为这件事,而是所有的事加起来——他就建造了这座医院,为的是表明,你明白吗,他并不吝啬。可以说,c'est une petit-esse;②可是我因为这个更加地爱他。你马上就能看见住宅了。这还是祖父住过的房子呢,外表上一点儿也没变。"

"多美啊!"朵丽说,她情不自禁地露出惊讶的神色,望见花园里古树丛中绿荫掩映下那一幢漂亮的带圆柱的住宅。

"很漂亮,不是吗?从屋子里,从楼上看,风景美极了。"

她们驰进铺满碎石、布置着花坛的院落,两个工匠正在用天然的带窟窿的石块围砌着花坛,花坛里的泥土已经把松了,马车停在带顶的大门前。

"啊,他们已经到啦!"安娜说,她看见刚从门前牵走的那几匹坐骑。"这匹马真好呢,不是吗?这是一匹矮脚马,我顶喜欢的。牵过来,再拿点糖来。伯爵在哪儿?"她问两个从屋里奔出来的服饰考究

---

① 法语:最得意的事。
② 法语:这是小事一桩。

的仆人。"瞧他在那儿!"她说,看见了迎面走出来的伏伦斯基和维斯洛夫斯基。

"您打算把公爵夫人安排住哪儿?"伏伦斯基用法语对安娜说,不等她回答,又再一次向达丽雅·亚力山德罗芙娜问好,还吻了她的手。"我想,住那个有阳台的大房间吧?"

"啊,不好,这太远啦!顶好是住角落上那一间,我们可以多见面。喏,我们走吧。"安娜说,一边把仆人拿出来的糖喂给她心爱的马吃。

"Et vous oubliez votre devoir."①她对一同走到门口的维斯洛夫斯基说。

"Pardon, j'en ai tout plein les poches."②他微笑着回答,把手指插在背心的口袋里。

"Mais vous venez trop tard."③她说,同时用手绢擦她给马喂糖时弄湿的手。安娜又对朵丽说:"你能多住几天吗?住一天?那不行!"

"我这么答应他们的,再说孩子们……"朵丽说话时有些发窘,这既是因为,她忘了从车子里取出手提包来,也因为她知道她脸上一定满是尘土。

"不,朵丽亲爱的……喏,回头再说。我们去吧,去吧!"于是安娜把朵丽领进给她住的房间。

这不是伏伦斯基说的那个富丽堂皇的房间,而是安娜说要朵丽将就住的那一间。而就是这个要人家将就住的房间已经奢侈得过分,朵丽从没住过这样的房间,这房子让她想起了国外最好的旅馆。

"喏,亲爱的,我现在多么幸福啊!"安娜穿着她的骑装在朵丽身边坐了一小会儿,她说。"给我说说你自己的事吧。斯季瓦我只是

---

① 法语:您忘记您的职责了。
② 法语:对不起,我的职责有满满几口袋呢。
③ 法语:但是您来得太迟了。

急匆匆见过一面。可是他是不会谈到孩子们的。我顶喜欢的那个丹妮娅怎么样?是个大姑娘了吧,我想?"

"是的,很大了。"达丽雅·亚力山德罗芙娜简短地回答着,她自己也奇怪,她怎么会在人家问起孩子的时候回答得这么冷淡。"我们在列文家过得非常好。"她又补充说一句。

"啊,要是我早知道,"安娜说,"你并没瞧不起我……你们全家来我们这儿住该多好。斯季瓦是阿历克赛最亲密的老朋友啦。"她加上了最后一句话,忽然脸就红了。

"是呀,不过我们现在过得那么好……"朵丽有些不知所措地回答。

"不过我这是心里太高兴了,尽说些傻话。反正是,亲爱的,你来让我多开心哟!"安娜说着再一次吻了朵丽。"你还没告诉我你对我是怎么想的,都想过些什么,我全要知道。不过我高兴的是,你照我本来面目看待我。我,最主要的是,不愿意人家以为我想要用我自己来证明什么。我什么也不想证明,我只不过是想要生活;谁也不伤害,除了伤害我自己。这我是有权利的,不是吗?不过这话说起来就长了,咱们还要把一件件事都好好儿谈谈的。现在我去换衣服,我会给你派个侍女来的。"

十九

剩下她一个人时,达丽雅·亚力山德罗芙娜用一个主妇的眼光打量着她住的这个房间。她来到这座房屋,从庭园里穿过,此刻又在这间给自己住的房间里,她所看见的一切都给她留下一种富裕豪华和现代欧洲奢侈作风的印象,这些她只是从英国小说里读到过,而在俄国,在乡下,还不曾目睹。所有东西全是崭新的,从法国式的新墙纸,到铺满整个房间的大地毯。弹簧床上铺着厚垫子,有特别精制的靠垫和套着缎子枕套的小枕头。大理石的面盆,梳妆台,卧榻,桌子,壁炉架上的铜座钟,到处是窗帘和门帘——所有这些都是贵重的和崭新的。

派来伺候的侍女穿得花枝招展,发式和衣装比朵丽时髦得多,她跟这整个房间一样,是崭新的和贵重的。她的彬彬有礼,整齐清洁,殷勤周到,让达丽雅·亚力山德罗芙娜感觉很愉快,但是挺不自在;达丽雅·亚力山德罗芙娜不幸让家里人把一件有补丁的短上衣给错放在行李中,给这侍女看见,真不好意思。在家里,她把这些补丁和织补的洞眼当做自己的骄傲,在这儿她却为此羞愧。在家过日子这很清楚,做六件短上衣得用二十四尺布,每尺六十五戈比,总共是十五个卢布还多,不算花边和手工,她把这十五个卢布都省下来了。不过在这个侍女面前要说羞愧倒也不是,只是很不自在。

后来,达丽雅·亚力山德罗芙娜早就认识的安奴什卡走进屋里来,她才感觉到轻松许多。那个花枝招展的侍女被召回到女主人那儿去了,安奴什卡就留在达丽雅·亚力山德罗芙娜这里。

安奴什卡显然非常高兴这位夫人的光临,跟她没完没了地说起来。朵丽发现,她想要就女主人的处境,特别是就伯爵对安娜·阿尔卡季耶芙娜的爱和忠诚说说自己的意见,但是她刚一开口谈起这件事,朵丽便竭力不让她说下去。

"我是跟着安娜·阿尔卡季耶芙娜长大的,我把她看得比什么都重要。哎,不该我们来说话。可是已经都,好像是,爱得……"

"哦,可以的话,请把这送去洗洗。"达丽雅·亚力山德罗芙娜打断她的话。

"遵命,夫人。我们有两个专门洗小件衣物的女工,被单全是用机器洗的。伯爵什么事都亲自过问。这样的好丈夫……"

安娜来了,朵丽很高兴,她一来,安奴什卡就不能再唠叨下去了。

安娜换上一件非常朴素的麻纱连衣裙。朵丽把这件朴素的衣裳仔细地看了又看。她知道,这点儿朴素意味着什么,是多少钱才换得来的。

"你们早认识了。"安娜指的是安奴什卡。

安娜这会儿已经不再心神不定了。她非常随意,非常平静。朵丽看出来,她这会儿已经完全摆脱了自己的到来对她产生的影响,又采取了她那种外表上心平气和的神态,在这种神态下,似乎她已经关上了一扇门,在那扇门内隐蔽着她的种种情感和她藏之内心的种种思想。

"喏,你的小女儿怎么样,安娜?"朵丽问道。

"安妮吗?(她把小女儿叫做安妮)身体很好。比以前恢复多了。你想见她吗?我们去,我让你看看她。跟那些保姆呀,"她说了起来,"真不知要操多少心。我们有一个意大利奶妈。人很好的,可是多么蠢啊!我们想打发她走,可是小丫头跟她习惯了,所以就还留着。"

"那你们是怎么安排的?……"朵丽本来是想问这个小女儿用谁的姓;但是注意到安娜忽地皱起眉头来,她便把问题的意思改变了。"你们怎么安排呢?给她断奶吗?"

但是安娜已经明白她想问什么。

"你想问的不是这个吧?你是想问她的姓吧?是吗?这事让阿历克赛很伤脑筋。她没有姓。就是说,她还姓卡列宁。"安娜先眯缝起眼睛来,只露出上下并拢的眼睫毛。"不过,"她忽然脸色开朗了,"这我们以后再详谈。走吧,我让你看看她。Elle est très gentille.①她已经会爬了。"

整个房子的奢华已经让达丽雅·亚力山德罗芙娜感到惊讶了,孩子房间里的奢华却让她更加惊讶。这里有从英国定购的童车,有教孩子学步的种种工具,有特意做的,像台球案子似的沙发,供孩子爬行,有摇篮,有专用的新式浴盆。所有这些都是英国制造的、优质的、结实的,并且也显然是非常贵重的。这间房间很大,很高敞,很明亮。

她们进来时,小姑娘只穿一件衬衫坐在桌边一只小椅子上,正

---

① 法语:她非常可爱。

在喝肉汤,洒得满胸部都是。一个俄国侍女在孩子房间里喂她喝汤,显然也在跟她一块喝。奶妈和保姆都不在;她们在隔壁房间里,能听见她们用稀奇古怪的法国话交谈的声音,她们之间只有用这样的语言才能谈话。

听见安娜的声音,一个衣着讲究、身材高大的英国女人,脸上是一种不愉快和不老实的神情,连忙抖一抖她淡黄色的鬈发走进来,马上就为自己辩解,虽然安娜一点儿也没责备她。安娜每说一句话,这个英国女人便连忙说几声:"Yes, my lady."①

小姑娘黑眉毛,黑头发,红脸蛋,结实的小身体上布满鸡皮疙瘩,虽然以一副严肃的表情望着生人,却很讨达丽雅·亚力山德罗芙娜欢喜;她甚至于对小姑娘健康的模样羡慕起来。连小姑娘爬着的样子她也非常喜欢。她的哪一个孩子也没有这样爬过。把这个小姑娘放在地毯上,小衣裳从背后掖起来,那样子真是惊人地可爱。她像一只小动物,两只又黑又亮的眼睛注视着大人们,显然很高兴人家欣赏她,歪歪斜斜地伸着腿,两只手力气好大地支撑着,整个儿小屁股迅速地往上抬起,再用小手儿一步步向前爬。

但是,这间育儿室里总的气氛,尤其是那个英国女人,让达丽雅·亚力山德罗芙娜很不喜欢。一个正派女人是不肯到像安娜这种不正常的家庭里来工作的,根据这种判断,达丽雅·亚力山德罗芙娜才能给自己找到解释,为什么像安娜这样善于知人的人会雇这么一个讨人嫌的、不受人尊重的英国女人来照料自己的女儿。此外,达丽雅·亚力山德罗芙娜从她们的几句话里马上就明白,原来安娜、奶妈、保姆和孩子相处得并不好,而且做母亲的上这儿来也不是经常的事。安娜想要给小姑娘拿玩具,却不知放在哪里。

最让人惊讶的是,当达丽雅·亚力山德罗芙娜问起孩子长几颗牙了,安娜竟会说错,而且根本不知道新近长出来的两颗。

"我有时候心里很难过,好像我在这儿是多余的,"安娜走出育

---

① 英语:是,夫人。

儿室的时候说,一边提起裙子的下摆,免得钩住放在门边的玩具,"第一个孩子就不是这样。"

"依我看,正好相反。"达丽雅·亚力山德罗芙娜好像不大敢说似的。

"噢,不是这样!你知道,我看见他了,我看见谢辽沙了,"安娜眯缝着眼睛说,好像她在看一个什么远处的东西,"不过,这我们以后再谈吧。你不能相信,我就好像是一个饿极了的人,忽然人家给她摆上满满一桌的饭菜,她不知道先吃什么好了。这满满一桌饭菜嘛,就是你,和我们两个人要谈的那些我跟谁都不能谈的话;我真不知道我们先谈什么好了。Mais je ne vous ferai grâce de rien.①我得把什么都说出来。是的,我得给你简单介绍一下在我们这儿会遇到的人,"她说下去,"先从女士们说起吧。瓦尔瓦拉公爵小姐,你知道她的,我也知道你和斯季瓦对她的看法。斯季瓦说,她生活的唯一目的是证明她驾乎卡捷琳娜·巴芙洛芙娜姑妈之上的优越性;这都是实话;可是她心地很好,我也很感激她。在彼得堡有一个短时间里,我身边必须得有 un chaperon②. 幸好就碰上了她。不过,说真的,她的心是很好的。她那时让我的处境好受了很多。我看你并不了解我的处境有多么难受……我是说在彼得堡,"她添了一句,"在这儿我安静得很,也幸福得很。喏,这些话以后谈吧。我还得一个个给你说呢。再就是斯维雅日斯基,他是这儿的首席贵族,也是个很正派的人,不过他好像有什么事求着阿历克赛。你明白,有阿历克赛的这份产业,现在我们来乡下住了,阿历克赛是能发挥很大的影响的。再就是屠什凯维奇,你见过他的,从前他在培特茜那里。现在人家把他甩了,他就来找我们。他呀,就像阿历克赛说的,是那么一种人,这种人他们想装成个什么样子,你就把他当成个什么样

---

① 法语:我可不会轻易放过您。
② 法语:一个女伴。

子,那他们是很讨人喜欢的。et puis, il est comme il faut,①瓦尔瓦拉公爵小姐是这么说的。再就是维斯洛夫斯基……这人你了解的。一个挺不错的小伙子,"她说,一种狡黠的微笑使她的唇边显出了皱纹,"他跟列文那件怪事情是怎么搞的? 维斯洛夫斯基说给阿历克赛听了,我们简直不相信。Il est très gentil et naif,②"她又带着刚才那种笑容说,"男人们需要消遣,而阿历克赛需要有一帮子人陪着,所以我也很看重这些人。要让我们这儿热热闹闹的,这样阿历克赛就不会想要什么新玩意儿了。你还会看见我们的管家,一个德国人,人好得很,也很能干。阿历克赛非常器重他。再就是医生,是个年轻人,也不完全是个虚无主义者,不过,你知道,他吃饭用一把……不过医术是很高明的。再就是建筑师……Une petite cour.③

二十

"瞧,我把朵丽给您请来啦,公爵小姐,您不是很想见她吗?"安娜一边说着一边和达丽雅·亚力山德罗芙娜一同来到石砌的大阳台上,瓦尔瓦拉公爵小姐坐在阳台的阴处,在绣架上为伏伦斯基绣一只椅套。"她说正餐以前什么也不想吃,不过您还是吩咐给备点早餐吧,我去找伏伦斯基,把他们全都带到这儿来。"

瓦尔瓦拉公爵小姐亲切而又多少带些长辈架子地接待了朵丽,马上就开始向她解释说,她住在安娜这里,是因为她从来都比她的姐姐,把安娜带大的卡捷琳娜·巴芙洛芙娜更爱安娜,现在人人都不睬安娜了,她认为自己有责任在这个最困难的过渡时期帮助安娜。

"等丈夫同意她离婚了,我就再去过我一个人的孤单日子,而现

---

① 法语:而且,他是个正派人。
② 法语:他非常可爱、非常天真。
③ 法语:(简直像)一个小宫廷。

在可以有点用处,也能尽一尽自己的责任,不管这样做我自己会多困难,我可不像别的人那样。——可你多么讨人欢喜哟,你来看她,你做得真好!他们日子过得完全像一对最恩爱的夫妻;只有上帝可以给他们做裁判,而不是我们。难道比留索夫斯基和阿芬尼耶娃……还有尼康德罗夫自己,还有瓦西里耶夫和马莫诺娃,还有丽莎·涅普杜诺娃……就没一个人说过他们的闲话?结果大家还是全都接待了他们。——再说,c'est un intérieur si joli, si comme il faut. Tout-à-fait à l'anglaise. On se réunit le matin au breakfast et puison se sépare.①正餐以前各人想干什么干什么。正餐七点钟开。斯季瓦叫你来看看,他做得真好。他应该支持他们。你知道,他通过他母亲和哥哥的关系什么事都办得到。再说他们做了多少好事啊。他没给你说起他的医院吗?Ce sera admirable,②全是巴黎的东西。"

安娜把她们的谈话打断了,她在台球房里找到了男士们,跟他们一同回到阳台上。正餐以前还有很多时间,天气好得很,于是他们想起几种消磨这剩余两小时的方法。在沃兹德维任斯克消遣的办法多得很,全都跟在波克罗夫斯科耶不一样。

"Une partie de lawn tennis,③维斯洛夫斯基面带他所特有的微笑建议说,"我还跟您搭档,安娜·阿尔卡季耶芙娜。"

"不,天太热啦;最好是去花园走走,划划船,让达丽雅·亚力山德罗芙娜看看这儿两岸的风景。"伏伦斯基建议说。

"我什么都同意。"斯维雅日斯基说。

"我觉得朵丽最喜欢的还是去散步,不是吗?然后去划船。"安娜说。

---

① 法语:这是个可爱的上等人家,完全是英国气派,早晨一起吃一顿早饭,然后就各干各的事。
② 法语:真让人羡慕。
③ 法语:来打一场草地网球吧。

就这么决定了。维斯洛夫斯基和屠什凯维奇去游泳场,他们要把船准备好等在那里。

他们分成两对沿小路走去,安娜和斯维雅日斯基,朵丽和伏伦斯基。对朵丽来说这全然陌生的新鲜环境让她多少有些拘束和担心。抽象地、从道理上,她不仅认为安娜做得对,而且愿意鼓励安娜这样做。这种事情并非罕见,有些品行上无可指责的女人也会厌倦单调的道德生活,当事不关己的时候,朵丽站在远处,她不仅不谴责违法的爱情,甚至于还羡慕它。此外,她又是一心一意地喜欢安娜。但是现在达丽雅·亚力山德罗芙娜面对现实了,她看见安娜身边是这样一群格格不入的人,这些人的那种她所不习惯的优越气派,让她感到很不舒服。特别让她觉得不愉快的是看见公爵小姐瓦尔瓦拉,这女人由于自己享受到的舒适生活便说他们什么都做得对。

总之,抽象地说,朵丽赞成安娜的行为,但是一看见安娜采取这次行动是为了这样一个人,她心里就不愉快了。此外,她从来就没喜欢过伏伦斯基这个人,她觉得伏伦斯基非常傲慢,而且她认为,他除了有钱之外,并没有什么可以傲慢之处。但是,事与愿违,他在这里,在自己家里,让她觉得比以前更加不好接近,因此跟他在一起她不可能感到自由自在。她和他在一起时的感受就和她让那个侍女看见自己的破衣服时候一个样。在那个侍女面前,因为那些衣服上的补丁她感到的不是羞愧,而是尴尬,跟他在一起也是如此,她老是为自己感到尴尬,而不能说是羞愧。

朵丽觉得她非常局促不安,便找个话题来说。尽管她也想到,凭伏伦斯基的傲慢性格,夸奖他的房屋和花园他一定不喜欢听,但是她又找不到别的话说,便还是对他说了,她非常喜欢他这所房子。

"是的,这是一座非常漂亮的建筑,风格也很优雅、古朴。"他说。

"我很喜欢门前的这个院落。它原来就是这个样子吗?"

"啊,不是!"他说,脸上得意地放出光来,"您没看见这个院落今年春天的样子!"

于是他说开了,开始时还有些拘束,后来越说越有劲,他让她留意房子和花园的各种装饰的细节。看得出,伏伦斯基为美化和装点自己的庄园付出了许多辛劳,他觉得必须在生人面前拿这些来夸耀一番,达丽雅·亚力山德罗芙娜的夸奖让他感到由衷的高兴。

"要是您还不觉得累,愿意看看医院的话,那么,离这儿不远,我们去吧。"他说,说话前先望了望她的脸色,以断定她确实并不觉乏味。

"你也去吧,安娜?"他问她。

"我们去吧。——好不好?"安娜问斯维雅日斯基。"Mais il ne faut pas laisserle pauvre 维斯洛夫斯基 et 屠什凯维奇 se morfondre là dans le bateau.①要派个人去告诉他们一声——啊,这是他在这儿竖的一座纪念碑。"安娜对朵丽说,脸上又是她上次跟朵丽谈起医院时那种诡秘的、心照不宣的微笑。

"噢,真了不起!"斯维雅日斯基说。但是为了不显得自己是在奉承伏伦斯基,他马上又说了一点不关痛痒的批评意见。"我只是有点奇怪,伯爵,"他说,"您为老百姓在医疗方面做了这么多事情,怎么会对办学校那么不关心呢。"

"C'est devenu tellement commun les écoles,"②伏伦斯基说,"您明白,不是因为这个缘故,只不过我对办医院太感兴趣了。去医院得往这边走。"他指着林荫道上的一条岔道对达丽雅·亚力山德罗芙娜说。

太太们撑起阳伞,踏上道旁的小路,转过几个小弯,穿过一个栅栏,达丽雅·亚力山德罗芙娜看见一幢巨大、别致的,已经接近完工的红色建筑耸立在面前的高地上。还没上油漆的铁皮屋顶在艳阳下发出耀眼的光芒。在这座建筑旁还在造另一座,围着脚手架,工人们系着围裙站在架子上砌砖头,倒灰泥,勾墙缝。

---

① 法语:但是不能让可怜的维斯洛夫斯基和屠什凯维奇老等着呀。
② 法语:现在办学校这种事太平常了。

"您这儿的工程进行得真快呀!"斯维雅日斯基说,"我上次来还没上屋顶呢。"

"秋天以前就完工。室内装修已经差不多结束了。"安娜说。

"这又是什么新建筑?"

"这是医生的诊疗室和药房。"伏伦斯基回答,他看见穿一件短大衣的建筑师朝他走来,向太太们道一声歉,便迎过去。

他绕过工人们拌石灰的大坑,跟建筑师停在那里,热烈地谈着什么事。

"山墙还是太低了。"安娜问他是什么事情,他回答说。

"我说过,应该把基础垫高些,"安娜说。

"是的,当然啦,顶好是那样,安娜·阿尔卡季耶芙娜,"建筑师说,"可是已经来不及了。"

"是的,我对这事很有兴趣,"安娜是在回答斯维雅日斯基,他奇怪安娜竟这样懂得建筑学,"这座新建筑应该造得不比医院差。可是它是后来才想起要造的,没有计划就开工了。"

伏伦斯基跟建筑师谈完了,又回到太太们身边,带领他们走进医院里。

虽然外面还在做飞檐,底屋还在油漆,楼上却差不多已经完工了。他们踏着宽敞的铁扶梯走上楼梯转弯处的小平台,进了第一个宽大的房间。墙壁用灰泥做成大理石花纹,巨大的镶好玻璃的窗子已经安上,只有拼花地板还没有完工,几个木匠正在刨一块抬起的方木,他们放下手中的活计,腾出手来解开扎头发的带子,向这几位老爷太太致意。

"这是候诊室,"伏伦斯基说,"这里要放一张写字台,一张桌子,一只橱,再就没有了。"

"这边走。别靠近窗子。"安娜说,用手试了试看油漆干了没有。"阿历克赛,油漆已经干啦。"她又说。

他们从候诊室来到走廊上。在这里伏伦斯基指给他们看安装好的新式通风系统。再给他们看大理石浴盆,装有特殊弹簧的病床。再一间间地指给他们看病房、储藏室、洗衣房,再看新式的火炉,再看在走廊上运送物品时不会发出声响的手推车。斯维雅日斯基对于一切新式优良设备是很内行的,他对所有这些评价都很高。朵丽对这些她从没见过的东西简直是大为惊奇,什么都想了解,什么都问得仔仔细细,这显然让伏伦斯基非常得意。

"是的,我认为,这座医院将会是俄国唯一一座完全合乎规格的医院。"斯维雅日斯基说。

"你们这儿设不设产科呀?"朵丽问,"这在农村太需要啦。我时常……"

虽然伏伦斯基一向讲究礼貌,这时他还是打断了她的话。

"这不是产院,是医院,除了传染病,什么病都要治的,"他说,"您瞧这个……"他把一把新近定购的轮椅推到达丽雅·亚力山德罗芙娜面前。"您瞧瞧。——病人坐在椅子上就能让它动。——病人不能走路,身体还虚弱,或者腿有病,而他又需要新鲜空气,那么他就可以坐着走,往前滚……"

达丽雅·亚力山德罗芙娜对什么都感兴趣,什么都讨她欢喜,而最讨她欢喜的是伏伦斯基这种出于自然的、天真纯朴的投入态度。"是的,这是一个非常可爱的、心地善良的人。"她时而不听他讲话,而是两眼注视着他,仔细观察他的神态,把自己放在安娜的位置上,心里这样想。他此刻那种生气勃勃的样子她实在喜欢,于是她明白了,安娜为什么会爱上他。

二十一

"不,我看,公爵夫人累了,她不会对马有兴趣的。"伏伦斯基对安娜说,安娜提出再到养马场去,斯维雅日斯基想去看那匹新买来的种马。"你们去吧,我送公爵夫人回去,我们还可以谈谈,——要是您高兴的话。"他对朵丽说。

"对马我一窍不通,跟您谈谈我是很高兴的。"达丽雅·亚力山德罗芙娜感到有点惊异,她说。

她从伏伦斯基的脸上看出,他对她有所求。她没猜错。他们走过那扇篱笆门,一进花园,他朝安娜走去的那个方向望一眼,确信她听不见也看不见他们,便开始说:

"您猜到我有话想跟您谈了吧?"他说,一双含笑的眼睛望着她。"您是安娜的亲密朋友,这我不会弄错。"他脱下帽子,掏出手绢来擦他已经谢顶的头。

达丽雅·亚力山德罗芙娜什么也没回答,只注视着他,有点被他吓着了。当她只跟他一个人在一起时,她忽然变得害怕起来:是他那双含笑的眼睛和他严厉的表情吓住了她。

他到底想跟她谈什么,她脑子里顷刻间闪过各种各样的揣测:"他要是请我带上孩子来他们这儿住的话,我一定要拒绝他;或者是要我在莫斯科为安娜凑一个社交圈子……或者是不是谈瓦辛卡·维斯洛夫斯基这个人和他对安娜的态度? 也可能是谈吉蒂,说他觉得自己做错了事?"她想的尽是些不愉快的事,但是她没有猜到他想跟她谈的是什么事情。

"您对安娜有很大的影响力,她是那么地爱您,"他说,"请您帮帮我吧。"

达丽雅·亚力山德罗芙娜又怀疑又胆怯地望着伏伦斯基精神焕发的脸,阳光透过菩提树的浓荫一会儿把他的脸整个都照亮了,一会儿照亮一部分,一会儿又全部被树荫遮住,变得很阴沉的样子,她等他继续往下说;可是他,拿着条树枝戳着路上的石子,默默地走在她身边。

"既然在安娜从前的朋友当中唯有您一位女士能来看望我们,——我没算瓦尔瓦拉公爵小姐,——那么我认为,您这样做并不是因为您觉得我们的处境是正常的,而是因为您完全了解这种处境有多么痛苦,而您又仍然是那么爱她,想要帮助她。我认为您是这样的,对吗?"他先瞧她一眼,再问。

"哦,是这样,"达丽雅·亚力山德罗芙娜一边收起阳伞一边回答说,"不过……"

"不,"他打断她的话,又停住不走了,只是情不自禁,没想到他这样做会把谈话的对方置于尴尬的境地,于是她也只好停住,"没有哪一个人能比我更多也更强烈地感觉到,安娜处境有多么艰难。如果我能够荣幸地被您认为是一个有良心的人,这对您是不言而喻的,我是造成她这种处境的原因,所以我能感觉到这一点。"

"我明白,"达丽雅·亚力山德罗芙娜说,伏伦斯基说这番话时那诚挚而坚定的态度让她不由得非常欣赏,"但是,恐怕正因为您觉得自己是事情的原因,您就把事情给夸大了,"她说,"她在社交界的处境是很难受的,我明白。"

"她在社交界就像是在地狱里一样!"他阴沉地皱起眉头,急速地说,"她在彼得堡的那两个礼拜里精神上受到了多少折磨,简直不能想象有比这更可怕的事了……我请求您相信我说的话。"

"是的,不过在这儿,不管是安娜……或是您都不觉得需要有什么社交界,这时候……"

"社交界!"他轻蔑地说,"我对社交界会有什么需要呢?"

"这时候——也可能永远如此——你们是幸福的,安宁的。我从安娜身上看出来,她现在是幸福的,幸福极了,她已经迫不及待地对我说了。"达丽雅·亚力山德罗芙娜微微一笑说;而这时,当她在这样说时,又不由得暗自怀疑:安娜真是很幸福吗?

然而伏伦斯基好像并不怀疑这一点。

"是的,是的,"他说,"我知道,她在受过所有这些痛苦之后现在又充满了活力;她是幸福的。她是真真实实幸福的。可是我呢?……一想起我们的将来,我心里真害怕……对不起,您想往前走吗?"

"不,怎么都行。"

"喏,那我们就在这儿坐坐。"

达丽雅·亚力山德罗芙娜在林荫道的角落里一条花园长凳上坐下。伏伦斯基站在她面前。

"我看得出,她现在很幸福。"他再说一遍,而在达丽雅·亚力山德罗芙娜心中,安娜是否真正幸福的怀疑却比原先更加强烈了。"但是能够像这样继续下去吗?我们做得对还是不对,这是另一个问题;但是木已成舟了,"他本来用俄语,现在改用法语说,"我们这辈子分不开了。我们是用一条对我们两人说来都极其神圣的爱情的纽带联系在一起的。我们有一个孩子,我们还会再有孩子。但是法律以及我们自身情况的一切条件都是极其错综复杂的,而她如今,在经受过所有那些痛苦和磨难,心灵得到休息的时候,看不见这种复杂性,也不愿意看见。这是可以理解的。但是我不能不看见。我的女儿在法律上不是我的女儿,而姓卡列宁。我不要这种虚伪!"他做了一个有力的否定手势这样说,又以阴沉的询问似的目光望了望达丽雅·亚力山德罗芙娜。

她什么也没回答,只是眼睛看着他。他继续说下去。

"明天要是再生个儿子,我的儿子,他在法律上还是姓卡列宁,他既不能用我的姓氏,也不能继承我的财产,无论我们的家庭多么幸福,无论我们会有多少孩子,我跟他们之间都毫无关系。他们都姓卡列宁。您一定能理解这种处境多么令人苦恼,多么可怕!我试着说给安娜听。她一听就发脾气。她不能理解,而我也不能对她把一切话都说出来。现在再从另一个方面来看,有了她的爱,我是很幸福的,但是我还应该有我自己的事业。我找到这个事业了,我为我能从事这样的事业而自豪,我认为这种事业比我过去在宫廷里和军队里的同事们的事业要高尚得多。毫无疑问,我再也不会拿我的这种事业去换取他们的那种事业。我往这里一蹲,做我的工作,我觉得幸福、满足,我们再也不需要别的什么来使我们幸福了。我爱我所做的这些事。Cela n'est pas un pis-aller,[①]相反地……"

达丽雅·亚力山德罗芙娜注意到,他的话说到这里有些言语混乱了,她不是非常明白他为什么要扯到这些,但是她感觉到了,他一

[①] 法语:倒不是没有更合适的事情做。

旦开口说了这些他不能对安娜说的心里话,便想要把所有的话全都说出来,而他在乡下的所作所为,也跟他和安娜的关系这个问题一样,是他心头所放不下的一个问题。

"那么,我再说下去,"他定了定神说,"最主要的是,我做这些事情的时候,心里必须拥有一个信念,那就是,我所做的这些事不会随我一同死去,会有人来继承我的事业,——而我却没有继承人。请您设想一下,一个人事先就知道他和他所爱的女人所生的孩子不属于他,而属于某一个别人,属于某一个憎恨他们、根本不愿意理睬他们的人,这个人的处境会是怎么样的啊。这实在太可怕了!"

他停住不说了,显然非常激动。

"是的,当然啦,这我明白。可是安娜又能怎么样呢?"

"对,这就把我引到我说这些话的目的上了,"他说,极力使自己平静,"安娜能有办法的,这取决于她……就是请求皇上恩准我立嗣吧,那也必须离婚。而这取决于安娜。她丈夫那时候是同意过离婚的——那时候您丈夫已经完全安排好了。就现在,我知道,他大概也不会拒绝。只需要给他写封信就是了。那时候他就直截了当地回答过,说假如她表示出这种愿望的话他不会拒绝的。当然啦,"他面色阴沉地说,"这种伪君子的残酷手段只有他这种没心肝的人才使得出。他知道她只要一想起他这个人就多么痛苦,正因为他了解她,才非要她写这封信不可。我明白,这样做她是非常痛苦的。但是既然有这么重要的原因,那就得 passer pardessus toutes ces finesses de sentiment. Il y va du bonheur et del'existence d'Anne et de ses enfants.①我就不谈我自己了,虽然我很痛苦,非常痛苦,"他说,那表情好像因为他很痛苦,就能吓唬什么人似的,"所以,公爵夫人,我就不怕难为情地把您抓住了,就像抓住最后一个得救的机会似的。请您帮助我说服她给他写封信,要求离婚!"

"是的,当然啦,"达丽雅·亚力山德罗芙娜若有所思地说,她回

---

① 法语:克服这些细致的感情,这关系到安娜和她的孩子的幸福和命运。

想起她最后一次和阿历克赛·亚力克山德洛维奇见面的情况,"是的,当然啦。"一想到安娜,她马上又断然地说。

"请您运用您对她的影响,务必让她能写这封信。我不愿意跟她谈这个问题,也几乎不可能跟她谈。"

"好的,我去谈。可是她自己怎么会不去想呀?"达丽雅·亚力山德罗芙娜说,这时她忽然想起了安娜那种眯缝起眼睛来的奇怪的新习惯。于是她想到,安娜正是在事情涉及生活中与心灵世界有关的方面时才眯起眼睛来的。"她好像是在对自己整个的生活把眼睛眯起来,不想把什么都看见。"朵丽想。"我一定跟她谈,为了我自己,也为了她。"她这是在回答伏伦斯基脸上的感激的表情。

他们站起来往住宅那边走去。

二十二

安娜见朵丽回来,仔细地注视她的眼睛,似乎是在问她跟伏伦斯基谈了些什么,但是没有形之于言。

"好像该吃饭了,"她说,"我们还没好好在一块儿待一会儿呢。我指望晚上能有时间。现在得去换衣裳了。我想,你也要去换的。我们在建筑工地上把衣裳都弄脏了。"

朵丽回到自己房间里,她觉得好笑。她没衣裳好换,因为她身上穿的已经是最好的衣裳了;但是为了表示她是做过准备去进餐的,她叫侍女给她刷了刷衣服,换了一副袖头和一条蝴蝶结,头上加了一根织花的缎带。

"我能做的就这些了。"她微笑着对安娜说,安娜来见她时换上了第三件也是特别雅致的一件连衣裙。

"是的,我们这儿太讲究这个了。"她说,仿佛是在为自己漂亮的打扮表示歉意。"阿历克赛很高兴你能来,他难得为个什么事这么高兴。他简直是爱上你啦,"她又说,"你不觉得累吧?"

饭前没时间谈什么了。走进客厅,他们看见瓦尔瓦拉公爵小姐和身穿黑色礼服的男士们。建筑师穿的是一套燕尾服。伏伦斯基把医生和管家介绍给客人。建筑师已经在医院里介绍过了。

肥胖的餐厅管事，一张圆圆的刮得精光的面孔和一条浆得笔挺的白领带闪着亮光，他前来报告说，一切齐备，于是太太们站起身来。伏伦斯基请斯维雅日斯基挽住安娜·阿尔卡季耶芙娜，自己则走向朵丽。维斯洛夫斯基赶在屠什凯维奇前面把手臂递给了瓦尔瓦拉公爵小姐，于是屠什凯维奇跟管家和医生只好单独走。

餐桌、餐厅、餐具、侍仆、酒菜不仅和这幢住宅中整个的时髦奢华是一致的，而且似乎还更加奢华、更加时髦。达丽雅·亚力山德罗芙娜观察着这种令她眼界大开的奢华，作为一个治家的主妇，——虽然她并不期望眼前所见之种种能在自己的家中依样引用，因为这一切东西的奢侈程度远远超过了她的生活方式，——不由得要对一切细节详加考虑，并且不禁纳闷，所有这些都是由谁办到的，又是怎样办到的。瓦辛卡·维斯洛夫斯基、她丈夫，甚至斯维雅日斯基以及其他许多她所认识的男人都从来也不会去想这些事，他们把人们所说的这种话信以为真：每一个上流社会的男主人都希望他的客人觉得，他家中安排妥贴的一切无须作为男主人的他费丝毫气力，是自然办到的。但是达丽雅·亚力山德罗芙娜知道，哪怕是给孩子们早餐吃的一碗粥也不会自然就办到的，因此要安排得如此复杂、如此漂亮，一定有人费过一番苦心。而从阿历克赛·基里洛维奇环顾餐桌的目光上，从他对餐厅管事点头示意的姿态上，从他建议她在冷汤热汤之间作何选择的口气上，达丽雅·亚力山德罗芙娜看出来，所有这些都是这位男主人亲自安排、亲自操心的。安娜对这些事所花的心思显然不会比维斯洛夫斯基更多。她、斯维雅日斯基、公爵小姐以及维斯洛夫斯基都同样是快快活活坐享其成的客人。

只是在引导大家谈话这件事情上安娜才是个女主人。这场谈话对于一个女主人来说，确是很难引导的，一张小小的桌子，坐着像管家和建筑师这样几个完全不相干的人，他们面对这种很不习惯的奢华竭力使自己不胆怯,但无法跟大家一同舒畅交谈,而安娜却能运用她一向待人接物的分寸、她随意自然的风度、她胜任愉快的手腕,把这场艰难的谈话引导得很好,这一切达丽雅·亚力山德罗芙娜全都看在眼里。

大家谈到屠什凯维奇和维斯洛夫斯基两人划船的事,于是屠什凯维奇便说起彼得堡游艇俱乐部最近一次的比赛。但是安娜一等谈话有一个停顿,马上转向建筑师,引他也参加进来,不再一旁默坐。

"尼古拉·伊凡内奇刚才大吃一惊,"她说的是斯维雅日斯基,"从他上次来这儿到现在,一幢新楼房就造起来啦;而我自己每天在这儿也每天都奇怪,怎么造得这么快。"

"跟伯爵阁下在一起工作是很顺心的,"建筑师微笑着说(他是一个颇有自尊心的、懂礼貌的、性格安静的人),"不像跟那些省级政府打交道,在那儿得写一大摞公文才能办好的事,我给伯爵一报告,谈一谈,三两句话就解决了。"

"美国人的做法。"斯维雅日斯基笑着说。

"是的,阁下,那里房子盖得很合理……"

谈话转到美国的滥用权力问题,但是安娜马上把它引到另一个题目上,以便让管家不再冷坐。

"你看见过什么收割机器吗?"她对达丽雅·亚力山德罗芙娜说,"我们遇见你的时候就是去看收割机的。我自己也是头一回见到。"

"收割机怎么收割法?"朵丽问。

"简直跟剪刀一个样。一块板子上有好多小剪刀。就这样。"

安娜用她漂亮的、戴满戒指的白手拿起刀叉比划起来。她显然明白她什么也没讲清楚;然而她知道她说话声音很好听,她的手也很美,所以就继续讲下去。

"倒不如说是像铅笔刀呢。"维斯洛夫斯基献殷勤似地说,两眼盯住安娜看。

安娜隐隐一笑,不过没有回答他。

"是不是,卡尔·菲多内奇,像剪刀一样?"她对管家说。

"噢,ja①,"德国人回答,"Es ist ein ganz einfaches Ding.②"他便开始解说起机器的构造来。

"可惜它不会打捆。我在维也纳的展览会上看见过会用铁丝打捆的,"斯维雅日斯基说,"那要合算得多。"

"Es kommt drauf an... Der Preis vom Draht muss ausgerechnet werden.③"被引得开了口的德国人对伏伦斯基说。"Das lässt sich ausrechnen, Erlaucht.④"德国人已经把手伸到口袋里,那儿有一个小笔记本,里面夹着一支铅笔,他什么都要在这个本子上算一算,但是忽然想起他现在是在饭桌上,又察觉到伏伦斯基冷冷的目光,便没有掏出来。"Zu complicirt, macht zu viel Klopot."⑤他最后这样说了一句。

"Wünscht man Dochots, so hat man auch Klopots.⑥"瓦辛卡·维斯洛夫斯基跟这个德国人开玩笑说。"J'adore l'allemand.⑦"他又带着同样的笑容对安娜说。

"Cessez."⑧她半开玩笑半认真地对他说。

"我们还以为会在地头上遇见您呢,瓦西里·谢苗内奇,"她对医生说,这人面带着病容,"您上那儿去过?"

"去过,不过又溜走了。"医生阴沉着脸开玩笑地回答说。

"这么说,您又好好儿地运动了一回?"

"运动得好极啦!"

---

① 德语:是的。
② 德语:这是很简单的。
③ 德语:那要看情况,……必须把铁丝的价钱计算进去。
④ 德语:这是可以算出来的,阁下。
⑤ 德语:这太复杂了,会有许多麻烦。
⑥ 德语:要想赚钱就不能怕麻烦。
⑦ 法语:我崇拜德国话。
⑧ 法语:别说了。

"喏,那个老太婆的病怎么样?不会是伤寒吧?"

"伤寒么倒不是伤寒,不过病情不大妙。"

"真可怜!"安娜说,她这样对她家的门客们应酬一番,又转身跟自己人说话。

"反正照您说的那样去造机器是很困难的,安娜·阿尔卡季耶芙娜。"斯维雅日斯基开玩笑地说。

"不,为什么呢?"安娜微笑着说,她的笑容表示,她在讲解机器构造时的某些动人之处也让斯维雅日斯基注意到了。她这种像年轻人似的卖弄风情的新特点让朵丽惊讶,也很不喜欢。

"但是安娜·阿尔卡季耶芙娜在建筑学上的知识却是让人惊奇的。"屠什凯维奇说。

"可不是吗,我昨天还听见安娜·阿尔卡季耶芙娜说,墙脚板要嵌进防湿层里去,"维斯洛夫斯基说,"我说得对不对?"

"这有什么稀奇的,我看了这么多,听了这么多,"安娜说,"可您,大概是,连房子用什么造的也不知道吧?"

达丽雅·亚力山德罗芙娜看出,安娜对她和维斯洛夫斯基之间的戏谑口吻并不满意,但是她又身不由己地陷入其中。

在这种时候,伏伦斯基的做法跟列文全然不同。他对维斯洛夫斯基的胡扯显然毫不介意,相反地,还鼓励他开这种玩笑。

"喂,您说说看,维斯洛夫斯基,石头是用什么粘在一起的?"

"当然是水泥喽。"

"说得好!那么水泥是什么?"

"啊,有点像稀泥……不,像油灰。"维斯洛夫斯基说,引起哄堂大笑。

除了医生、建筑师和管家之外,饭桌上的人不停地交谈着,有些话题略略带过,有些话题则抓住不放,还把某个人挖苦一番。谈话中有一处触犯了达丽雅·亚力山德罗芙娜的自尊心,她很生气,脸都红了,过后才想起她是不是说了什么不该说的和不愉快的话。斯维雅日斯基谈起了列文,说到他的怪论,什么机器只可能对俄国的农业有害处等等。

"我无缘认识这位列文先生,"伏伦斯基面带微笑说,"但是,或许他从来就没见过那些他所指责的机器吧。若是见过或者用过,那无论如何,不会是外国造的,而是随便什么俄国货。既然如此,那还有什么看法可言呢?"

"一般说来,这都是些土耳其人的观点。"维斯洛夫斯基笑着对安娜说。

"我不能为他的观点辩护,"达丽雅·亚力山德罗芙娜一下子脸红起来,她说,"但是我可以说,他是一个非常有教养的人,他要是在这儿的话,他会知道怎么回答你们的,但是我不知道。"

"我非常喜欢他这个人,我跟他是老朋友了。"斯维雅日斯基和蔼地微笑着说。"Mais pardon, il est un petit peu toqué;①比如,他非说地方自治局和调解法院全都不需要,他什么也不想参加。"

"这是我们的一种俄国式的冷漠,"伏伦斯基一边把冰水从玻璃瓶里倒进一只精致的高脚杯里,一边说,"既然享受权利,就该承担义务,对此无动于衷,于是一推了之。"

"我不知道有哪个人能比他更加一丝不苟地履行自己的义务了。"达丽雅·亚力山德罗芙娜说,她被伏伦斯基那种高人一等的口气激怒了。

"我嘛,正好相反,"伏伦斯基继续说下去,这番谈话显然不知怎地触及了他的痛处,"我嘛,正好相反,我这个人你们看见的,我非常感谢大家给予我的荣誉,亏得尼古拉·伊凡内奇(他指着斯维雅日斯基)的支持,人家选我做了名誉调解法官,我认为,对我来说,出席会议,审议一个农民的关于一匹马的案子,跟我所能做的每件事同样重要。若是再选我做地方自治议员,我会认为也是一种光荣。唯此我才能偿付我作为一个地主所享受到的利益。不幸的是,很多人都不了解大地主在国家政治生活中所应该发挥的作用。"

---

① 法语:不过请原谅,他的想法有点怪。

达丽雅·亚力山德罗芙娜听来奇怪,怎么他会在自家餐桌上如此自以为是,而且心安理得。她想起了与他想法相反的列文,列文在自家餐桌上议论起什么来也是态度坚决的。但是她喜欢列文,所以站在列文一边。

"这么说,我们可以指望您,伯爵,参加下一次的会议喽?"斯维雅日斯基说。"不过得去早一点,八点以前到那里。您肯赏光到我家去住一宿吗?"

"我倒有点儿同意你 beau-frère① 的看法,"安娜说,"只是不像他那样偏激。"她微笑着补充一句。"我担心近来我们的这些社会义务什么的实在太多了。就好像从前当官的太多,什么事都得派个官,而这会儿总是离不了社会活动家。阿历克赛来这儿才六个月,可他已经是,好像,五六个各种社会机构的成员了——慈善委员呀、法官呀、自治议员呀、陪审员呀,还有个什么管马匹的委员呀。Dutrain que cela va,②时间全要花在这上面了。我只怕,这类事情这么多,会流于形式。您有多少个委员头衔呀,尼古拉·伊凡内奇?"她问斯维雅日斯基,"大概,不少于二十个吧?"

安娜用玩笑的口吻说,但是语气之中让人感觉到一种恼怒。达丽雅·亚力山德罗芙娜一直在仔细地观察着安娜和伏伦斯基,她马上便注意到这一点。她还注意到,一谈起这些问题,伏伦斯基的表情马上就显得严肃而固执。朵丽注意到这些,又注意到瓦尔瓦拉公爵小姐为了转换话题,连忙谈起彼得堡的朋友来,再想到伏伦斯基在花园里突如其来地谈到自己的活动情况,她明白了,在这个关于社会活动的问题上,安娜和伏伦斯基之间私下里是有所争执的。

饭菜,酒,餐具都是极其精美的,然而所有这些跟达丽雅·亚力山德罗芙娜在她久已生疏的那些宴会和舞会上见到的一样,千篇一律,让人感到紧张;因此,在这种平常日子里,小小的朋友圈子中,这

---

① 法语:妹夫。
② 法语:照这种方式生活。

一切都给她留下了不愉快的印象。

饭后大家去阳台上坐坐。然后去打 lawn tennis①。打球的人分成两组,站在仔细碾平的**球场**上,两边立着金色的柱子,上面绷着球网。达丽雅·亚力山德罗芙娜试着玩了玩,但是半天都搞不清怎么玩法,等搞清楚时,又累得不行了,便和瓦尔瓦拉公爵小姐坐在一边,只看别人玩。她的搭档屠什凯维奇也玩不动了;但是其他的人又玩了很久。斯维雅日斯基和伏伦斯基两人都打得很好,也很认真。他们机警地盯住打过来的球,不慌忙、不迟延,敏捷地向球奔去,等它一弹,便又准又稳地用球拍把球一击,打过网去。维斯洛夫斯基打得比别人都差。他过于急躁,但是他的快活情绪鼓舞了其他打球的人。不停地听见他在欢笑和叫喊。跟别的男士们一样,他征得女士们的同意,脱去了上衣,他那只穿一件衬衫的高大优美的体形,红红的汗湿的面庞和急速的动作让大家难以忘怀。

这天夜晚,达丽雅·亚力山德罗芙娜睡在床上,一闭眼睛,便看见瓦辛卡·维斯洛夫斯基在**球场**上来回奔跑的样子。

不过打球的时候达丽雅·亚力山德罗芙娜并不开心。她不喜欢瓦辛卡·维斯洛夫斯基和安娜之间没完没了的调笑态度,也不喜欢这群大人在身边没有孩子时玩孩子们的游戏而又故作天真。但是为了不使别人扫兴,反正也是消磨时间,她休息一会儿以后,又来跟大家一块儿玩,假装她很开心。整个这一天她都觉得她是在舞台上跟一群比她更会演戏的演员在表演节目,而她拙劣的演技把整个戏都破坏了。

她来时原打算如果住得惯就住上两天。但是傍晚时,还在球场上,她决定第二天就走。那种做母亲的痛苦的牵挂心情,她一路来时曾经那么厌恨的,现在,一天没见孩子们,她的想法已完全改变,这种心情反倒让她急于回到他们的身边。

晚茶后,又借夜色划了一会儿船,达丽雅·亚力山德罗芙娜独

---

① 英语:草地网球。

自回到她的房间里,脱掉衣服,坐下梳理着她稀疏的头发,她觉得好不轻松。

想到安娜马上要到她这儿来,她甚至有些不快了。她要一个人想想心事。

二十三

朵丽已经要躺下睡觉了,安娜穿着睡衣走进来。

这一天里,安娜几次开头谈起她想说的那些事,而每次说上一两句便又打住不说了。"过一会儿吧,等只有咱俩时再好好谈。我有多少话要跟你说啊,"她说。

现在只有她们两个人了,而安娜却不知说什么好。她坐在窗下,眼望着朵丽,脑子里反复回想着那些原以为是说不完的知心话,却不知说什么好。顷刻间她似乎觉得,话已经全都说光了。

"喏,吉蒂怎么样?"她说,先深深地叹一口气,负疚地注视着朵丽,"对我说真话,朵丽,她现在不生我的气吗?"

"生气?不。"达丽雅·亚力山德罗芙娜微笑着说。

"那么是恨,是瞧不起?"

"噢,不!不过你知道,这种事是不容易放得下的。"

"是的,是的,"安娜转过身去,眼望着窗外说,"可是我没有过错啊。而又是谁错了呢?错在哪里呢?难道能够不这样吗?喏,你是怎么想的?难道能够让你不是斯季瓦的妻子吗?"

"真的,我不知道。不过你要对我说的是……"

"是的,是的,不过我们还没说完吉蒂的事呢。她幸福吗?他是个很好的人,人家都说。"

"说他很好,这还不够呢。我不知道有谁比他更好的了。"

"哎呀,那我多么高兴啊!我非常高兴啊!说他是个很好的人,这还不够呢。"她把朵丽的话重复一遍。

朵丽微微一笑。

"可是你还是给我说说你自己吧。我要跟你好好谈一谈。我跟……"朵丽不知怎样称呼他才好。她觉得称他伯爵和阿历克赛·基里洛维奇都不合适。

"跟阿历克赛，"安娜说，"我知道你们谈了什么。但是我想要坦率地问问你，你对我，对我的生活怎么想法？"

"一下子怎么说得清？我，说真的，不知道。"

"不，你反正得跟我说……你看见我的生活了。但是你别忘记，你是夏天来看见的，而且不是只有我们两个人……可是我们是一开春就来的，那时候只有我们两个人，将来也只有我们两个人，比这再好的什么我也不想望了。可是你想想看，假如我一人过日子，没有他，孤单单独自一个人，而将来会这样的……我从每件事上看出来，以后经常会这样的，他一半的时间都会不在家里过的。"她说，一边站起来，坐得离朵丽近些。

"当然啦，"朵丽想要说点不同的意见，安娜打断她的话，"当然啦，我不会强迫他留在家里。我要强留也留不住。这就要赛马了，他的几匹马要参赛，他就要去了。我很高兴他去。可是你想想我呀，想想我的处境……可谈这些干吗呀！"她笑了笑，"那么他跟你谈了些什么呢？"

"他跟我谈的也正是我自己想谈的，所以我来为他辩解几句是很方便的：他谈的是，有没有可能和是不是可以……"达丽雅·亚力山德罗芙娜吃吃地说不下去，"把你的处境变换一下，改善一下……你知道，我怎么看待……不过反正，要是可能的话，应该正式结婚……"

"那就是说去办离婚喽？"安娜说，"你知道吗？在彼得堡的时候，来看过我的唯一的一个女人就是培特茜·特薇尔斯卡娅。这个女人你知道的吧？Au fond, c'est la femme la plus dépravée qui existe.①她跟屠什凯维奇两个人勾搭着，用最丑恶不过的方式欺骗

---

① 法语：其实她是天下最堕落的女人。

她丈夫。而她对我说,在我的地位不正当的时候,她不想跟我来往。你别以为我是在拿她比……我了解你,我的亲爱的。可是我不由得就想起了她……喏,那么他对你说了什么呢?"她又问。

"他说,他为你也为他自己感到很痛苦。你也许会说,这是自私,可是这种自私是一种正当的和高尚的自私啊!他想要,首先,让自己的女儿合法,再就是,做你的丈夫,对你拥有丈夫的权利。"

"什么样的妻子?奴隶,像处在现在这种位置上的我这样的奴隶?"她面色阴郁地打断朵丽的话。

"主要的是,他希望……希望,你不要再受苦。"

"这是不可能的事!还有呢?"

"还有,也是最正当的——他希望你们的孩子能有个姓氏。"

"什么孩子呀?"安娜不看朵丽,眼睛眯缝着说。

"安妮,和以后的孩子……"

"这他可以放心,我不会再有孩子了。"

"你怎么可以说不会再有孩子了?……"

"不会再有了,因为我不想要了。"

于是虽然心情十分激动,安娜却微微一笑,因为她注意到朵丽脸上那种好奇、惊讶和恐惧的天真表情。

"我上次生病以后医生告诉我的……"

"这不可能!"朵丽睁大眼睛说。对她来说,像这样的发现其后果和结论实在是太巨大了,因此猛一听来只觉得简直无法想象,但是这件事她必须再三地去仔细思索。

这个发现忽然间为她说明了一件她以前不明白的事:为什么有的家庭只有一个或两个孩子。于是她思绪万千、百感交集、心情矛盾,一时间什么话也说不出来,只是圆睁着眼睛惊讶地注视着安娜。这恰恰就是她一路来时心头的梦想,然而此刻,一旦知道这竟然是可以办到的事,她却不禁畏惧。她觉得这种做法是对一个过于复杂的问题做了过于简单的解决。

"N'est ce pas immoral?"①她在一阵沉默后只说了这句话。

"为什么?你想想看吧,我只有两种选择:要么当个孕妇,也就是当个病人,要么给自己的丈夫当一个朋友,伴侣,他反正也就是丈夫了。"安娜故意用一种浅薄而轻浮的口气说。

"哦,是的,哦,是的。"达丽雅·亚力山德罗芙娜说,这些道理正是她自己对自己应用过的,然而听安娜这样说时,她却发现这些话不像以前那么有说服力了。

"对于你,对于别的人,"安娜说,仿佛猜到了她在想什么,"还可能有所犹豫;但是对于我……你要明白,我不是一个妻子;他只能爱我爱到他还要爱的时候。那么,我靠什么来维系他的爱呢?就靠这个吗?"

她伸出一双雪白的手在肚子前比划。

就像每次心情激动的刹那间一样,种种的思想和回忆异常迅速地一下子涌上达丽雅·亚力山德罗芙娜的心头。"我,"她想,"没能把斯季瓦吸引住,他离开我去找别的女人了,而那第一个他为她而对我变心的女人,虽然总是那么漂亮快活,也没能把他抓住。他甩掉那个女人,又找了另一个。难道安娜这样做就能吸引伏伦斯基伯爵,把他抓在手里吗?假如他追求的就是这种事,那他准能找到比这更迷人、更讨人欢喜的打扮和气派的女人。不管她裸露的手臂多白、多漂亮,不管她丰满的身段多好看,她衬着黑头发的红脸蛋儿多美,他总能找到更美、更好看的,我那个可恶可怜又可爱的丈夫就是这样找的,而且也找到了。"

朵丽什么也没回答,只叹了一口气。安娜注意到这声表示不同意的叹息,继续说下去。她还有许多可说的道理,都非常有力,让人无法反驳。

"你说这样不好,是吗?但是你该好好想一想,"她继续说下去,"你忘了我的处境了。我怎么能希望有孩子呢?我不是说受苦,受

---

① 法语:这不是不道德吗?

苦我不怕。你想想看,我的孩子会成为怎么样的人呢?他们会是些使用别人姓氏的不幸福的孩子。就因为这种出身,他们不得不为自己的母亲、父亲和身世感到羞辱。"

"所以说就为这个也应该离婚呀。"

但是安娜不听朵丽说。她想要把那些她曾经无数次用来说服自己的理由全都说出来。

"上帝为什么要给我理智呢,假如我不能用它防止把不幸的人带到人间来?"

她望了朵丽一眼,但是没等回答,又继续说下去。

"在这些不幸的孩子面前,我会永远觉得自己是有罪的,"她说,"假如他们没有出世,那么至少他们就不会不幸,而如果他们是不幸的,那就是我一个人的罪过。"

这正是达丽雅·亚力山德罗芙娜说给她自己听的那些道理,但是她现在听了却并不明白。"怎么会对并不存在的人有负罪感呢?"她想。忽然她有了这样一个思想:要是她心爱的儿子格里沙根本就不存在的话,对于他有没有可能比现在更好些呢?这种想法让她觉得是那么稀奇古怪,她不禁摇一摇头,想把这些让她头昏脑涨的胡思乱想驱散。

"不,我不知道,不过这样是不对头的。"她只是面带厌恶地说。

"是的,可是你别忘了,你是怎么样,而我又是怎么样……再说,"尽管安娜认为自己很有道理而朵丽却说不出什么道理来,她好像还是意识到这样的确不好,便又补充说,"你别忘记了主要的一点,我现在所处的地位跟你不一样。对于你,问题在于:你是不是希望不再有孩子了,而对于我则是:我是不是希望有孩子。这差别是非常大的。你要明白,我在我这种处境下是不能有这种希望的。"

达丽雅·亚力山德罗芙娜没有说反对的话,她突然觉得,她跟安娜已经离得非常遥远了,她们之间存在着许多问题,她们永远也不会在这些问题上意见一致的,最好是不去谈论它们。

二十四

"那么你就更应该巩固自己的地位才是,假如可能的话。"朵丽说。

"对,假如可能的话,"安娜忽然用完全不同的,又轻柔又忧愁的声音说。

"难道离婚不可能吗?人家告诉我,你丈夫同意的呀。"

"朵丽!我不想谈这个。"

"喏,那就不谈,"达丽雅·亚力山德罗芙娜注意到安娜脸上的痛苦表情,连忙说,"我只是觉得,你把事情看得太悲观了。"

"我?才不是呢。我非常快活,非常满足。你看见了,je fais des passions.① 维斯洛夫斯基……"

"是的,说实话,我不喜欢维斯洛夫斯基那种腔调。"达丽雅·亚力山德罗芙娜说,想要换一换话题。

"哎呀,才不是呢!这只能让阿历克赛心里舒服,别的什么也没有;不过他还是个小孩子,我能把他捏在手心里;你明白吗,我叫他怎么就怎么。他就跟你的格里沙一样……朵丽!"她忽然变换了她说的话,"你说我把事情看得太悲观了。你不会明白的,这太可怕了。我尽可能闭上眼睛不去看。"

"可是我觉得,你应该睁开眼睛看。应该做一切有可能做到的事。"

"可是什么事是可能做到的呢?什么事也做不到。你说我应该嫁给阿历克赛,说我不去考虑这件事,我不考虑这件事!"她把话重复一遍,脸马上变得通红。她站起来,挺直胸脯,重重地叹了一口气,开始用她那轻盈的步子在房间里来回踱步,偶尔也停一停。"我不考虑这件事吗?没有哪一天哪一个时辰我不在考虑,而同时又在

---

① 法语:我还能引起别人的激情。

责骂我自己,为什么要去考虑它……因为一想起这件事,就会让人发疯的。让人发疯的,"她重复一次,"我一考虑这个问题,不吃吗啡就睡不着觉。不过得了吧。咱们来平心静气地谈。人家都对我说——离婚。首先,**他**不会让我离婚。**他**现在是在莉吉娅·伊凡诺芙娜伯爵夫人的控制下。"

达丽雅·亚力山德罗芙娜在椅子上挺直身子,脸上是一种人同此心的痛苦的表情,随着安娜的脚步转动着头,注视着她。

"应该试一试。"朵丽轻轻地说。

"就算去试试吧。这意味着什么呢?"安娜说,显然这个想法她已经有过千万次,已经背得很熟了。"这意味着,我虽然恨他,可还是得承认我在他面前犯了罪,——我认为他是宽宏大量的,——我必须低声下气地给他写信……喏,就算我做了努力,这样做了。我也许会得到一个侮辱性的回答,也许会得到同意。好吧,就算我得到同意了……"这时安娜在房间的另一头,她停在那里,摆弄着窗帘,"我得到了同意,可是儿……儿子呢?要知道他们是不会把他给我的呀。要知道他在被我抛弃了的父亲身边长大,会瞧不起我的呀。你明白,我对他们两个人——谢辽沙和阿历克赛好像是同等地爱着,我对他们的爱都超过了爱我自己。"

她走到屋子中间,停在朵丽面前,两手抱在胸前。她那白色睡衣中的身形显得特别地宽阔高大。她低垂着头,皱着眉,一双泪湿的眼睛闪亮地注视着瘦小的、穿件打补丁短袄的、戴顶小睡帽的、可怜巴巴的、激动得浑身发抖的朵丽。

"我只爱这两个人,而他们是互相排斥的。我没法把他们联合在一起,而这又是我所唯一需要的。如果不能如愿,那就什么都无所谓了。一切的一切都无所谓了。不管怎么样都会有个结束的,所以我不能谈这件事,也不喜欢谈这件事。你就别责备我了,不要再说我做得对不对了。像你这样单纯的人,是不会理解所有那些让我痛苦的事情的。"

她走过来,坐在朵丽的身旁,负疚地注视着朵丽的脸,握住朵丽的手。

"你在想什么?你是怎么想我的?你别瞧不起我。我不该让人家瞧不起。我是这样的不幸。假如世界上有谁是不幸的,那就是我。"她说完这些话,转过身去,哭了。

剩下朵丽一个人了,她先做了祷告,再躺在床上。当安娜跟她说那些话时,她一心一意地怜惜安娜;但是这会儿她没法让自己再去想安娜的事了。想起家,想起孩子,她觉得她的家庭和孩子特别地好,从来没像现在这样好过,这些想法在一种新的耀眼的光辉中浮上她的心头。此时此刻她觉得,她的这个天地是多么的珍贵,多么的可爱,她无论如何也不想在她的天地之外再多呆一天了,于是她决定,明天一定要回去。

这时安娜回到自己书房里,拿起一只酒杯,往里面倒了几滴药水,其中主要的成分是吗啡,她一饮而尽,又一动不动地坐了一会,才带着平静而愉快的心情走进卧室。

她走进卧室时,伏伦斯基目不转睛地盯住她看着。他在寻找她们谈话的蛛丝马迹,他知道,她在朵丽房间里待了这么久,一定跟朵丽谈过了。但是从她那又激动、又抑制,似乎隐瞒着什么的表情上,他什么也找不到,只找到他已经习以为常但却仍然吸引着他的那种美貌,和她对这种美貌的自觉,以及她想要以此打动他的愿望。他不想问她,她们谈了什么话,但是希望她自己能说点什么。然而她只说了这样的话:

"我真高兴,你喜欢朵丽。不是吗?"

"我早就认识她了。她这人非常善良,似乎是,mais excessivement terre-à-terre。①不过我还是非常高兴她来的。"

他握住安娜的手,询问似地望着她的眼睛。

她把他的眼神理解成别的意思了,对他嫣然一笑。

---

① 法语:不过太实际了。

第二天早晨,不顾两位主人的再三挽留,达丽雅·亚力山德罗芙娜做好了动身的准备。列文家的车夫穿着他那件已经不新的束腰带的长外衣,戴上那顶好像驿站车夫戴的宽檐帽,驾着几匹杂色马,拖上那辆挡泥板打过补丁的轿车,黑着一张脸,义无反顾似地来到那个带顶棚的、铺过细沙的大门前。

　　跟瓦尔瓦拉公爵小姐和那几位男士告别,达丽雅·亚力山德罗芙娜觉得并非一件愉快事,一天待下来,她和两位主人都感到,他们彼此合不来,最好是别凑在一起。唯有安娜觉得伤心。她知道,朵丽这一走,就不会再有谁来触动她心头那些在这次相会时一再涌起的感情了。触动这些感情对她来说是很痛苦的;然而她毕竟知道,这正是她心灵深处最为美好的部分,而她的这一部分心灵正在她现在所过的生活中迅速泯灭。

　　马车驶进田野,达丽雅·亚力山德罗芙娜感觉愉快而轻松,她正想问问跟她来的人,他们喜不喜欢伏伦斯基家,忽然车夫菲利普自己就说开了：

　　"财主嘛倒真是财主,可燕麦嘛总共只给了三斗。不等鸡叫马就吃得个精光。三斗够个啥用呀？几口就吃光啦。如今燕麦在大车店里是四十五戈比一斗。要在咱们家,别担心,客人要吃多少就给多少。"

　　"是个小气的老爷。"账房也附和说。

　　"喏,那他们家的马你喜欢吗？"

　　"马嘛,那是没说的。饭食也挺好。可我就觉着闷气。达丽雅·亚力山德罗芙娜,不知道您觉着咋样？"账房把他那张漂亮和善的脸向她转过来问道。

　　"我也这么觉得。怎么,天黑前能到家吗？"

　　"应该能到的。"

　　回到家里,看见全家人都平平安安,特别地可亲可爱,达丽雅·亚力山德罗芙娜便兴高采烈地谈起她这次的出行,说人家怎样热情款待她,说伏伦斯基家日子过得多阔绰,多么有气派,还说到他们的种种消遣，不让任何人有机会说他们一句坏话。

"应该了解安娜和伏伦斯基——我这会儿更了解伏伦斯基了，——只有这样，才会知道，他们是多么可爱，多么叫人感动。"现在，达丽雅·亚力山德罗芙娜已经把她在那里时所体验到的那种模模糊糊的不满意和不自在感觉全都忘记了，她这样诚心诚意地说。

二十五

伏伦斯基和安娜还是那样生活着，还是没采取任何措施去办理离婚的事，他们在乡下过了整整一个夏天，又过了半个秋天。他俩商量好哪儿也不去；但是他们两人却都感到，他们愈是这样与世隔绝地过下去，特别是过这个秋天，又没个客人来访，便愈是忍受不了这样的生活，非得改变一下不可了。

他们的日子好像过得不能再美满如意了：有足够的进项，身体健康，有孩子，两人都有事可做。虽然没有客人来，安娜依旧每日梳妆打扮，还大量地读书——看流行的小说，也看流行的严肃著作。她把他所收到的外国报刊杂志上给以好评的书籍全都订购来，一本本认真阅读，只有那些孤单寂寞的人才会这样仔仔细细地看书。此外，凡是伏伦斯基所做的事，她都找些有关的书籍和专门杂志来阅读，因此伏伦斯基常常就农业、建筑，甚至有时候就养马和体育运动的问题直接来向她求教。他对她的知识和记忆力感到惊讶，开头还有所怀疑，要她拿出根据来；于是她便在书里找到他所问的东西，指给他看。

她对医院的建筑也很感兴趣。她不仅帮忙，而且亲自作许多安排，出许多主意。但是她所最为关心的毕竟还是她自己——还是她自己，关心使自己能够得到他的欢心，使自己能够为他取代他所放弃的一切。她生活的唯一目的便是希望不仅能够讨他欢喜，而且为他服务得周到，伏伦斯基很看重这一点，但同时也对她向他撒开、并极力要把他套住的那张情网感到厌烦。时间愈长，他愈是经常发现自己被缚在这张网下，便愈是有了想法，倒不是想从这张网中挣脱，而是想试探试探，这张网是否妨碍了他的自由。若不是这种日益增强的想要不受约束的愿望，若不是每次他必须去城里开会或赛马时，回来都要发生一次争吵，伏伦斯基对自己现在的生活可说是心满意足、毫无怨尤了。他所选择的这种富裕地主的角色应该是俄国贵族阶级的核心，这种角色不仅完全适合他的胃口，而且在过了半年多这样的生活之后，给他带来的乐趣也越来越大。并且，他所日益关心和入迷的事业也进行得非常顺利。尽管建医院、买机器、从瑞士订购奶牛，以及许多其他的事项要花费大量的钱，而他却相信这不是浪费，而是增加了他的财富。凡是关系到收入的事，如卖林子、卖粮食、卖羊毛，或者出租土地，伏伦斯基都坚若磐石，分文不让。遇见大一些的经营上的事，无论在这个庄园或是别的庄园，他都采取最为简单最为稳妥的办法来处理，对于农务上的一些细小事情，他也极其小心谨慎，精打细算。虽然那个德国人狡猾至极且诡计多端，引诱他花钱买东西，每回一开始都把价钱算得很高，而再一盘算，便可以花更少的钱办同样的事情，于是马上能从中取利。伏伦斯基却不上他的当。他仔细倾听这位管家的陈述，向管家提出许多的问题，只有在所订购或所添置的东西是最新式的，俄国人没有见过的，能够引起别人惊讶的时候，他才会同意管家的意见。除此之外，他只有在手头有多余款项时，才决定花出大笔的钱，而花出这笔钱时，要把每一个细枝末节都了解得一清二楚，并且坚持要把钱花得最为有利。因为他是这样经营的，那么显然他不会浪费钱财，而是在增加自己的财富。

十月间卡申省要进行贵族选举，伏伦斯基、斯维雅日斯基、科兹内舍夫、奥勃隆斯基这些人的庄园都在这个省里，列文的财产也有一小部分在这里。

这次选举由于种种原因，也由于参加投票的人物，引起社会上广泛的注意。大家多有议论，纷纷在作参加的准备。那些住在莫斯科、彼得堡和国境以外的从来不曾参加选举的人，也都要前来投票。

伏伦斯基早就答应过斯维雅日斯基说他要来参加。

选举之前,常来沃兹德维任斯克拜访的斯维雅日斯基来邀伏伦斯基一块儿去。

前天晚上,伏伦斯基和安娜之间便为这次预定的出行几乎争吵起来。现在正是乡下最无聊、最难过的秋天时光,因此伏伦斯基存着跟她吵一架的心,他从来也不曾对安娜这样过,这一次则冷冷地板起面孔说,他要出门。然而,大出他之所料,安娜听他说了要出门以后,无动于衷,只问了问他什么时候回来。他瞪着眼睛望望她,不知她这般沉稳意味着什么。她则对他的目光报以微微一笑。伏伦斯基了解安娜这种不露声色的本领,也知道这种情况往往出现在她自己心中已有主意却又不打算告诉他的时候。他害怕这个;但是他又那么希望不要发生争吵,于是便假作相信她是通情达理的,其实他多少也有些当真相信,也希望自己相信。

"我想你不会寂寞吧?"

"我想不会吧,"安娜说,"我昨天刚收到戈杰书店寄来的一箱子书。不,我不会寂寞的。"

"她想采取这样的口气,那更好,"他想,"要不又会是老一套了。"

就这样,他没有要她坦率地把心里事都谈出来,便去参加选举了。自从他们有关系以来,这还是头一回他没有跟她把话全讲明白便和她分别。从一方面说,这让他心中不安,而从另一方面说,他觉得这样倒更好些。"开始时,会有些含含糊糊、不明不白,像今天这样,而以后她会习惯的。总之我什么都可以给她,但是不能放弃我的男子汉的独立性。"他想。

二十六

九月间,为吉蒂分娩,列文搬到莫斯科住了。他已经在莫斯科无所事事地住了整整一个月,这时候,在卡申省有田产而且对这次选举很感兴趣的谢尔盖·伊凡诺维奇要去参加选举了。他叫弟弟跟他一道去,列文在谢列兹涅夫斯克县里也拥有选举权。此外,列文在卡申省还要代他姐姐办一件极为重要的事,姐姐住在国外,是一件有关托管和收取土地押金的事。

列文拿不定主意去还是不去,但是吉蒂见他在莫斯科实在闷得慌,便劝他去走一趟,并且没告诉他就给他定做一套贵族制服,花了八十个卢布。为这套制服所花的八十个卢布是促使列文走这一趟的主要原因。他便动身上卡申省去了。

列文到卡申已经第六天,每日里去参加会议,为姐姐的事奔走,事情还没办出个头绪来。贵族首领们都在忙选举的事,对这件简单不过的有关托管的事顾不上管了。另一件事情——取钱的事——同样遇到了障碍。为取消禁令张罗了很久,准备付钱了,可是那个热心办事的公证人却不能开条子让他去领钱,因为还需要主管人签名,而这位主管人正在开会,又没有交给别人代理。所有这些麻烦事,从一个地方跑到另一个地方,跟那些非常和气、非常善良,也完全理解申请人的尴尬处境却爱莫能助的人一次次地谈话,紧张了好一阵子,都毫无结果,让列文真觉得非常难受,就好像在做一场有劲使不出的噩梦似的。他在跟自己雇用的那个心地极其善良的委托人的多次谈话中便常常体会到这一点。这位委托人好像是在竭尽全力、绞尽脑汁地办事,想要使列文摆脱困境。"您去试试看吧,"他不止一次地说,"去那儿跑跑,再去某某那儿跑跑。"委托人还制定了一整套计划,来绕过那个妨碍着一切的在劫难逃的关键之点。但是他马上又补充说:"免不了还要拖;不过得去试试。"于是列文便去试试,跑了一趟又一趟。人人都和蔼可亲,彬彬有礼,而结果呢,那个绕过了的关键之点,到末尾又冒了出来,又拦住去路。特别让人气不过的是,列文怎么也不明白,他进行斗争的对象是哪一个,他的事情得不到解决究竟对谁有利。这一点,似乎谁也不知道;那位委托人也不知道。如果列文能够明白这事的原委,就像他明白为什么去火车站买票得排队一样,他就不会觉得委屈和恼火了;但是他在办事过程中所遇到的那些障碍为什么竟会存在,谁也没法对他讲清楚。

不过列文自结婚以来已经改变了许多；他现在颇有些耐心了，如果他不明白这一切都是怎么回事情，那他就对自己说，不了解全部情况别妄作判断，大概事情就得这么办吧，便竭力不让自己生气。

现在，他来出席会议并参加选举，他也是竭力不妄作判断，不和人争吵，只是尽可能地设法去了解这件许许多多他所敬重的正直善良的好人如此郑重投入的事情。自他结婚以来，列文发现，许多他以前由于轻率对待觉得微不足道的事情都有其新颖而重大的方面，就是选举这件事，他也假定它是具有重大意义的，并且去寻找它的意义。

谢尔盖·伊凡诺维奇向他说明了通过这次选举所要发生的变革有着怎样的意义和重要性。省的首席贵族依法掌管许多重要事务，——又是托管（就是列文正在费力气办的那件事），又是贵族的大量款项，又是女校、男校、军校，又是新式的国民教育，最后还有地方自治局，现在的省首席贵族斯涅特科夫是一个把一份巨大家产吃光用尽了的老派贵族，是个善良的人，从某种意义上说也还正直，但是对新时代的要求却毫无所知。他在每件事情上总是站在贵族一边，公然反对普及国民教育，还使应该发挥重大作用的地方自治局带上一种等级性质。应该找一个不曾从政的、具有当代意识的、能干的、全新的人来代替他，这个人要能把贵族不看作贵族，而看作地方自治局里的一分子，尽可能地从贵族所拥有的特权中汲取对自治有利的好处。卡申这个富裕的省份在每件事上一向都走在其他省的前面，这里聚集了一大批力量，事情办得顺理成章，可以为其他省份，也为全俄国树一个榜样。因此这件事意义重大。接替斯涅特科夫位置的预计可能是斯维雅日斯基，或者更合适一些，是涅维多夫斯基，他以前做过教授，一个极其聪明的人，也是谢尔盖·伊凡诺维奇的亲密朋友。

省长致开幕词，他对贵族们发表演说，要他们选举公职人员不讲情面，而讲功绩，以造福祖国，他希望卡申省的尊贵的贵族们能像以前的每次选举一样,神圣地履行自己的职责,不负皇上的厚望。

讲演完毕,省长离开会场,贵族们闹哄哄地、活跃地,有些人甚至是兴奋地跟上他,围住他,看他穿上皮大衣,和省首席贵族亲切地谈话。列文很想了解一切,什么也不肯放过,这时也站在人群中,他听见省长说:"请转告玛丽娅·伊凡诺芙娜,我妻子非常抱歉,她去孤儿院了。"接着贵族们全都快活地穿上大衣,坐车上大教堂去。

在大教堂里,列文跟别人一齐举起手来,跟着大祭司以极其严厉的誓词宣誓,履行省长所期望的一切。宗教仪式对列文总是能产生影响的,当他嘴里说着"我吻十字架"并环顾四周老老少少重复着同一句话的人群时,他非常感动。

第二天和第三天讨论贵族基金和女子学校的事,谢尔盖·伊凡诺维奇说这些事无关紧要,于是列文忙于奔走自己的事务,便不去留意。第四天在省首席贵族的座席前进行审核省贵族基金的事。这时新派和老派第一次发生了冲突。委托检查基金的委员会向大会报告说,账目分毫不差。省首席贵族起立,感谢贵族同仁们对他的信任,说话时老泪纵横。贵族们向他高声欢呼,跟他握手。然而恰在这时,谢尔盖·伊凡诺维奇一派的一个贵族发言说,据他所知,这个委员会并不曾检查过账目,因为他们认为检查是对省首席贵族的一种侮辱。委员会的一个成员不小心承认了这一点。这时一位身材矮小、外表非常年轻,但却言词尖刻的先生起立发言,他说,省首席贵族想必是很愿意清查账目的,只是委员会的成员们礼貌讲得过了分,剥夺了他这种道义上的满足。于是委员会诸成员只得撤回已发表的声明,于是谢尔盖·伊凡诺维奇便开始从逻辑上加以论证,说委员会要么承认检查过,要么承认没检查过,二者必居其一,并且大发一通议论。对方一派的一位能说会道的先生驳斥了谢尔盖·伊凡诺维奇,然后斯维雅日斯基发言,然后那位言词尖刻的先生又再次发言。辩论进行了很久,毫无结果。列文感到奇怪,为什么这样一件事值得如此长久地争论,特别是,他问谢尔盖·伊凡诺维奇是否认为钱被人侵吞了,谢尔盖·伊凡诺维奇回答说:

"噢,没有！他是个正直人。但是必须动摇一下这种管理贵族事务的古老的家长制办法。"

第五天选举了县首席贵族。这一天有几个县里吵得够厉害的。但斯维雅日斯基在谢列兹涅夫斯克县却是一致推选出来的,他这天大摆了宴席。

二十七

第六天进行省首席贵族选举。大大小小的厅堂里挤满了身穿各种制服的贵族。很多人是只在这一天才赶来参加的。有的从克里米亚来,有的从彼得堡来,有的从国外来,许多的熟人在这里久别重逢。人们在省首席贵族的座席前,沙皇像下,进行着辩论。

贵族们在大小厅堂里按不同营垒聚成一个个小组,彼此观点敌对,互不信任,一有外人走近,马上缄口不言,有些人甚至到走廊尽头去交头接耳,从这些情况看,各方都有不让对方知道的隐秘。从外表看,贵族们明显分为新老两派。老贵族大多数或是身穿老式扣扣子的紧身贵族制服,佩长剑,戴礼帽,或是穿上自己特别的海军、骑兵或步兵军服。老贵族们的制服都是按老式样缝制的,有肩带;这种制服显得短小,腰身狭窄,好像这种衣服一穿人就变长了。年轻人则穿敞开扣子、低腰身、宽肩膀的贵族制服,配以白色的坎肩,或是带有司法部桂叶刺绣标志的黑领制服。人群中还有几个穿宫廷制服的,也属年轻一派。

但是老少之分和派别之分并不一致。据列文观察,有些年纪轻的也属于老派,而相反地有几个年龄最大的贵族却跟斯维雅日斯基窃窃私语,显然是新派的热烈拥护者。

列文在一间吸烟和吃点心的小厅堂里,站在几个自己一派的朋友身边倾听他们说话,全神贯注地想要听懂他们说什么,但却听不懂。谢尔盖·伊凡诺维奇是这些人的核心,其他人都团结在他的周围。他此刻正在听斯维雅日斯基和也属于他们一派的另一个县的首席贵族赫留斯托夫说话。赫留斯托夫不同意带领自己县里的人请斯涅特科夫当候选人。而斯维雅日斯基在说服他,要他这样做,谢尔盖·伊凡诺维奇也赞成这个计划。列文弄不明白,为什么敌对派别会要求一个他们希望落选的首席贵族来当候选人。

斯捷潘·阿尔卡季伊奇刚刚吃过点心喝过酒,用他洒过香水的镶边麻纱手绢擦擦嘴,穿着他那套宫廷侍从制服走过来。

"我们进入阵地了,"他捋着两边的络腮胡子说,"谢尔盖·伊凡诺维奇!"

他听过人家的谈话以后,支持斯维雅日斯基的意见。

"一个县够啦,斯维雅日斯基已经明显是个反对派了。"他这话除了列文大家都明白。

"怎么,考斯佳,你好像也感兴趣啦?"他又对列文说,握住他的手臂。列文倒是很愿意对此感兴趣,可是弄不懂是怎么回事,于是他退开几步,向斯捷潘·阿尔卡季伊奇说,他莫名其妙,为什么要请这个现任省首席贵族出来当候选人。

"噢,sancta simplicitas!"①斯捷潘·阿尔卡季伊奇说,他便简单明了地给列文解释是怎么回事。

如果是像从前的选举一样,所有的县都一致请现任省首席贵族当候选人,那他不用投票就能够当选。不能这样做。现在是八个县同意请他;若是有两个县拒绝,那斯涅特科夫就可能会拒绝当候选人。那时候老一派就会从他们当中再推选另一个人,这样一来,整个打算都落空了。但是假如只有斯维雅日斯基的一个县不请省首席贵族出来,斯涅特科夫就会同意来当候选人。甚至于还要做出要投票选举他的姿态,那么敌对的那一派就会作出错误的估计,于是乎,再提出我们一派候选人的时候,他们就会投这个候选人的票了。

列文有点明白了,但还是不全明白,还想提几个问题,这时忽然人声嘈杂,一片喧哗,大家都向大厅走去。

---

① 拉丁语:简单得很!

"怎么回事？什么？哪一个？""委托书吗？给谁的？什么？""否定了？""不是委托书。""他们不让伏列罗夫进来。""怎么，受控告有什么关系？""这么说谁也别让进来啦。这很卑鄙。""法律！"列文听见四面八方这样说，大家都急匆匆向一个地方走去，都好像怕错过了什么，列文便跟着别人向大厅走，他夹在一群贵族中间，挤到省首席贵族席位前，省首席贵族、斯维雅日斯基还有其他几个领袖人物正在那里激烈地争吵。

二十八

列文站得相当远。他身边一个贵族呼噜呼噜直喘气，另一个的厚底皮靴吱嘎响，让他没法听得清。他远远地只听见省首席贵族柔和的声音，后来是一个恶狠狠的贵族尖细的声音，后来是斯维雅日斯基的声音。他听出来的是，他们在问一条法律条文的含义和"**接受侦讯**"这个词的含义。

人群散开，给走向台前的谢尔盖·伊凡诺维奇让路。谢尔盖·伊凡诺维奇等那位言词尖刻的贵族说完之后，说他觉得最可靠的办法是查一查法律条文，并要秘书去把条文找来。条文里说，意见分歧时应投票表决。

谢尔盖·伊凡诺维奇把条文宣读一遍，又来解释它的含义，但这时一位高大肥胖、背有点驼、胡子染过、穿紧身制服、高领头从后面撑住头颈的地主打断他的话。这人来到台子跟前，手上的戒指敲打着桌面，高声喊叫着说：

"表决！投票表决！没什么好说的！投票表决！"

这时几个声音突然说起话来，那位戴戒指的高个子贵族火气越来越大，叫得也越来越响。但是人家听不清他到底在说什么。

他说的也就是谢尔盖·伊凡诺维奇建议做的；但是显然他憎恨谢尔盖·伊凡诺维奇以及这一派，而他的这种情绪感染了所有他那一派的人，也引起对方同样的反击，虽然对方的愤懑表现得比他这一方更有礼貌。一阵大喊大叫,片刻间乱作一团,以致省首席贵族不得不请大家遵守秩序。

"投票表决!投票表决!是贵族都明白。——我们誓死不答应……皇上的信任……不许查首席贵族的账,他又不是你们雇来的管家……问题不在这里……请大家投票吧!真卑鄙!……"只听到四面八方传来一片恶狠狠的、愤怒的喊声。目光和表情比话声更为恶狠和愤怒。他们表现出不可调和的仇恨。列文完全不明白是怎么回事情,他觉得奇怪,为什么在讨论有关伏列罗夫的问题要不要表决时,人们会这样激动。他忘记了后来谢尔盖·伊凡诺维奇向他解释清楚的三段论法:为了公众福利必须撤换省首席贵族;而为了撤换省首席贵族必须有多数票;而要有多数票就必须让伏列罗夫有表决权;而为了让伏列罗夫有权表决就必须说清法律条文的含义。

"一票之差能决定全局的胜负,要想为社会事业服务,就必须严肃认真,坚持到底。"谢尔盖·伊凡诺维奇下结论说。

但是列文忘记了这一点,看见这些他一向敬重的善良的人激动起来,如此愤怒和恶毒,他心里很不好受。为了摆脱这种沉重的心情,他不等辩论结束,便回到空荡荡的大厅里,那里除了餐柜旁有几个茶房以外一个人也没有。看见那些茶房在忙着洗刷碗碟,摆设杯盘,看见他们一张张安然活跃的面孔,列文忽然有一种轻松感,好像从一间乌烟瘴气的屋子里出来,闻到了干净的空气。他高兴地望着这些茶房,一边来回地踱步。他非常喜欢地看着一个胡子灰白的茶房对那些取笑他的年轻茶房露出不屑一顾的神情,还教他们怎样把餐巾叠好。列文正想去跟这个老茶房攀谈,贵族托管局的一个具有一种特别本领的、能叫出全省所有贵族老爷的本名和父名的小老头,来把他叫了过去。

"劳您驾,康斯坦丁·德米特里奇,"他对列文说,"令兄在找您呢。要投票了。"

列文走进大厅,领了一个小白球,跟在哥哥谢尔盖·伊凡诺维奇身后,走到一张桌子前,那儿站着斯维雅日斯基,他面带一副煞有介事、含嘲带讽的神气,把大胡子捏在手里,还放在鼻子上闻闻。谢尔盖·伊凡诺维奇把手伸进一只匣子里,把自己那只小球放进某个地方,让位给列文,然后也站在那里不走。列文走过来,他完全忘记了这是怎么回事,心慌意乱了,便转身问谢尔盖·伊凡诺维奇:"往哪儿放呀?"他问得声音很轻,同时旁边正有人说话,所以他以为他问的话没人听见。但是那些说话的人却停住不说了,于是他这个不得体的问题便被别人听见。谢尔盖·伊凡诺维奇皱起眉头来。

"这要看各人怎么看法了。"他板着脸说。

有几个人微微一笑。列文脸红了,连忙把手伸进盖布里,往右边一放,因为球在他的右手中。放过以后他才记起,应该把左手也伸进去,便再往里伸,可是已经晚了,于是他更窘了,连忙走到最后几排去。

"赞成的一百二十六票!不赞成的九十八票!"传来秘书的发不清"P"这个字母的话音。接着听见一阵哄笑:票箱里有一只纽扣,两只胡桃。贵族伏列罗夫获准投票,新派胜利了。

然而老一派并不服输。列文听见有人要求斯涅特科夫当候选人,看见一群贵族围住正在说着什么话的这位省首席贵族,他走近一些。斯涅特科夫在回答一些贵族的问话,他谈到贵族阶级对他的信任,谈到他们对他的爱戴,他认为自己受之有愧,因为他任职十二年来,全部功绩仅在于对贵族阶级怀有一片忠心而已。他好几次重复这句话:"我尽心尽力,凭信仰凭真理效劳,我领情,我感激。"忽然他哽咽不语,走出了大厅。他的眼泪不知是由于觉得人们对他不公平呢,还是由于对贵族阶级的挚爱,还是由于感觉到自己四面受敌,处境艰难,不过这番激情感染了众人,大多数贵族皆心有所动,连列文也对斯涅特科夫产生许多温情。

这位省首席贵族在门口跟列文迎面撞上。

"抱歉,对不起,劳驾。"他好像在对一个不相识的人说话;但是,一认出列文,他羞怯地笑笑。列文觉得他想要说什么话,但却激动得说不出来。当他匆匆走过时,他脸上的表情和穿制服、佩十字勋章、白裤子上镶金绦的整个体态,都让列文觉得,他好像是一只被人追捕、发现大事不妙的野兽。首席贵族脸上的这种表情特别令列文感动,因为刚好昨天,他为了土地托管的事去这位先生家中拜访,看见这位和蔼可亲的一家之主,有多么庄重威严。一座大宅子,家具颇有古风;几个老仆人,衣着并不考究,有点肮脏,但却恭敬如仪,显然还是原先的没离开主人家的农奴;肥胖的、待人和气的太太,戴顶有花边的小帽子,披一条土耳其披肩,正抚弄着一个漂亮的小外孙女,他女儿的女儿;主人那亲切的、令人肃然起敬的言谈和手势——所有这些昨天都曾在列文心头激起情不自禁的敬意和同情。此时此刻列文为这位老人动心了,他很可怜他,他想要对他说句什么让他高兴的话。

"这么说,您还会做我们的首席贵族的。"他说。

"未必吧,"首席贵族说话时惊惶地向四边望望,"我太累啦,老啦。有人比我更称职、更年轻,让人家干吧。"

首席贵族隐入一扇侧门中。

最激动人心的时刻来到了。马上要进行选举。这一派和那一派的首领们都在掐指计算着白球和黑球的数目。

关于伏列罗夫的辩论不仅让新派多了伏列罗夫一票,还争取了时间,把另外三个由于老派耍弄诡计没来参加选举的贵族也找来了。其中两个贵族贪杯成性,被斯涅特科夫的党羽灌得烂醉。而第三个则是被偷走了制服。

一听这事,新派连忙趁辩论伏列罗夫事情的时间派人乘马车给那个贵族送去一套制服,又把被灌醉的两个人当中的一个弄来投票。

"运来了一个,用冷水浇过了,"派去接他的地主走到斯维雅日斯基身边说,"不要紧,能管用的。"

"醉得不厉害吧,不会倒下吧?"斯维雅日斯基一边摇着头一边说。

"不会,棒着哪。只是在这儿别让他再喝了……我给柜台上的茶房招呼过,说什么也别给他拿酒了。"

二十九

吸烟和吃点心的那间小厅里挤满了贵族。大家愈来愈激动,人人脸上都显出不安来。那些当头头的激动得尤其厉害,因为他们知道底细,算得出票数。这些人是这场即将开始的厮杀的指挥者。余下的人,身为普通一兵,临战之前虽也有所准备,却还在乘机消遣。有的人站着或是坐在桌旁吃点心;另一些人在抽烟,在长长的屋子里走来走去,跟那些久不见面的朋友聊天。

列文不想吃东西,也不抽烟;他也不想跟自己人,就是跟谢尔盖·伊凡诺维奇、斯捷潘·阿尔卡季伊奇和斯维雅日斯基他们在一起,因为身穿宫廷武官制服的伏伦斯基正跟他们一块儿谈得起劲。昨天列文就看见他在投票,设法避开了,不想跟他碰上。列文走到窗前坐下,观望着一群群的人,倾听着他周围的人在谈些什么。他心中感到忧伤,特别是因为他看见人人都很活跃,都在操心,都有事可干,唯独他跟一个坐在他身边的、穿海军制服的、老而又老、口齿不清、没牙齿的小老头儿两个人对选举不感兴趣,无事可做。

"这人真是个骗子手!我对他说过,不能这样干。怎么着!他已经三年都收不到了。"一个有点驼背、个子不高的地主带劲地说,他抹过油的头发拖在他制服的绣花领子上,用力地跺着他那双新皮靴的后跟,显然是为参加选举才刚刚穿上的。这个地主朝列文不满地瞟了一眼,猛地转过身去。

"是呀,这种事不干净,有什么好说的。"一个小个子地主细声细气地说。

一大群地主围住一个胖胖的将军,跟在这两个人后边急忙朝列文这边走来。这些地主显然是想找个地方说话,好让别人听不到。

"他怎么敢说是我叫人把他裤子偷走的!我看他是把裤子换酒

喝了。我才看不起他跟他的公爵爵位呢。他竟敢这么说话,简直是头猪!"

"不过请您听我说呀!他们有法律条文为依据的,"另一群人当中在这样谈着,"妻子理应登记成为贵族夫人。"

"我才不管什么条文不条文呢,叫它见鬼去吧。我说的是心里话。高尚的贵族就该是这样。要有信心呀。"

"阁下,去吧,fine champagne。①"

另一群贵族紧跟在一个大声喊叫的贵族后边;这就是三个醉鬼当中的一个。

"我老是劝玛丽娅·谢妙诺芙娜把地租出去,因为她不会经营,赚不到钱。"一个身穿旧参谋部上校军服的白胡子地主用悦耳的声音说。这就是那个列文在斯维雅日斯基家遇见过的地主。他马上就认出来了。这个地主也注视着列文,于是他们相互问好。

"真高兴。可不是吗!我记得很清楚。去年在首席贵族尼古拉·伊凡诺维奇家里。"

"喏,您的庄稼怎么样?"列文问道。

"还是老样子,亏本啊。"这位地主停在他身旁回答他的话,脸上带着听天由命的笑容,但是显得安静而有信心。"您怎么到我们这个省来啦?"他问列文。"是来参加我们的 coup d'état② 的吗?"他法语说得很清楚,但是发音很糟。"整个俄国都上这儿来啦:有些是宫廷侍从,还有些简直就是大臣呢。"他指着穿白裤子和宫廷侍从制服、跟一位将军并肩走着的、仪表堂堂的斯捷潘·阿尔卡季伊奇。

"我得跟您说实话,我很不明白这种贵族选举到底有什么意思。"列文说。

这位地主望了他一眼。

"这有什么明白不明白的?什么意思也没有。这是一种没落的

---

① 法语:上等的香槟。
② 法语:政变。

制度,只是靠惯性在保持活动。您瞧瞧,这些制服——它们会给您把问题说明白的:这是个调解法官常任委员以及诸如此类人的大会,不是贵族的大会。"

"那您干吗来参加?"列文问道。

"习惯了,这是一。其次嘛关系还得维持。也算是一种道义上的责任吧。再说,说实话,也有自己的利益问题。我女婿想选上个常任委员当当;他们是些不富的人,得提拔提拔。可是这些老爷们跑来干啥呢?"他说,手指着那位在省首席贵族桌前说话的言词尖刻的先生。

"这是新一代的贵族。"

"新一代倒是新一代。但不是贵族。这是些土地所有者,而我们才是地主。他们这些人呀,身为贵族,却在挖自己的墙脚。"

"可是您说的,这是过时的制度呀。"

"过时是过时了,可是对他们总还得礼貌点儿呀。哪怕是斯涅特科夫吧……我们好也罢,不好也罢,总也有上千年了。您知道吧,要是您想在房子前面辟一个花园,您来设计一下,而您那个地方长着一棵百年老树……这树嘛,虽说是节节疤疤,老态龙钟,可是您总归不会为造一个花坛把这个老家伙砍掉的,您就安排着造您的花坛,还要设法把这棵老树利用上。它一年半载长不起来的呀,"他小心翼翼地说过这番话,马上便改换了话题,"喏,那您的庄稼怎么样?"

"啊,也不大好。五厘利吧。"

"是呀,而您还没把自己算进去。您到底也值点儿什么吧?我来说说我自己吧。我在没务农以前,每年拿三千卢布的薪水。现在我比任职时候干得还要多,也跟您一样,得五厘的利,而这也是老天爷所赐。自己的力气就白花了。"

"那您干吗这样做呢?既然纯粹是亏本的?"

"还不就干了!您说怎么办呢?习惯啦,您知道,也就得这样。再对您说说,"这位地主手撑着窗台继续说下去,"儿子对务农没一点儿兴趣。显然将来是个念书人。这下子就没人接我的班啦。可还是干着。今年我还搞了个果树园子。"

"是的,是的,"列文说,"您说得很对。我老是觉得,我务农得不到实利,可我还是在干……总觉着对土地有一种什么义务。"

"听我给您说,"这位地主继续说下去,"我有个邻居是个做买卖的。他来我家。我们在地里、园子里兜一圈。'不啊,'他说,'斯捷潘·瓦西里奇,您样样都有条有理,只不过园子糟蹋了。'可我的园子好得很啦。'要是依我呀,我就把这些菩提树都砍了。不过要等长得正好的时候砍。您这儿有上千棵菩提树,每一棵能开两块上好的板子。如今木板能卖好价钱,还能劈下不少的菩提树碎块做柴火用呢……'"

"而拿这笔钱他就可以去买牲口,或是买些不值钱的地,分租给农民,"列文笑着替他把话说完,显然不止一次遇见过这样打算盘的人,"那他就会发财。而您和我——能保住自己这一份,留给子女们就谢天谢地了。"

"您结婚啦,我听说?"这位地主说。

"是的,"列文得意地回答,"是的,这有点儿奇怪呢,"他继续说,"我们就这样不会打算盘地过日子,就好像古罗马灶神爷维斯塔的女祭司,被安排在这里守住这么一堆火似的。"

这地主从白胡子下面发出一阵笑声来。

"我们当中也有些人,就拿我们的朋友尼古拉·伊凡内奇来说吧,或者新近来这住下的伏伦斯基伯爵,他们想引进农用机器;可是这,直到如今,除了亏本之外,一无所获。"

"可是我们为什么不像买卖人那样干呢?为什么不把园子里的树砍了锯成板子卖呢?"列文说,又回到了那个令他惊异的思想上。

"就为了,像您说的,守着这堆火呀。那可不是贵族干的事。而我们贵族要干的事也不在这里,不在选举上,而是在那边,在我们自己的角落里。什么事该干,什么事不该干,这也是有自己的阶级本能的。我有时候看看庄稼人,他们也是这样的:一个好庄稼人总是想方设法多租些地种种。不管是多坏的地,还是一个劲儿地种。也是不会打算盘的。简直就亏本。"

"我们也是这样的,"列文说,"非常、非常高兴能遇见您。"他看见斯维雅日斯基向他走来,便又说。

"我们自从在您府上见过以后,这还是头一回见面呢,"这位地主说,"而且也谈得很有味儿。"

"怎么,把新制度骂了一通吧?"斯维雅日斯基微笑着说。

"免不了的呀。"

"我们骂得好痛快呢。"

三十

斯维雅日斯基挽起列文的手臂,带他走到自己一伙人那里。

现在没法躲过伏伦斯基了。他跟斯捷潘·阿尔卡季伊奇和谢尔盖·伊凡诺维奇站在一起,眼睛直望着走过来的列文。

"非常高兴。好像,我有幸跟您见过面……在谢尔巴茨基公爵夫人家里。"伏伦斯基说着,向列文伸过手来。

"是的,那次见面我记得很清楚。"列文说,脸一下子变得通红,马上转过脸去跟哥哥说话。

伏伦斯基微微一笑,继续跟斯维雅日斯基谈话,显然一点儿也不希望跟列文交谈;但是列文一边跟哥哥说话,一边不停地回头看看伏伦斯基,心里想着跟他说句什么话,弥补刚才的失礼。

"现在问题在哪里呀?"列文转身瞧着斯维雅日斯基和伏伦斯基问道。

"在斯涅特科夫。必须他放弃,或者同意。"斯维雅日斯基说。

"那么他怎么样,同意不同意呢?"

"问题就在这里,既不同意,也不放弃。"伏伦斯基说。

"要是放弃呢,那叫谁当候选人?"列文问,眼睛望着伏伦斯基。

"谁想干都行。"斯维雅日斯基说。

"您肯干吗?"列文问。

"只是除了我。"斯维雅日斯基窘了,朝站在谢尔盖·伊凡诺维奇身边的那位言词尖刻的先生投去一个惊慌的目光,然后说。

"那么是谁呢？涅维多夫斯基吗?"列文说,他觉得自己莫名其妙了。

但是这句话说得更糟糕。涅维多夫斯基和斯维雅日斯基两个都是候选人。

"我可是说什么也不干的。"那位言词尖刻的先生回答说。

这就是涅维多夫斯基本人。斯维雅日斯基把列文介绍给他。

"怎么,连你也动心啦?"斯捷潘·阿尔卡季伊奇说,一边朝伏伦斯基挤眼睛,"这就跟赛马一样。可以赌输赢的。"

"是的,这确实让人动心,"伏伦斯基说。"一旦干起来,就想干到底。战斗嘛!"他说,眉头皱起来,两边结实的颧骨紧绷着。

"斯维雅日斯基真是个能干人！他什么事都干得明明白白。"

"噢,是这样。"伏伦斯基心不在焉地说。

片刻的沉默,这时间,伏伦斯基——眼睛总得看着什么呀——便看着列文,看他的脚,看他的制服,再看他的面孔,发现列文正阴郁地望着他,他为了找句话说,便问道:

"您一年到头住在乡下的,怎么不是调解法官呢？您没穿调解法官的制服。"

"因为,我认为,调解法庭是一个愚蠢的机构。"列文面色阴沉地说,他一直在等机会跟伏伦斯基说话,以弥补自己刚一见面时的失礼。

"我不这样看,倒是相反。"伏伦斯基有些惊讶,但语气却是平静的。

"这是一件玩物,"列文打断他的话,"我们不需要调解法官。我八年来没有出过一件事。要是出了什么事,那也会判得颠三倒四。调解法官住得离我有四十里路远。为一件只值两卢布的事情,我得花十五个卢布去请个委托人。"

他说,有一个农民偷了磨房主的面粉,磨房主说农民偷了,那农民就去控告磨房主诽谤。他这些话说得很不得体,而且愚蠢,列文自己一边说的时候就已经感觉到了。

"喔,他这人真古怪!"斯捷潘·阿尔卡季伊奇带着他那种过于温和的笑容说,"不过咱们走吧,好像该投票了……"

他们便走散了。

"我不明白,"谢尔盖·伊凡诺维奇注意到弟弟的笨拙行为,他说,"我不明白,一个人怎么会到这种程度,一点儿政治上的头脑也没有,我们俄国人就是缺少这一点。省首席贵族——那是我们的对手,你却跟他 ami cochon①,还要请他当候选人。这伏伦斯基伯爵……我并不想拿他当自己朋友;他请我吃饭我也没去;可是他是我们的人,干吗要把他当敌人看待?还有,你问涅维多夫斯基他当不当候选人。不好这样做的呀。"

"哎呀,我什么也搞不懂! 这一切全是扯淡。"列文黑着脸回答。

"你说这一切全是扯淡,可是叫你来做做,就搞得一团糟。"

列文不说话了,于是他们一同走进大厅。

虽然省首席贵族感觉到有人在捣他的鬼,虽然并非所有的人都请他当候选人,他还是决定参加竞选。大厅里鸦雀无声,秘书大声宣布,近卫军大尉米海伊·斯捷潘诺维奇·斯涅特科夫被提名为省首席贵族候选人。

县的首席贵族都端起放有小球的盘子从自己桌前走向省首席贵族的桌前,于是选举开始。

"往右边放。"斯捷潘·阿尔卡季伊奇悄悄对列文说,这时列文正和哥哥一同跟在省首席贵族身后向桌边走去。但是这时列文忘记了人家给他解释过的打算,害怕斯捷潘·阿尔卡季伊奇说"往右边放"是不是搞错了。斯涅特科夫不是对方的人吗。走向投票箱时,他把小球捏在右手里,但是再一想,觉得搞错了,走到票箱跟前

---

① 法语:非常亲密。

时,他把球转到左手中,于是后来显然就投在了左边。有一个搞选举的行家站在票箱旁,只要人家胳膊肘一转,他就知道你投到了哪一边,这时不由得皱起眉头来。他没机会施展他的好眼力了。

大厅里悄无声息,只听见数小球的声音。接着有一个声音报出了赞成和不赞成的票数。现任首席贵族以大多数票当选。喧声四起,人们向门口冲去。斯涅特科夫走进来,贵族们围住他道贺。

"喏,现在结束啦?"列文问谢尔盖·伊凡诺维奇。

"才刚开始呢,"斯维雅日斯基微笑着替谢尔盖·伊凡诺维奇说,"另一个候选人可能得到更多的票数。"

列文又把这事完全忘记了。他这会儿只记得,这当中有点什么微妙之处,但是究竟妙在哪里,他懒得去想它。他感到闷得难受,想要离开这群人躲在一边。

因为谁也不注意他,他也觉得自己对谁都没有用处,便悄悄走到那间人们吃点心的小厅里,一看见那些茶房,他感到非常轻松。那个小老头儿茶房建议他吃点东西,他同意了。列文吃了一客青豆牛排,跟那个茶房谈了谈从前常来的那些老爷们,他不愿意再回到大厅里,那儿他感到太不愉快,便走到两厢的楼座上去。

两厢楼座里坐满了盛妆打扮的太太们,她们俯在栏杆上倾听,不漏过下面说的每一句话。太太们旁边坐着和站着的,是一些温文尔雅的律师,戴眼镜的中学教师,还有一些军官。到处都在议论选举的事,说省首席贵族多么劳累,辩论多么精彩;列文听见有一堆人里在夸奖他的哥哥。一位太太对一个律师说:

"我真高兴,听见科兹内舍夫发言了!饿着肚子来听也值得。漂亮极了!把什么都讲得明明白白!在你们法院里也没人能这么讲话的。只有一个迈德尔,他的口才也差远啦。"

列文在栏杆边上找到一个空位子,便俯在栏杆上看着,听着。

所有的贵族都坐在自己那一县的格子里。大厅中央站着一个穿制服的人,用又细又高的声音宣布:

"现在表决上尉叶甫盖尼·伊凡诺维奇·阿普赫金出任省首席

贵族候选人！"

一片死寂，于是听见一个老头用微弱的声音说：
"放弃！"

"现在表决七等文官彼得·彼得罗维奇·波尔。"又是那个声音在宣布说。

"放弃！"一个年轻人的尖嗓子说。

又从头再来，又是"放弃"。就这样过了大约一小时。列文手撑着栏杆，看着、听着。起初他觉得奇怪，也想弄明白是怎么回事；后来想起他在每个人脸上看见的那些激动和凶恶的表情，他感到心里难过，因此他决定走开，便来到楼下。在经过楼座的走廊时，他遇见一个在那里来回走动的垂头丧气、两眼红肿的中学生。在楼梯上又遇见一男一女：女的穿着高跟鞋往楼上奔，男的是一个轻浮的副检察官。

"我给您说过不会迟到的。"在列文闪开给那位太太让路时，那个副检察官说。

列文已经走到楼梯的出口，正从坎肩的口袋里掏自己大衣的号牌，这时秘书抓住了他。"请吧，康斯坦丁·德米特里奇，正在投票呢。"

这时表决的正是那位坚决不肯当候选人的涅维多夫斯基。

列文走到大厅门口：门锁着。秘书敲了敲，门开了，两个面红耳赤的地主从门里迎着列文的面溜出来。

"我受不了啦。"一个红着脸的地主说。

紧跟着这个地主，省首席贵族的脸从门里露出来。这张脸由于疲劳和恐惧，显得好怕人。

"我告诉过你别放人出去！"他对看门人吼叫着。

"我是放人进来，大人！"

"老天爷！"省首席贵族重重地叹了一口气，疲惫地拖着他两条穿白裤子的腿，低垂着头，向大厅中央的大台子走去。

果然不出所料，涅维多夫斯基得票最多，他当选为省首席贵族。

许多人欢天喜地,许多人心满意足、踌躇满志,许多人欣喜若狂,许多人满腹牢骚、如丧考妣。现任省首席贵族陷入绝望,欲掩饰而不能。当涅维多夫斯基离开大厅时,他们围住他,兴高采烈地跟随在他的身后,就好像他们头一天跟随在致开幕词的省长身后和当年斯涅特科夫当选时跟随在他身后一个样。

三十一

新当选的省首席贵族和获胜的新派中的许多人这一天都在伏伦斯基的住处聚餐。

伏伦斯基来参加选举,既是为了他在乡下闷得慌,并需要在安娜面前显示一下他的自由权,也是为了支持斯维雅日斯基竞选,回报他为伏伦斯基在地方自治局的选举中所费的苦心,尤其是为了要严格履行所有的义务,他既已为自己选定这种贵族兼地主的地位,这都是义不容辞的。但是他怎么也不曾料到,这种选举的事情会让他如此投入,如此动心,而他又干得如此之漂亮。他在贵族圈子里完全是一个新人,但是显然已获得成功,而且他有把握地认为,他已经在这些贵族人士中产生了影响。他的影响是这样几个因素共同促成的:他的财富和爵位;城里漂亮的住处,这是老朋友席尔科夫让给他住的,席尔科夫从事金融事业,在卡申省办了一家生意兴隆的银行;伏伦斯基从乡下带来了一个手艺高超的厨师;省长跟他的交情,省长原是伏伦斯基的同学,曾经受过他的庇护;而最主要的因素是,他跟每个人都保持着一种朴素的平等相待的关系,许多贵族原先误以为他为人傲慢,很快便改变了看法。他自己也感觉到,除了这位娶谢尔巴茨基家的女儿吉蒂为妻的,à propos de bottes① 怀着疯狂的恶意,对他说了一大堆莫名其妙的蠢话的乖戾的先生之外,他所认识的每一个贵族都支持他。涅维多夫斯基的成功他出了不

---

① 法语:无缘无故地。

少力,这一点他看得很清,别人也都承认。此刻他坐在自己家里的宴席上,庆祝涅维多夫斯基当选,他因为自己所看中的人得以入选,体验到一种洋洋得意的快乐心情。选举这件事让他很感兴趣,因此,今后三年里,他若是结了婚,那他自己也要来参加竞选,——就好像,他雇一个骑师赛马赢了钱,便想要亲自骑上去比赛一番。

现在是庆祝骑师为他赢了钱。伏伦斯基位居首席,他右首坐着年轻的省长,侍从将军。对大家来说,这是一省之主,在选举大会上郑重致开幕词的人,一个发表演说令许多人肃然起敬、卑躬屈膝的大人物,这是伏伦斯基亲眼看见的;而对伏伦斯基来说,这是马斯洛夫·卡吉卡,——他在贵族子弟军官学校的外号,——他见了伏伦斯基便不知手脚往哪放,老是要伏伦斯基给他 mettre à sonaise[①]的。左首坐着那位显得年轻气盛、不可一世,又气势凌人的涅维多夫斯基。伏伦斯基对他则随意而尊敬。

斯维雅日斯基愉快地承受了自己的失败。这对他来说,正像他在举杯祝贺涅维多夫斯基时自己说的,甚至不算是失败:再也找不到比涅维多夫斯基更好的代表人物来奉行贵族阶级所应奉行的新方针了。因此凡是正直的人,如他所说,都会拥护今天的胜利,并向涅维多夫斯基祝贺。

斯捷潘·阿尔卡季伊奇也很开心,因为这几天日子过得很快活,事事如意称心。在丰盛的宴席上,大家一再说起选举中的种种插曲。斯维雅日斯基滑稽地模仿前任首席贵族眼泪汪汪的讲话,并且向涅维多夫斯基指出,阁下应该选用另一种比眼泪更加复杂的审核基金的办法。另一位爱说笑话的贵族说,为给前任首席贵族开舞会,招来一批穿长袜子的仆人,假如新的首席贵族不举办有穿长袜子的仆人伺候的舞会的话,那就只好打发他们回家转了。

宴会间,大家不停地对涅维多夫斯基说"我们的首席贵族","阁下"。

[①] 法语:鼓劲。

这种说法让人们听得很舒服,就好像把新娘子称作"madame①",并且对她用了夫家的姓氏一样。

涅维多夫斯基则故作姿态,仿佛他不仅是满不在乎,而且还蔑视这种头衔,然而显然他非常得意,而却竭力克制,不露出狂喜的心情来,因为他周围是这些新派的自由主义人士,不宜于如此。

席间他们向那些关心这次选举进程的人发了好几份电报。高兴非凡的斯捷潘·阿尔卡季伊奇也给达丽娅·亚力山德罗芙娜发了一份,电文是:"涅维多夫斯基以十二票优势当选。祝贺。转报诸亲友。"他在大声口授电文之前说:"应该让他们也高兴高兴。"达丽娅·亚力山德罗芙娜收到电报时,只为这一个卢布的电报费叹息了一声,她明白这是宴会快要结束时候的事情。她知道斯季瓦有个弱点,在宴会结束时往往要"faire jouer le télégraphe"②。

丰盛的宴席,并非俄国酒商供应而是直接从国外运来的美酒,凡此种种,莫不十分的高贵、纯朴、快乐。这一伙二十来人,都是斯维雅日斯基从志同道合的新派自由主义人士中挑选出来的,又都是聪明正派的人物。大家频频举杯,也开开玩笑,为新任省首席贵族、为省长、为银行行长,也为"我们殷勤的东道主"而干杯。

伏伦斯基十分满意。他怎么也想不到,在外省也会有如此亲切的气氛。

宴会结束时更加快活。省长请伏伦斯基出席**义演**音乐会,那是他妻子举办的,她很想与伏伦斯基结识。

"那边还有舞会,你会见到我们这儿的一位美人儿。真的,好极啦。"

"Not in my line."③伏伦斯基回答说,他很欣赏这句话,不过还是笑了笑,答应出席。

---

① 法语:夫人。
② 法语:乱打电报。
③ 英语:我不长于此道。

已经快散席的时候,大家都点起香烟了,伏伦斯基的侍仆用托盘给他送上一封信。

"是专差从沃兹德维任斯克送来的。"他带着意味深长的表情说。

"奇怪,他真像副检察官斯文吉茨基。"当伏伦斯基皱着眉头看信的时候,一位客人用法语说这个侍仆。

信是安娜写来的。他还没有读信,已经知道它的内容了。预计选举第五天结束,他说好礼拜五回去的。今天是礼拜六了,他知道,信的内容准是责备他没有按时返回。他昨天晚上派人送去的信一定是还没有收到。

信里说的正是他所预料的,不过他没想到是这样的形式,这让他特别地不愉快。"安妮病得很厉害,医生说可能是肺炎。我一个人不知怎么办才好。瓦尔瓦拉公爵小姐帮不上忙,反而碍事。我前天、昨天都在等你,现在派人来打听你在哪里,你怎么样?我本想自己来的,又改了主意,知道这样你会不高兴的。不管怎么给我个回信,让我知道该怎么办。"

孩子病了,她却想自己跑出来。又是女儿生病,又是这种敌对的口气。

选举的事带来的有益无害的快乐,和这种他必须再回去承受的阴郁沉重的爱情,两者之间的对比让伏伦斯基感到震惊。但是必须回去,于是他当晚乘头一班火车回家了。

三十二

在伏伦斯基动身参加选举前,安娜仔细地想过,他们中间每次他出门时都要发生的争吵只会使他心冷,而不会拴住他,她决心竭尽全力克制自己,平静地忍受这一次的别离。但是,当他来说自己要出门时,他用那种冷峻、严厉的目光望着她,这让她感到伤心,没等他动身,她的平静已经被破坏了。

后来剩她一个人,她反复回味过这种表示他有权自由行动的目光,像每回如此回味时一样,她只能归结到这样一点上——她觉得自己受到了屈辱。"他有权利随时想走就走,想去哪里就去哪里。不仅是走开,而且是把我丢下不管。他有一切权利,而我什么权利也没有。但是,他既然知道这点,就不应该这样做。可是他到底做了什么呢?……他用那种冷峻严厉的目光望着我。当然啦,这是没法说清楚的、微不足道的小事情,可是这是以前没有过的呀,而这种目光的含义是很多的,"她想着,"这种目光表示,冷淡开始了。"

虽然她认定冷淡开始了,她仍然无可奈何,丝毫不能改变自己跟他的关系,还和以前一样,她只能用爱和魅力来抓住他。也是和以前一样,她只能白天找事做,晚上服吗啡,用这种办法来驱除这些可怕的思想:若是他不再爱她,那她怎么办?的确,还有另一种办法,不是去想方设法抓住他,——她这样做的目的除了想要留住他的爱之外,别无所求,——而是和他更亲密,造成一种状况,让他不能抛弃她。这个办法就是离婚并且和他结为夫妻。于是她现在想要这样做了,她决定,只要他或是斯季瓦跟她提起这事,她马上同意。

她怀着这样的想法没有他在身边过了五天,就是他预定要出门的五天。

散步,和瓦尔瓦拉公爵小姐聊天,去医院转转,而主要的是,看书,一本接一本地看书,她用这些办法来消磨时间。但是到第六天,车夫回来他却没回来,这时她感到她已经再没力气驱除想着他、想他到底在那边干什么的念头了。恰在这时,她的女儿病了。安娜亲自照料她,但是就这样也不能分她的心,再说孩子的病也并不危险。无论她怎样尽力去做,她都无法喜欢这个小女孩,而假装喜欢她又做不到。这天傍晚,安娜独自一个人待着,她觉得她非常地害怕,她为他而担心,于是她决定到城里走一趟,但是再好好想想,又改变了主意,便写了那封自相矛盾的信,就是伏伦斯基收到的那一封,她写完也没再看一遍,就派人火速送去了。第二天清早接到他的信,她便后悔自己不该写那封信了。她心怀畏惧地等待着再次看到他那严厉的目光,他临走时就那样瞧过她一眼的,特别是当他知道小姑娘病得并不严重的时候。然而她毕竟还是高兴自己给他写了信。现在安娜已经在心里暗自察觉,他觉得她是个累赘,他抛开自由回到她身边,会感到非常遗憾,而尽管如此,她还是高兴他就要回来了。就算他觉得是累赘吧,只要能回来陪着她,让她能看见他,知道他的一举一动,就行了。

她坐在客厅里,在灯下看着泰纳①的一本新著,一边倾听着风从院中刮过的声音,分分秒秒地等候着马车来到。她好几次觉得她听见了车轮的响声,但是她听错了;终于有声音传来了,不仅是车轮子声,还有车夫的喊声和门前遮檐下轰隆的响声。连独自玩纸牌的瓦尔瓦拉公爵小姐也说她听到了。这时安娜的脸忽地红了,她站起来,但是没有像她前两次那样走下楼去,而是站住不动了。她忽然为自己骗了他觉得不好意思,但是更担心的是,不知他会怎么对待她。她那种屈辱的感觉已经过去了;她只是害怕他脸上那种显示不满的表情。她想到,女儿的病昨天已经好了。刚好就在派人送信的时候病就好了,她甚至为这个生女儿的气。接着她便想到了他,想到他已经回来了,整个儿都回来了,手也回来了,眼睛也回来了。她听见他的声音了。于是她忘记了一切,快活地奔去迎接他。

"喏,安妮怎么样?"他在楼下担心地问道,眼睛注视着向他奔来的安娜。

他坐在一把椅子上,仆人正在给他脱暖靴。

"没什么,她好些了。"

"那你呢?"他抖着身上的灰尘,一边说。

她两只手捏住他的一只手,把这只手拉到自己的腰上,两眼定定望着他。

"喏,我很高兴。"他说,冷淡地瞧瞧她,瞧瞧她的发式,她的衣

---

① 泰纳(1828—1893),法国文艺理论家、哲学家、历史学家。

裳,他知道她这件衣裳是为他才穿的。

这一切他都很喜欢,但是已经喜欢过多少回了!于是那种安娜非常害怕的严厉而呆滞的表情便一直停留在他的脸上。

"喏,我很高兴。你身体好吗?"他说,先用手绢把他潮湿的胡子擦了擦,再去吻她的手。

"没关系,"她心想,"只要他在这就好了,他在这里,他就不会,也不敢不爱我。"

有瓦尔瓦拉公爵小姐在场,这个晚上过得幸福而愉快,公爵小姐向他抱怨说,他不在家时,安娜每天都服吗啡。

"怎么办呢,我睡不着……尽胡思乱想。他在的时候我从来不服。几乎是从来不服。"

他谈着选举的事,安娜善于用一些问题引他把那让他最开心的事,也就是他所获得的成功说出来。她则把家里他所最关心的事情全都告诉他。她所说的事情都是最让人高兴的。

夜深了,只剩他们两个人,安娜觉得,她又能完全控制住他了,想到那封信引起的他目光中那种让人难受的印象,便想要来消除一下。她说:

"你说真话,收到信的时候你很恼火,并且也不相信我说的,是吗?"

这话刚一出口,她就明白了,不管他这会儿对她多么亲热,这件事他并没有原谅她。

"是的,"他说,"信写得那么奇怪。一会儿说安妮病了,一会儿说你自己要来。"

"这都是真的呀。"

"我也没怀疑过。"

"不,你怀疑了。你不高兴,我看出来了。"

"根本没有过。我只有点不高兴,这是真的,你好像不能容许,有一些义务……"

"参加音乐会的义务……"

"不过我们别谈了。"他说。

"为什么不谈了?"她说。

"我只是想说,有时候会遇见一些躲不过去的事情。比如说我马上就得上莫斯科去一趟,为房子的事……哎呀,安娜,为什么你这样容易生气呀?未必你不知道,我没你就活不下去?"

"要是这样的话,"安娜忽然说话的声音也变了,"那你就是嫌这种日子过得厌烦了……对呀,你回来一天就马上要走,就像那些……"

"安娜,这话太过分了。我愿意把整个的生命拿出来……"

可是她不听他说。

"要是你去莫斯科,那我也去。我不留在这里,要么我们只能分手,要么就住在一起。"

"你不是不知道,我也只希望这样。可是为做到这一点……"

"必须先离婚是吗?我给他写信。我看出来,我不能这样过下去……不过我要跟你去莫斯科。"

"你就像是在威胁我。我是什么也不想要了,只希望不跟你分开。"伏伦斯基微笑着说。

而当他说这句柔情蜜意的话时,他眼睛里所闪现的,不仅仅只是一个被逼得走投无路而负隅顽抗的人眼睛里所常有的那种冰冷的、凶狠的目光。

她看见了这种目光,也准确无误地猜到了它的含义。

"要真是这样,那就太不幸了!"他的目光是这样说的。这只是一刹那间的印象,但是她永远也不会忘记这个印象。

安娜给丈夫写了信,要求他办离婚,十一月底间,她和要去彼得堡的瓦尔瓦拉公爵小姐告别后,跟伏伦斯基一同去了莫斯科。他们现在像正式夫妻一样住在一起,每天等候着阿历克赛·亚力克山德洛维奇的回信,好接着办离婚手续。

第七部

一

列文夫妇在莫斯科已经住了两个月。早已过了懂得这些事的人们精确计算的吉蒂应该生产的日期;但是她仍然不生,而且没有任何迹象表明现在比两个月以前更接近产期。医生、产婆、朵丽、母亲,尤其是一想到产期临近便十分恐惧的列文都已经开始焦虑不安了;唯独吉蒂一个人感到自己是完全平静和幸福的。

她现在清楚地意识到,对这个即将出世的、在她心目中已经有一部分是现实存在的婴儿,她内心中正产生着一种新的依恋之情,她常常满怀喜悦地去品尝这种感情。这婴儿现在已经不完全是她身体中的一部分,而是往往过着独立于她之外的自己的生活。她时常为此感到难过,但同时又由于这种奇特的、新体验到的快乐而不禁发笑。

她所爱的人都在身边陪着她,都对她那么好,把她服侍得那么周到,她觉得事事都称心如意,若是她不知道也不觉得这种情况很快就会结束的话,她真会不希望过比这更舒服、更愉快的生活了。美中不足的只是,她丈夫跟她原先所爱的样子不一样了,也不像他在乡下的样子了。

在乡下,她爱他那种安静的、亲切的、殷勤好客的气派。但是在城里,他却老是好像心神不定,有所戒备,生怕别有谁会来欺负他,特别是欺负她。在那边,在乡下,他显然是如鱼得水一般,从来不必匆忙,也从来没有空闲。在这里,在城里,他成天慌慌张张,唯恐错过了什么,而又成天无事可做。她觉得他真可怜。她知道,在别人眼里他并不是一副可怜相；相反地，有时候，就像人家往往尽力把自己所爱的人当作一个陌生人来观察，以判断他给别人留下的印象如何一样，吉蒂在社交场合也注意地观察他，她发现，简直让她嫉妒得害怕起来，他不仅不可怜，而且非常之迷人：他举止高雅，对妇女彬彬有礼之中略带几分老派和腼腆，体格强壮，而且特别是，她觉得，他脸上非常富有表情。然而她看见的他不是外表上的他，而是直看到他的内心深处；她看见，城里的他不是真正的他；就是说，她不知道他的状况究竟怎样。有时她在心里责怪他不会过城里的生活；有时又认识到，他的确很难在这里把生活安排得称心如意。

真的，他能怎么办呢？纸牌他不爱玩。俱乐部他不去。跟奥勃隆斯基这样的人鬼混吧，她现在算明白这是怎么回事了……这就是酒足饭饱之后，再到那么一个地方去。男人们在这种时候都去些什么地方，她想起来就害怕。叫他去交际场吗？但是她知道，去那种地方就得跟年轻女人接近才会有乐趣，她不能希望他这样。陪她、陪母亲和姐姐们坐在家里吗？但是，姐妹之间这种像老公爵所说的千篇一律的"东家长西家短"的谈话，不管她觉得多么有趣，他一定觉得没有味道。那么他还有什么事情可干呢？继续写自己的书吗？他也试过这么做，开始时还去图书馆为自己的书查资料、做笔记；但是，像他对她所说的，他越是无所事事，便越是没有时间。此外，他向她抱怨说，他在这里谈自己的书谈得太多，脑子的想法全都搅乱了，搞得没味儿了。

这种城里的日子有一个唯一的好处，那就是，在城里他俩从来没吵过架。这是否因为城里的生活条件不同了，或是因为他俩在这方面都变得更小心、更理智了，在莫斯科他们从没因为嫉妒争吵过，刚来时，他们还曾为此非常担心过。

这方面还发生过一件对他们双方都非常重大的事，那就是吉蒂和伏伦斯基见了面。

玛丽娅·波里索芙娜公爵夫人这个老太太是吉蒂的教母，一向非常喜欢吉蒂，一定要见见她。吉蒂因为怀孕本来是哪里也不去的,这次跟父亲一道去拜访了这位可敬的老太太,在她那里遇见了伏伦斯基。

这次见面,吉蒂唯一可以自责的是,在她认出那个穿便服的人那张原来十分熟悉的面孔的一刹那间,她喘不过气来,血往心里涌,自己感觉到满脸通红。但是这只是几秒钟的事。父亲故意大声地跟伏伦斯基攀谈,他还没谈完,她已完全有了准备,如果必要,可以眼睛望着伏伦斯基,并且跟他像跟玛丽娅·波里索芙娜公爵夫人一样地说话了。而且,主要的是,能做到每一个细微的语调和笑容都可以得到丈夫的赞许,她似乎觉得丈夫在这一刹那间虽然无影无形,却正在身旁,并且控制着她。

她跟伏伦斯基寒暄几句,他开玩笑地说,那场选举是"我们的议会",她还平静地微微一笑(必须笑一笑,以示她懂得这个笑话)。但是马上就转过身去跟公爵夫人玛丽娅·波里索芙娜说话,直到他起立告辞,一眼也不再瞧他;这时她望了他一眼,但显然只是因为,人家给你鞠躬,不看着人家有失礼貌。

她很感激父亲,他一句话也没跟她再提起见到伏伦斯基的事;然而这次拜访之后,在平时的散步中,她发现父亲对她格外地亲切,这说明他对她是很满意的。她自己对自己也很满意。她怎么也没料到,她能有这种力量,能把对伏伦斯基的那份旧情的记忆深埋在心头,不仅是外表上,而且也确实对他无动于衷,镇定自若。

当她对列文说起在玛丽娅·波里索芙娜公爵夫人家里遇见了伏伦斯基的时候,列文的脸红得比她厉害得多。本来,对他说起这件事她很难启齿,然而更难的是说这次会面的详情,因为他什么也不问,只是皱着眉头盯着她。

"真可惜,当时你不在,"她说,"不是说当时你不在房间里……当着你的面我也许不会那么自然……我这会儿脸要红得多、红得多得多了,"她说时脸红得都要流泪了,"而是说,你当时没能从门缝里偷偷看见。"

那一双真诚的眼睛告诉列文,她对她自己非常满意,于是他,虽然见她脸还是红着,马上就心定了,开始向她问起了详情,她就是想要他问的。等他了解了一切,甚至了解到这样的细节,开头一刹那间她禁不住脸红过,但是后来便和见到一个初次相逢的人一样轻松自若了,这时,列文好不快活,他说,他对这件事感到非常高兴,现在他不会再像在选举会上那样鲁莽了,下次遇见伏伦斯基,一定要尽可能表现得友好些。

"一想起,有个人跟自己就像是仇人一样,一见面就难过,这真不是滋味。"列文说。"现在我非常、非常之高兴。"

二

"那么你就去波尔家走一趟吧,"吉蒂对丈夫说,这是十一点钟,他在出门前来看她,"我知道你在俱乐部吃饭,爸爸给你订好了。上午你做什么?"

"我只去找卡塔瓦索夫。"列文回答。

"干吗去那么早?"

"他答应给我介绍梅特罗夫。我想跟这位先生谈谈我的著作,他是彼得堡有名的学者。"列文说。

"哦,你赞不绝口的就是他的文章? 喏,那以后呢?"吉蒂说。

"也许还去法院,为姐姐的事。"

"去听音乐会吗?"

"我一个人去干吗?"

"不,你去吧;那儿要演奏几个新曲子……这你很有兴趣的呀。要是我就一定去。"

"好吧,反正我一定吃晚饭以前回来。"他说,看了看表。

"把礼服穿上,好直接去拜访波尔伯爵夫人。"

"就非去不可吗?"

"哎呀,一定得去! 波尔伯爵来过我们家了。哦,那又费你什么事? 顺便去一下,坐坐,谈上五分钟天气,站起来就走。"

"唉,你不相信,我已经很不习惯这一套了,所以觉得不好意思。这算什么? 来一个生人,坐下,什么事也没有地坐着,妨碍人家,自己也不自在,然后就走掉。"

吉蒂笑了。

"你单身的时候不是去拜访过人家的吗?"她说。

"去过,不过每回都很不好意思,现在真不习惯了,说真的,哪怕两天不吃饭,也别叫我去这样拜访人家。真不好意思! 我老是觉得,人家会见怪的,会说:你没事儿跑来干什么?"

"不,不会见怪的。我可以向你担保,"吉蒂说,笑着盯住他的脸。她握起他的手,"喏,再见啦……你就去一下吧。"

他吻过妻子的手,已经要走了,她又叫住他。

"考斯佳,你知道,我这儿只剩五十个卢布了。"

"噢,那我到银行去取。要多少?"他带着她熟悉的不高兴的神气说。

"不,你等等,"她拉住他的手,"我们谈谈,这事让我不安心。我,好像,没乱花过钱,可是钱就这么流走了。我们总有什么做得不对头。"

"没事的。"他说,咳嗽一下,皱着眉头看着她。

她知道这咳嗽的意思。这表示他心里非常不满意,不是对她,而是对他自己。他的确非常不高兴,但不是因为钱花多了,而是因为让他想起一件明知办得有些不妥当,却想要把它忘掉的事。

"我叫索科洛夫把小麦卖掉,把磨房的租金提前收一收。钱反正会有的。"

"不,可我总怕花得太多了……"

"没事的,没事的,"他反复说,"喏,再见啦,宝贝儿。"

"不,说真的,我有时候后悔不该听妈妈的。要在乡下该多好,可现在我把你们都折磨坏了,钱又花得……"

"没事的,没事的。结婚以来我还从来没想到要说,有什么日子比现在更好……"

"真的?"她说,望着他的眼睛。

他只是随口说说,不过是想安慰她。但是朝她一望,他看见那双真诚可爱的眼睛询问似的盯住他,他又把这话重复了一遍,不过这回是出自内心的。"我简直把她忘记了。"他在心里说。于是他想起了他们很快就要面临的事情。

"快了吧? 你感觉怎么样?"他拉住她的两只手,低声地问。

"我以前想得太多了,所以现在什么也不想了,也什么都不知道。"

"那你不觉得害怕?"

她轻蔑地微微一笑。

"一丁点儿也不。"她说。

"要是有什么事,我在卡塔瓦索夫家。"

"不会的,什么事也不会有,别去想它。我要跟爸爸上林荫道去散步。我们还要到朵丽家去一下。晚饭前等你回来。啊,对了! 你知道吗? 朵丽的情况变得简直糟透了,她背了一身的债,一个钱也没有。我昨天跟妈妈和阿尔塞尼(她这样称呼姐夫李沃夫)谈过,说好叫你跟他把斯季瓦训一训。实在太不像话了。跟爸爸可不能说起这件事……可要是你跟他……"

"我们又有什么办法呢?"列文说。

"你反正要上阿尔塞尼那儿去的,跟他谈谈;他会告诉你我们怎么商量的。"

"喏,阿尔塞尼的意见我事先就会同意。那我就去找找他。正好,要是去听音乐会,我就跟纳塔丽一块儿去。喏,再见啦。"

在门口台阶上,结婚前就跟着列文,现在管理他城里产业的老仆人库兹马拦住了他。

"美人儿(这是乡下带来的那匹左辕马)换过掌了,可还是跛着,"库兹马说,"请您吩咐咋办好?"

刚来莫斯科时,列文很关心从乡下带来的几匹马。他想把这方面的事尽可能安排得好些、省些;但结果是,用自家的马反而比租马贵,他们还是得雇车。

"派个人去请兽医吧,它或许是蹄子上有伤。"

"好的,那卡捷琳娜·亚力山德罗芙娜用车呢?"库兹马问。

从沃兹德维任卡街到西夫采夫·伏拉瑞克街走一趟,得雇一辆大轿车,套上两匹壮马,把这辆车在融雪的泥地里拉四分之一里路,在那儿等四个钟头,要付五个卢布,列文刚到莫斯科住下的时候听起来真吓一跳,现在倒不那么害怕了。现在他觉得这也是当然的事。

"叫车夫雇两匹马,套我们自己的车。"他说。

"遵命,老爷。"

由于城市生活的条件,这种在乡下要花掉一个人许多力气和心思的麻烦事,轻而易举地就解决了,列文走到大门口,喊了辆出租马车,坐上去尼基塔街了。一路上他已经不再想钱的事,而考虑着他怎样跟彼得堡一位专攻社会学的学者见面,他要跟这位学者谈他写的书。

只是在刚到莫斯科的时候,那些乡下人觉得是稀奇古怪的、不能带来收益而又无可避免的、四面八方的开销才让列文感到惊讶。现在他对此已经习以为常了。这就像人家所说的喝酒的人一样:头一杯——棒头塞进嘴,第二杯——老鹰天上飞,而第三杯——就像小鸟儿一样自由自在了。当列文换开第一张一百卢布的钞票给仆人和看门人买制服时,他还不由得要想想,这些制服毫无用处而又必不可少,然而他稍稍暗示说没制服也行,公爵夫人和吉蒂便大为惊讶,这些制服要用掉两个工人一夏天的劳动,也就是从复活节到四旬斋整整干上大约三百天,而且是每天从清早到深夜的重劳动,这一百卢布的票子花起来就像是棒头塞进嘴一样难受。然而第二张一百卢布钞票,换开来买二十八个卢布的东西请亲戚吃饭时,虽然也让列文想到,二十八个卢布,这等于九石燕麦的价钱,这些燕麦得要流汗、收割、捆扎、打场、扬风、装袋才能收到手,——而这第二个一百卢布花得总归是轻松多了。现在换起钞票来早已经不再引起这些想法了,已经像小鸟儿一般自由自在地从手里飞出去了。花钱得到的乐趣是否抵得上挣钱所费的劳动,这种考虑早已经不知去向了,一种粮食一种价钱,低于这个价钱不能卖,连这种经营上的计算现在也忘记了。黑麦的价钱他守住不让已经很长时间,结果每石比一个月前少卖了五十个戈比。像这样开销下去不到一年就得背债,——而连这样的盘算现在也毫无意义了。只求一点:银行里还有存款,也不问是哪来的,明天有钱买牛肉就行。他至今一直这样过日子;他在银行里一向总是有存款的。但是现在银行里的钱花光了,去哪里弄钱来他还心中无数。所以在吉蒂向他提起钱的那一刹那间,他有些心烦;不过他没工夫想这个了。他一路上都在想着卡塔瓦索夫和马上要跟梅特罗夫认识的事。

三

列文这次来莫斯科跟他大学的同学卡塔瓦索夫教授来往很多,自从他结婚以后他们就没见过面。卡塔瓦索夫对事物的看法简单而明了,这一点他很喜欢。列文认为卡塔瓦索夫的世界观之所以明了,是因为他天资贫乏,卡塔瓦索夫则认为,列文的思维往往前后不一致,因为他的头脑缺少训练;但是卡塔瓦索夫的简单明了列文是喜欢的,而列文有那么多的缺乏条理性的思想,卡塔瓦索夫也很喜欢,因此他们愿意时常见面,争论一番。

列文把自己文章中的一些段落读给卡塔瓦索夫听,卡塔瓦索夫很有兴趣。昨天卡塔瓦索夫在讲演会上遇见列文时说,列文很爱读他文章的那位知名学者梅特罗夫正在莫斯科,卡塔瓦索夫跟他谈起列文的著作,他很感兴趣,梅特罗夫第二天上午十一点要去卡塔瓦索夫家,他很愿意和列文结识。

"您确实大有进步,老兄,真高兴见到您,"卡塔瓦索夫说,他在小客厅里接待列文,"我听见铃声,心想,不可能的,他会准时来……

那么,您觉得黑山人①怎么样？天生就是武士啊。"

"您怎么问这个?"列文问。

卡塔瓦索夫用简单几句话对他说了说最近的新闻,便进了书房,把列文介绍给一个矮小强壮、外表很讨人喜欢的人。这人就是梅特罗夫。他们谈了一小会儿政治,又谈到彼得堡上层对最近一些事件的看法。梅特罗夫传达了他从可靠来源听来的话,据说是皇上和一位大臣就这些事而说的。卡塔瓦索夫则也从可靠方面听说皇上说了完全相反的话。列文竭力设想,也许会有这样的情况,在这种情况下,两种话都可能说出来,这个题目就谈到了这里。

"他一本书差不多已经写完了,谈的是从土地角度考察劳动者所处的自然条件,"卡塔瓦索夫说,"我不是专家,但是我作为一个自然科学工作者,喜欢的是,他没有把人类当做一种超乎动物学规律之外的东西,而相反地,看见了人类对环境的依赖,而且从这种依赖性中去寻找发展的规律。"

"这很有意思。"梅特罗夫说。

"我只是在写一本农业方面的书,但是,我研究了农业主要的实现手段,就是劳动者,这以后,就不由自主地,"列文红着脸说,"得出了完全意想不到的结论。"

于是列文便像摸索着走路一样开始小心翼翼地陈述自己的观点。他知道梅特罗夫写过一篇文章反对流行的政治经济学学说,但是他不知道这位学者在多大程度上有可能对他的新观点表示同情,从这位学者聪明而宁静的面容上他也无法猜出来。

"但是您在什么地方看出俄国的劳动者有他们特殊的本性呢?"梅特罗夫说,"是从,比如说,他的动物学本性上,或是从他所处的那些条件上?"

列文发现,这个问题本身已经表现出一种他可能不会同意的观

---

① 黑山人,欧洲巴尔干半岛西南部的一个民族,黑山也是一个国家,20世纪曾是南斯拉夫的一部分。1876年(本书故事发生的年代)黑山人正与奥斯曼帝国作战。

点；但是他继续陈述自己的想法，他说，俄国劳动者有着和其他民族完全不同的特殊的对于土地的看法。为了证明这种论点，他连忙补充说，依他看，俄国农民的这种看法来源于他们的一种意识，他们认为，在东方广袤荒凉的辽阔土地上定居下来，是他们的一种天生的使命。

"给一个民族的共同使命下结论，这是很容易出错的，"梅特罗夫说，他打断列文的话，"劳动者的状况永远都取决于他和土地以及资本的关系。"

梅特罗夫没让列文把自己的想法说完，便开始叙说他的学说的特点。

他学说的特点究竟何在，列文并没有弄懂，因为他就没花力气去弄懂：他看出，梅特罗夫虽然写过那篇驳斥经济学家们的文章，他还是跟其他人一样，依然只从资本、工资和地租这些观点出发去看待俄国劳动者的处境。虽然他本该承认，在占俄国最大部分土地的东部，地租仍等于零，工资对俄国八千万居民中的十分之九来说，仅仅够养活劳动者自己，而资本则除了表现为一些最原始的工具之外，还并不存在，但是他却只从这样的观点上来看待一切劳动者，虽然他在许多方面不同意那些经济学家的看法，也有自己的新的有关工资的理论，就是他向列文阐述的这些。

列文勉强地听着，开始时还争辩几句。他想要打断梅特罗夫的话，说说自己的想法，他认为，他只要把自己的想法说出来，梅特罗夫就没必要再阐述下去了。但是后来他肯定地觉得，他们对事情的看法分歧实在太大，彼此决不会了解，他也就不去反驳，只洗耳恭听了。虽然列文此刻对梅特罗夫的话已毫无兴趣，听他侃侃而谈，倒也体验到几分得意的心情。让列文感到自我得意的是，这样一位博学之士，竟如此甘心情愿、如此专心致志地向他陈述自己的思想，而且对列文在这方面的知识如此确信不疑，因此在陈述中往往稍作暗示，来说明事情的全貌，就算对他把自己的思想全都说清了。列文以为这是梅特罗夫看得起他，殊不知梅特罗夫早已跟自己所有的亲密朋友们把这个题目反复谈过许多遍,现在非常愿意跟每一个刚见面的人再谈一谈,而且一般说来,他这人喜欢把他所研究的而却还没搞清楚的事情跟所有人都谈谈。

"可是我们要迟到啦。"梅特罗夫刚一结束他的话,卡塔瓦索夫就看一看表说。

"对,今天业余爱好者协会开会纪念斯文基奇五十周年,"卡塔瓦索夫回答列文的问话,"我约好跟彼得·伊凡内奇①一道去。我答应宣读一篇论文,谈谈他在动物学方面的著作。跟我们去吧,很有意思的。"

"是的,真该走了,"梅特罗夫说,"我们一块儿去,从那里,假如您愿意的话,再上我那儿去。我非常想听听您的著作。"

"啊不。还没写完呢。不过我很高兴去参加纪念会。"

"喂,老兄,您听说了吗?我单独提出了一份意见。"卡塔瓦索夫在另一间屋子里穿礼服时说。

于是便谈起大学里的问题来。

大学的问题这年冬天在莫斯科是一件大事。委员会里的三位老教授不接受年轻人的意见;年轻人就单独提出一份意见书。有些人说,这份意见书糟透了,另一些人则说它简单明了,而且合情合理,于是教授们之间分成了两派。

卡塔瓦索夫所属的一派认为对方有卑鄙的告密和欺骗行为;另一派则说他们是小儿科,不尊重权威。列文虽然不是大学里的人,他在莫斯科期间已经几次听说过和议论过这事,对此已有自己的看法;他参加了他们的谈话,三人一路谈来,直谈到那座老大学的楼前。

会议已经开始。一张铺了台布的桌子前坐了六个人,卡塔瓦索夫和梅特罗夫也去那里就坐,六人当中的一个正在宣读着什么,低下头眼睛凑在讲稿上。列文在桌旁一把空椅子上坐下,小声地问着

---

① 彼得·伊凡内奇,梅特罗夫的本名和父名。

坐在那儿的一个大学生宣读的是什么。大学生不满地转头瞧了他一眼说：

"简历呗。"

虽然列文对这位学者的简历并不感兴趣，但是不由得倾听着，也知道了一些他所不知道的这位著名学者的生平轶事。

简历宣读完毕，主席向宣读者致谢，再朗读了诗人们特地为这次周年纪念而寄来的诗作，并向诗人略致谢忱。然后卡塔瓦索夫用他响亮的、喊叫似的声音宣读了他的关于这位学者学术著作的评论。

卡塔瓦索夫发言完毕，列文看一看表，发现已经快下午两点，他想他已经来不及在音乐会之前给梅特罗夫读完自己的论文了，而且现在他也已经不再想读给他听。听别人宣读文章时，他仍在想着刚才的谈话。他现在明白，虽然梅特罗夫的见解或许有它的意义，但是他自己的见解也有它的意义；只有各走各的路，分别进行研究，才能把两种见解弄个明白，并得出某种结论来，如果把两者混淆在一起则将一无所获。于是列文决定谢绝梅特罗夫的邀请，他在会议结束时走到梅特罗夫身旁。梅特罗夫把列文介绍给会议主席，他跟这位先生谈了点政治新闻。这时梅特罗夫也向主席先生谈了那些他对列文所谈的观点，而列文也把他这天上午所谈的意见谈了谈，不过，为了换个表达的方式，便把他即兴想到的一些新意见也说出来。这以后又谈起大学的问题。这些话列文已经听过，他便连忙对梅特罗夫说，很抱歉，不能接受他的邀请了，他向大家鞠躬告别，乘车到李沃夫家去。

四

李沃夫娶了吉蒂的姐姐纳塔丽，一向住在彼得堡或莫斯科，或是住在国外，他是在这两个京城读的书，后来又去国外当外交官的。去年他辞去外交官工作，并非由于什么不愉快的事（他从来跟任何人都不曾闹过不愉快),而是调到莫斯科御前侍从厅供职,以便让两个孩子受到最好的教育。

虽然他俩在生活习惯上和许多观点上都极其相反,而且李沃夫比列文年纪大,这一年冬天他们很接近,彼此也都喜欢。

李沃夫在家,列文无须通报便进去找他。

李沃夫穿一件束腰带的便服和一双半高统麂皮靴,坐在安乐椅中,戴一副蓝色镜片的 pince-nez① 在看一本摆在斜面读书架上的书,一只好看的手中捏着燃掉半截的雪茄,小心翼翼地把手伸得离身子远些。

他一看见列文,那张漂亮、清秀、还相当年轻的脸上便笑逐颜开,一头闪着银光的鬈发让他的面容显得更加带有贵族气。

"好极啦!我正想派人去喊您来呢。喏,吉蒂怎么样?坐这边来,更舒服些……"他站起来,移过一把摇椅给列文。"您看了最近一期的 Journal de St. Pétersburg② 了吗?我觉得很不错,"他说话多少带点法语味儿。

列文说了他从卡塔瓦索夫那里听来的彼得堡的流言,又谈了谈政治,还说了跟梅特罗夫结识和去参加会议的事。李沃夫对此很感兴趣。

"我真羡慕您,可以进入这种有意思的学术界。"他说。他说着说着就像往常一样马上用起他更顺口的法语了。"真的,我倒也没有空去。我又是工作,又是教孩子们念书,就不可能去了;而且我说来不怕丢人,我受的教育也太不够了。"

"我不这么看。"列文说,他微笑着,李沃夫这种绝非故作谦虚,也非出于谦虚,而是完全真诚的对自己过低的评价,总是让他感动。

"哎呀,怎么不是呢,我现在觉得,我受的教育少了。为了教孩子念书,有好多东西我甚至得温习,简直就得从头学。因为不仅要

---

① 法语:夹鼻眼镜。
② 法语:圣彼得堡杂志。俄国外交部的刊物。

当教师,还得当监视人,就好像在您的庄稼上,要有干活工人和监工一样。瞧这就是我正在阅读的,"他指着那本放在架子上的布斯拉耶夫编的语法,"他们要米沙读,这么难的书……啊,您来给我讲讲吧。这儿他说……"

列文想让他知道,这没法弄明白,就得死记;但是李沃夫不同意他的说法。

"是的,您这是在嘲笑我做的这些事!"

"正相反,您知道我是怎么想的吗,我老是看您的样子跟您学,我以后也得这么干,就是说,也得要教育孩子们。"

"喏,这有什么好学的。"李沃夫说。

"我只知道,"列文说,"我没见过比您的孩子教育得更好的小孩了,我也不希望我的孩子能比您的孩子更好。"

李沃夫显然想极力克制,不要喜形于色,但还是笑逐颜开了。

"只要他们能比我强点。我也就只盼望这些了。您不知道要费多大的力气,"他说,"来对付我这几个在国外那段生活里变野了的孩子。"

"这都能补得上的。他们都是有天分的孩子。主要的是——品德教育。我观察您的孩子的时候,就在跟您学这个。"

"您说——品德教育。真想象不到这有多么难!您刚刚管教了这一面,别的方面又冒出来了,又得去管教。若是没有宗教力量的支持,——记得我俩谈过这个的,——哪个当父亲的,没有这种帮助,全靠自己,都是没法把孩子教育好的。"

美人儿纳塔丽雅·亚力山德罗芙娜穿好衣裳要出门,她走出来,打断了这场列文从来都很有兴趣的谈话。

"我还不知道您在这呢。"她说,打断了人家这场她早已熟悉也已经厌烦的谈话,她显然不觉得遗憾,而且非常高兴。"喏,吉蒂怎么样?我今天上你们家吃饭。我说阿尔塞尼,"她对丈夫说,"你用轿车吧……"

于是夫妻之间便开始讨论这一天怎么安排了。因为丈夫要去见一个公务上的人,妻子要去听音乐,去出席东南委员会的大会,所以有许多事情要决定和考虑。列文是自家人,也参加一块儿商量。决定由列文陪纳塔丽去听音乐和开大会,然后把轿车派到办公室去接阿尔塞尼,他再接上妻子,把她送到吉蒂家;或者,假如他事情没办完,那就把车子打发回来,列文陪她去。

"他把我说得太好啦,"李沃夫对妻子说,"他非说,我们的孩子好得很,而我知道,他们身上有那么多的坏毛病。"

"阿尔塞尼喜欢走极端,我总是这么说的,"妻子说,"要是追求完美无缺的话,那你永远也不会满意的。爸爸说得对,他们养我们的时候走的是一种极端——把我们关在阁楼里,父母住正房;现在反过来啦——父母住储藏室,孩子们住正房。当父母的这会儿就别活啦,什么都为了孩子。"

"那有什么,要是这样做心里更舒服呢?"李沃夫说,脸上带着他那漂亮的笑容,手摸着妻子的手,"不知道你的人,还以为你不是亲娘,是后娘呢。"

"不啊,走极端总归是不好的。"纳塔丽静静地说,一边把丈夫的裁书刀放回到桌上原先的地方。

"啊,过来吧,十全十美的孩子们。"他对走进来的两个漂亮孩子说,孩子们先向列文鞠个躬,再走到父亲身边,显然有什么事要问他。

列文想跟孩子们谈谈,听听他们对父亲说什么,但是纳塔丽却跟他谈起来,而这时李沃夫的同事马霍金也走进来,这人穿一身宫廷制服,是要跟李沃夫一同去见个什么人,他们便没完没了地谈起戈尔采哥文,谈起科尔静斯卡娅公爵夫人,还谈议会和阿普拉克辛娜的猝亡。

列文把交托给他的事情忘记了。他走到前厅才想起来。

"哎呀,吉蒂叫我跟您谈一件关于奥勃隆斯基的事。"他说,这时李沃夫正站在楼梯上送妻子和他。

"是的,是的,maman 想要我们两个,les beaux-frères①,教训教

---

① 法语:这些连襟。

训他,"李沃夫说,脸红着,微笑着,"不过,为什么要我去呢?"

"那我就去教训他,"他的妻子微微一笑说,她披好自己雪白的狗皮披风在等他们把话说完,"喏,走吧。"

五

在上午的音乐会上演奏了两支非常有趣的曲子。

一支是幻想曲《**草原上的李尔王**》[①],另一支是纪念巴赫[②]的四重奏。两支曲子都是新写的、属于新派风格的作品,列文想要对它们形成一种自己的看法。把姨姐送到她的座位上,他站在大厅的一根圆柱旁,决心尽可能聚精会神、诚心诚意地听。眼睛里看见的是往往分散人们对音乐的注意力的、令人不快的、打白领带的乐队指挥那双动来动去的手,是那些戴着帽子,又为了听音乐千方百计把耳朵用帽带扎住的太太们,是那一个个形形色色的人,他们有的对什么都不感兴趣,有的对什么都感兴趣,唯独不要听音乐;列文竭力不让这些分散自己的注意力,破坏了获得的印象。他竭力避免跟那些音乐行家们和爱说话的人碰上,只站在那里,俯视着前方,倾听着。

但是他愈是用心倾听李尔王的幻想曲,愈觉得自己无法对它形成什么明确的看法。乐曲开头老是在反复,仿佛在聚集音乐的情感表现力,但是马上又分裂成许多新开头的片断乐句,有时只是出于作曲家的随心所欲,分裂为一些极其复杂而又毫无联系的声音。然而即使这些片断的、偶尔也还优美的乐句听来也不舒服,因为它们完全是突如其来,让人毫无心理准备。欢乐、悲哀、绝望、柔情、兴奋,都来得无缘无故,像是疯子的感情。而且,也像疯子的感情一样,这些感情消失得也很突然。

---

① 《草原上的李尔王》,根据莎士比亚悲剧《李尔王》改编的管弦乐曲。
② 巴赫(1685—1750),德国作曲家。

在整个演奏过程中,列文的感觉就像是一个聋子在看跳舞一样。表演结束,他完全莫名其妙,只觉得非常疲劳,因为注意力太集中,而又一无所获。四面八方响起了如雷的掌声。大家起立,开始走动、交谈。列文想要听听别人的意见,借以解开自己的疑惑,他就四处走动,找那些行家,看见一位著名的音乐内行正跟他认识的别斯佐夫在谈话,他很高兴。

"美极啦!"别斯佐夫那沉重的男低音说,"您好呀,康斯坦丁·德米特里奇。特别富有形象性和雕塑性的,就是说,特别富有色彩感的是那一节,那个您感觉到科苔丽娅①就要出场的地方,这个女人,das ewig Weibliche②跟命运展开斗争的那一节。您说是吗?"

"为什么这里边会有科苔丽娅呢?"列文胆怯地问,他完全忘记了,这部幻想曲写的是草原上的李尔王。

"科苔丽娅出现的……您瞧,"别斯佐夫说,用手指弹着他手中那张缎子般的节目单,把它递给列文。

这时列文才想起幻想曲的题目,匆匆读了节目单背后印的莎士比亚诗句的俄文翻译。

"没这个就听不懂了。"别斯佐夫对列文说,因为跟他谈话的人已经走开,没人和他聊了。

幕间休息时,列文和别斯佐夫之间展开一场关于瓦格纳③乐派优劣的争论。列文认为瓦格纳和他那一派人的错误在于,音乐想要跨越到其他艺术领域中去,诗歌如果用绘画的手法来描写人物特征,也是犯了同样的错误,他举出一位雕塑家作为这种错误的例证,这位雕塑家异想天开,竟然要在大理石上刻出诗歌形象的影子来,他让这些影子围绕着诗人的塑像④出现在雕塑的底座上。"雕塑家

---

① 科苔丽娅,《李尔王》中李尔王的小女儿。
② 德语:那个永恒的女性。
③ 瓦格纳(1813—1883),德国作曲家。
④ 塑像,指俄国雕塑家安托考尔斯基1875年设计建立的普希金纪念碑上的塑像。

手下的这些影子简直就不是什么影子,它们甚至于得靠一架梯子支撑着。"列文说。他很欣赏这句话,可是他记不得,同样这句话他是不是以前恰恰就在别斯佐夫面前说起过,所以说过这句话以后,他感到很窘。

别斯佐夫则力图证明艺术是一个整体,只有把各种艺术结合在一起,才可以达到其最高程度的体现。

音乐会的第二个节目列文已经没法听下去了。别斯佐夫站在他旁边,几乎是不停地跟他说话,指责这部乐曲采取了过分矫揉造作的朴素形式,还拿它和拉斐尔前派画家的绘画的朴素相对比。散场时列文又遇见许多熟人,他跟他们谈了谈政治、音乐,以及共同的朋友们;还遇见了波尔伯爵,他完全忘了自己要去拜访人家。

他对李沃夫夫人说了这件事,她对他说:"喏,那您就现在去吧,或许他们不接待您,那您就到会场上来找我。您还来得及找到我的。"

六

"也许他们现在不接待客人?"列文走进波尔伯爵家的门厅时说。

"接待的,请吧。"看门人说,毫不犹豫地把他的皮大衣脱下来。

"真没意思,"列文心里这样想着,一边把一只手套往下脱,又把帽子扶扶正,"唉,我来干吗呢?唉,我跟他们有什么可谈的?"

列文穿过第一间客厅时在门边和波尔伯爵夫人遇上了,这位太太正心事重重地板着面孔给一个仆人吩咐点什么事。一看见列文,她脸上现出一丝笑容,请他进一个小客厅,那里边有人在说话。伯爵夫人的两个女儿和一位列文认识的莫斯科的上校坐在那间客厅的安乐椅里。列文向他们走过去,问好之后,在长沙发旁落座,帽子放在膝盖上。

"您太太身体好吗?您去听音乐了吗?我们去不成。妈妈上教堂做祭祷了。"

"是的,我去听了……这么突然就去世了。"列文说。

伯爵夫人来了,往长沙发上一坐,又问起他太太的身体和音乐会来。

列文作了回答,又再一次问起阿普拉克辛娜暴亡的事。

"不过她一向身体就不好。"

"您昨天去听歌剧了吗?"

"对,我去了。"

"露卡①唱得真不错啊。"

"是呀,真不错。"他说,他根本不在乎这些人对他怎么想,便开始把别人对这位女歌唱家的天才特点说过上百次的话照说一遍。波尔伯爵夫人假装在听他说话。等他说得够多,把嘴闭上了,那位直到现在还没开口的上校才开始说话。上校说的也是关于歌剧和剧场灯光的事。最后,说完了久林家要举行的folle journée②,上校笑起来,大声地说一阵话,便站起来走掉了。列文也站了起来,但是从伯爵夫人的脸上他看出,还不到他该走的时候。还必须再坐一两分钟,他便坐下。

但是,因为他心里老是想着这多么无聊,再说也无话可谈,他便保持沉默。

"您不去参加那个大会吗?听说很有意思的。"伯爵夫人说。

"没去,我答应去接我的belle-soeur③的。"列文说。

接着是一阵冷场。这位母亲跟两个女儿又交换了一次眼色。

"喏,这会儿大概可以了。"列文想,便站起来。女士们和他握手告别,并请他向他的夫人致以mille choses④。

---

① 露卡(1841—1908),意大利女高音歌唱家,19世纪70年代常在俄国演出。
② 法语:狂欢舞会。
③ 法语:姨姐。
④ 法语:问候。

看门人在递给他大衣时问他:

"请问老爷在哪里下榻?"马上便把住址登记在一个装帧精美的大本本里。

"当然啦,这在我也无所谓,可是反正心里不舒服,也觉着太无聊。"列文想着,同时安慰自己说,人人都是这样做的,便乘车到那个委员会召开大会的会场里去找他的姨姐,跟她一同回家去。

委员会的大会上人头攒动,上流社会的人几乎是全都来了。列文赶上听了一场大家都说很有兴趣的时事述评。述评完毕,大家分别碰头,列文见到了斯维雅日斯基,他叫列文今晚务必去农业协会,听一场很有名气的讲演,又见到斯捷潘·阿尔卡季伊奇,他刚从赛马场来,还见到许多其他的熟人,列文又跟别人聊聊,听人家谈起各种各样的有关会议、新上演的歌剧和公开审判的意见。但是大概他过于疲劳,觉得自己注意力不集中了,谈到公开审判时他说错了话,后来几次想起这个错误都觉得很懊恼。又谈起一个外国人正在俄国受审被罚的事,说把他驱逐出境是不对的,列文把他昨天听一个熟人说的话重复了一遍。

"我认为,把他驱逐出境,就跟处罚一条梭鱼,把它放进水里去一样。"列文说。后来他才记起,这个想法,他当作自己的话说出来,是他听一个熟人说的,而这原是克雷洛夫寓言里的话,那个熟人又是从报上一篇小品文里学来的。

列文陪姨姐回到家中,见吉蒂很快活,身体也好,便乘车上俱乐部去了。

七

列文到俱乐部,来得正是时候。客人们和会员们和他一齐纷纷来到。列文自从大学毕业,住在莫斯科,进入社交界以后,很长时间没到俱乐部来过了。他还记得俱乐部,记得那幢建筑外表上的许多细节,但是他从前在俱乐部里得到的那些印象却完全忘记了。然而当他刚一下出租马车,走进那个宽阔的半圆形的院落,踏入门廊,那个佩肩带的看门人没出一点儿声音地把门向他迎面打开,并且对他鞠一个躬的时候;当他在门厅里一看见会员们为了省事不穿上楼便在楼下脱掉的许多套鞋和皮大衣的时候;当他听到那神秘的通报他来到的铃声,沿着铺地毯的斜斜的楼梯往上走,看见楼道上的那座雕像,又在楼上房门口看见第三个熟识的年老的穿俱乐部制服的看门人,不慌不忙又毫不拖延地把门打开,向他这位客人打量一眼的时候——往日那种俱乐部的印象,那种休息、满足、体面的印象便忽地涌上了心头。

"请把帽子给我,"看门人对列文说,原来他忘记了俱乐部的规矩,要把帽子留在门厅里,"您好久没来啦。公爵昨天就给您订好位子啦。斯捷潘·阿尔卡季伊奇公爵还没到呢。"

这个看门人不仅认识列文,也认识他所有的亲戚朋友,马上便提起他的几个最亲密的人。

穿过一间有屏风的过厅,经过右边一间坐着个水果商贩的隔开的房间,又越过一位慢腾腾走着的老年人,列文进了人声嘈杂的餐厅。

他走过一张张几乎坐满了人的餐桌,一边观望着那些客人。这边、那边,到处都碰见许多各种各样的人,有年老的、有年轻的、有面熟的、有很亲近的。没有一张面孔是气愤的和烦恼的,好像都把自己的忧愁和烦恼跟帽子一起留在门厅里了,准备在这里悠悠闲闲地享受一番人生的物质上的快乐。这儿有斯维雅日斯基,有谢尔巴茨基,有涅维多夫斯基,有老公爵,有伏伦斯基,有谢尔盖·伊凡内奇。

"啊,干吗来晚啦?"公爵微笑着说,从别人肩头上向他伸过手来。"吉蒂怎么样?"他拉好塞在坎肩纽扣眼里的餐巾,又问道。

"没什么,挺好的;她们三个人在家吃饭。"

"啊,又是东家长西家短的。喏,我们这儿没位子啦。去那张桌子,快占一个位子吧。"公爵说,他先转过身去当心地接过一盆鳕鱼汤。

"列文,上这儿来!"较远处有个亲切的声音在喊他。这是屠罗夫金。他跟一个年轻军官坐在那边,身旁有两只翻转放着的椅子。列文高兴地向他走去。他一向喜欢这个成天喝酒的屠罗夫金,——一见到他就想起自己向吉蒂求婚的那一天,——而今天,那么紧张地说了许多花费脑筋的话之后,屠罗夫金这张和善的面孔特别让他高兴。

"这是留给您和奥勃隆斯基的。他就来。"

这位腰杆笔挺,两眼总是含着愉快笑容的军人是彼得堡人加金。屠罗夫金给他们作了介绍。

"奥勃隆斯基总是要迟到的。"

"啊,瞧他来啦。"

"你刚来吗?"奥勃隆斯基说,快步朝他们走过来。"好极啦。你伏特加喝了吗?喏,咱们去喝点。"

列文站起来跟他走到一张大桌子前,那里放着许多瓶伏特加酒和各式各样的开胃下酒菜。从二十来种小菜中似乎总可以挑到合口味的了,但是斯捷潘·阿尔卡季伊奇却要了一种特别的小菜,一旁伺候的那个身穿制服的仆役立刻把他要的菜送上来,他们喝了一小杯,回到桌上。

鳕鱼汤还没有吃完,加金便要了一瓶香槟酒,他吩咐斟满四杯。列文并不拒绝请他喝的酒,还又要了一瓶。他饿了,津津有味地又吃又喝,更加津津有味地跟大家有说有笑地闲谈。加金压低声音说起一件彼得堡的新鲜趣闻,这事虽不大体面,也很无聊,却也非常滑稽,列文听得放声大笑起来,引起四座的注目。

"这就好像是那个'我可受不了啦',你知道吗?"斯捷潘·阿尔卡季伊奇问道。"哎呀,这可妙极啦,再来一瓶。"他对侍仆说,然后便讲起故事来。

"彼得·伊里奇·维诺夫斯基敬两位的酒。"一个年老的侍仆用托盘端来两只盛满泡沫翻腾的香槟酒的精制玻璃杯,打断斯捷潘·阿尔卡季伊奇的话,向斯捷潘·阿尔卡季伊奇和列文说。斯捷潘·

阿尔卡季伊奇拿起杯子,向桌子那头的一个秃顶红胡子的男人彼此用眼睛招呼一下,微笑着向他点头。

"这是谁呀?"列文问。

"你有一回在我那儿遇见过的,记得吗? 一个心地善良的人。"

列文也像斯捷潘·阿尔卡季伊奇那样打过招呼,端起酒杯来。

斯捷潘·阿尔卡季伊奇讲的事儿也很能让人开心。列文也讲了一件大家爱听的趣事。然后谈马,谈今天的赛马,谈伏伦斯基那匹名叫"缎子"的马多么骠悍,赢得了头奖。这顿饭列文不知不觉间就吃完了。

"啊,他们也在这儿!"饮宴就要结束时,斯捷潘·阿尔卡季伊奇这样说了声,便从椅背上探过身去,把手伸给向他走过来的伏伦斯基和一位身材高大的近卫军上校。伏伦斯基脸上也洋溢着俱乐部里一般都有的那种愉快和善意。他快活地把手肘撑在斯捷潘·阿尔卡季伊奇肩头上,说了句悄悄话,并且含着同样快活的笑容向列文伸过手来。

"非常高兴跟您见面,"他说,"我在选举会上还找过您的,可是人家告诉我,您已经走了。"他对列文说。

"是的,我当天就走了。我们刚才还在谈您的马呢。祝贺您,"列文说,"跑得快极啦。"

"您也有些好马的呀。"

"我没有,家父有过;不过我还记得,也懂得。"

"您坐哪儿?"斯捷潘·阿尔卡季伊奇问。

"二号桌,柱子后面。"

"大家都在祝贺他,"身材高大的上校说,"这是第二次得到皇上的授奖,要是我赌牌能像他赛马一样走运就好了。"

"喏,干吗浪费大好的时光呢。我上'地狱'去了。"这位上校说,便从桌边走开。

"这是雅什文。"伏伦斯基回答屠罗夫金说,坐在了他们旁边的空位子上。喝过敬他的一大杯酒以后,他又要了一瓶。是在俱乐部气氛的影响下呢,还是因为多喝了几杯,列文跟伏伦斯基聊起来,他们谈着牲口的优良品种,列文谈得很高兴,对这人一点儿敌意也没有。他甚至还对伏伦斯基提起,他听妻子说,她在玛丽娅·波里索芙娜公爵夫人家见到过伏伦斯基。

"哎呀,玛丽娅·波里索芙娜呀,这可是个美人儿!"斯捷潘·阿尔卡季伊奇说,于是便谈起关于她的一件趣闻来,引得大家发笑。特别是伏伦斯基,他哈哈大笑起来,笑得那么温厚,让列文觉得自己跟他已经完全和解了。

"怎么,结束啦?"斯捷潘·阿尔卡季伊奇站起来微笑着说,"走吧!"

八

离开餐桌时,列文觉得他走起路来两臂摆动得特别舒服轻松,他跟加金一同穿过一间间高敞的房间向弹子房走去。走过大厅时,他碰见了岳父。

"喏,怎么样?你喜欢我们这座逍遥宫吗?"公爵挽起他的手臂说。"走,咱俩去转转。"

"我也正想去走走,看看。这儿很有意思。"

"是呀,你觉得有意思。可是我却别有所好啊。你瞧瞧这些个老头儿,"他说,指着一个向他们走过来的脚拖一双软靴,几乎迈不开步的驼背瘪嘴的会员,"你以为他们生下来就是个不中用的老鸡蛋吗?"

"怎么是不中用的老鸡蛋呢?"

"瞧你不知道这个称号吧。这是我们俱乐部里的名词儿。知道吗,就像鸡蛋似的滚呀滚,滚得次数多了,就变成个不中用的老鸡蛋了。我们这些人就这样:上俱乐部里来呀来,来的次数多了,就变成个不中用的老鸡蛋啦。是呀,瞧你在笑,可我们这些人已经在瞧着什么时候自己要变成个不中用的老鸡蛋了。你认识切钦斯基公爵吧?"公爵问,列文从他脸上看出来,他要讲点什么可笑的事情了。

"不,不认识。"

"喏,怎么会不认识他呢!喏,切钦斯基公爵呀,大名鼎鼎的。喏,反正没关系。他呀成年到头打弹子。三年前他还不是个不中用的老鸡蛋,还神气十足呢。他还管别人叫做不中用的老鸡蛋。可有一回呀他来啦,我们那个看门的……瓦西里,你知道的吧?喏,就是那个胖子。他顶会说俏皮话了。切钦斯基公爵就问他:'怎么,瓦西里,都有谁来啦?有没有不中用的老鸡蛋呀?'他就回答说:'您是第三位。'是呀,老弟,就这样!"

一边聊着,一边和遇见的熟人打招呼,列文跟公爵两人把所有的房间都走了一遍:走进大房间,那儿已经摆上一张张桌子,一些老搭档们正在玩输赢不大的纸牌;走进摆沙发的休息室,那儿在下棋,谢尔盖·伊凡诺维奇也在,正跟一个人谈话;走进弹子房,那儿房间拐角处的大沙发旁边一群人快活地喝着香槟酒,加金也参加在这一伙人里;他们又去'地狱'看看,雅什文已经在那儿的一张桌子前坐好,许多赌徒聚集在桌边。他们蹑手蹑脚地走进灯光很暗的阅览室,一个满脸怒容的年轻人坐在带罩子的灯下一本本地翻阅着杂志,还有一个正埋头读书的将军。他们又走进公爵称之为聪明屋的房间里。这里有三位先生正热烈地谈论着最近的政治新闻。

"公爵,请吧,准备好啦。"他的一个老搭档在这找到他,对他说,公爵便去玩牌了。列文坐了坐,听了听,但是,一想起今天上午的那些谈话,他忽然感到极其厌烦。他连忙站起来,去找奥勃隆斯基和屠罗夫金,跟他们在一起他才快活。

屠罗夫金坐在弹子房里一张高背沙发上,手里端着一杯酒,斯捷潘·阿尔卡季伊奇和伏伦斯基在这间房另一端一个角落里的一扇门旁说着话。

"她也不是说闷,而是这种举棋不定、模棱两可的处境。"列文听见这些话,想马上走开,但是斯捷潘·阿尔卡季伊奇叫住他。

"列文!"斯捷潘·阿尔卡季伊奇说,列文看出,他眼睛里虽没含着泪,却是湿润的,他这人总是眼睛湿叽叽的,或是因为喝了酒,或是动了感情。今天是二者兼备。"列文,别走。"他说,并且把列文的手肘紧紧捏住,显然是怎么也不愿放他走。

"这是我最真诚的朋友,可以说是最亲密的朋友,"他对伏伦斯基说,"他对于我也是更加亲密、更加可贵的。所以我希望,我也知道,你们应该友好和亲近,因为你俩都是好人。"

"这么说,我俩只有亲嘴的分儿啦。"伏伦斯基和气地开玩笑说,把手伸过去。

他连忙握住向他伸来的手,紧紧地握住。

"我非常、非常高兴。"列文握住伏伦斯基的手说。

"来人哪,一瓶香槟。"斯捷潘·阿尔卡季伊奇说。

"我也非常高兴。"伏伦斯基说。

但是,尽管斯捷潘·阿尔卡季伊奇和他们自己都这样希望,他们之间却无话可说,两人都感觉到了这一点。

"你知道吗?他还不认识安娜呢,"斯捷潘·阿尔卡季伊奇对伏伦斯基说,"我一定要带他去见她。我们走吧,列文!"

"真的吗?她会非常高兴的。我最好是现在就回家去,"伏伦斯基又说,"可是雅什文让我放心不下,我想再待一会儿,等他赌完了。"

"怎么,情况不妙吗?"

"他老是输,也只有我一个人能管得住他。"

"那我们来玩三个人打的台球怎么样?列文,玩不玩?喏,那好极啦。"斯捷潘·阿尔卡季伊奇说。"摆上三角球。"他对记分员说。

"早就摆好啦。"记分员回答说,他早就把弹子摆成三角形,把一只红球滚来滚去在消磨时间了。

"喏,来吧。"

打完一盘后,伏伦斯基和列文走到加金的桌边,列文听斯捷潘·阿尔卡季伊奇的建议,也打起纸牌来。伏伦斯基一会儿在桌旁坐坐,被不断走来找他的熟人们包围着,一会儿到'地狱'去看看雅什文。列文上午用脑过度,有些累了,现在得到愉快的休息。跟伏伦斯基不再敌对,让他很是高兴,他心中一直感到安静、体面而满足。

一局打完,斯捷潘·阿尔卡季伊奇拉起列文的手。

"喏,那就上安娜那儿去吧。这就走?啊?她现在在家。我早就答应她要带你去了。你晚上准备去哪儿?"

"也没什么特别想去的地方。我答应过斯维雅日斯基上农业协会去的。好吧,我们走。"列文说。

"那太好啦,走!你去看看,我的车子来了没有。"斯捷潘·阿尔卡季伊奇对侍仆说。

列文到桌前付了他玩牌输掉的四十个卢布,又向站在门口的那个老侍仆付了他俱乐部的花销,这老头儿不知通过什么神秘的方式知道这个账目的,然后他便大模大样地摆动着双臂,穿过一个个大厅向出口走去。

九

"奥勃隆斯基老爷的车!"看门人用气呼呼的男低音喊叫了一声。马车驶来,两人坐进去。马车从俱乐部大门出来时,也就是在这一小段时间里,列文仍继续保持着俱乐部里的安逸、满足和四周一切都绝对体面的感受;而一当马车走上街头,当他感觉到车子在凸凹不平的路面上颠簸,听到迎面驶来的出租马车车夫怒气冲冲的叫喊,看见昏暗的灯光下小酒馆和小店铺的红色的招牌,这时,俱乐部留下的印象便化为乌有了,他开始考虑自己的行为,并且问自己,去看望安娜,这样做到底对不对。吉蒂会怎么说呢?然而斯捷潘·阿尔卡季伊奇却不许列文多想,他好像猜到了列文的心事,便来驱散列文的疑虑。

"我多么高兴啊,"他说,"你就要跟她认识了。你知道,朵丽早就希望能这样了。连李沃夫都去看过她,现在还常去呢。虽说她是我妹妹,"斯捷潘·阿尔卡季伊奇继续说下去,"我仍然可以大胆地说一句:这可是个了不起的女人啊。你马上就会看见的。她的处境很难受,尤其是现在。"

"为什么说尤其是现在呢?"

"我们正在跟她丈夫谈离婚的事,他也是同意的;但是涉及儿子有了点麻烦,所以这件事,本来早就该办好的,拖了已经三个月了。一办好离婚,她就嫁给伏伦斯基。多么无聊啊,这种陈年老规矩,兜着圈子念叨着'欢呼吧,以赛亚',这套规矩谁也不相信,而就是这套规矩让人得不到幸福!"斯捷潘·阿尔卡季伊奇插了一句话。"喏,到那时候他们的处境就跟你我一样明明白白了。"

"麻烦到底在哪里呢?"列文问。

"唉,说来话长,也实在无聊得很,我们这儿的事情都是这么不明不白的。不过问题是,她为了等这个离婚,在这儿,在人人都认识他俩的莫斯科,住了三个月了;她哪儿也不去,除了朵丽,别的一个女客也不见,因为,你明白吗,她不要人家出于怜悯来看望她;那个蠢女人瓦尔瓦拉公爵小姐,就连她也走掉了,觉得住在安娜家里不体面。你瞧,这种处境换个别的女人就活不下去了。而她呢,你就会看见的,看她多会安排自己的生活,看她多么沉稳,多么自重。往左,进胡同,教堂对面!"斯捷潘·阿尔卡季伊奇从窗口探出身子来,对车夫喊道。"嘿,好热哟!"他说,尽管气温是零下十二度,他把原是敞开的皮大衣敞得更开一些。

"她不是有个女儿吗;大概,她就忙着照顾这孩子吧?"列文说。

"你,好像是,以为女人们都是抱窝的母鸡吧,une couveuse[①],"斯捷潘·阿尔卡季伊奇说,"要忙,就一定是为孩子。不,她把这个女儿似乎培养得很好,不过没听她说起过这孩子。她首先忙的是写东西。我已经看见你在不以为然地发笑了,可是你算白笑啦。她在写一本孩子们读的书,她对谁也没说起过这事,可是读给我听过,我

---

① 法语:抱窝的母鸡。

把手稿交给沃尔库耶夫了……你知道,那个出版商……他自己大概也是个作家。他懂行的,他说,这书写得很出色。可是你认为,这是一个只会写书的女人,是吗?才不是呢。她首先是一个内心世界丰富的女人,你马上就会看见的。她现在还养着一个英国小女孩和一大家子人,她忙着照顾他们。"

"怎么,是慈善事业吧?"

"瞧你老是马上就往坏处想。不是慈善事业,是心肠好。他们家里,就是说伏伦斯基家里,有个英国驯马师,很有些技术,可惜是个酒鬼。他成天喝得烂醉,得了 delirium tremens①,把家也丢掉不管了。她看见这一家人,就帮助他们,愈帮愈多,现在这一家人全由她负担;而且不是说光花点钱,高高在上地做些施舍,她还亲自给男孩子们补习俄语,让他们进中学,一个小姑娘她就带在身边。你马上就要见到她了。"

车子驶进庭院,斯捷潘·阿尔卡季伊奇在门前大声地打铃,门口停着一辆雪橇。

也不问开门的仆人安娜在不在家,斯捷潘·阿尔卡季伊奇便走进门廊。列文跟随他走进去,心里愈来愈怀疑他做得对不对。

列文照一照镜子,发现自己脸很红;但是他确信他没有喝醉,便跟着斯捷潘·阿尔卡季伊奇沿铺地毯的楼梯走上去。到楼上,仆人对斯捷潘·阿尔卡季伊奇像对很熟识的人一样地鞠躬问候,斯捷潘·阿尔卡季伊奇问他,安娜·阿尔卡季耶芙娜的客人是谁,回答说是沃尔库耶夫先生。

"他们在哪儿?"

"在书房里。"

走过一间不大的镶有暗色护墙板的餐厅,斯捷潘·阿尔卡季伊奇领列文踏着柔软的地毯走进昏暗的书房,房间里点一盏灯,灯上蒙一只深色大灯罩。另一盏反光壁灯照亮着一副巨大的全身的女

---

① 拉丁语:酒精中毒症。

人肖像,列文不由得注意望去。这就是米哈依洛夫在意大利给安娜画的那幅肖像。斯捷潘·阿尔卡季伊奇一越过屏风,那男人的话音便停住了。列文望着那幅肖像,在明亮的灯光照耀下,画上的人好像要从框架里走出来似的,列文看得不能迈步向前走了。他甚至忘记了他身在何处,也听不见他们谈话的声音,只顾目不转睛地望着那幅美妙的肖像。这不是一幅画像,而是一个活生生的美貌绝伦的女人,黑色的鬈发,裸露的双肩和两臂,唇边有着柔软的汗毛,若有所思地微微含笑着,一双令他心神荡漾的眼睛洋洋得意地而又是脉脉含情地注视着他。只能从一点上看出她不是活的人,因为一个活的人不可能有她这样美。

"我非常高兴。"列文忽然听见身旁有人说话,显然是对他说的,正是那个他在画上欣赏着的女人在说话。安娜从屏风后面走出来迎接他,于是列文在书房半明半暗的光线下看见了画里的那个女人本身,她穿一件底色深蓝的花连衣裙,姿势不同,表情不同,但却和画家在肖像中所捕捉到的一样,处于美的顶峰。实际的她并不是那么光彩夺目,然而活生生的人却有着画像中所没有的某种新的魅力。

十

她站起身来迎接他,并不掩饰自己见到他的喜悦心情。她向他伸出一只小小的、富有生命活力的手,给他介绍了沃尔库耶夫,又把坐在一旁做针线的红头发漂亮小姑娘指给他看,说这是她的养女,在她宁静娴雅的举止中,显现出一种列文所熟悉和喜爱的、上流社会妇女所惯有的安详自然的风度。

"我非常、非常高兴,"她再说一次,而从她嘴里说出的这两句普通的话,不知为什么让列文觉得具有了特别的含义,"我早就知道您,早就喜欢您了,因为您跟斯季瓦是好朋友,也因为您太太的关系……我跟她只认识了很短时间,可是她给我留下的印象好像是一朵非常可爱的花儿,真就是一朵花儿。可她马上就要做母亲了!"

她说话无拘无束,从容不迫,偶尔把目光从列文身上移到她哥哥身上,列文感觉到,她对自己印象很好,于是他立即觉得跟她在一起轻松、随便而愉快,仿佛他从小就认识她似的。

"我跟伊凡·彼得罗维奇来阿历克赛的书房里坐,"斯捷潘·阿尔卡季伊奇问她可不可以抽烟,她回答说,"就是为了抽烟,"然后她望了列文一眼,意思是问:他抽烟不? 再把那只玳瑁烟盒移到跟前,取出一支烟来。

"你今天身体怎么样?"她哥哥问。

"没什么,神经方面跟往常一个样。"

"画得非常之好,是不是?"斯捷潘·阿尔卡季伊奇发现列文一再地望着那幅肖像,便说。

"我没见过更好的肖像画了。"

"而且还非常像呢,是吗?"沃尔库耶夫说。

列文把目光从画像上移到本人身上。当安娜感觉到列文的目光停在她身上时,她脸上闪耀出一种特别的光彩。列文脸红了,为了掩盖自己的窘态,他想问安娜很久没见到达丽雅·亚力山德罗芙娜了吗,但是这时安娜却开口说话了:

"我刚才正和伊凡·彼得罗维奇谈瓦辛科夫近来的几幅画。您看见过吗?"

"是的,我看见过的。"列文回答。

"对不起,我刚才打断了您,您是想说……"

列文问她很久没见朵丽了吗。

"她昨天在我这里,她为格里沙很生学校的气。拉丁语教师,好像是,对他不公平。"

"是的,我看见过那几幅画了。我不是很喜欢。"列文回到她刚才开了头的话题上。

列文现在已经完全不像他今天上午那样枯燥乏味地说话了。跟她谈话每一个字都具有特殊的意义。跟她谈话真愉快,尤其愉快的是听她说话。

安娜的话说得自然、聪明,而且聪明的同时又不把自己的聪明放在心上,她不认为自己的想法有什么价值,而却把对方的想法看得很重要。

他们谈到艺术上的新流派,谈法国画家新作的圣经插图。沃尔库耶夫指责那位画家的现实主义手法,说他已经到了粗俗的地步。列文说,法国人在艺术上所搞的虚假东西比谁都多,因此他们便把回到现实主义视为一种特殊的功绩。他们认为他们现在已经不再说假话,他们把这看作有了美的想象。

列文还从来没有说过一句让他如此得意的聪明话。安娜忽然间发现了他这种思想的价值,脸上顿时大放光彩。她笑了起来。

"我在笑,"她说,"就好像人家看到一幅跟真人非常相像的肖像画时会笑出声来一个样。您所说的话把当前法国艺术的特征完全描画出来了,绘画上是这样,甚至文学上也是这样:Zola, Daudet①。不过,或许从来都是如此的,先用一些虚构的、假定的形象来形成自己的 conceptions②,然后——等到一切的 combi-naisons③ 都有了,就会对虚构的形象感到厌倦,就开始想出一些更加自然、更加合理的形象来。"

"您说的一点也不错!"沃尔库耶夫说。

"那么您上俱乐部去了?"她对她哥哥说。

"是啊,是啊,真是个了不起的女人!"列文一边这样出神地想,一边目不转睛地注视着她美丽的活跃的脸庞,而这时,这张脸突然间完全变了个样子。列文没听见她俯下身去对她哥哥说些什么,但是她表情的变化让他大为吃惊。原先宁静安详时,这张脸是多么的漂亮,忽然间显出一种古怪的好奇、愤怒和高傲的表情。但是这只

---

① 法语:左拉,都德。左拉(1840—1902)、都德(1840—1897)都是法国名作家。
② 法语:构思。
③ 法语:布局。

是一刹那间的事。她眯了眯眼睛,像是想起了什么。

"噢,是的,不过,这谁也不感兴趣。"她说,又对那个英国小女孩说话。

"Please order the tea in the drawing-room."①

小女孩站起来走出去了。

"怎么,她考试及格了吗?"斯捷潘·阿尔卡季伊奇问。

"好极了。这孩子很有才能,性格也讨人喜欢。"

"结果你爱她会胜过爱自己的女儿啦。"

"这是男人们说的话。爱没有多少之分。爱女儿是一种爱,爱她是另一种爱。"

"所以我要对安娜·阿尔卡季耶芙娜说,"沃尔库耶夫说,"她若是把她用在这个小英国人身上的精力的百分之一用在教育俄国孩子们上面,那她就会做出巨大的有益的事业。"

"随您怎么说吧,我可没那个能力。阿历克赛·基里内奇伯爵对我鼓励很大(她说**阿历克赛·基里内奇伯爵**这几个字时用恳求和羞怯的目光望了列文一眼,他也不由得回答她一个敬重和认可的目光)——他鼓励我在乡下办学。我上学校去过几次。孩子们都很可爱,可是我不能把自己拴在这件事情上。您说到精力。精力是以爱为基础的。但是无从爱起,也不能强求。就说我爱这个小姑娘吧,我自己也不知道为什么。"

她又望了列文一眼。她的笑容和她的目光都告诉他,她这话是说给他一个人听的,她看重他的意见,并且预先知道他们是能彼此理解的。

"这我完全理解,"列文回答说,"不能把心血全都放在学校以及诸如此类的机构上,也就是因为这个,我认为,恰恰是那些慈善机构,总是收效甚微。"

她没说话,后来微微一笑。

---

① 英语:请你去叫他们在客厅里摆茶。

"是的,是的,"她表示同意地说,"我怎么也不能。Je ńai pas le coeur assez large,①我做不到去爱孤儿院里所有那些讨人嫌的小丫头。Cela ne má jamais réussi.②有不少妇女就是用这个办法为自己谋求 position sociale③ 的。如今更是这样了,"她带着忧愁的、信任的表情说,表面上是说给哥哥听,但显然是说给列文一个人听的。"就是现在,我非常需要有点事情做的时候,我也做不到。"这时,她忽然皱起眉头来(列文明白,她是为自己而皱眉头,因为谈到了她自己),她便改变了话题。"我知道人家对您的看法,"她对列文说,"说您是个不好的公民,我还尽力为您辩护过。"

"那您是怎么为我辩护的呢?"

"那要看人家怎么攻击您了。不过,来点茶好吗?"她站起身来,手里拿着一个精装的皮面本子。

"给我看看,安娜·阿尔卡季耶芙娜,"沃尔库耶夫说,指着那个本子,"印成这样非常值得。"

"噢,不,写得很粗糙。"

"我对他说过。"斯捷潘·阿尔卡季伊奇指着列文对妹妹说。

"你何必说呢。这是我写的——这有点像从前丽莎·米尔察洛娃老是从监狱里拿来卖给我的雕花小篮子。她在慈善协会里管监狱方面的事,"她对列文说,"这些不幸的人创造了忍耐的奇迹。"

于是列文在这个他所异常喜欢的女人身上又发现了一个新的特征。除了聪慧、娴雅、美丽之外,她还有真诚的天赋。她并不想对他隐藏自己处境是多么艰难。说完这番话,她叹息一声,那面孔上的表情忽然变得很严峻,好像那张脸化作了一块石头。脸上带着这样的表情,她却比原先更加美丽了;然而这种表情是他原先所没有见到的;这种表情已经超出了画家在那幅肖像中所捕捉到的、洋溢

---

① 法语:我的心胸不够大。
② 法语:这我永远做不到。
③ 法语:社会地位。

着幸福的、并且让别人也感到幸福的表情范围之外。列文再一次朝肖像望一眼,又望了望她的身影,她正挽着哥哥的手臂,跟他一同从高大的房门中走过,这时,列文体验到一种对她的依依之情和怜惜之情,他自己也为此惊讶了。

她请列文和沃尔库耶夫到客厅去,而自己留下来跟哥哥谈点什么事。"谈离婚,谈伏伦斯基,谈他在俱乐部里做些什么,谈我?"列文想。她到底跟斯捷潘·阿尔卡季伊奇在谈什么呢,这个问题让他好不激动,因此他几乎没听见沃尔库耶夫对他说的,安娜所写的儿童小说的许多优点。

喝茶时他们仍在那样愉快而内容丰富地交谈。不仅没有哪一分钟需要找寻话题,而且,正相反,都感到来不及说出自己想说的话,并且情愿自己停住不说,好听见另一个人在说些什么。所有的谈话,不仅她自己说的,而且也包括沃尔库耶夫说的,斯捷潘·阿尔卡季伊奇说的——全都由于她的留意倾听和频频插话,让列文觉得,获得了一种特殊的含义。

列文一边注意地听着大家有趣的谈话,一边不住地在欣赏她——欣赏她的美、她的智慧、她的教养,也欣赏她的真挚和单纯。他听别人谈,自己也谈,而却总是在心里想着她,想着她内在的精神生活,极力猜测着她的心情。他从前曾经那么严厉地谴责过她,这会儿却循着某种奇特的思路在为她辩护,同时又深感怅惘,担心伏伦斯基不能完全理解她。到十一点钟,斯捷潘·阿尔卡季伊奇站起来要走(沃尔库耶夫已经先走了),而列文觉得他好像才刚到,颇感遗憾地站了起来。

"再见啦。"她说,握住他的手,用她那富有吸引力的目光凝视着他的眼睛。"我非常高兴,que la glace est rompue.①"

她松开他的手,眯缝着眼睛。

"请转告您的夫人,就说我还跟从前一样地爱她,要是她不能原

---

① 法语:坚冰融化了。

谅我,原谅我现在的处境,那么我但愿她永远也别原谅我了。要做到原谅,怕得体验一下我所体验过的东西才行,愿上帝保佑她不会这样。"

"一定,是的,我一定转告她……"列文红着脸说。

十一

"一个多么不同寻常的,可爱而又可怜的女人啊。"当列文和斯捷潘·阿尔卡季伊奇一同走到门外的严寒中,他心里在这样想。

"喏,怎么样?我对你说的不错吧。"斯捷潘·阿尔卡季伊奇见列文已经完全被征服了,便问他说。

"是啊,"列文回答时心里还在思索着,"一个与众不同的女人不但聪明,而且真挚得也不同寻常。我实在太可怜她了!"

"现在上帝保佑,事情快要就绪了。哦,是呀,话别说得太早了,"斯捷潘·阿尔卡季伊奇说,一边拉开轿车的车门,"再见啦,我们不一条路。"

列文不停地想着安娜,想着跟她谈过的所有那些极其普通的话,回味着说这些话时她面部表情的每一个细微之处,愈想便愈能体会她处境的艰难,愈觉得她可怜,他就这样回到了家里。

列文到家后,库兹马禀报说,卡捷琳娜·亚力山德罗芙娜平安无事,两位姐姐刚走不一会儿,还送上两封信。列文就在前厅里把信看了,免得过后分心。一封信是账房索科洛夫来的,索科洛夫写道,小麦卖不掉,人家只肯出五个半卢布,再没处找钱了。另一封是姐姐来的,责备他至今没有为她把事情办好。

"喏,就卖五个半卢布吧,既然人家不肯多出。"列文马上就把第一个问题极其轻易地解决了,这件事他以前觉得很难办的。"奇怪,在这儿怎么成天这么忙。"他又想了想第二封信。他觉得自己对不起姐姐,至今没把她要他办的事办妥。"今天又没去法院,不过今天也确实没工夫。"他决定这件事明天一定去办,就去见妻子了。一边往她那走,他一边把整个这一天的事快速地在脑子里过了一遍。这一天都在谈话:听别人谈话,自己也参加谈话。若是他一个人待在乡下,所有这些话题他根本不会提起,而在这里他们却趣味盎然。今天所有的谈话都是很好的;只有两处不大好。一处是他谈到梭鱼的时候,另一处是他对安娜所产生的爱怜之情,这好像有点**不大合适**。

列文发现妻子又愁又闷。姐妹三个吃一顿饭原本是很快活的,可是后来因为等他回家,紧等慢等,把大家都等得没味儿了,姐姐们走了,只留下她一个人。

"喏,你都做了些什么呀?"她盯住他的眼睛问,她觉得这双眼睛里有种特别可疑的闪光。但是,为了不影响他把一切都说出来,她假装没有留意,还赞赏地微笑着听他叙说这一个傍晚是怎样度过的。

"喏,见到伏伦斯基,我很高兴。我跟他谈得很随便,很轻松。你明白,现在我要尽量避免再和他见面了,不过这种尴尬局面该有个结束,"他说,忽然想起,他嘴里说尽量**避免再和他见面**,却又马上跑去见安娜,他的脸一下子红了,"您瞧我们总是说,老百姓爱喝酒;不知道是谁喝得多,老百姓呢,还是我们这些人;老百姓就算过节的时候喝上点,可是……"

但是吉蒂对议论老百姓怎么喝酒的事并不感兴趣。她看见他的脸红了,想要知道这是为什么。

"喏,那你后来去哪儿啦?"

"斯季瓦拼命要拉我去看望安娜·阿尔卡季耶芙娜。"

说完这话,列文脸红得更厉害了,这时,他去见安娜到底做得好不好,这疑问已经彻底解决了。他现在知道,他本来就不该这样做。

一听到安娜的名字,吉蒂的眼睛睁得特别大,也特别地闪亮了一下,但是,她竭力控制住自己,掩盖住自己的激动,也真是瞒过了他。

"啊!"她只说了这样一个字。

"你,大概,不会生气吧,因为我去看了她。是斯季瓦要我去的,朵丽也希望我去。"列文接着说。

"哦,不。"她说,但是他从她眼睛里看出来她在竭力地控制自己,这不是好兆头。

"她是一个非常可爱,非常、非常可怜的好女人啊。"他说着,便大谈起安娜来,谈她在做些什么,又谈起她要他说的话。

"是呀,当然啦,她很可怜嘛,"等他说完了,吉蒂说,"谁来的信?"

他告诉了她,对她平静的口气信以为真,便去换衣服了。

等他回来时,他发现吉蒂还坐在那只安乐椅中。他走到她身边时,她对他看了一眼,便号啕大哭起来。

"怎么回事?怎么回事?"他一边问,一边已经知道是怎么回事。

"你爱上这个不要脸的女人了,她把你给迷住了。我从你的眼睛里看出来的。是的,是的!这会有什么好结果呢?你去俱乐部喝呀,喝呀,赌钱呀,然后就去……去找哪个人呢?不,我们走……我明天就走。"

列文好久都不能使妻子恢复平静。最后,他承认,因为怜悯心,再加上喝多了酒,让他昏了头,安娜又巧妙地对他施加了影响,他就被人支配了,他以后一定要处处躲着她,只有说了这些话,才把妻子劝得回心转意。然而,他最真心承认的是,在莫斯科住得太久了,成天闲聊,吃喝玩乐,他已经变成个傻子了。他俩说到半夜三点钟。直到这时他们才和好如初,可以睡觉了。

十二

送走客人以后,安娜没有坐下,在房间里来回地走动。虽然整个晚上她都在下意识地(近来她对所有的年轻男人都是这样)使尽全身解数在列文心中激发起对她的爱恋之情,虽然她知道她已经达到目的,只用一个晚上便能让一个结过婚的正派人对自己拜倒到如此程度,这已是登峰造极,虽然他非常讨她欢喜(尽管从男人们的观点看,伏伦斯基和列文截然不同,而她作为一个女人,却能看出他们的共同之处,所以吉蒂才会又爱伏伦斯基,又爱列文),但是,他一走出房门,她就不再去想他了。

一个思想,只有一个思想,正变幻着各种各样的方式死死地纠缠着她。"既然我能对别人,比如对这个有家室有爱妻的人,产生这样大的影响,那为什么他却对我这么冷淡呢?……也不是冷淡,他是爱我的,这我知道。可是现在有一种什么新出现的东西把我们隔开了。为什么他整个晚上都不待在家里?他叫斯季瓦带话说,不能丢下雅什文不管,要看住他赌钱。雅什文难道是个小孩子?就算这是真话吧。他从来不说假话的。可是这种真话里面有点别的味道。他高兴能有这个机会向我显示,他还有许多别的事要管。这我知道,这我同意。可是为什么要故意做给我看?他想要向我证明,他对我的爱不能妨碍他的自由。可是我并不需要什么证明,我需要的是爱。我在这儿,在莫斯科的日子有多难过,这他心里应该明白。我这是人过的日子吗?我这不是在过日子,是在等着那个一拖再拖的结局。还是没有个回信,连斯季瓦都说,他没法再去找阿历克赛·亚力克山德洛维奇了。而我也不能再写信。我毫无办法,不知道怎么着手,怎么改变目前这种情况,我克制住自己,我等待,想些法子来解闷——英国人的家庭啦,写作啦,读书啦,可是这一切全都是自欺欺人,这一切全都跟吗啡一样。他也该可怜可怜我啊。"嘴里说着这些话,她感到泪水涌上了她的眼睑,这是她在可怜她自己。

她听见伏伦斯基急促的打铃声,连忙把眼泪擦掉,不仅是擦掉眼泪,还去坐在灯下,打开一本书,假装安安静静地在看。应该让他知道他答应回来的,可是没回来,她不满意,不过只是不满意而已,千万别让他知道她在痛苦,尤其是在自己可怜自己。她可以自己来可怜自己,但却不能让他来可怜她。她不想吵架,她还指责过他,说他想跟她吵架,但是现在她却不由自主地摆出一副要吵架的姿势。

"我说,你不寂寞吧?"他说,又愉快又有兴致地走到她跟前,"多么可怕的嗜好啊——赌博!"

"不,我不寂寞,我早就学会不寂寞了。斯季瓦来过,还有列文。"

"是啊,他们想要来看你。喏,你喜欢列文这个人吗?"他说着在她身边坐下。

"很喜欢。他们刚走不一会儿。雅什文怎么样了?"

"本来赢的,赢了一万七。我叫他走。他已经要走了。可是又转回去,现在又输了。"

"那你为什么要留下呢?"她忽然向他抬起眼睛来问道。她脸上的表情是冷漠而不友好的。"你对斯季瓦说,你留下是要把雅什文带走。可是你让他一个人在那儿了。"

他脸上也同样显出准备吵架的冷漠表情。

"首先,我什么话也没叫他带给你,其次,我从来没说过假话。主要的是,我想留下,所以就留下了。"他皱着眉头说。"安娜,这是干吗呢,干吗呢?"片刻沉默之后,他说,同时向她俯过身去,把手张开,希望她把手放进他的手中。

他这是想要讨好,她很高兴。但是却有一种奇怪的邪恶的力量不让她按自己的心意办事,好像既然存心吵架了,就不能屈服似的。

"当然啦,你想要留下,所以你就留下了。你想要做什么,你就做什么。可是你为什么要向我讲这种话?为什么呢?"她越说火气越大,"难道有谁要剥夺你的权利吗?不过你既然想要让自己有理,那你就有理去吧。"

他把手捏住了,把身子偏到一边,脸上是比原先更加固执的表情。

"对你来说,这只是个固执的问题,"她目光凝聚地望了他一眼,忽然找到一个字眼来形容他脸上这种令她激怒的表情,"恰恰是固执。对你来说,问题在于,能不能在我面前保持住一个胜利者的姿态,而对我来说……"她又可怜起自己来了。于是她差点没哭出来。

"要是你知道,这对我是个什么问题就好了!当我感觉到,就像现在这样,感觉到你像对敌人似的,恰恰是像对敌人似的对待我,要是你知道这对我意味着什么就好了!要是你知道,眼前这会儿我觉得自己马上就要倒大霉,我多么害怕,多么害怕我自己,那就好了!"她转过身去,想不让他看见自己在哭。

"可我们这是怎么啦?"他说,她的绝望的表情让他觉得可怕,便再次向她俯过身去,拉住她的手吻着。"为了什么呀?难道我在外边寻欢作乐啦?难道我不是成天躲着不跟别的女人来往吗?"

"但愿这样就好了。"她说。

"喏,你说说,我该怎么做才能让你放心?只要你幸福,我什么都愿意做,"他说,他被她的绝望心情感动了,"只要你不受现在这种莫名其妙的罪,我有什么不可以做的,安娜!"他说。

"没什么,没什么!"她说,"我自己也不知道:是因为日子过得太孤独了,是神经……喏,咱们不说啦。赛马怎么样?你还没告诉我呢。"她问道,她到底还是取得了胜利,极力想掩盖住心中的喜悦。

他吩咐给他开饭,又向她讲述赛马的详情;但是从他愈来愈冷淡的口气和目光中她看出,他并没有真心接受她所取得的胜利,她与之斗争过的那种固执的心情他仍然不可移易地保留着。他对她比原先更冷淡了,仿佛后悔自己屈从了她。而她呢,回想起那句让她获得了胜利的话,就是"我觉得自己马上就要倒大霉,我多么害怕我自己",她明白了,这种武器是非常危险的,下次不能再用。但是她感觉到,除了维系他们关系的爱情之外,他们之间已经产生了某种敌对的恶念,这一点她既无法从他的心中驱除,更无法从自己的心中驱除。

十三

没有什么环境是一个人所不能适应的,特别是当他看见,周围的人都过着同样的生活。三个月前,列文就不会相信,他能在他现在所生活的环境中安然入睡;过着一种漫无目的、毫无意义的日子,而且是入不敷出的日子,酗酒(对俱乐部里干的那些事,他只能这样说,想不出一个别的说法),跟妻子从前爱过的人建立那种莫名其妙的友谊,尤其莫名其妙的是,还上那个女人家里去,这女人只可能被称为荡妇,不可能有其他称呼,在做过所有这些事之后,而且是在受到这个女人的迷惑,让妻子大为伤心之后,——在这样的情况下他居然能安然入睡,他真是不会相信。然而,疲劳、通宵失眠,又喝过那许多酒,这些因素影响了他,他睡得很香、很稳。

早上五点钟,开门的吱嘎声把他吵醒。他一跃而起,四下里看看。床上不见吉蒂,她没有睡在他身边。但屏风后面有灯光在移动,他听见她的脚步声。

"怎么啦?……怎么啦?"他睡眼惺忪地说,"吉蒂!怎么啦?"

"没什么,"她说,一边手举着蜡烛从屏风后面走出来,"我觉得不大舒服。"她说,脸上的笑容特别可爱,又意味深长。

"怎么?开始啦,开始啦?"他惊慌地说,"得派人去。"于是他匆匆地穿起衣服。

"不,不,"她说,微微地笑着,用手拦住他,"大概没什么。我只是有一点儿不舒服。这会儿过去了。"

于是她走到床前,熄掉蜡烛。躺下,一声不响。虽然她那种似乎是屏住气息的安静样子让他感到怀疑,特别是她从屏风后面走出来对他说"没什么"时,脸上那种特别温柔和兴奋的表情更令他怀疑,可是他太想睡觉了,便立刻又睡着了。只是在后来,回想起她屏住气息时那悄然无声的寂静,他才明白,那时,当她一动不动躺在他的身旁,等待着女人一生中最重大事件的来临时,她可爱的、千金难买的心灵中所经历的一切。七点钟,她的手轻轻碰了碰他的肩头,又低声悄悄地说了句话,这才唤醒他。她仿佛舍不得把他叫醒,又很想跟他说话,不知如何是好。

"考斯佳,你别害怕。什么事也没有。不过好像是……得叫人去请丽莎维塔·彼得罗芙娜来了。"

蜡烛又点燃了。她坐在床上,手里拿着她这几天一直在织的毛线衣。

"你瞧,别惊慌呀,没事的。我一点儿也不害怕。"她看见他那张惊慌的面孔,便这样说道,把他的手拉过去贴在她的胸前,后来又贴在嘴唇上。

他连忙跳下床,六神无主地两眼定定望着她,穿上睡袍,站在那里,眼睛还是盯住她。他应该走了,但是他没法让她离开自己的目光。是他不爱看她这张脸,不熟悉她的表情、她的目光吗?然而他确实从来没见过她这副模样。回想起昨天怎样伤了她的心,眼见她现在这种样子,他觉得自己是多么地卑劣和丑恶啊!她的脸红彤彤的,脸四周围绕着睡帽没能压住的一绺绺柔软的头发,闪耀出快乐和坚定的光辉。

尽管吉蒂性格中一般说来很少有矫揉造作和虚情假意的成分,然而,此时此刻,当她灵魂的内核忽然间去除了一切掩盖,在她的眼睛里大放着光彩,列文仍禁不住为他面前所袒露的情景而深深感动。如此真实纯朴,如此袒露无遗,她,正是这个他所深深爱着的她,现在显得更加超群出众了。她含笑凝眸,注视着他;忽然她眉间一颤,抬起头来,快步走到他身边,握住他的手,整个身子贴住他,她火热的呼吸向他迎面袭来。这时她身子里很痛苦,她似乎在向他怨诉着这些苦楚。一刹那间他习惯地觉得这都怪他不好。然而她的目光中洋溢着柔情,这似水柔情向他叙说着这样的话:她不仅不责怪他,反而因为自己受到这样的痛苦而更爱他。"这要是不怪我,又怪谁呢?"他不由得这样想,心中在搜寻一个该为这些痛苦负责的罪人,好给以惩罚;然而却不存在这样的一个人。她在受苦,她抱怨这些痛苦,同时又因这些痛苦而感到欢欣,感到快乐,她热爱这些痛苦。他看见,在她心灵深处正发生着某种美好的事情,然而到底是什么事情呢?——他没法明白。这是超乎他的理解能力之上的。

"我派人去请妈妈了。你快去请丽莎维塔·彼得罗芙娜……考斯佳!……没事儿的,都过去啦。"

她从他身边走开,去打铃喊人。

"喏,这会儿你去吧,帕莎就来了。我没事的。"

列文惊讶地看到,她拿起晚上带进卧室的毛线活,又开始织起来。

列文刚走出一扇门,他就听见,侍女从另一扇门走进屋里来。他站在门口,听见吉蒂给侍女仔细地吩咐着,又自己跟那女孩一同移动床铺。

一时找不到出租马车,家里人套马的时候,他穿好衣裳,再一次奔回睡房去,他觉得自己不是踮着脚尖在走,而是用翅膀在飞。两个侍女正张罗着重新安置睡房里的什么。吉蒂来回走动着,织着毛线,手里一边快速地织,嘴里一边吩咐着。

"我这就去找医生。请丽莎维塔·彼得罗芙娜的人已经坐车走了,不过我还是要去一下。不需要什么了吗?对了,要去喊朵丽来吗?"

她望望他,显然没听见他说的话。

"好的,好的,去吧,去吧。"她急速地说,皱着眉头,向他把手一挥。

他已经走进客厅了,忽然睡房里传来一声好可怜的呻吟,马上便听不见了。他停住不动,很久都莫名其妙。

"是的,这是她。"他自言自语说,便两手抱住头,向楼下奔去。"主啊,求你赐福吧,饶恕我们,帮助我们吧!"他反复念叨着这些突然间涌到嘴边的话。他这个不信神的人此刻不光是嘴里在这样念叨。此时此刻,他知道,不仅是他心头的种种怀疑,就连那些他知道自己凭理智所无法相信的东西,都丝毫不能妨碍他去祈求上帝了。所有这一切现在在他的心头都已经烟消云散了。若是不向那个他觉得是把他自己、他的灵魂、他的爱全都捏在手中的上帝祈求,又能向谁去祈求呢?

马还没有备好,但是他感到,他身上正有着一种特别强壮的体力和一种特别集中的注意力,让他能做好眼前该做的事情,他一分钟也不愿耽搁,就不等套马,便走出门去,吩咐库兹马驾车来赶他。

在路的拐角处,他遇见一辆急驶而来的夜间出租雪橇车。丽莎维塔·彼得罗芙娜穿一件丝绒外套,头上包一块头巾,坐在这辆小小的雪橇上。"谢天谢地!谢天谢地!"他不停地说着,一认出她那张这时显得特别认真、特别严肃、小小的、白白的脸庞,他不知有多高兴。他没有叫车夫停住,回头便跟着车子一块儿跑。

"这么说有两个钟头啦?不会再长吧?"她问道。"您去接彼得·德米特里奇吧,只是别催他。哦,再去药房买点儿鸦片来。"

"那么您以为会顺利的吧?主啊,求你赐福吧,帮助我们吧!"列文不停地说着,这时他已经看见他的马从大门里出来了。他跃上雪橇,坐在库兹马旁边,吩咐到医生家去。

十四

医生还没有起床,仆人说:"睡得很晚,吩咐过别叫醒他,不过很快就会起来的。"这仆人在擦灯罩上的一块块玻璃,似乎非常专心。仆人对这几块玻璃如此全神贯注而对列文家所发生的事如此漠不关心,让列文起初感到惊讶,然而仔细一想,他马上明白了,他的心情如何,别人并不知道,也没有义务要知道,因此他更应该表现得镇静、周到、坚定,以便冲破这堵漠冷漠的屏障,达到自己的目的。"不必着急,也决不放松。"列文暗自说道,他感到自己有愈来愈充足的体力和注意力来对付眼前他所要做的一切。

听说医生还没有起床,列文在许多他所想到的办法中选定了这样一种:叫库兹马带张他写的纸条去另请一位医生,自己去药房买鸦片,如果等他回来,医生还没起床,那就贿赂一下这个仆人,假如他不吃这一套,那就硬来,反正得把医生叫醒。

药房里那个瘦瘦的药剂师态度之冷漠,跟那个擦灯罩玻璃的仆人一个样,他在给一个等在一旁的马车夫贴药袋上的标签,他拒绝卖鸦片给列文。列文便来说服他,竭力做到不着急,也不发火,他提到医生和接生婆的名字,又解释了为什么需要鸦片。药剂师用德语问了问可不可以卖,得到屏风后边的同意声,才拿出一只小瓶子,一个漏斗,慢慢腾腾地从大瓶往小瓶中倒药,再贴上标签,封上瓶口,列文要他别做这些,他理也不理,还想要包扎一番。这下子列文忍无可忍了;他断然从这人手中夺过药瓶,便从那两扇巨大的玻璃店门中一冲而出。医生还没起来,那仆人在铺地毯,仍不肯去叫醒他。列文连忙掏出一张十卢布的钞票,并且解释说,彼得·德米特里奇(这位从前在列文心目中那么微不足道的彼得·德米特里奇此刻显得多么伟大和了不起哟!)答应过随叫随到的,他,大概,不会生气的,所以嘛,现在就可以唤醒他。

仆人答应了,他上楼去,叫列文去候诊室等着。

列文隔着一道门听见医生在咳嗽,走动,洗脸,又在说些不知什么话。三分钟过去;列文觉得已经过了一个多钟头。他再也等不下去了。

"彼得·德米特里奇,彼得·德米特里奇!"他对着那个打开的房门恳求地说。"看在上帝的分上,请原谅我,您就这样接待我好啦。已经过了两个多钟头啦。"

"马上好,马上好!"有声音这样回答,列文惊讶地听见,医生说这话时还带着笑声。

"您先出来一下呀……"

"马上来。"

又过了两分钟,这时医生在穿靴子,再过两分钟,医生在更衣、梳头。

"彼得·德米特里奇!"列文又可怜巴巴地说起话来,而这时医生穿好衣服梳好头发出来了。"这种人都没良心,"列文想着,"人家都要死人了,他还在梳头!"

"早上好!"医生把手伸给他,好像故意捉弄他,若无其事地对他说,"您别着急嘛。情况如何呢?"

列文尽量把妻子的情况说得详细周到,说了许多不必要的细节,还不停地打断自己的叙述,要求医生马上跟他走。

"可您别着急呀。这事您不懂的。我并没必要在场,大概是这样,不过我答应过的,那么,就走一趟吧。不过没必要着急。您请坐,来杯咖啡怎么样?"

列文望了他一眼,这目光问道,他是不是在嘲笑他。但是医生并没这个意思。

"我知道,我知道,"医生含笑地说,"我也是有家室的人;可是我们,男人们,在这种时候是顶可怜的啦。我有个女病人,她丈夫在这种时候总是逃到马厩里去。"

"可是您怎么看呢,彼得·德米特里奇?您以为会顺利吗?"

"所有情况都表明会是顺产。"

"那么您这就来?"列文说,恶狠狠地朝那个端来咖啡的仆人瞧一眼。

"过一个小时吧。"

"不行!看上帝分上!"

"喏,那让我把咖啡喝了。"

医生端起咖啡。两人都不说话。

"这下子可把土耳其人打惨了。您读过昨天的电讯吗?"医生一边嚼面包一边说。

"不行,我受不了啦!"列文跳起来说,"那您过一刻钟就来?"

"过半小时来。"

"说话算数?"

列文回到家里,他和公爵夫人同时到达,他们一同走到卧室门口。公爵夫人眼睛里噙着泪水,两只手在发抖。她一看见列文,便抱住他哭起来。

"怎么样,亲爱的丽莎维塔·彼得罗芙娜。"红光满面而又深深忧虑的丽莎维塔·彼得罗芙娜这时正迎着他们从屋里走出来,公爵夫人拉住她的手说。

"情况很好,"她说,"您去劝她躺下。那样会舒服些。"

列文自从早上醒来明白是怎么回事以后,便做好准备,要自己不胡思乱想,不随意猜测,要把一切想法和感觉都埋在心里,要保持镇定,免得扰乱妻子的心情,相反地,他还要安慰她,鼓励她拿出勇气来,他决心这样来承受自己所面临的一切。他甚至不允许自己去想那些马上就要出现的事,也不想事情的结局,他问过别人,这种事一般要拖多长时间,暗自准备着提心吊胆忍耐它五个钟头,他觉得这是做得到的。但是当他从医生那里回来,又看见她那痛苦的模样,他愈来愈频繁地念叨着"主啊,原谅我们,求你帮助我们!",一边叹着气,把头抬得高高的;他感到害怕,怕自己忍受不住,会失声大哭,或者跑出门外。他觉得实在太痛苦了。然而这才刚刚过了一小时。

但是这一小时过后又过了一小时,两小时,三小时,五个小时全过去了,这是他为自己定下的忍耐的极限,而情况依然如故,毫无进展;但他还在忍耐着,因为除忍耐之外,别无他法,他每一分钟都以为自己已经忍耐到最后限度,他的心脏马上就要破裂了,因为妻子的痛苦就是他的痛苦。

然而时间仍在一分钟一分钟、一小时一小时地过去,他愈来愈痛苦和恐惧了,心情也愈加紧张。

一切平时认为不可或缺的生活常规此刻对列文都不存在了。他已经不知道什么叫做时间。有时她叫他到自己身边,他紧紧捏住她那只汗湿的手,那只手一会儿攥住,力气大得异乎寻常,一会儿又把他远远推开,这几分钟时间对他来说就好像几小时一样,而有时候几个小时又好像只是几分钟。丽莎维塔·彼得罗芙娜叫他在屏风后面点一支蜡烛,他好不奇怪,这才知道已经是傍晚五点钟了。假如告诉他说,现在只是早上十点,他也不会怎么惊奇的。现在自己身在何处他也不大知道,就像他不知道现在是什么时间一样。他看见她那张火一般发红的脸,一会儿神情恍惚,痛苦万状,一会儿微微含笑,令他快慰。他也看见公爵夫人满脸通红,神情紧张,一绺绺白发披散着,咬住嘴唇,强忍住眼泪;他看见朵丽,看见一支接一支地抽着粗大的雪茄烟的医生,看见丽莎维塔·彼得罗芙娜那张坚定、果断而又令人宽慰的脸,还看见老公爵皱着眉头在厅堂里踱来踱去。然而,他们是怎样走过来又走过去的,他们都在什么地方,他全不知道。公爵夫人时而跟医生一块儿在卧室里,时而在已摆好饭桌的书房里;一会儿又不是她,而是朵丽。后来列文记起,人家叫他去了个什么地方。有一次是叫他去搬动桌子和沙发。他干得尽心尽力,心想这是她所需要的,而过后才知道,他是在给自己准备过夜的地方。后来又叫他去书房里向医生问一件什么事。医生回答了他,后来又谈起议会里的混乱情况。后来又叫他去卧室里找公爵夫人,取一只镀金披银的圣像,他跟公爵夫人的老女仆爬到一个柜子上去取,把一只小灯打碎了,公爵夫人的女仆安慰他,让他别为妻子的事和这盏小灯的事烦心,他把圣像拿来,放在吉蒂床头,尽力往枕头下边塞。但是这些事都是在哪儿做的,什么时候做的,为什么要做,他全不知道。他也不明白为什么公爵夫人要拉住他的手,怜悯似地望着他,要他放心,朵丽还一再劝说他要吃点东西,把他从屋子里领出去,甚至医生也认真地满怀同情地望着他,要他吃几滴药水。

他只是知道和感觉到,眼前发生的事跟一年前在那家省城旅馆里尼古拉哥哥临终前发生的事非常相像。只不过那是悲伤的事,而这是喜事。然而那种悲伤也好,这种欢乐也好,都同样越出一切生活常规之外,它们好像是日常生活中的缝隙,透过这些缝隙,你可以看到某种更高一层的东西。眼前发生的事同样让人感到沉重和痛苦,当你窥察到这更高一层的东西时,你的灵魂同样不可思议地上升到一种从未有过的、人的理性所不能企及的高度。

"主啊,原谅我们,帮助我们吧。"他不停地这样自言自语说,虽然他已经长时期跟宗教疏远,甚至已经觉得跟它完全隔绝了,但是他感到自己现在就像童年时和少年时那样虔诚而纯朴地在向上帝祈求。

整个这段时间里,列文有两种截然不同的心情。一种是——不在她跟前的时候,和医生在一起,看他一支接一支地抽着粗大的雪茄,又一支支地把它们在满满的烟灰缸边沿上揿灭,和朵丽与公爵在一起，谈着午餐、政治、玛丽娅·彼得罗芙娜的病情，这时列文会忽然之间忘记了眼前发生的事情，觉得自己刚刚睡过一场大觉，而另一种心情是——在她跟前的时候，站在她的枕边，一颗心痛苦得将碎而未碎，不停地向上帝祈祷。每当卧室里传来的喊叫声把他从暂时的忘怀中唤醒，他便会陷入他最初所感受到的那种不知所措的状态，一听见喊叫，他便一跃而起，要跑过去为自己辩解，而跑着跑着又想到自己并没有过错，他想的只是要去保护她和帮助她。然而一见到她，他又看出，什么忙也帮不上，便又十分恐惧地说："主啊，原谅我们，帮助我们吧。"时间拖得越长，这两种心情就越是强烈：不在她身边时，完全忘掉她，他就更加地平静，而面对她的痛苦和她呼天无门的感受，他就更加地难熬。他往往会跳起来，想要逃到不知什么地方去，而结果是又跑到她的身边。

有时，她一遍又一遍地喊他到身边，他就责怪她。但是看见她那张温顺的笑脸，听见她说："我把你折磨苦了。"他就又去责怪上帝了，而一想起上帝，他马上又请求原谅和慈悲。

十五

他不知道时间是早还是晚。蜡烛已经燃尽。朵丽刚才到书房来过，建议医生去躺一会儿。列文坐在那里听医生讲一个江湖医师搞催眠术的故事，眼睛注视着他卷烟上的烟灰。大家都在休息，他也昏昏然忘记了一切。他完全忘记了眼前正在发生的事情。医生讲的故事他还能听得见，也能明白。忽然间传来一声不像人间任何声音的叫喊。这叫喊实在太吓人了，列文甚至没有跳起来，而是屏住呼吸，恐惧地、询问似的眼望着医生。医生把头歪起来留神倾听，然后高兴地微微一笑。这一切都太不寻常了，列文已经害怕不起来了。"大概事情就该是这样的吧。"他想着，仍然坐在那里。这是谁在叫呢？他跳起来，踮起脚跟跑进卧室里，他绕过丽莎维塔·彼得罗芙娜，公爵夫人，去站在床头边自己的位置上。叫声已经过去，但是现在有了点什么变化。什么变化呢——他没看见,不明白,也不想看见,不想明白。然而他从丽莎维塔·彼得罗芙娜的脸上看出了这种变化:丽莎维塔·彼得罗芙娜的脸色严峻而苍白,她还是那么果断,虽然下颚在微微颤抖,两眼定定地注视着吉蒂。吉蒂烧得通红的、痛苦万状的脸向他转过来,一绺绺头发贴在汗湿的脸上,她在寻找着他的目光。她伸出双手来要握住他的手。她那双汗湿的手一抓住他冰冷的手,便拿去贴在自己的脸上。

"别走开,你别走开!我不害怕,我不害怕!"她急速地说,"妈妈,把耳环摘掉。它们碍我的事。你不害怕吧?快啦,快啦,丽莎维塔·彼得罗芙娜……"

她说得很快、很快,她还想要笑一笑。但是突然她的脸变了模样,她把他从身边推开。

"不啊,这太可怕啦!我要死了,要死了!走开,走开!"她喊叫着,于是又听见了那种什么声音也不像的喊叫声。

列文双手抱住头从房间里跑出去。

"没事的,没事的,一切都很好!"朵丽跟在他身后不停地说。

但是,不管人家说什么,他都以为,现在一切都完结了。他把头靠在门框上,站在隔壁房间里,听着不知是谁发出的他从没听见过的尖叫声,哀号声,他知道,这就是从前的那个吉蒂在喊叫。他已经早就不再想要什么孩子了。他现在憎恨这个孩子。他现在甚至不希望她还能活着,只希望停止这种可怕的痛苦。

"医生呀,这是怎么啦?这是怎么啦?我的天呀!"他说,一把抓住走进来的医生。

"这就要结束了。"医生说。医生说这话时脸色太严肃了,以致列文把**这就要结束了**的意思理解为这就要死了。

他忘乎所以了,奔进卧室去。他首先看见的是丽莎维塔·彼得罗芙娜的一张脸。这张脸比原先更显得警惕,眉头皱得更紧。他看不见吉蒂的面孔,在那原先是她面孔的地方有一个不知是什么的吓人的东西,样子很紧张,正在发出声音来。他把脸贴在床的木架上,只觉得他的心在裂成碎片。那吓人的叫喊声没有停止,他愈来愈害怕了,似乎已经到了恐怖的极限,忽然什么声音都没了。列文不相信自己的耳朵,可是又不容他怀疑:叫声停止了,只听见悄悄的忙乱声,衣裙的沙沙声和急促的喘息声,还听见她断断续续的、富有生气的、温柔而又幸福的声音在轻轻地说:"结束啦。"

他抬起头来。吉蒂的两臂软软地垂在被子上,她这时美得不同寻常,也安详得不同寻常,她无言地注视着他,想要露出笑容,却露不出来。

于是,忽然列文觉得,他从在其中过了二十二个小时的神秘的、可怕的、玄妙的世界中一眨眼间,又回到了原先的平常的世界里,然而这个世界此刻闪耀着那样一种崭新的、幸福的光辉,让他觉得简直都受不了了。一条条绷紧的弦全都断裂了。他怎么也意想不到的快乐的恸哭和泪水从他心头那么强烈地涌起,晃动着他整个的身躯,让他久久说不出话来。

他跪在床前,把妻子的手举在唇边,吻着这只手,这只手也以手指上微弱的动作回答他的亲吻。而这时,那边,床脚边,在丽莎维塔·彼得罗芙娜一双灵巧的手中,如同明灯上的一点火光,晃动着一个在此以前不曾存在的人的生命,他将和每个活着的人一样,以其同样的权利,以其同样的自我价值生存下去,并繁衍后代。

"活着!活着!还是个男孩呢!别担心!"列文听见丽莎维塔·彼得罗芙娜的声音在说,她正用她颤抖的手拍打着婴儿的脊背。

"妈妈,是真的吗?"吉蒂的声音在说。

回答她的只是公爵夫人的啜泣声。

在一片沉默的寂静中,作为对母亲问题的明确无疑的回答,传出了一个与室内所有低抑的说话声全然不同的声音。这是一声勇敢的、大胆的、无所顾忌的嚎叫,一个不知从哪里出现的新人的嚎叫。

以前,假如有人对列文说,吉蒂死了,说他跟她一块儿死了,说他们的孩子都是天使,说上帝就在他们的面前,——他是不会因为任何原因感到惊讶的;然而现在,当他又回到了现实的世界,他费了好大的气力去思考,才弄明白,原来她还活着,身体很好,而且那个尖声哭号着显得那么绝望的东西就是他的儿子。吉蒂还活着,痛苦已经结束。他现在是难以形容的幸福。这一点他是明白的,他感到十分的幸福。但是这婴儿呢?他是从哪儿来的,来干什么,他是谁?……他怎么也无法明白,他无法习惯于这样去想。他似乎觉得这是一个没必要的、多余的东西,他对他很久很久都不能习惯。

十六

上午九点多钟,老公爵,谢尔盖·伊凡诺维奇,还有斯捷潘·阿尔卡季伊奇坐在列文房间里,谈了产妇的事,又谈起一些其他的事情。列文听他们在谈,一边回想起过去的事,今天早晨以前的事,他也回想着自己在昨天,这件事发生之前,是怎么样的。好像从那时到现在已经过了一百年。他觉得自己现在是站在一个他人不可企及的高峰上,他正在竭力使自己往下降,为的是不让跟他谈话的人们心里不舒服。他一边跟人家谈话,一边不停地想着妻子,想着她现在的情况,想到每一个细节上,还想着儿子,他千方百计让自己养成这样的习惯:时刻想到自己已经有了儿子。自他结婚后,整个女性的世界对他有了一种崭新的、他从前全然不理解的意义,现在这个世界在他心目中又上升到了一种令他不可思议的高度。他听他们谈昨天在俱乐部里吃饭的事,心里却想着:"她这会儿怎么样了,她睡着了吗?她觉得好吗?她心里在想什么?儿子德米特里哭了没有?"于是在谈话中间,话说到一半,他跳起来便从这间屋里跑出去。

"叫个人来告诉我,能不能去看她。"公爵说。

"好的,这就来。"列文回答一句,不停脚地往她那儿走去。

她没睡,在跟母亲轻声地谈话,商量以后怎么给孩子施洗礼。

她已经收拾得干干净净,头发梳过,戴一顶有点什么蓝色花饰的睡帽,两只手伸出来放在被子上,仰面朝天躺着,她用目光迎接他,用目光把他拉到自己身边来。她的目光是那么明亮,他走得离她越近就越是明亮。她脸上有一种从人间到天堂的变化,恰似是临死的人脸上的变化;然而那是诀别,这却是相逢。他又激动了,一股像孩子诞生时他所体验过的冲动之情又涌上他的心头。她拉住他的手,问他睡过觉没有。他没法开口回答,转过身子去,因为他深知自己的软弱。

"我都迷糊过一会儿了,考斯佳,"她对他说,"我这会儿觉得非常好。"

她望着他,忽然她的表情变了。

"把他给我呀,"她说,她听见了婴儿的呷呀声,"给我呀,丽莎维塔·彼得罗芙娜,叫他也看看。"

"好的,叫爸爸瞧瞧。"丽莎维塔·彼得罗芙娜说,把一个红红的、奇怪的、扭来扭去的东西举起抱过来。"等等,我们得先打扮一下。"于是丽莎维塔·彼得罗芙娜把这个扭来扭去的红红的东西放在床上,把这婴儿的包被打开,用一个手指头把他抬起,翻一个身,洒上点什么粉,再包起来。

眼睛望着这个小而又小的可怜的东西,列文极力在自己心灵深处寻找对他的任何一点儿父子之情的迹象,但是却找不到。他只觉得他讨厌。但是包被打开了,孩子裸露着,伸动着那细而又细的小手小脚,颜色像番红花似的,也长着一个个小小的指头,还有一个跟别的指头不一样的大指头呢,列文看见,丽莎维塔·彼得罗芙娜把那两只柔软得像弹簧似的伸来伸去的小手捏住往包被里塞,他发现自己非常可怜这个小东西,非常害怕她会弄伤了他,便把她的手抓住。

丽莎维塔·彼得罗芙娜笑了。

"您别担心,别担心!"

婴儿被打扮好了,变成一个结实的布娃娃,这时,丽莎维塔·彼得罗芙娜把他摇晃一下,似乎对自己所做的工作感到骄傲,就让开身子,好让列文能把他的漂亮儿子整个儿看个明白。

吉蒂斜着眼睛不停地也往那儿看。

"给我,给我呀!"她说,甚至抬起身子来。

"您怎么啦。卡捷琳娜·亚力山德罗芙娜,不能这样动的呀!您等等,我抱给您。我们先给老爸看看,看我们这个小伙子长得多俊!"

于是丽莎维塔·彼得罗芙娜用一只手(另一只手只用几个手指头撑住那个晃动着的后脑勺)把这个奇怪的、摇摇晃晃的、把自己的脑袋藏在包被里的红红的东西举到列文跟前。但是他也有鼻子,有一双斜着看人的眼睛,和两片咂巴咂巴的嘴唇。

"这孩子漂亮极啦!"丽莎维塔·彼得罗芙娜说。

列文伤心地叹了口气。这个漂亮极了的孩子只让他感到讨厌和可怜。这完全不是他所预先想象的那种感觉。

列文转过身,丽莎维塔·彼得罗芙娜在把婴儿放到还没喂过奶的胸脯上去。

忽然一声笑,他不由得抬起头来。这是吉蒂的笑声。孩子咂起奶头了。

"喏,够啦,够啦!"丽莎维塔·彼得罗芙娜说,但是吉蒂不肯放开他。他在她怀里睡着了。

"这会儿你来瞧瞧。"吉蒂把孩子转过来朝着列文让他能看个清楚。那张小老头儿似的小脸蛋儿忽然皱得更厉害了,孩子打了个喷嚏。

列文含着笑,差一点儿忍不住流出动情的泪水,他吻了吻妻子,从幽暗的房间里走出去。

他在这个小小的生命上所体验到的感觉和他所预期的完全不同。这种感觉里没有丝毫的快乐和欢欣;相反地,这是一种前所未有的痛苦的恐惧。这是让他意识到,在一个前所未知的领域里他也是软弱无能的。这种意识在最初时刻让他那么难过,他担心这个软弱无力的小东西将来会吃苦,他这种担心实在太强烈了,以至于,孩子打喷嚏时他感受到的一种奇异的、没来由的快乐甚至骄傲的心情,也不知不觉被掩盖了。

十七

斯捷潘·阿尔卡季伊奇的事务陷入一种非常糟糕的境地。

树林卖掉了三分之二,钱都已花完,余下的三分之一他以少收一成的条件向买主预收了几乎所有的钱款。买主不肯再给他钱了,而这年冬天达丽雅·亚力山德罗芙娜又第一次公开声明了她对自己产业所拥有的权利,拒绝在出卖最后三分之一树林的付款合同上签字。他的薪水已全部用在家庭开支和偿付不能再拖的一些小笔债务上。他已经一文不名了。

这是很不愉快、很尴尬的事,斯捷潘·阿尔卡季伊奇认为,这也是不能长此以往的事。其原因,依他看来,在于他拿的薪水实在太少。他这个职位五年以前显然是非常好的,然而现在却并非如此了。彼得罗夫,那个银行行长,一年拿一万二;斯文季茨基——公司董事——拿一万七;米金,他办了家银行,拿五万。"显然是,我自己在睡大觉,人家把我忘记了。"斯捷潘·阿尔卡季伊奇心里在这样想。于是他便开始留意打听,仔细窥察,到冬末时节便发现了一个肥缺,就发动起攻势来,先是在莫斯科,通过亲朋厚友,然后,等事情成熟了,春天便自己上彼得堡去。这一类的差事,年俸不等;从一千到五万都有,现在越来越多了,这种位置是既舒服又好赚钱的;这是南方铁路与银行信贷联合委员会的一个委员位置。这个位置,跟所有这一类的位置一样,要求具有渊博的知识和很强的工作能力,一个人往往很难二者兼备。既然具备全部这些才能的人难以找到,那么让一个正派人占有这个位置总比让一个不正派的人占有好。而斯捷潘·阿尔卡季伊奇不仅是一个一般而言的正派人,并且是一个确确实实的正派人,在莫斯科,人们使用这个词的时候是带有一种特殊含义的,比如说:正派活动家,正派作家,正派杂志,正派机构,正派倾向等等,斯捷潘·阿尔卡季伊奇就属于这一类的正派,这不仅意味着一个人或者一个机构并非不正派,而且还意味着,必要时他们还会去把当政者刺激一下。斯捷潘·阿尔卡季伊奇就成天周旋在莫斯科的那些使用这个词的人的圈子里,他被那些人公认为是一个正派的人,因此跟别人相比,他更有权获得这个位置。

这个位置每年能有七千到一万的进项,奥勃隆斯基可以不辞去现有的官职而兼任。这取决于两个部长,一位贵妇人和两个犹太人,这些关节虽已打通,斯捷潘·阿尔卡季伊奇仍需要去彼得堡见一见所有这些人。此外斯捷潘·阿尔卡季伊奇答应妹妹安娜要从卡列宁那里得到一个关于离婚问题的明确回答。于是,他向朵丽讨了五十个卢布,便动身去彼得堡了。

斯捷潘·阿尔卡季伊奇坐在卡列宁的办公室里,听他侈谈一篇他拟定的解决俄国财政困难状况办法的方案初稿,只等他把话说完,好谈自己的事和安娜的事。

"是的,这是非常正确的,"斯捷潘·阿尔卡季伊奇说,这时阿历克赛·亚力克山德洛维奇摘下了他如今看东西时非戴不可的pince-nez①,若有所问地注视着他原先的内兄,"这在细节上是非常正确的,但是毕竟我们时代的准则还是——自由。"

"是这样,不过我提出另一种把自由也包容在内的准则,"阿历克赛·亚力克山德洛维奇说,在"包容"二字上特别地着重,并且又把pince-nez戴上,为了向这位听他说话的人把他稿子上有关这一点的段落再读一遍。

于是,阿历克赛·亚力克山德洛维奇翻开他字迹很漂亮、两边空白留得很宽的手稿,把那个极有说服力的地方又读了一遍。

"我不想采取这一套保护关税的办法,并非为了某些人的个人利益,而是为了大家的福利——对各个阶级,下层和上层,都一视同仁,"他说,眼睛从pince-nez上面望着奥勃隆斯基,"但是**他们**不理解这一点,**他们**只想到个人利益,只会说漂亮话。"

---

① 法语:夹鼻眼镜。

斯捷潘·阿尔卡季伊奇知道,当卡列宁一谈起他们,就是那些不愿意接受他的方案的俄国一切灾难的罪魁祸首们在想什么和做什么,那他的话也就快要说完了;于是他现在心甘情愿放弃自由准则,完全同意他说的话。阿历克赛·亚力克山德洛维奇停住不说了,若有所思地翻动着自己的手稿。

"啊,顺便说说,"斯捷潘·阿尔卡季伊奇说,"我想请你在见到帕莫尔斯基的时候提一句,我很愿意得到南方铁路联合信贷委员会委员那个位置。"

这个位置斯捷潘·阿尔卡季伊奇向往已久,它的名称他已经背得烂熟了,所以他说来如数家珍,毫无差错。

阿历克赛·亚力克山德洛维奇询问了这个新设立的委员会都做些什么,然后想了想。他想的是,这个委员会的活动有没有和他的方案抵触的地方。但是,因为这个新机构要做的事非常复杂,而他的方案所囊括的范围也非常之大,他无法立即想个明白,便摘下 pince-nez 说道:

"当然,我可以对他说说;可是你为什么恰恰就想得到这个位置呢?"

"薪水多呀,差不多有九千呢,而我的收入……"

"九千呀。"阿历克赛·亚力克山德洛维奇重复了一句,皱起眉头来。这么高的薪水提醒他想起,斯捷潘·阿尔卡季伊奇所谋求的差事从这一方面跟他的方案在主要思想上是违背的,他的方案总是主张少花钱。

"我发现,我还写过一篇关于这个问题的小文章,这样高的薪水在今天是我们政府虚假经济 assiette[①] 的一种表现。"

"那你说怎么办呢?"斯捷潘·阿尔卡季伊奇说,"喏,比方说吧,银行行长拿一万,——他值这么多呀。或者说一个工程师拿两万。那真是在干事儿呀,随你怎么说吧!"

[①] 法语:政策。

"我认为,薪水是对一种商品所支付的代价,它应该服从供求法则。假如说薪水的规定违背了这种法则,比如说,我看见,两个工程师从学院毕业出来,两个人知识一样,能力一样,一个拿四万,而另一个拿两千就心满意足了;或者说,高薪聘用毫无专长的法学院学生、骠骑兵去当银行行长,我就会认为,这种薪水的规定没有按照供求法则来进行,而只是凭情面办事。这就叫滥用职权,这本身就是很严重的事,对政府执行公务十分有害。我认为……"

斯捷潘·阿尔卡季伊奇连忙打断妹夫的话。

"对,可是你得同意说,这是在开办一个新的、确实有用的机构。随你怎么说吧,反正是在干事儿的!特别重要的是,要让这件事办得正派。"斯捷潘·阿尔卡季伊奇着重地说了"正派"两个字。

但是阿历克赛·亚力克山德洛维奇不懂得**正派**二字在莫斯科的含义。

"正派只不过是一种消极的特点。"他说。

"可是你反正能给我帮上大忙的,"斯捷潘·阿尔卡季伊奇说,"在帕莫尔斯基面前美言几句。就这样,言谈之间……"

"可是这事儿更得取决于布尔加林诺夫吧,好像是。"阿历克赛·亚力克山德洛维奇说。

"布尔加林诺夫从他那方面是完全同意的。"斯捷潘·阿尔卡季伊奇红着脸说。

提起布尔加林诺夫,斯捷潘·阿尔卡季伊奇脸就红了,因为就在这天上午,他去找过犹太人布尔加林诺夫,这次拜访给他留下很不愉快的印象。斯捷潘·阿尔卡季伊奇确信他想要干的这份差事是一项新的、干实事的、正派的事业,但是今天上午布尔加林诺夫显然是故意让他跟别的那些求情者在接待室里坐等了两个钟头,那时他忽然感到很不自在。

他是因为这个而不自在:他,留里克的后裔,奥勃隆斯基公爵,在一个犹太人的接待室里坐等了两个钟头,或者是因为他生平第一次没有按照祖先的榜样为政府效劳,而步入一条新的谋生之路,反正他感到非常不自在。在布尔加林诺夫家等候接见的这两个钟头里,斯捷潘·阿尔卡季伊奇满不在乎地在接待室中来回地踱步,捋着络腮胡子,跟别的求见者攀谈,还想出一句俏皮话,准备以后用来叙说他怎样在这个犹太人家里等候接见,千方百计地掩饰那种他从未体验过的心情,不让别人察觉,甚至也不让他自己察觉。

但是在整个这段时间里他都很不自在,也很懊丧,他自己也不知所为何来:是因为那句俏皮话"找犹太人办事儿嘛,我就慢慢悠悠地等着吧"毫无任何意义呢,还是因为其他什么原因。最后,布尔加林诺夫异常客气地接见了他,显然因他的低三下四而得意洋洋,并且差一点没拒绝他的请求,那时斯捷潘·阿尔卡季伊奇连忙尽快地把这一切全都忘掉。而现在,一回想起这些,他又脸红起来。

十八

"我这会儿还有件事要跟你谈,你知道是什么事。关于安娜。"斯捷潘·阿尔卡季伊奇沉默了一小会儿,把刚才那种不愉快的印象甩开,才说。

奥勃隆斯基一提起安娜的名字,阿历克赛·亚力克山德洛维奇的脸色就完全变了:原先生动活跃的样子消失了,显得疲倦而死气沉沉。

"你究竟要我做什么呢?"他在安乐椅中转过身子来,咔地一声合上他的 pin ce-nez,才说。

"要你作个决定,不管怎么作个决定,阿历克赛·亚力克山德洛维奇。我这会儿来找你(斯捷潘·阿尔卡季伊奇本想说"不是把你当做一个受了侮辱的丈夫",但是害怕把事情搞糟了,便换了个说法),不是把你当做一位政府的大人物(这话说得也不是地方),而只是当做一个人,一个善良的人,一个基督徒。你应该可怜她。"他说。

"你到底是什么意思呢?"卡列宁轻声地说。

"是啊,应该可怜她。假如你像我一样看见过她,——我这一辈子都是跟她在一起的,——你会可怜她的。她的处境是可怕的,一点不错,就是可怕。"

"我倒觉得,"阿历克赛·亚力克山德洛维奇回答说,声音更细了,简直像是在尖声地叫着,"安娜·阿尔卡季耶芙娜自己想要的东西她现在全都得到了嘛。"

"哎呀,阿历克赛·亚力克山德洛维奇,看上帝分上,咱们既往不咎吧!过去的事情过去了,你知道她现在想要的、等着的是什么,——离婚手续啊。"

"可是我觉着,安娜·阿尔卡季耶芙娜会拒绝离婚的,要是我要求必须把儿子留给我的话。我从前就是这样回答她的,我以为事情已经了结啦。现在我认为这事没什么可谈的了。"阿历克赛·亚力克山德洛维奇说着又尖声地一叫。

"不过您,看上帝分上,可别发火,"斯捷潘·阿尔卡季伊奇说,一边用手拍拍妹夫的膝盖,"事情并没有了结。要是你允许我把事情扼要地说一下,是这样的:你们分开的那时候,你是了不起的,再宽宏大量也没有了;你把什么都给了她——给她自由,甚至同意办离婚。这她是很看重的。不,你别以为她不看重。她确实是很看重的。甚至于,在刚出事情的那一会儿,她觉得自己在你面前罪孽深重,所以没好好考虑,也不可能把一切全都好好考虑过。她就什么都拒绝了。可是现实、时间,都证明了,她的处境是非常痛苦的,是难以忍受的。"

"安娜·阿尔卡季耶芙娜过什么日子我是不会感兴趣的。"阿历克赛·亚力克山德洛维奇抬起眉头打断奥勃隆斯基的话。

"对不起,你这话我不相信,"斯捷潘·阿尔卡季伊奇用温和的口气表示不同意他的话,"她的处境对于她是非常痛苦的,对于任何人也都是没有任何好处的。你会说,她是罪有应得。这她知道,所以不来求你的原谅;她坦率地说,她什么也不敢向你请求。可是我,我们所有这些亲人,所有爱她的人都请求你,恳求你。她这样受罪又何苦呢?谁又能因此觉得好受些呢?"

"请原谅,您,大概是,把我摆在被告的位置上了。"阿历克赛·亚力克山德洛维奇说道。

"啊不,啊不,一点儿也不,你要明白我的意思,"斯捷潘·阿尔卡季伊奇说着说着又去摸摸卡列宁的手,好像他相信这种接触会让这位妹夫的心变软些似的,"我只说一点:她的处境非常之痛苦,而你可以减轻她的痛苦,你也不会损失什么。我会把一切都安排好的,让你不知不觉。你不也答应过的嘛。"

"以前我是答应过的。我认为,儿子的问题是关键。此外嘛,我曾经希望安娜·阿尔卡季耶芙娜心胸能够宽阔些……"阿历克赛·亚力克山德洛维奇脸色苍白,嘴唇颤抖着,艰难地说出这番话。

"她一切都全凭你的宽宏大量了。她只想要、只恳求一点——让她摆脱她现在所处的这种难以忍受的处境。她已经不要求儿子归她了。阿历克赛·亚力克山德洛维奇,你是个好心肠的人。设身处地替她想想吧,就想那么一小会儿。能不能办好离婚的问题对于她,在她目前这种处境下,是一个生死攸关的问题。要是你以前没答应过,她也就认命了,就这样下去了,去乡下住着。可是你答应过的呀,她就给你写了信,搬到莫斯科住了。你瞧,在莫斯科这种地方,每遇见一个人就像给她心上戳一刀,她住了六个月了,一天天等着你作个决定。你要知道,这简直就像是一个判了死刑的人,一连几个月绞索套在脖子上,也许是死,也许是得到赦免。可怜可怜她吧,再说我会把一切安排得…… Vos scrupules①嘛……"

"我不是说这个,不是说这个……"阿历克赛·亚力克山德洛维奇厌恶地打断他的话,"不过,很可能,我所答应过的事是我无权答应的。"

"这么说你答应过的事现在也拒绝啦?"

"我从不拒绝做我力所能及的事,可是我希望能有时间考虑一下,我答应过的事情我能办到怎样的程度。"

---

① 法语:你的顾虑。

"不啊,阿历克赛·亚力克山德洛维奇!"奥勃隆斯基一跃而起地说,"这我可不愿意相信呀!她太不幸了,一个女人能有多么不幸,她就多么地不幸,你不会拒绝在这样一种……"

"这要看我答应过的事能办到怎样的程度。Vous professez d'être un libre penseur.①可是我,我是个信教的人,不能在这样重大的事情上违背基督教义行事。"

"可是在信奉基督的各国社会上和在我们这里,就我所知,离婚是允许的呀,"斯捷潘·阿尔卡季伊奇说,"我们的教会也是允许离婚的呀。我们看见……"

"是允许离婚,但不是在这种意义上。"

"阿历克赛·亚力克山德洛维奇,我简直不认识你了,"奥勃隆斯基沉默了一会儿才说,"你不是(而我们不是全都很看重这一点的吗?)什么都宽恕了吗,不是恰恰出于一个基督徒的感情,准备牺牲一切的吗?你自己说的呀:人家要拿走你的衬衣,你就连袍子一块儿给他,而现在……"

"我要求,"阿历克赛·亚力克山德洛维奇忽然站起来,面色发白,下颚颤抖着,用刺耳的尖声说,"我要求您别再,别再……说下去了。"

"呵,不说了!好吧,请原谅,请原谅我,要是我让你伤心了,"斯捷潘·阿尔卡季伊奇尴尬地笑笑,说了这样几句话,同时把手伸出来,"不过我反正是,受人之托,转达一下人家托我说的话而已。"

阿历克赛·亚力克山德洛维奇伸出自己的手来,稍加思索之后,又说:

"我要考虑一下,还要向人请教。后天我给你一个决定性的答复。"他再想了想,才说最后一句话。

---

① 法语:你是以自由思想出名的。

十九

斯捷潘·阿尔卡季伊奇已经要离开了,考尔涅伊来禀报说:
"谢尔盖·阿力克赛伊奇到!"
"这个谢尔盖·阿力克赛伊奇是谁呀?"斯捷潘·阿尔卡季伊奇正想开口问,但立刻就想起来了。

"啊,谢辽沙!"他说,"'谢尔盖·阿力克赛伊奇'——我还以为是个部长呢。"他想起:"安娜还要我看看他呢。"

于是他想起安娜送他走时对他说这话的那种胆怯的、可怜的表情,她说:"你总会看见他的。仔细了解一下,他在哪儿,身边都有谁。还有,斯季瓦……要是可能的话!你说可能吗?"斯捷潘·阿尔卡季伊奇明白她这话是什么意思:"要是可能的话"——要是可能把儿子给她,这样办好离婚……现在斯捷潘·阿尔卡季伊奇看出,这事连想也别想了,不过他能见到外甥一面,也很高兴。

阿历克赛·亚力克山德洛维奇提醒这位内兄,说他们对儿子从来不提母亲的事,要求他一句话也别提起她。

"他那次跟母亲见面以后大病了一场,这事我们事先——没有——料到,"阿历克赛·亚力克山德洛维奇这样说,"我们甚至怕他会送了命。不过合理的治疗和夏天的海水浴让他恢复了健康,现在我根据医生的意见送他去学校了。的确,同学们的影响对他起了很好的作用,他身体完全好了,学习也好。"

"变成这么漂亮的小伙子啦!已经不是个谢辽沙了,而是真正的谢尔盖·阿力克赛伊奇了!"斯捷潘·阿尔卡季伊奇笑眯眯地说,眼睛望着这个穿蓝色上装和长裤的宽肩膀的漂亮男孩利落洒脱地走进来。孩子看来很健康也很愉快。他对舅舅鞠了一个躬,好像这是个陌生人,然而,一认出是谁,就脸红了,马上好像不知为什么受了委屈似的,生起气来,连忙转身躲开去。这孩子走到父亲身边,递给父亲一张学校发的成绩单。

"啊,还不错,"父亲说,"你可以走了。"

"他瘦了,长高了,不再是个小娃娃,成了大孩子了;这我真高兴,"斯捷潘·阿尔卡季伊奇说,"那你还记得我吗?"

男孩急速地望了父亲一眼。

"记得,mon oncle①。"他回答说,望了舅舅一眼,又低下头去。

舅舅叫孩子到自己身边,握住他的手。

"嘿,怎么样,你好吗?"奥勃隆斯基说,他想跟孩子谈谈,不知说什么好。

男孩脸红着不作回答,小心地从舅舅手里把自己的手抽出来。斯捷潘·阿尔卡季伊奇刚一松开他的手,他朝父亲望一眼,好像想问什么,立刻像只笼子里放出的小鸟儿一样,快步从屋子里逃走了。

谢辽沙最后一次看见他母亲离现在已经一年了。从那以后,他没再听到过母亲的消息。就在这一年里,他进了学校,认识了许多同伴,他爱这些同伴。自从那次见到母亲,种种的幻想和思念把他折磨得生了病,现在这些都不再占住他的心了。当这些幻想和思念重又涌上心头时,他竭尽全力去驱散它们,觉得这都是些见不得人的可耻事,是只有在小姑娘身上才会发生的事,一个男孩子不会这样,同伴也不会这样。他知道,父亲和母亲之间发生了争执,这让他们分了手,知道他命定只能留在父亲的家里,他便尽量让自己习惯于这样的想法。

看见这个跟母亲长得非常相像的舅舅,他感到很不快活,因为这恰恰唤起了他心头那些他觉得是见不得人的思念。更加让他不快活的是,从他在书房门口等着进去时听到的几句话里,特别是从父亲和舅舅的面部的表情上,他猜出他们一定是在谈母亲的事。为了不去责怪这位他与之同住并赖以生活的父亲,不让自己陷入那种他认为是非常丢脸的感伤情绪,谢辽沙便竭力眼睛不望着这个跑来破坏他平静生活的舅舅,也不去想那些涌上他心头的事情。

---

① 法语:我的舅舅。

但是,斯捷潘·阿尔卡季伊奇跟着他走了出来,在楼梯上一看见他,便把他叫到身边,问他在学校里课余时间都怎样度过,谢辽沙,在不当着父亲面的时候,便跟舅舅交谈起来。

"我们这会儿在玩开火车,"他回答舅舅的问题说,"您知道是怎么玩的吗:两个人坐在长凳上,当乘客。还有一个人就站在这条凳子上。大家就全都来拉。可以用手拉,也可以用皮带拉,从所有的屋子当中一间间拉过去。事先把房门都敞开。喏,列车员可不好当呢!"

"就是站在凳子上的那个吗?"斯捷潘·阿尔卡季伊奇笑嘻嘻地问道。

"是的,这又得勇敢,又得灵活,特别是忽然一下子停住了或者是有谁跌倒了。"

"是啊,这可不是闹着玩的。"斯捷潘·阿尔卡季伊奇说,他仔细地注视着这双活跃的、跟母亲一模一样的眼睛,这双眼睛这会儿已经不像幼儿了,也不完全是天真无瑕的了。这时,虽然奥勃隆斯基答应过阿历克赛·亚力克山德洛维奇不提起安娜的,他却按捺不住了。

"你记得你母亲吗?"他突然这样问。

"不,不记得。"谢辽沙急速地说一句,马上满脸绯红,眼睛垂下去。这位舅舅再也不能从他嘴里问到什么了。

半小时后,当家庭教师的那个斯拉夫人发现他的学生站在楼梯上,他半天都弄不明白,这孩子是在耍脾气呢还是在哭。

"怎么啦,大概是跌了一跤,摔伤了吧?"家庭教师说,"我说过的,这种游戏很危险。得跟校长说说。"

"真要是跌伤了,谁也不会发现的。的确是这样。"

"那是怎么啦?"

"别管我记得不记得……这跟他有什么关系?我为什么要记得?别管我,让我安静一会儿!"他已经不是在对家庭教师说话,而是在对整个的世界说话了。

二十

跟往常一样,斯捷潘·阿尔卡季伊奇在彼得堡并没有虚度光阴。在彼得堡,除了这几件事:妹妹离婚、谋职之外,他跟往常一样,还需要如他所说,在莫斯科这段死气沉沉的生活之后,让自己清醒清醒。

莫斯科虽然有其 cafés chantants① 和公共马车,毕竟是死水一潭。斯捷潘·阿尔卡季伊奇总是感觉到这一点。在莫斯科住一阵子,特别是跟家里人太接近了,他觉得打不起精神来。在莫斯科深居简出地住得久了,他便会因为妻子心情不好、动辄责备他,因为孩子们的健康问题、教育问题,以及因为自己公务上的琐碎事情而心烦意乱起来;他身上还背着一些债,这种事甚至也让他心烦。但是彼得堡有一个圈子,他在其中如鱼得水,这里的人才是真正地活着,而不像莫斯科人们那样蝇营狗苟过日子,他只需上彼得堡来住一段时间,所有这些心头事都会化为乌有,像蜡烛遇上火一样熔化得干干净净。

妻子吗?……他今天刚同切钦斯基公爵谈过这些事。切钦斯基公爵有妻子和家庭,孩子都已长大,有的做了御前的侍从,他却还有另外一个不合法的家庭,那里也生有子女。虽然第一个家也是很不错的,切钦斯基公爵总觉得在第二个家里他更幸福些。他还经常把最大的儿子带到第二个家里,他对斯捷潘·阿尔卡季伊奇说,他发现这对儿子有好处,可以让他增长见识。对于这种事,在莫斯科人们会怎么说呢?

孩子吗?在彼得堡孩子不会妨碍父亲的生活。孩子们都放在学校里培养,没有那种流行于莫斯科的——比如说李沃夫的——稀奇古怪的概念,以为应该让孩子过穷奢极欲的生活,而当父母的就

---

① 法语:带音乐杂耍的咖啡馆。

只该死做,为他们操心。在这儿大家都明白,一个人应该为自己活着,有教养的人都应该这样过日子。

公务吗?公务在这儿也不像在莫斯科那样,要你成天没完没了地苦干,而又前途渺茫;在这儿干公家事也挺有味道。见见面,献点儿殷勤,说句恰当的话,善于对各种人施展点儿不同的手腕,——于是一个人便会忽然之间官运亨通,就像斯捷潘·阿尔卡季伊奇昨天见过面的那个布良采夫似的,他现在是一流的达官显贵了。这样的公务干起来才真有意思呢。

彼得堡人对待金钱事务的看法特别让斯捷潘·阿尔卡季伊奇感到宽心。巴尔特尼扬斯基,照他的 train① 每年至少得花五万卢布,他昨天曾经就此向奥勃隆斯基发过一番妙论。

饭前,两人谈得投机了,斯捷潘·阿尔卡季伊奇对巴尔特尼扬斯基说:

"你,好像跟莫尔德文斯基很近乎;你能给我帮上忙,在他面前,求你啦,为我美言几句。有个位置,是我想得的。南方铁路……"

"喏,我反正记不住的……只不过你何苦去干这种铁路上的差事呢,跟犹太人混……不管怎么说吧,总归是肮脏的!"

斯捷潘·阿尔卡季伊奇没有对他说,这是真正实干的事业;巴尔特尼扬斯基也许不理解这一点。

"缺钱花呀,没法活啊。"

"你不是活得好好儿的吗?"

"我是活得好好的,可是欠着债呀。"

"当真?很多吗?"巴尔特尼扬斯基深表同情地说。

"非常多,有两万吧。"

巴尔特尼扬斯基快活地哈哈大笑了。

"噢,好一个幸运儿!"他说,"我欠了一百五十万,现在一个子儿没有,你瞧,我不还照样活着!"

---

① 英语:生活方式。

斯捷潘·阿尔卡季伊奇知道这是真话,他不仅听说过,也眼见过。瑞瓦霍夫有三十万的债,一文不名,他还照样活着,而且阔气得很!人们早就对克里夫佐夫伯爵没有指望了,而他还养着两个情妇。彼得罗夫斯基把五百万的家产吃光用尽,仍然过着跟原先一模一样的日子,甚至还掌管财政,拿两万年俸。但是,除了这些之外,彼得堡这个城市对斯捷潘·阿尔卡季伊奇在身体上就有一种良好的作用。彼得堡让他变年轻了。在莫斯科他偶尔会发现鬓边有几茎白发,吃过饭非得睡上一会儿,要伸伸懒腰,上楼梯要一步步走,还要重重地喘气,和年轻女人在一起觉得乏味,也不去跳舞。而在彼得堡,他总是感到自己年轻了十岁。

他在彼得堡所体验到的,和六十岁的老奥勃隆斯基公爵昨天刚刚对他所讲的完全一样,这位彼得·奥勃隆斯基刚从国外回来。

"我们这儿的人不会生活啊,"彼得·奥勃隆斯基说,"你信不信吧,我夏天在巴登过的;喏,说真的,我觉得自己完全是个年轻人。一看见年轻女人呀,那心里就……吃顿饭,喝两杯——就浑身是劲儿,精神抖擞。回到俄国来,——你非得去找自己的妻子,还得到乡下去,——喏,你信不信的吧,过两个礼拜就穿上了长袍子,吃饭也不换衣服了。哪有心思去想年轻女人啦!简直变成个老头儿了。心里只想着临死时候灵魂怎么得救了。而一到巴黎——马上又恢复了健康。"

斯捷潘·阿尔卡季伊奇所感觉到的差异跟彼得·奥勃隆斯基感觉到的一个样。在莫斯科他实在萎靡不振,要是长久在那儿住下去,真的说不定会堕落到只考虑灵魂得救的地步;而在彼得堡,他觉得自己又是一个体体面面的人物了。

在培特茜·特薇尔斯卡娅公爵夫人和斯捷潘·阿尔卡季伊奇之间存在着一种由来已久的非常奇特的关系。斯捷潘·阿尔卡季伊奇老是嬉皮笑脸对她献殷勤,也老是嬉皮笑脸对她说些极其不三不四的话,知道她顶爱听这些。在斯捷潘·阿尔卡季伊奇跟卡列宁谈话的次日,他便坐车去找培特茜,这时他感到自己青春焕发,跟她嬉皮笑脸地调情撒谎,搞得不可收拾,已经不知道如何抽身了,因为不幸的是,他不仅是不喜欢这个女人,而且根本就讨厌她。而他们之间的这种方式已确定难移,因为她非常喜欢他。所以说,当米雅禾卡娅公爵夫人到来,打断了他俩独自呆在一起的局面,他真是喜出望外。

"啊,您也在这儿呀,"米雅禾卡娅公爵夫人看见他便说,"喏,您那个可怜的妹妹情况如何呀?您别这样瞧着我。"她又添上一句。"自从所有那比她坏千万倍的人都攻击她,我就发现她做得漂亮极啦。我不能原谅伏伦斯基,他竟会不让我知道她那时候也在彼得堡。要不我真会去看她,走哪儿都陪着她。劳驾您向她转达,说我爱她。喏,给我说说她的情况吧。"

"啊,她日子不好过哟,她……"斯捷潘·阿尔卡季伊奇心地单纯,他把米雅禾卡娅公爵夫人这句"说说您妹妹的情况"的话当真了,便开始要说。米雅禾卡娅公爵夫人马上打断他的话自己说起来,她这人就是这个习惯。

"她做的事情是除我以外人人都做的,只不过那些人假装正经就是了;而她不愿意骗人,所以说她做得好极了。她做得尤其好的是,把您那个神经不正常的妹夫给甩了。请您原谅我。从前人人都说他聪明、聪明,可就是我一个人说他蠢。现在他跟莉吉娅·伊凡诺芙娜和 Landau① 这帮人搞在一起,人人都说他神经不正常。我倒喜欢与众不同,可这回我做不到了。"

"那就请您给我说说,"斯捷潘·阿尔卡季伊奇说,"这是怎么回事?昨天我为妹妹的事去找他,想要个明确的答复。他没给我回话,说要考虑考虑,而今天早上我收到的不是答复,而是一份请帖,请我今天晚上到莉吉娅·伊凡诺芙娜伯爵夫人家里去。"

"喏,这就对啦!这就对啦!"米雅禾卡娅公爵夫人高兴地说起来,"他们要请教 Landau,听他怎么说。"

---

① 法语:兰道(人名)。

"怎么要请教 Landau？为什么？Landau 是个什么东西？"

"怎么，您不知道 Jules Landau，le fameux Jules Landau，le clairvoyant？① 他也是个神经不正常的人，可是您妹妹的命运要由他决定。瞧这就是住在外省的结果，您什么也不知道。Landau，您知道吗，原来是巴黎一家店铺的 commis②，他有一次去找医生看病。他在候诊室里睡着了，睡梦中他就给所有的病人治病啦。而且治得妙极了。后来尤里·簸列金斯基——您知道吗，一个病人——他老婆听说了这个 Landau 的事，就把他带到丈夫那里。他给她的丈夫治病。依我看一点儿没治好，因为他还是那么个病夫样子，但是他们相信 Landau，把他带在身边。就带到俄国来了。在这儿人人都往他那儿奔，他就给所有的人治病。他把伯爵夫人别兹茹波娃的病给治好了，她爱他爱的呀，就收他当了干儿子。"

"怎么收他当干儿子？"

"就这样，收他当了干儿子。他这会儿不再是什么 Landau 了，而是别兹茹波夫伯爵。可是问题不在这里，莉吉娅——我非常爱她，可是我要说她脑袋发昏了——当然，这会儿迷上这个 Landau 了，离开他无论是她或者阿历克赛·亚力克山德洛维奇什么也决定不了，所以说您妹妹的命运如今是捏在这个 Landau 或者说别兹茹波夫伯爵手里。"

二十一

斯捷潘·阿尔卡季伊奇在巴尔特尼扬斯基家里美餐一顿，酒足饭饱，然后去莉吉娅·伊凡诺芙娜伯爵夫人家，踏进大门时，比约定的时间只稍晚一点。

"伯爵夫人那里还有谁？那个法国人吗？"斯捷潘·阿尔卡季伊

---

① 法语：(您不知道)儒勒·兰道，大名鼎鼎的儒勒·兰道，预言家？
② 法语：店员。

奇望了望阿历克赛·亚力克山德洛维奇那件他所熟悉的大衣和另一件带扣子的样子古怪、料子不贵的大衣,向看门人问道。

"阿历克赛·亚力克山德洛维奇·卡列宁和别兹茹波夫伯爵。"看门人一本正经地回答。

"米雅禾卡娅公爵夫人猜对了,"斯捷潘·阿尔卡季伊奇心想,一边沿楼梯走进去,"稀奇古怪!不过跟她接近接近也好。她颇有些影响力。要是她能在帕莫尔斯基面前说上一句话,那就十拿九稳了。"

外面天色还明亮得很,而在莉吉娅·伊凡诺芙娜伯爵夫人放下窗帘的小客厅里,已经点上灯了。

伯爵夫人和阿历克赛·亚力克山德洛维奇坐在圆桌旁一盏灯下低声地谈着什么。桌子另一头站着个人,眼睛朝挂满肖像画的墙上张望着,这人身材不高,瘦筋筋的,屁股像女人,罗圈腿,脸色很苍白,面孔是漂亮的,两眼很明亮,也很好看,长长的头发披在他礼服上衣的领子上。斯捷潘·阿尔卡季伊奇向女主人和阿历克赛·亚力克山德洛维奇问好以后,不由得再朝这个陌生人望了一眼。

"Monsieur Landau!①"伯爵夫人对这人说话时口气之轻柔,态度之谨慎令奥勃隆斯基吃惊。她给他们作了介绍。

Landau 连忙回转身,微微一笑,走过来伸出他一只汗湿僵硬的手放进斯捷潘·阿尔卡季伊奇伸出的手里,马上又走开去看起墙上的肖像来。伯爵夫人和阿历克赛·亚力克山德洛维奇意味深长地相互一望。

"我非常高兴见到您,特别是今天。"莉吉娅·伊凡诺芙娜伯爵夫人说,她把卡列宁身旁的位子指给斯捷潘·阿尔卡季伊奇。

"我介绍您认识他,称他 Landau 吧,"她朝这个法国人望一眼,又马上望了望阿历克赛·亚力克山德洛维奇,才压低声音说,"可是他其实是别兹茹波夫伯爵,这您,大概是知道的。只不过他不喜欢

---

① 法语:兰道先生。

这个称号。"

"是的,我听说过,"斯捷潘·阿尔卡季伊奇回答,"人家说,他把别兹茹波夫伯爵夫人的病完全治好了。"

"她今天上我这儿来过的,她多让人可怜哟!"伯爵夫人这话是对阿历克赛·亚力克山德洛维奇说的。"这次分手对她实在太可怕了。这对她是多么沉重的打击啊!"

"那他真是要走啦?"阿历克赛·亚力克山德洛维奇问道。

"是啊,他要去巴黎。他昨天听见了一个声音,"莉吉娅·伊凡诺芙娜伯爵夫人说,一边朝斯捷潘·阿尔卡季伊奇望了一眼。

"哦,一个声音!"奥勃隆斯基重复了她的话,他觉得这群人当中有点儿什么非同一般的事情正在发生,或将要发生,对这个他还莫名其妙,必须谨慎行事。

片刻的沉默,然后莉吉娅·伊凡诺芙娜伯爵夫人似乎是要进入主要的话题,她面带淡淡的笑容对奥勃隆斯基说:

"我早认识您了,很高兴进一步结识。Les amis de nos amis sont nos amis.①但是要做个朋友,应该仔细考虑到,您的朋友的心灵处于怎样的状态下,而我担心,对于阿历克赛·亚力克山德洛维奇您没有这样做。您明白我说的是什么。"她抬起一双漂亮的若有所思的眼睛说。

"多少明白点儿,伯爵夫人,我明白,阿历克赛·亚力克山德洛维奇的处境……"奥勃隆斯基说,到底是怎么回事,他并不很明白,所以想含糊其词。

"变化不在于外表上,"莉吉娅·伊凡诺芙娜伯爵夫人严肃地说,同时一往情深地注视着站起身来向 Landau 身边走去的阿历克赛·亚力克山德洛维奇,"他的心灵发生了改变,上帝赐给了他新的心灵,我怕您没有完全考虑到他身上所发生的这种变化。"

"可以说我在大体上是能想象得出这种变化的。我们一向相

---

① 法语:我们朋友的朋友也是我们的朋友。

处得很好,现在……"斯捷潘·阿尔卡季伊奇用一种充满柔情的目光来回答伯爵夫人的目光,他说话时心中在琢磨,她跟两个部长中哪一个更接近些,好决定两个当中求她找哪一个去为自己说话。

"他心中所发生的变化不会削弱他对亲人的爱意;相反地,他心中所发生的这种变化只会增强他的爱。但是我担心您不能理解我。不想来点茶吗?"她说,目光指着用托盘端来一杯茶的仆人。

"是不大理解,伯爵夫人。当然啦,他的不幸……"

"是的,不幸会变成最大的幸福的,一旦心灵变成了新的心灵,心灵中充满着这种幸福的时候。"她说,深情地注视着斯捷潘·阿尔卡季伊奇。

"我看可以请她对两个部长都美言几句。"斯捷潘·阿尔卡季伊奇想。

"噢,当然啦,伯爵夫人,"他说,"不过我觉得,这一类的变化对一个人来说是太隐秘了,所以没有谁,即使是最亲近的人,会愿意对他说起的。"

"正相反!我们必须互相提醒,并且互相帮助。"

"是的,毫无疑问,不过人的信仰千差万别,再说……"奥勃隆斯基柔顺地微笑着说。

"在神圣的真理这种事情上是不会有差别的。"

"噢,是的,当然啦,不过……"斯捷潘·阿尔卡季伊奇尴尬地不说话了。他明白,这是在谈宗教。

"我觉得他马上要睡着了。"阿历克赛·亚力克山德洛维奇走到莉吉娅·伊凡诺芙娜身边意味深长地悄悄说。

斯捷潘·阿尔卡季伊奇回头一望。Landau 坐在窗下,手肘撑在椅背的扶手上,低垂着头。发现大家都在望着他,他抬起头,孩子般天真地微微一笑。

"别去注意他。"莉吉娅·伊凡诺芙娜说,同时轻轻地给阿历克赛·亚力克山德洛维奇推过一把椅子来。"我发现……"她正要开始说什么,一个仆人送一封信进来。莉吉娅·伊凡诺芙娜匆匆把来信读了一遍,说了声抱歉,便极快地写了回信交给仆人,再回到桌边。"我注意到,"她接着刚才的话题说下去,"莫斯科人,特别是男人,都是些对宗教最冷淡的人。"

"啊,不,伯爵夫人,我觉得莫斯科人是以信仰极其坚定闻名的。"斯捷潘·阿尔卡季伊奇回答说。

"是的,而就我所知,您,很遗憾,是个对宗教冷淡的人。"阿历克赛·亚力克山德洛维奇面带疲倦的微笑对奥勃隆斯基说。

"怎么可能对宗教冷淡呢!"莉吉娅·伊凡诺芙娜说。

"在这方面,我,倒不是说冷淡,而是在等待时机,"斯捷潘·阿尔卡季伊奇拿出他最为温顺的笑容来挂在脸上说,"我认为,对我来说,还不到考虑这些问题的时候。"

阿历克赛·亚力克山德洛维奇和莉吉娅·伊凡诺芙娜两人互相递了个眼色。

"我们永远不可能知道我们的时候到了没有,"阿历克赛·亚力克山德洛维奇严肃地说,"我们就不应该去考虑我们是有准备或是没准备:上帝赐不赐恩,并不取决于人心里想不想;恩惠往往不降临到孜孜以求的人身上,而是降临到毫无准备的人身上,就好像扫罗[①]那样的人。"

"不,好像现在还不到时间。"莉吉娅·伊凡诺芙娜说,一边注视着那个法国人的一举一动。

Landau 站起来,走到他们跟前。

"我可以听你们说话吗?"他问。

"噢,可以听,我是不想妨碍您,"莉吉娅·伊凡诺芙娜眉目含情地望着他说,"请您坐到我们这儿来。"

"只是不能闭上眼睛,那样就见不到光明了。"阿历克赛·亚力

[①] 扫罗,据《圣经·旧约·撒母耳记上》,先知撒母耳选中以色列少年扫罗,向他传达上帝之命。

克山德洛维奇接着他刚才的话说。

"哎,您要是能知道我们所体验的幸福,能像我们一样处处感觉到上帝就存在于自己的心灵中,那就好了!"莉吉娅·伊凡诺芙娜伯爵夫人幸福地微笑着说。

"但是人有时候会觉得自己达不到那样崇高的境界。"斯捷潘·阿尔卡季伊奇说,他感到自己承认宗教的崇高境界是违心之论,但是又不敢在这个女人面前说出自己的自由思想,因为这女人只须对帕莫尔斯基说上一句话,就能为他谋得那个他所朝思暮想的位置。

"那么您是想说,罪恶妨碍了他吗?"莉吉娅·伊凡诺芙娜说,"不过这种说法是站不住的。信奉上帝的人就没有罪,他的罪已经赎过了。Pardon①,"她看见仆人又拿一封信走进来,便说了一句。她读过信,口头回答说:"告诉他,明天在大公夫人那里。"她再接着说下去,"信奉上帝的人是没有罪的。"

"是的,但是有信仰而没有行动那信仰是死的。"斯捷潘·阿尔卡季伊奇说,他记起了教义问答里的这句话,便说了出来,只那微微一笑就表示他在维护自己独立不羁的观点。

"瞧,这是从雅各书里引用的话,"阿历克赛·亚力克山德洛维奇对莉吉娅·伊凡诺芙娜说,口气里带几分谴责,显然这里谈的是他们已经不止一次谈过的事,"对这一处的曲解真是为害不浅呀!再也没有比这种解释更能让人背离教义的了。'我没有做什么事情,所以我不能信教。'可是哪里都没这样说过呀。说过的正好相反。"

"为上帝操劳,靠辛苦、靠斋戒拯救灵魂,"莉吉娅·伊凡诺芙娜伯爵夫人鄙夷地说,"这是我们那些修道士的荒谬见解……其实哪里也没这么说过。要这样倒简单得多、容易得多了。"她面带她那种令人鼓舞的笑容眼望着奥勃隆斯基补充说,在宫廷里,她就是用这

---

① 法语:请原谅;或:对不起。

种笑容鼓励那些在新环境下不知所措的年轻女官的。

"我们靠为我们受难的基督得救。我们靠信仰得救。"阿历克赛·亚力克山德洛维奇用目光对她的话表示鼓励,附和着说。

"Vous comprenez lánglais?"①莉吉娅·伊凡诺芙娜问,在得到肯定的回答后,站起来去书架上找一本书。

"我要读'Safe and happy'②,或者读'Under the wing'③?"她先用目光向卡列宁问一问,再说。她找到那本书,又坐在原先的地方,把书打开。"这一段很短。写的是获得信仰的途径,以及这时候充满心灵的、超越尘世一切之上的幸福。一个有信仰的人不可能是不幸福的,因为他不是孤独一个人。你们看。"她已经准备要读了,又进来一个仆人。"波罗兹金娜吗? 告诉她,明天两点钟……对。"她说,手指按住书里的那个地方,一双若有所思的漂亮眼睛向前方瞭一瞭,还叹了口气。"真正的信仰就是这样产生效果的。你们认识萨宁娜·玛丽吗? 你们知道她多么不幸吗? 她失去了唯一的婴儿。她简直绝望了。喏,怎么样? 她找到了这个朋友,现在,她为自己婴儿的死感谢上帝了。这就是信仰带来的幸福啊!"

"噢,是的,这是很……"斯捷潘·阿尔卡季伊奇说,他高兴的是她就要念书了,这样他就可以稍为定一定神。"不,看来今天顶好是什么也别要求,"他想,"但愿事情别搞糟,可以脱身就好了。"

"你会觉得乏味的,"莉吉娅·伊凡诺芙娜伯爵夫人对 Landau 说,"你不懂英语,不过这一段很短的。"

"噢,我懂的。"Landau 还那样微笑着说,把眼睛闭上了。

阿历克赛·亚力克山德洛维奇和莉吉娅·伊凡诺芙娜意味深长地相互递一个眼色,便开始读书了。

---

① 法语:您懂英语吗?
② 英语:平安与幸福。
③ 英语:庇护。

二十二

听到这些前所未闻的奇谈怪论,斯捷潘·阿尔卡季伊奇感到晕头转向。一般说,彼得堡生活的复杂性对他有一种刺激作用,能使他从莫斯科那种死气沉沉的氛围中摆脱出来;然而,他只是在自己所接近、所熟悉的人当中才喜欢,也才能理解彼得堡的这种复杂性;在眼前这个陌生的环境中,他就变得晕头转向,呆若木鸡,往往感到莫名其妙了。听见莉吉娅·伊凡诺芙娜伯爵夫人念书的声音,感觉到 Landau 一双漂亮的,他自己也不知道是天真无邪呢、还是诡计多端的眼睛正紧紧盯住自己,这时,斯捷潘·阿尔卡季伊奇的脑袋里不知为什么开始出现一种异常的沉重感。

各种各样稀奇古怪的想法在他脑袋里乱作一团。"玛丽·萨宁娜很高兴,因为她的婴儿死掉了……这会儿要能抽一口烟就好了……要获得拯救,只须信教就行了,修道士都不知道该怎么办,而莉吉娅·伊凡诺芙娜伯爵夫人却知道……为什么我的脑袋这么沉?是因为喝多了酒呢,还是因为这一切太稀奇古怪了?反正到现在为止,我好像还没做过什么有失体面的事。不过反正已经不好再求她办事了。人家说,他们要强迫别人做祷告的。但愿他们别来强迫我。要那样就太愚蠢了。她念的是些什么鬼玩意儿,不过她的声音倒是挺好听。Landau——别兹茹波夫。他怎么会叫别兹茹波夫呢?"忽然斯捷潘·阿尔卡季伊奇感到,他的下巴颏忍不住要扭动,想打呵欠。他把络腮胡子理了理,把呵欠掩饰过去,又抖了抖身子。然而紧接着他觉得自己已经睡着了,就要鼾声大作了。正当莉吉娅·伊凡诺芙娜伯爵夫人的声音在说"他睡着了"的时候,他猛地醒了过来。

斯捷潘·阿尔卡季伊奇猛地醒过来,感到自己举止不当,有失体面。然而他马上便放下心来,原来他看出,"他睡着了"这句话不是指他而言,指的却是 Landau。这个法国人跟斯捷潘·阿尔卡季伊奇一样,也沉入了睡乡。但是斯捷潘·阿尔卡季伊奇觉得,他打瞌睡他们会不高兴的(其实他连这个也没有想,因为这一切都太离奇了),而 Landau 打瞌睡却让他们喜出望外,特别是莉吉娅·伊凡诺芙娜伯爵夫人。

"Mon ami①,"莉吉娅·伊凡诺芙娜说,她小心翼翼地把她绸连衣裙的皱褶用手提起来,免得发出响声,兴奋得把卡列宁连阿历克赛·亚力克山德洛维奇也不称了,而直呼他"mon ami","donnez lui la main. Vous voyez?②嘘!——"她对再次走进屋里来的仆人这样嘘一声。"现在不见客。"

法国人睡着了,或者是假装睡着了,头靠住椅背,一只汗湿的手放在膝盖上,做出一个轻微的动作,仿佛想抓住什么。阿历克赛·亚力克山德洛维奇站起来,本想十分小心,反倒撞在桌子上,他走过去,把自己一只手放进法国人手中。斯捷潘·阿尔卡季伊奇也站起来了,他睁大两只眼睛,这样假如自己睡着了,就可以醒过来,他望望这个,再望望那个。这明明不是做梦呀。斯捷潘·阿尔卡季伊奇觉得,他的脑袋瓜子愈来愈不对头了。

"Que la personne, qui est arrivée la dernière, celle qui demande, quélle sorte! Quélle sorte!"③法国人说着,并不睁开眼睛来。

"Vous méxcuserez, mais vous voyez……Revenez vers dix heures, encore mieuxdemain."④

"Quélle sorte!"⑤法国人不耐烦地再说一遍。

"Cést moi, nést ce pas?"⑥

在得到肯定的答复以后,斯捷潘·阿尔卡季伊奇马上便踮着脚尖走出去了,就好像从传染病房里逃出来似的,跑到了大街上,把他

---

① 法语:我的朋友。
② 法语:请把手伸给他,您看见了吗?
③ 法语:叫那个最后来的人,那个来要求的人,叫他出去!叫他出去!
④ 法语:请原谅,不过您看见……请十点钟再来吧,最好是明天。
⑤ 法语:叫他出去!
⑥ 法语:这是说我,是不是?

847

想求莉吉娅·伊凡诺芙娜办的事和妹妹的事全忘得一干二净,一心只想赶快离开这个地方,一路上他不停地跟车夫有说有笑,想借此让自己的心情恢复正常。

斯捷潘·阿尔卡季伊奇在法国剧院里赶上看了最后一场戏,又去一个鞑靼人那里喝了一杯香槟酒,在这种他所适应的气氛中让自己多少喘过一口气来。然而这天晚上他总归是很不自在。

回到他在彼得堡落脚的彼得·奥勃隆斯基家,斯捷潘·阿尔卡季伊奇看到一张培特茜写来的纸条。她对他写道,她非常想把今天开始的谈话谈完,要他明天再去。他看完这封信,刚为这事皱起眉头,楼下便传来重重的脚步声,仿佛有谁抬着很沉的东西。

斯捷潘·阿尔卡季伊奇出去看看。这是彼得·奥勃隆斯基,他好像变年轻了。他醉得连楼梯也上不来;不过,一看见斯捷潘·阿尔卡季伊奇,他便吩咐仆人把他扶着站起来,又一把抓住斯捷潘·阿尔卡季伊奇,一同进了斯捷潘·阿尔卡季伊奇的房间,大谈其这一晚如何消磨的事,马上便昏睡过去。

斯捷潘·阿尔卡季伊奇情绪很坏,这在他是少有的事,他久久不能入睡。他所回想起来的一桩桩事情全都是令人作呕的,而特别令他作呕的是回想起在莉吉娅·伊凡诺芙娜伯爵夫人家度过的这个夜晚,他觉得简直是丢人不过。

第二天,他接到阿历克赛·亚力克山德洛维奇断然拒绝安娜离婚要求的答复,他明白了,这是根据昨天晚上那个法国人在他或真或假的睡梦中所说的话而作出的决定。

二十三

家庭生活中如果想办成点什么事,必须夫妻之间要么彻底反目,要么相亲相爱。假如夫妻关系含含糊糊,不好不坏,那就什么事情也做不成了。

许多家庭夫妻双方都感到厌倦,而又长年累月毫无变化,只是因为,他们既不能反目为仇,也不能和谐相处。

太阳已经不像春天那样和煦,而是像夏天那样灼人,林荫道上的树木早已经枝叶浓密,而树叶上也已经积满灰尘,伏伦斯基也好,安娜也好,对莫斯科这种烈日炎炎、尘土飞扬的日子,已经感到不能忍受;但是他们并没有搬回沃兹德维任斯克去,虽然这是早已决定了的事,他们仍旧住在他俩都已厌倦了的莫斯科,正因为近来他们之间相处得很不和谐。

他们彼此恼怒并非出于什么外在的原因,他们也曾想方设法做一些解释,但结果是,这恼怒不仅未能消除,反而增大。这是一种内在的恼怒,在她来说,由于他的爱日益减退,而在他呢——则由于,他为了她让自己陷入这种难堪的境地,而她不但没有帮他作些解脱,反而让他更觉难堪,他为此心头悔恨。他俩谁也不把自己恼怒的原因说出来,而他们又彼此都认为错在对方,并且一找到借口便极力向对方证明这一点。

对她说来,整个他这个人,连同他所有的习惯、思想、愿望,连同他精神上和肉体上全部的气质特征,只归结为一点——对女人的爱,而这种爱,她觉得,应该全都集中在她一个人身上,但是这种爱现在减弱了;因而,她认为,他一定是把一部分爱移到了别的人身上,或者就是移到了另一个女人身上,——于是她忌恨他。她倒不是为哪一个女人在忌恨,而是因为他现在减弱了对她的爱。她心头还没有一个嫉妒的具体目标,于是她便去寻找。她嫉妒的目标老是转来转去,往往只凭一点儿蛛丝马迹。有时她嫉妒他是为了一些粗鄙的女人,因为他跟许多光棍汉交往,很容易和这种女人勾搭上;有时又为一些上流社会的女人而嫉妒,他跟这种女人是会经常相遇的;有时她嫉妒的目标只是一个想象中的姑娘,他若是断绝了跟她的关系,就会想到去娶这样一个姑娘的。这最后一种嫉妒最令她痛苦,特别是因为,他自己,在两人袒露胸怀的时刻,不当心对她提起过,说他母亲真太不理解他了,竟然会来劝说他娶索罗金娜公爵小姐为妻。

由于嫉妒，安娜便对他感到愤恨，便寻找一切理由来发泄这种愤恨。她为她处境中的一切难堪事责怪他。她在莫斯科苦苦地等待，上不着天，下不着地，阿历克赛·亚力克山德洛维奇又一再拖延，不作决定，自己成天寂寞独守——她把所有这些都归罪于他。他若是爱她，他若是理解她处境之艰难，就应该能设法让她解脱。她这会儿在莫斯科住着，而不是住在乡下，这件事就是他的错。他不能像她所希望的那样隐身埋名地安居在乡下。他离开社会交往就不行，于是他就使她陷入了这种可怕的处境，而他又不愿意理解她这种处境有多么难受。而且，她跟儿子永远分离，这件事又是他的过错。

即使他俩难得地偶尔亲热一会儿，也不能使她感到宽慰；在他的温存之中如今她发现一种心安理得的意味，这在以前是没有的，这很让她恼火。

已是黄昏。安娜独自一人在等他归来，他去参加一个单身汉的宴会了，她在他的书房里来回地踱步（这里不怎么听得见街上的喧闹声），仔细地反复回想着昨天两人争吵时所说的每一句话。先是想起争吵中那些无法忘记的侮辱人的话，又回头想到争吵的原因，终于想起是怎样开头吵起来的。她想了很久都想不通，怎么因为几句并无恶意的、谁也不会往心里去的话就吵起来了。而事实正是如此。只不过是这样就吵开了头，他嘲笑女子学堂，说它毫无用处，而她则为女子学堂辩护。他一般地对妇女教育问题抱蔑视态度，他说，安娜所抚养的那个英国女孩甘娜根本不需要物理学方面的知识。

这话激怒了安娜。她在这番话中发现一种对她所做的事表示轻蔑的暗示。于是她想出这样一些话，并且说了出来，她觉得他在刺痛她，她要给以报复。

"我并不期望您会像个恋爱的人似的理解我，理解我的情感，我只不过期望您对我能讲究点礼貌。"她说。

果然，他气得满脸通红，说了句什么不开心的话。她记不得她是怎样回答他的了，然而这时，不知为什么，显然是也想要刺痛她，他说：

"我对您用在这个小姑娘身上的热情并不感兴趣,这是真的,因为我发现您这种热情很不自然。"

他太残酷,摧毁了她为忍受自己难堪的生活而给自己苦苦营造起来的世界,他太不公正,竟责备她虚伪做作,责备她不自然,他这种做法让她怒不可遏。

"真可惜,只有那些粗鄙的和物质的东西对您才是可以理解的,才是自然的。"她说罢便走出房门。

昨天傍晚他来到她房间里,他们都没有提起那场争吵,但是他俩都感觉到,这场争吵只是抹平了,并不是过去了。

今天他一整天都不在家,她感到非常寂寞,想起跟他争吵心里便沉重得很,她想要把这一切全都忘掉,想要原谅他,跟他和好,想要责备自己,想要让自己认为他是对的。

"是我自己不好。我动不动就发火,我毫无道理地嫉妒。我要跟他和好,我们到乡下去,在那儿我会安静得多。"她对自己说。

"不自然,"她忽然想起的不是这句极其伤人的话,而是他那企图刺痛她的用心。

"我知道他想说什么;他是想说:这是不自然的,不爱自己的女儿,倒去爱别人的孩子。他哪里懂得对孩子的爱,哪里懂得我为他牺牲了的,我对谢辽沙的爱?可是他却这样存心要来刺伤我!不,他是爱上了别的女人,不可能不是这样。"

她发现自己原想自我安慰,却跟以前许多次一样,兜了一个大圈子,又像原先一样发起火来,她对自己感到非常害怕。"难道就做不到吗?难道我就不能控制住自己吗?"她对自己说,于是又从头再来一遍。"他是诚实的,他是正直的,他爱我,我爱他,过几天离婚就办好了。还需要什么呢?必须安静,必须信任,人要能控制住自己。对,他一来,我就说,是我错了,虽然我并没有错,那我们就可以走了。"

为了不再往下想,不再让自己发火,她打铃叫人,吩咐把几口箱子搬出来,收拾东西准备到乡下去。

十点钟伏伦斯基回来了。

二十四

"怎么,玩得开心吗?"她问道,脸上带着认错的和温顺的表情出去迎接他。

"跟平常一样。"他回答,一眼就看出这是她情绪好的时候。他已经习惯她这种喜怒无常了,而今天他特别高兴,因为他自己情绪也非常之好。

"是这样呀!这太好啦!"他指着前厅里放着的那几口箱子说。

"是的,应该走了。我坐车去兜风来着,觉得很舒服,就让我想回乡下去了。没什么事要留住你吧?"

"我也就盼着这个。我这就来,咱们谈谈,我只是换换衣服。你叫他们摆茶。"

于是他去了自己的房间。

他说"这太好啦",就像对一个不再淘气的小孩子说话似的,这里面有点什么令人感到羞辱的东西,而且,她一脸认错相,而他却是一种自以为是的口气,这对比更是特别地让人觉得羞辱;刹那间她感到心里涌起了想要跟他斗一斗的欲望;然而她努力克制自己,压住这种欲望,跟伏伦斯基一样高兴地迎接他。

等他从房间出来见到她,她对他说自己这一天是怎样过的,又说她安排启程的事,有些话是事先准备好的,现在不过嘴里重复一下。

"你知道吗,我几乎可以说是灵感来了,"她说,"干吗在这儿等离婚呢?在乡下还不是一样好等吗?我不能再等下去了。我不想再抱什么希望了,不想再听见什么关于离婚的话了。我拿定了主意,这件事再也不能影响我的生活了。你同意吗?"

"噢,是的!"他说,忐忑不安地朝她激动的脸上望一眼。

"你们在那儿怎么玩的,有些什么人呀?"她停了一会儿没说话,然后才说。

伏伦斯基把客人的名字都说了说。"酒席好得很,划船比赛,还有别的那些都相当不错,可是在莫斯科做什么都少不了 ridicule①。来了个什么太太,是瑞典皇后的游泳教练,表演了一番她的技艺。"

"怎么?她游泳啦?"安娜皱起眉头问。

"穿那么一件红颜色的 costume de natation②,又老又丑。那我们什么时候动身?"

"真无聊!怎么,她游得有什么特别吗?"安娜没回答他的话,这样说道。

"根本没有什么特别的地方。我说了,荒唐极啦。那你想什么时候走呢?"

安娜把头一晃,似乎想要赶走一种不愉快的思想。

"什么时候走吗?啊,越早越好。明天来不及了。后天吧。"

"好的……不,等等。后天是礼拜天,我得去 maman 那里。"伏伦斯基说,他感到很窘,因为他刚一说起母亲两个字,便感觉到一股怀疑的目光落在他身上,紧紧注视着他。他这么一窘,她就更觉得自己怀疑得有道理。她的脸忽地红了,她躲开他走到一边去。此刻出现在安娜想象中的人,已经不是那位瑞典皇后的游泳教练,而是跟伏伦斯基的母亲一起住在莫斯科近郊乡下的索罗金娜公爵小姐了。

"你可以明天去吗?"她说。

"啊,不行!我要办的那件事,委托书和钱明天还拿不到。"他回答说。

"要这样的话,我们干脆就别走了。"

"那又为什么?"

"再迟我不走了。要么礼拜一,要么就再也不走了。"

---

① 法语:可笑的事。
② 法语:游泳衣。

"这为什么呢?"伏伦斯基好像很惊讶地说,"这简直毫无意义!"

"对你来说这毫无意义,因为我的事从来与你无关。你并不想理解我是怎么过日子的。我在这里只有一件事好做,——甘娜。你说,这是虚伪做作。你昨天还说,我不爱女儿,却假装爱这个英国女孩,说这是不自然;我倒想知道,对我来说,在这儿过什么样的日子才可以说是自然的!"

片刻之间她清醒了一下,感到很可怕,她已经背离自己的初衷了。但是虽然她明知这是在毁掉自己,却没法制止自己了,她不能不向他指出他有多么错,她不能向他低头认输。

"我从来没这么说过;我是说,我不赞成这种突如其来的爱。"

"为什么你这个人,老是夸自己坦率的,可又不肯说真话?"

"我从来没有自我夸耀过,也从来没说过假话,"他轻声地说,在竭力压制心头涌起的怒火,"非常遗憾,假如你不尊重……"

"尊重这东西捏造出来就是为了掩盖空虚的,本来应该有爱,可是没有,就空虚了。假如你不再爱我了,那还是说出来好些,也诚实些。"

"不,啊!这简直让人受不了!"伏伦斯基从椅子上站起来大声喊着说。然后,他站在她面前,慢慢地说出这句话:"你为什么要考验我的耐性呢?"他说这话时的表情似乎是,还有许许多多话好说,但是忍住不说了,"忍耐是有限度的啊。"

"您这话是什么意思?"她喊叫着说,在伏伦斯基的整个面孔上,特别是在那双冷酷吓人的眼睛里,都明明表现出一种憎恨来,她眼望着这种表情,好不害怕。

"我想说……"他本来要说下去的,可是停住不说了,"我倒要请问,您想要我怎么样。"

"我还能要您怎么样呢?我能想要的只不过是,求您别把我甩掉,像您想做的那样,"他没说出来的话她已经全明白了,便这样说,"但是我想要的还不是这个,这还是次要的。我想要的是爱,可是却没有了。所以说,一切都完啦!"

她向房门走去。

"你等一等！你……等一等！"伏伦斯基说,他还是愁眉紧锁,但是却拉住她的手不许她走,"这是怎么回事呀？我说过三天再动身,你就说我撒谎,说我是个不诚实的人。"

"是的,我再说一遍,有一个人责怪我,说他为我把一切都牺牲了,"她说,又想起上一次吵架时说过的话,"我说这个人比一个不诚实的人还要坏,——这个人没有心肝！"

"不啊,忍耐是有限度的啊！"他大声嚷着,一下放开了她的手。

"他恨我,这是明摆着的。"她想了想,没说话,也没回头望一眼,便步履不稳地走出房间去。

"他爱上别的女人了,这更是明摆着的。"她心里想着,走进了自己的房间。"我想要的是爱,可是没有了。所以说,一切都完了,"她把自己说过的话再说了一遍,"应该结束了。"

"可是怎么结束呢？"她问她自己,去坐在镜子前的一把安乐椅中。

她现在上哪儿去呢,——去找姑妈,她是在她那儿长大的,去找朵丽,或者干脆就一个人到国外去；他这会儿一个人,待在书房里,在做什么；这场争吵是最后的决裂呢,或是还有和解的可能；她原先所有的那些彼得堡的熟人们现在会怎么说她呢；阿历克赛·亚力山德洛维奇对这事会怎么看法,——她想到这些,还想到许多别的,都是关于决裂以后该怎么办的想法,但是她并没有一心沉浸在这些思想中而忘掉其他。在她心底里还有着某一个模糊的念头,她此刻唯独对它感兴趣,但是她又不能认清它。她再一次想起了阿历克赛·亚力克山德洛维奇,她回想起她产后生病时的情景,又想起当时萦绕心头的那种感受。"我为什么没死啊？"她想起了她当时所说的这句话和她当时的心情。于是突然间,她明白她心底里的那个念头是什么了。是的,是那个念头,那个唯一可以解决一切问题的念头。"对,去死……"

"阿历克赛·亚力克山德洛维奇的羞耻和侮辱,谢辽沙的羞耻和侮辱,我的可怕的羞耻——所有这些都可以一死了之。死——那他就会后悔,就会可怜我,就会爱我,就会为我伤心。"她坐在安乐椅中,一丝自怜自惜的微笑挂在嘴边,一边从左手上把一个个戒指摘下又戴上,一边从不同的方面真切地想象着,她死以后他的心情将会是怎样。

越来越近的脚步声,他的脚步声,让她没再想下去。她假装在收拾戒指,连头也没回。

他走到她身边,握住她的手,轻声地说:

"安娜,我们后天就走,要是你想走的话。我什么都同意。"

她不说话。

"怎么啦?"他问。

"你自己明白。"她说,就在同一分钟里,她实在忍不住了,放声痛哭起来。

"丢开我,丢开我吧!"她透过呜咽声说出这番话,"我明天就走……我还有事要去做。我是什么人? 一个堕落的女人呀。是一块吊在你脖子上的石头。我不想折磨你,不想啊! 我给你自由。你现在不爱了,你现在爱别的女人了!"

伏伦斯基恳求她安静,要她相信她的妒忌一点儿根据也没有,说他从来都没有中断对她的爱,将来也不会不爱她,说他现在爱她更胜过以前。

"安娜,干吗这样折磨自己、折磨我呢?"他说,吻着她的手。他脸上此刻显现着柔情,她觉得,她在他的话音中听出了泪声,手上也感觉到泪的湿润。于是刹那间,安娜不顾一切的嫉妒变成了一种不顾一切的、热烈的柔情;她抱住他,在他的头上、颈上、手上印满无数的香吻。

二十五

安娜觉得这回是完全和好了,一大早便兴致勃勃地准备着启程。虽然并没有决定他们是礼拜一走或是礼拜二走,因为昨天他俩一个让着一个。安娜认真地做着动身的准备,感到自己现在对早走一天或是晚走一天全无所谓。她在自己房间里,站在一口打开的箱子前收拾着衣物,他已经比平时更早地穿戴好,来到她这里。

"我这就上 maman 那去,她可以叫叶戈罗夫把钱转给我。这样我明天就可以走了。"他说。

无论她的情绪有多么好,一提起去他的别墅见他母亲,她就感到刺痛。

"不,我自己也来不及,"她说,而马上就想:"这么说,本来就可以安排得照我意思办的嘛。"而她嘴里说:"不,你想怎么办就怎么办吧。你去餐厅,我这就来,我只是把这些用不着的东西挑出来。"她又往安奴什卡手中递了点什么,这女仆手里已经有一大堆旧衣服了。

伏伦斯基正吃牛排时,她走进餐厅。

"你不会相信,我对这些房间有多么厌恶,"她说着坐在他身边喝她的咖啡,"再没有比这些 chambres garnies① 更可怕的了。这些房间都没有表情,没有灵魂。这些钟,这些窗帘,特别是这些墙纸——都讨厌极了。我怀念沃兹德维任斯克,就像怀念梦寐以求的一片乐土似的。你还没把马都打发走吧?"

"没有,我们走了马再走。你今天要去哪儿吗?"

"我想上威尔逊那儿去一趟。我要给她送几件衣裳去。那么决定明天啦?"她声音快活地说;但是忽然她的脸色又变了。

伏伦斯基的随身侍仆进来要彼得堡来的电报的回执。伏伦斯基收到一份电报,这本来没什么稀奇,但是他好像要瞒着她什么似的,说回执在书房里,又连忙对她说:

"明天我一定把一切都办好。"

"电报是谁打来的?"她问道,并不听他说话。

---

① 法语:有摆设的房间。

"斯季瓦打来的。"他不情愿地回答。

"你为什么不拿给我看？我跟斯季瓦之间会有什么秘密吗？"

伏伦斯基叫侍仆回来，吩咐他拿电报来。

"我不想拿给你看，是因为斯季瓦太喜欢打电报了；什么都没决定，打电报干吗？"

"离婚的事吗？"

"是的，不过他电报里说：尚无结果。答应近日明确答复。你看吧。"

安娜两手发抖地接过电报，读了伏伦斯基所说的那一段。电报结尾还加了一句：希望甚微，我将尽力而为。

"我昨天说了，什么时候离，甚至于能不能离，我根本不在乎了，"她面红耳赤地说，"毫无必要隐瞒我嘛。""这么说他可能把他跟那些女人写的信也都瞒着我，而且一向都瞒着呢。"她想。

"哦，雅什文跟沃依托夫今天上午要来，"伏伦斯基说，"好像他跟别夫左夫赌赢了，别夫左夫输光了，甚至于掏不出钱来了，——大约输了六万。"

"不，"她说，他这样明显地用改变话题的方式让她知道自己在生气，这就更激怒了她，"为什么你以为我对这个消息那么感兴趣，所以就要隐瞒我？我说了，我不想去考虑这件事了，也希望你跟我一样，对这事也不感兴趣。"

"我感兴趣是因为，我喜欢明明白白。"他说。

"明白不明白不在形式上，而在于爱情，"她说，火气越来越大了，不是因为他说的话，而是因为他说话时那种冰冷沉静的口气，"你为什么希望这样呢？"

"我的天哪，又是爱情。"他皱着眉头想。

"你知道我为什么希望这样：为了你，也为了将来还会有的孩子。"他说。

"不会再有孩子了。"

"那太可惜了。"他说。

"你要这个是为了孩子,而你就不为我想一想?"她说,完全忘了,也没有听见他说:"**为了你**,也为了孩子。"

能不能再有孩子早就是一个引起争吵的并且让她恼怒的问题。他想要孩子,她把这解释为他不珍惜她的美貌。

"哎呀,我说的是:为了你。首先是为了你,"他皱着眉头,好像是忍着疼痛,把话再说一遍,"因为我确信,你爱发火,这大部分是由于你的身份不明确。"

"对呀,他这会儿不再装腔作势了,他对我的那种冰冷的憎恨也就全暴露出来了。"她想着,不听他说话,却心怀恐怖地注视着他的眼睛,这双眼睛像冷酷无情的法官似的、挑衅地注视着她。

"原因不在这里,"她说,"我甚至于不明白,那怎么会是你所谓的我爱发火的原因呢,既然我现在完全在你的掌握之下。还有什么身份不明确的地方呢?我看恰恰相反。"

"非常遗憾,你不愿意明白我的话。"他打断她,固执地想要把自己的想法说出来。"不明确在于,你好像觉得,我是自由的。"

"关于这一点你完全可以放心。"她说,转过身去不理睬他,喝自己的咖啡。

她端起杯子来,翘起小指头,把杯子举到嘴边。喝过几口以后,她望了他一眼,从他面部的表情上她清楚地了解到,他讨厌她的手,她的姿势,和她嘴唇所发出的声音。

"你母亲怎么想,她要给你娶谁,这我完全无所谓。"她说,放下杯子时那只手在发抖。

"可是我们现在不是在谈这个呀。"

"不对,就是在谈这个。请你相信我的话,对我来说,一个没有心肝的女人,不管她是不是个老太婆,不管她是不是你的母亲,我都不感兴趣,我不想知道她的事。"

"安娜,我要求你不要说对我母亲不敬的话。"

"一个不能掏出心来看清她儿子的幸福和荣誉到底在哪里的女人,她是没有心肝的。"

"我再说一遍,求你不要对我所尊敬的母亲说不敬的话。"他抬高声音说,同时严厉地望着她。

她没有回答。她目不转睛地注视着他,注视着他的脸,他的手,她想起了昨天他们和好的场面,和他热情的爱抚,回忆起当时的每一个细节。"像这样的亲热举动,他从前对别的女人也有过,以后还会有,他也是想跟别的女人这样亲热的!"她心里这样想。

"你并不爱你母亲。这些都是漂亮话,漂亮话,漂亮话!"她眼中满含憎恨地注视着他,嘴里说。

"既然是这样,那就得……"

"就得作个决定,我已经决定了。"她说完这话,正想要走开,而这时雅什文走进屋里来。安娜跟他打招呼,便留下没有走。

为什么,当她心中正掀起风暴,她感到自己正站在生命的转折点上,很可能产生可怕的后果,为什么她在这种时刻还非得在生人面前装模作样不可,这个人早晚也全都会清楚的呀,——这她并不知道;然而她立刻把自己内心的风暴压下去,坐下来跟客人交谈。

"喏,您怎么样?赢的钱都拿到啦?"她问雅什文。

"还可以;好像不会全拿到的吧,我礼拜三就得走了。你们什么时候走?"雅什文说话时眯缝着眼睛望着伏伦斯基,显然他是发觉了刚才的争吵。

"好像是,后天吧。"伏伦斯基说。

"不过你们早就想走了。"

"可是现在已经决定了。"安娜说,一边直视着伏伦斯基的眼睛,那目光是在对他说,他别以为会有和好的可能。

"难道您不可怜这个不幸的别夫左夫吗?"她继续跟雅什文闲聊。

"我从没问过我自己,安娜·阿尔卡季耶芙娜,可怜,还是不可怜。我全部家当可都在这里了,"他指一指腰包说,"这会儿我是个富翁;可是今天往俱乐部一走,或许,出来就是个穷光蛋。要知道,无论谁跟我往牌桌上一坐——都是想把我剥个精光,而我也想剥光他。喏,我们斗个你死我活,乐在其中嘛。"

"哦,不过假如您是个结了婚的人,"安娜说,"您的妻子会怎么样呢?"

雅什文笑了起来。

"所以说,明摆着,我就没结婚,也永远不打算结婚。"

"那赫尔辛格福尔斯①的事呢?"伏伦斯基也参加进来,他说,一边朝微笑着的安娜望了一眼。

一遇上他的目光,安娜脸上突然显出冰冷的表情,好像她在对他说:"忘不了的。还是那个样。"

"难道您真的恋爱过?"她对雅什文说。

"噢,主啊!多少次啦!可是,您要知道,有的人可以坐下打牌,而 rendezvous② 的时间一到,照例抬脚就走。而我可以谈情说爱,但是要晚上赌钱不迟到才行。我就是这么过日子的。"

"不,我不是问这个,我是问真正的恋爱。"她本来想说**赫尔辛格福尔斯的事**,可是她不愿意说那个伏伦斯基用过的字眼。

这时那个买过伏伦斯基一匹马的沃依托夫来了;安娜站起来走出房门。

伏伦斯基离开家以前到她房间里来。她本想假装在桌上寻找什么,但是觉得装模作样很可耻,便用冰冷的目光直视着他的脸。

"您要什么?"她用法语问他。

"取嘎倍塔的证书,我把它卖了,"他说话的口气比语言更明白地表示:"我没时间跟你谈,谈也没用。"

"我在她面前没有任何错,"他想,"她要是想自己找罪受,tant pis pour elle.③"但是,临走时他似乎听见她说了句什么话,于是,因为对她的怜悯,他的心忽然一抖。

---

① 赫尔辛格福尔斯,即赫尔辛基,芬兰的首都。
② 法语:约会。
③ 法语:那对她就更不好了。

"什么,安娜?"他问。

"我没什么。"她还是那样冰冷地、无所谓地回答。

"要没什么,那就 tant pis①。"他心想,心又冷下来,转身就走了。出门时他从镜子里看见她的脸,那脸是苍白的,嘴唇在颤抖。他本想停下来,对她说句安慰的话,但是他还没想好说句什么,两条腿已经把他带出房门了。这一整天他都在外边度过,夜里很晚回来时,侍女告诉他,安娜·阿尔卡季耶芙娜头痛,她请他别到她房间去。

二十六

吵一整天架的事还从来没有过。今天是头一回。而今天这不是吵架。这是明显地承认心完全冷了。难道可以用像他进屋拿证书时那样的目光来看着她吗?眼睛望着她,明明看见她绝望得心都要碎了,却用这样一副无动于衷的面孔一声不响地走过?说他对她感情冷淡了还不对,应该说他是在恨她,因为他爱上了另一个女人,——这是明摆着的事。

回想起他所说的那些残酷的话,安娜又想到了许多他显然是想对她说、也可能对她说的话,于是她越来越愤怒了。

"我不会留您的,"他可能这样说,"您想上哪儿去就上哪儿去吧。您不愿意跟您的丈夫离婚,大概是,想再回到他身边吧。那您就回去吧。假如您需要钱的话,我给您。您要多少个卢布?"

一个粗人所能说得出口的所有那些最为残酷的话,他都在她的想象中对她说了,而她不能原谅他的这些话,就好像他真的说过似的。

"可是不就昨天吗,他还发誓说他爱我,他,这样一个诚实正直的人?而我以前多少次灰心绝望,不都是毫无必要的吗?"紧接着她又对自己这样说。

---

① 法语:更不好了。

这一整天,除了花两个钟头去威尔逊家,安娜都在满心疑虑中度过,一切都完了吗,还是仍有和好的希望,她应该现在就离开呢,还是再跟他见一次面。她等了他一整天,晚上她吩咐告诉他,说她头痛,回到自己房间里,她心里猜测着:"他如果听见女佣人说的话,还是来看我,那就说明,他还爱我。要是他不来,那,就是说,一切都完了,那我就决定我该怎么办……"

晚上她听见了他的马车轮子停住的声音,他拉门铃的声音,他的脚步声和他跟侍女的说话声:他信了佣人们对他说的话,并没想知道更多,便进了自己的房间。可见,一切都完了。

于是她明白而真切地想到了死,死是在他心头恢复对她的爱的唯一手段,是惩罚他的唯一手段,也是能促使她心中驻守的恶魔在跟他所进行的这场搏斗中取得胜利的唯一手段。

现在反正都无所谓了:去不去沃兹德维任斯克,能不能得到丈夫离婚的同意——所有这些全都不是必需的了。必须要办的只有一件事——惩罚他。

当她给自己倒出平常剂量的鸦片时,她想到,只需把整个一瓶喝下去,就可以死了,她觉得这真是容易得很,简单得很,于是她又津津有味地想象着,当悔之已晚的时候,他会多么地痛苦、懊恼,多么珍爱对她的回忆。她睁大眼睛躺在床上,凭一丝即将燃尽的烛光注视着天花板下的雕花檐条,和屏风投在部分天花板上的阴影,她真切地想象着,等她已不在人世,她对他只是回忆而已,那时候,他会怎样感觉呢。"我怎么可以对她说那些残酷的话呢?"他会这样说的,"我怎么可以一句话也不对她说,就走出房间去了呢?而现在她已经死了。她已经永远离开我们了。她在哪儿……"忽然屏风的影子摇曳了,遮住了整个的檐条,整个的天花板,另一些阴影从另一边向她迎面涌来;刹那间影子都消失了,而接着又更加迅速地涌上来,影子晃动着,融成一片,于是变成一团漆黑了。"死!"她想着。她吓得不得了,半天都不明白她是在哪里,她想给那支燃尽的蜡烛再续上一支,可是两只颤抖的手很久都找不到火柴。"不啊,怎么都行——只要能活着！我到底是爱他的呀。他到底是爱我的呀！这都是些往事，一切都会过去的呀。"她说着，感觉到有一股庆幸自己又活回来了的欢乐的泪水在面颊上流淌。于是，为了摆脱自己心头的恐惧，她连忙到他的书房里去找他。

他在书房里睡得正酣。她走到他跟前，举起蜡烛照着他的脸，久久地望着他。这会儿，他在熟睡中，她爱他，爱得一见他面便忍不住流下脉脉含情的热泪；然而她知道，若是他醒过来，他就会用那种冷冰冰的、自以为是的目光望着她，于是，还不等对他诉说自己的爱，她一定会对他证明，是他对不起她。她没有唤醒他，回到自己房里，又服了一剂鸦片，天亮前才迷迷糊糊地沉睡过去，始终没有睡得沉到失去自我感觉的地步。

清晨时分她做了一场噩梦，在她跟伏伦斯基有关系之前，做过好几次这种噩梦的，现在她又做了，这梦惊醒了她。一个胡子乱蓬蓬的小老头儿，不知在做什么，弯着腰俯在一块铁板上，嘴里说着一些含混不清的法语句子，她像往常一样，在这个噩梦中（可怕也就在这里）感到，这个庄稼汉老头儿睬也不睬她，可是他在这块铁板上干的什么事是冲着她的。她一身冷汗地醒了过来。

她起床时，模模糊糊，像透过迷雾似的记起了头一天的事。

"我们吵过。这种事已经有过好些回了。我说我头痛，他就没进来。明天我们就走，得去见他，准备动身的事。"她对自己说。听说他在书房里，她便去找他。走过客厅时，她听见，大门口停住一辆马车，从窗子里望去，她看见是一辆轿车，一个年轻姑娘，戴一顶紫颜色的帽子，从车窗里探出头来，正在对打门铃的仆人吩咐着什么。在前厅里说过几句话以后，有一个人进来往楼上走，接着听见伏伦斯基的脚步声从客厅旁走过。他快步走下楼梯。安娜又走到窗前。他正好没戴帽子从门口出来，走到轿车前。戴紫色帽子的年轻姑娘把一个小包递给他。伏伦斯基微笑着对她说了句什么话。轿车便离开了；他急忙沿楼梯跑回去。

她心中的那层迷雾忽然消散了。昨天的种种感情又随一股新添的疼痛刺激着她受伤的心。此时此刻她真无法理解,她怎么能让自己降低到这种程度,再在他的这幢屋子里跟他同过一整天。她走进书房去见他,为的是向他表明自己的决心。

"这是索罗金太太跟她女儿,她们走过这里,从 maman 那儿给我带来了钱和文件。我昨天没能拿到。你的头怎么样,好些啦?"他平静地说,不想去看也不想探究她脸上那副阴郁的、又是洋洋得意的表情。

她站在房间中央,默默地目不转睛地注视着他。他望了她一眼,顷刻间眉头一皱,又继续看信。她转身慢慢地走出那间房。他还来得及叫她转回来,但是她走到门边,他仍然默不作声,只听见沙拉沙拉的翻动纸页的声音。

"哦,对了,"她已经走到门口时,他说,"明天我们一定走啦?是不是?"

"您走,不是我走。"她说,回身面向着他。

"安娜,这样过日子是不行的……"

"您走,不是我走。"她再说一遍。

"这简直叫人没法忍受!"

"您……您会后悔的。"她说过就走出去了。

她说这话时那种绝望的表情把他吓住了,他一跃而起,想要追上她,但是,想了想,咬紧牙关,皱起眉头,又坐下来。这种他认为是很不体面的威胁,不知为什么激怒了他。"我什么都试过了,"他想,"只剩一个办法了——不予理睬。"于是他便准备到城里去,并且再上母亲那儿去一次,必须得到母亲在委托书上的签名。

她听见他在书房里和餐厅里的脚步声。他在客厅门前站住。但是他没有转身上她这儿来,他只是吩咐说,他不在的时候可以把那匹马让沃依托夫牵走。然后她听见,马车赶过来了,大门打开了,他又出门去了。可是只听见他又回到门廊里,有个人跑上楼来了。这是他的随身侍仆跑回来拿他忘记戴的手套。她走到窗前,看见他头也不抬地接过手套,用手点一点车夫的脊背,对车夫说了句什么。

然后,他没朝窗户望一眼,便以他平时的姿势坐进马车里,一条腿架在一条腿上,一边戴着手套,一边就隐没在房子的拐角处。

二十七

"他走了!完了!"安娜对自己说,她仍站在窗前;作为对这种疑问的答案,蜡烛熄灭后黑暗的印象和那场可怕的噩梦留下的印象融合成为一体,她心中充满冷峻的恐怖。

"不,这样是不行的!"她大喊着,穿过房间,使劲地打铃,现在她觉得一个人呆着太可怕了,等不及仆人来,她走去迎他。

"去问问,伯爵上哪儿去了。"她说。

仆人回答说,伯爵去马厩了。

"伯爵让我禀告您,如果您要出门,车子这就回来。"

"好。等一等。我这就写张条子,叫米哈依尔拿上条子到马厩去。快点。"

她坐下写道:

> 是我的错。回来吧,要好好谈谈。看上帝面上你来吧,我很害怕。

她把信封好,交给仆人。

这时候她很怕一个人呆着,仆人一走,她便跟着走到孩子的房间里。

"怎么回事啊,这不对头呀,这不是他那双蓝眼睛,他可爱的羞怯的笑容上哪儿去了?"这时她首先这样想,她思绪混乱了,她本想,在育儿室里她看见的会是谢辽沙,却看见了她那个满头黑色鬈发的胖嘟嘟、红喷喷的小女儿。小姑娘坐在桌边,拿一个瓶塞子在桌上不停地用力敲打,两只醋栗似的黑眼睛茫然地朝母亲望着。安娜先回答了英国保姆的问候,说她身体很好,说明天就回乡下去,然后去坐在小姑娘身旁,给孩子转瓶塞子玩。但是,这孩子爽朗清脆的笑声,她眉毛的抬动,让人活生生地想起伏伦斯基,安娜忍住硬咽,连忙站起来走了。"难道说一切都完了吗?不啊,这样是不行的,"她想着,"他会回来的。可是他跟她说过话以后,那笑容,那股兴奋劲儿,他怎么给我解释这些呢?但是就算不解释,我反正相信他的。要是我不相信他,那我就只有一条路好走了,——那我是不愿意的啊。"

她看了看表,过了十二分钟了。"这会儿他该已经收到纸条,往回走了,快了,再过十分钟……可他要是不回来,怎么办呢?不,不会这样的。可不能让他看见我哭过的样子。我去洗把脸。对,对,我今天梳过头没有?"她问她自己。她记不起来了。她用手摸一摸头。"对,我梳过头了,什么时候梳的,怎么也想不起来了。"她甚至不相信自己的手,便走到穿衣镜前,要看看她真的梳过头没有。她梳过头了,但是记不起她是什么时候做的这件事。"这个人是谁?"她在想,望着镜子里那张发烧的脸,一双眼睛奇异地闪着光,惊恐地注视着她。"这就是我呀。"她忽然明白过来,于是她全身上下地打量着自己,她忽然觉得他在吻着她,她浑身一抖,耸了耸肩头。然后她把手举到唇边,吻了自己的手。

"这是怎么啦,我要发疯啦。"于是她走进卧室,安奴什卡正在那儿收拾房间。

"安奴什卡,"她说,她站在这个贴身使女面前,眼睛盯住她,自己也不知道想对她说什么。

"您今天想上达丽雅·亚力山德罗芙娜那儿去的。"这使女像是懂得她的心思,这样说道。

"去达丽雅·亚力山德罗芙娜那儿吗?对,我要去的。"

"十五分钟去,十五分钟回来。他已经往回走了,他这就要到家了。"她掏出怀表来看了看。"可是他怎么能就这样丢下我自己走掉呢?不跟我和好,他日子怎么过呢?"她走到窗前向大街上张望。按时间他该回来了。但是可能计算不准确,于是她又去回想他什么时候离开的,又一分钟一分钟地计算着时间。

她走到大钟前面去对她的表,这时有人坐马车来了。她从窗子里一望,看见了他的马车。但是没有人往楼上走呀,只听见楼下有人说话。这是派去送信的人,是这个人坐车回来了。她便去迎这个人。

"没碰见伯爵。他去下城车站了。"

"你怎么啦?什么?……"她对米哈依尔说,这个面色红润的快活的仆人正把她的纸条交还给她。

"啊,原来他没收到纸条。"她这才想起来。

"你拿上这张纸条去乡下伏伦斯卡娅伯爵夫人那儿,知道吗?马上带回信来。"她对派去的人说。

"那我自己,我做点什么事情好呢?"她想着。"是的,我去朵丽那儿,对,要不我会发疯的,是的,我还可以打电报。"于是她拟了一份电文:

我必须跟您谈,请即回来。

送出电报,她便去换衣服,已经穿戴好了,她再一次和胖胖的沉静的安奴什卡四目对视。这双小小的、善良的、灰色的眼睛里流露出明显的怜惜之情。

"安奴什卡,亲爱的,我该怎么办呢?"安娜呜咽着说,束手无策地倒在一把安乐椅中。

"干吗这么难过呢,安娜·阿尔卡季耶芙娜?这是常有的事嘛。您出去走走,散散心吧。"这贴身侍女说。

"对,我去,"安娜让自己冷静一下,站起来,说,"我不在的时候要是电报来了,送到达丽雅·亚力山德罗芙娜家去……不,我自己会回来的。"

"对,不该乱想,要做点什么,走出去,最主要的是,从这个家里走出去。"她说着,一边恐惧地倾听着她心头可怕的呼噜呼噜的翻腾声,急匆匆出了门,坐上马车。

"您去哪儿?"彼得还没上驭座就问。

"兹纳明卡街,奥勃隆斯基家。"

二十八

天色晴朗。一上午都下着蒙蒙细雨,这会儿刚刚放晴。铁皮屋顶,人行道上的石板,马路上的鹅卵石,车子上的轮子、皮件、黄铜、白铁,——都在五月的太阳下闪闪发光。现在是下午三点钟,街上最热闹的时候。

两匹灰色马快步疾驰,柔软的弹簧微微颤动着,车厢里很安静,车轮辚辚,窗外清新的空气中一个个景象在迅速地变换,安娜坐在角落里,把这几天来发生的事情重新一一回想过,这时她对自己处境的看法跟她在家时所感觉到的完全不同了。这会儿即使死的念头对她也不是那么可怕和明显了,而死亡本身也不再显得是不可逃脱的了。这会儿她责备自己不该落到那样低声下气的地步。"我求他宽恕我。我向他屈服。我承认自己有错。为什么?难道说没有他我就活不下去?"而她并没有回答这个没有他,她将怎样活下去的问题,眼睛便去看那些商店的招牌了。"事务所和仓库。牙医。对,我要把一切都说给朵丽听。她不喜欢伏伦斯基。会不好意思的,会难过的,可是我还是要全都告诉她。她爱我,我要照她说的办。我不能对他屈服;我不能让他来教训我。菲利波夫,白面包。人家说这家店铺把发面团子往彼得堡运呢。莫斯科的水真好。啊,梅基辛的泉水和薄饼。"于是她想起来,很久、很久以前,她还只有十七岁的时候,跟姑妈去朝拜三圣修道院的情景。"还是骑马去的呢。难道那个姑娘是我吗,两只手通红通红?那时候我觉得是那么美好的、不可企及的东西,现在有多少都已经一钱不值了啊,而当时的一切,现在都已经永远不可企及了。我那时能相信我会低三下四到今天这个地步吗?他收到我信的时候,会多么骄傲,多么得意啊!可是我要让他看见……这个油漆味多难闻啊,他们怎么老是没完没了地油漆呀,盖房子呀?时装和饰品。"她读着招牌。一个男人向她鞠躬。这是安奴什卡的丈夫。"靠我们养着的。"她记起伏伦斯基说过这句话。"靠我们养着?为什么是我们?可怕的是,不能把往事连根拔掉。不能连根拔掉,但是可以把有关的记忆掩盖起来不去想它,那我就掩盖起来吧。"而这时她又想起了过去和阿历克赛·亚力克山德洛维奇在一起的事,想起她曾怎样把他从自己的记忆中抹去。"朵丽会以为,我又要抛弃第二个丈夫了,那一定是我不对。莫非我想说我对!我不能哟!"她说着这话,只想哭出来。但是她马上又想,这两个女孩子为什么事那样眉开眼笑呀。"一定是,为恋爱的事吧?她们不知道,这种事有多难受,多低下……林荫道上有一群孩子。三个小男孩在奔跑,玩骑马的游戏。谢辽沙!而我把什么都丢掉了,也不能把他叫回来了。对,什么都丢掉了,要是他不回来的话。他,或许,没赶上火车,这会儿已经回家了。又想要低声下气了!"她对她自己说。"不,我一走进朵丽家就告诉她:我不幸福,我自作自受,我错了,可是怎么说我还是不幸福,你帮帮我吧。这两匹马。这辆车,——坐在这辆车子上,我多恶心啊——全都是他的东西;不过我不会再看见这些东西了。"

安娜想,她要把一切都告诉朵丽,反复考虑着她要讲哪些话,存心要让自己心里不舒服,她就这样走上楼去。

"有什么客人吗?"

"卡捷琳娜·亚力山德罗芙娜·列文娜。"一个佣人回答说。

"吉蒂!就是那个伏伦斯基爱过的吉蒂,"安娜想,"就是那个他满怀柔情回想着的人儿。他后悔没娶她为妻。可是一想起我,他就怀恨在心,后悔跟我走到了一起。"

安娜来的时候两姐妹正在商量给孩子喂奶的事。朵丽一个人出来迎接这位恰好打断她们谈话的客人。

"啊,你还没走吗?我自己还想上你那儿去呢,"她说,"我今天收到了斯季瓦的信。"

"我们也收到一封电报。"安娜一边回答一边张望着,想看见吉蒂。

"他信里说,搞不懂阿历克赛·亚力克山德洛维奇到底想要什么,他说他得不到个回话就不回来。"

"我看,你有客人在。可以让我看看那封信吗?"

"是呀,吉蒂,"朵丽尴尬地说,"她在育儿室里。她生了一场大病。"

"我听说了。可以让我看看那封信吗?"

"我这就去取。不过他并没有拒绝啊;相反地,斯季瓦认为有希望。"朵丽停在门边说。

"我并不抱希望,并且也不盼着。"安娜说。

"这是怎么回事,吉蒂以为跟我见面是降低了自己?"留下安娜一个人时她想。"或许她是对的。可是不该是她,这个也爱过伏伦斯基的人,不该她来对我作这种表示,尽管都是事实。我知道,在我这种处境下,随便哪个正派女人都不会愿意接待我。我知道,从我为他牺牲了一切的时候开始,事情就是这样的!这就是我得到的报答!噢,我现在多么恨他哟!我上这儿来干吗呢?只有让我更痛苦,更难受。"她听见另一个房间里姐妹俩的说话声。"现在我还要对朵丽说什么呢?让她知道我不幸,我要受她的庇护,让她开心吗?不,就是朵丽也什么都不会明白的。我没什么好对她说的。我要见一见吉蒂,要让她知道,我蔑视所有的人,蔑视一切,我现在什么都不在乎,那才有趣呢。"

朵丽把信拿来了。安娜读过信,一声不响地把信还给她。

"这些我全知道,"她说,"这些我一点儿也不感兴趣。"

"那又为什么呢?我,跟你相反,还抱希望。"朵丽说,她好奇地望着安娜。她从来没见过安娜这样烦躁不安,觉得很奇怪。"你什么时候走?"她问。

安娜眯缝着眼睛朝前方看,没有回答她。

"吉蒂干吗躲着我?"安娜眼睛望着门,红着脸说。

"哎呀,你胡说什么呀!她在喂奶,这事她总也弄不好,我正在教她……她很高兴的。她这就来,"朵丽是个不会说假话的人,这些话说得好笨,"瞧她来啦。"

听说安娜来了,吉蒂想不出来,但是朵丽说服了她。吉蒂鼓起勇气走出来,红着脸走到安娜面前,和她握手。

"我非常高兴。"吉蒂声音发抖地说。

吉蒂处于一种内心的矛盾中,感到惶惑不安,她对这个坏女人怀有敌意,又想要对她表现得宽容大度;但是,当她一看见安娜那张美丽的讨人喜欢的脸时,她所有的敌意立刻就烟消云散了。

"我倒也不会奇怪,假如您不想跟我见面的话。我什么都习惯啦。您生过一场病吗?是的,您变样啦。"安娜说。

吉蒂觉得安娜望她时目光中怀有敌意。她把这种敌意解释为处境上的难堪,因为她认为,以前安娜对她像个保护人似的,现在在她面前出现,便会有这样的感觉,于是她很可怜安娜。

她们谈了生病的事,谈了孩子,谈了斯季瓦,但是显然这些谈话都不使安娜感兴趣。

"我是来跟你告别的。"她站起身来说。

"你们什么时候动身呢?"

但是安娜没有回答,又去对吉蒂说话。

"是的,见到您我非常高兴,"她微笑着说,"我多少次从各个方面听人家说起您,甚至也从您丈夫那儿听说过。他上我那儿去过,他非常讨我喜欢,"她最后说的这句话显然不怀好意,"他这会儿在哪儿?"

"他去乡下了。"吉蒂红着脸说。

"请代我问候他,一定要代我问候。"

"一定!"吉蒂天真无邪地再说一遍,满怀同情地注视着安娜的眼睛。

"那就再见啦,朵丽!"于是安娜吻过朵丽,握了吉蒂的手,便匆匆地走了。

"她还是老样子,还那么迷人。真美!"剩下姐妹两人时,吉蒂说。"可是她身上有点什么让人觉得可怜的东西。非常可怜啊!"

"不,她今天有点异样,"朵丽说,"我送她到前厅里,我觉得,她好像要哭似的。"

二十九

安娜坐进马车时,心情比从家里出来时更坏了。除原先的痛苦之外,现在又加上一种受侮辱和遭唾弃的感受,这是她在遇见吉蒂时明显察觉到的。

"您吩咐去哪儿?回家吗?"彼得问。

"对,回家。"她说,现在她已经不考虑去哪儿了。

"他们怎么像看一个什么可怕的、古怪的、稀奇的东西似的看着我。他那么起劲地对另外那个人说些什么呀?"她望着两个过路的行人想着。"难道能把自己感觉到的东西说出来给别人听吗?我本来想说给朵丽听的,幸亏没有说。我的不幸会让她多么开心啊!她也许会隐瞒这一点;但是她主要会是开心的感觉,因为我为那些当初她羡慕过的欢乐受到了惩罚。吉蒂呢,她可能会更加开心呢。我可算把她看透了!她知道,在她丈夫眼里,我比那些寻常女人要可爱得多。所以她嫉妒我,憎恨我。她还瞧不起我呢。在她眼睛里我是个道德败坏的女人。假如我是个道德败坏的女人的话,我就会让她的丈夫爱上我……只要我有这个心思。我是有过这个心思的。瞧这个人多么得意。"她想着,看见一个身体肥胖面色红润的先生迎面走来,把她当作自己的熟人,从那颗光秃发亮的脑袋上掀了掀那顶发亮的礼帽,后来发现他是认错了人。"他以为他知道我。而他跟人世间随便哪个人一样,并不知道我。我自己也不知道我自己。就像法国人说的,我只知道自己的胃口。瞧他们想吃这种肮脏的冰激凌。这他们大概是知道的吧。"她看见两个男孩叫住一个卖冰激凌的,这人放下头上顶着的木桶,用毛巾的一角擦着汗湿的脸。"我

873

们大家都喜欢甜的、好吃的东西。没有糖果吃,就吃这种肮脏的冰激凌。吉蒂也是这样的:没有伏伦斯基,就要列文。她嫉妒我。她还憎恨我。我们大家全都互相憎恨。我恨吉蒂,吉蒂恨我。就是这样的。丘济金,coiffeur. Je me fais coiffer par 丘济金①……等他来了,我要把这话告诉他。"她想着,便微微一笑。但是恰在这个时候,她想起来,现在她已经没人可以说说笑话了。"其实什么可笑的、开心的事都没有。一切都是让人恶心的。晚祷的钟声响了,这个商人画十字画得多规矩呀——好像唯恐丢掉什么似的。这些教堂呀,这种钟声呀,这种虚情假意呀,都图个什么哟? 只不过是为了掩盖事实,其实我们大家都跟这两个破口相骂的车夫一样彼此仇恨着。雅什文说:他想要把我剥光,我也想把他剥光。这才是真话!"

她沉浸在这些思想中,甚至不再想到自己的处境,突然车子停在了自家门前。看见出来迎接她的看门人,她才想起她发过电报,写过信。

"有回信吗?"她问。

"我这就看看。"看门人回答,朝桌上望了望,拿过一只薄薄的方形的电报信封递给她。她读道:"十点钟前我不能回来。伏伦斯基。"

"派去的人没回来吗?"

"没有呀。"看门人回答。

"啊,要是这样,那我知道我该怎么办了。"她说,她感到心头升起一股无名的怒火和报复的欲望,便向楼上奔去。"我自己去找他。我要在我一去不返之前把一切都说给他听。我从来没像恨这个人一样恨过任何人!"她想着。看见挂在衣架上的他的帽子,她厌恶得浑身一抖。她没想到他的电报只是回答她那封电报,他还没收到她写的信。她想象他这会儿正跟母亲和索罗金娜悠然地闲聊,拿她的痛苦取乐。"对,得赶快走。"她自言自语说,还不知道自己要上哪儿去。她只想赶快丢开她在这幢可怕的房子里所体验到的心情。这

---

① 法语:理发师,我总是请丘济金给我做头发的。

幢房子里的佣人,墙壁,陈设——所有一切都让她在心头引起厌恶和愤恨,都像一个什么沉重的东西压在她身上。

"对,应该上火车站去,如果他不在,就到那里去揭穿他。"安娜看了看报上的火车时刻表。夜班车八点零两分开出。"对,我来得及。"她吩咐套上另外两匹马,动手把几天里需要的东西装进旅行袋中。她知道她不会再回到这里来了。她脑子里想起好几个方案,她模糊地决定了采取其中的一个,她决定,在火车站或是伯爵夫人别墅里闹过一场之后,她就去乘下城铁路的火车,在路上第一个停车的城镇下来,就在那儿留下不走了。

饭摆在桌上,她去吃饭,闻了闻面包和奶酪,认定所有食物的气味都让她恶心,就吩咐把车子赶过来,便出门了。房屋投下的阴影已经遮住了整条大街,已是黄昏,天色晴朗,夕阳暖融融的。安奴什卡提着东西送她,彼得把东西往车里放,车夫显得有些不高兴——他们都让她觉得讨厌,言语和举动都惹她恼怒。

"我不需要你了,彼得。"

"那车票怎么办?"

"喏,随你便吧,我反正都一样。"她不耐烦地说。

彼得跳到驭座上,双手叉住腰,吩咐去火车站。

三十

"瞧,又是她!我又什么全明白了。"安娜自言自语说,车子刚动起来,在碎石路面上摇晃着,轧轧地响,一个接一个的印象又开始在她的心头涌起。

"哦,我最后想到的,想得那么清楚的,是什么事?"她极力回想着,"丘济金,coiffeur[①]? 不对,不是这个。对了,是雅什文说的话,生存竞争和仇恨——人跟人之间就这种关系。不,你们是白跑一

[①] 法语:理发师。

趟。"她在心里对一辆四驾马车上的一群人说话,这辆车显然是到城外去游玩的。"你们带上的那条狗也帮不上忙。你们反正没法摆脱人世的烦恼。"彼得把身子一转,她也随他向那个方向望去,她看见警察正把一个摇晃着脑袋、醉得半死不活的工人拖到不知什么地方去。"瞧这个人——他倒真快活,"她想着,"我跟伏伦斯基伯爵也没找到过这种乐趣,尽管我们多么想要得到它。"于是安娜此时生平第一次把那股她借以看清一切的明亮的光投射到自己跟他的关系上,对这些她从前是躲开不想的。"他在我身上所要寻找的是什么?与其说是爱情,倒不如说是虚荣心的满足。"她回想起在他们有了关系的最初时刻他说的话,他脸上那种驯服的猎狗般的表情。现在一切都证明她这个想法是对的。"是的,他有一种满足了虚荣心的得意感。当然啦,也有爱,但是多半是能随心所欲的自豪。他拿我来夸耀他自己。现在这都过去了。没什么可以自豪的了。不是自豪,而是应该自觉羞耻了。他从我身上拿走了他所能拿走的一切,现在他不再需要我了。他觉得我是个累赘,又尽量想要对我不显得忘恩负义。他昨天说漏了嘴——说他要我办好离婚,要跟我结婚,说这是破釜沉舟,义无反顾。他爱我——可是怎么个爱法?The zest is gone.①这个人想出风头,他好得意啊。"她想着,眼睛望着一个面色红润的骑一匹漂亮马的店员。"是的,他觉得我身上已经没有那种味儿了。要是我离开他,他会从灵魂深处高兴的。"

这不是假设,——凭借那股如今正为她揭示人生意义和人与人之间关系的犀利的亮光,她清楚地看到这一点。

"我的爱越来越热烈,越来越只顾我自己,而他的爱却在一步步地熄灭,所以我们会各走各的路,"她继续在想,"这是无可补救的。我把一切都寄托在他一个人身上,而我也要求他越来越完全地把自己奉献给我。而他却是越来越想要离我远些。我们两人恰恰是在同居前越走越近,而后来便止不住地分道扬镳了。这是无可改变

---

① 英语:热情已经过去了。

的。他对我说,我嫉妒得毫无道理,我自己也对自己说,我嫉妒得毫无道理;但是这话是不对的。我不是嫉妒,我是得不到满足啊。可是……"一个突如其来的想法让她激动得张大了嘴,在车厢里挪动了一个位置,"假如我可以不论是什么,只要不做一个只会迷恋于他的爱抚的情妇,那就好了;可是我不能也不想做个别的什么人。我的这种欲望引起他的反感,而他也就引起了我的愤怒,事情就只可能是这样。难道我不知道他不会欺骗我,他对索罗金娜没有意思,他并不爱吉蒂,他并没有背叛我吗?这些我全知道,可是知道了我心里也并不轻松。他就是不爱我了,出于**责任**他也会对我好,对我温存的,可是那我所想要的东西就没有了,——这甚至比仇恨还要坏一千倍!这是——下地狱啊!然而现在事实就是这样的。他已经早就不爱我了。爱情一结束,仇恨就开始了。这些街道我完全不认识。一座座山似的,全是房子呀,房子……这些房子里全住着人啊,人……有多少人啊,没完没了的人,他们全都在互相仇恨。啊,让我来想想,我要能幸福,需要什么呢。啊?我能离了婚,阿历克赛·亚力克山德洛维奇把谢辽沙给了我,我嫁给了伏伦斯基。"一想起阿历克赛·亚力克山德洛维奇,她的想象中马上便异常生动地出现了他,就像他活生生站在她面前似的,他那双温顺的、毫无生气的、黯然无光的眼睛,他苍白的手上那一条条突起的青筋,他说话的腔调,手指头的嘎嘎声,她又回想起他们之间一度有过的那种也曾被称之为爱情的感情,她厌恶得浑身一颤。"喏,就算我能离婚,能做伏伦斯基的妻子。那又怎么样,吉蒂会不再用她今天看我的那种眼光看我吗?不可能。而谢辽沙会不再问或者不再想我有两个丈夫的事吗?而在我跟伏伦斯基之间我又能想象出什么新的感情呢?就别说什么幸福了,只要不受罪吧,有可能吗?不可能,决不可能啊!"现在她没有丝毫犹豫地回答了自己。"决不可能啊!我们在生活中是背道而驰的,我让他不幸,他也让我不幸,不管是他或是我都无法改变这一点。能试的办法都试过了,螺丝已经拧坏了,再也拧不紧了。啊,那个抱着孩子讨饭的女人。她以为人家会可怜她。难道我们所有的人被抛到这个世界上不就是为了要互相仇恨吗,所以就要折磨自己也折磨别人吗?那边走着几个中学生,他们在笑。谢辽沙呢?"她想起来了,"我也以为我是爱他的,我还为自己这份温情自我欣赏,深深地感动过。可是我没有他还照样活着,我拿他去换取另一份爱,我在满足于那份爱的时候并没为这种交换后悔过。"于是她厌恶地回想起她称之为那份爱的东西。她非常高兴她现在能够把自己的和世上所有人的生活都看得清清楚楚。"全都是这样的,我,彼得,车夫菲多尔,还有这个商人,和所有那些被这个告示召引到伏尔加河畔去落户的人,都是这样的,到处都是这样的,永远都是这样的。"她想着,这时马车已经驰到下城车站低矮的站房前,几个搬行李的人迎着她跑过来。

"您是要去奥比拉罗夫卡吗?"彼得问。

她根本不记得她要去哪里,去干什么,费了很大力气才明白这句问话。

"是的。"她对彼得说,把钱包交给他,拿起红色手提包下了车。

她在穿过人群走向头等车的候车室时,一点点地想起了自己目前处境的种种细节,也想起了她还犹豫未决的几种打算。于是时而希望、时而绝望,又在她受尽折磨的、恐惧的、怦怦跳动着的心头那些原有的伤处引起疼痛。她坐在星状的沙发上等车,厌恶地望着那些出出进进的人群(她觉得他们全都非常讨厌),一会儿想着,等她到了那个车站,要给他写封信,写些什么话,一会儿又想,他此刻正在怎样向他母亲怨诉自己的境况(而并不知道她有多么痛苦),又想到,她怎样走进那间房,她要对他说些什么话。一会儿她又想,生活还是会很幸福的啊,她是多么痛苦地在爱着他,又是多么痛苦地在恨他,而且她的心这会儿跳动得多么吓人啊。

<h1 style="text-align:center">三十一</h1>

铃响了,急匆匆走过几个丑陋、蛮横而又自以为很了不起的年

轻男人;彼得也穿着他的家仆制服和半高统皮靴,脸上一副畜生般的蠢相,越过大厅向她走来,要送她上车。几个大声说话的男人在她踏上站台从他们身边走过时停住不说了,其中一个悄悄对另一个议论她,当然是说了句什么下流话。她登上高高的踏脚板,独自走进车厢,坐在曾经是白色的肮脏的弹簧坐椅上。手提包在弹簧上颤动了一下,才放好了。彼得一脸傻笑地在窗外抬起他镶金线的帽子来向她道别,一个粗鲁的列车员砰地一声把车门关上,又喀嚓一声插上门闩,一个身体畸形的太太,撑着裙箍(安娜想象着她脱光衣服的样子,被她的丑陋吓坏了),还有一个小女孩,不自然地笑着,跑下车去。

"在卡捷琳娜·安德列耶芙娜那儿,都在她那儿,ma tante[①]!"小女孩喊叫着。

"这个小丫头——连她也是怪模怪样,装腔作势的。"安娜想着。为了谁也不看见,她连忙站起来,去坐在空车厢另一面的窗下。一个破衣烂衫的丑陋的庄稼汉,戴顶制服帽,乱蓬蓬的头发从帽子下面伸出来,打窗下走过,弯下腰去查看着车轮。"这个难看的庄稼汉身上有点什么熟悉的东西。"安娜想着。于是她想起自己的那个梦,她吓得一抖,便离开窗口走到对面的车门前。列车员打开车门,放一对夫妇进来。

"您要下去吗?"

安娜没回答他。列车员和进来的两个人没有发觉她面纱下脸上恐惧的神情。她回到自己的角落里坐下。那对夫妇坐在她的对面,非常留意地而又是偷偷地用眼睛瞟看她的衣着。这个丈夫和这个妻子都让安娜觉得讨厌。那丈夫问:她是否允许他抽一支烟,他显然不是想抽烟,而是想跟她搭讪。得到她的同意后,他跟妻子用法语说话,说的尽是些比抽烟对他更没必要的话。他们装腔作势地说着蠢话,只不过想让她听见。安娜明明看出他俩彼此有多么厌

[①] 法语:姨妈。

烦,彼此有多么憎恨。像这样的一对可怜的丑八怪简直没法不让人憎恨。

传来第二次铃声,接着是人们搬动行李、喧叫、呼喊和笑闹的声音。安娜心里很清楚,没有任何人任何事值得高兴,这种笑闹声把她气得实在受不了,她想要堵住耳朵免得听见它。终于第三次铃声响了,汽笛声,机车放气的尖叫声,链条猛然哐啷地一拽,这时那个丈夫画了个十字。"问问他这么做是什么意思,也许很有趣。"安娜恶狠狠瞧他一眼,这样想着。安娜越过那位太太向窗外望去,看见站台上送行的人仿佛在向后倒。安娜所坐的那节车厢在每一个铁轨接头处有节奏地一抖,就这样滑着过了站台,过了石墙,信号塔,过了别的列车;车轮滚动得越来越平稳、顺畅了,沿铁轨发出轻轻的嗡鸣声,车窗上闪耀着明丽的夕阳,微风拂动着窗帘。安娜忘记了车厢里同座的人,在列车轻微的颤动中,呼吸着清新的空气,重又开始思索:

"啊,我刚才想到哪儿了?我想到这儿,我想不出人一辈子在什么情况下不是在受罪,我们每个人生来就是为了受罪的,我们每个人都知道这点,每个人想方设法,尽量欺骗自己。而一旦看清了真相,怎么办呢?"

"上帝赐理智给人,就为了摆脱烦恼。"那个太太用法语说,显然很为这句话得意,说得有腔有调。

这句话仿佛是在回答安娜的思索。

"摆脱烦恼。"安娜重复着这句话。她朝这位红面颊的丈夫和这位瘦筋筋的妻子望一眼,她明白了,这个病婆娘认为自己是一个头脑迟钝的女人,而这个丈夫一向对她不忠,就故意支持她对自己有这种看法。安娜这时把那股亮光又拿来照射他们,于是她好像看到了他们过去的一生和他们灵魂深处的每一个角落。但是这里没有任何有趣的东西,她便继续自己的思索。

"是的,我非常烦恼,上帝赐理智给人,就为了摆脱烦恼;所以说,应该摆脱它。为什么不把蜡烛吹灭呢,既然再没什么东西可看了,既然所有一切看起来都很丑恶?可是怎么吹灭它呢?为什么这个列车员要顺着那根小杆儿跑过去?为什么他们,那节车厢里的年轻人,要大声地叫喊?为什么他们要说话,为什么他们要笑?一切都是虚假的,一切都是谎言,一切都是欺骗,一切都是罪恶……"

火车到达车站,安娜下了车走进另一群乘客中,她好像躲开麻风病人似的躲开他们,她站在站台上,竭力地回想着她为什么到这里来,打算做什么。原先以为能够做到的事,现在觉得都很难想象,尤其是在这一群乱七八糟不让她安静的闹哄哄的人当中。一会儿是搬行李的人跑来要为她效劳;一会儿是几个年轻人,鞋后跟跺着站台的地板,大声地谈说,不停地向她窥望,一会儿是迎面走来的人给她让路又老是让错。她想起,若是见不到回信,她还想要乘车再往前走的,她便叫住一个搬运工,问他有没有一个马车夫来这儿给伏伦斯基伯爵送信的。

"伏伦斯基伯爵吗?刚刚有人从他那里来。是来接索罗金娜公爵夫人和女儿的。那个车夫是什么长相?"

她正跟搬运工说话,车夫米哈依尔走过去,把一封信交给她,米哈依尔面孔红红的,很快活,穿一件蓝色的漂亮外套,还挂一条表链子,他显然很觉自豪,因为他把交给他的事办得这么好。安娜拆开信封,还没开始看信,她的心已经揪起来了。

"很遗憾,信我没能及时收到。我十点钟回来。"伏伦斯基字迹潦草地写道。

"对呀!我料到就是这样!"她恶狠狠地冷笑着对自己说。

"好吧,那就回家去。"她轻声对米哈依尔说。她说得很轻,因为急速的心跳让她喘不过气来。"不,我不能再让你折磨我了。"她想着,话中带着威胁,既不是威胁他,也不是威胁自己,而是威胁那个让她遭受折磨的人,她沿着站台往前走,从站房前走过。

两个做使女的在站台上走,扭过头来望着她,猜测她的衣服,还出声地议论:"是真货色。"她们说的是她衣服上的花边。那些年轻人不让她安宁。他们也盯住她的脸看,一边笑一边怪声喊叫着从她身旁走过。车站的站长走过时问她是不是要乘车。一个卖克瓦斯饮料的男孩眼睛紧紧盯住她。"天哪,我上哪儿去呢?"她想着,沿站台越走越远。她在站台的尽头停住。几个太太带着孩子们来接一个戴眼镜的先生,他们大声地说笑着,走到她身边时,他们不出声了,不住地打量她。她加快脚步离开他们,向站台边上走去。驶来一列货车。站台在震动,她仿佛觉得她又坐在火车上。

忽然间,她想起她第一天跟伏伦斯基相遇时火车压死人的事,她明白她应该做什么了。她快速轻步踩着从水塔通向铁轨的台阶往下走,站在从她面前擦身而过的列车旁。她眼睛望着车厢的底部,望着螺旋推进器和链条,以及慢慢滚来的第一节车厢高大的铁轮,竭力用眼睛测出前轮与后轮之间的中心点,和这个中心点正对着她的那一瞬间。

"就去那儿!"她望着车厢的阴影,望着撒在枕木上混有煤灰的砂土,"就去那儿,去正中间,我就能惩罚他,就能摆脱所有的人和我自己。"

第一节车厢已经开到她面前,她想要倒在这节车厢的正中央,但是她从手臂上取下那只红色小提包时耽搁了一下,已经来不及了;那个中心点她错过了。还得等下一节车厢。一种恰似从前游泳时准备下水的感觉支配着她,她画了个十字。这种画十字的象征性的习惯动作在她心头唤起了一连串少女时和孩子时的回忆,于是突然,遮盖住她一切的那片黑暗被冲破了,生命,连同它往昔一切光辉灿烂的欢乐,刹那间呈现在她的眼前。然而她两眼紧紧盯住滚滚而来的第二节车厢的车轮。恰好在前后车轮的正中央对准她的那一瞬间,她把红色的提包一扔,头往两肩里一缩,两手着地扑进车厢底下,又一个轻微的动作,仿佛想要马上站起来似的,她双膝跪倒下去。恰在这一刹那间,她对自己做的事大吃一惊。"我在哪儿?我在干什么?为什么这样?"她想要爬起来,想要躲开;但是一个巨大的、无情的东西撞在她头上,从脊背上冲过。"主啊,饶恕我一切吧!"她说了这句话,感觉到无力挣扎。那个小庄稼汉,嘴里咕噜着什么,在弄一块铁。那支蜡烛,她是在它的亮光下读着一本充满惊惧、欺诈、痛苦和罪恶的书的,忽地一闪,比从前任何时候都明亮,那光亮,给她照耀了原先蒙在黑暗中一切的光亮,噼啪一声,变得昏暗了,永远熄灭了。

第八部

一

大约两个月后。酷暑已过去一半,谢尔盖·伊凡诺维奇这才准备离开莫斯科。

这段时间里谢尔盖·伊凡诺维奇的生活中有几件大事。一年以前他便完成了他费时六年的著作,书名为:《**试论欧洲与俄国国家体制之基础与形式**》。书中的某些章节和引言已陆续在刊物上发表,其他部分谢尔盖·伊凡诺维奇也在自己的圈子里读给别人听过,所以其中的思想观点读者已并不完全陌生;然而谢尔盖·伊凡诺维奇依然期望,他的书问世后将能在社会上造成重大影响,若不能引起科学上的变革,无论如何也会是学术界的一场轰动。

这部书经过仔细润饰,已于去年出版。并分发给了书商。

谢尔盖·伊凡诺维奇不向任何人问起这本书,朋友们询及这本书的发行情况时,他也很不情愿并故作淡漠地给以回答,甚至也不向书商打听书销售得如何,然而他却敏锐而紧张地关注着他的书在社会上和在著作界所形成的最初印象。

然而一个礼拜过去了,又一个礼拜,再一个礼拜,社会上竟毫无动静;只是几个他的朋友,几位专家学者,显然是出于礼貌,才偶尔谈起。他其余那些熟人,由于对学术内容的书籍一向不感兴趣,根本没和他谈起过这本著作。在社会上,特别是当前有其他事引人注目,对此显得十分冷淡。在著作界里也有一个月光景不见有人谈到这本书。

谢尔盖·伊凡诺维奇仔细计算着时日,写篇评论是要花点时间的,然而一个月过去,又是一个月,仍然一片沉默。

只是在《北方甲虫》这份刊物上有一篇讽刺小品,是谈倒了嗓子的歌唱家德拉般吉的,其中顺便对科兹内舍夫的书说了几句大为不敬的话,说这本书早已受到众人的指责和普遍的嘲笑。

终于到第三个月上,在一份严肃的杂志上出现了一篇评论文章。谢尔盖·伊凡诺维奇也认识文章的作者。他曾在高鲁布佐夫家里跟这人有一面之交。

文章的作者是一个年轻而且病态的写小品文的人,作为一个作家,他是够胆大的,但是极其缺乏教养,而且跟别人交往时又胆怯得很。

虽然谢尔盖·伊凡诺维奇根本瞧不起这位作者,他还是满怀敬意地来拜读这篇大作。文章写得实在可怕。

显然,这位小品文作家根本不懂得这本书写些什么。但是他寻章摘句的手法却很巧妙,让那些没看过这本书的人(而显然几乎就没人看过这本书)一目了然地觉得,整部著作只不过是一些华丽辞藻的堆砌而已,而且这些辞藻还用得很不恰当(皆用问号标出),书的作者完全是一个不学无术的人。而所有这些话都说得极其俏皮,连谢尔盖·伊凡诺维奇本人也无法否认这一点;然而可怕也就在这里。

虽然谢尔盖·伊凡诺维奇用非常认真的态度来检查这位评论家提出的论据是否正确,他却丝毫没留意到人家加以嘲笑的那些缺点和错误,——所有这些全是故意挑剔,这是太明显不过的事——然而,他立即不由自主地仔仔细细回想着他跟这位作者那次会面和谈话的情况。

"我是不是有什么地方得罪了他?"谢尔盖·伊凡诺维奇自问。

他想起,那次见面时这个年轻人说了一句外行话,他曾给以纠正,于是谢尔盖·伊凡诺维奇找到这篇文章用意之所在了。

这篇文章以后,无论是文字上或是口头上,大家对这本书都保持沉默,绝口不谈,谢尔盖·伊凡诺维奇发现,他如此珍爱、如此操劳,历时六载所完成的著述,已付之东流。

谢尔盖·伊凡诺维奇日子尤其难过的是,写完这本书,他再没什么可写的了,这以前他大部分时间都是用在这本书的写作上。

谢尔盖·伊凡诺维奇是个天资聪慧、学识渊博、身体健康、精力充沛的人,如今他不知道把自己全部的精力往哪里使。出门做客,朋友相聚,参加会议,出席各种委员会,凡是能说说话的地方他都去,这些事消磨掉一部分时间;但是,他是个长年住在城市里的人,不能像他那个偶尔来莫斯科住住,缺少社会经验的弟弟那样,一切都可以在与人谈话上消磨;他还有许多的空余时间和智力。

所幸在这段由于这本书的失败他日子极其难过的时间里,以前社会上隐而不露的斯拉夫问题,取代了异教徒问题、美国朋友问题、萨马拉饥荒问题、展览会问题和招魂术问题等等,又时髦起来,谢尔盖·伊凡诺维奇原来就是这个问题的倡导者之一,现在他便全力以赴了。

在谢尔盖·伊凡诺维奇所属的那个圈子里,近来除斯拉夫问题和塞尔维亚战争之外,什么别的事都不谈论,也不写文章。那些饱食终日无所用心的人平时用以消磨光阴的精力如今全都用来奉献给斯拉夫人了。舞会、音乐会、宴会、演讲会、妇女时装、啤酒、餐馆——样样事都证明大家是在同情着斯拉夫人。

许多这方面的言论和著述谢尔盖·伊凡诺维奇在种种细节上并不能苟同。他看出,斯拉夫问题只是社会上一个花样翻新的时髦消遣而已;他还看出,许多人参与其事,是怀有自私和虚荣的目的的。他认为报纸上刊载大量毫无用处而且夸大其词的文章,目的只是哗众取宠并且压倒别人而已。他看出,在这场全社会普遍投入的浪潮中,跳在前面,喊得最响的,都是那些官场失意和曾遭冷落的人:那些没有兵的司令,没有部的部长,没有刊物的记者,没有党羽的党魁。他看出,这中间有很多轻率而且可笑之处;然而他也看出,并且承认,这种日益高涨的,把全社会各阶级团结为一体的热情是无可置疑的,不能不给以支持。屠杀同教教友和斯拉夫兄弟的事件唤起人们对受难者的同情和对压迫者的愤怒。塞尔维亚人和黑山人是在为一项伟大事业而斗争,他们的英勇行为在全体人民中所激起的帮助自己兄弟的愿望,已经不止是说说而已,而是已表现为行动。

而且,还有一种现象令谢尔盖·伊凡诺维奇非常高兴:这就是社会舆论的表现。社会已确定不移地把自己的愿望表达出来。用谢尔盖·伊凡诺维奇的话说,人民的心灵得到了表达。他越是参与此事,便越是明显地感觉到,这是一件应能获得巨大规模的划时代事件。

他奉献全力于这一伟大事件,也忘了想自己那本书了。

他现在毫无空闲,来不及回答写给他的信件和向他提出的要求。

足足忙了整整一个春天和半个夏天,只到七月间才准备去乡下他弟弟那里。

他要去休息两个礼拜,要去神圣而又神圣的人民当中,在偏僻的乡村里,领略一番他以及所有首都和城市居民皆深信不疑的人民精神高涨的情景。卡塔瓦索夫早就想实践自己去列文家住一段时间的诺言,便和他同行了。

二

今天库尔斯克铁路车站上人头攒动,特别地热闹,谢尔盖·伊凡诺维奇和卡塔瓦索夫两人刚刚到达,一下马车,看见后面有个仆人押着一堆行李过来,那些乘四驾大马车的志愿兵①便已经来到了。一些太太们手持鲜花迎上去,蜂拥的人群簇拥着她们往车站里走。

---

① 志愿兵,当时(1876)正是第十次土俄战争(1877—1878)前夕,有俄国志愿兵赴塞尔维亚,支持塞尔维亚人、黑山人和黑塞哥维那人反抗奥斯曼帝国。

向志愿兵迎上去的太太们当中有一位从大厅出来,招呼谢尔盖·伊凡诺维奇。

"您也来送行吗?"她用法语问。

"不是,我自己出门去,公爵夫人。去弟弟那儿歇几天。您每次都来送行的吗?"谢尔盖·伊凡诺维奇面带几乎察觉不出的微笑说。

"不能不送啊!"这位公爵夫人回答,"是真的吧,我们已经送走八百人了?马尔文斯基还不信我的话呢。"

"八百超过了。若是把那些不直接从莫斯科出发的人都算上,已经一千多了。"谢尔盖·伊凡诺维奇说。

"瞧呀,我就是这么说的嘛!"这位太太快活地应声说,"募集的钱现在快有上百万了,是这样的吧?"

"还要多呢,公爵夫人。"

"今天的电讯怎么样?又把土耳其人打垮啦。"

"是这样的,我看过了。"谢尔盖·伊凡诺维奇回答。他们谈的是最新的电讯,证实一连三天土耳其人在全线各个据点上均被击退,狼狈逃窜,明日将有一场决战。

"哦,对了,您知道,有个年轻人,好极了的,他要求参军。我不知道为什么有人跟他为难。我想求求您,我了解他的,请您给写张条子。他是莉吉娅·伊凡诺芙娜伯爵夫人送来的。"

谢尔盖·伊凡诺维奇问了公爵夫人她所知道的关于这位请求参军的年轻人的详情,便走进头等车的候车室,给有权决定这事的人写了张纸条,交给了公爵夫人。

"您知道的吧,伏伦斯基伯爵,大名鼎鼎的……也坐这趟车走。"当谢尔盖·伊凡诺维奇再找到她把纸条交给她时,她郑重其事并且意味深长地微笑着说。

"我听说他要走,不过不知道是什么时候。是这趟车吗?"

"我看见他了。他就在这儿;只有他母亲一个人送他。反正这也是——他所能有的最好办法了。"

"啊,是的,当然啦。"

就在他们交谈的时候,一群人从他们身边走过,向餐厅涌去。他们也凑过去,听见一位手持酒杯的先生正大声地对志愿兵们演说:"为信仰,为人类,为我们的骨肉兄弟效劳,"这位先生越说声音越大,"我们的母亲莫斯科祝福你们去建立丰功伟绩。**万岁!**"他声泪俱下地喊道。

人人都高呼:**万岁!** 又有一群人涌进大厅,差点儿没把公爵夫人挤倒。

"啊!公爵夫人呀,怎么样!"斯捷潘·阿尔卡季伊奇春风满面地说,他忽然出现在人群当中。"不是吗,他讲得又漂亮,又热情呢?好啊!还有谢尔盖·伊凡诺维奇!您顶好也出来讲讲——讲几句,您知道,鼓励的话;您讲话讲得多好。"他轻轻推一推谢尔盖·伊凡诺维奇的手臂,面带亲切、尊敬和谨慎的笑容补充说。

"不啦,我这就要动身。"

"去哪儿?"

"去乡下,弟弟那儿。"谢尔盖·伊凡诺维奇回答。

"那您要见到我老婆啦。我给她写了信,不过您要先见到她的;请您告诉她,说您看见我了,说,all right①. 她懂什么意思的。啊,顺便告诉她,劳驾啦,说我已经被任命为那个……联合委员会的委员啦。喏,她都明白的!您知道,les petites misères de la vie humaine,②"他好像抱歉似的对公爵夫人说,"正是米雅禾卡娅,不是丽莎,是彼彼什,当真送去了一千支枪和十二名护士啦。我对您说过吗?"

"是的,我听说了。"科兹内舍夫不大乐意开口地回答。

"真可惜,您要走了,"斯捷潘·阿尔卡季伊奇说,"明天我们给两位要走的人饯行——彼得堡的季米尔——巴尔特尼扬斯基和我们的维斯洛夫斯基、格里沙。他俩都走。维斯洛夫斯基刚结婚不

---

① 英语:一切都好。
② 法语:人生的小小不幸。

久。好样的！您说是吗,公爵夫人?"他对这位太太说。

公爵夫人没有作答,眼睛望着科兹内舍夫。但是尽管谢尔盖·伊凡诺维奇和公爵夫人都似乎想要摆脱他,斯捷潘·阿尔卡季伊奇对此却毫不介意。他面带微笑地时而瞧着公爵夫人帽子上的羽毛,时而东张西望,好像在回想什么事。看见一位太太手持募捐箱走过,他叫她过来,投了五个卢布进去。

"只要口袋里有钱,见了这种箱子就忍不住心动,"他说,"今天的电讯如何?黑山人真是好样的!"

"您说什么呀!"他大叫一声,听公爵夫人告诉他伏伦斯基也乘这列火车走。刹那间斯捷潘·阿尔卡季伊奇的脸上显露出悲伤,然而,过了一分钟,他微微晃动着两条腿,用手梳理着胡须,走进伏伦斯基所在的那间房子里,这时的斯捷潘·阿尔卡季伊奇已经完全忘记他俯在妹妹尸体上悲痛欲绝的情景了,只把伏伦斯基看作是一位英雄和老朋友。

"他这人虽说有那些缺点,可也不能不对他说句公道话。"斯捷潘·阿尔卡季伊奇刚一走开,公爵夫人便对谢尔盖·伊凡诺维奇说。"这才是地地道道的俄罗斯性格,斯拉夫性格!我只是担心,伏伦斯基见到他会很不愉快。不管怎么说吧,这个人的遭遇真让我感动得很。您一路上跟他谈谈吧。"公爵夫人说。

"好的,或许就谈谈,有机会的话。"

"我从来就不喜欢这个人。但是这件事把许多事都抵消了。他不仅自己去,还自己出钱带上一个连的骑兵去呢。"

"是的,我听说了。"

铃响了。大家向门边拥去。

"瞧他在那儿!"公爵夫人指着伏伦斯基说道,伏伦斯基穿一件长大衣,戴顶宽檐黑帽,跟母亲挽着手臂走着。奥勃隆斯基走在他身旁,热烈地说着什么。

伏伦斯基眉头紧皱,两眼直视着前方,好像没听见斯捷潘·阿尔卡季伊奇说些什么话。

大概是奥勃隆斯基指给他看的,伏伦斯基朝公爵夫人和谢尔盖·伊凡诺维奇站的地方望一眼,默默地抬了抬帽子。他的脸好像变成了一块石头,他苍老了,显得很痛苦。

走上站台,伏伦斯基无言地让母亲走在前面,隐没在车厢的一个单间里。

站台上奏起《上帝保佑沙皇》,接着是呼叫声:乌拉!万岁!一个志愿兵,高个子,很年轻,胸部凹陷,特别显眼地鞠了一个躬,把毡帽和一束花在头顶上挥动着。接着有两个军官和一个戴顶油腻帽子的,留一把大胡子、上了年纪的人也伸出头来鞠躬。

三

向公爵夫人告别后,谢尔盖·伊凡诺维奇和走过来的卡塔瓦索夫一同进了挤得水泄不通的车厢,火车便启动了。

在察里津车站,一群年轻人齐声高唱《颂歌》来欢迎。志愿兵们又行礼鞠躬,伸头探望一番,但是谢尔盖·伊凡诺维奇并不去留意这些事;他跟志愿兵们已打过许多交道,对这一类型的人很有些了解,这些事他不感兴趣。卡塔瓦索夫则是一向忙于做学问,没机会观察这些志愿兵,因此对他们兴趣很浓,不停地向谢尔盖·伊凡诺维奇问起他们的事情。

谢尔盖·伊凡诺维奇让他去二等车厢亲自跟他们交谈。在下一个车站上,卡塔瓦索夫便照他的话去做了。

下一站刚一停车,卡塔瓦索夫便上了二等车厢,去跟志愿兵们结识。这些人坐在车厢角落里大声地聊着天,显然知道车上的乘客和刚上来的卡塔瓦索夫都在注意他们;说话声音最响的是那个胸部凹陷的高个子年轻人。他显然是喝醉了酒,正谈着他们学校里发生的一件什么事。他对面坐着一位年纪已经不轻的穿奥地利骑兵军服的军官。他含笑倾听着这年轻人说话,还一再打断他。第三个人穿一套炮兵制服,坐在他们旁边一只箱子上。第四个人在睡觉。

卡塔瓦索夫跟这年轻人攀谈起来,了解到他是莫斯科一个有钱的商人,不到二十二岁就把一份大家业挥霍干净了。卡塔瓦索夫不喜欢他,觉得他娇生惯养,身体又差;他显然自以为,他是在完成一项英雄的业绩,尤其是现在喝足了老酒,那副自吹自擂的模样实在令人讨厌。

另一个人是个退伍军官,也给卡塔瓦索夫留下不好的印象。这个人,一眼便知,是个跑江湖的,他在铁路上干过,当过经理,自己开过工厂,他无所不谈,牛头不对马嘴地用些学术上的语句,用得完全没有必要。

第三个是个炮兵,卡塔瓦索夫倒是很喜欢他。这是个谦虚安静的人,他显然对退伍骑兵渊博的学识,对那个商人的英雄般的自我牺牲精神极为崇拜,一句话也不说起自己。当卡塔瓦索夫问他是什么激励了他要去塞尔维亚时,他谦逊地回答说:

"哦,没什么,大家都去的嘛。也应该帮助塞尔维亚人。可怜啊。"

"是呀,特别是你们炮兵,那边很少的。"卡塔瓦索夫说。

"我在炮兵里干得并不久;或许会派去当步兵或者当骑兵。"

"怎么会去当步兵呢,既然最需要炮兵?"卡塔瓦索夫说,他从这个炮兵的年龄推断,他应该已经有相当高的军衔了。

"我在炮兵里事情干得并不多,我是一个退伍的士官生。"他说,便开始解释他为什么没通过军官考试。

所有这些都给卡塔瓦索夫留下不愉快的印象,当这些志愿兵下车去喝水时,他想找个人谈谈,看自己这种不好的印象是否正确。有一个穿军大衣的老头儿从一旁走过,他一直在听卡塔瓦索夫跟志愿兵的谈话。剩下他两人时,卡塔瓦索夫便跟他说话。

"是呀,派到那边去的所有这些人真是五花八门,干什么的都有。"卡塔瓦索夫含糊其词地说,想要说出自己的看法,也引这个老头儿说说他的意见。

这老头儿是一个军官,参加过两次战役。他知道当兵是怎么回事,他从这几位先生的外表和言谈来判断,又见他们一路上嘴对着军用水壶喝水的那副蛮劲儿,他认为他们都不是打仗的好材料。此外,他原是住在一个县城里,他想谈谈他们县里的一个长期服役的士兵,一个酒鬼,小偷,谁也不肯雇他干活,这人也来当了志愿兵。但是,他凭经验知道,在当前这种社会情绪下,说出违反公论的意见是危险的事,特别是议论志愿兵,所以他也在对卡塔瓦索夫察颜观色。

"是啊,那边需要人嘛。"他说,两只眼睛流露出笑意。于是他们谈起最近的战况,他俩都心怀狐疑,根据最新的消息,土耳其人在所有据点上都已被击溃,那么明天又跟谁去打仗呢,但是他们又彼此隐瞒,不把自己的想法向对方说出来。就这样,他俩谁也没谈自己的意见,各自走开了。

卡塔瓦索夫回到他的车厢,不由得说些违心之论,他对谢尔盖·伊凡诺维奇说到自己对志愿兵们所做的观察,发现他们全都是些出色的小伙子。

在一个大城市的车站上,人们仍是唱歌、呼叫,欢迎这些志愿兵,仍是一些抱着募捐箱的男男女女,省城的太太们也给志愿兵们献花,跟着他们拥进餐厅去;然而和莫斯科比,气派就小得多,人也少多了。

四

在省城停车的时候,谢尔盖·伊凡诺维奇没有去餐厅,只在站台上来回走动。

第一次从伏伦斯基那个单间的窗下走过时,他发现窗帘是拉上的。然而再一次走过时,他看见老伯爵夫人坐在窗前。她把科兹内舍夫唤到跟前。

"我也去,送他到库尔斯克。"她说。

"是啊,我听说了。"谢尔盖·伊凡诺维奇说,站在她的窗下往里张望。"他这次做得真漂亮!"他又说,注意到伏伦斯基不在那个单间里。

"遇到那样不幸的事以后,他还能怎么做呢?"

"多么可怕的事情啊!"谢尔盖·伊凡诺维奇说。

"哎呀,我受了多大的罪哟!啊,您请进来吧……哎呀,我受了多大的罪哟!"当谢尔盖·伊凡诺维奇走进车厢跟她并排坐在沙发上时,她再说一遍。"这简直不能想象!整整六个礼拜他跟谁都不说一句话,只有我再三恳求他,他才吃东西。一分钟也不能让他一个人呆着。我们把一切他可能用来自杀的东西都拿开了;我们都住在楼下,但还是没法防备不出事情。您是知道的,他已经为她对自己开过一回枪了。"她说,一想起这事,老太太的眉头便皱了起来。"是啊,她了结了,这种女人就该这样了结。就是死她也挑了个卑鄙下流的办法。"

"不该由我们来审判啊,伯爵夫人,"谢尔盖·伊凡诺维奇叹了口气说,"不过我明白,这对您有多么沉重。"

"哎呀,就别提啦!我住在我的庄园里,他那天在我那儿。送来一张纸条。他写了回话就送走了。我们一点儿也不知道她那时候在火车站上。到晚上,我刚回自己屋里,我的梅丽告诉我,有个太太在车站上扑到火车下面去了。真像有个什么东西当头打了我一棒!我当时就明白,这就是她。我说的第一句话是,别告诉他。可是他们已经告诉他了。他的车夫当时在那里,全都看见了。等我跑到他房间里,他已经失常了——他那样子真怕人哟。他一句话也没说,骑上马就往那儿奔。那边的情形我就不知道了,不过他被送回来的时候,跟死人一样。我简直认不出他来了。Prostration complète①,医生说。后来就开始像疯了似的。"

"哎呀,说它干吗呢!"伯爵夫人把手一挥说,"这段时间太可怕了!不,不管怎么说,她都是个坏女人。嗐,这种不要命的感情算个

---

① 法语:完全虚脱。

什么呀！只不过证明了她与众不同罢了。她真的就证明了。毁了自己,还毁了两个好极了的人——自己的丈夫和我不幸的儿子。"

"她丈夫怎么样了?"谢尔盖·伊凡诺维奇问。

"他带走了她的女儿。阿辽沙①一开头什么都同意。可是这会儿他痛苦极啦,把自己的女儿给了别人。但是他话说出口又收不回来。卡列宁来参加了葬礼。不过我们极力做到没让他跟阿辽沙见面。对他,对做丈夫的,这样毕竟要轻松些。她把他解脱了。可是我可怜的儿子把自己全都给了她。把什么都扔了——他的前程和我,可就这样她还是不可怜他,还是故意要把他整个儿毁掉。不啊,不管怎么说吧,她那种死法——就是一种不信教的可恶女人的死法。上帝饶恕我,可是,眼看着我儿子毁了,我不能不想起她就恨。"

"可是他现在怎么样呢?"

"这是上帝帮助我们——这场塞尔维亚战争。我老了,这些事根本不懂得,可是对他这是天赐的良机。当然啦,对于我,做母亲的,这是可怕的事;而且主要的是,人家说,ce nést pas très bien vu à Petersrourg.②但是怎么办呢？只有这样才能让他振作起来。雅什文——他的好朋友——这人把什么都输光了,想到塞尔维亚去,他来找到他,说服了他。现在他心里只有这件事。请您去跟他谈谈,我是想要他分分心。他太伤心了。糟糕的是他牙齿又痛起来了。可他会非常高兴见您的。请您跟他谈谈,他就在那边散步。"

谢尔盖·伊凡诺维奇说,他很高兴这样做,便走到列车的另一边去。

五

站台上堆放着许多大麻袋,夕阳中投下倾斜的阴影来,伏伦斯

---

① 阿辽沙,阿历克赛的爱称,即伏伦斯基。
② 法语:在彼得堡人们认为这事并不是很好。

基穿件长大衣,帽子压在眉梢,两手插在衣袋里,像只关在笼中的野兽,来回走动着,每走二十步便急速转回头来。谢尔盖·伊凡诺维奇走近时,觉得伏伦斯基看见了他,却假装没看见。对此谢尔盖·伊凡诺维奇并不在意。他跟伏伦斯基之间没什么个人恩怨好计较的。

这时在谢尔盖·伊凡诺维奇眼中,伏伦斯基是一个将要去完成一项伟大事业的重要人物,科兹内舍夫认为自己有责任鼓励他,赞扬他。他向他身边走去。

伏伦斯基停住不走了,看了看,认出是谁了,向前走几步来迎谢尔盖·伊凡诺维奇,紧紧地、紧紧地握住他的手。

"您或许并不希望跟我见面吧,"谢尔盖·伊凡诺维奇说,"不过我就不能对您有所帮助吗?"

"对我来说,无论见到谁,都不会像见到您似的,不愉快的成分这样少,"伏伦斯基说,"请别见怪,对于我,生活里愉快的事是没有的。"

"我明白,所以我想要为您效劳,"谢尔盖·伊凡诺维奇说,目光停驻在伏伦斯基那张显得很痛苦的脸上,"您不需要带上一封写给里斯基奇①,写给米兰②他们的介绍信吗?"

"啊,不需要。"伏伦斯基说,好像很费一番力气才听懂对方这话的意思。"要是您不介意,我们就走走吧。车厢里闷得难受。您说介绍信吗?不啦,谢谢您;去找死,还需要什么介绍。除非是写给土耳其人……"他说,只是嘴上显出一点笑容。两只眼睛里依然是那种愤恨而又痛苦的表情。

"是的,不过关系还是必要的,带上一封信,或许能让您更方便地跟事先有所准备的人接上关系。不过,随您意思办吧。我听说您作了这样的决定,心里非常高兴。对志愿兵的攻击实在太多了,所

---

① 里斯基奇(1831—1899),当时塞尔维亚的外交部长。
② 米兰(1854—1901),当时向奥斯曼帝国宣战的塞尔维亚统治者,后来是塞尔维亚的国王。

以,有您这样的人参加,就会在社会舆论上提高志愿兵的地位。"

"我这个人,"伏伦斯基说,"好就好在这条命对我不值一文钱,冲锋陷阵或者战死沙场,我身上的力气大概是够用的,——这我知道。能有件事情让我来献出这条命,我真高兴,这条命对于我倒不是说不需要,但是已经厌倦了。它对别的什么人也许还有点用处。"他的牙齿痛得钻心,老是痛个不停,甚至妨碍他用他想用的表情说话,他的下颚因此不耐烦地动了动。

"我敢预言,您会重整旗鼓的。"谢尔盖·伊凡诺维奇说,他觉得自己受了感动。"拯救自己的兄弟,让他们不受压迫,这是值得为之出生入死的目标。愿上帝赐给您外在的成功,——和内心的平静。"他补充了一句,便伸过手来。

伏伦斯基紧紧握住谢尔盖·伊凡诺维奇向他伸来的手。

"是的,当一件工具来用,我还是可以派点什么用处的。但是,作为一个人嘛,我——已经报废啦。"他一字一顿地说出这句话。

他结实的牙齿在隐隐作痛,让他嘴里满是口水,妨碍说话。他不再说什么了,眼睛盯住缓慢而平稳地从铁轨上滑过的煤水车的车轮。

而忽然间完全不同的另一类感觉,不是疼痛,而是整个身体上所感受到的内在痛苦的困窘,使他在一刹那间忘记了牙痛。眼睛望着煤水车和铁轨,这位熟人又是他遭受不幸以后从来没遇见过的,跟这人的一场谈话让他忽然间想起了**她**,就是说,想起她遗留在世上的那个部分,那天他像疯子一样跑进那间铁路车站的站房:房间里一张桌子上,当着一群生人,那具不久前还充满生命活力的血肉模糊的尸体不顾羞耻地伸长着横陈在那里;头部还是完整的,向后仰着,拖着粗重的发辫,鬓边的头发拳曲着,那张美极了的脸上,红红的嘴半开半闭,嘴唇上滞留一种奇异的,可怜的,因为一双一动不动的眼睛没有合拢而显得非常可怕的表情,她好像正说着那句吓人的话——说他会后悔的,——这句话她在两人争吵时对他说过。

于是他竭力去回想他第一次见她时的模样,那天也是在火车站上,那时她的模样是神秘的、含情的,好像她正在寻求着幸福,也正想要把幸福带给另一个人,而不像他所想起的那最后一刻见到她时的模样。他竭尽全力去回忆跟她在一起的那些最为美好的时光;然而这些美好时光已从此永远被沾上毒液了。他只能回忆起她那个已经实现了的洋洋得意的威胁,她说到后悔,谁也不该这样去后悔,但是这后悔却永难磨灭。他再也感觉不到牙齿的疼痛了,失声的痛哭使他的脸也变了形状。

他在那堆麻袋旁默默地走了两个来回,控制住了自己,才静静回到谢尔盖·伊凡诺维奇身边。

"您没有昨天以后的电讯吗?是啊,已经击溃他们三次了,不过明天还会有一场决战的。"

他们又谈了谈米兰国王的宣言和这份宣言所可能引起的重大后果,第二次铃声以后便各自回到车厢去。

六

谢尔盖·伊凡诺维奇不知道自己什么时候可以从莫斯科动身,便没有给弟弟打电报,让他派人来接。列文不在家,卡塔瓦索夫和谢尔盖·伊凡诺维奇在车站上雇了辆出租马车,满身尘土,像两个阿拉伯人似的,在正午十二点来到波克罗夫斯科耶那幢房子的台阶前。吉蒂正跟父亲和姐姐坐在阳台上,一认出大伯,便跑下来迎接他。

"亏您好意思,也不通知一声。"她一边说,一边把手递给谢尔盖·伊凡诺维奇,并且把额头凑过去让他吻。

"我们这不是很顺利地到啦,也不惊动你们。"谢尔盖·伊凡诺维奇回答。"我身上这么多灰尘,不敢碰着您。我实在太忙啦,不知道什么时候能脱得了身。而你们还是老样子,"他微笑着说,"在自己风平浪静的港湾里享清福。瞧,我们的朋友菲多尔·瓦西里奇到底也打定主意来了。"

"不过我可不是个黑人,我等会儿洗洗——就像个人样了。"卡塔瓦索夫一向喜欢说笑话,他这样说着,伸过手去,微笑着,一口白牙在那张黑污的面孔衬托下显得特别光亮。

"考斯佳该多高兴呀。他到村子上去了。也该是回来的时候啦。"

"他一直在务他的农业。真是在个风平浪静的港湾里啊,"卡塔瓦索夫说,"而我们住在城里,除了塞尔维亚战争之外,什么也看不见。喏,我们这位朋友有何高见呢?大概跟别人有所不同吧?"

"哦,他呀,没什么,跟大家一样看法,"吉蒂回答时有些困窘地回头望了谢尔盖·伊凡诺维奇一眼,"我这就派人去喊他。爸爸在我们这儿做客呢,他刚从国外回来不久。"

于是,她吩咐派人去找列文,又吩咐给这两位满身尘土的客人安排梳洗,一个请到书房里,一个请到朵丽住的大房间里,还吩咐给客人准备早餐,在她怀孕期间人家不许她动作太快,现在她有这个权利了,便往阳台上跑去。

"是谢尔盖·伊凡诺维奇和卡塔瓦索夫,一位教授。"她说。

"啊,大热天,真够受的!"公爵说。

"不,啊!爸爸,他这人很不错的,考斯佳非常喜欢他。"吉蒂发现父亲脸上有种嘲讽似的表情,便这样含笑地说,好像在向他恳求什么。

"我倒没什么。"

"你去,亲爱的,去招呼他们。他们在车站上见到斯季瓦了,他身体很好。我这就得去米佳那儿。真糟糕,我从喝茶时候到现在也没喂过他。他这会儿一定睡醒了,还在叫唤呢。"于是她感觉乳汁正涌向胸部,便快步向育儿室走去。

果然,她倒不是猜测到(她跟婴儿之间仍有一种并未切断的联系),而是凭自己乳汁的涌动确切地知道他要吃了。

她还没走进育儿室就知道他在啼哭。他的确在啼哭。她听见他的哭声,加快了脚步。但是她走得越快,他哭得越响。那声音是悦耳的、健康的,只不过是饥饿的、烦躁的。

"哭了好久了吗,保姆,好久了吗?"吉蒂忙不迭地说,坐在椅子上准备喂奶。"快把他给我呀。哎呀,保姆呀,您可真烦人呀,喏,帽子等会儿再系吧!"

婴儿拼命地哭叫着要吃奶。

"不能这样的呀,少奶奶,"这时阿加菲娅·米海依洛芙娜说,她几乎一天到晚待在育儿室里,"总得把他收拾好呀。喂,喂!"她逗着孩子,并不理会这个母亲。

保姆把孩子抱来给母亲,阿加菲娅·米海依洛芙娜跟在孩子的身后,满脸的温情。

"他认得人,他认得人。一点不假,卡捷琳娜·亚力山德罗芙娜少奶奶,他认得我的呀!"阿加菲娅·米海依洛芙娜的喊叫声比婴儿哭声还大。

但是吉蒂不听她说。她跟孩子一样地越来越急躁了。

由于急躁,老是弄不好。孩子含不住奶头,发起脾气来。

终于,一阵剧烈的又呛又喊的啼哭,一阵哽咽的喘息之后,事情才办妥了,母亲和婴儿同时都安静下来,两人都不出声了。

"可是他,可怜的宝贝儿,浑身都是汗。"吉蒂抚摸着孩子轻声地说。"您怎么会觉得他认识人呢?"她又补充说一句,斜着眼睛望着婴儿,她觉得孩子小帽子下遮着的眼睛正狡猾地望着她,她望着孩子均匀起伏的脸颊,望着他划着圆弧形晃动着的、掌心通红的小手。

"不可能的呀!要是他能认人,那他就会认识我的呀。"因为阿加菲娅·米海依洛芙娜说他认得人,吉蒂就这样说了,又微微一笑。

她那微微一笑是因为,虽然她说他不可能认识人,但是她心里知道,他不仅认识阿加菲娅·米海依洛芙娜,他还什么都懂得呢,他还明白许许多多谁也不明白的事情,她,作为母亲,也只是靠了他,自己才知道、才明白这些事的。对阿加菲娅·米海依洛芙娜来说,对保姆来说,对外公来说,甚至对父亲来说,米佳只是一个需要人在物质上给以照顾的活着的小东西而已;然而对于母亲来说,他早已经是一个有其精神世界的人了,她跟他在精神上的交往已经由来已久了。

"等他醒来了,上帝保佑,您自己会看见的。我只要这么做一下,他就眉开眼笑了,这个小宝贝儿,他就眉开眼笑了,就好像晴天出太阳一样。"阿加菲娅·米海依洛芙娜说。

"喏,好的,好的,那我们就看吧,"吉蒂喃喃地说,"现在您走开吧,他要睡着了。"

七

阿加菲娅·米海依洛芙娜踮起脚跟走出去了;保姆放下窗幔,从摇篮的纱帐下赶走一只苍蝇,又赶走一只撞在窗玻璃上的大黄蜂,便坐下来,拿一根杨树条在母亲和婴儿的头顶上挥动。

"热啊,真热呀!老天爷哪怕下几滴雨也好啊。"她说着。

"是的,是的,嘘……"吉蒂只这样回答,她轻轻地摇晃着身子,满怀柔情地握着米佳那只不停地微微晃动着的、仿佛手腕上扎了一根细线似的胖嘟嘟的小手,孩子的两只眼睛一会儿睁开,一会儿闭上。这只小手让吉蒂不知怎样才好;她想要吻一吻它,但是她又怕这样会把婴儿吵醒了。小手终于不再晃动了,眼睛也合上了。孩子继续咂着奶,只是偶尔抬起他长长的弯弯的睫毛来,在半明半暗的光线中用他仿佛是黑色的湿润的眼睛瞧母亲一眼。保姆不再挥动树条,打起盹来。可以听见楼上老公爵洪亮的说话声和卡塔瓦索夫哈哈的大笑声。

"我不在,他们大概谈得起劲儿了,"吉蒂想,"不过考斯佳不在家,总归遗憾。他大概又去养蜂场了。他老是去那儿待着,让我闷得慌,不过我还是高兴的。这样他可以散散心。他这会儿比起春天来,要快活得多,好得多了。"

"那时他那么不开心,那么烦恼,我都替他害怕。他这人多么可笑啊!"她低声含笑地说着。

她知道丈夫心里烦恼是为什么。就因为他不信教。若是有人问她,是不是认为,如果他不信教,来世他就会遭到不幸,那她是应该同意说,他来世会遭不幸的,但是尽管这样,他不信教这件事并没有让她觉得自己是不幸福的;她承认说不信教的人灵魂不能够得到拯救,而在世上她所最珍爱的就是她丈夫的灵魂,但是她想起他不信教时,还是笑眯眯的,而且自己对自己说,他是个很可笑的人。

"他成年到头地老是读那些哲学书都为了什么?"她想着,"要是这些事全都在那些书里写着,那他就可以明白了呀。要是那些书里尽说些假话,那又干吗去读它们?他自己说,他是希望自己信教的。那么他又为什么不信呢?大概是,因为他想得太多了吧?想得太多是因为他孤独,老是一个人,一个人。跟我们他不可能什么都谈。我想,这两位客人他会喜欢的,特别是卡塔瓦索夫,他喜欢跟他在一起争论。"她想着这些,马上便又想到,让卡塔瓦索夫睡在哪里最方便,——让他一个人睡呢,还是跟谢尔盖·伊凡诺维奇在一起。而这时她突然想起一件事,激动得身子一抖,把米佳都惊醒了,警觉地瞧了她一眼。"洗衣妇好像还没有把床单送来,而客人用的床单都用完了。要是不赶快安排,阿加菲娅·米海依洛芙娜会把铺过的床单给谢尔盖·伊凡诺维奇铺上的。"一想到这事,吉蒂就满脸通红。

"对,我要去安排。"她这样决定了,而一回到原先的思路上,她又记起,有件什么重要的有关灵魂的事情她还没想好,于是她记起是什么了。"对,考斯佳不信教。"而她想起这点时又是笑眯眯的。

"喏,他不信教!他顶好永远这样,也别像斯塔尔夫人那样,或者像我在国外时候想做的那样。不,他这人是不会装腔作势的。"

不久前一件说明他心地善良的事,现在活生生地出现在她的眼前。两个礼拜前收到一封斯捷潘·阿尔卡季伊奇写给朵丽的表示悔过的信。他求她挽救他的名声,把她的地产卖掉为他还债。朵丽真是走投无路了,恨这个丈夫,瞧不起他,又可怜他,想要跟他分手,下了分手的决心,想拒绝他,但结果还是同意卖掉一部分自己的产业。这以后,吉蒂不由得面带感动的微笑回想着,她想起丈夫那副难为情的样子,他一再笨拙地想要解决这件他所关心的事,最后,他想到一个唯一不伤害朵丽感情的办法,建议吉蒂把自己那份产业送给朵丽,这是吉蒂原先怎么也没想到的。

"他是怎样的一个不信教的人呢?他有这么好的心肠,老是怕伤害了什么人,哪怕是个小孩子!什么都为别人,一点儿也不为自己。谢尔盖·伊凡诺维奇以为,考斯佳就该为他管理产业。姐姐也是这样。现在朵丽跟孩子们全靠他养着。这些庄稼人,成天跑来找他,好像他就该为他们做事情似的。"

"对,你将来就该像你父亲这样,就该这样。"她说着,把米佳交给保姆,用嘴唇碰了碰他的脸颊。

八

当列文眼见自己亲爱的哥哥死去时,他生平第一次用他所谓的新的信念来看待生与死的问题,这种信念是在他从二十到三十四岁这段时间不知不觉形成并取代了他童年和青年时代的信念的,从哥哥死的这一刻开始,——他感到可怕的与其说是死,不如说是浑浑噩噩的生,毫不知人的生命从哪里来,目的何在,何所追求,生命又究竟是个什么。有机体,有机体的破坏,物质不灭,能量守恒定律,进化——这些用语取代了他原有的信念。这些用语以及与之相关的那些概念用于抽象的目的是非常之好的;然而对于实际人生,它们却毫无帮助,于是列文突然觉得自己陷入这样一种处境:就像一个人脱掉暖和的皮袄换上一件轻薄的纱衣,而这人一遇严寒便会毫无疑问地,不凭空口议论,而凭整个自己身体的感受确信,他就跟赤裸裸没穿衣服一个样,非得痛苦地冻死不可。

从那一时刻开始,虽然列文并没有把这个问题想透彻,仍继续过着原先的生活,他却不断地感觉到恐惧,觉得自己太无知。

此外他还模糊地感到,他所认为是自己的信念的东西不仅是无知而已,这其实是一种思维方式,用这种方式思维,他是不可能知道他所需要知道的东西的。

结婚之初,他所体验到的新的欢乐和责任把这些思想完全淹没了;然而最近以来,在妻子生产之后,当列文无所事事地在莫斯科住着,他越来越经常、越来越迫切地想到这个他所需要解决的问题。

他的问题是这样的:"假如我不承认基督教对于有关我生命的那些问题的解答,那么我承认什么样的解答呢?"他在自己全部信念的库存里怎样也找不到任何一种解答,不仅是找不到解答,连个类似于解答的东西也根本找不到。

他的心情就好似一个人在玩具店和兵器店里去寻找食物一样。

现在他不由自主地,自己也没有意识到,竟在每一本书里,每次谈话中,也在每个人身上寻找着别人对这些问题的态度,以及他们的解答。

当他这样做时,最使他困惑和惊异的是,大多数他的圈子里和他年龄相仿的人情况跟他一样,用跟他同样的那种新信念取代了原先的宗教信仰,但是他们却看不出这里边有什么不好,大家都心满意足,高枕无忧。于是,除了那个主要的问题之外,列文又产生了几个令他苦恼的问题:这些人到底是否老实?他们是不是在装模作样?或者是这些人对于科学就他所思考的问题给出的解答跟他的理解有所不同,比他理解得更清楚?于是他便竭尽全力地来研究这些人的意见,读那些提出了这些解答的书籍。

自从这些问题开始占住他的心以来,他所发现的一点是:他根据自己对青年时代和大学生活圈子的回忆,认为宗教已经过时,已不再存在,他这是犯了一个错误。生活中所有与他接近的好人都是信教的。老公爵信教,他那么喜欢的李沃夫信教,谢尔盖·伊凡诺维奇也信教,所有那些女人们都信教,他妻子信得就像他童年时一样虔诚,而百分之九十九的俄罗斯人,所有那些在他心头博得最大敬意的普通老百姓,都信教。

他所发现的另一点是,在读了许多书以后,他确信,那些跟他持同样观点的人对他们的观点不作任何其他的考虑,他们什么也不能解释明白,只是一味地把那些在他看来找不到解答就活不下去的问题置之不顾,而费尽气力去解决完全不相干的不能令他发生兴趣的问题,比如,关于有机体的进化,对灵魂的机械论的阐释等等。

此外,在妻子生产期间,他做了一件对他说来是极不寻常的事。他这个不信教的人竟然做起祈祷来,而在他做祈祷的那一刻,他是信上帝的。但是过了这一刻,他就不能让当时的那种情绪在自己生活中占有什么位置了。

他不能承认他当时是认识了真理,而现在又迷茫了,因为,只要他一开始平心静气地思考,一切便土崩瓦解;他却也不能承认他当时是迷茫的,因为他很看重自己当时心灵所处的状态,而如果承认这种心灵状态是自己的弱点所致,那他就亵渎了那个时刻。他处于一种痛苦的自相矛盾的心境中,他鼓足自己全部心灵的力量要从这种心境中走出来。

九

这些思想折磨着他,令他苦恼不堪,虽是时强时弱,却总也不能抛开。他读书、思考,而越是读书和思考,便越是觉得离自己所追求的目标更远。

最近一段时间里,在莫斯科和在乡下,他确信自己在唯物主义者的著作中找不到解答,他便反复和重新阅读柏拉图、斯宾诺莎、康德、谢林、黑格尔和叔本华①的著作,这些哲学家都是不用唯物主义的观点来解释生命的。

当他或是从书中看到、或是自己想到一些对他人学说的批驳意见时,他的想法好像很有道理,特别是在驳斥唯物主义观点的时候;

---

① 柏拉图(前427—前347),斯宾诺莎(1632—1677),康德(1724—1804),谢林(1775—1854),黑格尔(1770—1831),叔本华(1788—1860),都是西方哲学史上的著名哲学家。

然而一当他从书中看到或是自己想到对一些问题该怎样解答时,就老是反反复复、兜来兜去、百思不得其解。当他遵循人们给那些含义不明的词汇,诸如**精神**、**意志**、**自由**、**本质**等等所下的定义去思考,有心落入那些哲学家或者就是他自己为他设置的罗网时,他开始似乎有所领悟。然而只要他把这种人为的思路忘掉,从实际生活出发,回到他一向觉得满意的习惯的思路上,——于是忽然间这种人为的建筑物便会像纸搭的房子一样垮掉,很清楚,这种建筑物是用同一些颠来倒去的词汇构成的,一点没涉及生活中比理智更为重要的东西。

有一段时间他在看叔本华,他把叔本华的**意志**理解为**爱**,这种新的哲学在一两天里,在他还没对之厌弃的时候,也曾给他以快慰;然而当他后来从实际生活出发来观察这种哲学时,它也就垮掉了,结果它还是一件不能保暖的薄纱衣服。

谢尔盖·伊凡诺维奇哥哥建议他看霍米亚科夫的神学著作。列文便看了霍米亚科夫文集的第二卷,虽然一开头他对那种论辩式的,优雅而俏皮的语调颇为反感,却对其中有关教会的学说深表钦佩。起初令他钦佩的是这个思想:神的真理不是一个人所能企及的,而要由以爱结合在一起的全体人类来共同达到,——也就是由教会来达到。他喜欢这样的思想:相信一个实际现存的,包括人类所有信仰在内的,有上帝为首脑,因此是神圣而永不会犯错误的教会,从这个教会出发,再去接受对上帝、对创世说、对堕落、对赎罪等等的信仰,比一开始就从一个遥远而神秘的上帝,从创世说等等去接受要容易得多。然而,后来他读了天主教作家所写的教会史,又读了东正教作家所写的教会史,他发现,这两个教会,从本质上说应该都是不会犯错误的,却又一个否定一个,于是他对霍米亚科夫的学说也感到失望了,这个建筑物也坍塌了,跟那些哲学大厦一样。

整个春天他都茫然若失,经历了一段非常可怕的时期。

"若是不知道我是什么,我为什么活在世上,就不能活下去。可是我又没法知道这一点,所以,我就不能活下去。"列文对他自己说。

"在无限的时间里,无限的物质里,无限的空间里,分离出一个有机体的小气泡,这个小气泡待上一会儿就破灭了,这个气泡——就是我。"

这是一个令人痛苦的谬误,然而这又是许多世纪以来人类在这方面苦苦思索所得出的唯一的最新的结论。

这就是那种最新的信仰,几乎在所有领域里,人类思想的一切探索全都建筑在这种信仰上。这是一种占统治地位的信念,在所有各种其他解释当中,列文觉得它无论如何还是个比较明白的解释,便不由自主地,自己也不知从何时开始,又是怎样地恰恰就掌握了这种解释。

然而这不仅是一种谬误而已,这简直是某一种邪恶的势力,邪恶的、令人厌恶的、决不能向它屈服的势力所作的残酷的嘲笑。

必须摆脱这种势力。而摆脱它是人人都能做到的事。必须终止这种对恶势力的依赖。而手段只有一个——死。

因此,列文这个有妻儿家室、身体健康的幸福的人好多次差一点要去自杀,他因此把绳子藏起来,免得自己用它去上吊,也不敢带枪出门,免得他会自杀。

但是列文既没开枪自杀,也没上吊,他还继续活着。

十

当列文想他是什么和他为什么活着的时候,他找不到解答,他陷入绝望;然而当他不这样问他自己的时候,他似乎好像知道了他是什么和他为什么活着,因为他在坚定而明确地行动着,生活着;甚至于,最近以来,他比从前活得还要坚定和明确得多。

六月初他回到乡下,他又干起他往常的事情。务农,跟庄稼人和邻居们打交道,家务事,手边正办着的姐姐和哥哥的事,跟妻子和亲人们的关系,操心孩子,这年春天他又新迷上了养蜂,所有这些占掉他全部的时间。

这些事引起他的兴趣,并非和他从前做这些事一样,根据什么一般的观点认为这些事应该做;正相反,现在他做这些,一方面是因为从前为公益所办的事业全都失败了,这让他灰心失望,另一方面,过于沉醉在自己的种种思索中,又有从四面八方堆在他身上的大量的事要办,他便完全不去想那些公益上的事了,他一心去做这些事情只是因为,他觉得,这些事都是他必须做的,——他非做不可。

从前(这几乎是从童年时代开始的,而且直到他成年,事情越来越多),当他尽力做些对大家、对人类、对俄国、对全村有好处的事的时候,他发现这种思想是令人愉快的,然而活动本身却总是进行得很不顺利,对于这类的事情非做不可这一点总是缺乏充分的信心,而且活动本身又总是一开头似乎非常重大,而却越来越无足轻重,到最后不了了之;现在呢,当他结婚后越来越局限于过好自己的日子,虽然他在想起自己的所作所为时不再体验到任何乐趣,却也感觉到信心十足,认为他所做的事都是必须做的,他看到,他的事业比以前顺利得多,一天比一天兴旺。

现在他,好像身不由己,往地里越扎越深,就像一把犁头似的,不犁出一道道犁沟来是拔不出土的。

这样的家庭生活,祖祖辈辈过惯了的生活,在同样的教育条件下成长,让孩子们也受到同样的教育,这毫无疑问是必要的。这就像肚子饿了要吃饭一样的必要,为此也就有必要准备饭食,有必要把波克罗夫斯科耶这部农业机器开得有所收益。同样毫无疑问的是,必须还清债务,必须把祖传的土地经营好,让儿子在得到这份遗产时会对做父亲的说一声感谢,就像列文当年为祖父所建造、所培植的一切对他说一声感谢一样。为此就必须把地不租给别人,而自己经营,必须养牲畜,必须给地上肥,必须种植林木。

谢尔盖·伊凡诺维奇的事,姐姐的事,所有那些习惯于来找他求教的庄稼人的事都不能不做,就好像不能把已经抱在手上的孩子扔掉一样。必须关心请来做客的姨姐和孩子们,还有妻子和婴儿,要让他们过得舒适方便,一天里不能不分出哪怕一小部分时间来陪陪他们。

所有这些事,加上打猎和新养的蜜蜂这些他感兴趣的事,把列文的生活全都填满了,而这种生活,当他独自思索时,又觉得毫无意思。

列文除了明确地知道他应该做些**什么**之外,他也很清楚地知道所有这些事他应该**怎样**去做,哪件事比别的事更为重要。

他知道,雇工要尽可能便宜些;但是用预付工钱的办法,付得比人家应得的少些,把雇工当奴隶使唤,那是不可以的,虽然这样做非常合算。饲料紧缺的时候可以拿干草向庄稼人卖钱,虽然心里也可怜他们;但是旅店和酒店,虽然能有进项,一定要关掉。砍伐树林一定要尽量严办,但是把牲口赶进庄稼地里的事却不能罚人家的钱,也不能扣留人家放进地里的牲口,虽然这样做会让看守的人不高兴,也会让庄稼人胆子更大。

彼得每个月要付给放高利贷的十分之一的利钱,应该借钱给他,让他不受盘剥;但是那些不交地租的庄稼人却不能让他们赖账,也不能让他们拖欠。不能轻易原谅管家,他把草地该割没有割,草都白白糟蹋了;但是种上树苗的那八十亩地原本是不应该割的。那个在农忙时节因为父亲死了回家去的帮工,尽管他很可怜,也不能原谅,应该扣除他在农忙时误工的工钱;但是那些年老体弱的佣人却不可以不按月发钱给他们。

列文也知道,回到家里应该首先去看身体不舒服的妻子;而那些已经等了他三个钟头的庄稼人还可以再等一等;他还知道,虽然他非常喜欢干把蜂群往窝里收的事,他还是应该放弃这种乐趣,让那个老头儿自己去收,他则去跟那些到养蜂场找到他的庄稼人商量事情。

他这样做好也罢,不好也罢,他不知道,眼下他不仅不想去弄个明白,而且避免谈论和思考这些问题。

思索和议论这些问题会使他犹豫不决,妨碍他分辨是非。当他不去思索,而只去过日子的时候,他仍不停地感觉到,在他灵魂深处有一个永不会错的裁判,这个裁判会决定,两件都可以做的事当中哪一件好些,哪一件差些;而一当他举措失当的时候,他马上就会感觉到。

他就这样活着,不知道,也看不出哪一天有可能知道他到底是什么,他活在世上为了什么,这种愚昧无知把他折磨到这样的程度,以至于害怕自己会自杀,而同时,他又在坚定不移地为自己开辟一条特殊的、明确的人生道路。

十一

谢尔盖·伊凡诺维奇到达波克罗夫斯科耶的那一天,列文过的是一个极其苦恼的日子。

这是农活最忙的时候,这时全体老百姓都在劳动中表现出不顾自我的异常紧张的精神,任何其他生活条件下的人都不可能这样表现,假如表现出这种品质的人自己能知道这种品质的价值,假如不是年年都要如此紧张一回,假如这种紧张劳动的结果不是那么平凡无奇的话,这种异乎寻常的紧张定会获得高度的评价。

收割黑麦和燕麦,装运,刈草,翻耕休闲地,脱粒,播种冬小麦——所有这些看起来都是平凡又寻常的事;而要能及时干完所有这些活,则必须全村老小在这三四个礼拜里手脚不停地干比平时多三倍的活,吃的只是克瓦斯、葱头和黑面包,每天夜里还要打场和搬运麦草捆,一昼夜睡不上两三个钟头。每年这时候整个俄国都在这样干。

列文一生大部分时间都是在乡下过的,他跟老百姓一向关系亲密,所以,在这农忙季节,他总是感到老百姓这种普遍的昂扬情绪也感染着他。

一大早,他就骑马到第一批播种黑麦的地里去,又去察看搬运和堆垛的燕麦,回到家里妻子和姨姐刚刚起床,跟她们一块儿喝过咖啡,又步行到村里去,那里一架重新安装的脱粒机应该开动,今天脱的麦粒是留种用的。

这一整天,列文一边跟管家和庄稼人说话,在家里又跟妻子、跟朵丽、跟她的几个孩子、跟岳父说话,一边却老是不停地想着一个问题,在这段时间里,除农务上要费心的事以外,他就只想着这一个问题,他处处都在寻找与自己那个问题有关联的东西,他的问题仍是:"我到底是什么?我在哪里,我在这里活着的目的是什么?"

新搭的粮食堆棚是用还带着芳香树叶的榛树枝作椽条,钉在当梁用的剥了皮的新鲜白杨树干上,顶上盖着麦秸,列文站在棚下的阴凉处,堆棚的两扇门敞开着,干燥刺鼻的糠屑在门口漫天飞扬,他透过这两扇门张望着,时而望望骄阳照射下打麦场上的青草和刚从棚子里搬出去的新鲜麦秸,时而望望扑打着翅膀、唧唧啼叫着飞到檐下停在门前的、花斑头白胸脯的小燕子,时而望望那些在黝暗的、尘土飞扬的堆棚里忙着干活的人们,他心中浮起许多奇特的想法。

"做这一切都是为了什么?"他想着,"我为什么站在这里,迫使他们干活?出于什么目的,他们全都要这样忙碌,尽量在我面前表现得非常卖力?出于什么目的,这个我认识的老太婆玛特辽娜要这么拚命地干?(那回她家失火,一根大梁砸在她身上,我给她治过伤。)"他想着,眼望着那个瘦瘦的老婆子,她用耙子耙动着麦粒,两条晒黑的光腿在不平整的硬泥地上紧张地抬动。"那时她的伤算治好了;然而不是今天或者明天,就算再过十年吧,人家就会把她埋进土里了,她什么也不会留下来。那个穿红色方格毛料裙子的漂亮丫头,她簸起麦子来动作多轻巧,多柔和,连她也是什么都不会留下来的,人家也会把她埋进土里的。就是那匹花斑骟马也很快就要入土的,"他想着,眼睛望着那匹肚皮一起一伏、鼻孔张大、呼吸急促的马,看它的蹄子倒换着沿它脚下滚动着的倾斜的轮子踩下去,"连它也要被埋进土里,还有那个往脱粒机里送麦子的菲多尔,跟他撒满糠皮的拳曲的大胡子,他白肩膀上破了一个大洞的衬衫,都要让人家埋进土里去的。而他还在那里把麦捆解开,命令别人,对女人们吆喝着,还在动作敏捷地调整飞轮上的传送带。而且,重要的是,不光是他们,连我也要让人家埋进土里去的,并且什么也不会留下来。这都是为了什么呀?"

他这样想着,同时看了看表,计算一下每小时能打多少麦子。他必须知道这个,好根据这个来定每天要干完的活。

"马上就一个钟头啦,还只开始打第三捆。"列文想着,走到往机器里送麦子的人跟前,压倒机器轰隆隆的声音,大声对他说话,要他每次少放些。

"你每次放得太多啦,菲多尔!你瞧——都塞住啦,所以不顺当。要放均匀些!"

菲多尔汗湿的脸被沾在上面的灰尘弄得黑糊糊的,他大声喊叫着什么作回答,可是仍然做得不像列文想要他做的那样。

列文走到转轮前,叫菲多尔让开,自己来添麦子。

一直干到庄稼人吃午饭以前不久的时候,他才和这个往机器里添麦子的人一块儿走出堆棚,站在场上整齐堆放着的一垛割下留种用的黄灿灿的黑麦前聊起来。

这个添麦子的人是从远处一个村子里来的,原先列文把那里的地租给合作经营的人,现在是租给了一个看院子的。

列文跟添麦子的菲多尔谈起这块地,问他那村子里能干的富裕农户普拉东来年会不会承租这块地。

"租价太高啊,普拉东租不起,康斯坦丁·德米特里奇。"这个庄稼汉回答,一边从他汗湿的衣襟下把钻进去的麦穗掏出来。

"那基里洛夫怎么租得起呢?"

"米鸠赫嘛(这庄稼汉这样轻蔑地称呼那个看院子的),康斯坦丁·德米特里奇,他怎么会租不起!这家伙就会榨别人,自己捞便宜。他是不会可怜基督徒的。可佛卡内奇大叔(他这样称呼普拉东老汉)会去剥人家的皮吗?付不出,就算了。也不去讨债。要看是什么样的人啊。"

"那他为什么要算了呢?"

"是这样,就是说——人跟人不同啊!有种人只为自己想要的东西活着,就说米鸠赫吧,就知道填满他的大肚皮,可佛卡内奇——是个规规矩矩的老人家。他是为灵魂活着的。他记得上帝。"

"怎么叫记得上帝?怎么叫为灵魂活着?"列文差不多是喊叫着说。

"这谁不晓得呢,老老实实,照上帝吩咐的做。要知道人跟人不同啊! 就拿您说吧,您也不会欺负人……"

"是啊,是啊,再见啦!"列文说,他激动得直喘气,转过身,拿起自己的手杖,就连忙往家里走去。他一听这个庄稼人说佛卡内奇为灵魂活着,老老实实,照上帝吩咐的做,许多模糊不清但却意义重大的思想好像冲破一扇闸门似的一涌而出,全都冲向一个目标,在他的头脑里回旋,放射出让他耀眼的光芒来。

十二

列文大踏步走在大道上,一心留意着的,倒不是自己的思想(他还不能把自己所想的理出个头绪来),而是自己内心的状态,这样的内心状态他从前还不曾体验过。

这个庄稼人所说的话在他心头起着像电火花一样的作用,忽然间把他一直不停思考着的许多杂乱、无力、分散的思想给改变了,把它们合成一个整体了。这些思想就是在他说到出租土地的事情时,也在占着他的心,连他自己也没注意到。

他感到自己心灵中出现了某种新的东西,他高兴地触摸着这个新东西,还不知道它到底是什么。

"不是为自己想要的东西活着,而是为上帝活着。为了怎样的一个上帝呢?还有什么能比他说的这些话更没意义呢?他说,不应该为自己想要的东西而活着,就是说,不应该为我们所理解、所追求、所需要的东西活着,却应该为某个我们所不理解的东西而活着,为那个谁也不了解,谁也说不清的上帝而活着。怎么回事?是我不明白菲多尔这些毫无意义的话吗?或是我明白了,又怀疑它们不正确？是我认为这些话愚蠢、含混、不确切吗？

"不,我明白他的话,完全像他自己所明白的那样全部明白了,而且比我一生中对其他事物的理解明白得多。我一生中从来没有,也不可能怀疑这一点。而且不是我一个人,而是所有人,是全世界,都完全明白这一点,对这一点毫不怀疑,永远同意。

"菲多尔说,看院子的基里洛夫活着是为了填饱肚皮。这是合情合理的。我们大家都是有理性的生物,要活着就不可能不要填饱肚皮。可是突然就是这个菲多尔又说,为填饱肚皮活着是不好的,应该为真理活着,为上帝活着,他这么一提醒,我就明白他的意思了!我,以及千百万几百年前活着的和现在活着的人,心灵贫乏的庄稼人和对这事有过思考和著述的,用他们含糊不清的语言谈论着这同一件事的学识渊博的人,——我们对于这一点:应该为什么活着和怎么才叫活得好,意见都是一致的。我和世上所有的人只有一个坚定、无疑,而又清楚的认识,这种认识是无法用理性来解释的——它是超乎理性之外并且没有任何原因,也不会有任何结果的。

"假如善有原因,那它就不是善了;假如它有结果——有奖赏,那它就也不是善了。所以说,善是超乎因果关系的链条之外的。

"我知道的就是这个,我们都知道。

"而我却在寻找奇迹,没找到可以让我信服的奇迹,我感到遗憾。而这就是那个奇迹,那唯一可能的奇迹,它永远存在着,从四面八方围绕着我,而我却没有注意到它!

"还有什么比这更大的奇迹呢?

"难道说我找到了一切问题的解答,难道说我一切的痛苦都结束了?"列文想着,他在尘土飞扬的大道上走着,炎热、疲劳都不顾及,只体会到一种摆脱了长期痛苦的轻松感。这种感受实在太令人快活了,他简直不敢相信这是真的。他激动得喘不过气来,再也走不动了,便离开大道走进树林里,坐在白杨树荫下没割过的草地上。他从汗淋淋的头上把帽子摘下来,斜躺着,一只手臂支撑在林中鲜嫩的宽叶青草上。

"是的,应该冷静下来,仔细想一想。"他想着,眼睛定定地凝视着他面前一片没有被脚踩过的青草地,盯住一只绿色的小甲虫望着,那虫儿正顺一株冰草茎秆往上爬,却被一叶茅草挡住了。"一切都要从头来。"他自言自语说,一边把那片茅草叶子移开,让它别妨碍那片小甲虫,又弯过另一支草茎来,让它爬上去。"是什么让我这样高兴呢?我发现了什么呢?

"以前我说,在我的身体内,在这株青草和这只甲虫身体内(瞧它不愿意爬上那株草,展开翅膀飞走了),按照物理学、化学和生理学的规律在进行着物质的转换。在我们所有人的身体里,也在白杨树,云朵,和那一团团的雾气里,都有着发展变化。从什么发展来?又变化成什么?是永无穷尽的发展变化和斗争吗?……好像在那无穷之中真会有什么方向和斗争似的!而我奇怪的是,尽管沿这条思路极其紧张地思索,我仍然不能发现生命的意义,不能发现我的许许多多动机和欲望的意义。而我内心里的这些动机的意义原是很清楚的,我从来就是按照这种意义活着的,所以当我听到一个庄稼人对我说出这个意义的时候,我真是又惊又喜,他说:为上帝活着,为灵魂活着。

"我什么也没有发现。我只是认清了那些我所知道的事。我明白了那个不仅过去而且现在也赋予我生命的力量。我脱离了欺骗,我认识了主。"

于是他简单扼要地把自己这两年来所思所想的整个过程回顾了一遍,从他眼见亲爱的哥哥生病而无可救药时起,清晰而明显的关于死亡的思考开始了。

那时,他生平第一次清楚地了解到,对每一个人,对他自己,将来什么也不会有,有的只是痛苦、死亡和永远被人遗忘,于是他决定,不能这样活下去,要么得把生命解释个明白,使它不要像是一个魔鬼凶恶的嘲笑,要么开枪自杀,只有这两条路可走。

然而他既没这样做,也没那样做,而是继续活下去,继续思索、感受,甚至于就在这个时期里还娶了妻子,享受到许多欢乐,当他不去考虑自己生命意义的时候,他过得很幸福。

这意味着什么?这意味着,他日子过得好,思想却很不对头。

他是靠那些他连同乳汁一起吸进体内的精神上的道理而活着的(同时又并不意识到这一点),但是在思想上却不但不承认这些道理,反而竭力去逃避它们。

现在他明白了,仅仅是靠了把他教养成人的信仰,他才能活下来。

"若是没有这种信仰,不知道应该为上帝活着,而不是为自己的需要活着,我会是怎样一个人呢,会怎么度过这一生呢?我也许会去抢劫、说谎、杀人。构成我生活中主要欢乐的那些东西我也许什么也不会得到。"他竭尽全力去想象,却怎么也想象不出他会是怎样一个野兽般的人,假如他不知道他为什么活着的话。

"我在寻找我的问题的解答。而思想却不能解答出我的问题,——它跟我的问题毫无共通之处。是生活本身给了我这个解答,这解答就在于我知道怎样分辨善恶。而我的这种知识不是通过什么途径得到的,它是跟众人一道由上天所赐的,说它是**上天所赐**,因为我不可能从任何地方得到它。

"我是从哪里得来这种知识的呢?是理性吗,凭理性我能做到爱他人而不去残害他人吗?当我是个孩子的时候人家对我这样说过,我高高兴兴地就相信了,因为他们对我说的话原本在我的灵魂里就是有的。但是谁把它发现出来的呢?不是理性,理性发现的是生存竞争,是那种要求我去掐死所有妨碍我欲望之满足的人的法则。这就是理性得出的结论。而爱别人,这是理性所不可能发现的,因为这是不合乎理性的。

"对,这是妄自尊大。"他对自己说,翻过身俯在草地上,用一根草茎打了个结,尽量不折断它。

"还不仅是理智的妄自尊大,而且是理智的愚蠢。而主要的是——理智的狡诈,正是理智的狡诈。正是理智的一种欺骗。"他反复地说。

十三

于是列文想起不久前朵丽跟她孩子之间的一件事。几个孩子单独在一起,他们拿马林果在蜡烛上煮,把牛奶像喷泉似的往嘴里倒。母亲当场发现,便当着列文的面开导他们说,他们糟蹋的东西大人要花多少劳动才能得到,这些劳动都是为他们花的,说如果他们把杯子砸了,那他们就没有东西喝茶了,而要是把牛奶洒了,他们就没东西可吃,就得饿死。

孩子们听母亲这番话时那平静的、沮丧的、不相信的神情让列文大为惊讶。他们伤心的只是他们不能再玩下去了,母亲说的话他们一句也不信。因为他们对自己在吃穿用上的需要不可能有一个总体的概念,所以他们也不能想象他们所糟蹋的东西正是他们所赖以生存的东西。

"那些全是本来就有的,"孩子们想,"没什么有趣的,也没什么重要的,因为那些全是一向都是有的,将来也会是有的。永远都是一个样子的。对那些我们没什么可动脑筋的,那些都是现成的;而我们要想出点自己的新花样来,所以我们就想出把马林果放在杯子里,拿它在蜡烛上煮,拿牛奶像喷泉样直接往嘴里倒,你给我倒,我给你倒。这又好玩又新鲜,一点也不比从杯子里喝更坏。"

"难道我们所做的,我以前所做的,不就是这样吗,我们靠理性去寻找自然界各种力量的意义和人的生活的意义,不就是这样吗?"他继续想着。

"所有那些哲学理论都是靠一些奇特的、不是人类天生就有的思维途径,引导人去掌握那些他早已认识并且确信无疑的知识,缺了它就没法活下去的知识,难道这些理论家所做的事情不就是这个吗?当每一个哲学家发展他的理论的时候,他事先都像庄稼汉菲多尔一样,毫无疑义地了解生命的主要意义,而且他所了解的一点儿也不比菲多尔更清楚,而他又只是靠那种可疑的抽象思维的途径,想要回到人人都一清二楚的道理上去,难道我们不是非常清楚地看见了这一点吗?

"好吧,让我们把孩子们丢下不管,让他们自己去找,去做茶杯、茶壶,去挤牛奶等等。他们还会淘气吗?他们或许会饿死的。好吧,假如我们对唯一的上帝和造物主毫无了解,单凭我们的那些热情和思想去干,那会怎么样呢?或者假如我们对什么叫做善毫无了解,对道德上的恶的含义毫无了解,那会怎么样呢?

"好吧,假如你们不了解这些,看你们能造出点什么东西来吧!

"那我们就只可能破坏这些概念,因为我们在精神上没有饥饿感,就跟那些孩子们一个样!

"我跟那个庄稼人共同的、可喜的认识,唯有它才给我以灵魂安宁的认识,是从哪里来的呢?我从哪里得到它的呢?

"我在信奉上帝的观念教养下长大,身为基督教徒,整个一生享尽基督教赐予我的种种精神财富,我全部身心都在充分享用着这些财富,我靠它们活着,而我却像个幼儿一般,不理解这些财富,破坏它们,也就是想要破坏我所赖以为生的东西。而一旦面临生命中的重要时刻,就像幼儿遭到饥寒之苦一般,我便去求神保佑,我比那些为淘气受母亲责骂的幼儿还差,我比他们更不能感觉到,我那些跟他们一样的恣意胡作非为的企图不会对我有什么好处。

"是的,我所知道的东西,我不是凭理性知道的,而是上天赐予我的,是上天向我展示的,我凭我的心,凭我对教会所宣讲的主要之点的信仰知道了这个。

"教会吗?是教会!"列文一再地说,转身向另一边躺着,一只手撑住身体,向远处观看,望着一群从那边向河岸走来的牲口。

"可是我能相信教会所宣讲的一切吗?"他想着,他在考验自己,设想所有可能破坏他此刻这种内心平静的东西。他故意开始去想教会教义中那些总是特别令他觉得奇怪、让他心神迷乱的东西。"上帝创造世界吗?那我用什么来解释存在呢?用存在来解释存在?没办法解释?——有魔鬼吗,有罪孽吗?——那我用什么来解释恶呢?……有救世主吗?……

"可是,除了那些人家讲给我也讲给所有人听的事情以外,我什么也不知道,什么也不知道,也不可能知道。"

于是这时他感到,似乎没有哪一条教会的教义违反了那个主要之点——作为人类唯一使命的对上帝的信仰,对善的信仰。

教会的每一条教义都可以说不是为人的需要服务而是为真理服务的。每一条教义都不仅不违反这一点,而且都是为实现那经常显现于人间的主要奇迹所必不可少的,这奇迹就是,每个人都有可能跟千百万形形色色的人一样,跟圣贤和白痴、孩子和老人一样——跟所有的人、跟庄稼汉、跟李沃夫、跟吉蒂、跟乞丐和皇帝一样,毫无疑义地了解那同样的事情,并且建立起那种精神生活,唯有这一种生活才是值得过的,唯有这样的生活才是我们所看重的。

现在他仰面躺着,眼望着高高的、万里无云的蓝天。"难道说我不知道这是一个无穷无尽的空间,而不是一个圆形的拱顶吗?但是不管我怎样眯起眼睛,怎样费力观看,我都不能看出它不是圆形的,不是有限的,并且,尽管我知道这是个无穷的空间,而当我看见一个结实的蓝色拱顶时,我毫无疑问是正确的,比我竭力远望时要更为正确。"

列文已经不再去想了,而只是好像在凝神倾听,他觉得,似乎有人在神秘地交谈,他们在快活地也是担心地相互谈论着一件什么事情。

"难道说这就是信仰吗?"他想着,不敢相信自己的幸福。"我的上帝啊,感谢你的恩典!"他这样说道,咽下不断涌起的哭声,用双手把眼睛里充满着的泪水抹去。

十四

列文望着前方,看见一群牲口,又看见自己那辆车,套着那匹名叫"乌鸦"的马,看见车夫走到牲口群旁边,跟放牛的说了句什么话;接着他听见车轮子声,和那匹肥壮的马喷鼻子的声音,已经离他很近了;然而他沉浸在自己的种种心事里,没有去考虑,车夫为什么驾车来找他。

直到车夫已经走到他跟前,大声招呼他时,他才想起来。

"夫人派我来。大老爷带一位先生来了。"

列文坐上车,接过缰绳。

恰似做了一场梦,列文很久都没清醒过来。他瞧了瞧被缰绳勒伤臀部和脖子的大汗淋漓的壮马,瞧了瞧坐在身边的车夫伊凡,这才记起,他哥哥说要来的,妻子大约是担心了,他出来已经很长时间,又尽量地猜想跟哥哥一同来的客人是谁。哥哥,妻子,这位不知是谁的客人,这些人现在在他心中都和以前不同了。他觉得,现在他跟所有人的关系都将会不一样了。

"跟哥哥现在不会再疏远了,我们之间从前老是那样的——我决不再跟他争论了;跟吉蒂也决不会再吵架,跟客人,不管这位客人是哪一个,我都会亲切和气,跟所有的人,跟伊凡——都会不一样了。"

列文把缰绳拉得紧紧地,那匹肥壮的骏马打着响鼻,不耐烦地只想求他放松点,让它快步奔跑,他瞧瞧坐在身边的伊凡,这家伙空着两只手不知道做什么好,就一直按住自己的衬衫,列文便想找个因头跟他说话。他想说,伊凡不该把肚带拉得太紧,可是这话有点像是责备,而他想说的是亲热话。别的话他一时又想不起来。

"您靠右边赶吧,别撞在树桩上。"车夫说着把列文手里的缰绳拽了拽。

"得啦,你别碰我,也别来教我怎么赶!"列文说,车夫的干涉让他生气了。平时人家一干涉他,他就气,这回也一样,而他马上便难过地感到,他原以为,内心情绪会使他在接触现实时马上发生变化,他的设想错了。

离不到四分之一里的家门前,列文看见迎他跑来的格里沙和丹妮娅。

"考斯佳姨父！妈妈来了,外公来了,还有谢尔盖·伊凡诺维奇,再还有一个什么人。"孩子们说着就爬上了车。

"是谁呀?"

"好吓人的样子哟！两只手就这样。"丹妮娅说,在车子里站起来,学着卡塔瓦索夫的样子。

"年纪大还是不大?"列文笑着说,丹妮娅学的样子让他想起一个人来。

"哎呀,但愿不是个让人不喜欢的人！"列文想。

刚转过那个弯,列文便看见迎面走来几个人,他认出了戴草帽的卡塔瓦索夫,走路时两手摆动的姿势就跟丹妮娅学的一个样。

卡塔瓦索夫非常喜欢谈论哲学,他的哲学概念是从那些根本不研究哲学的自然科学家那里得来的;列文最近在莫斯科跟他争论过多次。

列文一认出他来,首先想起的是他们之间的一次谈话,那一次卡塔瓦索夫以为占上风的是他。

"不,我怎么也不会再跟人家争论,再那样轻率地说出自己的想法了。"列文想着。

列文下了车,向哥哥和卡塔瓦索夫问好,一边问起妻子的情况。

"她把米佳带到科洛克去了(这是家附近的一个林子)。她想把他放在那里,家里太热了。"朵丽说。

列文一向不赞成妻子把婴儿抱到树林子里去,认为太危险,听说这话他不大高兴。

"她成天抱着他到处跑,"公爵微笑着说,"我还建议她试试看抱到冰窖里去呢。"

"她想去养蜂场。她以为你在那里。我们也往那儿走。"朵丽说。

"喏,你都在干些什么?"谢尔盖·伊凡诺维奇说,他让别人在前面先走,跟弟弟肩并肩。

"没特别做什么。老样子,种地呀,"列文回答说,"你怎么样?能多住些时候吗?我们等你好久了。"

"两三个礼拜吧,莫斯科事情多得很呢。"

说这话时兄弟俩的目光相遇了,列文一向想跟哥哥友好地,并且,主要的是,纯朴坦率地相处,现在尤其想这样,他望着哥哥又感到有些不好意思。他垂下眼睛,不知说什么好。

列文想找一些谢尔盖·伊凡诺维奇可能喜欢的话题,别让他谈起塞尔维亚战争和斯拉夫问题,他说莫斯科事情多得很,就是指的这些,列文就谈起谢尔盖·伊凡诺维奇的那本书来。

"喏,对你的书有些什么评论?"他问。

谢尔盖·伊凡诺维奇知道他是有意这样问的,便笑了笑。

"谁也不关心这个,我就更不关心了。"他说。"当心。达丽雅·亚力山德罗芙娜,要下小雨啦。"他用阳伞指指白杨树顶上的几片白云,又这样说。

这样两句话就够了,那种列文非常想要避免的他们兄弟间并非敌对但却相互冷淡的关系,凭这样两句话,在他们之间又重新确立了。

列文走向卡塔瓦索夫。

"您想到上我这儿来,这真太好了。"他对卡塔瓦索夫说。

"早就想来啦。现在我们可以好好儿谈一谈、探讨探讨了。斯宾塞您全看过啦?"

"不,没看完,"列文说,"不过,我现在也不需要看了。"

"这是怎么啦? 有意思。为什么呢?"

"就是说,我彻底明白了,我所考虑的那些问题在他和跟他类似的这些人的书里是找不到解答的。现在……"

但是卡塔瓦索夫脸上那种平静愉快的表情让他忽然一惊,他很可惜,自己的情绪显然被他这种谈话破坏了,他想起自己的意愿,就停住不说了。

"不过,以后再谈吧。"他接着又说。"要是去养蜂场的话,那就走这边,沿这条小路去。"他对大家说。

他们沿那条窄窄的小径走到一片没割过草的林中空地上,那儿一边长满密密麻麻的艳丽的紫罗兰,中间夹杂着一丛丛高高的暗绿色的藜芦,列文把他的客人们安置在小白杨树新生枝条的浓荫下,坐在长板凳和砍倒的树干上,这是专门为害怕蜜蜂的蜂场访客准备的,他自己到小屋里去,给孩子和大人们拿些面包、黄瓜和新鲜蜂蜜来。

他沿小径走到茅屋边,尽量不做出太快的动作,两耳倾听着越来越多的从他身旁飞过的蜜蜂。走到茅舍跟前了,一只蜜蜂嗡嗡着缠在他的胡子上,他小心翼翼地把它解脱出来。走进阴凉的门廊,他从墙上取下挂在木钉上的面罩,把面罩戴上,两手插进衣袋里,便走出来,到围了篱笆的蜂场去,在那里,有些割光了草的地方,整齐地一排排放着他所熟习的老蜂箱,每一箱的来历他都清楚,蜂箱都用树皮绳子捆在木桩上,沿着篱墙是一箱箱今年刚刚分出来的新群。在一个个蜂箱的巢门前,一群群工蜂和雄蜂好像原地不动地盘旋着、飞舞着、嬉戏着,互相挤来挤去,令人眼花缭乱,其中的那些工蜂总是朝一个方向,飞往林中开花的菩提树上,再回到窝里,来来回回,不停地采来花蜜。

耳边不停地听到各种各样的嗡嗡声,有的是来回奔波、忙于干活的工蜂的声音,有的是空喊不做、游手好闲的雄蜂,有的是惊慌不安、保卫家业、随时准备刺杀敌人的工蜂。篱笆的那一边有个老头儿正在做桶箍,没看见列文。列文也没喊他,自己站在蜂场的中央。

他很高兴有这个机会独自待上一小会儿。也好摆脱现实,定一定心神,他方才刚一接触现实,情绪就那样地低落。

他记起来,他已经对伊凡发过脾气,对哥哥表示冷淡,又和卡塔瓦索夫态度轻率地说过话。

"难道说这只是一种瞬息即逝的情绪,它一掠而过,了无痕迹地就没有了吗?"他想着。

但是就在这一分钟里,他又恢复了自己的那种情绪,他快活地感觉到,他心中正发生着某一种新的、重大的变化。现实只不过在片刻之间掩盖了那种他所已经找到的内心的宁静;它如今仍然完整地保留在他的心头。

恰似此时此刻在他身边飞旋着,威胁他,吸引他,让他的身体不得安宁,迫使他缩起身子躲开它们的这些蜜蜂一样,他一坐上那辆马车,各种烦心事马上便会包围住他,不许他享有心灵上的自由;然而也只是在他为那些事烦心时才是那样。就好比,尽管有这些蜜蜂围在身边,他的体力仍然完好无损,他所重新意识到的他那种精神上的力量也仍然完好无损。

十五

"你知道吗,考斯佳,谢尔盖·伊凡诺维奇跟谁坐同一列火车到这儿来的?"朵丽给孩子们分好了黄瓜和蜂蜜,说道,"跟伏伦斯基!他到塞尔维亚去了。"

"而且还不是一个人去,自己出钱带了一个骑兵连去的!"卡塔瓦索夫说。

"这跟他很相称,"列文说。"难道说还有志愿兵往那儿开吗?"他又说,望了谢尔盖·伊凡诺维奇一眼。

谢尔盖·伊凡诺维奇没有回答他,他正仔细地用小刀背从盘子里把一只粘在蜜上的还活着的蜜蜂往外挑,盘子的一角里放着一块白色的有蜜的蜂窝。

"可不是吗!您要是看见昨天车站上的盛况就好啦!"卡塔瓦索夫说,他正大声地嚼着黄瓜。

"喏,这到底是怎么回事呢?看在基督分上,给我解释一下吧,谢尔盖·伊凡诺维奇,这些志愿兵都是往哪儿开的,他们去跟谁打仗?"老公爵问道,显然是在继续一场列文不在时开始的谈话。

"跟土耳其人呀。"谢尔盖·伊凡诺维奇静静地微笑着回答,用小刀把那只被蜂蜜粘得发黑,小腿儿无力地挣扎着的蜜蜂解脱出来,又把它从刀上放到一片厚实的白杨树叶上。

"那又是谁向土耳其人宣战的呢?是伊凡·伊凡内奇·拉哥索夫和莉吉娅·伊凡诺芙娜伯爵夫人跟斯塔尔夫人吗?"

"谁也没有宣过战,而人们同情别人遭的难,想要帮助他们。"谢尔盖·伊凡诺维奇说。

"可是公爵说的不是帮助,"列文说,他在帮岳父说话,"他说的是战争,公爵说的是,个人如果没有政府的批准,是不能够参战的。"

"考斯佳,当心,有只蜜蜂!真的,要咬我们啦!"朵丽说,她在赶一只大黄蜂。

"这可不是蜜蜂,这是黄蜂呀。"列文说。

"哦,哦,您的理论又如何呢?"卡塔瓦索夫微笑着对列文说,显然是想引他来争论。"为什么个人没有这个权利呢?"

"我的理论是这样的:战争,从一方面说,是一种非常兽性的、残酷的、可怕的事,所以没有哪一个人,更不要说基督徒了,可以个人承担起发动战争的责任,只有一个政府才能这样做,只有政府才有这种能力,也只有政府才会无可逃脱地被卷入战争。从另一方面说,按照科学和常理,在国家大事上,特别在战争这种事情上,公民都是无从表达自己的个人意志的。"

谢尔盖·伊凡诺维奇和卡塔瓦索夫都胸有成竹地同时起来反驳他。

"问题就在这里,老弟,可能有这样的情况,一旦政府不能执行公民意志的时候,那么社会就要把自己的意志表达出来。"卡塔瓦索夫说。

但是谢尔盖·伊凡诺维奇显然不赞成这样的反驳意见。他一听卡塔瓦索夫这样说,便把眉头皱起来,并且说了不同的意见。

"你这样提出问题是徒劳的。这里没有什么宣战不宣战,而只是要把人类的、基督徒的感情加以表达而已。人家在屠杀你的兄弟,你的骨肉同胞,同教弟兄。喏,就算甚至不是骨肉兄弟和同教弟兄,而只是一般的孩子、妇女和老人吧,你的心情也难以平静,于是俄国人就跑去帮助制止这种惨祸。设想一下,假如你走在大街上,看见一些醉鬼在殴打妇女或儿童;我想,那时候你大概不会问要不要对这种人宣战,就会冲上去保护那些受欺侮的人。"

"可是我大概不会把人家打死。"列文说。

"不,你会把人家打死的。"

"我不知道。要是我看见这样的事情,我会凭自己一时的感情用事的;但是事先我不能这样说。而对于斯拉夫人受压迫的事,就没有也不会有这种一时感情用事的情况。"

"或许,对你不会有。但是对于别的人,这却是有的,"谢尔盖·伊凡诺维奇不满地皱起眉头说,"在人民中间现在就流行着关于正教徒在'不干净的阿加尔人①'的压迫下受苦受难的传说。人民听见自己的兄弟遭受苦难,就说话了。"

"或许是吧,"列文支支吾吾地说,"可是我没看见;我自己就是人民的一分子,我就没感觉到这一点。"

"我也没感觉到,"公爵说,"我住在国外,每天看报纸的,我承认,直到保加利亚的恐怖事件发生以前,我怎么也弄不懂,所有的俄罗斯人怎么忽然一下子就爱起他们的斯拉夫兄弟了,而我对他们毫无感情,这是为什么?我非常伤心,我想,我大概是个怪物,要不就是卡尔斯巴德的矿泉水在我身上起了作用。可是一到这里,我就放心了,我看见除了我以外还有别的人也只关心俄罗斯,而不关心那些斯拉夫兄弟。瞧,康斯坦丁就是的。"

"那些个人意见这时候是无足轻重的,"谢尔盖·伊凡诺维奇说,"当整个俄罗斯——全体人民都来表示自己意志的时候,那些个人意见就毫不相干了。"

"可是请原谅。这一点我可没看见。人民根本就不知道有这么回事儿。"公爵说。

"不,爸爸……怎么不知道呢?礼拜天在教堂里不是讲的吗?"

---

① 阿加尔人,中世纪初欧洲人对阿拉伯游牧部族的称呼。

朵丽在一旁听他们谈话,她说。"请你递给我一块毛巾,"她对笑嘻嘻望着孩子们的那个老头儿说,"也不可能让每个人都……"

"礼拜天在教堂里说的那些算什么呀?人家命令司祭要宣读,他就宣读了。听的人什么也不懂,还叹着气,就像平时每回传道一样,"公爵继续说下去,"然后人家对他们说,教堂里要为拯救灵魂的事募捐,他们就一人掏出一个戈比来交出去。交钱为个啥——他们自己也不知道。"

"人民不可能不知道;人民总是能意识到自己的命运的,像现在这样的时刻,这种意识就显现出来了。"谢尔盖·伊凡诺维奇肯定地说,眼睛瞧着管蜂场的老头儿。

这个漂亮老头儿,花白的胡须,浓密的银发,一动不动站在那里,手捧一只盛蜜的盘子,他个子很大,从高处亲切而安详地瞧着这些老爷们,显然是什么也不明白,也不想明白。

"事情就是这样的。"他听了谢尔盖·伊凡诺维奇说的话,意味深长地摇摇头说。

"那就问他吧。他什么也不知道,什么也不想。"列文说。"米哈伊内奇,你听说打仗的事了吗?"列文向他问道。"教堂里都读过些什么?你是怎么想的呢?我们应该为基督徒去打仗吗?"

"我们想它干吗呢?亚历山大·尼古拉耶维奇皇上都替我们想到了,他每件事都替我们想到了。他看得更清楚。还要拿点儿面包来吗?再给这小伙子一点儿吗?"他对达丽雅·亚力山德罗芙娜说,指着格里沙,这孩子把面包皮都啃光了。

"我不需要问谁,"谢尔盖·伊凡诺维奇说,"我们看见过,现在还看见成千上万的人为了给正义的事业效一份力,把一切都抛弃了。他们从俄国的四面八方拥来,明确地表示出自己的想法和目的。他们把自己的一点点钱拿出来,或者亲自去打仗,并且直截了当说他们这样做为了什么。这都说明什么呢?"

"这说明,依我看,"列文开始激动了,他说,"在拥有八千万人口的国家里永远能找到,不是几百个,像现在这样,而是几万个失掉社会地位的人,胆大妄为之徒,这些人随时都准备去——投奔普加乔夫匪帮,投奔希瓦,投奔塞尔维亚……"

"我对你说,不是几百个人,也不是胆大妄为之徒,而是人民的优秀代表!"谢尔盖·伊凡诺维奇忿忿地说,好像他是在捍卫自己最后的一点财产。"还有捐款呢?这就是全体人民在直接表示自己的意志。"

"'人民'这个词儿太不明确了,"列文说,"乡下文书,教员,千分之一的庄稼汉,或许知道是怎么回事。八千万人中其余的人,就像米哈伊内奇这样的,不仅是没有表示自己的意志,甚至根本不了解他们为什么要表示自己的意志。那么我们有什么权利说,这是人民的意志呢?"

十六

富有辩论经验的谢尔盖·伊凡诺维奇没有反驳,马上转移了话题。

"是的,假如你想用数学方法了解人民的精神的话,那,当然啦,是很难办到的。我们还没有引进投票的方式,也不可能引进,因为这种方式并不能反映民意;但是有一些另外的办法可以做到这一点。可以从空气当中感觉到,可以凭一颗心去感觉到。且不说那些在貌似静止的人民海洋中涌动的潜流吧,任何一个不抱成见的人都是明明看见了这些潜流的;你就看看社会吧,我是指狭义上的社会。知识分子当中以前势不两立的各种各样的派别,现在都汇合成一片了。一切分歧都了结了,所有的社会机构都同声相应,大家感到有一股自发的力量把他们都抓住了,带往同一个方向。"

"所有的报纸是全都说着一个样的话,"公爵说,"这不假。不过实在是太一个样啦,就好像暴风雨以前的青蛙叫似的。他们嚷嚷得让你什么也听不见。"

"像青蛙也罢,不像青蛙也罢,——我并不办报纸,不想为他们辩护;不过我说的是知识分子的同心同德呀。"谢尔盖·伊凡诺维奇对弟弟说。

列文正想回答,但老公爵打断了他。

"喏,关于这个同心同德嘛倒还可以再说上几句,"公爵说,"瞧,我有个女婿,斯捷潘·阿尔卡季伊奇,你们都认识的。他这会儿弄到一个什么委员会委员的位子,怎么个委员会,我记不清了。只不过那儿没事可做——这有什么,朵丽,这又不是秘密——可是薪水倒有八千块。你们试着问问他,他干的差事有没有什么用处,——他会给你们证明说,这是最需要不过的工作。他是个诚实的人,不过我们也不能不相信这八千卢布的作用。"

"哦,他要我转告达丽雅·亚力山德罗芙娜的,说是得到了这个位子。"谢尔盖·伊凡诺维奇说,他认为公爵说得文不对题,有些不满意。

"报纸上那种同心同德也就跟这一个样。人家对我聊起过:一打起仗来,他们的收入就会加一倍。他们怎么会不算一算,人民和斯拉夫人的命运……这还不清楚吗?"

"我并不喜欢那许多报纸,不过这样说并不公平。"谢尔盖·伊凡诺维奇说。

"我只要提出一个条件来就够了,"公爵继续说下去,"在跟普鲁士开战以前,Alphonse Karr① 写得多好。他说:'你们认为战争是必不可少的吗?谁鼓吹战争,——就让谁到特种先遣军团去,去带头冲锋陷阵!'"

"这下子那些当编辑的就好看啦。"卡塔瓦索夫高声大笑着说,想象着他认识的那些编辑们在这种精选军团里打仗的样子。

"哦,我说,他们准会开小差的,"朵丽说,"他们只会碍事。"

"要是会开小差的话,那就派人用霰弹枪,或者叫哥萨克拿着鞭子在后面押阵。"公爵说。

---

① 法语:阿尔丰斯·卡尔(人名)。

"这可是说笑话,而且是个不高明的笑话,请原谅我,公爵。"谢尔盖·伊凡诺维奇说。

"我并不认为这是说笑话,这……"列文刚开始说,谢尔盖·伊凡诺维奇就打断了他。

"每一个社会成员都应该各尽所能,"他说,"用脑力工作的人表达社会舆论,就是在尽自己的职责。全社会同心同德,社会舆论得到充分的表达,这是新闻界的功劳,同时也是一种可喜的现象。二十年前我们也许会保持沉默,而现在我们能听到俄罗斯人民的声音,他们随时准备站立起来,万众一心,为被压迫的兄弟而献身;这是伟大的壮举,是力量的保证。"

"可是这不光是献身呀,而是去杀土耳其人。"列文怯懦地说。

"人民愿意为了自己的灵魂去献身,也随时准备献身,而不是为了去杀人。"他又说下去,不由得把谈话跟他那些念念不忘的思想联系起来。

"怎么为了灵魂?这个,要知道,对一个自然科学家来说,是一种难以理解的用语。灵魂到底是什么呢?"卡塔瓦索夫微笑着说。

"噢,您知道的啊!"

"瞧,真的,我一点儿也不明白!"卡塔瓦索夫哈哈大笑地说。

"基督说:'我来,并不是叫地上太平,乃是叫地上动刀兵。'"谢尔盖·伊凡诺维奇从他自己这方面提出反驳,他随便从福音书里引用了一句好像是最容易了解的话,而这句话却恰恰是列文一向最感困惑的。

"就是这个样的。"站在一旁的老头儿又说了这句话,是回答人家偶然向他投来的目光的。

"不,老弟,你输了,你输了,你完全输了!"卡塔瓦索夫快活地喊着说。

列文脸都气红了,不是因为他输了,而是因为他按捺不住,又提出异议。

"不,我不能跟他们争论,"他想着,"他们满身是刀枪不入的盔甲,而我是赤裸裸一丝不挂的。"

他看出来,要说服他哥哥和卡塔瓦索夫是不可能的,也看出他自己更加不可能同意他们的观点。他们所宣扬的一套,正是那种妄自尊大的思想,就是这种思想险些儿把他毁掉。他不能同意说,那么几十个人,其中也包括他的哥哥,根据几百个志愿兵到京城来夸夸其谈说的一番漂亮话,就以为他们有权说,他们和那些报纸表达了人民的意志和思想,而且是那种要复仇和要杀人的思想。他不能同意这一点,因为他自己就生活在人民当中,他根本没发现人民中间有这些思想的表现,他也没发现自己心里有这些思想(他只能把自己视为俄罗斯人民当中的一员),而主要是因为,他和人民虽然不知道,也不可能知道到底什么是公共福利,但是他们坚定不移地知道,要实现这种福利只可能靠严格执行人尽皆知的善的法则,因此他们不可能为任何目的希望战争和宣扬战争。俄罗斯人民在那个请求瓦兰人①来统治他们的传说中表达过这样的思想:"请来做我们的王公,来统治我们。我们心甘情愿,唯命是从。我们将承担起一切劳作,一切屈辱,一切牺牲;但是作评判、作决定的不该是我们。"他和米哈伊内奇以及全体人民都同样这样说。但是现在,用谢尔盖·伊凡诺维奇的话来说,人民却放弃了他们花如此重大的代价换来的这种权利。

他还想说一句,假如社会舆论是不会犯错误的裁判者,那么为什么革命、公社就不能像帮助斯拉夫人的运动一样合法呢?但是所有这些全都只是一种思想而已,什么决定作用也起不了。有一点无疑是可以看得出来的——那就是,现在争论已经激怒了谢尔盖·伊凡诺维奇,因此再争论下去是不好的;于是列文便不说话了,让客人转而注意到,乌云密集,大雨将至,最好还是回家去。

十七

公爵和谢尔盖·伊凡诺维奇坐上马车走了,其余的人加快脚步

---

① 瓦兰人,古代俄罗斯人对北欧诺尔曼人的称呼。

往回走。

但是忽黑忽白的阴云迅速地涌来,要赶在大雨之前到家,脚步必须再加快。阴云的最前沿,是黑压压低沉沉的云朵,势如滚滚浓烟,正异常急速地在空中奔驰。还得走两百来步才能到家,大风四起,倾盆大雨随时会从天而降。

孩子们又怕又乐地尖叫着跑在前面。湿裙子贴在达丽雅·亚力山德罗芙娜的腿上,怎么甩也甩不脱,她已经不是在走,而是在奔跑了,一边把孩子们盯得紧紧的。男人们手扶住帽子大踏步走着。当大滴大滴的水珠落在铁皮水槽边上溅起水花时,他们已经到达阶前。孩子们和紧跟着他们的大人们快活地、有说有笑地奔到屋檐下,没淋上雨。

"卡捷琳娜·亚力山德罗芙娜呢?"列文问阿加菲娅·米海依洛芙娜,她手拿着头巾和披肩在前厅里迎候他们。

"我们以为,跟你们在一起呢。"她说。

"那米佳呢?"

"一定是在科洛克林子里吧,保姆跟他们在一起。"

列文抓起两条披肩就向科洛克林子跑。

这短短一会儿工夫,阴云已经完全遮住了太阳,天色乌黑,像日蚀一样。狂风来势凶猛,不容抵挡,让列文迈步也难,风把菩提树上的叶片和花朵刮落,把桦树白色的枝桠剥个精光,变得奇形怪状,洋槐、花草、牛蒡、树梢,都倒向了一个方向。在园子里干活的女工们呼叫着奔到下房里去。白色的雨幕遮蔽了远方的树林和一半近处的田地,正迅速向科洛克林子涌去。雨珠的湿气散成点点水雾,弥漫在空气中。

大风呼啸,要把列文手中的头巾夺走,他头朝前,顶风奔跑,已经接近科洛克林子了,已经看见一棵橡树后面有个什么白色的东西在闪烁,忽然轰地一声,四下里一片红光,天崩地裂一般。列文睁开昏眩的眼睛,透过这会儿把他和科洛克林子遮得相视不见的浓密的雨幕,他首先看到的,是林子当中一株他一向熟悉的橡树那绿色的树梢奇怪地变了地方,这让他吓了一跳。"未必是雷劈的?"列文还来不及细想,只见越来越快、越来越快,那株橡树的树梢隐没在别的树后面了,于是他听见哗啦一声,那棵大树倒下了,压在别的树上。

电闪、雷鸣,又忽然浑身一冷,交集在一起,让列文好不害怕。

"我的天哪!我的天哪,可别砸上他们!"他喃喃地说。

虽然他立刻想到,他祈求那棵现在已经倒下的橡树别把他们砸死实在是毫无意义,他嘴里仍是在重复说着这句话,他知道除了这种毫无意义的祈祷,没有更好的办法了。

他跑到他们平时常去的地方,没找到他们。

她们在林子的另一头,躲在一棵老菩提树下,正在呼叫他。两个穿黑衣服的人影(她们本来穿的是浅色衣服)弯腰站在那里,身下护着个什么东西。她们正是吉蒂和保姆。等列文跑到她们跟前,雨已经停了,天色开始转亮。保姆衣裳的下半截还是干的,然而吉蒂身上的连衫裙已经湿透,全贴在她身上。虽然雨已经不下了,她们两人站着的姿势还是像打雷时那样。两人站在那里,弯下身子遮住那辆撑着绿色阳伞的婴儿小车。

"你们还活着?没事儿?谢天谢地啊!"他一边说,一边拖着一只已经踩坏的、灌满了水的鞋子,蹚着地上尚未退去的水,跑到他们身旁。

吉蒂那张通红的、湿淋淋的脸朝着他,从那顶已经变了形状的帽子下胆怯地微笑着。

"瞧你,怎么好意思啊!我真不懂,怎么会这么不当心的!"他生气地责备妻子。

"我呀,说真的,没有做错啊。只不过刚刚想走,他就尿湿了。得给他换上。我们刚刚……"吉蒂想为自己辩解。

米佳好好儿的,没淋着雨,还睡得很香。

"喏,谢天谢地!我不知道我在说什么!"

他们收拾起湿尿布;保姆托起孩子,抱着他走。列文走在妻子身边,知道自己脾气发错了,背着保姆悄悄地握住她的手。

十八

一整天里,列文心不在焉地跟大家谈这谈那,虽然他以为自己内心里应该有所变化而又未见其变,颇觉失望,却也时刻感到自己心灵的充实,很是高兴。

雨后地上太湿,不能去散步;而且地平线上仍是阴云密布,天边一会儿这里,一会儿那里,时起时伏地响起阵阵雷声,飘过朵朵乌云。大家就在家里消磨那一天剩余的时间。

没再发生争论,相反地,饭后大家情绪都非常之好。

卡塔瓦索夫开头说了几个别出心裁的笑话,为太太们逗乐,初次和他结识的人一向都喜欢听他的这几个笑话,不过后来在谢尔盖·伊凡诺维奇的怂恿下,他才讲了雌雄家蝇性格乃至相貌的不同以及它们的生活习惯,这是他自己观察得来的收获,非常之有趣。谢尔盖·伊凡诺维奇也很开心,喝茶时,弟弟又来怂恿他,他便就东方问题将如何发展谈了谈自己的看法,谈得简明扼要,娓娓动听,每个人都为之入神。

只有吉蒂一个人没能听完就走开了——她被喊去给米佳洗澡。

吉蒂走后几分钟,又有人来喊列文,要他去育儿室找她。

列文放下他的茶,这次有趣的谈话就此打断,他也很觉可惜,但同时又心里嘀咕,不知道为什么要叫他去,因为这只是在发生重要情况时才会有的事;他便去了育儿室。

尽管谢尔盖·伊凡诺维奇有关四千万被解救的斯拉夫人应如何与俄罗斯人携手共创历史新时代的计划他颇有兴趣,这对他实在是闻所未闻,他却没能听完;尽管心中感到有些异常,也忐忑不安,不知道为什么要喊他去,不免为此惊慌,——而当他一走出客厅,剩下自己一个人时,他立即想起了自己上午的种种思想。于是所有这些关于斯拉夫因素在全世界历史中的重要性等等的考虑,跟他心灵深处所发生的事情相比,他便觉得是微不足道了,所以在转眼间他便忘得干干净净,重又进入了他今天上午的那种情绪状态。

像往常一样,他现在记不起整个的思想过程了(这他也并不需要)。他瞬息间便进入那种与这些思想相连并曾使他沉浸其中的情感状态里,他发现,这种情感此刻在他心灵深处比起以前来要强烈得多、确定得多。以前每当他凭臆想而使自己获得内心的安宁时,他往往都必须把整个思想过程回顾一番,才能找到一种情感,现在他却不是这样了。现在,和以前相反,欢乐和安宁的情绪比以前来得更加快了,而思想却跟不上情绪了。

他从凉台走过,望着渐渐转暗的天空中闪现出的两颗星星,他忽然记起:"对,我望着天空,想着我所看见的拱顶并非是虚假的,这时候有点什么我没再想下去,我把个什么东西自己躲过了,"他想着,"但无论它是什么,都没有理由反对。只须再想一想——便全都会清楚了!"

他已经走进了育儿室,才想起他自己躲过的是什么。那就是:如果能证明上帝存在的主要证据是他启示了善,那么为什么这种启示只有基督教会才能做呢?佛教徒和伊斯兰教徒也宣扬善,也行善,他们的信仰和这种启示有些什么关系呢?

他觉得他对这个问题是有一种答案的;但是他还没来得及给自己解答,已经走进育儿室。

吉蒂卷起袖子站在浴盆前,婴儿正在浴盆里溅水,听见丈夫的脚步声,吉蒂向他转过脸来,笑眯眯地唤他过去。胖乎乎的婴儿仰面浮在水上,两只小脚儿踢蹬着,她一只手托住婴儿的头,另一只手拿一块海绵给他擦洗着,手臂上的肌肉在均匀地弹动。

"你瞧呀,瞧呀!"丈夫走到身边时,她说,"阿加菲娅·米海依洛芙娜说得对,他会认人啦。"

事情是这样的,米佳从这一天起,显然毫无疑问地能认出所有的亲人了。

列文一走到澡盆前,马上试给他看,试验完全成功。特别把厨娘叫来试试,叫她向婴儿俯下身子去。孩子皱起眉头,摇摇头表示他不认得。吉蒂再向他俯下去,他便笑逐颜开,两只小手儿抓住海绵,两片小嘴唇咂巴着,发出那样一种满意的和奇怪的声音,不仅让吉蒂和保姆,也让列文意想不到地惊喜。

保姆把孩子一只手从澡盆里托起来,用水冲一冲,用毛巾裹住,擦干,在孩子一阵尖声的啼哭后,把他交给母亲。

"我真高兴,你开始喜欢他了,"吉蒂对丈夫说,这时她已经静静地坐在她平时坐的位置上在给孩子喂奶了,"我非常高兴。要不我都伤起心来了。你说过,你对他没有感情。"

"不,难道我说过我对他没有感情的话吗?我只不过说,我有些失望就是了。"

"怎么,你对他失望?"

"倒不是说对他失望,而是对自己的感情失望;我期待的要比这更多。我那时候期望着,就像发生了一件完全出人意料的事情似的,会有一种新的愉快的感情,让我心花怒放的感情。而突然不是这样的——只觉得又讨厌,又可怜……"

她抱着孩子聚精会神地听他说话,一边把几只戒指往自己纤细的手指上戴,那是她给米佳洗澡时摘下来的。

"主要是,恐惧和怜悯的感情比满足要多得多。经过了今天雷雨里那一场担惊受怕,我才明白我有多爱他了。"

吉蒂容光焕发地微笑了。

"把你吓坏了吧?"她说,"我也是,不过我这会儿更觉得后怕。我还要去看看那棵橡树的。不过卡塔瓦索夫这人多好啊!这一天都过得好开心。在你愿意的时候,你跟谢尔盖·伊凡诺维奇也处得很亲热……喏,你上他们那儿去吧。洗过澡以后这儿总是闷得很,还有水汽……"

十九

从育儿室出来,又是独自一人时,列文马上又重新回忆起他那个思想,其中有点什么还不甚清晰。

他没有到客厅去,只听到那里边的谈话声,他停在凉台上,撑着栏杆,仰望天空。

天已经完全黑下来,他望着的是南方,那边没有乌云。乌云都聚集在北边。打那里远远地传来雷声,时而迸出闪电的火光。列文细细地倾听着从菩提树梢点点落进花园里的水滴,注视着他所熟悉的一个三角形星群和从中穿越而过的支脉错综的银河。每当电光一闪,不仅银河,连那几颗明亮的星星也都不见了踪影,然而闪电一灭,它们又都出现在原先的位置上,就好像有一只万无一失的手把它们重又抛向了那里。

"哎,让我惶惑不安的究竟是什么?"他自言自语说,预感到在他心灵当中产生的那些疑虑已经找到答案了,虽然他还不知道这答案究竟是什么。

"是的,上帝的一个显而易见的、毫无疑问的表现,便是那些借启示而向世人显现的善的法则,我也在自己的内心中感觉到了这些法则,在承认这些法则时,我不是自己去,而是无论我愿意不愿意都会去和别的人共同结成为一个信奉者的团体,这团体就是人们所谓的教会。喏,那么犹太人,伊斯兰教徒,儒教徒,佛教徒——他们又是什么呢?"他向自己提出了那个他觉得是最危险的问题,"难道说这许多个亿的人都被剥夺了那缺之则生活将毫无意义的最为美好的幸福吗?"他陷入沉思,但马上纠正了自己,"可是我究竟要问什么?"他对自己说,"我要问的是,全人类中所有的各种各样的信仰,它们和上帝的关系是什么。我要问的是,上帝为整个世界以及所有这些迷迷蒙蒙的星星点点在总体上是怎样把他自己显现出来的。我在做什么呢?那认识,那理性所不可企及的认识,已经毫无疑义地向我、向我的心灵彻底展现,而我还在这里顽固地想要凭理性和话语把这种认识表达出来。

"难道我不知道,星星是不会移动的吗?"他问他自己,眼睛遥望着一颗明亮的行星,它已经改变了自己的位置,移到一株白桦树最高的枝梢上,"但是眼望着星星的移动,我却不能想象地球的旋转,所以当我说星星在移动时,我还是正确的。

"假如天文学家们把地球一切复杂的各种各样的运动都考虑在内,他们还能理解并且计算出什么来吗?他们所做出的有关天体的距离、重量、运动的种种惊人的结论都只是根据他们所能看到的天体环绕地球的移动而做出来的,他们认为地球本身并没有动,他们是根据我现在所看见、千百万人千百年来同样看见、并且将永远看见、永远相信的这种天体的移动而做出那些结论的。天文学家们不根据可见的天空和一条子午线一条地平线的相对关系来进行观察,他们的各种结论都是一句空话,都是靠不住的,同样地,我如果不根据人人永远同一的、基督教向我展示并在我心中长驻不去的、对善的那一点理解,我所做出的那些结论也都是一句空话,都是靠不住的。至于其他信仰和它们对上帝的关系问题,我无权也不可能去做出解答。"

"啊,你还没去?"他忽然听见吉蒂的声音,她也走这同一条路到客厅去。"怎么,你没什么不舒服吧?"她说,凭着星光仔细望着他的脸。

不过,要不是又一次闪电遮住星光照亮了他,她还是不会看清他的脸的。这电光一闪之间,她看见了他脸上的一切,她看见,他是宁静而快乐的,她对他微微一笑。

"她明白,"他想着,"她知道我在想什么。要不要对她说呢?是的,我要对她说。"然而恰在他想要开口说话的那一刻间,她也说话了。

"听我说,考斯佳,请你帮个忙,"她说,"去拐角那间屋子里看看,看他们怎么给谢尔盖·伊凡诺维奇安排的。我去不方便。看他们给他放上新的洗脸盆没有。"

"好的,我一定去。"列文说着站直了,吻了吻她。

"不了,不必说了,"当她打他面前走过时,他想着,"这是只对我一个人才有用、才重要的,也是不能用言语来表达的秘密啊。"

"这种新的感情并没有使我改变,没有使我幸福,也没有使我突然间觉得豁然开朗,像我以前所幻想的那样,——就像我对儿子的感情似的。也没有任何出乎意料的地方。而信仰——或者不是信仰——我不知道它是什么,——但是这种感情也历经种种苦难不知不觉间进入了我的心灵,并且牢牢地扎下了根。

"我还会对车夫伊凡发脾气的,还会跟别人争论的,还会不合时宜地发表意见的,在我心灵的最为神圣之处和别人之间,甚至和我的妻子之间还会隔着一道高墙的,我还会由于自己的恐惧去怪罪她,而接着又后悔的,还会不能凭理性明白我为什么要祈祷,而仍然祈祷的,——然而现在,我的生活,我整个的生活,无论我发生什么事情,它的每一分钟——不但不会像以前那样没有意义,而且会具有毫无疑问的善的意义,现在我拥有着让生活具有善的意义的权力!"

图书在版编目(CIP)数据

安娜·卡列宁娜/(俄罗斯)托尔斯泰著;智量译.
—上海:华东师范大学出版社,2015.12
(智量译文选)
ISBN 978-7-5675-4395-9

Ⅰ.①安… Ⅱ.①托…②智… Ⅲ.①长篇小说—俄罗斯—近代 Ⅳ.①I512.44

中国版本图书馆 CIP 数据核字(2015)第 302060 号

智量译文选

安娜·卡列宁娜

著　者　(俄)列夫·托尔斯泰
译　者　智　量
项目编辑　许　静　姚之均
审读编辑　朱华华
责任校对　时东明
装帧设计　姚　荣

出版发行　华东师范大学出版社
社　　址　上海市中山北路 3663 号　邮编 200062
网　　址　www.ecnupress.com.cn
电　　话　021-60821666　行政传真 021-62572105
客服电话　021-62865537　门市(邮购)电话 021-62869887
地　　址　上海市中山北路 3663 号华东师范大学校内先锋路口
网　　店　http://hdsdcbs.tmall.com

印　刷　者　上海中华商务联合印刷有限公司
开　　本　890×1240　32 开
印　　张　30.375
字　　数　806 千字
版　　次　2016 年 4 月第 1 版
印　　次　2016 年 4 月第 1 次
书　　号　ISBN 978-7-5675-4395-9/I·1470
定　　价　98.00 元

出版人　王　焰

(如发现本版图书有印订质量问题,请寄回本社客服中心调换或电话 021-62865537 联系)